Tip des Monats

In derselben Reihe
erschienen außerdem als Heyne-Taschenbücher:

Johanna Lindsey · Band 23/34
Evelyn Sanders · Band 23/66
Mary Westmacott · Band 23/73
Evelyn Sanders · Band 23/84
Dean Koontz · Band 23/85
Ellis Peters · Band 23/92
Utta Danella · Band 23/95
Heinz G. Konsalik ·
Band 23/96
Marion Zimmer-Bradley ·
Band 23/98
Dean Koontz · Band 23/101
Johanna Lindsey · Band 23/103
Ellis Peters · Band 23/104
Heinz G. Konsalik ·
Band 23/108
Ellis Peters · Band 23/110
Utta Danella · Band 23/111
Dean Koontz · Band 23/112
Ellis Peters · Band 23/114
Johanna Lindsey · Band 23/115
Terry Pratchett · Band 23/117
Dean Koontz · Band 23/119
Ellis Peters · Band 23/121
Dean Koontz · Band 23/123
Philippa Carr · Band 23/125

John Saul · Band 23/127
Barbara Cartland ·
Band 23/128
Terry Pratchett · Band 23/129
Johanna Lindsey · Band 23/130
Ellis Peters · Band 23/131
Mary Higgins Clark ·
Band 23/132
Catherine Coulter ·
Band 23/136
Claudia Keller · Band 23/137
Jane Austen · Band 23/138
Anne Perry · Band 23/139
Philipp Vandenberg ·
Band 23/140
Terry Pratchett · Band 23/141
Ephraim Kishon · Band 23/142
Dean Koontz · Band 23/143
Johanna Lindsey · Band 23/144
Olivia Goldsmith ·
Band 23/148
John T. Lescroart · Band 23/149
Nora Roberts · Band 23/150
John Grisham · Band 23/151
Mary Higgins Clark ·
Band 23/154

Dean Koontz

ZWEI SPANNENDE PSYCHOTHRILLER

Die zweite Haut
Die Kälte des Feuers

WILHELM HEYNE VERLAG
MÜNCHEN

HEYNE TIP DES MONATS
Nr. 23/155

DIE ZWEITE HAUT/Mr. Murder
Copyright © 1993 by Nkui, Inc.
Copyright © 1994 der deutschen Ausgabe
by Wilhelm Heyne Verlag GmbH & Co. KG, München
Aus dem Amerikanischen von Joachim Körber
(Der Titel erschien bereits in der Allgemeinen Reihe mit der
Band-Nr. 01/9680.)

DIE KÄLTE DES FEUERS/Cold Fire
Copyright © 1991 by Nkui, Inc.
Copyright © 1991 der deutschen Ausgabe
by Wilhelm Heyne Verlag Gmbh & Co. KG, München
Aus dem Amerikanischen von Andreas Brandhorst
(Der Titel erschien bereits in der Allgemeinen Reihe mit der
Band-Nr. 01/9080.)

Besuchen Sie uns im Internet:
http://www.heyne.de

Umwelthinweis:
Das Buch wurde auf chlor- und säurefreiem Papier gedruckt.

5.Auflage
Copyright © 1998 dieser Ausgabe by Wilhelm Heyne Verlag
GmbH & Co. KG, München
Printed in Germany 2000
Umschlagillustration: Don Brautigam
Umschlaggestaltung: Atelier Ingrid Schütz, München
Satz: Buch-Werkstatt GmbH, Bad Aibling
Druck und Bindung: Elsnerdruck, Berlin

ISBN: 3-453-14046-X

DIE ZWEITE HAUT

Für Phil Parks,
für das, was häufig drinnen ist,
und für Don Brautigan,
für das, was häufig draußen ist.
Und dafür, dieses Talent
ohne irgendwelche merklichen
ärgerlichen Neurosen zu haben.
Nun, *kaum* welche.

Erster Teil

Sankt Nikolaus und
sein böser Zwillingsbruder

Der Winter war kalt und grau dieses Jahr
Der klamme Wind roch nach Weltuntergang
Der Morgenhimmel ward sonderbar
Und katzenhaft schnell zur Mitternacht.

Das Buch gezählten Leids

Das Leben ist eine gnadenlose Komödie. Das ist seine
Tragödie.

Martin Stillwater
Ein toter Bischof

EINS

1.

»*Ich muß* ...«

Martin Stillwater, der sich in seinem bequemen ledergepolsterten Bürosessel zurücklehnte, sanft wippte, ein Diktiergerät in der rechten Hand hielt und einen Brief an seinen Lektor in New York diktierte, stellte plötzlich fest, daß er immer wieder dieselben zwei Worte wie ein verträumtes Flüstern wiederholte.

»... *ich muß* ... *ich muß* ... *ich muß* ...«

Stirnrunzelnd schaltete Marty das Diktiergerät ab.

Der Zug seiner Gedanken war auf ein Nebengleis gerattert und zum Stillstand gekommen. Er konnte sich nicht erinnern, was er sagen wollte.

Mußte was?

Das große Haus war nicht nur ruhig, sondern unheimlich still. Paige war mit den Kindern essen und ins Kino in eine Samstagsmatinee gegangen.

Aber die Stille ohne die Kinder war mehr als nur ein Zustand. Sie besaß Substanz. Die Luft war schwanger davon.

Er legte eine Hand an den Nackenansatz. Die Handfläche fühlte sich kalt und feucht an. Er erschauerte.

Der Herbsttag draußen war so gedämpft wie das Haus selbst, als wäre ganz Südkalifornien menschenleer. Vor dem einzigen Fenster seines Arbeitszimmers im ersten Stock waren die breiten Flügel der rotbraunen Fensterläden nur angelehnt. Sonnenlicht fiel zwischen den schrägen Latten herein und prägte Sofa und Teppich schmale rotgoldene Streifen auf, die so üppig wie ein Fuchspelz wirkten; der äußerste Lichtstreifen schnitt eine Ecke des U-förmigen Schreibtischs ab.

Ich muß ...

Instinkt verriet ihm, daß erst vor wenigen Augenblicken etwas Wichtiges geschehen war, dicht außerhalb des Sehbereichs, nur unterschwellig wahrgenommen.

Er drehte sich mit dem Sessel herum und betrachtete das Zimmer hinter sich. Abgesehen von den Streifen kupferfarbenen Sonnenlichts, unterbrochen von den Schatten der Läden, bestand die einzige Lichtquelle aus einer kleinen Schreibtischlampe mit Tiffanyschirm. Aber selbst in diesem Halbdunkel konnte er erkennen, daß er allein mit seinen Büchern, Aktenschränken und dem Computer war.

Vielleicht kam ihm die Stille nur deshalb unnatürlich vor, weil das Haus seit Mittwoch von Lärm und Geschäftigkeit erfüllt war, als die Thanksgiving-Ferien angefangen und die Schulen geschlossen hatten. Er vermißte die Kinder. Er hätte mit ihnen ins Kino gehen sollen.

Ich muß ...

Die Worte waren mit einer seltsamen Anspannung ausgesprochen worden – und Verlangen.

Nun überkam ihn ein seltsames Gefühl, eine deutliche Empfindung bevorstehender Gefahr. Es war diese grauenhafte Vorahnung, die die Figuren in seinen Romanen manchmal spürten, die er sich stets zu beschreiben bemühte, ohne dabei auf Klischees zurückzugreifen.

So etwas hatte er seit Jahren nicht mehr empfunden, seit Charlotte mit vier Jahren schwer krank geworden war und der Arzt ihn und Paige darauf vorbereitet hatte, es könnte sich um Krebs handeln. Den ganzen Tag im Krankenhaus, wo ihre Tochter zu Tests von einem Labor zum nächsten gerollt worden war, die schlaflose Nacht und die langen Tage darauf, bis die Ärzte eine Diagnose stellen konnten, fühlte sich Marty von einem bösen Geist verfolgt, dessen Anwesenheit die Luft schwängerte, so daß es ihm schwerfiel zu atmen, sich zu bewegen, zu hoffen. Wie sich herausstellte, war seine Tochter weder von übernatürlichem Bösen noch von einem bösartigen Tumor bedroht worden. Bei dem Problem handelte es sich um eine heilbare Bluterkrankung. Innerhalb von drei Monaten wurde Charlotte gesund.

Aber er erinnerte sich nur noch zu gut an diese bedrückende Furcht.

In deren eisigem Griff befand er sich nun wieder, wenn auch ohne ersichtlichen Grund. Charlotte und Emily waren gesunde, aufgeweckte Kinder. Er und Paige waren glücklich miteinander – absurd glücklich, wenn man sich überlegte, wie viele Paare Mitte dreißig aus ihrem Bekanntenkreis geschieden waren, getrennt lebten oder einander betrogen. Finanziell standen sie besser da, als sie je erwartet hätten.

Trotzdem *wußte* Marty, daß etwas nicht stimmte.

Er stellte das Diktiergerät weg, ging zum Fenster und öffnete die Läden ganz. Ein Waldahorn ohne Laub warf dunkle, länglich verzerrte Schatten über den kleinen Seitengarten. Hinter den knorrigen Ästen schienen die blaßgelben Stuckwände des Nachbarhauses den Sonnenschein aufgesogen zu haben; goldene und rostrote Spiegelungen bemalten die Fenster; das Haus war still und anscheinend friedlich.

Rechts konnte er einen Ausschnitt der Straße sehen. Die Häuser auf der anderen Seite des Blocks waren ebenfalls im mediterranen Stil gebaut, Stuck mit Lehmziegeldächern, von der Spätnachmittagssonne vergoldet und von den filigranen Schatten überhängender Palmwedel verziert. Das ruhige, wohldurchdachte, bis auf den Quadratzentimeter geplante Viertel – tatsächlich sogar die ganze Stadt Mission Viejo – schien eine Zuflucht im Chaos zu sein, das heutzutage den größten Teil der Welt beherrschte.

Er schloß die Läden und sperrte die Sonne völlig aus.

Offenbar existierte die Gefahr nur in seinem Kopf, eine Ausgeburt derselben regen Phantasie, die ihn schließlich zu einem einigermaßen erfolgreichen Kriminalschriftsteller gemacht hatte.

Und doch schlug sein Herz schneller denn je.

Marty ging zur Tür seines Büros hinaus und auf den Flur, bis zur Treppe. Dort blieb er so reglos wie der Geländerpfosten stehen, auf den er eine Hand gelegt hatte.

Er war nicht sicher, was er zu hören erwartete. Das leise Quietschen einer Tür, schleichende Schritte? Das verstohlene Rascheln und Klicken und gedämpfte Poltern eines Eindringlings, der langsam durch das Haus ging?

Da er nichts Verdächtiges hörte und sein rasender Herzschlag langsamer wurde, ließ das Gefühl einer bevorstehenden Katastrophe langsam nach. Aus Angst wurde bloßes Unbehagen.

»Wer ist da?« fragte er, nur um das Schweigen zu unterbrechen.

Der Klang seiner Stimme, die Verwirrung ausdrückte, vertrieb die unheilschwangere Stimmung. Nun war die Stille nur noch die eines leeren Hauses, ohne Bedrohung.

Er ging in sein Büro am Ende des Flurs zurück und ließ sich auf dem Ledersessel hinter seinem Schreibtisch nieder. Da die Läden fest geschlossen waren und keine Lampe brannte, abgesehen von der mit dem Tiffanyschirm, schienen die Ecken des Zimmers weiter zurückzuweichen, als die Abmessungen der Wände zuließen – als befände er sich am Schauplatz eines Traums.

Da Obst das Motiv des Lampenschirms bildete, spiegelte die schützende Glasplatte auf dem Schreibtisch leuchtende Ovale und Kreise in Kirschrot, Pflaumenviolett, Traubengrün, Zitronengelb und Beerenblau. Die polierte Metall- und Plexiglasoberfläche des Diktiergeräts, das auf der Glasplatte stand, spiegelte ebenfalls das leuchtende Mosaik und schimmerte, als wären Juwelen darin eingelassen. Als er nach dem Diktiergerät griff, stellte Marty fest, daß seine Hand in die schuppige, irisierende Regenbogenhaut einer exotischen Eidechse gehüllt zu sein schien.

Er zögerte und studierte die Pseudoschuppen auf seinem Handrücken und die Phantomjuwelen auf dem Diktiergerät. Die Wirklichkeit war von einer Schicht der Illusionen überzogen wie ein beliebiges Stück Fiktion.

Er nahm das Diktiergerät und drückte eine oder zwei Sekunden auf die Rücklauftaste, um die letzten Worte des unvollendeten Briefs an seinen Lektor zu suchen. Das dünne, schrille Piepsen seiner rückwärts abgespulten Stimme drang wie eine fremde Sprache aus dem kleinen, blechernen Lautsprecher.

Als er die Play-Taste drückte, stellte er fest, daß er nicht weit genug hatte zurücklaufen lassen: »... *ich muß ... ich muß ... ich muß* ...«

Stirnrunzelnd drückte er wieder auf Rücklauf und spulte das Band doppelt so weit zurück wie zuvor.

Aber immer noch: »... *ich muß ... ich muß ... ich muß* ...«

Rücklauf. Zwei Sekunden. Fünf. Zehn. Stop. Play.

»... *ich muß ... ich muß ... ich muß* ...«

Nach zwei weiteren Versuchen fand er den Brief: »... *daher müßte ich die endgültige Fassung des neuen Buchs in etwa einem Monat fertig haben. Ich glaube, es ist ... es ist ... äh ... es ...*«

Das Diktat brach ab. Schweigen ertönte vom Band – und sein eigenes Atmen.

Als der aus zwei Worten bestehende Gesang schließlich anfing, hatte sich Marty gespannt auf dem Sessel nach vorne gebeugt und betrachtete das Diktiergerät in seiner Hand.

»... *ich muß ... ich muß* ...«
Er sah auf die Uhr. Nicht ganz sechs Minuten nach vier.
Anfangs entsprach das verträumte Murmeln genau dem, das er gehört hatte, als er wieder zur Vernunft gekommen war und leisen Gesang wie die Antworten auf eine nicht endende, phantasielose religiöse Litanei hörte. Aber nach etwa einer halben Minute veränderte sich die Stimme auf dem Band, wurde schneidend und hektisch, zuerst zornerfüllt, dann wütend.
»... *ICH MUSS ... ICH MUSS ... ICH MUSS* ...«
Frustration sprach aus diesen beiden Worten.
Der Marty Stillwater auf Band – der für den lauschenden Marty Stillwater auch ein vollkommen Fremder hätte sein können – hörte sich an, als litte er unter akuten emotionalen Qualen wegen etwas, das er weder beschreiben noch sich vorstellen konnte.
Wie hypnotisiert betrachtete er finster die verzahnten weißen Spulen des Diktiergeräts, die sich unaufhörlich hinter ihrer Plastikabdeckung drehten.
Schließlich verstummte die Stimme, die Aufnahme war zu Ende, und Marty sah wieder auf die Uhr. Mehr als zwölf Minuten nach vier.
Er hatte angenommen, daß er die Konzentration nur ein paar Sekunden verloren hatte und in einen kurzen Tagtraum eingetaucht war. Statt dessen hatte er das Diktiergerät in der Hand gehalten, den Brief an seinen Lektor vergessen und diese beiden Worte sieben Minuten oder länger wiederholt.
Sieben Minuten, um Himmels willen.
Und er hatte sich überhaupt nicht daran erinnert. Wie in Trance.
Jetzt schaltete er das Band ab. Seine Hand zitterte, und als er das Diktiergerät auf den Schreibtisch stellte, klirrte es auf dem Glas.
Er sah sich in dem Arbeitszimmer um, wo er so viele einsame Stunden damit verbracht hatte, Kriminalfälle auszuhecken und zu lösen, wo er unzählige Figuren durch gewaltige Verwicklungen geschickt und herausgefordert hatte, sich aus tödlichen Gefahren zu befreien. Das Zimmer kannte er so gut: die berstend vollgestopften Bücherregale, ein Dutzend Gemälde, Originale, die für die Schutzumschläge seiner Romane verwendet worden waren, das Sofa, das er in Erwartung ruhiger Stunden gekauft hatte, in denen

er neue Geschichten erfinden wollte, aber nie Zeit fand oder Lust verspürte, darauf zu liegen, der Computer mit seinem übergroßen Monitor.

Aber diese Vertrautheit war nicht mehr tröstlich, denn jetzt wurde sie von den seltsamen Geschehnissen der letzten Minuten beeinträchtigt.

Er wischte sich die feuchten Handflächen an den Jeans ab.

Das Grauen, das für kurze Zeit von ihm gewichen war, senkte sich wieder wie Poes geheimnisvoller Rabe herab, der über einer Kammertür hockte.

Als er aus der Trance erwacht war und die Gefahr gespürt hatte, war er davon ausgegangen, daß er die Bedrohung draußen auf der Straße oder in Gestalt eines Einbrechers finden würde, der sich unten in den Zimmern zu schaffen machte. Aber es war schlimmer. Die Bedrohung war nicht äußerlich. Irgendwie steckte die Gefahr in seinem Inneren.

2.

Die Nacht ist dunkel und ohne Turbulenzen.

Die Wolken unten sind silbern und reflektieren das Mondlicht, und eine Zeitlang gleitet der Schatten des Flugzeugs über das dunstige Meer.

Der Flug des Killers von Boston trifft pünktlich in Kansas City, Missouri, ein. Er geht direkt zur Gepäckausgabe. Die Thanksgiving-Ausflügler werden erst morgen zurückkreisen, daher ist der Flughafen ruhig. Seine beiden Gepäckstücke – in einem befinden sich eine Pistole Marke Heckler & Koch P7, ein abschraubbarer Schalldämpfer und Ersatzmagazine mit 9mm Munition – fallen als erstes und zweites auf das Förderband.

Bei der Autovermietung stellt er fest, daß seine Reservierung nicht verloren oder falsch aufgeschrieben worden ist, wie es so häufig vorkommt. Er wird die große Ford-Limousine bekommen, die er bestellt hat, und sich nicht mit einem Mittelklassewagen begnügen müssen.

Die Kreditkarte auf den Namen John Larrington wird von dem Verkäufer und dem Scanner von American Express anstandslos akzeptiert, obwohl sein Name nicht John Larrington ist.

Als er das Auto bekommt, läuft es vorzüglich und riecht sauber. Die Heizung funktioniert sogar.

Alles scheint sich bestens für ihn zu entwickeln.

Wenige Meilen vom Flughafen entfernt nimmt er sich ein Zimmer in einem kleinen, dreigeschossigen Motel, wo ihm die Rothaarige an der Rezeption sagt, daß ihm das Frühstück – Brötchen, Saft und Kaffee – morgens aufs Zimmer gebracht wird, wenn er es wünscht. Seine Visa-Karte auf den Namen Thomas E. Jukovic wird akzeptiert, obwohl sein Name nicht Thomas E. Jukovic ist.

Sein Zimmer ist mit einem grellorangeroten Teppich ausgelegt, die Tapete ist blau gestreift. Aber die Matratze ist fest und die Handtücher sind flauschig.

Der Koffer mit der automatischen Pistole nebst Munition bleibt verschlossen im Kofferraum des Autos, wo neugierige Motelangestellte nicht in Versuchung geführt werden können.

Nachdem er eine Zeitlang im Sessel am Fenster gesessen und sich Kansas City im Sternenlicht angesehen hat, geht er zum Essen in den Speisesaal. Er ist einen Meter achtzig groß, wiegt neunzig Kilo, ißt aber so herzhaft wie ein viel größerer Mann. Einen Teller Gemüsesuppe mit Knoblauchtoast. Zwei Cheeseburger, Pommes frites. Ein Stück Apfelstrudel mit Vanilleeis. Sechs Tassen Kaffee.

Er hat immer einen gesunden Appetit. Häufig ist er heißhungrig; manchmal scheint sein Hunger fast unstillbar zu sein.

Beim Essen kommt die Kellnerin zweimal vorbei und fragt, ob das Essen schmeckt und ob er noch etwas braucht. Sie ist nicht nur zuvorkommend, sondern flirtet mit ihm.

Er ist zwar einigermaßen attraktiv, aber sein Äußeres kann es nicht mit dem eines Filmstars aufnehmen. Ja, Frauen flirten häufiger mit ihm als mit anderen Männern, die hübscher und besser gekleidet sind als er. Seine Garderobe, die aus Schuhen Marke Rockport, Khakihosen, einem dunkelgrünen Rollkragenpullover und einer billigen Armbanduhr besteht – kein Schmuck –, ist unauffällig, unscheinbar. Genau so sollte es sein. Die Kellnerin hat keinen Grund, ihn für einen wohlhabenden Mann zu halten. Und doch kommt sie schon wieder und lächelt kokett.

Eine Blondine mit whiskeyfarbenen Augen hatte ihn einmal in einer Cocktailbar in Miami, wo er sie aufgerissen hatte, wissen lassen, daß er eine faszinierende Aura habe. Eine anziehende magnetische Kraft ging von seinem Schweigen und seiner meistens steinernen Miene aus. »Du bist«, hatte sie verspielt beharrt, »der Inbegriff des starken, stummen Typs. Verdammt, wenn du in einem Film mit Clint Eastwood und Stallone mitspielen würdest, würde es gar keine Dialoge geben!«

Später hatte er sie zu Tode geprügelt.

Sie hatte ihn mit dem, was sie sagte oder tat, keineswegs in Rage gebracht. Im Gegenteil, Sex mit ihr war befriedigend gewesen.

Aber er hielt sich in Florida auf, um einem Mann namens Parker Abbotson das Gehirn aus dem Schädel zu pusten, und hatte Angst gehabt, die Frau könnte ihn später irgendwie mit dem Mordanschlag in Verbindung bringen. Er wollte nicht, daß sie der Polizei eine Beschreibung von ihm geben konnte.

Nachdem er sie erledigt hatte, war er ins Kino gegangen und hatte sich den neuesten Spielberg-Film angesehen. Dann einen Streifen mit Steve Martin.

Er mag Filme. Abgesehen von seiner Arbeit lebt er praktisch nur für Filme. Manchmal kommt es ihm so vor, als wären sein wahres Zuhause die Kinos in verschiedenen Städten, die sich jedoch in ihrer einförmigen Supermarktarchitektur so sehr gleichen, daß sie derselbe dunkle Zuschauerraum sein könnten.

Jetzt tut er so, als bemerke er nicht, daß sich die Kellnerin für ihn interessiert. Sie ist recht hübsch, aber er würde es nie wagen, eine Angestellte des Hotels zu töten, in dem er wohnt. Er muß eine Frau in einem Schuppen finden, der in keinem Zusammenhang mit ihm steht.

Er gibt genau fünfzehn Prozent Trinkgeld, weil man sowohl durch Geiz wie auch durch Verschwendung auffallen würde.

Nachdem er noch einmal kurz in sein Zimmer gegangen ist, um eine wollgefütterte Lederjacke zu holen, die für die Novembernacht angemessen ist, steigt er in den gemieteten Ford und fährt in stetig größer werdenden Kreisen durch den umliegenden Handelsbezirk. Er sucht nach einem Etablissement, wo die Chance besteht, daß er die richtige Frau trifft.

3.

Daddy war nicht Daddy.
 Er hatte Daddys blaue Augen, Daddys dunkelbraunes Haar, Daddys zu große Ohren, Daddys sommersprossige Nase; er war das Ebenbild des Marty Stillwater, der auf den Schutzumschlägen seiner Bücher abgebildet wurde. Er hörte sich genau wie Daddy an, als Charlotte und Emily und ihre Mutter nach Hause gekommen waren und ihn in der Küche vorgefunden hatten, wo er Kaffee trank, denn er sagte: »Es hat keinen Zweck zu behaupten, daß ihr nach dem Kino noch einkaufen gegangen seid. Ich habe euch von einem Privatdetektiv beschatten lassen. Ich weiß, ihr wart in einer Spielhölle in Gardena, habt Poker gespielt und Zigarren geraucht.« Er stand auf, setzte sich und bewegte sich wie Daddy.
 Später, als sie zum Abendessen ins Islands gingen, fuhr er sogar wie Daddy. Was zu schnell war, wie Mom meinte. Oder einfach »die selbstsichere, gekonnte Technik eines Meisterfahrers«, wenn man es aus Daddys Warte sah.
 Aber Charlotte wußte, daß etwas nicht stimmte, und sie machte sich Sorgen.
 Oh, er war nicht von einem Außerirdischen übernommen worden, der aus einer großen Samenkapsel aus dem Weltall gekrochen war oder etwas so Extremes. *So sehr* unterschied er sich nicht von dem Daddy, den sie kannte und liebte.
 Die Unterschiede waren größtenteils gering. Normalerweise war er entspannt und heiter, aber jetzt war er ein wenig verkrampft. Er saß steif da, als balancierte er Eier auf dem Kopf ... oder als rechnete er damit, daß er jeden Moment von jemand oder etwas geschlagen werden würde. Er lächelte nicht so bereitwillig und oft wie sonst, und wenn er *doch* lächelte, schien er nur so zu tun.
 Bevor er mit dem Auto rückwärts aus der Einfahrt stieß, drehte er sich um und sah nach Charlotte und Emily, ob diese auch die Sicherheitsgurte angelegt hatten, aber er sagte nicht, »die Stillwater-Rakete zum Mars startet jetzt durch«, oder »wenn ich die Kurven zu schnell nehme und ihr euch übergeben müßt, dann tut das bitte anständigerweise in eure Jackentaschen, und nicht auf meine schönen Polster«, oder »wenn wir so schnell rasen, daß wir in der Zeit

rückwärts reisen, dann ärgert die Dinosaurier nicht«, oder andere dumme Sachen, die er sonst immer sagte.

Charlotte merkte das und war beunruhigt.

Das Restaurant, Islands, hatte gute Hamburger, tolle Fritten – die man auch knusprig bestellen konnte –, Salate und weiche Tacos. Sandwiches und Pommes frites wurden in Körbchen serviert, das Ambiente war karibisch.

»Ambiente« war ein neues Wort für Charlotte. Sein Klang gefiel ihr so gut, daß sie es bei jeder sich bietenden Gelegenheit an den Mann brachte, auch wenn Emily – das hoffnungslose Kind – jedesmal verwirrt war und sagte: »Was für eine Ente? Ich sehe keine Ente«, wenn Charlotte das Wort benutzte. Siebenjährige konnten rechte Quälgeister sein. Charlotte war zehn – oder würde es in sechs Wochen werden –, und Emily war im Oktober *erst* sieben geworden. Em war eine gute Schwester, aber natürlich waren Siebenjährige einfach so ... so *siebenjährig*.

Wie auch immer, das Ambiente war tropisch: bunte Farben, Bambus an der Decke, Holzrollos und jede Menge Topfpalmen. Kellner und Kellnerinnen trugen kurze Hosen und grelle Hawaiihemden.

Das Lokal erinnerte sie an die Musik von Jimmy Buffett, die ihre Eltern liebten, die Charlotte aber ganz und gar nicht kapierte. Zumindest war das Ambiente echt *cool*, und die Pommes waren die besten.

Sie setzten sich in eine Nische in der Nichtraucherabteilung, wo das Ambiente sogar noch schöner war. Ihre Eltern bestellten Corona, das in gefrosteten Krügen serviert wurde. Charlotte trank eine Cola, Emily bestellte Wurzelbier.

»Wurzelbier ist was für Erwachsene«, sagte Em. Sie deutete auf Charlottes Cola. »Wann hörst du endlich auf, solches Kinderzeug zu trinken?«

Em war überzeugt, daß Wurzelbier genau soviel Alkohol wie richtiges Bier enthielt. Manchmal tat sie nach zwei Gläsern so, als wäre sie betrunken, was albern und peinlich war. Wenn Em die torkelnde, rülpsende Betrunkene spielte und Fremde sich nach ihr umdrehten, erklärte Charlotte ihnen, daß Em erst sieben war. Alle hatten Verständnis – was konnte man von einer Siebenjährigen schon anderes erwarten? –, aber es war trotzdem peinlich.

Als die Kellnerin das Essen brachte, unterhielten sich Mom und

Dad über Leute aus ihrem Bekanntenkreis, die sich scheiden ließen – langweilige Erwachsenengespräche, die jedes Ambiente rasch ruinieren konnten, wenn man ihnen zuhörte. Und Em schichtete Pommes frites zu seltsamen kleinen Stapeln auf, wie Miniaturversionen moderner Skulpturen, die sie letzten Sommer in einem Museum gesehen hatten; sie schenkte dem Projekt ihre ungeteilte Aufmerksamkeit.

Da alle abgelenkt waren, öffnete Charlotte den Reißverschluß der tiefsten Tasche ihrer Jeansjacke, holte Fred heraus und setzte ihn auf den Tisch.

Er saß reglos unter seinem Panzer, hatte die Stummelbeine und den Kopf eingezogen und war so groß und rund wie eine Herrenarmbanduhr. Schließlich ließ er die kleine, schnabelähnliche Schnauze sehen. Er schnupperte vorsichtig in der Luft, dann streckte er den Kopf ganz aus der Festung heraus, die er auf dem Rücken herumschleppte. Seine dunklen, glänzenden Schildkrötenaugen betrachteten seine neue Umgebung mit größtem Interesse, und Charlotte dachte sich, daß ihn das Ambiente in Erstaunen versetzen mußte.

»Bleib bei mir, Fred«, flüsterte sie, »und ich zeige dir Orte, die keine Schildkröte vor dir gesehen hat.«

Sie sah zu ihren Eltern. Die waren immer noch miteinander beschäftigt und hatten nicht bemerkt, wie sie Fred aus der Tasche geholt hatte. Jetzt konnten sie ihn hinter einem Körbchen mit Pommes nicht sehen.

Zu ihren Pommes frites aß Charlotte weiche Tacos mit Geflügelfüllung, aus denen sie jetzt ein Salatblatt herauszog. Die Schildkröte schnupperte daran und wandte angewidert den Kopf ab. Charlotte versuchte es mit einer Tomatenscheibe. *Ist das dein Ernst?* schien das Tier zu fragen und verschmähte den Leckerbissen.

Ab und zu konnte Fred launisch und schwierig sein. Das war ihre Schuld, vermutete sie, weil sie ihn verdorben hatte.

Sie glaubte nicht, daß Geflügel oder Käse gut für ihn sein würden, und sie wollte ihm erst Tortillakrümel anbieten, wenn er sein Gemüse gegessen hatte, daher knabberte sie an den knusprigen Pommes, sah sich in dem Restaurant um, als wäre sie fasziniert von den anderen Gästen, und schenkte dem ungezogenen kleinen Reptil überhaupt keine Beachtung mehr. Es hatte Salat und Tomate nur verweigert, um sie zu ärgern. Wenn es dachte, daß es sie keinen Pfifferling kümmerte, ob es aß oder nicht, dann würde es wahrscheinlich essen. In Schildkrötenjahren war Fred sieben.

Für ein Heavy-Metal-Pärchen in Lederkluft und mit seltsamen Frisuren interessierte sie sich tatsächlich. Die beiden lenkten sie ein paar Minuten ab; sie kam erst wieder zu sich, als ihre Mutter ein erschrockenes leises Quieken von sich gab.

»Oh«, sagte ihre Mutter nach dem Quieken, »es ist nur Fred.«

Die undankbare Schildkröte – schließlich hätte Charlotte sie auch zu Hause lassen können – saß nicht mehr neben dem Teller, wo sie gewesen war. Sie war um das Körbchen voll Pommes herum zur anderen Seite des Tisches gekrabbelt.

»Ich hab' ihn nur herausgeholt, um ihn zu füttern«, sagte Charlotte zu ihrer Verteidigung.

Mom hob das Körbchen, damit Charlotte die Schildkröte sehen konnte, und sagte: »Liebes, es ist nicht gut für ihn, wenn du ihn den ganzen Tag in der Tasche hast.«

»Nicht den ganzen Tag.« Charlotte nahm Fred an sich und steckte ihn wieder in die Tasche. »Erst seit wir zum Essen aus dem Haus gegangen sind.«

Mom runzelte die Stirn. »Was für Tiere hast du sonst noch bei dir?«

»Nur Fred.«

»Was ist mit Bob?« fragte Mom.

»Oh, bäh«, sagte Emily und schnitt Charlotte eine Grimasse. »Hast du Bob in der Tasche? Ich hasse Bob.«

Bob war ein Käfer, ein langsamer schwarzer Käfer, so groß wie das letzte Gelenk von Daddys Daumen, mit schwachen blauen Mustern auf dem Panzer. Sie hielt ihn zu Hause in einem großen Glas, aber manchmal ließ sie ihn auch heraus und sah zu, wie er in seiner trägen Art über eine Tischplatte oder sogar über ihre Hand krabbelte.

»Ich würde Bob nie mit in ein Restaurant nehmen«, versicherte Charlotte ihnen.

»Du solltest auch so schlau sein, Fred nicht mitzunehmen«, sagte ihre Mutter.

»Ja, Ma'am«, sagte Charlotte aufrichtig verlegen.

»Dumm«, versicherte Emily ihr.

Zu Emily sagte Mom: »Genauso dumm wie Pommes frites als Legosteine zu benützen.«

»Ich mache Kunst.« Emily machte immer Kunst. Manchmal war sie selbst für eine Siebenjährige unheimlich. *Picassos Reinkarnation*, nannte Daddy sie.

»Kunst, hm?« sagte Mom. »Du machst Kunst aus deiner Nahrung, und was wirst du essen? Ein Gemälde?«

»Vielleicht«, sagte Em. »Ein Gemälde aus Schokoladenkuchen.«

Charlotte machte den Reißverschluß der Tasche zu und sperrte Fred ein.

»Wasch dir die Hände, bevor du weiter ißt«, sagte Daddy.

Charlotte sagte: »Warum?«

»Was hast du gerade in der Hand gehabt?«

»Du meinst Fred? Aber Fred ist sauber.«

»Ich hab' gesagt, wasch dir die Hände.«

Der gereizte Tonfall ihres Vaters erinnerte sie daran, daß er heute nicht er selbst war. Er sprach selten so wütend zu ihr oder Em. Sie war nicht artig, weil sie Angst hatte, er würde sie schlagen oder anschreien, sondern weil es wichtig war, ihn oder Mom nicht zu enttäuschen. Es war das beste Gefühl der Welt, wenn sie eine gute Note in der Schule bekam oder anläßlich einer Vorführung gut Klavier spielte, so daß beide stolz auf sie waren. Und nichts war schlimmer als etwas zu vermasseln – und den traurigen Ausdruck der Enttäuschung in ihren Augen zu sehen, auch wenn sie sie nicht bestraften oder etwas sagten.

Nach den schroffen Worten ihres Vaters ging sie ohne Widerrede zur Damentoilette und mußte bei jedem Schritt mit den Tränen kämpfen.

Später, auf dem Nachhauseweg vom Islands, als Daddy wieder seinen Bleifuß hatte, sagte Mom: »Marty, dies sind nicht die fünfhundert Meilen von Indianapolis.«

»Findest du, ich bin zu schnell?« fragte Daddy, als wäre er überrascht. »Ich bin nicht zu schnell.«

»Nicht einmal der maskierte Rächer könnte mit dem Batmobil so rasen.«

»Ich bin dreiunddreißig und hatte noch nie einen Unfall. Makelloses Führungszeugnis. Kein einziger Strafzettel. Bin noch nie von einem Polizisten angehalten worden.«

»Weil sie dich nicht fangen können«, sagte Mom.

»Genau.«

Auf dem Rücksitz grinsten Charlotte und Emily sich an.

Solange sich Charlotte erinnern konnten, führten ihre Eltern solche scherzhaften Unterhaltungen über seinen Fahrstil, obwohl es ihrer Mutter ernst damit war, daß er langsamer fahren sollte.

»Nicht einmal einen Strafzettel wegen falschem Parken«, sagte Daddy.

»Nun, es ist auch nicht leicht, einen Strafzettel wegen Falschparken zu bekommen, wenn die Tachonadel immer am oberen Anschlag klebt.«

Früher war ihr Geplänkel immer heiter gewesen. Aber jetzt fuhr er Mom plötzlich barsch an: »Um Gottes willen, Paige, ich bin ein guter Fahrer, dies ist ein sicheres Auto, ich habe mehr Geld dafür ausgegeben, als ich sollte, weil es eines der sichersten Fahrzeuge auf der Straße ist, also könntest du bitte einfach Ruhe geben?«

»Klar. Tut mir leid«, sagte Mom.

Charlotte sah ihre Schwester an. Em hatte vor Fassungslosigkeit die Augen aufgerissen.

Daddy war nicht Daddy. Etwas stimmte nicht. Total nicht.

Sie waren erst einen Block weiter gefahren, da bremste er, sah Mom an und sagte: »Tut mir leid.«

»Nein, du hast recht, in manchen Dingen bin ich einfach zu zimperlich«, erklärte Mom ihm.

Sie lächelten einander an. Es war wieder gut. Sie würden sich nicht scheiden lassen wie die Leute, von denen sie beim Essen gesprochen hatten. Charlotte konnte sich nicht erinnern, daß sie einmal länger als ein paar Minuten miteinander böse gewesen wären.

Aber sie machte sich trotzdem noch Sorgen. Vielleicht sollte sie *doch* im Haus oder draußen hinter der Garage nachsehen, ob sie irgendwo eine gigantische Samenkapsel aus dem Weltraum finden konnte.

4.

Der Killer fährt wie ein Hai, der durch die kalten Strömungen eines nächtlichen Meers schwimmt.

Er ist zum ersten Mal in Kansas City, kennt aber die Straßen. Völlige Beherrschung des Stadtplans gehört zu seinen Vorbereitungen bei jedem Auftrag, falls er von der Polizei verfolgt wird und eine hastige Flucht unter Zeitdruck bewerkstelligen muß.

Seltsamerweise kann er sich nicht erinnern, daß er eine Karte gesehen – geschweige denn studiert – hat, und er kann sich nicht vorstellen, woher er diese detaillierten Informationen haben könnte. Aber er denkt nicht gerne über Löcher in seinen Erinnerungen nach, weil das die Tür zu einem schwarzen Abgrund öffnet, der ihm angst macht.

Daher fährt er einfach nur.

Normalerweise macht ihm das Fahren Spaß. Aber hin und wieder, so wie jetzt, fühlt er sich durch die Bewegungen des Autos und den Anblick einer fremden Stadt – so vertraut er auch mit dem Stadtplan sein mag – winzig, allein, entwurzelt. Sein Herz fängt schnell an zu schlagen. Plötzlich sind seine Handflächen so feucht, daß sie am Lenkrad abrutschen.

Als er vor einer Ampel bremst, sieht er das Auto in der Spur neben sich und erkennt eine Familie im Licht der Straßenlaternen. Der Vater fährt. Die Mutter sitzt auf dem Beifahrersitz, eine attraktive Frau. Ein etwa zehnjähriger Junge und ein sechs- oder siebenjähriges Mädchen sind auf dem Rücksitz. Auf dem Nachhauseweg von einer Nacht in der Stadt. Möglicherweise im Kino. Sie unterhalten sich, lachen, Eltern und Kinder gemeinsam, vereint.

In seiner niedergeschlagenen Verfassung ist dieser Anblick ein gnadenloser Hammerschlag, und er stößt einen dünnen, wortlosen Klagelaut aus.

Er fährt von der Straße ab auf den Parkplatz eines italienischen Restaurants. Sackt in seinem Sitz zusammen. Atmet kurz und abgehackt.

Die Leere. Ihm graut vor der Leere.

Und jetzt hat sie ihn eingeholt.

Er fühlt sich, als wäre er ein hohler Mann aus hauchdünnem geblasenem Glas, zerbrechlich, kaum substantieller als ein Gespenst.

In solchen Augenblicken braucht er verzweifelt einen Spiegel. Sein Spiegelbild gehört zu den wenigen Dingen, die seine Existenz bestätigen können.

Das auffällige rot-grüne Neonschild des Restaurants beleuchtet das Innere des Ford. Als er den Rückspiegel kippt, um sich selbst zu betrachten, hat seine Haut das Aussehen einer Leiche, und in seinen Augen lodern wechselnde scharlachrote Schatten, als würde ein Feuer in seinem Innersten brennen.

Heute abend genügt sein Spiegelbild jedoch nicht, seine Erregung zu lindern. Er fühlt sich mit jedem verrinnenden Augenblick substanzloser. Vielleicht wird er ein letztes Mal ausatmen und den letzten Rest seiner Substanz mit diesem Atemzug verströmen.

Tränen beeinträchtigen seine Sicht. Er ist überwältigt von seiner Einsamkeit und von der Sinnlosigkeit seines Lebens gequält.

Er verschränkt die Arme vor der Brust, umarmt sich selbst, beugt sich nach vorne und legt den Kopf auf das Lenkrad. Er schluchzt wie ein kleines Kind.

Er kennt seinen Namen nicht, nur die Namen, die er in Kansas City verwenden wird. Er wünscht sich so sehr, einen eigenen Namen zu haben, der nicht gefälscht ist wie die Kreditkarten, auf denen er steht. Er hat keine Familie, keine Freunde, kein Zuhause. Er kann sich nicht erinnern, wer ihm diesen Auftrag gegeben hat – oder die anderen Jobs davor –, und er weiß nicht, warum seine Opfer sterben müssen. Unglaublicherweise hat er auch keine Ahnung, wer ihn bezahlt, kann sich nicht erinnern, woher er das Geld in seiner Brieftasche hat oder wo er die Kleidung gekauft hat, die er am Leib trägt.

Auf einer viel tieferen Ebene weiß er nicht, wer er ist. Er besitzt keine Erinnerung an eine Zeit, als etwas anderes als Mord sein Beruf gewesen ist. Er hat keine politische Meinung, keine Religion, keine wie auch immer geartete Lebensphilosophie. Wenn er versucht, sich um aktuelle Belange zu kümmern, muß er feststellen, daß er nicht begreifen kann, was in den Zeitungen steht; er kann seine Aufmerksamkeit nicht einmal auf die Nachrichten im Fernsehen konzentrieren. Er ist intelligent, dennoch gestattet er sich – oder *werden* ihm gestattet – nur Befriedigungen körperlicher Natur: Essen, Sex, die brutale Erregung des Mordens. Weite Teile seines Geistes sind nicht kartographiert.

Ein paar Minuten verstreichen unter grünem und rotem Neon. Seine Tränen trocknen. Langsam hört er auf zu zittern.

Er kommt wieder in Ordnung. In den alten Trott zurück. Gefaßt, beherrscht.

Tatsächlich erhebt er sich mit erstaunlicher Geschwindigkeit aus den Niederungen der Verzweiflung. Überraschend, wie schnell er bereit ist, mit seinem letzten Auftrag fortzufahren – und mit dem bloßen Schatten eines Lebens, das er führt. Manchmal scheint ihm, als wäre er wie eine dumme und gehorsame Maschine programmiert.

Andererseits, würde er nicht weitermachen, was sonst bliebe ihm? Dieser Schatten eines Lebens ist das einzige Leben, das er hat.

5.

Als die Mädchen oben waren, sich die Zähne putzten und für das Bett zurechtmachten, ging Marty methodisch von Zimmer zu Zimmer des Erdgeschosses und vergewisserte sich, daß alle Türen und Fenster versperrt waren.

Er hatte die halbe Runde im Parterre schon beendet – und zog gerade am Riegel des Küchenfensters über der Spüle –, als er sich überlegte, was für einer seltsamen Beschäftigung er hier nachging. Normalerweise vergewisserte er sich vor dem Schlafengehen, daß Eingangs- und Hintertür abgeschlossen waren, natürlich, ebenso die Schiebetür vom Wohnzimmer zur Veranda, aber für gewöhnlich kümmerte er sich nicht darum, ob ein bestimmtes Fenster geschlossen war, es sei denn, es wäre tagsüber zum Lüften geöffnet worden. Dennoch überprüfte er die Sicherheit des Hauses so geflissentlich, wie ein Wachtposten die äußerste Verteidigungslinie eines von Feinden belagerten Bollwerks überprüfen würde.

Als er mit der Küche fertig war, hörte er Paige eintreten, und einen Augenblick später schlang sie beide Arme um ihn und umarmte ihn von hinten. »Alles in Ordnung?« fragte sie.

»Ja, nun ...«

»Schlimmer Tag?«

»Eigentlich nicht. Nur ein schlimmer Augenblick.«

Marty drehte sich in ihrem Armen um und umarmte sie ebenfalls. Sie fühlte sich so wunderbar an, so warm und kräftig, so *lebendig*.

Es überraschte ihn nicht, daß er sie jetzt noch mehr liebte als damals am College, als er sie kennenlernte. Die Triumphe und Niederlagen, die sie gemeinsam erlebt hatten, die jahrelangen tagtäglichen Bemühungen, einen Platz in der Welt zu finden und ihren Sinn zu erkennen, das alles war ein fruchtbarer Nährboden, auf dem Liebe wachsen konnte.

Aber in einer Zeit, da das Schönheitsideal angeblich von neunzehnjährigen professionellen Cheerleaderinnen der Oberliga-Footballmannschaften verkörpert wurde, hätte es eine Menge Leute bestimmt überrascht zu hören, das wußte Marty, daß er Paige mit jedem Jahr attraktiver fand, mit dem sie von einem neunzehnjährigen Mädchen zu einer dreiunddreißigjährigen Frau wurde. Ihre Augen waren nicht blauer als bei ihrer ersten Begegnung; ihr Haar war nicht kräftiger goldfarben, und ihre Haut war weder glatter noch rauher geworden. Dennoch hatten die Erfahrungen ihr Charakter und Tiefe verliehen. So abgedroschen es sich in einem Zeitalter des unverblümten Zynismus auch anhören mochte, manchmal schien ein inneres Licht aus ihr zu leuchten, so strahlend wie das verehrte Objekt eines Gemäldes von Raffael.

Ja, vielleicht hatte er ein Herz so weich wie Butter, vielleicht war er süchtig nach Romantik, aber er fand ihr Lächeln und die Herausforderung ihrer Augen unendlich attraktiver als einen Sechserpack nackter Cheerleader.

Er gab ihr einen Kuß auf die Stirn.

Sie sagte: »Ein schlimmer Augenblick? Was ist passiert?«

Er hatte sich noch nicht überlegt, wieviel er ihr von den verlorenen sieben Minuten erzählen sollte. Im Augenblick schien es das beste zu sein, das unheimliche Erlebnis herunterzuspielen, am Montag morgen zum Arzt zu gehen und vielleicht sogar ein paar Tests durchführen zu lassen. Befand er sich bei bester Gesundheit, erwies sich das, was heute nachmittag in seinem Arbeitszimmer geschehen war, möglicherweise als einmaliger, unerklärlicher Vorfall. Er wollte Paige nicht unnötig beunruhigen.

»Nun?« beharrte sie.

Mit der Betonung des Wortes erinnerte sie ihn daran, daß zwölf Jahre Ehe schwerwiegende Geheimnisse unmöglich machten, so sehr seine Zurückhaltung auch besten Absichten entspringen mochte.

Er sagte: »Erinnerst du dich an Audrey Aimes?«

»Wen? Oh, du meinst in *Ein toter Bischof*.«

Ein toter Bischof war ein Roman, den er geschrieben hatte. Audrey Aimes war die Hauptperson.

»Kannst du dich noch an ihr Problem erinnern?«

»Sie fand einen toten Priester, der an einem Haken im Kleiderschrank ihrer Diele hing.«

»Davon abgesehen.«

»Sie hatte *noch* ein Problem? Eigentlich sollte ein toter Priester genügen. Bist du sicher, daß du deine Bücher nicht zu kompliziert konstruierst?«

»Es ist mein Ernst«, sagte er, obwohl ihm bewußt wurde, wie seltsam es war, daß er seine Frau über eine persönliche Krise unterrichtete, indem er sie mit den Erlebnissen einer Krimiheldin verglich, die er *selbst* geschaffen hatte.

War die Trennlinie zwischen Leben und Dichtung für andere Menschen ebenso verschwommen wie manchmal für einen Schriftsteller? Und wenn ja – konnte man daraus ein Buch machen?

Stirnrunzelnd sagte Paige: »Audrey Aimes ... O ja, du meinst ihre Blackouts.«

»Fugues«, sagte er.

Eine Fugue, in der Fachsprache auch »Amnesie-Episode« genannt, war eine Persönlichkeitsstörung. Das Opfer ging aus, sprach mit Leuten und ging verschiedenen Aktivitäten nach, wobei es einen völlig normalen Eindruck machte – und doch konnte es sich später nicht erinnern, wo es gewesen war und was es während der Blackouts getan hatte, als wäre die Zeit im Tiefschlaf verbracht worden. Eine Fugue konnte Minuten dauern, Stunden, sogar Tage.

Audrey Aimes fing plötzlich im Alter von dreißig Jahren an, unter Fugues zu leiden, weil nach mehr als zwei Jahrzehnten verdrängte Erinnerungen an Kindesmißbrauch an die Oberfläche kamen und sie sich psychologisch davon distanzierte. Sie war überzeugt gewesen, daß sie den Priester im Zustand einer solchen Fugue getötet hatte, aber selbstverständlich hatte jemand anders ihn ermordet und in ihrem Schrank versteckt, und der ganze bizarre Mordfall stand damit in Zusammenhang, was ihr als kleines Mädchen widerfahren war.

Obwohl er seinen Lebensunterhalt damit verdiente, vollendete Hirngespinste zu ersinnen, genoß Marty den Ruf, emotional so stabil wie der Fels von Gibraltar und so sanftmütig wie ein Golden Retriever auf Valium zu sein, und eben darum lächelte Paige ihn nun immer noch an und schien nicht bereit zu sein, ihn ernst zu nehmen.

Sie stellte sich auf Zehenspitzen, gab ihm einen Kuß auf die Nase und sagte: »Du hast also vergessen, den Müll raus zu bringen, und jetzt willst du dich damit herausreden, daß es an einem Persönlichkeitszusammenbruch liegt, der auf längst vergessene, gemeine Kindesmißhandlungen zurückgeht, als du sechs Jahre alt warst. Also wirklich, Marty. Du solltest dich schämen. Deine Mom und dein Dad sind die reizendsten Leute, die ich je getroffen habe.«

Er ließ sie los, schloß die Augen und drückte eine Hand auf die Stirn. Er bekam teuflische Kopfschmerzen.

»Im Ernst, Paige. Heute nachmittag ... im Arbeitszimmer ... sieben Minuten ... nun, ich weiß nur, was ich in diesen sieben Minuten gemacht habe, weil es auf Band aufgezeichnet ist. Daran erinnern kann ich mich nicht. Und es ist unheimlich. Sieben unheimliche Minuten.«

Er spürte, wie ihr Körper erstarrte, als ihr klar wurde, daß es sich nicht um einen komplexen Scherz handelte. Als er die Augen aufschlug, stellte er fest, daß das verspielte Lächeln verschwunden war.

»Vielleicht gibt es eine Erklärung«, sagte er. »Vielleicht besteht kein Grund zur Beunruhigung. Aber ich habe Angst, Paige. Ich komme mir dumm vor, als sollte ich einfach die Achseln zucken und es vergessen, aber ich habe Angst.«

6.

In Kansas City poliert ein kalter Wind die Nacht, bis der Himmel eine endlose Platte klaren Kristalls zu sein scheint, in der die Sterne schweben und hinter der ein endloser Stausee der Dunkelheit lauert.

Unter dieser gewaltigen Last von Raum und Schwärze duckt sich die Blue Life Lounge wie eine Forschungsstation auf den Grund eines Meeresgrabens, die unter Druck steht, damit sie nicht implodiert. Die Fassade ist mit einer glänzenden Aluminiumfolie verkleidet, die an die Transportwagen von Airstream und Autobahnraststätten der fünfziger Jahre erinnert. Blaues und grünes Neon buchstabiert den Namen in einer geschwungenen Schrift und beleuchtet das Gebäude; es schimmert im Aluminium und lockt so unwiderstehlich wie die Lampen Neptuns.

Im Inneren, wo eine Band Rock 'n' Roll der vergangenen beiden Jahrzehnte aus den Verstärkern hämmern läßt, geht der Killer auf eine große, hufeisenförmige Bar in der Mitte des Raumes zu. Dikker Zigarettenqualm, Biergeruch und Körperausdünstungen machen die Luft so dick, daß sie ihm fast Widerstand leistet, als wäre sie Wasser.

Die Menge bietet ein vollkommen anderes Bild als die traditionellen Thanksgiving-Szenen, die an diesem verlängerten Wochenende über die Bildschirme flimmern. Die Kunden an den Tischen sind fast ausnahmslos rüpelhafte junge Männer in Gruppen, mit mehr Energie und Testosteron, als gut für sie ist. Sie brüllen, um sich über die donnernde Musik hinweg verständlich zu machen, begrapschen die Kellnerinnen, um deren Aufmerksamkeit zu erwecken, und johlen begeistert, wenn der Gitarrist ein gelungenes Riff spielt.

Die Entschlossenheit, mit der sie ihren Spaß haben wollen, erinnert an das hektische Wuseln von Insekten.

Ein Drittel der Männer an den Tischen sind in Begleitung junger Frauen oder Freundinnen von der toupierten, dick geschminkten Fraktion. Sie sind so ungehobelt wie die Männer – und wären bei einem Familientreffen am heimischen Kamin ebenso fehl am Platze wie kreischende bunte Papageien am Bett einer sterbenden Nonne.

Die hufeisenförmige Bar umgibt eine ovale, von roten und weißen Spots angestrahlte Bühne, wo zwei junge Frauen mit ausnehmend straffen Figuren zum Klang der Musik wie wild herumwirbeln und es tanzen nennen. Sie tragen Cowgirlkostüme, die aufreizend gestaltet sind, nichts als Fransen und Spangen, und eine löst Pfiffe und Gejohle aus, als sie sich von ihrem Oberteil befreit.

Die Männer auf den Barhockern entstammen allen Altersschichten und scheinen im Gegensatz zu den Gästen an den Tischen allein zu sein. Sie sitzen schweigend da und schauen zu den Tänzerinnen mit ihrer glatten Haut auf. Viele schwanken leicht mit den Hockern oder bewegen verträumt die Köpfe im Rhythmus einer Musik hin und her, welche weitaus weniger hektisch als diejenige ist, die die Band tatsächlich spielt; sie sind wie eine Kolonie Seeanemonen, die von tiefen unterirdischen Strömungen bewegt werden und stumpfsinnig darauf warten, daß ihnen ein Krümelchen Freude zugespült wird.

Er nimmt auf einem der beiden freien Hocker Platz und bestellt eine Flasche Becks dunkel bei dem Barkeeper, der Walnüsse in den

Armbeugen knacken könnte. Alle drei Barkeeper sind groß und muskulös und zweifellos wegen ihrer Fähigkeit eingestellt, auch als Rausschmeißer fungieren zu können, sollte sich die Notwendigkeit ergeben.

Die Tänzerin am anderen Ende der Bühne, deren Brüste unbehindert hüpfen, ist eine atemberaubende Brünette mit einem Tausend-Watt-Lächeln. Sie geht in der Musik auf und scheint echten Spaß an der Darbietung zu haben.

Die Tänzerin in seiner Nähe, eine langbeinige Blondine, ist noch attraktiver als die Brünette, aber ihre Bewegungen wirken mechanisch, und sie scheint von Drogen oder Ekel betäubt zu sein. Sie lächelt nicht und sieht keinen an, sondern hat den Blick auf eine ferne Stelle gerichtet, die nur sie allein sehen kann.

Sie macht einen überheblichen Eindruck und scheint die Männer zu verabscheuen, die sie ansehen. Es würde ihm größtes Vergnügen bereiten, die Pistole zu ziehen und mehrere Schüsse in ihren Prachtkörper abzufeuern – und einen obendrein mitten in ihr arrogantes Gesicht.

Ungeheurer Nervenkitzel überkommt ihn beim bloßen Gedanken, ihr die Schönheit zu nehmen. Das findet er faszinierender als ihr das Leben zu nehmen. Er schätzt das Leben gering, Schönheit dagegen hoch ein, da sein eigenes Leben häufig unerträglich öde ist.

Glücklicherweise liegt die Pistole im Kofferraum des gemieteten Ford. Er hat die Waffe genau aus dem Grund dort gelassen, der Verlockung aus dem Weg zu gehen, wenn er sich zu so einer Gewalttat hingezogen fühlt.

Manchmal verspürt er zwei- oder dreimal täglich das Verlangen, jeden zu vernichten, der in seiner Nähe ist – Männer, Frauen, Kinder, einerlei. Im Bann dieser finsteren Anwandlungen haßt er jede Menschenseele auf dem Antlitz der Erde – sei sie schön oder häßlich, reich oder arm, klug oder dumm, jung oder alt.

Vielleicht beruht sein Haß teilweise darauf, daß er anders ist als sie. Er muß immer als Außenseiter leben.

Aber schlichte Entfremdung ist nicht der Hauptgrund dafür, daß er ab und zu an wahllose Gemetzel denkt. Er braucht etwas von anderen Menschen, das sie nur unwillig hergeben, und weil sie es ihm verweigern, haßt er sie mit einer Inbrunst, daß er zu jeder Greueltat fähig wäre, obwohl er keine Ahnung hat, was er eigentlich von ihnen erwartet.

Das geheimnisvolle Bedürfnis ist manchmal so intensiv, daß es Schmerzen bereitet. Es ist ein Verlangen wie die Gier eines Verhungernden – aber keine Gier nach Nahrung. Häufig steht er zitternd am Rand der Offenbarung; ihm wird klar, daß die Antwort erstaunlich einfach ist, wenn er sich ihr nur öffnen kann, aber stets entzieht sich ihm die Erleuchtung.

Der Killer trinkt einen kräftigen Schluck aus der Flasche Becks. Er will das Bier, braucht es aber nicht. Wollen ist nicht brauchen.

Auf der erhöhten Bühne nimmt die Blondine das Oberteil ab und entblößt blasse, aufwärts gerichtete Brüste.

Wenn er die Pistole und den Munitionsvorrat aus dem Kofferraum des Autos holt, verfügt er über neunzig Schuß. Wenn die arrogante Blondine tot ist, könnte er die andere Tänzerin töten. Dann die drei muskelbepackten Barkeeper mit drei Kopfschüssen. Er ist ausgezeichnet im Gebrauch von Schußwaffen unterrichtet – aber er kann sich nicht daran erinnern, wer ihn ausgebildet hat. Wenn diese fünf tot sind, kann er in die fliehende Menge zielen. Viele, die nicht durch Schüsse sterben, würden von der panischen Menge totgetrampelt werden.

Der Gedanke an ein Gemetzel erregt ihn, und er weiß, Blut kann ihn zumindest vorübergehend das quälende Verlangen vergessen lassen, das ihn peinigt. Er hat den Teufelskreis schon öfter erlebt: Verlangen führt zu Frustration; Frustration wird zu Wut; Wut schlägt in Haß um; Haß erzeugt Gewalt – und Gewalt kann manchmal besänftigend wirken.

Er trinkt mehr Bier und fragt sich, ob er verrückt ist.

Er erinnert sich an einen Film, in dem ein Psychiater dem Helden versichert, daß nur geistig gesunde Menschen an ihrer geistigen Gesundheit zweifeln. Echte Irre sind stets fest von ihrer Vernunft überzeugt. Daher muß er geistig gesund sein, da er imstande ist, daran zu zweifeln.

7.

Marty lehnte am Türrahmen und sah zu, wie die Mädchen nacheinander vor dem Frisiertisch im Schlafzimmer Platz nahmen, damit Paige ihnen das Haar bürsten konnte. Beiden fünfzigmal.

Vielleicht lag es am einförmigen Rhythmus der bürstenden Bewegungen oder an der beruhigenden häuslichen Szene, daß Martys Kopfschmerzen nachließen. Wie auch immer, die Schmerzen verschwanden.

Charlottes Haar war golden, wie das ihrer Mutter, das von Emily dagegen so dunkelbraun, daß es fast schwarz wirkte, wie das ihres Vaters. Beim Bürsten schwatzte Charlotte fast ununterbrochen mit Paige; aber Emily blieb stumm, krümmte den Rücken, schloß die Augen und genoß das Bürsten mit fast katzenhaftem Vergnügen.

Die unterschiedlichen Hälften ihres gemeinsamen Zimmers bescheinigten weitere Unterschiede zwischen den Schwestern. Charlotte mochte Poster voller Bewegung: bunte Heißluftballons vor einem Wüstenhintergrund; eine Ballettänzerin mitten in einem Entrechat; rennende Gazellen. Emily bevorzugte Poster mit Herbstlaub, tief verschneiten Nadelbäumen, mondbeschienener silberner Brandung an einem hellen Strand. Charlottes Bettdecke war grün, rot und gelb; die von Emily aus beigem Chenille. In Charlottes Hälfte regierte das Durcheinander; die von Emily war blitzblank.

Dann waren da die Haustiere. Auf Charlottes Seite des Zimmers standen in einem Einbauregal das Terrarium, welches das Zuhause von Fred der Schildkröte war; das große Einmachglas, in dem Bob der Käfer inmitten von Laub und Gras wohnte; der Käfig von Wayne der Rennmaus; ein zweites Terrarium, dessen Bewohner Sheldon die Schlange war; ein zweiter Käfig, worin Whiskers die Maus eine Menge Zeit damit verbrachte, trotz Draht und Glas zwischen ihnen Sheldon zu beobachten; und ein letztes Terrarium für Loretta das Chamäleon. Charlotte hatte nicht einsehen wollen, daß ein Kätzchen oder ein junger Hund ein angemesseneres Haustier gewesen wären. »Hunde und Katzen laufen dauernd herum, man kann sie nicht in einem sicheren kleinen Heim halten und beschützen«, erklärte sie.

Emily besaß nur ein Haustier. Sein Name war Peepers. Es war ein Stein von der Größe einer kleinen Zitrone und jahrzehntelang vom fließenden Wasser des Baches Sierra glatt geschliffen, in dem sie ihn vor einem Jahr in den Sommerferien gefunden hatte. Sie hatte zwei schmachtende Augen darauf gemalt und behauptete: »Peepers ist das beste Haustier von allen. Ich muß ihn nicht füttern oder hinter ihm saubermachen. Er ist schon seit ewigen Zeiten hier, also ist er echt klug und weise, und wenn ich traurig oder wütend bin, dann erzähle ich ihm, was mich bedrückt; er hört sich alles an und wird ganz traurig, und dann muß ich nicht mehr darüber nachdenken und kann fröhlich sein.«

Emily konnte Gedanken äußern, die oberflächlich gesehen kindlich waren, aber bei eingehenderer Betrachtung tiefschürfender und reifer zu sein schienen, als man es von einer Siebenjährigen erwarten sollte. Wenn Marty in ihre dunklen Augen sah, dann kam es ihm vor, als wäre sie sieben, ginge aber auf vierhundert zu, und er konnte es kaum erwarten zu sehen, wie interessant und vielschichtig sie sein würde, wenn sie erwachsen war.

Als ihre Haare gebürstet waren, krochen die Mädchen in ihre Betten, ihre Mutter zog die Decken über sie, gab jeder einen Kuß und wünschte ihnen angenehme Träume. »Laß dich nicht von den Bettwanzen beißen«, warnte sie Emily, weil der Satz sie immer zum Kichern brachte.

Als Paige zur Tür ging, zog Marty einen Lehnstuhl von seinem üblichen Platz an der Wand und stellte ihn ans Fußende genau zwischen die beiden Betten. Er löschte sämtliche Lichter, abgesehen von einer kleinen Leselampe über seinem offenen Notizbuch und einer leuchtenden Micky Maus neben der Steckdose über dem Boden. Er setzte sich auf den Stuhl, hielt das Notizbuch in Lesedistanz und wartete, bis das Schweigen dieselbe Aura freudiger Erwartung angenommen hatte wie in einem Theater, wenn sich langsam der Vorhang hebt.

Die Stimmung war vorbereitet.

Dies war die glücklichste Zeit von Martys Tag. Die Gutenachtgeschichte. Was auch immer passieren mochte, nachdem er morgens aufstand, er konnte sich immer auf die Gutenachtgeschichte freuen.

Er schrieb die Geschichten selbst in ein Notizbuch mit der Aufschrift *Gutenachtgeschichten für Charlotte und Emily,* das er eines Tages vielleicht sogar veröffentlichen würde. Oder auch nicht. Jedes Wort war ein Geschenk für seine Töchter, daher lag die Entscheidung, die Geschichten mit anderen zu teilen, ganz bei ihnen.

Heute abend sollte eine ganz besondere Geschichte beginnen, eine Geschichte in Reimform, deren Fortsetzungen bis Heiligabend reichen würden. Vielleicht konnte sie ihm helfen, die beunruhigenden Ereignisse in seinem Arbeitszimmer zu vergessen.

> »*Als Thanksgiving glücklich vorüber war,*
> *mehr Truthahn gegessen als letztes Jahr ...*«

»Es reimt sich!« sagte Charlotte entzückt.
»Psssssst!« wies Emily ihre Schwester zurecht.
Es gab wenige, aber wichtige Regeln des Geschichtenerzählens, und eine davon besagte, daß das aus den beiden Mädchen bestehende Publikum nicht mitten im Satz, oder im Fall eines Gedichts mitten in der Strophe, unterbrechen durfte. Ihre Kritik wurde geschätzt, ihre Reaktion gewürdigt, aber dem Erzähler mußte der gebührende Respekt entgegengebracht werden.
Er begann erneut:

> »*Als Thanksgiving glücklich vorüber war,*
> *mehr Truthahn gegessen als letztes Jahr,*
> *mehr Füllung, Kartoffeln, Gemüse zubauf*
> *in die Münder geschaufelt bis obenauf.*
> *Und nach Biskuits, Salaten und süßem Gebäck*
> *paßt uns kein Hemd mehr, es hat keinen Zweck.*«

Die Mädchen kicherten genau da, wo sie kichern sollten, und Marty konnte sich kaum zurückhalten, sich umzudrehen und nachzusehen, wie es Paige bisher gefiel, da sie es bis zu diesem Augenblick auch noch nicht gehört hatte. Aber niemand würde einen Geschichtenerzähler ernst nehmen, der nicht bis zum Ende seiner Geschichte auf Beifallsbezeugungen warten konnte; eine unerschütterliche Aura der Selbstsicherheit, ob nun gespielt oder echt, war von grundsätzlicher Bedeutung für den Erfolg.

> »*Freun wir uns nun auf das große Fest,*
> *das gar nicht mehr lang' auf sich warten läßt.*
> *Ganz sicher wißt ihr, was für ein Tag,*
> *nicht Ostern noch Pfingsten, gemeint sein mag.*
> *Nun sagt mir rasch, welcher Tag uns da lacht,*
> *Ich frag' euch, ihr Ladies, wie heißt er ...?*«

»Weihnacht!« antworteten Charlotte und Emily wie aus einem Mund, und ihre hastige Antwort bestätigte ihm, daß er sie in seinen Bann gezogen hatte.

»Bald holen wir den Baum herbei.
Warum nur einen? Vielleicht zwei oder drei!
Mit Lametta und buntem Schmuck angetan,
schauen wir ihn noch viel lieber an.
Mit Lichterketten dann das Dach geziert,
daß der Rentierschlitten uns finden wird.
Dann rasch noch mit Streusalz die Ziegeln gewürzt,
damit Sankt Niklaus nicht ausrutscht und stürzt;
sonst bricht er sich vielleicht noch ein Bein,
und wir möchten wirklich nicht schuld daran sein.«

Er sah die Mädchen an. Ihre Gesichter schienen im Schatten zu leuchten. Ohne ein Wort auszusprechen sagten sie ihm: *Nicht aufhören, nicht aufhören!*

O Gott, das gefiel ihm. Und er liebte sie so sehr.

Wenn es einen Himmel gab, dann war er genau hier und jetzt.

»Doch höret, was Schlimmes geschehen ist,
ich hoffe, daß es euch nicht das Fest vermiest.
Nikolaus wurde gefesselt, geknebelt,
entführt, gefangen, mit Drogen umnebelt.
Sein Schlitten steht einsam, verlassen dort,
und jemand nahm seine Kreditkarte fort.
Bald räumt man sein Konto ratzeputz ab
mit dem elektronischen Bankautomat.«

»Oh-ohh«, sagte Charlotte und kuschelte sich tiefer unter die Decke, »es wird gruselig.«

»Logisch«, sagte Emily. »Daddy hat es geschrieben.«

»Wird es zu gruselig?« fragte Charlotte und zog die Decke bis zum Kinn hoch.

»Hast du Socken an?« fragte Marty.

Charlotte zog normalerweise Socken im Bett an, außer im Sommer, weil sie immer kalte Füße hatte.

»Socken?« sagte sie. »Klar. Und?«

Marty beugte sich nach vorne und dämpfte die Stimme zu einem unheilschwangeren Flüstern. »Weil diese Geschichte erst am Heiligabend zu Ende ist, und bis dahin wird es dir vor Angst bestimmt ein dutzendmal die Socken ausziehen.«

Er machte ein garstiges Gesicht.
Charlotte zog die Decke bis zur Nasenspitze hoch.
Emily kicherte und verlangte: »Komm schon, Daddy, wie geht es weiter?«

>»Über Berge und Täler, weiß und verschneit,
> Silberner Glockenklang tönt weit und breit.
> Und Rentiere ziehn das himmlische Gefährt,
> eine dumme Gans hat sie fliegen gelehrt.
> Der Kutscher kichert, er ist, sind wir ehrlich,
> ein Irrer, ein Schurke, gemeingefährlich.
> Etwas stimmt nicht, man sieht es, o weh und o graus
> mit diesem falschen Sankt Nikolaus.
> Er sabbert und stammelt und stottert und spuckt,
> hat Anfälle, Krämpfe, zappelt und zuckt;
> seine Augen sind finster, drum holt eins, zwei, drei
> so schnell es geht die Polizei.
> Ein Blick verrät, er ist geisteskrank,
> und aus seinem Mund weht übler Gestank.«*

»Herrje«, sagte Charlotte und zog die Decke bis unter die Augen. Sie tat immer so, als gefielen ihr gruselige Geschichten nicht, aber sie beschwerte sich stets als erste, wenn nicht früher oder später etwas Schreckliches in einer Geschichte passierte.

»Wer war es?« fragte Emily. »Wer hat den Nikolaus gefesselt, geknebelt, entführt und seinen Schlitten geraubt?«

>»Vorm Weihnachtsfest hütet euch dieses Jahr,
> denn nun droht eine neue Gefahr.
> Sankt Nikolaus' Zwilling, der fies und gemein
> schlich heimlich bei seinem Bruder sich ein,
> Und darum, Mütter, seid auf der Hut,
> liebt ihr eure Kinder, dann hütet sie gut;
> denn durch den Kamin und durch den Schlot
> kommt dieser böse, gemeine Idiot!«*

»Ihhh!« rief Charlotte und zog die Decke über den Kopf.
Emily sagte: »Was hat den Zwillingsbruder des Nikolaus so böse gemacht?«

»Vielleicht hatte er eine schlimme Kindheit«, sagte Marty.
»Vielleicht wurde er so *geboren*«, sagte Charlotte unter der Decke.
»Können Menschen böse geboren werden?« fragte Emily. Dann beantwortete sie ihre eigene Frage, bevor Marty es konnte. »Aber klar können sie. Wenn manche Menschen gut geboren werden können, wie du und Mommy, dann müssen auch welche böse geboren werden können.«

Marty sog die Reaktion der Mädchen in sich auf und freute sich über sie. Auf einer Ebene war er Schriftsteller, speicherte ihre Worte ab, den Rhythmus ihrer Sprache, ihrer Mienen, falls er es einmal in einem Buch verwenden konnte. Er nahm an, es war nicht besonders bewundernswert, selbst die eigenen Kinder als Studienmaterial zu betrachten; möglicherweise war es sogar moralisch verwerflich, aber er konnte nicht anders. So war er eben. Aber gleichzeitig war er auch Vater und verwahrte den Augenblick im Geiste, weil er eines Tages nur noch Erinnerungen an ihre Kindheit haben würde, und er wollte imstande sein, sich an *alles* zu erinnern, das Gute und das Böse, winzige Augenblicke und große Ereignisse, in Technicolor und Dolby Stereo und vollkommen klar und deutlich, weil ihm alles zu kostbar war, als daß er es verlieren wollte.

Emily sagte: »Hat der böse Zwillingsbruder des Nikolaus einen Namen?«

»Ja«, sagte Marty, »er hat einen, aber ihr müßt auf einen anderen Abend warten, bis ihr ihn erfahrt. Wir haben das Ende des ersten Teils erreicht.«

Charlotte streckte den Kopf unter der Decke hervor, dann bestanden beide Mädchen darauf, daß er den ersten Teil des Gedichts noch einmal lesen sollte, was er vorher gewußt hatte. Aber selbst beim zweiten Mal würden sie noch zu aufgeregt zum Schlafen sein. Sie würden auf einem dritten Vorlesen bestehen, und er würde gehorchen, denn dann würden sie so vertraut mit den Worten sein, daß sie sich beruhigen konnten. Wenn er mit dem dritten Vorlesen fertig war, würden sie entweder tief schlafen oder gerade am Eindösen sein.

Als er wieder mit der ersten Zeile anfing, hörte Marty, wie sich Paige umdrehte, zur Tür hinaus und zur Treppe ging. Sie würde im Wohnzimmer auf ihn warten, möglicherweise mit einem prasselnden Feuer im Kamin, möglicherweise mit Rotwein und einer

Kleinigkeit zu essen, und sie würden sich aneinander kuscheln und von ihrem Tag erzählen.

Fünf Minuten des Abends, jetzt oder später, würden interessanter für ihn sein als eine Reise um die Welt. Er war ein hoffnungsloser Stubenhocker. Die Freuden von Herd und Familie waren verlockender für ihn als die geheimnisvollen Sandwüsten Ägyptens, die Pracht von Paris und die Geheimnisse des Fernen Ostens zusammengenommen.

Als er seinen beiden Töchtern zublinzelte und wieder las: »Als Thanksgiving glücklich vorüber war«, hatte er vorübergehend vergessen, daß heute nachmittag etwas Beunruhigendes in seinem Arbeitszimmer geschehen und sein häuslicher Friede gestört worden war.

8.

In der Blue Life Lounge streift eine Frau an dem Killer entlang und rutscht auf den Barhocker neben ihm. Sie ist längst nicht so schön wie die Tänzerinnen, aber für seine Zwecke attraktiv genug. Sie trägt braune Jeans und ein rotes T-Shirt und könnte eine ganz gewöhnliche Kundin sein, aber das ist sie nicht. Er kennt ihren Typ – eine käufliche Venus mit dem Geschick einer geborenen Buchhalterin.

Sie beginnen eine Unterhaltung, indem sie sich dicht zueinander beugen, damit sie einander über den Lärm der Band hinweg verstehen können, und wenig später berühren sich ihre Köpfe fast. Ihr Name ist Heather, behauptet sie jedenfalls. Ihr Atem riecht nach Pfefferminz.

Als sich die Tänzerinnen zurückziehen und die Band eine Pause macht, hat sich Heather überzeugt, daß er kein Cop von der Sitte ist, daher wird sie kühner. Sie weiß, was er will, sie hat, was er will, und sie läßt ihn wissen, daß sie ihm, wenn er kaufen will, was zu verkaufen hat.

Heather erzählt ihm, daß auf der anderen Straßenseite ein Hotel liegt, wo man Zimmer stundenweise mieten kann, wenn ein Mädchen dem Management bekannt ist. Das überrascht ihn nicht; es gibt Gesetze der Lust und der Ökonomie, die so beständig wie Naturgesetze sind.

Sie zieht ihre lammfellgefütterte Jacke an, dann gehen sie gemeinsam in die kalte Nacht hinaus, wo ihr Pfefferminzatem in der frischen Luft zu Dampf kondensiert. Sie überqueren den Parkplatz und die Straße Hand in Hand, als waren sie ein Liebespärchen an der High School.

Obwohl sie weiß, was er will, hat sie ebensowenig wie er eine Ahnung, was er braucht. Wenn er bekommen hat, was er will, und wenn das das brennende Verlangen in ihm nicht stillen konnte, wird Heather das Muster der Emotionen kennenlernen, das ihm inzwischen schon so vertraut ist: Verlangen führt zu Frustration; Frustration wird zu Wut; Wut schlagt in Haß um; Haß erzeugt Gewalt – und Gewalt kann manchmal besänftigend wirken.

Der Himmel ist ein gewaltiger Gletscher aus kristallklarem Eis. Die Bäume stehen Ende November kahl und ohne Blätter da. Der Wind erzeugt einen kalten, klagenden Laut, wenn er von der umliegenden Prärie über die Stadt weht. Und Gewalt kann manchmal besänftigend wirken.

Später, nachdem er sich mehr als einmal in Heather ergossen hat und nicht mehr im drängenden Griff der Lust gefangen ist, kommt ihm das schäbige Hotelzimmer wie eine unerträgliche Erinnerung an die seichte, schmuddelige Natur seiner eigenen Existenz vor. Seine unmittelbare Begierde ist gestillt, aber der Wunsch nach mehr Leben, nach Richtung und Sinn, ist ungebrochen.

Die nackte junge Frau, auf der er noch liegt, kommt ihm jetzt häßlich vor, sogar ekelhaft. Die Erinnerung an Intimitäten mit ihr stößt ihn ab. Sie kann oder will ihm nicht geben, was er braucht. Sie lebt am Rand der Gesellschaft, verkauft ihren Körper, sie ist selbst eine Ausgestoßene und damit ein nervtötendes Symbol seiner eigenen Entfremdung.

Sie ist überrascht, als er ihr ins Gesicht schlägt. Der Schlag ist so fest, daß er sie betäubt. Als Heather beinahe bewußtlos zusammensackt, legt er ihr beide Hände um den Hals und würgt sie mit aller Kraft, die er aufbringen kann.

Der Kampf ist lautlos. Der Schlag, gefolgt von außerordentlichem Druck auf die Luftröhre bei gleichzeitigem Abschneiden der Blutzufuhr zum Gehirn durch die Halsschlagadern, macht eine Gegenwehr ihrerseits unmöglich.

Er befürchtet, sonst die unerwünschte Aufmerksamkeit anderer Hotelgäste auf sich zu ziehen. Aber so wenig Lärm wie möglich ist auch wichtig, weil ein stiller Mord persönlicher, intimer und befriedigender ist.

Sie geht so leise dahin, daß er an Naturfilme über bestimmte Spinnen und Gottesanbeterinnen denken muß, die ihre Männchen nach dem ersten und einzigen Geschlechtsakt töten, stets ohne einen Laut von Täter und Opfer. Heathers Tod steht ganz im Zeichen eines kalten und ernsten Rituals, welches der stilisierten Brutalität dieser Insekten gleichkommt.

Minuten später, nachdem er sich geduscht und angezogen hat, überquert er die Straße vom Motel zur Blue Life Lounge und holt seinen Mietwagen. Er hat Geschäfte zu erledigen. Er ist nicht nach Kansas City geschickt worden, um eine Hure namens Heather zu töten. Sie war lediglich eine Ablenkung. Andere Opfer warten auf ihn, und jetzt ist er hinreichend entspannt und konzentriert, daß er sich ihrer annehmen kann.

9.

In Martys Arbeitszimmer stand Paige im bunten Partylicht der Tiffanylampe neben dem Schreibtisch, ließ das kleine Diktiergerät nicht aus den Augen und hörte zu, wie ihr Mann zwei beunruhigende Worte mit einer Stimme ausstieß, deren Spektrum von melancholischem Flüstern bis zu wütendem Fauchen reichte.

Nach nicht einmal zwei Minuten ertrug sie es nicht mehr. Die Stimme klang fremd und zugleich vertraut, weshalb sie viel schlimmer als eine vollkommen fremde Stimme klang.

Sie schaltete das Diktiergerät ab.

Als sie feststellte, daß sie das Rotweinglas immer noch in der rechten Hand hielt, trank sie einen kräftigen Schluck. Es war ein ausgezeichneter kalifornischer Cabernet, der ein langsames Nippen verdient gehabt hätte, aber plötzlich interessierte sie sich mehr für die Wirkung als für den Geschmack.

Marty, der auf der anderen Seite des Schreibtischs stand, sagte: »So geht es noch mindestens fünf Minuten weiter. Alles in allem sieben Minuten. Nachdem es geschehen war, bevor du mit den Mädchen nach Hause gekommen bist, habe ich ein bißchen recherchiert.« Er deutete zu den Bücherregalen an der Wand. »In meinen medizinischen Nachschlagewerken.«

Paige wollte nicht hören, was er ihr sagen wollte. Die Möglichkeit einer schwerwiegenden Krankheit war unvorstellbar. Sollte Marty etwas geschehen, wäre die Welt ein weitaus dunklerer und weniger interessanter Ort.

Sie war nicht sicher, ob sie es verkraften könnte, wenn sie ihn verlor. Ihr wurde klar, wie seltsam ihr Verhalten war, besonders wenn man bedachte, daß sie als Kinderpsychologin in ihrer Privatpraxis und im Verlauf vieler Stunden, die sie Wohlfahrtsprogrammen für Kinder opferte, Dutzende Kinder unterwiesen hatte, wie sie mit Trauer fertigwerden und nach dem Tod eines geliebten Menschen weiterleben konnten.

Marty, der mit leerem Weinglas um den Schreibtisch herum zu ihr kam, sagte: »Eine Fugue kann ein Symptom für mancherlei sein. Zum Beispiel für die Alzheimersche Krankheit im Frühstadium, aber ich denke, das können wir ausschließen. Wenn ich die Alzheimersche Krankheit hätte, dann wäre ich mit einem Jahrzehnt Vorsprung der jüngste bekannte Fall.«

Er stellte das Glas auf den Schreibtisch und ging zum Fenster, wo er zwischen den Holzklappen der Läden in die Nacht hinaus sah.

Paige stellte betroffen fest, wie verletzlich er plötzlich wirkte. Mit seiner Größe von einem Meter achtzig, seinen neunzig Kilo, seiner unbekümmerten Lebensart und seinem grenzenlosen Enthusiasmus für das Leben war Marty ihr stets solider und dauerhafter als alles in der Welt vorgekommen, eingeschlossen Berge und Meere. Plötzlich wirkte er so zerbrechlich wie eine Glasscheibe.

Er hatte ihr den Rücken zugewandt und studierte immer noch die Nacht, als er sagte: »Oder es könnte ein Anzeichen für einen kleineren Schlaganfall sein.«

»Nein.«

»Aber alle Nachschlagewerke, die ich konsultiert habe, nennen als wahrscheinlichste Ursache einen Gehirntumor.«

Sie hob das Glas. Es war leer. Sie konnte sich nicht erinnern, daß sie den Wein getrunken hatte. Ihre eigene kleine Fugue.

Sie stellte das Glas auf den Schreibtisch. Neben das verhaßte Diktiergerät. Dann ging sie zu Marty und legte ihm eine Hand auf die Schulter.

Als er sich zu ihr umdrehte, küßte sie ihn sanft und hastig. Sie legte den Kopf an seine Brust und drückte ihn, und er legte die Arme um sie. Durch Marty hatte sie gelernt, daß Umarmungen für ein gesundes Leben so wichtig waren wie Essen, Wasser, Schlaf.

Vorhin, als sie ihn ertappt hatte, wie er systematisch überprüfte, ob alle Fenster verschlossen waren, hatte sie nur mit einem finsteren Stirnrunzeln und einem einzigen Wort – »*Also?*« – darauf bestanden, daß er nichts vor ihr verbarg. Jetzt wünschte sie sich, sie hätte gar nichts von diesem einen schlimmen Augenblick an einem ansonsten prächtigen Tag gehört.

Endlich sah sie zu ihm auf, direkt in seine Augen, ohne die Umarmung zu lösen, und sagte: »Es muß nichts sein.«

»Es ist etwas.«

»Ich meine nichts Körperliches.«

Er lächelte wehmütig. »Es ist tröstlich, eine Psychologin im Haus zu haben.«

»Nun, es könnte etwas Psychologisches sein.«

»Irgendwie ist es nicht besonders beruhigend, daß ich möglicherweise nur verrückt bin.«

»Nicht verrückt. Gestreßt.«

»Ah, ja, Streß. *Die* Ausrede des zwanzigsten Jahrhunderts, die Lieblingsausrede jedes Schwindlers, der auf Unzurechnungsfähigkeit plädiert, jedes Politikers, der erklären möchte, warum er betrunken und mit nackten Teenagern in einem Motelzimmer entdeckt wurde ...«

Sie ließ ihn los und wandte sich wütend ab. Sie war nicht speziell wütend auf Marty, sondern auf Gott, das Schicksal, was auch immer, das plötzlich turbulente Strömungen in den ruhigen Fluß ihres Lebens gebracht hatte.

Sie wollte zum Schreibtisch gehen und ihr Glas holen, als ihr einfiel, daß sie es schon leer getrunken hatte. Sie wandte sich wieder an Marty.

»Na gut ..., abgesehen von damals, als Charlotte krank war, bist du nie gestreßter als eine Miesmuschel gewesen. Aber vielleicht machst du dir ja *heimlich* Sorgen. Und du stehst in letzter Zeit ziemlich unter Druck.«

»Tatsächlich?« Er zog die Brauen hoch.

»Der Abgabetermin für dieses Buch ist knapper als sonst.«

»Aber ich habe immer noch drei Monate und denke, daß ich nur einen brauche.«

»Die neuen Karriereerwartungen – dein Verleger, dein Agent, jeder in der Branche sieht dich jetzt mit anderen Augen.«

Die Taschenbuchnachdrucke seiner beiden letzten Romane standen beide acht Wochen auf der Bestsellerliste der *New York Times*. Er hatte bisher noch keinen Hardcoverbestseller gehabt, aber mit Erscheinen seines neuesten Romans im Januar schienen auch diese neue Höhen des Erfolgs in greifbare Nähe zu rücken.

Der plötzliche steile Anstieg der Verkaufszahlen war aufregend, aber auch beängstigend. Marty wollte zwar ein größeres Publikum, aber er war auch fest entschlossen, seine Bücher nicht auf größeren Erfolg hin maßzuschneidern und sie so dessen zu berauben, was ihre Spontaneität ausmachte. Er wußte, er lief Gefahr, sein Schreiben *unbewußt* anzupassen, daher war er in letzter Zeit ungewöhnlich hart gegen sich selbst gewesen, obwohl er selbst *immer* sein schärfster Kritiker war und manche Seite zwanzig- bis dreißigmal umschrieb.

»Dann ist da die Zeitschrift *People*«, sagte sie.

»Das ist kein Streß. Es ist vorbei.«

Vor einigen Wochen war ein Journalist von *People* ins Haus gekommen, zwei Tage später folgte ein Fotograf zu einer zehnstündigen Aufnahmesession. Marty, der nicht aus seiner Haut konnte, mochte sie, und sie mochten ihn, aber anfangs hatte er sich der Bitte seines Verlegers, den Artikel zu machen, verzweifelt widersetzt.

Angesichts seines freundschaftlichen Umgangs mit den Leuten von *People* hatte er keinen Grund zu glauben, der Artikel würde negativ sein, aber selbst mit wohlwollender Berichterstattung kam er sich meistens billig und effekthascherisch vor. Für ihn zählter nur die Bücher und nicht der Autor, der sie schrieb, und er wollte nicht, wie er sich ausdrückte, »die Madonna des Kriminalromans sein und nackt mit einer Schlange zwischen den Zähnen in einer Bibliothek posieren, um die Verkaufszahlen anzukurbeln.

»Es ist noch nicht vorbei«, widersprach Paige. Die Ausgabe mit dem Artikel über Marty würde erst am Montag an den Kiosken zu haben sein. »Ich weiß, daß dir davor graut.«

Er seufzte. »Ich will nicht ...«

»Madonna mit einer Schlange zwischen den Zähnen sein, ich

weiß, Baby. Ich will damit nur sagen, du stehst wegen dieser Zeitschrift mehr unter Streß, als dir bewußt ist.«
»So sehr unter Streß, daß ich sieben Minuten weggetreten bin?«
»Klar. Warum nicht? Ich wette, das wird der Arzt sagen.«
Marty sah sie skeptisch an.
Paige schlüpfte wieder in seine Arme. »In letzter Zeit ist alles so gut für uns gelaufen, fast zu gut. Man neigt dazu, in solchen Fällen etwas abergläubisch zu werden. Aber wir haben hart gearbeitet, wir haben es verdient. Nichts wird schiefgehen. Hast du verstanden?«
»Ich habe verstanden«, sagte er und drückte sie an sich.
»Nichts wird schiefgehen«, wiederholte sie. »Nichts.«

10.

Nach Mitternacht.
Das Viertel besteht überwiegend aus riesigen Parkplätzen, und die großen Häuser sind weit entfernt von den Grundstücksgrenzen gelegen. Gewaltige Bäume, so uralt, daß es fast den Anschein erweckt, als hätten sie eine eigene Intelligenz entwickelt, stehen am Straßenrand Wache, hüten die wohlhabenden Einwohner, strecken die kahlen schwarzen Glieder wie High-Tech-Antennen aus, welche Informationen über potentielle Bedrohungen für das Wohlbefinden derer sammeln, die hinter den Mauern aus Sand- und Backstein schlafen.
Der Killer parkt das Auto um die Ecke des Hauses, wo seine Arbeit auf ihn wartet. Er geht den Rest des Weges zu Fuß, summt leise eine selbsterfundene fröhliche Melodie und benimmt sich, als wäre er schon zehntausend Mal auf diesen Gehwegen spazierengegangen.
Verstohlenes Verhalten fällt immer auf und erregt, wenn es auffällt, unweigerlich Argwohn. Ein Mann dagegen, der sich kühn und direkt bewegt, wird als ehrlich und harmlos betrachtet, man tuschelt nicht über ihn und vergißt ihn später wieder völlig.
Eine kalte Brise aus Nordwesten.
Kein Mond am Himmel.
Eine argwöhnische Eule wiederholt monoton ihre einzige Frage.

Das Haus ist im georgianischen Stil gehalten, Sandstein mit weißen Säulen. Das Grundstück wird von einem spitzen, schmiedeeisernen Zaun begrenzt.

Das Tor der Einfahrt steht offen und befindet sich offenbar schon seit vielen Jahren in dieser Position. Das gemächliche, friedliche Leben in Kansas City bringt keine Paranoia hervor.

Er geht die kreisförmige Zufahrt zum Vordach über dem Haupteingang entlang, als gehöre das Haus ihm, schreitet die Stufen empor und bleibt vor der Eingangstür stehen, wo er eine kleine Brusttasche seiner Lederjacke öffnet. Aus dieser Tasche holt er einen Schlüssel.

Bis zu diesem Augenblick hat er nicht gewußt, daß er diesen Schlüssel bei sich trägt. Er weiß nicht, wer ihn ihm gegeben hat, kennt seinen Zweck aber sofort. Dies ist ihm schon häufig passiert.

Der Schlüssel paßt wie angegossen in das Schloß.

Er öffnet die Tür zur dunklen Diele, schreitet über die Schwelle in das warme Haus und zieht den Schlüssel aus dem Schloß. Die Tür macht er leise hinter sich zu.

Nachdem er den Schlüssel wieder eingesteckt hat, wendet er sich der beleuchteten Schalttafel einer Alarmanlage neben der Tür zu. Er hat sechzig Sekunden ab Öffnen der Tür Zeit, den korrekten Code einzugeben, der das System lahmlegt; andernfalls wird automatisch die Polizei gerufen. Die sechsstellige Ziffernfolge fällt ihm genau in dem Augenblick ein, als er sie braucht, und er gibt sie ein.

Er holt einen weiteren Gegenstand aus der Jacke, dieses Mal aus einer tiefen Innentasche: eine außerordentlich kompakte Nachtbrille, die ausschließlich für das Militär hergestellt wird und von Privatpersonen nicht gekauft werden kann. Diese verstärkt selbst das kümmerlichste Licht so sehr, um den Faktor zehntausend, daß er sich so sicher durch dunkle Räume bewegen kann, als wären alle Lampen eingeschaltet.

Er geht die Treppe hinauf und holt die Heckler & Koch P7 aus dem übergroßen Schulterhalfter unter der Jacke. Das aufgesteckte Magazin enthält achtzehn Schuß.

Ein Schalldämpfer ist in eine kleinere Tasche des Halfters gesteckt. Er nimmt ihn heraus und schraubt ihn lautlos auf die Mündung der Pistole. Der Schalldämpfer gewährleistet zehn bis zwölf leise Schüsse, verschleißt aber so schnell, daß der Killer unmöglich das ganze Magazin leer schießen kann, ohne andere im Haus oder die gesamte Nachbarschaft aufzuwecken.

Acht Schuß müßten voll und ganz genügen.

Das Haus ist groß, zehn Türen befinden sich in der T-förmigen Diele des ersten Stocks, aber er muß nicht nach seinem Opfer suchen. Der Grundriß dieses Stockwerks ist ihm ebenso vertraut wie der Stadtplan.

Durch die Brille ist alles in ein grünliches Licht getaucht, weiße Gegenstände scheinen von einem geisterhaften inneren Leuchten beseelt. Er kommt sich vor wie in einem Science-Fiction-Film, ein furchtloser Held, der andere Dimensionen oder eine alternative Erde erforscht, die bis auf einige wenige entscheidende Aspekte absolut mit der unseren identisch ist.

Er öffnet die Tür des Schlafzimmers, tritt ein. Er nähert sich dem großen Doppelbett mit seinem kunstvoll geschnitzten georgianischen Kopfteil.

Zwei Menschen schlafen unter den leuchtenden, grünlichen Decken, ein Mann und eine Frau Mitte vierzig. Der Mann liegt auf dem Rücken und schnarcht. Sein Gesicht läßt sich mühelos als das des eigentlichen Ziels des Killers identifizieren. Die Frau liegt auf der Seite, halb im Kissen vergraben, aber der Killer kann erkennen, daß sie das Sekundärziel ist.

Er hält die Mündung der P7 an den Hals des Mannes.

Der kalte Stahl weckt den Mann, er reißt die Augen auf, als würden die Lider durch den Gegengewichtmechanismus von Puppenaugen gesteuert werden.

Der Killer drückt ab, zerfetzt den Hals des Mannes, hebt die Waffe und feuert zwei Schuß aus nächster Nähe in das Gesicht. Die Pistolenschüsse hören sich wie das leise Zischen einer Kobra an.

Er geht um das Bett herum, ohne auf dem Plüschteppichboden ein Geräusch zu machen.

Zwei Kugeln in die linke Schläfe der Frau beenden seinen Auftrag, und sie wacht nicht einmal auf.

Eine Zeitlang steht er neben dem Bett und genießt die unglaubliche Zärtlichkeit des Augenblicks. Beim Sterben anwesend zu sein heißt, an einem der intimsten Erlebnisse teilzuhaben, das man auf dieser Welt nur haben kann. Schließlich ist niemand anderer als die engsten Familienangehörigen am Totenbett erwünscht, um Zeugen des letzten Atemzugs eines Sterbenden zu werden. Daher ist es dem Killer nur möglich, sich durch den Akt der Exekution über seine graue und erbärmliche Existenz zu erheben, denn nur dann wird ihm die Ehre zuteil, diesem tiefsten aller Ereignisse beizuwohnen, das feierlicher und bedeutender als die Geburt ist. In diesen kostbaren Augenblicken, wenn seine Opfer dahingehen, gelingen ihm Beziehungen, bedeutende Bande zu anderen Menschen, *Verbindungen*, die seine Entfremdung für kurze Zeit vertreiben können und ihm das Gefühl vermitteln, als wäre er mit einbezogen, gebraucht, geliebt.

Zwar sind die Opfer stets Fremde für ihn – und in diesem Fall kennt er nicht einmal ihre Namen –, aber das Erlebnis kann so bewegend sein, daß ihm Tränen in die Augen treten. Heute abend gelingt es ihm jedoch, sich zu beherrschen.

Da er keine Lust hat, die Verbindung enden zu lassen, legt er der Frau zärtlich eine Hand auf die linke Wange, die nicht von Blut besudelt und noch angenehm warm ist. Dann geht er noch einmal um das Bett herum und drückt dem toten Mann sanft die Schulter, als wollte er sagen: *Lebwohl, alter Freund, lebwohl.*

Er fragt sich, wer sie sind. Und warum sie sterben mußten.
Lebwohl.

Er geht durch das dunkle Haus voll geisterhaften grünen Schatten und leuchtenden grünen Umrisse. In der Diele nimmt er sich die Zeit, den Schalldämpfer von der Waffe zu schrauben und beide Teile im Halfter zu verstauen.

Er nimmt die Brille unwillig ab. Ohne deren Linsen wird er wieder von der magischen Gegenwelt, wo er kurze Zeit Verwandtschaft mit anderen Menschen verspürte, zurückversetzt auf diese Welt, wo er sich sehr bemüht, sich zugehörig zu fühlen, aber für alle Zeiten ein Außenseiter bleibt.

Er verläßt das Haus und schließt die Tür, macht sich aber nicht die Mühe, sie abzuschließen. Er wischt den Messingknauf nicht ab, weil er sich keine Gedanken macht, er könnte Fingerabdrücke hinterlassen.

Die kalte Brise faucht und heult unter dem Vordach hindurch.

Abgefallene Blätter wuseln in Scharen mit rattenähnlichem Kratzen und Rascheln über die Einfahrt.

Die Wache stehenden Bäume scheinen auf ihren Posten eingeschlafen zu sein. Der Killer spürt, daß niemand ihn aus einem der leeren Fenster in der Straße beobachtet. Selbst die fragende Stimme der Eule ist verstummt.

Da ihn immer noch bewegt, woran er teilgehabt hat, verzichtet er darauf, auf dem Rückweg zum Auto sein kleines Nonsenslied zu summen.

Während er zu dem Hotel fährt, wo er wohnt, spürt er erneut das niederdrückende Gefühl der Apartheid, in der er lebt. Ausgestoßen. Gemieden. Ein einsamer Mann.

In seinem Zimmer zieht er das Schulterhalfter aus und legt es auf den Nachttisch. Die Pistole befindet sich noch im Griff des nylongefütterten Ledergurts. Er betrachtet sie eine Weile.

Im Badezimmer nimmt er eine Schere aus dem Rasierzeug, klappt den Deckel der Toilette herunter, setzt sich im grellen Neonlicht und zerstört gewissenhaft die beiden gefälschten Kreditkarten, die er bisher bei diesem Auftrag benutzt hat. Morgen wird er Kansas City mit einem Linienflug verlassen, wieder einen anderen Namen benutzen, und auf der Fahrt zum Flughafen wird er die winzigen Bruchstücke der Karten den ganzen meilenlangen Highway entlang verstreuen.

Er kehrt zum Nachttisch zurück.

Sieht die Pistole an.

Nachdem er die Leichen am Tatort zurückgelassen hatte, hätte er die Waffe in so viele Einzelteile wie möglich zerlegen sollen. Die Teile hätte er an weit entfernten Orten wegwerfen müssen: den Lauf vielleicht in einem Abwasserkanal, den halben Rahmen in einem Bachbett, die andere Hälfte auf einer Müllkippe ... bis nichts mehr übrig blieb. Das ist die Standardprozedur, und er kann nicht begreifen, warum er dieses Mal davon abgewichen ist.

Unterschwellige Schuldgefühle folgen auf diese Abweichung von der Routine, aber er wird nicht wieder losziehen und die Waffe beseitigen. Er fühlt sich nicht nur schuldig, er fühlt sich ... rebellisch.

Er zieht sich aus und legt sich hin. Er schaltet die Nachttischlampe aus und betrachtet die verschiedenen Schichten der Schatten an der Decke.

Er ist nicht müde. Sein Verstand ist rastlos, seine Gedanken springen mit solch nervtötender Schnelligkeit von einem Thema zum nächsten, daß der hyperaktive geistige Zustand bald in körperliche Unruhe umschlägt. Er wird zappelig, zupft an den Laken, zieht Decke und Kissen zurecht.

Auf dem Interstate Highway rollen riesige Lastwagen unablässig fernen Zielen entgegen. Der Gesang ihrer Reifen, das Dröhnen ihrer Motoren und das *Wusch* der Luft, die von ihnen verdrängt wird, bilden einen Teppich von Hintergrundgeräuschen, die normalerweise beruhigend wirken. Diese Zigeunermusik der Fernstraße hat ihn schon häufig in den Schlaf gelullt.

Aber heute nacht geschieht etwas Seltsames. Aus Gründen, die er nicht verstehen kann, ist dieses vertraute Mosaik von Geräuschen kein Schlummerlied, sondern ein Sirenengesang. Er kann ihm nicht widerstehen.

Er steht vom Bett auf und geht durch das Zimmer zum einzigen Fenster. Dort genießt er eine verschwommene nächtliche Aussicht auf einen unkrautbewachsenen Hügel und einen Ausschnitt des Himmels darüber – wie zwei Hälften eines abstrakten Gemäldes. Auf der Kuppe, an der Trennlinie zwischen Himmel und Hügel, werden die klobigen Pfosten einer Highwayleitplanke flackernd von vorbeifahrenden Scheinwerfern angestrahlt.

Er schaut halb in Trance nach oben und bemüht sich, Fahrzeuge in westlicher Richtung ins Auge zu fassen.

Die sonst melancholische Kantate des Highway ist heute verlockend, sie ruft ihn und macht geheimnisvolle Versprechungen, die er nicht versteht, aber dennoch erforschen möchte.

Er zieht sich an und packt seinen Koffer.

Draußen sind Parkplatz und Fußwege menschenleer. Autos stehen in Richtung der Zimmer und warten auf die morgendliche Weiterfahrt. In der Nähe klickt unablässig ein Getränkeautomat in einem Automatenalkoven, als würde er Eigenreparaturen durchführen. Der Killer fühlt sich, als wäre er der einzige Mensch in einer von Maschinen beherrschten – und nur noch für Maschinen geschaffenen – Welt.

Augenblicke später befindet er sich auf der Interstate 70, Richtung Topeka, und hat die Pistole neben sich liegen, aber mit einem Handtuch des Motels zugedeckt.

Etwas westlich von Kansas City ruft ihn. Er weiß nicht, was es ist, fühlt sich aber unerbittlich nach Westen gezogen, so wie Eisen von einem Magneten angezogen wird.

So seltsam es scheinen mag, das alles beunruhigt ihn nicht; er fügt sich dem Zwang, nach Westen zu fahren. Schließlich hat er so weit er sich erinnern kann Orte aufgesucht, ohne den Zweck seiner Reise zu kennen, bis er am Ziel angekommen ist, und er hat Menschen getötet, ohne eine Ahnung zu haben, warum sie sterben müssen oder in wessen Auftrag die Hinrichtung erfolgt.

Aber er ist ganz sicher, daß dieser plötzliche Aufbruch von Kansas City nicht von ihm erwartet wird. Er soll bis zum Morgen im Motel bleiben und den ersten Flug nach ... Seattle nehmen.

Vielleicht hätte er in Seattle Anweisungen von den Bossen bekommen, an die er sich nicht erinnern kann. Nun wird er nie erfahren, was ihn in Seattle erwartet hätte, denn Seattle ist als Reiseziel gestrichen.

Er fragt sich, wieviel Zeit verstreichen wird, bis seine Vorgesetzten – wie sie auch heißen und wer sie auch sein mögen – bemerken, daß er fahnenflüchtig geworden ist. Wann werden sie anfangen, nach ihm zu suchen, und wie wollen sie ihn jemals finden, nachdem er nun nicht mehr seiner Programmierung gemäß funktioniert?

Um zwei Uhr nachts herrscht kaum Verkehr auf der Interstate 70, hauptsächlich Lastwagen, und er rast vor manchen der gewaltigen Kolosse her und im abgasgeschwängerten Gefolge von anderen durch Kansas, wobei er sich an einen Film über Dorothy und ihren Hund Toto und einen Tornado erinnert, der sie von diesem flachen Farmland fortwirbelte und an einen weitaus seltsameren Ort brachte.

Mit Kansas City, Missouri, und Kansas City, Kansas, in seinem Rücken, stellt der Killer fest, daß er vor sich hin murmelt: »*Ich muß, ich muß.*«

Dieses Mal steht er kurz vor einer Offenbarung, die die genaue Art seines Verlangens enthüllen wird.

»*Ich muß ... muß jemand ... ich muß jemand ... ich muß jemand ...*«

Während Vororte und schließlich die dunkle Prärie vorbeisausen, erfüllt ihn wachsende Erregung. Er steht zitternd am Rande einer Einsicht, die, wie er genau spürt, sein Leben verändern wird.

»*Ich muß jemand ... muß ... ich muß jemand werden.*«

Er begreift sofort den Sinn dessen, was er gesagt hat. Mit »jemand werden« meint er nicht, was ein anderer Mann mit denselben Worten meinen würde; er meint nicht, daß er jemand Berühmtes oder Reiches oder Wichtiges werden muß. Nur jemand. Jemand mit einem richtigen Namen. Nur ein gewöhnlicher Joe, wie sie in den Filmen der vierziger Jahre immer zu sagen pflegten. Jemand, der mehr Substanz als ein Gespenst hat.

Der Sog des unbekannten Leitsterns im Westen wird mit jeder Meile stärker. Er beugt sich leicht nach vorne, kauert über dem Lenkrad und sieht gebannt in die Nacht.

Hinter dem Horizont, in einer Stadt, die er sich noch nicht einmal vorstellen kann, wartet ein Leben auf ihn, ein Zuhause. Familie, Freunde. Irgendwo stehen Schuhe, in die er schlüpfen kann, eine Vergangenheit, die er sich behaglich aneignen kann, ein Lebenszweck. Und eine Zukunft, in der er wie andere Menschen sein kann – akzeptiert.

Das Auto rast westwärts und durchschneidet die Nacht.

11.

Um halb eins, auf dem Weg ins Bett, blieb Marty Stillwater vor dem Zimmer der Mädchen stehen, öffnete die Tür einen Spalt und trat leise über die Schwelle. Im bernsteinfarbenen Leuchten der Mickey-Mouse-Lampe konnte er seine beiden Töchter sehen, die friedlich schliefen.

Hin und wieder beobachtete er sie eine Weile im Schlaf, um sich zu überzeugen, daß sie echt waren. Er hatte mehr Glück und Wohlstand und Liebe genossen, als ihm zustand, daher befürchtete er, manche seiner Zuwendungen könnten sich als vergänglich oder gar illusorisch erweisen; das Schicksal könnte eingreifen, um das Gleichgewicht wieder herzustellen.

Die alten Griechen hatten das Schicksal in Gestalt dreier Schwestern personifiziert: Klotho, die den Faden des Lebens spann; Lachesis, die die Länge des Fadens maß; und Atropos, die kleinste der drei, aber die mächtigste, die den Faden durchschnitt, wie es ihr gerade gefiel.

Manchmal schien es für Marty logisch zu sein, das Leben so zu sehen. Er konnte sich die Gesichter dieser weißgekleideten Gestalten besser vorstellen als die seiner Nachbarn in Mission Viejo. Klotho besaß ein gütiges Gesicht mit fröhlichen Augen, die an die Schauspielerin Angela Lansbury erinnerten, und Lachesis war niedlich wie Goldie Hawn, aber mit einer Aura des Heiligen. Lächerlich, aber so stellte er sie sich vor. Atropos war ein Miststück, wunderschön, aber kalt – verkniffener Mund, anthrazitfarbene Augen.

Der Trick bestand darin, sich das Wohlwollen der ersten beiden Schwestern zu sichern, ohne die Aufmerksamkeit der dritten auf sich zu lenken.

Vor fünf Jahren war Atropos in Form einer Blutkrankheit von ihrem himmlischen Gefilde herab gestiegen, um an Charlottes Lebensfaden zu schnippeln, den sie aber Gott sei dank nicht völlig durchgeschnitten hatte. Aber außer auf Atropos hörte diese Göttin auf zu viele Namen: Krebs, Hirnblutung, Koronarthrombose, Feuer, Erdbeben, Gift, Mord und zahllose weitere. Vielleicht stattete sie ihnen jetzt gerade wieder einen Besuch unter einem ihrer zahlreichen Pseudonyme ab, nur war dieses Mal Marty das Ziel, nicht Charlotte.

Manchmal konnte die lebhafte Phantasie eines Romanciers ein Fluch sein.

Plötzlich ertönte aus den Schatten von Charlottes Seite des Zimmers ein Klackern und Rattern und erschreckte Marty. Tief und bedrohlich wie die Warnung einer Klapperschlange. Dann wurde ihm klar, worum es sich handelte: eine Hälfte im Käfig der Rennmaus nahm ein Laufrad ein, und das rastlose Tier rannte darin wie besessen auf der Stelle.

»Geh schlafen, Wayne«, sagte er leise.

Er warf noch einen Blick auf die Mädchen, dann verließ er das Zimmer und machte die Tür leise hinter sich zu.

12.

Er erreicht Topeka um ein Uhr früh.

Er wird immer noch zum westlichen Horizont gezogen, so wie ein Zugvogel unerbittlich nach Süden gezogen wird, wenn der Winter kommt, und folgt einem Ruf, der lautlos ist, einem unsichtbaren Signalfeuer, als würden die Spuren von Eisen in seinem eigenen Blut auf diesen unbekannten Magneten ansprechen.

Er verläßt den Freeway am Stadtrand und sucht nach einem anderen Auto.

Irgendwo gibt es Menschen, die den Namen John Larrington

kennen, die Identität, unter der er den Ford gemietet hat. Wenn er nicht in Seattle auftaucht, wo ihn möglicherweise ein anderer Auftrag erwartet hätte, werden diese seltsamen und gesichtslosen Vorgesetzten zweifellos anfangen, nach ihm zu suchen. Er vermutet, daß sie über gewaltige Mittel und Einfluß verfügen; er muß jede Verbindung mit seiner Vergangenheit abbrechen, damit die Jäger keine Möglichkeit haben, ihn zu verfolgen.

Er parkt den gemieteten Ford in einer Wohngegend und geht drei Blocks weit zu Fuß, wobei er die Türen der am Straßenrand geparkten Autos ausprobiert. Nur die Hälfte sind verschlossen. Er wäre bereit, ein Auto kurzzuschließen, sollte es erforderlich sein, aber in einem blauen Honda findet er die Schlüssel hinter der Sonnenklappe.

Nachdem er zu dem Ford zurückgefahren ist und Koffer und Pistole in den Honda umgeladen hat, fährt er in immer größeren Kreisen und sucht nach einem Laden, der rund um die Uhr geöffnet hat.

Er hat keine Karte von Topeka im Kopf, weil niemand damit gerechnet hat, daß er dorthin gehen würde. Es raubt ihm den letzten Nerv, Straßenschilder anzusehen, deren Namen ihm alle unbekannt sind, und keine Ahnung zu haben, wohin ihn eine Straße führen wird.

Er fühlt sich ausgestoßener denn je.

Nach fünfzehn Minuten findet er einen Supermarkt und kauft die Regale mit Slim Jims, Käsecrackern, Erdnüssen, Minikrapfen und anderen Lebensmitteln, die man leicht beim Fahren verzehren kann, fast leer. Er ist bereits ausgehungert. Falls er noch zwei Tage unterwegs sein wird – vorausgesetzt, er wird ganz bis zur Küste gezogen –, braucht er beachtliche Vorräte. Er will seine Zeit nicht in Restaurants vergeuden, doch sein beschleunigter Stoffwechsel zwingt ihn, größere Mahlzeiten und häufiger zu essen als andere Menschen.

Nachdem er noch drei Sechserpacks Pepsi zu den anderen Sachen in dem Einkaufswagen gelegt hat, geht er zur Registrierkasse, wo die einsame Kassiererin sagt: »Sie scheinen eine Riesenparty zu feiern, oder so.«

»Ja.«

Als er bezahlt, wird ihm klar, daß er mit den dreihundert Dollar in seiner Börse – die Summe Bargeld, die er *immer* bei einem Job dabei hat – nicht weit kommen wird. Die gefälschten Kreditkarten, von denen er immer noch zwei besitzt, kann er nicht mehr benützen, denn dann wird man ihn mit Sicherheit anhand seiner Einkäufe verfolgen können. Von jetzt an muß er bar zahlen.

Er bringt die drei großen Tüten mit Vorräten zu dem Honda nach draußen und kommt wieder mit der Heckler & Koch P7 in den Laden zurück. Er schießt die Kassiererin in den Kopf und macht die Kasse leer, aber alles, was er rausholt, ist sein eigenes Geld plus weitere fünfzig Dollar. Besser als gar nichts.

An einer Arco Tankstelle tankt er den Honda voll und kauft eine Karte der Vereinigten Staaten.

Am Rand des Arco-Parkplatzes ißt er Slim Jims im Licht einer Natriumdampflampe, deren Schein allem eine widerliche gelbe Farbe verleiht. Er ist heißhungrig.

Als er von Würstchen zu Krapfen wechselt, studiert er die Karte. Er könnte auf der Interstate 70 weiter nach Westen fahren – oder statt dessen auf den Kansas Turnpike nach Südwesten bis Wichita, weiter bis Oklahoma City und dann auf der Interstate 40 direkt nach Westen.

Er ist es nicht gewöhnt, Alternativen zu haben. Normalerweise tut er, wozu er ... programmiert wurde. Nun, wo er eine Entscheidung treffen muß, stellt er fest, daß das ausgesprochen schwierig ist. Er sitzt unentschlossen da, wird zunehmend nervöser und läuft Gefahr, von seiner Unentschlossenheit gelähmt zu werden.

Schließlich steigt er aus dem Honda aus, steht in der kühlen Nachtluft und sucht Hilfe.

Der Wind bringt die Telefonleitungen über ihm zum Vibrieren – ein quälender Laut, dünn und wehmütig wie das Weinen toter Kinder, die in einem dunklen Jenseits herumwandern.

Er wendet sich so unausweichlich nach Westen wie eine Kompaßnadel den magnetischen Nordpol sucht. Die Anziehung hat etwas Übersinnliches, als wäre eine Präsenz da draußen auf, die ihn ruft, aber die Verbindung ist längst nicht so komplex, mehr biologischer Natur, sie hallt in seinem Blut und seinem Mark wider.

Als er wieder am Steuer des Autos sitzt, findet er den Kansas Turnpike und fährt Richtung Wichita. Er ist immer noch nicht müde. Falls erforderlich, kann er drei Nächte ohne Schlaf auskommen, ohne geistig oder körperlich beeinträchtigt zu sein, was eine seiner speziellen Fähigkeiten ist. Der Gedanke, jemand zu sein, erregt ihn so sehr, daß er möglicherweise nonstop fährt, bis er sein Ziel gefunden hat.

13.

Da Paige wußte, daß Marty halbwegs damit rechnete, wieder von einem Blackout befallen zu werden, dieses Mal in der Öffentlichkeit, bewunderte sie seine Fähigkeit, eine unbekümmerte Fassade zu wahren, um so mehr. Er schien so heiter und unbeschwert wie die Kinder zu sein. Vom Standpunkt der Mädchen war der Sonntag ein perfekter Tag.

Am späten Vormittag fuhren Paige und Marty mit ihnen zum Ritz-Carlton Hotel in Dana Point zum traditionellen Brunch am Thanksgivingwochenende. Sie fuhren nur zu besonderen Anlässen dorthin.

Emily und Charlotte waren wie immer bezaubert von dem großzügig angelegten Gelände, den wunderschönen öffentlichen Räumen, dem makellosen Personal in seinen gestärkten Uniformen. Sie trugen ihre besten Kleider und Schleifen im Haar und hatten ihren Spaß daran, vornehme Damen zu spielen – fast soviel Spaß wie beim zweimaligen Plündern des Dessertbuffets.

Am Nachmittag war es ungewöhnlich warm für die Jahreszeit, daher zogen sie sich um und besuchten den Irvine Park. Sie schlenderten auf den malerischen Wegen dahin, fütterten die Ente im Teich und besuchten den kleinen Zoo.

Charlotte liebte den Zoo, weil die Tiere, wie ihre Menagerie zu Hause, in Behausungen gehalten wurde, wo ihnen nichts zustoßen konnte. Es waren keine exotischen Exemplare dabei – sämtliche Tiere waren in der Region beheimatet –, aber in ihrem typischen Überschwang hielt Charlotte jedes für das interessanteste und niedlichste Geschöpf, das sie je gesehen hatte.

Emily ließ sich auf ein Blickgefecht mit dem Wolf ein. Das Raubtier mit seinen großen, bernsteinfarbenen Augen und dem dichten silbergrauen Pelz sah dem Mädchen von seiner Seite des Käfigs direkt und stechend in die Augen und wandte den Blick nicht mehr ab.

»Wenn man zuerst wegsieht«, informierte Emily die anderen ruhig und ernst, »dann verschlingt einen ein Wolf mit Haut und Haaren.«

Die Konfrontation dauerte so lange, daß Paige trotz des Zauns mulmig wurde. Dann senkte der Wolf den Kopf, schnupperte am Boden, gähnte ausgiebig, um zu zeigen, daß er nicht eingeschüchtert worden war, sondern lediglich das Interesse verloren hatte, und schlurfte davon.

»Er konnte mit seinem ganzen Schnaufen und Pusten die drei kleinen Schweinchen nicht erwischen«, sagte Emily, »daher wußte ich, daß er *mich* schon gar nicht erwischen konnte, weil ich klüger als Schweine bin.«

Sie meinte den Zeichentrickfilm von Disney, die einzige Version des Märchens, die sie kannte.

Paige beschloß, ihr niemals die Version der Gebrüder Grimm zu lesen zu geben, die von sieben Geißlein statt drei kleinen Schweinchen handelte. Der Wolf verschlang sechs von ihnen ganz. Sie wurden im letzten Augenblick davor gerettet, verdaut zu werden, als die Mutter den Bauch des Wolfs aufschnitt und sie aus den dampfenden Eingeweiden herausholte.

Paige drehte sich zu dem Wolf um, als sie weitergingen. Er sah Emily wieder nach.

14.

Sonntag ist ein emsiger Tag für den Killer.

In Wichita verläßt er den Turnpike kurz vor Dämmerung. In einer anderen Wohngegend, die sich kaum von der in Topeka unterscheidet, tauscht er die Nummernschilder des Honda gegen die eines Chevy aus, wodurch sein gestohlenes Fahrzeug noch schwerer aufzuspüren sein wird.

Am Sonntag morgen kurz nach neun trifft er in Oklahoma City in Oklahoma ein, wo er gerade lange genug Rast macht, um wieder vollzutanken.

Auf der anderen Straßenseite, gegenüber der Tankstelle, liegt ein Einkaufszentrum. In einer Ecke des riesigen, verlassenen Parkplatzes steht eine Sammelbox von Goodwill Industries so groß wie ein Gartenhaus.

Als er vollgetankt hat, läßt er seine Koffer samt Inhalt bei Goodwill. Er behält nur die Kleidungsstücke, die er trägt, und die Pistole.

Im Verlauf der Nacht, auf dem Highway, hatte er Gelegenheit, über seine seltsame Existenz nachzudenken – und sich zu fragen, ob er möglicherweise einen Miniatursender bei sich trägt, der es seinen Vorgesetzten ermöglichen könnte, ihn aufzuspüren. Vielleicht hatten sie ja damit gerechnet, daß er eines Tages abtrünnig werden würde.

Er weiß, man kann einen einigermaßen weitreichenden Sender, der von einer winzigen Batterie gespeist wird, auf äußerst kleinem Raum verstecken. Zum Beispiel in der Schale eines Koffers.

Als er auf der Interstate 40 direkt nach Westen fährt, schiebt sich eine pechschwarze Wolke vor die Sonne. Vierzig Minuten später fängt es an zu regnen; der Regen hat die Farbe von geschmolzenem Silber und wäscht sofort sämtliche Farben aus dem weiten, verlassenen Land rechts und links des Highway. Die Welt besteht aus zwanzig, vierzig, hundert Grautönen, und nicht einmal Blitze unterbrechen die deprimierende Trostlosigkeit.

Die monochrome Landschaft bietet keine Abwechslung, daher hat er Zeit, über die künftigen anonymen Jäger nachzudenken, die ihm dicht auf den Fersen sein könnten. Ist es paranoid zu denken, ein Sender könnte in seine Kleidung eingewoben sein? Er bezweifelt, daß man einen im Material seiner Hosen, des Hemds, Pullovers, der Unterwäsche oder der Socken verstecken könnte, ohne daß er ihn schon bei einer oberflächlichen Untersuchung anhand des Gewichts entdecken würde. Damit bleiben seine Schuhe und die Lederjacke.

Die Pistole schließt er aus. Sie würden nichts in eine P7 einbauen, das deren Funktion beeinträchtigen könnte. Außerdem hätte er sie kurz nach den Hinrichtungen, für die sie zur Verfügung gestellt worden war, wegwerfen sollen.

Auf halbem Weg zwischen Oklahoma City und Amarillo, östlich der texanischen Grenze, fährt er von der Interstate auf einen Rastplatz, wo zehn Autos, zwei Schwerlaster und zwei Wohnmobile Schutz vor dem Unwetter gesucht haben.

In einem angrenzenden Kiefernhain hängen die Äste nach unten, als wären sie vom Regen getränkt, und sie wirken grau wie Asche, nicht grün.

Die großen Kiefernzapfen sehen seltsam aus, wie Krebsgeschwulste.

In einem klobigen, quadratischen Bauwerk sind die Waschräume untergebracht. Er läuft durch den Wolkenbruch zur Herrentoilette.

Als der Killer am ersten von drei Pissoirs steht, der Regen heftig auf das Dach prasselt und der Geruch von nassem Beton erstickend in der Luft hängt, kommt ein Mann Anfang Sechzig herein. Auf einen Blick: dichtes weißes Haar, runzliges Gesicht, Knollennase mit geplatzten Äderchen. Er geht zum dritten Pissoir.

»Ganz schönes Unwetter, was?« sagt der Fremde.

»Ein echter Straßenfeger«, sagt der Killer, ein Ausdruck, den er einmal in einem Film gehört hat.

»Hoffe, daß es bald weiterzieht.«

Der Killer stellt fest, daß der alte Mann etwa seine Größe und Figur hat. Als er den Reißverschluß der Hose zumacht, sagt er: »Wohin fahren Sie?«

»Im Augenblick nach Las Vegas, aber dann anderswohin, und danach wieder anderswohin. Meine Frau und ich sind pensioniert und leben größtenteils im Wohnmobil. Wir wollten uns das Land schon immer ansehen, und jetzt erfüllen wir uns diesen Wunsch. Gibt nichts Schöneres als das Leben auf der Straße, jeden Tag was Neues zu sehen, die reine Freiheit.«

»Klingt toll.«

Am Waschbecken, wo er sich die Hände wäscht, zögert der Killer und fragt sich, ob er es wagen soll, dem alten Narren gleich hier eine zu verpassen und die Leiche in einer Toilettenkabine zu verstecken. Aber da so viele Leute auf dem Parkplatz sind, könnte jemand unerwartet hereinkommen.

Als der Fremde den Hosenladen zumacht, sagt er: »Das einzige Problem ist nur, daß es Frannie – das ist meine Frau – nicht gefällt, wenn ich bei Regen fahre. Sobald es mehr als nur ein bißchen nieselt, will sie an den Straßenrand fahren und abwarten.« Er seufzt. »Heute werden wir nicht viele Meilen zurücklegen.«

Der Killer trocknet sich die Hände unter dem Heißlufttrockner. »Nun, Vegas ist morgen auch noch da.«

»Stimmt. Selbst wenn der liebe Gott am Tag des Jüngsten Gerichts kommt, werden die Blackjacktische offen sein.«

»Ich hoffe, Sie sprengen die Bank«, sagt der Killer und geht hinaus, als der alte Mann zum Waschbecken kommt.

Als er naß und zitternd wieder im Honda sitzt, läßt er den Motor an und schaltet die Heizung ein. Aber den Gang legt er nicht ein.

Drei Wohnmobile parken in den tiefen Buchten am Bordstein.

Eine Minute später kommt Frannies Mann aus der Toilette. Durch die Regenschlieren auf der Windschutzscheibe beobachtet der Killer den weißhaarigen Mann, der zu einem großen, silbernen und blauen Road King sprintet, in den er durch die Fahrertür vorne einsteigt. Auf die Tür ist der Umriß eines Herzens aufgemalt, und in diesem Herzen stehen zwei Namen in schnörkeliger Schrift: Jack und Frannie.

Das Glück ist Jack, dem Rentner mit Ziel Las Vegas, nicht hold. Der Road King steht nur vier Buchten von dem Honda entfernt, und das macht es dem Killer leicht zu tun, was getan werden muß.

Der Himmel gießt einen wahren Ozean aus. Das Wasser fällt an dem windstillen Tag senkrecht herab, zertrümmert unablässig die spiegelgleichen Pfützen auf dem Asphalt und ergießt sich in scheinbar endlosen Strömen in die Rinnsteine.

Autos und Lastwagen fahren vom Highway ab, parken eine Weile, fahren weiter und werden von neuen Fahrzeugen ersetzt, die sich zwischen den Honda und den Road King stellen.

Er ist geduldig. Geduld gehört zu seiner Ausbildung.

Der Motor des Wohnmobils läuft. Kristallisierte Abgase steigen von den beiden Auspuffrohren auf. Warmes, goldgelbes Licht leuchtet hinter den Vorhängen der Seitenfenster.

Er beneidet sie um ihr behagliches Heim auf Rädern, das gemütlicher aussieht als jedes Heim, das er je besitzen wird. Außerdem beneidet er sie um ihre lange Ehe. Wie mag es sein, eine Frau zu haben? Wie würde man sich als geliebter Ehemann fühlen?

Nach vierzig Minuten läßt der Regen immer noch nicht nach, aber eine ganze Schar Autos brechen auf. Der Honda ist jetzt das einzige Fahrzeug, das auf der Fahrerseite des Road King parkt.

Er nimmt die Pistole, steigt aus dem Auto aus, geht hastig zu dem Wohnmobil und behält dabei die Seitenfenster im Auge, sollten Frannie und Jack in diesem ungünstigsten aller Momente beschließen, nach draußen zu sehen.

Er schaut zu der Toilette. Niemand zu sehen.

Perfekt.
Er ergreift den alten verchromten Türgriff. Nicht abgeschlossen. Er steigt ein, geht die Stufen hinauf und sieht über den Fahrersitz.

Die Küche liegt unmittelbar hinter der offenen Kabine, eine Eßnische folgt nach der Küche, dann das Wohnzimmer. Frannie und Jack sitzen in der Nische und essen, Frannie hat dem Killer den Rücken zugekehrt.

Jack sieht ihn zuerst und steht auf, während er gleichzeitig aus der Nische schlüpft, und Frannie sieht mehr neugierig als erschrocken über die Schulter. Die ersten beiden Schüsse treffen Jack in Brust und Hals. Er bricht über dem Tisch zusammen. Die blutbespritzte Frannie macht den Mund auf, um zu schreien, aber die dritte Hohlspitzkugel verleiht ihrem Schädel eine radikal neue Form.

Der Schalldämpfer ist auf die Mündung aufgeschraubt, aber er taugt nicht mehr viel. Die Dämpfpolster sind zusammengedrückt. Das Geräusch der Schüsse ist nur unwesentlich leiser als der normale Mündungsknall.

Der Killer zieht die Fahrertür hinter sich zu. Er sieht auf den Gehweg hinaus, zu dem regennassen Picknickgelände, den Waschräumen. Niemand ist zu sehen.

Er klettert über die Schaltung auf den Beifahrersitz und sieht zum vorderen Fenster auf die Seite hinaus. Nur noch vier weitere Fahrzeuge stehen auf dem Parkplatz. Das nächste ist ein Lastwagen Marke Mack, dessen Fahrer in der Toilette sein muß, denn in der Fahrerkabine ist niemand zu sehen.

Es scheint unwahrscheinlich, daß jemand die Schüsse gehört hat. Das Prasseln des Regens bietet eine ideale Tarnung.

Er drehte den Beifahrersitz herum, steht auf und geht nach hinten in das Wohnmobil. Bei dem toten Paar bleibt er stehen, berührt Jacks Rücken ... und Frannies linke Hand, die in einer Blutlache neben ihrem Eßteller auf dem Tisch liegt.

»Lebt wohl«, sagt er leise und wünscht sich, er könnte sich mehr Zeit nehmen, diesen speziellen Augenblick mit ihnen zu teilen.

Aber nachdem er schon so weit gekommen ist, kann er es kaum erwarten, seine Kleidung gegen die von Frannies Mann auszutauschen und sich wieder auf den Weg zu machen. Inzwischen ist er fest davon überzeugt, daß ein Sender in den Gummiabsätzen seiner Rockport Schuhe verborgen ist, dessen Signale schon in diesem Augenblick gefährliche Leute in seine Richtung leiten.

Nach dem Wohnzimmer folgt ein Bad, ein großer Schrank, der vollgestopft ist mit Frannies Kleidung, und ein Schlafzimmer nebst einem kleineren Schrank mit Jacks Kleidungsstücken. In weniger als drei Minuten hat er sich nackt ausgezogen und zieht neue Unterwäsche, Tennissocken, Jeans, ein rot-braun kariertes Hemd, ein paar ausgetretene Turnschuhe und eine braune Lederjacke anstelle seiner eigenen schwarzen an. Der Schritt der Hose sitzt perfekt, der Bund ist zwei Zentimeter zu weit, aber er zieht ihn mit einem Gürtel zusammen. Die Schuhe sind etwas zu groß, aber er kann sie tragen, Hemd und Jacke passen wie angegossen.

Er trägt die Rockport Schuhe in die Küche. Um seine Vermutung zu bestätigen, nimmt er ein Küchenmesser aus einer Schublade und säbelt die verschiedenen Schichten der Gummisohle an einem Schuh ab, bis er auf eine kleine, mit elektronischen Gerätschaften vollgestopfte Höhlung stößt. Ein Miniatursender ist mit einer Reihe von Uhrenbatterien verbunden, die um den ganzen Absatz herum zu verlaufen scheinen, möglicherweise um die ganze Sohle.

Also ist er doch nicht paranoid.

Sie kommen.

Er läßt den Schuh inmitten eines Haufens von Gummischnipseln auf dem Küchentresen stehen, durchsucht hektisch Jacks Leichnam und nimmt das Geld aus der Brieftasche des alten Mannes. Zweiundsechzig Dollar. Er sucht nach Frannies Börse und findet sie im Schlafzimmer. Neunundvierzig Dollar.

Als er das Wohnmobil verläßt, wirkt der grauscheckige Himmel konvex, wie von der Last der Gewitterwolken abwärts gebeugt. Regen prasselt megatonnenweise auf die Erde.

Nebelschwaden winden sich zwischen den Stämmen der Kiefern und scheinen nach ihm zu greifen, während er zum Honda läuft.

Als er sich wieder auf der Interstate befindet und durch die ewige Dämmerung des Unwetters rast, dreht er die Heizung des Autos bis zum Anschlag hoch und überquert wenig später die Grenze nach Texas, wo das flache Land womöglich noch flacher wird. Er hat die letzten Überbleibsel seines alten Lebens hinter sich gelassen und fühlt sich befreit. Er schlottert unbeherrscht, vom kalten Regen durchnäßt, zittert aber auch vor Aufregung und Vorfreude.

Sein Schicksal liegt irgendwo im Westen.

Er schält die Plastikverpackung von einem Slim Jim und ißt beim Fahren. Ein schwaches Aroma unter dem vorherrschenden Duft des Dörrfleischs erinnert ihn an den metallischen Geruch von Blut in dem Haus in Kansas City, wo er das namenlose Paar in seinem riesigen georgianischen Bett zurückgelassen hat.

Der Killer fährt mit dem Honda so schnell er sich auf der regennassen Straße traut und ist bereit, jeden Polizisten zu töten, der ihn aufhalten sollte. Als er am Sonntag abend kurz nach Einbruch der Dämmerung Amarillo, Texas, erreicht, stellt er fest, daß der Honda praktisch auf Reserve läuft. Er fährt gerade lange genug auf einen Rastplatz, um zu tanken, auf die Toilette zu gehen und mehr Lebensmittel für unterwegs zu kaufen.

Hinter Amarillo braust er westwärts in die Nacht und passiert Wildorado, an der Grenze von New Mexico, und plötzlich wird ihm klar, daß er die Badlands im Herzen des alten Westens durchquert, wo so viele wunderbare Filme gedreht wurden. John Wayne und Montgomery Clift in *Red River*, wo ihnen Walter Brennan links und rechts die Schau gestohlen hat. *Rio Bravo*. Und *Mein großer Freund Shane* spielte in Kansas – oder nicht? –, Jack Palance legte Elisha Cook jr. um, und das Jahrzehnte bevor der Wirbelsturm Dorothy nach Oz beförderte. *Ringo, Der Scharfschütze, Der Marshal, Der große Bluff, Denen man nicht vergibt, Ein Fremder ohne Namen, Nevada,* so viele hervorragende Filme, die zwar nicht alle in Texas, aber zumindest im *Geist* von Texas spielten, mit John Wayne und Gregory Peck und Jimmy Stewart und Clint Eastwood, Legenden, mythische Orte, die jetzt real geworden sind und jenseits des Highway warten, wenn auch von Regen und Nebel und Dunkelheit verhüllt. Man konnte fast glauben, daß diese Geschichten jetzt in Wirklichkeit in den Grenzstädten gespielt wurden, durch die er fuhr, und daß er Butch Cassidy oder Sundance Kid oder ein anderer Revolverheld eines früheren Jahrhunderts war, ein Killer, aber eigentlich kein schlechter Kerl, von der Gesellschaft mißverstanden und wegen dem, was man ihm angetan hatte, gezwungen zu töten, Kopfgeldjäger auf seinen Fersen ...

Erinnerungen von Kinoleinwänden und Spätfilmen im Fernsehen – die bei weitem den größten Teil der Erinnerungen ausmachen, die er besitzt –, überfluten seinen gequälten Verstand, beruhigen ihn, und eine Zeitlang ist er so vollkommen in diesen Phantasiegebilden verstrickt, daß er zu wenig auf seine Fahrweise achtet. Allmählich bemerkt er, daß seine Geschwindigkeit auf vierzig Meilen die Stunde gesunken ist. Lastwagen und Pkws donnern an ihm vorbei, erschüttern mit ihren Druckwellen den Honda und spritzen schmutziges Wasser auf die Windschutzscheibe, worauf ihre Heckleuchten in der Dunkelheit verschwinden.

Er redet sich ein, daß das geheimnisvolle Schicksal, das ihn erwartet, so gewaltig sein wird wie jedes, das John Wayne in seinen Filmen suchte, und gibt Gas.

Auf dem Beifahrersitz türmen sich leere und halbvolle Lebensmittelverpackungen, zusammengeknüllt und verschmiert und voller Krümel. Sie fallen auf den Boden unter dem Armaturenbrett und füllen den gesamten Fußraum auf der Beifahrerseite auf.

Aus dem Durcheinander zieht er eine frische Packung Krapfen. Um sie hinunterzuspülen, macht er eine warme Dose Pepsi auf.

Westwärts. Immer weiter westwärts.

Eine Identität wartet auf ihn. Er wird jemand sein.

15.

Später am Sonntag, zu Hause, nach Riesenschüsseln Popcorn und zwei Videos, brachte Paige die Mädchen zu Bett, gab ihnen einen Gutenachtkuß und zog sich zur offenen Tür zurück, wo sie Marty beobachtete, wie er sich zu dem Ereignis des Tages setzte, das er am höchsten schätzte. Märchenstunde.

Er fuhr mit dem Gedicht über den bösen Zwillingsbruder des Nikolaus fort, und die Mädchen waren sofort wieder fasziniert.

> »*Rentiere schweben herab aus der Nacht.*
> *Was hat ihnen nur solche Angst gemacht?*
> *Ihr furchtsames Bangen wird noch bestärkt,*
> *die klugen Tiere haben längst schon gemerkt,*
> *dieser Weihnachtsmann ist ein fremdes Ding,*
> *ein völlig Verrückter, ein Eindringling.*
> *Sie hätten sich längst schon ins Zeug gelegt,*
> *und diesen Irren von der Erde gefegt.*

*Doch Nikolaus' Zwilling, der braust durch die Lüfte,
trägt eine Peitsche an seiner Hüfte.
Dazu noch Pistolen, Granaten und mehr:
ein häßliches, tödliches Strahlengewehr!«*

»Strahlengewehr?« sagte Charlotte. »Dann ist er ein Außerirdischer.«

»Sei nicht albern«, wies Emily sie zurecht. »Er ist der Zwillingsbruder des Nikolaus, wenn er ein Außerirdischer wäre, müßte der Weihnachtsmann auch einer sein, und das ist er nicht.«

Mit der blasierten Herablassung einer Neunjährigen, die schon längst gemerkt hat, daß es gar keinen Nikolaus gibt, sagte Charlotte: »Em, du mußt noch viel lernen. Daddy, was macht dieses Strahlengewehr? Einen in Matsch verwandeln?«

»In Stein«, sagte Emily. Sie zog eine Hand unter der Bettdecke hervor und zeigte den polierten Stein vor, auf den sie zwei Augen gemalt hatte. »Das ist mit Peepers passiert.«

*»Sie schweben aufs Dach, herab aus der Luft,
dieser Nikolaus ist ein gemeiner Schuft.
Er beugt sich herunter und flüstert im Nu
den Rentieren folgende Warnung zu:
›Ihr habt doch Verwandte da unten am Pol,
unschuldige Seelen, sie fühlen sich wohl.
Drum bleibt mir schön hier und fliegt nicht von hinnen,
solange ich in dem Haus da drinnen;
sonst nehm ich ein Flugzeug zum Pol zurück
und esse ein köstliches Rentier-Picknick:
mit Rentierbraten und Rentierfilet,
mit Rentiersuppe und Rentierpaté.‹«*

»Ich *hasse* diesen Kerl«, verkündete Charlotte mit Nachdruck. Sie zog die Decke bis zur Nasenspitze hoch, wie am vergangenen Abend, aber heute hatte sie nicht richtig Angst, sondern amüsierte sich prächtig und tat nur so, als gruselte sie sich.

»Der Kerl ist einfach böse zur Welt gekommen«, entschied Emily. »Er konnte sicher nicht so werden, nur weil sein Dad und seine Mom nicht so lieb zu ihm waren, wie sie sein sollten.« Paige bewunderte Martys Fähigkeit, genau den richtigen Tonfall zu treffen, der ihm die ungeteilte Aufmerksamkeit der Kinder sicherte. Hätte er ihr das Gedicht vorher vorgelesen, hätte Paige gesagt, es wäre ein wenig zu stark und finster für kleine Mädchen.

Soviel zur Frage, was besser war – die Einsichten einer Psychologin oder der Instinkt des Geschichtenerzählers.

> *»Am Kamin schaut er hastig hinab in den Ofen,*
> *doch dieser Zugang ist nur für die Doofen.*
> *Mit seinen Werkzeugen kann er bedacht*
> *sich Zugang verschaffen wie ein Dieb in der Nacht.*
> *Vom Dach zur Küchentür springt er alsdann,*
> *und fängt diabolisch zu grinsen an,*
> *weil er weiß, daß er schlimme Sachen parat*
> *für die friedlich schlafende Familie hat.*
> *Dann grinst er noch einmal, die elende Laus,*
> *und bricht ein durch die Tür in das Stillmater-Haus.*

»Unser Haus!« quietschte Charlotte.

»Ich wußte es!« sagte Emily.

Charlotte sagte: »Hast du nicht.«

»Hab ich doch.«

»Nein.«

»Doch. Darum habe ich Peepers im Bett, damit er mich bis nach Weihnachten beschützen kann.«

Sie bestanden darauf, daß ihr Vater alles noch einmal vorlas, von Anfang an, alle Verse beider Abende. Als Marty sich fügte, schlich Paige zur Tür hinaus und ging nach unten, um die Popcornreste wegzuschaffen und die Küche aufzuräumen.

Was die Kinder betraf, war der Tag perfekt gewesen, und für sie war er auch nicht schlecht gelaufen. Marty hatte keinen weiteren Anfall mehr erlitten, wodurch sie sich selbst in dem Glauben wiegen konnte, daß seine Fugue etwas Einmaliges gewesen war – beängstigend, unerklärlich, aber kein Anzeichen für einen schwerwiegenden degenerativen Zustand oder eine Krankheit.

Kein Mann konnte mit zwei solchen Energiebündeln von Kindern Schritt halten, sie unterhalten und einen ganzen hektischen Tag lang dafür sorgen, daß sie nicht quengelig wurden, wenn er sich nicht bester Gesundheit erfreute. Was die andere Hälfte der legendären Stillwater-Eltern-Maschine anbetraf: Paige war erschöpft.

Seltsamerweise überprüfte sie auch die Fenster und Türschlösser, als sie das Popcorn weggeräumt hatte.

Gestern abend hatte Marty sein Bedürfnis nach besseren Sicherheitsmaßnahmen nicht erklären können. Schließlich war sein Problem ein inneres.

Paige kam zu dem Schluß, daß es sich hier schlicht um ein Übertragungsphänomen handeln mußte. Er hatte nicht an die Möglichkeit von Tumoren oder Hirnblutungen denken wollen, weil diese sich seiner Kontrolle völlig entzogen, daher hatte er sich nach außen gewandt und Gegner gesucht, gegen die er wenigstens etwas Konkretes unternehmen konnte.

Andererseits, möglicherweise hatte er auch instinktiv auf eine echte Bedrohung reagiert, die sich der bewußten Wahrnehmung entzog. Da sie Aspekte der Jungschen Theorie in ihr persönliches und berufliches Weltbild mit einbezog, konnte Paige an Konzepte wie kollektives Unbewußes, Synchronizität und Intuition glauben.

Als sie an der Verandatür des Wohnzimmers stand und über die dunkle Veranda in den Garten sah, fragte sie sich, welche Bedrohung Marty da draußen in einer Welt gespürt haben mochte, die, so lange sie lebte, immer gefährlicher geworden war.

16.

Er wendet die Aufmerksamkeit stets nur kurz vom Highway ab und wirft rasche Blicke auf die seltsamen Umrisse, die auf beiden Seiten der Straße aus Regen und Dunkelheit aufragen. Abgebrochene Zähne aus Fels haben sich aus dem Sand herausgebohrt, als würde ein Moloch unter der Erde gerade das Maul aufreißen, um jedes arglose Tier zu verschlingen, das sich auf der Oberfläche herumtreibt. Weit verstreute Gruppen verkrüppelter Bäume bemühen sich, in einem Landstrich am Leben zu bleiben, wo Unwetter selten und Regengüsse noch seltener sind; knorrige Äste winden sich aus dem Nebel, kantig und chitinartig wie die stachligen Gliedmaßen von Insekten, werden flüchtig von den Scheinwerfern angestrahlt, zucken Sekundenbruchteile im Wind und verschwinden wieder.

Der Honda besitzt zwar ein Radio, aber der Killer schaltet es nicht ein, weil er sich nicht von der geheimnisvollen Macht ablenken lassen will, die ihn nach Westen zieht und mit der er die Vereinigung sucht. Meile für Meile wächst die Anziehungskraft, und nur daran ist ihm gelegen; er könnte sich ebensowenig davon abwenden wie die Erde ihre Rotationsrichtung ändern und morgen früh einen Sonnenaufgang im Westen zustande bringen könnte.

Er läßt den Regen hinter sich und gelangt schließlich auch unter den Wolkenfetzen hervor in eine klare Nacht mit unzähligen Sternen. An einem Abschnitt des Horizonts kann man vage leuchtende Gipfel und Klüfte erkennen, so fern, daß sie den Rand der Welt bilden könnten, gleich Alabasterwällen, welche ein Märchenreich beschützen, die Mauern von Shangri-La, in denen noch der Mond des vergangenen Monats leuchtet.

Er fährt in die Weite des Südwestens, vorbei an Diademen aus Lichtern, bei denen es sich um die Städte Tucumcari, Montoya und Cuervo handelt, und dann weiter über den Pecos.

Zwischen Amarillo und Albuquerque hält er zum Tanken und um Öl nachzufüllen und benützt die Toilette der Tankstelle, wo es nach Insektenvertilgungsmittel riecht und zwei tote Schaben in der Ecke liegen. Das gelbe Licht und der schmutzige Spiegel offenbaren ein Antlitz, das er als seines erkennen kann, auch wenn es irgendwie verändert ist. Seine blauen Augen wirken dunkler und stechender, als er sie je gesehen hat, und die Linien seines sonst freundlichen und offenen Gesichts sind ausgeprägter geworden.

»Ich werde jemand sein«, sagt er in den Spiegel, und der Mann im Spiegel spricht die Worte im Einklang mit ihm aus.

Als er Sonntag nacht um halb zwölf Albuquerque erreicht, tankt er den Honda an einer Raststätte voll und bestellt zwei Cheeseburger zum Mitnehmen. Dann bricht er zum nächsten Abschnitt seiner Reise auf – dreihundertfünfundzwanzig Meilen bis Flagstaff, Arizona – und ißt die Burger in den weißen Papiertüten, in denen er sie bekommen hat und in die duftendes Fett, Zwiebeln und Senf tropfen.

Dies wird seine zweite Nacht ohne Schlaf, aber er ist nicht müde. Er ist mit einer außergewöhnlichen Vitalität gesegnet. Manchmal hat er es schon zweiundsiebzig Stunden ohne Schlaf ausgehalten und trotzdem einen klaren Kopf behalten.

Aus Filmen, die er in einsamen Nächten in fremden Städten gesehen hat, weiß er, daß der Schlaf der einzige unbezwingbare Gegner von Soldaten ist, die verzweifelt bemüht sind, eine harte Schlacht zu gewinnen. Von Polizisten auf Beobachtungsposten.

Von denen, die freiwillig Wache gegen Vampire halten, bis die Dämmerung die Sonne und damit Erlösung bringt.

Seine Fähigkeit, wenn er will, mit dem Schlaf einen Waffenstillstand zu schließen, ist so ungewöhnlich, daß er sich scheut, darüber nachzudenken. Er spürt, daß es Dinge über ihn gibt, die er besser nicht wissen sollte, und das ist eines davon.

Eine weitere Lektion, die er aus Filmen gelernt hat, ist die, daß jeder Mensch Geheimnisse hat, sogar vor sich selbst. Demzufolge machen ihn Geheimnisse allen anderen Menschen nur ähnlicher. Was genau der Zustand ist, nach dem er sich am meisten sehnt. Wie andere Menschen zu sein.

In seinem Traum stand Marty an einem kalten, windumtosten Ort und fühlte sich von Entsetzen gepackt. Er war sich bewußt, daß er auf einer Ebene stand, die so flach und konturlos war wie die gewaltigen Talsohlen in der Mojavewüste auf dem Weg nach Las Vegas, aber er konnte die Landschaft nicht richtig sehen, denn die Dunkelheit war allgegenwärtig wie der Tod. Er wußte, etwas kam durch die Düsternis auf ihn zu gerast, etwas unvorstellbar Seltsames und Feindseliges, Gewaltiges und Tödliches, und dennoch vollkommen Stummes; er *wußte* tief in seinem Innersten, daß es kam, großer Gott, ja, aber er hatte keine Ahnung, aus welcher Richtung es sich näherte. Links, rechts, von vorne, von hinten, aus dem Boden unter seinen Füßen oder vom pechschwarzen Himmel über ihm, aber es kam näher. Er konnte es *spüren*, ein Objekt von so gewaltiger Größe und Masse, daß die Atmosphäre in seiner Bahn komprimiert wurde und die Luft eindickte, während die unbekannte Gefahr näher kam. Es kam so rasch näher, schneller, schneller, und er hatte keine Möglichkeit, sich zu verstecken. Dann hörte er, wie Emily irgendwo in der undurchdringlichen Dunkelheit um Hilfe schrie, nach ihrem Daddy rief, und Charlotte ebenfalls, aber er konnte sie nicht ausfindig machen. Er lief in eine Richtung, dann in eine andere, aber ihre von zunehmender Panik gezeichneten Stimmen schienen stets hinter ihm zu sein. Die unbekannte Gefahr war näher gekommen, noch näher, die Mädchen hatten Angst und weinten, Paige rief seinen Namen mit einer derart entsetzten Stimme, daß Marty anfing zu weinen ob seines Unvermögens, sie zu finden, o gütiger Gott, und es war fast bei ihm, das Ding, was immer es auch sein mochte, so unaufhaltsam wie ein fallender Mond,

Welten im Zusammenstoß, ein unvorstellbares Gewicht, eine Urkraft wie diejenige, die das Universum erschaffen hatte, so zerstörerisch wie die, die ihm eines Tages ein Ende bereiten würde, und Emily und Charlotte schrien, schrien ...

Westlich der Painted Desert, vor Flagstaff, Arizona, kurz vor fünf Uhr am Montag morgen, wirbeln vor der Dämmerung Schneeflocken vom Himmel, und die kalte Luft ist ein scharfes Skalpell, das ihm bis auf die Knochen schneidet. Die braune Lederjacke, die er vor noch nicht einmal sechzehn Stunden dem toten Mann in dem Wohnmobil in Oklahoma abgenommen hat, ist nicht dick genug, ihn in der frühmorgendlichen bitteren Kälte warm zu halten. Er zittert, als er den Honda an einer Selbstbedienungszapfsäule volltankt.

Als er wieder auf der Interstate ist, beginnt er die dreihundertfünfzig Meilen lange Reise nach Barstow, Kalifornien. Sein Zwang, weiter nach Westen zu fahren, ist inzwischen so stark, daß er sich hilflos in dessen Griff befindet, wie ein Asteroid, der, von der gewaltigen Schwerkraft der Erde eingefangen, unerbittlich einem katastrophalen Zusammenstoß entgegen gezogen wird.

Grauen riß ihn aus dem Traum von Dunkelheit und unbekannter Gefahr: Marty Stillwater richtete sich kerzengerade im Bett auf. Sein erster wacher Atemzug war so explosionsartig, daß er sicher war, er hatte Paige geweckt, aber sie schlief ungestört weiter. Er war eiskalt und dennoch schweißgebadet.

Allmählich schlug sein Herz nicht mehr so angstvoll. Durch die leuchtenden grünen Ziffern der Digitaluhr, das rote Leuchten der Fernsehanzeige und die indirekte Beleuchtung am Fenster war das Schlafzimmer nicht annähernd so schwarz wie die Ebene in seinem Traum.

Aber er konnte sich nicht wieder hinlegen. Der Alptraum war realistischer und erschreckender gewesen als alle, die er bisher gehabt hatte. Unmöglich, jetzt wieder einzuschlafen.

Er schlüpfte unter der Decke hervor und ging barfuß zum nächsten Fenster. Er studierte den Himmel über den Dächern der Häuser auf der anderen Straßenseite, als könnte ihn etwas in seinem dunklem Gewölbe beruhigen. Statt dessen stellte er fest, daß der schwarze Himmel am Horizont eine graublaue Färbung annahm, und der Einbruch der Dämmerung erfüllte ihn mit dem irrationalen Grauen, das er am Samstag nachmittag in seinem Arbeitszimmer verspürt hatte. Während der Himmel sich verfärbte, fing Marty an zu zittern. Er versuchte, sich zu beherrschen, aber das Zittern wurde immer schlimmer. Er fürchtete nicht das Tageslicht, sondern etwas, das der Tag mit sich brachte, eine namenlose Bedrohung. Er konnte spüren, wie diese nach ihm griff, ihn suchte – das war verrückt, verdammt –, und da schlotterte er so sehr, daß er eine Hand auf den Fenstersims legen mußte, um sich zu stützen.

»Was ist bloß los mit mir?« flüsterte er verzweifelt. »Was geschieht mit mir, was stimmt nicht?«

Stunde für Stunde verharrt die Tachonadel bebend zwischen 90 und 100. Das Lenkrad vibriert unter seinen Handflächen bis seine Hände schmerzen. Der Honda dröhnt und scheppert. Der Motor gibt ein dünnes, konstantes Heulen von sich; er ist die Dauerbelastung nicht gewöhnt.

Rostrot, knochenweiß, schwefelgelb, das blasse Purpur verödeter Adern, trocken wie Asche, kahl wie der Mars, heller Sand mit reptilienhaften Rückenplatten aus Felsgestein, dazwischen verdorrte Grüppchen Mesquitesträucher: der grausamen Weite der Mojavewüste wohnt eine majestätische Leblosigkeit inne.

Unweigerlich denkt der Killer an alte Filme über Siedler, die mit Planwagen nach Westen ziehen. Zum ersten Mal wird ihm klar, wieviel Mut es erforderte, mit diesen baufälligen Fahrzeugen zu reisen und das eigene Leben der Gesundheit und Ausdauer von Zugpferden anzuvertrauen.

Filme. Kalifornien. Er befindet sich in Kalifornien, der Heimat der Filme.

Weiter, weiter, weiter.

Von Zeit zu Zeit entfährt ihm ein unfreiwilliges Wimmern. Das Geräusch ist das eines Tieres, das in Sichtweite eines Wasserlochs verdurstet, sich auf den Tümpel zuschleppt, der die Rettung bedeutet, aber fürchtet, es könnte sterben, bevor es seinen brennenden Durst löschen kann.

Paige und Charlotte waren bereits in der Garage, um das Auto zu holen, und riefen: »Emily, beeil dich!«

Als Emily sich vom Frühstückstisch abwandte und zu der offenen Tür ging, die die Küche mit der Garage verband, hielt Marty sie an den Schultern fest und drehte sie zu sich um. »Warte, warte, warte.«

»Oh«, sagte sie, »hab ich ganz vergessen«, und stellte sich für einen Kuß auf Zehenspitzen.

»Das kommt als zweites«, sagte er.

»Und als erstes?«

»Das.« Er ließ sich auf ein Knie nieder, damit er auf einer Ebene mit ihr war, und wischte ihr mit einer Papierserviette den Milchschnurrbart ab.

»Oh, schlimm«, sagte sie.

»Es sah süß aus.«

»Paßt eher zu Charlotte.«

Er zog eine Braue hoch. »Hm?«

»Sie ist die Schlampige.«

»Sei nicht so unhöflich.«

»Sie weiß es, Daddy.«

»Trotzdem.«

Paige rief erneut aus der Garage.

Emily gab ihm einen Kuß, und er sagte: »Mach deiner Lehrerin keinen Ärger.«

»Nicht mehr als sie mir«, antwortete Emily.

Er zog sie impulsiv an sich, drückte sie fest und wollte sie nicht mehr loslassen. Der saubere Geruch von Ivory-Seife und Babyshampoo umgab sie; ihr Atem trug den Geruch von Milch und das Getreidearoma von Cheerios in sich. Er hatte noch nie etwas Süßeres, Besseres gerochen. Ihr Rücken fühlte sich beängstigend schmal unter seiner Handfläche an. Sie war so zierlich, er konnte das Klopfen ihres kleinen Herzens sowohl durch die Brust – die sie an ihn drückte – wie auch durch Schulterblätter und Wirbelsäule spüren, auf denen er die Hand liegen hatte. Die schreckliche Gewißheit überkam ihn, daß etwas Furchtbares geschehen und er sie nie wiedersehen würde, wenn er es zuließ, daß sie aus dem Haus ging.

Er mußte sie selbstverständlich gehen lassen – oder sein Zögern erklären, was er nicht konnte.

Liebling, weißt du, das Problem ist, etwas stimmt nicht in Daddys Kopf, darum habe ich immer so schreckliche Gedanken, als würde ich dich und Charlotte und Mommy verlieren. Ich weiß, es wird nichts passieren.

wirklich nicht, weil das Problem nur in meinem Kopf existiert, wie ein großer Tumor oder so etwas. Kannst du »Tumor« buchstabieren? Weißt du, was das ist? Nun, ich werde einen Arzt aufsuchen und ihn herausschneiden lassen, einfach herausschneiden, den bösen alten Tumor, und dann werde ich nicht mehr ohne Grund so ängstlich sein ...

Er wagte nicht, so etwas zu sagen. Er würde ihr nur angst machen.

Er gab ihr einen Kuß auf die weiche, warme Wange und ließ sie gehen.

An der Tür zur Garage blieb sie stehen und sah sich noch einmal um. »Liest du heute abend wieder das Gedicht?«

»Worauf du dich verlassen kannst.«

Sie sagte: »Rentierbraten ...«

»... Rentierfilet ...«

»... Rentiersuppe ...«

»... und Rentierpate«, sagte Marty.

»Weißt du was, Daddy?«

»Was?«

»Du bist *sooooo* albern.«

Emily ging kichernd in die Garage. Das *Kla-wumm* der Autotür, die hinter ihr ins Schloß fiel, war das endgültigste Geräusch, das Marty je gehört hatte.

Er sah die Tür an und mußte sich zwingen, nicht hinzulaufen und sie aufzureißen und sie anzuschreien, sie sollten dableiben.

Er hörte, wie das große Garagentor nach oben rollte.

Der Automotor ertönte, keuchte, sprang an und wurde hochgejagt, als Paige auf das Gas trat, bevor sie den Rückwärtsgang einlegte.

Marty hastete aus der Küche durch das Eßzimmer ins Wohnzimmer. Er ging zu einem der Fenster nach vorne, von dem er die Einfahrt sehen konnte. Die Holzläden waren vom Fenster zurückgeklappt, daher blieb er ein paar Schritte vom Glas entfernt stehen.

Der weiße BMW fuhr rückwärts aus der Einfahrt, aus dem Schatten des Hauses in den Novembersonnenschein. Emily saß vorne bei ihrer Mutter, Charlotte auf dem Rücksitz.

Als der Wagen die Allee entlangfuhr und verschwand, trat Marty so dicht an das Fenster, daß er die Stirn an das kalte Glas drückte. Er versuchte, seine Familie so lange es ging im Blickfeld zu behalten, als könnten sie *alles* überleben – selbst Flugzeugabstürze und Atombombenexplosionen –, wenn er sie nur nicht aus den Augen ließ.

Den letzten Blick auf den BMW warf er durch einen plötzlichen Schleier heißer Tränen, die er kaum unterdrücken konnte.

Die starke emotionale Reaktion auf den Abschied seiner Familie beunruhigte ihn so sehr, daß er sich vom Fenster abwandte und wütend sagte: »Verdammt, was ist bloß los mit mir?«

Schließlich gingen die Mädchen nur zur Schule und Paige ins Büro, wo sie fast jeden Tag hingingen. Sie folgten einem Tagesablauf, der bis jetzt noch nie gefährlich gewesen war, und er hatte keinen logischen Grund zu der Annahme, daß er heute gefährlich werden würde – oder überhaupt jemals.

Er sah auf die Armbanduhr. 7:48.

Sein Termin bei Dr. Guthridge war nur noch etwas mehr als fünf Stunden entfernt, aber das schien eine unendlich lange Zeitspanne zu sein. In fünf Stunden konnte alles passieren.

Needles – Ludlow – Daggett.
Weiter, weiter, weiter.
9:04 Pacific Standard Zeit.
Barstow. Trockene, ausgebleichte Stadt in einem harten, trockenen Land. Vor gar nicht so langer Zeit haben Postkutschen hier gehalten. Eisenbahnschienen. Ausgetrocknete Flüsse. Rissiger Stuck, abblätternde Farbe. Das Grün der Bäume wegen einer ewigen Staubschicht auf den Blättern verblaßt. Motels, Schnellimbisse, mehr Motels.

Eine Tankstelle. Benzin. Herrentoilette. Schokoriegel. Zwei Dosen kalte Cola.

Inhaber zu freundlich. Geschwätzig. Langsam mit dem Wechselgeld. Kleine Schweinsaugen. Feiste Wangen. Hasse ihn. Halt den Mund, halt den Mund, halt den Mund.

Sollte ihn erschießen. Sollte ihm den Kopf wegpusten. Befriedigend. Kann es nicht riskieren. Zu viele Leute in der Nähe.

Wieder auf der Straße. Interstate 15. Westwärts. Schokoriegel und Coke bei achtzig Meilen pro Stunden. Einsame Ebenen. Sanddünen, Schiefer. Vulkangestein. Joshuabäume mit vielen Armen stehen Wache.

Als Pilger ins Heilige Land, als Lemming auf dem Weg zum

Meer, als Komet auf seinem ewigen Kurs, westwärts, westwärts im Versuch, die Sonne zu überholen, die das Meer sucht.

Marty besaß fünf Schußwaffen.
Er sammelte sie nicht und war auch kein Jäger. Er schoß nicht auf Tontauben oder Zielscheiben, weil er Spaß daran hatte. Im Gegensatz zu einigen Menschen, die er kannte, hatte er sich nicht aus Angst vor einem gesellschaftlichen Kollaps bewaffnet – auch wenn er manchmal überall Spuren davon sah. Er konnte nicht einmal sagen, daß er Waffen *mochte,* aber er sah ein, daß sie in einer aus den Fugen geratenen Welt notwendig waren.

Er hatte die Waffen eine nach der anderen zu Studienzwecken gekauft. Als Kriminalschriftsteller, der über Polizisten und Mörder schrieb, glaubte er, er müsse wissen, wovon er schrieb. Da er kein Hobbyschütze war und ihm nur eine begrenzte Zeit zur Verfügung stand, die verschiedenen Hintergrundinformationen zu recherchieren, die für jeden Roman wichtig waren, ließen sich kleinere Fehler hin und wieder leider nicht vermeiden, aber er fühlte sich wohler, wenn er über eine Waffe schrieb, mit der er schon einmal geschossen hatte.

Im Nachttisch bewahrte er einen nicht geladenen .38er Revolver von Korth und eine Schachtel Munition auf. Der Korth war eine handgefertigte Waffe allerhöchster Qualität, in Deutschland hergestellt. Nachdem er für einen Roman mit dem Titel *Tödliche Dämmerung* gelernt hatte, wie man ihn gebrauchte, hatte er ihn zur Sicherheit zu Hause behalten.

Er und Paige hatten die Mädchen mehrmals auf einen überdachten Schießstand mitgenommen, wo sie Scheibenschießen sehen konnten, und sie hatten ihnen einen tiefempfundenen Respekt vor dem Revolver beigebracht. Wenn Charlotte und Emily alt genug waren, würde er ihnen beibringen, wie man mit einer Schußwaffe umging, allerdings einer mit einem kleineren Kaliber und weniger Rückstoß als die Korth. Unfälle mit Schußwaffen waren fast immer die Folge von Unwissenheit. In der Schweiz, wo jeder erwachsene Mann verpflichtet war, eine Waffe zur Verteidigung des Landes in Notzeiten zu besitzen, gehörte Waffenunterricht zur Allgemeinbildung, und tragische Unfälle kamen ausgesprochen selten vor.

Er holte den .38er aus dem Nachttisch, lud ihn und nahm ihn

mit in die Garage, wo er ihn im Handschuhfach ihres Zweitwagens verstaute, eines grünen Ford Taurus. Er wollte ihn auf seine Fahrt zum Termin mit Dr. Guthridge um ein Uhr mitnehmen.

Eine Mossberg-Schrotflinte Kaliber 20, ein Gewehr Colt M16 A2 und zwei Pistolen – eine Beretta Modell 92 und eine Smith & Wesson 5904 – wurden noch in den Originalverpackungen in einem angeschlossenen Metallspind in einer Ecke der Garage aufbewahrt. Dazu Schachteln voll Munition für jedes benötigte Kaliber. Er packte alle Waffen aus, die vor dem Einlagern gereinigt und geölt worden waren, und lud sie.

Die Beretta trug er in die Küche und legte sie in eines der oberen Schränkchen neben dem Kamin, vor zwei Keramikschüsseln. Dort würden die Mädchen sie nicht finden, bis er eine Familienkonferenz einberufen und die Gründe für seine außergewöhnlichen Vorsichtsmaßnahmen erklärt hatte – wenn er sie erklären konnte.

Das M16 wanderte in einen Schrank im Foyer gleich bei der Eingangstür. Er legte die Smith & Wesson in seine Schreibtischschublade, in die zweite Schublade auf der rechten Seite, und die Mossberg unter das Bett im Schlafzimmer.

Die ganze Zeit während seinen Vorbereitungen machte er sich Gedanken, ob er sich nicht möglicherweise gegen eine Gefahr wappnete, die überhaupt nicht existierte. Angesichts der Fugue, die er am Samstag nachmittag erlebt hatte, sollte er eigentlich als *allerletztes* mit geladenen Waffen herumspielen.

Er hatte keinen Beweis dafür, daß Gefahr drohte. Er handelte rein aus Instinkt, eine Soldatenameise, die hirnlos Befestigungen anlegt. So etwas war ihm noch nie passiert. Er war von Natur aus ein Denker, ein Planer, ein Tüftler, auf gar keinen Fall aber ein Mann der Tat. Aber dies war eine *Sturzflut* instinktiver Reaktionen, und er wurde von ihr mitgerissen.

Als er das Gewehr unter dem Bett im Schlafzimmer versteckt hatte, wurden die Gedanken über seinen Geisteszustand unvermittelt von anderen Überlegungen verdrängt. Die niederschmetternde Atmosphäre seines letzten Traums überkam ihn wieder, das Gefühl, als würde ein schreckliches Gewicht mit mörderischer Geschwindigkeit auf ihn zu rasen. Die Luft schien dicker zu werden. Es war fast so schlimm wie in dem Alptraum. Und es wurde immer schlimmer.

Gott steh mir bei, dachte er – aber er wußte nicht, ob er um Beistand gegen einen unbekannten Feind oder gegen die finsteren Impulse in sich selbst flehte.

»Ich muß ...«
Windhosen. Tanzen in der Hochwüste.
Sonnenlicht funkelt auf zerbrochenen Flaschen entlang des Highway.
Schnellstes Fahrzeug auf der Straße. Überholt Autos, Lastwagen. Die Landschaft verschwimmt zur Schliere. Verstreute Städte, nur Schlieren.
Schneller. Schneller. Als würde er in ein schwarzes Loch gesogen.
An Victoriaville vorbei.
An Apple Valley vorbei.
Durch den Cajon Paß, tausenddreihundertneunzig Meter über dem Meeresspiegel.
Dann abwärts. Durch San Bernadino. Auf den Riverside Freeway.
Riverside. Carona.
Durch die Santa Ana Mountains.
»Ich muß jemand ...«
Süden. Der Costa Mesa Freeway.
Die Stadt Orange. Tustin. Im Vorstadtlabyrinth von Südkalifornien.
Mächtiger Magnetismus, zieht, zieht unablässig.
Mehr als Magnetismus. Schwerkraft. In den Strudel des schwarzen Lochs hinab.
Wechseln auf den Santa Ana Freeway.
Trockener Mund. Bitterer, metallischer Geschmack. Rasendes Herzklopfen, pochende Schläfen.
»Ich muß jemand werden.«
Schneller. Als wäre er ein schwerer Anker an einer endlosen Kette, der in die dunklen Tiefen eines grundlosen Meeresgrabens hinabsinkt.
Vorbei an Irvine, Laguna Hills, El Toro.
Ins dunkle Herz des Geheimnisses.
»... muß ... muß .. muß ... muß ... muß ...«
Mission Viejo. Die Ausfahrt. Ja.

Runter vom Freeway.
Suche den Magneten. Die geheimnisvolle Anziehungskraft. Den weiten Weg von Kansas hierher, um das Unbekannte zu finden, um seine seltsame und wunderbare Zukunft zu entdecken. Zuhause. Identität. Sinn.
Links abbiegen, zwei Blocks, rechts abbiegen. Unbekannte Straßen. Aber um den Weg zu finden, muß er sich nur der Macht ergeben, die ihn anzieht.
Mediterrane Häuser. Ordentlich gemähte Rasen. Palmenschatten auf pastellgelben Stuckwänden.
Hier.
Dieses Haus.
Zum Bordstein. Anhalten. Einen halben Block entfernt.
Ein Haus wie alle anderen. Ausgenommen. Etwas im Inneren. Was er im fernen Kansas zum ersten Mal gespürt hat. Was ihn angezogen hat. Etwas.
Die Anziehungskraft.
Drinnen.
Wartend.
Ein wortloser Triumphschrei entringt sich ihm, und er erschauert heftig vor Erleichterung. Er muß sein Schicksal nicht mehr suchen. Er weiß zwar noch nicht, was es sein könnte, ist aber sicher, daß er es gefunden hat, daher sackt er auf dem Sitz zusammen, seine verschwitzten Hände rutschen am Lenkrad ab, und er freut sich, daß er am Ende seiner langen Reise angelangt ist.

Er ist aufgeregter, als er es jemals gewesen ist, und von Neugier erfüllt; aber nachdem er sich nun aus dem eisernen Klammergriff des Zwangs befreit hat, verschwindet auch das drängende Gefühl der Hektik. Sein rasend klopfender Herzschlag sinkt auf eine normalere Zahl von Schlägen pro Minute. Seine Ohren hören auf zu klingeln, und er kann tiefer und freier atmen als während der letzten fünfzig Meilen. Innerhalb verblüffend kurzer Zeit ist er äußerlich ruhig und so gelassen wie in dem großen Haus in Kansas City, wo er dankbar die zärtliche Intimität des Todes mit dem Mann und der Frau in dem antiken georgianischen Bett teilte.

Als Marty die Schlüssel des Taurus vom Brett in der Küche genommen hatte, in die Garage gegangen war, die Tür des Hauses abgeschlossen und den Knopf gedrückt hatte, der das automatische Garagentor hob, war das Gefühl einer bevorstehenden Gefahr so akut und beängstigend, daß er sich am Rand einer blinden Panik befand. In einem fiebrigen Anfall von Paranoia war er überzeugt davon, daß er von einem unheimlichen Gegner verfolgt wurde, der nicht nur über die normalen fünf Sinne verfügte, sondern auch über paranormale Fähigkeiten, ein wahrhaft verrückter Gedanke, um Gottes willen, direkt aus dem *National Enquirer*, verrückt und dennoch unausweichlich, weil Marty tatsächlich eine Präsenz *spüren* konnte ... eine brutale, raubtierhafte Wesenheit, die von ihm wußte, ihn bedrängte, sondierte. Ihm war zumute, als würde eine viskose Flüssigkeit mit Hochdruck in seinen Schädel gespritzt, die ihm das Gehirn zusammendrückte, das Bewußtsein aus ihm herausquetschte. Auch richtige körperliche Auswirkungen gehörten dazu, denn er fühlte sich wie ein Tiefseetaucher unter einer Tonnenlast Wasser, seine Gelenke schmerzten, die Muskeln brannten, und die Lungen wollten sich nicht ausdehnen und frische Luft einatmen. Außerordentliche Empfänglichkeit gegenüber jedem einzelnen Stimulus lähmte ihn beinahe: Das laute Rasseln des aufwärts rollenden Garagentors zerriß ihm fast die Trommelfelle; das einfallende Sonnenlicht versengte ihm die Augen; und ein muffiger Geruch von Mehltau – normalerweise so schwach, daß man ihn kaum aufspüren konnte – explodierte wie eine Wolke giftiger Sporen aus der Ecke der Garage, so durchdringend, daß ihm übel davon wurde.

Nach einem Augenblick ließ der Anfall nach, und er hatte sich wieder völlig unter Kontrolle. Obwohl er geglaubt hatte, sein Schädel würde platzen, ließ der innere Druck so unvermittelt nach, wie er gekommen war, und er taumelte nicht mehr am Rand der Bewußtlosigkeit dahin. Die Schmerzen in Muskeln und Gelenken waren verschwunden, und das Sonnenlicht brannte ihm nicht mehr in den Augen. Es war, als wäre er aus einem Alptraum erwacht – nur war er vor und nach dem Erwachen schon wach gewesen.

Marty lehnte sich an den Taurus. Er wollte nicht glauben, daß das Schlimmste vorüber war, und wartete verkrampft darauf, daß die nächste unerklärliche Woge paranoiden Entsetzens über ihm zusammenschlagen würde.

Er sah aus der schattigen Garage auf die Straße hinaus, die ihm vertraut und fremd zugleich vorkam, und rechnete fast damit, daß ein monströses Ungeheuer aus dem Pflaster emporsteigen oder aus der sonnigen Luft herabstoßen würde, eine unmenschliche und unbarmherzige Kreatur, tückisch und darauf aus, ihn zu vernichten, das fleischgewordene unsichtbare Gespenst aus seinem Alptraum.

Sein Selbstvertrauen stellte sich nicht wieder ein, und er konnte nicht aufhören zu zittern, aber seine Angst sank allmählich auf ein erträgliches Niveau, und er konnte sich überlegen, ob er imstande war, Auto zu fahren. Was sollte geschehen, wenn er beim Fahren einen ähnlich desorientierenden Anfall hatte? Er würde praktisch nichts von Stopschildern, Gegenverkehr und anderen Gefahren mitbekommen.

Es war wichtiger denn je, daß er Dr. Guthridge aufsuchte.

Er fragte sich, ob er ins Haus zurückgehen und ein Taxi rufen sollte. Aber dies war nicht New York City, wo es auf den Straßen von Taxis wimmelte; in Südkalifornien waren die Worte »Taxi Service« in den meisten Fällen ein Oxymoron. Bis er mit dem Taxi zu Dr. Guthridges Praxis kam, würde er seinen Termin höchstwahrscheinlich verpaßt haben.

Er stieg ins Auto und ließ den Motor an. Voll wachsamer Konzentration stieß er rückwärts aus der Garage auf die Straße, wobei er das Lenkrad so steif handhabe wie ein Neunzigjähriger, der sich akut seiner spröden Knochen und seines dünnen Lebensfadens bewußt ist.

Den ganzen Weg bis zur Praxis des Arztes in Irvine mußte Marty Stillwater an Paige und Charlotte und Emily denken. Durch den Verrat seines eigenen schwachen Fleisches konnte es geschehen, daß er die Mädchen nicht zu jungen Frauen heranwachsen sehen oder die Freude haben würde, an der Seite seiner Frau alt zu werden. Zwar glaubte er an ein Leben nach dem Tod, in dem er schließlich einmal mit denen vereint sein würde, die er liebte, aber sein Leben schien ihm so kostbar, daß nicht einmal die Aussicht auf eine sorgenfreie Ewigkeit den Verlust einiger Jahre diesseits des Schleiers wettmachen konnte.

Aus einem halben Block Entfernung beobachtet der Killer, wie das Auto langsam rückwärts aus der Garage stößt.

Als der Ford in die andere Richtung abbiegt und allmählich im essig-goldfarbenen Herbstsonnenschein verschwindet, wird ihm klar, daß der Magnet, der ihn von Kansas City hierher gezogen hat, sich in diesem Auto befindet. Möglicherweise ist es der nur vage sichtbare Mann hinter dem Lenkrad – aber es könnte auch gar kein Mensch sein, sondern ein Talisman, der anderswo in dem Fahrzeug versteckt ist, ein magischer Gegenstand, der sich seinem Verständnis entzieht, aber aus noch unbekannten Gründen mit seinem Schicksal verknüpft ist.

Der Killer läßt um ein Haar den Honda an, um dem Magneten zu folgen, überlegt sich aber, daß der Fremde in dem Ford früher oder später zurückkommen wird.

Er streift das Schulterhalfter über, schiebt die Pistole hinein und zwängt sich in die Lederjacke.

Aus dem Handschuhfach holt er die Ledertasche mit Reißverschluß, in der sich sein Einbrecherwerkzeug befindet. Dazu gehören sieben Dietriche mit Sprungfedern, ein L-förmiges Spannwerkzeug und eine winzige Spraydose mit Graphitgleitmittel.

Er steigt aus dem Auto aus und geht dreist den Bürgersteig entlang auf das Haus zu.

Am Ende der Einfahrt befindet sich ein weißer Briefkasten, auf dem ein Name geschrieben steht – STILLWATER. Diese zehn schwarzen Buchstaben scheinen eine symbolische Macht zu besitzen. Stilles Wasser. Ruhe. Frieden. Er hat ein stilles Gewässer gefunden. Er hat viele Turbulenzen, Stromschnellen und Strudel hinter sich gebracht, und jetzt hat er einen Platz gefunden, wo er ausruhen kann, wo seine Seele Ruhe finden wird.

Zwischen der Garage und dem Zaun um das Grundstück öffnet er die Klappe eines schmiedeeisernen Tors. Er folgt einem Durchgang zwischen der Garage links und einer mannsgroßen Eugeniahecke rechts bis zum rückwärtigen Teil des Hauses.

Der flache Garten ist üppig bepflanzt. Die Eugeniahecke setzt sich dort fort, dazu ausgewachsene Birkenfeigen, die ihn vor den neugierigen Blicken der Nachbarn abschirmen.

Die Pergola wird von einer offenen Konstruktion aus Rotholzbalken geschützt, zwischen denen sich dicht die dornigen Triebe einer Bougainvillea ranken. Selbst an diesem letzten Tag im November zieren blutrote Blüten das Dach der Pergola. Abgefallene Blütenblätter bedecken den Betonboden, als hätte hier ein erbittert ausgefochtener Kampf stattgefunden.

Eine Küchentür und eine breite Glasschiebetür bieten zwei potentielle Zugangsmöglichkeiten in das Haus. Beide sind abgeschlossen.

Die Schiebetür, hinter der er ein menschenleeres Wohnzimmer mit gemütlichen Möbeln und einem Großbildfernseher ausmachen kann, wird außerdem von einem Holzbalken gesichert, der in die innere Führungsschiene geklemmt wurde. Sollte es ihm gelingen, das Schloß aufzubrechen, müßte er trotzdem die Scheibe einschlagen und ins Innere greifen, um die Stange zu entfernen.

Er klopft heftig an die andere Tür, obwohl er durch deren Fenster erkennen kann, daß sich niemand in der Küche aufhält. Als er keine Antwort bekommt, klopft er noch einmal mit demselben Ergebnis.

Aus dem kompakten Einbrecherset holt er die Graphitdose heraus. Er duckt sich vor der Tür und sprüht Gleitmittel in das Schloß. Schmutz, Rost oder andere Verunreinigungen können die Zähne verkanten.

Er tauscht die Dose gegen die Spannfeder und ein Werkzeug, das »Rechen« genannt wird. Den L-förmigen Schlüssel führt er zuerst ein, um den erforderlichen Druck auf das Schloß auszuüben. Dann schiebt er den Rechen so weit es geht in den Schlüsselkanal ein, drückt ihn nach oben und spürt, wie er gegen die Zähne drückt. Er schaut blinzelnd in das Schloß und zieht den Rechen hastig heraus, aber dieser hebt nicht alle Zähne bis zum Punkt des Einrastens hoch, daher versucht er es noch einmal, und noch einmal, und schließlich, nach dem sechsten Versuch, scheint der Kanal frei zu sein.

Er dreht den Knauf.

Die Tür öffnet sich.

Er rechnet halb damit, daß ein Alarm ertönt, aber keine Sirene ist zu hören. Ein rascher Blick auf Tür und Rahmen zeigt ihm, daß auch keine magnetischen Schalter oder dergleichen vorhanden sind, demnach kann es auch keinen lautlosen Alarm geben.

Nachdem er die Werkzeuge weggepackt und den Lederkoffer geschlossen hat, tritt er über die Schwelle und macht leise die Tür hinter sich zu.

Er steht eine Zeitlang in der kalten, schattigen Küche und absorbiert die Schwingungen, die positiv sind. Dieses Haus heißt ihn willkommen. Hier beginnt seine Zukunft, und die wird unendlich strahlender sein als seine verwirrte, von Amnesie überschattete Vergangenheit.

Als er die Küche verläßt, um das Haus zu erforschen, zieht er die P7 nicht aus dem Schulterhalfter. Er ist sicher, daß niemand zu Hause ist. Er spürt keine Gefahr, hat ein gutes Gefühl

»Ich muß jemand werden«, sagt er zu dem Haus, als wäre es ein lebendes Wesen mit der Macht, seinen Wunsch zu erfüllen.

Im Erdgeschoß findet sich nichts Interessantes. Die üblichen Zimmer sind mit behaglichen, aber unspektakulären Möbelstücken versehen.

Oben bleibt er nur kurz in jedem Zimmer und verschafft sich einen allgemeinen Überblick über den ersten Stock, bevor er sich Zeit für eine gründlichere Untersuchung nimmt. Ein Elternschlafzimmer mit angrenzendem Bad und begehbarem Kleiderschrank ... ein Gästezimmer ... Kinderzimmer ... noch ein Bad ...

Das letzte Zimmer am Ende des Flurs – im vorderen Teil des Hauses gelegen – wird als Arbeitszimmer genutzt. Es enthält einen großen Schreibtisch und ein Computersystem, wirkt aber eher gemütlich als geschäftsmäßig. Ein klobiges Sofa steht unter dem geschlossenen Fenster, eine Tiffanylampe auf dem Schreibtisch.

Eine der beiden längeren Wände ist mit einer Doppelreihe von Bildern geschmückt, deren Rahmen einander fast berühren. Die Stücke der Sammlung stammen offensichtlich von mehr als einem Künstler, die Themen jedoch sind ausnahmslos finster und brutal, aber mit unzweifelhaftem Talent dargestellt: verzerrte Schatten, körperlose, vor Entsetzen aufgerissene Augen, ein Ouija-Brett, auf dem ein blutbefleckter Kelch steht, pechschwarze Umrisse von Palmen vor einem geheimnisvollen Sonnenuntergang, ein von einem Zerrspiegel verunstaltetes Gesicht, die glänzenden Stahlklingen von scharfen Messern und Scheren, eine trostlose Straße, wo bedrohliche Schurken gerade außerhalb des trüben gelben Leuchtens von Straßenlaternen lauern, kahle Bäume mit kohlschwarzen Ästen, ein Rabe mit roten Augen, der auf einem Totenschädel sitzt, Pistolen, Revolver, Schrotflinten, ein Eispickel, ein Schlachterbeil, eine Axt, ein seltsam befleckter Hammer, der obszön auf einem Seidennegligé und Spitzenbettwäsche liegt ...

Die Bilder gefallen ihm.

Sie sprechen ihn an.

Das ist das Leben, das er kennt.

Er wendet sich von der Bilderwand ab, schaltet die Schreibtischlampe ein und bewundert deren bunte, leuchtende Schönheit.

In der Glasplatte, die den Schreibtisch schützt, wirken die Spiegelbilder der Kreise und Ovale und Tränen immer noch hübsch, aber dunkler als bei direkter Betrachtung. Auf eine undefinierbare Weise haben sie auch den Charakter von Vorzeichen.

Als er sich nach vorne beugt, sieht er die beiden Ovale seiner Augen, die ihn aus dem polierten Glas anstarren. Eigene winzige Spiegelbilder des Mosaiks aus Lampenschein spiegeln sich darin, so daß sie nicht wie Augen aussehen, sondern wie die leuchtenden Sensoren einer Maschine – und wenn doch Augen, dann die fiebrigen Augen eines seelenlosen Wesens –, und er wendet rasch den Blick von ihnen ab, bevor zuviel Selbstanalyse ihn zu beängstigenden Gedanken und unerträglichen Schlußfolgerungen führt.

»Ich muß jemand werden«, sagt er nervös.

Sein Blick fällt auf eine Fotografie im silbernen Rahmen, die ebenfalls auf dem Schreibtisch steht. Eine Frau und zwei kleine Mädchen. Ein hübsches Trio. Lächelnd.

Er hebt das Foto auf, damit er es eingehender studieren kann. Er drückt eine Fingerspitze auf das Gesicht der Frau und wünscht sich, er könnte sie wirklich berühren, die warme und sanfte Haut spüren. Er streicht mit dem Finger über das Glas und berührt zuerst das blonde Kind und dann den dunkelhaarigen Kobold.

Als er nach einer oder zwei Minuten vom Schreibtisch weggeht, nimmt er das Foto mit. Die drei Gesichter auf dem Portrait sind so wunderschön anzuschauen, daß er sie jedesmal ansehen will, wenn er den Drang dazu verspürt.

Als er die Titel der Bände auf dem Bücherregal betrachtet, macht er eine Entdeckung, die ihn zumindest in einem gewissen Rahmen begreifen läßt, weshalb er von den grauen, herbstlichen Ebenen des Mittelwestens ins sonnige Kalifornien nach Thanksgiving gezogen wurde.

Einige wenige Regalbretter enthalten Bücher – Kriminalromane – von nur einem Autor: Martin Stillwater. Derselbe Nachname, den er draußen auf dem Briefkasten gesehen hat.

Er stellt das silbergerahmte Portrait beiseite und zieht einige dieser Romane aus den Regalen, wobei er überrascht feststellt, daß ihm manche Schutzumschläge bekannt vorkommen, weil die Originalgemälde an der Bilderwand hängen, die ihn so sehr fasziniert hat. Jeder Titel ist in verschiedenen Übersetzungen vorhanden: Französisch, Deutsch, Italienisch, Holländisch, Schwedisch, Dänisch, Japanisch und einige andere Sprachen.

Aber nichts ist so interessant wie das Foto des Autors auf der Rückseite jedes Schutzumschlags. Er studiert sie lange Zeit und streicht Stillwaters Gesichtszüge mit dem Finger nach.

Fasziniert überfliegt er die Klappentexte. Dann liest er die erste Seite eines Buches, die erste Seite eines anderen, dann noch eine.

Er schlägt eine Widmungsseite vorne in einem der Bücher auf und liest, was dort gedruckt steht: *Dieses Buch ist meiner Mutter und meinem Vater gewidmet, Jim und Alice Stillwater, die mich gelehrt haben, ein ehrlicher Mann zu sein – und die keine Schuld trifft, daß ich denken kann wie ein Krimineller.*

Seine Mutter und sein Vater. Er liest ihre Namen voller Staunen. Er besitzt keine Erinnerungen an sie, kann sich nicht an ihre Gesichter erinnern oder sich vorstellen, wo sie leben.

Er geht zum Schreibtisch zurück und blättert das Adreßbuch durch. Er findet Jim und Alice Stillwater in Mammoth Lake, Kalifornien. Die Anschrift sagt ihm nichts, und er fragt sich, ob dies das Haus ist, in dem er aufgewachsen ist.

Er scheint seine Eltern zu lieben. Immerhin hat er ihnen ein Buch gewidmet. Und doch sind sie Fremde für ihn. So vieles hat er verloren.

Er geht zum Bücherregal zurück. Er schlägt die amerikanischen oder britischen Ausgaben jedes Titels auf, um die Widmungen zu lesen, und findet schließlich: *Für Paige, meine perfekte Frau, nach der meine besten weiblichen Figuren modelliert sind – ausgenommen natürlich die mörderischen Psychopathinnen.*

Und zwei Bände weiter: *Für meine Töchter, Charlotte und Emily, in der Hoffnung, daß sie dieses Buch eines Tages lesen, wenn sie erwachsen sind, und wissen, daß der Daddy in dieser Geschichte mit meinem Herzen spricht, wenn er so überzeugt und gefühlvoll von seinen eigenen kleinen Töchtern erzählt.*

Er stellt die Bücher beiseite und greift wieder nach dem Foto, das er mit etwas wie Ehrfurcht in beiden Händen hält.

Die attraktive Blondine muß Paige sein. Eine perfekte Frau.

Die beiden Mädchen sind Charlotte und Emily, aber natürlich kann er nicht wissen, wer welche ist. Sie machen einen süßen und folgsamen Eindruck.

Paige, Charlotte, Emily.
Endlich hat er sein Leben gefunden. Hierher gehört er. Dies ist sein Zuhause. Die Zukunft beginnt jetzt.
Paige, Charlotte, Emily.
Dies ist die Familie, zu der ihn das Schicksal geführt hat.
»Ich muß Marty Stillwater werden«, sagt er und freut sich, daß er endlich seinen eigenen warmen Platz in dieser kalten und einsamen Welt gefunden hat.

ZWEI

1.

Dr. Paul Guthridges Praxis besaß drei Untersuchungszimmer. Im Lauf der Jahre war Marty schon in allen gewesen. Sie waren identisch und nicht von Behandlungszimmern anderer Ärzte zwischen Maine und Texas zu unterscheiden: hellblaue Wände, Edelstahlarmaturen, ansonsten alles weiß-in-weiß; Waschbecken, Hocker, ein Sehtestplakat. Der Raum besaß soviel Charme wie eine Leichenhalle – nur roch er besser.

Marty saß auf dem Rand eines gepolsterten Untersuchungstischs, der mit einer Endlosrolle Papier abgedeckt war. Er trug kein Hemd, und es war kühl in dem Raum. Obwohl er die Hosen noch anhatte, fühlte er sich nackt und verwundbar. Er stellte sich vor, daß er einen katatonischen Anfall bekam, weder sprechen noch sich bewegen, noch blinzeln konnte, worauf der Arzt ihn für tot halten, ganz ausziehen, ihm eine Kennkarte an den großen Zeh binden, ihm die Augen zukleben und ihn zur weiteren Untersuchung zur Gerichtsmedizin schicken würde.

Er verdiente zwar seinen Lebensunterhalt damit, aber die Phantasie des Kriminalschriftstellers machte ihm die ständige Gegenwart des Todes bewußter als den meisten Menschen. Jeder Hund war ein potentieller Überträger von Tollwut. Jeder fremde Wagen, der durch das Viertel fuhr, wurde von einem sexuellen Triebtäter gesteuert, der jedes Kind entführte und ermordete, das länger als drei Sekunden unbeaufsichtigt blieb. Jede Dose Suppe in der Küche war eine Lebensmittelvergiftung, die nur darauf wartete, zum Einsatz zu kommen.

Vor Ärzten hatte er keine besondere Angst – aber er fühlte sich in ihrer Gegenwart auch nicht gerade wohl.

Ihn beunruhigte die ganze *Vorstellung* von der medizinischen Wissenschaft, aber nicht, weil er ihr mißtraute, sondern weil ihn allein schon ihre Existenz irrationalerweise daran erinnerte, daß das Leben vergänglich und der Tod unvermeidlich waren. Daran mußte er nicht erinnert werden. Er verfügte bereits über ein akutes

Wissen um den Tod und verbrachte sein ganzes Leben damit, mit diesem Wissen fertig zu werden.

Marty, der fest entschlossen war, nicht hysterisch zu klingen, wenn er Guthridge seine Symptome schilderte, berichtete die Ereignisse der vergangenen drei Tage mit einer leisen, nüchternen Stimme. Er bemühte sich, auf sachliche statt emotionale Ausdrücke zurückzugreifen, begann mit der siebenminütigen Fugue in seinem Arbeitszimmer und endete mit dem unvermittelten Anfall von Panik, den er verspürte, als er das Haus verließ, um zur Praxis des Arztes zu fahren.

Guthridge war ein ausgezeichneter Internist – teilweise weil er ein guter Zuhörer war –, sah aber nicht danach aus. Er war fünfundvierzig, wirkte aber zehn Jahre jünger und hatte jungenhafte Manieren. Heute trug er Tennisschuhe, weite Hosen und ein Mikkey-Mouse-Sweatshirt. Im Sommer bevorzugte er bunte Hawaiihemden. Wenn er, was selten genug vorkam, den traditionellen weißen Kittel über Hosen mit Bügelfalten trug, sagte er stets, daß er »Doktor spielte« oder »vom Bekleidungskomitee der amerikanischen Ärztekammer auf strenge Bewährung gesetzt« oder »plötzlich von der göttlichen Verantwortung meines Berufes überwältigt« worden sei.

Paige hielt Guthridge für einen außergewöhnlichen Arzt, und die Mädchen behandelten ihn mit der speziellen Hingabe, die normalerweise einem Lieblingsonkel vorbehalten bleibt.

Marty mochte ihn auch.

Er vermutete, daß das exzentrische Gehabe des Arztes nicht ausschließlich dazu diente, Patienten zu amüsieren und ihnen die Nervosität zu nehmen. Guthridge schien, wie Marty auch, allein an der Tatsache, daß es den Tod gab, moralisch Anstoß zu nehmen. Als junger Mann hatte er sich vielleicht sogar zur Medizin hingezogen gefühlt, weil er den Arzt als Ritter sah, der gegen Drachen in Gestalt von Krankheiten und Seuchen kämpfte. Junge Ritter sind stets der Überzeugung, daß edle Absichten, Geschick und Glauben über das Böse triumphieren. Alte Ritter wissen es besser – und benutzen manchmal den Humor als Waffe, um Verbitterung und Verzweiflung zu bekämpfen. Guthridges Latschen und das Mickey-Mouse-Sweatshirt dienten vielleicht dazu, seine Patienten zu entspannen, aber sie waren gleichzeitig sein Panzer gegen die harte Realität von Leben und Tod.

»Ein Panikanfall? Ausgerechnet Sie haben einen Panikanfall?« fragte Paul Guthridge zweifelnd.
Marty sagte: »Hyperventilieren, Herzklopfen, mir war, als müßte ich explodieren – ich finde schon, daß sich das nach einem Panikanfall anhört.«
»Klingt mehr nach Sex.«
Marty lächelte. »Glauben Sie mir, Sex war es nicht.«
»Da könnten Sie recht haben«, sagte Guthridge seufzend. »Es ist so lange her, ich weiß nicht mehr genau, wie Sex eigentlich ist. Glauben Sie mir, Marty, dies ist eine ganze schlechte Zeit, Junggeselle zu sein, es gibt so viele schlimme Krankheiten da draußen. Man lernt ein Mädchen kennen, geht mit ihr aus, gibt ihr einen züchtigen Kuß auf die Wange, wenn man sie nach Hause gebracht hat – und dann fährt man heim und wartet ab, ob einem die Lippen faulen und abfallen.«
»Bezaubernde Vorstellung.«
»Realistisch, hm? Vielleicht hätte ich Schriftsteller werden sollen.« Er untersuchte Martys linkes Auge mit einem Augenspiegel. »Hatten Sie ungewöhnlich starke Kopfschmerzen?«
»Einmal am Wochenende. Aber nichts Ungewöhnliches.«
»Wiederholte Schwindelanfälle?«
»Nein.«
»Vorübergehende Blindheit, deutliche Einengung der peripheren Sehfähigkeit?«
»Nichts dergleichen.«
Guthridge widmete Martys rechtem Auge seine Aufmerksamkeit und sagte: »Was das Schreiben angeht – das haben auch schon andere Ärzte getan, wissen Sie. Michael Crichton, Robin Cook, Somerset Maugham ...«
»Seuss.«
»Seien Sie nicht sarkastisch. Wenn ich Ihnen das nächste Mal eine Injektion verabreichen muß, nehme ich vielleicht eine Pferdespritze.«
»Ich habe den Eindruck, daß Sie das sowieso immer tun. Ich will Ihnen was sagen, Schriftsteller zu sein ist nicht halb so romantisch, wie die Leute glauben.«
»Wenigstens müssen Sie keine Urinproben untersuchen«, sagte Guthridge und legte den Augenspiegel beiseite.
Während grelle Geisterbilder des Instruments noch vor seinen

Augen tanzten, sagte Marty: »Wenn man als Schriftsteller anfängt, behandeln einen viele Lektoren und Agenten und Filmproduzenten, als wäre man *selbst* eine Urinprobe.«

»Schon, aber jetzt sind Sie eine Berühmtheit«, sagte Guthridge und rückte die Ohrenstöpsel des Stethoskops zurecht.

»Noch lange nicht«, wandte Marty ein.

Als er die Luftmanschette eines Blutdruckmeßgeräts um Martys Oberarm legte, sagte Guthridge: »Nun, ich weiß nur eines, wenn man ins Magazin *People* kommen will, muß man auf die eine oder andere Art eine Berühmtheit sein – Rocksänger, Schauspieler, Politiker, Mörder oder vielleicht auch der Typ mit der größten Ohrenschmalzsammlung der Welt. Wenn Sie also glauben, daß Sie kein berühmter Schriftsteller sind, dann möchte ich gerne wissen, wer Sie ermordet haben und wieviel Ohrenschmalz Sie denn nun genau besitzen.«

»Woher wissen Sie das mit *People*?«

»Wir haben es für das Wartezimmer abonniert.« Er pumpte die Manschette auf, bis sie fest anlag, dann las er die fallende Quecksilbersäule des Geräts, ehe er fortfuhr. »Die neueste Ausgabe kam mit der Morgenpost. Meine Vorzimmerdame zeigte sie mir regelrecht amüsiert; sie sagte, Sie könnte sie sich am allerwenigsten als Mr. Murder vorstellen.«

Verwirrt sagte Marty: »Mr. Murder?«

»Haben Sie den Artikel noch nicht gesehen?« fragte Guthridge, als er Marty die Manschette abnahm und die Frage mit dem häßlichen Geräusch des reißenden Klettverschlusses unterstrich.

»Nein, noch nicht. Man bekommt sie vorher nicht gezeigt. Sie meinen, in dem Artikel bezeichnen sie mich als Mr. Murder?«

»Nun, ist irgendwie niedlich.«

»Niedlich?« Marty zuckte zusammen. »Ich frage mich, ob es Philip Roth gefallen würde, ›Mr. Literat‹ genannt zu werden, oder Terry McMillan ›Ms. Schwarze Familiensaga‹.«

»Sie wissen ja, wie es heißt – jede Publicity ist gute Publicity.«

»Das war Nixons erste Reaktion auf Watergate, oder nicht?«

»Wir haben *People* sogar zweimal abonniert. Ich gebe Ihnen eine unserer Ausgaben, wenn Sie gehen.« Guthridge grinste schalkhaft. »Wissen Sie, bis ich den Artikel gelesen habe, war mir eigentlich nie so richtig klar, was für ein furchteinflößender Kerl Sie sind.«

Marty stöhnte. »Das hatte ich befürchtet.«

»Eigentlich ist es gar nicht so schlimm. Da ich Sie kenne, denke ich, Sie werden es ein bißchen peinlich finden. Aber umbringen wird es Sie nicht.«
»Und was wird mich umbringen, Doc?«
Guthridge sagte stirnrunzelnd: »Nach dieser Untersuchung würde ich sagen Altersschwäche. Allen äußeren Anzeichen zufolge erfreuen Sie sich bester Gesundheit.«
»Das Schlüsselwort dabei ist ›äußeren‹«, sagte Marty.
»Richtig. Ich möchte, daß Sie sich einigen Tests unterziehen. Ambulant im Hoag Hospital.«
»Ich bin bereit«, sagte Marty grimmig, obwohl er überhaupt nicht bereit war.
»O nein, nicht heute. Sie werden frühestens morgen einen Termin frei haben, wahrscheinlich erst am Mittwoch.«
»Wonach suchen Sie mit diesen Tests?«
»Gehirntumor, krankhafte Veränderungen. Schwerwiegende Störungen der Blutchemie. Möglicherweise eine Verlagerung der Zirbeldrüse, die Druck auf das umliegende Gehirngewebe ausübt – was Symptome auslösen könnte, die mit Ihren vergleichbar sind. Andere Sachen. Aber machen Sie sich keine Sorgen, weil ich ziemlich sicher bin, daß wir nichts finden werden. Ihr Problem ist höchstwahrscheinlich nur Streß.«
»Das hat Paige auch gesagt.«
»Sehen Sie. Sie hätten mein Honorar sparen können.«
»Seien Sie ehrlich, Doc.«
»Ich bin ehrlich.«
»Ich muß gestehen, daß ich Angst habe.«
Guthridge nickte mitfühlend. »Verständlich. Aber hören Sie mir zu, ich habe Symptome gesehen, die bei weitem bizarrer und ernster waren als Ihre – und Streß war die Ursache.«
»Psychisch.«
»Ja, aber nichts Langfristiges. Und Sie werden auch nicht verrückt, falls Sie sich darüber Gedanken machen sollten. Versuchen Sie, sich zu entspannen, Marty. Nächste Woche wissen wir, was los ist.« Falls erforderlich, konnte Guthridge ein so beruhigendes Gebaren – und ein ebenso tröstliches Verhalten am Krankenbett – an den Tag legen, wie jede grauhaarige medizinische Eminenz im dreiteiligen Anzug. Er nahm Martys Hemd von einem Haken an der Tür und gab es ihm. Das schwache Leuchten seiner Augen ver-

riet einen Stimmungsumschwung.«»Wenn ich einen Termin im Krankenhaus für Sie vereinbare, was für einen Namen des Patienten soll ich angeben? Martin Stillwater oder Martin Murder?«

2.

Er erforscht sein Haus. Er brennt darauf, alles über seine neue Familie zu erfahren.

Da ihm der Gedanke, Vater zu sein, besonders verlockend erscheint, fängt er im Zimmer der Mädchen an. Eine Zeitlang bleibt er einfach unter der Tür stehen und betrachtet die beiden so unterschiedlichen Hälften des Raums.

Er fragt sich, welche seiner jungen Töchter die quirlige ist, die ihr Zimmer mit Postern bunter Heißluftballons und springender Tänzerinnen schmückt, die eine Rennmaus und andere Haustiere in Drahtkäfigen und Glaserrarien hält. Er hält das Foto seiner Frau und seiner Kinder noch in der Hand, aber die lächelnden Gesichter offenbaren nichts von den Persönlichkeiten.

Die zweite Tochter ist offenbar ruhiger, da sie beschauliche Landschaften an den Wänden bevorzugt. Ihr Bett ist ordentlich gemacht, die Kissen fein säuberlich drapiert. Ihre Märchenbücher hat sie ordentlich aufgestellt, der Schreibtisch in der Ecke ist aufgeräumt.

Als er die Spiegeltür des Schranks öffnet, sieht er eine ähnliche Unterscheidung in den aufgehängten Kleidungsstücken. Die links sind nach Art und Farbe sortiert. Die rechts lassen keine spezielle Ordnung erkennen, sie hängen schief auf den Bügeln und in einer Art und Weise aneinandergequetscht, die Falten praktisch garantiert.

Da die kleineren Jeans und Kleider sich auf der linken Seite des Schranks befinden, kann er davon ausgehen, daß das ordentliche, ruhige Mädchen die jüngere der beiden ist. Er hebt das Foto hoch und betrachtet sie. Die Elfe. So niedlich. Er weiß immer noch nicht, ob sie Charlotte oder Emily ist.

Er geht zum Schreibtisch auf der Seite des Zimmers, die der älteren Tochter gehört, und betrachtet das Durcheinander: Zeitschriften, Schulbücher, ein gelbes Haarband, eine Schmetterlingsmütze, ein paar verstreute Streifen Black-Jack-Kaugummi, Bunstifte, ein verschlungenes Paar rosa Kniestrümpfe, eine leere Coladose, Münzen und ein Gameboy.

Er schlägt eines der Schulbücher auf, dann noch eines. In beide ist derselbe Name mit Bleistift eingetragen: Charlotte Stillwater.

Das ältere, disziplinlosere Mädchen ist Charlotte. Das jüngere Mädchen, das seine Sachen ordentlich wegräumt, ist Emily.

Wieder betrachtet er ihre Gesichter auf dem Foto.

Charlotte ist hübsch, ihr Lächeln bezaubernd. Aber wenn er mit einem seiner beiden Kinder Ärger bekommen wird, dann mit ihr.

Er wird keine Unordnung in seinem Haus dulden. Alles muß perfekt sein. Ordentlich und sauber und glücklich.

In einsamen Hotelzimmern in fremden Städten brannte er, wenn er wach in der Dunkelheit lag, vor Verlangen und wußte nicht, was dieses Verlangen befriedigen könnte. Jetzt weiß er, wenn er Martin Stillwater wird – Vater dieser Kinder, Ehemann dieser Frau –, dann ist dies das Schicksal, welches die schreckliche Leere füllen und ihm endlich Zufriedenheit verschaffen wird. Er ist der Macht dankbar, die ihn hierher geführt hat, und er ist fest entschlossen, seine Verantwortung gegenüber seiner Frau, seinen Kindern und der Gesellschaft zu erfüllen. Er wünscht sich eine ideale Familie, wie er sie in bestimmten Lieblingsfilmen gesehen hat; er möchte gütig sein wie Jimmy Stewart in *Ist das Leben nicht schön?* und klug wie Gregory Peck in *Wer die Nachtigall stört* und bewundert wie beide, und er wird alles Erforderliche tun, um ein liebendes und harmonisches und ordentliches Zuhause zu gewährleisten.

Er hat auch *Böse Saat* gesehen und weiß, daß manche Kinder ein Zuhause und jegliche Hoffnung auf Harmonie zunichte machen können, weil das Potential, Böses zu tun, in ihnen brennt. Charlottes Schlampigkeit und ihre seltsame Menagerie beweisen, daß sie zu Ungehorsam und möglicherweise Gewalt fähig ist.

Wenn Schlangen in Filmen auftauchen, dann sind sie *immer* Symbole des Bösen, gefährlich für die Unschuldigen; demzufolge ist die Schlange in dem Terrarium ein beängstigender Beweis für die Verderbtheit des Kindes und die Notwendigkeit einer strengen Hand. Sie hält auch noch andere Reptilien, Nagetiere und einen häßlichen schwarzen Käfer in einem Glas. Die Filme haben ihn gelehrt, das alles mit den Mächten der Finsternis in Verbindung zu bringen.

Er studiert das Foto erneut und staunt, wie unschuldig Charlotte aussieht.

Aber er muß an das Mädchen in *Böse Saat* denken. Sie schien ein Engel zu sein und war doch durch und durch böse.

Martin Stillwater zu sein ist vielleicht doch nicht so einfach, wie er zuerst gedacht hat. Charlotte könnte ein ganz schönes Problem werden.

Glücklicherweise hat er *Lean On Me* gesehen, wo Morgan Freeman die Rektorin einer High School spielt, die Ordnung in eine von Anarchie beherrschte Schule bringt, und er hat *Der Prinzipal* mit James Belushi gesehen, daher weiß er, daß auch böse Kinder im Grunde genommen Disziplin wollen. Sie werden angemessen reagieren, wenn Erwachsene den Mumm aufbringen und auf Anstandsregeln bestehen.

Wenn Charlotte störrisch und ungehorsam ist, wird er sie bestrafen, bis sie lernt, ein braves Mädchen zu sein. Er wird sie nicht im Stich lassen. Anfangs wird sie ihn hassen, weil er ihr Privilegien streicht, weil er ihr Hausarrest auferlegt, weil er ihr weh tun wird, sollte es erforderlich sein, aber mit der Zeit wird sie einsehen, daß er nur ihr Bestes will, und sie wird lernen, ihn zu lieben, und verstehen, wie weise er ist.

Er kann den Augenblick des Triumphs richtig vor sich sehen, wenn nach vielen Anstrengungen ihre Rehabilitierung gesichert ist. Ihre Erkenntnis, daß sie Unrecht hatte und er ein guter Vater gewesen ist, wird in einer rührenden Szene gipfeln. Sie werden beide weinen. Sie wird sich reuevoll und beschämt in seine Arme werfen. Er wird sie fest in die Arme nehmen und ihr sagen, alles ist gut, nicht weinen. Sie wird sagen: »O Daddy«, mit zitternder Stimme, und sich fest an ihn klammern, und danach wird alles perfekt zwischen ihnen sein.

Er sehnt sich nach diesem köstlichen Triumph. Er kann sogar die schmetternde und aufwühlende Musik hören, die ihn begleiten wird.

Er wendet sich von Charlottes Seite des Zimmers ab und geht zum ordentlichen Bett seiner jüngeren Tochter.

Emily. Die Elfe. Sie wird ihm nie Schwierigkeiten machen. Sie ist eine gute Tochter.

Er wird sie auf seinem Schoß sitzen lassen und ihr aus Märchenbüchern vorlesen. Er wird mit ihr in den Zoo gehen, und ihre kleine Hand wird in seiner verschwinden. Im Kino wird er ihr Popcorn kaufen, und dann werden sie nebeneinander in der Dunkelheit sitzen und über den neuesten Zeichentrickfilm von Walt Disney lachen.

Ihre großen dunklen Augen werden bewundernd zu ihm aufschauen.

Süße Emily. Liebe Emily.

Er zieht die Chenillebettdecke fast ehrfürchtig zurück. Die Zudecke. Das Laken. Er betrachtet das unterste Laken, auf dem sie vergangene Nacht geschlafen hat, und das Kissen, auf dem ihr zierliches Köpfchen ruhte.

Sein Herz schwillt vor Liebe und Zärtlichkeit an.

Er legt eine Hand auf das Laken und streicht hin und her, hin und her; er betastet den Stoff, auf dem ihr jugendlicher Körper vor so kurzer Zeit noch gelegen hat.

Er wird sie jeden Abend ins Bett bringen. Sie wird den kleinen Mund auf seine Wange pressen, so warme kleine Küsse, und ihr Atem wird nach dem süßlichen Minzaroma von Zahnpasta riechen.

Er bückt sich und riecht an dem Laken.

»Emily«, sagt er leise.

Oh, wie sehr er sich danach sehnt, ihr Vater zu sein und in diese dunklen, zaghaften Augen zu schauen, diese riesigen und bewundernden Augen.

Seufzend kehrt er in Charlottes Seite des Zimmers zurück. Er läßt das silbergerahmte Foto seiner Familie auf ihr Bett fallen und studiert die Haustiere auf den Regalen ohne Bücher.

Einige der Tiere sehen ihn an.

Mit der Rennmaus fängt er an. Als er die Klappe öffnet und in den Käfig greift, drängt sich das furchtsame Tier in eine Ecke; es spürt seine Absicht und ist gelähmt vor Angst. Er packt es, nimmt es aus dem Käfig. Zwar versucht es, sich zu befreien, aber er hält seinen Körper fest in der rechten Hand, den Kopf in der linken, dreht ruckartig und bricht ihm das Genick. Ein sprödes, trockenes Geräusch. Sein Schrei ist schrill, aber kurz.

Er wirft die tote Rennmaus auf die bunte Bettdecke.

Dies ist der Anfang von Charlottes Erziehung.

Sie wird ihn dafür hassen. Aber nur eine Weile.

Mit der Zeit wird sie einsehen, daß dies unangemessene Haustiere für ein kleines Mädchen sind. Symbole des Bösen. Reptilien, Nagetiere, Käfer. Hexen halten sich solche Tiere als ihre Hausgenossen, um untereinander und mit Satan zu kommunizieren.

Er hat alles über die Hausgenossen von Hexen in Horror-Filmen gelernt. Wäre eine Katze im Haus, würde er sie ebenfalls töten, ohne zu zögern, denn manchmal sind sie niedlich und unschuldig, nur Katzen, nichts weiter, aber manchmal sind sie Ausgeburten der Hölle. Wenn man so ein Tier in sein Haus bringt, dann läuft man Gefahr, den Teufel selbst einzuladen.

Eines Tages wird Charlotte es verstehen. Und ihm dankbar sein.

Mit der Zeit wird sie ihn lieben.

Sie werden ihn alle lieben.

Er wird ein guter Ehemann und Vater sein.

Die gewöhnliche Maus, viel kleiner als die Rennmaus, zittert ängstlich in seiner Faust; ihr Schwanz hängt zwischen seinen zusammengedrückten Fingern heraus, nur der Kopf steht hervor. Sie entleert ihre Blase. Er verzieht das Gesicht, als er die warme Nässe spürt, drückt angeekelt zu, so fest er kann und quetscht das Leben aus dem schmutzigen kleinen Vieh.

Er wirft sie auf das Bett, neben die tote Rennmaus.

Die harmlose Gartenschlange in ihrem Glasterrarium unternimmt keinen Versuch, vor ihm zu fliehen. Er hält sie am Schwanz und schlägt mit ihr zweimal durch die Luft wie mit einer Peitsche, dann klatscht er sie heftig gegen die Wand, noch einmal, und ein drittes Mal. Als er sie vor dem Gesicht baumeln läßt, ist sie vollkommen reglos, und er sieht, daß ihr Schädel zertrümmert ist.

Er legt sie neben Rennmaus und Hausmaus.

Der Käfer und die Schildkröte geben ein erfreuliches Knirschen von sich, als er sie unter dem Absatz zertritt. Er legt ihre zerquetschten Überreste ordentlich auf die Bettdecke.

Nur die Echse entkommt ihm. Als er die Abdeckung vom Terrarium hebt und danach greift, wuselt das Chamäleon schneller als das Auge an seinem Arm hinauf und springt von seiner Schulter. Er wirbelt herum, sucht danach und sieht es auf dem Frisiertisch, wo es zwischen Kamm und Bürste auf einer Schmuckschatulle sitzt. Dort verharrt es reglos und fängt an, seine Farbe dem Hintergrund anzupassen, aber als er versucht, es zu ergreifen, schnellt es

davon, vom Frisiertisch herunter, auf den Boden, quer durch das Zimmer und unter Emilys Bett, wo es verschwindet.
Er beschließt, es in Ruhe zu lassen.
Vielleicht ist es am besten so. Wenn Paige und die Mädchen nach Hause kommen, werden die vier gemeinsam danach suchen. Wenn sie es gefunden haben, wird er es vor Charlottes Augen töten oder vielleicht von ihr verlangen, daß sie es selbst tötet. Das wird eine gute Lektion sein. Danach wird sie keine unerwünschten Tiere mehr ins Haus der Stillwaters bringen.

3.

Auf dem Parkplatz vor dem zweistöckigen, im spanischen Stil erbauten Bürokomplex, wo sich Dr. Guthridges Praxis befindet, saß Marty in seinem Auto und las den Artikel über sich in *People*, während böiger Wind trockenes Laub über den Bürgersteig wehte. Zwei Fotografien und eine Seite Text waren über drei Seiten der Zeitschrift verteilt. Zumindest die paar Minuten, die er brauchte, um den Artikel zu lesen, vergaß er seine sämtlichen anderen Sorgen.

Als er die schwarze Schlagzeile sah, zuckte er zusammen, obwohl er sie schon kannte – **MR. MURDER** –, aber gleichermaßen peinlich berührt war er von dem Untertitel in kleineren Buchstaben: IN SÜDKALIFORNIEN SIEHT KRIMIAUTOR MARTIN STILLWATER FINSTERNIS UND UNHEIL, WO ANDERE NUR SONNENSCHEIN SEHEN.

Er fühlte sich als schwermütigen Pessimisten portraitiert, der sich ausschließlich in Schwarz kleidete, am Strand und unter den Palmen herumschlich, jeden mit bösen Blicken maß, der es wagte, seinen Spaß zu haben, und sich bis zum Überdruß über die Niedertracht der menschlichen Rasse verbreitete. Bestenfalls legte der Artikel den Schluß nahe, er sei ein theatralischer Scharlatan, der sich mit seiner Kostümierung das seiner Meinung nach kommerziellste Image für einen Krimiautor zugelegt hatte.

Möglicherweise übertrieb er. Paige würde ihm sagen, daß er zu empfindlich reagierte. Das sagte sie immer, und normalerweise ging es ihm dann besser, ob er ihr nun glaubte oder nicht.

Er betrachtete die Fotografien, bevor er den Artikel las.

Auf dem ersten und größten Bild stand er im Garten hinter dem Haus, mit Bäumen und der Abenddämmerung als Hintergrund. Er sah wie ein Schwachsinniger aus.

Ben Walenko, der Fotograf, hatte Anweisungen bekommen, Marty in einer Pose darzustellen, die man bei einem Kriminalschriftsteller für angemessen hielt, daher war er mit Requisiten angekommen, die Marty mit dem entsprechenden finsteren Gesichtsausdruck schwingen sollte: eine Axt, ein riesiges Messer, ein Eispickel, ein Gewehr. Als Marty sich höflich weigerte, von diesen Requisiten Gebrauch zu machen oder einen Trenchcoat mit hochgestelltem Kragen und tief in die Stirn gezogenem Fedora zu tragen, hatte der Fotograf zugestimmt, daß es albern für einen erwachsenen Mann wäre, sich zu verkleiden, und vorgeschlagen, sie sollten auf alle gängigen Klischees verzichten und ihn einfach als Schriftsteller und ganz normalen Menschen abbilden.

Jetzt wurde deutlich, daß Walenko schlau genug gewesen war, auch ohne die Requisiten zu bekommen, was er wollte, nachdem er sein Opfer in Sicherheit gewiegt hatte. Der Garten schien ein harmloser Hintergrund zu sein. Aber durch das Zusammenwirken der langen Schatten der Dämmerung, der hohen Bäume, der vom letzten, düsteren Tageslicht erhellten Wolken, der strategischen Anordnung von Scheinwerfern und eines extremen Kamerawinkels, war es dem Fotografen gelungen, Marty unheimlich aussehen zu lassen. Darüber hinaus hatte sich die Redaktion von den zwanzig Aufnahmen, die im Garten gemacht worden waren, die schlimmste ausgesucht: Marty blickte schief, seine Gesichtszüge waren verzerrt; die Scheinwerfer des Fotografen spiegelten sich in seinen zusammengekniffenen Augen, die zu glühen schienen wie die Augen eines Zombies.

Das zweite Foto war in seinem Arbeitszimmer aufgenommen worden. Er saß am Schreibtisch und sah in die Kamera. Auf diesem Foto war er zu erkennen, aber inzwischen hätte er es vorgezogen, wenn er *nicht* zu erkennen gewesen wäre, denn die einzige Möglichkeit, ein letztes bißchen Würde zu bewahren, schien darin zu bestehen, aus seinem wahren Erscheinungsbild ein Geheimnis zu machen; durch eine Kombination von Schatten und das seltsame Licht der Tiffanylampe sah er selbst auf dem Schwarzweißfoto wie eine Zigeunerin aus, die in ihrer Kristallkugel ein Vorzeichen künftiger Katastrophen gesehen hatte.

Er war überzeugt, daß viele Probleme der Welt auf die Übersättigung der modernen Gesellschaft durch die Medien zurückgeführt werden konnten sowie deren Neigung, nicht nur sämtliche Themen bis zum Punkt der Absurdität zu vereinfachen, sondern Dichtung und Wahrheit durcheinanderzubringen. Die Fernsehnachrichten gaben dramatischen Filmberichten den Vorzug vor sachlicher Berichterstattung und Sensationsgier vor Substanz, sie buhlten mit denselben Mitteln wie die Produzenten von Polizeifilmen und Gerichtssaaldramen um Einschaltquoten. Dokumentarfilme über tatsächliche historische Gestalten waren zu »Dokudramen« geworden, in denen wahrheitsgemäße Berichte über Lebensläufe unbarmherzig dem Unterhaltungswert oder sogar den persönlichen Hirngespinsten der Produzenten geopfert wurden, die die Vergangenheit drastisch verzerrt darstellten. Rezeptpflichtige Medikamente wurden in Werbespots von Schauspielern angepriesen, die Ärzte in Sendungen mit hohen Einschaltquoten spielten, als hätten sie tatsächlich ein Medizinstudium in Harvard absolviert und nicht nur einen oder zwei Schauspielkurse besucht. Politiker traten als Gäste in Folgen verschiedener Serienkomödien auf. Schauspieler derselben Serien ließen sich bei politischen Veranstaltungen sehen. Es war noch gar nicht so lange her, da hatte der Vizepräsident der Vereinigten Staaten lang und breit mit dem fiktiven Reporter einer Fernsehkomödie diskutiert. Die Öffentlichkeit verwechselte Schauspieler *und* Politiker mit den Rollen, die sie spielten. Ein Verfasser von Kriminalromanen sollte demzufolge nicht nur wie eine Figur aus seinen Büchern sein, sondern wie die Karikatur des Archetyps der typischsten Gestalt des ganzen Genres. Und Jahr für Jahr waren die Leute weniger imstande, sich eine klare Meinung zu wichtigen Fragen zu bilden oder Dichtung und Realität auseinanderzuhalten.

Marty war fest entschlossen gewesen, nichts zu dieser Krankheit beizusteuern, aber er war übertölpelt worden. Jetzt war er im Denken der Öffentlichkeit fest als der unheimliche und geheimnisvolle Autor unheimlicher Kriminalromane verankert, der besessen von der dunklen Seite des Lebens war, so düster und seltsam wie die Figuren, über die er schrieb.

Früher oder später würde ein verwirrter Mitbürger, der Martys Manipulation erfundener Figuren in Romanen für die Manipulation wirklicher Menschen im wirklichen Leben hielt, vor seinem

Haus vorfahren und ihm auf Plakaten vorwerfen, er hätte John Lennon, John Kennedy, Rick Nelson und Gott allein weiß wen noch getötet, obwohl er ein Kind war, als Lee Harvey Oswald abdrückte (oder als siebzehntausendundsiebenunddreißig homosexuelle Verschwörer abdrückten, wenn man Oliver Stones Film Glauben schenken wollte). Etwas Ähnliches war Stephen King zugestoßen, oder nicht? Und Salman Rushdie hatte mit Sicherheit einige Jahre hinter sich, die so spannend waren wie alles, was der Held in einer Räuberpistole von Robert Ludlum erdulden mußte.

Erbost über das bizarre Image, das ihm die Zeitschrift untergeschoben hatte, und mit vor Verlegenheit rotem Kopf behielt Marty den Parkplatz im Auge, ob ihn jemand beobachtete, wie er etwas über sich selbst las. Einige Leute kamen von oder gingen zu ihren Autos, aber niemand schenkte ihm Beachtung.

Wolken verdunkelten den bislang sonnigen Tag. Der Wind wirbelte abgestorbenes Laub zu einem Miniaturtornado auf, der über eine freie, asphaltierte Fläche tanzte.

Er las den Artikel, den er mit Seufzen und Murmeln kommentierte. Obwohl er einige kleinere Fehler enthielt, war der Text weitgehend sachlich. Aber der allgemeine Tenor paßte zu den Fotos. Der gruslige alte Marty Stillwater. Was für ein finsterer und verdrießlicher Bursche. Sieht hinter jedem Lächeln das böse Grinsen eines Verbrechers. Arbeitet in einem spärlich beleuchteten Arbeitszimmer, fast dunkel, und *behauptet*, daß er nur Spiegelungen auf dem Computermonitor verhindern will (blinzel, blinzel).

Seine Weigerung, Charlotte und Emily fotografieren zu lassen, die nur dazu diente, ihr Privatleben zu schützen und zu verhindern, daß sie von Klassenkameraden gehänselt wurden, wurde als Angst vor Kidnappern interpretiert, die hinter jedem Busch lauerten. Schließlich hatte er vor ein paar Jahren einen Roman über eine Entführung geschrieben.

Paige, »hübsch und geistreich wie eine Heldin von Martin Stillwater«, wurde als Psychologin bezeichnet, »deren eigener Job erforderlich macht, daß sie in die dunkelsten Geheimnisse ihrer Patienten eindringt«, als sei sie nicht mit der Beratung von Kindern befaßt, die mit der Scheidung der Eltern oder dem Tod eines geliebten Menschen nicht fertig wurden, sondern mit der Tiefenanalyse der brutalsten Serienmörder des Jahrhunderts.

»Die gruslige alte Paige Stillwater«, sagte er laut. »Nun, warum hätte sie mich auch geheiratet, wenn sie nicht selbst ein bißchen verschroben wäre?«

Er sagte sich, daß er übertrieb.

Als er die Zeitschrift zuklappte, sagte er: »Gott sei Dank habe ich die Mädchen nicht mitmachen lassen. Sie würden wie die Kinder der ›Addams Familie‹ aussehen.«

Wieder sagte er sich, daß er übertrieb, aber seine Laune wurde nicht besser. Er fühlte sich gedemütigt, erniedrigt; und die Tatsache, daß er lautstark Selbstgespräche führte, schien ärgerlicherweise seinen frisch erworbenen nationalen Ruf als lächerlicher Exzentriker zu erhärten.

Er drehte den Schlüssel im Zündschloß und ließ den Motor an.

Als er über den Parkplatz zur belebten Straße fuhr, quälte Marty der Gedanke, daß sein Leben mit der Fugue am Samstagnachmittag mehr als nur eine vorübergehende Wendung zum Schlechteren genommen hatte, daß der Artikel in der Zeitschrift nur ein weiteres Hinweisschild auf dieser neuen, dunklen Straße darstellte, und daß er lange Zeit über unebene Wege holpern mußte, bis er wieder auf den glatten Highway zurückgelangte, den er verlassen hatte.

Ein Wirbelwind aus Laub ergoß sich über das Auto und erschreckte ihn. Die trockenen Blätter raschelten über Haube und Dach wie die Klauen einer Bestie, die fest entschlossen schien, ins Innere zu gelangen.

4.

Er bekommt Hunger. Seit Freitag nacht hat er nicht mehr geschlafen, ist mit Höchstgeschwindigkeit durch das halbe Land gerast, meistens bei schlechtem Wetter, und hat nun aufregende und aufwühlende einundhalb Stunden im Haus der Stillwaters verbracht, wo er mit seinem Schicksal konfrontiert wurde. Seine Energiereserven sind aufgebraucht. Er zittert und hat weiche Knie.

In der Küche plündert er den Kühlschrank und stapelt die Lebensmittel auf einem Eßtisch aus Eiche. Er verschlingt mehrere Scheiben Schweizer Käse, einen halben Laib Brot, ein paar Gürkchen und fast ein Pfund Speck, die er vermischt, ohne sich groß belegte Brote zu machen, ein Bissen hiervon, ein Bissen davon, er ißt den Speck roh, weil er keine Zeit damit vergeuden will, ihn zu braten; er schlingt, konzentriert sich ausschließlich aufs Essen, ohne auf Manieren zu achten, und spült alles hastig mit großen Schlukken kalten Biers hinunter, dessen Schaum ihm über das Kinn fließt. Er möchte so vieles tun, bevor seine Frau und die Kinder nach Hause kommen, und er hat keine Ahnung, wann er mit ihnen rechnen darf. Das fette Fleisch ekelt ihn, daher greift er ab und zu in ein großes Glas Mayonnaise, wobei er ganze Klumpen herausholt und von den Fingern leckt, um einen Mundvoll Essen geschmeidig zu machen, den er nur schwer schlucken kann, selbst mit Hilfe einer neuen Flasche Corona. Zwei dicke Stücke Schokoladenkuchen, die er ebenfalls mit Bier hinunterspült, beenden seine Mahlzeit, worauf er die Schweinerei hastig mit Papiertüchern aufwischt und sich die Hände an der Spüle wäscht.

Er fühlt seine Lebensgeister wiederkehren.

Mit der silbergerahmten Fotografie in der Hand geht er in den ersten Stock zurück, wobei er zwei Stufen auf einmal nimmt. Er geht ins Elternschlafzimmer, wo er beide Nachttischlampen einschaltet.

Eine Zeitlang betrachtet er das große Doppelbett und ist erregt beim Gedanken an Sex mit Paige. Mit ihr Liebe zu machen. Wenn man es mit jemandem macht, der einem wirklich am Herzen liegt, nennt man es »Liebe machen.«

Sie liegt ihm wirklich am Herzen.

Sie *muß* ihm am Herzen liegen.

Schließlich ist sie seine Frau.

Er weiß, ihr Gesicht ist hübsch, bildschön, mit einem sinnlichen Mund und feinem Knochenbau und fröhlichen Augen, aber anhand der Fotografie kann er kaum etwas über ihren Körper sagen. Er stellt sich vor, daß sie volle Brüste hat, einen flachen Bauch, lange, wohlgeformte Beine, und er brennt darauf, neben ihr zu liegen, tief in ihr zu sein.

An der Kommode zieht er Schubladen auf, bis er ihre Unterwäsche gefunden hat. Er liebkost einen knappen Slip, die Körbchen eines Büstenhalters, ein Spitzenbettjäckchen. Er nimmt ein Seidenhöschen aus der Schublade, reibt sich das Gesicht damit, atmet tief ein und flüstert mehrmals ihren Namen.

Liebe mit ihr zu machen wird vollkommen anders sein als der verschwitzte Sex mit den Schlampen, die er in Bars aufgerissen hat, denn nach diesen Erlebnissen fühlte er sich stets leer, entfremdet, frustriert, weil sein Bedürfnis nach Intimität unerfüllt blieb. Frustration wird zu Wut; Wut schlägt in Haß um; Haß erzeugt Gewalt – und Gewalt kann manchmal besänftigend wirken. Aber dieser Teufelskreis wird sich nicht wiederholen, wenn er mit Paige Liebe macht, denn er gehört in ihre Arme wie in keine anderen. Bei ihr wird sein Verlangen ebenso gestillt werden wie seine Begierde. Gemeinsam werden sie eine Vereinigung erleben, wie er sie sich nicht einmal vorstellen kann, perfektes Einssein, Wonne, seelische wie körperliche Erfüllung, wie er es in unzähligen Filmen gesehen hat; ihre Körper werden in goldenes Licht getaucht sein, Ekstase, eine tiefempfundene Intensität der Lust, wie sie nur im Angesicht wahrer Liebe möglich ist. Hinterher wird er sie nicht töten müssen, denn dann werden sie eins sein, zwei Herzen, die im Einklang schlagen, ohne Grund, jemanden zu töten, übersinnlich, alles Verlangen auf köstliche Weise gestillt.

Die Aussicht auf sie beide im Bett macht ihn fast atemlos.

»Ich werde dich so glücklich machen, Paige«, verspricht er ihrem Bild.

Ihm wird bewußt, daß er seit Samstag nicht mehr gebadet hat, er will aber bei ihrer Rückkehr sauber sein, daher legt er das Seidenhöschen wieder auf den Stapel, von dem er es geholt hat, macht die Schublade zu und geht ins Bad, um zu duschen.

Er zieht die Kleidungsstücke aus, die er am Sonntag, vor kaum vierundzwanzig Stunden, in Oklahoma aus dem Schrank im Wohnmobil des weißhaarigen Rentners Jack genommen hat. Nachdem er jedes Kleidungsstück zu einem festen Ball zusammengerollt hat, stopft er sie in einen Abfalleimer aus Messing.

Die Duschkabine ist geräumig, das Wasser herrlich heiß. Er schäumt sich kräftig mit dem Stück Seife ein, und kurz darauf sind die Dampfwolken von einem fast berauschenden Blumenduft erfüllt.

Nachdem er sich mit einem flauschigen gelben Handtuch abgetrocknet hat, sucht er in den Schubladen im Badezimmer, bis er seine Toilettenartikel gefunden hat. Er benutzt einen Deoroller und kämmt sich das nasse Haar aus der Stirn, um es ganz natürlich trocknen zu lassen. Er rasiert sich mit einem Elektrorasierer, spritzt sich etwas Kölnisch Wasser mit Limonenaroma ins Gesicht und putzt sich die Zähne.

Er fühlt sich wie ein neuer Mensch.

In seiner Hälfte des großen begehbaren Kleiderschranks wählt er eine Baumwollunterhose, Blue Jeans, ein schwarzblau kariertes Flanellhemd, Tennissocken und ein Paar Nikes aus. Alles paßt ihm wie angegossen.

Es ist so gut, zu Hause zu sein.

5.

Paige stand an einem der Fenster und sah die grauen Wolken von Westen näherkommen, die ein Wind vom Pazifik vor sich hertrieb. In ihrer Bahn wurde die Erde unter ihnen dunkler, und die sonnenbeschienenen Gebäude zogen Schattenmäntel an.

Das Allerheiligste der Bürosuite mit ihren drei Zimmern im fünften Stock besaß zwei große Fenster, die einen trostlosen Ausblick auf einen Freeway, ein Einkaufszentrum und die zusammengedrängten Dächer von Reihenhäusern boten, welche sich offenbar bis in alle Ewigkeit durch Orange County erstreckten. Ihr hätte ein malerischer Blick aufs Meer oder ein Fenster zu einem üppig bepflanzten Innenhof gefallen, aber das hätte eine höhere Miete bedeutet, was am Anfang von Martys Schriftstellerkarriere unmöglich gewesen wäre, als sie die Hauptverdienerin war.

Trotz seines zunehmenden Erfolgs und eindrucksvollen Einkommens war es ihr immer noch unmöglich, sich andernorts eine teurere Praxis zu mieten. Selbst eine erfolgreiche literarische Laufbahn war eine unsichere Art, den Lebensunterhalt zu verdienen. Der Inhaber eines Lebensmittelladens hatte Angestellte, die auch in seiner Abwesenheit Äpfel und Orangen verkaufen konnten, aber wenn Marty krank wurde, kam das gesamte Unternehmen mit quietschenden Reifen zum Stillstand.

Und Marty war krank. Vielleicht schwer krank.

Nein, darüber wollte sie nicht nachdenken. Sie wußten nichts mit Sicherheit. Es paßte mehr zu der alten Paige, der Paige vor Marty, sich über bloße Möglichkeiten statt über gesicherte Fakten Gedanken zu machen.

Genieße den Augenblick, würde Marty zu ihr sagen. Er war der geborene Therapeut. Manchmal dachte sie, daß sie von ihm mehr gelernt hatte als in sämtlichen Vorlesungen für ihren Doktor der Psychologie.

Genieße den Augenblick.

In der Tat wirkte die unablässige Geschäftigkeit der Szene vor dem Fenster belebend. Und obwohl sie früher so depressiv gewesen war, daß schlechtes Wetter ihre Stimmung negativ beeinflussen konnte, hatten die vielen Jahre mit Marty und seiner meist unerschütterlichen Fröhlichkeit ihr ermöglicht, auch in einem aufziehenden Sturm eine feierliche Schönheit zu sehen.

Sie war in einem Elternhaus ohne Liebe, so grimmig und kalt wie eine arktische Höhle, aufgewachsen. Aber diese Zeit lag weit zurück, ihre Folgen waren längst abgeklungen.

Genieße den Augenblick.

Sie sah auf die Uhr und zog die Vorhänge zu, denn die Stimmung der beiden nächsten Patienten würde sicherlich nicht unempfänglich gegenüber grauem Wetter sein.

Bei geschlossenen Vorhängen schien es in dem Raum so gemütlich wie im Wohnzimmer eines Privathaushalts zu sein. Ihr Schreibtisch, die Bücher und die Aktenschränke befanden sich im dritten Zimmer; die Klienten bekamen sie nur in den seltensten Fällen zu Gesicht. Die empfing sie immer in diesem freundlicheren Raum. Das Sofa mit seinem Blumenmuster und den darauf verstreuten Kissen wirkte gemütlich, und die drei gepolsterten Ohrensessel waren alle so groß, daß sich junge Gäste ganz hinein kuscheln und die Beine unter sich verschränken konnten, wenn sie wollten. Lampen mit Seidenschirmen und Fransen verströmten ein mildes Licht, das auf den Nippes auf den Tischchen und den Lladro-Porzellanfiguren in der Mahagonivitrine glänzte.

Normalerweise bot Paige heiße Schokolade und Kekse oder Brezeln mit einem Glas kalter Cola an, was ein Gespräch erleichterte, da die ganze Atmosphäre wie bei Oma zu Hause wirkte. Jedenfalls wie es bei Großmutter zu Hause gewesen war, als noch keine Oma zum Schönheitschirurgen rannte, ihre Figur durch Absaugen der »Rettungsringe« aufpolieren und sich von Opa scheiden ließ, auf Kreuzfahrten für Singles nach Cabo San Lucas oder mit ihrem Freund über das Wochenende nach Vegas flog.

Beim ersten Besuch waren die meisten Klienten erstaunt, daß sie nicht Freuds Gesammelte Werke, eine Couch und die allzu ernste Atmosphäre einer psychiatrischen Praxis vorfanden. Selbst wenn sie ihnen erklärte, daß sie kein Psychiater war, überhaupt keine Ärztin, sondern eine Beraterin mit einem Abschluß in Psychologie, die »Klienten« empfing, keine »Patienten«, Leute mit Kommunikationsproblemen, nicht mit Neurosen oder Psychosen, blieben sie die erste halbe Stunde oder so gehemmt. Schließlich gewann aber das Zimmer – und ihre lockere Art, wie sie gerne glaubte – die Oberhand.

Ihre nächsten Klienten, um vierzehn Uhr, die letzten des Tages, waren Samantha Acheson und deren achtjähriger Sohn Sean. Samanthas erster Mann, der Vater des Jungen, war kurz nach dessen fünftem Geburtstag gestorben. Zweieinhalb Jahre später heiratete Samantha wieder, und Seans Verhaltensstörungen begannen buchstäblich am Tag der Hochzeit, offensichtlich die Folge seiner irregeleiteten Überzeugung, daß sie seinen toten Vater betrogen hatte und eines Tages auch ihn betrügen würde. Seit fünf Monaten empfing Paige sie zweimal wöchentlich mit dem Jungen, errang sein Vertrauen und stellte eine Gesprächsbasis her, so daß sie sich über die Schmerzen und Ängste unterhalten konnten, die er seiner Mutter gegenüber nicht auszusprechen vermochte. Heute sollte Samantha zum ersten Mal dabei sein, ein wichtiger Schritt, da normalerweise rasche Fortschritte gemacht wurden, wenn das Kind bereit war, den Eltern das anzuvertrauen, was es dem Berater bereits anvertraut hatte.

Sie setzte sich in den Sessel, den sie für sich selbst reservierte, und griff nach der Reproduktion eines antiken Telefons, das sowohl als Telefon wie auch als Sprechanlage ins Vorzimmer diente. Sie wollte ihre Sekretärin Millie bitten, Samantha und Sean Acheson hereinzuschicken, aber die Sprechanlage summte, bevor sie den Hörer abnehmen konnte.

»Marty ist auf Leitung eins, Paige.«
»Danke, Millie.« Sie drückte Leitung eins. »Marty?«
Er antwortete nicht.
»Marty, bist du da?« fragte sie und vergewisserte sich, daß sie den richtigen Knopf gedrückt hatte.
Leitung eins leuchtete, aber es war kein Ton zu hören.
»Marty?«
»Deine Stimme gefällt mir, Paige. So melodisch.«
Er klang ... seltsam.
Das Herz schlug ihr in der Brust, und sie bemühte sich, die Angst zu unterdrücken, die in ihr aufwallte. »Was hat der Arzt gesagt?«
»Dein Bild gefällt mir.«

»Mein Bild?« sagte sie fassungslos.
»Ich mag dein Haar, deine Augen.«
»Marty, ich verstehe nicht ...«
»Du bist genau das, was ich brauche.«
Ihr Mund war trocken geworden. »Stimmt etwas nicht?«
Plötzlich sprach er sehr schnell und reihte die Sätze ohne Unterbrechung aneinander: »Ich will dich küssen, Paige, deine Brüste küssen, dich an mich drücken, mit dir schlafen, ich werde dich sehr glücklich machen, ich will in dir sein, es wird genau wie im Kino werden, die Wonne.«
»Marty, Liebling, was ...«
Er legte mitten im Satz auf.

Paige, die gleichermaßen überrascht und verwirrt wie besorgt war, lauschte dem Freizeichen, bevor sie den Hörer wieder auf die Gabel legte.

Was sollte das bedeuten?

Es war zwei Uhr, und sie bezweifelte, daß sein Termin bei Guthridge eine Stunde gedauert hatte; demzufolge konnte er sie nicht von der Praxis des Arztes aus angerufen haben. Andererseits konnte er auch noch nicht zu Hause sein, was bedeutete, er mußte sich von unterwegs gemeldet haben.

Sie hob den Hörer und drückte die Nummer seines Autotelefons. Er nahm beim zweiten Läuten ab, und sie sagte: »Marty, was ist denn nur los?«
»Paige?«
»Was sollte das eben?«
»Was sollte *was*?«
»Meine Brüste küssen, um Gottes willen, genau wie im Kino, die Wonne.«

Er zögerte, und sie konnte das leise Brummen des Fordmotors hören, also war er tatsächlich unterwegs. Nach einem Augenblick sagte er: »Mädchen, ich verstehe nicht.«
»Vor einer Minute hast du hier angerufen und dich benommen wie ...«
»Nein. Ich nicht.«
»Du hast *nicht* hier angerufen?«
»Nee.«
»Ist das ein Witz?«
»Du meinst, jemand hat angerufen und gesagt, er wäre ich?«

»Ja, er ...«
»Hat er sich angehört wie ich?«
»Ja.«
»Genau wie ich?«
Paige dachte einen Augenblick nach. »Nun, nicht genau. Er hat sich ziemlich wie du angehört, aber auch wieder ... nicht ganz wie du. Es ist schwer zu erklären.«
»Ich hoffe, du hast aufgelegt, als er obszön wurde.«
»Du ...« Sie verbesserte sich: »Er hat zuerst aufgelegt. Außerdem war es kein obszöner Anruf.«
»Ach? Wie war das noch mal, von wegen deine Brüste küssen?«
»Nun, das schien nicht obszön zu sein, weil ich dachte, daß du es bist.«
»Paige, vielleicht kannst du meinem Gedächtnis einmal auf die Sprünge helfen – wann habe ich dich zum letzten Mal während der Arbeit angerufen und dir gesagt, daß ich deine Brüste küssen möchte?«
Sie lachte. »Nun ... nie, soweit ich weiß«, und als er auch lachte, fügte sie hinzu: »Aber vielleicht wäre es ab und zu keine schlechte Idee, um den Tag ein wenig fröhlicher zu machen.«
»Sie sind durchaus küssenswert.«
»Danke.«
»Genau wie dein Mund.«
»Jetzt werde ich rot«, sagte sie, und das stimmte.
»Genau wie deine ...«
»Also *das* wird jetzt obszön«, sagte sie.
»Ja, aber ich bin das Opfer.«
»Wie das?«
»*Du* hast *mich* angerufen und regelrecht verlangt, daß ich schmutzige Sachen zu dir sage.«
»So ist es wohl gewesen. Women's Liberation, weißt du.«
»Wo soll das alles enden?«
Eine beunruhigende Erklärung war Paige eingefallen, aber sie wollte sie nicht aussprechen: Vielleicht war der Anruf doch vor Marty gewesen, und er hatte ihn in einem Zustand gemacht, der dem seiner Amnesie-Episode, seiner Fugue am Samstagnachmittag, gleichkam, als er mehrere Minuten lang monoton dieselben zwei Worte auf das Diktiergerät gesprochen hatte und sich hinterher nicht mehr daran erinnern konnte.

Sie vermutete, daß ihm gerade derselbe Gedanke gekommen war, denn sein plötzliches Schweigen entsprach ihrem.

Schließlich ergriff Paige das Wort. »Was hat Paul Guthridge gesagt?«

»Er glaubt, daß es wahrscheinlich streßbedingt ist.«

»Glaubt?«

»Er vereinbart für morgen oder Mittwoch Untersuchungen.«

»Aber er war nicht besorgt?«

»Nein. Oder er hat so getan, als wäre er es nicht.«

Pauls zwanglose Art erstreckte sich nicht darauf, wie er Patienten Informationen übermittelte. Da war er stets direkt und kam ohne Umschweife zur Sache. Selbst als Charlotte so krank gewesen war, daß manche Ärzte die schlimmeren Möglichkeiten heruntergespielt haben würden, damit die Eltern Zeit hatten, sich mit dem Allerschlimmsten abzufinden, hatte Paul sich ungeschminkt mit Marty und Paige über ihren Zustand unterhalten. Er wußte, daß man Halbwahrheiten oder falschen Optimismus niemals mit Barmherzigkeit verwechseln sollte. Wenn Paul über Martys Zustand und Symptome nicht sonderlich besorgt schien – das waren gute Nachrichten.

»Er hat mir sein zweites Exemplar der neuen Nummer von *People* gegeben«, sagte Marty.

»Oh-oh. Du sagst es, als hätte er dir eine Tüte Hundekacke überreicht.«

»Nun, es ist nicht gerade das, was ich mir versprochen hatte.«

»Es ist nicht so schlimm, wie du denkst«, sagte sie.

»Woher willst du das wissen? Du hast es noch nicht gesehen.«

»Aber ich kenne dich und weiß, wie du bei so etwas reagierst.«

»Auf einem Foto sehe ich aus wie Frankensteins Monster mit einem schlimmen Kater.«

»Ich habe Boris Karloff immer geliebt.«

Er seufzte. »Ich schätze, ich kann meinen Namen ändern, mich einer Gesichtsoperation unterziehen und nach Brasilien auswandern. Aber bevor ich einen Flug nach Rio buche, soll ich die Kinder von der Schule abholen?«

»Ich hole sie. Sie haben heute eine Stunde später aus.«

»Oh, stimmt ja, Montag. Klavierstunde.«

»Wir werden gegen halb fünf zu Hause sein«, sagte sie. »Du

kannst mir *People* zeigen und den Abend damit verbringen, dich an meiner Schulter auszuweinen.«

»Von wegen. Ich zeige dir *People,* und dann verbringe ich den Abend damit, deine Brüste zu küssen.«

»Du bist etwas ganz Besonderes, Marty.«

»Ich liebe dich auch, Mädchen.«

Als sie auflegte, lächelte Paige. Er konnte sie immer zum Lachen bringen, selbst in finsteren Augenblicken.

Sie wollte nicht über den seltsamen Telefonanruf, über Krankheit oder Fugues oder Bilder nachdenken, auf denen er wie ein Monster aussah.

Genieße den Augenblick.

Genau das tat sie etwa eine Minute, dann rief sie Millie über die Sprechanlage und bat sie, Samantha und Sean Acheson herein zu bitten.

6.

In seinem Arbeitszimmer sitzt er im Sessel hinter dem Schreibtisch. Der Sessel ist bequem. Er kann fast glauben, daß er schon einmal darin gesessen hat.

Trotzdem ist er nervös.

Er schaltet den Computer ein. Es ist ein IBM-PC mit großem Festplattenspeicher. Eine gute Maschine. Er kann sich nicht daran erinnern, daß er sie gekauft hat.

Nachdem das System ein Datenmanagementprogramm abgespult hat, präsentiert ihm der übergroße Bildschirm ein »Hauptmenü«, das acht Auswahlmöglichkeiten bietet, hauptsächlich Textverarbeitungssoftware. Er entscheidet sich für WordPerfect 5.1, das geladen wird.

Er kann sich nicht erinnern, daß er im Gebrauch eines Computers oder von WordPerfect unterrichtet worden wäre. Die Ausbildung ist in die Nebel der Amnesie gehüllt, genau wie seine Waffenausbildung und sein unheimliches Orientierungsvermögen in den Straßen verschiedener Städte. Offensichtlich waren seine Vorgesetzten der Meinung, daß er grundsätzliche Kenntnisse der Computerbedienung und des Umgangs mit verschiedener Software haben müßte, um seine Aufträge ausführen zu können.

Der Bildschirm wird frei.
Bereit.
In der unteren rechten Ecke des blauen Bildschirms verraten ihm weiße Zahlen und Buchstaben, daß er sich in Dokument eins auf Seite eins, in Zeile eins und Spalte zehn befindet.
Bereit. Er ist bereit, einen Roman zu schreiben. Seine Arbeit.
Er betrachtet den leeren Bildschirm und versucht anzufangen. Anfangen ist schwieriger, als er erwartet hat.
Er hat eine Flasche Corona aus der Küche mitgebracht, da er sich schon gedacht hat, daß er seine Gedanken schmieren muß. Er trinkt einen großen Schluck. Das Bier ist kalt, erfrischend, und er weiß, genau das braucht er, um in die Gänge zu kommen.
Nachdem er die Flasche zur Hälfte leer getrunken hat, ist sein Selbstvertrauen wiederhergestellt, und er fängt an zu tippen. Er hämmert zwei Worte, dann hält er inne:

Der Mann

Der Mann was?
Er starrt den Bildschirm eine Minute an, dann tippt er: »betrat das Zimmer.« Aber welches Zimmer? In einem Haus? Einem Bürogebäude? Wie sieht das Zimmer aus? Wer hält sich sonst noch darin auf? Was macht der Mann in diesem Zimmer, weshalb ist er dort? Muß es ein Zimmer sein? Könnte er einen Zug betreten, ein Flugzeug, einen Friedhof?
Er löscht »betritt das Zimmer« und ersetzt es durch »war groß.« Der Mann ist also groß. Spielt es eine Rolle, daß er groß ist? Ist seine Größe wichtig für die Geschichte? Wie alt ist er? Welche Farbe haben seine Augen, sein Haar? Ist er weiß, schwarz, Asiate? Was hat er an? Und was das betrifft, muß es überhaupt ein Mann sein? Könnte es nicht eine Frau sein? Oder ein Kind?
Mit diesen Fragen vor Augen löscht er den ganzen Bildschirm und fängt noch einmal von vorne an:

Der

Er starrt auf den Bildschirm. Dieser ist schrecklich leer. Unendlich leerer als zuvor, nicht nur vier Buchstaben leerer, nachdem »Mann« gelöscht wurde. Die Möglichkeiten, die nach dem simplen

Artikel »der« folgen, sind grenzenlos, wodurch die Auswahl des zweiten Wortes weitaus schwerer wird, als er vermutet hätte, bevor er auf dem schwarzen Sessel Platz genommen und die Maschine eingeschaltet hat.

Er löscht »Der«.

Der Bildschirm ist leer.

Bereit.

Er trinkt die Flasche Corona leer. Es ist kalt und erfrischend, aber es schmiert seine Gedanken nicht.

Er geht zum Regal und zieht acht der Romane heraus, auf denen sein Name steht, Martin Stillwater. Er trägt sie zum Schreibtisch, dann sitzt er eine Weile nur da, liest erste Seiten, zweite Seiten, und versucht, sein Gehirn mit dem Kickstarter in Gang zu setzen.

Sein Schicksal ist, Martin Stillwater zu sein. Soviel steht felsenfest.

Er wird Charlotte und Emily ein guter Vater sein.

Er wird der wunderschönen Paige ein guter Mann und Liebhaber sein.

Und er wird Romane schreiben. Kriminalromane.

Eindeutig hat er früher welche geschrieben, mindestens ein Dutzend, also kann er sie auch wieder schreiben. Er muß einfach ein Gefühl dafür bekommen, wie man es macht, die Gewohnheit wieder erlernen.

Der Bildschirm ist leer.

Er legt die Finger auf die Tastatur und ist bereit zu schreiben.

Der Bildschirm ist so leer. Leer, leer, leer. Er verspottet ihn.

Er vermutet, daß er lediglich durch das leise, beharrliche Summen der Monitorlüftung und das einschüchternde, elektrischblaue Feld von Dokument eins, Seite eins gehemmt wird, daher schaltet er den Computer aus. Die anschließende Stille ist ein Segen, aber die flache, graue Mattscheibe des Monitors wirkt noch spöttischer als der blaue Bildschirm; daß er die Maschine abgeschaltet hat, kommt ihm wie das Eingeständnis einer Niederlage vor.

Er muß Martin Stillwater sein. Das bedeutet, er muß schreiben.

Der Mann. Der Mann war. Der Mann war groß mit blauen Augen und blondem Haar, er trug einen blauen Anzug, ein weißes Hemd und eine rote Krawatte, war etwa dreißig Jahre alt, und er wußte nicht, was er in dem Zimmer machte, das er betreten hatte. Verdammt. Mist. *Der Mann. Der Mann. Der Mann ...*

Er muß schreiben, aber jeder Versuch zu schreiben führt rasch zu Frustration. Frustration wird zu Wut. Das vertraute Muster. Wut erzeugt einen ganz speziellen Haß auf den Computer, einen *Abscheu* davor, und außerdem einen nicht ganz so klar umrissenen Haß auf seine unbefriedigende Stellung in der Welt, auf die Welt selbst und jeden ihrer Bewohner. Er will so wenig, so jämmerlich wenig, nur dazu gehören, wie andere Menschen sein, ein Heim und eine Familie haben, einen Lebenszweck, den er begreifen kann. Ist das zuviel? Ja? Er will nicht reich sein, Seite an Seite mit den Großen und Mächtigen einhergehen, mit Berühmtheiten speisen. Er verlangt keinen Ruhm. Nach langem Bemühen, Verwirrung und Einsamkeit hat er jetzt endlich ein Zuhause, eine Frau und zwei Kinder, ein Ziel vor Augen, ein Schicksal, aber er spürt, wie ihm das entgleitet, zwischen den Fingern zerrinnt. Er muß Martin Stillwater sein, aber um Martin Stillwater zu sein, muß er *schreiben*, und er kann nicht schreiben, verdammt, kann nicht schreiben. Er kennt den Stadtplan von Kansas City auswendig, von anderen Städten, und er weiß alles über Waffen und wie man Schlösser knackt, weil sie ihm dieses Wissen eingepflanzt haben – wer immer »sie« auch sein mögen –, aber sie haben es nicht für nötig erachtet, ihm auch das Wissen einzugeben, wie man Kriminalromane schreibt, aber das muß er, oh, das muß er mit aller *Macht*, wenn er jemals Martin Stillwater sein will, wenn er Paige, seine reizende Frau, seine Töchter und sein neues Schicksal behalten will, das ihm entgleitet, entgleitet, zwischen den Fingern zerrinnt, seine einzige Chance, glücklich zu werden, schwindet zusehends, weil sie gegen ihn sind, alle, die ganze Welt, gegen ihn verschworen, fest entschlossen, ihn zu isolieren und Verwirrung zu stiften. Und warum? Warum? Er haßt sie und ihre Ränke und ihre anonyme Macht, er verabscheut sie und ihre Maschinen so verbittert und allumfassend, daß ...

... er die Faust mit einem Wutschrei in den dunklen Bildschirm des Computers schlägt und fast ebensosehr auf sein eigenes Spiegelbild zielt wie auf die Maschine und alles, was sie repräsentiert. Das Geräusch des berstendes Glases ist sehr laut in dem stillen Haus, und das Vakuum im Inneren des Monitors ploppt gleichzeitig mit einem Zischen eingesogener Luft.

Er zieht die Hand aus den Trümmern, während noch Scherben auf die Tastatur fallen, und starrt auf sein helles Blut. Scharfe Splitter ragen aus den Häutchen zwischen seinen Fingern und aus einigen Knöcheln. Eine elliptische Scherbe ist in das Fleisch seiner Handfläche eingebettet.

Obwohl er immer noch wütend ist, bekommt er sich allmählich wieder unter Kontrolle. Gewalt wirkt manchmal besänftigend.

Er dreht den Sessel vom Computer weg zur anderen Seite des U-förmigen Arbeitsbereichs, wo er sich nach vorne beugt und die Verletzungen im Licht der Tiffanylampe begutachtet. Die Glasdornen in seinem Fleisch funkeln wie Juwelen.

Er verspürt nur gelinde Schmerzen, und er weiß, auch die werden bald vergehen. Er ist zäh und widerstandsfähig; er besitzt ausgezeichnete regenerative Fähigkeiten.

Einige Splitter des Bildschirms sind nicht tief in die Hand eingedrungen; die kann er mit den Fingernägeln herausziehen. Aber andere stecken fest im Fleisch.

Er schiebt den Sessel vom Schreibtisch weg, steht auf und geht Richtung Badezimmer. Er braucht eine Pinzette, um die störrischeren Splitter herauszuziehen.

Anfangs hat er stark geblutet, aber die Blutung läßt bereits nach. Trotzdem hält er den Arm in die Höhe, die Hand ausgestreckt, damit das Blut am Handgelenk hinab in den Ärmel fließt und nicht auf den Teppich tropft.

Wenn er die Splitter entfernt hat, wird er vielleicht Paige noch einmal bei der Arbeit anrufen.

Er war so aufgeregt gewesen, als er ihre Nummer im Adreßbuch im Arbeitszimmer gefunden hatte, und es hat ihm gefallen, mit ihr zu sprechen. Sie hat sich intelligent, selbstbewußt und zärtlich angehört. Ihre Stimme hatte einen leicht kehligen Klang, den er sexy fand.

Es wird eine wunderbare Dreingabe sein, wenn sie sexy ist. Heute nacht werden sie das Bett teilen. Er wird sie mehr als einmal nehmen. Er denkt an das Gesicht auf dem Foto und die kehlige Stimme am Telefon und ist überzeugt, daß sie seine Bedürfnisse befriedigen wird, wie sie noch nie befriedigt worden sind, daß sie ihn nicht unerfüllt und frustriert lassen wird, wie so viele andere Frauen.

Er hofft, daß sie seine Erwartungen erfüllt, wenn nicht gar übertrifft. Er hofft, er hat keinen Grund, ihr weh zu tun.

Im Badezimmer findet er eine Pinzette in der Schublade, wo

Paige ihr Make-up, Nagelscheren, Feilen, Sandblattfeilen und andere Toilettenartikel aufbewahrt.

Am Waschtisch hält er die Hand über das Becken. Es hat zwar schon aufgehört zu bluten, fängt aber jedesmal wieder an, wenn er einen Glassplitter herauszieht. Er dreht den Heißwasserhahn auf, damit das tropfende Blut in den Abfluß gespült wird.

Heute nacht, nach dem Sex, wird er vielleicht mit Paige über seine Schreibblockade sprechen. Falls er so etwas schon einmal gehabt hat, weiß sie vielleicht noch, welche Schritte er bei anderen Gelegenheiten unternommen hat, um die kreative Flaute zu beenden. Er ist sogar überzeugt, daß sie die Lösung wissen wird.

Angenehm überrascht und von einem Gefühl der Erleichterung erfüllt, wird ihm bewußt, daß er sich jetzt nicht mehr allein um seine Probleme kümmern muß. Als verheirateter Mann hat er eine liebende Partnerin, die die vielen Sorgen des Tages mit ihm teilt.

Er hebt den Kopf, betrachtet sein Ebenbild im Spiegel über dem Waschbecken und sagt: »Ich habe jetzt eine Frau.«

Er bemerkt einen Blutfleck auf der rechten Wange und einen weiteren auf dem Nasenflügel.

Leise lachend sagt er: »Du bist so ein Schlamper, Marty. Du mußt ordentlicher werden. Du hast jetzt eine Frau. Frauen haben es gern, wenn ihre Männer ordentlich sind.«

Er wendet seine Aufmerksamkeit wieder der Hand zu und entfernt die letzten Glassplitter mit der Pinzette.

Seine Stimmung bessert sich zunehmend; er lacht wieder und sagt: »Morgen muß ich als allererstes los und einen neuen Monitor kaufen.«

Er schüttelt den Kopf und ist erstaunt über sein kindisches Verhalten.

»Du bist mir schon einer, Marty«, sagt er. »Aber ich denke, Schriftsteller *sollen* temperamentvoll sein, oder?«

Nachdem er den letzten Splitter aus dem Häutchen zwischen zwei Fingern gezogen hat, legt er die Pinzette weg und hält die verletzte Hand unter das heiße Wasser.

»Du darfst so nicht mehr weiter machen. Nicht mehr. Du wirst der kleinen Emily und Charlotte eine Heidenangst einjagen.«

Er schaut wieder in den Spiegel, schüttelt den Kopf und grinst.

»Du Irrer«, sagt er zu sich selbst, als spräche er voll Zuneigung zu

einem Freund, dessen Eskapaden er bezaubernd findet. »Was für ein Irrer.«
Das Leben ist schön.

7.

Der bleierne Himmel sank unter seinem eigenen Gewicht noch tiefer. Laut Wetterbericht im Radio sollte es bis zur Dämmerung regnen, was zu Staus während der Hauptverkehrszeit führen würde, bei denen die Hölle dem San Diego Freeway vorzuziehen wäre.

Marty hätte von Guthridges Büro aus gleich nach Hause fahren sollen. Er stand kurz vor Fertigstellung seines neuen Romans, und bei den letzten Geburtswehen einer Story verbrachte er normalerweise soviel Zeit wie möglich zu Hause und arbeitete, weil Ablenkungen katastrophal für den erzählerischen Schwung waren.

Außerdem hatte er ungewöhnliche Angst vor dem Fahren. Wenn er zurückdachte, konnte er sich an jede einzelne Minute erinnern, seit er die Arztpraxis verlassen hatte, und war sicher, er hatte Paige nicht während einer Fugue am Steuer des Ford angerufen. Selbstverständlich besaß das Opfer einer Amnesie-Episode keine Erinnerung an den Vorfall, daher brachte vielleicht nicht einmal eine detaillierte Rekonstruktion der vergangenen Stunde die Wahrheit ans Licht. Bei seinen Recherchen für *Ein toter Bischof* hatte er von Opfern erfahren, die in ihrem dissoziativen Zustand hunderte Meilen gefahren waren und mit Dutzenden Menschen gesprochen hatten, sich aber später trotzdem an nichts erinnern konnten. Die Gefahr war nicht so groß wie beim Fahren unter Alkoholeinfluß ..., aber es wäre auch nicht klug, anderthalb Tonnen beschleunigten Stahls in einem veränderten Bewußtseinszustand zu bedienen.

Trotzdem fuhr er statt nach Hause zum Einkaufszentrum von Mission Viejo. Der Arbeitstag war sowieso schon halb vorbei. Und er war zu aufgewühlt, um zu lesen oder fernzusehen, bis Paige und die Kinder heimkamen.

Wenn das Leben hart wird, gehen die harten Männer einkaufen, daher sah er Bücher und Schallplatten durch, kaufte einen Roman von Ed McBain und eine CD von Alan Jackson und hoffte, solche weltlichen Tätigkeiten würden ihm helfen, seine Sorgen zu vergessen. Zweimal schlenderte er am Süßwarenladen vorbei und betrachtete die großen Kekse mit Schokoladenstreuseln und Pecannüssen, aber er brachte jedesmal die Willenskraft auf, ihrem Sirenenruf zu widerstehen.

Die Welt ist viel schöner, dachte er, wenn man nichts über richtige Ernährung weiß.

Als er das Einkaufszentrum verließ, malten kalte Regentropfen zufällige Muster auf den betonierten Gehweg. Blitze zuckten, als er zum Ford lief, Donnersalven hallten über den verhangenen Himmel, und gerade als er die Tür ins Schloß zog und wieder hinter dem Lenkrad Platz nahm, wurden die Tropfen zu einem gewaltigen Sturzbach.

Während der Heimfahrt erfreute sich Marty am Funkeln der vom Regen versilberten Straßen, geräuschvollen Zischen, wenn sie durch tiefe Pfützen fuhren, und dem Anblick schwankender Palmwedel, die die grauen Wolken des Gewitterhimmels zu kämmen schienen und ihn immer an bestimmte Geschichten von Somerset Maugham und alte Filme mit Bogart erinnerten. Da Regen ein so seltener Gast im von Dürre geplagten Kalifornien war, wog der Reiz des Neuen schwerer als die Unannehmlichkeiten.

Er parkte in der Garage, betrat das Haus durch die Verbindungstür zur Küche und genoß die feuchte Schwere der Luft und den Ozongeruch, der stets einem Gewitter vorausging.

In der halbdunklen Küche leuchteten die grünen Ziffern der elektronischen Uhr: 16:10. Paige und die Mädchen würden in zwanzig Minuten nach Hause kommen.

Er schaltete Lampen und Leuchter an, während er von Zimmer zu Zimmer ging. Das Haus machte stets den wohnlichsten Eindruck, wenn es warm und hell erleuchtet war, während Regen auf das Dach trommelte und der graue Schleier eines Sturms die Welt vor jedem Fenster verhüllte. Er beschloß, daß er im offenen Kamin des Wohnzimmers Feuer machen und alle Zutaten für heiße Schokolade zurechtlegen würde, damit er sie gleich machen konnte, wenn Paige und die Mädchen nach Hause kamen.

Aber zuerst ging er nach oben, um Faxgerät und Anrufbeantworter in seinem Büro zu überprüfen. Inzwischen müßte Paul Guthridges Sekretärin mit Terminen für die Untersuchungen morgen im Krankenhaus angerufen haben.

Außerdem hatte er den abwegigen Verdacht, sein literarischer

Agent könnte eine Nachricht über den Verkauf der einen oder anderen Auslandslizenz hinterlassen haben, vielleicht sogar Neuigkeiten über ein Filmangebot, einen Grund zu feiern. Seltsamerweise hatte der Sturm seine Stimmung verbessert statt verschlechtert, wahrscheinlich weil schlechtes Wetter einen veranlaßte, sich auf die häuslichen Freuden zu konzentrieren, aber im Grunde genommen fand er immer einen Anlaß, fröhlich zu sein, selbst wenn der gesunde Menschenverstand Pessimismus als realistischere Reaktion vorschlug. Er schaffte es nie, lange niedergeschlagener Stimmung zu bleiben; und seit Samstagnachmittag hatte er so viele negative Gedanken gehabt, daß sie ein paar Jahre ausreichen würden.

Als er sein Arbeitszimmer betrat, streckte er die Hand nach dem Lichtschalter an der Wand aus, um die Deckenbeleuchtung einzuschalten, drückte aber nicht darauf, so überrascht war er, daß die Tiffanylampe und eine Arbeitsleuchte brannten. Er löschte stets alle Lichter, bevor er das Haus verließ. Allerdings hatte ihn, bevor er zum Arzt aufgebrochen war, unerklärlicherweise das seltsame Gefühl beschlichen, als läge er gefesselt auf den Schienen eines heranbrausenden Schnellzugs, und er hatte offenbar nicht mehr daran gedacht, die Lampen auszuschalten.

Als er sich an den Höhepunkt des Panikanfalls erinnerte, in der Garage, als das Entsetzen ihn fast gelähmt hatte, spürte Marty, wie ein Teil seines Optimismus wieder verflog.

Faxgerät und Anrufbeantworter standen an der hinteren Ecke des U-förmigen Arbeitsbereichs. An letzterem blinkte das rote Signallicht, daß eine Nachricht da war, und einige dünne Blätter Papier lagen in der Ablage des ersteren.

Bevor Marty eine der beiden Maschinen erreichte, sah er den zertrümmerten Monitor, aus dessen Rahmen Glaszacken standen. In der Mitte klaffte ein schwarzes Loch. Eine Glasscherbe knirschte unter seinem Schuh, als er den Bürosessel zurückschob und den Computer fassungslos betrachtete.

Unregelmäßige Scherben lagen auf der Tastatur.

Übelkeit zog ihm den Magen zusammen. Hatte er auch das in einer Fugue getan? Einen stumpfen Gegenstand aufgehoben und den Bildschirm in Stücke gehauen? Sein Leben zerfiel wie dieser zerschmetterte Monitor.

Dann fiel ihm neben dem Glas noch etwas auf der Tastatur auf.

Im trüben Licht glaubte er Tropfen geschmolzener Schokolade zu sehen.

Stirnrunzelnd berührte Marty einen der Flecken mit der Spitze des Zeigefingers. Noch leicht klebrig. Etwas blieb an seiner Haut haften.

Er hielt die Hand unter die Arbeitsleuchte. Die klebrige Substanz auf seiner Fingerspitze war dunkelrot, fast kastanienfarben. Keine Schokolade.

Er hielt den besudelten Finger an die Nase und suchte nach einem spezifischen Geruch. Der Geruch war schwach, kaum wahrnehmbar, aber er wußte sofort, worum es sich handelte, hatte es wahrscheinlich schon in dem Augenblick gewußt, als er es berührte, weil er auf einer tiefen, primitiven Ebene darauf programmiert war, den Geruch zu erkennen. Blut.

Wer den Monitor kaputtgemacht hatte, hatte sich geschnitten.

Martys Hände wiesen keine Schnittwunden auf.

Er blieb vollkommen reglos, abgesehen von einem Kribbeln auf der Wirbelsäule, das seinen Nacken mit einer Gänsehaut überzog.

Langsam drehte er sich um und rechnete fest damit, jemanden zu sehen, der hinter ihm den Raum betreten hatte. Aber er war allein.

Regen trommelte auf das Dach und gluckerte in der Nähe in einer Dachrinne. Blitze zuckten, die man zwischen den Lamellen der Fensterläden erkennen konnte, Donner ließ die Fensterscheiben vibrieren.

Er horchte in das Haus.

Die einzigen Geräusche waren die des Sturms. Und das rasche Pochen seines Herzschlags.

Er ging zu den Schubladen an der rechten Seite des Schreibtischs und öffnete die zweite. Heute morgen hatte er die 9mm Smith & Wesson dort hineingelegt, und er rechnete damit, daß sie nicht mehr da sein würde, aber wieder wurden seine Erwartungen enttäuscht. Selbst im trüben, täuschenden Licht der Tiffanylampe konnte er die Faustfeuerwaffe dunkel glänzen sehen.

»Ich brauche mein Leben.«

Die Stimme erschreckte Marty, aber das war nichts verglichen mit dem lähmenden Schock, den er verspürte, als er in die Höhe sah und erkannte, um wen es sich bei dem Eindringling handelte. Der Mann stand gerade unter der Tür. Er hätte eine von Martys

Jeans und Flanellhemden tragen können, die ihm wie angegossen gepaßt hätten, denn er war in jeder Beziehung Martys Ebenbild. Abgesehen von der Kleidung hätte der Eindringling ein Spiegelbild sein können.

»Ich brauche mein Leben«, wiederholte der Mann leise.

Marty hatte keinen Bruder, weder einen Zwillingsbruder noch sonst einen. Und doch konnte nur ein eineiiger Zwilling ihm in allen Einzelheiten – Gesicht, Größe, Gewicht, Statur – derart ähnlich sein.

»Warum hast du mein Leben gestohlen?« fragte der Eindringling, anscheinend von aufrichtiger Neugier erfüllt. Seine Stimme klang gelassen und beherrscht, als wäre die Frage nicht durch und durch verrückt, als wäre es tatsächlich möglich, zumindest seiner Erfahrung nach, ein Leben zu stehlen.

Als er feststellte, daß sich der Eindringling auch wie er *anhörte*, machte Marty die Augen zu und versuchte zu verdrängen, was vor ihm stand. Er ging davon aus, daß er halluzinierte und selbst unbewußt wie ein Bauchredner für das Phantom sprach. Amnesie-Episoden, ein ungewöhnlich intensiver Alptraum, ein Panikanfall, jetzt Halluzinationen. Aber als er die Augen wieder aufmachte, stand der Eindringling immer noch da, eine störrische Illusion.

»Wer bist du?« fragte der Doppelgänger.

Marty konnte nicht sprechen, weil ihm das Herz bis zum Hals schlug und jeder heftige Schlag ihn fast erstickte. Und er *wagte* nicht zu sprechen, denn wenn er sich auf ein Gespräch mit einer Halluzination einließ, würde das mit Sicherheit bedeuten, daß der letzte dünne Faden zur Wirklichkeit riß und er völlig dem Wahnsinn verfiel.

Das Phantom wiederholte die Frage und sprach immer noch in einem erstaunten und faszinierten, aber trotz der gedämpften Stimme gefährlichen Tonfall.

Ohne die unheimlich geschmeidigen Bewegungen oder das geisterhafte Schimmern einer halluzinierten oder übernatürlichen Erscheinung, weder durchscheinend noch leuchtend, kam der Doppelgänger einen weiteren Schritt in das Zimmer. Wenn er sich bewegte, glitten Schatten und Licht über ihn hinweg wie über jeden anderen dreidimensionalen Gegenstand auch. Er wirkte so solide wie ein richtiger Mensch.

Marty bemerkte die Pistole in der rechten Hand des Eindringlings. Am Schenkel. Mündung auf den Boden gerichtet.

Der Doppelgänger kam noch einen Schritt näher und blieb nicht weiter als drei Meter entfernt auf der anderen Seite des Schreibtischs stehen. Mit seinem halben Lächeln, das nervtötender war, als es der finsterste Blick sein könnte, sagte der Bewaffnete: »Wie geschieht es? Was jetzt? Werden wir irgendwie zu einer Person, verschmelzen wir miteinander wie in einem verrückten Science-fiction-Film ...«

Entsetzen schärfte Martys Sinne. Er konnte jede Kontur, jede Linie, jede Pore des Gesichts sehen, als erblickte er seinen Doppelgänger durch ein Vergrößerungsglas. Trotz des düsteren Lichts zeichneten sich die Möbel und Bücher in den schattigen Bereichen so deutlich ab wie diejenigen im Licht der Lampe. Doch bei aller gesteigerten Wahrnehmung konnte er die Marke der Pistole des anderen nicht erkennen.

»... oder muß ich dich einfach töten und deine Stelle einnehmen?« fuhr der Fremde fort. »Und wenn ich dich töte ...«

Es schien logisch, daß eine Halluzination, die er heraufbeschworen hatte, eine Waffe tragen sollte, mit deren Marke er vertraut war.

»... werden die Erinnerungen, die du mir gestohlen hast, wieder meine, wenn du stirbst? Wenn ich dich töte ...«

Schließlich, wenn es sich bei dieser Gestalt lediglich um eine symbolische Bedrohung handelte, die eine kranke Psyche erzeugte, dann mußte alles – das Phantom, die Kleidung, die Waffe – Martys Erfahrung und Phantasie entspringen.

»..., werde ich dann wieder heil? Wenn du tot bist, werde ich dann wieder mit meiner Familie vereint sein? Und werde ich wieder wissen, wie man schreibt?«

Umkehrschluß: Wenn die Waffe echt war, dann war auch der Doppelgänger echt.

Der Eindringling legte den Kopf schief, beugte sich nach vorne und tat so, als interessiere ihn Martys Antwort wirklich, als er sagte: »Wenn ich sein will, was mir vorherbestimmt ist, muß ich schreiben können, aber die Worte fallen mir nicht ein.«

Die einseitige Unterhaltung überraschte Marty immer wieder mit ihren Wendungen und Umschwüngen, was nicht dafür sprach, daß seine kranke Psyche diesen Eindringling erzeugt hatte.

Zum ersten Mal klang Zorn aus der Stimme des Doppelgängers, mehr Verbitterung als Wut, aber zunehmend erboster: »Das hast du auch gestohlen, die Worte, das Talent, und ich brauche es zurück, so sehr, daß es mir weh tut. Einen Sinn, eine Bedeutung. Weißt du das? Hast du verstanden? Was immer du bist, *kannst* du es verstehen? Die schreckliche Leere, die Unausgefülltheit, Herrgott, diese tiefe und dunkle Leere.« Jetzt spie er die Worte aus, und seine Augen funkelten wütend. »Ich will, was mir gehört, mir, verdammt, mein Leben, meins, ich will mein Leben, mein Schicksal, meine Paige, sie gehört mir, meine Charlotte und meine Emily ...«

Die Breite des Schreibtischs und dann zweieinhalb Meter, alles in allem keine vier Meter: todsichere Schußentfernung.

Marty holte die 9mm Pistole aus der Schreibtischschublade, hielt sie mit beiden Händen, löste mit dem Daumen die Sicherung und drückte ab, noch während er die Waffe emporriß. Es war ihm einerlei, ob das Ziel echt war oder seiner Phantasie entsprang. Er wollte es nur auslöschen, bevor es ihn vernichten konnte.

Der erste Schuß riß ein Holzbruchstück aus der gegenüberliegenden Ecke des Schreibtischs, Splitter flogen in alle Richtungen wie ein Schwarm wütender Wespen. Der zweite und dritte Schuß trafen den anderen Marty in die Brust. Sie gingen weder durch ihn hindurch, als bestünde er aus Ektoplasma, noch zerschmetterten sie ihn wie ein Spiegelbild, sondern katapultierten ihn statt dessen rückwärts, von den Füßen, und überraschten ihn, bevor er selbst die Waffe heben konnte, die ihm aus der Hand fiel und mit lautem Poltern auf dem Boden landete. Er stieß gegen ein Bücherregal, krallte sich mit einer Hand daran fest und zog ein Dutzend Bände zu Boden; ein Blutfleck breitete sich auf seiner Brust aus – gütiger Himmel, soviel Blut –, seine Augen waren im Schock weit aufgerissen, aber er stieß keinen Schrei aus, lediglich ein hartes, leises »Uh«, das mehr Überraschung als Schmerzen ausdrückte.

Der Mistkerl hätte umfallen müssen wie ein Stein, aber er blieb auf den Füßen. In dem Augenblick, als er gegen das Regal prallte, stieß er sich davon ab, warf sich taumelnd zur offenen Tür hinaus und verschwand im Flur.

Marty, den die Tatsache, daß er tatsächlich auf jemanden geschossen hatte, mehr verblüffte als die, daß es sich bei diesem »Jemand« um sein genaues Ebenbild handelte, sank gegen den Schreibtisch und rang so verzweifelt nach Luft, als hätte er nicht mehr geatmet, seit der Doppelgänger das Zimmer betreten hatte. Vielleicht hatte er es auch nicht. In Wirklichkeit auf einen Menschen zu schießen war vollkommen anders, als eine Figur in einem Roman zu erschießen: es schien fast, als würde wie durch einen Zauber ein Teil der Wirkung des Schusses auf den zurückfallen, der abgedrückt hatte. Seine Brust schmerzte, ihm war schwindlig, und sein Blickfeld war kurzzeitig von einer schleichenden peripheren Schwärze bedroht, die er nur mit äußerster Willenskraft zurückdrängen konnte.

Er wagte nicht, ohnmächtig zu werden. Er glaubte, der andere Marty mußte schwer verwundet sein, möglicherweise im Sterben liegen, vielleicht war er auch schon tot. *Großer Gott, der wachsende Blutfleck auf seinem Hemd, scharlachrote Blüten, plötzliche Rosen.* Aber er wußte es nicht mit Sicherheit. Vielleicht sahen die Verletzungen nur tödlich aus, vielleicht hatte ihn der kurze Blick darauf getäuscht, und vielleicht war der Doppelgänger nicht nur noch am Leben, sondern obendrein kräftig genug, daß er das Haus verlassen und entkommen konnte. Wenn der Kerl entkam und überlebte, würde er früher oder später wiederkommen, genau so unheimlich und verrückt, aber noch wütender und besser vorbereitet. Marty mußte zu Ende bringen, was er angefangen hatte, bevor sein Doppelgänger die Möglichkeit hatte, dasselbe zu tun.

Er sah zum Telefon. Wähle 911. Ruf die Polizei, dann sieh nach dem verwundeten Mann.

Aber die Schreibtischuhr stand neben dem Telefon, und er sah die Zeit – 16:26. Paige und die Mädchen. Auf dem Nachhauseweg von der Schule, später als gewöhnlich, wegen des Klavierunterrichts. O Gott. Wenn sie ins Haus kamen und den anderen Marty sahen, oder ihn in der Garage fanden, dann würden sie denken, er wäre *ihr* Marty, und sie würden zu ihm gehen, ängstlich seine Verletzungen betrachten, ihm helfen wollen, und vielleicht war er noch kräftig genug, ihnen weh zu tun. War die Pistole, die er verloren hatte, seine einzige Waffe? Davon durfte er nicht ausgehen. Außerdem konnte der Dreckskerl ein Messer aus der Küche holen, das Schlachtermesser, konnte es an der Seite verstecken, hinter dem Rücken, konnte Emily nahe herankommen lassen und es ihr in den Hals stoßen, oder tief in Charlottes Bauch.

Jede Sekunde zählte. Vergiß 911. Zeitverschwendung. Die Cops würden nicht vor Paige hier sein.

Als Marty um den Schreibtisch herum ging, waren seine Beine wackelig, aber als er durch das Zimmer zum Flur ging schon nicht mehr so sehr. Er sah Blutflecke an der Wand, an den Rücken seiner eigenen Bücher hinunterlaufen, seinen Namen besudeln. Eine wachsende Flut der Dunkelheit zehrte wieder an den Rändern seines Gesichtsfelds. Er biß die Zähne zusammen und ging weiter.

Als er die Pistole des Doppelgängers erreichte, kickte er sie tiefer in das Zimmer, weg von der Tür. Diese einfache Tat verlieh ihm zusätzliches Selbstvertrauen, weil es etwas zu sein schien, das auch ein geistesgegenwärtiger Polizist getan hatte – es dem Täter schwerer machen, wieder an seine Waffe zu kommen.

Vielleicht wurde er mit der Situation fertig, überstand sie, so seltsam und furchteinflößend sie war, mit dem Blut und allem. Vielleicht schaffte er es.

Also mach den Kerl fertig. Sorge dafür, daß er unten ist, ganz unten, und liegen bleibt.

Um seine Kriminalromane schreiben zu können, hatte er das Vorgehen der Polizei gründlich recherchiert, nicht nur Lehrbücher und Ausbildungsfilme studiert, sondern uniformierte Streifenbeamte auf nächtlichen Runden begleitet und sich im Dienst und in der Freizeit mit Detectives in Zivil herumgetrieben. Er wußte sehr gut, wie man unter diesen Umständen am besten durch eine Tür ging.

Sei nicht zu selbstsicher. Geh davon aus, daß der Kerl außer der Waffe, die er fallen gelassen hat, noch eine besitzt, Pistole oder Messer. Halt dich geduckt, geh schnell durch die Tür. In einem Türrahmen stirbt man leichter als anderswo, weil sich jede Tür ins Unbekannte öffnet. Nimm beim Gehen die Waffe in beide Hände, Arme nach vorne, starr ausgestreckt, dreh dich nach rechts und links, wenn du die Schwelle überquerst, damit du beide Flanken abdecken kannst. Dann geh auf eine Seite oder die andere, Rücken zur Wand, damit du immer weißt, dein Rücken ist gedeckt, du mußt dich nur um drei Seiten kümmern.

All diese Weisheiten gingen ihm durch den Kopf wie durch den eines der hartgesottenen Polizisten in seinen Romanen – und doch verhielt er sich wie jeder vor Schreck gelähmte Normalbürger, stolperte kopflos in den Flur, hielt die Pistole nur in der rechten Hand, ließ die Arme locker, atmete keuchend und stellte eher eine Zielscheibe als eine Bedrohung für jemanden dar, denn wenn man es genau überlegte, war er *kein* Cop, nur ein Arschloch, das manchmal über Cops schrieb. Wie lange man sich auch einer Fiktion hingeben mochte, man konnte die Fiktion nicht *leben*, man konnte unter Druck nicht wie ein Cop handeln, wenn man nicht die Ausbildung eines Cops genossen hatte. Er hatte sich wie alle anderen auch des Vergehens schuldig gemacht, Fiktion und Realität zu verwechseln, hatte gedacht, er wäre so unverwundbar wie der Held auf einer gedruckten Seite, und er hatte verdammt großes Glück gehabt, daß der *andere* Marty nicht auf ihn gewartet hatte. Der Flur im ersten Stock war verlassen.

Er hat genau wie ich ausgesehen.

Darüber konnte er jetzt nicht nachdenken, keine Zeit. Mußte sich darauf konzentrieren, am Leben zu bleiben, den Dreckskerl zu erledigen, bevor er Paige oder den Mädchen etwas tun konnte. Wenn du überlebst, wirst du ausreichend Zeit haben, über diese erstaunliche Ähnlichkeit nachzudenken, das Rätsel zu lösen, aber jetzt nicht.

Horch. Bewegung?

Vielleicht.

Nein. Nichts.

Halt die Waffe hoch, Mündung nach vorn gerichtet.

Unmittelbar neben der Tür des Arbeitszimmers hatte ein verschmierter Handabdruck in nassem Blut die Wand besudelt. Dort befand sich auch eine gräßliche Menge Blut als Pfütze auf dem beigen Teppichboden. Während Marty fassungslos und vorübergehend gelähmt hinter seinem Schreibtisch gestanden hatte, hatte der verwundete Mann zumindest kurzzeitig hier an der Wand des Flurs gelehnt und möglicherweise vergeblich versucht, die Blutung seiner Wunden zu stillen.

Marty schwitzte, ihm war übel, und er hatte Angst. Schweiß rann ihm in den linken Augenwinkel, brannte, seine Sicht verschwamm. Er strich sich mit dem Hemdsärmel über die nasse Stirn und blinzelte heftig, um das Salz aus dem Auge zu bekommen.

Als sich der Eindringling von der Wand abgestoßen und wieder in Bewegung gesetzt hatte – möglicherweise während Marty noch reglos hinter dem Schreibtisch verharrte –, war er durch eine Pfütze seines eigenen Bluts gelaufen. Sein Weg wurde von fragmentarischen roten Abdrücken im Zickzackmuster der Sohlen von Turnschuhen, und von einer Reihe scharlachroter Tropfen markiert.

Stille im Haus. Mit etwas Glück handelte es sich vielleicht um die Stille des Todes.

Zitternd folgte Marty vorsichtig der ekelhaften Spur am Bad vorbei, um die Ecke, an der Doppeltür des dunklen Elternschlafzimmers vorbei, an der Treppe vorbei. An der Stelle, wo der Flur im ersten Stock zu einer Galerie über dem Wohnzimmer wurde, blieb er stehen.

Rechts befand sich ein ausgebleichtes Eichengeländer, jenseits davon hing der Messingleuchter, den er eingeschaltet hatte, als er vorhin durch die Diele gekommen war. Unter diesem Leuchter lagen die Treppe nach unten und die zweistöckige Diele mit ihrem Fliesenboden, die unmittelbar ans zweistöckige Wohnzimmer angrenzte.

Links von ihm, einige Schritte weiter an der Galerie, lag das Zimmer, das Paige als ihr Arbeitszimmer nutzte. Eines Tages würde es ein Zimmer für Charlotte oder Emily werden, wenn sie beschlossen, daß sie alt genug wären, in getrennten Zimmern zu schlafen. Die Tür stand halb offen. Nachtschwarze Schatten lauerten dahinter, lediglich vom grauen Gewitterlicht des schwindenden Tages erhellt, das kaum zu den Fenstern hereindrang.

Die Blutspur führte an diesem Arbeitszimmer vorbei zum Ende der Galerie, direkt zum Zimmer der Mädchen, dessen Tür geschlossen war. Der Eindringling hielt sich dort versteckt, und der Gedanke, daß er sich an den Habseligkeiten der Mädchen zu schaffen machte, ihre Sachen anfaßte, ihr Zimmer mit seinem Blut und seinem Wahnsinn besudelte, war grauenerregend.

Er erinnerte sich an die wütende, vom Wahnsinn gezeichnete Stimme, die so große Ähnlichkeit mit seiner eigenen hatte: *Meine Paige, sie gehört mir, meine Charlotte und meine Emily ...*

»Von wegen, sie gehören dir«, sagte Marty und richtete die Smith & Wesson auf die geschlossene Tür.

Er sah auf die Armbanduhr.

16.28.

Was jetzt?

Er konnte hier auf der Galerie bleiben und darauf warten, daß er den Mistkerl in die Hölle schicken konnte, wenn die Tür aufging. Er konnte auf Paige und die Kinder warten, ihnen zurufen, wenn sie hereinkamen, Paige bitten, 911 zu wählen. Dann konnte sie die Kinder ins Haus von Vic und Kathy Delorio auf der anderen Straßenseite bringen, wo sie in Sicherheit wären, während er die Tür im Auge behalten konnte, bis die Polizei eintraf.

Der Plan hörte sich gut, verantwortungsbewußt, ruhig und durchdacht an. Vorübergehend wurde sein Herzschlag in der Brust weniger beharrlich, weniger quälend.

Dann überfiel ihn der Fluch der schriftstellerischen Phantasie, ein schwarzer Strudel, der ihn in finstere Möglichkeiten hinabsog, der Fluch des »Was wäre wenn, *was wäre wenn*«. Was wäre, wenn der andere Marty immer noch kräftig genug war, das Fenster im Zimmer der Mädchen zu öffnen, auf die Pergola hinter dem Haus zu klettern und von dort auf den Rasen zu springen? Was wäre, wenn er um das Haus herum zur Straße fliehen würde, wenn Paige und die Mädchen gerade in der Einfahrt hielten?

Das könnte passieren. *Würde* passieren. Oder etwas genauso Schlimmes würde passieren, etwas Schlimmeres. Der Strudel der Realität brachte schrecklichere Möglichkeiten hervor als die dunkelsten Gedanken jedes Schriftstellers. In diesem Zeitalter gesellschaftlicher Auflösung konnte es selbst auf den friedlichsten Straßen in den ruhigsten Gegenden zu unerwartetem Aufflackern grotesker Gewalt kommen, worauf die Leute schockiert und entsetzt reagieren würden, aber *nicht* überrascht.

Vielleicht bewachte er die Tür eines leeren Zimmers.

16:29.

Paige bog möglicherweise gerade am Ende des Blocks um die Kurve in ihre Straße ein.

Vielleicht hatten die Nachbarn die Schüsse gehört und bereits die Polizei verständigt. Bitte, lieber Gott, laß es so sein.

Er hatte keine andere Wahl, als die Tür zum Zimmer der Mädchen zu öffnen, hineinzugehen und festzustellen, ob der Andere immer noch da war.

Der Andere. Als die Konfrontation in seinem Büro angefangen hatte, hatte er den Gedanken rasch abgetan, er könnte es mit etwas Übernatürlichem zu tun haben. Ein Geist konnte nicht so solide und dreidimensional sein wie dieser Mann. Wenn sie überhaupt existierten, wären Wesen von der anderen Seite der Grenze zwischen Leben und Tod nicht durch Kugeln verwundbar. Doch ein Gefühl blieb, daß etwas nicht geheuer war, und das wurde mit jedem Augenblick stärker. Er vermutete zwar, daß die Herkunft seines Gegners weitaus seltsamer sein müßte als Gespenster oder ge-

staltverändernde Dämonen, erschreckender und irdischer zugleich, daß er von dieser Welt stammen müßte und keiner anderen, aber er konnte ihn dennoch nur mit Namen belegen, die normalerweise Spukgeschichten vorbehalten blieben: Gespenst, Phantom, Geist, Erscheinung, Spukgestalt, der ungebetene Gast, der Unsterbliche, die Wesenheit.
Der Andere.
Die Tür wartete.
Die Stille im Haus war allumfassender als der Tod.
Martys Aufmerksamkeit, die ohnehin schon nur darauf konzentriert war, den Anderen zu verfolgen, wurde weiter gebündelt, bis er seinen eigenen Herzschlag nicht mehr wahrnahm und nur noch die Tür sah, nichts mehr hörte außer möglichen Geräuschen aus dem Zimmer der Mädchen, nichts mehr spürte außer dem Finger am Abzug der Pistole.
Die Blutspur.
Rote Fragmente von Fußabdrücken.
Die Tür.
Wartend.
Er wurde von Unentschlossenheit gelähmt.
Die Tür.
Plötzlich prasselte etwas über ihm. Er riß den Kopf zurück und sah zur Decke. Er stand direkt unter dem ein Meter zwanzig breiten, zwei Meter hohen Schacht, der zu einem kuppelförmigen Oberlicht aus Plexiglas führte. Regen trommelte auf das Plexiglas. Nur Regen, das Prasseln von Regen.
Als hätte die Spanne der Unentschlossenheit ihn plötzlich ruckartig wieder in die Wirklichkeit zurückgeholt, wurden ihm mit einem Mal alle Stimmen des Sturms bewußt, die er bei der Verfolgung des Anderen überhaupt nicht wahrgenommen hatte. Er hatte dauernd *durch* den Lärm im Hintergrund nach den verstohleneren Lauten seines Widersachers gelauscht. Nun stürmten das Winseln-Heulen-Pfeifen des Windes, das Tam-tam-tam des Regens, Donnergrollen, das knochenartige Kratzen eines Zweiges an der Hauswand, das blecherne Klappern eines lockeren Abschnitts der Regenrinne und andere, nicht so leicht zu identifizierende Geräusche auf ihn ein.
Die Nachbarn konnten die Schüsse über das Wüten des Sturms hinweg nicht gehört haben. Soviel zu dieser Hoffnung.

Marty schien von dem Tumult vorwärts getrieben zu werden, der Blutspur nach, einen zögernden Schritt, dann noch einen, unerbittlich auf die wartende Tür zu.

8.

Der Sturm brachte eine ungewöhnlich frühe Dämmerung mit sich, daher hatte Paige den ganzen Weg von der Schule der Mädchen nach Hause die Scheinwerfer eingeschaltet. Obwohl die Scheibenwischer auf höchster Stufe liefen, wurden sie kaum mit den Wasserfällen fertig, die sich vom auslaufenden Himmel ergossen. Entweder wurde die jüngste Dürreperiode durch diesen Regenguß beendet, oder aber die Natur erlaubte sich einen grausamen Streich, indem sie Erwartungen weckte, die sie nicht einzulösen gedachte. Kreuzungen standen unter Wasser. Abwasserkanäle liefen über. Der BMW wirbelte gewaltige weiße Wasserschwingen hoch, wenn er durch eine tiefe Pfütze nach der anderen fuhr. Und aus dem dunstigen Grau schwammen die Scheinwerfer entgegenkommender Fahrzeuge empor wie die Suchstrahler von Tauchkapseln, die tiefe Meeresgräben erforschten.

»Wir sind ein Unterseeboot«, sagte Charlotte aufgeregt vom Beifahrersitz neben Paige, während sie durch die Gischtschleier der Reifen zum Fenster hinaussah, »und schwimmen mit den Walen, mit Kapitän Nemo und der Nautilus, zwanzigtausend Meilen unter dem Meer, von Riesentintenfischen verfolgt. Erinnerst du dich noch an den Riesentintenfisch aus dem Film, Mom?«

»Ich erinnere mich«, sagte Paige, ohne den Blick von der Straße abzuwenden.

»Periskop ausfahren«, sagte Charlotte, nahm die Griffe des imaginären Instruments und sah mit zusammengekniffenen Augen durch das Objektiv. »Wir plündern die Seewege, rammen Schiffe mit unserem superstarken Stahlbug – *rumms!* –, und der verrückte Kapitän spielt seine riesige Orgel! Erinnerst du dich an die Orgel, Mom?«

»Ich erinnere mich.«

»Wir tauchen tiefer, tiefer, die Druckhülle fängt an zu knistern, aber der verrückte Kapitän Nemo sagt *tiefer*, spielt seine Orgel und sagt *tiefer*, und derweil kommt der Tintenfisch immer näher.« Sie

summte die Titelmusik des Films *Der weiße Hai:* »*Dum-dum, dum-dum, dum-dum, dum-dum, da-dadum!*«
»Das ist albern«, sagte Emily vom Rücksitz.
Charlotte drehte sich im Sicherheitsgurt und sah zwischen den Vordersitzen hindurch. »Was ist albern?«
»Riesentintenfische.«
»Ach ja? Vielleicht würdest du nicht denken, daß sie albern sind, wenn du schwimmen würdest und einer kommt unter dir hoch, beißt dich durch, verschlingt dich mit zwei Bissen und spuckt die Knochen aus wie Traubenkerne.«
»Tintenfische essen keine Menschen«, sagte Emily.
»Klar doch.«
»Umgekehrt.«
»Hm?«
»Menschen essen Tintenfische«, sagte Emily.
»Unmöglich.«
»Möglich.«
»Wie kommst du auf so eine dumme Idee?«
»Ich hab' welche auf der Speisekarte im Restaurant gesehen.«
»Welches Restaurant?« fragte Charlotte.
»Verschiedene Restaurants. Du warst auch dabei. Stimmt das nicht, Mom – essen Menschen nicht Tintenfische?«
»Doch, die essen sie«, stimmte Paige zu.
»Du gibst ihr nur recht, damit sie nicht wie eine dumme Siebenjährige da steht«, sagte Charlotte skeptisch.
»Nein, es stimmt«, versicherte Paige ihr. »Menschen essen Tintenfische.«
»Wie?« fragte Charlotte, als würde der bloße Gedanke ihre Phantasie übersteigen.
»Nun«, sagte Paige und bremste vor einer roten Ampel, »weißt du, nicht an einem Stück.«
»Logisch!« sagte Charlotte. »Jedenfalls keinen *Riesen*tintenfisch.«
»Man kann beispielsweise die Tentakel abschneiden und in Knoblauchbutter dünsten«, sagte Paige und sah ihre Tochter an, um festzustellen, welchen Eindruck diese kulinarische Neuigkeit auf sie machen würde.
Charlotte verzog das Gesicht und sah wieder nach vorne. »Du willst nur, daß mir schlecht wird.«

»Schmeckt gut«, beharrte Paige.
»Lieber würde ich Dreck essen.«
»Schmeckt besser als Dreck, glaub mir.«
Emily flötete vom Rücksitz: »Man kann auch ihre Tentakel durchschneiden und frittieren.«
»Stimmt«, sagte Paige.
Charlottes Urteil war kurz und prägnant: »Bäh!«
»Sie sind wie kleine Zwiebelringe, nur Tintenfisch«, sagte Emily.
»Das ist krank.«
»Kleine frittierte Gummitintenfische, aus denen glibberige Tintenfischtinte tropft«, sagte Emily und kicherte.
Charlotte drehte sich auf dem Sitz um, sah ihre Schwester an und sagte: »Du bist ein widerlicher Kobold.«
»Ist doch egal«, sagte Emily, »wir sind sowieso nicht in einem U-Boot.«
»Selbstverständlich nicht«, sagte Charlotte. »Wir sind in einem Auto.«
»Nein, wir sind in einem Uferkraft.«
»Einem *was?*«
Emily sagte: »Wie wir es damals im Fernsehen gesehen haben, das Boot, das zwischen England und sonstwo fährt, und das schwebt auf dem Wasser und geht echt ab.«
»Liebes, du meinst ein ›Hovercraft‹ – ein Luftkissenboot«, sagte Paige, nahm den Fuß von der Bremse, als die Ampel umschaltete, und beschleunigte vorsichtig über die überschwemmte Kreuzung.
»Ja«, sagte Emily. »Hovercraft. Wir sitzen in einem Luftkissenboot und fahren nach England zu einer Audienz bei der Königin. Ich werde mit der Königin Tee trinken, Tee trinken und Tintenfisch essen und über die Kronjuwelen reden.«
Darüber mußte Paige fast laut lachen.
»Die Königin serviert keinen Tintenfisch«, sagte Charlotte gereizt.
»Jede Wette«, sagte Emily.
»Nein, sie serviert Sauerteigbrot und Hörnchen und Flittchen und sowas«, sagte Charlotte.
Dieses Mal *mußte* Paige lauthals lachen. Sie sah die Szene deutlich vor Augen: Die äußerst zurückhaltende und huldvolle Königin von England fragt einen Gentleman, der zu Gast weilt, ob er

ein Flittchen zum Tee haben will, während sie auf eine aufgetakelte Strichbiene deutet, die in der Nähe in der Konditorei Frederick's of Hollywood wartet.

»Was ist daran so komisch?« fragte Charlotte.

Paige unterdrückte das Lachen und log: »Nichts, mir ist nur gerade etwas eingefallen, etwas anderes, das schon vor langer Zeit passiert ist, für euch wäre das überhaupt nicht komisch, nur eine alte Mommy-Erinnerung.«

Sie wollte die Unterhaltung auf gar keinen Fall beeinflussen. Wenn sie mit den beiden im Auto fuhr, schaltete sie selten das Radio ein. Keine Sendung konnte auch nur halb so unterhaltend wie die Charlotte-und-Emily-Show sein.

Als der Regen heftiger denn je zu fallen begann, stellte sich heraus, daß Emily sich in einer redseligen Laune befand. »Es macht viel mehr Spaß, mit dem Luftkissenboot zur Königin zu fahren, als in einem Unterseeboot zu sitzen, an dem ein Riesentintenfisch rumkaut.«

»Die Königin ist langweilig«, sagte Charlotte.

»Ist sie nicht.«

»Ist sie wohl.«

»Sie hat eine Folterkammer unter dem Palast.«

Charlotte drehte sich wieder auf dem Sitz um; sie konnte ihr Interesse nicht verbergen. »Echt?«

»Klar«, sagte Emily. »Und sie hält einen Mann mit einer eisernen Maske da unten gefangen.«

»Einer eisernen Maske?«

»Einer eisernen Maske«, wiederholte Emily feierlich.

»Warum?«

»Er ist *echt* häßlich«, sagte Emily.

Paige kam zum Ergebnis, daß sie beide Schriftstellerinnen werden würden. Sie hatten Martys lebhafte und rastlose Phantasie geerbt. Wahrscheinlich würden sie genau so versessen darauf sein, diese zu schulen, wie er, aber was sie schrieben, würde ganz anders sein als die Romane ihres Vaters, und ihre Werke würden sich auch *untereinander* vollkommen unterscheiden.

Sie konnte es kaum erwarten, Marty von Unterseebooten, Luftkissenfahrzeugen, Riesentintenfischen, frittierten Tentakeln und Flittchen bei der Königin zu erzählen.

Sie hatte beschlossen, sich Paul Guthridges vorläufige Diagnose zu Herzen zu nehmen, Martys beunruhigende Symptome nur auf Streß zurückzuführen und aufzuhören, sich Sorgen zu machen – jedenfalls bis er Ergebnisse erhielt, die möglicherweise auf etwas Ernsteres hindeuteten. Marty würde nichts passieren. Er war eine Naturgewalt, ein unerschöpflicher Quell von Energie und Gelächter, unverwüstlich und zäh. Er würde sich wieder aufrappeln, so wie Charlotte sich vor fünf Jahren wieder vom Totenbett aufgerappelt hatte. *Keinem* von ihnen würde etwas zustoßen, weil sie leben mußten und noch viele schöne Jahre vor sich hatten.

Ein heftiger Blitz – die Gewitter in Südkalifornien selten begleiteten, dieses Mal aber dennoch im Überfluß aufleuchteten – zuckte so weißglühend wie ein Streitwagen über den Himmel, der Gott am Tag des Jüngsten Gerichts vom Himmel bringen mochte, und zog einen Donnerschlag hinter sich her.

9.

Marty war nur noch zwei Meter vom Zimmer der Mädchen entfernt. Er näherte sich der Tür von der Seite der Scharniere, damit er nach dem Knauf greifen, die Tür nach innen aufstoßen und vermeiden konnte, daß er sich deutlich als Silhouette im Rahmen abzeichnete.

Er versuchte, nicht in das Blut zu treten, daher sah er nur einen Augenblick auf den Teppich hinunter, wo die Spritzer kleiner und vereinzelter waren als an anderen Stellen des Flurs. Er erblickte eine Anomalie, die er zuerst nur unterbewußt wahrnahm, und er war schon einen Schritt weitergegangen, die Tür fest im Blick, bevor ihm völlig bewußt wurde, was er gesehen hatte: einen Abdruck der vorderen Hälfte einer Schuhsohle, der sich schwach rot abzeichnete, wie zwanzig oder dreißig andere, die er bereits passiert hatte, nur zeigte die schmale Stelle des Abdrucks, die Spitze, hier anderswo hin als alle anderen, in die entgegengesetzte Richtung, zurück dorthin, von wo er gekommen war.

Marty erstarrte, als ihm die Bedeutung dieses Fußabdrucks bewußt wurde.

Der Andere war bis zum Zimmer der Mädchen gegangen, aber nicht hinein. Er hatte kehrtgemacht und dabei den Blutverlust irgendwie so drastisch unterbunden, daß er seine Spur nicht mehr deutlich markierte – abgesehen von einem verräterischen Fußabdruck und möglicherweise einigen anderen, die Marty nicht aufgefallen waren.

Marty nahm die Waffe in beide Hände, wirbelte herum und schrie auf, als er den Anderen aus Paiges Arbeitszimmer kommen sah; für einen Mann, der zwei Schüsse in der Brust und schätzungsweise einen Liter Blut verloren hatte, bewegte er sich viel zu schnell. Er traf Marty fest, schlug unter der Pistole durch, schleuderte ihn gegen das Geländer der Galerie und zwang ihn, die Arme hochzureißen.

Marty drückte ab, als er zurückgeschleudert wurde – ein Reflex –, aber die Kugel durchbohrte die Decke des Flurs. Das stabile Geländer kollidierte mit dem unteren Teil seines Rückens, ein halb erstickter Schrei entrang sich ihm, als weißglühende Schmerzen horizontal durch seine Nieren schossen und mit Spikes einen Stepptanz auf der Knöcheltreppe seiner Wirbelsäule trampelten.

Noch beim Schreien verlor er die Pistole. Sie glitt ihm aus den Händen und flog über seinen Kopf in die überdachte Leere hinter ihm.

Das Eichengeländer erbebte unter seiner Last, ein lautes, trockenes Knacken kündete den bevorstehenden Zusammenbruch an, und Marty war sicher, daß er ins Treppenhaus abstürzen würde. Aber die Balustrade gab nicht nach, und der Handlauf blieb fest mit dem Eckpfosten verbunden.

Der Andere drängte unerbittlich nach vorne, drückte Marty rückwärts über die Balustrade und versuchte ihn zu erwürgen. Hände aus Eisen. Finger wie Hydraulikgreifer, die von einem starken Motor angetrieben wurden. Drückten die Halsschlagadern zu.

Marty rammte dem Angreifer das Knie zwischen die Beine, doch der Tritt wurde abgeblockt. Durch den Versuch verlor er das Gleichgewicht und hatte nur noch einen Fuß auf dem Boden, und er wurde weiter über die Balustrade geschoben, bis er ganz auf den Handlauf gedrückt wurde und nur noch darauf lag.

Marty, der würgte, keine Luft mehr bekam und wußte, die größte Gefahr bestand darin, daß die Blutzufuhr zum Gehirn unterbrochen wurde, bildete mit den Armen einen Keil und trieb diesen zwischen die Arme des Anderen nach oben, womit er versuchen wollte, sie auseinanderzudrücken und den Würgegriff zu lösen. Der Angreifer verdoppelte seine Anstrengungen, entschlossen, nicht lockerzulassen. Marty strengte sich ebenfalls noch mehr an, und sein überlastetes Herz klopfte schmerzhaft gegen sein Brustbein.

Sie hätten einander ebenbürtig sein müssen, verdammt nochmal, schließlich hatten sie dieselbe Größe, dasselbe Gewicht und denselben Körperbau, sie waren in derselben körperlichen Verfassung und allem äußeren Anschein nach ein und derselbe *Mann*.

Und doch war der Andere, der zwei potentiell tödliche Schüsse abbekommen hatte, der stärkere, und zwar nicht nur, weil er sich in der überlegenen Position befand und die bessere Hebelwirkung auf seiner Seite hatte. Er schien übermenschliche Kräfte zu besitzen.

Es war, als würde Marty, von Angesicht zu Angesicht mit seinem Doppelgänger und von heißen, keuchenden Atemzügen umspült, in einen Spiegel sehen, aber das wilde Spiegelbild vor ihm war zu einer Miene verzerrt, wie sie Marty bei sich selbst noch nie gesehen hatte. Bestialische Wut. Haß, so vergiftend wie Blausäure. Zuckungen manischer Freude huschten über das vertraute Antlitz, als würde die Aussicht, jemanden zu töten, den Fremden erregen.

Der Andere fletschte die Zähne und drückte, obwohl es unmöglich schien, noch fester zu, um seinen Worten Nachdruck zu verleihen, als er sagte, während ihm Speichel aus dem Mund tropfte: »Brauche mein Leben jetzt, mein Leben, meins, meins, *jetzt*. Brauche meine Familie, jetzt, meine, jetzt, jetzt, jetzt, brauche, *sie*, BRAUCHE SIE!«

Negative Glühwürmchen tanzten und sausten vor Martys Augen, negativ, weil sie wie Negativabzüge der leuchtenden Glühwürmchen an Sommerabenden aussahen, keine Lichtfünkchen in der Dunkelheit, sondern Dunkelheitsfünkchen im Licht. Fünf, zehn, zwanzig, hundert, ein wuselnder Schwarm. Das verzerrte Gesicht des Anderen verschwand stückweise unter diesem blinkenden schwarzen Schwarm.

Marty wollte den Griff mit aller Verzweiflung brechen und krallte nach dem haßerfüllten Gesicht. Aber er konnte es nicht erreichen. Seine Anstrengungen schienen allesamt kläglich, hoffnungslos zu sein.

So viele negative Glühwürmchen.

Und bruchstückhaft dazwischen zu sehen: das bösartige und rachsüchtige Gesicht des begehrlichen neuen Mannes seiner Frau, das herrschsüchtige Gesicht des strengen neuen Vaters seiner Töchter.

Glühwürmchen. Überall, überall. Breiteten ihre Schwingen des Vergessens aus.

Bumm. Laut wie ein Gewehrschuß. Eine zweite, dritte, vierte Explosion – eine nach der anderen. Die Balustrade brach.

Der Handlauf bekam einen Sprung. Kippte nach hinten. Er wurde nicht mehr von der Balustrade gestützt, die darunter zersplittert war.

Marty hörte auf, sich gegen den Angreifer zu wehren, und versuchte verzweifelt, Arme und Beine um das Geländer zu schlingen, weil er hoffte, er könnte sich an den Überresten festklammern, statt in die Tiefe zu stürzen. Aber das Mittelstück der Balustrade löste sich so schnell und gründlich auf, daß er keinen Halt an den zerbrechenden Bestandteilen finden konnte, und das Gewicht des ihn umklammernden Angreifers unterstützte die Schwerkraft noch mehr, als erforderlich gewesen wäre. Doch während sie über dem Abgrund taumelten, veränderten Martys Bewegungen die Dynamik ihres Kampfes gerade so sehr, daß der Andere über ihm abrollte und zuerst abstürzte. Der Angreifer ließ Martys Hals los, zog ihn aber mit sich. Sie stürzten auf die Treppe, durchbrachen das Geländer, das sie dabei zu Kleinholz verarbeiteten, und landeten auf den mexikanischen Fliesen des Dielenbodens.

Der Sturz ging über knapp fünf Meter, nicht besonders hoch, wahrscheinlich nicht einmal eine tödliche Strecke, und ihr Schwung wurde vom Treppengeländer gebremst. Doch der Aufprall schlug das bißchen Luft aus Marty heraus, das er auf dem Weg nach unten in die Lungen gesogen hatte, obwohl der Andere ihm als Prellbock diente, da dieser als erster mit dem hallenden *Tschuck* eines Vorschlaghammers auf die Fliesen prallte.

Keuchend und hustend stieß sich Marty von seinem Doppelgänger weg und versuchte, aus dessen Reichweite zu kriechen. Er war außer Atem, schwindlig und nicht sicher, ob er irgendwelche Knochen gebrochen hatte. Wenn er einatmete, tat die Luft in seinem rauhen Hals weh, und wenn er hustete, hätten die Schmerzen nicht schlimmer sein können, als hätte er versucht, verfilzten Stacheldraht gespickt mit Nägeln zu verschlingen. Katzenhaft schnell davonzukriechen, was ihm vorschwebte, erwies sich als unmöglich; er konnte sich nur über den Dielenboden schleppen und dabei zappeln und zucken wie ein Käfer, der mit Insektenvertilgungsmittel besprüht worden war.

Als er die Tränen wegblinzelte, die ihm das schmerzhafte Husten in die Augen getrieben hatte, erblickte er die Smith & Wesson. Diese lag etwa fünf Meter entfernt etwas jenseits der Stelle, wo der Wechsel von Fliesen zu Holzboden den Übergang von Diele zum Wohnzimmer markierte. Betrachtete man die Verbissenheit, mit der er sich darauf konzentrierte, und die Entschlossenheit, mit der er seinen halb betäubten und schmerzenden Körper darauf zu schleppte, hätte die Pistole gut und gerne der Heilige Gral sein können.

Er bemerkte ein Rumpeln, das nichts mit dem Sturm zu tun hatte, gefolgt von einem Plumpsen, das er dunkel mit dem Anderen in Verbindung brachte, hielt aber nicht inne, um zurückzusehen. Vielleicht hatte er eine Todeszuckung gehört, das Trommeln von Absätzen auf dem Boden, ein letztes Aufbäumen. Der Dreckskerl mußte ja *mindestens* schwer verletzt sein. Verkrüppelt und sterbend. Aber Marty wollte die Waffe in den zitternden Händen halten, bevor er sein eigenes Überleben feierte.

Er griff nach der Pistole, umklammerte sie und stieß ein erschöpftes, triumphierendes Grunzen aus. Er drehte sich auf die Seite, robbte herum und zielte in die Diele zurück; er rechnete schon damit, seinen hartnäckigen Verfolger über sich aufragen zu sehen.

Aber der Andere lag immer noch flach auf dem Rücken. Beine ausgestreckt. Arme an den Seiten. Reglos. Vielleicht sogar tot. Aber den Gefallen tat er ihm nicht. Er drehte den Kopf zu Marty. Sein Gesicht war blaß, schweißgebadet, weiß und glänzend wie eine Porzellanmaske.

»Gebrochen«, winselte er.

Er schien nur den Kopf und die Finger der rechten Hand bewegen zu können, aber nicht die Hand selbst. Eine Grimasse der Anstrengung, nicht der Schmerzen, verzerrte sein Gesicht. Er hob den Kopf vom Boden, und die agilen Finger verkrampften und entspannten sich wie die Beine einer sterbenden Tarantel, aber er schien sich nicht aufrichten oder die Beine an den Knien anwinkeln zu können.

»Gebrochen«, wiederholte er.

Bei dem Wort und der Art, wie es ausgesprochen wurde, mußte

Marty an einen Spielzeugsoldaten denken, verbogene Federn, kaputte Zahnräder.

Marty stützte sich mit einer Hand an der Wand ab und stand auf.

»Wirst du mich töten?« fragte der Andere.

Die Vorstellung, einem verletzten und hilflosen Mann eine Kugel in den Kopf zu jagen, war über die Maßen abstoßend, aber Marty war versucht, die Tat zu begehen und sich hinterher um die psychischen und rechtlichen Folgen zu kümmern. Neugier ebensosehr wie moralische Bedenken hielten ihn davon ab.

»Dich töten? Mit Vergnügen.« Seine Stimme klang heiser, was zweifellos einen oder zwei Tage so bleiben würde, bis er sich von dem Würgen erholt hatte. »Wer, zum Teufel, bist du?« Jedes krächzende Wort erinnerte ihn daran, wie glücklich er sich schätzen konnte, daß er überlebt hatte und diese Frage stellen konnte.

Das leise Rumpeln ertönte wieder, dasselbe Geräusch, das er gehört hatte, als er auf die Pistole zu gekrochen war. Dieses Mal konnte er es identifizieren: nicht die Zuckungen und trommelnden Absätze eines sterbenden Mannes, sondern schlicht und einfach die Vibration des automatischen Garagentors, das beim ersten Mal hochgezogen worden war und jetzt wieder herunterkam.

Stimmen ertönten in der Küche, als Paige und die Mädchen das Haus durch die Garage betraten.

Marty, der sich mit jedem Augenblick weniger wackelig auf den Beinen fühlte und wieder zu Atem gekommen war, eilte durch das Wohnzimmer und zum Eßzimmer, da er die Kinder aufhalten wollte, bevor sie sehen konnten, was sich hier abgespielt hatte. Sie würden auch so schon lange Zeit Schwierigkeiten haben, sich in ihrem eigenen Heim wieder wohl zu fühlen, wenn sie erfuhren, daß ein Einbrecher hereingekommen war und versucht hatte, ihren Vater zu töten. Aber das Trauma würde schlimmer werden, wenn sie die Zerstörungen und den blutüberströmten Mann zu sehen bekamen, der gelähmt auf dem Dielenboden lag. Zog man weiterhin die makabre Tatsache in Betracht, daß der Eindringling auch noch das exakte Spiegelbild ihres Vaters war, würden sie wahrscheinlich in diesem Haus nie mehr gut schlafen.

Als Marty vom Eßzimmer in die Küche platzte und die Schwingtür hinter sich vor- und zurückschlagen ließ, drehte sich Paige überrascht von der Garderobe um, wo sie den Regenmantel aufhängte. Die Mädchen, die noch gelbe Gummijacken und Vinylmützen trugen, grinsten und neigten erwartungsvoll die Köpfe und schienen zu glauben, das stürmische Auftreten ihres Vaters wäre der Auftakt zu einem Scherz oder einer von Daddys albernen Stegreifdarbietungen.

»Bring sie hier weg«, krächzte er Paige zu und versuchte, ruhig zu klingen, wurde aber von seiner heiseren Stimme und der allzu deutlichen Nervosität verraten.

»Was ist denn mit dir passiert?«

»Jetzt«, beharrte er, »sofort, bring sie über die Straße zu Vic und Kathy.«

Die Mädchen sahen die Waffe in seiner Hand. Das Grinsen verschwand, ihre Augen wurden groß.

Paige sagte: »Du blutest. Was ...«

»Nicht ich«, unterbrach er sie und merkte erst jetzt, daß er sein ganzes Hemd mit dem Blut des Anderen besudelt hatte, als er auf ihn gefallen war. »Mir geht es gut.«

»Was ist passiert?« wollte Paige wissen.

Als er die Tür zur Garage aufriß, sagte er: »Wir hatten etwas hier.« Sein Hals schmerzte beim Sprechen, und doch plapperte er ununterbrochen in seinem verzweifelten Bemühen, sie wohlbehalten aus dem Haus zu bekommen, aber wahrscheinlich zum ersten Mal zusammenhanglos in seinem von Worten bestimmten Leben. »Ein Problem, etwas, Herrgott, du weißt schon, wie so was eben manchmal passiert, Ärger ...«

»Marty ...«

»Geht rüber zu den Delorios, alle.« Er trat über die Schwelle in die dunkle Garage, drückte auf den Knopf der Automatik, und das große Tor rumpelte in die Höhe. Er sah Paige in die Augen. »Bei den Delorios sind sie in Sicherheit.«

Paige machte sich gar nicht erst die Mühe, den Mantel wieder von der Garderobe zu nehmen; sie schob die Mädchen an ihm vorbei in die Garage, der aufgehenden Tür entgegen.

»Ruf die Polizei an«, rief er ihr nach und zuckte angesichts der Schmerzen zusammen, die ihm der Ruf bereitete.

Sie drehte sich mit gramzerfurchtem Gesicht zu ihm um.

Er sagte: »Mir geht es gut, aber wir haben einen Einbrecher hier. Schlimm angeschossen.«

»Komm mit uns«, flehte sie.

»Kann nicht. Ruf die Polizei.«
»Marty ...«
»Geh, Paige, geh endlich!«

Sie trat zwischen Charlotte und Emily, nahm jede an einer Hand, führte sie aus der Garage in den Wolkenbruch hinaus und drehte sich nur noch einmal zu ihm um.

Er sah ihnen nach, bis sie das Ende der Einfahrt erreichten, nach rechts und links sahen, ob Autos kamen, und dann die Straße überquerten. Als sie durch die silbernen Schleier des Regens gingen, sahen sie mit jedem Schritt weniger wie Menschen und mehr wie entschwindende Geister aus. Er wurde von dem beunruhigenden Gefühl überkommen, daß er sie nicht mehr lebend wiedersehen würde; er wußte, das war nichts weiter als eine irrationale, von Adrenalin erzeugte Reaktion auf das, was er durchgemacht hatte, aber die Angst schlug dennoch Wurzeln in ihm und fing an zu wachsen.

Ein kalter, nasser Wind wehte in die hintersten Winkel der Garage, der Schweiß auf Martys Gesicht fühlte sich an, als wäre er sofort in Eis verwandelt worden.

Er ging in die Küche zurück und schloß die Tür.

Obwohl er schlotterte und halb erfroren wirkte, sehnte er sich nach einem kalten Drink, denn seine Kehle brannte, als würde dort ein Kerosinfeuer lodern.

Vielleicht starb der Mann in der Diele gerade, hatte in diesem Augenblick Krämpfe oder einen Herzanfall. Sein Zustand war verdammt schlecht. Es wäre sicher nicht schlecht, wenn er gleich zu ihm hinein gehen und auf ihn aufpassen würde, sollten Erste-Hilfe-Maßnahmen erforderlich sein, bevor die Behörden eintrafen. Marty wäre es gleichgültig gewesen, wenn der Kerl gestorben wäre – er *wollte*, daß er starb –, aber erst wenn eine ganze Menge Fragen beantwortet und zumindest ein bißchen Licht ins Dunkel der jüngsten Ereignisse gebracht waren.

Aber bevor er etwas anderes tat, mußte er etwas zu trinken holen, um die Schmerzen im Hals zu lindern. Im Augenblick war jedes Schlucken eine Tortur. Wenn die Polizei eintraf, mußte er darauf vorbereitet sein, eine ganze Menge zu reden.

Wasser aus dem Hahn schien nicht kalt genug zu sein, daher machte er den Kühlschrank auf – er hätte schwören können, daß längst nicht mehr soviel darin war wie am Vormittag – und ergriff einen Karton Milch. Nein, beim bloßen Gedanken an Milch mußte er würgen. Milch erinnerte ihn an Blut, weil es eine Körperflüssigkeit war; das war natürlich lächerlich, aber die Ereignisse der vergangenen Stunde waren irrational, mußten auch seine Reaktionen teilweise irrational sein. Er stellte den Karton ins Fach zurück, griff nach dem Orangensaft, dann sah er die Flaschen Corona und 0,33er Dosen Coors. Nichts hatte je köstlicher ausgesehen als dieses gekühlte Bier. Er nahm eine der Dosen, weil darin etwas mehr Bier war als in den Flaschen Corona.

Der erste große Schluck entfachte das Feuer in seinem Hals, statt es zu löschen. Der zweite tat nicht mehr ganz so weh wie der erste, und der dritte nicht mehr so sehr wie der zweite, und danach war jeder Schluck so heilsam wie Honigmedizin.

Mit der Pistole in einer Hand und der halbleeren Dose Coors in der anderen ging er durch das Haus zurück zur Diele, wobei er mehr wegen der Erinnerung an das zitterte, was geschehen war, und der Aussicht, was vor ihm lag, als wegen des eiskalten Biers.

Der Andere war fort.

Marty war so verblüfft, daß er das Coors fallen ließ. Die Dose rollte hinter ihn; schaumiges Bier ergoß sich auf den Boden des Wohnzimmers. Obwohl ihm die Dose mir nichts dir nichts aus der Hand flutschte, hätte ihn nur ein Hydraulikgreifer dazu zwingen können, die Waffe loszulassen.

Trümmer der Balustrade, ein Teil des Geländers und Splitter bedeckten den Boden der Diele. Mehrere mexikanische Fliesen waren beim Aufprall des harten Eichenholzes oder des Stahls der Smith & Wesson gesprungen oder gesplittert. Keine Leiche.

Von dem Augenblick an, als der Doppelgänger Martys Arbeitszimmer betreten hatte, war der Tag ohne das übliche vorherige Einschlafen zu einem Alptraum geworden. Die Ereignisse waren den Fesseln der Realität entschlüpft, sein eigenes Haus war zu einer dunklen Traumlandschaft geworden. So surrealistisch die Konfrontation gewesen war, er hatte, solange sie stattfand, nicht ernsthaft daran gezweifelt, daß sie tatsächlich passierte. Und auch jetzt zweifelte er nicht daran. Er hatte weder auf eine Ausgeburt der Phantasie geschossen, noch war er von einer Illusion gewürgt worden oder allein durch das Geländer gestürzt. Der Andere, der reglos auf dem Fliesenboden gelegen hatte, war so real gewesen wie die Trümmer der Balustrade, die noch dort verstreut waren.

Marty dachte erschrocken an die Möglichkeit, daß Paige und die Mädchen von dem Anderen auf der Straße angegriffen worden sein könnten, ehe sie das Haus der Delorios erreichen konnten, daher hastete er zur Eingangstür. Diese war verschlossen. Von Innen. Die Sicherungskette vorgelegt. Auf diesem Weg hatte der Irre das Haus nicht verlassen.

Er hatte es überhaupt nicht verlassen. Wie hätte er das gekonnt, in seinem Zustand? Keine Panik. Bleib ruhig. Denk nach.

Marty hätte ein Jahr seines Lebens gewettet, daß die Verletzungen des Anderen echt gewesen waren, nicht vorgetäuscht. Der Rücken des Mistkerls war gebrochen. Sein Unvermögen, mehr als den Kopf und die Finger einer Hand zu bewegen, deutete darauf hin, daß wahrscheinlich auch die Wirbelsäule durchtrennt worden war, als die Schwerkraft zum Tanz mit dem Boden aufgefordert hatte.

Also wo steckte er?

Nicht oben. Selbst wenn seine Wirbelsäule nicht verletzt gewesen wäre, selbst wenn er keine Querschnittslähmung davongetragen hätte, hätte er seinen zerschundenen Körper in der kurzen Zeit, die Marty in der Küche verbracht hatte, unmöglich in den ersten Stock hinaufschleppen können.

Gegenüber dem Eingang zum Wohnzimmer lag eine kleine Kammer neben dem Arbeitszimmer. Das spülwassergraue Licht der sturmgepeitschten Dämmerung fiel zwischen den schrägen Streben der Fensterläden herein, beleuchtete aber nichts. Marty trat durch die Tür und schaltete das Licht ein. Die Kammer war verlassen. Am Schrank schob er die Spiegeltür auf, aber auch dort versteckte sich der Andere nicht.

Schrank in der Diele. Nichts. Bügelzimmer. Nichts. Der tiefe Schrank unter der Treppe. Waschküche. Salon. Nichts, nichts, nichts.

Marty suchte panisch, unablässig, ohne an seine Sicherheit zu denken. Er ging davon aus, daß er seinen potentiellen Mörder in der Nähe und weitgehend hilflos finden würde, möglicherweise sogar tot, da der klägliche Fluchtversuch seine letzten Kraftreserven verbraucht hatte.

Statt dessen mußte er in der Küche feststellen, daß die Tür zur Pergola offen stand. Eine kalte Windbö wehte von draußen herein und klapperte mit den Schranktüren. An der Garderobe neben der

Garagentür bauschte sich Paiges Regenmantel von falschem Leben erfüllt.

Während Marty durch Eßzimmer und Wohnzimmer in die Diele zurückgegangen war, hatte sich der Andere auf einem anderen Weg in die Küche begeben. Er mußte durch den kurzen Flur gegangen sein, der von der Diele am Bügelzimmer und der Waschküche vorbei führte, und dann durch ein Ende des Salons. Er konnte nicht so schnell so weit gekrochen sein. Er war auf den Füßen gewesen, möglicherweise unsicher, aber trotzdem auf den Füßen.

Nein. Das war unmöglich. Okay. Vielleicht war die Wirbelsäule des Kerls doch nicht gebrochen. Vielleicht nicht einmal angebrochen. Aber sein Rücken *mußte* gebrochen sein. Er konnte nicht einfach auf die Füße gesprungen und geflohen sein.

Der Alptraum im Wachsein hatte die Wirklichkeit wieder verdrängt. Es wurde Zeit, wieder nach etwas zu jagen – und von etwas gejagt zu werden –, das die regenerativen Fähigkeiten eines Monsters aus einem Traum besaß; etwas, das behauptete, es sei gekommen, um nach einem Leben zu suchen, und das beängstigend gut ausgestattet schien, es auch zu nehmen.

Marty ging durch die offene Tür auf die Veranda hinaus.

Wieder auflebende Angst beförderte ihn in einen Zustand gesteigerter Wahrnehmung, in dem Farben leuchtender, Gerüche stechender und Geräusche klarer und deutlicher als jemals vorher waren. Der Eindruck hatte Ähnlichkeit mit den unerklärlich lebhaften Empfindungen gewisser Träume der Kindheit und Pubertät – besonders mit solchen, in denen der Träumende mühelos wie ein Vogel am Himmel dahinzieht oder die sexuelle Vereinigung mit einer so wunderbaren Frau erlebt, daß er sich später weder an ihr Gesicht noch an ihren Körper erinnern kann, nur an die essentielle Ausstrahlung perfekter Schönheit. Diese besonderen Träume schienen überhaupt keine Phantasiegebilde zu sein, sondern Blicke in eine größere und detailliertere Realität jenseits der Realität der Welt des Wachseins. Als Marty zur Küchentür hinausging, vom warmen Haus in das kalte Reich der Natur, fühlte er sich seltsam an die Lebhaftigkeit dieser längst vergessenen Visionen erinnert, denn jetzt verspürte er ähnlich akute Empfindungen und nahm die Nuancen von allem wahr, das er sah-hörte-roch-berührte.

Aus dem dichten Gestrüpp der Bougainvillea über ihm fielen

Dutzende Tropfen und Spritzer in Pfützen, die in dem Dämmerlicht so schwarz wie Öl wirkten. Auf dieser flüssigen Schwärze trieben scharlachrote Blüten in Mustern, die zwar wahllos waren, aber dennoch bewußt geheimnisvoll wirkten, so ominös und voller Bedeutung wie die alten Schriftzeichen eines längst gestorbenen chinesischen Mystikers.

Entlang der Grenze des Gartens – klein und von einer Mauer umgeben, wie in den meisten Vierteln in Südkalifornien – zitterten indische Lorbeersträucher und Eugenien kläglich im kalten Wind. In der nordwestlichen Ecke peitschten die langen und zierlichen Zweige eines roten Eukalyptus durch die Luft und warfen längliche Blätter so rauchsilbern wie die Schwingen einer Libelle ab. In den Schatten, welche die Bäume warfen – und hinter einigen kleineren Sträuchern – gab es Stellen, wo ein Mann sich verstecken konnte.

Marty hatte nicht die Absicht, dort zu suchen. Wenn sich sein Widersacher aus dem Haus geschleppt hatte, um sich – wahrscheinlich vom Blutverlust geschwächt – in einem kalten, nassen Nest aus Jasmin und Schmucklilien zu verstecken, dann war es nicht dringend erforderlich, ihn zu finden. Wichtiger war, dafür zu sorgen, daß er im Augenblick nicht unverfolgt floh.

Ganze Chöre von Kröten, die sich längst der Trockenheit angepaßt und an das Wasser der Rasensprenger als einzige Quelle von Feuchtigkeit gewöhnt hatten, sangen in ihren verborgenen Nischen, Dutzende schrille Stimmen, die normalerweise bezaubernd waren, jetzt aber unheimlich und bedrohlich wirkten. Über ihre Arie hinweg konnte man das Heulen ferner, aber näherkommender Sirenen vernehmen.

Falls der Eindringling versuchte zu fliehen, bevor die Polizei eintraf, standen ihm nur wenige Fluchtwege zur Verfügung. Er hätte über eine der Mauern des Grundstücks klettern können, aber das schien unwahrscheinlich, denn so wundersam seine Genesung auch vonstatten gehen mochte, er hätte nicht genügend Zeit gehabt, über den Rasen zu laufen, sich durch das Gebüsch zu zwängen und in einen der angrenzenden Gärten zu springen.

Marty wandte sich nach rechts und lief unter der tropfenden Pergola heraus. Nach kaum sechs Schritten war er naß bis auf die Haut, folgte dem Weg um das Haus herum und eilte dann an der Rückseite der angebauten Garage entlang.

Der Wolkenbruch hatte Schnecken aus ihren feuchten und schattigen Verstecken gelockt, wo sie normalerweise bis nach Einbruch der Nacht blieben. Ihre blassen, gallertigen Leiber streckten sich so weit es ging aus den Häusern, die Fühler hatten sie suchend ausgefahren. Es blieb unvermeidlich, daß er auf einige trat und sie zu Brei zerquetschte, und da fuhr ihm der abergläubische Gedanke durch den Kopf, daß ihn jeden Moment eine kosmische Wesenheit gleichermaßen achtlos unter ihrem Fuß zertreten würde.

Als er um die Ecke auf den Gehweg bog, der von der Garagenmauer und einer Eugenienhecke begrenzt wurde, rechnete er damit, daß er seinen Doppelgänger zur vorderen Grenze des Grundstücks hinken sehen würde. Der Weg lag einsam und verlassen da. Die vordere Tür stand halb offen.

Die Sirenen waren viel lauter geworden, als Marty die Einfahrt vor dem Haus erreichte. Er trat platschend durch einen Rinnstein, in dem zehn bis fünfzehn Zentimeter hoch Wasser so kalt wie der Styx stand, sprang auf die Straße und sah nach rechts und links, aber es war noch kein Polizeiauto in Sicht.

Auch den Anderen konnte er nirgendwo finden. Marty stand allein auf der Straße.

Im nächsten Block südlich raste ein Auto davon, aber so weit entfernt, daß er Marke und Modell nicht erkennen konnte. Obwohl es für die Wetterverhältnisse viel zu schnell fuhr, bezweifelte er, daß der andere darin saß. Er konnte immer noch kaum glauben, daß der schwerverletzte Mann hatte gehen können, geschweige denn, sein Auto erreichen und so schnell wegfahren. Ganz bestimmt fanden sie den Mistkerl in der Nähe, bewußtlos oder tot im Gestrüpp. Das Auto bog viel zu schnell um die Ecke; das dünne Quietschen der protestierenden Reifen war über das Plitschplatsch und Murmeln des Regens zu hören. Dann war es fort.

Von Norden schwoll der Bansheegesang der Sirenen plötzlich viel lauter an; Marty drehte sich um und sah eine schwarzweiße Limousine der Polizei fast ebenso schnell um die Ecke kommen wie das andere Auto im Süden verschwunden war. Rot-blaue Blinklichter warfen bunte Frisbees aus Licht durch den grauen Regen und über den Asphalt. Die Sirene verstummte, als der Wagen sechs Meter von Marty entfernt mitten auf der Straße mit einem dramatischen Schwung, der selbst unter den gegebenen Umständen übertrieben wirkte, schlitternd zum Stillstand kam.

Die Sirene eines zweiten Streifenwagens wimmerte in der Ferne, als die Fahrertür des ersten aufgerissen wurde. Zwei uniformierte Beamte sprangen aus dem Auto, duckten sich, blieben hinter den Türen, und riefen: »Fallenlassen! Sofort! Laß die Waffe fallen oder du stirbst, Arschloch! *Sofort*!«

Marty stellte fest, daß er immer noch die 9mm Pistole in der Hand hielt. Die Polizisten wußten nur das, was Paige ihnen sagen konnte, als sie 911 angerufen hatte, daß ein Mann erschossen worden war, daher vermuteten sie natürlich, daß er der Übeltäter war. Wenn er nicht tat, was sie verlangten, und zwar schnellstens, würden sie ihn erschießen, und niemand könnte ihnen einen Vorwurf machen.

Er ließ die Waffe aus der Hand fallen.

Sie fiel scheppernd auf den Asphalt.

Sie befahlen ihm, sie von sich weg zu kicken. Er gehorchte.

Als sie sich hinter den offenen Autotüren erhoben, rief einer der Polizisten: »Auf den Boden, Gesicht nach unten, Hände auf den Rücken!«

Er besaß Verstand genug, sie nicht überzeugen zu wollen, daß er das Opfer und nicht der Täter war. Sie wollten zuerst Gehorsam und später Erklärungen, und wären die Rollen umgekehrt verteilt gewesen, hätte er dasselbe von ihnen verlangt.

Er ließ sich auf Hände und Knie sinken, dann streckte er sich der Länge nach auf der Straße aus. Selbst durch das Hemd war der nasse Asphalt so kalt, daß ihm die Luft weg blieb.

Vic und Kathy Delorios Haus stand direkt auf der anderen Straßenseite, gegenüber der Stelle, wo er lag, und Marty hoffte, daß Charlotte und Emily sich nicht an den Fenstern nach vorne aufhalten durften. Sie sollten ihren Vater nicht unter den Pistolen von Polizisten flach auf dem Boden liegen sehen. Sie hatten auch so schon Angst genug. Er erinnerte sich an ihre aufgerissenen Augen, als er mit der Waffe in der Hand in die Küche gestürmt war, und er wollte sie nicht noch mehr ängstigen.

Die Kälte drang ihm bis in die Knochen.

Die zweite Sirene wurde plötzlich von einem Augenblick zum nächsten viel lauter. Er vermutete, daß der andere Wagen im Süden um eine Ecke gebogen war und sich vom Ende des Blocks näherte. Das durchdringende Heulen war so kalt wie ein spitzer Eiszapfen im Ohr.

Er drückte eine Seite des Gesichts auf den Asphalt und blinzelte Regen aus den Augen, während er den beiden Polizisten entgegen sah, die auf ihn zu kamen. Sie hielten die Waffen schußbereit. Als sie in eine seichte Pfütze traten, wirkten die Spritzer aus Martys Perspektive riesig.

Als sie bei ihm waren, sagte er: »Schon gut. Ich wohne hier. Dies ist mein Haus.« Seine ohnehin krächzende Stimme wurde durch das Zittern, das ihn schüttelte noch mehr verzerrt. Er machte sich Sorgen, er könnte sich betrunken oder schwachsinnig anhören. »Das ist mein Haus.«

»Einfach unten bleiben«, sagte einer schneidend. »Lassen Sie die Hände hinter dem Rücken und bleiben Sie unten.«

Der andere fragte: »Können Sie sich ausweisen?«

Er schlotterte so heftig, daß seine Zähne klapperten, als er sagte: »Ja, sicher, in meiner Brieftasche.«

Sie gingen kein Risiko ein und legten ihm Handschellen an, bevor sie die Brieftasche aus seiner Innentasche fischten. Die Stahlringe waren noch warm von der geheizten Luft in dem Streifenwagen.

Er kam sich genau wie eine Figur in einem seiner Romane vor. Es war ganz eindeutig *kein* gutes Gefühl.

Die zweite Sirene verstummte. Autotüren wurden zugeschlagen, er hörte das knisternde Rauschen und die blechernen Stimmen des Polizeifunks.

»Haben Sie einen Ausweis mit Foto da drinnen?« fragte der Polizist, der seine Brieftasche genommen hatte.

Marty verdrehte das linke Auge und versuchte, etwas von dem Mann oberhalb des Knies zu erkennen. »Ja, sicher, in einem der Plastikfächer steckt ein Führerschein.«

In seinen Romanen hatten unschuldige Figuren, wenn sie eines Verbrechens verdächtigt wurden, das sie nicht begangen hatten, häufig Sorgen und Angst. Aber Marty hatte nie darüber geschrieben, wie *demütigend* so ein Erlebnis sein konnte. Wie er so vor den Polizisten auf dem Bauch auf dem nassen Asphalt lag, verspürte er Todesangst wie noch nie in seinem Leben, obwohl er nichts Unrechtes getan hatte. Die Situation selbst – in einer völligen Unterwerfungshaltung, während er von Repräsentanten der Autorität mit großem Argwohn betrachtet wurde – schien unterschwellige Schuldgefühle an den Tag zu bringen, eine angeborene Anwandlung von Schuld wegen einer monströsen Missetat, die nicht eindeutig identifiziert werden konnte, Schamgefühle, weil man ihm auf die Schliche kommen würde, obwohl er *wußte*, daß ihn keine Schuld traf.

»Wie alt ist das Bild in Ihrem Führerschein?« fragte der Polizist mit seiner Brieftasche.

»Äh, ich weiß nicht, zwei Jahre, drei.«

»Sieht Ihnen nicht besonders ähnlich.«

»Sie wissen ja, wie Automatenpaßbilder aussehen«, sagte Marty und stellte verdrossen fest, daß er mehr Flehen als Zorn aus seiner Stimme heraushörte.

»Lassen Sie ihn aufstehen, es ist alles in Ordnung, er ist mein Mann, Marty Stillwater«, rief Paige, die offenbar vom Haus der Delorios zu ihnen gelaufen kam.

Marty konnte sie nicht sehen, aber ihre Stimme machte ihn glücklich und stellte wieder ein gewisses Maß an Realität in diesem alptraumhaften Augenblick her.

Er sagte sich, daß alles gut werden würde. Die Polizisten würden ihren Fehler einsehen, ihn aufstehen lassen, das Gestrüpp um das Haus herum und die Nachbargärten durchsuchen, den Doppelgänger rasch entdecken, und eine Erklärung für die unheimlichen Ereignisse der vergangenen Stunde finden.

»Er ist mein Mann«, wiederholte Paige jetzt viel näher, und Marty konnte spüren, wie die Polizisten sie anstarrten, als sie näherkam.

Er war mit einer attraktiven Frau gesegnet, die anzuschauen sich auch dann lohnte, wenn sie tropfnaß und ängstlich war; sie war nicht nur attraktiv, sondern klug, charmant, liebevoll, einmalig. Seine Töchter waren prachtvolle Kinder. Er hatte eine erfolgreiche Laufhahn als Romanautor vor sich, und seine Arbeit machte ihm großen Spaß. Nichts würde daran etwas ändern. Nichts.

Doch während die Polizisten seine Handschellen lösten und ihm auf die Füße halfen, während Paige ihn drückte und er sie dankbar umarmte, war sich Marty akut und nervös bewußt, daß die Dämmerung in die Nacht überging. Er sah über ihre Schulter, suchte an zahllosen dunklen Stellen der Straße und fragte sich, aus welchem Nest der Dunkelheit der nächste Angriff erfolgen würde.

Der Regen schien so kalt zu sein, daß es sich um Graupelschauer handeln konnte, die Blinklichter taten ihm in den Augen weh, sein Hals brannte, als hätte er mit Säure gegurgelt, sein Körper schmerzte nach dem Kampf an unzähligen Stellen, und sein Instinkt verriet ihm, daß das Schlimmste erst noch bevorstand.

Nein.

Nein, das war nicht sein Instinkt. Nur seine überaktive Phantasie. Der Fluch der schriftstellerischen Phantasie. Immer auf der Suche nach der nächsten unerwarteten Wendung der Handlung.

Das Leben war keine fiktive Geschichte. Echte Geschichten hatten keinen zweiten oder dritten Akt, keinen sorgfältigen Aufbau, kein Erzähltempo, keine eskalierenden Verwicklungen. Verrückte Dinge passierten eben manchmal, ohne die Logik von Dichtung, und dann ging das Leben weiter wie gewohnt.

Die Polizisten sahen alle zu, wie er Paige umarmte.

Er glaubte, Feindseligkeit in ihren Gesichtern zu lesen.

Eine weitere Sirene ertönte in der Ferne.

Ihm war so kalt.

DREI

1.

Die Nacht von Oklahoma erfüllte Drew Oslett mit Unbehagen. Meile für Meile war die Dunkelheit auf beiden Seiten des Interstate Highway, mit seltenen Ausnahmen, so undurchdringlich und unerbittlich, daß ihm schien, als würde er eine Brücke über einen breiten und bodenlosen Abgrund überqueren. Tausende Sterne sprenkelten den Himmel und deuteten eine immense Weite an, über die er lieber nicht nachdenken wollte.

Er war ein Stadtmensch, seine Seele im Einklang mit dem Großstadttrubel. Breite Straßen zwischen hohen Gebäuden waren die größten freien Flächen, auf denen er sich noch wohl fühlte. Er hatte viele Jahre in New York gelebt, aber nie den Central Park besucht; diese Felder und Täler waren von der Stadt umgeben, und doch fand Oslett sie so weiträumig und offen, daß sie ihn mit Nervosität erfüllten. Nur in den schützenden Wäldern von Wolkenkratzern war er in seinem Element, wo es auf den Bürgersteigen von Menschen wimmelte und sich lärmender Verkehr auf den Straßen staute. In seinem Apartment im Zentrum von Manhattan schlief er bei offenen Fenstern, damit das Licht der Metropole in sein Zimmer dringen konnte. Wenn er in der Nacht aufwachte, wurde er vom ewigen Heulen der Sirenen, plärrenden Hupen, vom Grölen der Betrunkenen, dem Klappern der Kanalisationsdeckel unter Autoreifen und anderen, exotischeren Geräuschen getröstet, die selbst in den tiefsten Nachtstunden von den Straßen heraufhallten, wenn auch gedämpfter als das grandiose Toben und Rattern morgens, mittags und abends. Die unaufhörliche Kakophonie und unendlichen Ablenkungen der Stadt bildeten die Seide seines Kokons, beschützten ihn und gewährleisteten, daß er nie in ruhige Augenblicke geraten konnte, die Nachdenklichkeit und Introspektion förderten.

Dunkelheit und Stille boten keinerlei Ablenkung und waren daher Feinde der Zufriedenheit. Und das ländliche Oklahoma besaß verdammt nochmal zuviel von beidem.

Drew Oslett, der leicht zusammengekauert auf dem Beifahrersitz saß, richtete die Aufmerksamkeit von der nervtötenden Landschaft auf die allerneueste elektronische Karte, die er auf dem Schoß liegen hatte.

Das Gerät war so groß wie ein Aktenkoffer, aber quadratisch statt rechteckig, und wurde über den Stecker des Zigarettenanzünders von der Autobatterie gespeist. Der flache Deckel erinnerte an die Vorderseite eines Fernsehgeräts: hauptsächlich Bildschirm, mit einem schmalen Rahmen aus Edelstahl und einer Reihe Bedienungsknöpfe. Vor einem schwach leuchtenden limonengrünen Hintergrund wurden Interstate Highways smaragdgrün, Bundesstraßen in gelb und Landstraßen blau dargestellt; unterbrochene schwarze Linien repräsentierten nicht asphaltierte Feld- und Schotterwege. Bevölkerungszentren – herzlich wenig in diesem Teil der Welt – waren rosa.

Ihr Fahrzeug wurde als roter Punkt ziemlich in der Mitte des Bildschirms dargestellt. Der Punkt bewegte sich konstant auf der smaragdgrünen Linie der Interstate 40.

»Noch etwa vier Meilen«, sagte Oslett.

Karl Clocker, der Fahrer, antwortete nicht. Clocker verhielt sich selbst unter günstigsten Umständen wortkarg. Ein durchschnittlicher Stein war redseliger.

Die Skala der quadratischen elektronischen Karte war auf mittlere Reichweite eingestellt und zeigte hundert Quadratmeilen des Geländes mit einer Seitenlänge von zehn Meilen. Oslett drückte auf einen der Knöpfe, worauf die Karte erlosch, aber fast augenblicklich von einem Quadrat mit fünfundzwanzig Quadratmeilen ersetzt wurde, fünf Meilen Seitenlänge, bei dem es sich um die Ausschnittvergrößerung eines Quadranten des ersten Bildes handelte.

Der rote Punkt, der ihr Auto symbolisierte, war jetzt viermal größer als vorher. Und er befand sich nicht mehr in der Mitte des Bilds, sondern am rechten Rand.

Beim linken Ende des Display, keine vier Meilen entfernt, verweilte ein blinkendes weißes X an einer Stelle, nur den Bruchteil eines Zentimeters rechts von der Interstate 40. X war die Beute.

Oslett arbeitete gerne mit der Karte, weil der Bildschirm so bunt war wie die Oberfläche eines gekonnt entworfenen Videospiels. Er liebte Videospiele über alles. Obwohl er zweiunddreißig war, gehörten Spielhallen, wo ganze Scharen toller Maschinen das Auge mit bunten Stroboskoplichtern betörten und den Ohren mit unablässigem Piepsen, Summen, Heulen, Pfeifen, Klirren und Scheppern, Musikbruchstücken und an- und abschwellenden elektronischen Tönen schmeichelten, zu seinen bevorzugten Aufenthaltsorten.

Unglücklicherweise bot die Karte nicht dieselbe Dynamik wie ein Spiel. Und sie verfügte über gar keine Geräuscheffekte.

Trotzdem fand er sie aufregend, weil nicht jeder das Gerät – das SATU genannt wurde, für Satellite Assisted Tracking Unit (Satelliten-unterstütztes Suchgerät) – in die Finger bekommen konnte. Es wurde nicht frei verkauft, was teilweise an den exorbitanten Herstellungskosten lag, die so wenig potentielle Käufer erwarten ließen, daß eine großangelegte Vermarktung sinnlos erschien. Darüber hinaus wurde die Technologie teilweise durch strenge Vorschriften der nationalen Sicherheit geschützt. Und da es sich primär um einen Mechanismus für heimliche Überwachung und Verfolgung handelte, wurde der Großteil der vergleichsweise geringen Zahl in Umlauf befindlicher Geräte von Bundesbehörden auf dem Gebiet der Strafverfolgung und Informationsbeschaffung benützt, oder von vergleichbaren Organisationen in alliierten Ländern der Vereinigten Staaten.

»Drei Meilen«, informierte er Clocker.

Der Koloß von einem Fahrer grunzte nicht einmal als Antwort.

Kabel verliefen von dem SATU zu einer Saugglocke mit einem Durchmesser von zehn Zentimetern, die Oslett an der höchsten Stelle der gekrümmten Windschutzscheibe angebracht hatte. Ein Locus von Mikroelektronik im Ansatz der Saugglocke diente als Sender und Empfänger eines Satellitenrelais. Durch kodierte Mikrowellensignale konnte das SATU schnellstens mit Dutzenden geosynchroner Kommunikations- und Aufklärungssatelliten im Besitz von Privatindustrie und verschiedenen militärischen Streitkräften Verbindung herstellen, deren Zugangsbeschränkungen überwinden, sein Programm in deren Recheneinheiten installieren und sich ihre Funktionen zunutze machen, ohne ihre primären Funktionen zu stören oder ihre Bodenmonitore auf den Eindringling aufmerksam zu machen.

Indem es zwei Satelliten bei der Suche – und Überwachung – des einmaligen Signals eines bestimmten Senders benützte, konnte das SATU den präzisen Aufenthaltsort des Trägers dieses Senders bestimmten. Normalerweise bestand der Sender aus einem unauffälligen Gerät, das an der Karosserie des Autos des Beobachteten befestigt wurde – manchmal auch an seinem Flugzeug oder Boot –, damit er in einer größeren Distanz verfolgt werden konnte und nicht merkte, daß er verfolgt wurde.

In diesem Fall war der Sender im Gummiabsatz einer Schuhsohle versteckt.

Oslett benutzte die Bedienungsknöpfe des SATU, um das auf dem Bildschirm dargestellte Gelände zu halbieren, und vergrößerte die Einzelheiten der Karte damit dramatisch. Als er das neue, aber gleichermaßen farbenfrohe Display studiert hatte, sagte er: »Er bewegt sich immer noch nicht. Sieht so aus, als wäre er von der Straße runter auf einen Rastplatz gefahren.«

Die Mikrochips des SATU enthielten detaillierte Karten jeder Quadratmeile der Vereinigten Staaten, Kanadas und Mexikos. Hätte Oslett in Europa, dem Mittleren Osten oder anderswo gearbeitet, hätte er die entsprechende Kartenbibliothek des jeweiligen Territoriums installieren können.

»Zweieinhalb Meilen«, sagte Oslett.

Clocker hielt das Lenkrad mit einer Hand, griff mit der anderen unter den Sportmantel und zog den Revolver heraus, den er in einem Schulterhalfter trug. Es handelte sich um einen Colt .357 Magnum, eine exzentrische – und etwas veraltete – Waffe in Karl Clockers Metier. Außerdem bevorzugte er Tweedjacken mit Lederknöpfen, Lederflicken an den Ellbogen und ab und zu auch – so wie jetzt – ledernen Revers. Er besaß eine abenteuerliche Kollektion von Pullundern mit auffälligen Harlekinmustern, von denen er auch im Augenblick einen trug. Seine bunten Socken wählte er für gewöhnlich so aus, daß sie zu nichts anderem paßten, und er trug immer nur braune Hush Puppies. Bei seiner Größe und seinem Auftreten hätte wahrscheinlich niemand eine abfällige Bemerkung über seinen Geschmack in Sachen Kleidung gewagt, geschweige denn unaufgeforderte Kommentare zur Wahl seiner Waffen.

»Wir brauchen keine Waffen«, sagte Oslett.

Ohne ein Wort zu Oslett zu sagen, legte Clocker die .357er Magnum neben sich auf den Sitz, direkt neben den Hut, wo er gut an sie drankam.

»Ich habe die Betäubungspistole«, sagte Oslett. »Die müßte reichen.«

Clocker sah ihn nicht einmal an.

2.

Bevor Marty damit einverstanden war, die regengepeitschte Straße zu verlassen und den Beamten zu erzählen, was vorgefallen war, bestand er darauf, daß ein uniformierter Beamter auf Charlotte und Emily im Haus der Delorios aufpaßte. Er glaubte, daß Vic und Kathy alles in ihrer Macht Stehende tun würden, um die Sicherheit der Kinder zu gewährleisten. Aber sie hätten keine Chance gegen die tückische Unbarmherzigkeit des Anderen.

Er war nicht sicher, ob ein bewaffneter Wachtposten genügend Schutz bieten würde.

Auf der vorderen Veranda der Delorios tropfte Regen vom Vordach. Im Licht der Sturmlampe aus Messing sahen die Tropfen wie Lametta aus. Marty stellte sich dort unter und versuchte Vic zu erklären, daß die Mädchen immer noch in Gefahr waren. »Laß niemanden rein, außer den Polizisten und Paige.«

»Klar, Marty.« Vic war Sportlehrer, Coach der hiesigen Schwimmermannschaft der High School, Truppenführer der Pfadfinder, Drahtzieher hinter dem Nachbarschaftsschutzprogramm der Straße und Organisator zahlreicher jährlicher Wohltätigkeitsveranstaltungen, ein aufrichtiger und vitaler Mann, der seinen Mitmenschen gerne half und Turnschuhe selbst zu Anlässen trug, wenn er Anzug und Krawatte anziehen mußte, als würde gewöhnliche Fußbekleidung ihn daran hindern, sich so schnell zu bewegen und soviel zu erreichen, wie er wollte. »Niemand außer der Polizei oder Paige. Laß sie bei mir, bei mir und Kathy wird den Kindern nichts geschehen. Herrgott, Marty, was ist denn da drüben passiert?«

»Und gib die Mädchen um Gottes willen keinem, auch keinem Polizisten, wenn Paige nicht dabei ist. Gib sie nicht einmal *mir*, wenn Paige nicht dabei ist.«

Vic Delorio wandte seinen Blick von dem hektischen Treiben der Polizisten ab und blinzelte überrascht.

In seiner Erinnerung konnte Marty die wütende Stimme des Doppelgängers hören, den Speichel von dessen Mund fliegen se-

hen, als er sagte: *Ich will mein Leben, meine Paige ... meine Charlotte, meine Emily ...*
»Hast du verstanden, Vic?«
»Nicht einmal dir?«
»Nur wenn Paige bei mir ist. *Nur* dann.«
»Was ...«
»Ich werde es dir später erklären«, unterbrach ihn Marty.

»Alle warten auf mich.« Er drehte sich um und eilte die Einfahrt hinunter zur Straße, drehte sich aber noch einmal um und sagte: »Nur Paige.«

... meine Paige ... meine Charlotte, meine Emily ...

Zu Hause, in der Küche, wo er dem Beamten, der den Anruf entgegengenommen hatte und als erster am Tatort erschienen war, den Überfall schilderte, ließ sich Marty von einem Polizisten die Fingerabdrücke nehmen. Sie mußten seine Abdrücke von denen des Eindringlings unterscheiden können. Er fragte sich, ob er und der Andere diesbezüglich so identisch sein würden, wie sie es in jeder anderen Hinsicht zu sein schienen.

Paige unterzog sich dem Prozeß ebenfalls. Es war das erste Mal in ihrem Leben, daß man ihnen die Fingerabdrücke nahm. Marty sah ein, daß es notwendig war, aber der ganze Vorgang kam ihm wie eine Verletzung ihrer Intimsphäre vor.

Nachdem er bekommen hatte, was er wollte, befeuchtete der Techniker ein Papierhandtuch mit Glykolreiniger und sagte, dieser würde die ganze Tinte entfernen. Er entfernte sie nicht. So sehr Marty auch rubbelte, es blieben dunkle Flecken in den Hautrillen zurück.

Bevor er sich hinsetzte, um dem Beamten, der die Untersuchung leitete, eine detaillierte Schilderung zu geben, ging Marty nach oben und zog trockene Sachen an. Außerdem nahm er vier Anacin.

Er drehte den Thermostat hoch, worauf es im Haus rasch zu warm wurde. Trotzdem bekam er ab und zu noch Anfälle von Schüttelfrost – hauptsächlich wegen der nervenzehrenden Anwesenheit so vieler Polizisten.

Sie waren im ganzen Haus verstreut. Manche trugen Uniformen, andere nicht, aber alle waren Fremde, in deren Anwesenheit sich Marty noch bedrängter fühlte.

Er hatte keine Ahnung gehabt, wie gründlich die Privatsphäre eines Opfers in Mitleidenschaft gezogen wurde, angefangen von dem Augenblick, wenn ein Schwerverbrechen gemeldet wurde. Polizisten und Techniker machten sich in Martys Arbeitszimmer zu schaffen und fotografierten den Raum, wo die gewalttätige Auseinandersetzung ihren Anfang genommen hatte, bohrten einige Kugeln aus der Wand, staubten Fingerabdrücke ab und nahmen Blutproben vom Teppich. Außerdem fotografierten sie den oberen Flur, die Treppe und die Diele. Sie glaubten, weil sie nach Spuren suchten, die der Eindringling möglicherweise zurückgelassen hatte, hätten sie das Recht, in jedem Raum oder Schrank herumzuschnüffeln.

Selbstverständlich waren sie in seinem Haus, um ihm zu helfen, und Marty war dankbar für ihre Bemühungen. Und doch war es peinlich, daß Fremde die zugegeben penible Art und Weise zu Gesicht bekamen, wie er seine Kleidungsstücke im Schrank nach Farben aufgehängt hatte – wie Emily –; die Tatsache, daß er Pennies und Fünfcentstücke in einem Marmeladenglas sammelte wie ein kleiner Junge, der auf sein erstes Fahrrad spart; und andere unbedeutende, jedoch höchst persönliche Einzelheiten seines Lebens.

Und der Detective in Zivil brachte ihn mehr aus der Fassung als alle anderen zusammen. Der Mann hieß Cyrus Lowbock und löste eine komplexe Reaktion aus, die weit über Verlegenheit hinaus ging.

Der Detective hätte ein ausgezeichnetes männliches Model auf ganzseitigen Anzeigen für Rolls Royce, Fräcke, Kaviar und Maklerbüros abgegeben. Er war um die Fünfzig, schlank, hatte meliertes Haar, selbst im November eine sommerliche Bräune, eine schmale Nase, zierliche Wangenknochen und außergewöhnliche graue Augen. Mit seinen schwarzen Schuhen, grauen Kordhosen, dem dunkelblauen Strickpullover und dem weißen Hemd – eine Windjacke hatte er abgelegt – gelang es Lowbock, distinguiert und gleichzeitig athletisch auszusehen, aber die Sportarten, an die man bei seinem Anblick dachte, waren nicht Football und Baseball, sondern Tennis, Segeln, Motorbootrennen und andere Vergnügungen der Oberschicht. Er sah nicht wie das gängige Klischeebild eines Polizisten aus, sondern wie jemand, der mit Reichtum geboren worden war und wußte, wie man ihn verwaltete und erhielt.

Lowbock saß Marty am Eßtisch gegenüber, hörte sich die Schilderung des Überfalls genauestens an, stellte Fragen nur, um Einzelheiten abzuklären und machte sich mit einem teuren schwarzgoldenen Montblanc-Füller Notizen in einem spiralgebundenen Notizbuch. Paige saß neben Marty zu seiner moralischen Unterstützung. Nur diese drei hielten sich in dem Zimmer auf, aber uniformierte Beamte unterbrachen sie ab und zu, um mit Lowbock zu sprechen, und zweimal entschuldigte sich der Detective selbst, um Spuren zu untersuchen, die man als relevant für den Fall einstufte.

Während Marty Pepsi-Cola aus einem Keramikbecher trank, die Schmerzen in seinem Hals linderte und seinen Kampf auf Leben und Tod mit dem Eindringling schilderte, verspürte er auch wieder eine Woge der unerklärlichen Schuldgefühle, die ihn zum ersten Mal quälten, als er mit gefesselten Händen auf der nassen Straße gelegen hatte. Das Gefühl war hier nicht weniger irrational als dort, wenn man bedachte, daß das schwerste Verbrechen, dessen er sich je schuldig gemacht hatte, in Geschwindigkeitsüberschreitungen auf bestimmten Straßen bestand. Aber dieses Mal wußte er, sein Unbehagen rührte teilweise von der Tatsache her, daß Lieutenant Cyrus Lowbock ihn mit stummem Argwohn betrachtete.

Lowbock war höflich, sagte aber nicht viel. Sein Schweigen hatte etwas vage Vorwurfsvolles. Wenn er keine Notizen machte, richtete er den Blick seiner zinkgrauen Augen unerbittlich und herausfordernd auf Marty.

Weshalb der Detective ihn verdächtigte, er könnte etwas anderes als die reine Wahrheit sagen, wurde nicht klar. Marty vermutete jedoch, daß es nach jahrelangem Polizeidienst, wo man tagaus tagein mit den schlimmsten Elementen der Gesellschaft konfrontiert wurde, verständlich war, einen gewissen Zynismus zu pflegen. Ungeachtet dessen, was die Verfassung der Vereinigten Staaten verkündete, war ein langjähriger Polizist wahrscheinlich der Überzeugung, daß alle Männer – und Frauen – schuldig waren, bis ihre Unschuld bewiesen wurde.

Marty erzählte seine Geschichte zu Ende und trank noch einen großen Schluck Cola. Kalte Getränke hatten für seine wunde Kehle getan, was sie konnten; größeres Unbehagen bereitete ihm jetzt die Haut am Hals, wo die würgenden Hände Abdrücke hinterlassen hatten, die bis zum Morgen mit Sicherheit zu scheußlichen Blutergüssen werden würden. Obwohl die vier Anacin langsam zu wirken anfingen, zuckte er jedesmal, wenn er den Kopf mehr als ein paar Grad drehte, unter Schmerzen wie beim Peitschenschlagsyndrom zusammen, daher hielt er den Hals steif, wenn er sich bewegte.

Lowbock blätterte scheinbar endlos durch seine Notizen, studierte sie stumm und klopfte leise mit dem Montblanc-Füller auf die Seiten.

Das Trommeln und Plätschern des Regens erfüllte nach wie vor die Nacht, aber der Sturm hatte etwas nachgelassen.

Ab und zu quietschten die Bodendielen oben unter dem Gewicht der Polizisten, die immer noch ihren verschiedenen Aufgaben nachgingen.

Unter dem Tisch nahm Paige Martys rechte Hand in ihre linke und druckte sie, als wollte sie sagen, daß jetzt alles in Ordnung sei.

Aber es war nicht alles in Ordnung. Nichts war erklärt oder aufgeklärt worden. Möglicherweise fingen ihre Probleme jetzt erst an.

... meine Paige ... meine Charlotte, meine Emily.

Schließlich sah Lowbock Marty an. Mit einer tonlosen Stimme, die sich allein durch das völlige *Fehlen* von Anteilnahme verurteilend anhörte, sagte der Detective: »Was für eine Geschichte.«

»Ich weiß, es hört sich verrückt an.« Marty unterdrückte den Drang, Lowbock zu versichern, daß er weder das Ausmaß der Ähnlichkeit zwischen sich und dem Doppelgänger noch einen anderen Aspekt seiner Schilderung übertrieben hatte. Er hatte die Wahrheit gesagt. Für die Tatsache, daß sich die Wahrheit in diesem Fall so unfaßbar wie eine phantastische Geschichte anhörte, mußte er sich nicht entschuldigen.

»Und Sie sagen, Sie haben keinen Zwillingsbruder?« fragte Lowbock.

»Nein, Sir.«

»Überhaupt keinen Bruder?«

»Ich bin ein Einzelkind.«

»Halbbruder?«

»Meine Eltern haben mit achtzehn geheiratet. Keiner der beiden war je mit einem anderen verheiratet. Ich versichere Ihnen, Lieutenant, es gibt keine einfache Erklärung für diesen Kerl.«

»Nun, selbstverständlich wäre keine weitere Ehe erforderlich gewesen, damit Sie einen Halbbruder haben ... oder einen richtigen Bruder, was das betrifft«, sagte Lowbock und sah Marty so direkt in die Augen, daß es einem Eingeständnis von etwas gleichgekommen wäre, den Blick abzuwenden.

Während Marty die Bemerkung des Detective verdaute, drückte ihm Paige unter dem Tisch wieder die Hand, eine Aufforderung, sich durch Lowbock nicht provozieren zu lassen. Er versuchte sich einzureden, daß der Detective lediglich eine Tatsache verkündete, was ja auch stimmte, aber es wäre immerhin anständig gewesen, wenn er bei derartigen Andeutungen wenigstens in sein Notizbuch oder zum Fenster hinaus gesehen hätte.

Marty, der fast so steif antwortete, wie er den Kopf hielt, sagte: »Lassen Sie mich mal sehen ... sieht so aus, als hätte ich drei Möglichkeiten. Entweder mein Vater hat meine Mutter geschwängert, bevor sie verheiratet waren, und sie haben diesen Bruder – diesen *illegitimen* Bruder – zur Adoption freigegeben. Oder als meine Eltern verheiratet waren, hat Dad mit einer anderen Frau herumgevögelt, die meinen Halbbruder zur Welt gebracht hat. Oder meine Mutter wurde schwanger, entweder bevor sie meinen Vater geheiratet hat, oder danach, und diese ganze Schwangerschaft ist ein dunkles Familiengeheimnis.«

Lowbock, der den Blickkontakt aufrechterhielt, sagte: »Tut mir leid, wenn ich Sie vor den Kopf gestoßen habe, Mr. Stillwater.«

»Das tut mir auch leid.«

»Sind Sie diesbezüglich nicht ein bißchen empfindlich?«

»Bin ich das?« fragte Marty schneidend, obwohl er sich fragte, ob er nicht *tatsächlich* übertrieben reagierte.

»Manche Paare *haben* ein Kind bevor sie bereit sind, den Bund zu schließen«, sagte der Detective, »und die werden häufig zur Adoption freigegeben.«

»Meine Eltern nicht.«

»Wissen Sie das mit Sicherheit?«

»Ich kenne *sie*.«

»Vielleicht sollten Sie sie fragen.«

»Vielleicht tue ich das.«

»Wann?«

»Ich überlege es mir.«

Ein Lächeln, schwach und geschwind wie der Schatten eines Vogels im Flug, huschte über Lowbocks Gesicht.

Marty war sicher, daß er Sarkasmus in diesem Lächeln sah. Aber selbst wenn es um sein Leben gegangen wäre, hätte er sich nicht erklären können, weshalb der Detective ihn nicht als unschuldiges Opfer betrachten wollte.

Lowbock sah in seine Notizen und ließ das Schweigen eine Weile wirken.

Dann sagte er: »Wenn dieser Doppelgänger nicht mit Ihnen verwandt ist, Bruder oder Halbbruder, können Sie sich dann diese bemerkenswerte Ähnlichkeit erklären?«

Marty wollte den Kopf schütteln, zuckte aber zusammen, als er die Schmerzen im Hals spürte. »Nein. Überhaupt nicht.«

Paige sagte: »Möchtest du ein Aspirin?«

»Ich habe Anacin genommen«, sagte Marty. »Es geht schon.«

Lowbock, der Marty wieder in die Augen sah, sagte: »Ich dachte mir nur, vielleicht haben Sie eine Theorie.«

»Nein. Tut mir leid.«

»Wo Sie doch Schriftsteller sind.«

Marty begriff nicht, worauf der Detective hinaus wollte. »Bitte?«

»Sie strengen Ihre Phantasie jeden Tag an. Sie verdienen Ihren Lebensunterhalt damit.«

»Und?«

»Ich dachte mir eben, Sie könnten dieses kleine Geheimnis selbst lösen, wenn Sie sich den Kopf zerbrechen würden.«

»Ich bin kein Detective. Ich bin schlau genug, daß ich mir Kriminalfälle ausdenken kann, aber ich kläre sie nicht auf.«

»Im Fernsehen«, sagte Lowbock, »ist der Kriminalschriftsteller – und was das angeht, jeder Amateurdetektiv – immer schlauer als die Polizei.«

»Im wirklichen Leben ist es aber nicht so«, sagte Marty.

Lowbock ließ einige Sekunden schweigend verstreichen und kritzelte derweil auf seinem Notizblock, bevor er antwortete: »Nein, da ist es nicht so.«

»Ich verwechsle Wirklichkeit und Phantasie nicht«, sagte Marty etwas zu schroff.

»Das wollte ich Ihnen auch nicht unterstellen«, versicherte Cyrus Lowbock ihm und konzentrierte sich wieder auf seine Kritzelei.

Marty drehte vorsichtig den Kopf und sah Paige an, ob sie erkennen ließ, daß sie Feindseligkeit in Ton und Verhalten des Detective spürte. Sie betrachtete Lowbock mit nachdenklich gerunzelter Stirn, worauf es Marty gleich besser ging: Vielleicht reagierte er doch nicht übertrieben und mußte nicht auch noch Paranoia auf die Liste der Symptome setzen, die er Paul Guthridge geschildert hatte.

Von Paiges Stirnrunzeln ermutigt, wandte sich Marty wieder an Lowbock und sagte: »Stimmt etwas nicht, Lieutenant?«

Lowbock, der die Brauen hochzog, als hätte ihn die Frage überrascht, sagte gespielt verblüfft: »Ich habe durchaus den Eindruck, daß hier etwas nicht stimmt, andernfalls hätten Sie uns ja nicht gerufen.«

Marty hielt sich zurück, verkniff sich die gallige Antwort, die Lowbock verdient gehabt hätte, und sagte statt dessen: »Ich meine, ich spüre eine gewisse Feindseligkeit, und ich verstehe den Grund dafür nicht. Was *ist* der Grund?«

»Feindseligkeit? Tatsächlich?« Lowbock runzelte die Stirn, ohne von seiner Kritzelei aufzusehen. »Nun, ich möchte nicht, daß das Opfer eines Verbrechens von uns so in Angst und Schrecken versetzt wird wie von dem Kerl, der es begangen hat. Das würde in der Öffentlichkeit keinen guten Eindruck machen, oder?« Damit hatte er eine direkte Antwort auf Martys Frage sauber vermieden.

Die Kritzelei war vollendet. Es handelte sich um die Zeichnung einer Pistole.

»Mr. Stillwater, die Waffe, mit der Sie auf diesen Eindringling geschossen haben – war das dieselbe, die Ihnen auf der Straße abgenommen wurde?«

»Sie wurde mir nicht abgenommen. Ich habe sie freiwillig fallen lassen, als ich dazu aufgefordert wurde. Ja, es war dieselbe Waffe.«

»Eine 9mm Smith and Wesson Pistole?«

»Ja.«

»Haben Sie diese Waffe von einem zugelassenen Waffenhändler gekauft?«

»Ja, selbstverständlich.« Marty nannte ihm den Namen des Geschäfts.

»Haben Sie eine Quittung von dem Händler und einen Beweis dafür, daß die zuständigen Behörden vor dem Kauf informiert wurden?«

»Was hat das damit zu tun, was sich heute hier abgespielt hat?«

»Routine«, sagte Lowbock. »Ich muß später die kleinen Zeilen im Protokoll ausfüllen. Reine Routine.«

Marty gefiel ganz und gar nicht, daß das Gespräch zunehmend zu einem Verhör zu werden schien, wußte aber nicht, was er dagegen unternehmen sollte. Frustriert sah er zu Paige, damit sie Lowbocks Frage beantwortete, da sie die Finanzunterlagen für den Steuerberater aufbewahrte.

Sie sagte: »Der ganze Papierkram von dem Waffenhändler ist mit den bezahlten Rechnungen des entsprechenden Jahres abgelegt.«

»Wir haben sie vor etwa drei Jahren gekauft«, sagte Marty.

»Die Unterlagen sind auf dem Dachboden der Garage verstaut«, fügte Paige hinzu.

»Aber Sie könnten sie für mich holen?« fragte Lowbock.

»Nun ... ja, mit etwas Suchen«, sagte Paige und wollte von ihrem Stuhl aufstehen.«

»Oh, machen Sie sich im Augenblick nicht die Mühe«, sagte Lowbock. »So dringend ist es nicht.« Er drehte sich wieder zu Marty um. »Was ist mit dem .38er Korth im Handschuhfach des Taurus? Haben Sie die beim selben Waffenhändler gekauft?«

Marty sagte überrascht: »Was hatten Sie in dem Taurus zu suchen?«

Lowbock heuchelte Überraschung angesichts von Martys Überraschung, aber es schien, als sollte sie gespielt wirken, als sollte sie Marty treffen, indem sie ihn nachahmte. »Im Taurus? Ermittlungen in dem Fall angestellt. Wurden wir nicht deshalb gerufen? Ich meine, gibt es Orte oder Gegenstände, wo wir lieber nicht nachsehen sollen? Diesbezüglich würden wir Ihre Wünsche selbstverständlich respektieren.«

Der Spott des Detective war so subtil, die Anzüglichkeiten so vage, daß jede heftige Reaktion Martys wie die eines Mannes gewirkt haben würde, der etwas zu verbergen hatte. Lowbock schien eindeutig der Meinung zu sein, *daß* er etwas zu verbergen hatte, daher spielte er mit ihm und versuchte, ihn zu zermürben und zu einem ungewollten Geständnis zu verleiten.

Mary wünschte sich fast, er *hätte* etwas zu gestehen. So, wie sie dieses Spiel im Augenblick spielten, war es überaus frustrierend.

»Haben Sie den Achtunddreißiger beim selben Waffenhändler wie die Smith and Wesson gekauft?« beharrte Lowbock.
»Ja«, sagte Marty und trank von seiner Pepsi.
»Besitzen Sie die Unterlagen dazu auch noch?«
»Ja, ich bin ganz sicher.«
»Befindet sich diese Waffe immer in Ihrem Auto?«
»Nein.«
»Aber heute war sie dort.«
Marty stellte fest, daß ihn Paige mit einer gewissen Überraschung betrachtete. Er konnte ihr jetzt nichts von seinem Panikanfall oder dem seltsamen Eindruck eines auf ihn zurasenden Schnellzugs erzählen, der dem Anfall vorausgegangen war und ihn zu dieser ungewöhnlichen Vorsichtsmaßnahme verleitet hatte. Angesichts der unerwarteten und alles andere als positiven Wendung, die diese Befragung genommen hatte, wollte er nicht, daß der Detective davon erfuhr, da er fürchtete, er könnte sich unausgeglichen anhören und unfreiwillig zu einer psychiatrischen Untersuchung beordert werden.

Marty nahm noch einen Schluck von seiner Pepsi, aber dieses Mal nicht, um die Halsschmerzen zu lindern, sondern um etwas Zeit zum Nachdenken zu gewinnen, bevor er Lowbock antwortete.
»Ich wußte nicht, daß sie dort war«, sagte er schließlich.
Lowbock sagte: »Sie wußten nicht, daß sich die Waffe in Ihrem Handschuhfach befand?«
»Nein.«
»Ist Ihnen bewußt, daß es gegen das Gesetz verstößt, eine geladene Waffe im Auto aufzubewahren?«
Und was, zum Teufel, hatten Ihre Leute in meinem Auto zu suchen?
»Wie schon gesagt, ich wußte nicht, daß sie dort war, daher wußte ich selbstverständlich auch nicht, daß sie geladen war.«
»Sie haben sie nicht selbst geladen?«
»Wahrscheinlich schon.«
»Sie meinen, Sie können sich nicht erinnern, ob Sie sie geladen haben und wie sie in den Taurus gekommen ist?«
»Wahrscheinlich war es so ... als ich das letzte Mal auf dem Schießstand war, habe ich sie wahrscheinlich geladen, weil ich noch eine Runde Schießen wollte, und es dann vergessen.«
»Und haben Sie im Handschuhfach vom Schießstand nach Hause transportiert?«

»Ganz recht.«
»Wann waren Sie zum letzten Mal auf dem Schießstand?«
»Ich weiß nicht ... vor drei, vier Wochen.«
»Dann haben Sie einen Monat eine geladene Waffe in Ihrem Auto spazieren gefahren?«
»Aber ich hatte ja vergessen, daß sie dort war.«
Eine Lüge, um ein unbedeutendes Delikt zu vertuschen, hatte zu einer ganzen Kette von Lügen geführt. Es handelte sich ausnahmslos um kleinere Ausflüchte, aber Marty verspürte Cyrus Lowbock gegenüber einen gewissen widerwilligen Respekt, daß dieser sie durchschaut hatte. Da der Detective bereits unlogischerweise davon überzeugt zu sein schien, daß das scheinbare Opfer als Verdächtiger betrachtet werden sollte, würde er jede Ausflucht als weiteren Beweis dafür ansehen, daß dunkle Geheimnisse vor ihm verborgen gehalten wurden.

Lowbock legte den Kopf etwas zurück, sah Marty kalt und vorwurfsvoll an, hielt die Stimme aber gesenkt, und sagte: »Mr. Stillwater, sind Sie immer so sorglos mit Schußwaffen?«
»Ich glaube nicht, daß ich sorglos gewesen bin.«
Wieder die hochgezogenen Brauen. »Nicht?«
»Nein.«
Der Detective griff zum Füller und schrieb eine geheimnisvolle Anmerkung in sein Notizbuch. Dann fing er wieder an zu kritzeln. »Sagen Sie, Mr. Stillwater, haben Sie die Erlaubnis, eine verborgene Waffe zu tragen?«
»Nein, selbstverständlich nicht.«
»Ich verstehe.«
Marty nahm einen Schluck von seiner Pepsi.
Unter dem Tisch hielt Paige wieder seine Hand. Er war dankbar für die Berührung.
Die neue Kritzelei nahm Formen an. Handschellen.
Lowbock sagte: »Sind Sie Waffenliebhaber, Sammler?«
»Nein, eigentlich nicht.«
»Aber Sie besitzen eine Menge Waffen.«
»So viele auch wieder nicht.«
Lowbock zählte sie an den Fingern einer Hand ab. »Nun, die Smith and Wesson, den Korth, die Colt M16 Flinte im Dielerschrank.«
O gütiger Heiland.

Lowbock sah von seiner Hand auf, maß Marty mit seinem kalten, stechenden Blick und sagte: »Wußten Sie, daß die M16 ebenfalls geladen war?«

»Ich habe alle Waffen hauptsächlich zum Recherchieren gekauft, zum Recherchieren für Bücher. Ich schreibe nicht gerne über eine Waffe, wenn ich sie nicht selbst benutzt habe.« Das entsprach der Wahrheit, hörte sich aber selbst für Marty wie dummes Zeug an.

»Und die bewahren Sie geladen in Schubladen und Schränken überall im Haus auf?«

Marty fiel darauf keine sichere Antwort ein. Wenn er sagte, er habe gewußt, daß die Flinte geladen war, würde Lowbock wissen wollen, warum jemand in einer friedlichen, ruhigen Gegend eine militärische Waffe geladen und schußbereit aufbewahrte. Eine M16 war mit Sicherheit nicht die geeignete Waffe, um sein Heim zu verteidigen, es sei denn, man wohnte in Beirut oder Kuwait City oder in South Central Los Angeles. Andererseits, wenn er sagte, er hätte nicht gewußt, daß das Gewehr geladen gewesen sei, würde er sich weitere spöttische Fragen nach seiner Sorglosigkeit im Umgang mit Waffen und unverhohlenere Vorwürfe, daß er log, anhören müssen.

Außerdem, was er auch sagte, konnte sich albern oder irreführend anhören, wenn sie auch die Mossberg Schrotflinte unter dem Bett im Schlafzimmer oder die Beretta gefunden hatten, die er im Küchenschrank versteckt hatte.

Er versuchte, nicht die Beherrschung zu verlieren, als er sagte: »Was haben meine Waffen damit zu tun, was heute hier geschehen ist? Mir scheint, wir sind weit vom Thema abgekommen, Lieutenant.«

»Scheint das so?« fragte Lowbock, als würde ihn Martys Verhalten aufrichtig in Erstaunen versetzen.

»Ja, den Eindruck macht es«, sagte Paige scharf, der offensichtlich klar wurde, daß sie es sich eher als Marty erlauben konnte, schroff mit dem Detective umzugehen. »Sie erwecken ganz den Eindruck, als wäre Marty in das Haus von jemandem eingebrochen und hätte versucht, den Besitzer zu erwürgen.«

Marty sagte: »Durchsuchen Ihre Männer das Viertel, haben Sie eine Suchmeldung durchgegeben?«

»Eine Suchmeldung?«

Die absichtliche Verständnislosigkeit des Detective erboste Marty. »Eine Suchmeldung nach dem Anderen.«

Lowbock sagte stirnrunzelnd: »Nach wem?«

»Dem Doppelgänger, dem anderen *ich*.«

»Ach ja, der.« Das war keine Antwort, aber Lowbock fuhr mit seiner Befragung fort, bevor Marty oder Paige eine eindeutigere Antwort verlangen konnten. »Ist die Heckler und Koch auch eine Waffe, die Sie für Ihre Recherchen gekauft haben?«

»Heckler und Koch?«

»Die P7. Feuert neun Millimeter Munition.«

»Ich besitze keine P7.«

»Nicht? Nun, Sie lag oben in Ihrem Arbeitszimmer auf dem Boden.«

»Das war *seine* Waffe«, sagte Marty. »Ich sagte Ihnen doch, daß er bewaffnet war.«

»Wußten Sie, daß der Lauf dieser P7 für einen Schalldämpfer eingerichtet ist?«

»Er hatte eine Waffe, mehr weiß ich nicht. Ich hatte keine Zeit, darauf zu achten, ob ein Schalldämpfer daran festgeschraubt war. Soviel Muße hatte ich nicht, einen Katalog sämtlichen Zubehörs zu erstellen.«

»Es war kein Schalldämpfer dran festgeschraubt, aber sie war für einen eingerichtet. Mr. Stillwater, wußten Sie, daß es illegal ist, eine Feuerwaffe mit einem Schalldämpfer auszurüsten?«

»Es ist nicht meine Waffe, Lieutenant.«

Marty fragte sich, ob er sich weigern sollte, weitere Fragen ohne Anwesenheit eines Anwalts zu beantworten. Aber das war verrückt. Er hatte nichts getan. Er war unschuldig. Er war das Opfer, um Gottes willen. Die Polizei wäre nicht einmal hier, wenn er Paige nicht gebeten hätte, sie zu rufen.

»Eine Heckler und Koch P7 für Schalldämpfer eingerichtet – das ist eine Waffe für einen Profi, Mr. Stillwater. Einen Killer, einen Attentäter, wie man auch immer sagen will. Wie würden *Sie* ihn denn nennen?«

»Was meinen Sie damit?« fragte Marty.

»Nun, ich habe mich gefragt, ob Sie über so einen Mann schreiben würden, einen Profi, welche Bezeichnungen würden Sie verwenden?«

Marty spürte eine unausgesprochene Anspielung in der Frage,

etwas, das zum Kern zur Lowbockschen Theorie vorstieß, aber er war nicht ganz sicher, was das sein sollte.

Offenbar spürte Paige es auch, denn sie sagte:»Was genau wollen Sie damit sagen, Lieutenant?«

Frustrierenderweise wich Cyrus Lowbock einer Konfrontation erneut aus. Er sah auf seine Notizen und tat so, als wäre seine Frage von nichts weiter als beiläufiger Neugier bestimmt gewesen, welche Synonyme ein Schriftsteller verwenden würde.»Wie auch immer, Sie hatten großes Glück, daß so ein Profi, ein Mann, der eine für Schalldämpfer ausgerüstete P7 bei sich hatte, Sie nicht ausschalten konnte.«

»Ich habe ihn überrascht.«

»Offensichtlich.«

»Weil ich meine Pistole in der Schreibtischschublade hatte.«

»Es zahlt sich immer aus, vorbereitet zu sein«, sagte Lowbock. Dann fügte er schnell hinzu:»Aber Sie hatten noch mehr Glück, daß Sie ihn bei einem Kampf Mann gegen Mann überwinden konnten. Ein Profikiller wie er müßte auch ein guter Ringkämpfer sein, vielleicht sogar Taekwon Do oder so etwas kennen, wie in Büchern und Filmen immer.«

»Er war ein wenig behindert. Zwei Schüsse in die Brust.«

Der Detective sagte nickend:»Ja, stimmt. Ich erinnere mich. Das hätte einen gewöhnlichen Menschen erledigen müssen.«

»Er war noch lebendig genug.« Marty griff sich vorsichtig an den Hals.

Lowbock, der das Thema so unvermittelt wechselte, daß es Marty aus der Fassung bringen sollte, sagte:»Mr. Stillwater, haben Sie heute nachmittag getrunken?«

Marty sagte zornig:»So einfach kann man es nicht wegerklären, Lieutenant.«

»Sie haben heute nachmittag nicht getrunken?«

»Nein.«

»Überhaupt nicht?«

»Nein.«

»Ich will nicht rechthaberisch sein, Mr. Stillwater, ganz und gar nicht, aber als ich herein kam, habe ich Alkohol in Ihrem Atem gerochen. Bier, glaube ich. Und im Wohnzimmer liegt eine Dose Coors, das Bier ist auf den Holzboden geflossen.«

»Ich habe danach etwas Bier getrunken.«

»Wonach?«

»Nachdem es vorbei war. Er lag mit einem gebrochenen Rücken auf dem Boden. Jedenfalls dachte ich, er wäre gebrochen.«

»Also haben Sie sich gedacht, nach der Schießerei und dem Kampf wäre ein kaltes Bier genau das Richtige?«

Paige sah den Detective an. »Sie geben sich größte Mühe, die ganze Sache ins Lächerliche zu ziehen ...«

»... und ich wünschte, Sie würden einfach frei heraus sagen, *warum* Sie mir nicht glauben«, fügte Marty hinzu.

»Es ist nicht so, daß ich Ihnen *nicht* glaube, Mr. Stillwater. Ich weiß, das ist alles sehr frustrierend, Sie fühlen sich brüskiert, Sie sind immer noch durcheinander und müde. Aber ich absorbiere immer noch, ich höre zu und absorbiere. Das mache ich gerade. Es ist mein Job. Und ich habe mir bis jetzt wirklich noch keine Theorie oder Meinung gebildet.«

Marty war sicher, daß das nicht der Wahrheit entsprach. Lowbocks Meinung hatte schon felsenfest gestanden, als er am Eßzimmertisch Platz genommen hatte.

Nachdem er den letzten Rest Pepsi aus dem Becher getrunken hatte, sagte Marty:»Ich hätte fast Milch oder Orangensaft getrunken, aber mein Hals war wund und tat verflixt weh, als stünde er in Flammen. Ich konnte nicht ohne Schmerzen schlucken. Als ich den Kühlschrank aufmachte, sah das Bier einfach besser als alles andere aus, erfrischender.«

Lowbock kritzelte wieder mit seinem Montblanc Füller in einer Ecke des Notizblocks. »Also haben Sie nur die eine Dose Coors getrunken.«

»Nicht ganz. Ich habe die Hälfte getrunken, vielleicht zwei Drittel. Als es meinem Hals etwas besser ging, wollte ich nachsehen, wie es um den Anderen ... den Doppelgänger ... stand. Ich nahm das Bier mit mir. Ich war so überrascht, daß der Dreckskerl fort war, schließlich hatte ich ihn für halb tot gehalten, daß mir die Dose Coors einfach aus der Hand gerutscht ist.«

Obwohl der Notizblick verkehrt herum lag, konnte Marty sehen, was der Detective malte. Eine Flasche. Eine Bierflasche mit langem Hals.

»Also eine halbe Dose Coors«, sagte Lowbock.

»Vielleicht zwei Drittel.«

»Ja.«

»Aber sonst nichts.«
»Nein.«

Lowbock beendete seine Kritzelei, sah vom Notizbuch auf und sagte: »Was ist mit den drei leeren Dosen Corona im Abfalleimer unter der Spüle?«

3.

»Rastplatz, diese Ausfahrt«, las Drew Oslett. Dann sagte er zu Clocker: »Hast du das Schild gesehen?«

Clocker antwortete nicht.

Oslett konzentrierte seine Aufmerksamkeit wieder auf den Bildschirm des SATU auf seinem Schoß und sagte: »Da ist er, vielleicht pinkelt er auf der Herrentoilette, vielleicht hat er sich auch auf dem Rücksitz des Autos ausgestreckt, das er fährt, und macht ein Nikkerchen.«

Sie standen im Begriff, gegen einen unberechenbaren und überlegenen Gegner ins Feld zu ziehen, aber Clocker wirkte völlig unbekümmert. Obwohl er fuhr, schien er fast zu meditieren. Sein hünenhafter Körper wirkte so entspannt wie der eines tibetanischen Mönchs in einer transzendentalen Versunkenheit. Die gewaltigen Hände lagen auf dem Lenkrad, die dicken Finger waren nur locker gekrümmt und wahrten einen minimalen Halt. Oslett wäre nicht überrascht gewesen, hätte er erfahren, daß der Riese den Wagen lediglich mit einer geheimnisvollen Geisteskraft steuerte. Nichts an Clockers breitem, derbem Gesicht deutete darauf hin, daß er die Bedeutung des Wortes »nervös« kannte: Die blasse Stirn war glatt wie polierter Marmor; die Wangen faltenlos, die saphirblauen Augen leuchteten leicht im gespiegelten Licht des Armaturenbretts, aber sie sahen in die Ferne, nicht nur auf die Straße vor ihnen, sondern über diese Welt hinaus. Der breite Mund war gerade soweit geöffnet, daß er eine Hostie hätte aufnehmen können. Die Lippen hatte er zur Andeutung eines Lächelns verzogen, aber man konnte unmöglich sagen, ob ihn etwas freute, das er in seiner spirituellen Trance sah, oder die Aussicht auf bevorstehende Gewalttätigkeiten.

Karl Clocker besaß eine Begabung für Gewalttätigkeiten.

Aus diesem Grund war er trotz seines abwegigen Geschmacks in Modefragen ein Mann seiner Zeit.

»Da ist der Rastplatz«, sagte Oslett, als sie sich dem Ende der Zufahrt näherten.

»Wo sollte er sonst sein?« antwortete Clocker.

»Hmh?«

»Er ist, wo er ist.«

Der große Mann war nicht besonders gesprächig, und *wenn* er etwas sagte, sprach er meistens in Rätseln. Oslett vermutete, daß Clocker entweder ein Westentaschenexistentialist war, oder – am anderen Ende des Spektrums – ein New-Age-Mystiker. Die Wahrheit konnte allerdings auch so aussehen, daß er völlig in sich gekehrt war und überhaupt keinen menschlichen Kontakt oder Umgang brauchte; seine eigenen Gedanken und Beobachtungen beschäftigten und unterhielten ihn ausreichend. Eines jedenfalls stand fest: Clocker war längst nicht so dumm, wie er aussah; tatsächlich lag sein IQ weit über dem Durchschnitt.

Das Parkgelände des Rastplatzes wurde von acht hohen Natriumdampflampen erhellt. Nach so vielen grimmigen Meilen unerbittlicher Dunkelheit, die ihm schon wie die kahle Einöde einer Landschaft nach dem Atomschlag vorgekommen waren, besserte sich Osletts Stimmung sichtlich im Schein der hohen Lampen, obwohl diese ein ekliges uringelbes Leuchten verbreiteten, das an das fahle Licht in einem Alptraum erinnerte. Niemand hätte diesen Ort je für einen Teil von Manhattan gehalten, aber er war immerhin Zeugnis dafür, daß die Zivilisation noch existierte.

Ein großes Wohnmobil war das einzige sichtbare Fahrzeug. Es parkte in der Nähe des Betonschuppens, in dem sich die öffentlichen Toiletten befanden.

»Jetzt haben wir ihn.« Oslett schaltete den Bildschirm des SATU aus und stellte das Gerät zwischen den Beinen auf den Boden. Er zog die Saugglocke von der Windschutzscheibe, legte ihn auf den elektronischen Mechanismus und sagte: »Kein Zweifel – unser Alfie hat es sich in diesem Wohnwagen gemütlich gemacht. Wahrscheinlich hat er ihn einem armen Trottel abgeluchst, und jetzt ist er mit allem Komfort wie zu Hause auf der Flucht.«

Sie fuhren an einer Rasenfläche vorbei, wo drei Picknicktische standen, und parkten etwa sechs Meter von dem Road King entfernt auf der Fahrerseite.

In dem Wohnmobil brannte kein Licht.

»So sehr Alfie auch ausgerastet sein mag«, sagte Oslett, »ich nehme an, daß er trotzdem positiv auf uns reagiert. Schließlich hat er nur uns, richtig? Ohne uns ist er allein auf der Welt. Verdammt, wir sind seine Familie.«

Clocker machte die Scheinwerfer und den Motor aus.

Oslett sagte: »In welcher Verfassung er sich auch befinden mag, ich glaube nicht, daß er uns angreifen würde. Nicht der alte Alfie. Möglicherweise würde er alle wegpusten, die sich ihm in den Weg stellen, aber nicht uns. Was meinst du?«

Clocker stieg aus dem Chevy aus und nahm seinen Hut und den Colt .357 Magnum vom Vordersitz.

Oslett ergriff eine Taschenlampe und die Betäubungspistole. Die klobige Waffe verfügte über zwei Läufe, oben und unten, und in beide waren große hypodermische Spritzen geladen. Sie war für den Gebrauch in Zoos gedacht und auf mehr als fünfzehn Meter nicht mehr treffsicher, aber das reichte für Osletts Zwecke vollkommen aus, da er nicht vorhatte, Löwen im Buschland zu jagen.

Oslett freute sich, daß der Rastplatz nicht von Reisenden frequentiert wurde. Er hoffte, daß er und Clocker ihren Auftrag erledigen und wieder verschwinden konnten, bevor Autos oder Lastwagen vom Highway abfuhren.

Andererseits, als er aus dem Chevy ausstieg und die Tür hinter sich zuschlug, beunruhigte ihn die Einsamkeit der Nacht. Abgesehen vom Singen der Reifen und dem *Wusch* verdrängter Luft des vorbeirauschenden Verkehrs auf der Interstate war die Stille so niederdrückend, wie sie im Vakuum des Weltraums sein mußte. Ein Hain hoher Kiefern bildete die Begrenzung des gesamten Rastplatzes, und in der windstillen Dunkelheit hingen deren schwere Zweige herab wie Blumenschmuck bei einer Beerdigung.

Er sehnte sich nach dem Summen und der Geschäftigkeit von Großstadtstraßen, wo unablässige Betriebsamkeit ständig Ablenkung bot. Betriebsamkeit verhinderte das Nachdenken. In der Stadt ermöglichte der hektische Trubel des täglichen Lebens ihm, daß er seine Aufmerksamkeit ununterbrochen nach außen richtete, wodurch ihm die Gefahren erspart blieben, die eine Selbstbetrachtung mit sich brachte.

Als er sich zu Clocker an der Fahrertür des Road King gesellte, überlegte er, ob sie so verstohlen wie möglich eindringen sollten. Aber wenn Alfie sich im Inneren aufhielt, wie die SATU-Karte behauptete, hatte er ihre Ankunft wahrscheinlich schon wahrgenommen.

Außerdem war Alfie auf der tiefsten kognitiven Ebene auf bedingungslosen Gehorsam gegenüber Drew Oslett konditioniert. Es war fast unvorstellbar, daß er versuchen würde, ihm etwas zuleide zu tun.

Fast.

Aber sie waren auch überzeugt gewesen, die Chancen, daß Alfie desertieren würde, wären so minimal, daß sie praktisch nicht existierten. Was das anging, hatten sie sich geirrt. Möglicherweise stellte sich heraus, daß sie sich auch in anderer Hinsicht geirrt hatten.

Darum hatte Oslett das Betäubungsgewehr in der Hand.

Und darum versuchte er nicht, Clocker daran zu hindern, die .357er Magnum mitzunehmen.

Oslett wappnete sich gegen das Unvorhersehbare und klopfte an die Metalltür. Es schien lächerlich, sich unter diesen Umständen durch Klopfen anzukündigen, aber er klopfte trotzdem, wartete ein paar Sekunden und klopfte dann noch einmal, lauter.

Niemand antwortete.

Die Tür war nicht abgeschlossen. Er öffnete sie.

Ausreichend gelbes Licht der Parkplatzbeleuchtung fiel durch die Windschutzscheibe, so daß das Innere des Wohnmobils schwach beleuchtet war. Oslett konnte keine unmittelbare Bedrohung erkennen.

Er stieg auf das Trittbrett, beugte sich ins Innere und sah in den Road King, der wie ein Tunnel in zunehmende Dunkelheit führte, welche so undurchdringlich schien wie die Kammern uralter Katakomben.

»Sei friedlich, Alfie«, sagte er leise.

Dieses Kommando hätte sofort zu einer rituellen Antwort führen müssen, wie eine Litanei: *Ich bin friedlich, Vater*.

»Sei friedlich, Alfie«, wiederholte Oslett schon nicht mehr so hoffnungsvoll.

Stille.

Oslett war weder Alfies Vater noch ein Mann im Priesterrock und konnte von daher keinen legitimen Anspruch auf die ehrenvolle Anrede geltend machen, aber sein Herz wäre dennoch von Freude erfüllt gewesen, hätte er die geflüsterte und gehorsame

Antwort vernommen: *Ich bin friedlich, Vater.* Diese fünf schlichten Worte, als Antwort gemurmelt, hätten bedeutet, daß alles gut war, daß Alfies Abweichung von seinen Anweisungen keine Rebellion, sondern vielmehr eine vorübergehende Verwirrung bedeutete, und man seinen tödlichen Ausflug verzeihen und ad acta legen konnte.

Obwohl er wußte, daß es vergebens war, versuchte Oslett es ein drittes Mal, lauter als vorher: »Sei friedlich, Alfie.«

Als er aus der Dunkelheit keine Antwort erhielt, schaltete er die Taschenlampe ein und kletterte in den Road King.

Er konnte nicht anders, er mußte daran denken, was für eine Verschwendung und Demütigung es wäre, sollte er im zarten Alter von zweiunddreißig Jahren in einem fremden Wohnmobil in der Weite von Oklahoma an der Interstate erschossen werden. So ein kluger, vielversprechender junger Mann (würden die trauernden Hinterbliebenen sagen), mit zwei Titeln – einen von Princeton, den anderen von Harvard – und einem beneidenswerten Stammbaum.

Oslett trat aus der Fahrerkabine, als Clocker hinter ihm einstieg, und schwenkte den Strahl der Taschenlampe nach links und rechts. Schatten waberten und flatterten wie schwarze Mäntel, ebenholzfarbene Schwingen, verlorene Seelen.

Nur wenige Mitglieder seiner Familie – und noch weniger aus dem Kreis von Künstlern, Schriftstellern und Kritikern in Manhattan, die seine Freunde waren – würden wissen, in Ausübung welcher Pflicht er gestorben war. Der Rest würde die Umstände seines Todes unerklärlich, bizarr, möglicherweise anrüchig finden, und sie würden sich so hektisch das Maul darüber zerreißen wie Vögel an Aas rissen.

Die Taschenlampe offenbarte resopalbeschichtet Schränke. Einen Herd. Eine Edelstahlspüle.

Das Geheimnis um seinen eigentümlichen Tod würde gewährleisten, daß sich Legenden bildeten wie Korallenriffe, die jede Schattierung von Skandalen und bösartigen Mutmaßungen einschlossen, aber seinem Andenken auch das letzte Fünkchen Respekt nehmen würden. Respekt gehörte zu den wenigen Dingen, die Drew Oslett etwas bedeuteten. Er hatte schon Respekt verlangt, als er noch ein kleiner Junge gewesen war. Das war sein Geburtsrecht, nicht nur eine angenehme Begleiterscheinung des Familiennamens, sondern ein Tribut, der der Geschichte der Familie und allem Erreichten entgegengebracht werden mußte, das durch ihn verkörpert wurde.

»Sei friedlich, Alfie«, sagte er nervös.

Eine Hand, weiß wie Marmor und von gleichermaßen solidem Aussehen, hatte nur darauf gewartet, daß der Lichtstrahl der Taschenlampe sie fand. Die Alabasterfinger berührten den Boden neben der gepolsterten Eßnische. Weiter oben: der weißhaarige Leichnam eines Mannes über einem blutüberströmten Tisch.

4.

Paige stand vom Eßzimmertisch auf, ging zum nächsten Fenster, kippte die Lamellen der Fensterläden, damit sie einen besseren Ausblick hatte, und sah in den allmählich abflauenden Sturm hinaus. Sie sah in den Garten, wo keine Lichter brannten. Sie konnte nichts deutlich erkennen, abgesehen von den Regenschlieren auf der anderen Seite des Glases, die wie Speichelfäden aussahen, was vielleicht daran lag, daß sie Lowbock am liebsten ins Gesicht gespuckt hätte.

Sie hatte mehr Feindseligkeit in sich als Marty, nicht nur gegen den Detective, sondern gegen die ganze Welt. Seit sie erwachsen war, bemühte sie sich, die Konflikte ihrer Kindheit zu überwinden, die die Ursache ihrer Wut waren. Sie hatte beachtliche Fortschritte erzielt. Aber angesichts einer derartigen Provokation spürte sie, wie die Ressentiments und die Verbitterung ihrer Kindheit erneut zur Oberfläche stiegen, und ihre orientierungslose Wut fand einen Brennpunkt in Lowbock, wodurch es ihr schwer fiel, ihr Temperament zu zügeln.

Bewußtes Vermeiden – daß sie sich zum Fenster drehte und den Detective nicht ansah – war eine erprobte Technik, die Selbstbeherrschung zu wahren. *Arzt, heile dich selbst.* Das Ausmaß an Interaktion zu verringern, sollte angeblich auch die Wut verringern.

Sie hoffte, daß das bei ihren Klienten besser funktionierte als bei ihr, denn sie *schäumte* immer noch vor Wut.

Marty, der bei dem Detective am Tisch saß, schien fest entschlossen, vernünftig und kooperativ zu sein. Er konnte nicht aus seiner Haut und würde bis zuletzt hoffen, daß sich Lowbocks unerklärliche Feindseligkeit aus der Welt schaffen ließ. So wütend er selbst sein mochte – und er war wütender, als sie ihn je gesehen hatte –, seine felsenfeste Überzeugung, daß die Macht von guten Absichten und Worten, besonders von Worten, Harmonie unter jeden Umständen erhalten oder wiederherstellen konnte, war immer noch unerschütterlich.

Zu Lowbock sagte Marty: »Er muß das Bier getrunken haben.«

»Er?« fragte Lowbock.

»Der Doppelgänger. Er muß sich ein paar Stunden im Haus aufgehalten haben, während ich weg war.«

»Also hat der Eindringling die drei Corona getrunken?«

»Ich habe den Mülleimer gestern abend geleert, Sonntagabend, daher weiß ich, daß die leeren Flaschen nicht vom Wochenende sein können.«

»Dieser Mann bricht in Ihr Haus ein, weil er ... wie hat er sich genau ausgedrückt?«

»Er sagte, er brauche sein Leben.«

»Brauche sein Leben?«

»Ja. Er fragte mich, warum ich sein Leben gestohlen hätte, wer ich sei.«

»Er bricht also hier ein«, sagte Lowbock, »erregt, redet irre, ist bewaffnet ..., aber während er darauf wartet, daß Sie nach Hause kommen, beschließt er, einen draufzumachen und drei Flaschen Corona zu kippen.«

Ohne sich vom Fenster abzuwenden, sagte Paige: »Mein Mann hat diese Biere nicht getrunken, Lieutenant. Er ist kein Trinker.«

Marty sagte: »Ich bin auf jeden Fall bereit, mich einem Alkoholtest zu unterziehen, wenn Sie möchten. Wenn ich soviel Bier getrunken hätte, eines nach dem anderen, müßte es mein Alkoholpegel im Blut beweisen.«

»Nun«, sagte Lowbock, »wenn wir das wollten, hätten wir es gleich als erstes machen müssen. Aber es ist nicht notwendig, Mr. Stillwater. Ich will bestimmt nicht behaupten, daß Sie betrunken waren, daß Sie sich alles nur unter Alkoholeinfluß eingebildet haben.«

»Und was genau wollen Sie dann sagen?« verlangte Paige zu wissen.

»Manchmal«, stellte Lowbock fest, »trinken Menschen, um sich Mut für eine schwierige Aufgabe zu machen.«

Marty seufzte. »Vielleicht bin ich beschränkt, Lieutenant. Ich weiß, Sie wollen mit Ihren Worten etwas Unangenehmes andeuten, aber ich kann mir um nichts auf der Welt erklären, was ich daraus schließen soll.«

»Habe ich gesagt, daß Sie etwas daraus schließen sollen?«

»Würden Sie bitte aufhören, in Rätseln zu sprechen, und uns sagen, warum Sie mich so behandeln, wie einen Verdächtigen statt wie ein Opfer?«

Lowbock schwieg.

Marty ließ nicht locker: »Ich *weiß*, die Situation ist unglaublich, diese Sache mit dem Doppelgänger, aber wenn Sie mir frei heraus die Gründe nennen würden, warum Sie so skeptisch sind, dann können wir Ihre Zweifel aus der Welt schaffen, da bin ich ganz sicher. Ich könnte es zumindest versuchen.«

Lowbock sagte so lange nichts, daß sich Paige fast vom Fenster umgedreht hätte, um ihn anzusehen und festzustellen, ob seine Miene die Bedeutung seines Schweigens offenbaren könnte.

Schließlich sagte er: »Wir leben in einer streitsüchtigen Welt, Mr. Stillwater. Wenn ein Polizist den kleinsten Fehler in einer delikaten Situation macht, wird das Revier verklagt und die Karriere des Beamten ist manchmal im Eimer. Das passiert guten Männern.«

»Was haben Gerichtsverfahren damit zu tun? Ich werde niemanden verklagen, Lieutenant.«

»Nehmen wir einmal an, ein Polizist empfängt einen Notruf wegen bewaffneten Einbruchs, er tut seine Pflicht, gerät in Lebensgefahr, es wird auf ihn geschossen, er schießt den Täter in Notwehr über den Haufen. Was passiert dann?«

»Ich nehme an, Sie werden es mir sagen.«

»Als nächstes machen die Familie des Täters und die ACLU dem Revier die Hölle heiß wegen exzessiver Gewalt und bestehen auf einer finanziellen Entschädigung. Sie möchten, daß der Beamte suspendiert, womöglich sogar angeklagt wird, und werfen ihm vor, er sei ein Faschist.«

Marty sagte: »Ich stimme Ihnen zu, das stinkt zum Himmel. Heutzutage gewinnt man den Eindruck, als stünde die Welt auf dem Kopf, aber ...«

»Reagiert derselbe Polizist *nicht* mit der erforderlichen Härte und es wird jemand verletzt, weil der Täter nicht bei der ersten sich bietenden Gelegenheit über den Haufen geschossen wurde, dann wird das Revier von der Familie des Opfers wegen Unterlassung verklagt, und dieselben Aktivisten kommen über einen wie der Zorn Gottes, aber aus anderen Gründen. Die Leute sagen, der Polizist hat nicht schnell genug abgedrückt, weil er nichts für die jeweilige Minderheit übrig hat, der das Opfer angehörte, er hätte schneller geschossen, wäre das Opfer weiß gewesen, oder sie sagen, daß er inkompetent ist oder ein Feigling.«

»Ich möchte Ihren Job nicht haben. Ich weiß, wie schwierig er ist«, gestand Marty ein. »Aber hier hat kein Polizist jemanden erschossen oder nicht erschossen, und ich verstehe nicht, was das mit unserer Situation zu tun hat.«

»Ein Polizist kann nicht nur in Schwierigkeiten kommen, wenn er einen Täter erschießt, sondern auch, wenn er Vorwürfe erhebt«, sagte Lowbock.

»Sie wollen also damit sagen, Sie glauben meine Geschichte nicht, wollen aber nicht sagen *warum*, bis Sie einen eindeutigen Beweis dafür haben, daß sie Quatsch ist?«

»Er wird nicht einmal zugeben, daß er skeptisch ist«, sagte Paige verdrossen. »Er wird weder so noch so eindeutig Stellung beziehen, weil es ein Risiko bedeutet, Stellung zu beziehen.«

Marty sagte: »Aber Lieutenant, wie sollen wir diese Sache erledigen, wie soll ich Sie davon überzeugen, daß sich alles so abgespielt hat, wie ich Ihnen gesagt habe, wenn Sie mir nicht verraten, *warum* Sie Zweifel haben?«

»Mr. Stillwater, ich habe nicht gesagt, daß ich Zweifel habe.«

»Mein Gott«, sagte Paige.

»Ich verlange nur«, sagte Lowbock, »daß Sie sich bemühen, meine Fragen zu beantworten.«

»Und *wir* verlangen nur«, sagte Paige, die dem Mann nach wie vor den Rücken zudrehte, »daß Sie diesen Irren finden, der versucht hat, Marty umzubringen.«

»Diesen Doppelgänger.« Lowbock sprach das Wort sachlich aus, ohne jede Betonung, wodurch es sich irgendwie sarkastischer anhörte, als hätte er es höhnisch hervorgestoßen.

»Ja«, zischte Paige, »diesen Doppelgänger.«

Sie zweifelte nicht an Martys Schilderung, so abenteuerlich sich diese auch anhören mochte, da sie wußte, die Existenz dieses Doppelgängers hatte irgend etwas mit der Fugue ihres Mannes, seinem bizarren Alptraum und den anderen kürzlich aufgetretenen Problemen zu tun und würde letztendlich die Erklärung für das alles präsentieren.

Jetzt ließ die Wut auf den Detective allmählich nach, und sie akzeptierte, daß die Polizei, aus welchen Gründen auch immer, ihnen nicht helfen würde. Ihre Wut wich Angst, da ihr klar wurde, sie hatten es mit etwas außerordentlich Seltsamem zu tun und würden ganz allein damit fertigwerden müssen.

5.

Clocker kam vom vorderen Teil des Road King zurück und meldete, daß der Schlüssel im Zündschloß steckte, der Tank aber offensichtlich leer und die Batterie verbraucht waren. Die Kabinenlichter ließen sich nicht einschalten.

Drew Oslett machte sich Sorgen, daß der Lichtstrahl der Taschenlampe von außen verdächtig wirken würde, sollte jemand auf den Rastplatz fahren, daher untersuchte er die beiden Leichen in der engen Eßnische möglichst schnell. Das vergossene Blut war getrocknet und verkrustet, daher wußte er, daß der Mann und die Frau schon mehr als ein paar Stunden tot sein mußten. Die Leichenstarre war bei beiden noch spürbar, aber sie waren nicht mehr vollkommen starr; die Starre hatte ihren Höhepunkt offensichtlich bereits überschritten und klang wieder ab, was für gewöhnlich zwischen der achtzehnten und sechsunddreißigsten Stunde nach dem Tod begann.

Die Leichen waren noch nicht nennenswert in Verwesung übergegangen. Der einzige üble Geruch kam aus ihren offenen Mündern – saure Gase des faulenden Essens in ihren Mägen.

»Die sind schätzungsweise seit gestern nachmittag tot«, sagte er zu Clocker.

Der Road King parkte seit über vierundzwanzig Stunden auf dem Rastplatz, daher mußten die Beamten der Oklahoma Highway Patrol ihn während zwei verschiedener Schichten gesehen haben. Es war gesetzlich streng verboten, Rastplätze als Campingplätze zu benutzen. Keine Stromanschlüsse, kein Wasser und keine Abwasserpumpen standen zu Verfügung, was möglicherweise zu hygienischen Problemen führen konnte. Manchmal hatten die Cops Nachsicht mit Rentnern, die Angst davor hatten, bei schlechtem Wetter wie dem Unwetter zu fahren, das gestern nachmittag über Oklahoma hinweggefegt war; der Aufkleber der Amerikanischen Rentnervereinigung auf der Stoßstange des Wohnmobils hatte diesen Leuten hier möglicherweise einen kleinen Aufschub gebracht. Aber nicht einmal ein mitleidiger Polizist würde sie *zwei* Nächte hier parken lassen. Jeden Moment konnte ein Streifenwagen auf den Rastplatz fahren, konnte es an der Tür klopfen.

Da er ihre ohnehin schon gravierenden Probleme nicht noch weiter komplizieren wollte, indem er einen Polizisten der Highway Patrol tötete, wandte sich Oslett von dem toten Paar ab und setzte die Durchsuchung des Wohnmobils fort. Er mußte nicht länger befürchten, der funktionsgestörte und ungehorsame Alfie könnte ihm eine Kugel in den Kopf jagen. Alfie war längst nicht mehr hier.

Er fand die abgelegten Schuhe auf dem Küchentresen. Alfie hatte einen Absatz mit einem langen Küchenmesser bearbeitet, bis er die elektronischen Stromkreise und die winzigen Batterien freigelegt hatte.

Oslett betrachtete die Rockports und die Gummischnipsel und verspürte die dumpfe Vorahnung einer bevorstehenden Katastrophe. »Er wußte nichts von den Schuhen. Warum ist er auf die Idee gekommen, sie zu zerschneiden?«

»Nun, er weiß eben, was er weiß«, sagte Clocker.

Oslett verstand Clockers Bemerkung so, daß ein Teil von Alfies Ausbildung auch elektronischen Überwachungseinrichtungen und Techniken auf dem letzten Stand gewidmet war. Infolgedessen wußte er, auch ohne daß es ihm jemand gesagt hatte, daß man winzige Mikrosender herstellen konnte, die in einem Absatz Platz fanden und nach Empfang eines ferngesteuerten, aktivierenden Mikrowellensignals ausreichend Energie aus Uhrenbatterien beziehen konnten, damit sie mindestens zweiundsiebzig Stunden ein aufspürbares Signal sendeten. Er konnte sich zwar nicht erinnern, wer er war oder wer ihn kontrollierte, aber Alfie war intelligent genug, dieses Wissen um Überwachungstechniken auf seine eigene Situation anzuwenden und zu der logischen Schlußfolgerung zu gelangen, daß seine Meister Vorkehrungen getroffen hatten, ihn zu finden und aufzuspüren, falls er desertierte, selbst wenn sie der festen Überzeugung waren, daß eine Fahnenflucht außer Frage stand.

Oslett graute davor, die schlechten Nachrichten der Zentrale in New York zu übermitteln. Die Organisation tötete den Boten, der unliebsame Botschaften überbrachte, nicht, schon gar nicht wenn er mit Nachnamen Oslett hieß. Aber als Alfies unmittelbare Bezugsperson wußte er, daß ein Teil der Schuld an ihm hängenbleiben würde, obwohl die Rebellion des Objekts nicht im geringsten auf ein Fehlverhalten seinerseits zurückzuführen war. Der Fehler mußte in Alfies fundamentaler Konditionierung liegen, verdammt, nicht in seiner Betreuung.

Oslett ließ Clocker in der Küche, wo er nach ungebetenen Besuchern Ausschau halten mußte, und inspizierte rasch den Rest des Wohnmobils.

Er fand nichts Interessantes mehr, abgesehen von einem Stapel abgelegter Kleidungsstücke im Schlafzimmer am Ende des Fahrzeugs. Im Licht der Taschenlampe brauchte er die Sachen nur leicht mit der Schuhspitze anzustoßen, um zu sehen, daß es diejenigen waren, die Alfie trug, als er am Samstag morgen in das Flugzeug nach Kansas City gestiegen war.

Oslett kehrte in die Küche zurück, wo Clocker im Dunkeln wartete. Er richtete den Lichtstrahl der Taschenlampe zum letzten Mal auf die beiden Toten. »Was für eine Schweinerei. Verdammt, das hätte nicht passieren müssen.«

Clocker sah abfällig zu dem toten Paar, als er sagte: »Wen interessiert das, um Himmels willen? Sie waren sowieso nur ein paar verdammte Klingonen.«

Oslett hatte nicht die Opfer gemeint, sondern die Tatsache, daß Alfie jetzt nicht nur ein Deserteur war, sondern ein *unaufspürbarer* Deserteur, womit er die Organisation und sämtliche Mitglieder in Gefahr brachte. Er verspürte ebensowenig Mitleid für die beiden Toten wie Clocker, fühlte sich nicht dafür verantwortlich, was mit ihnen geschehen war, und war sogar der Meinung, daß die Welt besser dran war ohne diese beiden weiteren unproduktiven Parasiten, die an der Substanz der Gesellschaft zehrten und mit ihrem schwerfälligen Wohnmobil den Verkehr behinderten. Er liebte die Massen nicht. Seiner Meinung nach bestand das Problem mit den Durchschnittsmenschen eben genau darin, *daß* sie so durchschnittlich waren und es so viele davon gab, daß sie weitaus mehr nahmen, als sie der Welt gaben, daß sie außerstande waren, selbst ein vernünftiges Leben zu führen, von der Gesellschaft, der Regierung, der Wirtschaft und der Umwelt ganz zu schweigen.

Dennoch erschreckte ihn der Ausdruck, mit dem Clocker seiner Verachtung für die Opfer Ausdruck verliehen hatte. Das Wort »Klingonen« erfüllte ihn mit Unbehagen, denn es handelte sich um den Namen einer außerirdischen Rasse, die so viele Folgen und Filme der Serie *Raumschiff Enterprise* Krieg gegen die Menschheit führte, bevor die Ereignisse der fiktiven fernen Zukunft der Serie allmählich die verbesserten Beziehungen zwischen den Vereinigten Staaten und der Sowjetunion in der Wirklichkeit widerspiegelten. Oslett fand *Raumschiff Enterprise* abgeschmackt und entsetzlich langweilig. Er hatte nie verstanden, warum so viele Menschen sich dafür begeistern konnten. Aber Clocker war ein treuer Fan der Serie und bezeichnete sich selbst ungeniert als »Trekkie«, er konnte die Handlungen jedes Films und jeder Folge herbeten und kannte die Lebensläufe der Figuren so gut, als wären sie seine engsten Freunde. *Raumschiff Enterprise* war das einzige Thema, zu dem er sich je auf ein Gespräch einließ; und so wortkarg er die meiste Zeit war, so redselig konnte er werden, wenn das Thema seiner Lieblingsserie angesprochen wurde.

Oslett versuchte sicherzustellen, daß es *nie* angesprochen wurde.

Jetzt hallte das verabscheute Wort »Klingonen« wie eine Feuerwehrglocke in seinem Kopf.

Da die ganze Organisation in Gefahr geraten war, weil sie Alfies Spur verloren hatten, da sich etwas Neues und rücksichtslos Brutales in der Welt herumtrieb, würde die Rückfahrt nach Oklahoma City durch so viele Meilen dunkles und unbewohntes Land trostlos und deprimierend werden. Auf gar keinen Fall wollte Oslett dabei auch noch mit einem von Clockers niederschmetternd begeisterten Monologen über Captain Kirk, Mr. Spock, Scotty und den Rest der Besatzung sowie deren Abenteuer in einer entlegenen Ecke des Universums belästigt werden, die im Film mit weitaus mehr Logik und Aha-Erlebnissen ausgestattet waren als das wirkliche Universum mit seinen harten Entscheidungen, häßlichen Wahrheiten und seiner sinnlosen Grausamkeit.

»Hauen wir ab«, sagte Oslett, drängte sich an Clocker vorbei und ging in den vorderen Teil des Road King. Er glaubte nicht an

Gott, trotzdem betete er inbrünstig, daß Karl Clocker wieder in sein gewöhnliches, selbstvergessenes Schweigen verfallen würde.

6.

Cyrus Lowbock entschuldigte sich vorübergehend und unterhielt sich mit Kollegen, die andernorts im Haus mit ihm reden wollten.
Marty nahm sein Verschwinden erleichtert zur Kenntnis.
Als der Detective aus dem Eßzimmer ging, verließ Paige ihren Platz am Fenster und setzte sich wieder auf den Stuhl neben Marty.
Pepsi war keins mehr da, aber die Eiswürfel in dem Becher waren teilweise geschmolzen, und er trank das kalte Wasser. »Ich möchte nur noch eines, daß das hier vorbei ist. Wir sollten nicht hier sein, so lange dieser Kerl sich noch irgendwo da draußen rumtreibt.«
»Glaubst du, wir sollten uns wegen der Kinder Sorgen machen?«
... brauche ... meine Charlotte, meine Emily ...
Marty sagte: »Ja. Ich mache mir Sorgen wie verrückt.«
»Aber du hast den Kerl zweimal in die Brust geschossen.«
»Ich habe auch gedacht, ich hätte ihn mit gebrochenem Rücken in der Diele liegen lassen, aber er ist aufgestanden und weggelaufen. Oder weggehinkt. Oder hat sich möglicherweise auch in Luft aufgelöst. Ich habe keine Ahnung, was hier los ist, Paige, aber es ist abenteuerlicher als alles, was ich je in meinen Romanen verarbeitet habe. Und es ist noch nicht vorbei, noch lange nicht.«
»Wenn es nur Vic und Kathy wären, aber es ist auch noch ein Polizist drüben, der auf sie aufpaßt.«
»Wenn dieser Dreckskerl wüßte, wo die Mädchen sind, würde er den Cop, Vic und Kathy innerhalb einer Minute kaltmachen.«
»Du bist mit ihm fertig geworden.«
»Ich hatte Glück, Paige. Nur verdammtes Glück. Er hatte keine Ahnung, daß ich die Waffe in der Schreibtischschublade hatte und sie auch benutzen würde. Ich habe ihn überrascht. Das wird er nicht noch einmal zulassen. Nächstes Mal wird der Überraschungseffekt auf *seiner* Seite sein.«
Er hielt den Becher an die Lippen und ließ einen schmelzenden Eiswürfel in den Mund rutschen.

»Marty, wann hast du die Waffen aus dem Schrank in der Garage geholt und geladen?«

Marty sagte mit dem Eiswürfel im Mund: »Ich hab' gesehen, wie dich das geschockt hat. Heute morgen. Bevor ich zu Paul Guthridge gegangen bin.«

»Warum?«

Marty beschrieb so gut er konnte das seltsame Gefühl, das ihn überkommen hatte, als würde etwas auf ihn zurasen kommen, um ihn zu vernichten, bevor er auch nur ansatzweise die Möglichkeit hatte zu erkennen, worum es sich handelte. Er versuchte ihr klarzumachen, wie sich dieses Gefühl zu einem Panikanfall verdichtet hatte, bis er überzeugt war, er würde Waffen zu seiner Verteidigung brauchen, und die Angst ihn fast lähmte.

Es wäre ihm peinlich gewesen, ihr das alles zu erzählen, er hätte sich angehört, als wäre er nicht mehr ganz bei Trost, hätten die Ereignisse nicht die Richtigkeit seiner Vorahnungen und Befürchtungen bewiesen.

»Und es ist tatsächlich etwas gekommen«, sagte sie. »Dieser Doppelgänger. Du hast gespürt, daß er kommt.«

»Ja, ich glaube auch. Irgendwie.«

»Übersinnlich.«

Er schüttelte den Kopf. »Nein, so würde ich es nicht nennen. Nicht, wenn du so was wie eine Vision meinst. Ich habe nicht gesehen, was da kam, hatte keine klare Vorahnung. Nur dieses ... schreckliche Gefühl von Druck, Schwerkraft ... wie bei einer Karussellfahrt auf dem Jahrmarkt, wenn man richtig schnell herumgewirbelt und in den Sitz gepreßt wird, bis man eine Last auf der Brust spürt. Du weißt schon, du hast solche Fahrten auch schon gemacht, Charlotte war immer verrückt danach.«

»Ja, ich verstehe ... glaube ich.«

»So fing es an ... und wurde hundertmal schlimmer, bis ich kaum noch atmen konnte. Dann hörte es plötzlich auf, als ich die Praxis des Arztes verließ. Und später, als ich nach Hause kam, war der Dreckskerl hier, aber ich hab' nichts gespürt, als ich das Haus betrat.«

Sie schwiegen einen Augenblick.

Der Wind wehte Regenschauer gegen das Fenster.

Paige sagte: »Wie konnte er genau wie du aussehen?«

»Ich weiß es nicht.«

»Warum sollte er sagen, du hättest ihm sein Leben gestohlen?«
»Ich weiß es nicht, ich weiß es einfach nicht.«
»Ich habe Angst, Marty. Ich meine, alles ist so unheimlich. Was sollen wir nur tun?«
»Von morgen früh an, habe ich keine Ahnung. Aber heute nacht werden wir auf keinen Fall hier bleiben. Wir gehen in ein Hotel.«
»Aber wenn die Polizei nicht irgendwo seine Leiche findet, dann bleibt morgen ... und übermorgen.«
»Ich bin kaputt und müde und kann nicht mehr klar denken. Im Augenblick kann ich mich nur auf heute nacht konzentrieren, Paige. Und was morgen früh angeht, darüber werde ich mir Gedanken machen, wenn es soweit ist.«
Tiefe Sorgenfalten durchzogen ihr hübsches Gesicht. Seit Charlottes Krankheit vor fünf Jahren hatte er sie nicht einmal auch nur halb so besorgt gesehen.
»Ich liebe dich«, sagte er und legte ihr sanft die Hand auf den Kopf.
Sie drückte ihre Hand auf seine und sagte: »O Gott, ich liebe dich auch, Marty, dich und die Mädchen, mehr als alles andere auf der Welt, mehr als das Leben selbst. Wir dürfen nicht zulassen, daß uns etwas geschieht oder unserem gemeinsamen Leben. Das *dürfen* wir einfach nicht.«
»Nein«, sagte er, aber das Wort klang so hohl und falsch wie die Prahlerei eines kleinen Jungen.
Er stellte fest, keiner von ihnen hatte der geringsten Hoffnung Ausdruck verliehen, daß die Polizei ihnen helfen würde. Er konnte seinen Ärger angesichts der Tatsache nicht unterdrücken, daß sie nichts von der Hilfsbereitschaft, Höflichkeit und Umsicht an den Tag legten, die den Figuren in seinen Romanen stets von den Behörden zuteil wurde.
Im Grunde genommen handelten Kriminalromane immer von Gut und Böse, vom Triumph des ersteren über das letztere, und von der Zuverlässigkeit des Justizsystems in einer modernen Demokratie. Sie waren so populär, weil sie dem Leser versicherten, daß das System in der Mehrzahl aller Fälle funktionierte, selbst wenn das tägliche Leben manchmal einen beunruhigenderen Schluß nahelegte. Marty hatte mit Überzeugung und großem Vergnügen in diesem Genre gearbeitet, weil er der festen Überzeu-

gung war, daß die Gesetzeshüter und Gerichte in den meisten Fällen Gerechtigkeit walten ließen und nur versehentlich einen Schnitzer begingen. Aber jetzt, da er sich zum ersten Mal in seinem Leben um Hilfe an das System wandte, schien ihn dieses im Stich zu lassen. Dieses Unvermögen brachte nicht nur sein Leben in Gefahr – und das seiner Frau und der Kinder –, sondern schien auch die Gültigkeit all dessen in Zweifel zu ziehen, das er geschrieben hatte, ebenso die Ziele, mit denen vor Augen er so viele Jahre am Schreibtisch verbracht hatte.

Lieutenant Lowbock kam durch das Wohnzimmer zurück; er sah aus und bewegte sich, als wäre er mitten in einer Modenschau, die für die Zeitschrift *Esquire* fotografiert wurde. Er trug eine durchsichtige Plastiktüte bei sich, die einen schwarzen Behälter mit Reißverschluß enthielt, etwa halb so groß wie ein Rasierbeutel. Diese Tüte stellte er auf den Eßzimmertisch, als er sich setzte.

»Mr. Stillwater, war das Haus abgeschlossen, als Sie heute morgen weggegangen sind?«

»Abgeschlossen?« fragte Marty und überlegte, worauf das jetzt wieder hinauslaufen mochte, bemühte sich aber, seinen Ärger nicht zu zeigen. »Ja, fest abgeschlossen. Darauf achte ich besonders gründlich.«

»Haben Sie sich einmal Gedanken gemacht, wie dieser Eindringling herein gekommen sein könnte?«

»Indem er ein Fenster eingeschlagen hat, nehme ich an. Oder ein Schloß aufgebrochen.«

»Wissen Sie, was sich hier drinnen befindet?« fragte er und klopfte auf den schwarzen Lederbehälter in der Plastiktüte.

»Ich besitze leider keinen Röntgenblick«, sagte Marty.

»Ich dachte, Sie erkennen es vielleicht wieder.«

»Nein.«

»Wir fanden es in Ihrem Schlafzimmer.«

»Ich habe es noch nie gesehen.«

»Auf dem Frisiertisch.«

Paige sagte: »Kommen Sie zur Sache, Lieutenant.«

Die zaghafte Andeutung eines Lächelns huschte wieder über Lowbocks Gesicht, wie ein Geist, der kurz über dem Tisch erscheint, wo eine Seance stattfindet. »Es handelt sich um einen vollständigen Satz Dietriche.«

»So ist er eingedrungen?« fragte Marty.

Lowbock zuckte die Achseln. »Ich nehme an, das soll ich daraus schließen.«

»Allmählich wird es langweilig, Lieutenant. Wir machen uns Sorgen um unsere Kinder. Ich stimme mit meiner Frau überein – kommen Sie endlich zur Sache.«

Lowbock beugte sich über den Tisch, betrachtete Marty wieder mit seinem patentierten stechenden Blick und sagte: »Ich bin seit dreiundzwanzig Jahren Polizist, Mr. Stillwater, und erlebe zum ersten Mal einen Einbruch in ein Privathaus, bei dem der Täter einen Satz professioneller Einbruchswerkzeuge benützt.«

»Und?«

»Sie schlagen eine Scheibe ein oder brechen ein Schloß auf, wie Sie sagten. Manchmal stemmen sie eine Schiebetür aus der Führungsschiene. Der durchschnittliche Einbrecher kennt hundert Möglichkeiten, sich Einlaß zu verschaffen – die alle viel schneller sind, als ein Schloß zu knacken.«

»Es war kein durchschnittlicher Einbrecher.«

»Oh, das sehe ich selbst«, sagte Lowbock. Er sank zurück und ließ sich wieder auf dem Stuhl nieder. »Dieser Bursche ist weitaus theatralischer als ein normaler Gauner. Er bemüht sich, genau wie Sie auszusehen, gibt eine Menge seltsamer Bemerkungen von sich, daß er sein Leben zurück haben will, kommt mit einer für Schalldämpfer eingerichteten Waffe daher, wie sie Profikiller benützen, benützt Einbruchswerkzeuge wie ein Hollywoodeinbrecher in einem Kriminalfilm, bekommt zwei Schüsse in die Brust ab, die ihn nicht weiter beeinträchtigen, verliert soviel Blut, daß ein gewöhnlicher Mensch daran sterben würde, macht sich aber aus dem Staub. Er ist regelrecht brillant, dieser Kerl, aber gleichzeitig auch *muy mysterioso*, ein Typ, wie ihn Andy Garcia im Kino spielen könnte, oder, noch viel besser, dieser Ray Liotta, der in *Goodfellas* mitgespielt hat.«

Marty begriff plötzlich, worauf der Detective hinauswollte und warum. Das unvermeidliche Ziel des Verhörs hätte ihm schon viel früher aufgehen müssen, aber Marty war einfach nicht darauf gekommen, weil es zu offensichtlich war. Als Schriftsteller hatte er nach einem exotischeren, komplexeren Grund für Lowbocks kaum verhohlene Feindseligkeit und Skepsis gesucht, während Cyrus Lowbock die ganze Zeit auf das Klischee abgezielt hatte.

Dennoch konnte der Detective eine weitere unangenehme

Überraschung präsentieren. Er beugte sich wieder nach vorne und stellte Blickkontakt her, was allerdings längst keine wirksame Verhörmethode mehr war, sondern statt dessen ein persönlicher Tick wurde, so nervtötend und durchschaubar wie Peter Falks entwaffnende Unterwürfigkeit und gnadenlose Selbsterniedrigung, wenn er Columbo spielte, Nero Wolfes nachdenkliches Lippenschürzen in Augenblicken der Inspiration, James Bonds wissendes Grinsen oder die zahlreichen farbigen Schrullen, mit denen Sherlock Holmes charakterisiert wurde. »Besitzen Ihre Töchter Haustiere, Mr. Stillwater?«

»Charlotte. Mehrere.«

»Eine seltsame Schar Haustiere.«

Paige sagte kalt: »Charlotte findet sie nicht seltsam.«

»Und Sie?«

»Nein. Was spielt es für eine Rolle, ob sie seltsam sind oder nicht?«

»Wie lange hat sie sie schon?« wollte Lowbock wissen.

»Manche länger als andere«, sagte Marty, den diese neue Wendung des Verhörs verblüffte, obwohl sie nichts an seiner Überzeugung änderte, daß er zu wissen glaubte, worauf Lowbocks Theorie abzielte.

»Liebt sie ihre Haustiere?«

»Ja. Sehr. Wie alle Kinder. So seltsam Sie sie auch finden mögen, sie liebt sie.«

Lowbock nickte, lehnte sich wieder vom Tisch zurück, trommelte mit dem Füller auf dem Notizbuch und sagte: »Ein weiterer brillanter Zug, aber zugleich überzeugend. Ich meine, wenn selbst man ein Detective wäre, der nicht an das ganze Szenario glaubt, würden einem Zweifel kommen, wenn der Eindringling sämtliche Haustiere der Tochter tötet.«

Martys Herz wurde schwer wie ein Stein, der auf den Grund eines Sees sinkt.

»O nein«, sagte Paige kläglich. »Nicht der arme Whiskers, Loretta, Fred ... doch nicht alle?«

»Die Rennmaus wurde zerquetscht«, sagte Lowbock, der Marty nicht aus den Augen ließ. »Der Maus wurde das Genick gebrochen, die Schildkröte wurde zertreten, ebenso der Käfer. Die anderen habe ich nicht so gründlich untersucht.«

Martys Zorn loderte zu kaum beherrschter Wut empor; er ballte die Hände unter dem Tisch zu Fäusten, weil er wußte, Lowbock beschuldigte ihn, die Tiere getötet zu haben, um einer ausgeklügelten Lüge zusätzliche Glaubwürdigkeit zu verschaffen. Niemand konnte glauben, ein liebender Vater würde die Schildkröte seiner Tochter zertreten oder ihre niedliche kleine Maus aus den schäbigen Beweggründen zerquetschen, die nach Lowbocks Meinung Marty motivierten; eben darum ging der Detective perverserweise davon aus, *daß* Marty es getan hatte, weil es so ungeheuerlich war, daß er, Lowbock, es glauben mußte, die perfekte Abrundung.

»Charlotte wird das Herz brechen«, sagte Paige.

Marty wußte, er war rot vor Wut. Er konnte die Hitze im Gesicht spüren, als hätte er die vergangene Stunde unter einer Höhensonne verbracht, und seine Ohren fühlten sich fast an, als stünden sie in Flammen. Er wußte auch, der Cop würde seine Wut als beschämtes Erröten und damit als Beweis seiner Schuld interpretieren.

Als Lowbock wieder dieses vage Lächeln sehen ließ, hätte Marty ihm am liebsten ins Gesicht geschlagen.

»Mr. Stillwater, korrigieren Sie mich bitte, wenn ich mich irre, aber hatten Sie nicht jüngst ein Buch auf der Taschenbuchbestsellerliste, den Nachdruck einer gebundenen Ausgabe, die letztes Jahr erschienen war?«

Marty antwortete nicht.

Lowbock brauchte keine Antwort. Er war jetzt richtig in Fahrt. »Und in etwa einem Monat soll ein neues Buch erscheinen, das nach Meinung einiger Leute Ihr erster Hardcoverbestseller wird? Und wahrscheinlich arbeiten Sie schon wieder an einem neuen Buch. Auf dem Schreibtisch in Ihrem Arbeitszimmer liegt jedenfalls ein Stapel Manuskript. Und ich glaube, wenn man ein paar gute Karriereschübe hat, muß man sozusagen mit dem Fuß auf dem Gas bleiben und den Schwung voll ausnutzen.«

Paige, deren ganzer Körper sich wieder verkrampfte, runzelte die Stirn und schien im Begriff, die lächerliche Deutung zu begreifen, die der Detective Martys Bericht gab, den Grund für seine Feindseligkeit. Sie war der Hitzkopf in der Familie, und Marty, der selbst kurz davor war, den Polizisten zu schlagen, fragte sich, wie Paige regieren würde, wenn Lowbock seinen idiotischen Verdacht aussprach.

»Es muß einer Karriere sehr dienlich sein, wenn in *People* über einen berichtet wird«, fuhr der Detective fort. »Und ich nehme an, wenn Mr. Murder selbst zum Opfer eines *Muy-mysterioso*-Killers wird, bekommt man ein Menge kostenlosen Werberummel in den Medien, und das genau an einem entscheidenden Punkt Ihrer Karriere.«

Paige fuhr mit dem Kopf herum, als wäre sie geschlagen worden.

Ihre Reaktion zog Lowbocks Aufmerksamkeit auf sich. »Ja, Mrs. Stillwater?«

»Sie glauben doch nicht allen Ernstes ...«

»Was, Mrs. Stillwater?«

»Marty ist kein Lügner.«

»Habe ich das behauptet?«

»Er verabscheut Werberummel.«

»Dann müssen die Leute von *People* ziemlich hartnäckig gewesen sein.«

»Sehen Sie sich doch seinen Hals an, um Himmels willen! Rote Stellen, Schwellungen, in ein paar Stunden wird er voller Blutergüsse sein. Sie werden doch nicht glauben, daß er sich das selbst angetan hat.«

Lowbock, dessen vorgebliche Objektivität einen zum Wahnsinn treiben konnte, sagte: »Glauben Sie das, Mrs. Stillwater?«

Sie stieß zwischen zusammengebissenen Zähnen hervor, was Marty glaubte nicht sagen zu dürfen: »Sie dummes Arschloch.«

Lowbock zog die Brauen hoch, sah betroffen drein, als wüßte er gar nicht, womit er diese Beschimpfung verdient hatte, und sagte: »Ihnen muß doch klar sein, Mrs. Stillwater, daß es Leute da draußen gibt, eine ganze Welt voller Zyniker, die behaupten, daß versuchtes Erwürgen die sicherste Methode ist, einen Anschlag vorzutäuschen. Ich meine, sich in den Arm oder ein Bein zu stechen, wäre schon überzeugend, aber dabei läuft man immer Gefahr, daß man sich etwas verschätzt, aus Versehen eine Arterie trifft, und plötzlich blutet man schlimmer, als man wollte. Und was selbst zugefügte Schußwunden anbelangt – nun, das Risiko ist höher, denn es besteht die Gefahr, daß die Kugel vom Knochen abprallt und tiefer ins Fleisch eindringt, und natürlich die Möglichkeit eines Schocks.«

Paige schnellte so unvermittelt auf die Füße, daß sie den Stuhl umwarf. »Raus mit Ihnen.«

Lowbock sah sie blinzelnd an und heuchelte länger als erforderlich Unschuld. »Wie bitte?«

»Verlassen Sie mein Haus«, verlangte sie. »Sofort.«

Marty war sich darüber im klaren, daß sie die letzte geringe Chance verspielten, den Polizisten doch noch zu überzeugen und Polizeischutz zu bekommen, aber er stand ebenfalls von seinem Stuhl auf; er war so wütend, daß er zitterte. »Meine Frau hat recht. Ich denke, Sie und Ihre Männer gehen besser, Lieutenant.«

Cyrus Lowbock blieb sitzen, weil er sie damit brüskieren konnte, als er sagte: »Sie meinen, bevor wir unsere Ermittlungen abgeschlossen haben?«

»Ja«, sagte Marty. »Abgeschlossen oder nicht.«

»Mr. Stillwater, Mrs. Stillwater ... Ihnen ist bewußt, daß es gegen das Gesetz verstößt, ein Verbrechen zu melden, das gar nicht stattgefunden hat?«

»Wir haben keine falsche Meldung erstattet«, sagte Marty.

Paige sagte: »Das einzige, was in diesem Zimmer falsch ist, sind Sie, Lieutenant. Ihnen ist doch klar, daß es gegen das Gesetz verstößt, sich als Polizisten auszugeben?«

Es wäre befriedigend gewesen zu sehen, wie Lowbocks Gesicht rot vor Wut wurde, wie er die Augen zusammenkniff und die Lippen angesichts des Vorwurfs zusammenpreßte, aber seine Gelassenheit blieb nervtötend unerschütterlich.

Als er langsam aufstand, sagte der Detective: »Wenn es sich bei den Blutproben vom Teppich oben nur um Schweine- oder Rinderblut oder etwas Ähnliches handelt, wird das Labor selbstverständlich die Herkunft bestimmen können.«

»Mir sind die analytischen Fähigkeiten der Gerichtsmedizin durchaus bewußt«, versicherte Marty ihm.

»O ja, stimmt, Sie sind Kriminalschriftsteller. Laut *People* recherchieren Sie eine Menge für Ihre Bücher.«

Lowbock klappte das Notizbuch zu und steckte den Füller hinein.

Marty wartete.

»Haben Sie bei Ihren unterschiedlichen Recherchen auch gelernt, wieviel Blut ein Mensch, sagen wir etwas von Ihrer Größe, in seinem Körper hat, Mr. Stillwater?«

»Fünf Liter.«

»Ah. Das ist richtig.« Lowbock legte das Notizbuch auf die Plastiktüte, in der sich der Lederbehälter mit den Einbruchswerkzeugen befand. »Meiner Schätzung, meiner fachmännischen Schätzung zufolge, sind etwa ein bis zwei Liter auf den Teppichboden oben geflossen. Zwischen zwanzig und vierzig Prozent der gesamten Blutreserven dieses Doppelgängers, aber näher bei vierzig, wenn meine Schätzung richtig ist. Wissen Sie, was ich eigentlich zusammen mit soviel Blut finden müßte, Mr. Stillwater? Ich müßte eigentlich den Leichnam finden, von dem es stammt, weil es die Phantasie wirklich überfordert, wenn man sich vorzustellen versucht, daß so ein schwer verwundeter Mann noch vom Schauplatz des Verbrechens fliehen kann.«

»Ich sagte Ihnen schon, daß ich es auch nicht verstehe.«

»*Muy mysterioso*«, sagte Paige und betonte die beiden Worte mit einem Ausmaß an Abscheu, das dem Spott gleichkam, mit dem der Detective zuvor sie beide behandelt hatte.

Marty überlegte sich, daß der ganze Schlamassel zumindest etwas Gutes hatte: Paige hatte nicht eine Sekunde an ihm gezweifelt, obwohl Vernunft und Logik dazu allen Anlaß gegeben hätten; und nun stand sie wütend und entschlossen an seiner Seite. In all den Jahren, seit sie zusammen waren, hatte er sie nie mehr geliebt als in diesem Augenblick.

Lowbock nahm das Notizbuch und die Plastiktüte und sagte: »Wenn es sich bei dem Blut oben um Menschenblut handelt, wirft das alle möglichen anderen Fragen auf, die uns zwingen würden, die Untersuchung zu Ende zu führen, ob Sie wollen oder nicht. Wie auch immer die Laborergebnisse ausfallen werden, Sie hören wieder von mir.«

»Wir können es kaum erwarten, Sie wiederzusehen«, sagte Paige, aus deren Stimme die Schärfe verschwunden war, als würde sie Lowbock nicht mehr als eine Bedrohung ansehen, sondern nur noch als eine Witzblattfigur.

Marty fand ihr Verhalten ansteckend, und ihm wurde ebenso wie ihr klar, daß dieser heitere Sarkasmus lediglich eine Reaktion auf die unerträglichen Belastungen der vergangenen Stunde war. Er sagte: »Schauen Sie unbedingt wieder rein.«

»Wir machen eine hübsche Kanne Tee«, sagte Paige.

»Und Brötchen.«

»Kekse.«

»Teegebäck.«

»Und vergessen Sie um Himmels willen nicht, Ihre Frau mitzubringen«, sagte Paige. »Wir würden sie zu gerne kennenlernen, auch wenn sie einer anderen Gattung angehört.«

Marty merkte, daß Paige kurz davor war, laut herauszuplatzen, weil es ihm ganz genauso erging, und er wußte, ihr Verhalten war kindisch, dennoch mußte er alle Anstrengung aufbieten, um sich nicht bis zur Eingangstür über Lowbock lustig zu machen und diesen mit Witzen zurückzutreiben wie Professor Van Helsing den Grafen Dracula, indem er ihm ein Kruzifix vor ihm schwenkte.

Seltsamerweise brachte ihre Frivolität den Detective weit mehr aus der Fassung als ihr Zorn oder ihre aufrichtigen Beteuerungen, daß der Eindringling echt gewesen war. Sichtliche Selbstzweifel schienen ihn zu plagen, und er sah aus, als wollte er vorschlagen, daß sie sich setzten und noch einmal von vorne anfingen. Aber Selbstzweifel waren eine Schwäche, mit der er nicht vertraut war und die er nicht lange aufrechterhalten konnte.

Daher wich die Unsicherheit rasch wieder seinem gewohnten, überheblichen Gesichtsausdruck, und er sagte: »Wir nehmen die Heckler und Koch des Doppelgängers und Ihre eigenen Waffen mit, bis Sie die Papiere vorlegen können, um die ich Sie gebeten habe.«

Einen schrecklichen Augenblick war Marty überzeugt, daß sie die Beretta im Küchenschrank und die Mossberg Schrotflinte unter dem Bett im ersten Stock gefunden hatten und ihn schutzlos hier zurücklassen würden.

Aber Lowbock zählte die Waffen auf und kam nur auf drei: »Die Smith and Wesson, die .38er Korth und die M16.«

Marty versuchte sich seine Erleichterung nicht anmerken zu lassen.

Paige lenkte Lowbock ab, indem sie sagte: »Lieutenant, werden Sie Ihren Arsch jetzt endlich hier raus schaffen?«

Jetzt endlich konnte der Detective nicht mehr verhindern, daß er wütend das Gesicht zusammenkniff. »Sie können mich gerne zur Eile antreiben, Mrs. Stillwater, wenn Sie Ihre Bitte in Anwesenheit zweier Beamter wiederholen würden.«

»Ständig diese Sorgen wegen Gerichtsverfahren«, sagte Marty.

Paige sagte: »Das werde ich mit Vergnügen tun, Lieutenant. Möchten Sie, daß ich die Bitte in genau demselben Wortlaut wie eben wiederhole?«

Marty hatte noch nie gehört, daß sie Kraftausdrücke gebraucht hätte – was bedeutete, daß trotz ihres unbekümmerten Tonfalls ihre Wut längst nicht verraucht war. Das war gut. Wenn die Polizei fort war, würde sie diese Wut brauchen, um durch die Nacht zu kommen, die vor ihnen lag. Wut half mit, die Angst zu verdrängen.

7.

Als er die Augen schließt und versucht, sich die Schmerzen bildlich vorzustellen, sieht er sie als aus Feuer geklöppelte Spitzen. Ein wunderbar leuchtendes Netz, weißglühend, mit roten und gelben Schattierungen, erstreckt sich vom Ansatz seines pochenden Halses über den Rücken, um die Seiten herum und ist kunstvoll über Brust und Unterleib geknüpft.

Wenn er sich die Schmerzen bildlich vorstellt, kann er sich einen besseren Eindruck verschaffen, ob sich sein Zustand verbessert oder verschlechtert. Eigentlich gilt seine Sorge nur dem Gedanken, wie *schnell* sich sein Zustand verbessert. Er ist früher schon verwundet worden, wenn auch nie so schwer, und er weiß, womit er rechnen kann: eine kontinuierliche Verschlechterung wäre eine völlig neue und beunruhigende Erfahrung für ihn.

Die Schmerzen waren eine oder zwei Minuten nach den Schüssen schrecklich gewesen. Es hatte sich angefühlt, als wäre ein monströser Fötus in seinem Inneren erwacht und hätte sich einen Weg nach draußen gegraben.

Glücklicherweise besitzt er eine einmalig hohe Toleranzgrenze für Schmerzen. Außerdem tröstet ihn die Gewißheit, daß die Qualen schnell erträglicher werden.

Als er zur Hintertür des Hauses hinausstolpert und sich Richtung Honda schleppt, hört das Bluten völlig auf, und sein Hunger wird qualvoller als die Schmerzen seiner Verletzungen. Sein Magen verkrampft sich, entspannt sich ruckartig, verkrampft sich aber sofort wieder und zieht und dehnt sich mehrmals heftig, als wäre er eine zupackende Faust, die die Nahrung ergreifen kann, welche er so dringend benötigt.

Als er auf dem Höhepunkt des Sturms durch den grauen Wolkenbruch davonfährt, nimmt sein Heißhunger solche Formen an, daß er vor Unterernährung zu zittern anfängt. Es handelt sich nicht nur um ein Zittern des Appetits, sondern um ein krampfartiges Schlottern, bei dem seine Zähne aufeinanderschlagen. Seine zuckenden Hände trommeln ein Stakkato auf dem Lenkrad, das er kaum fest genug halten kann, um das Fahrzeug zu lenken. Anfälle trockenen Hechelns überkommen ihn, Schüttelfrost jagt Hitzewallungen, und der Schweiß, der an ihm herabrinnt, ist kälter als der Regen, von dem Haar und Kleidung noch durchnäßt sind.

Sein außergewöhnlicher Stoffwechsel verleiht ihm große Kraft, hält seine Energievorräte hoch, befreit ihn von der Notwendigkeit, jede Nacht zu schlafen, ermöglicht ihm Heilungsprozesse mit außergewöhnlicher Geschwindigkeit und ist ganz allgemein ein Füllhorn körperlichen Segens, aber er stellt auch Anforderungen. Selbst an ruhigen Tagen entspricht sein Appetit dem von zwei Holzfällern. Wenn er sich keinen Schlaf gönnt, wenn er verletzt ist oder andere außergewöhnliche Anforderungen an sein System gestellt werden, wird bloßer Hunger bald zu einem verzehrenden Verlangen, und dieses Verlangen eskaliert fast augenblicklich zu einer gräßlichen Gier nach Nahrungsaufnahme, die alle anderen Überlegungen aus seinem Denken verdrängt und ihn zwingt, gefräßig alles zu verzehren, dessen er habhaft werden kann.

Das Innere des Honda ist übersät mit leeren Lebensmittelverpackungen – Einpackpapier und Kartons und Tüten aller Art –, aber es findet sich kein verborgener Krümel mehr in dem Müll. Im Verlauf der Abfahrt von den San Bernadino Mountains in die Tiefebene von Orange County hat er jedes verbliebene Restchen verzehrt. Jetzt sind nur noch verschmierte Schokolade- und Senfreste, dünne, glänzende Ölfilme, Fett und Salzkörnchen übrig, die keinesfalls die erforderliche Energie liefern können, die er allein aufwenden müßte, um im Dunkeln danach zu suchen und sie aufzulecken.

Als er endlich einen Schnellimbiß mit Autoschalter findet, hat sich in seinem Zentrum eine eiskalte Leere gebildet, in der er sich aufzulösen scheint und die hohler und hohler, kälter und kälter wird, als würde sein Körper sich selbst verzehren, um sich zu regenerieren, und dabei zwei Zellen für jede verbrauchen, die er neu erschafft. Im hektischen und verzweifelten Bemühen, die grausamen Krämpfe des Verhungerns zu lindern, beißt er sich fast selbst in die Hand. Er stellt sich vor, wie er mit den Zähnen Fetzen seines eigenen Fleisches herausreißt und gierig schluckt, wie er sein eigenes Blut hinuntersaugt und alles tut, um sein Leiden zu lindern – *alles*, so ekelhaft es auch sein mag. Aber er beherrscht sich, denn im Wahn seines unmenschlichen Hungers ist er halb davon überzeugt, daß er kein Fleisch mehr auf den Knochen hat. Er fühlt sich vollkommen ausgehöhlt, zerbrechlicher als der feinste gläserne Christbaumschmuck, und er glaubt, er wird sich in dem Augenblick, wenn die Zähne seine spröde Haut durchbohren und damit die Illusion von Substanz zunichte machen, in Tausende lebloser Bruchstücke auflösen.

Bei dem Restaurant handelt es sich um ein McDonald's. Der Blechlautsprecher der Sprechanlage am Bestellschalter ist so viele Jahre Sommersonne und Winterkälte ausgesetzt gewesen, daß die Begrüßung der unsichtbaren Verkäuferin vibrierend und von Rauschen überlagert klingt. Der Killer verläßt sich darauf, daß seine eigene überlastete und zitternde Stimme nicht ungewöhnlich klingt und bestellt genügend Essen, daß das Personal eines kleinen Büros davon satt werden könnte: sechs Cheeseburger, Big Macs, Fritten, einige Fischsandwiches, zwei Schokomilchshakes – und große Becher Cola, da sein rasender Stoffwechsel, bekommt er nicht ausreichend Treibstoff, ebenso schnell Austrocknung und Verhungern zur Folge hat.

Er steht in einer langen Reihe von Autos, die sich nur langsam auf das Ausgabefenster zu bewegen. Eine andere Wahl als zu warten bleibt ihm freilich nicht, denn mit seiner blutdurchtränkten Kleidung und dem von Kugeln zerfetzten Hemd kann er nicht in ein Restaurant oder einen Supermarkt spazieren und sich holen, was er braucht, ohne eine Menge Aufmerksamkeit auf sich zu lenken.

Zwar sind die Blutgefäße geschlossen, aber die beiden Einschußlöcher in der Brust sind infolge des Mangels an Treibstoff für die Stoffwechselvorgänge noch weitgehend unverheilt. Die klaffenden Löcher, in die er seinen dicksten Finger beunruhigend tief stecken kann, würden sicher zu mehr Gerede führen als sein blutiges Hemd.

Eine der Kugeln ist vollständig durch den Körper gegangen und links neben der Wirbelsäule wieder ausgetreten. Er weiß, die Austrittswunde ist größer als die Löcher in der Brust. Er spürt, wie sich die gezackten Ränder dehnen, wenn er sich in den Sitz zurücklehnt.

Er kann sich glücklich schätzen, daß keine der Kugeln sein Herz durchbohrt hat. Das hätte ihn möglicherweise endgültig aufgehalten. Das und ein Schuß in den Kopf, der das Gehirn zerfetzt, sind die einzigen Verletzungen, die er fürchtet.

Als er den Schalter der Kassiererin erreicht, bezahlt er mit dem Geld, das er vor nicht einmal vierundzwanzig Stunden Jack und Frannie in Oklahoma abgenommen hat. Die junge Frau an der Registrierkasse kann seinen Arm sehen, als er ihr das Geld gibt, daher versucht er, das Zittern zu unterdrücken, das ihre Aufmerksamkeit erregen könnte. Er hält das Gesicht abgewandt; in Nacht und Regen kann sie weder seine verwüstete Brust noch die Qualen sehen, die seine blassen Gesichtszüge verzerren.

Am Ausgabefenster bekommt er seine Bestellung in mehreren weißen Tüten, die er auf den übersäten Sitz neben sich stapelt, wobei es ihm wieder gelingt, das Gesicht abzuwenden. Er muß seine sämtliche Willenskraft aufbringen, damit er die Tüten nicht gleich an Ort und Stelle aufreißt und das Essen hinunterschlingt. Aber er besitzt noch soviel klaren Verstand, zu wissen, daß er keine Szene machen darf, indem er den Ausgabeschalter blockiert.

Er parkt in der dunkelsten Ecke des Restaurantparkplatzes, wo er Scheinwerfer und Scheibenwischer ausschaltet. Als er in den Rückspiegel schaut, sieht sein Gesicht so hager aus, daß er weiß, er hat in der vergangenen Stunde mehrere Pfund abgenommen; seine Augen liegen tief in den Höhlen und scheinen von Rußringen umgeben zu sein. Er dämpft die Lichter des Armaturenbretts so weit wie möglich, läßt aber den Motor laufen, denn in seinem derzeitigen entkräfteten Zustand braucht er die warme Luft aus dem Heizungsgebläse. Schatten hüllen ihn ein. Im Regen, der an der Scheibe herunterläuft, spiegelt sich das Licht der Neontafeln; die Schlieren verwandeln die Nacht in wallende Formen und schirmen ihn gleichzeitig vor neugierigen Blicken ab.

In dieser mechanischen Höhle ergibt er sich der Wildheit und ist eine Zeitlang weniger als ein Mensch, schlingt das Essen mit animalischer Ungeduld hinunter, stopft es sich schneller, als er schlucken kann, in den Mund. Burger und Brötchen und Fritten krümeln auf seinen Lippen, seinen Zähnen, und hinterlassen einen wachsenden Berg organischen Abfalls auf seiner Brust; Cola und Milchshake tropfen an seinem Hemd hinab. Er würgt mehrmals und spuckt Essen auf Lenkrad und Armaturenbrett, schlingt aber deshalb nicht weniger wölfisch, nicht weniger hektisch, während er wortlose, gierige Laute und leises Stöhnen der Befriedigung ausstößt.

Dieser Anfall geradezu tobsüchtigen Fressens wird von einer Periode betäubter und stummer Erschöpfung abgelöst, wie eine Art Trance, aus der er schließlich mit drei Namen auf den Lippen erwacht, die er wie ein Gebet flüstert: »*Paige ... Charlotte ... Emily ...*«

Aus Erfahrung weiß er, daß er in den Stunden vor der Dämmerung von neuerlichen Anfällen von Hungergefühlen heimgesucht werden wird, allerdings nicht so verzehrend und zwanghaft wie der, den er gerade befriedigt hat. Ein paar Schokoriegel oder Dosen Wiener Würstchen oder Packungen Hot Dogs – je nachdem, ob ihn nach Kohlehydraten oder Eiweiß gelüstet – werden dieses Gefühl stillen können.

Dann wird er seine Aufmerksamkeit auf andere wichtige Dinge konzentrieren können, ohne sich um größere Ablenkungen physiologischer Natur kümmern zu müssen. Das wichtigste von allen ist die anhaltende Versklavung seiner Frau und seiner Kinder durch den Mann, der sein Leben gestohlen hat.

»*Paige ... Charlotte ... Emily ...*«

Tränen beeinträchtigen sein Sehvermögen, wenn er daran denkt, daß sich seine Familie in den Händen dieses verhaßten Betrügers befindet. Sie bedeuten ihm so viel. Sie sind sein einziges Glück, der Grund für seine Existenz, seine Zukunft.

Er erinnert sich an das Staunen und die Freude, als er das Haus erforscht hat, im Zimmer seiner Töchter stand und später das Bett berührte, in dem er und seine Frau sich lieben. In dem Augenblick, als er ihre Gesichter auf dem Foto gesehen hat, hatte er gewußt, daß sie sein Schicksal sind und er in ihrer liebevollen Umarmung Erlösung von Verwirrung, Einsamkeit und der stummen Verzweiflung finden würde, die ihn gequält haben.

Er erinnert sich auch an die erste Konfrontation mit dem Betrüger, den Schock und die Fassungslosigkeit angesichts ihrer unerklärlichen Ähnlichkeit, die perfekte Übereinstimmung ihrer Stimmen. Er hatte sofort begriffen, wie dieser Mann seine Stelle hatte übernehmen können, ohne daß es jemand bemerkt hat.

Sein Gang durch das Haus hat keinen Hinweis auf die Herkunft des Betrügers geliefert, aber er mußte an verschiedene Filme denken, die möglicherweise eine Antwort enthielten, wenn er die

Möglichkeit bekam, sie noch einmal zu sehen. Beide Versionen von *Die Körperfresser kommen*, die erste mit Kevin McCarthy, die zweite mit Donald Sutherland. John Carpenters Remake von *Das Ding aus einer anderen Welt*, allerdings nicht die erste Version. Möglicherweise sogar *Invasion vom Mars*. Bette Middler und Lily Tomlin in einem Film, an dessen Titel er sich nicht erinnern kann. *Prinz und Bettelmann*. *Mond über Parador*. Es muß noch weitere geben.

Filme bieten alle Lösungen für die Probleme des Lebens. Aus Filmen hat er alles über Romantik und Liebe und die Freuden des Familienlebens gelernt. In dunklen Kinos, wo er die Zeit zwischen Morden verbrachte und sich nach einem Sinn in seinem Leben sehnte, hat er gelernt zu begehren, was er nicht besaß. Und mit Hilfe der großen Lektionen der Filme kann er schließlich auch das Geheimnis seines gestohlenen Lebens entschlüsseln.

Aber zuerst muß er handeln.

Auch das ist eine Lektion, die er im Kino gelernt hat. Handeln muß stets vor Denken kommen. In Filmen sitzen die Leute selten herum und denken über die Lage nach, in der sie sich befinden. Bei Gott, sie *tun* etwas, um ihre schlimmsten Probleme zu lösen; sie bleiben in Bewegung, in rastloser Bewegung, suchen entschlossen die Konfrontation mit ihren Gegenspielern und lassen sich mit ihren Feinden auf Kämpfe um Tod oder Leben ein, die sie stets gewinnen, wenn sie ausreichend entschlossen und rechtschaffen sind.

Er ist entschlossen.

Er ist rechtschaffen.

Sein Leben wurde gestohlen.

Er ist ein Opfer. Er hat gelitten.

Er weiß, was Verzweiflung ist.

Er hat Mißbrauch und Demütigung und Verrat und Verlust erleiden müssen, wie Omar Sharif in *Doktor Schiwago*, wie William Hurt in *Die Reisen des Mr. Leary*, Robin Williams in *Garp und wie er die Welt sah*, Michael Keaton in *Batman*, Sidney Poitier in *In der Hitze der Nacht*, Tyrone Power in *Auf Messers Schneide*, Johnny Depp in *Edward mit den Scherenhänden*. Er ist eins mit allen unterdrückten, verachteten, verabscheuten, mißverstandenen, betrogenen, ausgestoßenen manipulierten Menschen, die auf der Leinwand leben und selbst im Angesicht vernichtender Rückschläge heldenhaft bleiben. Sein Leiden ist genauso bedeutsam wie ihres, sein Schicksal in jeder Hinsicht ebenso ruhmreich, seine Hoffnung auf einen Triumph genauso groß.

Diese Erkenntnis bewegt ihn zutiefst. Er wird von Weinkrämpfen geschüttelt, schluchzt aber nicht vor Traurigkeit, sondern vor Freude, da ihn ein Gefühl der Zusammengehörigkeit, der Brüderlichkeit, mitmenschlicher Gemeinschaft erfüllt. Er fühlt sich denen, an deren Leben er im Kino teilhaben darf, zutiefst verbunden, und diese glorreiche Epiphanie motiviert ihn aufzustehen, zu handeln, herauszufordern, zu kämpfen und zu siegen.

»Paige, ich komme dich holen«, sagt er unter Tränen.

Er reißt die Fahrertür auf und geht in den Regen hinaus.

»Emily, Charlotte, ich werde euch nicht im Stich lassen. Verlaßt euch auf mich. Vertraut mir. Ich sterbe für euch, wenn es sein muß.«

Er schüttelt die Spuren seiner Freßorgie ab, geht zum Heck des Honda und macht den Kofferraum auf. Er findet ein Abzieheisen, das an einem Ende eine Brechstange ist, mit der man die Radkappen aufhebeln kann, und am anderen ein Schraubenschlüssel. Liegt gut und zufriedenstellend in der Hand.

Er geht zum Fahrersitz zurück, gleitet hinter das Lenkrad und legt das Abzieheisen auf den stinkenden Abfall, der den Sitz neben ihm bedeckt.

Als er im Gedächtnis das Foto seiner Familie sieht, murmelt er: »Ich sterbe für euch.«

Seine Genesung schreitet voran. Als er die Einschußlöcher an seiner Brust untersucht, kann er den Finger nicht mehr halb so weit hineinstecken wie zuvor.

In der zweiten Wunde stößt sein Finger auf einen harten Klumpen, bei dem es sich um einen verschobenen Knorpel handeln könnte. Ihm wird allerdings rasch klar, daß es in Wirklichkeit die Bleikugel ist, die nicht durch ihn hindurch und zum Rücken wieder hinaus ist. Sein Körper stößt sie ab. Er bohrt und klaubt bis das verformte Geschoß sich mit einem feuchten Schmatzlaut löst, dann wirft er es auf den Boden.

Er ist sich zwar bewußt, daß sein Stoffwechsel und seine Regenerationsfähigkeit außergewöhnlich sind, denkt aber nicht, daß er sich besonders von anderen Menschen unterscheidet. Die Filme haben ihn gelehrt, daß alle Menschen mehr oder weniger außergewöhnlich sind; manche üben eine starke Faszination auf Frauen aus, die ihnen nicht widerstehen können; andere sind unvorstellbar mutig; wieder andere, zum Beispiel die, deren Leben Arnold Schwarzenegger oder Sylvester Stallone portraitiert haben, können unbeschadet durch einen Kugelhagel laufen oder im Faustkampf mit einem Dutzend Männern gleichzeitig bestehen. Im Vergleich dazu wirkt seine rasche Rekonvaleszenz nicht außergewöhnlicher als die Fähigkeit von Leinwandhelden, unverletzt durch die Hölle selbst zu gehen.

Er holt ein kaltes Fischsandwich von dem verbliebenen Essensstapel, würgt es mit sechs Bissen hinunter und verläßt das McDonald's. Er sucht nach einem Einkaufszentrum.

Da er sich in Südkalifornien befindet, findet er nach kurzer Zeit, wonach er gesucht hat: einen weitläufigen Komplex mit Kaufhäusern und Spezialgeschäften, dessen Dach mehr Metallplatten aufweisen kann als ein Schlachtschiff und dessen Betonmauern so unüberwindlich scheinen wie die einer mittelalterlichen Festung, umgeben von mehreren Hektar beleuchteten Asphalts. Die gnadenlos kommerzielle Natur des Geländes wird von parkähnlichen Reihen und Gruppen von Amiaceensträuchern, Lorbeer, weidenähnlichen Melaleucas und Palmen kaschiert.

Er fährt die endlosen Reihen geparkter Autos entlang, bis er einen Mann im Regenmantel erspäht, der mit zwei vollen Plastiktüten vom Einkaufszentrum wegläuft. Der Mann bleibt hinter einem weißen Buick stehen, stellt die Tüten ab und sucht nach dem Kofferraumschlüssel.

Drei Autos von dem Buick entfernt ist ein Parkplatz frei. Der Honda, der ihn von Oklahoma bis hierher begleitet hat, hat seine Nützlichkeit erschöpft. Er muß ihn hier zurücklassen.

Er steigt mit dem Abzieheisen in der rechten Hand aus dem Auto aus. Er hält es am verjüngten Ende dicht an die Seite gedrückt, um keine Aufmerksamkeit zu erregen.

Das Gewitter läßt allmählich etwas nach. Der Wind flaut ab. Keine Blitze zerreißen den Himmel.

Der Regen ist zwar nicht weniger kalt als vorher, aber jetzt findet er ihn nicht mehr frostig, sondern erfrischend.

Während er auf das Einkaufszentrum – und den weißen Buick – zugeht, läßt er den Blick über den riesigen Parkplatz schweifen. Soweit er sehen kann, beobachtet ihn niemand. Keines der parkenden Fahrzeuge in der Reihe ist gerade im Wegfahren begriffen: keine Scheinwerfer, keine verräterischen Auspuffabgase. Das nächste fahrende Auto ist drei Reihen entfernt.

Der Mann hat die Schlüssel gefunden, den Kofferraum des Buick geöffnet und verstaut gerade die erste der beiden Plastiktüten. Als er sich bückt, um die zweite aufzuheben, scheint der Fremde zu spüren, daß er nicht mehr allein ist; er dreht den Kopf, schaut zurück aus seiner gebückten Haltung nach oben und sieht gerade noch, wie das Abzieheisen auf sein Gesicht zu schwingt, auf dem sich kaum mehr ein erschrockener Ausdruck bilden kann.

Der zweite Hieb ist wahrscheinlich unnötig. Der erste dürfte Trümmer des Schädelknochens ins Gehirn getrieben haben. Er schlägt trotzdem noch einmal auf den reglosen und stummen Mann ein.

Er wirft das Abzieheisen in den offenen Kofferraum. Es schlägt mit einem dumpfen Klirren auf.

Bewegen, bewegen, herausfordern, kämpfen und siegen.

Er vergeudet keine Zeit damit, sich umzusehen, ob er noch unbeobachtet ist, sondern hebt den Mann vom Asphalt wie ein Bodybuilder, der im Begriff ist, eine Hantel zu stemmen. Er wirft den Leichnam in den Kofferraum, und das Auto erbebt unter dem Aufprall der toten Last.

Nacht und Regen bieten das bißchen Schutz, das er braucht, um dem Leichnam, der im offenen Kofferraum liegt, den Regenmantel auszuziehen. Eines der toten Augen sieht starr geradeaus, das andere dreht sich in der Höhle, und der Mund ist mit abgebrochenen Zähnen zu einem Schreckensschrei erstarrt, der nie zustande kam.

Als der Killer den Mantel über seine nasse Kleidung zieht, stellt er fest, daß dieser etwas zu groß und zwei Zentimeter zu lang in den Ärmeln ist, vorerst aber genügt. Er verdeckt seine zerrissene, blutbefleckte, mit Essensresten verschmierte Kleidung und verleiht ihm ein einigermaßen vorzeigbares Aussehen; mehr braucht er nicht. Der Mantel ist noch warm von der Körperwärme seines Vorbesitzers.

Später wird er den Leichnam wegschaffen, und morgen wird er sich neue Kleidung kaufen. Aber vorerst hat er viel zu tun und schrecklich wenig Zeit.

Er nimmt die Brieftasche des Toten, in der sich ein erfreulich dickes Bündel Banknoten befindet.

Er wirft die zweite Einkaufstüte auf die Leiche und schlägt den Kofferraumdeckel zu. Die Schlüssel baumeln am Schloß.

Im Buick macht er sich am Schalter der Heizung zu schaffen, während er den Parkplatz verläßt.

Bewegen, bewegen, herausfordern, kämpfen und siegen.

Er hält nach einer Tankstelle Ausschau, nicht, weil er den Buick auftanken müßte, sondern weil er einen Münzfernsprecher sucht.

Er erinnert sich an die Stimmen in der Küche, als er vor Schmerzen zuckend zwischen den Trümmern des Geländers lag. Der Eindringling hatte Paige und die Kinder aus dem Haus geschickt, bevor sie in die Diele kommen und ihren wirklichen Vater sehen konnten, der sich mühsam aufzurappeln versucht.

»... *bring sie über die Straße zu Vic und Kathy ...*«

Und Sekunden später ein noch nützlicherer Name: »... *rüber zu den Delorios ...*«

Sie sind zwar seine Nachbarn, aber er kann sich nicht an Vic und Kathy Delorio erinnern, oder welches Haus ihres ist. Dieses Wissen wurde ihm zusammen mit dem Rest seines Lebens gestohlen. Aber wenn sie einen eingetragenen Telefonanschluß besitzen, wird er sie finden können.

Eine Tankstelle. Ein blaues Pacific-Bell-Schild.

Noch während er vor der Telefonzelle mit ihren Plexiglaswänden vorfährt, kann er das dicke, mit einer Kette gesicherte Telefonbuch erkennen.

Er läßt den Motor des Buick laufen und stapft durch eine Pfütze in die Zelle. Er schließt die Tür, damit das Deckenlicht sich einschaltet, und blättert hektisch die Seiten durch.

Er hat Glück. Victor W. Delorio. Der einzige Eintrag unter diesem Namen. Mission Viejo. Die Straße, wo er selbst wohnt. Treffer. Er prägt sich die Adresse ein.

Dann läuft er in die Tankstelle und kauft Schokoriegel. Zwanzig. Herscheys mit Mandeln, 3 Musketeers, Mounds, weiße Schokocrisp von Nestle. Sein Appetit ist vorübergehend gestillt; er will die Süßigkeiten jetzt nicht – aber er weiß, er wird sie bald brauchen.

Er bezahlt mit Bargeld, das dem toten Mann im Kofferraum des Buick gehört.

»Sie sind aber ein Süßschnabel«, sagt der Tankwart.

Als er wieder im Buick sitzt und sich von der Tankstelle in den Verkehr einfädelt, hat er Angst um seine Familie, die sich ahnungslos unter dem Einfluß des Betrügers befindet. Möglicherweise werden sie an einen fernen Ort gebracht, wo er sie nicht finden kann. Vielleicht wird ihnen ein Leid angetan. Oder sie werden gar getötet. Alles ist möglich. Er hat nur ihr Foto gesehen und macht sich erst allmählich wieder mit ihnen vertraut, aber es könnte sein, daß er sie wieder verliert, bevor er die Möglichkeit hat, sie zu küssen und ihnen zu sagen, wie sehr er sie liebt. So ungerecht. Grausam. Sein Herz schlägt heftig und bringt einige der Schmerzen wieder zum Aufflackern, die erst vor kurzem von dem stetigen Heilungsprozeß seiner Verletzungen gelöscht wurden.

O Gott, er *braucht* seine Familie. Er muß sie in den Armen halten und von ihnen gehalten werden. Er muß sie trösten und sich trösten lassen und hören, wie sie seinen Namen aussprechen. Wenn er hört, wie sie seinen Namen aussprechen, wird er ein für allemal jemand *sein*.

Er passiert eine Verkehrsampel, die gerade von Gelb auf Rot umschaltet und spricht mit vor Rührung bebender Stimme zu seinen Kindern: »Charlotte, Emily, ich komme. Seid tapfer. Daddy kommt. Daddy kommt. Daddy. Ist. Unterwegs.«

8.

Lieutenant Lowbock war der letzte Polizist, der das Haus verließ.

Auf der Stufe vor der Eingangstür drehte er sich zu Paige und Marty um und schenkte ihnen ein letztes knappes und kaum wahrnehmbares Lächeln, während hinter ihm auf der Straße die Türen der Polizeiautos zugeworfen und Motoren angelassen wurden. Offenbar mißfiel es ihm, daß sie ihn wegen des kaum beherrschten Zorns in Erinnerung behalten würden, der letztlich doch zum Ausbruch gekommen war. »Wir sehen uns wieder, sobald mir die Laborergebnisse vorliegen.«

»Wir können es kaum erwarten«, sagte Paige. »Es war so ein *reizender* Besuch, wir freuen uns schon auf das nächste Mal.«

Lowbock sagte: »Guten Abend, Mrs. Stillwater.« Er drehte sich zu Marty um. »Guten Abend, Mr. Murder.«

Marty wußte, es war kindisch, dem Detective die Tür vor der Nase zuzuschlagen, aber auch ungeheuer befriedigend.

Während Marty das Sicherheitsschloß verriegelte, legte Paige die Sicherungskette vor und sagte: »Mr. Murder?«

»So nennen sie mich in dem Artikel in *People*.«

»Den habe ich noch gar nicht gesehen.«

»Gleich in der Schlagzeile. Oh, warte nur, bis du ihn liest. Ich sehe lächerlich darin aus, der alte gruselige Marty Stillwater, Bücherschmierfink par excellence. Herrgott, wenn er diesen Artikel heute gelesen hat, kann ich Lowbock nicht verdenken, daß er dies alles für eine Art Werbegag hält.«

Sie sagte: »Er ist ein Idiot.«

»Es *ist* eine verdammt unwahrscheinliche Geschichte.«

»Ich habe sie geglaubt.«

»Ich weiß. Und dafür liebe ich dich.«

Er küßte sie. Sie schmiegte sich an ihn, aber nur kurz.

»Wie geht es deinem Hals?« fragte sie.

»Ich werde es überleben.«

»Dieser Idiot denkt, du hättest dich *selbst* gewürgt.«

»Hab' ich nicht. Aber ich denke, es wäre möglich.«

»Hör auf, seinen Standpunkt zu verteidigen. Du machst mich wütend. Was jetzt? Sollten wir nicht hier weg?«

»So schnell wie möglich«, stimmte er zu. »Und wir kommen erst zurück, wenn wir herausgefunden haben, was das alles zu bedeuten hat. Kannst du ein paar Koffer für uns packen, das Nötigste für ein paar Tage, für uns alle?«

»Klar«, sagte sie und ging schon in Richtung Treppe.

»Ich rufe bei Vic und Kathy an und vergewissere mich, daß da drüben alles in Ordnung ist, dann komme ich dir helfen. Und, Paige – die Mossberg liegt im Schlafzimmer unter dem Bett.«

Als sie über die gesplitterten Trümmer die Treppe hinaufging, sagte sie: »Okay.«

»Hol sie raus und leg sie beim Packen auf das Bett.«

»Mach' ich«, sagte sie, als sie schon ein Drittel der Treppe zurückgelegt hatte.

Er glaubte nicht, daß er ihr hinreichend klargemacht hatte, welche ungewöhnlichen Vorsichtsmaßnahmen angezeigt waren. »Nimm sie mit ins Zimmer der Mädchen.«

»Okay.«

Er sprach so schneidend, daß sie stehenblieb, und sein Hals tat weh, als er den Kopf zurückwarf, um zu ihr aufzusehen. »Verdammt, es ist mein Ernst, Paige.«

Sie sah überrascht nach unten, weil er diesen Tonfall sonst nie gebrauchte. »Okay. Ich behalte sie in der Nähe.«

»Gut.«

Er ging zum Telefon in der Küche, schaffte es aber nur bis ins Eßzimmer, als er Paige im ersten Stock aufschreien hörte. Sein Herz schlug so heftig, daß er nur kurz und abgehackt Luft holen konnte, während er in die Diele zurücklief. Er nahm an, er würde sie im Würgegriff des Anderen finden.

Sie stand am oberen Ende der Treppe und betrachtete entsetzt die gräßlichen Flecken auf dem Teppichboden, die sie zum ersten Mal sah. »Ich habe es gehört, aber ich hätte nicht geglaubt ...« Sie sah zu Marty hinunter. »*Soviel* Blut. Wie konnte er einfach ... einfach weggehen?«

»Er hätte es nicht gekonnt, wenn er ... nur ein Mensch wäre. Darum bin ich so verdammt sicher, daß er zurückkommen wird. Vielleicht nicht heute nacht, vielleicht nicht morgen, vielleicht in einem Monat nicht, aber er wird wiederkommen.«

»Marty, das ist Wahnsinn.«

»Ich weiß.«

»Großer Gott«, sagte sie, weniger im profanen Sinne denn als Gebet, und lief ins Schlafzimmer.

Marty ging in die Küche und holte die Beretta aus dem Schrank. Obwohl er die Pistole persönlich geladen hatte, zog er das Magazin heraus, überprüfte es, ließ es wieder einrasten und lud durch.

Er bemerkte ein Durcheinander von Fußabdrücken auf dem ganzen Fliesenboden. Viele waren noch naß. In den vergangenen zwei Stunden waren die Polizisten in den Regen hinaus und wieder herein gestapft, und offenbar waren nicht alle so umsichtig gewesen, sich die Füße an der Tür abzutreten.

Er wußte, die Polizisten waren beschäftigt gewesen und hatten andere Sorgen gehabt, als auf Sauberkeit zu achten, aber dennoch kamen ihm die Fußspuren – und die Achtlosigkeit, die sie repräsentierten – wie eine fast ebenso gravierende Verletzung seiner Privatsphäre als der Angriff des Anderen vor. Ein überraschend heftiges Mißfallen machte sich in Marty breit.

Während Psychopathen durch die Welt streiften, ging das

Rechtssystem von der Prämisse aus, daß das Böse überwiegend durch gesellschaftliche Ungerechtigkeiten hervorgebracht wurde. Man betrachtete Täter als Opfer der Gesellschaft, so wie die Leute, die sie ausraubten oder töteten, *deren* Opfer waren. Jüngst war ein Mann aus einem Gefängnis in Kalifornien entlassen worden, wo er sechs Jahre wegen Vergewaltigung und Ermordung eines elfjährigen Mädchens abgesessen hatte. Sechs Jahre. Das Mädchen war selbstverständlich so tot wie ehedem. Derartige Ungeheuerlichkeiten waren heute so verbreitet, daß die Presse kaum noch darüber berichtete. Wenn die Gerichte unschuldige Elfjährige nicht beschützen konnten, und wenn Senat und Kongreß keine Gesetze erlassen konnten, die die Gerichte dazu zwangen, dann durfte man sich nicht darauf verlassen, daß Richter und Politiker irgend jemanden irgendwo, irgendwann beschützten.

Aber, verdammt, man durfte doch wenigstens damit rechnen, daß einen die *Polizei* beschützte, denn Polizisten gingen jeden Tag auf die Straße und wußten, wie es wirklich auf der Welt aussah. Die großen Zampanos in Washington und die anmaßenden Eminenzen in den Gerichtssälen hatten sich mit übertrieben hohen Gehältern, endlosen Vergünstigungen und üppigen Renten von der Wirklichkeit abgeschottet; sie lebten in bewachten Vierteln mit privatem Wachpersonal, schickten ihre Kinder auf Privatschulen – und verloren den Kontakt zu dem Schaden, den sie anrichteten. Aber nicht die Polizei. Polizisten gehörten zur arbeitenden Bevölkerung. In Ausübung ihrer Pflicht sahen sie das Böse jeden Tag; sie wußten, es war unter den Privilegierten so weit verbreitet wie in der Mittelschicht oder unter den Armen; die Gesellschaft trug daran weniger Schuld als die fehlerhafte Natur der menschlichen Rasse.

Die Polizei sollte die letzte Verteidigungslinie gegen Barbarei sein. Aber wenn sie dem System, das sie aufrechterhalten sollter, mit unverhohlenem Zynismus gegenüberstanden, wenn sie sich in dem Glauben wogen, sie wären die einzigen, denen noch etwas an Gerechtigkeit lag, dann würde ihnen nichts mehr an ihrer Arbeit liegen. Wenn man sie zu Hilfe rief, würden sie ihre Spurensicherung durchführen, einen Berg Papierkram ausfüllen, um die Verwaltung zufriedenzustellen, einem die sauberen Fußböden beschmutzen und einen ohne eine Spur von Mitleid stehenlassen.

Als Marty in der Küche stand und die Beretta in der Hand hielt, wurde ihm klar, daß er selbst und Paige jetzt die letzte Verteidigungslinie bildeten. Niemand sonst. Keine übergeordnete Autorität. Keine Wächter des öffentlichen Wohlbefindens.

Er brauchte Mut, aber ebenso die ausschweifende Phantasie, die er zu Hilfe nahm, wenn er seine Bücher schrieb. Plötzlich schien er in einem *roman noir* zu leben, in jener amoralischen Welt, wo die Geschichten von James M. Cain oder Elmore Leonard spielten. In so einer finsteren Welt hing das Überleben von schnellem Denken, schnellem Handeln und völliger Skrupellosigkeit ab. Am meisten aber von der Fähigkeit, mit dem Schlimmsten zu rechnen, was das Leben bereithalten mochte, und, indem man damit rechnete, darauf vorbereitet statt überrascht zu sein.

Sein Verstand war leer.

Er hatte keine Ahnung, wohin er gehen, was er tun sollte. Packen und das Haus verlassen, ja. Aber was dann?

Er starrte die Waffe in seiner Hand an.

Ihm gefielen zwar die Bücher von Cain und Leonard, aber seine eigenen Bücher waren längst nicht so schwarz. In ihnen triumphierten Vernunft, Logik, Tugend und die Überlegenheit der gesellschaftlichen Ordnung. Seine Phantasie führte ihn nicht zu verbrecherischen Lösungen, fragwürdiger Moral oder Anarchie.

Nichts.

Marty machte sich Gedanken, ob er mit einer Situation fertigwerden würde, die so hohe Anforderungen an ihn stellte, und griff zum Hörer, um die Delorios anzurufen. Als Kathy nach dem ersten Läuten abnahm, sagte er: »Ich bin es, Marty.«

»Marty, alles in Ordnung? Wir haben gesehen, wie die Polizei abgezogen ist, und dann ist auch der Beamte hier gegangen, aber niemand hat uns die Situation erklärt. Ich meine, ist alles in Ordnung? Was, um alles in der Welt, ist da los?«

Kathy war eine gute Nachbarin und aufrichtig besorgt, aber Marty hatte nicht die Absicht, ihr einen lückenlosen Bericht zu geben, was er mit dem potentiellen Killer und der Polizei durchgemacht hatte. »Wo sind Charlotte und Emily?«

»Sehen fern.«

»Wo?«

»Nun, im Wohnzimmer.«

»Sind eure Türen abgeschlossen?«

»Ja, natürlich. Ich glaube es.«

»Vergewissere dich. Geh nachsehen. Habt ihr eine Waffe?«
»Eine Waffe? Marty, was soll das?«
»Habt ihr eine Waffe?« beharrte er.
»Ich halte nichts von Waffen. Aber Vic besitzt eine.«
»Trägt er sie momentan bei sich?«
»Nein. Er ...«
»Sag ihm, er soll sie laden und bei sich tragen, bis Paige und ich kommen und die Mädchen abholen.«
»Marty, das gefällt mir nicht. Ich glaube nicht ...«
»Zehn Minuten, Kathy. Ich hole die Mädchen in zehn Minuten ab, oder früher, so schnell ich kann.«

Er legte auf, bevor sie antworten konnte.

Er eilte nach oben ins Gästezimmer, das zugleich als Paiges Arbeitszimmer diente. Sie erledigte die Buchführung der Familie, verwaltete das Scheckbuch und kümmerte sich auch sonst um alle finanziellen Angelegenheiten.

In der rechten unteren Schublade des Schreibtischs befanden sich Stapel von Quittungen, Rechnungen und ungültigen Schecks. In der Schublade wurden darüber hinaus das Scheckbuch und das Sparbuch aufbewahrt, die Marty mit einem Gummiband zusammengeheftet hatte. Beide steckte er in die Tasche seiner Hose.

Sein Verstand war nicht mehr leer. Ihm waren einige Vorsichtsmaßnahmen eingefallen, die er treffen mußte, allerdings waren diese zu kümmerlich, als daß man sie einen Schlachtplan hätte nennen können.

In seinem Arbeitszimmer betrat er den begehbaren Schrank und wählte hastig vier Pappkartonschachteln aus Stapeln von dreißig oder vierzig Kartons gleicher Form und Größe aus. In jedem befanden sich zwanzig gebundene Bücher. Er konnte nur zwei gleichzeitig in die Garage tragen. Er verstaute sie im Kofferraum des BMW und verzog jedesmal das Gesicht wegen der Schmerzen, die ihm die Anstrengung im Hals bereitete.

Als er nach seinem zweiten hastigen Ausflug in die Garage das Schlafzimmer betrat, blieb er wie angewurzelt auf der Schwelle stehen, als er sah, wie Paige nach der Schrotflinte griff und herumwirbelte, um damit auf ihn anzulegen.

»Entschuldige«, sagte sie, als sie ihn erkannte.

»Das hast du ganz richtig gemacht«, sagte er. »Hast du die Sachen der Mädchen schon gepackt?«

»Nein, ich bin gerade hier fertig geworden.«
»Dann fange ich damit an«, sagte er.

Als er der Blutspur in Charlottes und Emilys Zimmer folgte und an der zertrümmerten Stelle des Geländers vorbei kam, sah Marty zum Boden unten. Er rechnete immer noch damit, einen Toten auf den gesprungenen Fliesen liegen zu sehen.

9.

Charlotte und Emily lungerten auf dem Sofa im Wohnzimmer der Delorios und steckten die Köpfe zusammen. Sie taten so, als wären sie total begeistert von einer dummen Fernsehkomödie, in der dumme Kinder und dumme Eltern dumme Sachen anstellten, um ein dummes Problem zu lösen. So lange sie so taten, als wären sie völlig fasziniert von der Sendung, blieb Mrs. Delorio in der Küche und bereitete das Essen zu. Mr. Delorio ging entweder durch das Haus oder stand am vorderen Fenster und beobachtete die Polizisten draußen. Wenn sie nicht beachtet wurden, hatten die Mädchen die Möglichkeit, miteinander zu tuscheln und vielleicht herauszubekommen, was da draußen passierte.

»Vielleicht ist Daddy angeschossen worden«, sorgte sich Charlotte.

»Ich hab' dir schon millionenmal gesagt, daß er das nicht ist.«
»Was weißt du schon? Du bist erst sieben.«

Emily seufzte. »Er hat uns gesagt, daß es ihm gutgeht, in der Küche, als Mom glaubte, er wäre verletzt.«

»Er war voller Blut«, jammerte Charlotte.
»Er hat gesagt, es ist nicht seins.«
»Daran kann ich mich nicht erinnern.«
»Ich aber«, sagte Emily nachdrücklich.
»Wenn Daddy nicht angeschossen worden ist, wer dann?«
»Vielleicht ein Einbrecher«, sagte Emily.

»Wir sind nicht reich, Em. Was sollte ein Einbrecher bei uns wollen? He, vielleicht hat Daddy Mrs. Sanchez erschossen.«

»Weshalb sollte er Mrs. Sanchez erschießen? Sie ist nur die Putzfrau.«

»Vielleicht ist sie Amok gelaufen«, sagte Charlotte, und diese Möglichkeit sprach ihren Sinn für Dramatik ungeheuer an.

Emily schüttelte den Kopf. »Nicht Mrs. Sanchez. Sie ist nett.«
»Auch nette Menschen laufen Amok.«
»Quatsch.«
»Doch.«
Emily verschränkte die Arme vor der Brust. »Sag mir einen.«
»Mrs. Sanchez«, sagte Charlotte.
»*Außer* Mrs. Sanchez.«
»Jack Nicholson.«
»Wer ist das?«
»Du weißt schon, der Schauspieler. In *Batman* war er der Joker, und da ist er aber echt total Amok gelaufen.«
»Vielleicht läuft er immer total Amok.«
»Nein, manchmal ist er nett, wie in dem Film mit Shirley MacLaine, da war er ein Astronaut, und Shirleys Tochter wurde schlimm krank, und sie fanden heraus, daß sie Krebs hat, und sie ist gestorben, und Jack war so lieb und nett.«
»Außerdem ist Mrs. Sanchez heute gar nicht dran«, sagte Emily.
»Was?«
»Sie kommt nur donnerstags.«
»Also wirklich, Emily, wenn sie Amok gelaufen ist, dann weiß sie doch nicht, was für einen *Tag* wir heute haben«, entgegnete Charlotte und war zufrieden mit ihrer Antwort, die so ungeheuer logisch zu sein schien. »Vielleicht ist sie aus einer Irrenanstalt ausgebrochen und nimmt Jobs als Haushälterin an, und wenn sie manchmal Amok läuft, bringt sie eine Familie um, brät sie und verspeist sie zum Dinner.«
»Du bist echt daneben«, sagte Emily.
»Nein, hör doch zu«, beharrte Charlotte hektisch flüsternd, »wie Hannibal Lecter.«
»Hannibal der Kannibale!« keuchte Emily.
Sie hatten den Film – den Emily hartnäckig *Das Schwein der Lämmer* nannte –, beide nicht ansehen dürfen, weil Mom und Dad der Meinung waren, sie wären noch nicht alt genug dafür, aber sie hatten von anderen Kindern, die ihn schon milliardenmal auf Video gesehen hatten, in der Schule davon gehört.
Charlotte konnte sehen, daß Emily nicht mehr so überzeugt war, was Mrs. Sanchez betraf. Immerhin war Hannibal der Kannibale ein *Arzt* gewesen, der rettungslos Amok lief und den Leuten die Nasen und all so was abbiß, daher schien die Vorstellung von

einer amoklaufenden Putzfrau auf einmal gar nicht mehr so weit hergeholt.

Mr. Delorio kam ins Wohnzimmer, zog die Vorhänge an der Schiebetür zurück und sah in den Garten hinaus, der vom Verandalicht ziemlich gut beleuchtet wurde. In der rechten Hand hielt er eine Waffe. Vorhin hatte er noch keine Waffe gehabt.

Er ließ den Vorhang zurückfallen, wandte sich von der Glastür ab und lächelte Charlotte und Emily zu. »Alles in Ordnung, Kinder?«

»Ja, Sir«, sagte Charlotte. »Tolle Sendung.«

»Braucht ihr etwas?«

»Nein, danke, Sir«, sagte Emily. »Wir möchten nur die Sendung ansehen.«

»Tolle Sendung«, wiederholte Charlotte.

Als Mr. Delorio aus dem Zimmer ging, sahen Charlotte und Emily ihm nach, bis er fort war.

»Warum hat er eine Waffe?« fragte Emily.

»Um uns zu beschützen. Und weißt du, was das bedeutet? Mrs. Sanchez muß immer noch am Leben und auf freiem Fuß sein und jemanden suchen, den sie verspeisen kann.«

»Und was ist, wenn Mr. Delorio als nächster Amok lauft? Er hat eine Waffe, wir könnten ihm nie entkommen.«

»Sei nicht albern«, sagte Charlotte, aber dann wurde ihr klar, daß ein Sportlehrer ebenso Amok laufen konnte wie eine Putzfrau. »Hör zu, Em, willst du wissen, was wir tun, wenn er Amok läuft?«

»Neun-eins-eins anrufen.«

»Dazu wirst du keine Zeit haben, Dummerchen. Was du tun mußt ist, du mußt ihn in die Eier treten.«

Emily runzelte die Stirn. »Ha?«

»Erinnerst du dich nicht mehr an den Film am Samstag?« fragte Charlotte.

Mom war wegen des Films so außer sich gewesen, daß sie sich beim Geschäftsführer des Kinos beschwert hatte. Sie hatte wissen wollen, wie der Film bei den Kraftausdrücken und der Brutalität eine Freigabe für Kinder hatte bekommen können, worauf der Geschäftsführer erwiderte, er sei freigegeben für Kinder in Begleitung Erwachsener, was etwas vollkommen anderes wäre.

Was Mom besonders in Rage brachte, war eine Szene, wo der Held dem Schurken entkommen konnte, indem er ihm einen kräftigen Tritt zwischen die Beine verpaßte. Als später jemand den Held fragte, was der Schurke gewollt hatte, antwortete der Held: »Ich weiß nicht, was er gewollt hat, aber *gebraucht* hat er einen ordentlichen Tritt in die Eier.«

Charlotte hatte sofort gespürt, daß ihre Mutter sich über diesen Satz ärgerte. Später hätte sie um eine Erklärung bitten können, und ihre Mutter hätte ihr eine gegeben. Mom und Daddy waren der Meinung, daß man alle Fragen der Kinder ehrlich beantworten sollte. Aber manchmal war es aufregender, wenn man selbst versuchte, die Antwort herauszufinden, weil man dann etwas wußte, von dem *sie* nicht wußten, daß man es wußte.

Zu Hause schlug sie im Wörterbuch nach, um herauszufinden, ob es eine Definition von »Eier« gab, die erklären konnte, was der Held mit dem Schurken gemacht hatte und weshalb ihre Mutter so unglücklich darüber war. Als sie sah, daß eine Bedeutung des Wortes ein obszöner Ausdruck für »Hoden« war, schlug sie dieses geheimnisvolle Wort im selben Wörterbuch nach, prägte sich ein, was es zu lernen gab, und schlich anschließend in Daddys Arbeitszimmer und nahm dessen medizinisches Lexikon zur Hand, um mehr zu erfahren. Ziemlich bizarres Zeug. Aber sie begriff es. Halbwegs. Vielleicht mehr, als sie begreifen wollte. Sie hatte es Em so gut sie konnte erklärt. Aber Em glaubte ihr kein Wort und vergaß es offenbar gleich wieder.

»Genau wie in dem Film am Samstag«, half Charlotte ihrem Gedächtnis auf die Sprünge. »Wenn es echt schlimm wird und er Amok läuft, gib ihm einen Tritt zwischen die Beine.«

»Ach ja«, sagte Emily zweifelnd, »einen Tritt in die Noten.«

»Hoden.«

»Es heißt Noten.«

»Es heißt Hoden«, beharrte Charlotte nachdrücklich.

Emily zuckte die Achseln. »Meinetwegen.«

Mrs. Delorio kam ins Wohnzimmer und trocknete sich die Hände an einem gelben Küchenhandtuch ab. Sie trug eine Schürze über Rock und Bluse. Sie roch nach Zwiebeln, die sie kleingeschnitten hatte; als sie herübergekommen waren, hatte sie gerade damit angefangen, das Essen zuzubereiten. »Wollt ihr Mädchen noch eine Pepsi?«

»Nein, Ma'am«, sagte Charlotte, »uns geht es prima, danke. Wir sehen uns die Sendung an.«

»Tolle Sendung«, sagte Emily.

»Eine unserer Lieblingssendungen«, sagte Charlotte.

Emily sagte: »Es geht um einen Jungen mit Noten, und jeder gibt ihm einen Tritt dahin.«

Charlotte hätte der kleinen Dumpfbacke fast einen Schlag auf den Kopf gegeben.

Mrs. Delorio runzelte verwirrt die Stirn und sah vom Fernseher zu Emily und zurück. »Noten?«

»Pfoten«, sagte Charlotte in einem kläglichen Vertuschungsversuch.

Es läutete, bevor Em noch mehr Schaden anrichten konnte.

Mrs. Delorio sagte: »Ich wette, das sind eure Eltern«, und verließ hastig das Zimmer.

»Spatzenhirn«, sagte Charlotte zu ihrer Schwester.

Emily sah sie verschmitzt an. »Du bist nur wütend, weil ich gezeigt habe, daß alles gelogen war. Sie hat noch nie davon gehört, daß Jungs Noten haben.«

»Pssst!«

»Na also«, sagte Emily.

»Dumpfbacke.«

»Mumpfbacke«

»Das ist überhaupt kein Wort.«

»Doch, wenn ich es will.«

Die Türglocke läutete und lautete, als würde jemand darauf stehen.

Vic betrachtete durch den Spion den Mann, der draußen stand. Es war Marty Stillwater.

Er machte die Tür auf, damit sein Nachbar eintreten konnte. »Mein Gott, Marty, das hat ja ausgesehen, als hielte die Polizei da drüben eine Versammlung ab. Was war denn los?«

Marty sah ihn einen Augenblick durchdringend an, besonders die Waffe in seiner rechten Hand, dann schien er eine Entscheidung zu treffen und blinzelte. Seine Haut, naß vom Regen, sah glänzend und unnatürlich weiß aus, wie die Haut einer Porzellanfigur. Er machte einen eingefallenen, geschwächten Eindruck, wie ein Mann, der sich von einer schweren Krankheit erholt.

»Geht es dir gut, geht es Paige gut?« fragte Kathy, die hinter Vic die Diele betrat.

Marty kam zögernd über die Schwelle, blieb aber unmittelbar in der Diele stehen, ohne so weit einzutreten, daß Vic die Tür schließen konnte.

»Was ist denn?« fragte Vic. »Machst du dir Sorgen, du könntest auf den Teppich tropfen? Du weißt doch, daß mich Kathy für ein hoffnungsloses Ferkel hält. Sie hat alles im Haus imprägniert. Komm rein, komm rein.«

Marty ging keinen Schritt weiter, sondern sah an Vic vorbei ins Wohnzimmer, dann die Treppe hinauf. Er trug einen schwarzen, bis zum Hals zugeknöpften Regenmantel, der ihm zu groß war – das mochte teilweise der Grund dafür sein, daß er so verschrumpelt aussah.

Als Vic schon dachte, der Mann hatte die Sprache verloren, sagte Marty: »Wo sind die Kinder?«

»Denen geht es gut«, versicherte Vic ihm, »sie sind in Sicherheit.«

»Ich brauche sie«, sagte Marty. Seine Stimme klang nicht mehr krächzend, wie vorhin, sondern hölzern. »Ich brauche sie.«

»Nun, um Gottes willen, alter Kumpel, kannst du nicht wenigstens lange genug herein kommen, uns zu erzählen ...«

»Ich brauche sie jetzt«, sagte Marty. »Sie gehören mir.«

Keine hölzerne Stimme, wurde Vic Delorio plötzlich klar, sondern eisern beherrscht, als würde Marty Wut oder Angst oder ein anderes übermächtiges Gefühl unterdrücken und fürchten, er könnte die Kontrolle über sich verlieren. Er zitterte ein wenig. Der Regen auf seinem Gesicht konnte teilweise Schweiß sein.

Kathy kam den Flur entlang und sagte: »Marty, was ist denn los mit dir?«

Vic hatte gerade dieselbe Frage stellen wollen. Marty Stillwater war normalerweise so ein umgänglicher Typ, entspannt, immer heiter, aber jetzt wirkte er steif, linkisch. Was immer er heute nacht durchgemacht hatte, es hatte tiefe Spuren in ihm hinterlassen.

Bevor Marty antworten konnte, tauchten Charlotte und Emily am Ende des Flurs auf, wo dieser zum Wohnzimmer führte. Sie mußten in dem Moment, als sie die Stimme ihres Vaters hörten, ihre Regenmäntel angezogen haben. Während sie näher kamen, knöpften sie sie zu.

Charlottes Stimme bebte, als sie sagte: »Daddy?«

Beim Anblick seiner Töchter traten Marty Tränen in die Augen. Als Charlotte ihn ansprach, machte er noch einen Schritt ins Haus, so daß Vic die Tür schließen konnte.

Die Kinder liefen an Kathy vorbei, Marty sank auf dem Dielenboden auf die Knie, und die Kinder warfen sich ihm so heftig in die Arme, daß er um ein Haar gestürzt wäre. Noch während die drei einander umarmten, fingen die Kinder an zu plappern: »Daddy, ist alles in Ordnung? Wir hatten solche Angst. Alles in Ordnung? Ich liebe dich, Daddy. Du warst überall igitt blutig. Ich hab' ihr gesagt, daß es nicht dein Blut war. War es ein Einbrecher, war es Mrs. Sanchez, ist sie Amok gelaufen, ist der Postbote Amok gelaufen, wer ist Amok gelaufen, geht es dir gut, geht es Mommy gut, ist es jetzt vorbei, warum laufen nette Menschen überhaupt plötzlich Amok?« Alle drei redeten unablässig durcheinander, denn Marty sagte über all ihre Fragen hinweg: »Meine Charlotte, meine Emily, meine Kinder, ich habe euch lieb, ich habe euch so sehr lieb, ich werde nicht zulassen, daß sie euch wieder stehlen, nie mehr.« Er küßte sie auf die Wangen, auf die Stirn, umarmte sie fest, strich ihnen mit zitternden Händen das Haar glatt und machte ganz allgemein ein Theater, als hätte er sie seit Jahren nicht mehr gesehen.

Kathy lächelte und weinte gleichzeitig leise, während sie sich die Augen mit dem gelben Küchenhandtuch abtupfte.

Vic vermutete, daß das Wiedersehen herzzerreißend war, aber er war längst nicht so gerührt wie seine Frau, was teilweise daran lag, daß Marty sich seltsam anhörte und verhielt, nicht seltsam, wie man es von einem Mann erwarten durfte, nachdem er einen Einbrecher in seinem Haus abgewehrt hatte – wenn es tatsächlich so gewesen war –, sondern nur ... nun, merkwürdig. Komisch. Was Marty sagte, klang ziemlich seltsam: »Meine Emily, meine Charlotte, mein, so niedlich wie auf dem Bild, mein, wir gehören zusammen, es ist mein Schicksal.« Sein Tonfall war ebenfalls ungewöhnlich, zu zitternd und drängend, wenn drüben wieder alles in Ordnung war, wofür der Abzug der Polizei sprach, aber auch zu gezwungen. Dramatisch. Übertrieben dramatisch. Er sprach nicht spontan, sondern schien eine Rolle zu spielen, während er krampfhaft versuchte, sich an seinen Text zu erinnern.

Alle behaupteten, daß kreative Menschen seltsam seien, besonders Schriftsteller, und als Vic Martin Stillwater das erste Mal traf, hatte er damit gerechnet, einen Exzentriker kennenzulernen. Aber was das anging, hatte Marty ihn enttäuscht; er war der normalste, durchschnittlichste Nachbar gewesen, den man sich nur wünschen konnte. Bis jetzt.

Marty stand auf, hielt seine Töchter fest und sagte: »Ich muß jetzt gehen.« Er drehte sich zur Tür um.

Vic sagte: »Augenblick, Marty, alter Freund, du kannst hier nicht so einfach raus, wo wir vor Neugier fast platzen.«

Marty hatte Charlotte gerade lange genug losgelassen, um die Tür zu öffnen. Er ergriff wieder ihre Hand, als der Wind in die Diele wehte und die gerahmte Stickerei mit Blaumeisen und Frühlingsblumen an der Wand zum Klirren brachte.

Als der Schriftsteller das Haus verließ, ohne auch nur im geringsten auf Vics Bemerkung einzugehen, sah Vic zu Kathy und stellte fest, daß ihr Gesichtsausdruck sich verändert hatte. Auf ihren Wangen glänzten immer noch Tränen, aber sie sah verwirrt drein.

Also liegt es nicht nur an mir, dachte er.

Er trat vor die Tür und sah, daß der Schriftsteller bereits die Stufen hinter sich gelassen hatte, im windgepeitschten Regen den Weg hinunterging und dabei die Mädchen an den Händen hielt. Es war kalt. Frösche quakten, aber ihr Lied klang unnatürlich, blechern und dünn, wie das Ratschen und Knirschen festgefressener Zahnräder in einer Maschine. Als Vic das Geräusch hörte, wäre er am liebsten wieder nach drinnen gegangen, hätte sich vor den offenen Kamin gesetzt und eine Menge heißen Kaffee mit Brandy getrunken.

»Verdammt, Marty, so warte doch!«

Der Schriftsteller drehte sich um; die Mädchen drängten sich dicht an seine Seite.

Vic sagte: »Wir sind deine Freunde, wir wollen dir helfen. Was auch passiert ist, wir wollen dir helfen.«

»Du kannst nichts tun, Victor.«

»Victor? Mann, du weißt, ich kann ›Victor‹ nicht ausstehen. Niemand nennt mich so, nicht einmal meine liebe alte grauhaarige Mutter, wenn sie weiß, was gut für sie ist.«

»Entschuldige ... Vic. Ich bin nur ... Mir geht so vieles durch den Kopf.« Mit den Mädchen im Schlepptau ging er weiter den Weg entlang.

Direkt am Ende der Einfahrt parkte ein Auto. Ein neuer Buick. Im Regen sah er wie mit Juwelen besetzt aus. Der Motor lief. Scheinwerfer waren eingeschaltet. Niemand saß im Inneren.

Vic lief in den Sturm hinaus, der nicht mehr so schlimm wie vorher war, aber immer noch ein Wolkenbruch, bis er sie eingeholt hatte. »Ist das dein Auto?«

»Ja«, sagte Marty.

»Seit wann ?«

»Heute gekauft.«

»Wo ist Paige?«

»Wir fahren sie abholen.« Martys Gesicht war so weiß wie der Schädel darunter. Er zitterte sichtlich, und im Licht der Straßenlaterne sahen seine Augen seltsam aus. »Hör zu, Vic, die Kinder werden naß bis auf die Haut.«

»Ich bin derjenige, der naß wird«, sagte Vic. »Sie haben Regenmäntel an. Ist Paige nicht drüben im Haus?«

»Sie ist schon weggegangen.« Marty sah besorgt zu seinem Haus auf der anderen Straßenseite, wo in den Fenstern im Erdgeschoß und im ersten Stock noch Licht brannte. »Wir fahren zu ihr.«

»Weißt du noch, was du mir gesagt hast?«

»Vic, bitte ...«

»Ich hätte es selbst fast vergessen, was du mir gesagt hast, aber als du den Weg hier runtergegangen bist, ist es mir wieder eingefallen.«

»Wir müssen gehen, Vic.«

»Du hast mir gesagt, ich darf die Kinder keinem geben, wenn Paige nicht dabei ist. Keinem. Weißt du nicht mehr, was du gesagt hast?«

Marty trug zwei große Koffer nach unten in die Küche.

Die Beretta 9mm Parabellum hatte er in den Hosenbund gesteckt. Sie drückte unangenehm gegen seinen Bauch. Er trug einen Pullover mit Rentiermuster, der die Waffe verbarg. Den Reißverschluß der rot-schwarzen Skijacke hatte er nicht geschlossen, damit er leicht an die Pistole heran kam, wenn er einfach die Taschen fallen ließ.

Paige betrat hinter ihm die Küche. Sie trug einen Koffer und die Schrotflinte.

»Mach die Außentür nicht auf«, sagte Marty zu ihr, als er durch die schmale Verbindungstür zwischen der Küche und der dunklen Garage ging. Er wollte nicht, daß die Doppeltür offenstand, während sie das Auto beluden, weil sie gute Zielscheiben abgeben würden. Schließlich war es möglich, daß der Andere nach Abzug der Polizisten zurückgekommen war und in diesem Moment draußen lauerte.

Paige folgte ihm in die Garage und schaltete das Deckenlicht ein. Die langen Röhren flackerten, leuchteten aber nicht gleich auf. Schatten hüpften und tanzten an den Wänden, zwischen den Autos, in den offenen Regalen.

Marty quälte seinen schmerzenden Hals, indem er unwillkürlich den Kopf zu jedem zuckenden Phantom drehte. Keines hatte ein Gesicht, geschweige denn ein Gesicht wie seines.

Die Neonröhren leuchteten auf. Das grelle weiße Licht, kalt und nüchtern wie die Sonne an einem Wintermorgen, unterband das Treiben der Schattentänzer ruckartig.

Er ist fünf Schritte von dem Buick entfernt und hält die Hände seiner Kinder fest; so dicht davor, mit ihnen zu entkommen. Seine Charlotte. Seine Emily. Seine Zukunft, sein Schicksal, so nahe, so nervtötend nahe.

Aber Vic läßt nicht locker. Der Kerl ist ein Blutegel. Folgt ihnen den ganzen Weg vom Haus, als würde er den Regen gar nicht bemerken, brabbelt ununterbrochen, stellt Fragen, ein neugieriger Mistkerl.

So nahe am Auto. Der Motor läuft, die Scheinwerfer sind eingeschaltet. Emily an einer Hand. Charlotte an der anderen, und sie lieben ihn, sie lieben ihn wirklich. Sie kennen ihren Daddy, ihren *wahren* Daddy. Wenn es ihm nur gelingt, zum Auto zu kommen, einzusteigen, die Türen zu schließen und wegzufahren, dann gehören sie für immer und ewig ihm.

Vielleicht kann er Vic töten, den neugierigen Mistkerl. Dann wäre es leicht zu entkommen. Aber er ist nicht sicher, ob er es durchziehen kann.

»Du hast mir gesagt, ich darf die Kinder keinem geben, wenn Paige nicht dabei ist«, sagt Vic. »Keinem. Weißt du nicht mehr, was du gesagt hast?«

Er sieht Vic an und denkt nicht an eine Antwort, sondern daran, ob er den Dreckskerl kaltmachen soll. Aber er ist wieder hungrig, zittrig und weich in den Knien, und er lechzt nach den Schokoriegeln auf dem Vordersitz, nach Zucker, Kohlehydraten, mehr Energie für die Heilungsprozesse, die immer noch ablaufen.

»Marty? Weißt du nicht mehr, was du gesagt hast?«

Er hat auch keine Waffe, was normalerweise kein Problem wäre. Er ist darauf trainiert worden, mit den Händen zu töten. Möglicherweise kann er es sogar jetzt noch schaffen, trotz seines Zustands und der Tatsache, daß Vic kräftig genug für einen handfesten Kampf aussieht.

»Ich fand es seltsam«, sagt Vic, »aber du hast es mir gesagt, du hast gesagt, ich soll die Kinder nicht einmal *dir* geben, wenn Paige nicht dabei ist.«

Das Problem ist, der Mistkerl *trägt* eine Waffe. Und er ist argwöhnisch.

Augenblick um Augenblick schwindet die Hoffnung auf eine Flucht, wird vom Regen fortgespült. Die Mädchen halten immer noch seine Hände. Er hat sie fest im Griff, ja, aber sie sind dabei, sich zu befreien, und er weiß nicht, was er tun soll. Er sieht Vic an, während seine Gedanken rasen und so hilflos feststecken wie vorhin, als er in seinem Arbeitszimmer saß und versuchte, ein neues Buch anzufangen.

Bewegen, bewegen, herausfordern, kämpfen und siegen.

Plötzlich wird ihm klar, wenn er mit diesem Problem kämpfen und siegen will, muß er wie ein Freund handeln, so wie Freunde miteinander in Filmen umgehen und miteinander reden. Das wird jeglichen Argwohn vertreiben.

Ein ganzer Strom Erinnerungen an Filme fließt durch seinen Verstand, und er schwimmt mit ihm. »Vic, liebe Zeit, Vic, habe ich ... habe ich das gesagt?« Er stellt sich vor, er wäre Jimmy Stewart, weil alle Jimmy Stewart lieben und ihm vertrauen. »Ich habe keine Ahnung, was ich damit gemeint habe, muß vor Sorge den Verstand verloren gehabt haben. Herrje, es ist nur so, daß ... daß ich so verdammt besorgt war wegen allem, was passiert ist, dieser ganzen verrückten Sache.«

»Was *ist* denn passiert, Marty?«

Ängstlich, aber freundlich, stockend, aber aufrichtig: Jimmy Stewart in einem Hitchcock-Film. »Es ist kompliziert, Vic, es ist alles ... ein Durcheinander, unglaublich, ich kann es selbst kaum glauben. Ich bräuchte eine Stunde, um es dir zu erzählen, und ich habe keine Stunde Zeit, nein, Sir, jetzt nicht, auf keinen Fall. Meine Kinder, diese Kinder, sind in Gefahr, Vic, und Gott steh mir bei, wenn ihnen etwas zustößt. Dann wollte ich nicht weiter leben.«

Er kann sehen, daß sein neues Verhalten die gewünschte Wirkung zeigt. Er scheucht die Kinder die letzten paar Schritte bis zum Auto und verläßt sich darauf, daß sein Nachbar ihn nicht aufhalten wird.

Aber Vic folgt ihm und stapft in eine Pfütze. »Kannst du mir *gar nichts* sagen?«

Er öffnet die hintere Tür des Buick, schiebt die Mädchen hinein und dreht sich wieder zu Vic um. »Ich schäme mich, es zu sagen, aber ich selbst habe sie in Gefahr gebracht, ihr eigener Vater, und zwar mit meinem Beruf.«

Vic sieht ihn fassungslos an. »Du schreibst Bücher.«

»Vic, weißt du, was ein fanatischer Fan ist?«

Vic reißt die Augen auf, dann kneift er sie wieder zusammen als ihm ein Windstoß Regen ins Gesicht bläst. »Wie diese Frau und Michael J. Fox vor ein paar Jahren.«

»So ist es, ganz genau, wie Michael J. Fox.« Beide Mädchen sitzen im Auto. Er schlägt die Tür zu. »Nur belästigt uns ein Mann, keine verrückte Frau, und heute nacht ist er zu weit gegangen und in unser Haus eingebrochen, er ist gewalttätig, ich mußte ihm weh tun. Ich. Kannst du dir vorstellen, daß *ich* jemandem weh tun muß, Vic? Und jetzt habe ich Angst, daß er zurückkommt, darum muß ich die Mädchen hier wegschaffen.«

»Mein Gott«, sagt Vic, der völlig auf die Geschichte hereinfällt.

»Ich habe keine Zeit, dir mehr zu erzählen, Vic, ich habe schon *zuviel* Zeit vergeudet, also geh bitte ... geh einfach ... einfach wieder ins Haus, bevor du dir eine Lungenentzündung holst. Ich rufe dich in ein paar Tagen an und erzähle dir den Rest.«

Vic zögert. »Wenn wir irgendwas tun können, um dir zu helfen ...«

»Geh jetzt, geh, ich bin euch dankbar dafür, was ihr schon getan habt, aber jetzt kannst du nur noch eins tun, nämlich ins Haus gehen. Schau dich doch an, du bist tropfnaß, um Himmels willen. Verschwinde aus dem Regen, damit ich mir keine Sorgen machen muß, daß du meinetwegen eine Lungenentzündung bekommst.«

Paige ging zu Marty am Heck des BMW, wo er die Koffer abgestellt hatte, und stellte den dritten Koffer und die Mossberg ab. Als er den Kofferraum aufgeschlossen und den Deckel hochgeklappt hatte, sah sie die drei Kisten darin. »Was ist das?«
Er sagte: »Etwas, das wir brauchen könnten.«
»Und das wäre?«
»Erklär' ich dir später.« Er hievte die Koffer in den Kofferraum.
Als nur zwei der drei hineinpaßten, sagte sie: »Was ich eingepackt habe, ist gerade das Notwendigste. Mindestens eine Kiste muß hier bleiben.«
»Nein. Ich stelle den kleinsten Koffer auf den Boden vor den Rücksitz, unter Emilys Füße. Sie kommt damit sowieso nicht bis auf den Boden.«

Auf halbem Weg zum Haus dreht sich Vic noch einmal zu dem Buick um.
Immer noch als Jimmy Stewart: »Los, Vic, geh weiter. Kathy steht vor der Tür und wird sich auch den Tod holen, wenn ihr beiden nicht schleunigst wieder reingeht.«
Er wendet sich ab, geht um den Buick herum und schaut erst wieder zum Haus, als er die Fahrertür erreicht.
Vic ist bei Kathy auf der Treppe, zu weit entfernt, ihn an der Flucht zu hindern, mit oder ohne Waffe.
Er winkt den Delorios zu, und diese winken zurück. Er steigt in den Buick ein, setzt sich ans Steuer, der zu große Regenmantel bauscht sich um ihn. Er schlägt die Tür zu.
Auf der anderen Seite, in seinem Haus, sind im Erdgeschoß und im ersten Stock die Lichter eingeschaltet. Der Betrüger ist da drinnen mit Paige. Seiner wunderschönen Paige. Dagegen kann er nichts tun, noch nicht, nicht ohne Waffe.
Als er sich umdreht und auf den Rücksitz schaut, kann er sehen, daß Charlotte und Emily schon die Sicherheitsgurte angelegt haben. Sie sind liebe Kinder. Und so niedlich mit ihren gelben Regenmänteln und den dazugehörigen Vinylhauben. Nicht einmal auf dem Bild sind sie so niedlich.
Beide fangen an zu sprechen, Charlotte zuerst: »Wohin fahren wir, Daddy, woher haben wir dieses Auto?«
Emily sagt: »Wo ist Mommy?«

Bevor er antworten kann, erfolgt eine unbarmherzige Salve von Fragen:

»Was ist mit dir passiert, auf wen hast du geschossen, hast du jemand getötet?«

»War es Mrs. Sanchez?«

»Ist sie Amok gelaufen wie Hannibal der Kannibale, Daddy, war sie echt plemplem?« fragte Charlotte.

Er schaut durch das Fenster der Beifahrertür und sieht, wie die Delorios gemeinsam ins Haus gehen und die Tür schließen.

Emily sagt: »Daddy, ist es wahr?«

»Ja, Daddy, ist es wahr, was du Mr. Delorio erzählt hast, das mit Michael J. Fox, stimmt das? Er ist so niedlich.«

»Seid jetzt still«, sagt er ungeduldig zu ihnen. Er legt den Gang des Buick ein, tritt das Gaspedal durch. Das Auto bäumt sich auf, weil er vergessen hat, die Handbremse zu lösen, was er jetzt nachholt, aber dann macht das Auto einen Sprung nach vorne und wird abgewürgt.

»Warum ist Mommy nicht bei dir?« fragt Emily.

Charlottes Aufregung nimmt zu, und der Klang ihrer Stimme macht ihn schwindelig. »Mann, dein ganzes Hemd war voller Blut, also irgend jemand *mußt* du erschossen haben, es war echt ekelhaft, total fies.«

Sein Verlangen nach Essen ist gigantisch. Seine Hände zittern so sehr, daß die Schlüssel laut klirren, als er versucht, den Motor wieder anzulassen. Dieses Mal wird der Hunger längst nicht so schlimm sein wie vorher, aber er wird nur wenige Blocks weit kommen, bis ihn die Gier nach diesen Schokoriegeln übermannt.

»Wo ist Mommy?«

»Er muß versucht haben, dich zuerst zu erschießen, hat er versucht, dich zuerst zu erschießen, hatte er ein Messer, das wäre schrecklich gewesen, ein Messer, was hatte er denn, Daddy?«

Der Anlasser knirscht, das Auto hustet, aber der Motor springt nicht an, er ist abgesoffen.

»Wo ist Mommy?«

»Hast du mit bloßen Händen gegen ihn gekämpft, ihm ein Messer oder so was abgenommen, Daddy, wie konntest du das machen, kannst du Karate, ja?«

»Wo ist Mommy, ich will wissen, wo Mommy ist.«

Regen prasselt auf das Dach des Autos. Trommelt auf der Haube. Der abgesoffene Motor ist nervtötend bockig: *ruuurrrrr-ruuurrrrr-ruuurrrrr*. Die Scheibenwischer pochen, pochen. Hin und her. Hin und her. Pochen unaufhörlich. Kinderstimmen auf dem Rücksitz, immer schriller. Wie das wütende Summen von Bienen. *Summ-summ-summ*. Muß sich konzentrieren, damit seine zitternde Hand nicht vom Schlüssel abrutscht. Schweißfeuchte, zuckende Finger gleiten immer wieder daran ab. Angst, zu heftig zu reagieren, möglicherweise den Schlüssel im Schloß abzubrechen. *Ruuurrrrr-ruuurrrrr*. Ausgehungert. Muß essen. Muß hier weg. Poch. Pong. Unablässiges Pochen. Neuerliche Schmerzen in seinen kaum verheilten Wunden. Atmen tut weh. Verdammter Motor. *Rurrrrrr*. Springt nicht an. *Ruuurrrrr-ruuurrrrr*. Daddy-Daddy-Daddy-Daddy-Daddy, *summmmmmmmmmm*.

Frustration wird zu Wut; Wut schlägt in Haß um; Haß erzeugt Gewalt. Gewalt kann manchmal besänftigend wirken.

Es juckt ihn, etwas zu schlagen, irgend etwas, er drehte sich auf dem Sitz um, schaut nach hinten zu den Mädchen, schreit sie an: »*Haltet endlich die Klappen!*«

Sie sind fassungslos. Als hätte er vorher noch nie so zu ihnen gesprochen.

Die Kleine beißt sich auf die Lippe, kann ihn nicht mehr ansehen, wendet das Gesicht dem Seitenfenster zu.

»Still, um Himmels willen, seid still!«

Als er sich wieder nach vorne dreht und versucht, das Auto zu starten, fängt das ältere Mädchen an zu weinen wie ein Baby. Scheibenwischer pochen, Anlasser knirscht, Motor keucht, konstantes Prasseln des Regens, und jetzt das winselnde Weinen, so schrill und durchdringend, so nervtötend, einfach unerträglich. Er brüllt sie unartikuliert an, und zwar so laut, daß er einen Moment ihr Weinen und alles andere übertönt. Er überlegt, ob er auf den Rücksitz zu dem verdammten wimmernden Ding klettern und es zum Schweigen bringen soll, es schlagen, schütteln, eine Hand auf Mund und Nase drücken, bis es überhaupt keinen Laut mehr von sich geben kann, bis es endlich aufhört zu weinen, aufhört sich zu wehren, einfach nur aufhört, aufhört ...

... und dann spuckt der Motor unerwartet, springt an und läuft wie geschmiert.

»Bin gleich wieder da«, sagte Paige, während Marty den Koffer hinter dem Fahrersitz des BMW auf den Boden stellte.

Er sah auf und stellte gerade noch fest, daß sie ins Haus zurück wollte. »Halt, was hast du vor?«

»Alle Lichter ausschalten.«

»Vergiß es. Geh da nicht noch mal rein.«

Es war ein Stück Fiktion, direkt aus einem spannenden Roman oder Film, und Marty erkannte es als solches. Nachdem sie gepackt und es bis zum Auto geschafft hatten, *so nahe daran,* unbeschadet zu entkommen, würden sie sich auf ihre Sicherheit verlassen und ins Haus zurückgehen, um eine unwichtige Aufgabe zu erledigen, und irgendwie würde der Psychopath da drinnen sein, entweder weil er zurückgekehrt war, während sie sich in der Garage aufhielten, oder weil er sich während der Durchsuchung durch die Polizei erfolgreich in einer geschickt verborgenen Nische versteckt hatte. Sie würden von Zimmer zu Zimmer gehen, die Lichter ausschalten, Dunkelheit im Haus verbreiten – worauf der Doppelgänger erscheinen würde, ein Schatten aus den Schatten, ein Fleischermesser schwingend, das er vom Regal in der Küche geholt hatte, um sich schlagend, zustechend, und einen von ihnen oder beide töten würde.

Marty wußte, das wirkliche Leben war weder so farbenprächtig wie ein Actionfilm noch so halb so fad wie der durchschnittliche literarische Roman – und weniger vorhersehbar als beide. Seine Angst davor, ins Haus zurückzukehren und die Lichter auszuschalten, war irrational, die Folge einer allzu fruchtbaren Phantasie und der Neigung des Schriftstellers, Dramatik, Gewalttaten und Tragödien in jeder Wendung der Dinge, jedem Wetterumschwung, jedem Plan, jeder Hoffnung und jedem Rollen der Würfel vorauszuahnen.

Trotzdem würden sie nicht in das Haus zurückgehen. Um nichts auf der Welt.

»Laß die Lichter an«, sagte er. »Schließ ab, mach das Garagentor auf, dann holen wir die Kinder und ziehen Leine.«

Vielleicht lebte Paige schon so lange mit einem Schriftsteller zusammen, daß ihre eigene Phantasie verdorben worden war, möglicherweise fiel ihr auch das viele Blut oben auf dem Flur wieder ein. Auf jeden Fall erhob sie nicht den Einwand, es wäre Energieverschwendung, so viele Lichter brennen zu lassen. Sie drückte auf den Knopf, der den Hebemechanismus des Garagentors aktivierte, und machte mit der anderen Hand die Tür zur Küche zu.

Als Marty den Kofferraumdeckel des BMW zuklappte und abschloß, hatte sich das Tor ganz geöffnet und rastete mit einem letzten Scheppern ein.

Er sah in die verregnete Nacht hinaus und griff dabei mit der rechten Hand nach dem Kolben der Beretta im Hosenbund. Seine Phantasie lief immer noch auf Hochtouren, und er rechnete damit, den unüberwindlichen Doppelgänger die Einfahrt heraufkommen zu sehen.

Was er statt dessen sah, war schlimmer als alle Bilder, die seine Phantasie heraufbeschwören konnte. Auf der anderen Straßenseite parkte ein Auto vor dem Haus der Delorios. Es war nicht das Auto der Delorios. Marty hatte es noch nie gesehen. Die Scheinwerfer waren eingeschaltet, aber der Fahrer hatte Schwierigkeiten, den Motor anzulassen; der Anlasser knirschte unaufhörlich. Der Fahrer war zwar nur ein dunkler Umriß, aber am Rückfenster konnte man das kleine Oval eines Kindergesichts erkennen. Selbst auf diese Entfernung war Marty überzeugt, daß es sich bei dem kleinen Mädchen in dem Buick um Emily handelte.

An der Verbindungstür zur Küche suchte Paige in der Tasche ihrer Kordjacke nach den Hausschlüsseln.

Marty war vor Entsetzen gelähmt. Er konnte Paige nichts zurufen, konnte sich nicht bewegen.

Auf der anderen Straßenseite packte der Motor des Buick, hustete schwindsüchtig und erwachte röhrend zum Leben. Wolken kristallisierter Abgase quollen aus dem Auspuff.

Marty merkte erst, daß er die Lähmung abgeschüttelt und sich in Bewegung gesetzt hatte, als er aus der Garage draußen mitten auf der Einfahrt angelangt war und durch den kalten Regen zur Straße lief. Ihm war, als wäre er binnen eines Sekundenbruchteils zehn Meter teleportiert worden, dabei war es nur so, daß sein Körper, der von Instinkt und animalischem Grauen getrieben funktionierte, seinem Verstand vorauseilte.

Die Beretta hielt er in der Hand. Er konnte sich nicht erinnern, daß er sie aus dem Hosenbund gezogen hatte.

Der Buick fuhr vom Bordstein los, und Marty wandte sich nach links und folgte ihm. Das Auto rollte langsam, da der Fahrer noch nicht bemerkt hatte, daß er verfolgt wurde.

Emily konnte man immer noch sehen. Sie preßte das ängstliche Gesicht jetzt fest gegen das Glas. Sie sah ihren Vater direkt an.

Marty holte auf, näherte sich dem Auto, war noch drei Meter von der Heckstoßstange entfernt. Dann beschleunigte der Wagen schneller, als er laufen konnte. Die Reifen teilten die Pfützen mit einem blubbernden Plätschern und Aufspritzen.

Wie ein Passagier in Charons Nachen wurde Emily nicht nur eine Straße entlanggefahren, sondern über den Fluß Styx ins Reich der Toten übergesetzt.

Eine schwarze Woge der Verzweiflung spülte über Marty hinweg, aber sein Herz schlug noch schneller als vorher, und er konnte Kraftreserven mobilisieren, von denen er bisher nichts geahnt hatte. Er lief schneller denn je, platschte durch Pfützen, rammte die Füße mit der Wucht eines Preßlufthammers auf den Asphalt, ruderte mit den Armen, hielt den Kopf gesenkt und ließ das Ziel nie aus den Augen.

Am Ende des Blocks bremste der Buick ab. An der Kreuzung hielt er gänzlich an.

Keuchend holte Marty ihn ein. Heckstoßstange. Hinterer Kotflügel. Hintere Tür.

Emilys Gesicht war am Fenster.

Jetzt schaute sie zu ihm auf.

Seine Sinne wurden von der Angst geschärft, als hätte er bewußtseinsverändernde Drogen genommen. Er bemerkte halluzinativ jede Einzelheit der unzähligen Regentropfen auf der Scheibe zwischen sich und seiner Tochter – ihre gekrümmten, pendelähnlichen Formen, die nüchternen Schnörkel und Schlieren des Lichts der Straßenlaterne, die sich in ihren gekrümmten Oberflächen spiegelten –, als wäre jeder einzelne dieser Tropfen so wichtig wie alles andere auf der Welt. Gleichermaßen sah er das Innere des Autos nicht nur als dunkle Schemen, sondern als komplexen dreidimensionalen Gobelin von Schatten in zahllosen Grau-, Blau- und Schwarztönen. Hinter Emily befand sich eine weitere Gestalt in diesem komplexen Gittergeflecht aus Dunkel und Düsternis, ein zweites Kind: Charlotte.

Als er gerade auf Höhe der Fahrertür angelangt war und die Hand nach dem Türgriff ausstreckte, setzte sich das Auto wieder in Bewegung. Es bog nach rechts auf die Kreuzung ein.

Marty rutschte aus und wäre um ein Haar auf den nassen

Asphalt gefallen. Er erlangte das Gleichgewicht wieder, hielt die Waffe fest und hastete dem Buick hinterher, der in die Querstraße bog.

Der Fahrer sah nach rechts und bemerkte Marty links von sich nicht. Er trug einen schwarzen Mantel. Nur seinen Hinterkopf konnte man durch das regennasse Seitenfenster erkennen. Sein Haar war dunkler als das von Vic Delorio.

Da das Auto in der Kurve immer noch langsam fuhr, konnte Marty es wieder einholen; er atmete angestrengt, und sein Herzschlag hämmerte ihm in den Ohren. Dieses Mal griff er nicht nach der Tür, da diese möglicherweise abgesperrt sein würde. Wenn er das tat, würde er den Vorteil der Überraschung zunichte machen. Er hob die Beretta und zielte auf den Hinterkopf des Mannes.

Die Kinder konnten von einem Querschläger oder Glassplittern getroffen werden. Er mußte das Risiko eingehen. Andernfalls waren sie für immer verloren.

Zwar bestand nur eine verschwindend geringe Möglichkeit, daß es sich bei dem Fahrer um Vic Delorio oder eine andere unschuldige Person handelte, aber Marty konnte nicht abdrücken, ohne mit Sicherheit zu wissen, auf wen er zielte. Ohne stehenzubleiben, nach wie vor parallel zu dem Auto, rief er: »He, he, he!«

Der Fahrer drehte ruckartig den Kopf herum und sah zum Seitenfenster hinaus.

Marty sah den Lauf der Pistole entlang in sein eigenes Gesicht. Der Andere. Das Glas vor ihm schien ein verfluchter Spiegel zu sein, in dem sein Spiegelbild nicht zu perfekter Nachahmung gezwungen wurde, sondern tückischere Empfindungen ausdrücken konnte, als man die Welt je sehen lassen wollte; als es seiner ansichtig wurde, verzerrte sich das Spiegelgesicht vor Haß und Wut.

Der erschrockene Fahrer rutschte mit den Fuß vom Gaspedal ab. Einen Sekundenbruchteil wurde der Buick langsamer.

Marty, der keine vier Schritte von der Scheibe entfernt stand, feuerte zwei Schuß ab. In dem Augenblick bevor das hallende Donnern des ersten Schusses über die endlose Ausdehnung nassen Asphalts in die verregnete Nacht rollte, glaubte er zu sehen, wie der Fahrer nach unten und zur Seite auswich; er hielt das Lenkrad immer noch mit einer Hand fest, versuchte aber, den Kopf aus der Schußlinie zu bekommen. Mündungsfeuer blitzte auf, und das berstende Glas verbarg das Schicksal des Dreckskerls.

Noch während der zweite Schuß unmittelbar nach dem ersten hallte, quietschten die Autoreifen. Der Buick schnellte vorwärts wie ein heimtückisches Pferd aus einem Rodeopferch.

Er lief dem Auto hinterher, aber es brauste ihm davon und ließ ihn in einem Kielwasser aus aufgewirbelter Luft und Abgasen zurück. Der Doppelgänger lebte noch; er war möglicherweise verletzt, aber immer noch am Leben und entschlossen zu fliehen.

Der Buick schoß Richtung Osten auf die falsche Seite der zweispurigen Straße. Auf dieser Bahn würde er den Bordstein hoch und in einen Vorgarten fahren.

Vor seinem verräterischen inneren Auge sah Marty, wie das Auto mit hoher Geschwindigkeit gegen den Bordstein fuhr, kippte, sich überschlug, gegen einen der Bäume oder eine Hauswand prallte, in Flammen aufging und seine Töchter in einem Sarg aus brennendem Stahl festsaßen. Im dunkelsten Winkel seines Vorstellungsvermögens konnte er sie sogar schreien hören, während das Feuer das Fleisch von ihren Knochen sengte.

Noch während er ihm hinterhersetzte, schwang der Buick über den Mittelstreifen auf seine Fahrspur zurück. Das Auto fuhr immer noch schnell, zu schnell, und Marty hatte keine Chance, es einzuholen.

Aber er lief, als würde er um sein eigenes Leben laufen, und sein Hals fing wieder an zu brennen, da er durch den offenen Mund atmete; seine Brust schmerzte, stechende Nadeln bohrten sich in seine Beine. Die rechte Hand hatte er so fest um den Griff der Beretta verkrampft, daß die Muskeln seines Arms vom Handgelenk bis zu den Schultern pochten. Und mit jedem verzweifelten Schritt hallten die Namen seiner Töchter wie ein lautloser Schrei von Kummer und Verlust durch seinen Kopf.

Als ihr Vater sie anschrie, daß sie die Klappe halten sollten, war Charlotte so verletzt, als hätte er ihr ins Gesicht geschlagen, denn in all ihren neun Jahren hatte ihn nichts, was sie sagte, und keiner ihrer Streiche je so wütend gemacht. Und doch begriff sie nicht, was ihn so wütend machte, denn schließlich hatte sie ja nur ein paar Fragen gestellt. Es war so ungerecht, daß er sie beschimpfte, und die Tatsache, daß er, soweit sie sich erinnern konnte, noch nie ungerecht gewesen war, machte seine Zurechtweisung um so schlimmer. Er schien nur aus dem Grund wütend auf sie zu sein, daß sie sie selbst war, als würde ihn plötzlich etwas an ihrer ureigenen Natur abstoßen und ekeln, was ein unerträglicher Gedanke war, denn sie konnte nichts daran ändern, wer sie war, was sie war, und möglicherweise würde ihr eigener Vater sie nie mehr mögen können. Er würde den Ausdruck von Wut und Haß in seinem Gesicht nicht zurücknehmen können, und sie würde ihn nie vergessen, so lange sie lebte. Alles zwischen ihnen hatte sich für immer verändert. Dies alles dachte und begriff sie binnen eines Augenblicks, noch bevor er aufhörte, sie anzuschreien, und sie brach in Tränen aus.

Charlotte bekam nur am Rande mit, daß das Auto anfuhr, sich vom Bordstein entfernte und das Ende des Blocks erreichte, und sie erwachte erst aus ihrem Elend, als sich Em vom Fenster abwandte, ihren Arm packte und sie schüttelte. Em flüsterte aufgeregt: »Daddy!«

Zuerst dachte Charlotte, Em wäre zu Unrecht sauer auf sie, weil sie Daddy wütend gemacht hatte, und würde sie ermahnen, bloß still zu sein. Aber bevor sie ein Streitgespräch unter Geschwistern vom Zaun brechen konnte, wurde ihr klar, daß freudige Erregung aus Emilys Stimme zu hören war.

Etwas Wichtiges war geschehen.

Sie blinzelte die Tränen weg und sah, daß sich Em schon wieder an die Fensterscheibe drückte. Als das Auto auf die Kreuzung fuhr und nach rechts bog, folgte Charlotte der Richtung des Blicks ihrer Schwester.

Kaum hatte sie Daddy gesehen, der neben dem Auto her lief, da wußte sie, daß er ihr *richtiger* Vater war. Der Daddy am Steuer – der Daddy mit dem haßerfüllten Gesichtsausdruck, der Kinder ohne Grund anschrie – war eine Fälschung. Jemand anderes. Oder möglicherweise *etwas* anderes, wie im Kino, das aus einer Samenkapsel aus einer anderen Galaxis gewachsen war, heute noch häßlicher Glibber, und morgen schon Daddys Doppelgänger. Sie war nicht verwirrt durch den Anblick von zwei identischen Vätern, konnte den richtigen mühelos erkennen, was einem Erwachsenen vielleicht nicht gelungen wäre, weil sie ein Kind war, und Kinder wußten so etwas.

Daddy hielt mit dem Auto Schritt, als es in die nächste Straße bog, richtete eine Waffe auf das Fenster der Fahrertür und rief: »He, he, he!«

Als der falsche Daddy feststellte, wer ihn rief, streckte sich Charlotte soweit es der Sicherheitsgurt zuließ, packte Ems Mantel und zog ihre Schwester vom Fenster weg. »Runter, Gesicht schützen, schnell!«

Sie beugten sich zueinander, schmiegten sich aneinander, schirmten ihre Köpfe gegenseitig mit den Armen ab.

BUMM!

Der Knall des Schusses war das lauteste Geräusch, das Charlotte je gehört hatte. Ihre Ohren klingelten.

Sie fing fast wieder an zu weinen, dieses Mal aus Angst, aber sie mußte stark sein für Em. In solchen Augenblicken mußte sich eine große Schwester ihrer Verantwortung bewußt sein.

BUMM!

Noch während der zweite Schuß einen Herzschlag nach dem ersten erschallte, wußte Charlotte, daß der falsche Daddy getroffen worden sein mußte, denn er quietschte vor Schmerzen, fluchte und stieß immer wieder das S-Wort hervor. Aber er war noch fit genug zu fahren, und das Auto schnellte vorwärts.

Es schien außer Kontrolle zu sein, schlingerte nach links, beschleunigte und schwenkte unvermittelt wieder nach rechts.

Charlotte ahnte, daß sie mit etwas zusammenstoßen würden. Wenn sie in dem Wrack nicht in Stücke gerissen wurden, mußten sie und Em bereit sein, rasch zu handeln, wenn das Auto zum Stillstand kam, sie mußten aussteigen und aus dem Weg gehen, damit Daddy sich um den Falschen kümmern konnte.

Sie zweifelte nicht daran, daß Daddy mit dem anderen Mann fertig werden würde. Sie war noch nicht alt genug, daß sie einen seiner Romane gelesen hatte, aber sie wußte, er schrieb über Killer und Autoverfolgungsjagden und so etwas, daher wußte er bestimmt *genau*, was er tun mußte. Dem Falschen würde es echt leid tun, daß er sich mit Daddy eingelassen hatte; er würde lange, lange Zeit im Gefängnis landen.

Das Auto schwenkte wieder nach links, und der Falsche auf dem Vordersitz gab kurze, winselnde Schmerzlaute von sich, die sie an die Schreie von Wayne der Rennmaus erinnerten, wenn diese manchmal einen kleinen Fuß im Mechanismus des Laufrads eingeklemmt hatte. Aber Wayne fluchte selbstverständlich nie, während dieser Mann wütender denn je fluchte und nicht nur das S-Wort immer wieder benutzte, sondern auch Gottes Namen unnütz im Mund führte, dazu alle möglichen Wörter, die sie noch nie gehört hatte, obschon sie wußte, daß es sich um schlimme Wörter der übelsten Sorte handeln mußte.

Charlotte hielt Em weiter fest, während sie mit der freien Hand an ihrem Sicherheitsgurt entlang tastete, den Öffnungsknopf suchte, ihn fand und den Daumen darauf hielt.

Das Auto holperte über etwas, und der Fahrer trat auf die Bremse. Sie schlitterten auf der nassen Straße seitwärts. Das Hinterteil des Autos rutschte nach links weg, wobei sich ihr der Magen umdrehte wie auf einer Achterbahn.

Die Fahrerseite des Autos stieß heftig mit etwas zusammen, aber nicht so fest, daß sie getötet worden wären. Sie drückte den Daumen auf den Öffnungsknapf, worauf sich der Gurt löste. Sie tastete an Ems Taille – »Dein Gurt, mach den Gurt auf« – und fand den Knopf am Gurt ihrer Schwester nach einer oder zwei Sekunden.

Ems Tür klemmte an dem, wogegen sie gestoßen waren. Sie mußten auf Charlottes Seite aussteigen.

Sie zog Em über sich. Stieß die Tür auf. Schubste Em hin aus.

Gleichzeitig zog Em *sie*, als wäre Em diejenige, die mit der Rettung beschäftigt war, und Charlotte wollte sagen: *He, wer ist denn hier die große Schwester?*

Der falsche Daddy sah oder hörte, wie sie ausstiegen. Er schnellte über die Lehne des Vordersitzes auf sie zu – »Kleines Biest!« – und packte Charlottes schlappe Regenhaube.

Sie glitt unter der Haube hervor, zur Tür hinaus, in Nacht und Regen und stolperte auf dem Asphalt auf Hände und Knie. Sie sah in die Höhe und stellte fest, daß Emily bereits über die Straße zum gegenüberliegenden Bürgersteig stapfte, tapsig wie ein Baby, das gerade laufen gelernt hatte. Charlotte rappelte sich auf und lief hinter ihrer Schwester her.

Jemand rief ihre Namen.

Daddy.

Ihr *richtiger* Daddy.

Drei Viertel eines Blocks weiter fuhr der beschleunigende Buick über einen abgebrochenen Ast in einer gewaltigen Pfütze und geriet in einer schäumenden Gischt ins Schleudern. Marty schöpfte neuen Mut angesichts der Möglichkeit, das Auto einzuholen, war aber entsetzt beim Gedanken, was seinen Töchtern zustoßen mochte. Der geistige Videoclip eines Autounfalls lief nicht noch einmal vor seinem inneren Auge ab, er hatte *nie aufgehört* zu spielen. Jetzt schien er direkt aus seiner Phantasie übertragen zu werden, so wie imaginierte Bilder in Worte auf der Seite übertragen wurden, nur ging es dieses Mal einen großen Schritt weiter, übersprang die Niederschrift und wurde direkt aus der Phantasie in die Wirklichkeit übertragen. Er kam auf die irre Idee, der Buick hätte keinen Unfall gehabt, wenn er ihn sich nicht ausgemalt hätte, und seine Töchter würden in dem Auto verbrennen, weil er sich vorgestellt hatte, daß es so kam.

Der Buick kam plötzlich und mit lautem Krachen an der Seite eines geparkten Ford Explorer zum Stillstand. Der Knall der Kollision zerriß die Nacht, aber das Auto überschlug sich nicht und fing auch nicht Feuer.

Zu Martys Erstaunen wurde die rechte hintere Tür aufgerissen, und seine Kinder schnellten heraus wie Scherzartikelschlangen aus einer Dose.

Soweit er sehen konnte, waren sie nicht ernsthaft verletzt, und er rief ihnen zu, sie sollten von dem Buick weglaufen. Diesen Rat freilich hätten sie gar nicht gebraucht. Sie folgten ihrem eigenen Plan, liefen sofort über die Straße und suchten Deckung.

Er rannte weiter. Jetzt, wo die Mädchen aus dem Auto heraus waren, war seine Wut größer als seine Angst. Er wollte dem Fahrer weh tun, ihn töten. Es war keine heißblütige Wut, sondern eine kalte, hirnlose, reptilienhafte Brutalität, die ihm angst machte, noch während er sich ihr ergab.

Er war kein Drittel eines Blocks mehr von dem Auto entfernt, als der Motor aufheulte und die Reifen zu rauchen anfingen. Der Andere versuchte zu entkommen, aber die Fahrzeuge hingen aneinander fest. Plötzlich kreischte überlastetes Metall, riß, und der Buick befreite sich von dem Explorer.

Marty wäre lieber näher dort gewesen, wenn er das Feuer eröffnete, damit seine Chancen größer wären, den Anderen zu treffen, aber er spürte, daß er nicht näher herankommen würde. Er kam schlitternd zum Stehen, hob die Beretta, hielt sie mit beiden Händen fest, zitterte so sehr, daß er das Ziel nicht anvisieren konnte, verfluchte sich wegen seiner Schwäche und bemühte sich, zum Stein zu werden.

Der Rückstoß des ersten Schusses riß den Lauf in die Höhe, und Marty senkte ihn wieder, bevor er erneut schoß.

Der Buick löste sich von dem Explorer und schnellte ein paar Meter vorwärts. Einen Augenblick drehten die Reifen auf dem nassen Asphalt durch und kreisten auf der Stelle, wobei sie einen silbernen Schwall Gischt hinter sich aufwirbelten.

Er drückte ab und grunzte befriedigt, als die Heckscheibe des Buick explodierte, und gab unmittelbar darauf einen weiteren Schuß auf den Fahrer ab, während er sich vorstellte, wie dessen Schädel explodierte, so wie die Heckscheibe eben, und hoffte, seine Phantasie würde wieder in die Wirklichkeit umgesetzt werden. Als die Reifen endlich auf dem Asphalt griffen, schnellte der Buick von ihm weg. Marty feuerte noch einen Schuß ab, und noch einen, obwohl das Auto längst außer Schußweite war. Seine Töchter standen nicht in der Schußlinie, und auch sonst schien sich niemand auf der nassen Straße aufzuhalten, aber es war unverantwortlich, weiter zu schießen, da kaum eine Chance bestand, den Anderen zu treffen. Eher würde er einen Unschuldigen über den Haufen schießen, der zufällig weiter vorn die Straße überquerte, oder das Fenster eines benachbarten Hauses zerballern und jemanden treffen, der vor dem Fernseher saß. Aber das alles war ihm einerlei, er konnte nicht aufhören, er wollte Blut sehen, Rache nehmen, feuerte das Magazin leer und drückte selbst dann noch mehrmals ab, als die letzte Kugel verschossen war, während er primitive, unartikulierte Laute der Wut von sich gab und vollkommen die Beherrschung verloren hatte.

Im BMW raste Paige achtlos an einem Stopschild vorbei. Das Auto schlitterte um eine Ecke, kippte fast auf zwei Reifen, bevor es sich wieder fing und auf der Querstraße Richtung Osten fuhr.

Als erstes, nachdem sie die um die Ecke war, sah sie Marty mitten auf der Straße. Er stand mit weit gespreizten Beinen da, hatte ihr den Rücken zugewandt und feuerte mit der Pistole auf den davonfahrenden Buick.

Ihr Atem stockte, ihr Herzschlag setzte aus. Die Mädchen mußten sich in dem fliehenden Auto befinden.

Sie trat das Gaspedal bis zum Anschlag durch, wollte um Marty herumfahren, den Buick einholen, ihn am Heck rammen, von der Straße abdrängen, mit bloßen Händen gegen den Entführer kämpfen, dem Mistkerl die Augen auskratzen, was immer nötig sein sollte, alles. Dann sah sie die Mädchen in ihren hellgelben Regenmänteln auf dem rechten Bürgersteig unter einer Straßenlampe stehen. Sie hielten einander in den Armen. Im Nieselregen und dem bittern gelblichen Licht sahen beide so klein und zerbrechlich aus.

Als sie an Marty vorbei war, fuhr Paige an den Bordstein. Sie riß die Tür auf, ließ die Scheinwerfer an und den Motor laufen und stieg aus dem BMW aus.

Als sie zu den Kindern lief, hörte sie sich selbst sagen: »Gott sei Dank, Gott sei Dank, Gott sei Dank, Gott sei Dank.« Sie konnte auch dann nicht damit aufhören, als sie sich gebückt und beide Mädchen gleichzeitig in die Arme genommen hatte, als würde sie auf einer Ebene glauben, daß die drei Worte Zauberkraft besaßen und ihre Kinder plötzlich aus ihren Armen verschwinden konnten, wenn sie aufhörte, das Mantra aufzusagen.

Die Mädchen erwiderten die Umarmung inbrünstig. Charlotte drückte das Gesicht an Paiges Hals. Emilys Augen waren riesengroß.

Marty ließ sich neben ihnen auf die Knie sinken. Er berührte die Kinder immer wieder, besonders ihre Gesichter, als hätte er Schwierigkeiten zu glauben, daß ihre Haut warm und ihre Augen voller Leben waren, daß sie immer noch warmen Atem ausstießen. Er wiederholte immerzu: »Alles in Ordnung, seid ihr verletzt, alles in Ordnung?« Die einzige Verletzung, die er finden konnte, war eine geringfügige Aufschürfung an Charlottes linker Handfläche, die sie sich zugefügt hatte, als sie aus dem Buick herausgesprungen und auf Händen und Knien gelandet war.

Der einzige größere und beunruhigende Unterschied an den Mädchen war ihre ungewöhnliche Zurückhaltung. Sie waren so zaghaft, daß sie wie eingeschüchtert wirkten, als wären sie gerade streng zurechtgewiesen worden. Die kurze Episode mit dem Entführer hatte sie ängstlich und verschlossen gemacht. Ihre sonstige Selbstsicherheit stellte sich vielleicht eine ganze Weile nicht mehr ein, würde eventuell nie mehr so wie früher sein. Allein aus diesem Grund wollte Paige, daß der Mann im Buick leiden mußte.

Den ganzen Block entlang waren Leute auf die Veranden gekommen, um nachzusehen, was der Aufruhr zu bedeuten hatte – nachdem die Schießerei vorbei war. Andere standen an den Fenstern.

In der Ferne heulten Sirenen.

Marty erhob sich und sagte: »Machen wir, daß wir hier wegkommen.«

»Die Polizei kommt«, sagte Paige.

»Eben darum.«

»Aber sie ...«

»Sie werden so schlimm wie vorhin sein. Schlimmer.«

Er hob Charlotte hoch und lief mit ihr zum BMW, während die Sirenen lauter wurden.

Glassplitter stecken in seinem linken Auge. Das zerschossene Fenster hat sich größtenteils in eine brüchige Masse aufgelöst. Es hat ihm nicht das Gesicht zerschnitten. Aber winzige Splitter haben sich tief in das zarte Augengewebe eingegraben, und die Schmerzen sind grauenhaft. Jede Bewegung des Auges treibt das Glas tiefer hinein, richtet mehr Schaden an.

Da das Auge zuckt, wenn die schlimmsten stechenden Schmerzen sich hineinbohren, blinzelt er unwillkürlich, obwohl es eine fürchterliche Qual ist. Um das Blinzeln zu unterbinden, preßt er die Finger der linken Hand auf das geschlossene Lid und übt sanftesten Druck aus. Soweit es geht, fährt er nur mit der rechten Hand.

Manchmal muß er das linke Auge ungeschützt lassen, weil er mit der linken Hand fahren muß. Mit der rechten reißt er einen der Schokoriegel auf und steckt ihn sich so schnell er kauen kann in den Mund. Sein Stoffwechselofen schreit nach Brennstoff.

Über demselben Auge hat eine Kugel eine Furche über die Stirn gezogen. Diese Furche ist so breit wie sein Zeigefinger und knapp drei Zentimeter lang. Bis auf den Knochen. Zuerst blutete sie stark. Jetzt quillt das gerinnende Blut zäh über die Braue und läuft zwischen den Fingern hervor, die er auf das Lid drückt.

Wäre die Kugel nur zwei Zentimeter weiter rechts gewesen, hätte sie die Schläfe getroffen, sich in sein Gehirn gebohrt und Knochensplitter vor sich hergetrieben.

Er hat Angst vor Kopfverletzungen. Er ist nicht sicher, ob er sich von Verletzungen am Gehirn so rückhaltlos und schnell erholen kann wie von anderen Wunden. Vielleicht kann er sich gar nicht davon erholen.

Er ist halb blind, daher fährt er vorsichtig. Mit nur noch einem

Auge kann er nicht mehr dreidimensional sehen. Die regennassen Straßen sind tückisch.

Jetzt hat die Polizei eine Beschreibung des Buick, möglicherweise sogar das Kennzeichen. Sie werden danach suchen, wenn nicht aktiv, so doch routinemäßig, und durch die Schäden an der Fahrerseite wird er noch leichter zu erkennen sein.

Dieses Mal ist er nicht in der Verfassung, wieder ein Auto zu stehlen. Er ist nicht nur halb blind, sondern immer noch benommen von den Schußwunden, die er vor drei Stunden hinnehmen mußte. Falls er dabei ertappt wird, wie er ein unbeaufsichtigtes Auto stiehlt, falls er auf Widerstand stößt, wenn er einen anderen Fahrer zu töten versucht, so wie den, dessen Regenmantel er trägt und der vorübergehend im Kofferraum des Buick begraben ist, wird er höchstwahrscheinlich überwältigt oder noch schwerer verletzt werden.

Er fährt nach Norden und Westen weg von Mission Viejo und überquert bald die Stadtgrenze von El Toro. Zwar befindet er sich jetzt in einer anderen Gemeinde, fühlt sich aber längst nicht sicher. Wenn ein Suchbefehl nach dem Buick ausgegeben wird, dann wahrscheinlich im ganzen County.

Die größte Gefahr besteht darin, weiterzufahren, was das Risiko erhöht, daß die Polizei ihn aufspürt. Wenn er ein abgeschiedenes Plätzchen finden kann, um den Buick zumindest bis morgen dort zu verstecken, kann er sich auf dem Rücksitz hinlegen und ausruhen.

Er muß schlafen und seinem Körper eine Chance zur Heilung geben. Seit er Kansas City verlassen hat, hat er zwei Nächte nicht geschlafen. Normalerweise würde er auch eine dritte Nacht wach und aktiv bleiben können, möglicherweise eine vierte, ohne seine Fähigkeiten zu beeinträchtigen. Aber das Ausmaß seiner Verletzungen in Verbindung mit Schlafmangel und außergewöhnlichen körperlichen Anstrengungen erfordert Zeit zur Rekonvaleszenz.

Morgen wird er seine Familie zurückholen und sein Recht fordern. Er wandert schon so lange allein in der Dunkelheit. Auf einen Tag mehr oder weniger kommt es nicht an.

Dabei war er dem Erfolg *so nahe*. Kurze Zeit gehörten seine Töchter wieder ihm. Seine Charlotte. Seine Emily.

Er erinnert sich an die Freude, die er in der Diele der Delorios verspürte, als er die kleinen Leiber an sich drücken konnte. Sie waren so süß. Hauchzarte Küsse auf seine Wangen. Ihre musikalischen Stimmen – »Daddy, Daddy« –, so voller Liebe zu ihm.

Als er daran denkt, wie dicht er daran war, sie auf Dauer wieder in seinen Besitz zu bringen, ist er den Tränen nahe. Er darf nicht weinen. Die Muskelkontraktionen in seinem verletzten Auge werden die Schmerzen unerträglich machen, und mit Tränen im rechten Auge wäre er so gut wie blind.

Statt dessen fährt er durch die Wohngegend von El Toro und weiter nach Laguna Hills, wo die Lichter von Häusern warm im Regen leuchten und ihn mit Trugbildern häuslicher Wonnen verspotten, und er muß daran denken, wie dieselben Kinder ihn zum Schluß doch verraten und im Stich gelassen haben, denn dieser Gedanke führt ihn weg von Tränen und hin zu Wut. Er kann nicht verstehen, warum diese süßen Mädchen sich statt für ihren richtigen Vater für den Scharlatan entschieden haben, wo sie ihn doch Minuten vorher mit Küssen und Bewunderung überhäuften. Ihr Verrat beunruhigt ihn. Frißt innerlich an ihm.

Marty fuhr, Paige saß mit Charlotte und Emily auf dem Rücksitz und hielt ihre Hände. Im Augenblick war sie außerstande, die Mädchen loszulassen.

Marty fuhr auf einem Umweg quer durch Mission Viejo, hielt sich so weit es ging von Hauptstraßen fern und konnte so der Polizei ausweichen. Block für Block behielt Paige den Verkehr ringsum im Auge und rechnete damit, den verbeulten Buick zu sehen, der versuchen würde, sie von der Straße abzudrängen. Zweimal sah sie zur Heckscheibe hinaus und war überzeugt, der Buick würde ihnen folgen, aber ihre Befürchtungen erwiesen sich jedesmal als unbegründet.

Als Marty auf den Marguerite Parkway einbog und Richtung Süden fuhr, fragte Paige: »Wohin fahren wir?«

Er betrachtete sie im Rückspiegel. »Ich weiß nicht. Nur weg von hier. Ich denke immer noch darüber nach.«

»Vielleicht hätten sie dir dieses Mal geglaubt.«

»Unmöglich.«

»Die Leute da hinten müssen den Buick gesehen haben.«

»Vielleicht. Aber sie haben den Mann nicht gesehen, der ihn gefahren hat. Keiner kann meine Geschichte bestätigen.«

»Vic und Kathy müssen ihn gesehen haben.«

»Und dachten, er wäre ich.«

»Aber jetzt muß ihnen klar sein, daß du es nicht warst.«

»Sie haben uns nicht *zusammen* gesehen, Paige. Darauf kommt es an, verdammt! Daß uns jemand zusammen sieht, ein unabhängiger Zeuge.«

Sie sagte: »Charlotte und Emily. Sie haben ihn und dich gleichzeitig gesehen.«

Marty schüttelte den Kopf. »Zählt nicht. Ich wünschte, es wäre anders. Aber Lowbock wird nichts auf die Aussage kleiner Kinder geben.«

»So klein auch wieder nicht«, flötete Emily an Paiges Seite, und sie hörte sich noch jünger und winziger an, als sie in Wirklichkeit war.

Charlotte blieb ungewöhnlich still. Beide Mädchen zitterten noch, aber Charlotte hatte es schlimmer erwischt als Emily. Sie schmiegte sich an ihre Mutter, um sich zu wärmen, und hatte den Kopf wie eine Schildkröte in den Rollkragen ihres Pullovers gezogen.

Marty hatte die Heizung bis zum Anschlag aufgedreht. Das Innere des BMW hätte erstickend heiß sein müssen. War es aber nicht.

Selbst Paige fror. Sie sagte: »Vielleicht sollten wir trotzdem umkehren und versuchen, ihnen Vernunft beizubringen.«

Marty blieb unerbittlich. »Liebling, das können wir nicht. Denk doch einmal nach. Sie werden uns mit tödlicher Sicherheit die Beretta wegnehmen. Ich habe damit auf einen Menschen geschossen. Aus ihrer Warte ist so oder so ein Verbrechen begangen worden, und die Waffe wurde dazu benützt. Entweder hat wirklich jemand versucht, die Mädchen zu entführen, und ich habe versucht, ihn zu töten. Oder sie betrachten es nach wie vor als Schwindel, damit ich höher in die Bestsellerlisten komme. Vielleicht habe ich einen Freund beauftragt, den Buick zu fahren, mit Platzpatronen auf ihn geschossen, meine eigenen Kinder zum Lügen angestiftet, und jetzt mache ich *wieder* eine Falschmeldung bei der Polizei.«

»Nach alledem kann Lowbock nicht mehr an seiner lächerlichen Theorie festhalten.«

»Nicht? Den Teufel kann er nicht.«

»Marty, er kann nicht.«

Er seufzte. »Okay, schon gut, vielleicht nicht, wahrscheinlich nicht.«

Paige sagte: »Er wird einsehen, daß etwas weitaus Ernsteres vor sich geht ...«

»Aber er wird *meine* Geschichte auch nicht glauben, die sich zugegebenermaßen verrückter anhört als eine Riesendose Planters' Finest. Und wenn du den Artikel in *People* gelesen hättest ... Wie auch immer, er wird sich die Beretta schnappen. Und was ist, wenn er die Schrotflinte im Kofferraum findet?«

»Er hat keinen Grund, uns die wegzunehmen.«

»Wahrscheinlich findet er einen. Hör zu, Paige, Lowbock wird seine Meinung über mich so leicht nicht ändern, nicht weil die Kinder ihm bestätigen, daß alles wahr ist. Er wird mich trotzdem mehr verdächtigen als einen Kerl in einem Buick, den er nie gesehen hat. Wenn er beide Waffen nimmt, sind wir schutzlos. Angenommen, die Polizisten gehen, und dieser Mistkerl, dieser Doppelgänger, kommt zwei Minuten später ins Haus marschiert, wenn wir nichts mehr haben, um uns zu schützen.«

»Wenn die Polizei dir immer noch nicht glaubt, wenn die uns keinen Schutz geben, dann bleiben wir nicht im Haus.«

»Nein, Paige, ich meine, was passiert, wenn der Mistkerl buchstäblich *zwei Minuten* nachdem die Polizisten gegangen sind, das Haus betritt und uns nicht einmal eine Chance läßt zu verschwinden?«

»Wahrscheinlich riskiert er nicht ...«

»O doch, das wird er! Das wird er. Er kam fast *sofort* zurück, nachdem die Polizisten das erste Mal gegangen waren – oder nicht? –, ging dreist zur Eingangstür der Delorios und läutete. Er scheint durch das Risiko *aufzublühen*. Ich würde mich nicht darauf verlassen, daß der Mistkerl nicht bei uns einbricht, während die Polizisten noch *im Haus* sind, und alle Anwesenden erschießt. Er ist verrückt, diese ganze Situation ist verrückt, und ich werde mein Leben und deins und das der Kinder nicht mit Rätselraten aufs Spiel setzen, was er als nächstes tun könnte.«

Paige mußte zugeben, daß er recht hatte.

Aber es war schwierig, sogar schmerzlich, sich einzugestehen, daß ihre Situation so trostlos geworden war, daß sie nicht einmal mit der Hilfe des Gesetzes rechnen konnten. Wenn sie keine offizielle Unterstützung und keinen Schutz bekommen konnten, dann hatte die Regierung ihre allererste Pflicht vernachlässigt: Ordnung durch gerechte, aber strenge Ausübung des Strafrechts zu gewährleisten. Trotz der komplexen Maschine, in der sie saßen, trotz des modernen Highway, auf dem sie fuhren, und trotz der Straßenlaternen, die fast jeden Hügel und jedes Tal von Südkalifornien ausleuchteten, bedeutete dieses Versagen, daß sie nicht in einer zivilisierten Welt lebten. Die Einkaufszentren, Transitwege, die Glitzerpaläste der darstellenden Künste, die eindrucksvollen Regierungsgebäude, die Sportstadien, die Kinokomplexe, die Bürohochhäuser, die raffinierten französischen Restaurants, Kirchen, Museen, Parks, Universitäten und Kernkraftwerke liefen auf nichts anderes als eine dünne Fassade der Zivilisation hinaus, dünn wie Seidenpapier, obwohl sie so solide wirkte, und in Wahrheit lebten sie in einer High-Tech-Anarchie, die von Hoffnung und Selbsttäuschung aufrechterhalten wurde.

Das konstante Summen der Autoreifen rief ein zunehmendes Grauen in ihr wach, eine Stimmung bevorstehenden Unheils. So ein gewöhnliches Geräusch, Hartgummi, das mit hoher Geschwindigkeit über Asphalt rollte, lediglich eine Stimme in der konstanten Musik des täglichen Lebens, aber plötzlich wirkte es so bedrohlich wie das Dröhnen von Jagdbombern im Anflug.

Als Marty auf dem Crown Valley Parkway Richtung Südwesten bog, nach Laguna Niguel, unterbrach Charlotte schließlich ihr Schweigen. »Daddy?«

Paige sah, wie er in den Rückspiegel schaute, und konnte seinem besorgten Blick entnehmen, daß ihn die ungewöhnliche Verschlossenheit des Mädchens ebenfalls mit Sorge erfüllte.

Er sagte: »Ja, Liebling?«

»Was war das für ein Ding?« fragte Charlotte.

»Welches Ding, Liebes?«

»Das Ding, das wie du ausgesehen hat.«

»Das ist die Millionen-Dollar-Frage. Aber wer immer er ist, er ist nur ein Mensch, kein Ding. Er ist nur ein Mann, der mir schrecklich ähnlich sieht.«

Paige dachte an das viele Blut im oberen Flur, wie schnell der Doppelgänger sich von zwei Schüssen in die Brust erholt hatte und fliehen und zurückkehren konnte, und daß er kurze Zeit später schon wieder kräftig genug für einen neuen Angriff gewesen war. Das hatte nichts Menschliches an sich. Und Martys gegenteilige

Behauptungen waren, das wußte sie, nichts weiter als die obligatorischen Tröstungen eines Vaters, der wußte, daß Kinder manchmal an die Überlegenheit und unerschütterliche Gelassenheit von Erwachsenen glauben mußten.

Nach längerem Schweigen sagte Charlotte: »Nein, das war kein Mensch. Es war ein Ding. Gemein. Häßlich im Inneren. Ein kaltes Ding.« Ein Schauern durchlief sie und bewirkte, daß die nächsten Worte mit zitternder Stimme herauskamen: »Ich habe es geküßt und ›Ich hab dich lieb‹ zu ihm gesagt, aber es war nur ein *Ding*.«

Der luxuriöse Garten-Apartment-Komplex umfaßt zwanzig oder mehr große Gebäude mit jeweils zehn bis zwölf Apartments. Er erstreckt sich über ein parkähnliches Gelände im Schatten eines kleinen Waldes.

Die Straßen innerhalb des Komplexes verlaufen serpentinenförmig. Anwohnern stehen Gemeinschaftsgaragen zur Verfügung, Rotholzschuppen mit Rückwand und Dach, acht oder zehn Parknischen in jedem. Bougainvilleen klettern an den Säulen hinauf, welche die Dachkonstruktionen tragen, und verleihen ihnen eine anmutige Note, obwohl das fahlblaue Licht der Quecksilberdampflampen die Blüten nachts jeglicher Farbe beraubt.

Im ganzen Komplex sind darüber hinaus Freigelände zum Parken angelegt, wo die weißen Bordsteine mit schwarzen Buchstaben versehen sind: BESUCHERPARKPLÄTZE.

In einer tiefen Sackgasse findet er einen Besucherparkplatz, der ihm einen perfekten Unterschlupf für die Nacht bietet. Keine der sechs Parkbuchten ist belegt, und die letzte wird auf beiden Seiten von einer fast zwei Meter hohen Oleanderhecke geschützt. Als er mit dem Auto rückwärts in die Bucht stößt, dicht an der Hecke, verbirgt der Oleander die Schäden an der Fahrerseite.

Dicht bei der nächstgelegenen Straßenlampe durfte ein Akazienbaum ungehindert sprießen. Seine belaubten Zweige schirmen das Licht fast völlig ab. Der Buick steht weitgehend im Dunkeln.

Zwischen jetzt und der Dämmerung wird die Polizei wahrscheinlich nicht mehr als ein- oder zweimal durch die Anlage fahren. Und wenn, werden sie keine Nummernschilder überprüfen, sondern das Gelände nach Spuren von Einbrüchen oder anderen Verbrechen absuchen.

Er schaltet Scheinwerfer und Motor aus, sammelt seine verbliebenen Schokoriegel ein, steigt aus dem Auto aus und schüttelt die Trümmer gummiartigen Glases ab, die noch an ihm kleben.

Es regnet nicht mehr.

Die Luft ist frisch und klar.

Die Nacht behält ihre Meinung für sich und bleibt stumm, vom Plätschern und Knacken der noch tropfnassen Bäume abgesehen.

Er klettert auf den Rücksitz und macht leise die Tür zu. Kein gemütliches Bett. Aber er hat schon schlimmere gesehen. Er rollt sich in Embryonalhaltung zusammen, statt um eine Nabelschnur um die Schokoriegel gekrümmt, lediglich mit seinem geräumigen Regenmantel als Decke.

Während er darauf wartet, daß der Schlaf ihn übermannt, muß er wieder an seine Töchter und deren Verrat denken.

Unweigerlich fragt er sich, ob sie ihren anderen Vater ihm vorziehen, den falschen dem echten. Dies ist eine schreckliche Möglichkeit, über die er eingehend nachdenken muß. Wenn es stimmt, dann bedeutet das, daß diejenigen, die er am meisten liebt, nicht Opfer sind, so wie er, sondern aktive Teilhaber an der byzantinischen Verschwörung gegen ihn.

Ihr falscher Vater ist wahrscheinlich nachsichtig mit ihnen. Erlaubt ihnen zu essen, was sie wollen. Läßt sie so spät zu Bett gehen, wie es ihnen paßt.

Alle Kinder sind von Natur aus Anarchisten. Sie brauchen Vorschriften und Verhaltensmaßregeln, andernfalls werden sie wild und asozial.

Wenn er den verhaften Vater getötet und wieder die Herrschaft über seine Familie übernommen hat, wird er für alles Regeln aufstellen und diese streng durchsetzen. Fehlverhalten wird unverzüglich bestraft werden. Schmerz ist einer der größten Lehrmeister, und er ist ein Experte im Zufügen von Schmerz. Ordnung wird wieder einkehren im Stillwater-Haushalt, und seine Kinder werden nichts tun, ohne zuvor ernst über die Regeln nachzudenken, die für sie gelten.

Anfangs werden sie ihn selbstverständlich dafür hassen, daß er so streng und kompromißlos ist. Sie werden nicht verstehen, daß er nur ihr Bestes will.

Aber jede Träne, die seine Strafen ihnen abringen, wird süß für ihn sein. Jeder Schmerzensschrei glückselige Musik. Er wird unerbittlich mit ihnen sein, denn mit der Zeit werden sie einsehen, daß er nur solche Strenge walten läßt, weil ihm so überaus viel an ihnen liegt. Sie werden ihn wegen seiner strengen väterlichen Fürsorge lieben. Sie werden ihn bewundern, weil er die Disziplin durchsetzt, die sie brauchen – und nach der sie sich insgeheim sehnen –, der sie sich aber widersetzen wollen, weil es in ihrer Natur liegt.

Auch Paige braucht eine strengere Hand. Er weiß, was Frauen begehren. Er erinnert sich an einen Film mit Kim Basinger, in dem Sex und das Verlangen nach Disziplin untrennbar miteinander verflochten waren. Paiges Erziehung sieht er mit besonderer Freude entgegen.

Seit dem Tag, als ihm sein Beruf, seine Familie, seine Erinnerungen gestohlen wurden – was ein Jahr oder zehn Jahre zurückliegen könnte, er weiß es nicht –, hat er hauptsächlich durch Filme gelebt. Die Abenteuer, die er erlebt, und die Lektionen, die er in zahllosen dunklen Kinos gelernt hat, sind für ihn so real wie der Sitz, auf dem er liegt, und der Geschmack von Schokolade auf seiner Zunge. Er erinnert sich an Sex mit Sharon Stone, mit Glenn Close, von denen er das Potential für sexuelle Besessenheit und Verrat gelernt hat, welches allen Frauen innewohnt. Er erinnert sich an den ausgelassenen Spaß beim Sex mit Goldie Hawn, die Verzückung von Michelle Pfeiffer, die erregende, verschwitzte Triebhaftigkeit von Ellen Barkin, die er zu Unrecht verdächtigte, eine Mörderin zu sein, was ihn aber nicht daran hinderte, sie an die Wand seines Apartments zu drücken und in sie einzudringen. John Wayne, Clint Eastwood, Gregory Peck und so viele andere Männer haben ihn unter ihre Fittiche genommen und ihm Mut und Entschlossenheit beigebracht. Er weiß, der Tod ist ein Geheimnis, welches grenzenloses Nachdenken verdient, weil er so viele widersprüchliche Lektionen darüber gelernt hat: Tim Robbins hat ihm gezeigt, daß das Leben nach dem Tod nur eine Illusion ist; Patrick Swayze dagegen hat ihm vorgeführt, daß das Jenseits ein durchaus realer Ort der Freude ist, wo man allen, die einen lieben (zum Beispiel Demi Moore), wieder begegnet, wenn sie irgendwann von dieser Welt scheiden; Freddy Kruger wiederum hat ihm gezeigt, daß das Leben nach dem Tod ein grausamer Alptraum ist, aus dem man zurückkehren kann, um lustvoll Rache zu nehmen. Als Debra Winger an Krebs starb und Shirley MacLaine trauernd zurückließ, war er untröstlich gewesen, aber nur wenige Tage später hatte er sie wiedergesehen, am Leben, jünger und schöner denn je, als Reinkarnation in einem neuen Leben, wo sie sich mit Richard Gere eines neuen Schicksals erfreute. Paul Newman hat ihm oft Weisheiten über den Tod, das Leben, Pool Billard, Poker, Liebe und Ehre anvertraut; daher betrachtet er diesen Mann als einen seiner wichtigsten Mentoren. Ebenso Wilford Brimley, Gene Hackman, den vierschrötigen alten Edward Asner, Robert Redford, Jessica Tandy. Häufig bekommt er widersprüchliche Lektionen von diesen Freunden, aber er hat manche sagen hören, daß alle Überzeugungen gleichwertig sind und es keine absolute Wahrheit gibt, daher ist er ganz zufrieden mit den Widersprüchen, mit denen er lebt.

Die geheimste aller Wahrheiten hat er nicht in einem Kino oder durch den Filmservice in einem Hotel gelernt. Statt dessen kam der Augenblick verblüffender Einsicht im privaten Medienraum eines der Männer, den zu töten seine Pflicht war.

Sein Opfer war ein Senator der Vereinigten Staaten gewesen. Eine Anforderung, die an die Exekution gestellt wurde, war die, daß sie wie Selbstmord aussehen sollte.

Er mußte in einer Nacht, als der Mann erwiesenermaßen allein war, in das Haus des Senators eindringen. Er hatte einen Schlüssel bekommen, damit keine Spuren eines gewaltsamen Eindringens feststellbar sein würden.

Nachdem er sich Zutritt in das Haus verschafft hatte, fand er den Senator in dessen Medienraum mit acht Sitzen, der mit THX Sound und einem Projektionssystem nach Kinostandards ausgerüstet war, das Fernsehen, Video oder Laserdiscs auf eine ein Meter fünfzig mal ein Meter achtzig große Leinwand projizieren konnte. Es war ein Raum ohne Fenster, mit Plüschsesseln. Sogar ein uralter Colaautomat stand darin, der, wie er später herausfand, das Getränk in klassischen Zehn-Unzen-Flaschen ausgab, und ein Automat mit Süßigkeiten, der Milk Duds, Jujubes, Raisinettes und andere beliebte Kinosnacks enthielt.

Wegen der lauten Filmmusik fiel es ihm leicht, sich hinter dem Senator anzuschleichen und diesen mit einem chloroformgetränkten Wattebausch zu überwältigen, den er eine Sekunde bevor er ihn brauchte aus einer Plastiktüte holte. Er trug den Politiker nach oben in das luxuriöse Bad, zog ihn aus, ließ ihn behutsam in die mit heißem Wasser gefüllte römische Wanne gleiten und machte regelmäßig von dem Chloroform Gebrauch, um die Fortdauer der

Bewußtlosigkeit zu gewährleisten. Mit einer Rasierklinge führte er einen tiefen, sauberen Schnitt über das rechte Handgelenk des Senators aus (da der Politiker Linkshänder war und wahrscheinlich selbst mit der linken Hand den ersten Schnitt ausgeführt hätte) und ließ den Arm anschließend in das Wasser sinken, das sich durch den Blutstrom aus der Ader rasch verfärbte. Bevor er das Rasiermesser ins Wasser fallen ließ, unternahm er einige klägliche Versuche, das linke Handgelenk aufzuschlitzen, ohne besonders tief zu schneiden, da es dem Senator unmöglich gewesen wäre, das Messer fest in die rechte Hand zu nehmen, nachdem er die Sehnen und Knorpel zusammen mit der Schlagader in diesem Handgelenk durchtrennt hatte.

Er saß auf dem Rand der Wanne, verabreichte jedesmal, wenn der Politiker stöhnte und aufzuwachen schien, Chloroform, und nahm dankbar an der heiligen Zeremonie des Todes teil. Als er das einzige lebende Wesen in dem Raum war, dankte er dem Verblichenen für die kostbare Gelegenheit, dieses intimste Erlebnis mit ihm zu teilen.

Normalerweise hätte er das Haus dann verlassen, aber was er auf der Leinwand gesehen hatte, zog ihn ins Filmzimmer im Erdgeschoß zurück. Er hatte schon früher in vielen Erwachsenenkinos in zahlreichen Städten pornographische Filme gesehen, und bei diesen Gelegenheiten hatte er alle möglichen Sexstellungen und Techniken gelernt. Aber die Pornographie hier im Heimkino war anders als alles, was er zuvor erlebt hatte, denn hier waren Ketten, Handschellen, Ledergurte, Gürtel mit Metallnieten und eine breitgefächerte Palette von Instrumenten zur Bestrafung und Fesselung im Spiel. Unvorstellbarerweise schienen die wunderschönen Frauen auf der Leinwand von der Brutalität erregt zu werden. Je grausamer sie behandelt wurden, desto bereitwilliger ergaben sie sich den Freuden des Orgasmus; tatsächlich flehten sie manchmal sogar, noch brutaler behandelt, noch sadistischer mißhandelt zu werden.

Er nahm auf dem Sessel Platz, von dem er den Senator geholt hatte. Er sah fasziniert auf die Leinwand, absorbierte, lernte.

Als das Videoband zu Ende war, fand er nach kurzer Suche ein Geheimgewölbe – normalerweise geschickt hinter einer Wandtäfelung verborgen –, welches eine Sammlung ähnlichen Materials enthielt. Hier fand sich eine noch erstaunlichere Sammlung von Mate-

rial mit Kindern bei fleischlichen Akten mit Erwachsenen. Töchter mit Vätern. Mütter mit Söhnen. Schwestern mit Brüdern, Schwestern mit Schwestern. Er saß vier Stunden dort, fast bis zur Dämmerung, und war gebannt.
Absorbierte.
Lernte, lernte.
Um Senator der Vereinigten Staaten zu werden, ein hoch angesehener Staatsmann, mußte der tote Mann in der Badewanne außerordentlich weise gewesen sein. Demzufolge mußte seine persönliche Filmsammlung selbstverständlich unterschiedliches Material einer höchst vortrefflichen Natur enthalten, welches seine einzigartigen moralischen und intellektuellen Einsichten widerspiegelte und Philosophien verkörperte, die bei weitem zu komplex waren, als daß sie in Reichweite des durchschnittlichen Kinobesuchers in einem öffentlichen Kino liegen konnten. Welch ein Glück, daß er den Politiker in dessen Medienzimmer gefunden hatte, und nicht dabei, wie er in der Küche einen Imbiß zubereitete oder im Bett ein Buch las. In diesem Falle hätte er nie die Möglichkeit bekommen, an der Weisheit im geheimen Gewölbe des großen Mannes teilzuhaben.

Jetzt liegt er zusammengerollt auf dem Rücksitz des Buick, vorübergehend blind auf einem Auge, von Kugeln gestreift, von Kugeln durchbohrt, schwach und erschöpft, im Augenblick besiegt, aber er verzweifelt nicht. Abgesehen von seinem wundersam widerstandsfähigen Körper, seiner unvergleichlichen Vitalität und seinem unerschöpflichen Wissen, was die Kunst des Tötens anbelangt, verfügt er über einen weiteren Vorteil. Ebenso wichtig ist, er besitzt, wie er es sieht, große Weisheit aus Filmen, die er öffentlich und privat gesehen hat, und dieses Wissen wird am Ende seinen Triumph garantieren. Er kennt die seiner Meinung nach größten Geheimnisse, die die klügsten Menschen in verborgenen Räumen aufbewahren: was Frauen wirklich brauchen, auch wenn sie möglicherweise nicht wissen, daß sie sich unbewußt danach sehnen; was Kinder wollen, wovon sie aber nicht zu sprechen wagen. Ihm ist bewußt, daß seine Frau und die Kinder völlige Unterwerfung, strenge Disziplin, körperliche Mißhandlung, sexuelle Unterdrückung und sogar Demütigung willkommen heißen und davon profitieren werden. Bei erster Gelegenheit wird er ihre tiefsten und primitivsten Sehnsüchte erfüllen, wie es der nachsichtige falsche

Vater niemals fertigbringen kann, und dann endlich werden sie eine Familie sein, in Harmonie und Liebe miteinander leben, ein Schicksal teilen und für immer von seiner einzigartigen Weisheit, seiner Stärke und seiner anspruchsvollen Liebe zusammengehalten werden.

Er versinkt in einen heilsamen Schlaf und ist überzeugt, daß er in mehreren Stunden gesund und voller Lebenskraft erwachen wird.

Wenige Zentimeter von ihm entfernt liegt der tote Mann, dem der Buick einst gehört hat, im Kofferraum des Autos – kalt, steif, ohne irgendwelche attraktiven Zukunftsaussichten.

Es ist gut, etwas Besonderes zu sein, gebraucht zu werden, ein Schicksal zu haben.

ZWEITER TEIL

Märchenstunde im Irrenhaus

Wo Hoffnung und Vernunft getrennte Wege gehn,
das ist der Ort, wo Wahnsinn kann entstehn.
Hoffnung auf eine Welt voll Frieden, voll Freiheit –
doch Hoffnungsblumen wurzeln in der Wirklichkeit.

Das Buch gezählten Leids

Wir spüren, daß das Leben eine schwarze Komödie ist, und damit können wir vielleicht leben. Da aber das Ganze zur Unterhaltung der Götter geschrieben wurde, sind die meisten Witze einfach zu hoch für uns.

Martin Stillwater
Zwei verschwundene Opfer

VIER

1.

Unmittelbar nachdem sie den Rastplatz verlassen hatten, wo die toten Rentner sich für immer in der heimeligen Eßnische ihres Wohnmobils entspannten, als sie auf der I-40 Richtung Oklahoma City zurückfuhren, der zugeknöpfte Karl Clocker am Steuer, nahm Drew Oslett sein mit allen Schikanen der Fernmeldetechnik ausgestattetes Funktelefon zur Hand und rief das Büro in New York City an. Er erstattete Bericht über die Ereignisse und bat um Anweisungen.

Das Telefon, das er benützte, wurde noch nicht in der Öffentlichkeit zum Verkauf angeboten. Für den Normalbürger würde es mit sämtlichen Zusatzeinrichtungen von Osletts Modell *nie* angeboten werden.

Er konnte es in den Zigarettenanzünder stecken wie andere Autotelefone auch; aber im Gegensatz zu anderen Modellen war es praktisch überall auf der Welt einsatzfähig, nicht ausschließlich in dem Staat oder Bereich, in dem es ausgegeben wurde. Wie bei der elektronischen SATU-Karte, gehörte eine direkte Satellitenverbindung zu dem Telefon. Es konnte sich direkt in neunzig Prozent aller Kommunikationssatelliten einklinken, die sich momentan in einer Erdumlaufbahn befanden, indem es die landgestützten Kontrollstationen umging, Sicherheitssperren überwand und eine Verbindung zu jedem Telefonanschluß herstellte, die der Besitzer wünschte, wobei nicht die geringste Aufzeichnung über die Kontaktaufnahme geführt wurde. Die betreffende Telefongesellschaft würde nie eine Rechnung für Osletts Anruf in New York stellen, weil sie nie erfuhr, daß der Anruf über ihr System erfolgt war.

Er unterhielt sich offen mit seiner Kontaktperson in New York darüber, was er auf dem Rastplatz gefunden hatte, ohne Angst, jemand könnte mithören, denn zu dem Telefon gehörte auch ein Zerhacker, den er durch einfachen Knopfdruck aktivieren konnte. Ein entsprechender Zerhacker im Telefon der Zentrale machte seinen Anruf bei Empfang wieder verständlich, aber wenn jemand versuchen würde, das Signal zwischen Oklahoma und New York anzuzapfen, würde er Osletts Worte nur als sinnloses Gestammel hören.

New York machte sich um die ermordeten Rentner nur aus dem Grund Sorgen, daß es den Behörden in Oklahoma eventuell möglich sein würde, ihre Ermordung mit Alfie oder dem Network in Verbindung zu bringen – das war der Name, den sie selbst gebrauchten, um ihre Organisation zu bezeichnen. »Sie haben die Schuhe doch nicht dort gelassen?« fragte New York.

»Selbstverständlich nicht«, sagte Oslett beleidigt angesichts des unterschwelligen Vorwurfs der Inkompetenz.

»Die ganze Elektronik in dem Absatz ...«

»Ich habe die Schuhe hier.«

»... ist Material direkt aus dem Labor. Jeder Experte würde ausrasten, wenn er es zu sehen bekäme, und möglicherweise ...«

»Ich habe die Schuhe«, sagte Oslett gepreßt.

»Gut. Okay, dann sollen sie die Leichen finden und sich bei der Aufklärung die Köpfe zerbrechen. Geht uns nichts an. Soll jemand anders den Abfall wegräumen.«

»Genau.«

»Ich melde mich in Kürze wieder.«

»Ich verlasse mich darauf«, sagte Oslett.

Nachdem er die Verbindung unterbrochen hatte und auf den Rückruf der Zentrale wartete, erfüllte ihn Unbehagen angesichts der Tatsache, daß er mehr als hundert schwarze und einsame Meilen lediglich in Gesellschaft von Karl Clocker zurücklegen mußte. Glücklicherweise hatte er eine geräuschvolle und fesselnde Ablenkung dabei. Vom Boden hinter dem Sitz holte er einen Gameboy und zog den Kopfhörer über die Ohren. Wenig später lenkte ihn die Herausforderung eines blitzschnellen Computerspiels von der nervtötenden ländlichen Umgebung ab.

Als Oslett wieder aufsah, weil Clocker ihm auf die Schulter klopfte, sprenkelten die Lichter einer Vorstadt die Dunkelheit der Nacht. Das Autotelefon zwischen seinen Füßen läutete.

Die Kontaktperson in New York hörte sich so ernst an, als wäre sie gerade von der Beerdigung ihrer Mutter zurückgekommen. »Wie schnell können Sie in Oklahoma City am Flughafen sein?«

Oslett leitete die Frage an Clocker weiter.

Clockers gleichgültiges Gesicht veränderte sich nicht, als er sagte: »Eine halbe Stunde, vierzig Minuten – vorausgesetzt, das Raumzeitkontinuum verändert sich nicht zwischen hier und dort.«

Oslett gab die geschätzte Zeit an New York weiter und verschwieg die Science-fiction.

»Fahren Sie so schnell Sie können dorthin«, sagte New York. »Sie fliegen nach Kalifornien.«

»Wohin in Kalifornien?«

»John Wayne Airport in Orange County.«

»Haben Sie eine Spur von Alfie?«

»Wir haben keine Ahnung, was für einen Scheiß wir haben.«

»Bitte antworten Sie nicht so verflixt technisch«, sagte Oslett, »sonst kann ich Ihnen nicht folgen.«

»Wenn Sie in Oklahoma City am Flughafen ankommen, suchen Sie einen Zeitungskiosk. Kaufen Sie die neueste Ausgabe von *People*. Lesen Sie die Seiten sechsundsechzig, siebenundsechzig und achtundsechzig. Dann wissen Sie soviel wie wir.«

»Ist das ein Witz?«

»Wir haben es gerade herausgefunden.«

»Was denn?« fragte Oslett. »Hören Sie, mich interessieren weder die jüngsten Skandale im britischen Königshaus, noch, welche Diät Julia Roberts macht, damit sie ihre Figur behält.«

»Seite sechsundsechzig, siebenundsechzig und achtundsechzig. Wenn Sie sie gesehen haben, rufen Sie mich an. Sieht so aus, als stünden wir bis zu den Hüften in Benzin, und jemand hat gerade ein Streichholz angezündet.«

New York unterbrach die Verbindung, bevor Oslett antworten konnte.

»Wir gehen nach Kalifornien«, sagte er zu Clocker.

»Warum?«

»Die Zeitschrift *People* glaubt, daß es uns dort gefallen wird«, sagte er und beschloß, dem großen Mann einen Geschmack seiner eigenen rätselhaften Bemerkungen zu geben.

»Wahrscheinlich stimmt das«, antwortete Clocker, als hätte er voll und ganz begriffen, was Oslett zu ihm gesagt hatte.

Als sie durch die Randbezirke von Oklahoma City fuhren, nahm Oslett erleichtert die umliegenden Spuren der Zivilisation zur Kenntnis – auch wenn er sich lieber einen Kopfschuß verpaßt hätte, als hier zu leben. Selbst zur Hauptverkehrszeit bombardierte Oklahoma City nicht alle Sinne so wie Manhattan. Er labte sich nicht nur an dieser konstanten Überlastung aller Sinne; für ihn war sie fast so lebenswichtig wie Essen und Wasser, und wichtiger als Sex.

Seattle war besser als Oklahoma City gewesen, aber einem Vergleich mit Manhattan hatte es auch nicht standgehalten. Tatsächlich konnte man viel zuviel Himmel für eine Großstadt sehen, und zu wenig Menschen. Die Straßen waren vergleichsweise ruhig, und die Menschen wirkten so unerklärlich ... entspannt. Man sollte meinen, sie wüßten nicht, daß sie, wie alle anderen, früher oder später sterben mußten.

Er und Clocker hatten gestern nachmittag um vierzehn Uhr auf dem Seattle International Airport gewartet; da sollte Alfie mit einem Flug von Kansas City, Missouri, eintreffen. Die 747 landete mit achtzehn Minuten Verspätung, und Alfie befand sich nicht an Bord.

In den fast vierzehn Monaten seit Oslett mit Alfie arbeitete, die ganze Zeit, die Alfie im Dienst stand, war so etwas noch nie vorgekommen. Alfie erschien stets treu und brav, wo er erscheinen sollte, reiste dorthin, wohin er geschickt wurde, erledigte die ihm übertragene Aufgabe und war so pünktlich wie ein japanischer Lokführer. Bis gestern.

Sie waren nicht gleich in Panik geraten. Möglicherweise hatte etwas Unvorhergesehenes – zum Beispiel ein Verkehrsunfall – Alfie auf dem Weg zum Flughafen aufgehalten, wodurch er seinen Flug verpaßt hatte.

In dem Augenblick, als er von seinem Plan abwich, hätte selbstverständlich ein tief in seinem Unterbewußtsein begrabener »Kellerbefehl« aktiviert werden und ihn veranlassen müssen, eine Nummer in Philadelphia zu wählen, wo er über seine geänderten Pläne Meldung machen sollte. Aber das war das Problem mit einem Kellerbefehl: Manchmal war er so tief im Unterbewußtsein vergraben, daß er auch vergraben *blieb*.

Oslett und Clocker warteten auf dem Flughafen von Seattle, ob ihr Junge mit einem späteren Flug eintreffen würde, ein Kontaktmann des Network in Kansas City fuhr zu dem Motel, wo Alfie gewohnt hatte, um dort nachzusehen. Sie waren besorgt, ihr Junge könnte seine ganze Konditionierung und Ausbildung abgeschüttelt haben, so wie alle Informationen verlorengingen, wenn die Festplatte eines Computers abstürzte; in diesem Fall hätte das arme Schwein in einem Zustand der Katatonie in seinem Zimmer sitzen müssen.

Aber er war nicht im Motel gewesen.

Und er war nicht mit dem nächsten Flug Kansas City/Seattle eingetroffen.

Oslett und Clocker verließen Seattle an Bord eines privaten Learjet, der einem Unternehmen des Network gehörte. Als sie Sonntag abend in Kansas City eintrafen, war Alfies abgestellter Mietwagen in einer Wohngegend in Topeka gefunden worden, etwa eine Stunde westlich. Sie konnten es sich nicht mehr leisten, die Wahrheit zu leugnen. Sie hatten es mit einem bösen Buben zu tun. Alfie war desertiert.

Selbstverständlich war es unmöglich, daß Alfie ein Deserteur wurde. Katatonie, ja, Fahnenflucht, nein. Jeder, der mit dem Programm zu tun hatte, war davon überzeugt. Sie waren so zuversichtlich wie die Besatzung der Titanic unmittelbar vor dem Kuß des Eisbergs.

Da das Network den Polizeifunk in Kansas City und andernorts überwachte, wußten sie, daß Alfie seine beiden Zielpersonen irgendwann zwischen Samstag mitternacht und Sonntag früh ein Uhr im Schlaf getötet hatte. Bis zu diesem Zeitpunkt hatte er sich streng an seine Vorgaben gehalten.

Für die Zeit danach hatten sie keine Hinweise auf seinen Aufenthaltsort. Sie mußten annehmen, daß er seit Sonntag früh ein Uhr Central Standard Time auf eigene Rechnung unterwegs war, was bedeutete, in drei Stunden würde er volle zwei Tage ein Deserteur sein.

Konnte er in achtundvierzig Stunden bis Kalifornien gefahren sein? fragte sich Oslett, während Clocker auf die Zufahrt zum Flughafen von Oklahoma City ausscherte.

Sie glaubten, daß Alfie mit dem Auto unterwegs war, weil ein Honda in einer Straße nicht weit von der Fundstelle des Mietwagens entfernt gestohlen worden war.

Von Kansas City bis Los Angeles waren es achtzehnhundert Meilen. Er hätte die Strecke in weniger als achtundvierzig Stunden zurücklegen können, wenn er entschlossen genug gewesen wäre und nicht geschlafen hatte. Alfie konnte tagelang ohne Schlaf auskommen. Und er konnte so entschlossen wie ein Politiker auf der Jagd nach Schmiergeld sein.

Noch in der Sonntagnacht waren Oslett und Clocker nach Topeka gefahren und hatten den verlassenen Mietwagen inspiziert. Sie hatten gehofft, sie würden einen Hinweis auf den Verbleib ihres eigensinnigen Attentäters finden.

Da Alfie schlau genug war, nicht die gefälschten Kreditkarten zu benützen, mit denen sie ihn ausgerüstet hatten – und mit deren Hilfe sie ihn aufspüren könnten –, und da er über ausreichend Geschick verfügte, einen bewaffneten Raubüberfall durchzuziehen, hatten sie über Kontakte des Network die Computerarchive des Polizeireviers von Topeka durchforscht. Sie fanden heraus, daß ein Lebensmittelladen am Sonntag morgen gegen vier Uhr von Unbekannten überfallen worden war; der Verkäufer war mit einem Kopfschuß getötet worden, und anhand der am Tatort gefundenen ausgeworfenen Hülse konnte man feststellen, daß die Mordwaffe 9mm-Munition verschoß. Bei der Waffe, mit der Alfie für den Auftrag in Kansas City ausgerüstet worden war, handelte es sich um eine Pistole von Heckler & Koch P7 9mm Parabellum.

Entscheidender Hinweis war der letzte Verkauf des Angestellten Minuten vor seinem Tod, den die Polizei durch eine Untersuchung der computerisierten Registrierkasse bestimmen konnte. Es handelte sich um eine ungewöhnlich große Menge für den kleinen Laden: verschiedene Packungen Slim Jims, Käsecracker, Erdnüsse, Minikrapfen, Schokoriegel und andere Lebensmittel mit hohem Kaloriengehalt. Mit seinem rasanten Stoffwechsel hätte Alfie mit Sicherheit solche Sachen gehortet, wäre er auf der Flucht und entschlossen gewesen, eine Zeitlang nicht zu schlafen.

Und von diesem Punkt an hatten sie ihn zu lange aus den Augen verloren.

Von Topeka hätte er auf der Interstate 70 bis Colorado fahren können. Auf dem Federal Highway 75 nach Norden. Über verschiedene Strecken Richtung Süden, Chanute, Freedonia, Coffeyville. Südwestlich nach Wichita. Überallhin.

Theoretisch hätte es Minuten, nachdem er zum Abtrünnigen erklärt worden war, möglich sein müssen, mittels eines kodierten Mikrowellensignals, das via Satellit in die gesamten Vereinigten Staaten gestrahlt werden konnte, den Sender in seinem Schuh zu aktivieren. Dann hätten sie mit einer Reihe geosynchroner Satelliten imstande sein müssen, seinen Aufenthaltsort festzustellen, ihn aufzuspüren und innerhalb weniger Stunden nach Hause zu bringen.

Aber es hatte Probleme gegeben. Es gab immer Probleme. Der Kuß des Eisbergs.

Erst am Montag nachmittag hatten sie das Signal des Senders in Oklahoma aufgespürt, östlich der texanischen Grenze. Oslett und Clocker, die in Topeka auf Abruf bereitstanden, waren nach Oklahoma City geflogen und hatten einen Mietwagen genommen, mit dem sie auf der Interstate 40 nach Westen fuhren, ausgerüstet mit der elektronischen Karte, die sie zu den toten Rentnern und dem Paar Rockport-Schuhen mit dem aufgebrochenen Absatz geführt hatte.

Jetzt befanden sie sich wieder am Flughafen von Oklahoma City; sie rollten hin und her wie zwei Kugeln im langsamsten Flipperautomaten des bekannten Universums. Als sie auf den Parkplatz der Leihwagenfirma fuhren, um das Auto abzustellen, hätte Oslett schreien können. Er schrie nur aus einem einzigen Grund *nicht,* nämlich weil ihn außer Karl Clocker sowieso niemand gehört hätte. Und ebensogut hätte er den Mond anschreien können.

In der Schalterhalle fand er einen Kiosk und kaufte die neueste Ausgabe der Zeitschrift *People.*

Clocker brachte eine Packung Fruchtkaugummi, einen Anstekker mit der Aufschrift ICH WAR IN OKLAHOMA – JETZT KANN ICH STERBEN, sowie eine Taschenbuchausgabe des millionsten *Raumschiff-Enterprise-Romans* mit.

Draußen auf der Promenade, wo der Fußgängerverkehr weder so dicht noch so interessant und bizarr wie auf dem JFK oder La Guardia in New York war, setzte sich Oslett auf eine Bank zwischen kümmerlichen Grünpflanzen in viel zu großen Töpfen. Er blätterte durch die Zeitschrift und schlug die Seiten sechsundsechzig und siebenundsechzig auf.

MR. MURDER
IN SÜDKALIFORNIEN SIEHT KRIMIAUTOR
MARTIN STILLWATER FINSTERNIS UND UNHEIL,
WO ANDERE NUR SONNENSCHEIN SEHEN.

Die Doppelseite, die den dreiseitigen Artikel eröffnete, wurde überwiegend von einem Foto des Schriftstellers eingenommen.

Dämmerung. Geheimnisvolle Wolken. Unheimliche Bäume im Hintergrund. Ungewöhnlicher Winkel. Stillwater sprang förmlich in die Kamera, seine Züge waren verzerrt, gespiegeltes Licht leuchtete in seinen Augen, so daß er wie ein Zombie oder ein irrer Killer aussah.

Der Mann war eindeutig ein Esel, ein schamloser Trommler für sich selbst, der sich mit größtem Vergnügen Agatha Christies alte Kleider anziehen würde, wenn es half, seine Bücher zu verkaufen, oder seinen Namen für Frühstücksflocken hergeben würde: Martin Stillwater Krimi-Flakes, hergestellt aus Weizen und geheimnisvollen Zusatzstoffen; gratis eine Actionfigur in jeder Packung, eines von elf Mordopfern, jedes auf eine andere Art und Weise um die Ecke gebracht, alle Verletzungen in roter Leuchtfarbe; fangt noch heute an zu sammeln und tut gleichzeitig mit den geheimnisvollen Zusätzen eurer Verdauung etwas Gutes.

Oslett las den Text der ersten Seite, begriff aber immer noch nicht, weshalb der Artikel den Blutdruck seiner New Yorker Kontaktpersonen in die Infarkt-Zone katapultiert hatte. Als er über Stillwater las, dachte er sich, die Überschrift müßte eigentlich »Mr. Langweiler« lauten. Wenn der Kerl je seinen Namen für Frühstücksflocken hergab, würden diese gar keine Ballaststoffe brauchen, weil sie garantiert die Scheiße aus einem heraus *langweilen* würden.

Drew Oslett verabscheute Bücher so sehr wie andere Menschen den Zahnarzt, und er war der Meinung, daß die Leute, die sie schrieben – besonders Romanciers – in der falschen Hälfte des Jahrhunderts geboren worden waren und sich *richtige* Jobs in Computerdesign, kybernetischem Management, dem Raumfahrtprogramm oder der Glasfaserherstellung suchen sollten, Industriezweigen, die am Ende des Jahrtausends etwas zur Verbesserung der Lebensqualität beisteuern konnten. Als Unterhaltung waren Bücher viel zu *langsam*. Schriftsteller bestanden darauf, einem das Innenleben ihrer Figuren vorzuführen, sie zeigten einem, was diese dachten. Filme führten einen nie ins Denken der Protagonisten hinein. Und selbst wenn die Filme zeigen *könnten*, was die Personen darin dachten, wer wollte schon im Kopf von Sylvester Stallone oder Eddie Murphy oder Susan Sarandon sein, um Gottes willen? Bücher waren einfach zu *intim*. Es spielte keine Rolle, was Leute dachten, nur was sie taten. Action und Geschwindigkeit. An der Schwelle eines neuen High Tech-Jahrhunderts waren das die beiden einzigen Parolen: Action und Geschwindigkeit.

Er blätterte zur dritten Seite des Artikels um und sah noch ein Bild von Martin Stillwater.

»Ach du Scheiße.«

Dieses zweite Foto zeigte den Schriftsteller, wie er an seinem Schreibtisch saß und in die Kamera sah. Das Licht war seltsam, da es hauptsächlich von einer Tiffanylampe seitlich hinter ihm zu kommen schien, aber er sah völlig anders aus als der Zombie mit den Leuchtaugen auf den vorherigen Seiten.

Clocker saß am anderen Ende der Bank wie ein riesiger, in menschliche Kleidung gesteckter dressierter Bär, der geduldig darauf wartete, daß das Zirkusorchester seine Tanzmusik spielte. Er war ganz ins erste Kapitel des *Raumschiff-Enterprise*-Romans vertieft, *Spock bekommt den Tripper* oder wie der Mist auch immer heißen mochte.

Oslett hielt die Zeitschrift hoch, damit Clocker das Foto sehen konnte, und sagte: »Sieh dir das an.«

Nachdem er den Abschnitt zu Ende gelesen hatte, warf Clocker einen Blick in das *People*. »Das ist Alfie.«

»Nein, ist er nicht.«

Clocker, der auf einem Riegel Fruchtkaugummi kaute, sagte: »Sieht ihm aber verflucht ähnlich.«

»Hier ist etwas vollkommen schiefgelaufen.«

»Sieht genau aus wie er.«

»Der Kuß des Eisbergs«, sagte Oslett geheimnisvoll.

Stirnrunzelnd sagte Clocker: »Hä?«

In der komfortablen Kabine des zwölfsitzigen Privatjets, die ansprechend und gemütlich mit weichem kamelhaarfarbenen Stoff und Wildleder in kontrastierenden Grüntönen geschmückt war, saß Clocker nach vorne gebeugt und las *Invasion der außerirdischen Proktologen* oder wie das verdammte Taschenbuch auch immer heißen mochte. Oslett saß mehr in der Mitte des Flugzeugs.

Noch während des Starts von Oklahoma City rief er seinen Kontaktmann in New York an. »Okay, ich habe *People* gesehen.«

»Wie ein Tritt ins Gesicht, was?« sagte New York.

»Was geht hier vor?«

»Wir wissen es noch nicht.«

»Glauben Sie, die Ähnlichkeit ist nur ein Zufall?«
»Nein. Mein Gott, sie sind wie eineiige Zwillinge.«
»Warum muß ich nach Kalifornien – um mir diesen blöden Schriftsteller anzusehen?«
»Und möglicherweise, um Alfie zu finden.«
»Sie glauben, daß Alfie in Kalifornien steckt?«
New York sagte: »Nun, *irgendwo* muß er ja sein. Außerdem haben wir in dem Augenblick, als uns der Artikel in *People* aufgefallen ist, sofort versucht, alles über Martin Stillwater herauszufinden, und als erstes erfuhren wir, daß es heute am Spätnachmittag oder frühen Abend Ärger in seinem Haus in Mission Viejo gegeben hat.«
»Was für Ärger?«
»Der Polizeibericht ist schon geschrieben, aber noch nicht im Computer gespeichert, daher haben wir keinen Zugang. Wir müssen den Ausdruck in die Finger bekommen. Daran arbeiten wir. Bis jetzt wissen wir nur, daß ein Einbrecher im Haus war. Stillwater hat offenbar auf jemanden geschossen, aber der konnte entkommen.«
»Sie glauben, das hat was mit Alfie zu tun?«
»Niemand hier glaubt groß an Zufälle.«
Die Tonlage der Düsen des Learjets veränderte sich. Der Jet hatte den Steigflug beendet und ging auf Reisegeschwindigkeit.
Oslett sagte: »Aber woher sollte Alfie von Stillwater wissen?«
»Vielleicht liest er *People*«, sagte New York und lachte nervös.
»Wenn Sie denken, daß Alfie der Einbrecher war – warum sollte er hinter dem Mann her sein?«
»Wir haben noch keine Theorie.«
Oslett seufzte. »Ich komme mir vor, als stünde ich in einer kosmischen Toilette und Gott hat gerade abgezogen.«
»Vielleicht hätten Sie sorgfältiger mit ihm umgehen sollen.«
»Das lag nicht an der Handhabung, was da schiefgelaufen ist«, fauchte Oslett.
»He, ich mache keine Vorwürfe. Ich gebe nur weiter, was man hier teilweise so von sich gibt.«
»Ich glaube, am meisten hat die Satellitenüberwachung versaut.«
»Man kann nicht erwarten, daß sie ihn finden konnten, nachdem er die Schuhe ausgezogen hatte.«

»Und wieso haben sie anderthalb Tage gebraucht, um die verfluchten Schuhe zu finden? Schlechtwetterzone über dem Mittelwesten, Sonnenfleckenaktivität, magnetische Störungen. Zu viele hunderte Quadratmeilen für die erste Suchzone. Ausreden, Ausreden, Ausreden.«

»Wenigstens *haben* sie welche«, sagte New York bissig.

Oslett schäumte schweigend. Es stank ihm, von Manhattan fort zu sein. Kaum hatte der Schatten seines Flugzeugs die Stadtgrenze passiert, wurden die Messer gewetzt und die karrieregeilen Pygmäen versuchten, seinen Ruf auf ihre Größe zurechtzustutzen.

»Sie werden in Kalifornien von einem Vorauskundschafter empfangen«, sagte New York. »Der wird Sie auf den neuesten Stand bringen.«

»Riesig.«

Oslett betrachtete stirnrunzelnd das Telefon, drückt ENDE und brach das Gespräch damit ab.

Er brauchte einen Drink.

Neben Pilot und Kopilot gehörte auch eine Stewardeß zur Besatzung. Mit einem Knopf an der Armlehne des Sitzes konnte er sie aus der kleinen Küche am Ende des Flugzeugs rufen. Sie tauchte Sekunden später auf, und er bestellte einen Scotch mit Eis.

Es handelte sich um eine attraktive Blondine in burgunderfarbener Bluse, grauem Rock und passender grauer Jacke. Er drehte den Sitz und sah ihr nach, wie sie in die Küche zurückging.

Er fragte sich, wie leicht sie zu haben sein würde. Wenn er sie becircte, ging sie vielleicht mit ihm aufs Klo und ließ es sich im Stehen von ihm besorgen.

Dieser Phantasie ging er eine ganze Minute nach, dann stellte er sich wieder der Realität und verdrängte sie aus seinen Gedanken. Selbst wenn sie leicht zu haben war, würde es unangenehme Konsequenzen geben. Hinterher würde sie neben ihm sitzen wollen, wahrscheinlich bis Kalifornien, um sich über alles mit ihm zu unterhalten, von Liebe und Schicksal bis zu Tod und der Bedeutung von Cheez-Whiz-Käse aus der Tube. Ihm war egal, was sie dachte und fühlte, er interessierte sich nur für das, was sie tun konnte, und er war nicht in der Stimmung, so zu tun, als wäre er der feinfühlige Typ der neunziger Jahre.

Als sie den Scotch brachte, fragte er sie, welche Videobänder zur Auswahl standen. Sie gab ihm eine Liste mit vierzig Titeln.

Der beste Film aller Zeiten befand sich ebenfalls in der Bordvideothek: *Lethal Weapon 3*. Er konnte nicht mehr sagen, wie oft er den schon gesehen hatte, aber der Spaß, den er dabei empfand, wurde durch die vielen Wiederholungen nicht beeinträchtigt. Es war der ideale Film, weil er keine Handlung hatte, die so sinnvoll war, daß man ihr folgen mußte, es wurde vom Zuschauer nicht erwartet, daß er die Entwicklung der Figuren verfolgte, er bestand lediglich aus einer Reihe brutaler Actionszenen und war lauter als ein Stockcarrennen und ein Konzert von Megadeath zusammen.

Vier separat angebrachte Monitore machten es möglich, daß gleichzeitig vier Filme verschiedenen Passagieren gezeigt werden konnten. Die Stewardeß ließ *Lethal Weapon 3* über den Monitor bei Oslett laufen und gab ihm Kopfhörer.

Er setzte die Kopfhörer auf, drehte die Lautstärke hoch und ließ sich mit einem Grinsen zurücksinken.

Später, als er den Scotch ausgetrunken hatte, döste er ein, während Danny Glover und Mel Gibson einander unverständliche Dialoge zuriefen, Feuersbrünste wüteten, Maschinengewehre ratterten, Sprengstoff detonierte und Musik donnerte.

2.

Montag nacht verbrachten sie in zwei angrenzenden Wohneinheiten in einem Motel in Laguna Beach. Die Unterkunft konnte sich nicht für fünf oder auch nur vier Sterne qualifizieren, aber die Zimmer waren sauber, und in den Badezimmern gab es ausreichend flauschige Handtücher. Das Ferienwochenende war vorbei, und die Sommermonate mit der Touristensaison lagen noch in ferner Zukunft, daher stand mindestens das halbe Motel leer, und es herrschte Stille, obwohl sie sich direkt am Pacific Coast Highway befanden.

Die Ereignisse des Tages hatten ihren Tribut gefordert. Paige fühlte sich, als hätte sie seit einer Woche nicht mehr geschlafen. Selbst die zu weiche und leicht durchgelegene Motelmatratze wirkte so verlockend wie ein Bett aus Wolken, in dem Götter und Göttinnen liegen mochten.

Zum Abendessen aßen sie Pizza im Motel. Marty ging sie – dazu Salate und Cannelloni mit einer köstlich sämigen Ricottasauce – in einem Restaurant einige Blocks entfernt holen.

Als er mit dem Essen zurückkam, klopfte er beharrlich an die Tür und sah blaß und hohläugig aus, als er mit den Armen voll Mitnahmekartons herein stürzte. Zuerst glaubte Paige, er hätte den Doppelgänger durch die Gegend fahren gesehen, aber dann wurde ihr klar, er hatte damit gerechnet, daß sie bei seiner Rückkehr fort wären – oder tot.

Die Türen beider Zimmer waren mit stabilen Bolzenschlössern und Sicherheitsketten versehen. Sie sperrten mit beidem ab und schoben zusätzlich Stühle unter die Türknäufe.

Weder Paige noch Marty konnten sich vorstellen, wie der Andere sie finden sollte. Sie verkanteten die Stühle trotzdem unter den Türknäufen. Fest.

Unglaublicherweise ließen sich die Kinder trotz der überstandenen Schrecken von Marty überzeugen, daß die Nacht außer Haus eine besondere Überraschung war. Sie waren nicht daran gewöhnt, in Motels zu übernachten, daher fanden sie alles von der münzbetriebenen vibrierenden Matratze über das kostenlose Schreibpapier bis zu den winzigen, duftenden Seifenstücken gleichermaßen exotisch und faszinierend, wenn Marty ihre Aufmerksamkeit darauf lenkte.

Besonders aufregend fanden sie die Tatsache, daß die Toilettensitze beider Zimmer mit steifen weißen Papierstreifen bedeckt waren, auf denen in drei Sprachen zu lesen war, daß die Toiletten desinfiziert worden seien. Daraus folgerte Emily, daß manche Motelgäste »echte Schweine« sein mußten, die nicht Verstand genug besaßen, hinter sich sauber zu machen, wogegen Charlotte Mutmaßungen anstellte, ob diese spezielle Nachricht bedeutete, daß mehr als Seife oder Lysol verwendet worden war, um die Oberflächen zu sterilisieren, möglicherweise Flammenwerfer oder nukleare Strahlung.

Marty war klug genug zu wissen, daß die exotischen Geschmacksrichtungen der Limonaden in den Getränkeautomaten des Motels, die die Mädchen zu Hause nicht bekamen, sie ebenfalls in Entzücken versetzen und ihre Laune verbessern würden. Er kaufte Yoo-Hoo-Schokolade, Mountain Dew, Sparkling Grape, Cherry Crush, Tangerine Treat und Pineapple Fizz. Dann saßen sie alle vier auf dem großen Doppelbett in einem der Zimmer, hatten die Kartons mit dem Essen um sich herum auf der Matratze stehen und Flaschen voll bunten Limonaden auf den Nachttischen. Charlotte und Emily mußten im Verlauf des Essens jedes Getränk kosten, was Paige unbehaglich stimmte.

Durch ihre Tätigkeit als Familienberaterin hatte Paige schon vor langer Zeit gelernt, daß Kinder potentiell widerstandsfähiger waren als Erwachsene, wenn es darum ging, mit traumatischen Erlebnissen fertigzuwerden. Dieses Potential wurde am wirksamsten umgesetzt, wenn sie sich stabiler Familienverhältnisse erfreuen konnten, viel Zuwendung erhielten und glaubten, daß sie respektiert und geliebt wurden. Sie verspürte einen Anflug von Stolz, daß ihre eigenen Kinder sich als emotional so elastisch und stark erwiesen – dann klopfte sie leise und heimlich mit einem Knöchel gegen das hölzerne Kopfteil und flehte Gott stumm an, weder sie noch ihre Kinder für ihre Hybris zu bestrafen.

Am meisten überraschte sie, daß Charlotte und Emily, nachdem sie gebadet und Pyjamas angezogen hatten und im benachbarten Zimmer ins Bett gesteckt worden waren, darauf bestanden, daß Marty die Gutenachtgeschichte von Sankt Nikolaus und seinem bösen Zwillingsbruder fortsetzen sollte. Paige bemerkte eine unbehagliche – sogar unheimliche – Ähnlichkeit zwischen dem erfundenen Gedicht und den tatsächlichen jüngsten Ereignissen in ihrem Leben. Sie war überzeugt, daß Marty und den Mädchen der Zusammenhang ebenfalls aufgefallen war. Und dennoch schien Marty erfreut zu sein, daß er die Möglichkeit hatte, weitere Verse zum Besten zu geben, weil die Mädchen sie hören wollten.

Er stellte einen Stuhl ans Fußende der beiden Betten – genau dazwischen. So eilig sie es gehabt hatten, das Haus zu verlassen, hatte er doch Zeit gefunden, das Notizbuch mit der Aufschrift *Gutenachtgeschichten für Charlotte und Emily* und die batteriebetriebene Leselampe mitzunehmen, die man daran festklammern konnte. Er setzte sich und hielt das Notizbuch in Leseentfernung.

Die Schrotflinte lag neben ihm auf dem Boden.

Die Beretta hatten sie auf die Kommode gelegt, wo Paige sie binnen zwei Sekunden erreichen konnte.

Marty wartete, bis ihr Schweigen den angemessenen Unterton von Vorfreude angenommen hatte.

Die Szene hatte bemerkenswerte Ähnlichkeit mit der, die Paige so oft zu Hause im Zimmer der Mädchen gesehen hatte, mit zwei

Unterschieden. In den riesigen Betten wirkten Charlotte und Emily zwergenhaft wie Kinder in einem Märchen, heimatlose Waisen, die sich ins Schloß eines Riesen geschlichen hatten, um etwas von seinem Haferbrei zu stehlen und es sich in seinen Gästezimmern gemütlich zu machen. Und die winzige, am Notizbuch festgeklammerte Leselampe bildete nicht die einzige Lichtquelle; eines der Nachttischlämpchen hatten sie ebenfalls eingeschaltet gelassen, was die ganze Nacht so bleiben würde – das einzige deutliche Eingeständnis der Mädchen, daß sie Angst hatten.

Paige stellte sehr zu ihrer eigenen Überraschung fest, daß sie sich ebenfalls darauf freute, die Fortsetzung des Gedichts zu hören, und nahm am Fußende von Emilys Bett Platz.

Sie fragte sich, was das Geschichtenerzählen an sich hatte, daß die Leute es fast so sehr wollten wie Essen und Wasser, in schlechten Zeiten noch mehr als in guten. Das Kino hatte nie mehr Besucher angelockt als in der großen Wirtschaftskrise. In einer Rezession schnellten die Verkaufszahlen von Büchern häufig in die Höhe. Das Bedürfnis ging weit über den bloßen Wunsch nach Unterhaltung und Ablenkung von den eigenen Sorgen hinaus. Es war bei weitem grundlegender und geheimnisvoller als das.

Als sich Stille über das Zimmer gesenkt hatte und der rechte Augenblick gekommen zu sein schien, fing Marty an zu lesen. Da Charlotte und Emily darauf bestanden hatten, daß er noch einmal von vorne beginnen sollte, wiederholte er die Verse, die sie schon am Samstag und Sonntag abend gehört hatten, bis zu dem Augenblick, als der böse Zwillingsbruder des Weihnachtsmanns an der Küchentür des Stillwater-Hauses stand und einbrechen wollte.

»*Mit Brechstangen, Zangen, Dietrich und Knauf*
bricht er lautlos die beiden Schlösser auf.
Betritt die Küche schön leise und stumm,
mit Bösem im Sinn schaut er sich rundum.
Aus dem Kühlschrank den Kuchen ißt er sodann,
und fragt sich, was er alles anstellen kann.
Er schüttet die Milch auf den Boden und lacht,
auch vor Pudding und Bier wird nicht halt gemacht.
Er wirft das Brot weg und fängt an zu fluchen,
Und zuletzt spuckt er laut und wüst auf den Kuchen.«

»Oh, eklig!« sagte Charlotte.
Emily grinste. »Hat einen Gelben abgedrückt.«
»Was war es für ein Kuchen?« überlegte Charlotte.
Paige sagte: »Hackfleisch.«
»Bäh. Dann nehm' ich ihm übel, daß er drauf gespuckt hat.«

> *»An der Pinnwand, beim Telefon, draußen im Flur,*
> *da hängen zwei Bilder der Kinder nur.*
> *Emily malte ein Grinsegesicht,*
> *Charlotte dagegen, sie schämte sich nicht,*
> *Elefanten im Weltraum, schön dick und schön fett,*
> *dorthin geht der Schurke, das ist gar nicht nett.*
> *Nimmt einen roten Filzstift zur Hand,*
> *betrachtet die Bilder und kichert gebannt,*
> *und kritzelt mit böse verzerrtem Gesicht*
> *das Wort ›Bäh!‹ auf beide, der Bösewicht.«*

»Er ist ein Kritiker!« stöhnte Charlotte, ballte die kleinen Hände zu Fäusten und schlug wild um sich.
»Kritiker«, sagte Emily verzweifelt und verdrehte die Augen, wie sie es bei ihrem Vater ein paarmal gesehen hatte.
»Mein Gott«, sagte Charlotte und bedeckte das Gesicht mit den Händen, »wir haben einen Kritiker im Haus.«
»Du hast doch *gewußt*, daß es eine gruselige Geschichte wird«, sagte Marty.

> *»Er kichert wie irre und läßt's nicht mehr sein,*
> *dabei fällt ihm weiterer Unfug ein.*
> *Er ist zwar ganz böse, doch nicht sehr helle,*
> *darum füllt er nun die Mikrowelle*
> *mit zehn Pfund Mais für Popcorn auf,*
> *und nun nimmt das Schicksal seinen Lauf.*
> *Er läuft aus dem Zimmer, er hat keinen Mumm,*
> *denn gleich macht der Ofen ganz schrecklich laut BUMM!*

»Zehn Pfund!« Charlotte wurde von ihrer Phantasie mitgerissen. Sie stützte sich auf die Ellbogen, hob den Kopf vom Kissen und plapperte aufgeregt: »Mann, man bräuchte einen Gabelstapler und einen Lastwagen, um das alles wegzuschaffen, wenn es gepoppt ist; das wäre wie eine Schneeverwehung, nur Popcorn, *Berge* von Popcorn. Wir bräuchten ein Faß voll Karamel und wahrscheinlich eine Million Pfund Pecannüsse, um daraus Popcornbällchen zu machen. Wir würden bis zu den Ärschen drinstehen.«

»Was hast du gesagt?« fragte Paige.

»Ich habe gesagt, wir bräuchten einen Gabelstapler ...«

»Nein, das Wort, das du gebraucht hast.«

»Welches Wort?«

»Ärsche«, sagte Paige geduldig.

Charlotte konterte: »Das ist kein schlimmes Wort.«

»Ach?«

»Im Fernsehen sagen sie es ständig.«

»Nicht alles im Fernsehen ist intelligent oder geschmackvoll«, sagte Paige.

Marty ließ das Notizbuch sinken. »Eigentlich kaum etwas.« Zu Charlotte sagte Paige: »Im Fernsehen fahren Leute mit Autos von Felsklippen, vergiften ihre Väter, um das Familienvermögen zu bekommen, kämpfen mit Schwertern, rauben Banken aus – das sind alles Sachen, bei denen ich *euch beide* nicht erwischen möchte.«

»Besonders nicht beim Vätervergiften«, sagte Marty.

Charlotte sagte: »Okay, ich sage nicht mehr ›Arsch‹.«

»Gut.«

»Was soll ich statt dessen sagen? Ist ›Hintern‹ in Ordnung?«

»Wie gefällt dir ›Po‹?« fragte Paige.

»Ich schätze, damit kann ich leben.«

Paige versuchte, nicht vor Lachen zu prusten und wagte nicht, Marty anzusehen, als sie sagte: »Du sagst eine Weile ›Po‹, und wenn du älter wirst, kannst du dich langsam bis zu ›Hintern‹ vorarbeiten, und wenn du richtig erwachsen bist, kannst du auch ›Arsch‹ sagen.«

»Einverstanden«, stimmte Charlotte zu und ließ sich wieder auf das Kissen sinken.

Emily, die die ganze Zeit über schweigsam und nachdenklich gewesen war, wechselte nun das Thema. »Zehn Pfund ungepoppter Mais passen gar nicht in die Mikrowelle.«

»Aber gewiß doch«, versicherte Marty ihr.

»Das glaube ich nicht.«

»Ich habe vor dem Schreiben recherchiert«, sagte er nachdrücklich.

Emilys Gesicht war von Skepsis gezeichnet.

»Du *weißt*, wie gründlich ich alles recherchiere«, beharrte er.

»Dieses Mal vielleicht nicht«, sagte sie zweifelnd.

Marty sagte: »Zehn Pfund.«

»Das ist 'ne Menge Mais.«

Marty drehte sich zu Charlotte um und sagte: »Jetzt haben wir *noch einen* Kritiker im Haus.«

»Okay«, sagte Emily, »mach weiter, lies noch ein bißchen.«

Marty zog eine Braue hoch. »Was denn, du willst noch mehr von diesem schlecht recherchierten, unglaubwürdigen Schund hören?«

»Jedenfalls noch ein bißchen«, lenkte Emily ein.

Mit einem übertriebenen, leidenden Seufzen sah Marty Paige verschlagen an, hob das Notizbuch und las weiter:

> *»Er schleicht nach unten, böse und stumm,*
> *und schaut sich nach neuem Schabernack um.*
> *Er sieht im Wohnzimmer den Baum und tritt ein,*
> *und sagt: ›Jetzt sind die Geschenke mein!*
> *Die schönen Sachen, die schnappe ich mir,*
> *toten Fisch und Katzendreck verpack ich dafür.*
> *Und wachen die Stillwaters morgen dann auf,*
> *finden sie Müll nur, und Abfall zuhauf.*
> *Statt Spielzeug und Schmuck, die funkeln und blinken,*
> *bekommen sie glitschige Sachen, die stinken.‹«*

»Damit kommt er nicht ungestraft davon«, sagte Charlotte.

Emily sagte: »Vielleicht doch.«

»Nein.«

»Wer soll ihn aufhalten?«

> *»Charlotte und Emmy schlafen zu zweit,*
> *und träumen von Schnee und der Weihnachtszeit.*
> *Ein plötzlicher Lärm die beiden erschreckt,*
> *und schon sind sie ganz und gar aufgeweckt.*
> *Nichts dürfte sich regen, keine Maus,*
> *doch die Mädchen spüren den Schurken im Haus.*
> *Vielleicht war es Hellsehen, ein Gefühl in den Knochen,*
> *vielleicht auch sein Mundgeruch, den sie gerochen.*
> *Sie springen aus dem Bett, so tapfer wie immer,*

> *die mutigen kleinen Frauenzimmer.*
> *›Da ist was‹, sagt Emmy, sie ist nicht von gestern,*
> *aber Angst haben sie keine, denn sie sind Schwestern!«*

Diese Entwicklung – Charlotte und Emily als Heldinnen der Geschichte – versetzte die Mädchen in Entzücken. Sie drehten die Köpfe, sahen einander über die Kluft zwischen den Betten hinweg an und grinsten.

Charlotte wiederholte Emilys Frage: »Wer soll ihn aufhalten?«
»Wir!« sagte Emily.
Marty sagte: »Nun ... vielleicht.«
»Oh-oh«, sagte Charlotte.
Emily gab sich weltklug. »Keine Bange. Daddy will nur, daß die Geschichte spannend bleibt. Wir werden den alten Troll schon aufhalten.«

> »*Am Weihnachtsbaum unten lauert der Troll,*
> *und kichert böse und freut sich ganz doll.*
> *Er hat Ersatzgeschenke gesammelt,*
> *Zeug, das auf Halden und in Kellern vergammelt.*
> *Ein Geschenk für ein Mädchen, das sich böse benimmt,*
> *Und tauscht die schöne Uhr, die für Lottie bestimmt,*
> *gegen ein fieses Geschenk für ein böses Kind.*
> *Doch böse ist Lottie gewiß nie gewesen,*
> *nur manchmal hat sie ihre Vitamine vergessen.*
> *Anstelle der Uhr packt der garstige Klotz*
> *einen feuchten Klumpen Krötenrotz.*
> *Eine Puppe von Emily stiehlt er für sich,*
> *gibt statt dessen ihr etwas, das widerlich;*
> *es stinkt und es glibbert, der schreckliche Mist,*
> *nicht einmal der Bösewicht weiß, was es ist.«*

»Was meinst du, was es ist, Mom?« fragte Charlotte.

»Wahrscheinlich die schmutzigen Kniestrümpfe, die du vor Monaten verlegt hast.«

Emily kicherte, und Charlotte sagte: »Ich *finde* diese Socken früher oder später.«

»Ich tu's nicht aufmachen, wenn sie in dem Päckchen sind«, sagte Emily.

»Ich werde ich es nicht aufmachen«, verbesserte sie Paige.

»Niemand wird's aufmachen«, stimmte Emily zu, die nicht begriffen hatte, worum es ging. »Puh!«

> »Zwar ohne Hausschuhe, doch voller Mut,
> sehen die Mädchen nach, was sich tut.
> Zum Ende der Treppe gehn sie ganz sacht,
> so lautlos und heimlich wie ein Dieb in der Nacht.
> Sie sind so zierlich, zerbrechlich und fein
> und ihre rosigen Füßchen so klein;
> wie wollen die kleinen Mädchen denn bloß
> den Zwilling bekämpfen, der böse und groß?
> Haben sie heimlich Karate trainiert?
> Ich fürchte, nein, das ist nicht passiert.
> Können sie Waffen mit sich bringen,
> Kanonen, Laser, ihn zu bezwingen?
> Nein, nein, das alles geht ihnen ab,
> doch sie schreiten die dunkle Treppe hinab.
> Sie wissen nicht, welche Gefahr ihnen droht,
> dieser Nikolaus hier ist völlig verroht,
> schlimmer als Zahnweh und Grippe, kann ich euch flüstern.
> Doch die beiden haben Mumm, denn sie sind Schwestern!«

Charlotte streckte trotzig eine Faust in die Luft und sagte: »Schwestern!«

»Schwestern!« sagte Emily und hob ebenfalls die Faust.

Als sie feststellten, daß der Teil des heutigen Abends vorüber war, bestanden sie darauf, daß Marty die Verse noch einmal vorlas, und Paige stellte fest, daß sie die Zeilen auch noch einmal hören wollte.

Marty tat zwar so, als wäre er müde, und ließ sich eine Weile bitten, aber er wäre enttäuscht gewesen, hätten sie nicht darauf bestanden, daß er es ein zweites Mal vorlas.

Als er beim letzten Verses ankam, konnte Emily nur noch schläfrig »Schwestern« murmeln. Charlotte schnarchte schon leise.

Marty stellte den Stuhl leise in die Ecke zurück, aus der er ihn geholt hatte. Er überprüfte die Schlösser an Türen und Fenstern und vergewisserte sich, daß keine Lücken in den Vorhängen blieben, durch die jemand von draußen hereinsehen konnte.

Als Paige die Decke um Emilys und dann um Charlottes Schultern feststeckte, gab sie jeder einen Gutenachtkuß. Sie verspürte eine so überwältigende Liebe zu ihnen, wie eine schwere Last auf der Brust, daß sie kaum atmen konnte.

Als sie und Marty sich ins Nachbarzimmer zurückzogen, wohin sie die Waffen mitnahmen, machten sie die Nachttischlampe nicht aus und ließen die Verbindungstür weit offen. Trotzdem kam es ihr vor, als wären ihre Töchter gefährlich weit von ihr entfernt.

In stillschweigender Übereinstimmung streckten sie und Marty sich nebeneinander auf einem Bett aus. Der Gedanke, auch nur wenige Meter getrennt zu sein, kam ihnen unerträglich vor.

Neben ihrem Bett brannte eine Lampe, aber er schaltete sie aus. Durch die Tür des Nachbarzimmers drang so viel Licht herein, daß die Umrisse ihres Raums weitgehend erkennbar blieben. Schatten lauerten in jeder Ecke, aber die Dunkelheit war keineswegs undurchdringlich.

Sie hielten einander bei den Händen und sahen zur Decke, als könnten sie ihr Schicksal in dem eigentümlichen Spiel von Licht und Schatten auf dem Verputz lesen. Und es war nicht nur die Decke; im Verlauf der vergangenen Stunden schien buchstäblich alles, was Paige angesehen hatte, von geheimnisvollen, bedrohlichen Vorzeichen erfüllt gewesen zu sein.

Weder sie noch Marty zogen sich zum Schlafen aus. Es war zwar schwer vorstellbar, daß sie unbemerkt verfolgt worden sein könnten, aber trotzdem wollten sie schnell handeln können.

Ein paar Stunden zuvor hatte es aufgehört zu regnen, aber sie wurden nach wie vor von Plätschergeräuschen eingelullt. Das Motel lag auf einer Klippe über dem Pazifik, und die tosende Brandung bildete mit ihrer metronomähnlichen Regelmäßigkeit eine besänftigende, friedliche Geräuschkulisse.

»Verrat mir eines«, sagte sie so leise, daß man ihre Stimme im Nebenzimmer nicht hören konnte.

Er hörte sich müde an. »Wie auch immer die Frage lauten mag, ich weiß die Antwort wahrscheinlich nicht.«

»Was ist da drüben passiert?«

»Gerade eben? Im Nebenzimmer?«

»Ja.«

»Magie.«

»Es ist mein Ernst.«

»Meiner auch«, sagte Marty. »Man kann nicht analysieren, welche Auswirkungen das Geschichtenerzählen auf uns hat, man kann das Wie und Warum nicht erklären, ebensowenig wie König Artus begreifen konnte, wie Merlin seine Wunder vollbringen konnte.«

»Wir kamen am Boden zerstört und ängstlich hierher. Die Kinder waren so schweigsam, halb gelähmt vor Angst. Du und ich, wir haben uns angeschrien ...«

»Nicht angeschrien.«

»Doch, haben wir.«

»Okay«, gab er zu, »aber nur ein bißchen.«

»Was für uns eine ganze Menge ist. Wir waren alle ... unbehaglich miteinander. Verkrampft.«

»Ich glaube nicht, daß es so schlimm war.«

Sie sagte: »Hör auf eine Familienberaterin mit Erfahrung – es war so schlimm. Dann erzählst du eine Geschichte, ein hübsches Nonsensgedicht, aber dennoch Nonsens ... und alle sind entspannter. Es hilft uns irgendwie, uns zu erholen. Wir haben unseren Spaß, wir lachen. Die Mädchen beruhigen sich, und ehe man sich's versieht, können sie schlafen.«

Eine Zeitlang sagte keiner etwas.

Das metrische Murmeln der Brandung glich dem langsamen, konstanten Schlagen eines großen Herzens.

Als Paige die Augen zumachte, stellte sie sich vor, sie wäre wieder ein kleines Mädchen auf dem Schoß ihrer Mutter, was ihr so selten gestattet worden war: den Kopf an der Brust ihrer Mutter, ein Ohr auf das Herz der Frau eingestellt, so lauschte sie aufmerksam nach einem winzigen Geräusch, das nicht biologischer Natur war, nach einem speziellen Flüstern, das sie als kostbaren Beweis von Liebe interpretieren konnte. Sie hatte nie etwas anderes gehört als das *Da-dum* von Herzmuskel und Klappe, hohl und mechanisch.

Und doch war sie stets besänftigt worden. Möglicherweise hatte sie sich, wenn sie dem Herzschlag ihrer Mutter lauschte, an die neun Monate in der Gebärmutter erinnert, wo dasselbe gleichmäßige Geräusch sie rund um die Uhr begleitet hatte. In der Gebärmutter herrscht ein perfekter Friede, wie man ihn nie mehr findet, wir wissen nichts von Liebe und kennen das Elend nicht, wenn sie einem entzogen wird.

Sie war dankbar, daß sie Marty, Charlotte und Emily hatte. Aber solange sie lebte, würde es solche Augenblicke geben, wenn etwas so Simples wie die Brandung sie an den tiefen Brunnen der Traurigkeit und Isolation erinnerte, in dem sie ihre gesamte Kindheit verbracht hatte.

Sie bemühte sich stets, ihre Töchter nicht einen Augenblick vergessen zu lassen, daß sie geliebt wurden. Nun war sie gleichermaßen entschlossen, daß dieser Wahnsinn und die Brutalität, die in ihr Leben eingedrungen waren, keinen Bruchteil von Charlottes oder Emilys Kindheit stehlen dürften, so wie ihre in ihrer Gesamtheit gestohlen worden war. Da die Entfremdung ihrer Eltern voneinander nur noch durch die Entfremdung von ihrem eigenen Kind übertroffen worden war, hatte Paige schnell erwachsen werden müssen, um ihr eigenes emotionales Überleben zu gewährleisten: Schon als Grundschülerin war ihr die kalte Gleichgültigkeit der Welt bewußt gewesen, und sie wußte, sie mußte sich jederzeit auf sich selbst verlassen können, wenn sie mit den Grausamkeiten fertig werden wollte, die einem das Leben zufügen konnte. Aber, verdammt, ihre eigenen Töchter sollten diese harten Lektionen nicht über Nacht lernen müssen. Nicht im zarten Alter von sieben und neun. Auf keinen Fall. Sie wollte sie mit aller Verzweiflung noch ein paar Jahre von der grimmigen Realität der menschlichen Existenz abschirmen und ihnen ermöglichen, langsam, glücklich und ohne Verbitterung erwachsen zu werden.

Marty war der erste, der das behagliche Schweigen zwischen ihnen unterbrach. »Als Vera Conner den Schlaganfall hatte und wir in der Woche so viel Zeit im Vorzimmer der Intensivstation verbrachten, da kamen und gingen eine Menge Leute, die warteten und wissen wollten, ob ihre Freunde und Verwandten am Leben bleiben oder sterben würden.«

»Kaum zu glauben, daß Vera schon fast zwei Jahre tot ist.«

Vera Conner war Professorin der Psychologie an der UCLA – der University of California in Los Angeles – gewesen, Paiges Mentorin während des Studiums, und in den Jahren danach eine vorbildliche Freundin. Sie vermißte Vera immer noch. Daran würde sich nie etwas ändern.

Marty sagte: »Manche der Leute, die im Vorzimmer gewartet haben, saßen nur da und starrten vor sich hin. Manche gingen auf und ab, sahen zu den Fenstern hinaus, zappelten herum. Hörten

Musik mit Walkman und Kopfhörern. Spielten Gameboy. Sie vertrieben sich auf unterschiedlichste Weise die Zeit. Aber – ist es dir auch aufgefallen ? – diejenigen, die am besten mit Ihren Ängsten und Sorgen fertig wurden, sind die gewesen, die Romane lasen.«

Abgesehen von Marty war Vera trotz des Altersunterschieds von fast vierzig Jahren Paiges bester Freund und die erste Person gewesen, der sie wirklich am Herzen gelegen hatte. Die Woche, die Vera im Krankenhaus verbrachte – zuerst desorientiert und dann im Koma –, war die schlimmste in Paiges Leben gewesen; fast zwei Jahre später traten ihr immer noch Tränen in die Augen, wenn sie an den letzten Tag, die letzte Stunde dachte, als sie neben Veras Bett stand und die warme, aber reglose Hand ihrer Freundin hielt. Da sie spürte, daß das Ende bevorstand, hatte sie alles mögliche gesagt, von dem sie hoffte, daß Gott die sterbende Frau es hören lassen würde: *Ich liebe dich, du wirst mir immer fehlen, du bist die Mutter für mich gewesen, die meine eigene Mutter nie für mich sein konnte.*

Die langen Stunden dieser Woche waren tief in Paiges Gedächtnis eingebrannt, und zwar detaillierter, als ihr lieb war, denn Schmerz war das schlimmste aller Brenneisen. Nicht nur konnte sie sich in allen nüchternen Einzelheiten an Grundriß und Mobiliar der Intensivstation erinnern, sondern auch an die Gesichter vieler Fremder, die eine Zeitlang mit ihr und Marty in dem Zimmer gewesen waren.

Er sagte: »Du und ich, wir haben uns die Zeit mit Romanen vertrieben, wie viele andere, und nicht nur, um auszubrechen, sondern weil ..., weil Literatur im besten Falle Medizin ist.«

»Medizin?«

»Das Leben ist so verdammt unordentlich, alles passiert einfach, und es scheint keinen Sinn für alles zu geben, was wir durchmachen müssen. Manchmal hat es den Anschein, als wäre die Welt ein Irrenhaus. Geschichtenerzählen komprimiert das Leben und gibt ihm Ordnung. Geschichten haben einen Anfang, einen Hauptteil, ein Ende. Und wenn eine Geschichte zu Ende ist, hat sie einen *Sinn* gehabt, bei Gott, vielleicht nichts Komplexes, vielleicht war ihre Aussage simpel, sogar naiv, aber sie hatte einen Sinn. Und das gibt uns Hoffnung, es ist Medizin.«

»Die Medizin der Hoffnung«, sagte sie nachdenklich.

»Vielleicht erzähle ich auch nur dummes Zeug.«

»Nein.«

»Nun, *manchmal* schon, wahrscheinlich die halbe Zeit, aber was das betrifft nicht.«

Sie lächelte und drückte zärtlich seine Hand.

»Ich weiß nicht«, sagte er, »aber ich glaube, wenn eine Universität einmal eine langfristige Untersuchung durchführen würde, würden sie feststellen, daß Leute, die Literatur lesen, nicht so häufig an Depressionen leiden, nicht so häufig Selbstmord begehen, einfach glücklicher mit ihrem Leben sind. Selbstverständlich nicht jede Literatur. Nicht die ›Menschen-sind-Dreck-das-Leben-ist-Scheiße-es-gibt-keinen-Gott‹-Romane voll modischer Verzweiflung.«

»Dr. Marty Stillwater, der die Medizin der Hoffnung verteilt.«

»Du glaubst *doch*, daß ich dummes Zeug rede.«

»Nein, Baby, nein«, sagte sie. »Ich finde, du bist wunderbar.«

»Das bin ich nicht. Du bist wunderbar. Ich bin nur ein neurotischer Schriftsteller. Schriftsteller sind von Natur aus zu überheblich, egoistisch und unsicher, gleichzeitig aber zu sehr von sich überzeugt, um wirklich wunderbar zu sein.«

»Du bist nicht neurotisch, überheblich, egoistisch, unsicher oder eingebildet.«

»Das beweist nur, daß du mir all die Jahre nicht zugehört hast.«

»Okay, neurotisch will ich dir zugestehen.«

»Danke, meine Liebste«, sagte er. »Es ist schön, daß du mir wenigstens *teilweise* zugehört hast.«

»Aber du bist auch wunderbar. Ein wunderbarer neurotischer Schriftsteller. Ich wünschte, ich wäre auch ein wunderbarer neurotischer Schriftsteller, der Medizin verteilt.«

»Ach, hör auf.«

»Im Ernst.«

»*Du* kannst vielleicht mit einem Schriftsteller leben, aber ich glaube nicht, daß ich die Nerven dazu hätte.«

Sie drehte sich auf die rechte Seite, er sich auf die linke, damit sie sich küssen konnten. Zärtliche Küsse. Sanft. Eine Zeitlang hielten sie einander nur in den Armen und lauschten der Brandung.

Ohne es auszusprechen, waren sie übereingekommen, daß sie sich nicht mehr über ihre Sorgen oder das, was morgen getan werden mußte, unterhalten wollten. Manchmal sagte eine Berührung, ein Kuß oder eine Umarmung mehr als alle Worte, die sich ein

Schriftsteller ausdenken konnte, mehr als jeder sorgfältig überlegte Ratschlag und jede Therapie durch eine Beraterin.

Im Körper der Nacht schlug das große Herz des Meeres langsam und zuverlässig. Aus menschlicher Sicht waren die Gezeiten eine ewige Kraft; aus göttlicher Sicht dagegen vergänglich.

Paige stellte, noch während sie eindöste, überrascht fest, daß der Schlaf sie übermannte. Wie der plötzliche Flügelschlag einer Amsel durchzuckte Schrecken sie beim Gedanken, ohne Bewußtsein – und damit verwundbar – an einem fremden Ort zu liegen. Aber ihre Müdigkeit war größer als ihre Angst, und das tröstliche Rauschen des Meeres hüllte sie ein und trug sie auf den Gezeiten des Traums in die Kindheit zurück, wo sie den Kopf an die Brust ihrer Mutter drückte und mit einem Ohr nach dem heimlichen, speziellen Flüstern der Liebe irgendwo zwischen den hallenden Herzschlägen lauschte.

3.

Drew Oslett, der nach wie vor Kopfhörer trug, erwachte durch Gewehrfeuer, Explosionen, Schreie und eine Musik, die laut und schneidend genug war, daß sie Gottes Soundtrack für das Jüngste Gericht hätte sein können. Auf dem Bildschirm rannten, sprangen, schlugen, duckten sich, wirbelten und hüpften Gibson und Glover in einem aufregenden Ballett der Gewalt durch brennende Gebäude.

Lächelnd und gähnend sah Oslett auf die Uhr und stellte fest, daß er über zweieinhalb Stunden geschlafen hatte. Offenbar hatte die Stewardeß gesehen, daß der Film wie ein Schlummerlied auf ihn wirkte, daher hatte sie ihn zurückgespult und noch einmal laufen lassen.

Sie mußten ihrem Ziel schon ziemlich nahe sein, bestimmt trennte sie keine Stunde mehr vom John Wayne Airport in Orange County. Er zog den Kopfhörer ab, erhob sich und ging in der Kabine nach vorne, um Clocker zu sagen, was er bei seinem Telefongespräch mit New York erfahren hatte.

Clocker lag schlafend auf seinem Sessel. Er hatte die Tweedjakke mit den Lederflicken ausgezogen, trug aber immer noch den braunen Hut mit der kleinen braunschwarzen Entenfeder im Band.

Er schnarchte nicht, hatte aber den Mund offen, und ein Speichelfaden troff ihm aus einem Mundwinkel; sein halbes Kinn glänzte abstoßend feucht.

Manchmal war Oslett überzeugt davon, daß sich das Network einen gigantischen Witz mit ihm erlaubt hatte, als sie ihm Karl Clocker als Partner gaben.

Sein eigener Vater gehörte zu den Männern, die in der Organisation das Sagen hatten, und Oslett fragte sich, ob der Alte ihn damit demütigen wollte, daß er ihm einen Hanswurst wie Clocker anhängte. Er verabscheute seinen Vater und wußte, daß das auf Gegenseitigkeit beruhte. Letztlich konnte er aber doch nicht glauben, daß der Alte trotz seines tiefgreifenden und verzehrenden Hasses derlei Spielchen spielen würde – größtenteils deshalb, weil er damit einen Oslett der Lächerlichkeit preisgeben würde. Ehre und Integrität des Familiennamens zu schützen, besaß bei ihm aber stets Vorrang vor persönlichen Empfindungen und Streitigkeiten innerhalb der Familie.

In der Familie Oslett wurden bestimmte Lektionen in so zartem Alter gelernt, daß es Drew fast so vorkam, als wäre er mit diesem Wissen geboren worden, und das profunde Wissen um die Bedeutung des Namens Oslett schien sogar in seinen Genen verwurzelt zu sein. Nichts – abgesehen von einem riesigen Vermögen – war so kostbar wie ein guter Name, der über Generationen hinweg erhalten wurde; ein guter Name besaß ebenso große Macht wie großer Reichtum, weil es Politikern und Richtern leichter fiel, Aktentaschen voll Bargeld anzunehmen, wenn die Gabe von Leuten kam, deren Stammbaum Senatoren, Staatssekretäre, Industriebosse, angesehene Naturschützer oder vielgepriesene Kunstmäzene hervorgebracht hatte.

Daß er Clocker als Partner bekommen hatte, war schlicht und einfach ein Fehler. Früher oder später würde die Situation bereinigt werden. Wenn die Bürokratie des Network zuviel Zeit brauchte, neue Arrangements zu treffen, und wenn sie ihren Deserteur in einem Zustand zurückbrachten, in dem sie weiterhin wie zuvor mit ihm verfahren konnten, dann würde Oslett Alfie beiseitenehmen und *ihm* Anweisung geben, Clocker zu erledigen.

Das *Raumschiff-Enterprise*-Taschenbuch lag, Seiten nach unten, mit gebrochenem Rücken auf Clockers Schoß. Oslett achtete darauf, daß er den großen Mann nicht weckte, als er es nahm.

Er schlug die erste Seite auf, machte sich aber nicht die Mühe, Clockers Seite zu kennzeichnen, und fing an zu lesen, weil er hoffte, ihm würde vielleicht aufgehen, warum so viele Leute vom Raumschiff *Enterprise* und dessen Besatzung fasziniert waren. Nach wenigen Abschnitten führte ihn der verfluchte Autor schon ins Denken von Captain Kirk hinein, ein geistiges Territorium, das Oslett nur erforschen wollte, wenn seine Alternativen sich auf die hirnlosen Köpfe aller Präsidentschaftskandidaten der letzten Wahl beschränken würden. Er blätterte ein paar Kapitel weiter, las, fand sich in Spocks streng rationalem Verstand wieder, überblätterte noch mehr Seiten und stellte fest, daß er sich im Denken von »Pille« McCoy wiederfand.

Verärgert schlug er *Reise zum Rektum des Universums* oder wie zum Teufel das Buch heißen mochte, wieder zu, und dann schlug er damit auf Clockers Brust, um ihn zu wecken.

Der große Mann fuhr so schnell in die Höhe, daß ihm der Hut vom Kopf fiel und auf seinem Schoß landete. Verschlafen sagte er: »Was? Was?«

»Wir landen bald.«

»Logisch«, sagte Clocker.

»Ein Kontaktmann erwartet uns.«

»Das Leben besteht aus Kontakt.«

Oslett befand sich in übler Laune. Er verfolgte einen desertierten Attentäter, hatte an seinen Vater gedacht, sah sich der potentiellen Katastrophe ausgesetzt, die von Martin Stillwater ausging, hatte mehrere Seiten eines *Raumschiff-Enterprise*-Romans gelesen, und daß er jetzt auch noch mit Clockers rätselhaften Aussagen genervt wurde, war zuviel; seine Laune war endgültig im Eimer. Er sagte: »Entweder du hast im Schlaf gesabbert, oder dir ist gerade ein Schneckenrudel übers Kinn in den Mund gekrochen.«

Clocker hob einen plumpen Arm und wischte sich die untere Gesichtshälfte mit dem Hemdsärmel ab.

»Dieser Kontaktmann«, sagte Oslett, »könnte mittlerweile einen Hinweis haben, wo Alfie steckt. Wir müssen auf Draht und einsatzbereit sein. Bist du völlig wach?«

Clockers Augen blickten verschlafen. »Keiner von uns ist je völlig wach.«

»Oh, würdest du bitte diesen unausgegorenen mystischen Mist sein lassen? Ich habe im Augenblick wirklich keine Geduld dafür.«

Clocker sah ihn eine ganze Weile an, dann sagte er: »Du hast ein turbulentes Herz, Drew.«

»Falsch. Mein Magen ist turbulent, weil ich mir immerzu diese Scheiße anhören muß.«

»Ein innerer Sturm blinder Feindseligkeit.«

»Leck mich«, sagte Oslett.

Die Tonlage der Jetdüsen veränderte sich leicht. Einen Augenblick später kam die Stewardeß, gab bekannt, daß das Flugzeug zum Landeanflug auf dem Orange County Airport ansetzte, und bat sie, die Sicherheitsgurte anzulegen.

Laut Osletts Rolex war es 1:52 Uhr morgens, aber das war die Zeit in Oklahoma City. Während der Learjet tiefer ging, stellte er die Uhr neu, bis sie acht Minuten vor Mitternacht zeigte.

Als sie landeten, war der Montag in den Dienstag weggetickt wie der Zeitzünder einer Bombe, der der Detonation entgegen zählt.

Der Kontaktmann – der Ende zwanzig zu sein schien, nicht viel jünger als Drew Oslett selbst – wartete im Aufenthaltsraum der Schalterhalle für Privatflugzeuge. Er sagte ihnen, sein Name wäre Jim Lomax, was wahrscheinlich nicht stimmte.

Oslett stellte sie als Charlie Brown und Dankwart Bumskopp vor.

Der Kontaktmann schien den Witz nicht zu verstehen. Er half ihnen, ihr Gepäck auf den Parkplatz zu tragen, wo er es in den Kofferraum eines grünen Oldsmobile lud.

Lomax gehörte zu den Kaliforniern, die aus ihrem Körper einen Tempel machten und sich anschließend einer komplexeren Architektur zuwandten. Die Ethik von Training und makrobiotischem Essen war längst in die entlegensten Ecken des Landes vorgedrungen, und seit Jahren bemühten sich Amerikaner bis hinauf in die entlegensten Außenposten des verschneiten Maine um straffe Hintern und kerngesunde Herzen. Aber hier im Golden State war der erste Karrottensaftcocktail gemixt worden, hier hatte man den ersten Vollkornriegel hergestellt, hier gab es immer noch genügend Leute mit dem festen Glauben, daß rohe Jicamaschnitze ein befriedigender Ersatz für Pommes frites waren, so daß nur gewisse extrem fanatische Bewohner des Staates über genügend Entschlossenheit verfügten, daß sie das Stadium des Tempels hinter sich ließen. Jim Lomax hatte einen Hals wie eine Granitsäule, Schultern wie ein Kalksteinsturz, eine Brust, die das Mittelschiff einer Kirche stützen konnte, und einen Bauch so flach wie ein Altarstein; kurz gesagt, er hatte eine gewaltige *Kathedrale* aus seinem Körper gemacht.

Obwohl in der Nacht eine Sturmfront vorübergezogen und die LUK noch feucht und kalt war, trug Lomax nur Jeans und ein T-Shirt, auf dem Madonna mit entblößten Brüsten abgebildet war (die Popsängerin, nicht die Mutter Gottes), als könnten ihm die Elemente so wenig anhaben wie den Steinmauern einer mächtigen Festung. Er tänzelte buchstäblich, statt zu gehen, und er führte jede Aufgabe mit Anmut und offensichtlicher Selbstsicherheit aus, wobei ihn zu freuen schien, daß die Leute ihn beobachteten und beneideten.

Oslett vermutete, daß Lomax nicht nur ein stolzer Mann war, sondern durch und durch eitel, sogar narzißtisch. Der einzige Gott, der in der Kathedrale seines Körpers angebetet wurde, war das Ego, das ihn bewohnte.

Trotzdem mochte Oslett den Burschen. Das Beste an Lomax war, daß Karl Clocker in seiner Gesellschaft der kleinere der beiden zu sein schien. Tatsächlich war das das *einzig Gute* an ihm, aber es genügte. Im Grunde genommen war Lomax nur wenig – wenn überhaupt – größer als Clocker, aber er war straffer und in besserer Verfassung. Im Vergleich dazu wirkte Clocker langsam, schlurfend, alt und weich. Da ihn Clockers Größe manchmal einschüchterte, gefiel Oslett der Gedanke, daß Clocker von Lomax eingeschüchtert werden könnte – aber frustrierenderweise ließ der Trekkie nicht erkennen, ob er beeindruckt war oder nicht.

Lomax fuhr. Oslett saß vorne, Clocker fläzte sich auf dem Rücksitz.

Sie verließen den Flughafen und fuhren nach rechts auf den MacArthur Boulevard. Sie befanden sich in einem Viertel mit teuren Bürohochhäusern und -komplexen, bei denen es sich in vielen Fällen um regionale oder nationale Hauptquartiere bedeutender Firmen zu handeln schien, die hinter großen und penibel gepflegten Rasenflächen, Blumenbeeten, Hecken und jeder Menge Bäumen, die alle von künstlerisch angebrachten Landschaftsleuchten erhellt wurden, an der Straße standen.

»Unter Ihrem Sitz«, sagte Lomax zu Oslett, »finden Sie eine Fotokopie des Polizeiberichts von Mission Viejo über den Vorfall im Stillwater-Haus. War nicht leicht, da ranzukommen. Lesen Sie ihn gleich, weil ich ihn wieder mitnehmen und vernichten muß.«

Eine Taschenlampe zum Lesen war an dem Bericht festgeklammert. Während sie nach Süden und Westen auf dem MacArthur Boulevard nach Newport Beach fuhren, las Oslett das Dokument mit wachsendem Staunen und Unbehagen. Sie kamen zum Pacific Coast Highway, bogen nach Süden und hatten bereits die ganze Strecke nach Corona del Mar zurück gelegt, bis er fertig war.

»Dieser Cop, dieser Lowbock«, sagte Oslett und sah von dem Bericht auf, »der hält alles für Werberummel und glaubt, daß es nicht einmal einen Eindringling gibt.«

»Das ist eine Chance für uns«, sagte Lomax. Er grinste, und das war ein Fehler, denn er sah aus wie das Plakat einer Wohlfahrtsorganisation für die willentlich Verblödeten.

Oslett sagte: »Wenn man bedenkt, daß wahrscheinlich das ganze verfluchte Network hier den Bach runtergeht, brauchen wir, glaube ich, mehr als eine Chance. Wir brauchen ein Wunder.«

»Laß mal sehen«, sagte Clocker.

Oslett gab ihm den Bericht samt Taschenlampe auf den Rücksitz, dann sagte er zu Lomax: »Woher hat unser böser Bube denn gewußt, daß Stillwater hier draußen ist, wie hat er ihn gefunden?«

Lomax zuckte mit seinem Kalkstein-Türsturz. »Keine Ahnung.«

Oslett gab einen wortlosen Laut des Abscheus von sich.

Sie passierten einen teuren Golfclub mit Torwächter rechts vom Highway, hinter dem sich der unbeleuchtete Pazifik so unendlich und schwarz nach Westen erstreckte, daß es schien, als würden sie am Rande der Ewigkeit dahinfahren.

Lomax sagte: »Wir glauben, wenn wir Stillwater im Auge behalten, wird unser Mann früher oder später dort auftauchen und wir können ihn wieder dingfest machen.«

»Wo ist Stillwater jetzt?«

»Das wissen wir nicht.«

»Na prima.«

»Nun, sehen Sie, eine knappe halbe Stunde nachdem die Cops gegangen waren, passierte noch etwas bei den Stillwaters, bevor wir bei ihnen waren, und danach sind sie wohl ... untergetaucht, würden Sie es wahrscheinlich nennen.«

»Was passierte noch?«

Lomax runzelte die Stirn. »Das weiß niemand mit Sicherheit. Es geschah gleich um die Ecke von ihrem Haus. Verschiedene Nachbarn haben verschiedene Phasen gesehen, aber ein Mann, auf den Stillwaters Beschreibung paßt, hat eine Menge Schüsse auf einen anderen Mann in einem Buick abgefeuert. Der Buick prallt gegen einen geparkten Explorer, bleibt einen Augenblick daran hängen. Zwei Kinder, auf die die Beschreibung von Stillwaters Töchtern paßt, fallen vom Rücksitz aus dem Buick und laufen weg, der Buick braust davon, Stillwater schießt seine Waffe darauf leer, und dann kommt ein BMW – auf den die Beschreibung eines Autos der Stillwaters paßt – um die Ecke geschossen wie ein geölter Blitz, Stillwaters Frau sitzt am Steuer, und alle steigen ein und fahren davon.«

»Hinter dem Buick her?«

»Nein. Der war längst weg. Es war, als wollten sie wegsein, bevor die Polizei eintraf.«

»Haben die Nachbarn den Mann im Buick gesehen?«

»Nein. Zu dunkel.«

»Es war unser böser Bube.«

Lomax sagte: »Glauben Sie wirklich?«

»Nun, wenn er es nicht war, muß es der Papst gewesen sein.«

Lomax warf ihm einen seltsamen Blick zu, dann betrachtete er die Straße vor sich.

Bevor der Schwachkopf fragen konnte, wieso der Papst in das alles verwickelt war, sagte Oslett: »Warum haben wir keinen Polizeibericht über den zweiten Vorfall?«

»Es gab keinen. Keine Beschwerde. Kein Opfer. Nur ein Bericht über den Schaden an dem Explorer und die Unfallflucht.«

»Nach allem, was Stillwater den Cops erzählt hat, glaubt unser Alfie, daß *er* Stillwater ist oder sein sollte. Er glaubt, sein Leben wurde ihm gestohlen. Der arme Junge ist total daneben, plemplem, daher wäre es für ihn logisch, daß er zurückkehrt und die Kinder der Stillwaters entführt, weil er irgendwie denkt, daß es *seine* Kinder sind. Herrgott, was für ein Schlamassel.«

Ein Straßenschild besagte, daß sie in Kürze die Stadtgrenze von Laguna Beach erreichen würden.

Oslett sagte: »Wohin fahren wir?«

»Ritz-Carlton Hotel in Dana Point«, antwortete Lomax. »Sie haben dort eine Suite. Ich habe einen Umweg gemacht, damit Sie beide den Polizeibericht lesen konnten.«

»Wir haben im Flugzeug ein Nickerchen gemacht. Ich dachte mir, daß wir gleich loslegen, sobald wir gelandet sind.«

Lomax sah ihn überrascht an. »Und was sollen wir tun?«

»Zum Beispiel dem Haus der Stillwaters einen Besuch abstatten, uns umschauen, ob es was zu sehen gibt.«

»Es gibt nichts zu sehen. Ich soll Sie jedenfalls im Ritz abliefern. Sie können sich ausschlafen und werden morgen früh um acht zum Aufbruch bereit sein.«

»Aufbruch wohin?«

»Sie gehen davon aus, daß sie bis zum Morgen einen Hinweis darauf haben, wo sich Stillwater oder Ihr Junge oder beide aufhalten. Jemand wird um acht ins Hotel kommen und Sie auf den neuesten Stand bringen; bis dahin müssen Sie ausgeruht und einsatzbereit sein. Sollten Sie auch, immerhin handelt es sich um das Ritz. Ich meine, das ist ein tolles Hotel. Und tolles Essen. Selbst das vom Zimmerservice. Man bekommt ein gutes, gesundes Frühstück, nicht den üblichen fettigen Hotelfraß. Eiweißomeletts, Siebenkornbrot, alle möglichen frischen Früchte, fettarmen Joghurt ...«

Oslett sagte: »Ich hoffe, ich bekomme ein Frühstück wie ich es jeden Morgen in Manhattan zu mir nehme. Alligatorembryos und fritierte Aalköpfe auf in Knoblauchbutter blanchiertem Seetang, dazu eine doppelte Portion Kalbshirn. Ahhh, Mann, Sie fühlen sich in Ihrem ganzen Leben niemals *halb* so pappsatt wie nach diesem Frühstück.«

Lomax war so verblüfft, daß er den Fuß vom Gas nahm und Oslett anstarrte. »Nun, sie haben tolles Essen im Ritz, aber möglicherweise nicht so exotisch, wie man es in New York bekommt.« Er sah wieder auf die Straße, und das Auto beschleunigte. »Wie auch immer, sind Sie sicher, daß das eine gesunde Ernährung ist? Für mich hört sich das an, als wäre es das reine Cholesterin.«

Keine Andeutung von Ironie, keine Spur von Humor klang aus Lomax' Stimme heraus. Er glaubte tatsächlich, daß Oslett Aalköpfe, Alligatorembryos und Kalbshirn zum Frühstück verspeiste.

Widerwillig mußte sich Oslett eingestehen, daß es schlimmere potentielle Partner gab als denjenigen, den er bereits hatte. Karl Clocker sah nur dumm *aus*.

Für Laguna Beach war der November Nachsaison, die Straßen

waren am Donnerstag morgen um Viertel vor eins fast menschenleer. An einer Kreuzung von drei Straßen in der Stadtmitte, wo der öffentliche Strand zur Rechten lag, hielten sie an einer roten Ampel an, obwohl weit und breit kein anderes Fahrzeug in Sicht war.

Oslett fand, daß die Stadt so enervierend tot war wie ganz Oklahoma, und er sehnte sich nach dem Trubel von Manhattan: Die nächtlichen Einsätze von Polizei und Krankenwagen, die *musique noir* der Sirenen, das endlose Hupen. Gelächter, betrunkene Stimmen, Streit und das irre Gestammel von drogenumnebeltem, schizophrenem Straßenvolk, die selbst in finsterster Nacht zum Fenster seines Apartments hinaufdrangen, fehlten völlig in diesem verschlafenen Dorf am Ufer des winterlichen Meeres.

Als sie aus Laguna hinausfuhren, reichte Clocker den Polizeibericht von Mission Viejo vom Rücksitz nach vorne.

Oslett wartete auf einen Kommentar des Trekkie. Als keiner erfolgte und er das Schweigen nicht mehr ertragen konnte, welches das Auto erfüllte und die Welt draußen zu ersticken schien, drehte er sich halb zu Clocker um und sagte: »Nun?«

»Was nun?«

»Was meinst du?«

»Nicht gut«, verkündete Clocker aus dem Schatten des Rücksitzes.

»Nicht gut? Mehr fällt dir dazu nicht ein? Ich finde, das sieht mir nach einem schrecklichen Schlamassel aus.«

»Nun«, sagte Clocker philosophisch, »in jeder kryptofaschistischen Organisation muß auch mal ein bißchen Regen fallen.«

Oslett lachte. Er drehte sich nach vorne, sah den ernsten Lomax an und lachte noch mehr. »Karl, manchmal glaube ich wirklich, daß du kein schlechter Mensch bist.«

»Gut oder schlecht«, sagte Clocker, »alles schwingt in derselben Bewegung subatomarer Teilchen.«

»Mach jetzt bloß einen wunderbaren Augenblick nicht kaputt«, warnte Oslett ihn.

4.

Im tiefsten Dunkel der Nacht erwacht er aus lebhaften Träumen von durchschnittenen Kehlen, von Kugeln zerfetzten Köpfen, von Rasierklingen aufgeschnittenen Handgelenken und erwürgten

Prostituierten, aber er richtet sich nicht auf oder stöhnt oder schreit auf wie ein Mann, der aus einem Alptraum erwacht, denn seine Träume besänftigen ihn immer. Er liegt in Embryonalhaltung auf dem Rücksitz des Autos und erwacht manchmal halb aus seinem Genesungsschlaf.

Auf einer Seite seines Gesichts spürt er eine nasse, dickflüssige Substanz. Er führt eine Hand zur Wange und berührt das viskose Material vorsichtig und verschlafen mit den Fingern, um herauszufinden, was es ist. Als er spitze Glassplitter in dem zähen Schleim findet, wird ihm klar, daß sein heilendes Auge die Splitter zusammen mit der verletzten Augenmasse abgestoßen und durch gesundes Gewebe ersetzt hat.

Er öffnet das Auge blinzelnd und kann mit dem linken wieder genauso gut sehen wie mit dem rechten. Selbst in dem halbdunklen Buick erkennt er deutlich Umrisse, Oberflächenbeschaffenheit und die nachlassende Dunkelheit der Nacht, die sich an die Fenster drückt.

In ein paar Stunden, wenn die Palmen die langen Schatten der Dämmerung nach Westen werfen und die Eichhörnchen in dem üppigen Laub Zuflucht gesucht haben, um den Tag zu verschlafen, wird er vollständig geheilt sein. Dann wird er wieder bereit sein, sein Schicksal zu fordern.

Er flüstert: »*Charlotte* ...«

Draußen breitet sich langsam fahles Licht aus. Die Wolken im Kielwasser des Sturms sind dünn und zerrissen. Zwischen den flauschigen Fetzen schaut das kalte Gesicht des Mondes herab.

»... *Emily* ...«

Vor den Fensterscheiben schimmert die Nacht verhalten wie angelaufenes Silber im Schein einer einzigen Kerzenflamme.

»... *Daddy kommt wieder auf die Beine* ... *alles wird gut* ... *keine Bange* ... *Daddy kommt wieder auf die Beine* ...«

Jetzt weiß er, er wurde von einer magnetischen Kraft zu dem Doppelgänger gezogen, der durch ihre Identität entstanden war und den er mittels eines sechsten Sinns wahrnehmen konnte. Er hatte nicht gewußt, daß ein anderes Selbst existierte, war aber zu ihm hingezogen worden, als wäre die Anziehung eine automatische Funktion seines Körpers gewesen, so wie sein Herzschlag, die Produktion und Erhaltung der Blutmenge in seinem Körper und die Wirkungsweise der inneren Organe automatische

Funktionen waren, die völlig ohne bewußte Anstrengung abliefen.

Noch im Halbschlaf fragt er sich, ob er diesen sechsten Sinn zielstrebig und bewußt anwenden kann, um den falschen Vater jederzeit aufzuspüren.

Verträumt betrachtet er sich selbst als eine magnetische Statue aus Eisen. Das andere Selbst, das sich irgendwo da draußen in der Nacht versteckt, ist eine vergleichbare Statue. Jeder Magnet besitzt einen positiven und einen negativen Pol. Er stellt sich vor, daß sein positiver auf den negativen des falschen Vaters eingestellt ist. Gegensätze ziehen sich an.

Er sucht nach der Kraft und findet sie fast auf der Stelle. Unsichtbare Kraftlinien ziehen leicht an ihm, dann noch leichter.

Westen. Westen und Süden.

Wie schon bei seiner hektischen und besessenen Fahrt quer durch mehr als das halbe Land, spürt er die Anziehungskraft wachsen, bis diese wie die träge Schwerkraft eines Planeten ist, der einen kleinen Asteroiden mit dem feurigen Versprechen seiner Atmosphäre lockt.

Westen und Süden. Nicht weit. Ein paar Meilen.

Der Sog ist kritisch und anfangs seltsam angenehm, aber dann fast schmerzhaft. Ihm ist zumute, als würde er, stiege er jetzt aus dem Auto aus, sofort vom Boden emporschweben und mit Höchstgeschwindigkeit durch die Luft direkt in den Orbit dieses verhaßten falschen Vaters gezogen werden, der ihm sein Leben weggenommen hat.

Plötzlich spürt er, wie der Gegner bemerkt, daß er gesucht wird, und die Kraftlinien bemerkt, die sie miteinander verbinden.

Er hört auf, an die Anziehungskraft zu denken. Gleich drauf zieht er sich in sich selbst zurück und schottet sich ab. Er ist noch nicht bereit, sich dem Gegner im Kampf zu stellen und will ihn nicht darauf aufmerksam machen, daß eine weitere Konfrontation nur noch Stunden entfernt ist.

Er schließt die Augen.

Und schläft lächelnd ein.

Heilsamer Schlaf.

Seine ersten Träume handeln von der Vergangenheit und sind von all denen bevölkert, die er getötet hat, und von den Frauen, mit denen er Sex hatte und über die er postkoitalen Tod brachte.

Dann versetzen ihn Bilder in Verzückung, die sicherlich prophetisch sein müssen, und darin kommen alle vor, die er liebt – seine süße Frau, seine wunderschönen Töchter, in Augenblicken überwältigender Zärtlichkeit und befriedigender Unterwerfung, in goldenes Licht getaucht, so lieblich, alles in lieblichem goldenem Licht, Funkeln von Silber, Rubin, Amethyst, Jade und Indigo.

Marty erwachte mit dem Gefühl, als würde er zerquetscht werden, aus einem Alptraum. Noch während der Traum zerstob und verweht wurde, konnte er nicht atmen oder einen Finger rühren, obwohl er wußte, daß er wach war und sich in dem Motelzimmer befand. Er kam sich winzig und unbedeutend vor und war von der seltsamen Gewißheit erfüllt, daß er von einer kosmischen Kraft, die sich seinem Verständnis entzog, in Milliarden einzelne Atome zertrümmert werden würde.

Plötzlich und explosionsartig bekam er wieder Luft. Die Lähmung löste sich mit einem Krampf, der ihn von Kopf bis Fuß schüttelte.

Er sah Paige neben sich auf dem Bett an und fürchtete, er könnte ihren Schlaf gestört haben. Sie murmelte vor sich hin, wachte aber nicht auf.

Er erhob sich so leise wie möglich, ging zum Fenster, zog vorsichtig die Vorhänge auseinander und sah über den Parkplatz des Motels zum Pacific Coast Highway dahinter. Niemand bewegte sich zwischen den geparkten Autos. Soweit er sich erinnern konnte, waren sämtliche Schatten da draußen vorhin schon da gewesen. Er sah niemanden in Ecken lauern. Der Sturm hatte den ganzen Wind mit nach Osten genommen, Laguna wirkte so still, als wären die Bäume auf eine Bühnenkulisse aufgemalt. Ein Lastwagen fuhr Richtung Norden auf dem Highway entlang, aber das war die einzige Bewegung in der Nacht.

An der Wand gegenüber dem Fenster verbargen Vorhänge eine Schiebetür zum Balkon mit Blick aufs Meer. Jenseits der Tür, jenseits des Geländers, am Fuß der Felsklippe, lag ein heller Strandabschnitt, an dem sich die Wellen mit silberner Gischt brachen. Niemand konnte so ohne weiteres auf den Balkon klettern, und der Strand lag einsam und verlassen da.

Vielleicht war es nur ein Alptraum gewesen.

Er wandte sich von der Scheibe ab, ließ die Vorhänge wieder

zurückfallen und sah auf das Leuchtzifferblatt seiner Uhr. Drei Uhr morgens.

Er hatte fünf Stunden geschlafen. Nicht lange genug, aber es mußte genügen.

Sein Hals tat unerträglich weh, und das Schlucken bereitete ihm leidliche Schmerzen.

Er ging ins Bad, schloß die Tür und schaltete das Licht ein. Dann holte er eine Packung Excedrin Extra Stark aus der Reiseapotheke. Das Etikett empfahl, nicht mehr als zwei Tabletten auf einmal zu nehmen, und nicht mehr als acht innerhalb von vierundzwanzig Stunden. Aber die Zeit schien reif, Risiken einzugehen, daher schluckte er vier mit einem Glas Wasser aus dem Hahn, steckte ein Bonbon gegen Halsschmerzen in den Mund und lutschte daran.

Nachdem er ins Schlafzimmer zurückgekehrt war und die Schrotflinte mit dem kurzen Lauf neben dem Bett aufgehoben hatte, ging er durch die Verbindungstür ins Zimmer der Mädchen. Sie schliefen und hatten sich in die Laken gewühlt wie Schildkröten in ihre Panzer, damit sie das störende Nachttischlämpchen nicht sehen mußten.

Er sah zu ihren Fenstern hinaus. Nichts.

Vorhin hatte er den Stuhl nach dem Vorlesen in die Ecke zurückgestellt, aber jetzt schob er ihn wieder weiter ins Zimmer, so daß Licht darauffiel. Er wollte Charlotte und Emily nicht erschrecken, wenn sie vor Anbruch der Dämmerung aufwachten und einen unkenntlichen Mann in dem Schatten sahen.

Er setzte sich mit gespreizten Knien und legte die Schrotflinte auf den Schoß.

Obwohl er fünf Waffen besaß – von denen sich jetzt drei in den Händen der Polizei befanden –, obwohl er ein guter Schütze war, obwohl er viele Romane geschrieben hatte, in denen Polizisten und andere Personen mühelos mit Waffen umgingen, war Marty doch überrascht darüber, wie bereitwillig er auf Waffen zurückgegriffen hatte, als es Ärger gab. Schließlich war er weder ein Mann der Tat, noch hatte er Erfahrung im Töten.

Sein eigenes Leben und das seiner Familie war in Gefahr, aber er hätte gedacht, bevor er eines Besseren belehrt wurde, daß er mehr Skrupel haben würde, den Finger um den Abzug zu krümmen. Er hätte damit gerechnet, daß er zumindest einen Anflug von

Bedauern verspüren würde, nachdem er einem Menschen in die Brust geschossen hatte, auch wenn der Dreckskerl es nicht anders verdiente.

Er erinnerte sich noch deutlich an die düstere Freude, mit der er die Beretta auf den fliehenden Buick leergeschossen hatte. Der Wilde, der im genetischen Erbe eines jeden Menschen lauerte, war auch in ihm gegenwärtig, so gebildet, belesen und zivilisiert er auch sein mochte.

Was er über sich herausgefunden hatte, mißfiel ihm längst nicht so sehr, wie es sollte. Verdammt, es mißfiel ihm überhaupt nicht.

Er wußte, daß er imstande war, eine beliebige Anzahl Menschen zu töten, um sein Leben, das von Paige oder das der Kinder zu retten. Und obwohl er in einer Gesellschaft lebte, in der es politisch korrekt war, Pazifismus als einzige Hoffnung für ein Überleben der Zivilisation zu betrachten, stufte er sich selbst nicht als hoffnungslosen Reaktionär oder evolutionäre Rückentwicklung oder als Degenerierten ein, sondern lediglich als einen Mann, der genau so handelte, wie es die Natur vorgesehen hatte.

Die Zivilisation begann mit der Familie, mit Kindern, die von Muttern und Vätern beschützt wurden, welche bereit waren, Opfer für sie zu bringen und sogar zu sterben.

Wenn die Familie nicht mehr sicher war, wenn die Regierung die Familie nicht vor den Greueltaten von Vergewaltigern und Kinderschändern und Killern beschützen konnte, wenn mörderische Psychopathen aus dem Gefängnis entlassen wurden, wo sie keine längeren Strafen absaßen als betrügerische Evangelisten, die Geld ihrer Kirche unterschlugen, oder habgierige, millionenschwere Hotelbesitzerinnen, die Steuern hinterzogen, dann hatte die Zivilisation aufgehört zu existieren. Wenn Kinder Freiwild waren – und jede beliebige Ausgabe einer Tageszeitung bestätigte, daß sie es waren –, dann versank die Welt in Barbarei. Die Zivilisation existierte nur in kleinen Einheiten, innerhalb der vier Wände von Häusern, wo die Mitglieder einer Familie in einer Liebe zueinander zusammenhielten, die stark genug war, daß sie ihr Leben für die anderen geben würden.

Was für einen Tag hatten sie hinter sich! Einen schrecklichen Tag. Das einzig Gute daran war – er hatte festgestellt, daß seine Amnesie-Episode, seine Alpträume und die anderen Symptome nicht von einer körperlichen oder seelischen Krankheit herrührten.

Die Probleme lagen *doch* nicht in seinem Inneren. Der Schwarze Mann existierte wirklich.

Aber diese Diagnose brachte ihm keine große Genugtuung. Er hatte zwar sein Selbstbewußtsein wiedergewonnen, aber soviel anderes verloren.

Alles hatte sich verändert.

Für immer.

Er wußte, er begriff nicht einmal ansatzweise, wie schrecklich sich ihr Leben verändert hatte. In den Stunden bis zur Morgendämmerung, als er überlegte, welche Schritte sie unternehmen konnten, um sich selbst zu schützen, und sich Gedanken darüber machte, welche logischen Gründe die Existenz des Anderen haben konnte, würde ihre Situation zunehmend schwieriger und ihre Alternativen mehr eingeschränkt werden, als er sich das im Augenblick noch vorstellen oder eingestehen wollte.

Zunächst einmal vermutete er, daß sie nie wieder nach Hause zurückkehren konnten.

Er erwacht eine halbe Stunde vor der Dämmerung geheilt und ausgeruht.

Er setzt sich wieder auf den Vordersitz, schaltet die Innenbeleuchtung ein und begutachtet seine Stirn und das linke Auge im Rückspiegel. Die Furche der Kugel an der Schläfe ist verheilt ohne eine Narbe zu hinterlassen, die er erkennen könnte. Sein Auge ist nicht mehr verletzt – nicht einmal mehr blutunterlaufen.

Aber sein halbes Gesicht ist mit getrocknetem Blut und den glibberigen biologischen Abfallprodukten des beschleunigten Heilungsprozesses verkrustet. Diese Hälfte könnte zu einer Figur aus *Das Schreckenskabinett des Dr. Phibes* oder *Darkman* gehören.

Er kramt im Handschuhfach und findet eine kleine Packung Kleenex. Unter den Zellstofftüchern befindet sich eine Familienbox Handi Wipes, feuchte Erfrischungstücher in Folie eingeschweißt. Mit Zitronenduft. Sehr hübsch. Er schrubbt mit Kleenex und Papiertüchern die Gallertmasse vom Gesicht und streicht sich mit den Händen das schlafzerzauste Haar zurecht.

Jetzt wird er keinen mehr erschrecken, ist aber immer noch nicht vorzeigbar genug, um keinen Verdacht mehr zu erregen, und genau das will er vermeiden. Der weite Regenmantel, den er bis zum Hals zugeknöpft hat, verbirgt das von Einschußlöchern zerfetzte Hemd, das allerdings nach Blut und den verschiedenen Nahrungsmitteln riecht, die er gestern abend bei seiner Freßorgie auf dem verregneten Parkplatz des McDonalds in dem inzwischen abgestellten Honda darauf verschüttet hat, bevor er auf den unglücklichen Besitzer des Buick stieß. Seine Hose ist auch nicht gerade sauber.

Auf die geringe Chance hin, etwas Nützliches zu finden, zieht er den Schlüssel aus dem Zündschloß, steigt aus dem Auto aus, geht nach hinten und öffnet den Kofferraum. Aus dem dunklen Inneren, das lediglich vom verirrten Lichtschein der nächsten, von Bäumen halb verdeckten Notbeleuchtung erhellt wird, starrt ihn der Tote mit aufgerissenen Augen an, als wäre er erstaunt, ihn wiederzusehen.

Die beiden Einkaufstaschen aus Plastik liegen auf der Leiche. Er schüttelt den Inhalt beider auf den Toten. Der Besitzer des Buick hatte eine Menge Sachen eingekauft. Am nützlichsten ist im Augenblick ein weiter Rollkragenpullover.

Er nimmt den Pullover in die linke Hand und klappt mit der rechten so leise wie möglich den Kofferraumdeckel zu. Die Leute werden bald aufstehen, aber noch schlafen die meisten, wenn nicht alle Bewohner. Er schließt den Kofferraum ab und steckt die Schlüssel ein.

Der Himmel ist dunkel, aber die Sterne sind verblaßt. Die Morgendämmerung ist keine fünfzehn Minuten mehr entfernt.

In so einem großen Park und Apartmentkomplex muß es mindestens zwei oder drei Gemeinschaftswaschküchen geben, und er macht sich auf die Suche nach einer. Eine Minute später hat er ein Schild entdeckt, das ihn zur Freizeithalle, dem Pool, der Hausverwaltung und der nächsten Waschküche führt.

Der Fußweg, der die Gebäude verbindet, windet sich durch große und ansprechend angelegte Gärten unter sich ausbreitenden Lorbeerbäumen und altmodischen schmiedeeisernen Laternen mit einer Patina aus Grünspan. Die Siedlung ist ordentlich geplant und anheimelnd. Er könnte sich vorstellen, hier zu leben. Selbstverständlich ist sein eigenes Haus in Mission Viejo noch schöner, und er ist sicher, Paige und die Mädchen hängen so sehr daran, daß sie es nie aufgeben werden.

Die Tür der Waschküche ist abgeschlossen, stellt aber kein nennenswertes Hindernis dar. Die Verwaltung hat am Schloß gespart, es handelt sich nicht um ein Sicherheitsschloß. Da er damit gerechnet hat, daß er sie brauchen könnte, hat er eine Kreditkarte aus der Brieftasche des Toten mitgenommen, die er jetzt zwischen Türrahmen und Tür steckt. Er schiebt sie nach oben, spürt den Widerstand des Bolzens, übt Druck aus und knackt das Schloß.

Im Inneren findet er sechs Münzwaschmaschinen, vier Trockner, einen Automaten mit kleinen Packungen Waschmittel und Weichspüler, einen großen Tisch, auf dem man die saubere Wäsche zusammenlegen kann, und zwei tiefe Waschbecken. Im Licht der Neonröhren macht alles einen sauberen und erfreulichen Eindruck.

Er zieht den Regenmantel und das völlig verdreckte Flanellhemd aus. Sowohl das Hemd wie auch den Mantel steckt er in den großen Abfalleimer in der Ecke.

Auf seiner Brust sind keine Einschüsse zu sehen. Seinen Rücken muß er nicht inspizieren; er weiß auch so, daß die große Austrittwunde der Kugel verheilt ist.

Er wäscht sich die Achselhöhlen an einem der Waschbecken und trocknet sich mit Papierhandtüchern aus einem Spender an der Wand ab.

Er freut sich auf eine ausgiebige heiße Dusche, bevor der Tag zu Ende ist, und zwar in seinem eigenen Bad, in seinem eigenen Haus. Wenn er den falschen Vater erst aufgespürt und getötet hat, wenn seine Familie wieder bei ihm ist, wird er Zeit für die kleinen Freuden des Lebens haben. Paige wird mit ihm duschen. Das wird ihr gefallen.

Falls nötig, könnte er die Jeans ausziehen und in einer der Waschmaschinen waschen, schließlich besitzt er Münzen vom Besitzer des Buick. Aber als er die verkrusteten Essensreste mit den Fingernägeln abkratzt und die wenigen Flecken mit feuchten Papierhandtüchern bearbeitet, findet er das Ergebnis zufriedenstellend.

Der Pullover erweist sich als angenehme Überraschung. Er ist davon ausgegangen, daß er ihm zu groß sein würde, wie der Regenmantel, aber der Tote hat ihn offensichtlich nicht für sich selbst gekauft. Er sitzt wie angegossen. Die Farbe – Preiselbeerrot – paßt gut zu den Bluejeans und ist auch eine gute Farbe für ihn. Gäbe es einen Spiegel in dem Raum, könnte er sicher feststellen, daß er nicht nur unauffällig aussieht, sondern ansehnlich, sogar attraktiv.

Draußen ist die Dämmerung ein erstes geisterhaftes Licht am Himmel.

Vögel zwitschern auf den Bäumen.

Die Luft riecht erfrischend.

Er wirft die Schlüssel des Buick ins Gebüsch, läßt das Auto mitsamt dem toten Mann stehen, geht mit raschen Schritten zum nächsten Parkhaus und probiert die Türen der dort abgestellten Fahrzeuge unter dem mit Bougainvilleen umrankten Dach systematisch durch. Als er gerade denkt, daß sie alle abgeschlossen sind, findet er einen offenen Toyota Camry.

Er setzt sich ans Lenkrad. Sucht hinter der Sonnenblende nach Schlüsseln. Unter dem Sitz. Kein Glück.

Es spielt keine Rolle. Einfälle hat er genug. Bevor der Himmel nennenswert heller geworden ist, hat er das Auto kurzgeschlossen und sich auf den Weg gemacht.

Wahrscheinlich wird der Besitzer des Camry ihn in wenigen Stunden vermissen, wenn er damit zur Arbeit fahren will, und ihn gleich als gestohlen melden. Kein Problem. Bis dahin werden die Nummernschilder an einem anderen Auto festgeschraubt sein, und der Camry wird eine andere Nummer haben, die ihn so gut wie unsichtbar für die Polizei machen wird.

Er fühlt sich wie neugeboren, als er im ersten rosigen Licht der Dämmerung durch die Hügel von Laguna Niguel fährt. Der frühmorgendliche Himmel ist noch blaßblau, aber die hohen Wolkenformationen sind rosa getönt.

Es ist der erste Dezember. Tag eins. Er beginnt wieder von vorn. Von jetzt an wird alles so laufen, wie er es will, weil er seinen Gegner nicht mehr unterschätzen wird.

Bevor er den falschen Vater tötet, wird er dem Mistkerl die Augen ausdrücken, eine Vergeltung für die Wunden, die er selbst hinnehmen mußte. Und seine Töchter wird er zusehen lassen, denn es wird eine wichtige Lektion für sie sein, ein Beweis dafür, daß falsche Väter auf lange Sicht nicht triumphieren können und man von ihrem richtigen Vater strenge Strafen zu erwarten hat, wenn man ungehorsam ist.

FÜNF

1.

Marty weckte Charlotte und Emily kurz nach der Dämmerung. »Wir müssen duschen und uns auf den Weg machen, Ladies. Viel zu tun heute morgen.«

Emily war sofort hellwach. Sie strampelte sich unter der Decke hervor und stand in ihrem schmetterlingsgelben Pyjama auf dem Bett, fast auf Augenhöhe mit ihm. Sie verlangte eine Umarmung und einen Gutenmorgenkuß. »Ich hatte gestern nacht einen Supertraum.«

»Laß mich raten. Du hast geträumt, du wärst alt genug, daß du mit Tom Cruise ausgehen, Sportwagen fahren, Zigarren rauchen, dich sinnlos betrinken und dir die Eingeweide rauskübeln kannst.«

»Quatsch«, sagte sie. »Ich hab' geträumt, daß du zum Automaten gegangen bist und es zum Frühstück Mountain Dew und Schokoriegel gegeben hat.«

»Tut mir leid, aber das war nicht prophetisch.«

»Daddy, sei kein Schriftsteller, der unverständliche Worte gebraucht.«

»Ich habe gemeint, daß dein Traum nicht in Erfüllung geht.«

»Klar, *das* hab' ich gewußt«, sagte sie. »Du und Mommy, ihr würdet im Quadrant springen, wenn wir Süßigkeiten zum Frühstück essen würden.«

»Quadrat. Nicht Quadrant.«

Sie verzog das Gesicht. »Ist das so wichtig?«

»Nein, wahrscheinlich nicht, Quadrat, Quadrant, wie du willst.«

Emily wand sich aus seiner Umarmung und sprang vom Bett. »Ich muß aufs Töpfchen«, verkündete sie.

»Immerhin ein Anfang. Dann geh duschen, putz dir die Zähne und zieh dich an.«

Charlotte wurde, wie üblich, nicht so schnell wach. Als Emily die Badezimmertür zumachte, hatte Charlotte es nur geschafft, die

Decke zurückzuschlagen und sich auf die Bettkante zu setzen. Sie betrachtete verdrossen ihre bloßen Füße.

Marty setzte sich neben sie. »Das nennt man Zehen.«

»Mmmm«, sagte sie.

»Die brauchst du, damit du die Enden deiner Socken ausfüllen kannst.«

Sie gähnte.

Marty sagte: »Wenn du Ballettänzerin werden möchtest, brauchst du sie dringend. Aber für die meisten anderen Berufe sind sie nicht so wichtig. Wenn du also *keine* Ballerina werden möchtest, könntest du sie wegoperieren lassen, entweder nur die großen oder alle zehn, das kommt ganz auf dich an.«

Sie legte den Kopf schief und schenkte ihm eine »Daddy-ist-witzig-also-tun-wir-ihm-den-Gefallen-und-lächeln«-Miene. »Ich glaube, ich behalte sie.«

»Wie du meinst«, sagte er und gab ihr einen Kuß auf die Stirn.

»Meine Zähne fühlen sich pelzig an«, beschwerte sie sich. »Meine Zunge auch.«

»Vielleicht hast du in der Nacht eine Katze gegessen.«

Sie war immerhin so wach, daß sie kicherte.

Im Bad ertönte die Toilettenspülung, einen Augenblick später ging die Tür auf. Emily sagte: »Charlotte, möchtest du allein sein, wenn du aufs Töpfchen gehst, oder kann ich jetzt duschen?«

»Geh bloß duschen«, sagte Charlotte, »du riechst.«

»Ach ja? Und du miefst.«

»Du stinkst.«

»Weil ich es *will*«, sagte Emily, der wahrscheinlich keine Steigerung für »stinken« mehr einfiel.

»Meine höflichen Töchter, so feine Damen.«

Als Emily wieder ins Bad ging und sich an den Duscharmaturen zu schaffen machte, sagte Charlotte: »Ich muß diesen Pelz von den Zähnen bekommen.« Sie stand auf und ging zu der offenen Tür. An der Schwelle drehte sie sich zu Marty um. »Daddy, müssen wir heute in die Schule?«

»Heute nicht.«

»Hab' ich mir gedacht.« Sie zögerte. »Morgen?«

»Ich weiß nicht, Liebling. Wahrscheinlich nicht.«

Wieder ein Zögern. »Werden wir je wieder zur Schule gehen?«

»Aber selbstverständlich.«

Sie sah ihn viel zu lange an, dann nickte sie und ging ins Bad.

Ihre Frage erschütterte Marty. Er war nicht sicher, ob sie lediglich Tagträumen von einem Leben ohne Schule nachhing, wie es die meisten Kinder ab und zu einmal tun, oder ob sie sich tiefschürfendere Sorgen über die Situation machte, in die sie hineingeraten waren.

Er hatte gehört, wie der Fernseher im Nebenzimmer eingeschaltet worden war, während er neben Charlotte auf dem Bett saß, daher wußte er, daß Paige wach war. Er stand auf, um ihr guten Morgen zu sagen.

Als er sich der Verbindungstür näherte, rief Paige ihm zu: »Marty, schnell, sieh dir das an!«

Als er ins andere Zimmer stürzte, sah er sie vor dem Fernseher stehen. Sie sah sich die Frühnachrichten an.

»Es geht um uns«, sagte sie.

Er erkannte ihr eigenes Haus auf dem Bildschirm. Eine Reporterin stand auf der Straße, mit dem Rücken zum Haus, und sah in die Kamera.

Marty hockte sich vor den Fernseher und drehte den Ton lauter.

»... konnte das Geheimnis nicht aufgeklärt werden, und die Polizei möchte heute morgen sehr gern mit Martin Stillwater reden...«

»Oh, heute *morgen* wollen sie reden«, sagte er angewidert.

Paige brachte ihn zum Schweigen.

»... ein verantwortungsloser Schwindel von einem Schriftsteller, der zu versessen darauf ist, seine Karriere zu fördern, oder etwas Gefährlicheres? Nachdem das Polizeilabor festgestellt hat, daß die gewaltige Menge Blut in Stillwaters Haus tatsächlich menschlichen Ursprungs ist, ist es für die Behörden inzwischen von höchster Dringlichkeit, diese Frage zu beantworten.«

Das war das Ende des Berichts. Während die Reporterin ihren Namen und Standort nannte, bemerkte Marty das Wort »LIVE« in der oberen linken Ende des Bildschirms. Die vier Buchstaben standen zwar schon die ganze Zeit dort, aber ihre Bedeutung war ihm nicht gleich aufgegangen.

»Live?« sagte Marty. »Sie schicken keine Reporter live vor Ort, wenn die Sache nicht noch am Laufen ist.«

»Sie ist noch am Laufen«, sagte Paige. Sie stand mit vor der Brust verschränkten Armen da und betrachtete stirnrunzelnd den Fernseher. »Der Irre ist immer noch irgendwo da draußen.«

»Ich meine so was wie ein andauernder Überfall oder eine Geiselnahme, bei der eine Spezialeinheit bereit steht, um das Haus zu stürmen. Nach Fernsehstandards ist das hier langweilig, keine *Action*, niemand vor Ort, dem man ein Mikrophon vor die Nase halten könnte, nur ein unbewohntes Haus als Hintergrund. Solche Sachen kommen normalerweise nicht für Liveberichterstattung in Frage, zu teuer und kein bißchen Nervenkitzel.«

Die Sendeleitung hatte zurück ins Studio gegeben. Zu seiner Überraschung handelte es sich bei dem Sprecher nicht um einen zweitklassigen Moderator eines Senders aus Los Angeles, der normalerweise durch eine Frühsendung geführt haben würde, sondern um ein bekanntes Gesicht des Kabelfernsehens.

Marty sagte fassungslos: »Das ist *bundesweit*. Seit wann wird ein Bericht über einen Einbruch bundesweit ausgestrahlt?«

»Du bist auch angegriffen worden«, sagte Paige.

»Na und? Heutzutage findet alle zehn Sekunden irgendwo im Land ein schlimmeres Verbrechen als das hier statt.«

»Aber du bist eine Berühmtheit.«

»Von wegen.«

»Es gefällt dir vielleicht nicht, ist aber so.«

»So berühmt bin ich nun auch wieder nicht, nach nur zwei Taschenbuchbestsellern. Weißt du, wie schwer es ist, als Gast in eine Talkshow von denen zu kommen?« Er klopfte mit dem Knöchel gegen das Gesicht des Sprechers auf dem Bildschirm. »Schwerer als eine Einladung zu einem Staatsbankett ins Weiße Haus! Selbst wenn ich einen Presseagenten einstellen würde, der dem Teufel seine Seele verkauft, würde er mich nicht in die Sendung bringen, Paige. Ich bin einfach nicht groß genug. Für die bin ich ein Niemand.«

»Also ... was willst du damit sagen?«

Er ging zum Fenster mit Ausblick auf den Parkplatz und zog die Vorhänge auseinander. Blasses Sonnenlicht. Konstanter Verkehr auf dem Pacific Coast Highway. Die Bäume rauschten träge in einer milden Meeresbrise.

Nichts an der Szenerie wirkte bedrohlich oder ungewöhnlich, und doch kam sie ihm geheimnisvoll vor. Ihm war, als würde er in eine Welt hinaus sehen, die nicht mehr vertraut war, eine Welt, die sich zum Schlechteren gewandelt hatte. Die Unterschiede ließen sich nicht festmachen, waren mehr subjektiv als objektiv und sprachen eher die Seele als die Sinne an, aber nichtsdestotrotz waren sie real. Und das Tempo dieser finsteren Veränderungen wurde immer schneller. Bald würde ihm der Blick aus diesem Zimmer, oder einem anderen, wie etwas vorkommen, das er durch das Bullauge eines Raumfahrzeugs auf einem fernen Planeten sah, der oberflächlich seiner eigenen Welt glich, aber unter der trügerischen Oberfläche unendlich fremder war und menschliches Leben nicht zuließ.

»Ich glaube nicht«, sagte er, »daß die Polizei unter normalen Umständen die Blutuntersuchungen so schnell abgeschlossen hätte, und ich *weiß*, daß es absolut unüblich ist, den Medien derart bereitwillig Laborergebnisse zukommen zu lassen.« Er ließ die Vorhänge wieder zurückfallen und drehte sich zu Paige um, die besorgt die Stirn runzelte. »Bundesweites Interesse? Live vor Ort? Ich habe keine Ahnung, was hier los ist, Paige, aber es ist noch seltsamer, als ich gestern nacht gedacht habe.«

Während Paige duschte, zog Marty einen Stuhl vor den Fernseher, schaltete durch die Kanäle und suchte nach anderen Nachrichtensendungen. Er erwischte noch das Ende eines anderen Berichts über sich in einem regionalen Sender – und dann einen dritten, vollständig, in einer bundesweiten Nachrichtensendung.

Er hoffte, nicht paranoid zu sein, wenn er den deutlichen Eindruck hatte, daß beide Berichte, ohne offene Anschuldigungen vorzubringen, den Schluß nahelegten, die Geschichte, die er der Polizei von Mission Viejo erzählt hatte, wäre frei erfunden und sein wahres Motiv entweder, mehr Bücher zu verkaufen, oder etwas Dunkleres und Unheimlicheres als bloßer Werberummel. Beide Sendungen machten Gebrauch von der Fotografie in der aktuellen Ausgabe von *People,* auf der er wie ein Filmzombie mit glühenden Augen aussah, der gewalttätig und primitiv aus den Schatten geschlurft kommt. Und in beiden wurden die vier Schußwaffen erwähnt, die ihm die Polizei abgenommen hatte, als wäre er ein großstädtischer Survivalist, der auf einem mit Waffen und Munition vollgestopften Bunker lebte. Gegen Ende des dritten Berichts glaubte er eine Andeutung herauszuhören, er könnte sogar gefährlich sein, aber diese wurde so aalglatt und subtil eingeflochten, daß es mehr eine Frage von Tonfall und Mimik des Reporters war als des Textes, den er ablas.

Erschüttert schaltete er den Fernseher aus.

Eine Zeitlang betrachtete er nur den blanken Bildschirm. Das Grau des erloschenen Monitors entsprach seiner Stimmung.

Als alle geduscht und sich angezogen hatten, setzten sich die Mädchen auf den Rücksitz des BMW, wo sie pflichtschuldig die Sicherheitsgurte anlegten, während ihre Eltern das Gepäck im Kofferraum verstauten.

Als Marty die Klappe zuschlug und abschloß, wandte sich Paige so leise an ihn, daß Charlotte und Emily es nicht hören konnten.

»Glaubst du wirklich, wir müssen so weit gehen, das alles zu tun, ist es wirklich so schlimm?«

»Ich weiß nicht. Wie ich dir gesagt habe, ich denke seit dem Aufwachen darüber nach, seit drei Uhr morgens, und ich weiß immer noch nicht, ob ich übertrieben reagiere.«

»Es liegen ernste Dinge vor uns, womöglich sogar gefährliche.«

»Es ist nur ..., so seltsam alles schon ist, mit dem Anderen und was er alles zu mir gesagt hat, aber die Hintergründe scheinen mir noch seltsamer zu sein. Gefährlicher als ein bewaffneter Irrer. Tödlicher und viel größer. Etwas so Großes, daß es uns zerquetscht, wenn wir versuchen, uns ihm in den Weg zu stellen. So habe ich mich mitten in der Nacht gefühlt, und ich hatte mehr Angst als gestern, als er die Kinder bei sich im Auto hatte. Und nach allem, was ich heute morgen im Fernsehen gesehen habe, bin ich mehr – nicht weniger – geneigt, mich auf meine Gefühle zu verlassen.«

Ihm war bewußt, daß seine Angst extrem und mit dem unmißverständlichen Geschmack der Paranoia gewürzt war. Aber er war kein Angsthase und ging davon aus, daß er sich auf seine Instinkte verlassen konnte. Die Ereignisse hatten sämtliche Zweifel an seiner geistigen Gesundheit ausgeräumt.

Er wünschte sich, er könnte einen anderen Gegner als den unwahrscheinlichen Doppelgänger entlarven, denn er war überzeugt, *daß* es einen anderen Gegner gab, und es wäre beruhigend gewesen, ihn identifizieren zu können. Die Mafia, der Ku-Klux-Klan, Neonazis, ein Konsortium gewissenloser Bankiers, der Aufsichtsrat eines unvorstellbar habgierigen multinationalen Firmenkonglomerats, rechtsextreme Generäle, die eine Militärdiktatur errichten wollten, eine Schar wahnsinniger Fanatiker aus dem Mittelwesten, verrückte Wissenschaftler, die die Welt aus reinem Jux und Dollerei in die Luft jagen wollten, oder auch Satan selbst in all seiner gehörnten Pracht – jeder Standardbösewicht aus Fernsehserien und zahllosen Romanen, wie unwahrscheinlich und klischeebefrachtet auch immer, wäre einem Widersacher ohne Gesicht oder Gestalt oder Namen vorzuziehen.

Paige biß sich nachdenklich auf die Unterlippe und ließ den Blick über die rauschenden Bäume, die anderen parkenden Autos und die Fassade des Motels schweifen, bevor sie den Kopf in den Nacken legte und zu den kreischenden Möwen aufsah, die am überwiegend blauen und gleichgültigen Himmel ihre Bahnen zogen.

»Du spürst es auch«, sagte er.

»Ja.«

»Erdrückend. Wir werden nicht beobachtet, aber das Gefühl ist fast dasselbe.«

»Schlimmer«, sagte sie. »Anders. Die Welt hat sich verändert – oder wie ich sie betrachte.«

»Ich auch.«

»Wir haben etwas ... verloren.«

Und das werden wir nie mehr wiederfinden, dachte er.

2.

Das Ritz-Carlton war ein bemerkenswertes Hotel, außerordentlich geschmackvoll, mit großzügigen Verzierungen aus Marmor, Sandstein, Granit, mit erstklassiger Kunst und Antiquitäten in sämtlichen öffentlichen Räumen. Die gewaltigen Blumenarrangements, die man vor sich sah, wohin man sich auch drehte und wendete, gehörten zu den besten, die Oslett je gesehen hatte. Das Personal, in dezente Uniformen gekleidet, höflich, allgegenwärtig, schien die Gäste an Zahl zu übertreffen. Alles in allem fühlte sich Oslett an sein Zuhause erinnert, an das Gut in Connecticut, wo er aufgewachsen war, obwohl die Villa der Familie größer als das Ritz war, mit Antiquitäten höchster Museumsansprüche möbliert, das Verhältnis von Personal zu Familie sechs zu eins betrug und ein Landeplatz zu dem Grundstück gehörte, der Platz für die militärischen Helikopter bot, in denen der Präsident der Vereinigten Staaten und sein Gefolge manchmal reisten.

Die Suite mit zwei Schlafzimmern und einem geräumigen

Wohnzimmer, in der Drew Oslett und Clocker untergebracht waren, bot jede Annehmlichkeit von einer voll bestückten Bar bis hin zu so geräumigen Duschkabinen aus Marmor, daß jeder gastierende Ballettänzer während des morgendlichen Duschens darin Entrechats hätte üben können. Die Handtücher stammten nicht von Pratesi, wie er sie sein ganzes Leben lang benutzt hatte, aber sie waren aus guter ägyptischer Baumwolle, weich und saugfähig.

Donnerstag morgen um 7:50 Uhr hatte Oslett ein weißes Baumwollhemd mit Knöpfen aus Walknochen der Hemdenfabrik Theophilus in London angezogen, einen marineblauen Kaschmirblazer, den sein Schneider in Rom mit einem feinen Auge für Details maßgeschneidert hatte, graue Wollhosen, schwarze, von einem in Paris lebenden italienischen Schuhmacher handgefertigte Oxfords (eine exzentrische Note), sowie eine marineblau, kastanienrot und golden gestreifte Krawatte. Die Farbe des seidenen Einstecktuchs paßte genau zum Gold der Krawatte.

Solchermaßen angetan und mit durch seine elegante Perfektion gehobener Stimmung, machte er sich auf die Suche nach Clocker. Selbstverständlich sehnte er sich nicht nach der Gesellschaft von Clocker; er wußte nur jederzeit gern, zu seiner eigenen Beruhigung, was Clocker anstellte. Und er hegte die Hoffnung, daß er eines gesegneten Tages Karl Clocker tot auffinden würde, von einem massiven Herzinfarkt, einer Gehirnblutung oder einem der außerirdischen Todesstrahlen niedergestreckt, über die der große Mann ständig las.

Clocker saß in einem Verandasessel auf dem Balkon des Wohnzimmers und schenkte der atemberaubenden Aussicht auf den Pazifik keine Beachtung, sondern steckte die Nase statt dessen ins letzte Kapitel von *Gestaltverändernde Gynäkologen der Dunklen Galaxis* oder wie, zum Teufel, der Titel lauten mochte. Er trug denselben Hut mit der Entenfeder, den Sportmantel aus Tweed und die Hush Puppies, aber heute hatte er frische purpurne Socken, eine andere Hose und ein sauberes weißes Hemd an. Einen anderen Pullunder mit Harlekinmuster hatte er ebenfalls angezogen, dieses Mal in Blau, Rosa, Gelb und Grau. Er trug keine Krawatte, aber aus dem offenen Hals des Hemds ragte so viel schwarzes Haar, daß es aussah, als würde er ein Halstuch tragen.

Nachdem er auf Osletts erstes »Guten Morgen« nicht reagiert hatte, beantwortete Clocker die Wiederholung der Worte mit dem unmöglichen Gruß der abgespreizten Finger, mit dem sich die Figuren in *Raumschiff Enterprise* stets begrüßten, wandte aber den Blick nicht von dem Taschenbuch ab. Hätte Oslett eine Kettensäge oder ein Fleischerbeil besessen, hätte er Clockers Hand am Gelenk abgeschlagen und ins Meer geworfen. Er fragte sich, ob der Zimmerservice ein hinreichend scharfes Instrument aus den Beständen der Küche heraufschicken würde.

Der Tag war warm, schon jetzt um die einundzwanzig Grad. Blauer Himmel und eine milde Brise boten eine willkommene Abwechslung von der Kälte der vergangenen Nacht.

Pünktlich um acht Uhr – gerade rechtzeitig, um Oslett davor zu bewahren, daß er wegen der schrillen Schreie einer Möwe, des einlullenden Rauschens der Brandung und des leisen Gelächters früher Surfer, die mit ihren Brettern aufs Meer hinaus paddelten, den Verstand verlor – traf der Abgesandte des Network ein, um sie auf den neuesten Stand zu bringen. Er war das krasse Gegenteil des kräftigen Mannes, der sie vor einigen Stunden vom Flughafen abgeholt und zum Ritz-Carlton gefahren hatte. Savile-Row-Anzug. Club-Krawatte. Teure Gamaschenschuhe von Bally. Ein Blick genügte Oslett, um zu wissen, daß dieser Mann kein Kleidungsstück mit einem aufgedruckten Foto von Madonna mit entblößten Brüsten besaß.

Er erklärte, sein Name sei Peter Waxhill, womit er wahrscheinlich die Wahrheit sagte. Er stand in der Organisation hoch genug, daß er Osletts und Clockers richtige Namen kannte – auch wenn er die Suite auf die Namen John Galbraith und John Maynard Keynes gebucht hatte –, daher gab es keinen Grund, seinen eigenen zu verheimlichen.

Waxhill schien Anfang Vierzig zu sein, zehn Jahre älter als Oslett, aber der Messerschnitt an seinen Schläfen zeigte bereits graue Spuren. Mit einem Meter achtzig war er groß, aber nicht übertrieben; er war schlank, aber durchtrainiert, gutaussehend, aber nicht herausgeputzt, charmant, aber nicht aufdringlich. Er benahm sich nicht nur, als wäre er seit Jahrzehnten Diplomat, sondern als wäre er durch Genmanipulation für diese Rolle gezüchtet worden.

Nachdem er sich vorgestellt und eine Bemerkung über das Wetter gemacht hatte, sagte Waxhill: »Ich habe mir die Freiheit genommen, beim Zimmerservice nachzufragen, ob Sie das Frühstück schon zu sich genommen haben, und nachdem man das verneinte, habe ich mir die weitere Freiheit genommen und für uns drei bestellt, damit wir frühstücken und uns gleichzeitig unterhalten können. Ich hoffe, das macht Ihnen nichts aus.«

»Überhaupt nicht«, sagte Oslett, den die Höflichkeit und Leistungsfähigkeit des Mannes beeindruckten.

Er hatte kaum geantwortet, da läutete es schon an der Tür, und Waxhill ließ zwei Kellner mit einem Servierwagen eintreten, der mit einem weißen Tischtuch zugedeckt und mit Geschirr vollgestellt war. In der Mitte des Wohnzimmers zogen die Kellner versteckte Klappen hoch und verwandelten den Servierwagen damit in einen runden Tisch, danach verteilten sie Krüge, Teller, Servietten, Tassen, Untertassen, Gläser und Vorlegplatten mit der Anmut und Schnelligkeit von Magiern, die Kartentricks vorführen. Gemeinsam ließen sie eine Vielzahl Schüsseln aus bodenlosen Fächern unter dem Servierwagen wie aus der Luft erscheinen: Rührei mit roter Paprika, Speck, Würstchen, Räucherhering, Toast, Croissants, Gewächshaus-Erdbeeren mit braunem Zucker und kleinen Krügen voll dicker Sahne, frisch gepreßten Orangensaft und eine versilberte Thermoskanne Kaffee.

Waxhill sprach den Kellnern ein Lob aus, dankte ihnen, gab ihnen ein Trinkgeld und unterschrieb die Rechnung, während er die ganze Zeit in Bewegung blieb, so daß er ihnen die Quittung und den Hotelkugelschreiber zurückgab, als sie schon die Schwelle zum Flur überquerten.

Als Waxhill die Tür geschlossen hatte und zum Tisch zurückgekehrt war, fragte Oslett: »Harvard oder Yale?«

»Yale. Und Sie?«

»Princeton. Dann Harvard.«

»In meinem Fall Yale und dann Oxford.«

»Der Präsident war in Oxford«, sagte Oslett nickend.

»Ach, tatsächlich«, sagte Waxhill, zog die Brauen hoch und tat so, als wäre das etwas Neues für ihn. »Nun, Oxford hat Bestand, wissen Sie.«

Karl Clocker, der offenbar das letzte Kapitel von *Planet der Darmparasiten* zu Ende gelesen hatte, kam vom Balkon herein – eine wandelnde Peinlichkeit, soweit es Oslett betraf. Waxhill ließ sich dem Trekkie vorstellen, schüttelte ihm die Hand und tat so, als würde er nicht vor Ekel oder Heiterkeit ersticken.

Sie zogen die drei Lehnstühle heran und setzten sich an den Frühstückstisch. Clocker nahm den Hut nicht ab.

Nachdem sie Essen von den Vorlegeplatten auf die Teller beförder hatten, sagte Waxhill: »Heute nacht haben wir ein paar interessante Hintergrundinformationen über Martin Stillwater bekommen, von denen die wichtigste mit einem Krankenhausaufenthalt seiner ältesten Tochter vor fünf Jahren zusammenhängt.«

»Was fehlte ihr denn?« fragte Oslett.

»Zuerst hatten sie keine Ahnung. Aufgrund der Symptome vermuteten sie Krebs. Charlotte – das ist die Tochter, sie war zu dem Zeitpunkt vier Jahre alt – war eine Zeitlang in einer ziemlich schlechten Verfassung, aber letztendlich entpuppte sich die Krankheit als ungewöhnliches Ungleichgewicht der Blutchemie, das heilbar war.«

»Schön für sie«, sagte Oslett, obwohl ihm egal war, ob Stillwaters Tochter überlebt hatte oder gestorben war.

»Ja, das war es«, sagte Waxhill, »aber auf dem Tiefpunkt, als die Ärzte zu einer niederschmetternden Diagnose neigten, unterzogen sich Vater und Mutter einer Knochenmarksabsaugung. Extraktion von Knochenmark mit einer speziellen Saugnadel.«

»Hört sich schmerzhaft an.«

»Zweifellos. Die Ärzte wollten die Proben, um festzustellen, welcher Elternteil den besseren Spender abgeben würde, falls eine Knochenmarkstransplantation notwendig werden sollte. Charlottes Mark produzierte wenig neues Blut, und es gab Anzeichen, daß ein bösartiger Tumor die Bildung von Blutzellen behinderte.«

Oslett kaute einen Bissen Ei. Es war mit Basilikum gewürzt und schmeckte köstlich. »Ich verstehe nicht, was Charlottes Krankheit mit unserem momentanen Problem zu tun haben könnte.«

Nach einer rhetorischen Pause sagte Waxhill: »Sie wurde im Cedars-Sinai in Los Angeles behandelt.«

Oslett, der eine Gabel Ei halb zum Mund geführt hatte, erstarrte.

»Vor fünf Jahren«, betonte Waxhill.

»In welchem Monat?«

»Dezember.«

»An welchem Tag wurde Stillwaters Knochenmarksprobe genommen?«

»Am sechzehnten. Dem sechzehnten Dezember.«

»Verdammt. Aber wir hatten auch eine Blutprobe, eine Sicherheit ...«

»Stillwater wurden auch Blutproben abgenommen. Eine wurde mit jeder Knochenmarksprobe ins Labor geschickt.«

Oslett führte die Gabel Ei zum Mund. Er kaute, schluckte und sagte: »Wie konnten unsere Leute solchen Mist bauen?«

»Das werden wir wahrscheinlich nie erfahren. Wie auch immer, das ›Wie‹ spielt keine Rolle, nur die Tatsache, *daß* sie Mist gebaut haben, und wir müssen damit leben.«

»Also haben wir nie da angefangen, wo wir dachten.«

»Oder mit wem wir anzufangen glaubten«, formulierte Waxhill um.

Clocker fraß wie ein Pferd ohne Futtersack. Oslett wollte dem großen Mann ein Handtuch über den Kopf werfen, um Waxhill den unangenehmen Anblick dieser gefräßigen Mästung zu ersparen. Wenigstens hatte der Trekkie noch keine seiner undeutbaren Bemerkungen zu der Unterhaltung beigesteuert.

»Bemerkenswerte Heringe«, sagte Waxhill.

Oslett sagte: »Dann muß ich einen kosten.«

Nachdem er Orangensaft getrunken und sich den Mund mit einer Serviette abgetupft hatte, fuhr Waxhill fort: »Was nun das Problem betrifft, wie Ihr Alfie erfahren konnte, daß Stillwater existierte, und ihn finden konnte, da gibt es zur Stunde zwei Theorien.«

Oslett entging das »Ihr Alfie« statt »unser Alfie« nicht, was möglicherweise nichts zu bedeuten hatte – aber auch darauf hindeuten konnte, daß bereits Anstrengungen unternommen wurden, ihm die Schuld in die Schuhe zu schieben, obwohl alle unwiderlegbaren Fakten bewiesen, daß die Katastrophe eine direkte Folge schlampigen wissenschaftlichen Vorgehens war und nicht das geringste damit zu tun hatte, wie der Junge in den vierzehn Monaten seiner Dienstzeit behandelt worden war.

»Zum ersten«, sagte Waxhill, »gibt es eine Fraktion, die glaubt, daß Alfie auf ein Buch mit Stillwaters Foto auf dem Umschlag gestoßen sein muß.«

»So einfach kann es nicht sein.«

»Dem stimme ich zu. Obwohl natürlich in den Klappentexten seiner beiden letzten Bücher steht, daß er in Mission Viejo lebt, was Alfie einen guten Hinweis geliefert hätte.«

Oslett sagte: »Jeder, der das Bild eines identischen Zwillings sieht, von dem er nichts weiß, wäre neugierig genug, der Sache nachzugehen – außer Alfie. Einem normalen Menschen stünde es frei, so zu handeln, aber Alfie nicht. Seine Handlungsmöglichkeiten sind sehr begrenzt.«

»Als folgte er einem Leitstrahl.«

»Genau. Er hat hier mit seiner Erziehung gebrochen, was ein enormes Trauma bedeutet. Verdammt, es ist mehr als Erziehung. Das ist ein Euphemismus. Es handelt sich um Indoktrination, Gehirnwäsche ...«

»Er ist programmiert ...«

»Ja. Programmiert. Er ist fast so etwas wie eine Maschine, und selbst wenn er ein Foto von Stillwater gesehen hätte, wäre er deshalb ebensowenig außer Kontrolle geraten, wie dem PC in Ihrem Büro Schamhaare wachsen und er anfangen würde, Sperma zu produzieren, nur weil Sie ein Foto von Marilyn Monroe auf seine Festplatte scannen.«

Waxhill lachte leise. »Der Vergleich gefällt mir. Ich glaube, ich werde ihn benützen, um ein paar Leute umzustimmen, aber ich werde selbstverständlich erwähnen, daß er von Ihnen stammt.«

Oslett freute sich über Waxhills Zustimmung.

»Ausgezeichneter Speck«, sagte Waxhill.

»Ja, durchaus.«

Clocker aß einfach weiter.

»Die zweite und kleinere Gruppe«, fuhr Waxhill fort, »geht von einer exotischeren – aber für mich plausibleren – Hypothese aus, nämlich der, daß Alfie über eine heimliche Fähigkeit verfügt, von der wir nichts wissen und die er selbst vielleicht nicht völlig verstehen oder kontrollieren kann.«

»Heimliche Fähigkeit?«

»Möglicherweise rudimentäre hellseherische Begabung. Sehr primitiv ... aber stark genug, daß die Verbindung zwischen ihm und Stillwater hergestellt werden konnte, daß sie zueinander hingezogen wurden wegen ... nun, wegen allem, das sie gemeinsam haben.«

»Ist das nicht ein bißchen weit hergeholt?«

Waxhill lächelte und nickte. »Ich gebe zu, es hört sich wie etwas aus einem *Raumschiff-Enterprise*-Film an ...«

Oslett zuckte zusammen und sah zu Clocker, aber der große Mann wandte den Blick nicht von dem Essen ab, das er sich auf den Teller geschaufelt hatte.

»... aber schließlich riecht das ganze Projekt nach Science-Fiction, oder nicht?« beschloß Waxhill den Satz.

»Wahrscheinlich«, gab Oslett zu.

»Tatsache ist, daß genetische Veränderungen Alfie ein paar wirklich außergewöhnliche Fähigkeiten verliehen haben. Könnte es nicht möglich sein, daß ihm versehentlich auch noch andere übermenschliche Eigenschaften gegeben wurden?«

»Vielleicht sogar *un*menschliche Eigenschaften«, sagte Clocker.

»Nun haben Sie mir gerade einen weniger angenehmen Aspekt der Sache gezeigt«, sagte Waxhill und sah Karl Clocker ernst an, »und allzu wahrscheinlich einen zutreffenderen.« Zu Oslett gewandt: »Eine übersinnliche Verbindung, ein seltsamer geistiger Kontakt könnte Alfies Konditionierung zerschmettert und seine Programmierung gelöscht oder ihn veranlaßt haben, sich darüber hinwegzusetzen.«

»Unser Junge befand sich in Kansas City und Stillwater in Südkalifornien, um Gottes willen.«

Waxhill zuckte die Achseln. »Eine Fernsehsendung wandert ewig weiter, bis zum Ende des Universums. Richten Sie einen Laserstrahl von Chicago zum anderen Ende der Milchstraße, und dieses Licht wird eines Tages dort ankommen, in Jahrtausenden, wenn Chicago längst zu Staub zerfallen ist – und es wird weiter reisen. Vielleicht ist Entfernung auch bedeutungslos, wenn man es mit Gedankenwellen zu tun hat, oder was auch immer Alfie mit diesem Schriftsteller verbunden hat.«

Oslett war der Appetit vergangen.

Der von Clocker dagegen schien sogar noch angeregt worden zu sein.

Waxhill deutete auf den Korb mit Croissants und sagte: »Die sind exzellent – und falls Sie es nicht bemerkt haben, es gibt zwei Sorten, normale und mit Mandelcreme gefüllte.«

»Mandelcroissants sind meine Lieblingsspeise«, sagte Oslett, nahm sich aber keins.

Waxhill sagte: »Die besten Croissants der Welt ...«

»... bekommt man in Paris«, warf Oslett ein, »in einem kleinen Café keinen Block von den ...«

»... Champs-Elysées entfernt«, beendete Waxhill und überraschte Oslett damit.

»Der Inhaber, Alfonse ...«

»... und Mireille, seine Frau ...«
»... sind kulinarische Genies und beispiellose Gastgeber.«
»Charmante Leute«, stimmte Waxhill zu.
Sie lächelten einander zu.
Clocker schaufelte sich mehr Würstchen auf den Teller, und Oslett hätte ihm am liebsten den albernen Hut vom Kopf gestoßen.
»Wenn die Möglichkeit besteht, daß unser Junge über ungewöhnliche Begabungen verfügt, wie schwach auch immer, die wir ihm nie geben wollten«, sagte Waxhill, »dann müssen wir die Möglichkeit ins Auge fassen, daß manche Fähigkeiten, *die* wir ihm gegeben haben, nicht ganz so geworden sind, wie wir es geplant hatten.«
»Ich fürchte, ich kann nicht folgen«, sagte Oslett.
»Im wesentlichen spreche ich von Sex.«
Oslett war überrascht. »Dafür interessiert er sich nicht.«
»Da sind wir ganz sicher, oder?«
»Er ist selbstverständlich ein Mann, aber er ist impotent.«
Waxhill sagte nichts.
»Er wurde *programmiert*, impotent zu sein«, betonte Oslett.
»Ein Mann kann impotent sein und trotzdem lebhaftes Interesse an Sex haben. Man könnte sogar behaupten, daß gerade sein Unvermögen, eine Erektion zu bekommen, ihn frustriert, und daß diese Frustration zu einer *Besessenheit* von Sex führt, den er nicht haben kann.«
Oslett hatte die ganze Zeit, während Waxhill sprach, den Kopf geschüttelt. »Nein. Wiederum: so einfach ist es nicht. Er ist nicht nur impotent. Er hat Hunderte Stunden intensive psychologische Konditionierung hinter sich, um jegliches sexuelle Interesse zu eliminieren, die teilweise in Tiefenhypnose, teilweise unter dem Einfluß von Drogen erfolgte, die das Unterbewußtsein für *jede* Suggestion empfänglich machen, und teilweise durch unterbewußte Anwendung virtueller Realität in durch Sedativa herbeigeführtem Schlaf. Für unseren Jungen besteht der Hauptunterschied zwischen Männern und Frauen darin, wie sie sich anziehen.«
Waxhill, der Orangenmarmelade auf eine Scheibe Toast strich, zeigte sich von Osletts Ausführungen wenig beeindruckt, und sagte: »Selbst die ausgeklügeltste Gehirnwäsche kann versagen. Würden Sie dem nicht zustimmen?«
»Ja, aber bei einem gewöhnlichen Opfer muß man mit Proble-

men rechnen, weil man gegen die Erfahrungen eines ganzen Lebens ankämpfen und ein neues Verhaltensmuster oder falsche Erinnerungen aufzwingen muß. Bei Alfie war das anders. Er war eine Schiefertafel, eine leere Schiefertafel, daher gab es keinen Widerstand für die Verhaltensmuster, Erinnerungen oder Gefühle, die wir in seinen hübschen leeren Kopf einpflanzen wollten. Es gab *nichts* in seinem Gehirn, das man zuerst hätte auswaschen müssen.«

»Vielleicht schlug die Gedankenkontrolle bei Alfie gerade deshalb fehl, weil wir so überzeugt davon waren, daß wir es mit einem leichten Opfer zu tun hatten.«

»Der Verstand ist seine eigene Kontrolle«, sagte Clocker.

Waxhill warf ihm einen seltsamen Blick zu.

»Ich glaube nicht, daß sie fehlgeschlagen ist«, beharrte Oslett. »Wie auch immer, da wäre immer noch das kleine Hindernis seiner eingebauten Impotenz zu überwinden.«

Waxhill ließ sich Zeit bis er einen Bissen Toast geschluckt hatte, dann spülte er ihn mit Kaffee hinunter. »Vielleicht hat es sein Körper für ihn überwunden.«

»Wie bitte?«

»Sein unglaublicher Körper mit den übermenschlichen Regenerationsfähigkeiten.«

Oslett zuckte zusammen, als hätte dieser Gedanke ihn wie eine Nadel gestochen. »Augenblick mal. Seine Verletzungen heilen außergewöhnlich schnell, stimmt. Stiche, Schnitte, gebrochene Knochen. Wenn er verletzt wird, kann sein Körper sich in erstaunlich kurzer Zeit wieder in den ursprünglichen genetisch erzeugten Zustand bringen. Aber genau das ist das Entscheidende. *In den ursprünglichen genetisch erzeugten Zustand.* Er kann sich nicht auf einer fundamentalen Ebene *neu gestalten*, kann nicht mutieren, um Gottes willen.«

»Da sind wir ganz sicher, ja?«

»Ja!«

»Warum?«

»Nun ... weil ... etwas anderes ... unvorstellbar wäre.«

»Stellen Sie sich vor«, sagte Waxhill. »Wenn Alfie potent ist. Und sich für Sex interessiert. Der Junge ist so konstruiert, daß er ein gewaltiges Potential für Gewalt hat, eine biologische Killermaschine ohne Mitleid oder Barmherzigkeit und zu jeder Bluttat fähig. Stellen Sie sich dieses bestialische Verhalten in Verbindung mit einem Geschlechtstrieb vor und bedenken Sie, wie sexuelle Zwänge und gewalttätige Neigungen einander aufputschen und verstärken können, wenn sie nicht von einem zivilisierten und moralischen Geist gebändigt werden.«

Oslett schob den Teller beiseite. Der Anblick des Essens erfüllte ihn allmählich mit Übelkeit. »Daran *wurde* gedacht. Und eben darum wurden so verdammt viele Vorsichtsmaßnahmen getroffen.«

»Wie bei der *Hindenburg*.«

Wie bei der Titanic, dachte Oslett grimmig.

Waxhill schob ebenfalls den Teller beiseite und legte die Hände um die Kaffeetasse. »Alfie hat Stillwater jetzt auf jeden Fall gefunden und will die Familie des Schriftstellers haben. Er ist jetzt ein vollständiger Mann, zumindest körperlich, und Gedanken an Sex führen letztendlich zu Gedanken an Fortpflanzung. Eine Frau. Kinder. Gott weiß, was für verzerrte und seltsame Vorstellungen er von Sinn und Zweck einer Familie hat. Aber da hat er eine fertige Familie vor sich. Er will sie haben. Will sie mit aller Macht. Offenbar denkt er, sie gehört zu ihm.«

3.

Zum Service der Bank im harten Konkurrenzkampf gehörten zusätzliche Schalterstunden. Marty und Paige hatten vor, mit Charlotte und Emily Punkt acht Uhr am Donnerstag morgen auf der Matte zu stehen, wenn der Filialleiter die Tür aufmachte.

Es gefiel ihm nicht, nach Mission Viejo zurückzukehren, aber er dachte sich, sie würden ihre Transaktionen am problemlosesten in der Zweigstelle erledigen können, wo auch ihre Konten geführt wurden. Diese lag allerdings nur acht oder neun Blocks von ihrem Haus entfernt. Viele Angestellte würden ihn und Paige kennen.

Die Bank war in einem freistehenden Backsteingebäude an der nordwestlichen Ecke des Parkplatzes beim Einkaufszentrum untergebracht, sie lag landschaftlich hübsch angelegt im Schatten von Kiefern und war auf zwei Seiten von Straßen und auf zwei Seiten von hektargroßen Asphaltflächen umgeben. Am gegenüberliegenden Ende des Parkplatzes, im Süden und Osten, lag ein L-förmiger Komplex miteinander verbundener Gebäude, in denen dreißig oder vierzig Geschäfte untergebracht waren, darunter auch ein Supermarkt.

Marty parkte an der Südseite. Der kurze Fußmarsch vom BMW zum Eingang der Bank, bei dem er und Paige die Kinder zwischen sich nahmen, war nervenaufreibend, weil sie die Waffen im Auto lassen mußten. Er kam sich verwundbar vor.

Er konnte sich nicht vorstellen, wie sie heimlich eine Schrotflinte mit in das Gebäude schmuggeln sollten, nicht einmal ein kompaktes Modell mit Pistolengriff wie die Mossberg. Er wollte das Risiko nicht eingehen und die Beretta unter der Skijacke verstecken, weil er nicht sicher war, ob ein Sicherheitssystem der Bank nicht möglicherweise eine versteckte Faustfeuerwaffe an jedem entdecken konnte, der durch die Tür ging. Wenn ein Bankangestellter ihn für einen Bankräuber hielt und über einen stummen Alarm die Polizei informierte, würden die Cops nicht einmal Zweifel an seiner Schuld hegen – nicht angesichts des Rufs, den er seit gestern nacht bei ihnen genoß.

Marty ging direkt zu einem der Schalter, während Paige sich mit Charlotte und Emily zu einer Polstergruppe mit zwei kurzen Sofas und zwei Sesseln am Ende des langen Raums begab, wo Kunden warteten, die einen Termin beim Kreditberater hatten. Die Bank war kein höhlenartiges, marmorgetäfeltes Denkmal für den Mammon mit gewaltigen dorischen Säulen und einer Gewölbedecke, sondern ein vergleichsweise kleines Bauwerk mit schalldämpfenden Platten an der Decke und einem schmutzabweisenden grünen Teppichboden. Paige und die Kinder hielten sich nur knapp zwanzig Meter von ihm entfernt auf und waren die ganze Zeit über deutlich sichtbar, trotzdem gefiel es ihm nicht, daß er auch nur die kurze Strecke von ihnen getrennt war.

Die Kassiererin war eine junge Frau – Lorraine Arakadian, wie das Namensschild an ihrem Fenster verriet –, deren runde Hornbrille ihr das Aussehen einer Eule verlieh. Als Marty ihr sagte, daß er siebzigtausend Dollar von ihrem Sparbuch abheben wollte – auf dem sich über vierundsiebzigtausend befanden –, verstand sie ihn zuerst falsch und dachte, er wollte die Summe auf das Girokonto übertragen. Als sie das Formular für den Übertrag vor ihn legte, stellte er die Angelegenheit richtig und bat darum, daß sie ihm den ganzen Betrag wenn möglich in Hundertdollarscheinen geben sollte.

Sie sagte: »Oh. Ich verstehe. Nun ... so eine große Transaktion übersteigt meine Befugnis, Sir. Ich muß die Genehmigung des Chefkassierers oder der stellvertretenden Geschäftsführerin einholen.«

»Na klar«, sagte er unbekümmert, als würde er jede Woche derartige Summen abheben. »Ich verstehe.«

Sie ging zum gegenüberliegenden Ende des langen Kassenabteils und unterhielt sich mit einer älteren Frau, die Dokumente in einer Schublade einer langen Reihe von Aktenschränken studierte. Marty kannte sie – Elaine Higgens, die stellvertretende Geschäftsführerin. Mrs. Higgens und Lorraine Arakadian sahen Marty an, dann steckten sie die Köpfe zusammen und unterhielten sich wieder.

Während er auf sie wartete, behielt Marty die nördlichen und südlichen Eingänge des Bankgebäudes im Auge, wobei er sich bemühte, gelassen auszusehen, obwohl er befürchtete, der Andere könnte jeden Augenblick durch die eine oder andere Tür hereinkommen, dieses Mal allerdings mit einer Uzi bewaffnet.

Die Phantasie des Schriftstellers. Vielleicht war sie doch kein Fluch. Wenigstens nicht ausschließlich. Vielleicht konnte sie sich manchmal als Werkzeug zum Überleben erweisen. Eines stand fest: Selbst die ausschweifendste Phantasie eines Schriftstellers hatte heutzutage Schwierigkeiten, mit der Wirklichkeit Schritt zu halten.

Er braucht mehr Zeit als er eingeplant hat, um Nummernschilder zu finden, die er gegen die des gestohlenen Toyota Camry eintauschen kann. Er hat zu lange geschlafen und viel zuviel Zeit damit vergeudet, sich vorzeigbar zu machen. Jetzt erwacht die Welt ringsum, und der Vorteil nächtlicher Abgeschiedenheit, der den Austausch leicht gemacht hätte, ist dahin. Große, parkähnlich angelegte Apartmentkomplexe mit schattigen Parkplätzen und einer Vielzahl von Fahrzeugen würden die ideale Gelegenheit für ihn bieten, aber als er sie nacheinander abklappert, sieht er zu viele Bewohner, die schon auf den Beinen und zur Arbeit unterwegs sind.

Schließlich wird seine fleißige Suche auf dem Parkplatz hinter einer Kirche belohnt. Es findet ein Frühgottesdienst statt. Er kann Orgelmusik hören. Kirchgänger haben vierzehn Autos abgestellt, unter denen er wählen kann, kein großes Gefolge für den Herrn, aber für seine Zwecke ausreichend. Er läßt den Motor des Camry laufen, während er nach einem Auto sucht, in dem der Besitzer die Schlüssel stecken gelassen hat. Im dritten, einem grünen Pontiac, baumelt ein ganzer Schlüsselbund am Zündschloß.

Er schließt den Kofferraum des Pontiac auf und hofft, daß er zumindest einen Werkzeugkasten mit einem Schraubenzieher findet. Da er den Camry kurzgeschlossen hat, besitzt er auch keine Schlüssel für den Kofferraum. Wieder hat er Glück: ein vollständiger Kasten für Notfälle liegt vor ihm: Warnleuchten, Erste Hilfe-Zubehör und ein Bündel Werkzeuge, in dem auch vier verschiedene Schraubenzieher enthalten sind.

Gott ist mit ihm.

Binnen weniger Minuten tauscht er die Nummernschilder des Camry gegen die des Pontiac ein. Er verstaut das Werkzeug wieder im Kofferraum des Pontiac und den Schlüsselbund am Zündschloß.

Als er zum Camry geht, schwillt die Kirchenorgel zu einem Psalm an, mit dem er nicht vertraut ist. Daß er den Titel des Lieds nicht kennt, ist nicht überraschend, da er sich nur an insgesamt drei Besuche in Kirchen erinnern kann. In zwei Fällen war er in der Kirche, um die Zeit totzuschlagen, bis die Kinos öffneten. Im dritten Fall war er einer Frau gefolgt, die er auf der Straße gesehen hatte und mit der er gerne Sex gehabt und die spezielle Intimität des Todes erlebt hätte.

Die Musik rührt ihn. Er bleibt in der frischen Morgenbrise stehen, schwankt verträumt und schließt die Augen. Der Psalm wühlt ihn auf. Möglicherweise besitzt er eine musikalische Begabung. Möglicherweise würde es ihm leichter fallen, ein Instrument zu spielen und Stücke zu komponieren als Romane zu schreiben.

Als das Lied zu Ende ist, steigt er in den Camry und fährt weg.

Marty plauderte über belanglose Dinge mit Mrs. Higgens, als sie mit der Kassiererin zurückkam. Offenbar hatte niemand in der Bank die Nachrichten über ihn gesehen, da keine der beiden Frauen den Überfall erwähnte. Sein Pullover und das Hemd verbargen die Blutergüsse am Hals. Seine Stimme klang etwas heiser, aber nicht so auffällig, daß jemand eine Bemerkung dazu gemacht hätte.

Mrs. Higgens formulierte die Bemerkung, daß die Abhebung,

die er vorhatte, ungewöhnlich hoch sei, auf eine Weise, die ihn zu einer Erklärung veranlassen sollte, warum er das Risiko einginge, soviel Bargeld mit sich herumzutragen. Er stimmte lediglich zu, daß es sich in der Tat um eine ungewöhnlich große Summe handelte, und er drückte die Hoffnung aus, daß er ihnen nicht allzu viele Unannehmlichkeiten bereitete. Unerschütterliche Freundlichkeit war wahrscheinlich von entscheidender Bedeutung, wenn er die Transaktion so schnell wie möglich über die Bühne bringen wollte.

»Ich bin nicht sicher, ob wir alles in Hundertern auszahlen können«, sagte Mrs. Higgens. Sie sprach leise und diskret, obwohl sich nur zwei weitere Kunden in der Bank aufhielten, keiner davon in der Nähe. »Ich muß unseren Vorrat an Banknoten dieser Größe überprüfen.«

»Ein paar Zwanziger und Fünfziger sind nicht weiter tragisch«, versicherte Marty ihr. »Ich möchte nur nicht, daß es zu unhandlich wird.«

Die stellvertretende Geschäftsführerin und die Kassiererin waren beide höflich und lächelten, aber Marty konnte ihre Neugier und Sorge spüren. Schließlich arbeiteten sie in der Geldbranche, daher wußten sie, es gab nicht viele rechtmäßige – und noch weniger sinnvolle – Gründe dafür, daß jemand siebzigtausend in bar herumtrug.

Selbst wenn es ihm nichts ausgemacht hätte, Paige und die Kinder im Auto warten zu lassen, hätte Marty es nicht getan. Einem Bankangestellten wäre sicher als erstes der Verdacht durch den Kopf gegangen, daß das Geld für eine Lösegeldzahlung gebraucht wurde, dann hätte die Vernunft geboten, die Polizei zu verständigen. Da die ganze Familie anwesend war, konnte man eine Entführung ausschließen.

Martys Kassiererin sprach sich mit den anderen Kassierern ab, ermittelte die Anzahl der Hunderter in ihren Schubladen, während Mrs. Higgens durch die offene Tresortür am gegenüberliegenden Ende der Kassenkabine verschwand.

Er sah zu Paige und den Mädchen. Osteingang. Süden. Seine Uhr. Und dabei lächelte er, lächelte, lächelte die ganze Zeit wie ein Idiot.

In fünfzehn Minuten sind wir hier raus, sagte er zu sich. Vielleicht schon in zehn. Hier raus und auf dem Weg in die Sicherheit.

Da schlug die dunkle Woge über ihm zusammen.

Im Denny's stattet er der Herrentoilette einen Besuch ab, dann setzt er sich in eine Nische am Fenster und bestellt ein riesiges Frühstück.

Seine Kellnerin ist eine niedliche Brünette namens Gayle. Sie macht Witze über seinen Appetit. Sie macht ihn an. Er überlegt, ob er versuchen soll, sich mit ihr zu verabreden. Sie hat einen wunderbaren Körper und schlanke Beine.

Wenn er Sex mit Gayle macht, wäre das Ehebruch, weil er mit Paige verheiratet ist. Er fragt sich, ob es auch dann Ehebruch wäre, wenn er Gayle nach dem Sex töten würde.

Er gibt ihr ein gutes Trinkgeld und beschließt, in einer oder zwei Wochen noch einmal herzukommen und sie um eine Verabredung zu bitten. Sie hat eine Stupsnase und sinnliche Lippen.

Als er wieder im Camry sitzt, macht er die Augen zu, bevor er den Motor anläßt, leert seinen Verstand und stellt sich vor, daß er magnetisch ist, wie der falsche Vater, entgegengesetzte Pole für einander. Er sucht die Anziehungskraft.

Dieses Mal wird er schneller in den Orbit des anderen Mannes gezogen als bei dem Kontaktversuch mitten in der Nacht, und die Anziehungskraft ist viel stärker als vorher. Tatsächlich ist der Sog so heftig, daß er überrascht grunzt und die Hände um das Lenkrad klammert, als bestünde wirklich die Gefahr, daß er durch die Windschutzscheibe aus dem Toyota gezogen wird und wie eine Kugel mitten durch das Herz des falschen Vaters schießt.

Sein Gegner bemerkt den Kontakt sofort. Der Mann ist ängstlich, bedroht.

Osten.

Und Süden.

Das führt ihn in die ungefähre Richtung von Mission Viejo zurück, obwohl er bezweifelt, daß sich der Eindringling schon wieder so sicher fühlt, nach Hause zurückzukehren.

Die Druckwelle einer gewaltigen Explosion bohrte sich in Martys Schädel und riß ihn fast von den Füßen. Mit beiden Händen umklammerte er den Tresen vor dem Kassenschalter, damit er nicht das Gleichgewicht verlor. Er lehnte sich an den Tresen und stützte sich daran ab.

Das Gefühl war durch und durch subjektiv. Die Luft schien so sehr zusammengedrückt zu werden, daß sie sich verflüssigte, aber nichts löste sich auf, zersprang oder kippte um. Er schien der einzige zu sein, der davon betroffen war.

Nach dem ersten Schock der Woge, kam sich Marty vor, als wäre er unter einem Erdrutsch begraben worden. Von unzähligen Megatonnen Schnee erdrückt. Atemlos. Gelähmt. Kalt.

Er vermutete, daß sein Gesicht blaß und wächsern geworden war. Mit Sicherheit wußte er, es würde ihm unmöglich sein zu antworten, wenn er angesprochen wurde. Sollte jemand ans Fenster der Kassiererin zurückkehren, solange er sich im Griff des Anfalls befand, würde die Angst unter seiner beiläufigen Haltung bemerkt werden. Man würde ihn als Mann in einer verzweifelten Lage entlarven, und sie würden zögern, einem Mann so viel Bargeld zu geben, der eindeutig entweder krank oder verstört war.

Ihm wurde noch drastisch kälter zumute, als er eine geistige Liebkosung von derselben bösartigen, geisterhaften Präsenz erlebte, die er gestern in der Garage gespürt hatte, als er zur Praxis des Arztes aufgebrochen war. Die eisige »Hand« des Geistes drückte auf die ungeschützte Oberfläche seines Gehirns, als könnte sie seinen Aufenthaltsort erfahren, indem sie die Daten abtastete, die in Braille in die verschnörkelte Hirnrinde gestanzt waren. Jetzt wurde ihm klar, daß es sich bei dem Geist in Wirklichkeit um den Doppelgänger handelte, dessen unheimliche Fähigkeiten sich augenscheinlich nicht nur auf die wundersame Genesung von tödlichen Schußwunden in der Brust beschränkten.

Er unterbricht die magnetische Verbindung.
    Er fährt vom Parkplatz des Restaurants.
    Er schaltet das Radio ein. Michael Bolton singt von Liebe.
    Das Lied ist bewegend. Er ist zutiefst gerührt, fast zu Tränen. Jetzt, wo er endlich jemand ist, wo eine Frau auf ihn wartet und zwei kleine Kinder, die seine strenge Hand brauchen, kennt er erst die Bedeutung und den Wert von Liebe. Er fragt sich, wie er so lange ohne sie leben konnte.
    Er fährt nach Süden. Und Osten.
    Das Schicksal ruft.

Unvermittelt gab die Geisterhand Marty frei.
    Der zermalmende Druck ließ nach, und die Welt wurde ruckartig wieder normal – wenn es so etwas wie normal überhaupt noch gab.

Er verspürte Erleichterung darüber, daß der Anfall nur fünf oder zehn Sekunden gedauert hatte. Keiner der Bankangestellten hatte gemerkt, daß etwas mit ihm nicht stimmte.

Aber es war von entscheidender Bedeutung, das Geld zu bekommen und hier zu verschwinden. Er sah zu Paige und den Kindern in der offenen Sitzecke am Ende des Zimmers. Dann sah er besorgt zum Osteingang, zum Südeingang, wieder nach Osten.

Der andere wußte, wo sie sich befanden. In wenigen Minuten würde ihr geheimnisvoller und unerbittlicher Gegner bei ihnen sein.

4.

Die Rühreier auf Osletts Teller nahmen einen leichten Grauton an, als sie abkühlten und gerannen. Das salzige Aroma des Specks, das zuvor so lecker gewirkt hatte, erweckte jetzt eine leichte Übelkeit in ihm.

Der Gedanke, daß Alfie sich zu einem Wesen mit sexuellen Trieben und der Fähigkeit, sie zu befriedigen, entwickelt haben könnte, hatte Oslett aus der Fassung gebracht, trotzdem war er fest entschlossen, keinen besorgten Eindruck zu machen, zumindest nicht vor Peter Waxhill. »Nun, das alles läuft nur auf Spekulationen hinaus.«

»Ja«, sagte Waxhill, »aber wir überprüfen die Vergangenheit, um herauszufinden, ob an der Theorie etwas dran sein könnte.«

»Welche Vergangenheit?«

»Polizeiakten in jeder Stadt, in der Alfie in den vergangenen vierzehn Monaten im Einsatz war. Vergewaltigungen und Sexualmorde in den Stunden, wenn er nicht gearbeitet hat.«

Osletts Mund wurde trocken. Sein Herz klopfte.

Ihm war vollkommen gleichgültig, was aus der Familie Stillwater wurde. Verdammt, schließlich waren sie nur Klingonen.

Es war ihm auch einerlei, ob das Network zusammenbrach und seine sämtlichen erhabenen Ambitionen unerfüllt blieben. Mit der Zeit würde eine neue vergleichbare Organisation geformt und der Traum erneuert werden.

Aber sollte sich herausstellen, daß ihr böser Bube sich nicht wieder einfangen oder aufhalten ließ, wäre es möglich, daß der Name der Familie Oslett mit einem häßlichen Makel behaftet blieb, der ihren Reichtum gefährdete und ihren politischen Einfluß für kommende Jahrzehnte schmälerte. Drew Oslett verlangte vor allem anderen Respekt. Der absolute Garant für Respekt waren bisher stets Familie und Abstammung gewesen. Die Aussicht, daß der Name Oslett Gegenstand von Hohn und Spott, Ziel öffentlicher Entrüstung, Objekt infantiler Witze eines jeden Fernsehkomikers und peinlicher Artikel in Zeitungen von der *New York Times* bis zum *National Enquirer* werden könnte, war erschütternd.

»Haben Sie sich je gefragt«, erkundigte sich Waxhill, »was Ihr Junge in seiner Freizeit gemacht hat, zwischen seinen Aufträgen?«

»In den ersten sechs Wochen haben wir ihn selbstverständlich genauestens überwacht. Er ging in Kinos, Restaurants, Parks, sah fern, tat genau das, was alle Leute tun, um die Zeit totzuschlagen – er verhielt sich genauso, wie wir es außerhalb einer kontrollierten Umgebung auch wollten. Nichts Außergewöhnliches. Überhaupt nichts Außergewöhnliches. Und mit Sicherheit nichts mit Frauen.«

»Er hätte selbstverständlich sein bestes Verhalten an den Tag gelegt, wenn er gewußt hätte, daß er beobachtet wird.«

»Das hat er aber nicht gewußt. Unmöglich. Er hat unser Überwachungsteam nie gesehen. Auf keinen Fall. Es waren unsere besten Männer.« Oslett bemerkte selbst, daß er zu heftig protestierte. Trotzdem konnte er nicht umhin, noch hinzuzufügen: »Unmöglich.«

»Vielleicht hat er sie genauso bemerkt wie diesen Martin Stillwater. Eine unterschwellige übersinnliche Wahrnehmung.«

Allmählich ging Waxhill Oslett auf den Wecker. Der Mann war ein hoffnungsloser Pessimist.

Waxhill nahm die Thermoskanne, schenkte ihnen allen Kaffee nach und sagte: »Und selbst wenn er nur ins Kino ging und fernsah – hat Sie das nicht beunruhigt?«

»Hören Sie, er soll der perfekte Attentäter sein. Programmiert. Kein Mitleid, kein langes Nachdenken. Schwer zu fangen, noch schwerer zu töten. Und wenn *doch* etwas schiefgehen sollte, nicht zu seinen Auftraggebern zurückzuverfolgen. Er weiß nicht, wer wir sind oder warum wir bestimmte Menschen erledigt haben wollen, daher kann ihn der Staat nicht zum Kronzeugen machen. Er ist nichts, eine Hülle, ein vollkommen hohler Mann. *Aber* er muß innerhalb der Gesellschaft funktionieren, muß unauffällig sein, sich wie ein ganz normaler Joe benehmen, *alles tun, was andere Menschen auch in ihrer Freizeit tun.* Hätten wir ihn in Hotelzimmern herumsitzen und die Wände angaffen lassen, dann hätten die Zimmermädchen darüber geredet, ihn für verschroben gehalten, sich an ihn erinnert. Außerdem, was kann ein Film oder Fernsehen schon schaden?«

»Kulturelle Einflüsse. Sie könnten ihn irgendwie verändern.«

»Auf die Natur kommt es an, auf seine genetische Programmierung, nicht darauf, was er mit seinen Samstagnachmittagen angestellt hat.« Oslett lehnte sich auf seinem Stuhl zurück und fühlte sich besser, da er zumindest sich selbst zu einem gewissen Maß überzeugt hatte, wenn schon nicht Waxhill. »Überprüfen Sie seine Vergangenheit. Aber Sie werden nichts finden.«

»Vielleicht haben wir das schon. Eine Prostituierte in Kansas. Wurde in einem billigen Motel gegenüber einer Bar namens Blue Life Lounge ermordet. Zwei verschiedene Barkeeper der Lounge haben der Polizei eine Beschreibung des Mannes gegeben, mit dem sie weggegangen ist. Hört sich nach Alfie an.«

Oslett hatte das Band gemeinsamer Klassenzugehörigkeit und Erfahrungen zwischen sich und Peter Waxhill gespürt. Er hatte sogar an Freundschaft gedacht. Jetzt beschlich ihn das unbehagliche Gefühl, daß es Waxhill Vergnügen bereitete, ihm diese ganzen schlechten Nachrichten zu überbringen.

Waxhill sagte: »Einem unserer Kontaktmänner ist es gelungen, uns eine Probe des Spermas zu besorgen, das die Spurensicherung der Polizei von Kansas City in der Vagina der Prostituierten gefunden hat. Sie wird gerade nach New York geflogen. Wenn es sich um Alfies Sperma handelt, werden wir es erfahren.«

»Er kann kein Sperma produzieren. Er wurde geschaffen ...«

»Nun, wenn es seins ist, wissen wir es. Wir haben seine genetische Struktur aufgezeichnet, wir kennen sie besser als Rand McNally mit ihren Landkarten die Welt kennt. Und die ist einmalig. Individueller als Fingerabdrücke.«

Yale-Absolventen. Sie waren alle gleich. Überhebliche, selbstgefällige Arschlöcher.

Clocker hielt eine dicke Treibhauserdbeere zwischen Daumen und Zeigefinger. Er betrachtete sie eingehend, als hätte er sich außergewöhnlich hohe Maßstäben für Lebensmittel gesetzt und würde nichts essen, das seiner gründlichen Inspektion nicht standhielt, und sagte: »Wenn Alfie zu Martin Stillwater hingezogen wird, dann müssen wir erfahren, wo sich Stillwater jetzt aufhält.« Er legte sich die ganze Erdbeere, halb so groß wie eine Zitrone, auf die Zunge und ließ sie dann in den Mund gleiten wie eine Kröte eine Fliege fangen würde.

»Gestern nacht haben wir einen Mann in sein Haus geschickt, der sich umsehen sollte«, sagte Waxhill. »Alles deutet darauf hin, daß sie hastig gepackt haben. Schubladen stehen offen, Kleidungsstücke liegen verstreut herum, ein paar leere Koffer sind noch da, die sie offenbar doch nicht benutzen wollten. Sieht so aus, als hätten sie nicht die Absicht, in den nächsten paar Tagen nach Hause zurückzukehren, aber wir lassen das Haus trotzdem beobachten.«

»Und Sie haben nicht den blassesten Schimmer, wo Sie ihn finden sollen«, sagte Oslett, dem es ein perverses Vergnügen bereitete, Waxhill in die Defensive zu drängen.

Waxhill sagte ungerührt: »Wir können nicht sagen, wo sie sich im Augenblick aufhalten, nein ...«

»Aha.«

»... aber wir kennen einen Ort, wo wir vielleicht einen Hinweis auf ihren Aufenthaltsort bekommen können. Stillwaters Eltern leben in Mammoth Lakes. Er hat keine anderen Verwandten an der Westküste, und wenn es keinen engen Freund gibt, von dem wir nichts wissen, wird er mit ziemlicher Sicherheit seinen Vater und seine Mutter anrufen, wenn nicht persönlich dort aufkreuzen.«

»Was ist mit den Eltern seiner Frau?«

»Als sie sechzehn war, hat ihr Vater ihre Mutter in den Kopf geschossen und dann sich selbst umgebracht.«

»Interessant.« Oslett wollte damit sagen, daß die Abgedroschenheit des Lebens von Durchschnittsmenschen ihn immer wieder in Erstaunen versetzte.

»Das ist es in der Tat«, sagte Waxhill, der wahrscheinlich etwas anderes meinte als Oslett. »Paige kam nach Hause und fand ihre Leichen. Ein paar Monate kam sie in die Obhut einer Tante. Aber sie konnte die Frau nicht ausstehen und stellte daher bei Gericht den Antrag, für volljährig erklärt zu werden.«

»Mit sechzehn?«

»Der Richter zeigte sich so beeindruckt von ihr, daß er ihrem Antrag zustimmte. Es geschieht selten, aber es kommt vor.«

»Sie muß ja einen tollen Anwalt gehabt haben.«

»Kann man wohl sagen. Sie hat die Anerkennungsstatuten und Präzedenzfälle studiert und sich dann selbst vertreten.«

Die Situation wurde immer trostloser. Selbst wenn Glück mit im Spiel war, Martin Stillwater hatte Alfie überwinden können, was bedeutete, er war alles andere als der Trottel in *People*. Jetzt sah es so aus, als würde auch seine Frau über mehr als das übliche Maß Courage verfügen und einen beachtlichen Kontrahenten abgeben.

Oslett sagte: »Um Stillwater dazu zu bringen, sich mit seinen Eltern in Verbindung zu setzen, sollten wir die Medienkontakte des Network dazu benutzen, die Geschehnisse in seinem Haus gestern nacht in die Schlagzeilen zu bringen.«

»Das ist bereits geschehen«, sagte Waxhill nervtötend. Er rahmte mit den Händen imaginäre Schlagzeilen ein. »›Bestsellerautor schießt auf Eindringling. Schwindel oder echte Bedrohung? Autor und Familie untergetaucht. Auf der Flucht vor dem Killer oder vor den Ermittlungen der Polizei?‹ Etwas in der Art. Wenn Stillwater eine Zeitung oder die Fernsehnachrichten sieht, wird er sofort seine Eltern anrufen, weil er weiß, sie sehen die Nachrichten auch und werden sich Sorgen machen.«

»Haben wir ihr Telefon angezapft?«

»Ja. Wir haben eine Fangschaltung eingerichtet. In dem Augenblick, wo die Verbindung hergestellt wird, haben wir die Nummer, von wo Stillwater anruft.«

»Und was machen wir in der Zwischenzeit?« fragte Oslett. »Einfach hier herumsitzen, uns maniküren lassen und Erdbeeren essen?«

Bei dem Tempo, mit dem Clocker die Erdbeeren verschlang, würden die Vorräte des Hotels bald aufgebraucht sein, und wenig später sämtliche Treibhäuser in ganz Kalifornien geleert.

Waxhill sah auf seine goldene Rolex.

Drew Oslett versuchte, eine Spur von Prahlerei in der Art zu sehen, wie Waxhill den teuren Zeitmesser betrachtete. Es hätte ihn gefreut, eine verräterische Tat zu entdecken, die einen ungehobelten Angeber unter dem äußeren Anstrich von Liebenswürdigkeit und Bildung entlarven würde.

Aber Waxhill schien die Armbanduhr genau wie Oslett seine eigene goldene Rolex zu betrachten: als unterscheide sie sich nicht von einer Timex aus dem Supermarkt. »Tatsächlich werden Sie heute vormittag nach Mammoth Lakes fliegen.«

»Aber wir wissen nicht, ob sich Stillwater dort sehen läßt.«

»Aber es wäre eine logische Schlußfolgerung«, sagte Waxhill. »Wenn er kommt, stehen die Chancen nicht schlecht, daß Alfie ihm folgt. Sie werden in der Lage sein, Ihren Jungen zurückzubekommen. Und wenn Stillwater nicht dort auftaucht, sondern seine geliebten Eltern nur anruft, können Sie sofort dorthin fliegen oder fahren, von wo er angerufen hat.«

Oslett wollte keinen Augenblick mehr sitzen bleiben, weil er fürchtete, Waxhill würde die Zeit nutzen, um weitere schlechte Nachrichten zu überbringen, daher warf er die Serviette auf den Tisch und schob den Stuhl zurück. »Dann machen wir uns auf den Weg. Je länger unser Junge auf freiem Fuß ist, desto größer die Chancen, daß jemand ihn und Stillwater zusammen sieht. Wenn das passiert, wird die Polizei seine Geschichte glauben.«

Waxhill blieb sitzen, hob die Kaffeetasse hoch und sagte: »Eines noch.«

Oslett war aufgestanden. Er wollte sich nicht wieder setzen, weil das aussehen würde, als wäre Waxhill Herr der Lage. Waxhill *war* Herr der Lage, aber nur, weil er benötigte Informationen besaß, nicht etwa, weil er Osletts Vorgesetzter gewesen wäre, weder rangmäßig noch sonstwie. Schlimmstenfalls besaß er gleich große Macht innerhalb der Organisation; aber wahrscheinlich war Oslett der Schwergewichtigere der beiden. Er blieb neben dem Tisch stehen und sah auf den Yale-Absolventen hinab.

Obwohl Clocker endlich aufgehört hatte zu essen, blieb er sitzen. Oslett wußte nicht, ob das Verhalten seines Partners als kleinerer Verrat einzustufen war oder nur bedeutete, daß sich der Trekkie in Gedanken mit Spock und seinen Leuten in einem entlegenen Winkel des Universums befand.

Nachdem er einen Schluck Kaffee getrunken hatte, sagte Waxhill: »Wenn Sie unseren Jungen ausschalten müssen, wäre das bedauerlich, aber akzeptabel. Wenn Sie seiner habhaft werden und ihn in eine Anlage bringen, wo wir ihn unter Verschluß halten können, noch besser. Was auch immer passieren mag ..., Stillwater, seine Frau und die Kinder müssen eliminiert werden.«

»Kein Problem.«

5.

Die Zweigstellenleiterin, Mrs. Takuda, kam, kurz nachdem die schwarze Woge über ihm zusammengeschlagen und wieder verschwunden war, zu Marty an den Schalter der Kassiererin. Wenn man ihm einen Spiegel vorgehalten hätte, dann hätte er erwartet, ein blasses Gesicht mit verkniffen Lippen und einer animalischen Wildheit in den Augen zu sehen, aber Mrs. Takuda war zu höflich, etwas zu sagen, falls sie etwas Ungewöhnliches bemerkte. Ihre Hauptsorge war, er könnte den Löwenanteil seiner Ersparnisse abheben, weil er mit der Bank nicht zufrieden war.

Es überraschte ihn selbst, daß er ein überzeugendes Lächeln und genügend Charme mobilisieren konnte, um sie davon zu überzeugen, daß er keinen Groll gegen die Bank hegte, und sie zu beruhigen. Er fror und schlotterte im Innersten, aber dieses Schlottern drang nicht bis zur Oberfläche oder beeinflußte seine Stimme.

Als Mrs. Takuda Elaine Higgens im Tresor helfen ging, sah Marty zu Paige und den Kindern, zur Osttür, zur Südtür und auf seine Timex. Als er den roten Zeiger sah, der die Sekunden vom Ziffernblatt wischte, brach ihm der Schweiß auf der Stirn aus. Der Andere war unterwegs. Wie lange? Zehn Minuten, zwei Minuten, fünf Sekunden?

Eine neuerliche Woge schlug über ihm zusammen.

Er fährt auf einem breiten Boulevard. Die Morgensonne spiegelt sich im Chrom vorbeifahrender Autos. Im Radio singt Phil Collins von Untreue.

Er versteht Collins und denkt erneut an Magnetismus. Klick. Kontakt. Er verspürt einen unwiderstehlichen Sog weiter nach Osten und Süden, also fährt er nach wie vor in die richtige Richtung.

Er unterbricht den Kontakt Sekunden, nachdem er ihn zustande gebracht hat, und hofft, daß er noch einen Hinweis auf den falschen Vater bekommen könnte, ohne sich zu erkennen zu geben. Aber selbst während dieser kurzen Verbindung spürt der Gegner sein Eindringen.

Obwohl die zweite Woge nicht so lange andauerte wie die erste, war sie nicht weniger stark. Marty fühlte sich, als hätte man ihm mit einem Hammer auf die Brust geschlagen.

Mit Mrs. Higgens kam auch die Kassiererin an den Schalter zurück. Sie trug offenes Bargeld und gebündelte Scheine zu hundert und zwanzig Dollar bei sich. Alles in allem zwei Stapel von ungefähr neun Zentimeter Höhe.

Die Kassiererin fing an, die siebzigtausend zu zählen.

»Schon gut«, sagte Marty. »Stecken Sie es einfach in ein paar Umschläge.«

Mrs. Higgens sagte überrascht: »Oh, aber Mr. Stillwater. Sie haben das Auszahlungsformular unterschrieben, wir müssen es vor Ihren Augen zählen.«

»Nein, ich bin sicher, Sie haben schon richtig gezählt.«

»Aber die Bankvorschriften ...«

»Ich vertraue Ihnen, Mrs. Higgens.«

»Nun, vielen Dank, aber ich finde wirklich ...«

»*Bitte.*«

6.

Waxhill gelang es, einfach dadurch die Situation im Griff zu behalten, daß er am Tisch des Zimmerservice sitzen blieb, während Drew Oslett ungeduldig daneben stand. Oslett verabscheute ihn und bewunderte ihn gleichzeitig widerwillig.

»Es steht mit ziemlicher Sicherheit fest«, sagte Waxhill, »daß die Frau und die Kinder Alfie bei dem zweiten Vorfall gestern nacht gesehen haben. Sie wissen natürlich kaum, was los ist, aber wenn sie wissen, daß Stillwater hinsichtlich des Doppelgängers die Wahrheit sagt, dann wissen sie zuviel.«

»Ich sagte, kein Problem«, erinnerte Oslett ihn ungeduldig.

Waxhill nickte. »Ja, gut, aber die Zentrale möchte, daß es auf eine bestimmte Weise erledigt wird.«

Seufzend gab Oslett auf und setzte sich. »Und die wäre?«

»Es soll aussehen, als hätte Stillwater durchgedreht.«

»Mord-Selbstmord?«

»Ja, aber nicht irgendeinen Mord-Selbstmord. Die Zentrale wäre zufrieden, wenn es so aussehen würde, als hätte Stillwater eine ganz bestimmte psychopathische Anwandlung ausgelebt.«

»Meinetwegen.«

»Die Frau muß in jede Brust und in den Mund geschossen werden.«

»Und die Töchter?«

»Sollen sich zuerst ausziehen. Dann binden Sie ihnen die Handgelenke zusammen. Und die Knöchel. Schön fest. Wir möchten gerne, daß eine besondere Sorte Draht dazu benutzt wird. Den wird man Ihnen zur Verfügung stellen. Dann schießen Sie zweimal auf jedes Mädchen. Einmal in die ... Geschlechtsteile, dann zwischen die Augen. Es muß dann so aussehen, als hätte sich Stillwater durch den Gaumen geschossen. Können Sie sich das alles merken?«

»Selbstverständlich.«

»Es ist wichtig, daß Sie alles präzise so erledigen, keine Abweichungen vom Drehbuch.«

»Und was für eine Geschichte wollen wir damit erzählen?« fragte Oslett.

»Haben Sie den Artikel in *People* nicht gelesen?«

»Nicht ganz«, gab Oslett zu. »Stillwater schien ein Trottel zu sein – und ein langweiliger Trottel obendrein.«

Waxhill sagte: »Vor einigen Jahren hat ein Mann in Maryland seine Frau und seine beiden Töchter genau auf dieselbe Weise umgebracht. Eine Stütze der Gesellschaft, daher waren alle schockiert. Tragische Geschichte. Alle fragten sich warum. Es schien sinnlos zu sein und überhaupt nicht zu seinem Charakter zu passen. Stillwater war von dem Verbrechen fasziniert und beschloß, einen Roman darüber zu schreiben, um die mögliche Motivation dahinter zu erforschen. Aber nachdem er eine Menge recherchiert hatte, gab er das Projekt auf. In *People* sagt er, daß es ihn einfach zu sehr deprimiert hat. Er sagt, daß Literatur, jedenfalls seine Art Literatur, einen Sinn ins Leben bringen muß, Ordnung ins Chaos, aber er konnte einfach keinen Sinn in dem erkennen, was da in Maryland passiert war.«

Oslett saß eine Zeitlang schweigend da und versuchte, Waxhill zu hassen, mußte aber feststellen, daß seine Antipathie gegen den Mann rasch verschwand. »Ich muß sagen ..., das ist ausgesprochen hübsch.«

Waxhill lächelte fast schüchtern und zuckte die Achseln.

»War es Ihr Einfall?« fragte Oslett.

»Es war meiner, ja. Ich habe es der Zentrale vorgeschlagen, und sie sind sofort darauf eingegangen.«

»Es ist genial«, sagte Oslett voll aufrichtiger Bewunderung.

»Danke.«

»Sehr schön. Martin Stillwater tötet seine Familie so wie der Typ in Maryland, und es wird so aussehen, als wäre der *wahre* Grund, warum er keinen Roman über den tatsächlichen Fall schreiben konnte, weil es den Kern zu genau traf, weil er es insgeheim auch mit *seiner* Familie so machen wollte.«

»Genau.«

»Und seither geht es ihm nicht mehr aus dem Kopf.«

»Er träumte davon.«

»Ein psychotischer Drang, seine Töchter symbolisch zu vergewaltigen ...«

»... und buchstäblich zu töten ...«

»... und auch seine Ehefrau, die Frau, die ...«

»... sie genährt hat«, führte Oslett zu Ende.

Sie lächelten einander wieder zu, wie zuvor, als sie sich über das hübsche Café abseits der Champs-Elysées unterhalten hatten.

Waxhill sagte: »Niemand wird je dahinterkommen, was die Ermordung seiner Familie mit verrückten Berichten über einen Doppelgänger zu tun hatte, aber sie werden sich zusammenreimen, daß der Doppelgänger irgendwie auch zu der Wahnvorstellung gehörte.«

»Mir ist gerade klar geworden, daß Proben von Alfies Blut aus dem Haus Stillwaters wie dessen Blut sein müßten.«

»Ja. Hat er sich regelmäßig selbst zur Ader gelassen und Blut für den Schwindel aufgehoben? Und warum? Mit Sicherheit werden eine ganze Menge Theorien zusammengebastelt werden, aber letztendlich wird dieses Rätsel daneben verblassen, was er seiner Familie angetan hat. Niemand wird je auf die Wahrheit kommen.«

Oslett gestattete sich allmählich die Hoffnung, daß sie Alfie wiederfinden, das Network retten und ihren guten Ruf bewahren könnten.

Waxhill drehte sich zu Clocker um und sagte: »Was ist mit Ihnen, Karl? Haben Sie irgendwelche Probleme damit?«

Clocker saß zwar am Tisch, schien aber geistig in weiter Ferne zu sein. Er richtete die Aufmerksamkeit auf sie, als wäre er mit der Besatzung der *Enterprise* auf einem feindlichen Planeten im Krebsnebel gewesen. »Es leben fünf Milliarden Menschen auf der Welt«, sagte er, »daher halten wir sie für übervölkert, aber für jeden von uns enthält das Universum zahllose Tausende Sterne, eine *Unendlichkeit* von Sternen für jeden von uns.«

Waxhill sah Clocker an und wartete auf eine Erklärung. Als ihm klar wurde, daß Clocker nichts mehr zu sagen hatte, drehte er sich zu Oslett um.

»Ich glaube, Karl meinte damit«, sagte Oslett, »daß ...., nun, daß es im kosmischen Plan des Lebens keine Rolle spielt, ob ein paar Leute etwas früher sterben als beim natürlichen Verlauf der Ereignisse.«

7.

Die Sonne steht hoch über den fernen Bergen, wo die höchsten Gipfel schneebedeckt sind. Es ist seltsam, an diesem frühlingsähnlichen Dezembermorgen mit Palmen und Blumen einen Blick auf den Winter werfen zu können.

Er fährt Richtung Süden und Osten nach Mission Viejo. Er ist der motorisierte Racheengel. Gerechtigkeit auf Rädern. Auf dem Weg, auf dem Weg.

Er überlegt sich, ob er ein Waffengeschäft suchen und eine Schrotflinte oder ein Jagdgewehr kaufen soll, eine Waffe, bei der es keine Wartezeit vor der Kauferlaubnis gibt. Sein Widersacher ist bewaffnet, er aber nicht.

Doch er will die Verfolgung des Kidnappers, der seine Familie gestohlen hat, nicht unterbrechen. Wenn der Feind aufgeschreckt und auf der Flucht ist, nimmt die Wahrscheinlichkeit zu, daß er Fehler macht. Unerbittlicher Druck ist eine bessere Waffe als jedes Gewehr.

Außerdem ist er Rache, Gerechtigkeit und Tugend. Er ist der Held dieses Films, und Helden sterben nicht. Sie können angeschossen, niedergeschlagen, bei Autoverfolgungsjagden von der Straße abgedrängt, mit Messern verletzt, von Klippen gestürzt, in Verliesen voll giftiger Schlangen eingesperrt werden, und sie können eine endlose, phantasievolle Folge von Mißhandlungen über sich ergehen lassen, ohne zu sterben. Er besitzt, wie Harrison Ford, Sylvester Stallone, Steven Seagal, Bruce Willis, Wesley Snipes und so viele andere, die Unbesiegbarkeit der Tugend und edler Ziele.

Jetzt weiß er auch, warum sein erster Angriff gegen den falschen Vater gestern in seinem Haus zum Scheitern verurteilt war, obwohl er der Held ist. Die starke Anziehung zwischen ihm und seinem Doppelgänger hatte ihn nach Westen gezogen; aber im gleichen Maß hatte der Doppelgänger am Sonntag und Montag gespürt, daß sich ihm etwas näherte. Als sie einander im Arbeitszimmer im ersten Stock gegenüberstanden, war der falsche Vater vorgewarnt und auf einen Kampf vorbereitet gewesen.

Jetzt ist ihm bekannt, daß er den Kontakt aus freien Stücken herstellen und beenden kann. Er kann ihn mit einem EIN/AUS-Schalter kontrollieren wie den elektrischen Strom in einem Haushalt. Statt den Schalter die ganze Zeit in der Position EIN zu lassen, kann er die Verbindung kurze Zeit öffnen, gerade so lange, daß er den Sog des falschen Vaters spüren und ihn anpeilen kann.

Die Logik spricht dafür, daß er die Kraft, die durch die übersinnliche Leitung fließt, auch verändern kann. Wenn er sich vorstellt, daß es sich bei der übersinnlichen Begabung um einen Schalter mit Dimmer handelt – einen Rheostat –, müßte es ihm gelingen, die Spannung des Stroms in der Leitung zu senken, so daß der Kontakt subtiler als bisher wird. Schließlich kann man mit einem Dimmer auch das Licht einer Lampe stufenlos regulieren, bis das Leuchten kaum noch zu erkennen ist. Wenn er sich die übersinnliche Fähigkeit als Dimmer vorstellt, kann er die Verbindung vielleicht auch mit einer so geringen Spannung herstellen, daß er den falschen Vater suchen kann, ohne den Widersacher wissen zu lassen, daß er gesucht wird.

Er hält an einer roten Ampel im Zentrum von Mission Viejo und stellt sich einen Dimmerknopf mit einer Dreihundertsechzig-Grad-Regulierung vor. Er schaltet nur auf neunzig Grad und verspürt sofort den Sog des falschen Vaters etwas weiter östlich und jetzt auch ein Stück weiter nördlich.

Vor der Bank, auf halbem Weg zum BMW, verspürte Marty plötzlich eine erneute Druckwelle – und dahinter den alles niederwalzenden Schnellzug aus seinen Träumen. Das Gefühl war nicht so stark wie bei den Vorfällen im Bankgebäude, aber es überkam ihn mitten im Schritt und brachte ihn aus dem Gleichgewicht. Er taumelte, stolperte und fiel. Die beiden Umschläge mit dem Bargeld flogen ihm aus den Händen und rutschten über den Asphalt.

Charlotte und Emily liefen den Umschlägen nach, während Paige Marty auf die Füße half.

Als die Woge vorüber ging und Marty zitternd wieder stehen konnte, sagte er: »Hier, nimm den Schlüssel, es ist besser, wenn du fährst. Er jagt mich. Er kommt.«

Sie sah sich panisch auf dem Parkplatz der Bank um.

Marty sagte: »Nein, es ist noch nicht hier. Es ist wie vorher. Das Gefühl, auf den Schienen eines rasenden Schnellzugs zu liegen.«

Zwei Blocks. Vielleicht nicht einmal so weit.

Er fährt langsam. Sucht die Straße rechts und links ab. Sucht nach ihnen.

Hinter ihm ertönt eine Hupe. Der Fahrer ist ungeduldig.

Langsam, langsam, er sieht mit zusammengekniffenen Augen nach links und rechts, betrachtet die Passanten auf den Bürgersteigen ebenso wie die vorbeifahrenden Autos.

Wieder die Hupe hinter ihm. Er macht eine obszöne Geste, was den Kerl da hinten einzuschüchtern scheint.

Langsam, langsam.

Sie sind nicht zu sehen.

Versuch es wieder mit dem geistigen Dimmer. Dieses Mal nur sechzig Grad. Immer noch ein starker Kontakt, ein drängender und unwiderstehlicher *Sog*.

Voraus. Links. Einkaufszentrum.

Als Marty sich auf den Beifahrersitz des BMW setzte und die Tür zuschlug, während er die beiden Umschläge mit dem Geld hielt, die ihm die Kinder gegeben hatten, wurde er wieder von einem Kontakt mit dem Anderen geschüttelt. Die Wucht des Kontakts war schwächer als jemals zuvor, aber diese Schwäche tröstete ihn nicht im geringsten.

»Bring uns so schnell wie möglich hier weg«, drängte er Paige, während er die geladene Beretta unter dem Sitz hervor holte.

Paige ließ den Motor an, und Marty drehte sich zu den Kindern um. Sie legten gerade die Sicherheitsgurte an.

Als Paige den Rückwärtsgang des BMW einlegte und rückwärts aus der Parklücke stieß, sahen die Mädchen Marty in die Augen. Sie hatten Angst.

Er empfand zuviel Respekt vor ihrer Feinfühligkeit, um sie anzulügen. Statt so zu tun, als wäre alles gut, sagte er: »Haltet euch fest. Eure Mom versucht zu fahren wie ich sonst.«

Paige, die aus dem Rückwärtsgang schaltete, fragte: »Aus welcher Richtung kommt er?«

»Ich habe keine Ahnung. Fahr einfach nicht den Weg zurück, den wir gekommen sind. Da habe ich ein schlechtes Gefühl. Nimm die andere Straße.«

Er fühlt sich mehr zu der Bank als zu dem Einkaufszentrum hingezogen und parkt in der Nähe des östlichen Eingangs.

Als er den Motor abschaltet, hört er kurz Reifen quietschen. Aus dem Augenwinkel bemerkt er ein Auto, das schnell vom südlichen Ende des Gebäudes wegfährt. Er dreht sich um und sieht einen weißen BMW fünfundzwanzig bis dreißig Meter entfernt. Dieser saust wie ein Blitz an ihm vorbei Richtung Einkaufszentrum.

Er kann das Gesicht der Fahrerin nur teilweise erkennen – ein Wangenknochen, Kiefer, die Krümmung des Kinns. Und einen Schimmer von goldenem Haar.

Manchmal kann man ein Lieblingslied erkennen, auch wenn man nur drei Töne hört, weil die Melodie einen unauslöschlichen Eindruck hinterlassen hat. So erkennt er nun in diesem teilweise sichtbaren Profil, das er in einem Huschen von Schatten und Licht erblickt hat, in einer verschwommenen Bewegung, seine geliebte Frau. Unbekannte haben seine Erinnerungen an sie gelöscht, aber die Fotografie, die er gestern gesehen hat, ist in sein Herz eingeprägt.

Er flüstert: »Paige.«

Er läßt den Camry an, fährt aus der Parklücke und biegt Richtung Einkaufszentrum ab.

Die hektargroße Asphaltfläche ist zu dieser frühen Morgenstunde menschenleer, da nur der Supermarkt, ein Imbiß und ein Geschäft für Bürobedarf geöffnet haben. Der BMW rast über den Parkplatz, weicht einer Gruppe geparkter Autos in großem Bogen aus und hält auf die Zufahrtsstraße vor den Geschäften zu. Da biegt er links ab und fährt zum nördlichen Ende des Zentrums.

Er folgt ihm, aber nicht aggressiv. Wenn er sie verliert, kann er sie aufgrund der geheimnisvollen, aber zuverlässigen Verbindung zwischen sich und dem verhaßten Mann, der sein Leben übernommen hat, leicht wiederfinden.

Der BMW erreicht die nördliche Ausfahrt und biegt nach rechts auf die Straße ab. Als er an derselben Kreuzung eintrifft, ist der BMW bereits zwei Querstraßen entfernt und steht kaum sichtbar vor einer roten Ampel.

Über eine Stunde lang folgt er ihnen diskret auf verschiedenen Straßen, nach Norden auf den Santa Ana und Costa Mesa Freeways, dann nach Osten auf dem Riverside Freeway, wobei er sich weit hinter ihnen hält. Inmitten des dichten morgendlichen Pendlerverkehrs ist sein kleiner Camry so gut wie unsichtbar.

Auf dem Riverside Freeway, westlich von Corona, stellt er sich vor, daß er den übersinnlichen Strom zwischen sich und dem falschen Vater fließen läßt. Er stellt sich den Dimmer vor und dreht ihn auf fünf Grad von dreihundertsechzig möglichen. Das reicht aus, um die Präsenz des falschen Vaters vor sich im Verkehr zu spüren, aber eine präzise Ortung ist nicht möglich. Sechs Grad, sieben, acht. Acht ist zuviel. Sieben. Sieben ist ideal. Wenn er den Dimmer auf sieben Grad eingestellt läßt, ist der Sog so stark, daß er als Leuchtsignal für ihn dient, ohne den Gegner darauf aufmerksam zu machen, daß die Verbindung wiederhergestellt wurde. Im BMW fährt der Betrüger nervös und aufmerksam Richtung Osten, merkt aber nicht, daß er überwacht wird.

Doch im Kopf des Jägers wird das Signal der Beute empfangen wie ein blinkendes rotes Licht auf einer elektronischen Karte.

Nachdem es ihm nun gelungen ist, diese seltsame Anziehungskraft zu meistern, kann er vielleicht mit einem gewissen Überraschungseffekt gegen den falschen Vater vorgehen.

Der Mann im BMW rechnet mit einem Angriff und befindet sich auf der Flucht, um ihm zu entgehen, aber er ist auch gewöhnt, daß er vorgewarnt wird. Wenn genügend Zeit ohne eine Störung im Äther verstreicht, wenn er keine beängstigenden Sondierungen mehr spürt, wird er sein Selbstbewußtsein wiedererlangen. Mit wiedererlangtem Selbstbewußtsein wird seine Wachsamkeit nachlassen, und er wird verwundbar werden.

Der Jäger muß nur auf der Fährte bleiben, der Spur folgen, sich die Zeit vertreiben und auf den geeigneten Augenblick für einen Angriff warten.

Als sie Riverside passieren, wird der morgendliche Verkehr um sie herum dünner. Er fällt weiter zurück, bis der BMW nur ein fernes, farbloses Pünktchen ist, das manchmal wie ein Trugbild im Flimmern von Sonnenlicht oder Staub verschwindet.

Weiter nach Norden. Durch San Bernadino. Auf die Interstate 15. In die nördlichen Ausläufer der San Bernadino Mountains. In einer Höhe von vierzehnhundert Metern über den El-Cajon-Paß.

Wenig später, südlich der Stadt Hesperia, verläßt der BMW die Interstate und folgt dem U.S.Highway 395 in die westlichsten Ausläufer der lebensfeindlichen Mojavewüste. Er folgt ihm, bleibt dabei aber in einer Entfernung, daß sie in dem dunklen Fleck im Rückspiegel unmöglich dasselbe Auto erkennen können, das ihnen nun schon durch drei Countys folgt.

Nach wenigen Meilen passiert er ein Hinweisschild mit Entfernungsangaben bis Ridgecrest, Lone Pine, Bishop und Mammoth Lakes. Mammoth ist am weitesten entfernt – zweihundertzweiundachtzig Meilen.

Der Name der Stadt weckt sofort Assoziationen bei ihm. Er verfügt über ein fotografisches Gedächtnis. Er kann die Worte auf der Widmungsseite eines der Kriminalromane sehen, die er geschrieben und in seinem Haus in Mission Viejo im Regal stehen hat:

Dieses Buch ist meiner Mutter und meinem Vater gewidmet, Jim und Alice Stillmater, die mich gelehrt haben, ein ehrlicher Mann zu sein – und die keine Schuld trifft, daß ich denken *kann wie ein Krimineller.*

Er erinnert sich auch an die Rolodexkarte mit ihren Namen und der Adresse darauf. Sie leben in Mammoth Lakes.

Wieder wird ihm deutlich bewußt, was er alles verloren hat. Selbst wenn er sein Leben von dem Betrüger zurückbekommt, der seinen Namen trägt, wird er möglicherweise nie wieder die Erinnerungen bekommen, die ihm gestohlen wurden. Seine Kindheit. Jugend. Seine erste Verabredung. Seine Erlebnisse an der High School. Er besitzt keine Erinnerungen an die Liebe seines Vaters und seiner Mutter, und es ist unerhört, *monströs,* daß man ihm diese wichtigsten und auf Dauer hilfreichsten Erinnerungen gestohlen hat.

Mehr als sechzig Meilen lang schwankt er zwischen Verzweiflung angesichts der Entfremdung, die das Hauptmerkmal seines Lebens geworden ist, und Freude darüber, daß er sein Schicksal bald wiedererlangen wird.

Er sehnt sich verzweifelt danach, bei seinem Vater und seiner Mutter zu sein, ihre teuren Gesichter zu sehen (die aus den Speichern seiner Erinnerung gelöscht wurden), sie zu umarmen und das tiefe Band zwischen sich und den beiden Menschen zu erneuern, denen er seine Existenz verdankt. Aus Filmen, die er gesehen hat, weiß er, daß Eltern ein Fluch sein können – die besessene Mutter, die schon vor der ersten Szene von *Psycho* tot war, die egoistischen Eltern, die Nick Nolte in *Herr der Gezeiten* verdorben haben –, aber er glaubt, daß seine Eltern besser sind, verständig und aufrichtig, so wie Jimmy Stewart und Donna Reed in *Ist das Leben nicht wundervoll?*

Der Highway wird von trockenen Seen so weiß wie Salz, unvermittelten Zinnen aus roten Felsen, vom Wind modellierten Meeren aus Sand, Gestrüpp und fernen Böschungen dunklen Gesteins flankiert. Überall findet man Spuren von geologischen Verwerfungen und Lavaströmen vergangener Jahrtausende.

In dem Ort Red Mountain verläßt der BMW den Highway. Er hält an einer Tankstelle, um aufzutanken.

Er folgt ihnen, bis er sicher ist, was sie vorhaben, fährt aber ohne anzuhalten an der Tankstelle vorbei. Sie haben Waffen. Er nicht. Er wird einen geeigneteren Augenblick finden, um den Mann, der seinen Platz eingenommen hat, zu töten.

Er fährt wieder auf den Highway 395 und dort eine kurze Strecke nach Norden bis Johannesburg, das westlich der Lava Mountains liegt. Dort fährt er wieder ab und tankt den Camry an einer anderen Tankstelle voll. Er kauft Cracker, Schokoriegel und Erdnüsse aus einem Automaten, die ihm während der langen Fahrt, die vor ihm liegt, Kraft spenden sollen.

Möglicherweise mußten Charlotte und Emily noch auf die Toilette der Red-Mountain-Tankstelle, auf jeden Fall ist er nun vor ihnen auf dem Highway, aber das macht nichts, weil er ihnen nicht mehr folgen muß. Er weiß, wohin sie fahren.

Mammoth Lakes, Kalifornien.

Jim und Alice Stillwater. Die ihn gelehrt haben, ein ehrlicher Mann zu sein. Die keine Schuld trifft, wenn er wie ein Krimineller denken kann. Denen er seinen Roman gewidmet hat. Geliebt. Bewundert. Ihm gestohlen, aber in Kürze zurückgewonnen.

Er brennt darauf, sie in seinen Kreuzzug zur Rückeroberung seiner Familie und seines Schicksals mit einzubeziehen. Der falsche Vater kann vielleicht seine Kinder täuschen, und vielleicht konnte er sogar Paige übertölpeln und dazu bringen, den Betrüger als den echten Martin Stillwater zu akzeptieren. Aber seine Eltern werden ihren wahren Sohn erkennen, Blut von ihrem Blut, und sie werden nicht auf die abgefeimte Mimikry des Betrügers hereinfallen, der seine Familie gestohlen hat.

Seit der BMW auf den Highway 395 gefahren ist, wo wenig Verkehr herrscht, hat er konstant sechzig bis fünfundsechzig Meilen pro Stunde beibehalten, obwohl die Straße an vielen Stellen eine größere Geschwindigkeit zugelassen hätte. Jetzt rast er mit fünfundsiebzig bis achtzig in dem Camry Richtung Norden. Er müßte Mammoth Lakes zwischen vierzehn Uhr und vierzehn Uhr fünfzehn erreichen, eine halbe bis eine dreiviertel Stunde vor dem Eindringling, was ihm Zeit geben wird, seine Mutter und seinen Vater vor den bösen Absichten der Kreatur zu warnen, die sich als ihr Sohn verkleidet hat.

Der Highway verläuft nach Nordwesten durch das Indian Wells Valley, mit den El Paso Mountains im Süden. Meile für Meile schwillt sein Herz an vor Rührung bei dem Gedanken, wieder mit seiner Mom und seinem Dad vereint zu sein, von denen er so grausam getrennt wurde. Er verzehrt sich vor Verlangen, sie zu umarmen und ihre Liebe zu empfangen, ihre rückhaltlose Liebe, ihre unvergängliche und vollkommene Liebe.

8.

Der Bell JetRanger Firmenhelikopter, der Oslett und Clocker nach Mammoth Lakes gebracht hatte, gehörte einem Filmstudio, das eine Tochtergesellschaft des Network war. Mit seinen Sitzen aus schwarzem Kalbswildleder, Messingarmaturen und den mit smaragdgrüner Schlangenhaut verkleideten Wänden war das Ambiente noch luxuriöser als die Passagierkabine des Lear. Außerdem lag in dem Hubschrauber eine anregendere Auswahl an Lektüre bereit als in dem Jet, einschließlich der aktuellen Ausgaben von *The Hollywood Reporter* und *Daily Variety*, dazu die neuesten Hefte von *Premier, Rolling Stone, Mother Jones, Forbes, Fortune, GQ, Spy, The Ecological Watch Society Journal* und *Bon Appetit*.

Um sich die Zeit während des Fluges zu vertreiben, nahm Clocker einen neuen *Raumschiff-Enterprise*-Roman zur Hand, den er im Andenkenladen des Ritz-Carlton-Hotels gekauft hatte, bevor sie aufgebrochen waren. Oslett war überzeugt, daß die Verbreitung solcher phantastischen Literatur in den geschmackvoll eingerichteten und elegant geführten Geschäften eines Fünf-Sterne-Etablissements – früher ein Treffpunkt der Kultivierten und Mächtigen, nicht nur der Reichen – ein ebenso erschreckender Beweis für den bevorstehenden Zusammenbruch der Gesellschaft war wie die Tatsache, daß schwerbewaffnete Heroin- und Kokaindealer ihre Waren auf Schulhöfen verkauften.

Während der JetRanger durch den Sequoia National Park, den King's Canyon National Park, an den westlichen Ausläufern der Sierra Nevada entlang und schließlich direkt in dieses prachtvolle Gebirgsmassiv hineinflog, wechselte Oslett ständig von einer Seite auf die andere, da er fest entschlossen war, sich nichts von dem atemberaubenden Ausblick entgehen zu lassen. Die Weite unter ihm war so wenig bevölkert, daß sie eigentlich seine fast agoraphobe Abneigung gegen freie Flächen und ländliche Gegenden hätte auslösen müssen. Aber das Gelände wechselte von einem Augenblick zum nächsten und präsentierte neue Wunder und noch eindrucksvollere Panoramen mit solcher Geschwindigkeit, daß er sich nicht langweilte.

Außerdem flog der JetRanger wesentlich tiefer als der Lear, wodurch Oslett ein Gefühl für die Vorwärtsbewegung bekam. Und das Innere des Helikopters war lauter und wurde von heftigeren Vibrationen erschüttert als die Passagierkabine des Jet, und auch das gefiel ihm.

Zweimal lenkte er Clockers Aufmerksamkeit auf die Wunder der Natur vor den Fenstern. Beide Male warf der große Mann nur einen flüchtigen Blick auf die Landschaft und steckte die Nase dann ohne einen Kommentar wieder in *Sechsbrüstige Amazonen des Schleimplaneten*.

»Was ist denn so verdammt interessant an dem Buch?« wollte Oslett schließlich wissen und ließ sich auf den Sitz gegenüber von Clocker fallen.

Clocker las den Abschnitt zu Ende, in den er gerade vertieft war, ehe er aufsah und sagte: »Das kann ich dir nicht sagen.«

»Warum nicht?«

»Selbst wenn ich dir sagen würde, was ich daran interessant finde, würde es dich nicht interessieren.«

»Was soll das nun wieder heißen?«

Clocker zuckte die Achseln. »Ich glaube nicht, daß es dir gefallen würde.«

»Ich hasse Romane, schon immer, aber besonders Science-Fiction und so einen Mist.«

»Da haben wir's.«

»Und was soll *das* heißen?«

»Du hast gerade eben bestätigt, was ich gesagt habe – dir gefällt so was nicht.«

»Natürlich nicht.«

Clocker zuckte wieder die Achseln. »Da haben wir's.«

Oslett sah ihn finster an. Er deutete auf das Buch und sagte: »Wie kann einem so ein Dreck gefallen?«

»Wir leben in Paralleluniversen«, sagte Clocker.

»Was?«

»In deinem hat Johannes Gutenberg den Flipperautomaten erfunden.«

»Wer?«

»In deinem war der berühmteste Mann namens Faulkner wahrscheinlich ein Banjovirtuose.«

Oslett sagte stirnrunzelnd: »Ich verstehe diesen ganzen Quatsch nicht.«

»Da haben wir's«, sagte Clocker und las weiter in *Kirk und Spock sind verliebt*, oder wie das Epos auch immer heißen mochte.

Oslett hätte ihn am liebsten umgebracht. Dieses Mal hatte er aus Karl Clockers rätselhaftem Geschwafel eine subtil ausgedrückte aber tiefempfundene Verachtung herausgehört. Er wollte dem großen Mann seinen albernen Hut vom Kopf reißen und anzünden, samt Entenfeder und allem, wollte ihm das Taschenbuch aus der Hand reißen und in Stücke reißen und rund tausend Schuß 9mm Hohlspitzgeschosse aus nächster Nähe in ihn hinein ballern.

Statt dessen drehte er sich wieder zum Fenster um und ließ sich von den majestätischen Berggipfeln und Wäldern besänftigen, die er mit hundertfünfzig Meilen pro Stunde vorbeirauschen sah.

Über ihnen zogen Wolken von Nordwesten auf. Sie näherten sich den Berggipfeln, aufgebläht und grau wie eine Flotte lenkbarer Luftschiffe.

Um 13:10 Uhr am Dienstag nachmittag wurden sie auf einem Flugplatz außerhalb von Mammoth Lakes von einem Repräsentanten des Network namens Alec Spicer empfangen. Er wartete auf dem

Asphalt neben einem Hangar aus Beton und Wellblech, wo sie landen sollten.

Er kannte ihre richtigen Namen und war Peter Waxhill damit vom Rang mindestens ebenbürtig, aber bei weitem nicht so vornehm gekleidet, zuvorkommend oder höflich wie der Gentleman, der sie beim Frühstück mit dem letzten Stand der Dinge vertraut gemacht hatte. Und im Gegensatz zu dem muskulösen Jim Lomax gestern abend auf dem John Wayne Airport in Orange County, ließ er sie ihr Gepäck selbst zu einem grünen Ford Explorer tragen, der auf dem Parkplatz hinter dem Hangar für sie bereitstand.

Spicer war etwa fünfzig Jahre alt, einsfünfundsiebzig groß, achtzig Kilo schwer und hatte kurzgeschnittenes graues Haar. Sein Gesicht bestand nur aus harten Flächen, die Augen versteckte er hinter einer Sonnenbrille, obwohl der Himmel verhangen war. Er trug Springerstiefel, Khakihosen, ein Khakihemd und eine abgewetzte lederne Fliegerjacke mit zahllosen Reißverschlußtaschen. Seine aufrechte Haltung, das disziplinierte Benehmen und die abgehackte Sprechweise wiesen ihn als pensionierten – möglicherweise entlassenen – Armeeoffizier aus, der nicht bereit war, die Verhaltensmuster, Gewohnheiten und die Kleidung eines Berufssoldaten abzulegen.

»Sie sind für Mammoth nicht richtig angezogen«, sagte Spicer schneidend, während sie zu dem Explorer gingen; sein Atem bildete weiße Kondenswölkchen vor seinem Mund.

»Ich habe nicht gewußt, daß es hier so kalt sein würde«, sagte Oslett, der unkontrolliert zitterte.

»Sierra Nevada«, sagte Spicer. »Wo wir uns befinden, fast zweieinhalbtausend Meter über dem Meeresspiegel. Dezember. Hier können Sie nicht mit Palmen, Baströckchen und Pina Colada rechnen.«

»Ich habe gewußt, daß es kalt sein wird, aber nicht so kalt.«

»Sie werden sich den Arsch abfrieren«, sagte Spicer barsch.

»Die Jacke ist warm«, verteidigte sich Oslett, »aus Kaschmir.«

»Gut für Sie«, sagte Spicer.

Er öffnete die Klappe des Explorer und trat beiseite, damit sie die Koffer im Stauraum unterbringen konnten.

Spicer setzte sich ans Steuer. Oslett nahm vorne Platz. Auf dem Rücksitz las Clocker weiter in *Die Durchfallepidemie von Ganymed*.

Während Spicer vom Flugplatz Richtung Stadt fuhr, schwieg er eine Zeitlang. Dann: »Wir rechnen heute mit dem ersten Schnee der Saison.«

»Der Winter ist meine Lieblingsjahreszeit«, sagte Oslett.

»Gefällt Ihnen vielleicht nicht mehr so sehr, wenn Ihnen der Schnee bis zum Arsch reicht und ihre hübschen Oxfords so hart wie holländische Holzschuhe sind.«

»Wissen Sie eigentlich, wer ich bin?« fragte Oslett ungeduldig.

»Ja, Sir«, sagte Spicer, der die Worte noch abgehackter als sonst aussprach, den Kopf aber fast unmerklich neigte und damit seine rangniedere Position zum Ausdruck brachte.

»Gut«, sagte Oslett.

An manchen Stellen standen hohe Nadelbäume dicht auf beiden Seiten der Straße. Viele Motels, Restaurants und Bars bestachen durch alpenländische Architektur und Namen, welche in manchen Fällen Worte enthielten, die an Bilder aus so unterschiedlichen Filmen wie *The Sound of Music* oder Clint-Eastwood-Streifen erinnerten: Bavarian dies, Swiss das, Eiger, Matterhorn, Geneva, Hofbrau.

Oslett sagte: »Wo liegt das Haus der Stillwaters?«

»Wir fahren in Ihr Motel.«

»Man hat mir gesagt, daß das Stillwater-Haus von einem Überwachungsteam beobachtet wird«, beharrte Oslett.

»Ja, Sir. Auf der anderen Straßenseite in einem Kleinbus mit getönten Scheiben.«

»Ich möchte dorthin.«

»Das wäre nicht gut. Dies ist eine Kleinstadt. Nicht einmal fünftausend Einwohner, wenn man die Touristen nicht mitzählt. Wenn sich Fremde in einem parkenden Bus in einer Wohngegend die Klinke in die Hand geben – das würde unerwünschte Aufmerksamkeit erregen.«

»Was schlagen Sie dann vor?«

»Rufen Sie das Überwachungsteam an, lassen Sie die Leute wissen, wo sie Sie erreichen können. Dann warten Sie im Motel. In dem Augenblick, wenn Martin Stillwater seine Eltern anruft oder bei ihnen vor der Tür steht, werden Sie benachrichtigt.«

»Er hat sie noch nicht angerufen?«

»Ihr Telefon hat in den vergangenen Stunden mehrmals geläutet, aber sie sind nicht zu Hause und können nicht abnehmen, daher können wir nicht sagen, ob es ihr Sohn war oder nicht.«

Oslett war fassungslos. »Haben sie keinen Anrufbeantworter?«

»Bei dem ruhigen Leben hier oben braucht man nicht unbedingt einen.«

»Erstaunlich. Nun, wenn sie nicht zu Hause sind, wo dann?«

»Sie sind heute morgen Einkaufen gefahren und haben vor kurzem in einem Restaurant an der Route 203 zum Mittagessen gehalten. In einer Stunde oder so müßten sie wieder hier sein.«

»Werden Sie verfolgt?«

»Selbstverständlich.«

In Erwartung des vorhergesagten Sturms trafen bereits Skifahrer mit Skiern auf den Dachgepäckträgern im Ort ein. Oslett sah einen Stoßstangenaufkleber mit der Aufschrift: MEIN LEBEN GEHT NUR BERGAB – UND ES GEFÄLLT MIR!

Als sie an einer roten Ampel hinter einem Kombi hielten, der mit ausreichend jungen blonden Frauen in Skipullovern für ein halbes Dutzend Bier- oder Lippencremewerbespots vollgestopft zu sein schien, sagte Spicer: »Schon von der Nutte aus Kansas City gehört?«

»Erwürgt«, sagte Oslett. »Aber es gibt keine Beweise, daß es unser Junge gewesen ist, auch wenn jemand, der ihm ähnlich sah, mit ihr die Bar verlassen hat.«

»Dann wissen Sie das Neueste noch nicht. Die Spermaprobe ist in New York eingetroffen. Untersucht worden. Es ist unser Junge.«

»Sind Sie sicher?«

»Eindeutig.«

Die Berggipfel verschwanden im wolkenverhangenen Himmel. Die Farbe der Wolken hatte sich von der Schattierung abgeschliffenen Stahls zu fleckigem Aschgrau und Kohlschwarz verändert.

Osletts Stimmung wurde ebenfalls finster.

Die Ampel wechselte auf Grün.

Alec Spicer fuhr hinter dem Kombi voller Blondinen über die Kreuzung und sagte: »Demnach ist er durchaus zum Geschlechtsverkehr in der Lage.«

»Aber er ist eigentlich so geplant worden, daß er …« Oslett konnte den Satz nicht einmal beenden. Er hatte kein Vertrauen mehr in die Arbeit der Genetiker.

»Bisher konnte die Zentrale über Kontakte zur Polizei eine Liste von fünfzehn Morden mit sexuellem Tathergang zusammenstellen, die unser Junge begangen haben könnte. Unaufgeklärte Fälle.

Junge und attraktive Frauen. In Städten, die er besucht hat, und zu den Zeiten, als er da war. Gleiche Vorgehensweise in jedem Fall, einschließlich brutalster Gewaltanwendung *nachdem* das Opfer bewußtlos geschlagen worden war, manchmal durch einen Hieb auf den Kopf, aber meistens mit einem Schlag ins Gesicht ... Offenbar, damit sie keinen Laut von sich geben konnten, wenn er sie umbrachte.«

»Fünfzehn«, sagte Oslett benommen.

»Möglicherweise mehr. Viel mehr.« Spicer wandte den Blick von der Straße ab und sah Oslett an. Seine Augen waren nicht nur unauslotbar, sondern vollkommen hinter den stark getönten Gläsern seiner Sonnenbrille verborgen. »Und wir können bei Gott nur hoffen, daß er jede Frau umbrachte, mit der er gevögelt hat.«

»Was meinen Sie damit?«

Spicer sah wieder auf die Straße und sagte: »Er hat eine hohe Spermienzahl. Und die Spermien sind aktiv. Er ist fruchtbar.«

Obwohl er es sich selbst nicht eingestanden hatte, bis Spicer es aussprach, hatte Oslett gewußt, daß diese schlechte Nachricht auch noch kommen würde.

»Wissen Sie, was das bedeutet?« fragte Spicer.

Vom Rücksitz sagte Clocker: »Der erste funktionierende menschliche Klon der Alpha-Generation ist desertiert, mutiert in einer Weise, die wir uns nicht vorstellen können, und wäre imstande, das genetische Reservoir der Menschheit mit genetischem Material zu verunreinigen, aus dem eine neue und durch und durch feindselige Gattung so gut wie unverwundbarer Übermenschen hervorgehen könnte.«

Einen Augenblick dachte Oslett, Clocker hätte einen Satz aus seinem neuen *Raumschiff-Enterprise*-Roman vorgelesen, aber dann wurde ihm klar, daß er die Natur der Krise treffend zusammengefaßt hatte.

Spicer sagte: »Wenn unser Junge nicht jede Schlampe kalt gemacht hat, mit der er im Clinch war, wenn er neue Babys gemacht hat und diese aus irgendwelchen Gründen nicht abgetrieben wurden – und sei es nur *ein einziges Baby* –, dann sitzen wir ganz tief in der Scheiße. Nicht nur wir drei, nicht nur das Network, sondern die ganze Menschheit.«

9.

Marty, der durch das Owens Valley fuhr, die Inyo Mountains im Osten, die Sierra Nevadas im Westen, stellte fest, daß das Funktelefon nicht immer einwandfrei funktionierte, da die atemberaubende Topographie Mikrowellenübertragung behinderte. Und wenn er doch zum Haus seiner Eltern in Mammoth Lakes durchkam, läutete das Telefon und läutete, ohne daß jemand abgenommen hätte.

Nach dem sechzehnten Läuten beendete er den Anruf und sagte: »Immer noch nicht zu Hause.«

Sein Dad war sechsundsechzig, seine Mom dreiundsechzig. Beide waren Lehrer gewesen und erst letztes Jahr in den Ruhestand gegangen. Nach modernen Maßstäben waren sie noch jung, gesund, vital und liebten das Leben, daher kam es nicht überraschend, daß sie weggegangen waren, um etwas zu unternehmen, statt den Tag zu Hause in Ohrensesseln zu verbringen und sich Quizsendungen und Seifenopern anzuschauen.

»Wie lange bleiben wir bei Opa und Oma?« fragte Charlotte vom Rücksitz. »So lange, daß sie mir beibringen kann, so gut Gitarre zu spielen wie sie? Auf dem Klavier bin ich ziemlich gut, aber ich glaube, Gitarre würde mir auch gefallen, und wenn ich eine berühmte Musikerin werden möchte, was, glaube ich, ganz interessant sein könnte – ich lasse mir noch alle Möglichkeiten offen –, wäre es bestimmt viel einfacher, wenn ich mein Instrument überallhin mitnehmen könnte, weil man ein Klavier ja nun nicht gerade auf dem Rücken herumtragen kann.«

»Wir bleiben nicht bei Opa und Oma«, sagte Marty. »Wir fahren überhaupt nicht zu ihnen.«

Charlotte und Emily seufzten vor Enttäuschung.

Paige sagte: »Wir besuchen sie vielleicht später, in ein paar Tagen. Mal sehen. Heute fahren wir jedenfalls zur Blockhütte.«

»Ja!« sagte Emily, und »Na gut!« sagte Charlotte.

Marty konnte hören, wie sie die Handflächen gegeneinander schlugen.

Die Blockhütte, die seiner Mom und seinem Dad gehörte, seit Marty ein kleiner Junge war, lag in den Bergen ein paar Meilen außerhalb von Mammoth Lakes zwischen dem Ort und den Seen selbst, nicht weit von der noch kleineren Ortschaft Lake Mary entfernt. Es war ein reizendes Plätzchen im Schatten dreißig Meter hoher Kiefern und Fichten, an dem sein Vater im Lauf der Jahre hart gearbeitet hatte. Für die Mädchen, die im Vorortlabyrinth von Orange County aufgewachsen waren, war die Blockhütte so etwas Besonderes wie ein Märchenschloß.

Marty brauchte ein paar Tage Zeit zum Nachdenken, bevor er eine Entscheidung treffen konnte, was sie als nächstes tun sollten. Er wollte die Nachrichten verfolgen und abwarten, wie die Berichte über ihn weitergingen; durch den Umgang der Medien mit der Story konnte er vielleicht etwas über die Macht, wenn nicht sogar über die Identität seiner wahren Gegenspieler herausfinden, deren Mittel sich sicher nicht auf den unheimlichen und verstörten Doppelgänger beschränkten, der in ihr Haus eingedrungen war.

Im Haus seiner Eltern konnten sie nicht bleiben. Wenn die Sache weitere Kreise zog, wäre es für Reporter zu leicht zugänglich gewesen. Und es war für die anonymen Verschwörer hinter dem Doppelgänger zugänglich, die dafür gesorgt hatten, daß ein unbedeutender Einbruch bundesweite Beachtung durch die Medien gefunden hatte und er wie ein Mann von fragwürdiger Stabilität hingestellt wurde.

Außerdem wollte er seine Mom und seinen Dad nicht in Gefahr bringen, indem er bei ihnen Schutz suchte. Wenn er sie telefonisch erreichte, würde er sogar darauf bestehen, daß sie sofort das Wohnmobil vollpackten und ein paar Wochen aus Mammoth Lakes verschwanden, vielleicht sogar einen Monat oder länger. Wenn sie herumfuhren und jede Nacht oder alle zwei Nächte den Campingplatz wechselten, konnte niemand versuchen, über sie an ihn ranzukommen.

Seit dem Kontaktversuch in der Bank in Mission Viejo hatte Marty keine Sondierung durch den Anderen mehr gespürt. Er hoffte, daß die Hast und Entschiedenheit, mit der sie die Flucht nach Norden angetreten hatten, ihnen die Sicherheit erkauft hatte. Selbst Hellsehen oder Telepathie – oder worum es sich auch immer handeln mochte – mußte ihre Grenzen haben. Sonst hätten sie es nicht nur mit einer phantastischen geistigen Kraft zu tun, sondern mit regelrechter Magie; Marty konnte aus Erfahrung die Möglichkeit übersinnlicher Fähigkeiten einsehen, aber an Magie konnte er einfach nicht glauben. Sie mußten Hunderte Meilen zwischen sich und den Anderen gebracht und damit die Reichweite seines suchenden sechsten Sinns überwunden haben. Die Berge, die vorübergehend die Funktionsweise des Funktelefons beeinträchtigten, isolierten sie vielleicht noch weiter gegen telepathische Nachspürungen.

Vielleicht wäre es sicherer gewesen, sich von Mammoth Lakes fernzuhalten und in einer Stadt zu verstecken, mit der ihn nichts verband. Aber er hatte sich für die Berge entschieden, weil jemand, der an das Haus seiner Eltern als mögliche Zufluchtsstätte dachte, nichts von der Blockhütte wissen und auch nichts durch Zufall darüber erfahren konnte. Außerdem waren zwei seiner ehemaligen Freunde von der High School seit zehn Jahren Deputy Sheriffs von Mammoth County, und die Hütte lag in der Nähe seines Geburtsorts, wo er immer noch einigermaßen bekannt war. Als Kleinstadtjunge, der in seiner Jugend nie ein Tunichtgut gewesen war, konnte er davon ausgehen, daß die Behörden ihn ernst nehmen und ihm besseren Schutz gewähren würden, sollte der Andere *doch* wieder versuchen, mit ihm in Kontakt zu treten. An einem fremden Ort dagegen wäre er ein Außenseiter und mit noch mehr Mißtrauen betrachtet worden als Detective Cyrus Lowbock ihm entgegengebracht hatte. Sollte es zum Schlimmsten kommen, würde er sich in Mammoth Lakes nicht so isoliert und fremd fühlen wie überall sonstwo mit Sicherheit.

»Möglicherweise fahren wir direkt in ein Unwetter«, sagte Paige.

Der Himmel im Osten war weitgehend blau, aber dunkle Wolkenmassen trieben über die Gipfel und durch die Pässe der Sierra Nevada im Westen.

»Wir sollten kurz an einer Tankstelle in Bishop halten«, sagte Marty, »und herausfinden, ob die Highway Patrol Schneeketten für Mammoth empfiehlt.«

Vielleicht hätte ihm heftiger Schneefall gerade recht kommen sollen. Der würde die Kabine noch mehr isolieren und unzugänglicher für die Gegner machen, die ihnen möglicherweise auf den Fersen waren. Aber er verspürte nur Unbehagen beim Gedanken an einen Sturm. Wenn das Glück sie im Stich ließ, mußten sie Mammoth Lakes vielleicht in großer Hast verlassen. Durch Schneeverwehungen gesperrte Straßen konnten sie lange genug aufhalten, daß es tödlich für sie enden konnte.

Charlotte und Emily wollten »Paß auf, wer der Affe ist« spielen, ein Spiel mit Worten, das Marty vor zwei Jahren erfunden hatte, um sie bei längeren Autofahrten zu beschäftigen. Sie hatten es schon zweimal gespielt, seit sie Mission Viejo verlassen hatten. Paige lehnte ab und sagte, sie müsse sich auf das Fahren konzentrieren, und Marty wurde häufiger als sonst der Affe, weil er sich Sorgen machte und sich deshalb nicht konzentrieren konnte.

Die höchsten Gipfel der Sierra verschwanden im Nebel. Die Wolken wurden kontinuierlich schwärzer, als würde das Feuer der Sonne erlöschen und nur verkohlte Ruinen am Himmel zurücklassen.

10.

Die Motelbesitzer bezeichneten ihr Etablissement als *Lodge*. Die Gebäude wurden von den Ästen dreißig Meter hoher Douglasfichten, kleinerer Kiefern und Lärchen umschlossen. Die Ausstattung war gekünstelt rustikal.

Die Zimmer hielten selbstverständlich keinem Vergleich mit dem Ritz-Carlton stand, und die Absicht des Innenarchitekten, mit Kiefernpaneelen voller Astlöcher und klobigen Holzmöbeln eine bayerische Atmosphäre zu beschwören, konnte man nur als abgedroschen bezeichnen, aber Drew Oslett fand die Unterkunft trotzdem angenehm. Ein großer gemauerter Kamin, in dem bereits Holzscheite und Brennholz aufgeschichtet worden waren, übte einen besonderen Reiz aus; wenige Minuten nach ihrer Ankunft loderte schon das Feuer.

Alec Spicer rief das Überwachungsteam an, das sich in dem Kleinbus gegenüber dem Haus der Stillwaters befand. In einer Sprache, die in jeder Hinsicht so rätselhaft war wie manche von Clockers Bemerkungen, informierte er sie, daß Alfies Aufseher sich jetzt in der Stadt aufhielten und im Motel erreicht werden konnten.

»Nichts Neues«, sagte Spicer, als er den Hörer auflegte. »Jim und Alice Stillwater sind noch nicht zu Hause. Der Sohn und seine Familie haben sich auch noch nicht sehen lassen, und von unserem Jungen selbstverständlich auch keine Spur.«

Spicer schaltete jedes Licht in dem Zimmer an und öffnete die Vorhänge, weil er immer noch die Sonnenbrille trug. Aber die Fliegerjacke hatte er ausgezogen. Oslett vermutete, daß Alec Spicer die

Sonnenbrille auch beim Sex nicht abnahm – und möglicherweise nicht einmal, wenn er nachts zu Bett ging.

Die drei setzten sich auf Drehsessel um einen Eßtisch aus Kiefernholz unmittelbar bei der kompakten Kochnische. Vom zweigeteilten Fenster in der Nähe hatte man einen Ausblick auf den bewaldeten Hang hinter dem Motel.

Spicer brachte aus einem ledernen Aktenkoffer mehrere Gegenstände zum Vorschein, die Oslett und Clocker brauchen würden, um die Ermordung der Familie Stillwater so zu inszenieren, wie es die Zentrale wollte.

»Zwei Spulen geflochtener Draht«, sagte er und legte ein Paar in Plastik verpackte Rollen auf den Tisch. »Fesseln Sie Hand- und Fußgelenke der Töchter damit. Nicht locker. So fest, daß es weh tut. So war es bei dem Fall in Maryland.«

»Gut«, sagte Oslett.

»Schneiden Sie den Draht nicht ab«, wies Spicer sie an. »Wenn Sie die Handgelenke gefesselt haben, ziehen Sie denselben Strang zu den Knöcheln. So war es ebenfalls in Maryland.«

Der nächste Gegenstand, den er aus dem Koffer holte, war eine Pistole.

»Es ist eine SIG neun Millimeter«, sagte Spicer. »Von der Schweizer Firma entworfen, aber tatsächlich von Sauer in Deutschland hergestellt. Eine ausgezeichnete Waffe.«

Oslett nahm die SIG entgegen und sagte: »Damit sollen wir die Frau und die Kinder erledigen?«

Spicer nickte. »Und dann Stillwater selbst.«

Oslett machte sich mit der Waffe vertraut, während Spicer eine Schachtel 9mm-Munition aus dem Aktenkoffer holte. »Ist das dieselbe Waffe, die der Vater in Maryland benutzt hat?«

»Exakt«, sagte Spicer. »Nachforschungen werden ergeben, daß Martin Stillwater die Waffe vor drei Wochen in dem Geschäft gekauft hat, wo seine anderen Waffen herstammen. Ein Angestellter wurde dafür bezahlt, daß er sich daran erinnert, wie er sie ihm verkauft hat.«

»Ausgezeichnet.«

»Der Karton, in dem die Waffe geliefert wird, und der Kassenzettel wurden bereits in einer Schreibtischschublade von Stillwaters Arbeitszimmer in seinem Haus in Mission Viejo plaziert.«

Oslett, der lächelte, aufrichtige Bewunderung empfand und

langsam zur Überzeugung kam, daß sie das Network doch noch retten konnten, sagte: »Man hat an alles gedacht.«

»Immer«, sagte Spicer.

Das machiavellische Ausmaß des Plans versetzte Oslett so sehr in Entzücken wie ihn die bombastischen Pläne des Kojoten Karl in den Roadrunner-Zeichentrickfilmen als Kind entzückt hatten – nur waren in *diesem* Fall die Kojoten die unzweifelhaften Gewinner. Er sah Karl Clocker an und rechnete damit, daß dieser genauso begeistert sein würde.

Der Trekkie machte sich mit der Klinge eines Taschenmessers die Fingernägel sauber. Seine Miene war ernst. Es sah so aus, als wäre sein Verstand mindestens vier Parsek und zwei Dimensionen von Mammoth Lakes, Kalifornien, entfernt.

Spicer holte eine Ziploc-Plastiktüte aus dem Aktenkoffer, in der sich ein zusammengelegtes Blatt Papier befand. »Dies ist ein Abschiedsbrief. Gefälscht. Aber so gut gemacht, jeder Graphologe wäre überzeugt davon, daß Stillwater ihn eigenhändig geschrieben hat.«

»Was steht darin?« fragte Oslett.

Spicer zitierte aus dem Gedächtnis: »›Es gibt einen Wurm. Gräbt im Inneren. Wir sind alle verseucht. Versklavt. Parasiten in uns. Ich kann so nicht leben. Kann nicht.‹«

»Stammt das auch von dem Fall in Maryland?«

»Wort für Wort.«

»Der Typ war echt unheimlich.«

»Dem will ich nicht widersprechen.«

»Lassen wir ihn bei der Leiche?«

»Ja. Fassen Sie ihn nur mit Handschuhen an. Und drücken Sie Stillwaters Finger darauf, nachdem Sie ihn getötet haben. Das Papier hat eine harte, glatte Oberfläche. Müßte die Abdrücke gut annehmen.«

Spicer griff noch einmal in den Aktenkoffer und holte eine Ziploc-Tüte mit einem schwarzen Füller heraus.

»Pentel Rolling Writer«, sagte Spicer. »Aus einer ganzen Schachtel davon in Stillwaters Schreibtisch.«

»Wurde der Abschiedsbrief damit geschrieben?«

»Ja. Lassen Sie ihn offen irgendwo im Umkreis der Leiche liegen.«

Lächelnd betrachtete Oslett die Gegenstände auf dem Tisch. »Das wird echt ein Spaß.«

Während sie auf eine Nachricht des Überwachungsteams warteten, das vor dem Haus von Stillwater Senior Stellung bezogen hatte, riskierte Oslett einen Spaziergang zu einem Skigeschäft in einem ganzen Komplex mit Geschäften und Restaurants auf der anderen Straßenseite des Motels. Die Luft schien in der kurzen Zeit, die er im Zimmer verbracht hatte, bitterer geworden zu sein, und die Farbe des Himmels erinnerte an einen Bluterguß.

Die Ware in dem Geschäft war erstklassig. Er konnte sich im Handumdrehen mit solide verarbeiteter, aus Schweden importierter Thermounterwäsche und einem schwarzen gefütterten Skianzug aus Gore-Tex und Thermolit von Hard Corps ausstatten. Der Anzug hatte eine reflektierende Silbernaht, eine ausklappbare Kapuze, anatomisch geformte Knieschützer, ballistische Knöchelstützen aus Nylon, gefütterte Schneemanschetten mit gummiertem Überzug und so viele Taschen, daß jeder Bühnenzauberer damit zufrieden gewesen wäre. Darüber trug er eine Jacke mit der Aufschrift »U. S. Freestyle Team« mit Thermofütterung, reflektierenden Nähten, Elastikzwickeln und Schulterpolstern. Handschuhe kaufte er auch – aus italienischem Leder und Nylon, fast so flexibel wie eine zweite Haut. Er spielte mit dem Gedanken, ob er eine erstklassige Skibrille kaufen sollte, begnügte sich dann aber mit einer guten Sonnenbrille, da er eigentlich nicht vorhatte, die Pisten unsicher zu machen. Seine ehrfurchtgebietenden Skistiefel sahen aus, als könnte ein Roboterterminator sie tragen, um damit Betonwände einzutreten.

Er kam sich unglaublich hart vor.

Da er ohnehin alles anprobieren mußte, nutzte er die Gelegenheit, gleich die Sachen auszuziehen, mit denen er das Geschäft betreten hatte. Der Verkäufer legte die Kleidungsstücke zusammen und verstaute sie in einer Tüte, die Oslett mitnahm, als er sich in seinem neuen Outfit auf den Weg zum Hotel zurück machte.

Mit jeder Minute schätzte er ihre Erfolgsaussichten optimistischer ein. Nichts war besser geeignet, einen wieder aufzubauen, als ein Einkaufsbummel.

Als er in das Zimmer zurückkam, lagen noch keine Neuigkeiten vor, obwohl er eine halbe Stunde weggewesen war.

Spicer saß in einem Ohrensessel, hatte die Sonnenbrille noch auf und sah sich eine Talkshow an. Eine stämmige Frau mit hochtoupierter Haartracht interviewte vier Transvestiten, die versucht hatten, sich als Frauen beim US Marine Corps zu bewerben, und abgelehnt worden waren, aber glaubten, daß der Präsident sich für sie einsetzen würde.

Clocker saß selbstverständlich an einem Tisch beim Fenster und las im silbernen Licht vor dem Sturm *Huckleberry Kirk und die glibbernden Huren von Alpha Centauri* oder wie das Scheißbuch auch immer heißen mochte. Sein einziges Zugeständnis an das Wetter der Sierra bestand darin, daß er den Pullunder mit dem Harlekinmuster gegen einen langärmligen Kaschmirpullover in einem ekelerregenden Orangeton eingetauscht hatte.

Oslett trug den schwarzen Aktenkoffer in eines der beiden Schlafzimmer, die an das Wohnzimmer grenzten. Er leerte den Inhalt auf eines der Betten, setzte sich mit überkreuzten Beinen auf die Matratze, nahm die neue Sonnenbrille ab und begutachtete die genialen Requisiten, die gewährleisten würden, daß man Martin Stillwater posthum mehrfachen Mord und Selbstmord anhängen würde.

Er mußte eine Menge Probleme lösen, darunter das, wie man so viele Leute so lautlos wie möglich tötete. Schüsse, die man irgendwie dämpfen konnte, bereiteten ihm kein Kopfzerbrechen. Er machte sich Sorgen wegen der Schreie. Je nachdem, wo die Hinrichtung stattfand, könnte es Nachbarn geben. Wenn diese Nachbarn aufgeschreckt wurden, riefen sie möglicherweise die Polizei.

Nach ein paar Minuten setzte er die Sonnenbrille auf und ging ins Wohnzimmer. Er unterbrach Spicers Fernsehsendung: »Welche Polizeidienststelle wird sich um die Sache kümmern, wenn wir sie kaltgemacht haben?«

»Wenn es hier passiert«, sagte Spicer, »wahrscheinlich das Büro des Sheriffs von Mammoth County.«

»Haben wir einen Freund dort?«

»Noch nicht, aber ich bin sicher, wir könnten einen haben.«

»Leichenbeschauer?«

»Hier draußen am Arsch der Welt – wahrscheinlich nur der hiesige Bestattungsunternehmer.«

»Keine spezielle gerichtsmedizinische Ausbildung?«

Spicer sagte: »Er wird ein Einschußloch von einem Arschloch unterscheiden können, mehr aber auch nicht.«

»Wenn wir Stillwater und seine Frau zuerst erledigen, wird keiner hier die Reihenfolge feststellen können, in der die Morde stattgefunden haben?«

»Gerichtsmedizinische Labors in Großstädten hätten da Schwierigkeiten, wenn nicht mehr als – sagen wir – eine Stunde dazwischenliegt.«

Oslett sagte: »Ich will damit sagen ..., wenn wir uns zuerst die Kinder vorknöpfen, bekommen wir vielleicht Probleme mit Stillwater und seiner Frau.«

»Wie das?«

»Entweder Clocker oder ich können die Eltern in Schach halten, während der andere die Kinder in ein anderes Zimmer bringt. Aber die Mädchen ausziehen, ihnen Hände und Füße mit Draht fesseln – es wird zehn, fünfzehn Minuten erfordern, das richtig zu machen, genauso wie in Maryland. Aber selbst wenn einer von uns die Stillwaters mit der Waffe in Schach hält, werden sie nicht tatenlos zusehen. Sie werden sich beide auf mich oder Clocker stürzen, wer immer sie eben bewacht, und gemeinsam haben sie vielleicht Erfolg.«

»Das bezweifle ich«, sagte Spicer.

»Was macht Sie so sicher?«

»Die Leute haben heutzutage keinen Mumm mehr.«

»Stillwater hat Alfie besiegt.«

»Stimmt«, gab Spicer zu.

»Als sie sechzehn war, hat seine Frau ihre Eltern tot aufgefunden. Der Alte hatte zuerrst die Mutter und dann sich selbst umgebracht ...«

Spicer lächelte. »Paßt hübsch zu unserem Szenario.«

Daran hatte Oslett noch gar nicht gedacht. »Das ist richtig. Könnte auch erklären, warum Stillwater den Roman über den Fall in Maryland nicht schreiben konnte. Jedenfalls hat sie drei Monate später bei Gericht beantragt, sie von ihrem Vormund zu befreien und gesetzlich für volljährig erklären zu lassen.«

»Zähe Braut.«

»Das Gericht stimmte zu. Ihrem Antrag wurde stattgegeben.«

»Dann schießen Sie die Eltern zuerst über den Haufen«, riet Spicer und rutschte auf dem Sessel hin und her, als wäre sein Hintern eingeschlafen.

»Das werden wir tun«, stimmte Oslett zu.

Spicer sagte: »Ein Wahnsinn ist das.«

Einen Augenblick dachte Oslett, Spicer würde von ihren Plänen mit den Stillwaters sprechen. Aber er sprach von der Fernsehsendung, der er wieder seine ungeteilte Aufmerksamkeit widmete.

In der Talkshow hatte die Gastgeberin mit der toupierten Frisur sich von den Transvestiten verabschiedet und stellte eine neue Gruppe von Gästen vor. Vier Damen mit wütendem Aussehen saßen auf der Bühne. Alle trugen merkwürdige Hüte.

Als Oslett das Zimmer verließ, sah er Clocker aus dem Augenwinkel. Der Trekkie saß immer noch am Fenster und war in sein Buch versunken, aber Oslett wollte sich die gute Laune von ihm nicht verderben lassen.

Im Schlafzimmer setzte er sich wieder auf das Bett zu seinen Spielsachen, nahm die Brille ab und spielte die Morde in Gedanken immer wieder durch, um auf alle Eventualitäten vorbereitet zu sein.

Draußen schwoll der Wind an. Es hörte sich an wie Wölfe.

11.

Er hält an einer Tankstelle und fragt nach der Adresse, an die er sich noch von der Karte des Rolodex erinnern kann. Der junge Tankwart kann ihm helfen.

Um 14:10 fährt er durch das Viertel, in dem er offensichtlich aufgewachsen ist. Auf den großen Grundstücken stehen winterkahle Birken und eine Vielzahl von Nadelbäumen.

Da Haus seiner Mom und seines Dad liegt mitten im Block. Es ist ein bescheidenes, einstöckiges weißes Holzhaus mit grünen Fensterläden. Die vordere Veranda ist von einem schweren weißen Geländer mit grünem Handlauf und dekorativen gebogenen Querstreben an den Erkern umgeben

Es sieht freundlich und anheimelnd aus. Wie ein Haus in einem alten Film. Jimmy Stewart könnte hier wohnen. Man sieht auf den ersten Blick, hier lebt eine nette Familie, anständige Menschen, die viel zu teilen, viel zu geben haben.

Er kann sich an überhaupt nichts in dem Block erinnern, am allerwenigsten an das Haus selbst, in dem er offenbar Kindheit und Jugend verbracht hat. Es könnte das Haus von vollkommen Fremden in einer fremden Stadt sein, das er bis zum heutigen Tag noch nie gesehen hat.

Wut erfüllt ihn, wenn er daran denkt, bis zu welchem Ausmaß er einer Gehirnwäsche unterzogen und um kostbare Erinnerungen gebracht worden ist. Die verlorenen Jahre quälen ihn. Die völlige Trennung von allen, die er liebt, ist so grausam und niederschmetternd, daß er den Tränen nahe ist.

Aber er unterdrückt seine Wut und seine Traurigkeit. Er kann es sich keine Gefühle leisten, solange die Situation noch so prekär ist.

Was er dagegen in dem Viertel erkennt, ist ein Kleinbus auf der Straße gegenüber dem Haus seiner Eltern. Er hat diesen speziellen Bus noch nie gesehen, aber er kennt den Typ. Der Anblick versetzt ihn in Angst und Schrecken.

Es handelt sich um ein Freizeitfahrzeug. So rot wie ein kandierter Apfel. Ein verbreitertes Fahrgestell sorgt für mehr Platz im Inneren. Eine ovale Campingkuppel auf dem Dach. Große Schmutzklappen mit Chrombuchstaben: FUN TRUCK. Die Heckstoßstange ist mit rechteckigen, runden und dreieckigen Aufklebern geschmückt: Andenken an Besuche im Yosemite National Park, Yellowstone, beim jährlichen Calgary Rodeo, Las Vegas, Boulder Dam und anderen Touristenattraktionen. Parallele grüne und schwarze Zierstreifen verlaufen an der Seite entlang, unterbrochen von zwei verspiegelten Fenstern.

Vielleicht ist der Kleinbus nur das, was er zu sein scheint, aber er ist auf den ersten Blick davon überzeugt, daß es sich um einen Beobachtungsposten handelt. Zunächst einmal ist der Bus *überdeutlich* auf Freizeit getrimmt, zu grell. Aufgrund seiner Ausbildung in Beobachtungstechniken weiß er, daß die Harmlosigkeit solcher Fahrzeuge manchmal gerade dadurch deutlich gemacht werden soll, daß man die Aufmerksamkeit darauf lenkt, da die potentiellen Opfer einer Überwachung davon ausgehen, ein Überwachungsfahrzeug wäre diskret; sie können sich nicht vorstellen, daß sie beispielsweise aus einem Zirkuswagen beobachtet werden könnten. Dann sind da die verspiegelten Fenster auf der Seite, durch die die Leute im Inneren sehen können, ohne selbst gesehen zu werden, eine Abgeschiedenheit, die ein Urlauber vielleicht vorzieht, die aber auch für verdeckte Operationen ideal wäre.

Er bremst nicht, als er sich dem Haus seiner Eltern nähert, und er bemüht sich, weder dem Viertel noch dem apfelfarbenen Kleinbus besondere Aufmerksamkeit zu schenken. Er kratzt sich mit der rechten Hand an der Stirn und schafft es so, auch sein Gesicht zu verbergen, als er an den verspiegelten Fenstern vorbeifährt.

Die Insassen des Kleinbusses, wenn es welche gibt, müssen Angestellte der unbekannten Leute sein, die ihn bis Kansas City so schamlos manipuliert haben. Sie sind eine Verbindung zu seinem geheimnisvollen Vorgesetzten. Für sie interessiert er sich ebensosehr wie dafür, wieder Kontakt mit seinen geliebten Eltern herzustellen.

Zwei Blocks weiter biegt er an einer Ecke nach rechts ab und fährt zurück zu einem Einkaufszentrum in der Nähe des Ortskerns, wo er zuvor an einem Sportartikelgeschäft vorbeigefahren ist. Da er keine Schußwaffe besitzt und ohnehin keine mit einem Schalldämpfer kaufen kann, braucht er ein paar einfache Waffen.

Um 14:20 Uhr läutete das Telefon im Motelzimmer.

Oslett zog die Sonnenbrille auf, sprang vom Bett und ging zur Tür des Wohnzimmers.

Spicer nahm den Hörer ab, murmelte ein Wort, das »gut« gewesen sein könnte, und legte auf. Er drehte sich zu Oslett um und sagte: »Jim und Alice Stillwater sind gerade vom Essen nach Hause gekommen.«

»Hoffen wir, daß Marty sie jetzt anruft.«

»Das wird er«, sagte Spicer zuversichtlich.

Clocker, der endlich von seinem Buch aufschaute, sagte: »Da wir gerade vom Essen sprechen, wir sind überfällig.«

»Der Kühlschrank in der Küche ist vollgestopft mit Sachen aus dem Imbiß«, sagte Spicer. »Kalte Platten, Kartoffelsalat, Nudelsalat, Käsekuchen. Wir werden schon nicht verhungern.«

»Für mich nichts«, sagte Oslett. Er war zu aufgeregt, um zu essen.

Als er wieder in das Viertel zurückkehrt, in dem seine Eltern leben, ist es 14:45 Uhr, eine halbe Stunde nach seinem Aufbruch. Er ist sich deutlich bewußt, wie die Zeit verrinnt. Der falsche Vater, Paige und die Kinder könnten jeden Augenblick eintreffen. Selbst wenn sie nach Red Mountain noch einmal eine Pause gemacht haben, um auf die Toilette zu gehen, oder nicht mehr so schnell gefahren sind wie auf dem Streckenabschnitt, als er ihnen gefolgt ist, müßten sie in den nächsten fünfzehn bis zwanzig Minuten eintreffen.

Er möchte unbedingt seine Eltern sehen, bevor der Betrüger an sie herankommt. Er muß sie in das einweihen, was geschehen ist, und sich ihrer Hilfe bei dem Kampf versichern, seine Frau und seine Töchter zurückzubekommen. Es stimmt ihn unbehaglich, daß der falsche Vater zuerst bei ihnen sein könnte. Wenn die Kreatur Paige, Charlotte und Emily so gründlich täuschen konnte, besteht vielleicht eine winzige Chance, daß er Mom und Dad ebenfalls auf seine Seite ziehen kann.

Als er um die Ecke des Blocks biegt, wo er seine vergessene Kindheit verbracht hat, fährt er nicht mehr den Camry, den er in der Morgendämmerung in Laguna Hills gestohlen hat. Er sitzt im Lieferwagen eines Floristen, eine glückliche Neuerwerbung, die er sich mit Gewalt genommen hat, nachdem er das Sportartikelgeschäft verlassen hatte.

Er hat in einer halben Stunde viel erreicht. Trotzdem wird die Zeit knapp.

Obwohl der Tag immer grauer wird, läßt er die Sonnenblende heruntergeklappt. Er trägt eine Baseballmütze tief in die Stirn gezogen und eine vliesgefütterte Collegejacke, die dem jungen Mann gehören, der sonst für Murchison's Flowers ausliefert. Mit Sonnenblende und Baseballmütze wird ihn kein Beobachter am Steuer identifizieren können.

Er fährt an den Bordstein und parkt direkt hinter dem Kleinbus, in dem er ein Beobachtungsteam vermutet. Er steigt aus seinem Fahrzeug aus und geht hastig zum Heck, damit sie keine Zeit haben, ihn zu beobachten.

Es gibt nur eine Tür am Heck. Die Scharniere müßten geölt werden; sie quietschen.

Der tote Blumenausfahrer liegt auf dem Boden der Ladefläche. Die Hände hat er auf der Brust gefaltet, und er ist von Blumen umgeben, als wäre er schon für die Totenwache zurechtgemacht.

Aus einer Plastiktüte neben dem Leichnam holt er das Eisbeil, das er aus einem Schaufenster mit teurer Bergsteigerausrüstung in dem Sportartikelgeschäft geholt hat. Das aus einem Guß gefertigte Edelstahlwerkzeug besitzt einen Gummigriff um den Stiel. Ein Ende des Kopfs stumpf und wie ein Schusterhammer geformt, das andere spitz und gefährlich. Er schiebt den Griff in den Bund seiner Jeans.

Dann holt er aus derselben Plastiktüte eine Spraydose Enteiser.

Sprüht man die Chemikalie auf Eis, schmilzt dieses augenblicklich. Auf Autoscheiben, Schlösser und Wischblätter aufgetragen bevor sie vereisen, kann sie verhindern, daß es überhaupt zu Eisbildung kommt. Wenigstens verspricht das das Etikett. Eigentlich ist ihm gleichgültig, ob das Mittel seinen Zweck erfüllt oder nicht.

Er nimmt den Deckel von dem Druckbehälter und entblößt die Düse. Es gibt zwei Einstellungen: SPRÜHEN und FLIESSEN. Er stellt FLIESSEN ein und steckt den Behälter in eine Tasche seiner Collegejacke.

Zwischen den Beinen der Leiche steht ein riesiger Strauß mit Rosen, Nelken, zierlichem Schleierkraut und Farnblättern in einem blaßgrünen Container. Er zieht ihn aus dem Wagen, hält ihn mit beiden Händen fest und stößt die Tür mit einer Schulter zu.

Er trägt den Strauß vollkommen natürlich, aber doch so, daß er sein Gesicht vor den Beobachtern in dem roten Lieferwagen abschirmt, und geht zur Eingangstür des Hauses, vor dem beide Fahrzeuge geparkt sind. Die Blumen sind nicht für diese Adresse bestimmt. Er hofft, daß niemand zu Hause ist. Wenn jemand die Tür öffnen sollte, wird er so tun, als hätte er sich im Haus geirrt, damit er zur Straße zurückkehren und dabei den Strauß weiter vor das Gesicht halten kann.

Er hat Glück. Niemand reagiert auf das Läuten der Türglocke. Er läutet mehrmals und bringt durch Körpersprache Ungeduld zum Ausdruck.

Er wendet sich von der Tür ab. Er geht den Weg zur Straße hinunter.

Er sieht zwischen den Blumen und dem Grünschmuck hindurch, die er vor sich hält, und stellt fest, daß auch diese Seite des Kleinbusses mit zwei verspiegelten Fenstern im hinteren Teil versehen ist. Da die Straße menschenleer und verlassen ist, beobachten sie ihn mit Sicherheit, weil sie nichts Besseres zu tun haben.

Macht nichts. Er ist nur der frustrierte Auslieferer eines Floristen. Sie werden keinen Grund sehen, ihn zu fürchten. Es ist besser, daß sie ihn beobachten, ignorieren und ihre Aufmerksamkeit wieder auf das weiße Holzhaus richten.

Er geht an der Seite des Beobachtungsfahrzeugs vorbei. Aber statt auf dem rissigen und gesprungenen Bürgersteig zum Heck des Blumenwagens zu gehen, tritt er davor vom Bordstein herunter und hinter den roten »Fun Truck.«

An der Hecktür befindet sich ein kleineres verspiegeltes Bullauge, und für den Fall, daß sie ihn immer noch beobachten, schützt er einen Unfall vor. Er stolpert, läßt den Strauß fallen und tobt wütend, als die Vase auf dem Asphalt zerschellt. »Oh, Scheiße! Verflucht. Das hat mir gerade noch gefehlt!«

Noch im Fluchen bückt er sich unter das Bullauge und holt die Spraydose mit dem Enteiser aus der Jackentasche. Mit der linken Hand umklammert er den Türgriff.

Ist die Tür abgeschlossen, wird sein Versuch, sie aufzureißen, seine wahren Absichten verraten. Schafft er es nicht, hat er ernste Schwierigkeiten, weil sie vermutlich bewaffnet sein werden.

Aber sie haben keinen Grund, mit einem Angriff zu rechnen, daher geht er davon aus, daß die Tür nicht abgeschlossen ist. Er hat recht. Die Klinke läßt sich mühelos bewegen.

Er vergewissert sich nicht, ob jemand auf die Straße gekommen ist und ihn sieht. Wenn er über die Schulter blicken würde, würde er dadurch nur verdächtiger aussehen.

Er reißt die Tür auf. Während er ins vergleichsweise dunkle Innere des Kleinbusses klettert, ohne sich vorher zu vergewissern, ob jemand drinnen ist, drückt er den Zeigefinger auf die Düse der Spraydose und schwenkt sie hin und her.

Jede Menge elektronische Geräte beanspruchen das Innere für sich. Spärlich erleuchtete Armaturen. Zwei am Boden festgeschraubte Drehstühle. Zwei Mann bilden das Beobachtungsteam.

Der erste Mann scheint einen Sekundenbruchteil vorher von seinem Stuhl aufgestanden zu sein und sich zur Hecktür umgedreht zu haben, um durch das Bullauge zu sehen. Er erschrickt, als die Tür aufgerissen wird.

Der kräftige Strahl Enteiser spritzt ihm ins Gesicht und blendet ihn. Er inhaliert und verätzt sich Hals und Lunge. Sein Atem wird abgewürgt, bevor er schreien kann.

Eine fließende Bewegung. Wie eine Maschine. Programmiert. Mit Volldampf.

Eisbeil. Aus dem Hosenbund gezogen. Geschmeidige, halbkreisförmige Bewegung. Mit großer Wucht geschwungen. Auf die rechte Schläfe. Ein Knirschen. Der Mann sackt zusammen. Die Waffe herausziehen.

Zweiter Mann. Zweiter Stuhl. Trägt Kopfhörer. Sitzt an einer Gerätekonsole hinter der Fahrerkabine, Rücken zur Tür. Kopfhörer dämpfen das Röcheln seines Partners. Ahnt Bewegung. Spürt das Beben des Busses, als sein Partner fällt. Wirbelt herum. Überrascht, greift zu spät nach der Waffe im Halfter. Improvisierte chemische Keule sprüht ihm ins Gesicht.

Bewegen, bewegen, herausfordern, kämpfen und siegen.

Erster Mann auf dem Boden zuckt hilflos. Tritt auf ihn, über ihn, in Bewegung bleiben, in Bewegung bleiben, ein Wirbelwind, direkt zum zweiten Mann.

Beil. Wieder. Beil. Beil.

Stille. Stille.

Der Mann am Boden zuckt nicht mehr.

Hat prima geklappt. Keine Schreie, keine Rufe, keine Schüsse.

Er weiß, er ist ein Held, und der Held gewinnt immer. Dennoch ist es eine Erleichterung, den Triumph tatsächlich zu erleben und nicht nur vorauszusetzen.

So entspannt wie jetzt ist er den ganzen Tag nicht gewesen.

Er geht zur Hecktür, beugt sich hinaus und sieht sich auf der Straße um. Niemand zu sehen. Alles ist ruhig.

Er schließt die Tür, läßt die Axt auf den Boden fallen und betrachtet die toten Männer voll Dankbarkeit. Durch das gemeinsame Erlebnis fühlt er sich ihnen derart verbunden. »Danke«, sagt er zärtlich.

Er durchsucht beide Leichen. Sie haben zwar Ausweise in den Taschen, aber er geht davon aus, daß sie gefälscht sind. Er findet nichts Interessantes, abgesehen von sechsundsiebzig Dollar in bar, die er sich nimmt.

Eine rasche Durchsuchung des Busses fördert keine Ordner, Notizbücher, Aktennotizen oder andere Unterlagen zutage, mit denen er die Organisation identifizieren könnte, der das Fahrzeug gehört. Sie führen eine gutorganisierte, einwandfreie Operation durch.

An der Lehne des Stuhls, auf dem der erste Mann gesessen hat, hängt ein Schulterhalfter mit Revolver. Ein Smith & Wesson .38 Chief Special.

Er streift die Collegejacke ab, zieht das Halfter über den preiselbeerfarbenen Pullover, rückt es zurecht, bis es bequem sitzt und legt die Jacke wieder an. Er zieht den Revolver und klappt den Zylinder heraus. Patronen glänzen. Voll geladen. Er klappt den Zylinder zu und steckt die Waffe wieder ins Halfter.

Der Tote auf dem Boden trägt einen Lederbeutel am Gürtel. Zwei Schnellader befinden sich darin.

Er nimmt ihn und befestigt ihn an seinem eigenen Gürtel; nun besitzt er mehr Munition, als er braucht, um mit dem falschen Vater abzurechnen. Aber seine anonymen Vorgesetzten scheinen ihm auf die Spur gekommen zu sein, und er kann unmöglich ahnen, welche Probleme er noch überwinden muß, bis er seinen Namen, seine Familie und das Leben, das ihm gestohlen wurde, wieder zurückbekommen hat.

Der zweite Tote hängt auf dem Stuhl, Kinn auf der Brust und hat es nicht geschafft, die Waffe zu ziehen, nach der er greifen wollte. Sie steckt noch im Halfter.

Er zieht sie heraus. Noch ein Chief Special. Mit seinem kurzen Lauf paßt er in die relativ geräumige Tasche der Collegejacke.

Er spürt immer deutlicher, wie ihm die Zeit wegläuft, daher steigt er aus dem Kleinbus aus und schlägt die Tür hinter sich zu.

Die ersten Schneeflocken des Sturms rieseln in einer kalten Brise vom Himmel im Nordwesten. Zuerst sind es nur wenige, aber groß und filigran.

Als er über die Straße zu dem weißen Haus mit den grünen Fensterläden geht, streckt er die Zunge heraus und fängt einige der Schneeflocken damit auf. Wahrscheinlich hat er das auch als Junge gemacht, als er noch in dieser Straße wohnte und sich über den ersten Schnee des Winters freute.

Er besitzt keine Erinnerungen an Schneemänner, Schneeballschlachten mit anderen Kindern, oder Schlittenfahrten. Obwohl er das alles getan haben muß, ist es mit allem anderen gelöscht worden, und so wurde er um die bittersüße Freude nostalgischer Reminiszenzen gebracht.

Ein Fußweg aus Natursteinplatten führt zwischen winterbraunen Rasenflächen hindurch.

Er geht drei Stufen hoch und überquert die breite Veranda.

An der Tür ist er gelähmt vor Angst. Seine Vergangenheit liegt auf der anderen Seite der Schwelle. Auch seine Zukunft. Seit seiner plötzlichen Bewußtwerdung und dem verzweifelten Versuch, seine Freiheit zu finden, ist er so weit gekommen. Dies könnte der bedeutendste Augenblick seines Feldzugs für Gerechtigkeit sein. Der Wendepunkt. Eltern können zuverlässige Verbündete in schweren Zeiten sein. Ihr Glaube. Ihr Vertrauen. Ihre unsterbliche Liebe. Er hat Angst, daß er so kurz vor seinem Triumph etwas tun könnte, das ihn ihrer Zuneigung beraubt, und so seine Chancen, sein Leben zurückzubekommen, zunichte macht. Soviel steht auf dem Spiel, wenn er den Mut aufbringt zu läuten.

Eingeschüchtert dreht er sich um, betrachtet die Straße und ist verzaubert von dem Anblick, denn es schneit viel stärker als noch vor wenigen Augenblicken. Die Flocken sind immer noch groß und flauschig, und es sind Millionen, die im milden Wind von Nordwesten tanzen. Sie sind so weiß, daß sie zu leuchten scheinen, jedes filigrane kristalline Gebilde von einem schwachen inneren Glanz erfüllt, und plötzlich ist der Tag nicht mehr grau. Die Welt ist so still und friedlich – zwei Eigenschaften, die er in seinem Leben selten erfahren hat –, daß sie überhaupt nicht mehr real zu sein scheint, als wäre sie durch einen Zauberspruch in eine der Glaskugeln versetzt worden, die eine kitschige Winterszene enthalten, in der es immerzu schneit, wenn sie regelmäßig geschüttelt wird.

Der Gedanke ist verlockend. Ein Teil von ihm sehnt sich nach einer statischen Welt unter Glas, einem barmherzigen Gefängnis, zeitlos und unveränderlich, friedlich, sauber, ohne Angst und Kampf, ohne Verlust, wo einem das Herz nie schwer wird.

Wunderschön, wunderschön, der fallende Schnee, der den Himmel noch vor dem Land darunter weiß färbt, ein Sprudeln in der Luft. Das ist so liebreizend, so rührend, daß ihm Tränen in die Augen treten.

Er ist so überaus zartfühlend. Manchmal können die gewöhnlichsten Erlebnisse so bedeutend sein. Feinfühligkeit kann in einer verrohten Welt ein Fluch sein.

Er nimmt allen Mut zusammen und dreht sich wieder zu dem Haus um. Er läutet, wartet nur ein paar Sekunden und läutet noch einmal.

Seine Mutter macht die Tür auf.

Er kann sich nicht an sie erinnern, weiß aber instinktiv, daß dies die Frau ist, die ihm das Leben geschenkt hat. Ihr Gesicht ist etwas plump, für ihr Alter vergleichsweise faltenlos und der Inbegriff der Güte. Seine Gesichtszüge sind ein Echo von ihren. Sie besitzt dieselben blauen Augen, die er im Spiegel gesehen hat, doch für ihn scheinen diese Augen Fenster in eine reinere Seele als seine eigene zu sein.

»Marty!« sagt sie überrascht, mit einem herzlichen Lächeln, und breitet die Arme für ihn aus.

Er ist gerührt, daß sie ihn gleich akzeptiert, tritt über die Schwelle, läßt sich umarmen und hält sich an ihr fest, als müßte er ertrinken, wenn er sie losläßt.

»Liebling, was ist denn? Was hast du?« fragt sie.

Da erst merkt er, daß er schluchzt. Er ist so gerührt von ihrer Liebe, so *dankbar,* daß er einen Platz gefunden hat, wo er hingehört und willkommen ist, daß er seine Gefühle nicht mehr unter Kontrolle hat.

Er drückt das Gesicht in das weiße Haar, das schwach nach Shampoo riecht. Sie scheint so warm zu sein, wärmer als andere Menschen, und er fragt sich, ob sich eine Mutter immer so anfühlt.

Sie ruft seinen Vater: »Jim, Jim, komm schnell her!«

Er versucht zu sprechen, will ihr sagen, daß er sie liebt, aber seine Stimme versagt, bevor er ein einziges Wort herausbringen kann.

Dann betritt sein Vater die Diele und kommt auf sie zu geeilt.

Die Tränen können nicht verhindern, daß er seinen Dad erkennt. Die Ähnlichkeit zwischen ihnen ist noch größer als die mit seiner Mutter.

»Marty, mein Junge, was ist denn passiert?«

Er wechselt von einer Umarmung in die nächste und ist unendlich dankbar für die ausgebreiteten Arme seines Vaters; jetzt ist er nicht mehr einsam, jetzt lebt er in einer Welt unter Glas, wird geachtet und geliebt, geliebt.

»Wo ist Paige?« fragt seine Mutter und sieht zur offenen Tür in den verschneiten Tag hinaus. »Wo sind die Mädchen?«

»Wir haben im Restaurant zu Mittag gegessen«, sagt sein Vater, »und Janey Torreson hat gesagt, über dich wäre etwas in den Nachrichten gekommen, daß du auf jemand geschossen hättest, es aber möglicherweise ein Schwindel sei. Ergab überhaupt keinen Sinn.«

Er ist immer noch aufgewühlt und kann nicht antworten.

Sein Vater sagt: »Wir haben versucht, bei dir anzurufen, sobald wir hier zur Tür reingekommen sind, aber es war nur der Anrufbeantworter dran, daher habe ich eine Nachricht hinterlassen.«

Wieder fragt seine Mutter nach Paige, Charlotte und Emily.

Er muß sich zusammenreißen, denn der falsche Vater könnte jeden Moment hier eintreffen. »Mom, Dad, wir stecken in schlimmen Schwierigkeiten«, sagt er zu ihnen. »Ihr müßt uns helfen, bitte, mein Gott, ihr müßt uns helfen.«

Seine Mutter schlägt die Tür zu und sperrt den kalten Dezember aus, worauf sie ihn ins Wohnzimmer führen, einer auf jeder Seite, ihn mit ihrer Liebe umgeben, berühren, ihn mit besorgten und liebevollen Gesichtern ansehen. Er ist zu Hause. Endlich zu Hause.

Er kann sich an das Wohnzimmer ebensowenig erinnern wie an seine Mutter, seinen Vater oder den Schnee seiner Jugend. Der Boden aus Eichendielen wird halb von einem Perserteppich in Apricot und Grün bedeckt. Die Polstersessel sind mit einem dunklen blaugrünen Stoff bespannt, die Möbelstücke aus dunkelbraunem Kirschholz. Auf dem Kaminsims tickt zwischen zwei Vasen mit chinesischen Tempelszenen würdevoll eine Uhr.

Als sie ihn zum Sofa führt, sagt seine Mutter: »Liebling, wessen Jacke hast du da an?«

»Meine«, sagt er.

»Aber das ist eine *neue* Collegejacke.«

»Geht es Paige und den Kindern gut?« fragt Dad.

»Ja, sie sind okay, sie wurden nicht verletzt«, sagt er.

Seine Mutter betastet die Jacke und sagt: »Die hat die Schule erst vor zwei Jahren eingeführt.«

»Es ist meine«, wiederholt er. Er nimmt die Baseballmütze ab, bevor sie bemerkt, daß die ihm ein wenig zu groß ist.

An einer Wand hängen verschiedene Bilder von ihm, Paige, Charlotte und Emily in verschiedenen Altersstufen. Er wendet den Blick von dieser Galerie ab, da sie ihn zu sehr rührt und er Angst hat, wieder in Tränen auszubrechen.

Er muß sich zusammennehmen und Herr seiner Gefühle werden, damit er seinen Eltern das Wesentliche dieser komplexen und rätselhaften Situation vermitteln kann. Ihnen dreien bleibt wenig Zeit, einen Schlachtplan zu schmieden, bevor der Betrüger eintrifft.

Seine Mutter setzt sich neben ihn auf das Sofa. Sie nimmt seine rechte Hand zwischen ihre beiden und drückt sie sanft und ermutigend.

Links hockt sein Vater auf der Armlehne eines Sessels, beugt sich aufmerksam nach vorne und runzelt besorgt die Stirn.

Er muß ihnen so viel erzählen und weiß nicht, wo er anfangen soll. Er zögert. Einen Augenblick fürchtet er, daß ihm das richtige erste Wort nie einfallen, daß er stumm bleiben und eine psychische

Blockade entwickeln wird, die schlimmer ist als die vor dem Computer in seinem Haus, als er versucht hat, den ersten Satz eines neuen Romans zu schreiben.

Aber als er plötzlich zu reden anfängt, sprudeln die Worte aus ihm heraus wie Wasser durch eine gebrochene Staumauer. »Ein Mann. Da ist ein Mann, er sieht aus wie ich, *genau* wie ich, nicht einmal ich kann einen Unterschied feststellen, und er hat mir mein Leben gestohlen. Paige und die Kinder halten ihn für mich, aber er ist nicht ich, ich weiß nicht, wer er ist oder wie er Paige täuschen kann. Er hat mir meine Erinnerungen geraubt und mir nichts gelassen, und ich weiß nicht, ich weiß einfach nicht, wie er mir soviel stehlen und mich so leer zurücklassen konnte.«

Sein Vater macht einen erschrockenen Eindruck, und es könnte sein, daß ihn diese schrecklichen Enthüllungen *tatsächlich* erschrecken. Aber mit Dads Betroffenheit stimmt etwas nicht, eine feine Nuance, die sich einer Definition entzieht.

Moms Hände drücken seine rechte mehr unwillkürlich als bewußt. Er wagt nicht, sie anzusehen.

Er spricht hastig weiter, da er merkt, wie verwirrt sie sind, und er darauf brennt, es ihnen begreiflich zu machen. »Er redet wie ich, bewegt sich wie ich, er scheint ich zu *sein*, darum habe ich angestrengt darüber nachgedacht, wer er sein könnte, woher er gekommen sein könnte, und ich komme immer wieder zur selben Schlußfolgerung, auch wenn sie unglaublich wirkt, aber es muß sein wie im Kino, ihr wißt schon, wie bei Kevin McCarthy, oder bei Donald Sutherland in dem Remake *Die Körperfresser kommen*, etwas Nichtmenschliches, nicht von dieser Welt, etwas, das uns perfekt nachahmen und unsere Erinnerungen aussaugen kann, das *werden* kann wie wir, nur hat er es irgendwie nicht geschafft, mich zu töten und meine Leiche wegzuschaffen, nachdem er mir abgenommen hatte, was in meinem Kopf war.«

Er verstummt atemlos.

Einen Augenblick sagen seine Eltern kein Wort.

Dann wechseln sie einen Blick. Dieser Blick gefällt ihm nicht. Ganz und gar nicht.

»Marty«, sagt Dad, »vielleicht solltest du alles von Anfang an erzählen, dich beruhigen, uns genau erzählen, was passiert ist, Schritt für Schritt.«

»Das versuche ich euch ja zu erzählen«, sagt er erbittert. »Ich weiß, es ist unvorstellbar, schwer zu glauben, aber ich bin dabei, es euch zu erzählen, Dad.«

»Ich will dir helfen, Marty. Ich will dir glauben. Also beruhige dich, sag mir alles von Anfang an, gib mir die Möglichkeit, es zu verstehen.«

»Wir haben nicht viel Zeit. Begreifst du denn nicht? Paige und die Mädchen sind auf dem Weg hierher mit dieser ... dieser Kreatur, diesem nichtmenschlichen Ding. Ich muß sie von ihm wegholen. Mit eurer Hilfe muß ich ihn irgendwie töten und meine Familie zurückbekommen, bevor es zu spät ist.«

Seine Mutter ist blaß und beißt sich auf die Lippen. Tränen schwimmen in ihren blauen Augen. Sie hält seine Hand so fest umklammert, daß sie ihm fast weh tut. Er wagt zu hoffen, daß wenigstens sie einsieht, welche Eile angesichts dieser unheilvollen Bedrohung geboten ist.

Er sagt: »Alles wird gut, Mom. Irgendwie werden wir damit fertig. Gemeinsam haben wir eine Chance.«

Er sieht zu den Fenstern zur Straße. Er rechnet damit, daß der BMW in der verschneiten Straße auftaucht, in die Einfahrt fährt. Noch nicht. Sie haben noch Zeit, vielleicht nur Minuten, Sekunden, aber sie haben Zeit.

Dad räuspert sich und sagt: »Marty, ich habe keine Ahnung, was hier los ist ...«

»Ich habe dir *gesagt,* was los ist!« brüllt er. »Verdammt, Dad, du hat keine Ahnung, was ich durchgemacht habe.« Wieder steigen ihm Tränen in die Augen und er bemüht sich, sie zu unterdrücken. »Ich hatte solche Schmerzen, solche Angst, soweit ich mich erinnern kann, hatte ich Angst und war allein und habe versucht zu verstehen.«

Sein Vater streckt den Arm aus und legt ihm eine Hand auf das Knie. Dad ist besorgt, aber nicht so, wie er sein sollte. Er ist nicht erkennbar wütend darüber, daß ein fremdes Wesen das Leben seines Sohnes gestohlen hat, regiert nicht ängstlich auf die Neuigkeit, daß eine nichtmenschliche Kreatur auf Erden wandelt und sich als Mensch ausgibt. Statt dessen macht er nur einen besorgten Eindruck ... und einen traurigen. Sein Gesicht und seine Stimme drücken eine unmißverständliche und unangemessene Traurigkeit aus. »Du bist nicht allein, Junge. Wir sind immer für dich da. Das weißt du doch sicherlich.«

»Wir halten zu dir«, sagt Mom. »Wir werden dir jede Hilfe zuteil werden lassen, die du brauchst.«

»Wenn Paige auf dem Weg hierher ist, wie du behauptest«, fügt sein Vater hinzu, »dann setzen wir uns alle gemeinsam zusammen, wenn sie hier ist, und versuchen zu verstehen, was passiert ist.«

Ihre Stimmen klingen ein wenig herablassend, als würden sie sich mit einem Kind unterhalten, einem intelligenten und aufgeschlossenen Kind, aber trotzdem einem Kind.

»Seid still! Seid doch still!« Er zieht die Hand aus dem Griff seiner Mutter, springt auf und zittert vor hilfloser Wut.

Das Fenster. Schneeflocken. Die Straße. Kein BMW. Aber bald.

Er wendet sich vom Fenster ab und dreht sich zu seinen Eltern um.

Seine Mutter sitzt am Rand des Sofas, das Gesicht in den Händen verborgen, die Schultern gekrümmt, eine Pose des Kummers und der Verzweiflung.

Er *muß* sie dazu bringen, daß sie verstehen. Dieses Bedürfnis verzehrt ihn, so wie ihn seine Unfähigkeit frustriert, ihnen die Situation auch nur ansatzweise klarzumachen.

Sein Vater steht von dem Sessel auf. Bleibt unentschlossen stehen. Arme an den Seiten. »Marty, du bist gekommen, damit wir dir helfen, und wir wollen dir helfen, weiß Gott, aber wir können dir nicht helfen, wenn du dir nicht helfen läßt.«

Seine Mutter nimmt die Hände vom Gesicht; Tränen strömen über ihre Wangen, und sie sagt: »Bitte, Marty. *Bitte.*«

»Jeder macht einmal einen Fehler«, sagt sein Vater.

»Wenn es Drogen sind«, sagt seine Mutter unter Tränen und ebenso zu seinem Vater wie zu ihm, »damit können wir leben, das können wir akzeptieren, dagegen finden wir ein Heilmittel.«

Seine Welt unter Glas – die wunderschöne, friedliche, zeitlose Welt –, in der er die letzten kostbaren Minuten gelebt hat, seit seine Mutter ihn auf der Veranda in die Arme nahm, zerplatzt plötzlich. Ein häßlicher, gezackter Riß durchzieht die glatte Oberfläche des Kristalls. Die saubere, liebreizende Atmosphäre dieses flüchtigen Paradieses entweicht mit einem *Wusch* und läßt die giftige Luft der verhaßten Welt herein, in der das Leben ein unablässiger Kampf gegen Hoffnungslosigkeit, Einsamkeit und Ablehnung ist.

»Tut mir das nicht an«, fleht er. »Laßt mich nicht im Stich. Wie könnt ihr mir das antun? Wie könnt ihr euch gegen mich wenden?

Ich bin euer Kind.« Frustration wird zu Wut. »Euer einziges Kind.« Wut verwandelt sich in Haß. »Ich *muß*. Ich muß. Könnt ihr das nicht sehen?« Er bebt vor Wut. »Ist es euch vollkommen einerlei? Seid ihr herzlos? Wie könnt ihr so gemein zu mir sein, so grausam? Wie konntet ihr es dazu kommen lassen?«

12.

In Bishop machten sie gerade lange genug an einer Tankstelle Rast, um Schneeketten zu kaufen, die gegen Aufpreis gleich auf die Reifen des BMW montiert wurden. Die Highway Patrol von Kalifornien empfahl, daß alle Fahrzeuge, die in die Sierra Nevada unterwegs waren, mit Ketten ausgerüstet sein sollten, hatte es aber noch nicht angeordnet.

Route 395 wurde westlich von Bishop zu einem zweigeteilten Highway, und trotz der erheblich zunehmenden Steigung schafften sie eine gute Zeit vorbei an Rovanna und Crowley Lake, vorbei an McGee Creek und Convict Lake, und etwas südlich von Casa Diablo Hot Springs verließen sie die 395 und wechselten auf die Route 203.

Casa Diablo. Haus des Teufels.

Bisher hatte sich Marty noch nie Gedanken über die Bedeutung dieses Namens gemacht.

Nicht alles war ein Omen.

Bevor sie Mammoth Lakes erreichten, fing es an zu schneien.

Die großen Flocken waren fast so locker gewoben wie billige Spitze. Und sie fielen so dicht, daß man den Eindruck hatte, als würde mehr als die Hälfte des Luftvolumens zwischen Land und Himmel von Schnee beansprucht werden. Der Schnee blieb sofort liegen und überzog die Landschaft mit einer hermelinartigen Decke.

Paige fuhr ohne anzuhalten durch Mammoth Lakes und bog nach Süden Richtung Lake Mary ab. Charlotte und Emily auf dem Rücksitz waren so fasziniert vom Schneefall, daß sie zumindest im Augenblick keine Ablenkung brauchten.

Östlich der Berge war der Himmel grauschwarz und aufgewühlt gewesen. Hier, im winterkalten Herzen der Sierra, glich er einem von milchiggrauem Star überzogenen Zyklopenauge.

Die Ausfahrt von der Route 203 wurde von einer Gruppe Kiefern markiert, von denen die höchste noch Spuren eines Jahrzehnte zurückliegenden Blitzschlags trug. Der Blitz hatte die Kiefer nicht nur beschädigt, sondern auch zu einem mutierten Wachstumsmuster geführt, so daß sie nun wie ein knorriger und böser Turm aussah.

Die Schneeflocken waren kleiner als vorher, fielen dichter und wurden vom Nordwestwind verweht. Nach einem spielerischen Auftakt machte der Sturm ernst.

Die aufwärts führende Straße, die durch Hochwiesen und Wälder verlief – immer mehr von letzteren und weniger von ersteren –, passierte schließlich ein eingezäuntes Gelände mit mehr als hundert Morgen zur Rechten. Dieses Land war vor elf Jahren von der Prophetischen Kirche der Verklärung gekauft worden, einer Sekte, die den Lehren des Reverend Jonathan Caine folgte und dem Glauben anhing, daß die wahren Gläubigen bald zum Himmel fahren und nur die Ungetauften und wahrhaft Bösen zurückbleiben würden, die tausend Jahre grausame Kriege und die Hölle auf Erden durchmachen mußten, bis das Jüngste Gericht kam.

Wie sich herausstellte, war Caine ein Kinderschänder gewesen, der alles auf Video aufzeichnen ließ, was er mit den Kindern seiner Anhänger anstellte. Er mußte ins Gefängnis, seine zweitausend Gefolgsleute waren von den Winden der Desillusionierung und des Verrats verweht worden, und um das Grundstück mit sämtlichen Gebäuden wurde seit fast fünf Jahren prozessiert.

Manche Wunschträume konnten zerstörerisch sein.

Der Maschendrahtzaun, der von Stacheldraht gekrönt wurde, war an manchen Stellen niedergetrampelt. In der Ferne konnte man den Kirchturm hoch über den Bäumen aufragen sehen. Darunter lagen die schrägen Dächer eines Gebäudekomplexes, in dem die Gläubigen geschlafen, Mahlzeiten eingenommen und darauf gewartet hatte, daß die rechte Hand des Allmächtigen Gottes sie in den Himmel hob. Der Kirchturm war unberührt geblieben. Aber an den Gebäude darunter fehlten Türen und Fenster, sie boten Ratten und Opossums und Waschbären Unterschlupf, waren ihrer Pracht beraubt und vom Verfall gezeichnet. Manchmal waren die Vandalen Menschen gewesen. Aber Wind und Eis und Schnee hatten den größten Teil der Verwüstungen angerichtet, als hätte Gott durch das Wetter, das seinem Willen gehorchte, ein Gericht über die Kirche der Verklärung gebracht, das Er über den Rest der Menschheit noch nicht bringen wollte.

Die Blockhütte lag ebenfalls rechts der schmalen Landstraße, das nächste Grundstück nach dem riesigen Gelände der zerfallenen Sekte. Sie stand hundert Meter von der Straße entfernt am Ende eines ausgefahrenen Wegs und unterschied sich kaum von vielen ähnlichen Ferienhäusern, die in den umliegenden Bergen standen, die meisten auf einem Morgen Land oder mehr.

Es handelte sich um ein eingeschossiges Gebäude mit verwitterten Zederndielen, einem Schieferdach, einer abgeschirmten Veranda und einem Fundament aus Flußkieseln. Im Lauf der Jahre hatten seine Eltern an das ursprüngliche Haus angebaut, so daß es nun zwei Schlafzimmer, eine Küche, ein Wohnzimmer und zwei Bäder enthielt.

Sie parkten vor der Hütte und stiegen aus dem BMW aus. Die umliegenden Fichten, Riesenkiefern und Goldkiefern waren uralt und riesig, und ihr süßer Duft erfüllte die Luft. Trockene Nadeln und Kiefernzapfen lagen auf dem ganzen Gelände verstreut. Schnee konnte nur zwischen den Bäumen und durch vereinzelte Lücken des verflochtenen Zweigdachs auf den Boden fallen.

Marty ging zum Holzschuppen hinter der Blockhütte. Die Tür war mit einer Öse und einem Bolzen verschlossen. Drinnen, rechts vom Eingang, war ein Ersatzschlüssel in einem Plastikbeutel dicht an der Wand einen halben Zentimeter unter dem Boden versteckt.

Als Marty zur vorderen Veranda zurückkehrte, umkreiste Emily gerade einen der hohen Bäume in geduckter Haltung und untersuchte die Zapfen, die von ihm heruntergefallen waren. Charlotte vollführte einen ausgelassenen Tanz zwischen den Bäumen, wo Schnee wie Scheinwerferlicht auf eine Bühne zwischen den Bäumen hindurch fiel.

»Ich bin die Schneekönigin!« verkündete Charlotte atemlos, während sie hochsprang und sich in der Luft drehte. »Ich habe Macht über den Winter! Ich kann dem Schnee befehlen zu fallen! Ich kann die Welt weiß und glänzend und wunderschön machen!«

Als Emily einen Armvoll Zapfen aufhob, sagte Paige: »Liebling, die bringst du aber nicht mit ins Haus.«

»Ich mache ein Kunstwerk daraus.«

»Sie sind schmutzig.«

»Sie sind wunderschön.«

»Sie sind wunderschön *und* schmutzig«, sagte Paige.
»Dann mache ich das Kunstwerk hier draußen.«
»Schnee, falle! Schnee, wehe! Schnee, wirble und kreise und treibe deinen Schabernack!« befahl die tanzende Schneekönigin, während Marty die Holztreppe hinaufging und die Tür auf der Veranda öffnete.

Heute morgen hatten die Mädchen Jeans und Wollpullover angezogen, damit sie für die Sierra gewappnet waren, und dazu trugen sie gefütterte Nylonjacken und Handschuhe. Sie wollten draußen bleiben und spielen. Aber selbst wenn sie Stiefel dabei gehabt hätten, wäre das Grundstück eine verbotene Zone für sie gewesen. Dieses Mal war die Blockhütte kein Feriendomizil, sondern eine Zuflucht, die sie vielleicht in eine Festung verwandeln mußten, und in den umliegenden Wäldern konnte sich etwas weitaus Gefährlicheres als Wölfe aufhalten.

Im Inneren der Hütte herrschte ein leicht staubiger Geruch. Sie machte sogar einen kälteren Eindruck als der verschneite Tag außerhalb ihrer Wände.

Im Kamin stapelte sich Holz, zusätzliches Brennholz war neben dem breiten, tiefen Herd aufgeschichtet worden. Später würden sie Feuer machen. Damit die Hütte möglichst schnell warm wurde, ging Paige von Zimmer zu Zimmer und schaltete die elektrischen Heizlüfter in den Wänden ein.

Marty, der an einem der Fenster nach vorne stand und durch die überbaute Veranda den Feldweg entlang zur Landstraße sah, nahm das Funktelefon zur Hand, das er vom Auto mit hereingebracht hatte, und versuchte wieder, seine Eltern in Mammoth Lakes anzurufen.

»Daddy«, sagte Charlotte, als er die Nummer wählte, »mir ist gerade eingefallen, wer soll Sheldon und Bob und Fred und die anderen Jungs zu Hause füttern, wenn wir nicht da sind?«

»Ich habe schon mit Mrs. Sanchez vereinbart, daß sie sich darum kümmert«, log er, denn er hatte noch nicht den Mut gefunden, ihr zu sagen, daß ihre sämtlichen Haustiere tot waren.

»Oh, okay. Ein Glück, daß es nicht Mrs. Sanchez war, die total Amok gelaufen ist.«

»Wen rufst du an, Daddy?« fragte Emily, als es am anderen Ende der Leitung zum ersten Mal geläutet hatte.

»Großvater und Großmutter.«

»Sag ihnen, daß ich ihnen eine Skulptur aus Kiefernzapfen mache.«

»Mann«, sagte Charlotte, »da werden sie ja kotzen vor Freude.«

Das Telefon läutete zum dritten Mal.

»Meine Kunstwerke gefallen ihnen«, beharrte Emily.

Charlotte sagte: »Müssen sie ja – schließlich sind sie ja deine Großeltern.«

Viertes Läuten.

»Ja, klar, und du bist auch nicht die Schneekönigin«, sagte Emily.

»Bin ich doch.«

Fünf.

»Nein, du bist der Schneetroll.«

»Du bist die Schneekröte«, konterte Charlotte.

Sechs.

»Schneewurm.«

»Schneemade.«

»Schneerotz.«

»Schneekotze.«

Marty warf ihnen einen warnenden Blick zu, was dem Schimpfwortewettbewerb ein jähes Ende bereitete, obwohl sie einander noch die Zungen herausstreckten.

Nach dem siebten Läuten legte er den Finger auf den ENDE-Knopf. Aber bevor er ihn drücken konnte, wurde die Verbindung hergestellt.

Wer auch immer den Hörer abnahm, er sagte nichts.

»Hallo?« sagte Marty. »Mom? Dad?«

Der Mann am anderen Ende schaffte es, sich traurig und wütend zugleich anzuhören, als er sagte: »Wie hast du sie täuschen können?«

Marty war zumute, als hätte sich Eis in seinen Adern und Knochen gebildet, aber nicht nur wegen der Kälte in der Blockhütte, sondern weil die Stimme am anderen Ende eine perfekte Kopie seiner eigenen war.

»Warum lieben sie dich mehr als mich?« wollte der Andere mit vor Emotionen zitternder Stimme wissen.

Ein Mantel des Grauens senkte sich über Marty, und das Gefühl des Unwirklichen war so desorientierend wie in einem Alptraum. Er schien wach zu träumen.

Er sagte: »Rühr sie nicht an, du Dreckskerl. Wage nicht, ihnen auch nur ein Haar zu krümmen.«

»Sie haben mich verraten.«

»Ich will mit meiner Mutter und meinem Vater sprechen«, verlangte Marty.

»*Meiner* Mutter und *meinem* Vater«, sagte der Andere.

»Hol sie ans Telefon.«

»Damit du ihnen noch mehr Lügen erzählen kannst?«

»Hol sie sofort ans Telefon«, stieß Marty zwischen zusammengebissenen Zähnen hervor.

»Sie können sich deine Lügen nicht mehr anhören.«

»Was hast du getan?«

»Sie werden dir nie mehr zuhören.«

»Was hast du getan?«

»Sie wollten mir nicht geben, was ich brauchte.«

Als er endlich begriff, wurde sein Grauen zu Trauer. Einen Augenblick konnte Marty nicht sprechen.

Der Andere sagte: »Alles, was ich brauchte, war Liebe.«

»Was hast du getan?« brüllte er. »Wer bist du, was bist du, verdammt, was bist du, *was hast du getan?*«

Der Andere schenkte der Frage keine Beachtung, sondern beantwortete sie mit Gegenfragen: »Hast du Paige gegen mich aufgehetzt? Meine Paige, meine Charlotte, meine süße kleine Emily? Besteht noch Hoffnung, daß ich sie zurückbekomme, oder muß ich sie auch töten?« Die Stimme brach vor Gefühlsaufwallungen. »O Gott, fließt überhaupt noch Blut in ihren Adern, sind sie noch Menschen, oder hast du sie in etwas anderes verwandelt?«

Marty wurde klar, daß sie kein Gespräch führen konnten. Es war Wahnsinn, es auch nur zu versuchen. So sehr sie sich auch ähnlich sehen und sich ähnlich anhören mochten, sie besaßen überhaupt keine Gemeinsamkeiten. Sie unterschieden sich in grundlegenden Aspekten so sehr, als wären sie Angehörige unterschiedlicher Rassen.

Marty drückte den ENDE-Knopf.

Seine Hände zitterten so sehr, daß er das Telefon fallen ließ.

Als er sich vom Fenster umdrehte, sah er, daß die Mädchen nebeneinander standen und sich an den Händen hielten. Sie sahen blaß und ängstlich zu ihm auf.

Sein lauter Tonfall am Telefon hatte Paige aufmerksam gemacht, die in einem der Schlafzimmer die elektrische Heizung eingeschaltet hatte.

Bilder der Gesichter seiner Eltern und kostbare Erinnerungen an ein Leben voller Liebe kamen Marty in den Sinn, aber er unterdrückte sie entschlossen. Wenn er sich jetzt seinem Kummer ergab und kostbare Zeit mit Tränen vergeudete, würde er damit Paige und die Mädchen zum sicheren Tod verurteilen.

»Er ist hier«, sagte Marty, »er kommt, und wir haben nicht mehr viel Zeit.«

Dritter Teil
Neue Karten der Hölle

Wer die Sünde der Habgier vertreibt,
sich meist der Sünde des Neids verschreibt.
Und wer dazu noch abschwört dem Neid,
der kartographiert die Hölle erneut.

Alle, die die Welt zu verbessern trachten,
werden sich stets als heilige Männer betrachten,
und mit ihren edlen Taten im Sinn
für immer der Introspektion entfliehn.

Das Buch gezählten Leids

Lacht über Tyrannen und die Tragödien, die sie anrichten.
Solche Männer begrüßen unsere Tränen als Beweis für
Unterwürfigkeit, aber unser Lachen verdammt sie zu
Schmach.

Laura Shane
Endless River

SECHS

1.

Er steht in der Küche seiner Eltern, betrachtet den fallenden Schnee durch das Fenster über der Spüle, schlottert vor Hunger und schlingt Reste von Hackfleisch hinunter.

Dies ist einer der entscheidenden Augenblicke, die wahre Helden von Heuchlern trennen. Wenn alles finster ist, wenn sich Tragödie auf Tragödie türmt, wenn Hoffnung nur etwas für Idioten und Narren zu sein scheint, geben Harrison Ford oder Kevin Costner oder Tom Cruise oder Wesley Snipes oder Kurt Russell dann auf? Nein. Niemals. Unvorstellbar. Sie sind Helden. Sie halten durch. Wachsen über sich selbst hinaus. Sie rechnen nicht nur mit Widersachern ab, sie blühen dabei auf. Da er die schlimmsten Augenblicke im Leben dieser großen Männer miterlebt hat, weiß er, wie man mit Schicksalsschlägen, Depressionen, gewaltigen körperlichen Mißhandlungen und sogar der Bedrohung durch eine außerirdische Macht fertigwerden kann.

Bewegen, bewegen, herausfordern, kämpfen und siegen.

Er darf nicht über die Tragödie des Tods seiner Eltern nachdenken. Die Kreaturen, die er vernichtet hat, waren sowieso nicht mehr seine Mutter und sein Vater, sondern Kopien wie derjenige, der sein eigenes Leben gestohlen hat. Möglicherweise wird er nie erfahren, wann seine richtigen Eltern ermordet und ausgetauscht worden sind, aber auf jeden Fall hat er jetzt keine Zeit, um sie zu trauern.

Wenn er zuviel über seine Eltern nachdenkt – oder überhaupt über etwas –, ist das nicht nur eine Verschwendung kostbarer Zeit, sondern unheldenhaft. Helden denken nicht. Helden *handeln*.

Bewegen, bewegen, herausfordern, kämpfen und siegen.

Als er fertig gegessen hat, geht er durch die Waschküche neben der Küche zur Garage. Er schaltet das Neonlicht ein, als er über die Schwelle geht, und stellt fest, daß ihm zwei Fahrzeuge zur Verfügung stehen – ein alter blauer Dodge und ein anscheinend neuer Jeep Wagoneer. Er wird den Jeep benutzen, wegen des Allradantriebs.

Die Schlüssel des Fahrzeugs hängen an einem Schlüsselbrett in der Waschküche. In einem Schrank findet er auch einen großen Karton Waschpulver. Er liest die Liste der Chemikalien auf dem Karton und ist zufrieden mit dem, was er sieht.

Er geht in die Küche zurück.

Das Ende einer Reihe von Küchenschränken bildet ein Weinregal. Nachdem er in einer Schublade einen Korkenzieher gefunden hat, macht er vier Flaschen auf und schüttet den Inhalt ins Spülbecken.

In einer anderen Schublade findet er zwischen anderen Kochutensilien einen Plastiktrichter. Eine dritte Schublade ist mit sauberen weißen Servietten gefüllt, in der vierten findet er eine Schere und ein Streichholzbriefchen.

Er trägt die Flaschen nebst allen anderen Gegenständen in die Waschküche und stellt sie auf die gefliete Arbeitsfläche neben dem tiefen Becken.

In der Garage holt er einen roten Zwanzig-Liter-Kanister von einem Regal über der Werkbank. Als er den Verschluß aufschraubt, schlagen ihm Benzinschwaden aus der Öffnung entgegen. Von Frühling bis Herbst hat Dad den Kanister wahrscheinlich mit Benzin für den Rasenmäher gefüllt, aber jetzt ist er leer.

Er kramt in sämtlichen Schubladen der Werkbank, bis er eine Rolle flexiblen Plastikschlauch in einer Schachtel mit Ersatzteilen für das Trinkwasserfiltersystem in der Küche findet. Damit saugt er Benzin aus dem Dodge in den Kanister.

An der Spüle in der Waschküche schüttet er mit Hilfe des Trichters etwa zwei Zentimeter hoch Waschpulver in jede der leeren Weinflaschen. Gießt Benzin darüber. Schneidet die Servietten in handliche Streifen.

Er hat zwar zwei Revolver und zwanzig Schuß Munition, will aber sein Waffenarsenal noch durch Molotowcocktails bereichern. Die Erfahrungen der letzten vierundzwanzig Stunden, seit er dem falschen Vater zum ersten Mal gegenüber getreten ist, haben ihn gelehrt, den Gegner nicht zu unterschätzen.

Er hofft immer noch, daß er Paige, Charlotte und die kleine Emily retten kann. Er sehnt sich nach wie vor nach einer Wiedervereinigung und der Fortsetzung ihrer Lebensgemeinschaft.

Aber er muß der Wirklichkeit ins Auge sehen und sich auf die Möglichkeit vorbereiten, daß seine Frau und die Kinder nicht mehr die sind, die sie einmal waren. Vielleicht sind sie schon geistig versklavt worden. Andererseits könnten sie auch von Parasiten aus einer anderen Welt befallen sein, ihre Gehirne ausgehöhlt und mit zuckenden Ungeheuern gefüllt. Oder vielleicht sind sie gar nicht mehr sie selbst, lediglich Duplikate der wahren Paige, Charlotte und Emily, so wie der falsche Vater ein Duplikat von ihm ist, aus einer Samenkapsel von einem fernen Stern gewachsen.

Die Vielfalt außerirdischer Bedrohungen ist grenzenlos und unvorstellbar, aber eine Waffe hat die Welt am häufigsten gerettet: Feuer. Kurt Russell wurde als Mitglied eines Forschungsteams in der Antarktis mit einem außerirdischen Wesen von unendlicher Wandlungsfähigkeit und großer List konfrontiert, möglicherweise das furchteinflößendste außerirdische Ding, das jemals die Erde kolonisieren wollte, und Feuer war bei weitem die wirksamste Waffe gegen diesen überlegenen Gegner gewesen.

Er fragt sich, ob vier Brandsätze ausreichen werden. Wahrscheinlich wird er sowieso keine Zeit haben, mehr anzuzünden. Wenn etwas aus dem falschen Vater, Paige oder den Mädchen herausplatzt, und wenn es so angriffslustig ist wie die Ungeheuer, die in Kurt Russells Forschungsstation aus den Leuten herausgeplatzt sind, würde er zweifellos überwältigt werden, bevor er mehr als vier Brandbomben werfen kann, zumal er sich die Zeit nehmen muß, jede einzeln anzuzünden. Er wünscht sich, er hätte einen Flammenwerfer.

2.

Marty stand an einem der vorderen Fenster, betrachtete den Schnee, der dicht zwischen den Bäumen hindurch auf den Weg fiel, der zur Landstraße führte, und holte mehrere Handvoll Munition aus den Schachteln, die sie von Mission Viejo mitgebracht hatten. Er verteilte die Patronen in den verschiedenen Reißverschlußtaschen seiner rot-schwarzen Skijacke und in den Taschen seiner Jeans.

Paige lud das Magazin der Mossberg. Sie hatte nicht soviel Zeit wie Marty damit verbracht, auf dem Schießstand zu üben, daher fühlte sie sich mit der großkalibrigen Waffe wohler.

Sie besaßen achtzig Patronen für die Schrotflinte und etwa zweihundert 9mm-Geschosse für die Beretta.

Marty kam sich schutzlos vor.

Er hätte sich auch mit noch so vielen Waffen nicht sicherer gefühlt.

Nachdem er das Gespräch mit dem Anderen beendet hatte, hatte er sich überlegt, ob sie die Blockhütte verlassen und wieder flüchten sollten. Aber wenn er ihnen so leicht bis hierher gefolgt war, würde er ihnen überallhin folgen, wohin sie auch gingen. Es war besser, sich in einem Gebäude zu verbarrikadieren, das verteidigt werden konnte, als auf einem einsamen Highway angegriffen oder an einem Ort überrascht zu werden, der nicht so geschützt wie die Blockhütte war.

Fast hätte er die hiesige Polizei angerufen und zum Haus seiner Eltern geschickt. Aber der Andere wäre mit Sicherheit verschwunden gewesen, bis sie dort eingetroffen wären, und die Spuren, die sie dort fanden – Fingerabdrücke und weiß Gott was sonst noch –, hätten nur den Eindruck erweckt, als hätte er selbst seine Mutter und seinen Vater ermordet. Die Medien hatten ihn schon als labilen Charakter hingestellt. Der Tatort in dem Haus in Mammoth Lakes würde genau zu dem Hirngespinst passen, das sie den Leuten verkaufen wollten. Wenn er heute oder morgen oder nächste Woche festgenommen – oder auch nur ein paar Stunden ohne Verhaftung festgehalten wurde –, wären Paige und die Mädchen auf sich allein gestellt, eine Vorstellung, die er unerträglich fand.

Sie hatten keine andere Wahl, als sich einzugraben und zu kämpfen. Was eigentlich keine Wahl, sondern ein Todesurteil war.

Charlotte und Emily, die nebeneinander auf dem Sofa saßen, trugen immer noch Jacken und Handschuhe. Sie hielten einander an den Händen und machten sich Mut. Obwohl sie Angst hatten, weinten sie nicht oder wollten getröstet werden, wie wahrscheinlich viele andere Kinder in derselben Situation. Sie waren schon immer echte Kämpfer gewesen, jede auf ihre Art.

Marty war nicht sicher, was er seinen Töchtern sagen sollte. Normalerweise waren er und Paige nicht um Ratschläge verlegen, die ihnen helfen sollten, die Probleme des Lebens zu meistern. Paige bezeichnete sie stets scherzhaft als die »Wunderbare Stillwater-Elternmaschine«, ein Ausdruck, in dem ebenso viel Spott wie aufrichtiger Stolz mitschwang. Aber dieses Mal fehlten ihm die Worte, weil er sich bemühte, sie nie anzulügen, sie auch jetzt nicht anlügen wollte, aber nicht wagte, ihnen seine hoffnungslose Einschätzung der Lage mitzuteilen.

»Kinder, kommt mal her und tut mir einen Gefallen«, sagte er.

Sie brannten darauf, sich zu beschäftigen, und kamen sofort vom Sofa zu ihm ans Fenster.

»Bleibt hier stehen«, sagte er, »und beobachtet die Asphaltstraße. Wenn ein Auto in die Einfahrt biegt, langsam vorbeifährt oder sonst etwas Verdächtiges tut, schlagt ihr Alarm. Kapiert?«

Sie nickten ernst.

Zu Paige sagte Marty: »Überprüfen wir die anderen Fenster, ob sie geschlossen sind, und ziehen die Vorhänge zu.«

Wenn es dem Anderen gelang, sich unbemerkt an die Blockhütte anzuschleichen, sollte der Mistkerl sie wenigstens nicht durch ein Fenster beobachten oder beschießen können.

Jedes Fenster, das er überprüfte, war verriegelt.

Als er in der Küche das Fenster mit Blick auf den tiefen Wald hinter der Blockhütte zuzog, fiel ihm ein, daß seine Mutter die Vorhänge selbst mit ihrer Nähmaschine im Gästezimmer des Hauses in Mammoth Lakes gemacht hatte. Er sah sie vor seinem geistigen Auge, wie sie an der Singer saß, Fuß auf dem Pedal, und die auf und ab sausende Nadel nicht aus den Augen ließ.

Seine Brust verkrampfte sich vor Schmerz. Er holte tief Luft, stieß sie erschauernd aus und versuchte, nicht nur den Schmerz zu verdrängen, sondern auch die Erinnerung, die ihn ausgelöst hatte.

Wenn sie überlebten, würde er später noch Zeit haben, um seine Mutter zu trauern.

Im Augenblick durfte er nur an Paige und die Kinder denken. Seine Mutter war tot. Sie lebten. Die nüchterne Wahrheit: Trauer war ein Luxus.

Er holte Paige im zweiten Schlafzimmer ein, als sie gerade die Vorhänge zugezogen hatte. Sie hatte eine Nachttischlampe eingeschaltet, damit sie nicht im Dunkeln herumtappen mußte, wenn sie die Vorhänge geschlossen hatte, und die wollte sie gerade löschen.

»Laß sie an«, sagte Marty. »Durch den Sturm werden wir eine lange und frühe Dämmerung bekommen. Er kann wahrscheinlich von außen sehen, in welchen Zimmern Licht brennt und in welchen nicht. Warum sollten wir es ihm leichter machen und zeigen, wo wir sind.«

Sie schwieg. Betrachtete den bernsteinfarbenen Lampenschirm. Als könnte sie ihre Zukunft aus den vagen Mustern des beleuchteten Stoffs deuten.

Schließlich sah sie ihn an. »Wieviel Zeit haben wir?«

»Vielleicht zehn Minuten, vielleicht zwei Stunden. Kommt ganz auf ihn an.«

»Was wird passieren, Marty?«

Nun war es an ihm, zu schweigen. Er wollte auch sie nicht belügen.

Als Marty schließlich sprach, war er von seinen eigenen Worten überrascht, weil sie aus den Tiefen des Unterbewußtseins kamen, ernst gemeint waren und größeren Optimismus erkennen ließen, als er bewußt empfand. »Wir werden den Wichser erledigen.« Optimismus oder fatale Selbsttäuschung.

Sie kam um das Fußende des Betts herum zu ihm, und sie umarmten sich. In seinen Armen fühlte sie sich so wohl. Einen Augenblick schien die Welt nicht mehr vollkommen verrückt geworden zu sein.

»Wir wissen immer noch nicht, wer er ist, was er ist oder woher er kommt«, sagte sie.

»Und das werden wir vielleicht nie erfahren. Selbst wenn wir den Dreckskerl töten, werden wir vielleicht nie wissen, was das alles zu bedeuten hatte.«

»Wenn wir es nie herausfinden, können wir die Trümmer nicht aufheben.«

»Nein.«

Sie legte den Kopf an seine Schultern und küßte zärtlich den entblößten Halbschatten seiner Würgemale. »Wir können uns nie wieder sicher fühlen.«

»In unserem alten Leben nicht. Aber solange wir vier zusammen sind«, sagte er, »kann ich alles zurücklassen.«

»Das Haus und alles, was darin ist, meinen Beruf, deinen ...«

»Das alles ist nicht so wichtig.«

»Ein neues Leben, neue Namen ... was für eine Zukunft werden die Mädchen haben?«

»Die beste, die wir ihnen geben können. Sie hatten nie irgendwelche Garantien. Die gibt es im Leben nicht.«

Sie nahm den Kopf von seiner Schulter und sah ihm in die Augen. »Kann ich wirklich damit fertigwerden, wenn er hier auftaucht?«

»Selbstverständlich kannst du das.«

»Ich bin nur eine Familienberaterin für gestörte Beziehungen zwischen Eltern und Kindern. Ich bin nicht die Heldin eines Abenteuerromans.«

»Und ich bin nur ein Krimiautor. Aber wir können es schaffen.«

»Ich habe Angst.«

»Ich auch.«

»Aber wenn ich jetzt schon Angst habe, woher soll ich den Mut nehmen, zur Schrotflinte zu greifen und meine Kinder vor etwas ... etwas wie ihm zu beschützen?«

»Stell dir vor, du *bist* die Heldin eines Abenteuerromans.«

»Wenn es nur so einfach wäre.«

»In mancher Hinsicht ... ist es das vielleicht«, sagte er. »Du weißt, ich halte nicht viel von freudianischen Erklärungen. Aber ich finde, in den häufigsten Fällen entscheiden wir selbst, was wir sind. Du bist ein lebendes Beispiel dafür, nach allem, was du als Kind durchgemacht hast.«

Sie machte die Augen zu. »Irgendwie fällt es mir leichter, mich als Familienpsychologin zu sehen statt als Kathleen Turner in *Auf der Jagd nach dem grünen Diamanten*.«

»Als wir uns kennenlernten«, sagte er, »hast du dir auch nicht vorstellen können, daß du einmal Frau und Mutter sein würdest. Für dich war eine Familie nichts weiter als ein Gefängnis, ein Gefängnis und eine Folterkammer. Du wolltest nie wieder zu einer Familie gehören.«

Sie schlug die Augen auf. »Du hast mir gezeigt, wie.«

»Ich habe dir gar nichts gezeigt. Ich habe dir nur beigebracht, wie man sich eine gute Familie vorstellt, eine gesunde Familie. Als du imstande warst, dir das vorzustellen, hast du auch lernen können, an die Möglichkeit zu glauben. Von da an warst du dein eigener Lehrer.«

Sie sagte: »Also ist das Leben eine Art Roman, hm?«

»Jedes Leben ist eine Geschichte. Wir erfinden jeden Tag etwas Neues dazu.«

»Okay. Ich versuche, Kathleen Turner zu sein.«

»Noch besser.«

»Wer?«

»Sigourney Weaver.«

Sie lächelte. »Ich wünschte, ich hätte eine dieser riesigen futuristischen Waffen wie sie, als sie Ripley gespielt hat.«

»Komm, sehen wir lieber nach, ob unsere Wachen noch auf Posten sind.«

Im Wohnzimmer entband er die Mädchen von ihrem Dienst am einzigen nicht zugezogenen Fenster und schlug vor, sie sollten Wasser heiß machen, damit sie eine Tasse Schokolade trinken könnten. Die Blockhütte war immer mit Grundnahrungsmitteln in Dosen bestückt, einschließlich einer Schachtel Milchpulver mit Schokogeschmack. Die elektrischen Heizlüfter hatten immer noch nicht nennenswert aufgeheizt, daher konnten sie alle ein wenig Wärme von innen vertragen. Außerdem war die Zubereitung von heißer Schokolade so eine *normale* Tätigkeit, daß sie vielleicht die Nervosität ein wenig vertrieb und sie beruhigte.

Er sah zum Fenster hinaus über die Veranda am Heck des BMW vorbei. So viele Bäume standen zwischen der Blockhütte und der Landstraße, daß die hundert Meter lange Zufahrt weitgehend im Schatten lag, aber er konnte trotzdem sehen, daß niemand mit dem Auto oder zu Fuß näher kam.

Marty vertraute darauf, daß der Andere sich frontal nähern würde, und nicht von der Rückseite der Blockhütte. Zum einen grenzte ihr Grundstück an die hundert Morgen Land der Kirche weiter unten an und bergauf an eine noch größere Parzelle, was eine indirekte Annäherung vergleichsweise anstrengend und zeitraubend gemacht hätte.

Seinem früheren Verhalten nach zu urteilen, machte der Andere stets direkte Vorstöße. Ihm schienen das Geschick oder die Geduld für ein strategisches Vorgehen zu fehlen. Er war mehr ein Mann der Tat als ein Denker, was mit ziemlicher Sicherheit eher für eine blindwütige Attacke als eine verstohlene Annäherung sprach.

Das konnte sich als fatale Schwäche des Gegners erweisen. Auf jeden Fall bot es Anlaß zur Hoffnung.

Schnee fiel. Die Schatten wurden tiefer.

3.

Im Motelzimmer versuchte Spicer, den Überwachungswagen anzurufen, um sich auf den neuesten Stand bringen zu lassen. Er ließ das Telefon ein dutzendmal läuten, legte auf und versuchte es noch einmal, aber immer noch blieb der Anruf unbeantwortet.

»Da ist was passiert«, sagte er. »Sie hätten den Bus nicht verlassen.«

»Vielleicht ist etwas mit ihrem Telefon nicht in Ordnung«, schlug Oslett vor.

»Es läutet.«

»Vielleicht nicht an ihrem Ende.«

Spicer versuchte es noch einmal, mit demselben Ergebnis. »Kommen Sie«, sagte er, nahm seine Fliegerjacke und ging zur Tür.

»Sie wollen doch nicht dorthin gehen?« sagte Oslett. »Haben Sie jetzt keine Angst mehr, Sie könnten ihre Tarnung auffliegen lassen?«

»Die ist schon aufgeflogen. Da stimmt was nicht.«

Clocker hatte die Tweedjacke über den schreiend orangefarbenen Kaschmirpullover gezogen. Er brauchte sich keinen Hut aufzusetzen, weil er ihn gar nicht erst abgesetzt hatte. Er steckte den *Raumschiff-Enterprise*-Roman in eine Tasche und ging ebenfalls zur Tür.

Oslett folgte ihnen mit dem schwarzen Aktenkoffer und sagte: »Aber was hätte schiefgehen können? Es lief doch alles wieder so reibungslos.«

Draußen lagen bereits anderthalb Zentimeter Schnee. Die Flocken waren jetzt fein und relativ trocken, die Straßen weiß. Die Zweige der Nadelbäume hatten einen weihnachtlichen Schmuck bekommen.

Spicer fuhr den Explorer, und nach wenigen Minuten trafen sie in der Straße ein, wo Stillwaters Eltern lebten. Er deutete auf das Haus, als sie noch einen halben Block entfernt waren.

Auf der anderen Straßenseite, gegenüber dem Stillwater-Haus, parkten zwei Wagen am Bordstein. Oslett erkannte den roten Kleinbus anhand der verspiegelten Scheiben als den des Überwachungsteams.

»Was hat der Blumenwagen hier zu suchen?« fragte sich Spicer.

»Blumen ausliefern«, vermutete Oslett.

»Kaum.«

Spicer fuhr an dem Kleinbus vorbei und parkte den Explorer davor.

»Ist das wirklich klug?« fragte Oslett.

Spicer nahm das Funktelefon und rief das Überwachungsteam noch einmal an. Sie antworteten nicht.

»Wir haben keine andere Wahl«, sagte Spicer, während er die Tür öffnete und in den Schnee hinaus sprang.

Die drei gingen zur Rückseite des roten Busses.

Auf dem Asphalt zwischen dem Fahrzeug und dem Blumenwagen lag ein großer Blumenstrauß inmitten der Scherben einer Vase. Die Stiele der Blumen steckten noch in dem schwammähnlichen Material, das Floristen für die Arrangements verwenden, daher hatte der Wind sie nicht fortwehen können, aber sie sahen aus, als wäre mehr als einmal auf sie getreten worden. Die Farben mancher Blumen wurden vom Schnee verdeckt, was bedeutete, sie konnten in den vergangenen dreißig bis fünfundvierzig Minuten nicht berührt worden sein.

Die zertretenen Blüten und frostüberzogenen Farnwedel besaßen eine seltsame Schönheit. Hätte man davon ein Foto gemacht, es in einer Galerie ausgestellt und ihm einen Titel wie »Romanze« oder »Verlust« gegeben, wären die Leute wahrscheinlich minutenlang nachdenklich davor stehengeblieben.

Als Spicer an die Hecktür des Busses klopfte, sagte Clocker: »Ich seh im Blumenwagen nach.«

Da niemand auf das Klopfen reagierte, öffnete Spicer forsch die Tür und stieg ein.

Als er ihm folgte, hörte Oslett Spicer leise sagen: »Ach du Scheiße.«

Das Innere des Busses war dunkel. Durch die Spiegel, die als Fenster dienten, drang kaum Licht herein. Nur die Sonden und Monitore der elektronischen Ausrüstung spendeten Licht.

Oslett zog die Sonnenbrille ab, sah die Toten und machte die Hecktür zu.

Spicer hatte die Sonnenbrille ebenfalls abgenommen. Seine Augen hatten eine seltsam haßerfüllte gelbe Farbe. Vielleicht lag es auch nur an den Spiegelungen der Sonden und Monitore.

»Alfie muß zum Haus der Stillwaters gekommen sein, den Bus

gesehen und ihn sofort als Beobachtungsposten erkannt haben«, sagte Spicer. »Bevor er da rüberging, hat er hier vorbeigeschaut und reinen Tisch gemacht, damit ihn drüben keiner stören konnte.«

Die elektronische Ausrüstung wurde von Sonnenkollektoren auf dem Dach des Busses gespeist. Fand eine Beobachtung nachts statt, konnten die Batterien, falls erforderlich, auf herkömmliche Weise geladen werden, indem der Motor des Busses kurzzeitig angelassen wurde. Aber selbst an bewölkten Tagen fingen die Kollektoren genügend Sonnenlicht ein, um das System funktionsfähig zu halten.

Auch wenn der Motor nicht lief, war die Innentemperatur des Busses angenehm, wenn auch etwas kühl. Das Fahrzeug war ungewöhnlich gut isoliert, und die Solarzellen betrieben auch eine kleine Heizung.

Oslett stieg über die Leiche am Boden, sah zu einem der Fenster hinaus und sagte: »Wenn Alfie zu diesem Haus gezogen wurde, dann muß Stillwater schon hier gewesen sein.«

»Vermutlich.«

»Aber das Team hat ihn nicht kommen oder gehen sehen.«

»Offenbar nicht«, stimmte Spicer zu.

»Hätten sie uns nicht informiert, wenn sie Stillwater, seine Frau oder die Kinder gesehen hätten?«

»Auf jeden Fall.«

»Also ... ist er jetzt da drüben? Vielleicht sind sie alle da drüben, die ganze Familie, und Alfie.«

Spicer sah zum Fenster hinaus und fügte hinzu: »Vielleicht auch nicht. Jemand ist vor nicht allzu langer Zeit weggefahren. Sehen Sie die Reifenspuren in der Einfahrt?«

Ein Fahrzeug mit breiten Reifen war rückwärts aus der Garage neben dem weißen Holzhaus gestoßen. Auf der Straße war er rückwärts nach links geschwenkt, dann war der Vorwärtsgang eingelegt worden und der Wagen war nach rechts davongefahren. Der Schnee hatte gerade erst damit begonnen, die Reifenspuren wieder zu füllen.

Clocker machte die Hecktür auf und erschreckte sie. Er kletterte herein, schloß die Tür und sagte kein Wort wegen des blutigen Beils auf dem Boden oder der beiden ermordeten Männern. »Sieht so aus, als hätte Alfie den Blumenwagen als Tarnung gestohlen. Der Botenjunge liegt hinten bei seinen Blumen und ist mausetot.«

Trotz der verbreiterten Karosserie war durch die vielen Überwachungsgeräte nicht genügend Platz vorhanden, daß alle drei bequem stehen konnten. Oslett verspürte eine Anwandlung von Klaustrophobie.

Spicer zog den sitzenden Toten von dem Drehstuhl, auf dem er gestorben war. Die Leiche fiel zu Boden. Spicer suchte den Stuhl nach Blut ab, bevor er sich setzte und sich an den Bedienungsknöpfen und Monitoren zu schaffen machte, mit denen er vertraut zu sein schien.

Oslett spürte Clocker unbehaglich über sich aufragen, als er sagte: »Ist es möglich, daß in dem Haus angerufen wurde und die Jungs es uns nicht mehr mitteilen konnten, bevor Alfie sie kaltgemacht hat?«

Spicer sagte: »Das versuche ich gerade herauszufinden.«

Während Spicers Finger über die Tastatur huschten, leuchteten bunte Diagramme und andere Darstellungen auf einem halben Dutzend Monitoren auf.

Oslett rammte Clocker in dem engen Raum den Ellbogen in den Magen, als er sich wieder dem ersten Seitenfenster zuwandte. Er beobachtete das Haus auf der anderen Straßenseite.

Clocker bückte sich, damit er zu dem anderen Fenster hinausschauen konnte. Oslett nahm an, daß der Trekkie bestimmt so tat, als handelte es sich um das Bullauge eines Raumschiffs, durch dessen dickes Panzerglas er einen fremden Planeten beobachtete.

Mehrere Autos fuhren vorbei. Ein Pickup. Ein schwarzer Hund lief auf dem Bürgersteig vorbei; durch den Schnee an seinen Pfoten sah er aus, als würde er zwei Paar weiße Socken tragen. Das Haus der Stillwaters war still und ruhig.

»Ich hab's«, sagte Spicer und zog die Kopfhörer ab, die er aufgesetzt hatte, während Oslett zum Fenster hinaussah.

Was er hatte, war ein Telefonanruf, den die automatische Ausrüstung vermutlich dreißig Minuten, *nachdem* das Überwachungsteam von Alfie getötet worden war, aufgezeichnet hatte. Alfie hatte sich im Haus der Stillwaters aufgehalten, als der Anruf erfolgte, und nach dem siebten Läuten abgenommen. Spicer ließ das Gespräch noch einmal über Lautsprecher statt über Kopfhörer laufen, damit sie alle drei gleichzeitig zuhören konnten.

»Die erste Stimme, die Sie hören, ist der Anrufer«, sagte Spicer, »weil der Mann, der bei den Stillwaters abnimmt, zuerst gar nichts sagt.«

»Hallo? Mom? Dad?«
»Wie hast du sie täuschen können?«

Spicer stoppte das Band und sagte: »Die zweite Stimme ist die am anderen Apparat – und es ist die von Alfie.«
»Sie hören sich beide wie Alfie an.«
»Der andere ist Stillwater. Alfie spricht als nächster.«

»Warum lieben sie dich mehr als mich?«
»Rühr sie nicht an, du Dreckskerl. Wage nicht, ihnen auch nur ein Haar zu krümmen.«
»Sie haben mich verraten.«
»Ich will mit meiner Mutter und meinem Vater sprechen.«
»Meiner Mutter und meinem Vater.«
»Hol sie ans Telefon.«
»Damit du ihnen noch mehr Lügen erzählen kannst?«

Sie hörten sich das ganze Gespräch an. Es war mehr als unheimlich, weil man den Eindruck hatte, als würde ein Mann mit sich selbst sprechen, eine radikal gespaltene Persönlichkeit. Schlimmer, ihr böser Bube war offensichtlich nicht nur ein Deserteur, sondern ein regelrechter Psychopath.

Als das Band zu Ende war, sagte Oslett: »Demnach ist Stillwater nie im Haus seiner Eltern gewesen.«
»Offenbar nicht.«
»Wie hat Alfie es dann gefunden? Und warum ist er dorthin gegangen? Warum interessierte er sich für Stillwaters Eltern und nicht nur für Stillwater?«

Spicer zuckte die Achseln. »Vielleicht haben Sie die Möglichkeit, den Jungen zu fragen, wenn Sie ihn wieder einfangen können.«

Es gefiel Oslett nicht, so viele unbeantwortete Fragen zu haben. Das gab ihm das Gefühl, als wäre er nicht Herr der Lage.

Er sah aus dem Fenster auf das Haus und die Reifenspuren in der verschneiten Einfahrt. »Wahrscheinlich ist Alfie nicht mehr da drüben.«
»Ist Stillwater gefolgt«, stimmte Spicer zu.
»Von wo kam dieser Anruf?«
»Funktelefon.«

Oslett sagte: »Können wir auch zurückverfolgen, oder?«

Spicer deutete auf drei Zahlenreihen eines Monitors und sagte: »Wir haben eine Dreieckspeilung über Satellit.«

»Sagt mir nichts, nur Zahlen.«

»Dieser Computer kann den Standort auf der Karte anzeigen. Bis auf dreißig Meter von dem ursprünglichen Signal entfernt.«

»Wie lange dauert das?«

»Höchstens fünf Minuten«, sagte Spicer.

»Gut. Bleiben Sie dran. Wir sehen uns im Haus um.«

Oslett stieg dicht gefolgt von Clocker aus dem roten Kleinbus aus.

Als sie über die verschneite Straße gingen, war es Oslett vollkommen gleichgültig, ob sich ein Dutzend neugierige Nachbarn an den Fenstern drängten. Die Situation war ohnehin schon publik geworden und nicht mehr zu retten. Er, Clocker, und Spicer würden in nicht einmal zehn Minuten mit ihren Toten verschwinden, und dann konnte niemand mehr beweisen, daß sie überhaupt da gewesen waren.

Sie betraten die Veranda der Stillwaters. Oslett läutete. Niemand machte auf. Er läutete noch einmal und versuchte sein Glück an der Tür, die unverschlossen war. Von der anderen Straßenseite würde es aussehen, als hätten Jim oder Alice Stillwater geöffnet und sie herein gebeten.

In der Diele machte Clocker die Tür hinter ihnen zu und zog den Colt .357 Magnum aus dem Schulterhalfter. Sie blieben ein paar Sekunden stehen und lauschten in das stille Haus.

»Sei friedlich, Alfie«, sagte Oslett, obwohl er bezweifelte, daß sich ihr böser Junge noch in der Nähe aufhielt. Als die rituelle Antwort auf diesen Befehl ausblieb, wiederholte er die drei Worte lauter als zuvor.

Immer noch Stille.

Vorsichtig gingen sie weiter durch das Haus – und fanden das tote Paar im ersten Zimmer, das sie überprüften. Stillwaters Eltern. Beide hatten eine gewisse Ähnlichkeit mit dem Schriftsteller – und selbstverständlich mit Alfie.

Bei der hastigen Durchsuchung des Hauses, wobei sie den Befehl vor jeder neuen Tür wiederholten, fanden sie nur noch in der Küche etwas Interessantes. In der kleinen Kammer roch es nach Benzin. Was Alfie im Schilde führte, bestätigten die Stoffetzen, der

Trichter und der halbleere Waschmittelkarton, die auf der Arbeitsplatte neben dem Waschbecken verstreut lagen.

»Dieses Mal geht er kein Risiko ein«, sagte er. »Er ist hinter Stillwater her, als ob er einen Krieg führt.«

Sie mußten den Jungen aufhalten – und zwar schnell. Wenn er die Familie Stillwater oder auch nur den Schriftsteller selbst tötete, wäre es unmöglich, das Mord/Selbstmord-Szenario vorzutäuschen, mit dem sich so viele lose Enden problemlos verknüpfen ließen. Und je nachdem, was für ein wahnsinniges Feuerspektakel er vorhatte, würde er möglicherweise soviel Aufmerksamkeit auf sich lenken, daß es unmöglich sein würde, seine Existenz geheimzuhalten und ihn wieder von der Bildfläche verschwinden zu lassen.

»Verdammt«, sagte Oslett und schüttelte den Kopf.

»Psychopathische Klone«, sagte Clocker fast so, als *wollte* er nervtötend sein, »machen nichts als Ärger.«

4.

Paige, die heiße Schokolade trank, übernahm die nächste Wache am Fenster.

Marty saß im Schneidersitz bei Charlotte und Emily auf dem Wohnzimmerboden und spielte Karten mit einem Blatt, das sie aus einer Spielesammlung hatten. Es war die ruhigste Partie »Go Fish«, die Paige je miterlebt hatte, da sie ohne Bemerkungen oder Unstimmigkeiten ablief. Ihre Gesichter waren grimmig, als würden sie gar nicht »Go Fish« spielen, sondern ein Tarotblatt vor sich haben, das nichts als schlechte Zukunftsaussichten für sie bereit hielt.

Während Paige in den verschneiten Tag hinaussah, wurde ihr plötzlich klar, daß sie und Marty nicht in der Blockhütte warten sollten. Sie wandte sich vom Fenster ab und sagte: »Wir machen einen Fehler.«

»Was für einen?« fragte er und sah von den Karten auf.

»Ich gehe raus.«

»Wozu?«

»Diese Felsformation da drüben, unter den Bäumen, auf halbem Weg zur Landstraße. Ich könnte mich dorthin legen und die Einfahrt immer noch sehen.«

Marty legte die Spielkarten weg. »Was für einen Sinn sollte das haben?«

»Ist doch völlig klar. Wenn er von vorne kommt, wie wir beide glauben – wie er *muß* –, wird er einfach an mir vorbeigehen, direkt zur Blockhütte. Ich wäre hinter ihm. Ich könnte ihm zwei Schüsse in den Hinterkopf ballern, ehe er weiß, wie ihm geschieht.«

Marty stand auf und schüttelte den Kopf. »Nein, das ist zu gefährlich.«

»Wenn wir beide hier drinnen bleiben, dann ist es, als würden wir ein Fort verteidigen.«

»Ich finde ein Fort prima.«

»Erinnerst du dich nicht mehr an die alten Filme über die Kavallerie im Wilden Westen, die ein Fort verteidigte? Früher oder später haben die Indianer es überrannt, so gut befestigt es auch sein mochte, und sind eingedrungen.«

»Das sind nur Filme.«

»Ja, aber vielleicht hat er sie auch gesehen. Komm her«, beharrte sie. Als er neben ihr am Fenster stand, deutete sie auf die Felsen, die in den Schatten unter den Kiefern kaum zu sehen waren. »Es wäre perfekt.«

»Gefällt mir nicht.«

»Es wird klappen.«

»Gefällt mir nicht.«

»Du weißt, daß ich recht habe.«

»Okay, vielleicht hast du recht, aber es gefällt mir trotzdem nicht«, sagte er schneidend.

»Ich geh da raus.«

Er sah ihr in die Augen, wo er möglicherweise nach einem Fünkchen Angst suchte, mit dem er sie umstimmen konnte. »Du hältst dich für die Heldin in einem Abenteuerroman, richtig?«

»Du hast meine Phantasie angekurbelt.«

»Ich wünschte, ich hätte den Mund gehalten.« Er sah lange zu den im Schatten liegenden Felsen hinüber, dann seufzte er und sagte: »Also gut, aber ich werde gehen. Du bleibst hier bei den Mädchen.«

Sie schüttelte den Kopf. »So läuft das nicht, Baby.«

»Komm mir jetzt nicht mit der feministischen Masche.«

»Nein. Es ist nur ... Du bist derjenige mit dem übersinnlichen Signal.«

»Und?«

»Er kann spüren, wo du bist, und je nachdem, wie ausgeprägt seine Begabung ist, kann er vielleicht spüren, daß du hinter den Steinen liegst. Du mußt in der Hütte bleiben, damit er dich hier drinnen spürt und direkt zu dir geht – an mir vorbei.«

»Vielleicht kann er dich auch spüren.«

»Bisher spricht alles dafür, daß nur du derjenige welcher bist.«

Er litt aus Angst um sie Höllenqualen, die sein Gesicht zerfurchten. »Gefällt mir nicht.«

»Du wiederholst dich. Ich gehe jetzt raus.«

5.

Als Oslett und Clocker das Haus der Stillwaters verließen und die Straße überquerten, setzte sich Spicer gerade ans Lenkrad des roten Kleinbusses.

Der Wind wurde stärker. Schnee wurde in einem steilen Winkel vom Himmel geweht und die Straße entlang gewirbelt.

Oslett ging zur Fahrertür des Überwachungswagens.

Spicer hatte die Sonnenbrille wieder aufgesetzt, obwohl die letzte Stunde des Tageslichts angebrochen war. Seine Augen, gelb oder sonstwie, waren verborgen.

Er sah auf Oslett herunter und sagte: »Ich werde den Schrotthaufen hier wegbringen, raus aus dem County, bevor ich die Zentrale anrufe und um Hilfe beim Abtransport der Leichen bitte.«

»Was ist mit dem Jungen im Blumenwagen?«

»Die sollen ihren Abfall selbst wegschaffen«, sagte Spicer.

Er gab Oslett ein genormtes Blatt Papier, auf das der Computer eine Karte ausgedruckt und den Punkt gekennzeichnet hatte, von wo aus Martin Stillwater im Haus seiner Eltern angerufen hatte. Nur wenige Straßen waren eingezeichnet. Oslett steckte sie in die Skijacke, bevor der Wind ihm das Blatt Papier aus der Hand reißen oder der Schnee es aufweichen konnte.

»Er ist nur ein paar Meilen entfernt«, sagte Spicer. »Sie nehmen den Explorer.« Er ließ den Motor an, schlug die Tür zu und fuhr in den Sturm hinein.

Clocker saß schon am Lenkrad des Explorer. Abgase drangen aus dem Auspuff.

Oslett lief zur Beifahrerseite, stieg ein, schloß die Tür und fischte die Computerkarte aus der Tasche. »Fahren wir. Die Zeit wird knapp.«

»Nur nach menschlichen Maßstäben«, sagte Clocker. Als er anfuhr und die Scheibenwischer einschaltete, fügte er hinzu: »Von einem kosmischen Standpunkt aus gesehen könnte Zeit das einzige sein, wovon es einen unerschöpflichen Vorrat gibt.«

6.

Paige gab den Mädchen einen Kuß und ließ sie versprechen, daß sie artig sein und tun würden, was ihr Vater ihnen sagte. Sie zurückzulassen und ihrem ungewissen Schicksal entgegenzugehen, war die schwerste Entscheidung, die sie je hatte treffen müssen. So zu tun, als hätte sie keine Angst, damit die anderen den Mut nicht verloren, war noch schwerer.

Als Paige zur Tür hinausging, begleitete Marty sie auf die Veranda. Windböen fuhren durch die Abschirmung und brachten die Verandatür am Ende der Stufen zum Klappern.

»Es gibt einen anderen Weg«, sagte er und beugte sich dicht zu ihr, damit er sich über den Sturm hinweg verständlich machen konnte, ohne zu brüllen. »Wenn er wirklich von mir angezogen wird, sollte ich mich vielleicht beeilen und hier verschwinden, damit ich ihn so weit wie möglich von euch weglocken kann.«

»Vergiß es.«

»Aber wenn ich mir um dich und die Mädchen keine Sorgen machen muß, werde ich vielleicht mit ihm fertig.«

»Und wenn er statt dessen dich tötet?«

»Dann müßten wir wenigstens nicht alle dran glauben.«

»Glaubst du, er würde sich nicht wieder auf die Suche nach uns machen? Vergiß nicht, er will dein Leben. Dein Leben, deine Frau, deine Kinder.«

»Wenn er mich erledigen und euch verfolgen würde, hättest du immer noch deine Chance, ihn über den Haufen zu schießen.«

»Ach ja? Und wenn er auftauchen würde, wie sollte ich in der kurzen Zeit, die mir bleibt, bevor er in meine Nähe kommt, herausfinden können, ob du es bist oder er?«

»Könntest du nicht«, gab er zu.

»Also machen wir es auf meine Weise.«

»Du bist so verdammt stark«, sagte er.

Er konnte nicht wissen, daß ihre Knie weich wie Butter waren, ihr Herz heftig schlug und sie den schwachen metallischen Geschmack nackter Angst im Mund hatte.

Sie umarmten einander nur kurz.

Sie nahm die Mossberg, ging zur Verandatür hinaus, die Stufen hinunter, durch den Hof, am BMW vorbei in den Wald und drehte sich nicht noch einmal um, weil sie fürchtete, er könnte das wahre Ausmaß ihrer Angst erkennen und darauf bestehen, daß sie in die Blockhütte zurückkam.

Unter dem Zeltdach der schützenden Zweige der Nadelbäume hörte sich der Wind hohl und fern an, ausgenommen als sie unter einigen rauchfangähnlichen Öffnungen her ging, die sich bis hinauf zum blinden Himmel erstreckten. Windböen heulten diese Schächte hinab, kalt wie Ektoplasma und schrill wie der Gesang von Klageweibern.

Zwar handelte es sich um ein Hanggrundstück, aber der Boden unter den Bäumen ließ sich mühelos begehen. Da kein direktes Sonnenlicht einfiel, wuchs kaum Unterholz. Viele Bäume waren so alt, daß sich die untersten Äste erst über ihrem Kopf befanden, und zwischen den dicken Stämmen hatte man ungehinderten Ausblick bis zur Landstraße.

Der Boden war steinig. Hier und da brachen Granitformationen durch die Krume, ausnahmslos alt und glatt.

Die Formation, die sie Marty gezeigt hatte, lag auf halbem Weg zwischen der Hütte und der Landstraße, und hangaufwärts nur sechs Meter vom Weg entfernt. Sie erinnerte an einen Halbkreis aus Zähnen, stumpfe Backenzähne, sechzig bis neunzig Zentimeter hoch, wie das versteinerte Gebiß eines sanftmütigen pflanzenfressenden Dinosauriers, der größer war als alles, was man bisher vermutet hatte.

Als sie sich der Granitformation näherte, in der Schatten so schwarz wie eingedickter Kiefernteer hinter den »Backenzähnen« warteten, hatte Paige plötzlich das Gefühl, als wäre der Andere schon da und beobachtete die Blockhütte von diesem Versteck aus. Drei Meter von ihrem Ziel entfernt blieb sie stehen, wobei sie leicht auf dem Teppich abgefallener Kiefernnadeln ins Rutschen kam.

Wenn er wirklich da gewesen wäre, hätte er sie kommen sehen

und jederzeit töten können. Die Tatsache, daß sie noch am Leben war, sprach gegen seine Anwesenheit. Dennoch war ihr, als sie weiterzugehen versuchte, als wäre sie in einen tiefen Meeresgraben gefallen, wo sie sich gegen den Widerstand des ganzen Meeres vorwärts bewegen mußte.

Mit klopfendem Herzen ging sie um die Sichelformation herum und schlüpfte von hinten in das schattige Halbrund. Der Doppelgänger wartete nicht auf sie.

Sie legte sich auf den Bauch. Sie wußte, in ihrer dunkelblauen Skijacke und mit über das blonde Haar gezogener Kapuze war sie so gut wie unsichtbar zwischen den Schatten und dunklen Steinen.

Durch Lücken zwischen den Steinen konnte sie die Einfahrt in ihrer gesamten Länge überblicken, ohne den Kopf so hoch heben zu müssen, daß sie selbst gesehen werden konnte.

Jenseits der schützenden Bäume steigerte der Sturm sich rasch zu einem ausgewachsenen Blizzard. Der Schnee fiel zwischen den Bäumen hindurch so dicht auf die Einfahrt, daß sie fast den Eindruck hatte, als würde sie ins schäumende Antlitz eines Wasserfalls schauen.

Die Skijacke hielt ihren Oberkörper warm, aber die Jeans konnten die durchdringende Kälte der Steine, auf denen sie lag, nicht abhalten. Je mehr Körperwärme aufgesogen wurde, desto mehr taten ihr die Hüften und die Kniegelenke weh. Sie wünschte, sie würde auch gefütterte Skihosen tragen, und kam zu der Einsicht, daß sie zumindest eine warme Wolldecke hätte mitbringen sollen, die sie zwischen sich und den Granit legen konnte.

Im zunehmenden Wind quietschten die höchsten Äste der Fichten und Kiefern wie Dutzende Türen mit rostigen Scharnieren. Nicht einmal die dämpfenden Zweige der Nadelbäume konnten die anschwellende Stimme des Windes abschwächen.

Das allmählich schwindende Licht der letzten Stunde des Tages hatte die stahlgraue Farbe von Eis auf einem zugefrorenen See.

Jeder Anblick, jedes Geräusch war kalt und schien die Kälte noch zu vermehren, die sich von den Granitfelsen auf sie übertrug. Sie fragte sich, wie lange sie es hier aushalten konnte, bis sie zur Blockhütte zurückmußte, um sich aufzuwärmen.

Dann kam ein dunkelblauer Jeep auf der Landstraße bergauf gefahren und bog ruckartig in die Einfahrt ein. Er sah aus wie der Jeep, der Martys Eltern gehört hatte.

Dimmer auf sieben Grad. Von Mammoth Lakes nach Süden, durch dichtes Schneetreiben, durch wirbelnde Windhosen, durch Strömungen und Wasserfälle und Explosionen und luftige Mauern aus Schnee, auf einem Highway, der unter der wachsenden Schneedecke kaum noch zu erkennen ist, mit hoher Geschwindigkeit an langsameren Fahrzeugen vorbei, wobei er Trödler mit der Lichthupe aus dem Weg scheucht, damit sie ihn überholen lassen, und sogar vorbei an einem Schneepflug und einem Streuwagen, dessen gelbe und rote Blinklichter die Millionen weißer Flocken kurzzeitig in glühende Funken verwandeln. Links abbiegen. Eine schmalere Straße. Bergauf. Bewaldete Hänge. Langer Maschendrahtzaun rechts, Stacheldrahtrollen obendrauf, an manchen Stellen niedergerissen. Nicht hier. Etwas weiter. Nahe. Bald.

Die vier Molotowcocktails stehen in einem Pappkarton auf dem Boden vor dem Beifahrersitz, in den Fußraum eingeklemmt. Die Lücken dazwischen hat er mit zusammengelegten Zeitungen ausgestopft, damit die Flaschen nicht gegeneinanderklirren.

Beißende Dämpfe steigen von den getränkten Stoffetzen auf. Das Parfum der Zerstörung.

Von der magnetischen Anziehungskraft des falschen Vaters geleitet, biegt er unvermittelt rechts ab in eine schmale Einfahrt, die vom Schnee schon halb zugedeckt ist. Er bremst so wenig wie möglich, rutscht weg und tritt schon wieder aufs Gas, während der Jeep noch nach Halt sucht und beide Hinterreifen laut quietschend durchdrehen.

Direkt vor ihm, mindestens hundert Meter im Wald, steht eine Blockhütte. Schwaches Licht in den Fenstern. Schneebedecktes Dach.

Selbst wenn der BMW nicht links von der Hütte parken würde, hätte er gewußt, daß er seinen Widersacher gefunden hat. Die magnetische Kraft des verhaßten Betrügers zieht ihn vorwärts.

Als er die Blockhütte sieht, entscheidet er sich für einen vollen Frontalangriff, ohne Rücksicht darauf, ob das klug ist oder welche Folgen es haben könnte. Seine Mutter und sein Vater sind tot, Frau und Kinder wahrscheinlich ebenfalls schon lange tot, Körper und Gesichter höhnisch von der tückischen außerirdischen Rasse nachgeahmt, die seinen eigenen Namen und seine Erinnerungen gestohlen hat. Er schäumt vor Wut, sein Haß bereitet ihm körperliche Schmerzen, so verzehrend ist er, und nur rasche Gerechtigkeit wird die dringend benötigte Erleichterung bringen.

Die durchdrehenden Reifen fressen sich durch den Schnee und finden auf dem Boden Halt.

Er tritt mit dem Fuß aufs Gaspedal.

Der Jeep schnellt vorwärts. Ein wilder Schrei voller Wut und Rachsucht entfährt ihm, und der mentale Dimmer schnellt von sieben Grad auf dreihundertsechzig hoch.

Marty stand am Fenster, als die Scheinwerfer sich durch das Schneetreiben auf der Landstraße bohrten, aber zuerst konnte er ihren Ursprung nicht erkennen. Das Fahrzeug, das bergauf fuhr, wurde von Bäumen und Büschen am Straßenrand verborgen. Dann kam es in Sicht – ein Jeep –, bog mit hoher Geschwindigkeit in die Einfahrt ab, das Heck rutschte weg, und Schneematsch wurde hinter den durchdrehenden Hinterreifen aufgewirbelt.

Einen Augenblick später, während er noch die Ankunft des Jeeps verarbeitete, schlug eine brutale psychische Flutwelle über ihm zusammen, wie er sie in dieser Stärke schon früher erlebt hatte, aber mit anderen Eigenschaften. Dies war nicht nur die drängende, suchende Kraft, die bei früheren Gelegenheiten auf ihn eingehämmert hatte, sondern eine Druckwelle schwarzer und verbitterter Emotionen, die ihn in das Denken seines Feindes versetzten, wie vor ihm noch kein Mensch im Denken eines anderen gewesen war. Er befand sich in einem surrealistischen Gefilde von psychotischer Wut, Verzweiflung, infantiler Selbstbesessenheit, Angst, Verwirrung, Neid, Wollust und so üblen drängenden Begierden, daß eine Kloake voll verwesender Leichen nicht ekelhafter hätte sein können.

Für die Dauer des telepathischen Kontakts war Marty zumute, als wäre er in einen der inneren Kreise der Hölle gestoßen worden. Der Kontakt dauerte nicht mehr als drei oder vier Sekunden, schien aber endlos zu sein. Als er vorbei war, stand Marty mit an die Schläfen gepreßten Händen da und hatte den Mund zu einem stummen Schrei aufgerissen.

Er rang nach Luft und zitterte am ganzen Körper.

Das Aufheulen des Motors riß ihn in die Wirklichkeit zurück und zog seine Aufmerksamkeit wieder auf das, was sich vor dem Fenster abspielte. Der Jeep Kombi raste die Einfahrt entlang auf die Blockhütte zu.

Vielleicht hatte er das Ausmaß von Tollkühnheit und Wahnsinn des Anderen unterschätzt, aber jetzt war er in diesem Verstand gewesen und glaubte zu wissen, was geschehen würde. Er wirbelte vom Fenster herum zu den Mädchen.

»Lauft, hinten raus, *los doch!*«

Charlotte und Emily waren bereits vom Wohnzimmerboden und dem Kartenspiel zu zweit aufgesprungen, in das sie vorgeblich vertieft gewesen waren, und liefen zur Küche, bevor Marty die Warnung zu Ende gesprochen hatte.

Er lief ihnen hinterher.

Binnen einer Sekunde schoß ihm eine alternative Vorgehensweise durch den Kopf: Im Wohnzimmer bleiben, hoffen, daß der Jeep in der Verandaumrandung steckenbleibt und es nicht bis zur Mauer der Blockhütte schafft, dann nach dem Zusammenstoß hinausstürmen und den Mistkerl erschießen, bevor er hinter dem Lenkrad hervorklettern kann.

Und in der nächsten Sekunde die dunkle Kehrseite dieser Strategie: Möglicherweise *würde* der Jeep alles durchbrechen – Zedernpaneele, zertrümmerte Balken, Stromleitungen, Mörtelbrocken und Glasscherben würden zusammen mit ihm ins Wohnzimmer fliegen, die Deckenbalken würden einstürzen, die Decke zusammenbrechen, mörderische Dachziegel aus Schiefer würden auf ihn herabregnen – und er würde von umherfliegenden Bruchstücken getötet werden, oder überleben und mit eingeklemmten Beinen in den Trümmern steckenbleiben.

Dann wären die Kinder auf sich allein gestellt. Das Risiko konnte er nicht eingehen.

Draußen kam das Heulen des Motors immer näher.

Er holte die Mädchen ein, als Charlotte gerade den Knauf der Küchentür umklammerte. Er griff über ihren Kopf hinweg und schob den Riegel zurück, während sie das untere Schloß öffnete.

Das Heulen des Motors füllte die ganze Welt aus; es hörte sich auf seltsame Weise weniger wie eine Maschine, sondern wie der wilde Schrei eines riesigen urzeitlichen Wesens an.

Die Beretta. Im Schock des telepathischen Kontakts und des rasenden Jeeps hatte er die Beretta vergessen. Sie lag auf dem Couchtisch im Wohnzimmer.

Keine Zeit, sie zu holen.

Charlotte drehte den Knauf. Der heulende Wind riß ihr die Tür aus der Hand und schlug sie ihr entgegen.

Dann ein *Rummms* von der Vorderseite des Hauses, wie eine Bombenexplosion.

Der große Geländewagen schoß so schnell an Paiges Versteck vorbei, daß sie wußte, sie hätte keine Chance abzuwarten, bis der Drecksskerl parkte, um sich dann von Baum zu Baum und Schatten zu Schatten an ihn heranschleichen zu können, wie die tapfere Heldin eines Abenteuerromans, als die sie sich sah. Er spielte nach seinen eigenen Regeln, was bedeutete, ohne alle Regeln, und jede einzelne Tat von ihm würde unvorhersehbar sein.

Als sie sich endlich aufgerappelt hatte, war der Jeep noch zwanzig oder fünfundzwanzig Meter von der Blockhütte entfernt. Beschleunigte nach wie vor.

Sie betete, daß sie keinen Krampf in den eiskalten, ungelenken Beinen bekommen würde, als sie über die Felsformation kletterte. Dann lief sie parallel zur Einfahrt auf die Blockhütte zu, hielt sich aber im Dunkel des Waldes und wich den Baumstämmen aus.

Da der BMW nicht direkt vor der Hütte parkte, sondern links davon, konnte der Jeep direkt auf die Verandastufen zufahren. Knapp zwei Zentimeter Neuschnee reichten nicht aus, ihn abzubremsen. Der Boden unter der Schneedecke war noch nicht festgefroren, wie später im Winter, daher hatten die Reifen genügend Haftung auf der kahlen Erde.

Der Fahrer schien auf dem Gaspedal zu stehen. Er war ein Selbstmörder. Oder von seiner Unverwundbarkeit überzeugt. Der Motor heulte.

Paige war noch dreißig Meter von der Blockhütte entfernt, als der linke Vorderreifen des Jeep auf die Verandatreppe traf und hinaufschoß wie auf eine Rampe. Der rechte Vorderreifen drehte sich einen Sekundenbruchteil in der Luft und riß dann den Verandaboden auf, als die Stoßstange sich durch die Abschirmung bohrte.

Sie rechnete damit, daß die Veranda unter dem Gewicht einstürzen würde. Aber der Jeep schien durch die Luft zu fliegen, als der linke Hinterreifen ihn über das obere Ende der drei Stufen katapultierte.

Er fliegt. Reißt Holzverkleidung und die Balken heraus, an denen sie befestigt sind, als wären sie Spinnweben oder feine Gaze.

Direkt auf die Tür zu. Wie ein Schuß aus einem Mörser. Ein Zwei-Tonnen-Geschoß.

Schließt die Augen. Windschutzscheibe könnte implodieren.

Der Zusammenstoß geht bis auf die Knochen. Er wird nach vorne geschleudert. Sicherheitsgurt reißt ihn zurück, er atmet explosionsartig aus, Stromstöße des Schmerzes zucken kurz durch seine Brust.

Eine Schlagzeugsymphonie aus splitternden Brettern, entzweibrechenden Balken, zusammenstürzenden Türrahmen und berstendem Fenstersturz. Dann hört die Vorwärtsbewegung auf, der Jeep landet krachend.

Er schlägt die Augen auf.

Der Jeep steht im Wohnzimmer der Blockhütte vor einem Sofa und einem umgestürzten Sessel. Er ist nach vorne geneigt, weil die Räder durch den Boden gebrochen sind.

Die Türen des Jeep liegen allerdings oberhalb des Bodens frei. Er öffnet den Sicherheitsgurt und steigt mit einer der .38er Pistolen aus dem Jeep aus.

Bewegen, bewegen, herausfordern, kämpfen und siegen.

Er hört ein Knirschen über sich und schaut auf. Die Decke ist gebrochen und hängt durch, wird aber wahrscheinlich halten. Pulverschnee und trockene Kiefernnadeln rieseln durch die Risse herein.

Der Boden ist mit Glasscherben übersät. Die Fenster rechts und links von der Eingangstür sind zerborsten.

Die Zerstörungen versetzen ihn in Erregung. Sie entzünden seine Wut.

Das Wohnzimmer ist verlassen. Durch den Torbogen kann er den größten Teil der Küche sehen, und auch dort ist niemand.

Zwei geschlossene Türen befinden sich in dem breiten Durchgang zwischen Wohnzimmer und Küche, eine links und eine rechts. Er geht zu der rechten.

Wenn der falsche Vater auf der anderen Seite wartet, wird allein das Öffnen der Tür ein Bombardement auslösen.

Er möchte, wenn es geht, vermeiden, angeschossen zu werden, weil er nicht wieder davonkriechen möchte, um sich zu regenerieren. Er möchte es jetzt hinter sich bringen, hier, heute.

Wenn seine Frau und die Kinder nicht schon längst nachgebildet und durch fremde Wesen ersetzt worden sind, werden sie ganz sicher nicht mehr lange Menschen bleiben dürfen. Die Nacht bricht an. Dauert keine Stunde mehr. Aus Filmen weiß er, daß so etwas immer nachts passiert – Überfälle von Außerirdischen, Parasitenbefall, Angriffe von Wesen, die ihre Gestalt verändern, Seelen fressen und Blut trinken, immer nur nachts, entweder bei Vollmond oder bei Neumond, aber auf jeden Fall nachts.

Statt die Tür selbst aus einer sicheren Warte von der Seite aufzustoßen, stellt er sich direkt davor, hebt die .38er hoch und eröffnet das Feuer. Die Tür besteht nicht aus Massivholz, sondern ist ein Modell Marke Masonite mit Schaumfüllung, daher reißen die Geschosse auf kurze Entfernung große Löcher hinein.

Der Rückstoß des Chief Special, der sich in seine Arme fortpflanzt, ist ungeheuer befriedigend, fast ein sexuelles Erlebnis, und bringt eine geringfügige Erleichterung von seiner Frustration und seiner verzehrenden Wut. Er drückt weiter ab, bis der Hahn nur noch auf leere Kammern klickt.

Keine Schreie aus dem Zimmer dahinter. Kein Laut, als der Knall des letzten Schusses verhallt.

Er wirft die Waffe auf den Boden und zieht die zweite .38er aus dem Schulterhalfter unter seiner Collegejacke.

Er kickt die Tür auf und tritt mit ausgestreckter Waffe rasch ein.

Es ist ein Schlafzimmer. Verlassen.

Aufsteigende Frustration entfacht die Flammen der Wut.

Er kehrt in den Durchgang zurück und stellt sich vor die andere Tür.

Einen Augenblick brachte der Anblick des Jeeps, der über die Veranda flog und sich durch die Wand der Blockhütte bohrte, Paige zum Stehen.

Es geschah zwar vor ihren Augen, und sie zweifelte nicht daran, daß es tatsächlich passierte, dennoch wirkte der Zusammenstoß so unwirklich wie in einem Traum. Der Geländewagen schien eine unvorstellbar lange Zeitspanne in der Luft zu hängen, buchstäblich mit durchdrehenden Reifen über der Veranda zu schweben. Er schien fast durch die Wand der Blockhütte zu *schmelzen* und verschwand, als hätte er nie existiert. Die Verwüstung wurde zwar von einem enormen Krachen begleitet, aber irgendwie hielt sich die Kakophonie in Grenzen, es war nicht halb so laut, wie es in einem Film gewesen wäre. Sofort danach war wieder nur das

Heulen des Windes zu hören; der Schnee fiel wie eine lautlose Sturzflut.

Die Kinder.

Vor dem geistigen Auge sah sie, wie die Mauer über ihnen einstürzte, dicht gefolgt von dem Jeep.

Sie rannte, ehe sie es selbst richtig registrierte. Direkt auf die Blockhütte zu.

Sie hielt die Schrotflinte in beiden Händen – die linke Hand am vorderen Repetiergriff, die rechte am Kolben, Finger um den Abzug. So mußte sie nur stehenbleiben, den Lauf auf das Ziel richten, den Finger krümmen und feuern. Beim Laden der Mossberg hatte sie eine Patrone gleich in die Kammer gehebelt, damit sie eine weitere im Magazin unterbringen konnte.

Als sie aus dem Wald auf die Einfahrt lief, nicht mehr als zehn Meter von der Hütte entfernt, ertönten Schüsse im Haus. Fünf Schuß rasch nacheinander. Statt sie zu bremsen, feuerten die Schüsse sie an, und sie rannte so schnell sie konnte über die Einfahrt und durch den flachen Garten.

Sie rutschte im Schnee aus und fiel auf ein Knie, als sie gerade die Treppe erreicht hatte. Die Schmerzen lockten einen unterdrückten, unwillkürlichen Fluch aus ihr heraus.

Aber wenn sie nicht gestolpert wäre, wäre sie auf der Veranda oder schon im Wohnzimmer drinnen gewesen, als Charlotte um die Ecke der Hütte gelaufen kam. Marty und Emily folgten Hand in Hand dicht hinter ihr.

Er feuert dreimal in die Tür auf der linken Seite des Durchgangs, kickt sie auf, springt geduckt über die Schwelle und befindet sich in einem weiteren verlassenen Schlafzimmer.

Draußen wird eine Autotür zugeschlagen.

Marty ließ die Fahrertür des BMW offen, als er sich ans Steuer setzte und mit einer Hand unter dem Sitz nach den Schlüsseln tastete, und in seinem Eifer vergaß er Charlotte und Emily zu sagen, sie sollten ihre auch nicht zuschlagen, bis es zu spät war und das Echo zwischen den umliegenden Bäumen hallte.

Paige war noch nicht in den BMW eingestiegen. Sie stand neben der offenen Tür, beobachtete das Haus und hatte die Mossberg schußbereit erhoben.

Wo waren die verdammten Schlüssel?

Er beugte sich nach vorne, bückte sich und versuchte, noch weiter unter den Sitz zu tasten.

Als Marty die Schlüssel zu fassen bekam, ertönte der Knall der Mossberg. Er riß den Kopf hoch, als ein anderer Schuß als Reaktion darauf Paige verfehlte und sich durch die offene Autotür Zentimeter von seinem Gesicht entfernt ins Armaturenbrett bohrte. Ein Anzeiger barst und überschüttete ihn mit Plastiktrümmern.

»Runter!« rief er den Mädchen auf dem Rücksitz zu.

Paige feuerte die Schrotflinte ab und wurde erneut beschossen.

Der Andere stand von geborstenen Ruinen umgeben in dem klaffenden Loch, wo die Eingangstür der Blockhütte gewesen war, und streckte beim Schießen den rechten Arm aus. Dann duckte er sich ins Wohnzimmer zurück, möglicherweise um nachzuladen.

Die Schrotflinte würde zwar verhindern, daß er näherkam, aber er war so weit entfernt, daß er kaum nennenswert verletzt werden konnte, besonders wenn man seine ungewöhnlichen Regenerationsfähigkeiten in Betracht zog. Seine Pistole dagegen konnte auf diese Entfernung noch ernsthafte Wirkung erzielen.

Marty rammte den Schlüssel ins Zündschloß. Der Motor sprang einwandfrei an. Er löste die Handbremse und legte den Gang ein.

Paige stieg in das Auto, zog die Tür zu.

Er sah über die Schulter zur Heckscheibe hinaus, setzte rückwärts an der Blockhütte vorbei zurück und folgte dann den Reifenspuren, die der Jeep bei seiner Kamikazefahrt hinterlassen hatte.

»Da kommt er!« schrie Paige.

Marty blickte durch die Windschutzscheibe und sah den Anderen von der Veranda springen, die Stufen hinunter, durch den Hof, eine Weinflasche in jeder Hand, brennende Stoffetzen in beiden. Großer Gott. Sie brannten lichterloh, konnten jeden Augenblick in seinen Händen explodieren, aber er schien sich nicht um seine eigene Sicherheit zu scheren, sein Gesicht hatte einen wilden und freudigen Ausdruck angenommen, als wäre er für so etwas *geboren* worden, für nichts anderes. Er kam schlitternd zum Stillstand und winkelte den rechten Arm an wie ein Quarterback, der den Ball an seinen Fänger weitergeben will.

»Los!« schrie Paige.

Marty gab schon Gas und mußte sich nicht zweimal sagen lassen, daß er schneller fahren sollte.

Statt sich umzudrehen und zur Heckscheibe hinauszusehen, vergewisserte er sich im Rückspiegel, daß sie auf der Einfahrt blieben und nicht gegen Bäume, aufragende Steine oder in den Graben fuhren, daher konnte er die erste Flasche sehen, die durch den Schnee geflogen kam und an der vorderen Stoßstange des BMW zerschellte. Der größte Teil des Inhalts spritzte harmlos auf die Einfahrt, wo eine verschneite Stelle in Flammen aufzugehen schien.

Die zweite Flasche landete direkt vor Paige, zehn Zentimeter von der Windschutzscheibe entfernt, auf der Motorhaube. Sie zerschellte, der Inhalt explodierte, brennende Flüssigkeit spritzte auf das Glas, und einen Augenblick konnten sie nur lodernde Flammen vor sich sehen.

Auf dem Rücksitz kreischten die Mädchen, die die Sicherheitsgurte angelegt hatten, sich duckten und einander fest umarmten, vor Schrecken auf.

Marty konnte nichts tun, um sie zu beruhigen, nur weiter zurückstoßen so schnell er sich traute und hoffen, daß das Feuer auf der Haube erlöschen und die Windschutzscheibe nicht vor Hitze explodieren würde.

Die halbe Strecke zur Landstraße. Zwei Drittel. Beschleunigen. Hundert Meter zu fahren.

Das Feuer auf der Windschutzscheibe erlosch fast auf der Stelle, als der dünne Benzinfilm auf dem Glas verbrannt war, aber auf der Beifahrerseite, auf der Haube und über der Stoßstange, loderten weiterhin Flammen. Der Lack hatte Feuer gefangen.

Durch Feuer und schwarze Rauchschwaden sah Marty den Anderen hinter ihnen herlaufen, zwar nicht so schnell wie das Auto, aber auch kaum nennenswert langsamer.

Paige fischte zwei Schrotpatronen aus der Tasche ihrer Skijacke und steckte sie ins Magazin, um die verschossenen Hülsen zu ersetzen.

Sechzig Meter zur Landstraße.
Fünfzig
Vierzig.

Wegen der Bäume und Sträucher konnte Marty nicht bergab sehen und hatte Angst, er würde direkt vor ein näherkommendes Fahrzeug fahren. Trotzdem wagte er nicht zu bremsen.

Durch das Dröhnen des BMW hörte er den Schuß nicht. Ein

Einschußloch erschien mit peitschendem Knall zwischen ihm und Paige in der Windschutzscheibe, unterhalb des Rückspiegels. Einen Augenblick später durchbohrte ein zweiter Schuß die Scheibe zehn Zentimeter rechts von dem ersten, so nahe an Paige, daß es an ein Wunder grenzte, daß sie nicht getroffen wurde. Nach dem zweiten Schuß setzte eine Kettenreaktion ein: Millionen winziger Risse breiteten sich über die Windschutzscheibe aus und machten sie milchig-trüb.

Der Übergang von der Einfahrt zur Landstraße war nicht eben. Sie rammten die Landstraße rückwärts und wurden von den Sitzen gerissen; das gesplitterte Sicherheitsglas brach als Sturzflut gummiartiger Trümmer nach innen.

Marty riß das Lenkrad nach rechts, setzte auf die Straße zurück und kam zum Stillstand, als sie Richtung bergab auf der Straße standen. Er konnte die Hitze der Flammen spüren, die den Lack der Haube verzehrten, aber sie züngelten nicht ins Auto hinein.

Eine Kugel prallte heulend von Metall ab.

Er schaltete aus dem Rückwärtsgang.

Durch das Seitenfenster konnte er den Anderen mit gespreizten Beinen auf der Einfahrt stehen sehen, die Waffe in beiden Händen.

Als Marty auf das Gaspedal trat, schlug eine weitere Kugel unterhalb des Fensters in seine Tür ein, drang aber nicht ins Innere des Wagens durch.

Der Andere sprintete wieder los, als der BMW bergab beschleunigte und sich von ihm entfernte.

Der Wind wehte den größten Teil des Rauchs nach rechts, aber der war plötzlich viel dichter, schwärzer als zuvor, und es gelangte soviel in die Passagierkabine, daß ihnen schlecht wurde. Paige fing an zu husten, die Mädchen keuchten auf dem Rücksitz, und Marty konnte die Straße vor sich nicht mehr deutlich sehen.

»Der Reifen brennt!« rief Paige über das Heulen des Windes hinweg.

Zweihundert Meter weiter bergab platzte der brennende Reifen, und der BMW schlitterte außer Kontrolle über den verschneiten Asphalt. Marty drehte das Lenkrad in die Bewegung hinein, aber dieses Mal erwies sich die angewandte Physik als unzuverlässig. Das Auto drehte sich um hundertachtzig Grad, rutschte gleichzeitig zur Seite und kam erst zum Stillstand, als sie gegen den Maschendrahtzaun um das Gelände der ehemaligen Prophetischen Kirche der Verklärung stießen.

Marty stieg aus. Er riß die hintere Tür auf, sprang hinein und half den verängstigten Mädchen, sich aus den Sicherheitsgurten zu befreien.

Er vergewisserte sich nicht einmal, ob der Andere die Verfolgung aufgenommen hatte, weil er *wußte*, daß er sie verfolgte. Der Kerl würde nie aufgeben, niemals, bis sie ihn getötet hatten, und selbst dann vielleicht nicht.

Als Marty Emily von der Rückbank zog, kletterte Paige auf der Fahrerseite heraus, da ihre Seite des Autos gegen den Zaun drückte. Sie hatte die Umschläge mit dem Geld unter dem Sitz hervorgeholt und steckte sie in die Taschen der Skijacke. Als sie die Reißverschlüsse zumachte, sah sie nach oben.

»Scheiße«, sagte sie, und dann ertönte der Knall der Schrotflinte.

Marty half Charlotte aus dem Auto, als die Mossberg wieder donnerte. Er glaubte, auch den trockenen Knall einer Faustfeuerwaffe zu hören, aber die Kugel mußte weit an ihnen vorbei gegangen sein.

Er schirmte die Mädchen ab, drängte sie hinter sich und von dem brennenden Auto weg und sah bergauf.

Der Andere stand etwa hundert Meter entfernt arrogant mitten auf der Straße und schien überzeugt, daß er durch die Distanz, die ablenkende Wirkung des heulenden Windes und seine eigene übernatürliche Fähigkeit, selbst schwerwiegende Verletzungen zu überstehen, vor dem Feuer der Schrotflinte in Sicherheit war. Er war *exakt* so groß wie Marty, und doch schien er sie selbst aus der Ferne zu überragen, eine dunkle und unheilvolle Gestalt. Vielleicht lag es an der Perspektive. Dann klappte er fast nonchalant den Zylinder seines Revolvers auf und ließ die verbrauchten Hülsen in den Schnee fallen.

»Er lädt nach«, sagte Paige und nutzte die Gelegenheit, selbst neue Patronen ins Magazin der Schrotflinte zu laden, »machen wir, daß wir hier wegkommen.«

»Wohin?« fragte Marty und sah panisch über die verschneite Umgebung hinweg.

Er wünschte sich, aus der einen oder anderen Richtung würde ein Auto kommen.

Dann unterdrückte er diesen Wunsch, weil er wußte, der Andere würde jeden, der vorbeikam, töten, wenn er versuchen würde, ihnen zu helfen.

Sie liefen bergab, in den schneidenden Wind hinein, und nutzten die Zeit, etwas Distanz zwischen sich und ihren Verfolger zu bringen, während sie überlegten, was sie als nächstes tun sollten.

Er verwarf den Gedanken, den Versuch zu unternehmen, eine der anderen im ganzen Wald verstreuten Hütten zu erreichen. Bei den meisten handelte es sich um Ferienhäuser. An einem Dienstag im Dezember würde niemand zu Hause sein, es sei denn, der Neuschnee lockte morgen früh jemanden zum Skifahren her. Und selbst wenn sie eine Hütte fanden, wo jemand zu Hause war, wollte Marty, da sie von dem Anderen verfolgt wurden, nicht die Schuld am Tod unschuldiger Fremder auf sein Gewissen laden.

Am Ende der Landstraße lag die Route 203. Trotz des bevorstehenden Schneesturms würde regelmäßiger Verkehr zwischen den Seen und Mammoth Lakes selbst herrschen. Mit genügend Zeugen konnte der andere sie nicht töten; er würde den Rückzug antreten müssen.

Aber das Ende der Landstraße lag zu weit entfernt. Sie würden es nicht schaffen, bevor ihnen die Schrotpatronen ausgingen, mit denen sie ihren Gegner auf Distanz halten konnten – oder bevor die größere Reichweite und Treffsicherheit seines Revolvers ihm ermöglichte, sie einen nach dem anderen über den Haufen zu schießen.

Sie kamen zu einer Lücke in dem verfallenen Maschendrahtzaun.

»Hier, kommt mit«, sagte Marty.

»Ist die Siedlung nicht verlassen?« wandte Paige ein.

»Wir haben keine andere Wahl«, sagte er, nahm Charlotte und Emily an den Händen und führte sie auf das Grundstück der Kirche.

Er hoffte, daß bald jemand vorbeikommen, den halb ausgebrannten BMW sehen und dem Büro des Sheriffs Meldung machen würde. Der Wind hatte das Feuer des brennenden Lacks nicht geschürt, sondern gelöscht, aber der Reifen brannte noch, und das übel zugerichtete Auto war nicht zu übersehen. Wenn sich ein paar bewaffnete Deputies sehen ließen, die das Gelände durchkämmten und in den Kampf hineingezogen wurden, hätten sie zwar auch keine Ahnung, was für ein überlegener Gegner der Andere war, aber sie würden auch nicht so naiv und hilflos wie gewöhnliche Bürger sein.

Nach kurzem Zögern, während sie besorgt zu ihrer Nemesis bergauf sah, folgte Paige ihm und den Mädchen durch das Loch im Zaun.

Der Schnellader rutscht ihm aus den Fingern und fällt in den Schnee, als er ihn aus dem Beutel am Gürtel nimmt. Es ist der letzte der beiden, die er dem toten Mann in dem Kleinbus abgenommen hat.

Er bückt sich, hebt ihn vom schneebedeckten Boden auf und wischt ihn an seinem preiselbeerfarbenen Pullover unter der Collegejacke ab. Er drückt ihn an den aufgeklappten Revolver, läßt ihn einrasten, dreht ihn, läßt ihn fallen und klappt den Zylinder zu.

Mit den letzten Patronen muß er vorsichtig umgehen. Die Replikanten werden nicht leicht zu töten sein.

Er weiß jetzt, daß die Frau ein Replikant ist, genau wie der falsche Vater. Fremdes Fleisch. Nichtmenschlich. Sie kann nicht seine Paige sein, denn sie ist zu aggressiv. Seine Paige wäre unterwürfig, bereit, sich unterzuordnen, wie die Frauen in der Filmsammlung des Senators. Seine Paige ist mit Sicherheit tot. Das muß er akzeptieren, wenn es auch schwerfällt. Dieses Ding gibt sich nur als Paige aus, und das nicht einmal gut. Schlimmer noch, wenn Paige für immer dahin ist, sind es auch seine beiden süßen Töchter. Die Mädchen, so niedlich und überzeugend menschlich, sind ebenfalls Replikanten – dämonisch, außerirdisch und gefährlich.

Sein früheres Leben ist unwiederbringlich verloren.

Seine Familie existiert nicht mehr.

Ein schwarzer Abgrund der Verzweiflung tut sich klaffend unter ihm auf, aber er darf nicht hineinfallen. Er muß Kraft finden, um weiterzukämpfen, bis er im Namen der gesamten Menschheit den Sieg davonträgt – oder vernichtet wird. Er muß so mutig sein wie Kurt Russell und Donald Sutherland es waren, als sie sich in ähnlich aussichtslosen Situationen befanden, denn er ist ein Held, und Helden müssen bestehen.

Weiter unten verschwinden die vier Kreaturen durch ein Loch in dem Maschendrahtzaun. Er will sie jetzt nur noch tot sehen, ihre Gehirne zerquetschen, sie verstümmeln und köpfen und auslöschen, sie verbrennen, jede Vorsichtsmaßnahme gegen ihre Wiederauferstehung ergreifen, denn sie sind nicht nur die Mörder seiner Familie, sondern eine echte Gefahr für die Welt.

Der Gedanke ist ihm gekommen, daß ihm diese schrecklichen Erlebnisse, sollte er sie überleben, Stoff für einen Roman liefern. Ganz bestimmt wird er über den ersten Satz hinauskommen, was er gestern nicht bewerkstelligen konnte. Seine Frau und seine Kinder hat er zwar für immer und ewig verloren, aber möglicherweise kann er seine Karriere aus den Trümmern seines Lebens bergen.

Schlitternd und rutschend läuft er zu dem Loch im Zaun.

Die Scheibenwischer waren mit Schnee verkrustet, der zu Eis gefror. Sie glitten ruckartig und lautstark über das Glas.

Oslett studierte die Karte aus dem Computer, dann deutete er auf eine Abzweigung vor ihnen. »Da rechts.«

Clocker setzte den Blinker.

Die leerstehende Kirche ragte in dem Schneetreiben auf, so wie das Geisterschiff *Mary Celeste* mit zerfetzten gerefften Segeln und ohne Besatzung an Deck aus einem seltsamen Nebel auftauchte.

Zuerst dachte Marty im Sturm und dem düsteren grauen Licht des Nachmittags, das Gebäude befände sich in einem guten Zustand, aber der Eindruck wurde rasch zunichte gemacht. Als sie näherkamen, konnte er jede Menge fehlende Ziegel auf dem Dach erkennen. Ganze Abschnitte der Regenrinnen aus Kupfer fehlten, andere baumelten lose und schwankten und quietschten im Wind. Fast alle Fenster waren eingeschlagen worden, und Vandalen hatten Obszönitäten auf die einst hübschen Backsteinwände gesprüht. Baufällige Gebäudekomplexe – Büros, Werkstätten, eine Krankenstation, Schlafsäle, ein Speisesaal – standen direkt hinter der Kirche und auf beiden Seiten davon. Die Prophetische Kirche der Verklärung war eine Sekte gewesen, die von ihren Mitgliedern verlangt hatte, daß sie ihr alle weltlichen Besitztümer bei der Aufnahme überschrieben und in einer streng überwachten Gemeinschaft lebten.

Sie liefen so schnell die Mädchen konnten durch den zentimetertiefen Schnee auf den Eingang der Kirche zu, und nicht zu einem der anderen Gebäude, weil die Kirche am nächsten lag. Sie mußten so schnell wie möglich von der Bildfläche verschwinden. Der Andere konnte sie zwar aufgrund seiner Verbindung mit Marty aufspüren, wohin sie auch gingen, aber wenigstens konnte er nicht auf sie *schießen,* wenn er sie nicht sehen konnte.

Zwölf breite Stufen führten zu einem drei Meter hohen Eichenportal mit fast zwei Meter hohen Buntglasfenstern über jedem Flügel. Bis auf einige rubinrote und gelbe Scherben waren alle Scheiben aus den Fenstern herausgeschlagen worden, zurück blieben dunkle, klaffende Löcher zwischen den Bleifassungen. Das Portal war in einen sieben Meter hohen Fünfpaßbogen eingelassen, über dem sich ein gewaltiges und reich verziertes Rosettenfenster befand, in dem noch rund zwanzig Prozent des Glases enthalten waren – wahrscheinlich weil es ein schwereres Ziel für Steine bot.

Die vier geschnitzten Flügel des Eichenportals waren verwittert, zerkratzt, rissig und ebenfalls mit Obszönitäten besprüht, die im aschefarbenen Licht der frühzeitigen Dämmerung schwach leuchteten. Auf einem hatte ein Vandale unbeholfen den weißen Stundenglasumriß eines Frauenkörpers mit Brüsten und einem Schritt in Form des Buchstabens Y gemalt, und daneben die Darstellung eines Phallus, so groß wie ein Mann. Abgekantete Buchstaben, von einem meisterlichen Steinmetz geschaffen, verkündeten in den Granitstürzen über jeder Tür dieselbe Botschaft mit anderen Worten: ER HEBET UNS IN DEN HIMMEL; aber über diese Worte hatten die Vandalen mit roter Farbe das Wort QUATSCH gekritzelt.

Die Sekte hatte etwas Unheimliches an sich gehabt, und ihr Gründer – Jonathan Caine – war ein Betrüger und Päderast gewesen, aber Mary machten die Vandalen mehr Angst als die irregeleiteten Menschen, die Caine gefolgt waren. Wenigstens hatten die getreuen Sektenangehörigen an etwas *geglaubt,* wie irregeleitet auch immer, hatten sich danach gesehnt, Gottes Gnade würdig zu sein, und hatten für ihren Glauben Opfer gebracht, auch wenn sich diese Opfer letztendlich als dumm herausgestellt hatten; sie hatten gewagt, zu träumen, auch wenn ihre Träume in einer Tragödie geendet hatten.. Der hirnlose Haß dagegen, der aus den Parolen der Vandalen sprach, war das Werk sinnentleerter Menschen, die an gar nichts glaubten, nicht träumen konnten und nur durch das Leid anderer aufblühten.

Eine der Türen stand fünfzehn Zentimeter offen. Marty packte ihre Kante und zog. Die Scharniere waren eingerostet, das Eichenholz verzogen, aber die Tür öffnete sich knirschend weitere dreißig Zentimeter.

Paige ging als erste hinein. Charlotte und Emily folgten dicht hinter ihr.

Marty hörte den Schuß nicht, der ihn traf.

Als er den Mädchen folgen wollte, wurde er von einer Lanze aus Eis durchbohrt, die in den linken oberen Quadranten seines Rückens eindrang und auf derselben Seite durch die Muskeln und Knorpel unter dem Schlüsselbein wieder austrat. Die Kälte, die ihn durchbohrte, war so eisig, daß der Blizzard, der durch die Kirche wehte, im Vergleich dazu wie ein tropisches Unwetter wirkte, und er zitterte wie wild am ganzen Körper.

Als nächstes wußte er, daß er auf der schneebedeckten Stufe vor der Tür lag und sich fragte, wie er hierhergekommen war. Er war halb überzeugt, daß er sich gerade zu einem Nickerchen hingelegt hatte, aber die Schmerzen in seinen Knochen sprachen dafür, daß er hart auf dieses ungewöhnliche Bett gefallen war.

Er sah durch den fallenden Schnee und das Winterlicht Buchstaben in Granit, Buchstaben auf Granit.

ER HEBET UNS IN DEN HIMMEL.

QUATSCH.

Ihm wurde erst bewußt, daß er angeschossen worden war, als Paige aus der Kirche rannte, neben ihm niederkniete und rief: »Marty, mein Gott, mein Gott, du bist getroffen, der Dreckskerl hat auf dich geschossen«, und er dachte: O ja, *natürlich, das ist es, ich bin angeschossen und nicht von einer Lanze aus Eis durchbohrt worden.*

Paige stand neben ihm auf und hob die Mossberg. Er hörte zwei Schüsse. Sie waren unvorstellbar laut, anders als die lautlose Kugel, die ihn zu Boden geworfen hatte.

Er drehte neugierig den Kopf, um zu sehen, wie nahe ihr unbesiegbarer Feind ihnen gekommen war. Er rechnete damit, den Doppelgänger zu sehen, der nur wenige Meter entfernt und von den Schrotkügelchen unbehelligt auf sie zustürmte.

Statt dessen war der Andere stehengeblieben, außerhalb der Reichweite der beiden Schüsse, die Paige abgefeuert hatte. Er war eine schwarze Gestalt auf dem weißen Feld, doch das schwindende graue Licht offenbarte keine Einzelheiten seines allzu vertrauten Gesichts. Er lief durch den Schnee hin und her, hin und her, geschmeidig und schnell, wie ein Wolf, der eine Schafherde belauert, wachsam und geduldig, und er wartete ab, bis der Augenblick kam, an dem sie ihm endgültig zum Opfer fallen würden.

Der Dolch aus Eis, der Marty durchbohrt hatte, wurde von einem Augenblick zum nächsten ein Stilett aus Feuer. Mit der Hitze kamen unerträgliche Schmerzen; er stöhnte. Nun endlich wurde die abstrakte Vorstellung von einer Schußwunde in die Sprache der Wirklichkeit übersetzt.

Paige hob wieder die Mossberg.

Marty, der mit den Schmerzen sein klares Denkvermögen zurückbekam, sagte: »Keine Munition vergeuden. Laß ihn vorerst in Ruhe. Hilf mir hoch.«

Mit ihrer Hilfe gelang es ihm aufzustehen.

»Schlimm?« fragte sie besorgt.

»Ich werd' schon nicht sterben. Gehen wir rein, bevor er noch einmal auf uns schießt.«

Er folgte ihr durch die Tür in die Vorhalle, wo die Dunkelheit lediglich von schwachen Lichtstrahlen erhellt wurde, die durch die angelehnte Tür und einige Oberlichter ohne Scheiben hereinfielen.

Die Mädchen weinten, Charlotte lauter als Emily, und Marty versuchte sie zu beruhigen. »Schon gut, mir geht es prima, nur ein kleiner Kratzer. Ich brauche nur ein Pflaster, eines mit einem Bild von Snoopy darauf, dann geht es mir gleich besser.«

In Wahrheit war sein linker Arm halb taub. Er konnte ihn nur teilweise gebrauchen. Wenn er die Muskeln der Hand anspannte, konnte er sie nicht zur Faust ballen.

Paige schlich zum vierzig Zentimeter breiten Spalt zwischen der großen Tür und dem Rahmen, wo der Wind pfiff und heulte. Sie sah hinaus nach dem Anderen.

Marty wollte sich ein besseres Bild machen, welchen Schaden die Kugel angerichtet hatte, daher schob er die Hand in die Skijacke und tastete behutsam die linke Schulter ab. Schon die geringste Berührung löste Schmerzen aus, bei denen er mit den Zähnen knirschte. Sein Wollpullover war mit Blut getränkt.

»Geh mit den Mädchen weiter in die Kirche hinein«, flüsterte Paige beschwörend, obwohl ihr Gegner sie draußen im Sturm unmöglich hören konnte. »Bis zum anderen Ende.«

»Wovon redest du?«
»Ich warte hier auf ihn.«
Die Mädchen erhoben Einwände. »Mommy, nicht.« »Mom, komm mit uns, du mußt.« »Mommy, bitte.«
»Ich komme zurecht«, sagte Paige, »mir wird nichts passieren. Alles wird gut. Verstehst du denn nicht? Marty, wenn der Kerl spürt, daß du dich entfernst, wird er in die Kirche kommen. Er wird erwarten, daß wir zusammen sind.« Während sie sprach, lud sie zwei neue Patronen ins Magazin der Mossberg, um die beiden zu ersetzen, die sie gerade verschossen hatte. »Er wird nicht damit rechnen, daß ich hier auf ihn warte.«

Marty erinnerte sich, daß sie dieselbe Unterhaltung schon einmal geführt hatten, als sie nach draußen gehen und sich hinter den Felsen verstecken wollte. Da hatte ihr Plan nicht funktioniert, aber nicht, weil er nicht gut gewesen wäre. Der Andere war mit dem Jeep an ihr vorbeigefahren und hatte offenbar gar nicht gemerkt, daß sie in ihrem Versteck lag. Hätte er nicht diese unvorhersehbare Wahnsinnstat vollbracht, mit dem Jeep direkt ins Haus zu rasen, hätte sie sich möglicherweise von hinten an ihn anschleichen und ihn über den Haufen schießen können.

Trotzdem wollte Marty sie nicht allein bei der Tür zurücklassen. Aber sie hatten keine Zeit für Diskussionen, da er vermutete, seine Verletzung würde ihm bald das letzte bißchen Kraft rauben, das er noch hatte. Und darüber hinaus hatte er auch keinen besseren Plan.

Im Halbdunkel konnte er Paiges Gesicht kaum erkennen.

Er hoffte, daß er sie nicht zum letzten Mal sah.

Er führte Charlotte und Emily aus der Vorhalle ins Kirchenschiff. Dort roch es nach Staub und Feuchtigkeit und den wilden Tieren, die sich in den Jahren, seit die Sektenmitglieder weggegangen waren, um die Trümmer ihrer Lebensläufe aufzusammeln, statt emporzuschweben und zur Rechten Gottes zu sitzen, hier eingenistet hatten.

Auf der Nordseite wehte der unablässige Wind Schnee zu den zerschmetterten Fenstern herein. Hätte der Winter ein Herz besessen, reglos und aus Eis geschnitzt, es hätte nicht kälter sein können als dieser Ort, nicht einmal der Tod hätte eisiger sein können.

»Ich hab' kalte Füße«, sagte Emily.

Er sagte: »Pssssst. Ich weiß.«

»Ich auch«, sagte Charlotte flüsternd.

Daß sie sich über etwas so Gewöhnliches beschweren konnten, machte ihre Situation weniger bizarr, weniger furchteinflößend.

»Echt kalt«, bekräftigte Charlotte.

»Geht weiter. Bis ganz nach vorne.«

Keiner von ihnen hatte Stiefel an, nur Sportschuhe. Schnee hatte den Stoff durchweicht, klebte in jeder Ritze und gefror zu Eis. Marty dachte sich, daß sie sich im Augenblick noch keine Sorgen um Frostbeulen machen müßten. Die brauchten eine Weile, um sich zu entwickeln. Möglicherweise lebten sie gar nicht mehr lange genug, um darunter zu leiden.

Schatten hingen wie Flaggen im ganzen Kirchenschiff, aber in dem großen Raum war es heller als in der Vorhalle. Fenster mit Doppelbögen, die schon lange von der Last der Scheiben befreit worden waren, verliefen an beiden Seitenwänden und reichten zwei Drittel der Entfernung bis zur Gewölbedecke hinauf. Ausreichend Licht drang herein, daß man die Reihen der Bänke, den langen Mittelgang, der zum Altarraum führte, das gewaltige Chorgestühl und sogar einen Teil des Altars ganz vorne erkennen konnte.

Das Hellste in der ganzen Kirche waren die Verunstaltungen durch die Vandalen, die ihre Obszönitäten noch verschwenderischer auf die inneren Wände gesprüht hatten als auf die äußeren. Er hatte vermutet, daß es sich um Leuchtfarbe handelte, und tatsächlich leuchteten die serpentinenartigen Schnörkel in den dunkleren Ecken orange und blau und grün und gelb, überlappten einander, waren ineinander verschlungen und verschmolzen miteinander, bis man fast den Eindruck hatte, als wären sie echte Schlangen, die an den Wänden zuckten.

Marty wartet gespannt auf Schüsse.

Am Altarraum fehlte die Tür.

»Geht weiter«, drängte er die Mädchen.

Alle drei betraten die Altarplattform, von der sämtliche zeremoniellen Gegenstände entfernt worden waren. An der Wand dahinter hing ein zehn Meter hohes Holzkreuz voller Spinnweben.

Sein linker Arm war abgestorben, fühlte sich aber geschwollen an. Die Schmerzen waren wie die eines vereiterten Zahns, nur in der Schulter. Ihm war übel – aber er wußte nicht, ob wegen des Blutverlustes oder aus Angst um Paige oder wegen des unheimlichen, desorientierenden Inneren der Kirche.

Paige wich vom Eingang in einen Teil der Vorhalle zurück, der dunkel bleiben würde, auch wenn die Tür weiter geöffnet wurde.

Sie starrte auf die Lücke zwischen Tür und Rahmen und sah geisterhafte Bewegungen im trüben grauen Licht und dem tanzenden Schnee. Sie hob das Gewehr mehrmals und ließ es wieder sinken. Jedesmal, wenn die Konfrontation bevorzustehen schien, stockte ihr der Atem im Hals.

Sie mußte nicht lange warten. Er kam nach drei oder vier Minuten und war längst nicht so vorsichtig, wie sie erwartet hatte. Offenbar spürte der Andere, daß sich Marty in den hinteren Teil der Kirche zurückgezogen hatte, und trat zuversichtlich und kühn ein.

Als er über die Schwelle trat und seine Silhouette sich deutlich im schwindenden Tageslicht abzeichnete, zielte sie genau auf seine Brust. Das Gewehr zitterte, noch bevor sie abdrückte, in ihrer Hand, und es wurde vom Rückstoß hochgerissen. Sie lud sofort die zweite Patrone in die Kammer und feuerte noch einmal.

Der erste Schuß traf ihn genau, aber der zweite richtete wahrscheinlich mehr Schaden am Türrahmen an als an ihm, denn er schnellte zurück, zur Tür hinaus, fort.

Sie *wußte,* sie mußte ihn schwer verletzt haben, aber er gab keine Schreie, keine Schmerzenslaute von sich, daher ging sie ebenso vorsichtig wie hoffnungsvoll zur Tür hinaus und rechnete damit, eine Leiche auf den Stufen liegen zu sehen. Er war fort, was irgendwie auch nicht überraschend war, und sein schnelles Verschwinden war so verwirrend, daß sie sich tatsächlich umdrehte und an der Kirchenmauer hinaufsah, als könnte er behende wie eine Spinne daran emporklettern.

Sie konnte nach Spuren im Schnee Ausschau halten und versuchen, ihn aufzuspüren. Sie vermutete, daß er genau das wollte.

Nervös eilte sie im Laufschritt in die Kirche zurück.

Töte sie, töte sie alle, töte sie jetzt.

Postenschrot. Im Hals, wo sich die Kugeln schmerzhaft tief ins Fleisch bohren. An einer Seite des Nackens. Harte Klumpen in der linken Schläfe. Das linke Ohr ist zerfetzt und blutet. Aknepickel aus Blei auf der linken Wange, auf dem Kinn. Unterlippe zerrissen. Zähne zertrümmert und rissig. Er spuckt Schrotkörner. Stechende Schmerzen, aber keine Augenverletzungen, Sehkraft nicht beeinträchtigt.

Er hastet geduckt an der Südseite der Kirche entlang durch eine so graue und fahle Dämmerung, so sehr in Schneetreiben gehüllt, daß er keinen Schatten wirft. Kein Schatten. Keine Frau, keine Kinder, keine Mutter, keinen Vater, fort, kein Leben, gestohlen, verbraucht und weggeworfen, kein Spiegel, in den er schauen kann, kein Spiegelbild, das seine Substanz bestätigt, kein Schatten, nur Fußspuren im Neuschnee, die seine Existenzberechtigung bekräftigen, Fußspuren und sein Haß, wie Claude Rains in *Der Unsichtbare*, nur von Fußspuren und Wut definiert.

Er sucht hektisch nach einem Eingang in die Kirche und untersucht hastig jedes Fenster, an dem er vorbeikommt.

Praktisch das gesamte Glas ist aus den hohen Buntglasfenstern verschwunden, aber die Stahlstreben sind erhalten geblieben. Ein Großteil der Bleifassungen, die das ursprüngliche Muster bildeten, sind ebenfalls noch vorhanden, wenn auch an vielen Stellen verbogen und verdreht, durch Wetter oder Vandalismus verwüstet, so daß die Umrisse der ursprünglichen religiösen Symbole und Gestalten nicht mehr zu erkennen sind; an ihrer Stelle erblickt man verzerrte Gestalten, die so sinnlos sind wie die Formen geschmolzener Kerzen.

Beim vorletzten Fenster des Kirchenschiffs fehlen Stahlstreben, Rahmen und Bleifassungen. Der Granitsims unterhalb des Fensters ist eineinhalb Meter vom Boden entfernt. Er zieht sich behende wie ein Akrobat hinauf und kauert mit den Fersen auf dem tiefen Sims. Er schaut in die zahllosen Schatten, in die seltsame sinusförmige Schnörkel in leuchtendem Orange, Gelb, Grün und Blau eingeflochten sind.

Ein Kind schreit.

Während Paige den Mittelgang der graffitibeschmierten Kirche entlanglief, hatte sie das seltsame Gefühl, als befände sie sich in einem tropischen Klima unter Wasser, unter einer karibischen Bucht, in Höhlen voll fröhlich bunter Korallen, wo sich äquatorialer Seetang auf allen Seiten mit seinen filigranen und leuchtenden Wedeln wellte.

Charlotte schrie.

Paige hatte den Altarraum erreicht, jetzt wirbelte sie zum Kirchenschiff herum. Sie schwenkte die Mossberg von links nach rechts, suchte panisch nach der Gefahr und sah den Anderen, als Emily rief: »Auf dem Fenster, erschieß ihn!«

Tatsächlich kauerte er auf einem Fenster der Südmauer, ein dunkler Schemen, der gegen das düstere Licht und den weißen Schneefall nur halb menschlich aussah. Mit den hängenden Schultern, dem gesenkten Kopf und den baumelnden Armen hatte er etwas Affenartiges.

Ihr Reflexe funktionierten einwandfrei. Sie feuerte ohne zu zögern mit der Mossberg.

Aber selbst wenn sich die Entfernung nicht zu seinen Gunsten ausgewirkt hätte, wäre er unversehrt davongekommen, weil er sich in dem Augenblick in Bewegung setzte, als sie abdrückte. Er schien mit der geschmeidigen Anmut eines Wolfs förmlich von der Mauer auf den Boden zu *fließen*. Die Schrotkörner passierten harmlos die Stelle, wo er sich eben noch befunden hatte, und prallten von dem Fensterrahmen ab.

Er verschwand auf allen vieren zwischen den Bänken, wo die dunkelsten Schatten in der Kirche herrschten. Wenn sie ihn dorthin verfolgte, würde er sich auf sie stürzen und sie töten.

Sie ging durch den Altarraum zu Marty und den Mädchen, wobei sie die Schrotflinte schußbereit hielt.

Die vier zogen sich in einen angrenzenden Raum zurück, bei dem es sich um die Sakristei handeln mochte. Durch zwei Flügelfenster fiel gerade ausreichend Licht herein, daß man drei Türen zusätzlich zu der, durch die sie eingetreten waren, erkennen konnte.

Paige machte die Tür der Sakristei zu und versuchte, sie abzuschließen. Aber die Tür besaß gar kein Schloß. Und es gab auch keine Möbel, die man davorschieben konnte.

Marty öffnete eine der Türen. »Wandschrank.«

Heulender Wind und Schnee wehten zu der Tür herein, die Charlotte öffnete, daher schlug sie sie wieder zu.

Emily überprüfte die dritte Möglichkeit und sagte: »Treppe.«

Zwischen den Bänken. Schleichend. Vorsichtig.

Er hört eine Tür zuschlagen.

Er wartet.

Horcht.

Hunger. Heiße Schmerzen schwellen ab, werden zu geringer Hitze. Die Blutungen werden zu Rinnsalen, einem Tröpfeln. Hunger übermannt ihn, da sein Körper gewaltige Nahrungsmengen verlangt, um die Regenerierung beschädigten Gewebes durchführen zu können.

Er verbrennt bereits Körperfett und Eiweiß, um die dringendsten Reparaturen an durchtrennten und zerfetzten Blutgefäßen vornehmen zu können. Sein Stoffwechsel beschleunigt gnadenlos, eine vollkommen autonome Funktion, über die er keine Kontrolle hat.

Die Gabe, die ihn weitaus weniger verwundbar macht als andere Menschen, wird bald ihren Tribut fordern. Sein Gewicht wird abnehmen. Der Hunger wird wachsen, bis er so unerträglich wie die Qualen tödlicher Verletzungen sein wird. Sein Hunger wird zu einem starken Verlangen werden. Das Verlangen zu einer blinden Gier.

Er denkt an Rückzug, aber er ist so nahe dran. So nahe. Sie sind auf der Flucht. Isoliert. Sie können nicht gegen ihn durchhalten. Wenn er beharrlich bleibt, sind sie in wenigen Minuten alle tot.

Außerdem sind sein Haß und seine Wut so groß wie sein Hunger. Er verlangt nach der süßen Befriedigung, die ihm nur extreme Gewalt verschaffen kann.

Über die Leinwand seines Verstandes flackern nur mörderische Bilder: von Kugeln durchbohrte Schädel, brutal eingeschlagene Gesichter, ausgequetschte Augen, durchschnittene Kehlen, verstümmelte Leiber, blitzende Messer, Äxte, Beile, abgetrennte Gliedmaßen, brennende Frauen, schreiende Kinder, junge Prostituierte mit Würgemalen an den Hälsen, Fleisch, das sich im Säureregen auflöst ...

Er kriecht zwischen den Bänken hervor in den Mittelgang, erhebt sich in eine geduckte Haltung.

Leuchtende außerirdische Hieroglyphen bedecken die Wände.

Er befindet sich im Nest des Feindes.

Fremd und seltsam. Feindselig und nichtmenschlich.

Seine Angst ist groß. Aber sie entfacht nur seine Wut.

Er eilt nach vorne, durch den Altarraum, auf die Tür zu, durch die sie geflohen sind.

Licht so dünn wie Fischwasser fiel von unsichtbaren Fenstern über der Wendeltreppe herein.

Die Gebäude, die an die Kirche angrenzten, waren zweistöckig. Möglicherweise gab es eine Verbindung zwischen dieser Treppe und einem anderen Gebäude, aber Marty hatte keine Ahnung, wohin sie gingen. Aus diesem Grund wünschte er fast, sie hätten sich für die Tür ins Freie entschieden.

Die Taubheit in seinem Arm behinderte ihn schwer, und die Schmerzen in der Schulter, die mit jeder Minute schlimmer wurden, zehrten an seinen Energiereserven. Das Gebäude war ungeheizt und so kalt wie die Welt außerhalb, aber wenigstens bot es Schutz vor dem Wind. Bei seinen Verletzungen und dem Sturm hätte er außerhalb der Kirchenmauern wahrscheinlich nicht lange durchgehalten.

Die Mädchen gingen ihm voraus.

Paige folgte ihnen und sorgte sich lautstark, weil die Tür am unteren Ende der Treppe, wie die der Sakristei, kein Schloß besaß. Sie tastete sich Stufe für Stufe rückwärts hoch und behielt das Terrain hinter ihnen im Auge.

Wenig später kamen sie zu dem tiefliegenden Fenster, das die Quelle des schwachen Lichts am Fuß der Treppe bildete. Die klaren Scheiben waren weitgehend unversehrt. Im oberen Abschnitt der Wendeltreppe herrschte ein ähnlich trübes Licht, das wahrscheinlich durch ein anderes Fenster gleicher Größe und Machart einfallen konnte.

Marty ging immer langsamer und atmete immer keuchender, je höher sie kamen, als würden sie eine Höhe erreichen, wo der Sauerstoffgehalt der Luft drastisch abnahm. Die Schmerzen in seiner linken Schulter nahmen zu, die Übelkeit wurde immer schlimmer.

Die fleckigen Rauhputzwände, die grauen Holzstufen und das spülwassertrübe Licht erinnerten ihn an deprimierende schwedische Filme der fünfziger und sechziger Jahre, Filme über Hoffnungslosigkeit, Verzweiflung und das grausame Schicksal.

Anfangs brauchte er den Handlauf an der Außenwand nicht. Aber bald wurde er zu einer notwendigen Stütze. Innerhalb erschreckend kurzer Zeit stellte er fest, daß er sich nicht mehr auf seine zunehmend wackligeren Beine verlassen konnte, sondern sich zusätzlich mit dem unverletzten rechten Arm nach oben ziehen mußte.

Als sie das zweite Rosettenfenster erreichten und weitere graue Stufen vor ihnen aufwärts führten, wußte er, wo sie sich befanden. Im Glockenturm.

Die Treppe würde nicht zu einem Durchgang zum ersten Stock eines Nebengebäudes führen, weil sie schon höher als das erste Stockwerk waren. Jede weitere Stufe aufwärts war eine unumkehrbare Entscheidung für diese eine Möglichkeit.

Marty, der das Geländer mit der unverletzten rechten Hand umklammerte, fühlte sich zunehmend schwindlig und hatte Angst, das Gleichgewicht zu verlieren; er blieb stehen, um Paige zu sagen, daß sie besser umkehren sollten. Wahrscheinlich hatte sie die Tatsache, daß sie rückwärts ging, die wahre Natur dieser Falle übersehen lassen.

Bevor er den Mund aufmachen konnte, wurde unten, außer Sicht jenseits der ersten Treppenwindungen, die Tür aufgerissen.

Sein letzter klarer Gedanke ist die plötzliche Erkenntnis, daß er den .38er Chief Special nicht mehr besitzt, er muß ihn verloren haben, als er am Eingang der Kirche angeschossen wurde, muß ihn in den Schnee fallengelassen haben und hat es bis zu diesem Augenblick nicht bemerkt. Selbst wenn er wüßte, wo die Waffe liegt, hätte er keine Zeit, danach zu suchen. Jetzt ist sein Körper seine hauptsächliche Waffe, seine Hände, sein mörderisches Geschick, seine außergewöhnliche Kraft. Auch sein brennender Haß ist eine Waffe, denn der motiviert ihn, jedes Risiko einzugehen, sich extremen Gefahren zu stellen und grausame Qualen zu ertragen, die jeden gewöhnlichen Menschen außer Gefecht setzen würden. Aber er ist nicht gewöhnlich, er ist ein Held, er ist Richter und Rächer, er ist die vergeltende Wut der Gerechtigkeit, der Racheengel seiner ermordeten Familie, die Nemesis aller Kreaturen, die nicht von dieser Welt sind, sondern sie für sich erobern wollen, er ist der Retter der Menschheit. Das ist der Grund für seine Existenz. Endlich hat sein Leben Sinn und Zweck: die Welt von dieser unmenschlichen Geißel zu befreien.

Kurz bevor unten die Tür aufgerissen wurde, erinnerte die schmale Wendeltreppe Paige an Leuchttürme, die sie in Filmen gesehen hatte. Das Bild eines Leuchtturms führte sie zu der Erkenntnis, daß sie sich im Glockenturm der Kirche befinden mußten. Dann wurde unten, hinter der Krümmung der Wendeltreppe, die Tür aufgerissen, und sie hatten keine andere Wahl mehr, als weiter nach oben zurückzuweichen.

Sie überlegte kurz, ob sie nach unten stürmen und das Feuer eröffnen sollte, wenn sie ihn sah. Aber wenn er sie kommen hörte, flüchtete er wahrscheinlich wieder in die Sakristei, wo das dicke Garn der Dämmerung bereits zu Dunkelheit gestrickt wurde, wo er sie im Dunkeln jagen und angreifen konnte, wenn ihre Aufmerksamkeit von einem trügerischen Schatten abgelenkt wurde.

Sie hätte auch warten können, wo sie war, ihn an sich herankommen lassen und ihm den Kopf wegschießen, sobald er sich sehen ließ. Aber wenn er spürte, daß sie ihm auflauerte, wenn er das Feuer eröffnete, sobald er um die Biegung kam, konnte er sie in dem engen Raum praktisch nicht verfehlen. Vielleicht war sie tot, bevor sie abdrücken konnte, oder sie feuerte im Fallen nur einen Schuß in die Decke des Treppenhauses ab, der außer dem Verputz niemanden verletzte.

Sie erinnerte sich an die schwarze Silhouette auf dem Sims des Kirchenfensters, die unheimliche Geschmeidigkeit seiner Bewegungen, und vermutete, daß die Sinne des Anderen schärfer als ihre eigenen waren. Wahrscheinlich wäre es närrisch, hier einen Hinterhalt zu legen und zu hoffen, sie könnte ihn überraschen.

Sie ging weiter nach oben und versuchte sich einzureden, daß sie sich in der günstigsten Lage befanden: Sie verteidigten eine hochgelegene Festung gegen einen Feind, der nur einen schmalen Zugangsweg zur Verfügung hatte. Eigentlich müßte die Plattform des Glockenturms eine uneinnehmbare Zuflucht sein.

Er krümmt sich unter den Qualen des Hungers, sein Schweiß fließt in Strömen vor Verlangen und Wut, Bleikörner fallen aus seinem Fleisch, er regeneriert sich Schritt für Schritt, doch das kostet seinen Preis. Das Körperfett wird verbraucht, selbst Muskelgewebe und Knochenmasse werden dem zügellosen Heilungsprozeß der Schrotwunden geopfert. Er knirscht im zwanghaften Trieb mit den Zähnen, kauen muß er, kauen und schlucken, beißen und reißen, essen, obwohl es keine Nahrung gibt, um die schrecklichen Krämpfe zu stillen, die ihn schütteln.

Auf der Spitze des Turms war eine Hälfte des Raums durch eine Mauer abgeteilt und bildete einen Treppenabsatz. Durch eine gewöhnliche Tür hatte man Zugang von diesem Vorraum zu einer

Plattform, die auf drei Seiten den Elementen preisgegeben war. Charlotte und Emily öffneten die Tür ohne Schwierigkeiten und verschwanden aus dem Treppenhaus.

Marty folgte ihnen. Er fühlte sich erschreckend schwach, doch das Schwindelgefühl war schlimmer als die Entkräftung. Er hielt sich am Türrahmen und dann an der Betonkappe der halbhohen Mauer – der Brüstung – fest, die die drei anderen Seiten der äußeren Plattform des Glockenturms umschloß.

Durch den kalten Wind mußte die Temperatur hier bei fünf bis zehn Grad unter Null liegen. Er zuckte zusammen, als die bitter kalten Böen ihm ins Gesicht fuhren – und wagte gar nicht daran zu denken, um wieviel kälter es in zehn Minuten oder einer halben Stunde sein würde.

Paige hatte vielleicht noch genügend Schrotpatronen, um den Anderen daran zu hindern, zu ihnen heraufzukommen, aber sie würden die Nacht nicht alle überleben.

Wenn die Wettervorhersagen recht behielten und der Sturm bis in die frühen Morgenstunden andauerte, würden sie auch erst nach Anbruch der Dämmerung jemanden mit der Mossberg auf ihre schreckliche Lage aufmerksam machen können. Der heulende Wind würde den Knall eines Schusses verwehen, bevor er jenseits des Kirchengeländes gehört werden konnte.

Die Plattform maß dreieinhalb Meter, der Boden war gefliest und mit Ablauflöchern für das Regenwasser versehen. Zwei etwa ein Meter achtzig hohe Eckpfosten, die auf der Brüstung standen, stützten zusammen mit der durchgehenden Mauer an der Ostseite ein spitzgiebliges Glockenstuhldach.

Glocken gab es keine. Als Marty in die dunklen Winkel des konischen Raums hinaufblinzelte, sah er die schwarzen Umrisse von Lautsprechern, mit denen früher Glockenläuten vom Band gespielt worden sein mußte.

Der Schnee, der mit zunehmender Dunkelheit immer weißer zu werden schien, wurde vom Nordwestwind schräg in den Glockenstuhl geweht. Am Ansatz der Südmauer hatte sich schon eine kleine Schneeverwehung gebildet.

Die Mädchen waren bereits über die Plattform zur Westseite geflohen, so weit weg von der Tür, wie sie konnten, aber Marty fühlte sich zu schwach, selbst diese Strecke ohne Stütze zu gehen. Als er sich um die Plattform herum zu ihnen schleppte, wobei er sich mit der rechten Hand an der Brüstung abstützte, schienen die Fliesen rutschig zu sein, obwohl ihre Oberfläche bei Nässe nicht so tückisch sein sollte.

Er machte den Fehler, über den Rand der Brüstung zu der phosphoreszierenden Schneedecke sechs oder sieben Stockwerke tiefer zu sehen. Dieser Anblick löste ein so starkes Schwindelgefühl in ihm aus, daß er fast bewußtlos geworden wäre, ehe er den Blick von dem tiefen Sturz abwandte.

Als er bei seinen Töchtern ankam, fühlte sich Marty schlechter denn je und zitterte so heftig, daß jeder Versuch zu sprechen verstümmelte Laute hervorgebracht hätte, die nur entfernte Ähnlichkeit mit Worten hätten. Obwohl ihm so kalt war, rann Schweiß an seinem Rücken hinab. Wind heulte, Schnee wirbelte, die Nacht senkte sich herab, und der Glockenturm schien sich wie ein Karussell zu drehen.

Die Schmerzen in der Schulter hatten sich über den ganzen Oberkörper ausgebreitet, bis die brennende Stelle der Schußwunde lediglich das Zentrum größerer Qualen war, die mit jedem Schlag seines rasend pochenden Herzens pulsierten. Er fühlte sich hilflos, handlungsunfähig, und verfluchte sich, weil er in einer Situation, wo seine Familie ihn dringend brauchte, so nutzlos war.

Paige war nicht zu Marty und den Mädchen auf die Plattform gekommen. Sie stand auf der anderen Seite vor der Tür, auf dem geschlossenen Treppenabsatz, und sah die Wendeltreppe hinab.

Flammen züngelten aus der Mündung der Waffe und brachten die Schatten zum Tanzen. Der Knall des Schusses – und seine Echos – hallten über die Plattform des Glockenturms, und von der Treppe ertönte ein Schrei von Schmerz und Wut, der nichts Menschliches mehr hatte, dicht gefolgt von einem zweiten Schuß und einem noch schrilleren Kreischen.

Marty schöpfte schlagartig Hoffnung – doch diese brach einen Augenblick später zusammen, als dem gequälten Heulen des Anderen Paiges Aufschrei folgte.

Die runde Wand entlang, Stufe um Stufe, von Hunger verzehrt, von Feuer erfüllt, der Brennofen des Körpers zur Weißglut aufgeheizt, von Verlangen gequält, nach Geräuschen lauschend, höher, höher, höher in die Dunkelheit, innerlich aufwallend, schäumend, verzweifelt und getrieben, von Gier getrieben, dann das aufragende Ding, das Paige-Ding, über ihm auf dem Absatz, in Schatten gehüllt, aber deutlich zu erkennen, abstoßend und tödlich, eine außerirdische Saat. Er verschränkt die Arme vor dem Gesicht, schützt die Augen, absorbiert den ersten Schuß, tausend schmerzhafte Stachel, tief hineingehämmert, wird beinahe rückwärts die Treppe hinuntergerissen, schwankt auf den Absätzen, seine Arme vorübergehend gelähmt, blutend und zerfetzt, brennend vor Verlangen, Verlangen, die inneren Schmerzen schlimmer als die äußeren, *bewegen-bewegen-herausfordern-kämpfen-und-siegen*, er schnellt vorwärts, nach oben, schreit unwillkürlich, der zweite Schuß ein Vorschlaghammer auf die Brust, sein Herz setzt aus, setzt aus, Schwärze senkt sich über ihn, Herz setzt aus, die linke Lunge platzt wie ein Ballon, kein Atem, Blut im Mund. Fleisch reißt, Blut spritzt, Fleisch wächst zusammen, Blut versiegt. Er atmet ein, atmet ein und springt immer noch aufwärts, hinauf zu der Frau, hat noch nie solche Schmerzen gehabt, eine Welt der Schmerzen, ein Kessel voll Feuer, Lava in den Adern, ein Alptraum alles verschlingenden Hungers, er erprobt die Grenzen der erstaunlichen Belastbarkeit seines Körpers, taumelt am Rand des Todes dahin, stößt mit der Frau zusammen, drängt sie zurück, greift nach der Waffe, entreißt sie ihr, wirft sie beiseite, hat es auf ihr Gesicht abgesehen, ihre Kehle, schnappt nach ihrem Gesicht, beißt nach ihrem Gesicht, sie hält ihn zurück, aber er braucht ihr Gesicht, ihr Gesicht, ihr glattes, sanftes Gesicht, außerirdisches Fleisch, um das Verlangen zu stillen, das Verlangen, das schreckliche brennende endlose Verlangen.

Der Andere riß Paige die Schrotflinte aus der Hand, warf sie beiseite, stürzte sich auf sie und stieß sie rückwärts durch die Tür.

Der Raum unter dem Glockenstuhl schien mehr von der natürlichen Phosphoreszenz des fallenden Schnees als vom rapide schwindenden Tageslicht erhellt zu werden. Marty sah, daß der Andere übel zugerichtet worden war und seltsame Veränderungen mit ihm stattgefunden hatten – noch *stattfanden* –, obwohl das aschfarbene Zwielicht die Einzelheiten der Verwandlung verbarg.

Paige fiel auf die Plattform des Glockenturms. Der Andere stürzte sich auf sie wie ein Raubtier auf seine Beute, zerrte an ihrer Skijacke, gab ein trockenes, aufgeregtes Zischen von sich und knirschte so ungestüm wie ein wildes Tier aus dem Bergwald mit den Zähnen.

Jetzt war er ein Ding. Kein Mensch mehr. Etwas Schreckliches, wenn auch nicht völlig Verständliches geschah mit ihm.

Der von Verzweiflung getriebene Marty fand eine letzte Kraftreserve in sich. Er überwand sein Schwindelgefühl, das an völlige Orientierungslosigkeit grenzte, und trat so fest er konnte nach dem verhaßten Ding, das sein Leben wollte. Er traf es genau am Kopf. Obwohl er Turnschuhe trug, hatte der Tritt eine schreckliche Wucht und zerschmetterte das ganze Eis, das sich an dem Schuh gebildet hatte.

Der Andere heulte, wälzte sich von Paige herunter, rollte gegen die Südwand, kam aber sofort wieder auf die Knie, dann in eine stehende Haltung, katzenhaft und unberechenbar.

Noch während das Ding taumelte, kroch Paige zu den Kindern und drängte sie hinter sich.

Marty sprang zu der Waffe, die auf dem Treppenabsatz lag, Zentimeter hinter der offenen Tür. Er duckte sich und ergriff mit der rechten Hand den Lauf der Mossberg.

Paige und die Mädchen stießen einen Warnschrei aus.

Er hatte keine Zeit mehr, die Waffe umzudrehen und eine Patrone in die Kammer zu pumpen. Er sprang auf, drehte sich in der Bewegung, gab einen wilden Schrei von sich, der sich fast wie die Laute anhörte, die sein Gegner gemacht hatte, und schwang die Schrotflinte am Lauf.

Der Kolben der Mossberg traf die linke Seite des Anderen, aber nicht so fest, daß Rippen brachen. Marty war gezwungen gewesen, sie mit einer Hand zu führen, da er die Linke nicht gebrauchen konnte, und nun bekam er die Wucht des Schlags selbst zu spüren, der Schmerzen durch seine Brust jagte und ihm mehr weh tat als dem Anderen.

Der Doppelgänger entwand Marty die Mossberg, benutzte sie aber nicht selbst, als wäre er in ein vormenschliches Stadium zurückgesunken, in dem er in der Waffe nichts anderes mehr als eine Keule sehen konnte. Statt dessen warf er die Mossberg fort, schleuderte sie über die Brüstung in die verschneite Nacht hinaus.

»Doppelgänger« war auch nicht mehr zutreffend. Marty konnte immer noch Aspekte von sich in der verzerrten Fratze erkennen, aber selbst in der trüben Dämmerung hätte sie niemand mehr für Brüder halten können. Dabei machten die Verletzungen durch die

Schrotflinte nicht mehr den Hauptunterschied aus. Das blasse Gesicht wirkte seltsam dünn und spitz, die Knochen standen zu sehr vor, die Augen waren tief in dunklen Ringen versunken: wie bei einer Leiche.

Die Mossberg fiel noch kreisend durch den fallenden Schnee, als das Ding auf Marty zustürmte und ihn gegen die nördliche Wand rammte. Der betonierte Sims der Brüstung stieß ihm so fest in die Nieren, daß die letzten Kraftreserven, die er mobilisieren konnte, aus ihm herausgequetscht wurden.

Der Andere hatte ihn am Hals gepackt. Wiederholung der Szene gestern im Arbeitszimmer, Mission Viejo. Drückte ihn nach hinten, so wie er über das Geländer der Galerie gedrückt worden war. Aber dieses Mal stand ein tieferer Sturz bevor, in eine Dunkelheit schwärzer als die Nacht, in eine Kälte durchdringender als Winterstürme.

Die Hände um seinen Hals fühlten sich überhaupt nicht wie Hände an. So hart wie die Metallkiefer einer Bärenfalle. Trotz der bitter kalten Nacht heiß, so heiß, daß sie ihn fast verbrannten.

Das Ding versuchte nicht nur, ihn zu erwürgen, sondern auch zu beißen, wie es versucht hatte, Paige zu beißen, stieß wie eine Schlange nach ihm und zischte dabei. Knurrte tief im Hals. Zähne bissen einen Zentimeter von Martys Gesicht entfernt ins Leere. Saurer, beißender Atem. Der Gestank von Verwesung. Er hatte das Gefühl, als würde es ihn verschlingen, wenn es könnte, ihm die Kehle aufreißen und das Blut aussaugen.

Die Wirklichkeit übertrumpfte die Phantasie.

Jegliche Vernunft kam abhanden.

Alpträume wurden wahr. Ungeheuer existierten.

Mit der unverletzten Hand bekam Marty ein Büschel Haare zu fassen und zog fest, riß den Kopf des Dings zurück und bemühte sich panisch, die schnappenden Zähne von sich fernzuhalten.

Die Augen des Dings rollten und funkelten. Wenn es schrie, flog schäumender weißer Speichel von seinem Mund.

Hitze strahlte von seinem Körper ab, und es fühlte sich so heiß an wie der Vinylsitz eines Autos, das im Sommer in der Sonne gestanden hatte.

Der Andere ließ Martys Hals los, drückte ihn aber immer noch gegen die Brüstung, griff hinter sich und packte die Hand, mit der Marty sein Haar festhielt. Knochenfinger. Nicht menschlich. Harte

Krallen. Das Ding schien kein Fleisch an sich zu haben, ausgetrocknet zu sein, aber unvorstellbar tückisch und kräftig, und es zerquetschte Martys Hand fast, bevor er das Haar losließ. Dann drehte es den Kopf zur Seite und schnappte nach seinem Unterarm, riß den Ärmel aus der Jacke heraus, aber nicht sein Fleisch. Schnappte wieder nach ihm, schlug die Zähne in seine Hand, er schrie. Es packte seine Skijacke, zog ihn von der Brüstung, als er versuchte, ins Leere hinaus vor ihm auszuweichen, biß nach seinem Gesicht, die Zähne schlugen Millimeter von seiner Wange entfernt zusammen, und es stieß krächzend ein einziges gequältes Wort hervor: »*Muß*«, dann schnappte es nach seinen Augen, schnappte, schnappte nach seinen Augen.

»Sei friedlich, Alfie.«

Marty hörte die Worte, war aber zuerst nicht imstande, sie zu verstehen oder zu begreifen, daß er die Stimme noch nie gehört hatte.

Der Andere riß den Kopf zurück, als wollte er endgültig nach Martys Gesicht schnappen. Aber er behielt diese Haltung bei, verdrehte wild die Augen, sein Skelettgesicht leuchtete so weiß wie der Schnee, er hatte die Zähne gefletscht, drehte den Kopf von einer Seite auf die andere und stieß ein schrilles Wimmern aus, als wäre er selbst nicht sicher, warum er zögerte.

Marty wußte, er sollte die Gunst des Augenblicks nutzen und dem Anderen das Knie zwischen die Beine rammen, ihn über die Plattform zur gegenüberliegenden Brüstung zurückdrängen und in die Tiefe stoßen. Er konnte sich vorstellen, was zu tun war, sah es mit der Phantasie des Schriftstellers vor sich, erkannte den Augenblick der Tat in einem Roman oder Film voll und ganz, aber er hatte keine Kraft mehr. Die Schmerzen der Schußwunde, im Hals und in der gebissenen Hand nahmen wieder zu, Schwindel und Benommenheit übermannten ihn, und er wußte, er war im Begriff, ohnmächtig zu werden.

»Sei friedlich, Alfie«, wiederholte die Stimme nachdrücklicher.

Der Andere, der den hilflosen Marty noch in seinem eisernen Klammergriff hielt, drehte den Kopf zu dem Mann um, der die Worte aussprach.

Eine Taschenlampe wurde eingeschaltet und leuchtete dem Ding ins Gesicht.

Marty sah blinzelnd zu der Lichtquelle und erblickte einen Bären von einem Mann, groß und mit breiter Brust, und einen kleineren Mann im schwarzen Skianzug. Sie waren Fremde.

Sie wirkten ein wenig überrascht, aber keineswegs so schockiert oder entsetzt wie Marty erwartet hätte.

»Herrgott«, sagte der kleinere Mann, »was geschieht mit ihm?«
»Stoffwechselzusammenbruch«, sagte der größere Mann.
»Herrgott.«

Marty sah zur westlichen Wand des Glockenstuhls, wo Paige mit den Kindern kauerte, sie beschützte, ihre Köpfe an die Brust drückte, damit sie nicht zuviel von der Kreatur sahen.

»Sei friedlich, Alfie«, wiederholte der kleinere Mann.

Mit einer von Wut, Schmerzen und Verwirrung gequälten Stimme krächzte der Andere: »Vater. Vater. Vater?«

Marty wurde immer noch festgehalten und richtete seine Aufmerksamkeit nun auf das Ding, das einmal wie er ausgesehen hatte.

Im Licht der Taschenlampe sah das Gesicht noch abscheulicher aus als im Halbdunkel. An manchen Stellen stieg *wahrhaftig* Dampf davon empor, was den Eindruck bestätigte, daß es heiß war. Dutzende Verletzungen von Schrotkugeln überzogen eine Seite des Kopfes, aber sie bluteten nicht und schienen sogar schon halb verheilt zu sein. Vor Martys Augen quoll ein schwarzes Schrotkorn aus der Schläfe der Kreatur und lief in einem dünnen Rinnsal gelblicher Flüssigkeit am Kopf hinab.

Doch die Verletzungen boten den erträglichsten Anblick. Trotz seiner gewaltigen Körperkräfte hatte das Ding so wenig Fleisch auf den Knochen wie etwas, das nach einem Jahr unter der Erde aus dem Sarg gekrochen war. Die Haut spannte sich über den Wangenknochen. Die Ohren waren zu harten Knorpelwülsten geschrumpft und lagen flach am Kopf an. Ausgetrocknete Lippen waren über dem Zahnfleisch zusammengeschrumpelt, so daß die Zähne deutlicher vorstanden, was die Illusion hervorrief, mit einer Schnauze und dem gefährlichen Gebiß eines Raubtiers konfrontiert zu sein.

Es war der personifizierte Tod, der Sensenmann ohne wallendes schwarzes Gewand und Sense, auf dem Weg zu einem Maskenball, aber mit einem so dünnen und billigen Kostüm aus Fleisch, daß es nicht einen Augenblick überzeugend wirkte.

»Vater?« sagte es wieder und sah den Mann im schwarzen Skianzug an. »Vater?«

Beharrlich: »Sei friedlich, Alfie.«

Der Name »Alfie« paßte so wenig zu der grotesken Erscheinung, die Marty immer noch festhielt, daß er vermutete, die beiden Männer wären nur eine Halluzination.

Der Andere wandte sich vom Lichtstrahl der Taschenlampe ab und betrachtete Marty wieder. Er schien nicht zu wissen, was er als nächstes tun sollte.

Dann senkte es sein Totengesicht über das von Marty und legte den Kopf neugierig schief. »Mein Leben? Mein Leben?«

Marty wußte nicht, was es ihn fragte, und er war von Blutverlust und Schock, oder beidem, so geschwächt, daß er nur schwach mit der rechten Hand nach ihm stoßen konnte. »Laß mich los.«

»Muß«, sagte das Ding. »Muß es haben, muß, *muß*, *muß*, MUSS, MUSSSSSSSSSSS.«

Die Stimme schwoll zu einem schrillen Zischen an. Es riß den Mund zu einem humorlosen Grinsen auf und schnappte nach Martys Gesicht.

Ein Schuß ertönte. Der Kopf des Anderen wurde zurückgerissen, Marty sank gegen die Brüstung, als die Kreatur ihn losließ und mit ihrem Kreischen dämonischer Wut die Angstschreie von Emily und Charlotte übertönte.

Der Andere griff sich mit den Knochenhänden an den zertrümmerten Schädel, als wollte er ihn zusammenhalten.

Der Lichtstrahl der Taschenlampe schwankte, fand ihn wieder.

Die Risse im Knochen heilten, das Einschußloch schloß sich und quetschte die Bleikugel aus dem Kopf. Aber der Preis für diese wundersame Heilung wurde deutlich, als der Schädel des Anderen sich noch dramatischer veränderte, kleiner und schmaler und noch raubtierhafter wurde, als würde der Knochen unter der dünnen Hautschicht schmelzen und neu entstehen und sich an einer Stelle Materie ausleihen, um den Schaden an einer anderen zu reparieren.

»Er verschlingt sich selbst, um die Wunde zu schließen«, sagte der große Mann.

Noch mehr geisterhafte Dampfwolken stiegen von der Kreatur auf, die sich die Kleidung vom Leibe zu reißen begann, als könnte sie die Hitze nicht ertragen.

Der kleinere Mann schoß wieder darauf. Ins Gesicht.

Der Andere, der sich immer noch den Kopf hielt, taumelte über die Plattform des Glockenturms und stieß gegen die südliche Brüstung. Fast wäre er gekippt und in den Abgrund gestürzt.

Er fiel auf die Knie und warf die zerfetzte Kleidung ab wie die Überreste eines Kokons, aus dem er als zuckende, zappelnde Gestalt herauskam, die nichts Menschenähnliches mehr hatte.

Das Ding kreischte oder zischte nicht mehr. Es schluchzte. Trotz seines zunehmend monströseren Aussehens machte das Schluchzen es weniger bedrohlich und dafür bemitleidenswerter.

Der Schütze trat unbarmherzig nach vorne und feuerte einen dritten Schuß ab.

Das Schluchzen ging Marty durch Mark und Bein, wahrscheinlich weil es sich menschlich und erbarmenswert anhörte. Er war so schwach, daß er nicht mehr stehen konnte, und glitt mit dem Rücken an der Brüstung hinab auf den Boden, wo er sich von dem zuckenden, um sich schlagenden Ding abwenden mußte.

Eine Ewigkeit verging, bis der Andere endlich reglos und still liegenblieb.

Marty hörte seine Töchter weinen.

Widerwillig richtete er den Blick auf den Leichnam, der ihm auf der Plattform direkt gegenüberlag und ins gnadenlose Licht der Taschenlampe getaucht wurde. Die Leiche war ein Puzzle aus schwarzen Knochen und feucht glänzendem Fleisch, das größtenteils für den hektischen Versuch verbraucht war, sich selbst zu heilen und am Leben zu bleiben. Die verzerrten und deformierten Überreste hatten mehr Ähnlichkeit mit einer außerirdischen Lebensform als mit einem Menschen.

Wind wehte.

Schnee fiel.

Noch beißendere Kälte senkte sich herab.

Nach einer Weile wandte sich der Mann im schwarzen Skianzug von den Überresten ab und sprach zu dem bärenhaften Mann. »Wirklich ein sehr böser Junge.«

Der größere Mann sagte nichts.

Marty wollte sie fragen, wer sie seien. Aber er hielt sich mit größter Anstrengung bei Bewußtsein, und er dachte, die Anstrengung des Sprechens könnte zuviel für ihn sein.

An seinen Partner gewandt, sagte der kleinere Mann: »Was hältst du von der Kirche? Unheimlicher als alles, was Kirk und seine Besatzung bisher erlebt haben, was? Die vielen Obszönitäten in

Leuchtfarbe an den Wänden. Das wird unser kleines Szenario um so überzeugender machen, glaubst du nicht auch?«

Ihm war schwindlig, als hätte er zuviel getrunken, und er konnte sich nur mit Mühe konzentrieren, aber Marty sah nun bestätigt, was er schon bei der Ankunft der beiden Männer vermutet hatte: Sie waren keine Retter, lediglich zwei neue Henker und kaum weniger geheimnisvoll als der Andere.

»Machst du es?« fragte der größere der beiden.

»Zuviel Arbeit, sie zu der Blockhütte zurückzubringen. Glaubst du nicht, daß sich diese unheimliche Kirche als Tatort noch besser geeignet?«

»Drew«, sagte der große Mann, »manches an dir mag ich wirklich.«

Der kleinere Mann schien verwirrt zu sein. Er wischte den Schnee ab, den der Wind an seine Augenbrauen wehte. »Was hast du gesagt?«

»Du bist verdammt klug, obwohl du in Princeton und Harvard warst. Und du hast Sinn für Humor, wirklich, du bringst mich zum Lachen, auch wenn es auf meine Kosten geht. Verdammt, besonders wenn es auf meine Kosten geht.«

»Wovon redest du?«

»Aber du bist ein verrückter Drecksack«, sagte der große Mann, hob seine eigene Waffe und erschoß seinen Partner.

Drew, wenn das wirklich sein Name war, fiel so schwer auf den Fliesenboden, als wäre er aus Stein. Er landete auf der Seite, das Gesicht Marty zugewandt. Sein Mund war offen, ebenso die Augen, aber er hatte den Blick eines Blinden und schien nichts sagen zu wollen.

Ein häßliches Loch klaffte mitten auf Drews Stirn. Marty starrte die Wunde an, solange er bei Bewußtsein bleiben konnte, aber sie schien nicht wieder zu heilen.

Wind wehte.

Schnee fiel.

Noch beißendere Kälte senkte sich herab – zusammen mit einer undurchdringlicheren Dunkelheit.

7.

Als Marty erwachte, war seine Stirn an kaltes Glas gedrückt. Auf der anderen Seite der Glasscheibe tobte dichter Schneefall. Sie parkten vor den Zapfsäulen einer Tankstelle. Zwischen den Zapfsäulen und durch den Schnee hindurch konnte er ein hell erleuchtetes Lebensmittelgeschäft sehen.

Er drehte den Kopf vom Glas weg und setzte sich aufrechter hin. Er saß auf dem Rücksitz eines großen Jeeps, eines Explorer oder Cherokee.

Am Lenkrad saß der große Mann vom Glockenturm. Er hatte sich auf dem Sitz umgedreht und sah nach hinten. »Wie geht es Ihnen?«

Marty versuchte zu antworten. Sein Mund war trocken, die Zunge klebte am Gaumen, sein Hals tat weh. Das Krächzen, das herauskam, formte sich zu keinem Wort.

»Ich glaube, Sie kommen durch«, sagte der Fremde.

Martys Skijacke war offen, und er griff sich mit einer zitternden Hand an die linke Schulter. Unter dem blutgetränkten Pullover spürte er eine seltsam wulstige Masse.

»Notverband«, sagte der Mann. »Besser hab ich's in der Eile nicht hingekriegt. Wenn wir aus den Bergen raus und jenseits der Countygrenze sind, mache ich die Wunde sauber und verbinde sie neu.«

»Tut weh.«

»Zweifellos.«

Marty fühlte sich nicht nur schwach, sondern gebrechlich. Er lebte von Worten und hatte stets die richtigen parat, wenn er sie brauchte, daher fand er es frustrierend, daß er kaum genügend Energie hatte, um zu sprechen. »Paige?« fragte er.

»Da drinnen mit den Kindern«, sagte der Fremde und deutete auf die Tankstelle mit Lebensmittelladen. »Die Mädchen mußten auf's Klo. Mrs. Stillwater steht an der Kasse und besorgt uns heißen Kaffee. Ich habe gerade vollgetankt.«

»Sie sind ...?«

»Clocker. Karl Clocker.«

»Haben ihn erschossen.«

»Klar.«

»Wer ... wer ... war er?«

»Drew Oslett. Die wichtigere Frage ist – *was* war er?«

»Hm?«

Clocker lächelte. »Ein Menschensohn, aber nicht menschlicher als der arme Alfie. Wenn es da draußen irgendwo eine böse außerirdische Rasse geben sollte, die plündernd durch die Milchstraße zieht, wird sie sich nie mit uns anlegen, wenn sie weiß, daß wir Prachtexemplare wie Drew hervorbringen können.«

Clocker fuhr, und Charlotte saß neben ihm auf dem Beifahrersitz. Er nannte sie »Erster Offizier Stillwater« und übertrug ihr die Aufgabe, »dem Captain Kaffee zu geben, wenn er trinken will, und ansonsten katastrophales Verschütten zu verhindern, das das Schiff irreparabel kontaminieren könnte«.

Charlotte war ungewöhnlich zurückhaltend und wollte nicht spielen.

Marty machte sich Gedanken, welche psychischen Narben ihre Prüfung bei ihr hinterlassen haben könnte – und welche weiteren Sorgen und Traumata noch vor ihnen liegen mochten.

Auf der Rückbank saßen Emily hinter Karl Clocker, Marty hinter Charlotte und Paige zwischen ihnen. Emily war nicht nur ruhig, sondern völlig stumm, und Marty machte sich auch ihretwegen Sorgen.

Auf der Route 203 von Mammoth Lakes und anschließend in südlicher Richtung auf der 395 kamen sie nur langsam voran. Auf dem Boden lagen fünf bis sechs Zentimeter Schnee, und der Blizzard hatte seinen Höhepunkt erreicht.

Clocker und Paige tranken Kaffee, die Mädchen heiße Schokolade. Der Duft hätte köstlich sein müssen, verstärkte Martys Übelkeit aber nur.

Er durfte Apfelsaft trinken. Paige hatte in dem Geschäft eine Sechserpackung Saft in Dosen gekauft.

»Das dürften Sie als einziges im Magen behalten können«, sagte Clocker. »Und selbst wenn Sie würgen müssen, müssen Sie trinken, soviel Sie können, weil Sie mit dieser Verletzung ganz bestimmt gefährlich dehydrieren.«

Marty zitterte so sehr, daß er den Saft nicht einmal mit der rechten Hand halten konnte, ohne etwas zu verschütten. Paige steckte ihm einen Strohhalm in die Dose, hielt sie für ihn und tupfte ihm das Kinn ab, wenn er sabberte.

Er fühlte sich hilflos. Und er fragte sich, ob er schwerer verletzt war, als sie sagten oder wußten.

Er spürte intuitiv, daß er im Sterben lag – aber er wußte nicht, ob das eine zutreffende Einschätzung oder der Fluch der schriftstellerischen Phantasie war.

Die Nacht war von weißen Flocken erfüllt, als wäre der Tag nicht nur zu Ende gegangen, sondern in eine unendliche Vielzahl von Trümmern zerschellt, die für alle Zeiten durch eine endlose Dunkelheit herabregnen würden.

Als sie in einer Fahrzeugschlange hinter einem Schneepflug und einem Streuwagen von den Sierras herabfuhren, erzählte Clocker ihnen über das Dröhnen des Motors und das Klirren der Schneeketten hinweg vom Network.

Es handelte sich um einen Bund mächtiger Männer in Regierung, Wirtschaft, Rechtsprechung und Medien, die die gemeinsame Überzeugung verband, daß die traditionelle westliche Demokratie ein unwirksames und letztendlich katastrophales System war, eine Gesellschaft zu organisieren. Sie waren überzeugt, daß die Mehrzahl der Bürger egoistisch, sensationslüstern, habgierig, träg, neidisch und rassistisch seien, keinerlei moralische Werte mehr besäßen und bemitleidenswert unwissend in allen wichtigen Fragen zu sein schienen.

»Sie glauben«, sagte Clocker, »die Geschichte beweise, daß die Massen schon immer verantwortungslos waren und die Gesellschaft nur durch Glück und die gewissenhaften Anstrengungen einiger weniger Visionäre vorangekommen ist.«

»Halten sie das für neu?« fragte Paige verächtlich. »Haben sie schon mal von Hitler, Stalin, Mao Tse-tung gehört?«

»Neu ist ihrer Meinung nach«, sagte Clocker, »daß wir ein Zeitalter erreicht haben, in dem die technologischen Grundlagen der Gesellschaft zu komplex und wegen dieser Komplexität so störanfällig geworden sind, daß die Zivilisation – sogar der ganze Planet – nicht überleben kann, wenn Regierungen Entscheidungen aufgrund der Launen und egoistischen Motive der Masse treffen, die in den Wahlkabinen an den Schalthebeln sitzt.«

»Quatsch«, sagte Paige.

Marty hätte ihre Meinung unterstützt, wenn er sich kräftig genug gefühlt hätte, an der Unterhaltung teilzunehmen. Aber seine Energie reichte gerade aus, mit dem Strohhalm Apfelsaft zu saugen und zu schlucken.

»In Wirklichkeit«, sagte Clocker, »geht es ihnen um nichts anderes als Macht. Das einzig Neue an ihnen ist, was sie selbst auch immer denken mögen, daß sie von verschiedenen Extremen des politischen Spektrums aus zusammenarbeiten. Die Leute, die *Huckleberry Finn* aus den öffentlichen Bibliotheken verbannen wollen, und die Leute, die Bücher von Anne Rice verbieten möchten, mögen von verschiedenen Beweggründen motiviert werden, aber im Geiste sind sie Brüder und Schwestern.«

»Klar«, sagte Paige. »Sie besitzen dieselbe Motivation – den Wunsch, nicht nur zu kontrollieren, was andere Menschen tun, sondern auch, was sie *denken*.«

»Die radikalsten Umweltschützer, die die Weltbevölkerung innerhalb eines Jahrzehnts mit extremen Mitteln verringern wollen, weil sie das ökologische System des Planeten für gefährdet halten, haben gewisse Gemeinsamkeiten mit Leuten, die die Weltbevölkerung verringern wollen, weil sie denken, daß zu viele schwarze und braune Menschen darunter sind.«

Paige sagte: »Eine Organisation mit solchen Extremen kann nicht lange halten.«

»Richtig«, sagte Clocker. »Aber wenn sie die Macht unbedingt wollen, die totale Macht, dann arbeiten sie vielleicht lange genug zusammen, bis sie sie haben. Und wenn sie die Macht dann haben, werden sie mit Waffen in der Hand über einander herfallen und den Rest von uns mit ihrem Kreuzfeuer erwischen.«

»Wie groß ist diese Organisation, von der wir sprechen?« fragte sie.

Nach einigem Zögern sagte Clocker: »Groß.«

Marty sog an dem Strohhalm und verspürte wachsende Dankbarkeit für die Stufe der Zivilisation, die das Zusammenspiel von Ackerbau, Lebensmittelverarbeitung, Verpackung, Marketing und den Vertrieb für ein so befriedigendes Getränk wie kalten, süßen Apfelsaft ermöglichte.

»Die Direktoren des Network sind der Meinung, daß die moderne Technologie eine Bedrohung für die Menschheit darstellt«, erklärte Clocker und schaltete die peitschenden Scheibenwischer eine Stufe herunter, »aber sie haben nichts dagegen, sich diese modernste Technologie bei ihrem Streben nach Macht zunutze zu machen.«

Die Entwicklung einer rückhaltlos kontrollierbaren Streitmacht von Klonen als gehorsame Polizisten und Soldaten des kommenden Jahrtausends war nur eines von vielen Forschungsprogrammen, die dazu beitragen sollten, die neue Welt zu schaffen, allerdings eines der ersten, das Früchte trug. Alfie. Das erste Individuum der ersten oder Alpha-Generation funktionstüchtiger Klone.

Da es in der Gesellschaft von unerwünschten Denkern in einflußreichen Positionen wimmelte, sollten die ersten Klone dazu dienen, Machthaber in Wirtschaft, Politik, bei den Medien und in der Bildung zu ermorden, deren Ansichten zu altmodisch waren, als daß sie sich von der Notwendigkeit von Veränderungen hätten überzeugen lassen. Der Klon war kein richtiger Mensch, sondern bestenfalls eine aus Fleisch geschaffene Maschine; daher war er der ideale Attentäter. Er wußte nicht, wer ihn geschaffen und ausgebildet hatte, daher konnte er seine Aufseher nicht identifizieren oder die Verschwörung verraten, der er diente.

Clocker schaltete herunter, als der Verkehr an einem besonders verschneiten Hang ins Stocken kam.

Er sagte: »Da er weder mit Religion, Philosophie, einem Glauben, einer Familie oder einer Vergangenheit belastet ist, besteht keine große Gefahr, daß ein Klon die Ethik seiner Bluttaten in Frage stellt, ein Gewissen entwickelt oder auch nur einen Funken freien Willen zeigt, der ihn an der Ausübung seiner Aufträge hindern könnte.«

»Aber mit Alfie ist etwas schiefgegangen«, sagte Paige.

»Ja. Und was genau, werden wir nie erfahren.«

Warum hat es wie ich ausgesehen? wollte Marty fragen, aber statt dessen fiel sein Kopf auf Paiges Schulter, und er verlor das Bewußtsein.

Ein Spiegelkabinett auf einem Jahrmarkt. Er sucht verzweifelt einen Weg hinaus. Spiegelbilder betrachten ihn voll Wut, Neid und Haß, tun nicht das, was er tut, sondern treten eines nach dem anderen aus den Spiegeln *heraus* und verfolgen ihn, eine ständig wachsende Armee von Martin Stillwaters, die ihm äußerlich so ähnlich, innerlich dagegen dunkel und kalt sind. Dann sind sie auch vor ihm, greifen aus den Spiegeln heraus, an denen er vorbeiläuft und gegen die er stößt, und alle wiederholen wie mit einer Stimme: *Ich brauche mein Leben.*

Die Spiegel zerschellten alle auf einmal, und er erwachte.
Lampenlicht.
Schatten an der Decke.
Er lag im Bett.
Kalt und heiß, zitternd und schwitzend.
Er versuchte sich aufzurichten. Konnte es nicht.
»Liebling?«
Kaum genug Kraft, um den Kopf zu drehen.
Paige. Auf einem Stuhl. Neben dem Bett.
Neben ihr noch ein Bett. Umrisse unter Decken. Die Mädchen. Schlafend.
Vorhänge vor den Fenstern. Jenseits der Vorhänge Nacht. Sie lächelte. »Bist du wach, Baby?«
Er versuchte, sich die Lippen zu lecken. Sie waren rissig. Seine Zunge trocken und pelzig.
Sie holte eine Dose Apfelsaft aus dem Plastikeisbehälter, in dem sie ihn kühlte, hob seinen Kopf vom Kissen und führte ihm den Strohhalm zwischen die Lippen.
Als er getrunken hatte, brachte er heraus: »Wo?«
»In einem Motel in Bishop.«
»Weit genug?«
»Im Augenblick muß es genügen«, sagte sie.
»Er?«
»Clocker? Der kommt wieder.«
Er starb vor Durst. Sie gab ihm noch mehr Saft.
»Besorgt«, flüsterte er.
»Nein. Keine Sorge. Jetzt ist alles gut.«
»Wegen ihm.«
»Clocker?« fragte sie.
Er nickte.
»Wir können ihm vertrauen«, sagte sie.
Er hoffte, daß sie recht hatte.
Selbst das Trinken erschöpfte ihn. Er ließ den Kopf wieder auf das Kissen sinken.
Ihr Gesicht war wie das eines Engels. Es verblaßte.

Er entkommt aus dem Spiegelkabinett in einen langen, schwarzen Tunnel. Licht am fernen Ende, auf das er zuläuft, Schritte hinter ihm, eine Legion, die ihn verfolgt, ihn einholt, die Männer aus den

Spiegeln. Das Licht bedeutet die Rettung, die Flucht aus dem Spiegelkabinett. Er platzt aus dem Tunnel heraus in die Helligkeit, die sich als das verschneite Feld vor der verlassenen Kirche entpuppt, wo er mit Paige und den Mädchen zur Tür läuft, der Andere auf ihren Fersen, dann ertönt ein Schuß, eine Lanze aus Eis durchbohrt seine Schulter, das Eis wird zu Feuer, das Feuer ...

Die Schmerzen waren unerträglich.

Tränen verschleierten seinen Blick. Er blinzelte und wollte mit aller Verzweiflung wissen, wo er sich befand.

Dasselbe Bett, dasselbe Zimmer.

Die Decke war zur Seite gezogen worden.

Er war bis zur Taille nackt. Der Verband war fort.

Eine weitere Explosion von Schmerzen in der Schulter entlockte ihm einen Aufschrei. Aber er war nicht kräftig genug zu schreien, daher kam nur ein leises »Ahhhhhh« heraus.

Er blinzelte mehr Tränen weg.

Die Vorhänge waren immer noch zugezogen. Die Nacht dahinter war Tageslicht gewichen.

Clocker ragte über ihm auf. Machte sich an seiner Schulter zu schaffen.

Zuerst dachte er wegen der unerträglichen Schmerzen, Clocker versuche, ihn umzubringen. Dann sah er Paige neben Clocker und wußte, sie würde nicht zulassen, daß ihm etwas zuleide getan wurde.

Sie versuchte, ihm etwas zu erklären, aber er verstand nur hier und da ein Wort: »Schwefelpuder ... Antibiotika ... Penizillin ...«

Sie verbanden seine Schulter wieder.

Clocker gab ihm eine Spritze in den unverletzten Arm. Er sah zu. Bei all den anderen Schmerzen konnte er den Stich der Nadel gar nicht spüren.

Eine Weile befand er sich wieder in dem Spiegelkabinett.

Als er wieder in dem Motelzimmer erwachte, drehte er den Kopf und sah Charlotte auf der Kante des anderen Betts sitzen, wo sie ihn beobachtete. Emily hielt Peepers in der Hand, den Stein, auf den sie zwei Augen gemalt hatte, ihr Haustier.

Beide Mädchen sahen schrecklich ernst aus.

Es gelang ihm, ihnen zuzulächeln.

Charlotte stand vom Bett auf, kam zu ihm und küßte sein verschwitztes Gesicht.

Emily küßte ihn auch und drückte ihm Peepers in die unverletzte rechte Hand. Es gelang ihm, die Finger darum zu schließen.

Als er später aus einem traumlosen Schlaf erwachte, hörte er, wie Clocker und Paige sich unterhielten:

»... glaube nicht, daß es sicher ist, ihn wegzubringen«, sagte Paige.

»Sie müssen«, sagte Clocker. »Wir sind nicht weit genug von Mammoth Lakes entfernt, und es gibt nur eine begrenzte Zahl von Straßen, die wir genommen haben können.«

»Sie wissen nicht, ob jemand nach uns sucht.«

»Da haben Sie recht, das weiß ich nicht. Aber man kann davon ausgehen. Früher oder später wird uns jemand suchen – wahrscheinlich für den Rest unseres Lebens.«

Er schlief ein und wachte wieder auf, schlief ein und wachte wieder auf, und als er Clocker wieder neben seinem Bett sah, sagte er: »Warum?«

»Die ewige Frage«, sagte Clocker und lächelte.

Marty erweiterte die ewige Frage und sagte: »Warum Sie?«

Clocker nickte. »Das fragen Sie sich natürlich. Nun ... ich war nie einer von ihnen. Sie haben den Fehler gemacht zu glauben, daß ich ein überzeugter Anhänger wäre. Ich wollte mein ganzes Leben lang Abenteuer und Heldenmut, aber das schien das Schicksal nie für mich bereitzuhalten. Dann das hier. Ich dachte mir, wenn ich mitspielte, würde der Tag kommen, an dem ich die Möglichkeit haben würde, dem Network schweren Schaden zuzufügen, wenn ich es schon nicht schaffte, es zu atomisieren, paff, wie mit einer Plasmastrahlenwaffe.«

»Danke«, sagte Marty, der spürte, wie er wieder das Bewußtsein verlor, aber seine Dankbarkeit ausdrücken wollte, solange er es noch konnte.

»He, wir sind noch nicht über den Berg«, sagte Clocker.

Als Marty wieder das Bewußtsein erlangte, schwitzte oder zitterte er nicht mehr, fühlte sich aber immer noch schwach.

Sie befanden sich in einem Auto, auf einem einsamen Highway bei Sonnenuntergang. Paige fuhr, er war auf dem Beifahrersitz festgeschnallt.

Sie sagte: »Wie geht es dir?«

»Besser«, sagte er, und seine Stimme klang nicht mehr so unsicher wie beim letzten Mal. »Durstig.«

»Auf dem Boden zwischen deinen Füßen steht Apfelsaft. Ich suche eine Stelle, wo ich rechts ran fahren kann.«

»Nein, ich komme schon dran«, sagte er, obwohl er nicht sicher war, ob er es schaffte.

Als er sich nach vorne beugte und mit der rechten Hand auf den Boden griff, stellte er fest, daß sein linker Arm in einer Schlinge steckte. Es gelang ihm, eine Dose zu ergreifen und aus dem Sechserpack zu ziehen, in dem sie steckte. Er klemmte sie zwischen die Knie, zog am Ringverschluß und öffnete sie.

Der Saft war kaum gekühlt, aber nichts hatte je köstlicher geschmeckt – was teilweise daran lag, daß er ihn sich ohne fremde Hilfe hatte nehmen können. Er trank die ganze Dose mit drei großen Schlucken leer.

Als er den Kopf drehte, sah er Charlotte und Emily, die auf dem Rücksitz schlafend in den Sicherheitsgurten hingen.

»Sie haben in den vergangenen Nächten kaum Schlaf bekommen«, sagte Paige. »Alpträume. Und Sorgen um dich. Aber ich glaube, solange wir unterwegs sind, fühlen sie sich sicher, und die Bewegung des Autos hilft ihnen.«

»Nächten? Plural?« Er wußte, sie waren Dienstag nacht aus Mammoth Lakes geflohen. Er vermutete, daß es Mittwoch war. »Was ist heute für ein Tag?«

»Freitag«, sagte sie.

Er war fast drei Tage weggetreten gewesen.

Er ließ den Blick über die weiten Ebenen schweifen, über denen langsam die Nacht anbrach. »Wo sind wir?«

»Nevada. Route 31 südlich von Walker Lane. Wir fahren auf den Highway 95 und weiter Richtung Norden, nach Fallon. Dort übernachten wir in einem Motel.«

»Morgen?«

»Wyoming, wenn du dich kräftig genug fühlst.«

»Ich fühle mich kräftig genug. Ich vermute, es gibt einen Grund für Wyoming?«

»Karl kennt einen Ort, wo wir bleiben können.« Als er sie nach dem Auto fragte, das er noch nie gesehen hatte, sagte sie: »Auch Karl. Wie der Schwefelpuder und das Penizillin, mit dem ich dich behandelt habe. Er scheint zu wissen, wo man alles bekommt, was man braucht. Das ist vielleicht eine Type.«

»Ich kenne ihn eigentlich gar nicht«, sagte Marty, der sich eine neue Dose Apfelsaft holte, »aber ich liebe ihn wie einen Bruder.«

Er machte die Dose auf und trank mindestens ein Drittel davon. Er sagte: »Und sein Hut gefällt mir auch.«

Paige lachte übertrieben für den kläglichen Humor der Bemerkung, aber Marty lachte mit ihr.

»O Gott«, sagte sie und fuhr weiter durch das graue unbevölkerte Land nach Norden, »ich liebe dich, Marty. Wenn du gestorben wärst, hätte ich dir das nie verziehen.«

In dieser Nacht nahmen sie zwei Zimmer in einem Hotel in Fallon, wo sie einen falschen Namen angaben und im voraus bar bezahlten. Zum Abendessen nahmen sie Pizza und Pepsi im Motel zu sich. Marty war ausgehungert, aber nach zwei Stücken Pizza war er satt.

Beim Essen spielten sie »Paß auf, wer der Affe ist«, bei dem es darum ging, möglichst viele Worte für Nahrungsmittel zu finden, die mit dem Buchstaben P anfingen. Die Mädchen waren nicht in Hochform. Tatsächlich wirkten sie so verschlossen, daß Marty sich Sorgen um sie machte.

Vielleicht waren sie nur müde. Nach dem Essen schliefen Charlotte und Emily trotz des Nickerchens im Auto, kaum daß sie die Köpfe aufs Kissen gelegt hatten.

Sie ließen die Tür zwischen den benachbarten Zimmern offen. Karl Clocker hatte Paige eine Uzi-Maschinenpistole gegeben, die verbotenerweise für vollautomatisches Feuer eingerichtet worden war. Sie ließen sie in Reichweite auf dem Nachttisch liegen.

Paige und Marty legten sich in ein Bett. Sie streckte sich rechts von ihm aus, damit sie seine unverletzte Hand halten konnte.

Im Verlauf ihrer Unterhaltung erfuhr er, daß sie die Antwort auf die Frage wußte, die er Karl Clocker nicht hatte stellen können: *Warum hat er wie ich ausgesehen?*

Einer der mächtigsten Männer des Network, Hauptanteilseigner eines Medienkonzerns, hatte seinen vierjährigen Sohn durch Krebs verloren. Als der Junge vor fünf Jahren im Cedars-Sinai Hospital im Sterben lag, hatte man ihm Blut- und Knochenmarksproben entnommen, weil es der ausdrückliche Wunsch seines Vaters war, daß die Klone der Alpha-Serie aus dem genetischen Material seines Sohnes gezüchtet werden sollten. Falls funktionierende Klone Wirklichkeit wurden, wären sie ein dauerhaftes Denkmal für seinen Sohn gewesen.

»Herr im Himmel, das ist widerlich«, sagte Marty. »Welcher Vater kann denn denken, daß eine Rasse genetisch fabrizierter Killer ein geeignetes Denkmal wären? Allmächtiger Gott.«

»Gott hatte damit nichts zu tun«, sagte Paige.

Der Repräsentant des Network, der die Blut- und Knochenmarksproben aus dem Labor holen sollte, hatte einen Fehler gemacht und statt dessen Martys Proben mitgenommen, die zeigen sollten, ob er ein geeigneter Spender für Charlotte wäre, sollte sie eine Transplantation benötigen.

»Und die wollen die Welt beherrschen«, sagte Marty fassungslos. Er war längst nicht genesen und brauchte dringend Schlaf, aber eines mußte er noch wissen, bevor er einschlief. »Wenn sie erst vor fünf Jahren damit angefangen haben, ›Alfie‹ zu züchten ... wie konnte er dann ein erwachsener Mann sein?«

Paige sagte: »Laut Clocker haben sie das menschliche Grundmuster in mancherlei Hinsicht ›verbessert‹.«

Sie hatten Alfie einen ungewöhnlichen Stoffwechsel und ungeheuer beschleunigte Fähigkeiten zur Regeneration gegeben. Außerdem erreichten sie sein phänomenales Wachstum mit Wachstumshormonen und machten in nicht einmal zwei Jahren mit ununterbrochener intravenöser Ernährung und elektrisch stimuliertem Muskelwachstum aus dem Embryo einen erwachsenen Mann Anfang dreißig.

»Wie ein verdammtes Gemüse in Hydrokultur«, sagte sie.

»Großer Gott«, sagte Marty, sah zum Nachttisch und vergewisserte sich, daß die Uzi dort lag. »Hatten sie keine Zweifel, als der Klon keine Ähnlichkeit mit dem Jungen hatte?«

»Zunächst einmal war der Junge im Alter zwischen zwei und vier Jahren vom Krebs hinweggerafft worden. Sie wußten nicht, wie er ausgesehen hätte, wäre er in dieser Zeit gesund gewesen. Und außerdem haben sie das genetische Material so sehr verändert, daß sie nicht sicher sein konnten, ob die Alpha-Generation überhaupt Ähnlichkeit mit dem Jungen haben würde.

Sprache, Mathematik und anderes wurde ihm weitgehend

durch hochentwickelte unterbewußte Suggestion beigebracht, während er schlief und wuchs.«

Sie hatte ihm noch mehr zu sagen, aber ihre Stimme wurde allmählich ausgeblendet, während er in Träume von Treibhäusern versank, in denen menschliche Gestalten in Tanks voll viskoser Flüssigkeit schwammen ...

... sie sind mit einem Wirrwarr von Plastikschläuchen und Lebenserhaltungssystemen verbunden und wachsen rasch von Embryos zu Erwachsenen, allesamt Doppelgänger von ihm, und plötzlich schlagen sie zu Tausenden auf einmal die Augen auf, in Reihen von Tanks in einem Gebäude nach dem anderen, und sie alle sagen einstimmig: *Ich muß mein Leben haben.*

8.

Das Blockhaus lag inmitten eines mehrere Morgen großen Waldstücks ein paar Meilen von Jackson Hole, Wyoming, entfernt, das noch auf den ersten Schneefall des Jahres wartete. Karl hatte ihnen den Weg ausgezeichnet beschrieben, daher fanden sie das Haus ohne nennenswerte Schwierigkeiten und trafen samstags am Spätnachmittag ein.

Das Haus mußte geputzt und gelüftet werden, aber die Vorratskammer war aufgefüllt. Als der Rost aus den Leitungen gespült worden war, schmeckte das Wasser sauber und frisch.

Am Montag bog ein Range Rover von der Landstraße ab und fuhr zu ihrer Eingangstür. Sie beobachteten ihn nervös vom Fenster aus. Paige hielt die entsicherte Uzi in der Hand und entspannte sich erst, als sie sah, daß Karl auf der Fahrerseite ausstieg.

Er kam gerade recht zum Mittagessen, das Marty mit Hilfe der Mädchen zubereitet hatte. Es bestand aus Eiern, Dosenwürstchen und Bisquits aus der Dose.

Während sie zu fünft an dem großen Kieferntisch in der Küche aßen, machte Karl sie mit ihren neuen Identitäten vertraut. Die Zahl der Dokumente überraschte Marty. Geburtsurkunden für alle vier. Ein High-School-Diplom von einer Schule in Newark, New Jersey, für Paige, eines für Marty von einer Schule in Harrisburg, Pennsylvania. Eine ehrenhafte Entlassung aus der Armee der Vereinigten Staaten für Marty, nach drei Jahren Dienstzeit ausgestellt.

Sie bekamen Führerscheine für Wyoming, Sozialversicherungskarten und mehr.

Ihr neuer Name lautete Gault. Ann und John Gault. Auf Charlottes Geburtsurkunde stand, daß sie Rebecca Vanessa Gault hieß, und Emily war jetzt Suzie Lori Gault.

»Wir durften unsere Vornamen selbst aussuchen« sagte Charlotte aufgeregter, als sie es seit Tagen gewesen war. »Ich bin Rebecca, wie in dem Film, eine schöne und geheimnisvolle Frau, die für alle Zeiten in Manderley spukt.«

»Wir durften nicht *genau* die Namen aussuchen, die wir wollten«, sagte Emily. »Auf jeden Fall hatten wir nicht die freie Auswahl.«

Marty hatte in Bishop im Tiefschlaf gelegen, als die Namen ausgesucht worden waren. »Was war denn deine Wahl?« fragte er Emily.

»Bob«, sagte sie.

Marty lachte, und Charlotte kicherte ausgelassen.

»Mir gefällt Bob«, sagte Emily.

»Nun, du mußt selbst zugeben, daß das nicht gerade passend ist«, sagte Marty.

»Suzie Lori ist zum Kotzen niedlich«, sagte Charlotte.

»Nun, wenn ich schon nicht Bob sein kann«, sagte Emily, »dann will ich Suzie Lori sein, und alle müssen immer beide Namen aussprechen, nicht nur Suzie.«

Während die Mädchen das Geschirr spülten, holte Karl einen Koffer aus dem Range Rover, öffnete ihn auf dem Tisch und unterhielt sich mit Marty und Paige über den Inhalt. Es handelte sich um Hunderte Disketten mit Daten des Network, die Karl im Lauf der Jahre heimlich kopiert hatte, dazu mindestens hundert Mikrokassetten mit Gesprächen, die er aufgezeichnet hatte, darunter eine im Ritz-Carlton Hotel in Dana Point zwischen Oslett und einem Mann namens Peter Waxhill.

»Die«, sagte Karl, »erklärt die ganze Klonkrise mit einem Schlag.« Er legte die Sachen in den Koffer zurück. »Disketten und Kassetten sind ausnahmslos Kopien. Sie haben zwei vollständige Sets. Und ich habe darüber hinaus noch andere Kopien.«

Marty verstand nicht. »Warum sollen wir sie bekommen?«

»Sie sind ein guter Schriftsteller«, sagte Karl. »Seit Dienstag nacht habe ich einige Ihrer Romane gelesen. Nehmen Sie das alles, schreiben Sie eine Erklärung dazu, eine Erklärung, was Ihnen und

Ihrer Familie widerfahren ist. Ich gebe Ihnen den Namen des Herausgebers einer großen Zeitung und eines hohen Tiers beim FBI. Ich bin sicher, daß beide nicht dem Network angehören, weil beide auf Alfies Liste künftiger Opfer standen. Schicken Sie beiden Ihre Erklärung und je einen Satz Disketten und Cassetten. Selbstverständlich anonym, ohne Absender, und aus einem anderen Staat, nicht Wyoming.«

»Sollten Sie das nicht machen?« fragte Paige.

»Ich versuche es auch, wenn Sie nicht die gewünschte Reaktion bekommen. Aber es ist besser, wenn es von Ihnen kommt. Ihr Verschwinden, der Vorfall in Mission Viejo, die Ermordung Ihrer Eltern, die Toten im Glockenturm bei der Blockhütte Ihrer Eltern – ich habe sichergestellt, daß sie gefunden werden –, das alles hat Ihre Geschichte in den Schlagzeilen gehalten. Das Network hat dafür *gesorgt,* daß sie in den Schlagzeilen geblieben ist, weil sie verzweifelt hoffen, daß jemand Sie für sie finden wird. Versuchen wir, ob wir Ihre Berühmtheit nicht dazu benützen können, daß der Schuß nach hinten losgeht.«

Der Tag war kühl, aber nicht kalt. Der Himmel leuchtete kristallblau.

Marty und Karl gingen am Waldrand spazieren, ließen das Blockhaus aber nicht aus den Augen.

»Dieser Alfie«, sagte Marty.

»Was ist mit ihm?«

»War er der einzige?«

»Der erste und einzige funktionsfähige. Andere werden gezüchtet.«

»Das müssen wir verhindern.«

»Werden wir.«

»Okay. Angenommen, wir bringen das Network zu Fall«, überlegte Marty. »Ihr Kartenhaus stürzt ein. Hinterher ... können wir unser normales Leben wieder aufnehmen?«

Karl schüttelte den Kopf. »Ich habe es nicht vor. Wage es nicht. Manche werden durch die Maschen schlüpfen. Und das sind Leute, die ihr Leben lang nicht vergessen. Gute Hasser. Wenn man ihr Leben ruiniert, oder das von Familienmitgliedern, bringen sie einen früher oder später um.«

»Dann ist der Name Gault nicht nur eine vorübergehende Tarnung?«

»Er ist die beste Identität, die Sie bekommen können. So gut wie echte Papiere. Ich habe sie aus Kanälen, von denen das Network nichts weiß. Niemand wird diese Tarnung je durchschauen ... oder sie damit aufspüren.«

»Meine Karriere, die Tantiemen für meine Bücher ...«

»Vergessen Sie's«, sagte Karl. »Sie befinden sich auf einer neuen Entdeckungsreise zu unbekannten Welten.«

»Und Sie haben auch einen neuen Namen?«

»Ja.«

»Der mich nichts angeht, hm?«

»Genau.«

Karl verließ sie am selben Nachmittag, eine Stunde vor Einbruch der Dämmerung.

Als sie ihn zum Range Rover begleiteten, zog er einen Umschlag aus der Innentasche seiner Tweedjacke, gab ihn Paige und erklärte ihr, daß es sich um die Besitzurkunde für das Blockhaus und das Grundstück handelte, auf dem es stand.

»Ich habe zwei sichere Häuser gekauft, an jedem Ende des Landes eines, damit ich auf diesen Tag vorbereitet sein würde. Beide gehörten mir unter falschen Namen, die nicht zu enttarnen sind. Dieses Haus hier habe ich Ann und John Gault überschrieben, da ich selbst nur für eines Verwendung habe.«

Er schien verlegen zu sein, als Paige ihn umarmte.

»Karl«, sagte Marty, »was wäre ohne Sie aus uns geworden? Wir verdanken Ihnen alles.«

Der große Mann errötete tatsächlich. »Irgendwie hätten Sie es geschafft. Sie sind Überlebenstypen. Was ich für Sie getan habe, hätte jeder andere auch getan.«

»Heutzutage nicht«, sagte Marty.

»Auch heutzutage«, sagte Karl. »Es gibt mehr gute Menschen als böse. Das glaube ich wirklich. Ich muß.«

Beim Range Rover gaben Charlotte und Emily ihm einen Abschiedskuß, weil sie alle wußten, ohne es auszusprechen, daß sie ihn nie wiedersehen würden.

Emily gab ihm Peepers. »Sie brauchen jemand«, sagte sie. »Sie sind ganz allein. Außerdem würde er sich nie daran gewöhnen, mich Suzie Lori zu nennen. Er ist jetzt Ihr Haustier.«

»Danke, Emily. Ich werde gut auf ihn aufpassen.«

Als Karl sich ans Steuer gesetzt und die Tür geschlossen hatte, beugte sich Marty zum offenen Fenster hinein. »Wenn wir das Network vernichten, glauben Sie, daß sie es wieder aufbauen werden?«

»Das oder etwas Ähnliches«, sagte Karl, ohne zu zögern.

Marty sagte beunruhigt: »Ich glaube, wir werden es erfahren ... wenn sie alle Wahlen abschaffen.«

»Oh, Wahlen würden nie abgeschafft werden, jedenfalls nicht auf eine ersichtliche Weise«, sagte Karl, während er den Rover startete. »Sie würden weitermachen wie bisher, mit konkurrierenden politischen Parteien, Versammlungen, Debatten, erbitterten Wahlkämpfen, dem ganzen Drum und Dran. Aber jeder einzelne Kandidat würde aus treuen Anhängern des Network rekrutiert werden. *Wenn* sie jemals die Macht übernehmen, John, dann werden *nur sie* es wissen.«

Marty fror plötzlich so sehr wie Dienstag nacht in dem Schneesturm.

Karl hob eine Hand zu dem Gruß mit gespreizten Fingern, den Marty aus *Raumschiff Enterprise* kannte. »Lebt lang und gehabt euch wohl«, sagte er und fuhr los.

Marty stand auf der Schottereinfahrt und sah dem Rover nach, bis er die Landstraße erreichte, nach links abbog und verschwand.

9.

Diesen Dezember und das ganze darauffolgende Jahr, als alle Schlagzeilen den Network-Skandal, Hochverrat, politische Verschwörung, Attentate und eine Weltkrise nach der anderen anprangerten, schenkten John und Ann Gault den Zeitungen und Fernsehnachrichten nicht so viel Aufmerksamkeit, wie sie gedacht hatten. Sie mußten sich ein neues Leben aufbauen, was keine leichte Aufgabe war.

Ann ließ sich das blonde Haar kurzschneiden und färbte es braun. Bevor sie den Nachbarn, die in den verstreuten Blockhäusern und Ranches der ländlichen Gegend lebten, einen Besuch abstatteten, ließ sich John einen Bart wachsen; es überraschte ihn nicht, daß der mehr als zur Hälfte grau war, und auch auf seinem Kopf wuchsen immer mehr graue Haare.

Eine Tönung veränderte Rebeccas Haarfarbe von Blond zu Kastanie, und Suzie Lori wurde mit einem neuen, kürzeren Haarschnitt hinreichend verändert. Beide Mädchen wuchsen schnell. Die Zeit würde bald alle Gemeinsamkeiten zwischen ihnen und den Mädchen beseitigen, die sie einmal gewesen waren.

Im Vergleich zu der Aufgabe, sich eine einfache, aber glaubwürdige falsche Vergangenheit einzuprägen, war es einfach, sich an die neuen Namen zu gewöhnen. Sie machten ein Spiel daraus, etwa so wie »Paß auf, wer der Affe ist.«

Die Alpträume blieben beharrlich. Obwohl der Gegner, mit dem sie es zu tun gehabt hatten, sich bei Tage genauso sicher fühlte wie nachts, sahen sie jeder Abenddämmerung mit einem irrationalen Unbehagen entgegen, wie es die Leute in früheren, abergläubischeren Zeiten empfunden hatten. Bei unerwarteten Geräuschen zuckten alle zusammen.

An Weihnachten wagte John erstmals zu hoffen, daß sie sich wirklich ein neues Leben ausdenken und wieder glücklich werden könnten. Da war es auch, daß Suzie Lori nach dem Popcorn fragte.

»Welches Popcorn?« fragte John.

»Der böse Zwillingsbruder des Weihnachtsmanns hat zehn Pfund Mais in die Mikrowelle gestopft«, sagte sie, »obwohl soviel gar nicht reinpassen würde. Und selbst wenn es passen würde, was ist passiert, als der Mais aufzuplatzen begann?«

An diesem Abend wurde zum ersten Mal seit fast drei Wochen wieder vorgelesen. Danach wurde es zur Routine.

Ende Januar fühlten sie sich sicher genug, Rebecca und Suzie Lori an der öffentlichen Schule anzumelden.

Im Frühling hatten sie einige neue Freunde und die ersten Familienerinnerungen der Gaults, die nicht frei erfunden waren.

Da sie siebzigtausend in bar besaßen und ihnen das Haus schuldenfrei gehörte, waren sie nicht darauf angewiesen, Arbeit zu finden. Außerdem besaßen sie vier Kartons mit Erstausgaben von den frühen Romanen von Martin Stillwater. Auf der Titelseite hatte *Time* die Frage gestellt, die nie beantwortet werden würde – *Wo ist Martin Stillmater?* –, und Erstausgaben, die einst antiquarisch zweihundert Dollar wert gewesen waren, wurden im Frühjahr zum Fünffachen dieses Preises gehandelt; in den kommenden Jahren würden sie wahrscheinlich schneller steigen als sämtliche Aktien. Wenn sie in entfernteren Städten eine oder zwei verkauften, konnten sie die Familie damit in schlechten Zeiten über Wasser halten.

John stellte sich den neuen Nachbarn und Bekannten als ehemaliger Versicherungsvertreter aus New York City vor. Er behauptete, eine ansehnliche, wenn auch nicht riesige Erbschaft gemacht zu haben. Daher erfüllte er sich nun den Traum seines Lebens, in einer ländlichen Gegend zu leben und Dichter zu werden. »Wenn ich in ein paar Jahren noch kein Gedicht verkauft habe, schreibe ich vielleicht einen Roman«, sagte er manchmal, »und wenn auch daraus nichts wird – *dann* fange ich an, mir Sorgen zu machen.«

Ann begnügte sich mit der Rolle als Hausfrau; aber ohne die Zwänge der Vergangenheit – Klienten mit ihren Problemen, das ständige Pendeln auf dem Freeway – entdeckte sie ein Zeichentalent neu, das seit der High School brach gelegen hatte. Sie machte Illustrationen zu den Gedichten und Stories im Notizbuch ihres Mannes, in das er schon seit Jahren schrieb: *Gutenachtgeschichten für Rebecca und Suzie Lori.*

Sie lebten seit fünf Jahren in Wyoming, als *Sankt Nikolaus und sein böser Zwillingsbruder* von John Gault mit Illustrationen von Ann Gault ein riesiger Weihnachtsbestseller wurde. Umschlagfotos von Autor und Künstlerin gestatteten sie nicht. Angebote für Signierstunden und Interviews lehnten sie höflich ab und zogen statt dessen ein ruhiges Leben und die Möglichkeit vor, weitere Kinderbücher zu machen.

Die Mädchen blieben gesund, wuchsen heran, und Rebecca verabredete sich mit Jungs, die nach Meinung von Suzie Lori alle in dieser oder jener Hinsicht etwas zu wünschen übrigließen.

Manchmal dachten John und Mary, daß sie zu sehr in einer Traumwelt lebten, und bemühten sich, auf dem laufenden zu bleiben und nach Zeichen und Hinweisen zu suchen, über die sie nicht einmal miteinander reden wollten. Aber die Welt wurde unablässig von Sorgen und Unruhen heimgesucht. Kaum jemand schien imstande zu sein, sich ein Leben ohne die erdrückende Hand der einen oder anderen Regierung, ohne die eine oder andere Form von Haß vorzustellen, daher verloren die Gaults jedesmal schnell wieder das Interesse an den Nachrichten und kehrten in die Welt zurück, die sie sich für sich selbst ausmalten.

Eines Tages kam ein Taschenbuch mit der Post. Der schlichte

braune Umschlag trug keinen Absender, und dem Buch lag kein Brief bei. Es handelte sich um einen Science-Fiction-Roman, der in ferner Zukunft spielte, als die Menschheit die Sterne erobert hatte, aber nicht Herr ihrer eigenen Probleme geworden war. Der Titel lautete *Die Klon-Rebellion.* John und Ann lasen es. Sie fanden es überaus phantasievoll und bedauerten nur, daß sie nie Gelegenheit haben würden, seinem Verfasser ihre Bewunderung auszudrükken.

DIE KÄLTE DES FEUERS

Für meine Nachbarn und Freunde
Nick und Vicky Page.

Für Dick und Pat Karlan,
die zu den wenigen in Hollywood
gehören, die ihre Seele nicht
verkaufen.

Durch sie ist mein Leben schöner –
aber auch aufregender.

ERSTER TEIL

Der Held, der Freund

In der richtigen Welt,
so wie im Traum,
sehen wir nicht alles,
was wir beschau'n.

Das Buch Gezählten Leids

Bedeutungsloses Leben
bietet nichts als Leere dar.
Wir finden eine Aufgabe
und nehmen sie wahr –
oder folgen willig
des Todes Schar.
Ohne das Schimmern
von Bedeutung im Leben
sind wir ohne Visionen
und dem Leid ergeben –
oder die Klinge
des Freitods wir heben.

Das Buch Gezählten Leids

12. August

1

Schon vor den Ereignissen im Supermarkt hätte Jim Ironheart wissen müssen, daß sich Probleme ankündigten. Während der Nacht träumte er, von einem Schwarm großer schwarzer Vögel über ein Feld gejagt zu werden. Sie kreischten um ihn herum, schlugen mit den Flügeln, trafen ihn mit krummen, skalpellscharfen Schnäbeln. Als er erwachte, litt er an Atemnot und trat in der Schlafanzughose auf den Balkon, um frische Luft zu schnappen. Doch um halb zehn morgens betrug die Temperatur bereits mehr als dreißig Grad, und dadurch verstärkte sich Jims Gefühl, langsam zu ersticken.

Er duschte lange, rasierte sich, und danach ging es ihm besser. Der Kühlschrank enthielt nur einen zerlaufenen Sara-Lee-Kuchen. Er sah aus wie die Laborkultur einer neuen und besonders virulenten Form von Botulinusbazillen. Jim überlegte – entweder verhungerte er, oder er wagte sich nach draußen in die Backofenhitze.

Der Augusttag war so heiß, daß die Vögel – sie gehörten nicht zu seinem düsteren Alptraum – schattenspendende Bäume den glühenden Weiten des südkalifornischen Himmels vorzogen. Reglos hockten sie auf Zweigen und Ästen, zwitscherten nur gelegentlich und ohne große Begeisterung. Hunde liefen katzenflink über Bürgersteige, die sich in Backbleche verwandelt zu haben schienen. Die Passanten blieben nicht stehen, um festzustellen, ob man Eier auf dem Beton braten könnte; niemand zweifelte daran.

Jim frühstückte unter dem Sonnenschirm eines Strandcafés in Laguna Beach, und anschließend fühlte er sich kräftiger. Ein dünner Schweißfilm bildete sich auf seiner Stirn. Es war einer jener seltenen Tage, an denen nicht einmal eine leichte Brise vom Pazifik wehte.

Vom Café aus begab er sich zum Supermarkt, der ihm zunächst wie ein Paradies vorkam. Er trug nur eine weiße Baumwollhose und ein blaues T-Shirt und genoß den kalten Luftstrom aus den Gittern der Klimaanlage, die Frische der langen Kühlvitrinen.

In der Süßwarenabteilung verglich Jim die Ingredienzen von Makronen und Ananas-Kokosnuß-Mandel-Riegeln. Er versuchte herauszufinden, was die geringere diätetische Sünde war, als die plötzliche Veränderung begann. Es handelte sich nicht um einen sehr schlimmen Anfall: Es gab weder heftige Zuckungen noch schmerzhafte Muskelkrämpfe. Er brach nicht in Schweiß aus und formulierte keine Worte in fremden Sprachen – doch er wandte sich abrupt einer mehrere Meter entfernt stehenden Kundin zu und sagte: »Rettungsleine.«

Die Frau mochte etwa dreißig sein, trug Shorts und ein rückenfreies Oberteil. Sie wirkte attraktiv genug, um viele Annäherungsversuche von Männern erlebt zu haben, und vielleicht glaubte sie, daß er eine Chance suchte. Sie bedachte ihn also mit einem wachsamen Blick. »Wie bitte?«

Laß dich treiben, dachte Jim. *Hab' keine Angst.*

Er zitterte, und das lag nicht etwa an der Kühle im Supermarkt. Der Grund war eine *innere* Kälte, etwas Frostiges, das wie ein Aal in ihm hochkroch. Seine Hände erschlafften, und er ließ eine Schachtel mit Keksen fallen.

Verlegenheit erfaßte ihn, aber er hatte keine Kontrolle über sich. »Rettungsleine«, wiederholte er.

»Ich verstehe nicht«, sagte die Frau.

»Ich auch nicht«, erwiderte er, obwohl so etwas schon mehrmals geschehen war.

Die Kundin hob ein Päckchen mit Vanillewaffeln hoch und schien es als Wurfgeschoß verwenden zu wollen. Vielleicht sah sie schon eine Schlagzeile vor sich: AMOKLÄUFER ERSCHOSS SECHS PERSONEN IM SUPERMARKT. Trotzdem war sie genug barmherzige Samariterin, um zu fragen: »Ist alles in Ordnung mit Ihnen?«

Jim stellte sich sein leichenhaft blasses Gesicht vor. Er hatte das Gefühl, als sei ihm das Blut aus den Wangen gewichen. Er versuchte, beruhigend zu lächeln, doch es wurde eine Grimasse daraus. »Muß gehen«, kam es von seinen Lippen.

Er ließ den Einkaufswagen stehen, verließ den Supermarkt und trat in die sengende Augusthitze. Ein Temperaturunterschied von fast zwanzig Grad raubte ihm den Atem. Der dunkle Asphalt auf dem Parkplatz war an einigen Stellen weich und klebrig geworden. Greller Sonnenschein verlieh den Windschutzscheiben der

Autos einen silbrigen Glanz und spiegelte sich fast funkenstiebend auf Stoßstangen aus Chrom und Kühlerverzierungen wider.

Jim schritt zu seinem Ford. Der Wagen verfügte über eine Klimaanlage, aber sie kämpfte vergeblich gegen die Hitze an. Der Luftzug aus den Belüftungsschlitzen im Armaturenbrett blieb warm und konnte nur dann als erfrischend bezeichnet werden, wenn man ihn mit der erdrückenden Hitze im Auto verglich. Jim kurbelte das Seitenfenster herunter.

Zuerst kannte er sein Ziel nicht, doch nach einigen Minuten gewann er den vagen Eindruck, daß er nach Hause zurückkehren sollte. Aus diesem diffusen Empfinden wurde eine Ahnung, und die Ahnung verwandelte sich in eine Überzeugung, die kurze Zeit später zu einem Zwang metamorphierte. Er *mußte* nach Hause.

Jim fuhr zu schnell, wechselte immer wieder die Fahrspuren und ließ sich zu riskanten Überholmanövern hinreißen, was ganz und gar nicht seiner Art entsprach. Wenn ihn ein Verkehrspolizist angehalten hätte, wäre er kaum in der Lage gewesen, den seltsamen Drang zu erklären, der ihn antrieb. Er blieb ihm selbst ein Rätsel.

Eine fremde Kraft schien ihn zu lenken, so wie er den Wagen.

Erneut beschloß er, sich treiben zu lassen. Eine leichte Wahl: Es blieb ihm gar nichts anderes übrig. Er trachtete auch danach, sich von der Furcht zu befreien, doch die Angst klebte an ihm fest.

Als er die Zufahrt vor seinem kleinen Haus in Laguna Niguel erreichte, wirkten die spitzen schwarzen Schatten der Palmwedel wie Risse im schneeweißen Mauerputz, so als sei das Gebäude in der Hitze ausgedörrt und geborsten. Die roten Ziegel ragten wie erstarrte Flammen über den Dachrand.

Im Schlafzimmer filterte das Sonnenlicht durch Rauchglasscheiben und nahm eine kupferne Tönung an. Es bildete pennyfarbene Streifen auf dem Bett, dem gebrochenen Weiß des Teppichs und stand in krassem Kontrast zu den Schatten der halbgeöffneten Fensterläden.

Jim schaltete die Nachttischlampe ein.

Er wußte nicht, daß ihm eine Reise bevorstand – bis er einen Koffer aus dem Schrank holte. Zuerst griff er nach dem Rasierzeug und den Toilettenartikeln. Er hatte keine Ahnung, wohin er unterwegs war und wie lange er fortbleiben würde, hielt es jedoch für besser, genug Kleidung zum Wechseln mitzunehmen. Für gewöhnlich dauerten die Aufträge – Abenteuer, Missionen, wie auch immer man sie nennen mochte – nicht länger als zwei oder drei Tage.

Er zögerte und fragte sich, ob der Inhalt des Koffers genügte. Die Reisen waren gefährlich – jede konnte seine letzte sein. Und in dem Fall spielte es keine Rolle, ob er genug oder zuwenig eingepackt hatte.

Er klappte den Deckel zu, horchte in sich hinein und überlegte, wie es jetzt weitergehen sollte. »Muß fliegen«, sagte er plötzlich, und daraufhin wußte er Bescheid.

Die Fahrt zum John Wayne Airport am südöstlichen Rand von Santa Ana nahm weniger als eine halbe Stunde in Anspruch. Unterwegs sah er deutlich, daß Südkalifornien eine Wüste gewesen war, bevor man Wasser mit Hilfe von Aquädukten importiert hatte. Eine Hinweistafel forderte zum sparsamen Umgang mit dem Wasser auf. Gärtner pflanzten widerstandsfähige Kakteen und Eiskraut vor einem neuen Apartmenthaus im Southwestern-Stil. Die Vegetation der ungenutzten Gebiete zwischen den Grüngürteln und parkähnlichen Anlagen großer Anwesen war braun und verdorrt, sie schien auf das Streichholz in der Hand eines jener Pyromanen zu warten, die in jedem Jahr für verheerende Brandkatastrophen sorgten.

Im Hauptterminal des Flughafens eilten Reisende von und zu den Flugsteigen. Die bunt gemischte Menge widerlegte den anhaltenden Mythos, Orange County sei kulturell homogen und die Bevölkerung bestehe allein aus angelsächsischen Protestanten. Auf dem Weg zu den Monitoren, die Auskunft über alle PSA-Flüge dieses Tages gaben, hörte Jim nicht nur Englisch, sondern auch vier andere Sprachen.

Er blickte auf einen Bildschirm und las die Flugziele von oben nach unten. Die vorletzte Stadt – Portland in Oregon – berührte etwas in ihm, und er ging zum nächsten Ticket-Schalter.

Der junge Mann dahinter wirkte auf den ersten Blick so anständig, ordentlich und zuverlässig wie ein Angestellter von Disneyland.

»Der Flug nach Portland ...«, begann Jim. »Die Maschine startet in zwanzig Minuten. Ist sie voll belegt?«

Der junge Mann prüfte mit Hilfe des Computers nach. »Sie haben Glück, Sir. Es gibt noch drei freie Plätze.«

Als er die Kreditkarte entgegennahm und das Ticket ausstellte, bemerkte Jim seine durchstochenen Ohrläppchen. Während der Arbeit verzichtete er wohl auf Ohrringe, aber die Löcher waren ziemlich groß und deuteten darauf hin, daß er in der Freizeit schweren Schmuck trug. Der junge Mann gab die Kreditkarte zurück, und dabei rutschte der Hemdsärmel weit genug nach oben, um eine bunte Tätowierung zu zeigen. Sie stellte einen feuerspeienden Drachen dar, und vermutlich reichte sie über den ganzen Arm. Schorf bedeckte die Fingerknöchel, vielleicht stammte er von einem Kampf.

Jim schritt zum Flugsteig und überlegte, zu welcher Subkultur der Mann gehörte, wenn er nach der Arbeit die Uniform ablegte und zivile Kleidung anzog. Wahrscheinlich war er etwas so Banales wie ein Motorrad-Punker.

Die Maschine startete, flog zunächst nach Süden und setzte Jim, der an einem Fenster Platz genommen hatte, dem gnadenlosen Glanz der Sonne aus. Dann drehte sie nach Westen und Norden ab, und Jim Ironheart sah das helle Strahlen nur noch als glitzernde Reflexe auf dem Meer. Es schien den Ozean in eine Masse aus brodelnder Lava zu verwandeln, die aus der Kruste des Planeten quoll.

Nach einer Weile merkte Jim, daß er die Lippen zusammenpreßte. Er starrte auf die Armlehnen des Sessels und stellte fest, daß sich seine Finger wie die Klauen eines Adlers darum geschlossen hatten.

Er versuchte, sich zu entspannen.

Vor dem Flug fürchtete er sich nicht. Die Angst betraf Portland und den Tod, der dort in irgendeiner Form auf ihn warten mochte.

2

An jenem Donnerstagnachmittag suchte Holly Thorne eine private Grundschule im westlichen Teil von Portland auf, um eine Lehrerin zu interviewen. Sie hieß Louise Tarvohl und hatte ein Buch mit Gedichten an einen großen Verlag in New York verkauft – eine bemerkenswerte Leistung, wenn man bedachte, daß sich die Poesie-Kenntnisse der meisten Leute auf die Lyrik von Popsongs und Reime in der Fernsehwerbung für Hundefutter, Achseldeodorants und Stahlgürtelreifen beschränkten. Ein Kollege kümmerte sich um Louises Schüler, so daß Holly mit der Dichterin sprechen konnte.

Sie nahmen an einem Redwood-Picknicktisch auf dem Schulhof Platz. Holly setzte sich erst, nachdem sie die Bank abgewischt hatte – sie wollte vermeiden, daß Flecken auf ihrem weißen Baumwollkleid entstanden. Links erhob sich ein Klettergerüst, und rechts gab es mehrere Schaukeln. Es war ein angenehm warmer Tag, und die leichte Brise wehte den würzigen Duft von Douglastannen heran.

»Riechen Sie das?« Louise holte so tief Luft, daß die Knöpfe ihrer Bluse nachzugeben drohten. »Es wird einem sofort klar, daß wir uns am Rand von fünftausend Morgen Grasland aufhalten, nicht wahr? Der Makel des Menschen hat diese Luft noch nicht verdorben.«

Holly hatte einen Vorabdruck des Buches *Seufzende Zypressen und andere Gedichte* ausgehändigt bekommen, als ihr Tom Corvey, Redakteur der Unterhaltungsabteilung beim *Portland Kurier*, den Interviewauftrag gab. Sie bemühte sich, es zumindest interessant zu finden. Holly mochte es, erfolgreiche Menschen kennenzulernen, vielleicht deshalb, weil ihre Karriere als Journalistin eher unbefriedigend war und sie gelegentlich daran erinnert werden wollte, daß man tatsächlich Erfolg erringen konnte. Leider erwiesen sich die Gedichte als geistlos und unerträglich sentimental. Sie schienen von jemandem geschrieben worden zu sein, der Robert Lee Frost nacheiferte, ohne seinen Stil zu beherrschen. Und was die Bearbeitung des Manuskripts betraf ... Der dafür zuständige Redakteur zeichnete sich offenbar durch das Feingefühl eines Menschen aus, der normalerweise Glückwunschkarten entwarf.

Trotzdem beabsichtigte Holly, einen unkritischen Artikel zu verfassen. Im Lauf der Jahre hatte sie zu viele Reporter kennengelernt, die Neid, Bitterkeit oder ein unangebrachtes Gefühl moralischer Überlegenheit zur Grundlage ihrer Arbeit machten und Interviewpartner ganz bewußt als Narren darstellten. Wenn Holly es nicht gerade mit außergewöhnlich abscheulichen Kriminellen oder Politikern zu tun bekam, empfand sie nie genug Haß, um auf diese Weise zu schreiben. Das war einer der Gründe dafür, warum sie nur kurze Zeit für drei wichtige Zeitungen in drei großen Städten gearbeitet hatte und nun auf der Gehaltsliste des provinziellen *Portland Kurier* stand. Voreingenommener Journalismus weckte häufig mehr Interesse als ausgewogene Berichterstattung; er erzielte höhere Verkaufszahlen, provozierte Kommentare und Bewunderung.

Auf jeden Fall – schon nach kurzer Zeit fand Holly die Dichterin Louise Tarvohl zwar noch gräßlicher als ihre Werke, aber sie entschied dennoch, ihr Buch nicht zu verreißen.

»Nur in der Wildnis lebe ich, weit entfernt von allem, was die Zivilisation bietet. Ich muß die Stimmen der Natur hören, in Bäumen und Büschen, in abgelegenen Teichen, im Boden.«

Stimmen im Boden? dachte Holly und hätte fast laut gelacht.

Louise wirkte zäh, robust, vital und lebendig. Die Dichterin war fünfunddreißig, nur zwei Jahre älter als Holly, obgleich der Altersunterschied mindestens zehn Jahre zu betragen schien. Die Falten in den Augen- und Mundwinkeln sowie die ledrige, sonnengebräunte Haut ließen vermuten, daß sie sich oft im Freien aufhielt. Außerdem schien sie gern zu lachen. Das von der Sonne gebleichte Haar war zu einem Pferdeschwanz zusammengebunden, und sie trug Jeans und eine karierte blaue Bluse.

»Im Waldboden gibt es eine Reinheit, mit der sich nicht einmal die gründlich geschrubbten und sterilisierten Fliesen eines Operationssaals messen können«, behauptete Louise. Sie neigte den Kopf zurück und genoß das warme Licht der untergehenden Sonne. »Die Reinheit der natürlichen Welt läutert die Seele. Und die neugewonnene Lauterkeit der Seele ermöglicht den erhabenen Dunst großer Poesie.«

»Erhabenen Dunst?« wiederholte Holly, als sei sie nicht ganz sicher, ob der Kassettenrecorder jeden genialen Ausdruck aufzeichnete.

»Erhabenen Dunst«, bestätigte Louise und lächelte.

Holly fühlte sich in erster Linie von der inneren Louise abgestoßen. Sie hatte einen weltfernen Standpunkt entwickelt und wirkte in diesem Zusammenhang wie eine geisterhafte Projektion, stellte mehr Oberfläche dar als Substanz. Ihren Meinungen und Einstellungen fehlte es an Gewicht. Sie basierten nicht auf Fakten und Erkenntnissen, sondern auf Launen und Marotten, die Louise als Offenbarung anbot. Darüber hinaus verkündete sie ihre Weisheiten in einer Sprache, die ebenso extravagant wie ungenau war, schwülstig und leer.

Auch Holly legte großen Wert auf Umweltschutz, und es bereitete ihr einen gewissen Kummer festzustellen, daß Louise und sie in einigen Punkten die gleiche Ansicht vertraten. Es gefiel ihr nicht, Verbündete zu haben, die ihr dämlich erschienen – dadurch stellte man seine eigenen Meinungen in Frage.

Louise beugte sich vor und faltete die Hände auf dem Redwood-Tisch. »Die Erde lebt. Sie könnte mit uns sprechen, wenn sie uns für würdig hielte. Sie wäre imstande, in Steinen, Pflanzen und Teichen einen Mund zu öffnen und so mit uns zu reden wie ich mit Ihnen.«

»Was für eine aufregende Vorstellung«, kommentierte Holly.

»Menschen sind nichts weiter als Läuse.«

»Läuse?«

»Ja«, erwiderte Louise verträumt. »Und sie kriechen auf der lebenden Erde umher.«

»Mit dieser Perspektive bin ich nicht vertraut«, sagte Holly vorsichtig.

»Gott ist nicht nur *in* jedem Schmetterling – Gott *ist* jeder Schmetterling. Das gilt auch für Vögel, Hasen und alle anderen freien Tiere. Ich würde eine Million Menschen opfern – ach, sogar zehn Millionen und mehr! –, um einige unschuldige Wiesel zu retten. Denn Gott *ist* jedes Wiesel.«

»Ich spende in jedem Jahr für den Naturschutzbund«, entgegnete Holly. Es klang so, als sei sie beeindruckt von Louises Rhetorik, als hielte sie ihre Ausführungen nicht für Öko-Faschismus. »Ich sehe mich ebenfalls als Umweltschützerin, aber leider habe ich noch keine so hohe Bewußtseinsstufe erreicht wie Sie.«

Die Dichterin überhörte den Sarkasmus, streckte den Arm aus und drückte Hollys Hand. »Keine Sorge, Teuerste. Sie schaffen es bestimmt. Ich spüre bei Ihnen die Aura einer ausgeprägten spirituellen Potentialität.«

»Wenn ich Sie richtig verstehe ... Gott *ist* Schmetterlinge, Hasen und alle freien Tiere. Außerdem ist Gott Steine, Erde und Wasser – aber wir bleiben von ihm völlig unberührt?«

»Ja. Aufgrund unserer einen *unnatürlichen* Eigenschaft.«

»Und die wäre?«

»Unsere Intelligenz.«

Holly blinzelte überrascht. »Intelligenz ist unnatürlich?«

»Zumindest eine hohe Intelligenz. Es gibt sie in keinen anderen Geschöpfen der natürlichen Welt. Deshalb scheut uns die Natur. Deshalb hassen wir sie unbewußt und versuchen, sie zu zerstören. Hohe Intelligenz ermöglicht das Konzept des Fortschritts. Der Fortschritt wiederum führt zu Atomwaffen, Gentechnik, Chaos und letztendlich zu umfassender Vernichtung.«

»Haben wir unsere Intelligenz nicht Gott zu verdanken ... beziehungsweise der natürlichen Evolution?« fragte Holly.

»Sie ist das Ergebnis einer unerwarteten Mutation. Wir sind Mutanten. Ungeheuer.«

»Anders ausgedrückt: Je weniger Intelligenz ein Geschöpf hat ...«

»... desto natürlicher ist es«, beendete Louise den Satz.

Holly nickte nachdenklich, als ziehe sie ernsthaft in Betracht, daß eine dümmere Welt besser sein könne. In Wirklichkeit fragte sie sich fast verzweifelt, was für einen Artikel sie schreiben sollte. Sie fand Louise Tarvohl so grotesk, daß sie sich außerstande sah, wohlwollende Worte für sie und ihr Werk zu finden und gleichzeitig an ihrer Integrität festzuhalten. Aber es war ihr auch unmöglich, Louise ganz offen als Spinnerin zu entlarven. Hollys Problem bestand nicht etwa in einem hartnäckigen Zynismus – sie hatte schlicht und einfach ein zu weiches Herz. Kein lebendes Wesen auf der Erde litt mehr an Frustrationen und Unzufriedenheit als ein bitterer Zyniker, der tief in seinem Innern Mitleid empfand.

Sie ließ den Kugelschreiber sinken und beschloß, sich keine Notizen zu machen. Eigentlich verspürte sie nur noch den Wunsch, Louise und den Schulhof zu verlassen, in die reale Welt zurückzukehren – obgleich ihr jene reale Welt nur geringfügig weniger verrückt erschien als die Dichterin. Aber sie schuldete Tom Corvey wenigstens sechzig oder neunzig Minuten eines aufgezeichneten Interviews; dann bekam ein anderer Reporter genug Material, um etwas zu schreiben.

»Louise«, sagte sie langsam. »Angesichts Ihrer bisherigen Ausführungen halte ich Sie für die natürlichste Person, der ich jemals begegnet bin.«

Louise interpretierte diese Bemerkung nicht etwa als einen Affront, sondern verstand sie als Kompliment. Sie strahlte übers ganze Gesicht.

»Bäume sind unsere Schwestern«, erklärte die Dichterin, versessen darauf, einen weiteren Aspekt ihrer Philosophie zu enthüllen. Anscheinend hatte sie vergessen, daß Menschen Läuse waren und keine Bäume. »Würden Sie Ihrer Schwester ein Glied abhacken, ihr Fleisch zerreißen und aus den Leichenteilen ein Haus bauen?«

»Nein, ich glaube nicht«, antwortete Holly aufrichtig. »Außerdem: Ich bezweifle, ob die Stadtverwaltung Baugenehmigungen für derart ungewöhnliche Gebäude erteilt.«

Holly ging kein Risiko ein. Louise hatte nicht den geringsten Sinn für Humor, und daher fehlte ihr die Fähigkeit, sich von Witzeleien beleidigen zu lassen.

Die Dichterin plapperte weiter. Holly stützte die Ellenbogen auf den Picknicktisch und gab sich interessiert, während sie an ihr bisheriges Leben als Erwachsene dachte. Den größten Teil dieser kostbaren Zeit hatte sie in der Gesellschaft von Idioten, Narren und Übergeschnappten verbracht, sich ihre verrückten oder soziopathischen Pläne und Träume angehört und vergeblich nach einem Körnchen Weisheit in den einfältigen, psychotischen Geschichten gesucht.

Niedergeschlagen grübelte Holly über ihr persönliches Leben nach. Sie hatte sich nicht bemüht, gute Freundinnen in Portland zu finden – vielleicht weil sie glaubte, diese Stadt sei nur eine weitere Zwischenstation auf ihrer langen journalistischen Reise. Ihre Erfahrungen mit Männern waren noch entmutigender als die beruflichen Erlebnisse mit Interviewpartnern beider Geschlechter. Zwar hoffte sie noch immer, eines Tages zu heiraten, Kinder zu bekommen und einen familiären Haushalt zu führen, aber sie fragte sich, ob sie jemals einen netten, anständigen, intelligenten und wirklich interessanten Mann kennenlernen würde.

Wahrscheinlich nicht.

Und wenn tatsächlich ein Wunder geschah und ein solcher Mann ihren Lebenspfad kreuzte ... Vermutlich war sein angenehmes, freundliches Gebaren nur eine Maske, hinter der sich ein Lustmörder verbarg, der Kettensägen liebte.

Jim Ironheart verließ den Portland International Airport und stieg in ein Taxi der New Rose Cab Company. Der Name deutete darauf hin, daß es sich um ein Überbleibsel der längst vergessenen Hippie-Epoche handelte; vielleicht war die Gesellschaft in den Jahren der freien Liebe und des Flower Power gegründet worden. Doch der Fahrer – auf der Zulassungskarte stand der Name Frazier Tooley – erklärte, Portland gelte als Stadt der Rosen, die überall blühten und Erneuerung und Wachstum symbolisierten. »Auf die gleiche Weise sind Straßenbettler Symbole für den Zerfall und Ruin in New York«, sagte der Mann mit einer charmanten Selbstgefälligkeit, die für viele Portlander typisch war.

Tooley sah aus wie ein italienischer Operntenor in der Art von Luciano Pavarotti und runzelte verwirrt die Stirn, als Jim seine Frage nach dem Fahrtziel beantwortete.

»Ich soll einfach nur eine Weile herumfahren?«

»Ja. Ich möchte mir die Stadt ansehen, bevor ich das Hotel aufsuche. Bin zum erstenmal hier.«

Die Wahrheit lautete: Er hatte noch gar kein Hotel gewählt und wußte nicht, wann ihm die Konfrontation mit dem Tod bevorstand – heute oder erst morgen? Jim hoffte, Klarheit zu gewinnen, wenn er sich entspannte und auf eine Eingebung wartete.

Tooley war gern bereit, Jims Wünsche zu erfüllen – allerdings ging es dabei nicht um Erleuchtung, sondern um eine Tour durch Portland. Einerseits stand ein hoher Fahrpreis in Aussicht, und andererseits freute er sich, seine Heimatstadt zu zeigen. Sie war tatsächlich außergewöhnlich attraktiv. Guterhaltene historische Backsteingebäude und gußeiserne Umzäunungen gaben sich ein Stelldichein mit modernen Hochhäusern. Es gab viele Parkanlagen mit Springbrunnen und Bäumen, und dadurch erweckte Portland den Eindruck, in einem großen Wald erbaut zu sein. Überall sah Jim Rosen. Sie zeigten nicht so viele Blüten wie im Frühsommer, aber ihre Farbenpracht bot einen herrlichen Anblick.

Nach einer knappen halben Stunde hatte Jim plötzlich das Gefühl, daß die Zeit knapp wurde. Er beugte sich im Fond vor und hörte sich sagen: »Kennen Sie die McAlbury School?«

»Natürlich«, erwiderte Tooley.

»Was hat es damit auf sich?«

»Oh, Ihre Frage klang so, als wüßten Sie Bescheid. Es handelt sich um eine private Grundschule im westlichen Teil von Portland.«

Jims Herz schlug schneller und lauter. »Bringen Sie mich dorthin.«

Tooley blickte in den Rückspiegel und hob die Brauen. »Stimmt was nicht?«

»Ich muß zu der Schule.«

Der Fahrer bremste vor einer roten Ampel und sah über die Schulter. »Ist was nicht in Ordnung?«

»Ich muß zur Schule«, wiederholte Jim etwas schärfer.

»Schon gut ...«

Furcht vibrierte in Jim, seit er vor vier Stunden ›Rettungsleine‹ zu der Frau im Supermarkt gesagt hatte. Jetzt schwoll sie an, schlug hohe Wellen, die ihn zur McAlbury School trugen. »Ich muß *in fünfzehn Minuten* dort sein«, fügte er mit einem Drängen hinzu, für das er keine Erklärung hatte.

»Warum haben Sie mich nicht früher darauf hingewiesen?«

Weil ich es bis eben nicht wußte, dachte Jim. Laut antwortete er: »Schaffen wir es rechtzeitig?«

»Es wird knapp.«

»Ich zahle den dreifachen Fahrpreis.«

»Den dreifachen?«

»Wenn wir das Ziel vor Ablauf von fünfzehn Minuten erreichen«, bestätigte Jim und holte seine Brieftasche hervor. Er entnahm ihr einen Hundert-Dollar-Schein und reichte ihn Tooley. »Nehmen Sie dies als Vorschuß.«

»Ist es so wichtig?«

»Es geht um Leben und Tod.«

Der Fahrer bedachte ihn mit einem verwunderten Blick und schien den Mann im Fond für verrückt zu halten.

»Die Ampel ist gerade umgesprungen«, brummte Jim. »Wir verlieren wertvolle Zeit.«

Die skeptischen Falten fraßen sich tiefer in Tooleys Stirn, aber er sah wieder nach vorn, bog an der Kreuzung nach links ab und trat aufs Gas.

Jim starrte immer wieder auf seine Armbanduhr, und als das Taxi vor der Schule hielt, blieben ihm noch drei Minuten. Er gab Tooley eine weitere Banknote und zahlte sogar mehr als den dreifachen Fahrpreis. Dann öffnete er die Tür, griff nach dem Koffer und stieg aus.

Tooley beugte sich durchs offene Seitenfenster. »Soll ich auf Sie warten?«

Jim stieß die Tür wieder zu. »Nein, danke. Ich brauche Sie nicht mehr.«

Er drehte sich um und hörte, wie das Taxi fortfuhr, als er besorgt die McAlbury School beobachtete: ein großes weißes Gebäude aus der Kolonialzeit, mit einer langen Veranda. Man hatte zwei eingeschossige Anbauten hinzugefügt, um mehr Platz für Klassenzimmer zu schaffen. Douglastannen und große alte Ahornbäume spendeten Schatten. Zusammen mit Rasen und Schulhof beanspruchte das Anwesen die ganze Länge des Blocks.

Eine breite Tür öffnete sich, und Kinder liefen auf die Veranda und die Treppe herunter. Sie lachten laut, trugen Bücher, Zeichenblöcke und bunte, mit Zeichentrickfiguren geschmückte Lunchkästen. Jim begegnete ihnen auf dem Weg und sah ihnen nach, als sie das Tor im eisernen Speerspitzenzaun passierten. Auf dem Bürgersteig wandten sie sich nach rechts und links, gingen am Hang des Hügels hinauf oder hinab.

Noch zwei Minuten. Jim brauchte gar nicht mehr auf die Uhr zu blicken. Sein Herz schlug zweimal in jeder Sekunde, und er *wußte* die Zeit so genau, als trüge er ein inneres Chronometer.

Sonnenschein filterte durch die Zwischenräume der hohen Bäume und projizierte ein feines Muster auf die Szene und die Menschen darin. Es sah aus, als werde alles von einem langen, hauchzarten und aus goldenen Fäden gesponnenen Tuch bedeckt. Das netzartige Gespinst aus Licht schien im Rhythmus der lachenden Kinderstimmen zu pulsieren, und eigentlich hätte sich daraus ein Eindruck von Frieden und Idylle ergeben sollen.

Doch der Tod kam.

Plötzlich begriff Jim, daß die Schwärze einen der Schüler bedrohte und nicht etwa die drei Lehrer vor der Veranda. Der Tod kam, um ein Kind zu holen. Wie? Nein, keine große Katastrophe, keine Explosion, keine Flammen, auch kein abstürzendes Flugzeug, dessen Trümmer Dutzende von Jungen und Mädchen umbringen würden. Nur eine kleine Tragödie. Aber *wen* betraf sie?

Jim wandte seine Aufmerksamkeit von der allgemeinen Szene ab und konzentrierte sie auf die einzelnen Personen. Er musterte die Kinder, während sie sich ihm näherten, hielt in ihren jungen, unschuldigen Gesichtern nach Anzeichen für den unmittelbar bevorstehenden Tod Ausschau. Doch sie alle wirkten so, als erwarte sie ein ewiges Leben.

»Wer?« fragte Jim laut, sprach weder mit sich selbst noch zu den Schülern. Vielleicht richtete er die Frage an Gott. »Wer?«

Einige Kinder wanderten zu dem Fußgängerüberweg an der Kreuzung; andere liefen nach unten, zum anderen Ende des Blocks. In beiden Richtungen standen Frauen, die orangefarbene Signalwesten und rote, paddelartige Schilder mit der Aufschrift ›Stop‹ trugen. Sie begannen nun damit, die Schüler in kleinen Gruppen über die Straße zu führen. Es rollten keine Autos oder Lastwagen heran, und der Verkehr hätte selbst ohne die wachsamen Frauen kaum eine Gefahr dargestellt.

Noch anderthalb Minuten.

Jim bemerkte zwei gelbe Transporter, die weiter unten am Straßenrand parkten. Die McAlbury School schien im Grunde genommen eine Nachbarschaftsschule zu sein, die von den meisten Schülern zu Fuß erreicht werden konnte, aber einige von ihnen stiegen nun in die Kleinbusse. Die beiden Fahrer standen an den Türen, lächelten und scherzten mit den überschwenglichen, lebhaften Passagieren. Keines der Kinder schien bedroht zu sein, und Jim verglich die fröhlich-gelben Fahrzeuge nicht mit Leichenwagen.

Doch der Tod kam näher. Er war fast da.

Eine seltsame Veränderung erfaßte die Szenerie. Sie fand keinen Niederschlag in der objektiven Realität, sondern beschränkte sich auf Jims Wahrnehmung. Das goldene Gespinst des Lichtes verlor einen Teil seines Glanzes, und die schwarzen Zonen im komplexen Filigranmuster wuchsen: kleine Schatten in Form von Blättern oder Bündeln aus immergrünen Nadeln; größere Schatten von Baumstämmen, Zweigen und Ästen; finstere Streifen von den Gitterstäben im eisernen Zaun. Jeder dunkle Punkt öffnete ein mögliches Tor für den Tod.

Noch eine Minute.

Jim hastete einige Schritte weit über den Hang, erreichte die Kinder, spürte ihre verwirrten Blicke, als er sie nacheinander ansah und nicht wußte, nach welchem Zeichen er suchte. Der Koffer baumelte hin und her, stieß ihm mehrmals ans Knie.

Noch fünfzig Sekunden.

Jim beobachtete, wie sich die Schatten ausdehnten und miteinander verschmolzen.

Er verharrte, drehte sich um und blickte am Hügelhang empor zum Ende des Blocks. Dort stand eine der Verkehrswächterinnen: Mit der einen Hand hob sie ihr rotes Stoppschild, mit der anderen winkte sie mehreren Schülern zu. Fünf Kinder gingen über die Straße, und weitere sechs näherten sich der Ecke.

»Stimmt was nicht, Mister?« fragte einer der Kleinbusfahrer.

Vierzig Sekunden.

Jim ließ den Koffer fallen und lief nach oben zur Kreuzung. Er wußte noch immer nicht, was sich anbahnte und welchem Kind Gefahr drohte. Die Richtung wurde von jener unsichtbaren Hand bestimmt, die ihn veranlaßt hatte, seine Sachen zu packen und nach Portland zu fliegen. Erschrockene Kinder wichen ihm aus.

Am Rande seines Blickfelds war alles tintenschwarz, und er sah nur noch das, was sich direkt vor ihm befand. Von einer Straßenseite zur anderen wirkte die Kreuzung wie eine Bühne, auf die das Licht eines Scheinwerfers fiel, während rechts und links alles finster blieb.

Eine halbe Minute.

Zwei Frauen hoben überrascht den Kopf und machten nicht schnell genug Platz. Jim versuchte, ihnen auszuweichen, stieß jedoch gegen eine Blondine in einem leichten weißen Sommerkleid und warf sie fast zu Boden. Er eilte weiter, spürte den Tod als unmittelbare, kalte Präsenz.

An der Kreuzung verließ er den Bürgersteig und rannte über den Asphalt. Vier Kinder auf der Straße, eins von ihnen das Opfer. Aber welches? Und was stand ihm bevor?

Zwanzig Sekunden.

Die Verkehrswächterin starrte ihn groß an.

Drei der vier Kinder setzten den Weg zum gegenüberliegenden Straßenrand fort, und Jim gewann den Eindruck, daß der Gehsteig Sicherheit bot. Die Straße hingegen war das Revier des Todes.

Er musterte das zurückgebliebene Kind, ein kleines rothaariges Mädchen, das sich zu ihm umwandte und verwundert blinzelte.

Fünfzehn Sekunden.

Nein, nicht das Mädchen. Jim sah in seine jadegrünen Augen und begriff, daß es leben würde. Er *wußte* es einfach.

Die anderen Kinder erreichten den Bürgersteig.

Vierzehn Sekunden.

Jim wirbelte herum und blickte in die andere Richtung. Vier weitere Kinder betraten die Straße.

Dreizehn Sekunden.

Die vier Schüler wanderten in einem weiten Bogen um ihn herum und warfen ihm dabei argwöhnische Blicke zu. Jim ahnte, daß er wie ein Verrückter wirkte: Er stand mitten auf der Straße, die Augen weit aufgerissen, und Furcht verwandelte sein Gesicht in eine Grimasse.

Elf Sekunden.

Keine Wagen in Sicht. Aber nur etwa hundert Meter trennten die Kreuzung von der Hügelkuppe. Vielleicht näherte sich auf der anderen Seite ein leichtsinniger Fahrer, der mit Vollgas heranraste. Als Jim dieses Bild vor dem inneren Auge betrachtete, wußte er sofort, daß es einer prophetischen Vision gleichkam. Jetzt war ihm klar, welches Instrument der Tod benutzte: einen betrunkenen Autofahrer.

Acht Sekunden.

Er wollte schreien, den Kindern zurufen, sich in Sicherheit zu bringen. Aber vielleicht gerieten sie dadurch in Panik. Vielleicht hätte eine Warnung dazu geführt, daß der betreffende Schüler direkt *in* die Gefahr lief, anstatt sich davon zu entfernen.

Noch sieben Sekunden.

Jim vernahm das dumpfe Brummen eines Motors, das kurz darauf zu einem lauten Dröhnen wurde, dann zu einem überdrehten Schrillen. Ein Kleinlieferwagen sauste über die Hügelkuppe, und für einen Sekundenbruchteil verlor er tatsächlich den Bodenkontakt. Das Licht der Nachmittagssonne glitzerte über die Windschutzscheibe und funkelte auf den Chromteilen, ließ das Fahrzeug wie einen flammenden Streitwagen erscheinen, der am Tag des Jüngsten Gerichts vom Himmel herabdonnerte. Es quietschte, als die Vorderreifen wieder den Asphalt berührten, und der Heckbereich touchierte mit einem fast ohrenbetäubenden Krachen die Straße.

Fünf Sekunden.

Die Kinder stoben davon – bis auf einen blonden Jungen, dessen violette Augen an die Farbe von verblaßten Rosenblüten erinnerten. Er blieb einfach stehen und hielt einen Lunchkasten mit bunten Zeichentrickfiguren, bei seinem einen Turnschuh hatten sich die Schnürsenkel gelöst. Der Knabe rührte sich nicht von der Stelle, er schien zu spüren, daß der ihm entgegenrasende Lieferwagen sein Schicksal verkörperte, dem er unmöglich entrinnen konnte. Er mochte acht oder neun Jahre alt sein, und die Zukunft hielt nur ein Grab für ihn bereit.

Zwei Sekunden.

Jim sprang nach vorn und packte den erstarrten Jungen. Es fühlte sich an wie ein quälend langsamer Schwalbenschwung von einer hohen Klippe, als er den Knaben zu Boden riß und mit ihm zum Rinnstein rollte. Er merkte den Aufprall überhaupt nicht. Schrecken und Adrenalin betäubten seine Nerven, schützten ihn vor dem Schmerz; ebensogut hätte er über eine Wiese mit samtweichem Gras rollen können.

Das Röhren des Motors wurde noch lauter und füllte seinen ganzen Wahrnehmungskosmos. Das Donnern schien in ihm zu sein, und er fühlte, wie ihn etwas am linken Fuß berührte, mit der Wucht eines Vorschlaghammers. Gleichzeitig spürte er ein erbarmungsloses Zerren, das brodelndes Feuer durch sein Bein schickte, zur Hüfte emporkochte und wie eine Feuerwerksrakete in den Gelenken explodierte.

Zornig lief Holly dem Mann nach, der sie fast zu Boden gestoßen hätte, sie war fest entschlossen, ihm die Meinung zu sagen. Aber bevor sie die Kreuzung erreichte, raste ein grauroter Kleinlieferwagen über die Hügelkuppe wie ein Geschoß, das eine Kanone abgefeuert hatte. Die Journalistin blieb am Straßenrand stehen.

Das Kreischen und Heulen des Fahrzeugs übte einen sonderbaren Zauber aus, der den Flug der Zeit verlangsamte und jede Sekunde zu einer Minute dehnte. Der Fremde riß den Jungen beiseite und bewegte sich dabei mit einer erstaunlich agilen Anmut, als tanze er ein exotisches Zeitlupenballett auf dem Asphalt. Die Stoßstange des Wagens traf seinen linken Fuß, und Holly beobachtete entsetzt, wie der eine Schuh des Mannes hoch in die Luft geschleudert wurde und sich dabei mehrmals um die eigene Achse drehte. Ein Teil ihres Selbst nahm auch andere Dinge zur Kenntnis: Mann und Junge rollten zum Rinnstein, der Lieferwagen schleuderte nach rechts, die Verkehrswächterin ließ ihr rotes Stoppschild sinken, der Wagen prallte an einem geparkten Auto ab, Mann und Junge blieben dicht neben dem Bürgersteig liegen, der Wagen kippte auf die Seite, glitt am Hang nach unten und ließ eine Kaskade aus gelben und blauen Funken hinter sich zurück ... Aber der größte Teil von Hollys Aufmerksamkeit galt dem Schuh, der nach oben segelte, sich als dunkle Silhouette vor dem blauen Himmel abzeichnete, eine Stunde lang am Scheitelpunkt seiner Flugbahn zu verharren schien und dann ganz langsam herabfiel. Sie konnte den Blick nicht davon abwenden, war wie hypnotisiert und gab sich dem makabren Empfinden hin, daß der Fuß noch immer im Schuh steckte, zusammen mit Knochensplittern, fransigen Fleischfetzen und zerrissenen Adern. Er neigte sich nun der Straße entgegen, schwebte wie ein vom Wind getragenes Blatt, und die Journalistin spürte das Vibrieren eines Schreis in ihrer Kehle.

Nach unten ... unten ...

Der lädierte Schuh fiel vor Holly auf die Straße, und sie senkte zögernd den Kopf, starrte widerstrebend darauf hinab, betrachtete ihn so wie ein Ungeheuer in einem Alptraum. Eigentlich wollte sie ihn gar nicht sehen, aber sie war wie in einem Bann gefangen, aus dem sie sich vergeblich zu befreien versuchte. Der Schuh war leer. Er enthielt keinen abgetrennten Fuß, wies nicht einmal Blutflecke auf.

Holly verschluckte den lautlosen Schrei. Ein bitterer Geschmack klebte an ihrem Gaumen, und sie schluckte erneut.

Der Kleinlieferwagen blieb einen halben Block entfernt liegen, und Holly wandte sich um, eilte zu den beiden Gestalten am Rinnstein und erreichte sie, als sich Mann und Junge aufrichteten.

Bis auf einige Hautabschürfungen an den Händen und am Kinn schien der Knabe unverletzt zu sein. Er weinte nicht einmal.

Holly sank vor ihm auf die Knie. »Ist alles in Ordnung mit dir?«

Der Junge wirkte benommen, verstand jedoch und nickte. »Ja. Nur meine Hand tut ein bißchen weh.«

Der Mann in der weißen Hose und dem blauen T-Shirt setzte sich auf, rollte die Socke zurück und massierte vorsichtig den linken Fuß. Der Knöchel war bereits deutlich angeschwollen, aber Holly stellte verblüfft fest, daß sich nirgends Blut zeigte.

Die Verkehrswächterin, mehrere Lehrer und andere Kinder kamen näher; überall erklangen aufgeregte Stimmen. Eine Lehrerin half dem Jungen auf die Beine und umarmte ihn.

Der verletzte Mann zuckte zusammen, als er weiterhin den linken Fuß massierte. Nach einer Weile hob er den Kopf und begegnete Hollys Blick. Für einen Sekundenbruchteil erschienen ihr seine hellblauen Augen so kalt, als seien es nicht die Pupillen eines Menschen, sondern die visuellen Sensoren einer Maschine.

Dann lächelte der Fremde, und der Eindruck von Kälte wich sofort dem von Wärme. Holly war überwältigt von der Schönheit seiner Augen, verglich ihre Farbe mit der eines klaren Morgenhimmels und hatte das Gefühl, in eine sanfte, freundliche Seele zu blicken. Als Zynikerin mißtraute sie Nonnen ebenso wie skrupellosen Verbrechern, wenn sie ihnen zum erstenmal begegnete, doch von diesem Mann ging eine einzigartige Anziehungskraft aus, der sie sofort erlag. Zwar liebte sie Worte und hatte sie zum Gegenstand ihres Berufs gemacht, aber sie brachte keinen Ton hervor.

»Das war knapp«, sagte der Fremde, und sein Lächeln forderte Holly zu einem Schmunzeln heraus.

4

Holly wartete auf Jim Ironheart und stand im Flur der Schule, vor der Jungen-Toilette. Stille herrschte im Gebäude, nur gestört vom elektrischen Summen der Poliermaschine, die im Obergeschoß Vinylfliesen reinigte. Es roch nach Kreidestaub, Desinfektionsmitteln mit Fichtennadelduft und Knetmasse, die im Werkunterricht Verwendung fand.

Draußen beaufsichtigte die Polizei wahrscheinlich noch immer zwei Angestellte eines Abschleppunternehmens, die den umgekippten Kleinlieferwagen aufrichteten und fortbrachten. Der Fahrer war betrunken gewesen. Derzeit befand er sich im Krankenhaus, wo Ärzte sein gebrochenes Bein und mehrere Quetschungen behandelten.

Holly hatte nahezu alle Informationen, die sie für einen Artikel brauchte: der familiäre Hintergrund des Jungen – Billy Jenkins –, der fast ums Leben gekommen wäre, alle Fakten des Zwischenfalls, die Reaktionen der Augenzeugen, die Stellungnahme der Polizei, eine gelallte Aussage des betrunkenen Fahrers, in der sowohl Bedauern als auch Selbstmitleid zum Ausdruck kamen. Doch das wichtigste Element fehlte ihr noch: Sie mußte unbedingt mehr über den Helden Jim Ironheart in Erfahrung bringen. Die Zeitungsleser wollten sicher alles über ihn wissen. Derzeit konnte Holly nur seinen Namen nennen und schreiben, daß er in Südkalifornien wohnte.

Sein brauner Koffer stand an der Wand neben ihr; sie sah immer wieder darauf hinab und spielte mit dem Gedanken, ihn zu öffnen und den Inhalt zu erforschen. Zuerst verstand sie nicht, warum sie einen solchen Wunsch empfand – doch dann fiel ihr ein, daß es recht ungewöhnlich für einen Mann war, mit Gepäck in einem Wohnviertel unterwegs zu sein. Als Journalistin hatte sie längst die Neigung entwickelt, auf ungewöhnliche Dinge zu achten; es handelte sich um eine unabdingbare Voraussetzung ihres Berufs.

Als Ironheart die Toilette verließ, starrte Holly noch immer auf den Koffer. Sie zuckte schuldbewußt zusammen und fühlte sich irgendwie ertappt.

»Wie geht es Ihnen?« fragte sie.

»Gut.« Der Mann hinkte. »Aber wie ich Ihnen schon sagte ... Ich möchte nicht interviewt werden.«

Er hatte sich das dichte braune Haar gekämmt und den größten Teil des Schmutzes von der weißen Baumwollhose geklopft. Außerdem trug er nun wieder beide Schuhe, obgleich der linke übel zugerichtet und an einer Stelle sogar aufgerissen war.

»Es dauert nicht lange«, versprach Holly.

»Dafür wäre ich Ihnen dankbar«, erwiderte Ironheart und lächelte.

»Ach, kommen Sie, seien Sie nett.«

»Tut mir leid. Ich gäbe ohnehin nur schlechten Lesestoff.«

»Sie haben dem Jungen das Leben gerettet!«

»Abgesehen davon bin ich langweilig.«

Irgend etwas an ihm stand in einem auffallenden Gegensatz zu dieser Behauptung. Allerdings fiel es Holly zunächst schwer herauszufinden, warum Ironheart einen solchen Reiz auf sie ausübte. Er war etwa fünfunddreißig, knapp eins achtzig groß, schlank und dennoch muskulös. Er wirkte durchaus attraktiv, sah jedoch nicht wie ein Filmstar aus. Holly fand seine Augen wunderschön, ja, doch sie fühlte sich nie aufgrund des Erscheinungsbilds zu einem Mann hingezogen; ein außergewöhnliches Merkmal genügte sicher nicht.

Ironheart griff nach seinem Koffer und humpelte durch den Flur.

»Sie sollten sich von einem Arzt untersuchen lassen«, schlug Holly vor und folgte ihm.

»Schlimmstenfalls ist der Knöchel verstaucht.«

»Es wäre besser, ihn trotzdem behandeln zu lassen.«

»Ich kaufe mir im Flughafen eine elastische Binde. Oder zu Hause.«

Vielleicht ging die Anziehungskraft von seinem Verhalten aus. Er sprach ruhig und sanft, lächelte ungezwungen, wirkte wie ein Gentleman aus dem Süden, ohne daß die Journalistin einen besonderen Akzent bemerkte. Darüber hinaus bewegte er sich mit verblüffender Anmut, obwohl er hinkte. Holly erinnerte sich daran, die Eleganz eines Ballettänzers beobachtet zu haben, als er den Knaben auf der Straße zur Seite riß und ihn vor dem heranrasenden Lieferwagen rettete. Sie fand so etwas sehr reizvoll, und hinzu kam Ironhearts offene, ungekünstelte Freundlichkeit. Aber es waren nicht diese Eigenschaften, die sie faszinierten. Es ging dabei um etwas Subtileres.

»Wenn Sie wirklich nach Hause zurückkehren möchten …«, begann Holly, als sie die vordere Tür erreichten. »Was halten Sie davon, wenn ich Sie zum Flughafen fahre?«

»Danke, sehr nett von Ihnen. Aber ich komme auch allein zurecht.«

Sie trat mit ihm zusammen auf die Veranda. »Zu Fuß ist der Weg ziemlich lang.«

Ironheart blieb stehen und runzelte die Stirn. »O ja. Nun, bestimmt gibt's hier irgendwo eine Telefonzelle. Ich rufe ein Taxi.«

»He, Sie brauchen keine Angst vor mir zu haben. Ich bin keine wahnsinnige Mörderin. In meinem Wagen würden Sie vergeblich nach einer Kettensäge suchen.«

Einen Augenblick lang starrte sie der Mann groß an, und dann lächelte er entwaffnend. »Eigentlich scheinen Sie mehr der Typ zu sein, der stumpfe Gegenstände benutzt, um seine Opfer zu erschlagen.«

»Ich bin Journalistin. Wir verwenden Schnappmesser. Doch in dieser Woche habe ich noch niemanden umgebracht.«

»Und in der letzten?«

»Zwei. Aber es waren Vertreter, die von Tür zu Tür gingen.«

»Es ist trotzdem Mord.«

»Aber mildernde Umstände lassen sich nicht leugnen.«

»Na schön, ich nehme Ihr Angebot an.«

Hollys blauer Toyota stand auf der anderen Straßenseite, nur zwei Fahrzeuge von dem geparkten Auto entfernt, das der betrunkene Fahrer gerammt hatte. Weiter unten am Hügel brachte der Abschleppdienst den Schrotthaufen des Kleintransporters fort, und der letzte Polizist stieg gerade in den Streifenwagen. Auf dem Asphalt glitzerten noch einige Glassplitter im Licht der späten Nachmittagssonne.

Einige Minuten lang schwiegen die Journalistin und ihr Begleiter.

»Haben Sie Freunde in Portland?« fragte Holly, als sie die ersten Blocks passiert hatten.

»Ja. Vom College.«

»Sind Sie bei ihnen untergekommen?«

»Ja.«

»Und sie konnten Sie nicht zum Flughafen bringen?«

»Bei einem Flug am Morgen wäre das durchaus möglich gewesen, aber heute nachmittag arbeiten sie beide.«

»Oh.« Holly wies Jim auf einige gelbe Rosen hin, die büschelartig am Zaun eines Hauses wuchsen, und fragte ihn dann, ob ihm bekannt sei, daß man Portland die Stadt der Rosen nenne. Er bestätigte. Nach einer kurzen Stille kam sie auf das eigentliche Thema zurück. »Das Telefon hat nicht funktioniert, oder?«

»Bitte?«

»Der Anschluß Ihrer Freunde.« Die Journalistin zuckte mit den Schultern. »Sonst hätten Sie von dort aus ein Taxi rufen können.«

»Ich wollte zu Fuß gehen.«

»Bis zum Flughafen?«

»Zu jenem Zeitpunkt war mit meinem Knöchel alles in Ordnung.«

»Es ist trotzdem ein weiter Weg.«

»Oh, ich bin für Fitneß.«

»Ein sehr langer Weg – erst recht mit einem Koffer.«

»Das Ding ist nicht ganz so schwer, wie Sie glauben. Wenn ich mir Bewegung verschaffe, trage ich meistens Gewichte in den Händen, um auch die Muskeln im Oberkörper zu belasten.«

»Ich jogge ebenfalls«, sagte Holly und hielt an einer roten Ampel. »Früher bin ich jeden Morgen gelaufen, aber dann bekam ich Schmerzen in den Knien.«

»Das war auch bei mir der Fall. Deshalb gehe ich nur noch. Das hat die gleiche Wirkung aufs Herz, wenn man nicht gerade gemütlich schlendert.«

Einige Meilen fuhr Holly ganz langsam, um das Ziel nicht zu schnell zu erreichen und mehr Zeit mit Ironheart zu haben. Sie sprachen über körperliche Fitneß und fettfreie Nahrungsmittel. Schließlich gab ihr eine Bemerkung des Mannes die Möglichkeit, wie beiläufig nach den Namen seiner Freunde in Portland zu fragen.

»Nein«, sagte er.

»Nein was?«

»Nein, ich verrate Ihnen die Namen nicht. Es sind nette Leute, und ich möchte vermeiden, daß man sie belästigt.«

»Ich belästige niemanden«, erwiderte Holly.

»Nichts für ungut, Miß Thorne, aber es würde meinen Freunden bestimmt nicht gefallen, in der Zeitung erwähnt zu werden. Sie führen ein zurückgezogenes Leben und wollen nicht gestört werden.«

»Viele Leute *mögen* es, ihre Namen in der Zeitung zu lesen.«

»Ausnahmen bestätigen die Regel.«

»Vielleicht würden sie mir gern etwas über ihren Freund erzählen, den großen Helden.«

»Tut mir leid«, entgegnete Ironheart freundlich und lächelte.

Holly begann allmählich zu verstehen, warum sie diesen Mann so anziehend fand. Seine unerschütterliche Gelassenheit machte ihn unwiderstehlich. Die Journalistin hatte zwei Jahre lang in Los Angeles gearbeitet und kannte Männer, die sich als ruhige Südkalifornier gaben. Jeder von ihnen hielt sich für Mr. Cool, den Inbegriff der Selbstsicherheit: *Verlaß dich auf mich, Schätzchen, dann kann uns die Welt nichts anhaben. Zusammen sind wir jenseits des Schicksals.* Aber niemand von ihnen besaß wirklich die zur Schau gestellte innere Stärke. Eine Bruce-Willis-Garderobe, perfekte Bräune und gut einstudierte Sorglosigkeit genügten nicht, um zu einem Bruce Willis zu *werden*. Selbstsicherheit mußte durch Erfahrung gewonnen werden, doch was echte Gelassenheit betraf: Entweder wurde man mit ihr geboren, oder man lernte irgendwann, sie als eine Maske zu tragen – die einen aufmerksamen Beobachter nie ganz überzeugte. Wenn man Jim Ironhearts natürliche Gelassenheit gleichmäßig an alle Männer in Rhode Island verteilen würde, entstünde dadurch ein Staat aus unerschütterlich coolen Typen. Sein Gleichmut galt sowohl heranrasenden Wagen als auch den bohrenden Fragen einer Journalistin. Außerdem hatte seine Präsenz eine seltsam entspannende Wirkung.

»Sie haben einen interessanten Namen«, sagte Holly.

»Jim?«

Er zog sie auf.

»Ironheart. Klingt indianisch.«

»Ich hätte nichts gegen ein wenig Apachenblut. Dadurch wäre ich weniger langweilig, etwas exotischer und mysteriöser. Aber es handelt sich nur um die anglisierte Version des deutschen Familiennamens: Eisenherz.«

Als sie den East Portland Freeway erreichten und sich rasch der Killingsworth-Street-Ausfahrt näherten, empfand Holly zunehmendes Unbehagen bei der Vorstellung, Ironheart am Flughafen abzusetzen. Die Journalistin in ihr hatte noch immer viele unbeantwortete Fragen. Außerdem: Er faszinierte die Frau namens Holly mehr als jeder andere Mann. Sie überlegte kurz, ob sie eine längere Nebenstraße zum Flughafen nehmen sollte; vielleicht kannte er die Gegend nicht gut genug, um Verdacht zu schöpfen. Dann stellte sie fest, daß bereits die ersten großen Schilder auf den Airport hinwiesen. Selbst wenn Ironheart ihnen keine Beachtung schenkte: sicher fielen ihm die Flugzeuge auf, die weiter vorn am dunkelblauen Himmel emporstiegen.

»Was machen Sie dort unten in Kalifornien?« erkundigte sie sich.

»Ich genieße das Leben.«

»Ich meine: Womit verdienen Sie sich Ihren Lebensunterhalt?«

»Was glauben Sie?« erwiderte Ironheart.

»Nun, eines steht fest: Sie sind kein Bibliothekar.«

»Wie kommen Sie darauf?«

»Sie wirken irgendwie geheimnisvoll.«

»Können Bibliothekare nicht geheimnisvoll sein?«

»Ich habe nie einen kennengelernt, auf den diese Beschreibung zutrifft.« Widerstrebend lenkte Holly ihren Toyota zur Ausfahrt. »Vielleicht sind Sie eine Art Polizist.«

»Was veranlaßt Sie zu dieser Vermutung?«

»Wirklich gute Polizisten sind völlig ruhig und cool.«

»Lieber Himmel, ich dachte immer, ich sei umgänglich und offen. Sie halten mich für cool?«

Auf der Zufahrt herrschte ziemlich dichter Verkehr. Holly nutzte die Gelegenheit, um noch langsamer zu fahren.

»Sie sind sehr selbstsicher«, antwortete sie.

»Seit wann arbeiten Sie als Journalistin?«

»Seit zwölf Jahren.«

»Immer in Portland?«

»Nein. Ich bin erst seit einem Jahr hier.«

»Und vorher?«

»Chicago, Los Angeles, Seattle ...«

»Gefällt Ihnen Ihre Arbeit?«

Holly begriff plötzlich, daß sie die Kontrolle über das Gespräch verloren hatte. »He, dies ist kein Quiz.«

»Oh, wirklich nicht?« entgegnete Ironheart amüsiert.

Holly ärgerte sich über die Sturheit des Mannes, über die undurchdringliche Barriere, die sie von ihm trennte. Sie war nicht daran gewöhnt, auf solche Hindernisse zu stoßen. Doch sie spürte weder Gehässigkeit in ihm noch eine ausgeprägte Fähigkeit, andere Menschen zu täuschen. Es ging ihm nur darum, seine Privatsphäre zu schützen. Als Journalistin, die immer mehr an ihrem Recht zweifelte, die Nase in fremde Angelegenheiten zu stecken, verstand sie seine Zurückhaltung. Sie sah ihn an und lachte leise.

»Sie sind gut.«

»Sie auch.«

Holly hielt vor dem Terminal. »Nein. Wenn ich gut wäre, hätte ich wenigstens herausgefunden, welcher Arbeit *Sie* nachgehen.«

Ironheart lächelte bezaubernd. Einmal mehr bewunderte sie seine Augen. »Ich habe nicht behauptet, daß Sie so gut sind wie ich.« Er stieg aus, holte seinen Koffer und kehrte zur offenen Beifahrertür zurück. »Wissen Sie, ich bin nur zur richtigen Zeit am richtigen Ort gewesen. Ein Zufall versetzte mich in die Lage, den Jungen zu retten. Es wäre nicht fair, wenn die Medien deshalb mein ganzes Leben unter die Lupe nähmen.«

»Vielleicht haben Sie recht«, räumte Holly ein.

»Danke.« Es klang erleichtert.

»Eines muß ich Ihnen sagen: Ihre Bescheidenheit ist erfrischend.«

Er sah sie einige Sekunden lang an, musterte sie aus seinen hinreißenden blauen Augen. »Das gilt auch für Sie, Miß Thorne.«
Dann schloß er die Tür, wandte sich um und betrat das Terminal.
Holly wiederholte die letzten Worte in Gedanken.
Ihre Bescheidenheit ist erfrischend.
Das gilt auch für Sie, Miß Thorne.
Sie starrte zum Flughafeneingang, durch den Ironheart verschwunden war. Er erschien ihr plötzlich zu gut, um wirklich zu existieren, und sie überlegte kurz, ob ein Phantom neben ihr gesessen hatte. Leichter Dunst filterte und trübte den Sonnenschein des späten Nachmittags, und Holly glaubte, ein goldenes Glühen wahrzunehmen. Es erinnerte sie an alte Gruselfilme, an das kurze Schimmern nach dem Erscheinen eines Geistes.

Ein lautes Pochen brachte sie in die unmittelbare Realität zurück.

Ruckartig drehte sie den Kopf und bemerkte einen Sicherheitsbeamten des Flughafens, der aufs Dach des Wagens klopfte. Als sie ihn ansah, deutete er auf ein Schild: PARKEN VERBOTEN.

Holly fragte sich, wie lange sie stumm und erstarrt am Steuer gesessen hatte, hypnotisiert von ihren Gedanken an Jim Ironheart. Sie löste die Handbremse, legte den ersten Gang ein und gab Gas.

Ihre Bescheidenheit ist erfrischend.
Das gilt auch für Sie, Miß Thorne.
Während der Rückfahrt nach Portland fühlte sie eine Aura des Unheimlichen und gewann den Eindruck, daß etwas Übernatürliches ihr Leben berührt hatte. Es beunruhigte sie, daß ein Mann sie so sehr beeindrucken konnte. Holly kam sich wie ein pubertäres Mädchen vor, sogar wie eine Närrin. Gleichzeitig genoß sie dieses angenehm gespenstische Empfinden und versuchte nicht, es zu verdrängen.
Das gilt auch für Sie, Miß Thorne.

5

Hollys Apartment befand sich im dritten Stock und bot einen guten Blick auf den Council Crest Park. An jenem Abend kochte sie Vermicelli mit Pesto, Piniennüssen, frischem Knoblauch und kleingehackten Tomaten. Plötzlich fragte sie sich, wie Jim Ironheart gewußt haben konnte, daß dem kleinen Billy Jenkins Gefahr drohte – noch bevor der betrunkene Fahrer mit seinem Lieferwagen die Hügelkuppe erreicht hatte.

Sie ließ das Messer sinken und blickte aus dem Küchenfenster. Purpurnes Zwielicht senkte sich auf den Rasen weiter unten. Von den Parklampen zwischen den Bäumen ging ein bernsteinfarbener Glanz aus und fiel warm auf die Wege und Pfade.

Als Ironheart über den Bürgersteig vor der McAlbury School gelaufen, gegen die Journalistin geprallt war und sie fast zu Boden gestoßen hatte, war Holly dem Mann gefolgt, um ihm die Meinung zu sagen. Doch er stand bereits auf der Straße, als sie die Kreuzung erreichte, wandte sich erst nach rechts, dann nach links, wirkte aufgeregt, völlig außer sich. Tatsächlich erschien er so seltsam, daß ihm die Kinder in einem weiten Bogen auswichen. Holly erinnerte sich an die Panik in Ironhearts Zügen und die Reaktion der Kinder, *bevor* der Wagen des Betrunkenen über die Hügelkuppe gerast war. Erst danach richtete der Mann seine Aufmerksamkeit auf Billy Jenkins und riß den Jungen zur Seite.

Vielleicht hatte er das Heulen des Motors gehört und begriffen, daß sich ein Fahrzeug mit viel zu hoher Geschwindigkeit der Kreuzung näherte – und sofort gehandelt, weil er instinktiv Gefahr spürte. Holly versuchte, sich daran zu entsinnen, ob sie das Dröhnen bereits vernommen hatte, als Ironheart gegen sie stieß, aber sie war nicht sicher. *Habe ich es gehört, ohne ihm irgendeine Bedeutung beizumessen?* überlegte sie. *Vielleicht ist mir gar nichts aufgefallen, weil ich ganz darauf konzentriert war, die Nervensäge namens Louise Tarvohl loszuwerden. Sie bestand darauf, mich zum Wagen zu begleiten.* Holly hatte befürchtet, von einer Sekunde zur anderen überzuschnappen, wenn sie noch länger dem unerträglichen Geschwätz der Dichterin ausgesetzt bliebe, und dachte nur daran, ihr zu entkommen.

In der Küche hörte sie nur ein Geräusch: das energische Brodeln des Wassers im großen Kochtopf. Sie sollte das Gas herunterdrehen, die Nudeln in den Topf geben und die Uhr einstellen ... Statt dessen verharrte sie an der Arbeitsplatte, die Tomate in der einen Hand, das Messer in der anderen, starrte in den Park und sah die fatale Kreuzung unweit der McAlbury School vor sich.

Selbst wenn Ironheart das Kreischen des Motors bemerkt hatte, obgleich der Wagen noch mehr als einen halben Block entfernt gewesen war – wie konnte er so rasch die Richtung feststellen? Wie fand er heraus, daß der Fahrer unter dem Einfluß von Alkohol stand und daß den Kindern Gefahr drohte? Die Verkehrswächterin hätte das Dröhnen eher hören müssen, doch der heranrasende Lieferwagen überraschte sie ebenso wie die Kinder.

Nun gut, manche Menschen zeichneten sich durch schärfere Sinne aus als andere. Komponisten waren zum Beispiel in der Lage, komplexere Harmonien und Rhythmen zu hören als der durchschnittliche Konzertbesucher. Manche Baseballspieler sahen einen kurzen, hohen Ball vor dem grellen Himmel eher als andere. Ein guter Weinkenner unterschied zwischen den subtilsten Geschmacksrichtungen, während es Alkoholikern nur auf die Wirkung ankam. Das traf auch auf individuelle Reflexe zu. Manche Leute reagierten schneller als andere; aus diesem Grund war Wayne Gretzky Millionen Dollar im Jahr für eine professionelle Eishockeymannschaft wert. Holly hatte beobachtet, daß Ironheart die blitzschnellen Reflexe eines Athleten besaß, und hinzu kam zweifellos ein außergewöhnlich gutes Gehör. Die meisten Menschen mit bemerkenswerten physischen Vorteilen wiesen auch andere hervorragende Eigenschaften auf – letztendlich ließ sich das alles auf gute Gene zurückführen. Das war die Erklärung. Ganz einfach. Nichts Anomales. Nichts Geheimnisvolles. Und schon gar nichts Übernatürliches. Nur gute Gene.

Draußen im Park wurden die Schatten länger. Die Wege und Pfade verschwanden in der Dunkelheit, abgesehen von den Stellen, die das Licht der Lampen erreichte. Die Bäume schienen sich zu ducken.

Holly legte das Messer beiseite und ging zum Herd. Sie drehte das Gas unter dem großen Topf herunter, und das zornige Brodeln verwandelte sich in ein sanfteres Zischen. Anschließend gab sie die Nudeln hinein.

Dann kehrte sie zur Arbeitsplatte zurück, griff nach dem Messer und sah wieder aus dem Fenster. Erste Sterne erschienen am Himmel, als das purpurne Glühen der Abenddämmerung verblaßte und die scharlachfarbenen Flecken am Horizont eine burgundrote Tönung annahmen. Im Park dehnte sich die Finsternis aus, hüllte ihn in einen Mantel aus Schwärze.

Plötzlich glaubte Holly, daß Jim Ironheart jeden Augenblick aus der Dunkelheit kommen und in eine Lache aus bernsteinbraunem Licht treten könne. Sie stellte sich vor, wie er in einem erleuchteten Bereich stehenblieb, den Kopf hob und zum Fenster hochsah. Vielleicht hatte er irgendwie herausgefunden, wo sie wohnte. Die Journalistin schüttelte den Kopf – was für eine törichte Idee. Trotzdem spürte sie, wie es ihr kalt über den Rücken lief, und sie schauderte heftig.

Später, gegen Mitternacht, saß Holly auf der Bettkante, schaltete die Nachttischlampe aus und wandte sich dem Schlafzimmerfenster zu, durch das man ebenfalls den Park sehen konnte. Erneut fröstelte sie. Sie wollte sich hinlegen, zögerte jedoch und stand statt dessen auf. In Slip und T-Shirt – ihre übliche Kleidung für die Nacht – ging sie durch das dunkle Zimmer zum Fenster und schob die Gardinen ein wenig beiseite.

Vergeblich hielt sie nach Ironheart Ausschau. Holly wartete eine Minute lang, dann noch eine. Der Mann erschien nicht. Verwirrt kehrte sie zum Bett zurück.

Nach einigen Stunden erwachte Holly und zitterte. Die Einzelheiten des Traums blieben ihr verborgen. Sie erinnerte sich nur an klare blaue Augen, an einen Blick, der sie so mühelos durchdrang wie ein Messer weiche Butter.

Sie stand auf und ging ins Bad, nur geleitet von dem sanften Mondschein, der durch die Gardinen glühte. Im Badezimmer verzichtete sie darauf, das Licht einzuschalten, benützte die Toilette, wusch sich die Hände und beobachtete eine Zeitlang ihr Spiegelbild. Erneut hielt sie die Hände unter den Hahn, trank ein Glas kaltes Wasser – und begriff, daß sie ihre Rückkehr ins Schlafzimmer hinauszögerte.

Fürchtete sie sich davor, ans Fenster zu treten und in den Park zu schauen?

Lächerlich, dachte Holly. *Himmel, was ist bloß in dich gefahren?*

Sie verließ das Bad, doch im Schlafzimmer wandte sie sich nicht dem Bett zu. Behutsam strich sie die Gardine zur Seite.

Von Jim Ironheart war weit und breit keine Spur.

Holly spürte eine seltsame Mischung aus Erleichterung und Enttäuschung.

Während sie in den nächtlichen Council Crest Park starrte, fühlte sie eine neuerliche Kühle, die sie schaudern ließ. Nur ein Teil davon ging auf vage Furcht zurück.

Eine ganz eigentümliche Aufregung erfaßte sie, eine angenehme Ahnung ...

Worauf bezog sie sich?

Holly wußte keine Antwort auf diese Frage.

Jim Ironheart übte eine starke und nachhaltige Wirkung auf sie aus, und mit so etwas hatte Holly nie gerechnet. Sie bemühte sich, ihre Gefühle zu verstehen, doch sie blieben rätselhaft. Sexueller Reiz genügte nicht als Erklärung. Sie war eine erwachsene Frau: Weder das periodische Drängen der Hormone noch der mädchenhafte Wunsch nach Romantik konnte sie auf diese Weise beeinflussen.

Schließlich legte sie sich wieder ins Bett, in der sicheren Überzeugung, keine Ruhe mehr zu finden. Es überraschte sie, daß sie schon nach wenigen Minuten einzuschlafen begann. Als sich ihre bewußten Gedanken langsam verloren, murmelte sie: »Was für Augen ...«

Jim schlief in seinem eigenen Bett in Laguna Niguel und erwachte kurz vor dem Morgengrauen. Das Herz klopfte ihm bis zum Hals empor. Es war kühl im Zimmer. Aber trotzdem fühlte er sich schweißgebadet. Seit einiger Zeit litt er an Alpträumen, und auch diesmal erinnerte er sich nur an eine erbarmungslose, mächtige und böse Kraft, die ihn verfolgte ...

Er glaubte den Tod so nahe, daß er das Licht einschaltete und sich im Zimmer umsah. Nein, es befand sich keine unmenschliche und mörderische Präsenz im Raum. Er war allein.

»Aber nicht mehr lange«, sagte er laut.

Jim fragte sich, was diese Worte bedeuten mochten.

20. bis 22. August

1

Jim Ironheart blickte besorgt durch die schmutzige Windschutzscheibe des gestohlenen Camaro. Die Sonne hing als lodernder Ball am Himmel, und ihr Licht war so weiß und bitter wie Kalkpulver. Heiße Luft schimmerte über dem Asphalt und bildete Fata Morganen von Menschen, Autos und Seen.

Jim spürte das bleierne Gewicht der Müdigkeit, und seine Augen brannten. Von der Hitze geschaffene Trugbilder und gelegentlich aufgewirbelte Staubwolken behinderten die Sicht. In der endlos scheinenden Weite der Mohavewüste fiel es schwer, ein Gefühl für die Geschwindigkeit zu bewahren. Jim hatte überhaupt nicht den Eindruck, daß der Camaro mit hundert Meilen in der Stunde über die Straße raste. In seinem gegenwärtigen Zustand wäre es besser gewesen, langsamer zu fahren.

Doch tief in ihm wuchs die Furcht, daß er zu spät kam, daß er nicht rechtzeitig eingreifen konnte. Jemand würde sterben, weil er zu spät eintraf.

Er warf einen kurzen Blick auf die geladene Schrotflinte, die vor dem anderen Schalensitz lehnte. Der Kolben ruhte auf dem Boden, und der Lauf zeigte von ihm fort. Direkt daneben lag eine Schachtel mit Munition.

Die Angst wuchs, und er trat noch fester aufs Gaspedal. Die Nadel des Tachometers zitterte über die Hundert-Marke.

Kurze Zeit später erreichte er die Kuppe einer weiten Anhöhe. Dahinter erstreckte sich ein schüsselförmiges Tal, das zwanzig oder dreißig Meilen durchmaß und dem Auge des Betrachters ein alkalisches Weiß darbot. Die Vegetation bestand nur aus Steppengesträuch und einigen Wüstengrasbüscheln. Vielleicht verdankte das Tal seine Existenz dem Einschlag eines Asteroiden; vergangene Jahrtausende der Erosion hatten die Konturen sanfter und weicher gestaltet, aber es wirkte dennoch urzeitlich.

Der schwarze Highway mit den zitternden, vibrierenden Wasser-Fata-Morganen teilte das Tal. An den Hängen schimmerten träge Hitzephantome. Nach einer Weile bemerkte Jim das Fahrzeug. Es handelte sich um einen Kombiwagen, der eine Meile weiter vorn an der rechten Straßenseite stand, neben einem Abzugskanal, in dem nur während seltener Gewitter Wasser floß.

Sein Puls beschleunigte sich, und er brach in Schweiß aus, obwohl kühle Luft aus den Schlitzen im Armaturenbrett wehte. *Dies war der Ort.*

Dann sah er auch das Wohnmobil, etwa eine halbe Meile vor dem Wagen. Es kam gerade hinter einem der Trugbilder zum Vorschein, die Seen vorgaukelten, und rollte zum anderen Ende des Tals, wo die Straße eine dunkle Schlange zwischen nackten roten Felsen bildete.

Jim nahm den Fuß vom Gas, als er sich dem Kombi näherte und überlegte, ob man hier Hilfe brauchte. Seine Aufmerksamkeit galt nicht nur diesem Fahrzeug, sondern auch dem Wohnmobil.

Die Tachonadel ging langsam zurück, und der Mann am Steuer wartete darauf, einen deutlicheren Hinweis auf seine Mission zu erhalten. Er bekam keine Antwort auf die stummen Fragen. Für gewöhnlich verspürte er den Zwang zu handeln, als erhielte er Anweisungen von einer inneren Stimme, die nur auf einer unterbewußten Ebene zu ihm sprach – oder als sei er eine Maschine, deren Aktivitäten von einem Programm bestimmt wurden. Doch diesmal geschah nichts.

Jims Verzweiflung wuchs, als er bremste und neben dem Chevy hielt. Er nahm sich nicht die Zeit, den Camaro auf dem Seitenstreifen zu parken, sah nur kurz zu der Schrotflinte hinüber und wußte irgendwie, daß er sie nicht benötigte. Noch nicht.

Er stieg aus und eilte zu dem Kombi. Mehrere Koffer und Reisetaschen befanden sich im Ladebereich, und als er durchs Seitenfenster starrte, fiel sein Blick auf einen reglosen Mann. Er öffnete die Tür – und zuckte zusammen. Soviel Blut ...

Der arme Kerl war dem Tode näher als dem Leben. Man hatte ihm zweimal in die Brust geschossen. Sein Kopf lehnte an der Beifahrertür und erinnerte Jim an das zur Seite geneigte Haupt von Jesus Christus, der am Kreuz hing. Die Lider des Mannes zitterten, als er sich auf Jim zu konzentrieren versuchte.

Die Stimme klang drängend und brüchig. »Lisa ... Susie ... Meine Frau und Tochter ...«

Seine Augen trübten sich. Er schnaufte noch einmal, erschlaffte und starb.

Jim taumelte von der offenen Tür zurück, fühlte sich auf eine fast lähmende Weise für den Tod des Fremden verantwortlich. Einige Sekunden lang blieb er auf dem schwarzen Asphalt stehen und spürte, wie die Sonne auf ihn herabbrannte. Wenn er sich noch mehr beeilt hätte ... Vielleicht wäre er dann einige Minuten eher eingetroffen, rechtzeitig genug, um diesem Mann das Leben zu retten.

Ein Laut des Kummers entrang sich seiner Kehle, dumpf und unartikuliert. Zuerst war er kaum mehr als ein Flüstern, wurde dann zu einem leisen Stöhnen. Doch als sich Jim von dem Toten im Kombi abwandte und über den Highway starrte, in Richtung des Wohnmobils, stieß er einen zornigen Schrei aus, denn plötzlich wußte er, was sich hier zugetragen hatte.

Und er wußte auch, worauf es nun ankam.

Im Camaro füllte er seine Hosentaschen mit den großen Schrotpatronen und vergewisserte sich, daß die bereits geladene Schrotflinte – ein fünfschüssiger Repetierer Kaliber 12 – in Reichweite war.

Er sah in den Rückspiegel. An diesem Mittwochmorgen herrschte auf dem Wüsten-Highway praktisch überhaupt kein Verkehr. Jim blieb auf sich allein gestellt, er durfte nicht mit Hilfe rechnen.

Am anderen Ende des Tals verschwand das Wohnmobil hinter flimmernder Luft, die wie ein wogender Vorhang aus Glasperlen wirkte.

Er legte den ersten Gang ein und gab Gas. Die Räder drehten kurz durch, ließen breite Streifen aus abgeriebenem Gummi auf dem dunklen Asphalt zurück und verursachten ein Kreischen, das gespenstisch laut durch die leere Öde hallte. Es klang nach einem Schrei. Jim fragte sich, wie der Fremde und seine Familie geschrien hatten, als man ihn gnadenlos umbrachte.

Abrupt schoß der Camaro nach vorn.

Jim trat das Gaspedal bis zum Anschlag durch, blickte durch die Windschutzscheibe und hielt nach dem Wohnmobil Ausschau. Einige Sekunden später teilte sich der Hitzevorhang, und das große Fahrzeug geriet wieder in Sicht – wie ein Schiff, das über ein trockenes Meer segelte.

Der große Wagen war nicht annähernd so schnell wie der Camaro, und schon nach kurzer Zeit schloß Jim zu ihm auf. Er erkannte ihn als einen neun Meter langen Roadking, der bereits viele Meilen hinter sich hatte. Schmutz klebte an den verbeulten weißen Aluminiumflanken, und an einigen Stellen zeigten sich dicke Rostflecken. An den Fenstern hingen gelbe Gardinen, die einst weiß gewesen sein mochten. Man hätte den Roadking für das Heim von Rentnern halten können, die gern reisten und von der Sozialhilfe lebten, aber nicht genug Geld erübrigen konnten, um das Wohnmobil mit dem gleichen Stolz zu pflegen, den sie beim Kauf vor vielen Jahren empfunden hatten.

Aber das Motorrad paßte nicht in dieses Bild. Links neben der aufs Dach führenden Leiter befand sich ein schmiedeeisernes Haltegestell, und darin war eine Harley festgebunden. Es handelte sich nicht um das größte Modell, aber die Maschine schien über einen leistungsstarken Motor zu verfügen – und Rentner spielten normalerweise nicht mit solchen Dingen herum.

Der Rest des Wohnmobils wirkte völlig unverdächtig. Doch als Jim Ironheart ihm in einem Abstand von wenigen Metern folgte, spürte er eine so starke Präsenz des Unheils, als ströme ihm eine wuchtige schwarze Flutwelle entgegen. Er schnappte nach Luft und glaubte, das Böse zu riechen, das von den Eigentümern des Roadking ausging.

Zuerst zögerte er und fürchtete, die Frau und das Kind in Gefahr zu bringen, wenn er etwas unternahm – er zweifelte nicht daran, daß sie von den Unbekannten entführt worden waren. Doch er durfte sich auf keinen Fall zuviel Zeit lassen. Je länger Mutter und Tochter den Leuten im Wohnmobil ausgeliefert blieben, desto geringer wurde die Chance, daß sie diese Sache lebend überstanden.

Jim scherte nach links aus. Er beabsichtigte, das Wohnmobil zu überholen, einige Meilen weit zu fahren und die Straße dann mit seinem Wagen zu blockieren.

Der Fahrer des Roadking mußte im Rückspiegel beobachtet haben, wie Jim neben dem Kombi gehalten hatte, und das hatte offenbar seinen Argwohn geweckt. Er wartete, bis sich der Camaro fast auf einer Höhe mit dem Roadking befand, bevor er das Steuer herumriß. Die beiden Fahrzeuge prallten aneinander.

Metall schabte über Metall, und Jims Wagen schleuderte.

Das Lenkrad in seinen Händen zuckte zur Seite. Er schloß die

Finger fester darum und versuchte, den Camaro unter Kontrolle zu halten.

Der Roadking schwenkte nach rechts, kehrte zurück und stieß erneut gegen den Sportwagen, drängte ihn zum unbefestigten Seitenstreifen ab. Einige hundert Meter weit setzten sie die Fahrt mit hoher Geschwindigkeit fort. Das Wohnmobil fuhr auf der falschen Seite und riskierte einen frontalen Zusammenstoß mit Fahrzeugen, die praktisch jederzeit aus den flirrenden Hitzevorhängen kommen konnten; der Camaro wirbelte dichte Staubwolken auf und raste gefährlich nahe am Straßenrand entlang, neben dem die erhöhte Straße etwa sechzig Zentimeter tief zum Wüstenboden abfiel.

Selbst ein vorsichtiges Bremsmanöver konnte dazu führen, daß der Wagen einige Zoll weit nach links rutschte und sich überschlug. Jim wagte es nur, etwas weniger Gas zu geben, so daß der Camaro allmählich langsamer wurde.

Der Fahrer des Roadking reagierte, verringerte ebenfalls die Geschwindigkeit und wich nicht von Jims Seite. Wie in Zeitlupe drängte ihn das Wohnmobil nach links, Zentimeter um Zentimeter, und zwang Jim, immer mehr zum Sockelrand auszuweichen.

Der Camaro war kleiner und nicht annähernd so schwer wie der Roadking. Er gab dem zunehmenden Druck nach, obgleich Jim versuchte, ihn auf dem Seitenstreifen zu halten. Das linke Vorderrad erreichte den Rand zuerst, und der Wagen neigte sich zur Seite. Ironheart trat auf die Bremse, aber es war bereits zu spät. Noch während er den Fuß aufs Pedal rammte, drehte das linke Rad leer durch. Der Camaro kippte.

Jim hatte die Angewohnheit, sich immer anzuschnallen, und der Gurt hielt ihn fest. Er verlor seine Sonnenbrille, prallte jedoch nicht mit dem Kopf an den Fensterholm und brach sich auch nicht das Brustbein am Lenkrad. Dünne Risse entstanden in der Windschutzscheibe, wie das Werk einer amphetaminsüchtigen Spinne. Ironheart kniff die Augen zu und spürte, wie ihm Glassplitter über Wangen und Stirn strichen. Der Wagen überschlug sich erneut, begann mit einer dritten Rolle und fiel aufs Dach zurück.

Jim hing mit dem Kopf nach unten im Gurt, war aber nicht verletzt, nur desorientiert. Er hustete, als weißer Staub durch die zerbrochene Windschutzscheibe wallte.

Sie kommen bestimmt, um mich zu erledigen.

Hastig versuchte er, den Gurt zu lösen, fand die Taste, sank einige Zentimeter weit nach unten und fühlte die Schrotflinte unter sich. Er konnte wirklich von Glück sagen, daß sich die Waffe nicht entladen hatte, als der Camaro über den Rand des hohen Seitenstreifens gestürzt war.

Sie kommen, um mich zu erledigen.

Es dauerte einige Sekunden, bis er den Türgriff entdeckte, der sich nun über ihm befand. Er zog an ihm und hörte ein Klicken. Zuerst klemmte die Tür, dann schwang sie mit einem metallenen Knarren und Quietschen auf.

Jim kroch nach draußen auf den Boden der Wüste und hatte das Gefühl, in einer surrealistischen, von Dali geschaffenen Welt mit verzerrten Perspektiven gefangen zu sein. Er biß die Zähne zusammen und bemühte sich, nicht mehr zu husten. Er mußte mucksmäuschenstill sein, wenn er überleben wollte.

Ironheart war nicht annähernd so schnell und unauffällig wie die kleinen Eidechsen, die vor ihm davonhuschten, als er geduckt zum nächsten Arroyo eilte. Kurz darauf erreichte er den Rand des natürlichen Abwasserkanals und stellte fest, daß er nur gut einen Meter tief war. Er ließ sich hineinfallen, und seine Füße verursachten ein dumpfes Pochen, als sie den harten Boden berührten.

Er hockte in der kleinen Mulde, hob langsam den Kopf, spähte über den Wüstenboden und blickte in Richtung Camaro. Die weiße Staubwolke hatte sich noch nicht ganz gelegt. Der Roadking hatte gewendet und hielt jetzt auf einer Höhe mit dem Wrack des Wagens.

Die Tür öffnete sich, und ein Mann trat auf die Straße. Ein zweiter – offenbar war er auf der anderen Seite ausgestiegen – kam mit langen Schritten hinter der breiten Kühlerhaube des Wohnmobils hervor und gesellte sich dem ersten hinzu. Jim sah auf den ersten Blick, daß er es nicht mit freundlichen Rentnern zu tun hatte. Die Fremden schienen gut dreißig und so hart zu sein wie der ausgedörrte Wüstenboden. Einer von ihnen hatte sein dunkles Haar nach hinten gekämmt und in jenem Stil zu einem Pferdeschwanz zusammengebunden, den Kinder und Jugendliche als ›Türknauf‹ bezeichneten. Bei dem anderen beobachtete Jim stacheliges Haar, doch nur im Bereich des Scheitels. Die Seiten des Kopfes waren kahlgeschoren, und dadurch wirkte der Mann wie einer der Typen aus den alten Mad-Max-Filmen. Beide trugen ärmellose T-Shirts, Jeans, Cowboyhüte und Revolver. Vorsichtig gingen sie zum Camaro und näherten sich ihm von zwei verschiedenen Seiten.

Jim wich in den Arroyo zurück, wandte sich nach rechts – nach Westen – und lief geduckt durch den niedrigen Kanal. Er warf einen Blick über die Schulter, um festzustellen, ob er Spuren hinterließ, doch in dem granithart gebackenen Boden blieben keine Fußabdrücke zurück. Nach etwa fünfzehn Metern knickte der Arroyo abrupt nach links und setzte sich in südlicher Richtung fort. Nach weiteren zwanzig Metern endete er in einem Abzugskanal, der unter den Highway reichte.

Hoffnung erfaßte Ironheart, verbannte jedoch nicht ganz die Furcht. Sie zitterte in ihm, seit er den Sterbenden im Kombi gefunden hatte. Übelkeit quoll in ihm empor, doch er hatte kein Frühstück zu sich genommen und konnte gar nichts erbrechen. Ganz gleich, was die Diätetiker behaupteten: Manchmal war es von Vorteil, eine Mahlzeit auszulassen.

Der aus Beton bestehende Abzugskanal lag zum größten Teil im Schatten und bot relative Kühle. Jim fühlte die Versuchung, sich dort zu verstecken – und zu hoffen, daß die beiden Männer die Suche nach ihm einstellten.

Aber so etwas kam natürlich nicht in Frage. Er war kein Feigling. Selbst wenn ihm sein Gewissen in diesem Fall ein wenig Feigheit gestattet hätte: jene mysteriöse Kraft, die ihn antrieb, ließ nicht zu, daß er sich vor einer Aufgabe drückte. Er kam einer Marionette gleich, die an unsichtbaren Fäden geführt wurde und einem namenlosen Puppenspieler gehorchen mußte. Doch was die Aufführung betraf, an der er als Protagonist teilnahm: Plot und Leitmotiv des Stücks entzogen sich seinem Verständnis.

Einige Steppenbüsche hatten sich in den Kanal verirrt, und ihre Dornen stachen Jim, als er diese natürliche Barriere passierte. Kurz darauf erreichte er die gegenüberliegende Seite des Highways, kroch in einen anderen Arroyo und kletterte dort empor.

Einige Sekunden lang lag er flach auf dem Wüstenboden, schob sich dann zum Rand der Straße, blickte über den Asphalt und beobachtete das Wohnmobil. Hinter dem Roadking lag der Camaro auf dem Dach. Die beiden Männer standen daneben, sie hatten den Wagen offenbar gerade überprüft und festgestellt, daß er leer war.

Sie führten ein erregtes Gespräch, doch angesichts der Entfernung verstand Jim nicht, was sie sagten. Er hörte nur einige von der Hitze verzerrte Wortfetzen, die keinen Sinn für ihn ergaben.

Schweiß tropfte ihm in die Augen und verschleierte die Konturen der Umgebung. Mit dem Ärmel wischte er sich das Gesicht ab und starrte erneut zu den Fremden hinüber.

Sie gingen jetzt langsam von dem Camaro und der Straße fort. Der eine erwies sich als besonders wachsam, er drehte den Kopf von einer Seite zur anderen. Der andere sah auf den Boden und suchte nach Spuren. *Wenn einer von ihnen bei indianischen Scouts aufgewachsen ist, erwischen sie mich schneller als ein Leguan einen Sandkäfer*, fuhr es Ironheart durch den Sinn.

Im Westen ertönte das Brummen eines Motors. Erst war es leise, wurde jedoch rasch lauter, als Jim in die entsprechende Richtung blickte. Ein Peterbilt kam aus der Fata Morgana eines Wasserfalls. Aus Jims Perspektive betrachtet, wirkte der Lastwagen so gewaltig, daß er ihm wie eine futuristische Kriegsmaschine erschien, die aus dem zweiundzwanzigsten Jahrhundert in seine subjektive Gegenwart gereist war.

Der Fahrer des Peterbilt konnte den umgestürzten Camaro gewiß nicht übersehen. Auf der Straße zeigten die meisten Trucker Hilfsbereitschaft, bestimmt würde auch dieser seine Hilfe anbieten. Jim stellte sich bereits vor, wie die Ankunft des Fahrers die beiden Mörder verunsicherte, wie er sich an sie heranschlich, während sie abgelenkt waren.

Doch die Wirklichkeit sah ganz anders aus. Der Peterbilt wurde nicht langsamer, als er heranrollte, und Jim begriff, daß er ihn irgendwie anhalten mußte. Aber bevor er aufstehen konnte, war der Laster bereits mit lautem Donnern vorbei, zog eine heiße Sturmbö hinter sich und fuhr weitaus schneller, als es die Geschwindigkeitsbeschränkung zuließ – wie ein Unheilskoloß, der von einem Dämon gesteuert wurde und dessen Fracht aus Seelen bestand, die der Teufel *jetzt sofort* in der Hölle erwartete.

Jim widerstand der Versuchung, aufzuspringen und zu rufen: *Was ist mit deiner traditionellen Hilfsbereitschaft, du verdammter Mistkerl?*

Stille kehrte in den heißen Tag zurück.

Die beiden Mörder auf der anderen Straßenseite sahen kurz dem Peterbilt nach und setzten dann die Suche fort.

Wütend und gleichzeitig besorgt wich Jim vom Rand des Highways zurück und streckte sich wieder flach auf dem Boden aus. Er kroch nach Osten, in Richtung des Wohnmobils, und zog die Schrotflinte mit. Die erhöhte Straße befand sich nun zwischen ihm und den beiden Männern. Sie konnten ihn unmöglich sehen, aber er fürchtete trotzdem, daß sie ganz plötzlich über den Asphalt stürmen und ihn voll Blei pumpen würden.

Als er es wagte, erneut den Kopf zu heben, hatte er den Roadking erreicht: Der große Wagen schützte ihn vor den Blicken der Killer. *Wenn ich sie nicht sehen kann, sind auch sie wohl kaum in der Lage, mich zu entdecken.* Ironheart stand auf und lief einige Schritte zur rechten Seite des Wohnmobils.

Die dortige Tür war nicht auf einer Höhe mit der des Fahrers, sondern nach hinten versetzt. Sie stand einen Spaltbreit offen.

Jim streckte die Hand nach dem Knauf aus – und dann fiel ihm ein, daß vielleicht ein dritter Mann den beiden Entführten Gesellschaft leistete. Er durfte den Roadking erst betreten, wenn er die beiden Kerle auf der gegenüberliegenden Straßenseite außer Gefecht gesetzt hatte. Andernfalls riskierte er, ins Kreuzfeuer zu geraten.

Lautlos eilte er zur Kühlerhaube des Wohnmobils und hörte auf einmal Stimmen. Er erstarrte und wartete darauf, daß der Typ mit dem teilweise kahlgeschorenen Kopf an der vorderen Stoßstange vorbeiging. Aber die Männer blieben auf der anderen Seite stehen.

»Is' doch verdammt egal ...«

»Vielleicht hat er sich unser Kennzeichen gemerkt.«

»Bestimmt wurde er verletzt.«

»Wir haben kein Blut im Wagen gesehen.«

Jim sank neben dem Vorderrad auf die Knie und warf einen Blick unter das Fahrzeug. Die beiden Männer standen in unmittelbarer Nähe der Fahrertür.

»Wir nehmen die nächste Straße nach Süden.«

»Und werden dabei von den Bullen verfolgt.«

»Bis der Kerl Gelegenheit bekommt, die Polizei zu verständigen, sind wir längst in Arizona.«

»Das hoffst du.«

»Ich *weiß* es.«

Jim erhob sich wieder und schlich langsam an der Kühlerhaube des Roadking vorbei. Vorsichtig passierte er die Scheinwerfer auf der Beifahrerseite.

»Und von Arizona geht's weiter nach New Mexico.«
»Dort gibt's ebenfalls Polizei.«
»Und dann nach Texas. Wir durchqueren einige Staaten und fahren die ganze Nacht, wenn's sein muß.«

Jim war dankbar dafür, daß der Seitenstreifen aus festgebackenem Boden und nicht etwa aus Kies bestand. Er verursachte überhaupt kein Geräusch, als er die Scheinwerfer auf der Fahrerseite erreichte.

»Du weißt ja, wie schlecht die Bullen verschiedener Staaten zusammenarbeiten ...«

»Verdammt, der Kerl versteckt sich irgendwo dort draußen.«

»Bei einer Million Skorpionen und Klapperschlangen.«

Jim trat hinter der breiten Kühlerhaube hervor und hob die Schrotflinte. »Keine Bewegung!«

Ein oder zwei Sekunden lang starrten ihn die beiden Männer so groß an, als sei er ein dreiäugiger Marsianer mit einem Mund in der Stirn. Sie waren nur gut zwei Meter entfernt, nahe genug, um sie anzuspucken – was sie auch zu verdienen schienen. Vorher hatten sie so gefährlich gewirkt wie Schlangen mit Beinen, und sie sahen noch immer so abscheulich aus wie etwas, das in der Wüste kroch.

Die Läufe ihrer Revolver deuteten zu Boden. Jim zielte mit der Schrotflinte. »Laßt die verdammten Dinger fallen!« donnerte er.

Entweder waren die beiden Mörder wirklich knallhart, oder vollkommen verrückt – die Flinte beeindruckte sie überhaupt nicht. Der Bursche mit dem Pferdeschwanz warf sich zu Boden und rollte zur Seite. Gleichzeitig riß der Mad-Max-Typ seine Waffe hoch, aber Jim gab ihm nicht genug Zeit, den Abzug zu betätigen. Er feuerte, und die Ladung schleuderte den Killer zurück und direkt in die Hölle.

Die Stiefel des Überlebenden verschwanden unter dem Roadking.

Um zu vermeiden, am Fuß getroffen zu werden, griff Jim nach der offenen Tür und sprang auf die Stufe vor dem Fahrersitz. Einen Sekundenbruchteil später knallte es zweimal unter dem Wohnmobil, und eine Kugel zerfetzte den Reifen, neben dem Jim eben noch gestanden hatte.

Ironheart wich nicht etwa in den Roadking zurück, sondern ließ sich zu Boden fallen, hielt die Schrotflinte unter das Fahrzeug und hoffte, seinen Gegner zu überraschen. Doch der Kerl war bereits wieder auf den Beinen. Jim sah zwei Cowboystiefel, die auf der anderen Seite zum Heck des Wohnmobils liefen und plötzlich verschwanden.

Die Leiter. An der rechten hinteren Ecke. Neben dem Haltegerüst mit der Harley.

Der Hurensohn wollte aufs Dach.

Jim sprang aus dem Wagen und schob sich hastig unter den Roadking, bevor der Mörder über den Dachrand sah, ihn entdeckte und schoß. Es erwartete ihn kein kühler Schatten, denn der vom heißen Sonnenschein gebratene Seitenstreifen strahlte die gespeicherte Hitze ab.

Auf der Straße fuhren zwei Wagen vorbei, dicht hintereinander. Jim hatte sie gar nicht gehört – vielleicht weil sein Herz so laut schlug, daß er sich im Innern einer Kesselpauke glaubte. Er verfluchte die gleichgültigen Autofahrer lautlos, dachte dann aber daran, daß sie aus gutem Grund darauf verzichteten, in der Nähe des Roadking anzuhalten: Vermutlich hatten sie Mister Pferdeschwanz gesehen, der mit einem Revolver auf dem Dach des Wohnmobils hockte.

Ironheart begriff, daß er nur dann eine Chance hatte, wenn er seinem Widersacher nicht die Initiative überließ. Auf dem Bauch kroch er zum Heck des Roadking. Flink wie eine Eidechse. Dort angelangt, drehte er sich auf den Rücken, schob den Kopf unter der hinteren Stoßstange hervor und starrte an dem Motorrad vorbei zu den Sprossen, die sich weiter oben im grellen Glanz der Sonne aufzulösen schienen.

Nichts. Die Leiter war leer. Der Mörder befand sich bereits auf dem Dach. Vielleicht nahm er an, den Verfolger mit seinem jähen Verschwinden verwirrt zu haben, und bestimmt rechnete er nicht damit, daß Jim so tollkühn sein würde, ebenfalls nach oben zu klettern.

Ironheart zog sich ganz unter dem Wohnmobil hervor und trat zur Leiter. Mit der einen Hand griff er nach der heißen Führungsstange, in der anderen hielt er die Schrotflinte. Er versuchte, völlig lautlos zu sein, als er langsam nach oben stieg. Von seinem Gegner war nichts zu hören, nur das gelegentliche Knarren der halbverrosteten Sprossen klang unangenehm laut.

Dicht unter dem Dach hob Jim den Kopf und spähte über den

Rand. Der Mörder hockte über dem vorderen Drittel des Roadking, auf der rechten Seite, und starrte nach unten. Er bewegte sich auf Händen und Knien, was sicher alles andere als angenehm war. Der alte weiße Lack reflektierte zwar einen großen Teil des Sonnenlichts, aber das Metall darunter hatte genug Wärme gesammelt, um auch an schwieligen Händen Brandblasen entstehen zu lassen und blauen Jeansstoff zu durchdringen. Doch der Typ gab durch nichts zu erkennen, daß er Schmerzen empfand. Offenbar war auch er ein selbstmörderischer Macho, so wie sein toter Komplize.

Jim brachte eine weitere Sprosse hinter sich.

Der Killer sank auf den Bauch, und Ironheart wußte, daß ihm nun das heiße Dach die Brust versengte. Ein dünnes, ärmelloses T-Shirt stellte keinen ausreichenden Schutz dar. Der Bursche wollte ein möglichst kleines Ziel bilden, während er darauf wartete, daß sich Jim unten zeigte.

Noch eine Sprosse, das Dach reichte jetzt bis an Ironhearts Nabel. Er wandte sich ein wenig zur Seite und klemmte das eine Knie hinter die Führungsstange, so daß er beide Hände frei hatte und nicht riskierte, durch den Rückstoß von der Leiter zu fallen.

Vielleicht besaß der Bursche auf dem Dach einen sechsten Sinn – oder das Glück kam ihm zu Hilfe. Alles blieb still, aber der Kerl sah plötzlich zurück und entdeckte Jim.

Ironheart fluchte und schwang die Flinte herum.

Der Killer sprang zur Seite und nach unten.

Jim kam nicht dazu, auf ihn zu zielen und abzudrücken. Er zog das Knie hinter der Stange hervor und ließ sich fallen. Der Aufprall war recht hart, aber er wahrte das Gleichgewicht, warf sich um die Ecke des Wohnmobils und schoß.

Doch der Mörder sprang bereits in die Seitentür. Wahrscheinlich hatte er keine Verletzung davongetragen; schlimmstenfalls einige Schrotkörner am Bein.

Er wollte zu der Frau und dem Kind.

Geiseln.

Oder er beabsichtigte schlicht und einfach, sie umzubringen, bevor er selbst dran glauben mußte. Die letzten beiden Jahrzehnte hatten das Aufkommen einer Vielzahl von vagabundierenden Soziopathen erlebt, die das ganze Land durchstreiften, nach leichter Beute suchten und lange Listen von Opfern auf dem Gewissen hatten. Solche Leute fanden ihre sexuelle Befriedigung sowohl bei brutalem Mord als auch bei Vergewaltigungen.

Jim hörte noch einmal die entsetzte Stimme des Sterbenden im Kombi: *Lisa ... Susie ... Meine Frau und Tochter ...*

Der Zorn in ihm wurde größer als die Furcht, und außerdem hatte er nicht mehr genug Zeit, vorsichtig zu sein. Er folgte dem Killer und stürmte durch die Tür in den Roadking, am Fahrerabteil vorbei. Nach dem hellen Glanz der Sonne nahm er im Wohnmobil kaum mehr als ein diffuses Halbdunkel wahr. Der psychotische Mistkerl war ein Schemen, das in den hinteren Bereich des Wohnmobils hastete, den kleinen Salon passierte und die Küche erreichte.

Jim sah nur ein dunkles Oval dort, wo er das Gesicht vermutete, als sich der Mörder umdrehte und feuerte. Die Kugel traf einen Wandschrank links von Ironheart; Holz- und Kunststoffsplitter regneten auf ihn herab.

Er wußte nicht, wo die Frau und das Kind eingesperrt waren, und fürchtete, sie zu verletzen – eine Schrotflinte war keine besonders präzise Waffe.

Der Killer schoß erneut. Die zweite Kugel sauste so dicht an Jim vorbei, daß er einen heißen Windzug spürte, einem feurigen Kuß auf die rechte Wange gleich.

Er drückte ab, und es krachte so laut, daß die dünnen Wände um ihn herum erzitterten. Der Typ mit dem Pferdeschwanz schrie und stieß an die Küchenspüle. Aus einem Reflex heraus krümmte Jim den Zeigefinger noch einmal um den Abzug, und das neuerliche Donnern zerriß ihm fast das Trommelfell. Der Killer wurde von den Beinen gerissen und nach hinten an die Rückwand geschleudert. Neben einer geschlossenen Tür, die den Wohnbereich vom Schlafzimmer trennte, sank er zu Boden.

Jim holte einige Patronen aus der Tasche und lud die Schrotflinte nach. Langsam setzte er einen Fuß vor den anderen und schlich an einem alten, verbeulten Sofa vorbei.

Er wußte, daß der Mann tot war, aber in dem Halbdunkel konnte er nicht gut genug sehen, um ganz sicher zu sein. Lichtschäfte der Mohavesonne ragten wie heiße Brandeisen durch die Windschutzscheibe und die offenen Türen, aber die dicken Vorhänge an den Seitenfenstern sorgten dafür, daß der hintere Bereich des Roadking im Schatten blieb. Von den Schüssen stammender beißender Rauch zog in trägen Schwaden umher.

Ironheart erreichte das Ende der schmalen Kammer, blickte nach unten und zweifelte nicht mehr daran, daß der auf dem Boden liegende Mann sein Leben ausgehaucht hatte. Menschlicher Müll, eben noch lebendig, jetzt tot. Blutiger Müll.

Als Jim die halbzerfetzte Leiche sah, spürte er eine wilde Ekstase, eine wütende Genugtuung, die ihn sowohl faszinierte als auch erschreckte. Er wollte angesichts seines eigenen Verhaltens Abscheu empfinden, aber obwohl der Mörder den Tod verdient hatte, fühlte er sich keineswegs davon abgestoßen – obgleich ihm bei dem entsetzlichen Anblick übel wurde. Die Begegnung konfrontierte ihn mit dem absoluten Bösen in menschlicher Form. Eigentlich hätten beide Männer ganz langsam und unter Qualen sterben sollen. Jim sah sich in der Rolle eines Racheengels, der mit heiligem Zorn Vergeltung übte. Er ahnte zumindest, daß er selbst am Rande einer Psychose wandelte – nur Verrückte glaubten, auch dann im Recht zu sein, wenn sie zerstörten und töteten –, aber er horchte vergeblich nach einer inneren Stimme, die Zweifel äußerte. Das Brodeln in ihm nahm so sehr zu, als sei er Gottes Sendbote, der direkt den apokalyptischen Zorn des Allmächtigen weiterleitete.

Er wandte sich der geschlossenen Tür zu.

Dahinter lag das Schlafzimmer.

Dort mußten die Mutter und das Kind gefangen sein.

Lisa ... Susie ...

Aber wer sonst noch?

Für gewöhnlich blieben soziopathische Killer allein, aber manchmal wählten sie einen Gefährten, so wie in diesem Fall. Größere Gruppen waren sehr selten. Jim dachte an Charles Manson und seine ›Familie‹, und es gab auch andere Beispiele. Er mußte mit allem rechnen. Immerhin hatte er es mit einer Welt zu tun, in der angeblich, wie moderne Philosophieprofessoren lehrten, Ethik ganz von den Umständen abhing; die Einstellungen einer jeder Person seien prinzipiell richtig und müßten daher respektiert werden – ungeachtet ihrer Logik und des Haßquotienten. Es handelte sich um eine Welt, die Ungeheuer schuf, und vielleicht bekam es Ironheart in diesem Fall mit einer Hydra zu tun.

Die Situation verlangte nach Vorsicht, aber der gerechte Zorn in ihm war so stark, daß er ihm ein Gefühl der Unverwundbarkeit gab. Er trat zur Schlafzimmertür, stieß sie auf und schob sich durch den kleinen Zugang. Er wußte, daß er ein erhebliches Risiko einging, aber er scherte sich nicht darum und hob die Schrotflinte, bereit, zu töten und getötet zu werden.

Abgesehen von der Frau und dem Kind befand sich niemand im Zimmer. Sie lagen auf dem schmutzigen Bett, mit festem Klebeband an Händen und Füßen gefesselt. Und geknebelt.

Die Frau – Lisa – war etwa dreißig, schlank, blond und ungewöhnlich attraktiv. Doch die Tochter Susie erwies sich als noch weitaus schöner, wirkte wie gestaltgewordene Anmut. Sie mochte etwa zehn sein, hatte glänzende grüne Augen, zarte, sanfte Züge und eine Haut, deren Makellosigkeit Jim mit der Membran an den Innenflächen einer Eischale verglich. Das Mädchen wirkte auf ihn wie die Verkörperung von Unschuld, Güte und Reinheit – ein Engel, der in eine Jauchegrube gefallen war. Neuer Zorn wuchs in ihm, als er dieses makellose Geschöpf gefesselt sah, dem Dreck des Schlafzimmers ausgesetzt.

Tränen strömten über die Wangen des Mädchens, und es schluchzte leise hinter dem Klebeband, das über seine Lippen lief. Die Mutter weinte nicht, doch in ihren Augen glühten Grauen und Furcht. Ihr Verantwortungsbewußtsein für die Tochter und eine Wut, die der Jims ähnelte, bewahrten sie wohl davor, ein Opfer von Hysterie zu werden.

Ironheart begriff plötzlich, daß sie Angst vor ihm hatten. Vielleicht hielten sie ihn für einen Komplizen der beiden Entführer.

Er lehnte seine Waffe an die Frisierkommode. »Es ist alles in Ordnung. Sie brauchen jetzt nichts mehr zu befürchten. Ich habe die Kerle umgebracht, alle beide.«

Die Mutter starrte ihn aus weit aufgerissenen, ungläubigen Augen an.

Jim konnte es ihr nicht verdenken, daß sie zweifelte. Seine Stimme klang seltsam: Zorn vibrierte in ihr, und bei jedem dritten oder vierten Wort überschlug sie sich; sie pendelte zwischen tonlosem Flüstern und scharfem Zischen.

Er suchte nach einer Möglichkeit, die Fesseln zu zerschneiden. Auf dem Frisiertisch lagen eine Rolle mit Klebeband und eine Schere.

Als Ironheart nach der Schere griff, bemerkte er mehrere Videokassetten. Erst jetzt fielen ihm die vielen obszönen Fotos an den Wänden auf, die offenbar aus Sex-Magazinen stammten, und er erkannte sie als Schund besonderer Art: Kinderpornographie. Die Bilder zeigten erwachsene Männer mit verhüllten Gesichtern, aber es gab keine erwachsenen Frauen, nur Mädchen und Jungen, die meisten nicht älter als Susie, viele von ihnen weitaus jünger. Sie wurden auf jede nur denkbare Weise mißbraucht.

Die erschossenen Männer hätten sich die Mutter wohl nur für kurze Zeit vorgenommen, hätten sie vergewaltigt und gefoltert, um das Kind vollends einzuschüchtern. Jim stellte sich vor, wie sie Lisa anschließend die Kehle durchgeschnitten und ihre sterblichen Überreste auf irgendeinen abgelegenen Platz in der Wüste geworfen hätten, die Leiche ein Fraß für Eidechsen, Ameisen und Geier. Ihr eigentliches Interesse galt dem Mädchen; während der nächsten Monate oder Jahre hätte Susie die reinste Hölle erlebt.

Jims Zorn erfuhr eine sonderbare Verwandlung, er wurde noch heißer und wuchs über das Niveau reiner Wut hinaus. Lichtlose Finsternis wogte in ihm wie schwarzes Rohöl, das aus einem Bohrturm spritzt.

Es entsetzte ihn, daß Susie diese Fotos gesehen hatte und gezwungen gewesen war, auf dem fleckigen, stinkenden Bett zu liegen, umgeben von unbeschreiblichen Obszönitäten. Er spürte den verrückten Wunsch, die Schrotflinte zu nehmen und erneut auf die Toten zu schießen.

Sie haben das Mädchen nicht angerührt. Dem Himmel sei Dank dafür. Es blieb ihnen nicht genug Zeit, ihm etwas anzutun.

Aber das Zimmer ... Allein der Aufenthalt in einem solchen Raum kam unmittelbarer Notzucht gleich.

Jim bebte am ganzen Leib.

Und er sah, daß auch die Mutter zitterte.

Es dauerte einige Sekunden, bis ihm klar wurde, daß ihr Zittern nicht ebenfalls auf Zorn basierte. Sie fürchtete sich. Vor *ihm*. Vielleicht jagte er ihr sogar einen noch größeren Schrecken ein als die beiden Entführer.

Er war froh darüber, daß die Kammer keinen Spiegel enthielt. Ihm lag nichts daran, sein eigenes Gesicht zu sehen. Bestimmt zeigte sich Wahnsinn darin.

Jim versuchte, die Fassung wiederzugewinnen.

»Es ist alles in Ordnung«, wiederholte er. »Ich bin gekommen, um Ihnen zu helfen.«

Er wollte so schnell wie möglich die Fesseln lösen, um Mutter und Tochter von der Furcht zu befreien. Neben dem Bett sank er auf die Knie, schnitt das Klebeband an den Füßen der Frau durch und riß die Fetzen fort. Anschließend nahm er sich die Streifen an den Händen vor und überließ Lisa den Rest.

Als er sich dem Mädchen zuwandte, wich es ängstlich zurück. Er griff sanft nach den Füßen, doch Susie trat nach ihm und wand sich auf den grauen, übelriechenden Laken. Er trat sofort zurück.

Lisa zog das Band von den Lippen, nahm einen Lappen aus dem Mund und schnappte keuchend nach Luft. Sie sprach mit einer heiseren Stimme, die sowohl verzweifelt als auch resigniert klang. »Mein Mann, im Kombi ... Mein Mann!«

Jim blickte sie an und gab keine Antwort; er sah sich außerstande, ihr in Anwesenheit des Kindes die schreckliche Wahrheit zu sagen.

Die Frau erkannte sie in seinen Augen, und für einige Sekunden wurde ihr Gesicht zu einer Fratze aus Kummer und Schmerz. Doch um ihrer Tochter willen unterdrückte sie das Schluchzen, verschluckte es zusammen mit der inneren Qual.

»O mein Gott«, hauchte sie nur, und in jedem Wort hallte Trauer wider.

»Können Sie Susie tragen?«

Lisas Gedanken waren noch immer bei ihrem toten Mann.

»Können Sie Susie tragen?« fragte Jim noch einmal.

Die Frau blinzelte verwirrt. »Wieso kennen Sie ihren Namen?«

»Ihr Mann nannte ihn mir.«

»Aber ...«

»Vorher«, sagte Ironheart scharf und meinte, *bevor er starb.* Er wollte keine falschen Hoffnungen in Lisa wecken. »Sind Sie in der Lage, Ihre Tochter nach draußen zu tragen?«

»Ja, ich glaube schon. Vielleicht.«

Jim hätte das Mädchen selbst tragen können, aber er hielt es für besser, ihm nicht zu nahe zu kommen. In diesem Zusammenhang spürte er eine irrationale und emotionale Reaktion: Aus irgendeinem Grund glaubte er, daß alle Männer Verantwortung für das trugen, was die beiden Entführer mit Susie angestellt hatten beziehungsweise mit ihr angestellt *hätten*. Auch ihn traf eine gewisse Schuld.

Der einzige Mann, der Susie jetzt berühren durfte, war ihr Vater. Und seine Leiche lag einige Meilen entfernt in einem Kombi.

Er wandte sich ganz vom Bett ab und blieb neben einem Wandschrank stehen, dessen Tür langsam aufschwang.

Das weinende Mädchen kroch von Lisa fort, die es von den Klebebändern befreite; es stand unter einem solchen Trauma, daß es sich sogar von der eigenen Mutter bedroht fühlte. Dann streifte es die Ketten des Entsetzens ab und warf sich in die Arme der Frau. Lisa sprach leise und beruhigend auf ihre Tochter ein, strich ihr übers Haar und hielt sie fest.

Die Klimaanlage funktionierte nicht mehr, seit die Entführer das Wohnmobil geparkt hatten, um sich den Camaro anzusehen. Mit jeder verstreichenden Sekunde stieg die Temperatur im Schlafzimmer, und der Gestank wurde nahezu unerträglich. Jim roch abgestandenes Bier und Schweiß und nahm auch den Geruch von geronnenem Blut wahr, der von einigen dunkelbraunen Flecken auf dem Teppich ausging. Außerdem stieg ihm noch etwas anderes in die Nase, das er nicht zu identifizieren wagte.

»Ich schlage vor, wir gehen nach draußen.«

Lisa wirkte nicht sehr kräftig, aber sie hob ihre Tochter so mühelos hoch wie ein Kissen. Mit Susie in den Armen näherte sie sich der Tür.

»Das Mädchen soll nicht nach links sehen, wenn Sie an der Küche vorbeikommen«, sagte Jim. »Einer der beiden Toten liegt neben der Tür und bietet keinen besonders angenehmen Anblick.«

Lisa nickte und war offenbar dankbar für die Warnung.

Als sich Ironheart umdrehte, um ihr zu folgen, sah er den Inhalt des Schranks, der sich neben ihm geöffnet hatte. In den Regalen standen kleine Kassetten, wie man sie für Videokameras verwendete. An den Rückseiten klebten Titelstreifen mit handschriftlichen Hinweisen. Namen. CINDY. TIFFANY. JOEY. CISSY. TOMMY. KEVIN. Zwei mit SALLY gekennzeichnete Kassetten. Drei mit WENDY. Weitere Namen. Insgesamt etwa dreißig. Jim wußte, um was es sich handelte, aber er wollte es nicht glauben. Aufzeichnungen von Brutalität und Perversion. Opfer.

Die bittere Dunkelheit in ihm flutete höher.

Er verließ den Roadking und trat ins grelle Licht der heißen Wüstensonne hinaus.

2

Lisa wartete im weißgoldenen Sonnenschein am Rand des Highways, hinter dem Wohnmobil. Susie stand neben ihr und hielt sich an ihr fest. Das Licht übte eine seltsame Wirkung auf sie beide aus: Es strömte schimmernd durch ihr flachsfarbenes Haar, betonte die Farbe der Augen – so wie die Schaufensterlampe eines Juweliers die Schönheit von auf schwarzem Samt ruhenden Smaragden hervorhebt. Darüber hinaus verlieh es der Haut einen fast mystischen Glanz. Während Jim Mutter und Tochter beobachtete, fiel es ihm schwer zu glauben, daß jenes Licht nicht aus ihrem Innern kam, daß Finsternis in ihr Leben gekrochen war, so umfassend und allgegenwärtig wie die Nacht von der Abend- bis zur Morgendämmerung.

Ironheart empfand ihre Gegenwart immer mehr als Belastung. Wenn er den Blick auf sie richtete, erinnerte er sich jedesmal an den Toten im Kombi, und dann entstand mitleidiger Kummer in ihm, so schmerzhaft wie ein Messerstich.

Im Roadking hatte er einen Schlüsselbund gefunden und öffnete damit das Haltegerüst, an der die Harley-Davidson festgebunden war: eine FXRS-SP, 1340 Kubikzentimeter Hubraum, ein Vergaser, V-II-Motor mit jeweils zwei Ventilen. Das Getriebe wies fünf Gänge auf, und zur Kraftübertragung diente nicht etwa eine geschmierte Kette, sondern ein breiter Riemen. Jim hatte schon bessere und stärkere Maschinen gefahren. Bei diesem Motorrad handelte es sich um ein Standardmodell, aber ihm kam es in erster Linie auf Geschwindigkeit und einfache Handhabung an, und die SP erfüllte beide Voraussetzungen, wenn sie in einem guten Zustand war.

Als Ironheart die Harley aus dem Gestell zog und überprüfte, trat Lisa besorgt näher. »Sie bietet nicht für uns alle Platz.«

»Nein«, bestätigte er. »Nur für mich.«

»Bitte lassen Sie uns nicht allein.«

»Jemand hält an, bevor ich aufbreche.«

Ein Wagen rollte über die Straße, und die drei Insassen machten große Augen. Der Fahrer beschleunigte.

»Bestimmt fahren sie alle weiter«, sagte Lisa niedergeschlagen.

»Da irren Sie sich. Ich warte, bis jemand hält.«

Die Frau schwieg einige Sekunden lang. Dann: »Ich möchte nicht mit Fremden unterwegs sein.«

»Warten wir ab, wer neugierig genug ist, um auf die Bremse zu treten.«

Lisa schüttelte heftig den Kopf.

»Ich weiß, ob man den Betreffenden vertrauen kann oder nicht.«

»Ich ...«, sie zögerte, holte tief Luft und brachte sich wieder unter Kontrolle, »ich vertraue niemandem.«

»Es gibt auch gute Menschen auf der Welt. Eigentlich sind sogar die meisten gut. Wie dem auch sei: Wenn Leute halten, weiß ich, ob sie in Ordnung sind.«

»Aber wie? Lieber Himmel, *wie* wollen Sie das herausfinden?«

»Ich weiß es einfach.« Jim konnte es ihr ebensowenig erklären wie die Sicherheit, mit der er gewußt hatte, daß sie und ihre Tochter in der Wüste Hilfe brauchten.

Er nahm auf der Harley Platz und drückte den Knopf des Anlassers. Sofort erklang ein gleichmäßiges Grollen. Er gab mehrmals Gas und stellte den Motor dann wieder ab.

»Wer sind Sie?« fragte Lisa.

»Das kann ich Ihnen nicht sagen.«

»Warum nicht?«

»Diese Sache erregt zuviel Aufsehen. Sie wird im ganzen Land Schlagzeilen machen.«

»Ich verstehe nicht.«

»Überall würden Bilder von mir erscheinen. Ich lege großen Wert auf meine Privatsphäre.«

Die Harley verfügte über einen kleinen Gepäckträger. Jim schnallte die Schrotflinte daran fest.

»Wir verdanken Ihnen soviel«, sagte Lisa, und Ironheart hörte das hilflose Zittern in ihrer Stimme.

Er sah sie an, richtete den Blick dann auf Susie. Das Mädchen hatte einen dünnen Arm um seine Mutter geschlungen und klammerte sich noch immer an ihr fest. Es hörte dem Gespräch überhaupt nicht zu. Die grünen Augen starrten ins Leere; in Gedanken weilte das Kind an einem ganz anderen Ort. Es hob die freie Hand zum Mund und biß so fest auf einen Knöchel, daß Blut hervorquoll.

Jim wandte sich wieder dem Motorrad zu.

»Sie schulden mir nichts«, erwiderte er.

»Aber Sie haben uns gerettet!«

»Nur Sie«, murmelte er. »Nicht alle. Ein Mensch starb, obwohl er leben sollte.«

Ironheart drehte den Kopf und sah nach Osten, als er das langsam lauter werdende Brummen eines Wagens hörte. Ein aufgemotzter schwarzer Trans Am kam aus der flimmernden Hitze. Die Reifen blockierten und quietschten, als der Fahrer bremste. Rote Flammenmuster gingen vom Vorderrad aus, und breite Chromstreifen schützten die Ränder beider Radkästen. Im hellen Licht der Wüstensonne funkelte der ebenfalls aus Chrom bestehende doppelte Auspuff wie Quecksilber.

Der Fahrer stieg aus: etwa dreißig Jahre alt, das dichte schwarze Haar nach hinten gekämmt, voll an den Seiten, im Nacken zusammengebunden. Er trug Jeans und ein weißes T-Shirt mit hochgerollten Ärmeln. Tätowierungen zeigten sich auf dem Bizeps.

»Stimmt was nicht?« fragte er und blieb auf seiner Seite des Wagens stehen.

Jim musterte ihn kurz und antwortete dann: »Die Mutter und ihre Tochter müssen irgendwie in die nächste Stadt gelangen.«

Als der Mann um den Trans Am herumging, öffnete sich die Beifahrertür, und eine Frau stieg aus. Sie war einige Jahre jünger als ihr Begleiter, trug weite, hellbraune Shorts, ein rückenfreies Shirt und ein weißes Halstuch. Einige lange Strähnen des blondgefärbten Haars reichten darüber hinweg und umrahmten ein so stark geschminktes Gesicht, daß es wie ein Werbefoto der kosmetischen Industrie wirkte. Hinzu kam üppiger Schmuck: große hin und her baumelnde Ohrringe, drei Ketten aus Glasperlen in verschiedenen Rottönungen, zwei Armreifen an jedem Handgelenk, eine Uhr und vier Ringe. Auf der oberen Wölbung der linken Brust bemerkte Jim die bunte Darstellung eines Schmetterlings.

»Haben Sie eine Panne?« fragte die Frau.

»Ein Reifen des Wohnmobils ist platt«, erwiderte Ironheart.

»Ich bin Frank«, sagte der Fahrer. »Das ist Verna.« Er hatte einen Kaugummi im Mund. »Ich helfe Ihnen beim Radwechsel.«

Jim schüttelte den Kopf. »Wir können den Roadking ohnehin nicht benutzen. Ein Toter liegt darin.«

»Ein Toter?«

»Außerdem gibt's noch eine zweite Leiche, dort drüben.« Jim deutete auf die andere Seite des Wohnmobils.

Verna riß die Augen auf.

Franks Kiefer erstarrten kurz. Er sah zu der Schrotflinte am Gepäckträger der Harley hinüber und richtete seinen Blick dann wieder auf Jim. »Haben Sie geschossen?«

»Ja. Diese Frau und ihr Kind wurden von den beiden Männern entführt.«

Frank beobachtete ihn eine Zeitlang und wandte sich dann an Lisa. »Stimmt das?«

Sie nickte.

»Donnerwetter!« entfuhr es Verna.

Jim sah Susie an. Sie wandelte durch eine andere Welt und brauchte vermutlich die Hilfe eines Psychologen, um in diese zurückzukehren. Bestimmt hörte sie überhaupt nichts.

Sonderbarerweise fühlte er sich ebenso entrückt wie das Kind. Er sank noch immer in die innere Finsternis, und es dauerte sicher nicht mehr lange, bis sie ihn völlig verschlang. »Die erschossenen Männer ...«, sagte er zu Frank. »Sie haben den Ehemann und Vater umgebracht. Seine Leiche liegt in einem Kombi einige Meilen westlich von hier.«

»Verdammter Mist!« brummte Frank. »Ziemlich üble Sache.«

Verna trat näher an ihn heran und schauderte.

»Ich möchte, daß Sie Mutter und Tochter so schnell wie möglich zum nächsten Ort bringen. Zu einem Arzt. Verständigen Sie anschließend die Polizei.«

»In Ordnung«, bestätigte Frank.

»Nein, warten Sie«, warf Lisa ein. »Ich kann nicht ...« Jim ging zu ihr, und sie flüsterte: »Sie sehen aus wie ... Ich kann unmöglich ... Himmel, ich fürchte mich zu sehr ...«

Jim legte der Frau die Hand auf die Schulter und sah ihr direkt in die Augen. »Die Dinge sind nicht immer das, was sie zu sein scheinen. Mit Frank und Verna ist alles in Ordnung. Vertrauen Sie mir?«

»Ja. Jetzt. Natürlich.«

»Dann glauben Sie mir. Sie können auch ihnen vertrauen.«

»Wieso sind Sie so sicher?« fragte Lisa mit brüchiger Stimme.

»Ich *weiß* es«, entgegnete er fest.

Sie musterte ihn zwei oder drei Sekunden lang und nickte dann. »Na schön.«

Der Rest war einfach. Susie war so fügsam, als habe man sie mit Drogen betäubt, und leistete überhaupt keinen Widerstand, als sie in den Fond des Trans Am getragen wurde. Lisa setzte sich dort neben sie und umarmte sie. Als Frank wieder am Steuer saß und Verna sich auf dem Beifahrersitz zurücklehnte, nahm Jim dankbar eine Dose Bier aus dem Kühlfach entgegen. Dann schloß er Vernas Tür, blickte durchs offene Seitenfenster und verabschiedete sich von dem jungen Paar.

»Ich nehme an, Sie wollen hier nicht auf die Polizei warten, oder?« fragte Frank.

»Nein.«

»Sie haben nichts zu befürchten. Immerhin sind Sie hier der Held.«

»Ich weiß. Aber ich breche trotzdem auf.«

Frank nickte. »Bestimmt gibt es gute Gründe dafür. Sollen wir Sie als kahlköpfigen Burschen mit dunklen Augen beschreiben, der sich von einem Trucker nach Osten mitnehmen ließ?«

»Nein. Sie brauchen nicht zu lügen. Nicht für mich.«

»Wie Sie meinen«, sagte Frank.

»Seien Sie unbesorgt«, ließ sich Verna vernehmen. »Bei uns sind die beiden gut aufgehoben.«

»Ich weiß«, erwiderte Jim.

Er trank das Bier und sah dem Trans Am nach, bis er außer Sicht geriet.

Dann schwang er sich auf die Harley, betätigte den Anlasser und schaltete in den ersten Gang. Er gab ein wenig Gas, ließ die Kupplung kommen und fuhr über den Highway. Auf der anderen Seite verließ er die Straße, rollte den Sockel hinunter und fuhr durch die weite Mohavewüste nach Süden.

Mit mehr als siebzig Meilen in der Stunde raste er durch die Ödnis, obgleich er überhaupt nicht vor dem Fahrtwind geschützt war – der Harley fehlte eine Verkleidung. Er wurde heftig durchgeschüttelt, und seine Augen füllten sich immer wieder mit Tränen; er führte sie allein auf die heiße, brennende Luft zurück.

Seltsamerweise machte ihm die Hitze gar nichts aus. Jim spürte sie nicht einmal. Er schwitzte und empfand doch eine angenehme Kühle.

Bald verlor er das Zeitgefühl. Nach etwa einer Stunde stellte er fest, daß er die Ebene verlassen hatte und durch eine Landschaft aus kahlen, rostbraunen Hügeln fuhr. Er nahm Gas weg. Der Weg führte nun an hohen, schroffen Felsen vorbei, doch die SP eignete sich gut für dieses Gelände. Sie war besser gefedert als die gewöhnliche FXRS, und das Vorderrad verfügte über doppelte Scheibenbremsen. Damit brauchte er nicht einmal die schärfsten Kurven zu fürchten.

Nach einer Weile empfand er keine Kühle mehr, sondern regelrechte *Kälte*.

Das Sonnenlicht schien zu verblassen, obwohl es noch immer früher Nachmittag war. Die Dunkelheit in ihm dehnte sich aus.

Schließlich hielt er im Schatten eines gewaltigen Monolithen, der eine Viertelmeile lang und fast hundert Meter hoch sein mochte. Das Wetter von Äonen – Wind, Sonne, gelegentlicher flutartiger Regen in der Mohavewüste – hatten ihm eine gespenstisch anmutende Form verliehen: Er sah aus wie ein uralter Tempel, der nun halb im Sand versunken war.

Jim trat den Seitenständer nach unten und stieg ab.

Einige Sekunden später ließ er sich zu Boden sinken, zog die Knie an und verschränkte die Arme.

Er hatte nicht zu früh angehalten. Die Finsternis füllte ihn nun vollständig aus, und er fiel in einen Abgrund der Verzweiflung.

3

Später, knapp eine Stunde vor der Abenddämmerung, saß Jim wieder auf der Harley und fuhr über eine graue und rosafarbene Ebene. Hier und dort wuchsen Mesquitsträucher. Abgestorbene, in der Sonne verdorrte Steppenläufer folgten ihm in einer Brise, die nach pulvrigem Eisen und Salz roch.

Er erinnerte sich vage daran, einen Kaktus aufgeschnitten und die Flüssigkeit aus der weichen Masse im Innern der Pflanze gesaugt zu haben, doch jetzt war sein Gaumen wieder trocken. Er hatte schrecklichen Durst.

Als er eine niedrige Anhöhe erreichte und die Geschwindigkeit reduzierte, sah er zwei Meilen weiter vorn eine kleine Ortschaft aus Gebäuden, die sich an den Highway drängten. Er bemerkte mehrere Bäume, die ihm nach der physischen und spirituellen Trostlosigkeit der letzten Stunden geradezu unnatürlich grün erschienen. Jim hielt den Ort fast für ein Trugbild, aber trotzdem setzte er die Fahrt in der entsprechenden Richtung fort.

Die Dämmerung begann, und der Himmel gewann eine purpurne und rötliche Tönung, vor der sich plötzlich die Silhouette einer Kirche abzeichnete. Der Spitzturm endete in einem Kreuz. Jim ahnte zwar, daß er sich wenigstens teilweise im Delirium befand, hervorgerufen vom Flüssigkeitsmangel, aber dennoch wandte er sich sofort der Kirche zu. Sie versprach Trost, den er vielleicht noch dringender benötigte als Wasser.

Eine halbe Meile vor dem Ort lenkte er die Harley in einen Arroyo und ließ sie dort auf der Seite liegen. Die weichen Sandwände des Grabens gaben unter seinen Händen nach, und einige Minuten später war von der Maschine nichts mehr zu sehen.

Jim nahm zunächst an, den Rest des Weges relativ leicht zurücklegen zu können, doch es ging ihm schlechter, als er sich eingestanden hatte. Immer wieder verschwamm das Ziel vor seinen Augen. Die Lippen brannten, die Zunge klebte am völlig trockenen Gaumen fest, und Flammen schienen in der Kehle zu knistern – er fühlte sich wie in einem heftigen Fieber gefangen. Krämpfe entstanden in den Beinmuskeln, und wenn er die Füße hob, mußte er gegen ein bleiernes Gewicht ankämpfen.

Offenbar verlor er das Bewußtsein, ohne zu Boden zu sinken. Als er wieder zu sich kam, trennten ihn nur noch wenige Schritte von der weißen Kirche, und er versuchte vergeblich, sich an die letzten hundert Meter seiner Wanderung zu erinnern. Die Worte ›Jungfrau Maria in der Wüste‹ standen auf einem Messingschild neben der Doppeltür.

Jim war einst Katholik gewesen, und tief im Herzen hatte er sich den katholischen Glauben bewahrt. Aber sein religiöses Empfinden beschränkte sich nicht nur darauf. Er fühlte sich auch als Methodist, Jude, Buddhist, Baptist, Moslem, Hindu und Taoist. Hinzu kamen viele andere Religionen. Er praktizierte sie nicht mehr, doch ihre Erfahrungen gehörten nach wie vor zu seinem Wesen.

Die Tür schien so schwer zu sein wie der Felsen vor dem Grab Jesu Christi, aber es gelang ihm trotzdem, sie zu öffnen und einzutreten.

Im Innern der Kirche herrschte eine wesentlich niedrigere Temperatur als in der dunkler werdenden Mohavewüste, aber sie war nicht im eigentlichen Sinne kühl. Es roch nach Myrrhe und Spiköl, und Ironheart nahm auch den besonderen Duft brennender Weihekerzen wahr. Er weckte Erinnerungen an seine Zeit als Katholik, und dadurch fühlte er sich wie zu Hause.

Am Zugang zwischen Vorhalle und Hauptschiff tauchte er zwei Finger ins Weihwasser und bekreuzigte sich. Mit gewölbten Händen schöpfte er die kalte Flüssigkeit, führte sie an den Mund und trank. Das Wasser schmeckte wie Blut. Erschrocken starrte Jim in das weiße Marmorbecken, davon überzeugt, dort eine rote, schleimige Masse zu sehen. Aber es enthielt tatsächlich nur Wasser und ein zitterndes Spiegelbild seines Gesichts.

Einige Sekunden lang beobachtete er die brennenden, aufgeplatzten Lippen und beleckte sie. Das Blut stammte von ihm selbst.

Dann kniete er vor dem Hauptschiff, stützte sich auf das Geländer und betete. Erneut fehlten ihm Erinnerungen an die letzten Meter – offenbar hatte er wieder das Bewußtsein verloren.

Der Rest des Tages war wie ein blasser Hauch aus Staub fortgeweht worden, und ein heißer Nachtwind seufzte an den Kirchenfenstern. Das einzige Licht ging von einer Glühbirne in der Vorhalle und mehreren Weihekerzen in roten Glasbehältern aus. Außerdem gab es noch eine kleine Spotlampe, die aufs Kreuz strahlte.

Ironheart betrachtete sein eigenes Gesicht auf der Christusgestalt. Er blinzelte, rieb sich die tränenden Augen und sah noch einmal hin. Diesmal erkannte er die Züge des Toten im Kombi. Die sakrale Darstellung erlebte eine neuerliche Metamorphose und zeigte Jims Mutter, seinen Vater, das Mädchen namens Susie, Lisa. Und dann war es überhaupt kein Gesicht mehr, nur noch ein schwarzes Oval, wie die Miene des Killers, als er im dunklen Roadking auf Jim schoß.

Es hing nicht mehr Jesus am Kreuz, sondern der Mann mit dem Pferdeschwanz. Er hob die Lider, starrte auf Ironheart herab und lächelte. Mit einem jähen Ruck riß er die Füße vom vertikalen Balken: Im rechten steckte noch immer ein Nagel, und der linke wies ein häßliches Loch auf. Er löste auch die Hände, ohne auf die Wunden in ihnen zu achten, *schwebte* dem Boden entgegen, als sei er nicht den Gesetzen der Schwerkraft unterworfen. Vom Altar her näherte er sich dem Geländer, hinter dem Jim hockte.

Ironhearts Puls raste, und er versuchte sich davon zu überzeugen, daß er nur ein Trugbild sah. *Es liegt am Fieber*, dachte er. *Die Gestalt existiert nicht wirklich.*

Der Killer erreichte ihn. Berührte sein Gesicht. Die Hand war so weich wie verfaultes Fleisch, so kalt wie flüssiges Eis.

Jim schauderte so heftig wie ein wahrer Gläubiger, der in einer Zeltmission die barmherzige Hand eines Wunderheilers spürt. Von einem Augenblick zum anderen wogte Dunkelheit heran.

4

Ein Zimmer mit weißen Wänden.
Ein schmales Bett.
Spärliche und einfache Möbel.
Nacht an den Fenstern.
Jims Geist irrte durch Alpträume. Wenn er das Bewußtsein wiedererlangte, nie länger als für ein oder zwei Minuten, sah er einen Mann, der sich über ihn beugte: etwa fünfzig, lichtes Haar, dicklich, mit dichten Brauen und flacher Nase.

Manchmal rieb ihm der Fremde Salbe auf die Wangen; gelegentlich behandelte er ihn mit kalten Umschlägen. Er hob Jims Kopf vom Kissen und forderte ihn auf, mit einem Strohhalm kühles Wasser zu trinken. Jim erhob keine Einwände, weil er Sorge und Freundlichkeit in den Augen des Mannes sah.

Außerdem fehlte ihm die Kraft, Widerstand zu leisten. Seine Kehle fühlte sich so an, als hätte er erst Kerosin und dann ein Streichholz geschluckt. Er war sogar zu schwach, um die Hand auch nur einen Zentimeter von der Decke zu heben.

»Bleiben Sie ruhig liegen«, riet ihm der Fremde. »Ein Hitzschlag sowie ein schlimmer Sonnenbrand – mit so etwas ist nicht zu spaßen.«

Der Fahrtwind in der Wüste, dachte Jim und erinnerte sich an die Harley SP ohne Verkleidung.

Licht an den Fenstern. Ein neuer Tag.
Die Augen brannten noch immer.
Das Gesicht fühlte sich schlimmer an als jemals zuvor. Aufgedunsen.

Der Fremde trug einen weißen Kragen.

»Sie sind Priester«, brachte Jim heiser hervor. Seine Stimme klang so seltsam, daß er sie überhaupt nicht wiedererkannte.

»Ich habe Sie bewußtlos in der Kirche gefunden.«

»Jungfrau Maria in der Wüste.«

Erneut hob der Geistliche Jims Kopf vom Kissen. »Ja, genau. Ich bin Pater Geary. Leo Geary.«

Diesmal konnte sich Jim auch aus eigener Kraft bewegen. Das Wasser schmeckte süß.

»Was führte Sie in die Wüste?« fragte Pater Geary.

»Ich bin gewandert.«

»Warum?«

Jim antwortete nicht.

»Woher kommen Sie?«

Ironheart blieb still.

»Wie heißen Sie?«

»Jim.«

»Sie hatten keinen Ausweis dabei.«

»Nein, diesmal nicht.«

»Wie meinen Sie das?«

Jim schwieg.

»Ihre Brieftasche enthielt dreitausend Dollar in bar«, sagte der Priester.

»Nehmen Sie sich, was Sie brauchen.«

Pater Geary starrte ihn groß an und lächelte. »Sie sollten mit Ihren Angeboten vorsichtig sein, Sohn. Diese Kirche ist arm. Wir benötigen alles, was wir bekommen können.«

Später erwachte Jim erneut. Der Priester war nicht zugegen, und es herrschte Stille im Haus. Nach einer Weile knarrte ein Dachsparren, und der Wüstenwind strich mit leisem Zischen über die Fenster.

Als der Geistliche zurückkehrte, sagte Ironheart: »Ich möchte Sie etwas fragen, Pater.«

»Ich bin ganz Ohr.«

Jims Stimme klang noch immer heiser, aber sie hörte sich wieder wie seine eigene an. »Wenn es einen Gott gibt, warum läßt Er dann soviel Leid zu?«

»Geht es Ihnen schlechter?« erkundigte sich Pater Geary besorgt.

»Nein, nein. Besser. Ich meine nicht mich selbst, nur ... Warum läßt Er das Leid im allgemeinen zu?«

»Um uns auf die Probe zu stellen«, erwiderte der Priester.

»Warum müssen wir auf die Probe gestellt werden?«

»Um herauszufinden, ob wir würdig sind.«

»Würdig? Und worauf bezieht sich das?«

»Auf den Himmel natürlich. Auf die Erlösung und das ewige Leben.«

»Warum hat uns Gott nicht würdig *erschaffen?*«

»Oh, das hat er. Wir waren perfekt und ohne Makel. Doch dann sündigten wir und fielen in Ungnade.«

»Wie konnten wir sündigen, wenn wir wirklich perfekt gewesen sind?«

»Weil wir einen freien Willen haben.«

»Ich verstehe nicht.«

Pater Geary runzelte die Stirn. »Ich bin ein einfacher Priester, kein großer Theologe, und deshalb kann ich Ihnen nur folgendes sagen: Es gehört alles zum göttlichen Mysterium. Wir fielen in Ungnade, und deshalb müssen wir uns das Paradies verdienen.«

»Was mich betrifft: Ich muß meine Blase entleeren.«

»In Ordnung.«

»Nein, nicht die Bettpfanne. Ich glaube, diesmal schaffe ich es zur Toilette.«

»Vielleicht haben Sie recht. Sie erholen sich gut, Gott sei Dank.«

»Freier Wille«, sagte Jim.

Erneut bildeten sich dünne Falten auf der Stirn des Priesters.

Fast vierundzwanzig Stunden waren vergangen, seit Jim die Kirche erreicht hatte, und sein Fieber ging auf eine normale Temperatur zurück. Er litt nicht mehr an Muskelkrämpfen, und die Schmerzen in den Gelenken ließen ebenfalls nach. Es brannte kein Feuer mehr in den Lungen, wenn er tief Luft holte, und der Benommenheitsdunst lichtete sich. Nur die Wangen brannten noch immer ein wenig. Wenn er sprach, achtete er darauf, die Gesichtsmuskeln möglichst wenig zu bewegen. Die Risse in Lippen und Mundwinkeln platzten leicht, obgleich Pater Geary in Abständen von einigen Stunden Kortisonsalbe auftrug.

Jim konnte sich von ganz allein im Bett aufsetzen und brauchte kaum mehr Hilfe, um im Zimmer umherzugehen. Als er wieder

Appetit bekam, gab ihm der Priester Hühnersuppe und Eiskrem. Ironheart aß vorsichtig, nahm Rücksicht auf die Lippen und vermied es, den Geschmack der Speisen mit seinem Blut zu verderben.

»Ich habe noch immer Hunger«, sagte er und deutete auf den leeren Teller.

»Lassen Sie uns erst mal sehen, ob Sie dies im Magen behalten.«

»Ich bin in Ordnung. Schließlich war's nur ein Sonnenstich mit Dehydration.«

»Ein Sonnenstich kann tödlich sein, Sohn. Sie brauchen noch mehr Ruhe.«

Als der Priester später nachgab und mehr Eiskrem brachte, sprach Jim durch halb zusammengebissene Zähne und erstarrte Lippen. »Warum töten manche Menschen? Ich meine keine Polizisten, Soldaten oder Leute, die aus Notwehr handeln, sondern Mörder. Warum töten sie?«

Pater Geary nahm im hochlehnigen Schaukelstuhl neben dem Bett Platz und musterte ihn mit gewölbten Brauen. »Das ist eine seltsame Frage.«

»Finden Sie? Vielleicht. Haben Sie eine Antwort?«

»Nun, die einfachste lautet: Weil das Böse in ihnen ist.«

Eine Minute lang schwiegen die beiden Männer. Jim aß Eiskrem, und der untersetzte Priester schaukelte stumm hin und her. Erneut kroch Zwielicht über den Himmel jenseits der Fenster.

»Morde, Unfälle, Krankheiten, Senilität im Alter ...«, sagte Jim schließlich. »Warum hat uns Gott als Sterbliche erschaffen? Warum fallen wir eines Tages dem Tod zum Opfer?«

»Der Tod bedeutet nicht das Ende. Das glaube ich zumindest. Der Tod ist nur ein Übergang, ein Tor, hinter dem der Lohn auf uns wartet.«

»Sie meinen den Himmel.«

Der Priester zögerte. »Oder die Hölle.«

Jim schlief einige Stunden lang. Als er erwachte, stand Pater Geary am Fußende des Bettes und beobachtete ihn aufmerksam.

»Sie haben im Schlaf gesprochen.«

Jim setzte sich auf. »Tatsächlich? Über was?«

»Sie sagten: ›Es gibt einen Feind.‹«

»Und sonst?«

»Dann fügten Sie hinzu: ›Er kommt und wird uns alle töten.‹«

Ein Hauch von Entsetzen ließ Ironheart schaudern. Zwar entfalteten die Worte allein keine Macht, und er verstand sie nicht, aber gleichzeitig spürte er, daß ihm ihre Bedeutung auf einer unterbewußten Ebene nur zu klar war.

»Ein Traum, nehme ich an«, kommentierte er. »Ein übler Traum, weiter nichts.«

Doch kurz nach drei Uhr morgens, während der zweiten Nacht im Pfarrhaus, schreckte er plötzlich hoch, richtete sich kerzengerade auf und hörte, wie er hervorstieß: »*Er wird uns alle töten.*«

Dunkelheit herrschte im Zimmer.

Jim tastete nach der Lampe, betätigte den Schalter.

Er war allein.

Er blickte aus den Fenstern, sah nur Finsternis.

Ironheart gewann den seltsamen und beharrlichen Eindruck, daß etwas Schreckliches und Gnadenloses in der Nähe gelauert hätte, ein fremdes Etwas, das weitaus gefährlicher und seltsamer war als alle Geschöpfe, die man aus der überlieferten Geschichte oder aus Legenden und Sagen kannte. Zitternd verließ er das Bett und stellte fest, daß er einen schlecht passenden Pyjama des Priesters trug. Eine Zeitlang verharrte er stumm, lauschte und überlegte, was er unternehmen sollte.

Schließlich schaltete er das Licht aus, ging barfuß zum einen Fenster, dann zum anderen. Er befand sich im zweiten Stock, starrte in eine friedliche, stille Nacht. Wenn sich draußen irgend etwas manifestiert hatte, so war es nun verschwunden.

5

Am folgenden Morgen zog Jim seine eigene Kleidung an, die Pater Geary für ihn gewaschen hatte. Den größten Teil des Tages verbrachte er im Wohnzimmer. Er saß in einem großen, bequemen Sessel, stützte die Füße auf einen Schemel und las Magazine oder döste, während der Geistliche seinen priesterlichen Pflichten nachging.

Die sonnenverbrannte und windgegerbte Haut im Gesicht verhärtete sich und schien eine Maske zu formen.

An jenem Abend bereiteten sie das Essen gemeinsam zu. Pater Geary stand vor der Küchenspüle und wusch Kopfsalat, Sellerie und Tomaten. Jim deckte den Tisch, öffnete eine Flasche mit billigem Chianti, um den Wein atmen zu lassen, schnitt Pilze und gab sie in einen Topf mit Spaghettisoße auf dem Herd.

Sie arbeiteten in einem angenehmen Schweigen, und Jim dachte an die seltsame Beziehung, die zwischen ihnen entstanden war. Die letzten beiden Tage erschienen ihm wie ein Traum, so als habe er nicht nur in einem kleinen Wüstenort Zuflucht gefunden, sondern in einer Oase des Friedens außerhalb der eigentlichen Realität, in einem Haus, das zur Twilight-Zone gehörte. Der Priester stellte jetzt keine Fragen mehr. Jim glaubte sogar, daß Pater Geary nicht annähernd so neugierig war, wie es die Umstände verlangten. Darüber hinaus bezweifelte er, ob die christliche Gastfreundschaft des Geistlichen auch unter normalen Umständen verletzten und verdächtigen Fremden galt. Er fand es rätselhaft, daß ihm Geary so vorbehaltlos Hilfe gewährte, und gleichzeitig war er sehr dankbar dafür.

Als er die Hälfte der Pilze geschnitten hatte, sagte er plötzlich: »Rettungsleine.«

Pater Geary wandte sich mit einer Stange Sellerie von der Spüle ab. »Wie bitte?«

Ironheart fröstelte und hätte fast das Messer in die Soße fallen lassen. Er legte es auf die Arbeitsplatte.

»Jim?«

Er schauderte und sah den Priester an. »Ich muß zu einem Flughafen.«

»Einem Flughafen?«

»Und zwar sofort, Pater.«

Verwirrung zeigte sich im fleischigen Gesicht des Priesters. Die Falten in der Stirn reichten über den kaum mehr erkennbaren Haaransatz hinweg. »Aber hier gibt es keinen Flughafen.«

»Wie weit ist es bis zum nächsten?« fragte Jim hastig.

»Nun, Las Vegas. Etwa zwei Stunden mit dem Wagen.«

»Bitte fahren Sie mich dorthin.«

»Was? Jetzt?«

»Ja«, bestätigte Jim.

»Aber ...«

»Ich muß nach Boston.«

»Sie sind krank gewesen ...«
»Inzwischen bin ich wieder gesund.«
»Ihr Gesicht ...«
»Es tut sehr weh und sieht ziemlich mies aus, aber daran läßt sich im Augenblick nichts ändern. Ich *muß* nach Boston, Pater.«
»Warum?«
Ironheart zögerte und beschloß dann, wenigstens einen Teil der Wahrheit zu enthüllen. »Wenn ich nicht rechtzeitig in Boston eintreffe, wird jemand sterben. Jemand, der leben soll.«
»Wer? Wen meinen Sie?«
Jim leckte sich über die brüchigen Lippen. »Ich weiß es nicht.«
»Sie wissen es nicht?«
»Aber ich erfahre es, wenn ich Boston erreiche.«
Pater Geary starrte ihn groß an. »Jim«, sagte er nach einer Weile, »Sie sind der seltsamste Mann, den ich jemals kennengelernt habe.«
Ironheart nickte. »Ich bin der seltsamste Mann, den *ich* kenne.«

Als sie die Pfarrei im sechs Jahre alten Toyota des Priesters verließen, blieb noch eine Stunde Licht an diesem heißen Augusttag. Allerdings war die Sonne hinter Wolken verborgen, die wie blaue Flecken am Himmel aussahen.
Nach dreißig Minuten zuckten erste Blitze und tanzten auf Zackenbeinen am düsteren Wüstenhorizont entlang. Immer häufiger flackerte es, so hell, daß Jim mehrmals geblendet die Augen zukniff. Es verstrichen weitere zehn Minuten, und der Himmel wurde dunkel. Regen fiel in silbernen Katarakten, vergleichbar mit einem Wolkenbruch, den Noah kurz vor der Fertigstellung seiner Arche erlebt hatte.
»Unwetter im Sommer sind hier recht selten«, sagte Pater Geary und schaltete die Scheibenwischer ein.
»Wir dürfen dadurch keine Zeit verlieren«, erwiderte Jim besorgt.
»Ich bringe Sie zum Flughafen«, versprach der Geistliche.
»Abends starten bestimmt nur wenige Maschinen. Die meisten Flüge finden tagsüber statt. Ich kann nicht in Las Vegas übernachten, ich muß *morgen* in Boston sein.«
Der ausgedörrte Sand saugte den Regen auf, aber manche Stellen waren felsig oder während monatelanger Hitze festgebacken. Dort floß das Wasser über Hänge und formte Bäche in schmalen

Niederungen. Aus den Bächen wurden Flüsse, aus den Flüssen breite, reißende Ströme – bis unter jeder Arroyobrücke braune Fluten brodelten, auf denen nicht nur entwurzelte Bartgrasbüschel schwammen, sondern auch zerfetzte Steppenläufer, Treibholz und schmutziger Schaum.

Pater Geary hatte zwei Kassetten mit seiner Lieblingsmusik im Wagen: eine Sammlung von Rock-'n'-Roll-Oldies und ein Best-of-Album von Elton John. Er entschied sich für die zweite. Sie fuhren erst durch den Rest des stürmischen Tages, dann durch eine regnerische Nacht und hörten dabei die Songs ›Funeral for a Friend‹, ›Daniel‹ und ›Benny and the Jets‹.

Pfützen glitzerten wie Quecksilberlachen auf dem Asphalt. Jim erschien es gespenstisch, daß die Wasser-Fata-Morganen von den Tagen zuvor Wirklichkeit geworden waren.

Seine Anspannung wuchs von Minute zu Minute. Boston rief, aber viele hundert Meilen trennten ihn von der Stadt, und nichts war tückischer als ein schwarzer Highway während einer sturmgepeitschten Nacht in der Wüste – sah man einmal von dem menschlichen Herzen ab.

Der Priester beugte sich vor, spähte durch die Windschutzscheibe und summte Eltons Melodien.

»Gab es nicht einen Arzt im Ort, Pater?« fragte Jim nach einer Weile.

»Ja.«

»Aber Sie haben ihn nicht gerufen.«

»Das Kortisonrezept stammt von ihm.«

»Ich konnte einen Blick auf die Tube werfen. Das Rezept war für Sie und wurde vor drei Monaten ausgestellt.«

»Nun … Ich kenne mich mit Sonnenstichen aus und weiß, worauf es bei der Behandlung ankommt.«

»Zuerst schienen Sie sich große Sorgen zu machen.«

Einige Minuten lang schwieg der Priester und lenkte seinen Toyota stumm durch die Nacht. Dann sagte er: »Ich weiß nicht, wer Sie sind, woher Sie kommen oder warum Sie so dringend nach Boston müssen. Aber ich weiß, daß Sie Probleme haben, vielleicht sogar enorm große Probleme. Und ich *glaube* zumindest, daß Sie im Grunde Ihres Herzens gut sind. Wie dem auch sei: Ich dachte mir, daß einem Mann in Schwierigkeiten nichts daran liegt, Aufmerksamkeit zu erregen.«

»Das stimmt. Danke.«

Nach einigen Meilen wurde der Regen so stark, daß die Scheibenwischer nicht mehr mithalten konnten. Es blieb Geary keine andere Wahl, als langsamer zu fahren.

»Sie haben die Frau und das Mädchen gerettet«, sagte er.

Jim versteifte sich, ohne Antwort zu geben.

»Im Fernsehen wurde jemand beschrieben, der genauso aussieht wie Sie«, fügte der Priester hinzu.

Erneut schwiegen sie eine Zeitlang.

»Ich lasse mich von Wundern nicht zum Narren halten«, bemerkte Pater Geary.

Diese Worte verblüfften Jim.

Der Geistliche schaltete den Kassettenrecorder aus. Die einzigen Geräusche stammten nun vom Zischen der Reifen auf nassem Asphalt und dem metronomischen Pochen der Scheibenwischer.

»Ich glaube an die in der Bibel erwähnten Wunder, ja«, erklärte der Priester und hielt den Blick auf die Straße gerichtet. »Ich bin davon überzeugt, daß sie sich wirklich zutrugen. Aber ich bezweifle, ob irgendeine Statue der Jungfrau Maria in einer Kirche von Cincinnati, Peoria oder Teaneck nach den Bingospielen am vergangenen Mittwoch echte Tränen weinte, die nur von zwei Jugendlichen und der Putzfrau beobachtet wurden. Es erscheint mir lächerlich, daß ein von Glühwürmchen an eine Garagenwand projizierter Jesusschatten die drohende Apokalypse ankündigt. Gottes Wege sind unerfindlich, aber für gewöhnlich verzichtet er darauf, Seine Botschaften mit dem Licht von Leuchtkäfern auf Garagenwänden zu übermitteln.«

Der Priester schwieg wieder. Jim wartete und fragte sich, worauf er hinauswollte.

»Als ich Sie vor dem Altargeländer in der Kirche fand«, fuhr Geary fort, und seine Stimme klang fast gepreßt, »wies Ihr Körper die Wundmale Jesu Christi auf. In jeder Hand gab es ein Nagelloch ...«

Jim starrte auf seine Hände hinab und sah keine Wunden.

»Ihre Stirn war so zerkratzt, als hätten Sie eine Dornenkrone getragen.«

Ironhearts Gesicht war noch immer in einem so verheerenden Zustand, daß ein Blick in den Rückspiegel sinnlos blieb. Wenn die von dem Priester erwähnten geringfügigen Wunden tatsächlich existierten, so verloren sie sich in der Vielzahl schorfiger Blasen, die an den Sonnenbrand erinnerten.

»Ich ... fürchtete mich«, gestand Geary ein. »Und gleichzeitig war ich fasziniert.«

Sie erreichten eine mehr als zehn Meter lange Betonbrücke, und Jim beobachtete braune Fluten, die den tiefen Arroyo vollkommen füllten. Ein See hatte sich geformt und schwappte über den Straßenrand. Geary fuhr einfach weiter. Wasser spritzte, reflektierte das Licht der Scheinwerfer und bildete kurzlebige Bugwellen auf beiden Seiten.

»Ich habe noch nie zuvor Stigmata gesehen«, sagte der Priester, als sie den überschwemmten Bereich hinter sich zurückließen. »Ich kenne das Phänomen nur aus Berichten. Nun, ich knüpfte Ihr Hemd auf ... betrachtete die Seite – und fand die entzündete Narbe einer Speerwunde.«

Die Ereignisse der vergangenen Monate waren so voller Überraschungen und Rätsel gewesen, daß sich Jim kaum mehr über etwas wunderte. Doch die Worte des Priesters berührten den Kern seines Selbst, und er schauderte unwillkürlich.

Geary flüsterte jetzt nur noch: »Die Male verschwanden, als ich Sie in die Pfarrei brachte und ins Bett legte. Aber ich weiß, daß ich sie mir nicht eingebildet habe. Es gab sie wirklich, und ich sah sie als Zeichen dafür, daß Sie etwas Besonderes sind.«

Es flackerten längst keine Blitze mehr. Am dunklen Himmel fehlte der Schmuck aus greller Elektrizität, die spinnwebartige Muster bildete. Der Regen ließ nun ebenfalls nach. Pater Geary gab Gas und schaltete die Scheibenwischer eine Stufe herunter.

Eine Zeitlang herrschte neuerliche Stille im Wagen. Schließlich räusperte sich der Priester. »Haben Sie so etwas schon einmal erlebt? Die Stigmata, meine ich.«

»Nein. Ich glaube nicht. Andererseits – auch diesmal weiß ich nur davon, weil Sie mich darauf hinwiesen.«

»Die Male an den Händen fielen Ihnen nicht auf, als Sie vor dem Altargeländer das Bewußtsein verloren?«

»Nein.«

»Aber ich nehme an, dies ist nicht Ihre einzige ungewöhnliche Erfahrung in der letzten Zeit.«

Das leise Lachen Jims gründete sich nicht etwa auf Erheiterung, sondern auf humorlose Ironie. »Nein, ganz sicher nicht.«

»Möchten Sie mir davon erzählen?«

Ironheart dachte darüber nach, bevor er antwortete: »Ich möchte schon. Aber ich kann nicht.«

»Ich bin Priester. Sie dürfen mir vertrauen. Selbst die Polizei kann mich nicht zwingen, Auskunft zu geben.«

»Oh, ich weiß, Pater. Meine Sorge gilt keineswegs der Polizei.«

»Wem oder was dann?«

»Wenn ich Ihnen alles erzähle ... kommt der Feind«, sagte Jim und runzelte die Stirn, als er diese Worte hörte. Jemand anders schien sie mit Hilfe seiner Zunge zu formulieren.

»Welcher Feind?«

Jim starrte in die dunkle Wüste. »Ich weiß es nicht.«

»Der Feind, den Sie während der letzten Nacht im Schlaf erwähnten?«

»Vielleicht.«

»Sie meinten, er würde uns alle töten.«

»Ja, das stimmt.« Jim holte tief Luft, er war noch mehr an seinen Antworten interessiert als der Priester, die ihm erst dann klar wurden, wenn er sie aussprach. »Wenn er mich entdeckt, wenn er herausfindet, daß ich Leben rette, besondere Leben ... Dann kommt er, um mich zu erledigen.«

Pater Geary warf ihm einen kurzen Blick zu. »Besondere Leben? Was hat es damit auf sich?«

»Ich weiß es nicht.«

»Wenn Sie ganz offen zu mir sind ... Ich verspreche Ihnen, mit niemandem darüber zu reden, alles für mich zu behalten ... Was auch immer der Feind sein mag – wie kann er Sie entdecken, nur weil Sie sich mir anvertrauen?«

»Ich weiß es nicht.«

»Sie wissen es nicht?«

»Nein.«

Der Priester seufzte enttäuscht.

»Ich mache Ihnen nichts vor, Pater. Ich versuche auch nicht, mich absichtlich vage auszudrücken.« Jim rutschte ein wenig zur Seite und rückte den Sicherheitsgurt zurecht, um es bequemer zu haben. Doch sein Unbehagen war in erster Linie geistiger Natur, und es gab kein wirksames Mittel dagegen. »Haben Sie jemals den Begriff ›unbewußtes Schreiben‹ gehört?«

Geary blickte auf die Straße. »Davon reden Medien und Leute, die übersinnliche Fähigkeiten für sich beanspruchen. Abergläubischer Unsinn. Angeblich kontrolliert ein Geist die Hand des Mediums, während es in Trance ist, es schreibt dann Nachrichten aus dem Jenseits.« Der Priester schnaubte abfällig. »Die gleichen Leute, die es für absurd halten, mit Gott zu sprechen – sie leugnen sogar die Existenz Gottes –, bejubeln jeden Schwindler, der behauptet, mit den Toten reden zu können.«

»Nun, was mich betrifft …« Jim seufzte leise. »Manchmal habe ich das Gefühl, als benutze mich jemand als Sprachrohr. Es ist eine Art orale Form des unbewußten Schreibens. Ich weiß nur deshalb, was ich sage, weil ich die Worte höre.«

»Sie sind dabei nicht in Trance?«

»Nein.«

»Sehen Sie sich als Medium?«

»Nein, das bin ich ganz gewiß nicht.«

»Glauben Sie, daß die Toten durch Sie sprechen?«

»Nein.«

»Wer dann?«

»Ich weiß es nicht.«

»Gott?«

»Vielleicht.«

»Aber Sie wissen es nicht«, sagte Geary fast verzweifelt.

»Nein, ich weiß es nicht.«

»Sie sind nicht nur der seltsamste Mann, den ich jemals kennengelernt habe, Jim – Sie sind auch der frustrierendste.«

Um zehn Uhr abends erreichten sie den McCarran International Airport in Las Vegas. Nur wenige Taxis standen am Rand der Zufahrt. Inzwischen regnete es nicht mehr. Die Palmen neigten sich in einer leichten Brise hin und her, und alles wirkte wie abgeschrubbt und gereinigt.

Jim öffnete die Beifahrertür des Toyotas, als Pater Geary vor dem Terminal bremste. Er stieg aus, drehte sich um und sah durchs Seitenfenster, um noch einige letzte Worte mit dem Priester zu wechseln.

»Danke, Pater. Wahrscheinlich haben Sie mir das Leben gerettet.«

»Ganz so dramatisch war's nicht.«

»Ich würde der Jungfrau Maria in der Wüste gern einen Teil der dreitausend Dollar spenden, die sich in meiner Brieftasche befinden, aber vielleicht brauche ich die ganze Summe. Ich weiß nicht, was mich in Boston erwartet, was ich dort kaufen und bezahlen muß.«

Der Priester schüttelte den Kopf. »Schon gut. Sie schulden mir nichts.«

»Wenn ich wieder zu Hause bin, schicke ich Ihnen etwas. Banknoten in einem Umschlag ohne Absender. Aber keine Sorge: Es ist ehrliches Geld. Sie können es annehmen, ohne ein schlechtes Gewissen zu bekommen.«

»Das ist nicht nötig, Jim. Es genügt mir völlig, Ihnen begegnet zu sein. Vielleicht sollten Sie wissen ... Nun, Sie haben etwas Mystisches in das Leben eines müden Priesters zurückgebracht, der an seiner Berufung zu zweifeln begann – und der sie jetzt nie wieder in Frage stellen wird.«

Sie wechselten einen Blick gegenseitiger Zuneigung, der sie beide überraschte. Jim beugte sich in den Wagen, und Geary ergriff seine Hand, drückte fest zu.

»Gott sei mit Ihnen«, sagte er.

»Das hoffe ich.«

24. bis 26. August

1

Holly saß an ihrem Schreibtisch in der Nachrichtenredaktion des *Portland Kurier*. Es war nach Mitternacht, bereits Freitagmorgen, und sie starrte auf den leeren Computermonitor. Die Journalistin fühlte sich so deprimiert, daß sie nur noch den Wunsch verspürte, nach Hause zu gehen, sich ins Bett zu legen und die Decke für einige Tage über den Kopf zu ziehen. Sie verachtete Menschen, die dauernd Selbstmitleid empfanden. Mehrmals versuchte sie, die gedrückte Stimmung abzustreifen, spürte jedoch, daß sie sich zu bemitleiden begann, weil sie auf das Niveau des Selbstmitleids gesunken war. Natürlich bemerkte sie das Komische an dieser Situation, aber sie brachte nicht genug Kraft auf, um zu lächeln. Statt dessen hatte sie Mitleid mit sich selbst, weil sie es zuließ, zu einer törichten Witzfigur zu werden.

Glücklicherweise befand sich die Morgenausgabe der Zeitung bereits im Druck. Die Redaktion war fast leer, es gab also keine Kollegen, die Holly in ihrem gegenwärtigen Zustand beobachten konnten. Nur zwei andere Personen hielten sich in dem großen Raum auf: Tommy Weeks – ein schlaksiger Mann, der Abfallkörbe leerte und fegte – sowie George Fintel.

George sammelte Nachrichten von und über die Stadtverwaltung, saß am anderen Ende des Raums, hatte den Kopf auf die verschränkten Arme gestützt und schlief. Gelegentlich schnarchte er so laut, daß ihn Holly hörte. Nach Feierabend kehrte George manchmal in die Redaktion zurück, anstatt seine Wohnung aufzusuchen. Er verhielt sich wie ein altes Pferd: Wenn man die Zügel lockerließ, zog es den Karren über den vertrauten Weg zu einem Ort, den es für sein Heim hielt. Manchmal erwachte er in der Nacht, sah sich verwirrt um und beschloß dann, für einige Stunden ins Bett zu kriechen. »Politiker sind die niedrigste aller Lebensformen«, sagte er häufig. »Sie haben sich vom ersten schleimigen Geschöpf zurückentwickelt, das aus der Ursuppe an Land kroch.« Mit siebenundfünfzig war er zu ausgebrannt, um noch einmal von vorn zu beginnen. Er verbrachte seine Tage damit, über Mitglieder des Stadtrates zu schreiben, die er insgeheim haßte, und dieser Haß erweiterte sich schließlich auf ihn selbst, bis er Trost in einem erheblichen Tageskonsum an Wodka-Martinis suchte.

Wenn Holly Gefallen an Alkohol gefunden hätte, wäre sie besorgt gewesen, so zu enden wie George Fintel. Aber ein Drink sorgte bereits dafür, daß ihr der Kopf schwirrte. Nach einem zweiten war sie beschwipst, und der dritte ließ sie schlafen.

Ich verabscheue mein Leben, dachte sie.

»Du miese, dich selbst bemitleidende Närrin«, sagte sie laut.

Himmel, ich ertrage es nicht mehr. Alles ist so schrecklich hoffnungslos.

»Verdammt, gib dich doch nicht so der Verzweiflung hin«, fügte Holly etwas leiser hinzu.

»Meinen Sie mich?« fragte Tommy Weeks und schob einen Besen durch den Gang, der an Hollys Schreibtisch vorbeiführte.

»Nein, Tommy. Ich spreche mit mir selbst.«

»Sie? Meine Güte, worüber sollten *Sie* unglücklich sein?«

»Über mein Leben.«

Weeks blieb stehen, lehnte sich auf den Besen und verlagerte das Gewicht auf ein Bein. Mit den vielen Sommersprossen im Gesicht, den großen Ohren und seinem dichten Schopf aus möhrenrotem Haar wirkte er nett, unschuldig und freundlich. »Sind die Dinge nicht so gelaufen, wie Sie es sich erhofften?«

Holly griff nach einer halbleeren Tüte, schob sich ein Bonbon in den Mund und seufzte. »Als ich die Universität von Missouri mit einem Abschluß in Journalismus verließ, wollte ich die ganze Welt aus den Angeln heben, großartige Stories schreiben und Pulitzerpreise sammeln. Sehen Sie mich jetzt an. Wissen Sie, womit ich heute abend beschäftigt gewesen bin?«

»Was auch immer es war – offenbar haben Sie keinen großen Gefallen daran gefunden.«

»Ich fuhr zum Hilton, um am Jahresbankett des Großen Portland-Verbands für Holzprodukte teilzunehmen. Dort habe ich Hersteller von Fertigteilen für Einfamilienhäuser, Sperrholz-Verkäufer und Anbieter von Redwood-Furnieren interviewt. Man verlieh die sogenannte Nutzholztrophäe, und zwar dem ›besten Holz-Mann des Jahres‹. Auch mit ihm führte ich ein kurzes Gespräch. Anschließend kehrte ich so schnell wie möglich hierher zurück, um den Artikel rechtzeitig für die Morgenausgabe zu schreiben. Derartige wichtige Nachrichten muß man sofort zu Papier bringen, bevor sie einem die Typen von der *New York Times* wegschnappen.«

»Ich dachte, Sie sind für schöne Künste und Freizeit zuständig.«

»Hab's satt. Wissen Sie, Tommy, der falsche Dichter kann einem die Freude an der Kunst auf Jahre hinaus verderben.«

Holly nahm ein zweites Bonbon. Normalerweise aß sie keine Süßigkeiten, weil sie nicht die Gewichtsprobleme bekommen wollte, mit der ihre Mutter immer zu kämpfen hatte. Derzeit suchte sie Trost darin, weil sie sich so niedergeschlagen und elend fühlte. Sie begriff, in einer nach unten gerichteten Spirale des Kummers gefangen zu sein.

»In Filmen wird der Journalismus immer als ruhmvoll und abenteuerlich dargestellt«, sagte sie. »Aber die Wirklichkeit sieht ganz anders aus.«

»Ich führe auch nicht das Leben, das ich mir eigentlich gewünscht habe«, verkündete Tommy Weeks. »Dachten Sie vielleicht, es sei mein Traum gewesen, in der Nachrichtenredaktion des *Portland Kurier* zu fegen?«

»Wohl kaum«, erwiderte Holly und empfand so etwas wie Schuld. *Ich bejammere mein Schicksal, obgleich Tommy noch weitaus schlimmer dran ist.*

»Nein, ganz sicher nicht. Schon als kleiner Junge habe ich davon geträumt, irgendwann einmal einen großen Müllwagen zu fahren. Immer wieder stellte ich mir vor, im hohen Fahrerabteil zu sitzen und den Knopf zu drücken, der den hydraulischen Kompressor betätigt.« Tommys Stimme klang sehnsüchtig. »Hoch über der Welt – und der riesige Laster gehorcht mir allein. Ja, das war mein Traum, und ich versuchte, ihn zu verwirklichen. Aber leider fiel ich bei der städtischen Gesundheitsprüfung durch. Wegen eines kleinen Nierenproblems. Oh, nichts Ernstes, aber es genügte den Ärzten, um mich auszumustern.«

Er stützte sich noch immer auf den Besen, sah verträumt in die Ferne und lächelte schief. Vielleicht dachte er erneut daran, am Steuer eines Müllwagens zu sitzen, wie ein König auf dem Thron.

Holly starrte ihn ungläubig an und kam zu dem Schluß, daß sein Gesicht nicht nett, unschuldig und freundlich wirkte. Sie hatte den Ausdruck darin falsch gedeutet. Es war ein *dummes* Gesicht.

Was bist du doch für ein Idiot! wollte die Journalistin rufen. *Ich habe davon geträumt, Pulitzerpreise zu gewinnen, und jetzt muß ich über banale Nutzholztrophäen schreiben. Das ist eine wahre Tragödie! Du schwingst jetzt einen Besen, anstatt einen Müllwagen zu fahren. Glaubst du etwa, das ließe sich mit mir vergleichen?*

Aber sie brachte keinen Ton hervor, weil sie plötzlich begriff, daß es durchaus Parallelen gab. Ein unerfüllter Traum – ob anspruchsvoll oder bescheiden – war tragisch für denjenigen, der ihn aufgeben mußte. Nicht gewonnene Pulitzerpreise und nie gefahrene Müllwagen konnten gleichermaßen Verzweiflung und Schlaflosigkeit erzeugen. Dieser Gedanke deprimierte Holly mehr als alles andere.

Tommys Blick kehrte ins Hier und Jetzt zurück. »Man darf einfach nicht darüber nachdenken, Miß Thorne. Das Leben ist so …, als bekäme man einen Blaubeerkuchen im Café, obgleich man ein Stück Aprikosentorte mit Nüssen bestellt hat. Man erhält weder Aprikosen noch Nüsse, aber wenn man sich überlegt, was einem fehlt … Nun, dann sollte man sich daran erinnern, daß Blaubeeren ebenfalls gut schmecken.«

Auf der anderen Seite des Raums furzte George Fintel im Schlaf. Es klang wie eine mittelschwere Explosion. Wenn der *Kurier* eine große und wichtige Zeitung gewesen wäre, mit Journalisten, die gerade aus Beirut oder einem anderen Kriegsgebiet zurückkehrten – bestimmt hätten sich die Korrespondenten sicherheitshalber zu Boden geworfen.

Lieber Himmel, dachte Holly betrübt. *Mein Leben ist nichts weiter als die schlechte Imitation einer Damon-Runyon-Story. Schäbige Redaktionen nach Mitternacht. Blödsinnige Besenschwinger, die sich als Philosophen entpuppen. Betrunkene Reporter, die an ihren Schreibtischen schlafen. Doch in diesem Fall handelt es sich um einen Runyon-Roman, den zwei Autoren überarbeitet hatten: Der eine neigte zum Absurden, und der andere war ein hoffnungsloser Existentialist.*

»Das Gespräch mit Ihnen hat mir sehr geholfen«, log Holly. »Besten Dank, Tommy.«

»Gern geschehen, Miß Thorne.«

Als Tommy Weeks die Arbeit mit dem Besen fortsetzte und langsam durch den Gang schritt, schob sich Holly ein drittes Bonbon in den Mund und überlegte, ob sie die Gesundheitsprüfung für angehende Müllwagenfahrer bestanden hätte. Jene Tätigkeit unterschied sich von dem Journalismus, den sie kannte: Man sammelte Müll, anstatt ihn zu verteilen. *Außerdem hätte ich die Genugtuung, daß mich zumindest eine Person in Portland beneiden würde.*

Sie warf einen Blick auf die Wanduhr. Ein Uhr dreißig. Holly war nicht müde. Sie wollte nicht nach Hause zurückkehren, wach im Bett liegen und an die Decke starren, während sie sich erneut dem Selbstmitleid hingab. Nein, das stimmte nicht ganz. Eigentlich *entsprach* es ihrem Wunsch; ihre gegenwärtige Stimmung verlangte, daß sie sich auf die mentale Anklagebank setzte. Aber gleichzeitig wußte sie, daß so etwas alles nur noch schlimmer machte. Leider gab es keine Alternative: Mitten in der Woche beschränkte sich das späte Nachtleben in Portland auf einige rund um die Uhr geöffnete Imbißstuben.

Weniger als ein Tag trennte Holly von ihrem Urlaub, und sie brauchte ihn dringend. Sie hatte keine Pläne, wollte sich nur entspannen, herumhängen und keine Zeitung anrühren. Vielleicht ging sie ins Kino oder las einige Bücher. *Vielleicht sollte ich das Betty Ford Center aufsuchen und mit Psychologen sprechen, um mich von den Depressionen befreien zu lassen.*

Sie erreichte das gefährliche Stadium, in dem sie über ihren Namen nachzugrübeln begann. Holly Thorne. Einfallsreich. Ja, wirklich fantasievoll. *Bei allen Heiligen, was hat meine Eltern veranlaßt, mir so etwas anzutun?* Sie versuchte, sich ein Pulitzerkomitee vorzustellen, das seinen Preis einer Frau verlieh, deren Name sich eher für eine Zeichentrickfigur eignete. Manchmal – nie am Tag, immer mitten in der Nacht – spielte sie mit dem Gedanken, ihre Eltern anzurufen und sie zu fragen, warum sie einen derartigen Namen gewählt hatten. Deutete er nur auf schlechten Geschmack hin? Handelte es sich um einen schlechten Scherz oder bewußte Grausamkeit?

Doch Hollys Vater und Mutter waren hart arbeitende Menschen, die viele Opfer gebracht hatten, um ihrer Tochter eine erstklassige Ausbildung zu ermöglichen. Sie wollten nur das Beste für sie. Vermutlich hielten sie den Namen für clever und kultiviert, und es hätte sie sicher bestürzt zu erfahren, daß Holly ihn verabscheute. Sie liebte ihre Eltern von ganzem Herzen, und nur dann, wenn sie in den tiefsten Gräben der Depression hockte, ließ sie sich dazu hinreißen, in ihnen die Ursache für ihre Probleme zu sehen.

Sie fürchtete fast, nach dem Telefon zu greifen und sie anzurufen, wandte sich rasch wieder dem Computer zu und öffnete die Datei der aktuellen Ausgabe. Das Datenzugriffssystem des *Portland Kurier* ermöglichte es den Reportern, allen Artikeln durch die Phasen Bearbeitung, Satz und Produktion zu folgen. Die Zeitung für den nächsten Tag – *für diesen Tag,* erinnerte sich die Journalistin – war bereits formatiert und im Druck, und deshalb konnte Holly jede Seite auf den Schirm holen. Nur die Schlagzeilen fielen auf, aber es gab die Möglichkeit, beliebige Stellen zu vergrößern. Manchmal munterte sich Holly ein wenig auf, indem sie eine wichtige Story las, bevor die Zeitung zum Verkauf gelangte; dadurch gewann sie zumindest für kurze Zeit den Eindruck, ein Insider zu sein – ein Aspekt des Jobs, der alle jungen Leute faszinierte, die sich zum Journalismus berufen fühlten.

Doch als Holly die Schlagzeilen der ersten Seiten las und nach einem interessanten Artikel Ausschau hielt, verstärkte sich ihre Niedergeschlagenheit. Ein großes Feuer in St. Louis, neun Tote. Kriegsangst im Nahen Osten. Ein Tanker, der vor der japanischen Küste Rohöl verlor. Ein Taifun, der in Indien zu einer Überschwemmung führte; Zehntausende von Obdachlosen. Die Bundesregierung plante eine neuerliche Steuererhöhung. Holly stöhnte lautlos. Sie wußte schon seit einer ganzen Weile, daß die Nachrichtenindustrie mit Katastrophen, Skandalen, brutaler Gewalt und ähnlichen Dingen florierte, aber plötzlich erschien ihr das alles greulich und ekelhaft. Sie wollte gar kein Insider mehr sein, nicht zu den ersten gehören, die von diesen schrecklichen Angelegenheiten erfuhren.

Als sie beschloß, die Datei zu schließen und den Computer auszuschalten, fiel ihr eine andere Schlagzeile auf: GEHEIMNISVOLLER FREMDER RETTET JUNGEN. Die Ereignisse bei der McAlbury School lagen noch nicht ganz zwölf Tage zurück, und jene vier Worte weckten besondere Assoziationen in Holly. Sie wurde neugierig und wies den Computer an, die Spalte mit dem Anfang des Artikels zu vergrößern.

›Boston‹ stand in der Datumszeile, und es gehörte auch ein Foto zum Bericht. Es war zwar dunkel und undeutlich, aber die derzeitige Vergrößerungsstufe genügte, um den Text darunter zu lesen. Hollys Finger berührten einmal mehr die Tasten, und daraufhin erfuhr die Spalte ein horizontales und vertikales Wachstum. Die Buchstaben gewannen klarere Konturen.

Holly richtete sich kerzengerade auf, als sie die ersten Zeilen las. *Ein mutiger Passant, der nur ›Jim‹ als Namen nannte, rettete Nicholas O'Connor, 6, als Mittwochabend unter dem Bürgersteig eines Wohnviertels in Boston eine Starkstromstation der New England Power and Light Company explodierte.*

»Zum Teufel auch ...«, stieß Holly hervor.

Wieder betätigte sie mehrere Tasten, und das Bild auf dem Monitor glitt nach rechts und zeigte ihr das Foto. Sie wählte eine noch höhere Vergrößerung, bis das Gesicht den ganzen Schirm ausfüllte.

Jim Ironheart.

Einige Sekunden lang saß die Journalistin wie gelähmt und starrte verblüfft auf die Darstellung. Dann spürte sie den jähen Wunsch, mehr zu erfahren. Das Gefühl beschränkte sich nicht auf ein intellektuelles Bedürfnis, gewann die ausgeprägte Intensität von physischem Hunger.

Sie konzentrierte sich auf den Text, überflog den Artikel und las ihn noch einmal. Der O'Connor-Junge hockte auf dem Bürgersteig vor dem Haus seiner Eltern, direkt auf dem einen Quadratmeter großen Betondeckel über der unterirdischen Starkstromstation, die groß genug war, um vier Technikern Platz zu bieten. Der Knabe spielte mit kleinen Autos, und die Eltern beobachteten ihn von der vorderen Veranda aus, als plötzlich ein Mann über die Straße lief. »Er eilte direkt auf Nicky zu und packte ihn«, sagte der Vater später. »Ich hielt ihn für einen Verrückten, der es auf Kinder abgesehen hat und meinen Sohn entführen wollte.« Der Mann hob den schreienden Jungen hoch und sprang über den niedrigen Palisadenzaun auf den Rasen der O'Connors, als das 17 000-Volt-Kabel in der Starkstromstation explodierte. Die Druckwelle schleuderte den Betondeckel hoch in die Luft, als sei er nicht schwerer als ein Penny, und lodernde Flammen folgten ihm. Nickys dankbare Eltern und die Nachbarn, die alles gesehen hatten, überhäuften den Fremden mit Dankesworten. Er behauptete, den Geruch verschmorender Isolierungen und ein Zischen wahrgenommen zu haben. Er wußte, daß eine Explosion bevorstand, weil er »einmal für ein Elektrizitätswerk gearbeitet« hatte, stellte sich nur als Jim vor und bestand darauf, den Ort zu verlassen, bevor Reporter eintrafen. Als Grund dafür gab er an: »Ich lege großen Wert auf meine Privatsphäre.«

Die Rettung in letzter Sekunde fand um 19.40 Uhr am Donnerstagabend in Boston statt – 16.40 Uhr Portland-Zeit am vergangenen Nachmittag. Erneut sah Holly auf die Wanduhr. 2.02 Uhr am Freitagmorgen. Der Fremde hatte Nicky O'Connor vor knapp neuneinhalb Stunden vom fatalen Betondeckel gerissen.

Die Spur ist noch frisch.

Sie hätte dem *Globe*-Reporter, von dem der Artikel stammte, gern einige Fragen gestellt. Aber in Boston war es erst kurz nach fünf; wahrscheinlich lag er noch im Bett und schlief.

Holly schloß die Datei der aktuellen *Kurier*-Ausgabe. Auf dem Bildschirm wich der vergrößerte Text dem Standardmenü.

Mit Hilfe eines Modems schaltete sich die Journalistin in das weite Netzwerk aus Datendiensten ein, die dem *Portland Kurier* zur Verfügung standen. Sie wies Newsweb an, alle Berichte zu überprüfen, die während der vergangenen drei Monate von den Nachrichtenagenturen herausgegeben worden und in den wichtigsten amerikanischen Zeitungen erschienen waren. Als Auswahlbedingung gab sie an, daß der Name ›Jim‹ in einem Abstand von höchstens zehn Worten mit den Begriffen ›Rettung‹ oder ›das Leben gerettet‹ genannt wurde. Sie bat um einen Ausdruck der betreffenden Artikel und die Vermeidung von Wiederholungen.

Während Newsweb ihren Auftrag erfüllte, griff Holly nach dem Telefon auf ihrem Schreibtisch, rief die Auskunft an und fragte nach Informationen in bezug auf die Vorwahlnummern 818, 213, 714 und 619. Sie suchte nach dem Namen Jim Ironheart, und zwar in den Counties von Los Angeles, Orange, Riverside, San Bernardino und San Diego. Holly erzielte nicht den gewünschten Erfolg. Wenn Ironheart wirklich in Südkalifornien lebte, wie er behauptet hatte, so war sein Telefon nicht verzeichnet.

Der Laserdrucker, den sie mit drei anderen Arbeitsplätzen teilte, summte leise. Die ersten Entdeckungen von Newsweb glitten ins Ausgabefach.

Holly wollte zu dem niedrigen Tisch eilen, auf dem der Drucker stand, um das erste Blatt zu nehmen und es sofort zu lesen. Doch sie widerstand der Versuchung und richtete ihre Aufmerksamkeit statt dessen aufs Telefon. Gab es eine andere Möglichkeit, Jim Ironheart in jenem Teil von Kalifornien zu finden, den die Einheimischen ›Southland‹ nannten?

Vor wenigen Jahren hätte sie sich einfach mit dem Computer

des kalifornischen Department of Motor Vehicles in Verbindung setzen können und gegen eine kleine Gebühr die Adresse jedes Führerscheininhabers in dem Staat bekommen. Aber nachdem die Schauspielerin Rebecca Schaeffer von einem fanatischen Verehrer ermordet worden war, der sie auf diese Weise gefunden hatte, schützte ein neues Gesetz die DMV-Aufzeichnungen.

Einem erfahrenen Hacker, der sich bestens mit der Daten-Magie auskannte, wäre es sicher nicht sehr schwergefallen, alle Sicherheitsschranken zu überwinden, den DMV-Computer anzuzapfen und an die gewünschten Informationen zu gelangen. Er hätte auch in den Datenbanken von Kreditagenturen nach einer Ironheart-Datei Ausschau halten können. Holly kannte Journalisten, die ihre Computerkenntnisse nur aus diesem Grund auf dem neuesten Stand hielten, während sie es vorzog, alle notwendigen Auskünfte zu erhalten, ohne mit dem Gesetz in Konflikt zu geraten.

Aus diesem Grund schreibst du über so aufregende Dinge wie die Nutzholztrophäe, dachte sie in einem Anflug von Bitterkeit.

Sie suchte nach einer Lösung für dieses Problem, als sie in den Aufenthaltsraum ging, an den Kaffeeautomaten herantrat und beobachtete, wie sich ein Becher mit braunschwarzer Flüssigkeit füllte. Sie schmeckte wie Galle. Holly trank sie trotzdem, weil sie das Koffein brauchte, um die Nacht durchzustehen. Mit einem zweiten Becher kehrte sie in die Redaktion zurück.

Der Laserdrucker summte nicht mehr. Sie nahm die Seiten aus dem Ausgabefach und setzte sich an ihren Schreibtisch.

Newsweb hatte einen dicken Stapel aus Berichten der nationalen Presse gefunden, in denen der Name ›Jim‹ im Zusammenhang mit den Worten ›Rettung‹ oder ›das Leben gerettet‹ erschien. Holly zählte sie rasch – insgesamt neunundzwanzig.

Der erste Artikel war eine rührende Story von der *Chicago Sun Times*, und sie las den ersten Satz laut: »Jim Foster aus Oak Park hat über hundert Katzen gerettet, die ...«

Sie warf das Blatt in den Papierkorb und sah aufs nächste hinab. Dieser Bericht stammte vom *Philadelphia Inquirer*. ›Jim Pilsbury warf für die Phillies und rettete seine Mannschaft vor einer demütigenden Niederlage ...‹

Holly zerknüllte auch diesen Ausdruck und nahm sich den dritten vor. Es handelte sich um eine Filmrezension, und deshalb hielt sie sich gar nicht erst damit auf, nach dem Namen Jim zu suchen. Der vierte Artikel bezog sich auf den Romanschriftsteller Jim Harrison. Im fünften ging es um einen Politiker aus New Jersey: Er benutzte den Heimlich-Handgriff*, um in einer Bar das Leben eines Mafiabosses zu retten, mit dem er ein Bier trank. Der Gangster wäre fast an dem Stück eines pikanten Slim-Jim-Würstchens erstickt.

Holly befürchtete allmählich, daß der Stapel überhaupt keine brauchbaren Informationen enthielte, aber der sechste Artikel, *vom Houston Chronicle*, öffnete ihre Augen weiter als der bittere Kaffee: »FRAU VOR DEM RACHSÜCHTIGEN EHEMANN GERETTET. Amanda Cutter setzte ihre Scheidung durch und bekam das Sorgerecht für die Kinder, während ihr Mann zu hohen Unterhaltszahlungen verurteilt wurde. Am 14. Juli, kurz nach dem Scheidungsprozeß, lauerte Cosmo Cutter seiner Frau vor ihrem Haus im vornehmen River-Oaks-Viertel in der Stadt auf, um mit ihr abzurechnen. Nach den ersten beiden Schüssen, die das Ziel verfehlten, wurde Amanda von einem Fremden gerettet, der ›wie aus dem Nichts erschien‹, den übergeschnappten Cosmo zu Boden warf und ihn entwaffnete. Als sie den Unbekannten nach seinem Namen fragte, antwortete er nur ›Jim‹ und ging fort, bevor die Polizei eintraf. Die dreißigjährige Geschiedene war offenbar sehr beeindruckt gewesen, denn sie beschrieb den Fremden als ›attraktiv und muskulös, wie ein Superheld aus einem Film. Und er hatte traumhafte blaue Augen.«

Holly erinnerte sich deutlich an Jim Ironhearts blaue Augen. Sie gehörte nicht zu den Frauen, die sie als »traumhaft« bezeichnet hätten, obwohl sie tatsächlich hinreißend wirkten ... *Himmel, sie waren traumhaft,* ging es ihr durch den Sinn. Sie gestand sich nicht gern die pubertäre Reaktion ein, die Ironheart bei ihr bewirkt hatte, aber sie konnte sich selbst ebenso schlecht täuschen wie andere Menschen. Sie entsann sich an den flüchtigen Eindruck einer unmenschlichen Kühle, als sie zum erstenmal Ironhearts Blick begegnet war, doch sein Lächeln hatte den emotionalen Frost sofort verschwinden lassen.

Der siebte Artikel betraf einen anderen bescheidenen Jim, der

---

* Heimlich-Handgriff: eine Erste-Hilfe-Maßnahme bei Erstickungsgefahr durch Fremdkörper in den Luftwegen. – Anmerkung des Übersetzers.

nicht blieb, um Dank und Lob – und die Aufmerksamkeit der Medien – in Empfang zu nehmen, nachdem er Carmen Diaz, 30, am fünften Juli aus einem brennenden Apartmenthaus in Miami gerettet hatte. Auch in diesem Fall wies man auf blaue Augen hin.

Holly ging die restlichen zweiundzwanzig Berichte durch und fand zwei weitere über Ironheart, obwohl nur immer sein Vorname Erwähnung fand. Am 21. Juni wäre Thaddeus Johnson, 12, fast vom Dach eines achtstöckigen Wohnblocks in Harlem gestoßen worden, und zwar von vier Mitgliedern einer Jugendbande, die seine Weigerung, bei ihrem Drogenhandel eine aktive Rolle zu spielen, als persönliche Beleidigung auffaßten. Ein blauäugiger Mann rettete ihn und setzte die vier Burschen mit einer raschen Folge aus Taekwondo-Schlägen außer Gefecht. »Er war wie Batman ohne Kostüm«, erzählte Thaddeus dem *Daily-News*-Reporter. Zwei Wochen vorher, am 7. Juni, wurde ein anderer blauäugiger Jim aktiv, »materialisierte einfach so« auf dem Grundstück von Louis Andretti, 28, in Corona, Kalifornien, und warnte den Hauseigentümer gerade rechtzeitig, nicht unter das Gebäude zu kriechen, um ein leckes Rohr zu reparieren. »Er sagte mir, dort gebe es ein Nest mit Klapperschlangen«, teilte Andretti dem Journalisten mit. Später, als Beamte der örtlichen Vector Control den Bereich unterm Haus mit einer Halogenlampe ausleuchteten, sahen sie nicht nur ein Nest, sondern etwas, »das geradewegs aus einem Alptraum« zu stammen schien. Schließlich brachten sie einundvierzig Schlangen fort. Andretti kommentierte diesen Vorgang mit folgenden Worten: »Ich verstehe nicht, wieso der Mann von all den Klapperschlangen wußte, obwohl ich in dem Haus *wohne* und nie etwas bemerkte.«

Damit hatte Holly vier Zwischenfälle registriert, bei denen Jim Ironheart eine zentrale Rolle spielte. Hinzu kamen die Rettungen von Nicky O'Connor in Boston und von Billy Jenkins in Portland, ebenfalls im Juni. Sie wandte sich erneut an Newsweb und bat darum, die Suche auf März, April und Mai zu erweitern.

Die Journalistin brauchte mehr Kaffee. Als sie aufstand, um in den Aufenthaltsraum zu gehen, stellte sie fest, daß George Fintel nicht mehr an seinem Schreibtisch schlief. Offenbar war er erwacht und nach Hause zurückgekehrt. Sie hatte ihn überhaupt nicht gehört. Auch von Tommy fehlte jede Spur. Außer Holly befand sich niemand in der Redaktion.

Sie holte sich einen weiteren Becher, und der Kaffee schmeckte nicht mehr ganz so schlecht wie vorher. Sie bezweifelte eine plötzliche Verbesserung des Aromas. *Wahrscheinlich haben die ersten beiden Becher meine Geschmacksnerven betäubt.*

Newsweb lieferte elf Artikel, die den Zeitraum von März bis Mai betrafen und die genannten Voraussetzungen erfüllten. Holly las sie nacheinander, fand jedoch nur einen Artikel, der sie interessierte.

Am 15. Mai hatte ein blauäugiger Jim in Atlanta, Georgia, einen kleinen Lebensmittelladen betreten, als dort gerade ein bewaffneter Raubüberfall stattfand. Er erschoß den Verbrecher, Norman Rink, der gerade zwei Kunden umbringen wollte: Sam Newsome, 25, und seine fünfjährige Tochter Emily. Rink stand unter der Wirkung von Kokain, Ice und Methamphetamin; aus einer Laune heraus hatte er bereits den Verkäufer und zwei andere Kunden getötet. Jim erledigte ihn, vergewisserte sich, daß die Newsomes wohlauf waren, und verschwand, bevor die Polizei eintraf.

Die Sicherheitskamera lieferte ein undeutliches Bild des mutigen Mannes. Es war erst das zweite Foto, das Holly in den Artikeln fand. Eine schlechte Aufnahme – aber sie erkannte Jim Ironheart auf den ersten Blick.

Einige Details dieses Zwischenfalls beunruhigten sie. Wenn Ironheart über eine besondere Fähigkeit verfügte – vielleicht eine Art Zweites Gesicht –, mit der er fatale Momente im Leben fremder Menschen rechtzeitig genug vorhersah, um dem Schicksal ein Schnippchen zu schlagen ... Warum hatte er den Lebensmittelladen dann nicht einige Minuten vorher aufgesucht, um den Tod des Verkäufers und der beiden Kunden zu verhindern? *Warum hat er die Newsomes gerettet und die anderen sterben lassen?*

Als Holly las, wie Ironheart gegen Rink vorgegangen war, lief es ihr kalt über den Rücken. Er hatte eine Automatic-Schrotflinte vom Kaliber 12 viermal auf den Verrückten abgefeuert. Anschließend war Rink zweifellos tot, aber Jim lud nach und schoß noch fünfmal. »Nie zuvor habe ich einen solchen Zorn gesehen«, erklärte Sam Newsome. »Schweiß glänzte in seinem roten Gesicht, und die Adern in den Schläfen und an der Stirn traten vor. Er wimmerte leise, aber die Tränen ... Durch sie wirkte er nicht weniger wütend.« Schließlich ließ Ironheart die Waffe sinken und entschuldigte sich dafür, Rink in Gegenwart der kleinen Emily so übel zugerichtet zu haben. Er fügte hinzu, solche Männer, die unschuldige Menschen umbrächten, »erzeugen auch in mir ein wenig Wahnsinn.« Newsome erzählte dem Reporter: »Er hat uns das Leben gerettet, ja, aber ich muß sagen, der Bursche war *unheimlich*, fast so erschreckend wie Rink.«

Holly dachte an die Möglichkeit, daß Ironheart bei anderen Gelegenheiten vielleicht sogar darauf verzichtet hatte, seinen Vornamen zu nennen. Sie wies Newsweb an, nach Artikeln zu suchen, in denen Ausdrücke wie »Rettung« und »das Leben gerettet« im Zusammenhang mit »blau« standen. Als Zeitraum gab sie die letzten sechs Monate an. Ihr war aufgefallen, daß einige Zeugen nur vage physische Beschreibungen lieferten, sich jedoch gut an Ironhearts einzigartige blaue Augen erinnerten.

Sie ging zur Toilette, holte sich noch mehr Kaffee und blieb am Drucker stehen. Dort nahm sie jedes einzelne Blatt, überflog es, warf es in den Abfallkorb, wenn es ohne Interesse für sie blieb, oder las es, wenn der Artikel von einer weiteren Rettung im letzten Augenblick berichtete. Newsweb fand vier andere Fälle, die zweifellos Ironheart betrafen, obwohl in den Meldungen der Name des blauäugigen Fremden fehlte.

Nach einer Weile setzte sich die Journalistin wieder an den Schreibtisch und forderte Newsweb auf, in den nationalen Artikeln des vergangenen halben Jahres nach dem Namen ›Ironheart‹ zu suchen.

Während sie auf das Ergebnis wartete, ordnete sie die Ausdrucke, erstellte eine chronologische Liste der Personen, denen Jim Ironheart das Leben gerettet hatte, und fügte ihr auch die vier neuen Fälle hinzu. Sie verzeichnete Namen, Alter, Ort des Zwischenfalls und die Art des Todes, vor dem die Betreffenden bewahrt worden waren.

Nachdenklich betrachtete Holly die Aufstellung und bemerkte einige interessante Muster, wandte sich jedoch davon ab, als Newsweb den letzten Auftrag erfüllte.

Sie stand auf, um zum Laserdrucker zu gehen – und erstarrte plötzlich. Erst jetzt merkte sie, daß sie nicht mehr allein in der Redaktion war. Drei Journalisten und ein Redakteur saßen an ihren Plätzen, alles Leute, die in dem Ruf standen, früh auf den Beinen zu sein. Zu ihnen gehörte auch Hank Hawkins, zuständig für den

Wirtschaftsteil; er begann gern mit der Arbeit, wenn die Börsen an der Ostküste öffneten. Holly hatte sie überhaupt nicht kommen gehört. Zwei von ihnen lachten laut über einen Witz, und Hawkins telefonierte. Sie blinzelte verwirrt und warf einen Blick auf die Wanduhr: zehn Minuten nach sechs. Frühes Morgenlicht glitzerte an den Fenstern; es war Holly überhaupt nicht aufgefallen, daß die Nacht einem neuen Tag gewichen war. Sie starrte auf ihren Schreibtisch und sah zwei weitere Kaffeebecher, ohne sich daran zu erinnern, sie aus dem Aufenthaltsraum geholt zu haben.

Eine andere Erkenntnis gesellte sich hinzu: Sie spürte keine Verzweiflung mehr. Sie fühlte sich besser als seit Tagen, Wochen und *Jahren*. Endlich war sie wieder eine echte Journalistin.

Sie ging zum Laserdrucker, entleerte das Ausgabefach und kehrte mit den Blättern zum Tisch zurück. Offenbar machten Ironhearts keine Schlagzeilen. In den letzten sechs Monaten waren nur fünf Artikel erschienen, bei denen es um Leute mit diesem Nachnamen ging.

Kevin Ironheart – Buffalo, New York. Senator. Gab seine Absicht bekannt, für das Amt des Gouverneurs zu kandidieren.

Anna Denise Ironheart – Boca Raton, Florida. Fand einen lebenden Alligator in ihrem Wohnzimmer.

Lori Ironheart – Los Angeles, Kalifornien. Liedermacherin. Ihr stand der Academy Award für den besten Song des Jahres in Aussicht.

Valerie Ironheart – Cedar Rapids, Iowa. Brachte gesunde Vierlinge zur Welt.

Und dann Jim Ironheart.

Holly las die Kopfzeile. Die Story war am 10. April im *Register* des Orange County erschienen, und andere Zeitungen im ganzen Land hatten ähnliche Meldungen gebracht. Aufgrund ihrer Anweisungen lieferte Newsweb in diesem Fall nur einen Artikel und ersparte ihr die anderen Berichte, in denen es um die gleiche Angelegenheit ging.

Sie sah auf die Datumszelle. Laguna Niguel. Kalifornien. Südkalifornien. Southland.

Leider fehlte ein Foto, aber die Beschreibungen des Reporters enthielten auch einen Hinweis auf blaue Augen und dichtes braunes Haar. Holly war sicher, daß es sich um *ihren* Jim Ironheart handelte.

Es überraschte sie nicht, ihn gefunden zu haben. Sie hatte gewußt, daß sie ihn mit entschlossenen Bemühungen früher oder später lokalisieren würde. Aber sie runzelte verblüfft die Stirn, als sie feststellte, um was es in dem Bericht ging. Er schilderte keineswegs eine weitere mutige Rettung. Auf diese Schlagzeile war Holly nicht vorbereitet: BÜRGER VON LAGUNA NIGUEL GEWINNT SECHS MILLIONEN DOLLAR IN DER LOTTERIE.

2

Auf die Rettung von Nicholas O'Connor folgte für Jim eine ruhige, ungestörte Nacht, die erste seit vier Tagen. Am Morgen des 24. August – einem Freitag – verließ er Boston. Beim Flug quer über die Staaten gewann er drei Stunden und traf um 15.10 Uhr auf dem John Wayne Airport ein. Eine halbe Stunde später war er zu Hause.

Er ging sofort ins Arbeitszimmer und hob eine Ecke des Teppichs. Darunter kam ein in den Boden integrierter Safe zum Vorschein. Er wählte die Kombination, öffnete die Klappe und holte fünftausend Dollar hervor – zehn Prozent des Bargeldes, das er dort bereithielt.

Am Schreibtisch schob er die Hundert-Dollar-Scheine in einen gepolsterten Jiffy-Umschlag und schloß ihn. Er schrieb Pater Leo Gearys Adresse, Kirche Jungfrau Maria in der Wüste, klebte genügend Briefmarken darauf und beschloß, den Umschlag gleich am nächsten Morgen aufzugeben.

Dann begab er sich ins Wohnzimmer und schaltete den Fernseher ein. Die Kabelkanäle brachten mehrere Spielfilme, aber keiner interessierte ihn. Eine Zeitlang sah er sich die Nachrichten an, konnte sich jedoch nicht richtig auf sie konzentrieren. Er erhitzte eine Pizza im Mikrowellenherd, zog eine Dose Bier auf und nahm mit einem guten Buch Platz – und legte es wieder beiseite. Gelangweilt blätterte er in einigen ungelesenen Zeitschriften.

Als der Abend dämmerte, nahm er eine zweite Dose Bier und setzte sich auf die Veranda. Die Palmwedel raschelten im leichten Wind. Ein süßer Duft ging von dem Jasmin an der Grundstücksmauer aus. Das rote, purpurne und rosafarbene Springkraut lumineszierte fast im Zwielicht. Als die Sonne hinter dem Horizont versank, verblaßte das Schimmern; es sah aus, als würden Hunderte von winzigen und an ein Rheostat angeschlossene Glühbirnen erlöschen.

Eine friedliche Szene, und doch fand Jim keine Ruhe. Seit er Sam Newsome und seine Tochter Emily am 15. Mai das Leben gerettet hatte, fiel es ihm Tag für Tag und Woche für Woche schwerer, zur normalen Routine zurückzukehren und sich zu entspannen. Immer wieder dachte er daran, wieviel Gutes er bewirken, wie viele Menschen er vor dem Tod bewahren könnte. Er war in der Lage, unmittelbaren Einfluß auf das Schicksal auszuüben, wenn der Ruf erklang: ›Rettungsleine.‹ Im Vergleich dazu wirkten andere Beschäftigungen banal.

Er war das Instrument einer höheren Macht, und er konnte sich kaum mehr mit Geringerem begnügen.

Holly schlief nur zwei Stunden, um die lange Nacht zu kompensieren. Nachdem sie den größten Teil des Tages damit verbracht hatte, möglichst viele Informationen über James Madison Ironheart zu sammeln, begann sie ihren lange erwarteten Urlaub mit einem Flug zum Orange County. Am dortigen Flughafen mietete sie einen Wagen und steuerte das Laguna Hills Motor Inn an, wo sie ein Zimmer reserviert hatte.

Laguna Hills befand sich landeinwärts und war kein eigentlicher Urlaubsort. Doch in Laguna Beach, Laguna Niguel und anderen Kleinstädten an der Küste wurden im Sommer alle Unterkünfte weit im voraus gebucht. Holly beabsichtigte ohnehin nicht, im Meer zu baden oder am Strand in der Sonne zu liegen. Normalerweise forderte sie den Hautkrebs mit der gleichen Begeisterung heraus wie alle anderen, aber diesmal plante sie eine Art Arbeitsurlaub.

Als sie das Motel erreichte, schien sie die Augen voller Sand zu haben. Sie trug ihren Koffer ins Zimmer, und dabei spielte ihr die Schwerkraft einen gemeinen Streich, indem sie das Gewicht des Gepäcks verfünffachte.

Der Raum war sauber und schlicht, die Klimaanlage leistungsfähig genug, um Alaska-Temperaturen zu erzeugen – vielleicht für den Fall, daß hier jemals ein Eskimo wohnen sollte, der an Heimweh litt.

Sie ging zu den Automaten im Flur, kaufte eine Schachtel mit Käsekeksen und eine Dose Diet Dr. Pepper und stillte dann ihren Hunger, während sie auf dem Bett saß. Sie war so müde, daß sie sich wie betäubt fühlte. Tiefe Benommenheit reduzierte ihre Wahrnehmungsfähigkeit auf ein Minimum, und das galt auch für den Geschmackssinn. Sie hätte ebensogut brüchigen Kunststoff essen und ihn mit Eselschweiß hinunterspülen können.

Der Kontakt mit Bett und Kissen schien den Aus-Schalter in ihr zu betätigen; Holly schlief von einem Augenblick zum anderen ein.

Sie träumte, und es war ein seltsamer Traum, denn er fand an einem Ort statt, wo völlige Finsternis herrschte. Er zeigte ihr keine Bilder, konfrontierte sie nur mit Dingen, die Ohren, Nase und Haut betrafen. Vielleicht träumten so Menschen, die von Geburt an blind waren. Holly spürte Kühle und roch etwas, das sie an Kalkstein erinnerte. Zuerst fürchtete sie sich nicht, fühlte sich nur verwirrt und tastete mit den Händen vorsichtig über die Wände der Kammer. Sie bestanden aus Steinblöcken mit schmalen Mörtelfugen. Nachdem sie ihre Umgebung eine Zeitlang erforscht hatte, kam sie zu dem Schluß, daß es eigentlich nur eine Wand gab, die sich nach innen wölbte und überhaupt keine Ecken aufwies. Also mußte das Zimmer rund sein. Sie hörte nur die Geräusche, die sie selbst verursachte – und ein leises Zischen im Hintergrund. Hinzu kam das dumpfe Pochen von Regentropfen, die auf das Schieferdach über ihr fielen.

Im Traum wich sie von der Wand fort und ging über einen festen Holzboden, die Arme weit ausgestreckt. Zwar stieß sie an keine Hindernisse, aber ihre Neugier wurde allmählich zu nagendem Unbehagen. Sie verharrte, rührte sich nicht mehr von der Stelle, davon überzeugt, etwas Unheilvolles gehört zu haben.

Ein subtiles Geräusch. Vielleicht das leise, doch beharrliche Prasseln des Regens? Es erklang erneut. Ein Quietschen.

Für einen Sekundenbruchteil dachte Holly an eine große, dicke Ratte, aber das seltsame Quietschen hielt zu lange an, als daß es von einer Ratte stammen konnte. Es war mehr ein Knarren, doch als Ursache kamen nicht die Dielen unter ihr in Frage. Stille. Einige Sekunden später wiederholte sich das Geräusch ... wurde leiser ... kehrte zurück ... bildete einen Rhythmus.

Holly begriff, daß sie den Protest irgendeiner ungeölten mechanischen Vorrichtung vernahm, und das hätte sie erleichtern sollen. Statt dessen fühlte sie, wie ihr Herz schneller schlug, als sie in dem finsteren Raum stand und sich die seltsame Maschine vorzustellen versuchte. Das Knarren wurde nur ein wenig lauter, aber es ertönte in kürzeren Abständen. Zuerst hörte Holly es alle drei oder vier Sekunden, dann in jeweils zwei oder drei – schließlich erklang es jede Sekunde.

Plötzlich kam ein seltsames *Wusch-wusch-wusch* hinzu, synchron mit dem Knarren. Holly dachte an ein langes, flaches Objekt, das durch die Luft strich.

Wusch.

Ganz nahe. Doch die Journalistin spürte keinen Luftzug.

Wusch.

Vor ihrem inneren Auge sah sie eine Klinge.

Wusch.

Eine große Klinge. Riesig. Scharf. Schnitt durch die Luft.

Wusch.

Etwas Schreckliches näherte sich, eine so seltsame Wesenheit, daß selbst Licht – und ein klarer Anblick der Wesenheit – kein Verstehen bringen konnte. Zwar war sich Holly ihres Traums bewußt, aber sie begriff, daß sie diesen dunklen, steinernen Ort so schnell wie möglich verlassen mußte, wenn sie überleben wollte. Einem Alptraum entkam man nicht, indem man weglief, es blieb ihr also keine andere Wahl, als zu erwachen. Doch die Müdigkeit lastete noch immer schwer auf ihr, und sie sah sich außerstande, die Fesseln des Schlafs zu zerreißen. Die lichtlose Kammer schien sich zu drehen, und Holly gewann den Eindruck, daß ein großer Mechanismus in Bewegung geriet (Knarren, *Wusch*), in die regnerische Nacht ragte (Knarren, *Wusch*), sich von einer Seite zur anderen neigte (Knarren, *Wusch*), durch die Luft schnitt (Knarren, *Wusch*), sie versuchte zu schreien (Knarren, *Wusch*), aber ihre Kehle war wie zugeschnürt *(Wusch-wusch-wusch)*, sie konnte nicht erwachen und um Hilfe rufen. *WUSCH!*

»Nein!«

Jim setzte sich ruckartig im Bett auf, als er dieses eine Wort hervorstieß. Schweiß glänzte in seinem Gesicht, und erbebte am ganzen Leib.

Er war rasch eingeschlafen, und die Nachttischlampe brannte

noch immer. Dahinter steckte kein Zufall, sondern bewußte Absicht. Seit mehr als einem Jahr litt er an Alpträumen, die ihm verschiedene Orte und finstere Gestalten zeigten; an die meisten davon erinnerte er sich nicht mehr, wenn er erwachte. Das namen- und gestaltlose Wesen, das er den ›Feind‹ nannte und von dem er geträumt hatte, während er sich in der Kirche Jungfrau Maria in der Wüste erholte, war die entsetzlichste Erscheinung in der visionären Welt, wenn auch nicht das einzige Ungeheuer.

Doch diesmal galt sein Grauen nicht etwa einer einzelnen Person oder einem Monstrum, sondern einem Ort. Der Windmühle.

Jim sah auf die Uhr neben dem Bett. Viertel vor vier morgens.

Er trug nur die Pyjamahose, als er aufstand und in die Küche ging.

Das fluoreszierende Licht brannte ihm in den Augen. Gut. Er wollte, daß sich der Rest des Schlafs auflöste, ihn ganz von der Benommenheit befreite.

Die verdamme Windmühle.

Er schaltete die Kaffeemaschine ein, verwendete eine kolumbianische Mischung und kochte sich einen starken Mokka. Die Hälfte der ersten Tasse trank Jim, während er noch an der Arbeitsplatte stand. Er füllte die Tasse erneut, nahm am Küchentisch Platz und beabsichtigte, auch den Rest zu trinken – weil er nicht riskieren wollte, wieder ins Bett zu gehen und eine Wiederholung des Traums zu erleben.

Jeder Alptraum verringerte die Ruhe, die er sich vom Schlaf erhoffte, doch die Bilder und übrigen Eindrücke von der Windmühle belasteten ihn nicht nur geistig, sondern auch körperlich. Wenn er erwachte, schmerzte ihm die Brust so sehr, als sei fast das Herz zerrissen. Manchmal dauerte es Stunden, bis er nicht mehr zitterte. Außerdem litt er häufig an Kopfschmerzen, so wie jetzt, sie erfaßten den oberen Teil des Schädels und pochten so heftig, als versuche ein fremdes Etwas, sich aus dem Gehirn zu lösen. Jim wußte, welcher Anblick ihn im Spiegel erwartete: ein kalkweißes, eingefallenes und hohlwangiges Gesicht mit blauschwarzen Ringen unter den Augen – wie das Gesicht eines Krebspatienten, dessen Krankheit alle Lebenssäfte aus ihm herausgesaugt hatte.

Die Visionen von der Windmühle gehörten nicht zu den häufigsten Alpträumen, die ihn plagten – tatsächlich suchten sie ihn nur ein- oder zweimal im Monat heim. Aber sie waren mit Abstand die schlimmsten.

Sonderbarerweise geschah darin nicht viel. Er war wieder ein zehnjähriger Junge, der auf dem staubigen Holzboden der oberen Kammer saß, über dem Hauptraum mit den alten Mühlsteinen. Das einzige Licht stammte von einer dicken gelben Kerze. Die Finsternis der Nacht preßte sich an schmale Fenster, die wie Schießscharten einer Festung aussahen. Regen klopfte ans Glas. Plötzlich knarrte ein ungeölter, halbverrosteter Mechanismus, und draußen drehten sich die vier großen Windmühlenflügel, schneller und immer schneller, schnitten wie Sensen durch die feuchte Luft. Die senkrechte Antriebswelle – sie ragte aus der Decke und verschwand in einem Loch im Boden – drehte sich ebenfalls und schuf damit die Illusion, daß die Kammer selbst in Bewegung geriet, wie ein Karussell. Unten schabten die alten Mühlsteine aneinander und verursachten ein Geräusch, das wie fernes Gewittergrollen klang.

Das war's. Mehr nicht. Und trotzdem reagierte Jim mit ausgeprägtem Entsetzen darauf.

Er trank einen großen Schluck Kaffee.

Seltsam: In der Wirklichkeit, im realen Leben hatte er die Mühle gemocht; sie wurde nie zu einem Ort des Schreckens für ihn. Sie stand auf der Farm seiner Großeltern, zwischen einem Teich und einem weiten Kornfeld. Für einen Jungen, der in der Stadt geboren und aufgewachsen war, verkörperte die Windmühle etwas Exotisches und Geheimnisvolles – ein perfekter Platz, um zu spielen und der Fantasie freien Lauf zu lassen. Darüber hinaus bot sie ihm Zuflucht, die Möglichkeit, mit sich und seinen Gedanken allein zu sein. Jim verstand nicht, warum sich der grauenhafte Alptraum auf einen Ort bezog, mit dem er nur angenehme Erinnerungen verband.

Der Traum ging zu Ende, ohne daß Holly erwachte. Während der nächsten Stunden schlief sie ruhig und friedlich, so reglos wie ein Stein auf dem Grunde des Meeres.

Am Samstagmorgen frühstückte Holly in einer Nische des Motelcafés. Die meisten anderen Anwesenden waren ganz offensichtlich Urlauber: Familien in Uniformen aus Shorts oder weißen Baumwollhosen und bunten Hemden. Einige Kinder trugen Mützen und T-Shirts, die für Sea World, Disneyland oder Knots Berry Farm warben. Eltern brüteten über Straßenkarten und Broschüren, während sie aßen, planten Routen zu einer der zahlreichen Touristenattraktionen in Kalifornien. In dem Restaurant gab es so viele farbenprächtige Polohemden, daß Besucher von einem anderen Planeten zwangsläufig zu dem Schluß gelangen mußten, Ralph Lauren sei entweder die Gottheit der wichtigsten Religion oder aber Herrscher über die ganze Welt.

Holly verspeiste einen Blaubeer-Pfannkuchen und blickte dabei auf die Liste der Personen, die Jim Ironheart vor dem Tod bewahrt hatte:

15. MAI
Sam (25) und Emily (5) Newsome; Atlanta, Georgia (Mord)

7. JUNI
Louis Andretti (28); Corona, Kalifornien (Schlangenbiß)

21. JUNI
Thadddeus Johnson (12); New York (Mord)

30. JUNI
Rachael Steinberg (23); San Francisco, Kalifornien (Mord)

5. JULI
Carmen Diaz (30); Miami, Florida (Feuer)

14. JULI
Amanda Cutter (30); Houston, Texas (Mord)

20. JULI
Steven Aimes (57); Birmingham; Alabama (Mord)

1. AUGUST
Laura Lenaskian (28); Seattle, Washington (Ertrinken)

8. AUGUST
Doogie Burkette (11); Peoria, Illinois (Ertrinken)

12. AUGUST
Billy Jenkins (8); Portland, Oregon (Verkehrsunfall)

20. AUGUST
Lisa (30) und Susan (10) Jawolski; Wüste von Nevada (Mord)

Gewisse Muster fielen sofort auf. Unter den dreizehn Geretteten befanden sich fünf Kinder. Die anderen waren zwischen dreiundzwanzig und dreißig Jahre alt. Es gab nur eine Ausnahme: der siebenundfünfzigjährige Steven Aimes. Offenbar galten Ironhearts Bemühungen in erster Linie jungen Leuten. Außerdem schien er immer aktiver zu werden: eine Rettung im Mai, drei im Juni, drei im Juli und schon vier im August, obwohl dieser Monat erst in einer Woche zu Ende ging.

Hollys Interesse bezog sich insbesondere auf die Anzahl der Personen, die ohne Ironhearts Hilfe *ermordet* worden wären. In jedem Jahr starben weitaus mehr Menschen an den Folgen von Unfällen als aufgrund von Gewaltverbrechen. Dem Straßenverkehr fielen mehr Männer, Frauen und Kinder zum Opfer als irgendwelchen wahnsinnigen Mördern. Dennoch griff Ironheart bei Mordversuchen wesentlich häufiger ein als bei drohenden Verkehrsunfällen: Acht Personen auf der Liste waren von Kriminellen bedroht worden – über sechzig Prozent.

Vielleicht wiesen ihn seine Vorahnungen häufiger auf Mord und seltener auf andere Todesursachen hin. Vielleicht lag es daran, daß Gewalt stärkere psychische Vibrationen erzeugte als Unfälle ...

Holly kaute nicht mehr und erstarrte, während sie mit der rechten Hand ein weiteres Stück Blaubeer-Pfannkuchen zum Mund führte. Sie begriff plötzlich, wie seltsam diese Geschichte war. Bisher hatte sie sich kaum Zeit genommen, um gründlich darüber nachzudenken, hatte sich allein von journalistischem Ehrgeiz und professioneller Neugier leiten lassen. Aufregung und dann Erschöpfung verhinderten, daß ihr die tiefere Bedeutung von Ironhearts Aktivitäten bewußt wurde. Sie ließ die Gabel sinken und starrte auf den Teller, als könne sie in den Krümeln und Flecken eine Erklärung sehen – so wie Zigeuner Kaffeesatz und Handlinien deuteten.

Wer war Jim Ironheart? Besaß er übernatürliche Kräfte?

Holly hatte sich nie sehr für übersinnliche Wahrnehmungen und paranormale Fähigkeiten interessiert. Sie wußte von Menschen, die behaupteten, einen Mörder zu ›sehen‹, indem sie die Kleidung des Opfers berührten. Manchmal halfen sie der Polizei, um Vermißte zu finden. Der *National Inquirer* bezahlte sie gut, um Weltereignisse und zukünftige Entwicklungen im Leben von Berühmtheiten vorherzusagen. Andere behaupteten, den Lebenden einen Kontakt mit den Toten ermöglichen zu können. Aber Holly begegnete diesen Phänomenen mit derartiger Gleichgültigkeit, daß sie sich nicht einmal eine Meinung über sie gebildet hatte. Sie hielt die entsprechenden Personen nicht alle für Schwindler und Aufschneider, doch dieses Thema langweilte sie so sehr, daß sie kaum darüber nachdachte.

Hollys beharrliche Rationalität – und ihr Zynismus – mochten tolerant genug sein, um zumindest in Erwägung zu ziehen, daß es wirklich Menschen mit übersinnlichen Fähigkeiten gab, aber sie bezweifelte, ob man Jim Ironheart als eine Art Medium bezeichnen konnte. Er wandte sich nicht an irgendein Revolverblatt, um zu verkünden, daß Steven Spielberg im nächsten Jahr einen neuen erfolgreichen Film drehen würde (was für eine Überraschung!), oder daß Schwarzenegger noch immer mit Akzent spräche, oder daß sich Tom Cruise von seiner gegenwärtigen Freundin trennte, oder daß sich in absehbarer Zeit nichts an Eddie Murphys dunkler Haut veränderte. Ironheart kannte alle Einzelheiten der drohenden Tragödien – wer, wann, wo, wie –, und zwar früh genug, um das Schicksal in eine andere Richtung zu lenken. Er ließ sich nicht dazu herab, mit geistiger Kraft Löffel zu verbiegen. Er sprach nicht mit der rauhen Stimme eines uralten Geistes namens Rama-Lama-Dingsbums. Er sagte nicht die Zukunft voraus, indem er Knochensplitter warf, Wachsmuster interpretierte oder Tarotkarten legte. Himmel, er *rettete das Leben von Menschen,* schützte sie vor dem Verhängnis, übte damit einen nachhaltigen Einfluß nicht nur auf diejenigen aus, die er vor dem Tod bewahrte, sondern auch auf ihre Freunde und Familienangehörigen. Und seine Macht reichte dreitausend Meilen weit von Laguna Niguel bis nach Boston!

Vielleicht beschränkten sich seine Heldentaten nicht einmal auf die Grenzen des Kontinents der Vereinigten Staaten. Holly dachte daran, die Suche nach Meldungen und Artikeln auf die internationale Presse auszudehnen. Vielleicht hatte Ironheart auch in Italien, Frankreich, Deutschland, Japan, Schweden und den Südseeinseln Leben gerettet.

Nein, das Etikett ›Medium‹ konnte sie ihm gewiß nicht anhängen. Es fiel Holly kein Wort ein, das Jims Fähigkeiten treffend genug beschrieb.

Zu ihrer Überraschung fühlte sie ein tiefes, kindliches Staunen, das sie in dieser Intensität seit vielen Jahren nicht mehr gespürt hatte. Ehrfurcht gesellte sich hinzu, und sie schauderte plötzlich.

Wer war dieser Mann? *Was* war er?

Vor rund dreißig Stunden, als sie den Artikel über Nicholas O'Connor in Boston gelesen hatte, wußte Holly, daß es sich um eine wichtige Sache handelte. Während sie das von Newsweb gelieferte Material las und die Liste zusammenstellte, gewann sie immer mehr den Eindruck, daß dies die größte Story in ihrem journalistischen Leben sein mochte. Jetzt begann sie zu glauben, daß die Geschichte vielleicht zum größten Knüller des ganzen Jahrzehnts wurde.

»Ist alles in Ordnung?«

»Alles ist überaus seltsam«, erwiderte Holly, bevor sie feststellte, daß die Frage nicht von ihr selbst stammte.

Die Kellnerin – ihre Uniformbluse wies den gestickten Namenszug ›Bernice‹ auf – stand neben dem Tisch und wirkte besorgt. Holly begriff, daß sie die ganze Zeit über auf den Teller gestarrt und nichts gegessen hatte, während sie an Jim Ironheart dachte. Ihr Verhalten war Bernice aufgefallen, und vielleicht nahm sie an, mit der Mahlzeit stimme etwas nicht.

»Seltsam?« wiederholte Bernice und runzelte die Stirn.

»Äh ja. Ich finde es seltsam, in einem Café, das ganz normal zu sein scheint, die besten Blaubeer-Pfannkuchen meines Lebens zu bekommen.«

Bernice zögerte und schien zu argwöhnen, daß sich Holly einen Scherz erlaubte. »Sie ... schmecken Ihnen wirklich?«

»Ich bin *verrückt* danach«, antwortete Holly, schob sich ein

Stück in den Mund und kaute den kalten Brocken hingebungsvoll.

»Das freut mich! Möchten Sie sonst noch etwas?«

»Nur die Rechnung«, sagte Holly.

Sie aß weiter, nachdem Bernice gegangen war, und gab schlicht und einfach ihrem Appetit nach.

Gleichzeitig sah sie sich im Restaurant um und beobachtete die bunt gekleideten Urlauber, die über erlebte und noch bevorstehende Vergnügungen sprachen. Zum erstenmal seit Jahren spürte sie wieder Erregung darüber, ein Insider zu sein. Sie wußte etwas, von dem die anderen nichts ahnten. Sie war eine Journalistin, die ein Geheimnis hütete. Wenn sie ihre Ermittlungen abgeschlossen hatte, wenn die Story auf dem Papier stand, in einem so direkten und doch beschwörenden Stil wie die besten journalistischen Arbeiten Hemingways (Holly wollte es zumindest *versuchen*) – bestimmt erschien sie dann in dicken Schlagzeilen auf der Titelseite jeder wichtigen Zeitung in der ganzen Welt. Holly spürte ein angenehmes inneres Kribbeln, als sie dachte: *Und das Schönste daran ist – mein Geheimnis hat nichts mit politischen Skandalen, Umweltverschmutzung oder anderen Formen tragischen Schreckens zu tun, die das Getriebe der internationalen Medien schmieren. In meiner Geschichte geht es um ein modernes Wunder, um Mut und Hoffnung, um verhinderte Tragödien. Es ist eine Geschichte von geretteten Menschen, vom besiegten Tod.*

Das Leben ist so herrlich, fügte Holly in Gedanken hinzu und strahlte übers ganze Gesicht.

Nach dem Frühstück blätterte Holly in einem Buch mit Straßenkarten – es hieß *Thomas Guide* – und suchte nach Jim Ironhearts Haus in Laguna Niguel. Sie hatte seine Adresse noch von Portland aus festgestellt, indem sie mit Hilfe des Computers die öffentlichen Daten aller Immobilien-Transaktionen im Orange County seit dem Beginn des Jahres durchging. Ihre Annahme: Wer sechs Millionen Dollar in der Lotterie gewann, gab vermutlich einen Teil des Geldes für ein neues Haus aus. Das war tatsächlich der Fall. Ironheart gewann das Geld – vermutlich aufgrund seiner hellseherischen Fähigkeiten – Anfang Januar, und am 3. Mai kaufte er ein Haus am Bougainvillea Way. Die elektronisch erfaßten Dokumente wiesen nicht darauf hin, daß er Grundbesitz verkaufte, offenbar hatte er vorher zur Miete gewohnt.

Sein eher bescheidenes Heim überraschte sie ein wenig. Es handelte sich um ein neues Wohnviertel, unweit des Crown Valley Parkway, das den Traditionen der guten Planung und Landschaftsgestaltung im südlichen Orange County entsprach. Die breiten Straßen wanden sich in weiten, anmutigen Kurven hin und her. Junge Palmen und Myrtengewächse säumten sie, und die Häuser waren im mediterranen Stil errichtet, mit roten beziehungsweise sand- und pfirsichfarbenen Dachschindeln. Aber selbst in diesem Bereich von Laguna Niguel, wo eine kleine Villa fast ebensoviel kostete wie ein luxuriöses Penthouse in Manhattan, hätte sich Ironheart etwas Besseres leisten können. Das Grundstück gehörte zu den kleinsten in der Nachbarschaft, war nur etwas mehr als tausend Quadratmeter groß. Cremeweißer Putz; große Flügelfenster ohne Verzierungen; ein grüner Rasen, jedoch kaum mehr als ein Fleck, Azaleen, Springkraut und zwei graziöse Königspalmen, die im morgendlichen Sonnenschein lange, seidene Schatten an die Wände projizierten.

Holly fuhr langsam an dem Haus vorbei und beobachtete es. Auf der Zufahrt stand kein Wagen, und die heruntergelassenen Jalousien verwehrten einen Blick durch die Fenster. Die Journalistin konnte nicht feststellen, ob Ironheart zu Hause war – es sei denn, sie ging zur Tür und klingelte. Sie würde nicht zögern, eine solche Entscheidung zu treffen, *aber jetzt war es noch zu früh.*

Am Ende des Blockes wendete sie und passierte das Haus noch einmal. Einerseits erweckte es einen attraktiven, gemütlichen Eindruck, doch andererseits erschien es ihr so *schlicht*. Es war kaum zu glauben, daß hinter jenen Mauern ein außergewöhnlicher Mann mit erstaunlichen Geheimnissen lebte.

Viola Morenos Reihenhaus befand sich in einer jener parkähnlichen Anlagen Irvines, die von der Irvine Company während der sechziger und siebziger Jahre geschaffen worden waren. Im Laufe der Zeit hatten sich die ursprünglichen Lücken in den jetzt hohen Hecken geschlossen; Eukalyptus- und Lorbeerbäume spendeten selbst an hellen, wolkenlosen Sommertagen angenehmen Schatten. Die Einrichtung des Hauses gab nicht etwa Stil den Vorrang, sondern Bequemlichkeit: ein üppig gepolstertes Sofa, weiche Sessel, Schemel für die Füße, alles in braunen oder beigefarbenen Tönen; Landschaftsgemälde, die beruhigend wirken, Auge und Geist nicht herausfordern sollten. Hier und dort bildeten Zeitschriften hohe Stapel, und überall gab es Regale mit Büchern. Als Holly eintrat, fühlte sie sich sofort wohl.

Violas herzlicher Empfang wurde der allgemeinen Atmosphäre gerecht. Sie war etwa fünfzig und mexikanisch-amerikanischer Abstammung. Ihre makellose Haut hatte die Farbe von leicht angelaufenem Kupfer, und die tintenschwarzen Augen blickten fröhlich. Man konnte sie nicht gerade als groß bezeichnen, und im Laufe der Jahre hatte sie Polster an den Hüften entwickelt, aber Holly sah auf den ersten Blick, wie hinreißend schön sie einst gewesen sein mußte – schön genug, daß sich Männer den Hals verrenkten, wenn sie ihr nachsahen. Selbst im reiferen Alter wirkte sie noch immer sehr attraktiv. Viola griff nach Hollys Hand, hakte sich bei ihr ein und führte sie durch das kleine Haus auf die Veranda als sei die Besucherin eine alte Freundin und keine Fremde, die sie am vergangenen Tag angerufen hatte.

Die Veranda erstreckte sich am Rand eines Gemeinschaftsgartens, und auf dem Tisch standen zwei Gläser neben einer Karaffe mit eisgekühlter Limonade. Die Baststühle waren mit dicken gelben Kissen gepolstert.

»Den größten Teil des Sommers verbringe ich hier draußen«, sagte Viola, als sie Platz nahmen. Es herrschte eine recht angenehme Temperatur, und die Luft war sauber und trocken. »Eine herrliche kleine Ecke der Welt, nicht wahr?«

Ein breites, flaches Tal trennte diese Hausreihe von der nächsten. Hohe Bäume spendeten Schatten; rotes und purpurnes Springkraut bildete einige dekorative Kreise. Zwei Eichhörnchen liefen über den sanft geneigten Hang und einen sich dahinschlängelnden Fußweg.

»Ja, Sie haben recht«, bestätigte Holly, als Viola Limonade einschenkte.

»Mein Mann und ich kauften das Haus, als die Bäume gerade erst gepflanzt worden waren und man den Grüngürtel anzulegen begann. Aber wir konnten uns vorstellen, wie es hier eines Tages aussehen würde, und wir brachten die notwendige Geduld auf, trotz unserer Jugend.« Sie seufzte. »Manchmal werde ich traurig und denke voller Bitterkeit daran, warum er so früh sterben mußte, ohne eine Gelegenheit zu bekommen, diese Pracht zu genießen. Aber meistens genieße ich sie einfach und tröste mich mit dem

Wissen, daß Joe im Himmel ist und sich über meine Zufriedenheit freut.«

»Tut mir leid«, sagte Holly. »Ich wußte nicht, daß sie Witwe sind.«

»Natürlich wußten Sie das nicht, meine Liebe. Woher auch? Nun, seit seinem Tod sind viele Jahre vergangen. Er starb 1969, als ich gerade erst dreißig war und er zweiunddreißig. Mein Mann diente bei den Marines, und zwar voller Stolz. Leider fiel er in Vietnam.«

Holly begriff plötzlich, daß viele früher Opfer jenes Krieges jetzt um die Fünfzig gewesen wären. Die Witwen hatten weitaus mehr Jahre ohne ihre Ehemänner verbracht als mit ihnen. Wie lange dauerte es noch, bis der Konflikt in Vietnam ebenso historisch wurde wie die Kreuzzüge von Richard Löwenherz oder die peloponnesischen Kriege?

»So schade«, murmelte Viola, und die Journalistin vernahm ein leichtes Vibrieren in ihrer Stimme, das sofort verschwand, als sie hinzufügte. »Es ist so lange her ...«

Holly hatte sich bei dieser Frau ein ruhiges und friedliches Leben vorgestellt, warm und behaglich, mit kleinen Freuden und häufigem Lächeln, aber offenbar war das nur ein Aspekt der Wirklichkeit. Der feste, liebevolle Tonfall, in dem Viola von Joe als ›mein Mann‹ sprach, wies darauf hin, daß die Zeit ihre Erinnerungen an ihn nicht trüben konnte und daß sie seit damals keinen anderen Mann geliebt hatte. Joes Tod hatte wohl zu einer grundsätzlichen Veränderung in ihrem Leben geführt. Ganz offensichtlich war sie von Natur aus optimistisch und offen, aber in ihrem Herzen verharrte ein tragischer Schatten.

Jeder gute Journalist mußte sich gleich zu Anfang seiner Karriere einer wichtigen Erkenntnis stellen: Menschen sind praktisch nie nur das, was sie zu sein scheinen; ihre individuelle Komplexität steht der des Lebens in nichts nach.

Viola nippte an ihrer Limonade. »Zu süß. Ich gebe immer zuviel Zucker hinein. Entschuldigen Sie bitte.« Sie stellte das Glas ab. »Erzählen Sie mir jetzt von dem Bruder, den Sie suchen. Ich bin wirklich neugierig darauf.«

»Wie ich schon sagte, als ich Sie von Portland aus anrief: Man hat mich als Kind adoptiert. Meine Pflegeeltern waren wunderbar, und ich liebe sie ebenso, wie ich meine leiblichen Eltern geliebt hätte, aber ...«

»Sie wünschen sich natürlich, Ihre richtigen Eltern kennenzulernen.«

»Ich ... ich habe das Gefühl, daß tief in mir etwas leer und ... dunkel ist«, erklärte Holly und versuchte, nicht zu dick aufzutragen.

Sie war nicht von der Mühelosigkeit überrascht, mit der sie log. Es verblüffte sie vielmehr, mit welchem Geschick sie dabei vorging. Täuschung war ein nützliches Werkzeug, um Informationen von jemandem zu bekommen, der unter anderen Umständen vielleicht nicht die Bereitschaft zeigte, offen Auskunft zu geben. So bekannte und verdienstvolle Journalisten wie Joe McGinnes, Joseph Wambaugh, Bob Woodward und Carl Bernstein hatten an irgendeinem Punkt ihrer beruflichen Laufbahn auf die Notwendigkeit hingewiesen, bei Gesprächen mit Interviewpartnern unehrlich zu sein, um der Wahrheit auf den Grund zu kommen. Aber Holly war nie besonders gut darin gewesen. Zumindest blieb genug Anstand in ihr, um sich zu schämen – ein Gefühl, das sie sorgfältig vor Viola verbarg.

»Die Adoptionsdokumente enthielten nur die notwendigsten Angaben, aber ich konnte trotzdem herausfinden, daß meine leiblichen Eltern vor fünfundzwanzig Jahren starben, als ich acht war.« Diese Angaben betrafen Jim Ironhearts Eltern, die ums Leben kamen, als er gerade erst seinen zehnten Geburtstag hinter sich gebracht hatte. Die Informationen stammten aus Berichten über seinen Lotteriegewinn. »Ich habe also keine Möglichkeit mehr, sie kennenzulernen.«

»Wie schrecklich. Jetzt tun Sie *mir* leid.« Echtes Mitgefühl klang in der sanften Stimme Violas.

Holly fühlte sich immer elender. Mit dieser falschen Tragödie schien sie Violas Kummer zu verspotten. Aber sie folgte dem eingeschlagenen Weg und fuhr fort: »Es ist nicht so schlimm, wie ich zunächst dachte. Immerhin habe ich einen Bruder, wie ich Ihnen am Telefon sagte.«

Viola stützte die Ellenbogen auf den Tisch und beugte sich vor. »Kann ich Ihnen irgendwie helfen, Ihren Bruder zu finden?«

»Nein, ich glaube nicht. Wissen Sie, ich habe ihn bereits gefunden.«

»Das ist ja wundervoll!«

»Aber ... ich fürchte mich davor, mit ihm zu sprechen.«

»Sie fürchten sich? Warum?«

Holly blickte über den Rasen, schluckte mehrmals und erweckte dadurch den Eindruck, mit ihren aufgewühlten Gefühlen zu ringen. *Himmel, ich habe nicht gewußt, daß ich eine so gute Schauspielerin bin.* Tief in ihrem Innern verachtete sie sich dafür. Als sie sprach, gelang ihr ein subtiles und überzeugendes Zittern in der Stimme. »Soweit ich weiß, habe ich keinen anderen Blutsverwandten auf der ganzen Welt. Nur er verbindet mich mit meinen toten Eltern. Er ist mein Bruder, Mrs. Moreno, und ich liebe ihn. Ja, ich liebe ihn, obwohl ich ihm nie begegnet bin. Aber wenn ich jetzt an ihn herantrete, ihm mein Herz öffne ... Vielleicht weist er mich ab. Vielleicht will er überhaupt keine Schwester. Vielleicht mag er mich nicht.«

»Gütiger Himmel, natürlich wird er Sie mögen! Warum sollte er eine nette junge Frau wie Sie nicht sympathisch finden? Warum sollte er nicht *entzückt* darüber sein, jemanden wie Sie als Schwester zu bekommen?«

Ich werde dafür in der Hölle schmoren, dachte Holly zerknirscht.

Laut sagte sie: »Nun, es mag töricht klingen, aber ich bin wirklich besorgt. Mein erster Eindruck, den ich auf andere Leute mache, ist nie besonders gut ...«

»Auf mich haben Sie einen ausgezeichneten Eindruck gemacht.«

Jemand soll mich bespucken. »Ich halte es für besser, kein Risiko einzugehen. Ich möchte soviel wie möglich über ihn erfahren, bevor ich an seine Tür klopfe. Ich möchte wissen, was ihm gefällt oder nicht, was er von ... von verschiedenen Dingen hält und so weiter. Himmel, Mrs. Moreno, diese Sache darf ich auf keinen Fall verpatzen.«

Viola nickte. »Vermutlich sind Sie zu mir gekommen, weil ich Ihren Bruder kenne. Ging er in eine meiner Klassen?«

»Sie unterrichten hier in Irvine Geschichte an einer Mittelschule ...«

»Ja, das stimmt. Dort arbeite ich seit Joes Tod.«

»Nun, mein Bruder war keiner Ihrer Schüler, sondern Englischlehrer in der gleichen Schule. Ich habe seine Spuren bis dorthin verfolgt und festgestellt, daß Ihr Unterricht zehn Jahre lang neben seinem Zimmer stattfand. Sie kennen ihn gut.«

Viola lächelte erfreut. »Sie meinen Jim Ironheart!«

»Ja, so heißt er. Mein Bruder.«

»Meine Güte, das ist herrlich und *perfekt!*«, entfuhr es Viola. Ihre Reaktion erschien Holly so übertrieben, daß sie verwirrt blinzelte und nicht wußte, was sie sagen sollte.

»Er ist ein guter Mann«, fügte Viola mit ehrlicher Zuneigung hinzu. »Ich hätte mir einen Sohn wie ihn gewünscht. Ab und zu kommt er zum Abendessen, allerdings nicht mehr so häufig wie früher. Ich koche für ihn, bemuttere ihn. Oh, ich bin wirklich froh.« Ein Hauch von Melancholie zeigte sich in Violas Gesicht, und sie schwieg einige Sekunden lang. »Wie dem auch sei ... Sie könnten sich keinen besseren Bruder vorstellen. Er gehört zu den nettesten Leuten, die ich jemals kennengelernt habe. Ein hingebungsvoller Lehrer, sanft, freundlich und geduldig.«

Holly dachte an Norman Rink, den Psychopathen, der im vergangenen Mai in einem Lebensmittelladen von Atlanta den Verkäufer und zwei Kunden umgebracht hatte und dann seinerseits getötet wurde – von dem sanften, freundlichen Jim Ironheart. Acht Schüsse aus einer Schrotflinte, aus kürzester Entfernung. Vier Schüsse, nachdem Rink bereits tot war. Viola Moreno kannte den Mann sicher gut, aber offenbar ahnte sie nicht, zu welchem Zorn er fähig war.

»Ich habe viele gute Lehrer gesehen, aber keiner nahm solchen Anteil an seinen Schülern wie Jim Ironheart. Er kümmerte sich so um sie, als seien es seine eigenen Kinder.« Viola lehnte sich zurück, hing Erinnerungen nach und schüttelte den Kopf. »Er gab ihnen viel und wollte ihnen ein besseres Leben ermöglichen, und nur die schlimmsten Außenseiter reagierten nicht auf ihn. Er unterhielt Beziehungen zu den Schülern, für die seine Kollegen ihre Seele verkauft hätten. Viele von uns versuchen, Kumpel der Kinder zu sein, aber das klappt eigentlich nie.«

»Warum unterrichtet er nicht mehr?«

Viola zögerte, und ihr Lächeln verblaßte. »Teilweise lag es an der Lotterie.«

»Lotterie?«

»Sie wissen nichts davon?«

Holly runzelte die Stirn und schüttelte den Kopf.

»Im Januar hat er sechs Millionen Dollar gewonnen«, sagte Viola.

»Donnerwetter!«

»Das erste Los seines Lebens – und gleich ein Volltreffer.«

Holly verwandelte ihre gespielte Überraschung langsam in Besorgnis. »O Gott! Er denkt bestimmt, daß ich nur zu ihm komme, weil er plötzlich reich geworden ist.«

Viola versuchte, sie zu beruhigen. »Nein, nein. Er denkt nie das Schlechteste von jemand.«

»Ich habe keine finanziellen Probleme«, behauptete Holly. »Ich brauche Jims Geld nicht, würde es nicht einmal nehmen, wenn er es mir anböte. Meine Adoptiveltern sind Ärzte, nicht reich, aber wohlhabend. Ich bin Rechtsanwältin und habe eine kleine Praxis.«

Na schön, du willst sein Geld wirklich nicht, dachte Holly mit solchem Abscheu vor sich selber, daß es wie Säure ätzte. *Aber du bleibst eine verdammte Lügnerin mit einem erschreckenden Talent für Details. Wahrscheinlich verbringst du die Ewigkeit damit, bis zur Hüfte in Scheiße zu stehen und die Stiefel des Teufels zu putzen.*

Violas Stimme veränderte sich, als sie den Stuhl zurückschob, aufstand und zum Rand der Veranda ging. Sie zupfte einen Grashalm aus einem großen Terrakottatopf, in dem Begonien, Schleierkraut und kupfergelbe Ringelblumen wuchsen. Geistesabwesend rieb sie den Halm zwischen Daumen und Zeigefinger der rechten Hand, während sie nachdenklich über die Parklandschaft starrte.

Sie schwieg, gab keinen Ton von sich.

Holly befürchtete, daß sie etwas Falsches gesagt und sich dadurch verraten hatte. Mit jeder verstreichenden Sekunde wurde sie nervöser und widerstand nur mit Mühe der Versuchung, sich für alle ihre Lügen zu entschuldigen.

Eichhörnchen liefen über den Rasen. Ein Schmetterling flatterte unters Verandadach, landete kurz auf der Karaffe und flog weiter.

»Mrs. Moreno?« fragte Holly schließlich, und diesmal war das Zittern in ihrer Stimme nicht gespielt. »Stimmt was nicht?«

Viola warf den zusammengerollten Grashalm fort. »Ich überlege nur, wie ich es ausdrücken soll.«

»Was meinen Sie?« erkundigte sich die Journalistin beunruhigt.

Viola kehrte langsam zum Tisch zurück. »Sie haben mich gefragt, warum Jim – Ihr Bruder – nicht mehr unterrichtet. Ich antwortete, es liege an seinem Lotteriegewinn, aber eigentlich stimmt das nicht. Wenn er heute an der Arbeit des Lehrers ebensolchen Gefallen fände wie vor einigen Jahren – wie noch vor *einem* Jahr –, so wäre er selbst dann in der Schule geblieben, wenn er hundert Millionen Dollar gewonnen hätte.«

Sie hat mich nicht durchschaut, dachte Holly, und tiefe Erleichterung durchströmte sie. »Weshalb kündigte er?«
»Er verlor einen Schüler.«
»Ich verstehe nicht ganz ...«
»Jemand aus der achten Klasse, Larry Kakonis. Ein sehr intelligenter Junge mit einem guten Herzen. Aber er hatte familiäre Probleme. Sein Vater schlug die Mutter, schon seit Jahren, und Larry glaubte, ihn daran hindern zu müssen. Doch dazu war er nicht in der Lage. Er fühlte sich verantwortlich, obwohl ihn überhaupt keine Schuld traf. Diese Einstellung beschreibt ihn ziemlich gut: Er zeichnete sich durch großes Verantwortungsbewußtsein aus.«

Viola griff nach ihrem Limonadenglas, ging wieder zum Rand der Veranda und blickte erneut über den Rasen. Auch diesmal schwieg sie eine Zeitlang.

Holly wartete.

»Die Mutter war ein willfähriges Opfer«, erklärte Viola nach einer Weile. »Sie versuchte überhaupt nicht, sich zu wehren. Ganz im Gegenteil: Sie forderte die brutale Behandlung durch ihren Mann geradezu heraus. In dieser Hinsicht wies sie eine ähnliche Verhaltensstörung auf wie der Vater. Larry liebte und respektierte seine Mutter, aber er begriff allmählich, daß sie auf einer unterbewußten Ebene geschlagen werden *wollte*, und diese Erkenntnis kam einem Schock für ihn gleich.«

Plötzlich wußte Holly, was geschehen war, und alles in ihr sträubte sich dagegen, den Rest zu hören.

»Jim hat sich mit dem Jungen so große Mühe gegeben, und damit meine ich nicht nur den Englischunterricht beziehungsweise das Akademische. Larry öffnete sich ihm auf eine Art und Weise, wie er sich noch nie zuvor jemandem geöffnet hatte. Jim half ihm zusammen mit Dr. Lansing, einem Psychologen, der in mehreren Schuldistrikten tätig ist, auch in unserem. Larry schien gute Fortschritte zu machen, seine Mutter und sich selbst besser zu verstehen. Doch eines Abends, am 15. Mai im letzten Jahr – meine Güte, sind wirklich schon fünfzehn Monate vergangen? –, nahm Larry Kakonis ein Gewehr aus der Sammlung seines Vaters, lud es, schob sich den Lauf in den Mund und drückte ab.«

Holly zuckte heftig zusammen und fühlte sich innerlich getroffen, gleich zweimal. Erstens: Es erschütterte sie, daß ein Dreizehnjähriger, der noch sein ganzes Leben vor sich hatte, Selbstmord beging. In jenem Alter erschienen kleine Probleme groß und gewaltig, und wirklich ernste Schwierigkeiten kamen einer Katastrophe gleich, die keinen Platz für Hoffnung ließ. Holly trauerte um Larry Kakonis, obwohl sie ihn überhaupt nicht kannte, und gleichzeitig spürte sie Zorn: Dem Jungen war nicht genug Zeit geblieben, um zu lernen, daß man alle Probleme lösen konnte und daß das Leben letztendlich mehr Freude bot als Verzweiflung. Zweitens: Etwas in ihr versteifte sich, als sie das Todesdatum hörte.

Der fünfzehnte Mai.

Zwölf Monate später, am 15. Mai dieses Jahres, bewahrte Jim Ironheart zum erstenmal jemanden vor dem Tod. Sam und Emily Newsome. Atlanta, Georgia. Ohne sein Eingreifen wären sie von dem Soziopathen Norman Rink erschossen worden.

Holly war plötzlich nicht mehr imstande, still zu sitzen. Sie erhob sich und ging zu Viola, die noch immer am Ende der Veranda stand. Gemeinsam beobachteten sie die Eichhörnchen.

»Jim gab sich die Schuld«, sagte Viola leise.

»An Larry Kakonis' Tod? Er trug überhaupt keine Verantwortung dafür.«

»Trotzdem machte er sich Vorwürfe. So ist er eben. Aber die Reaktion erschien zu heftig, selbst für Jim. Nach Larrys Selbstmord verlor er das Interesse am Unterricht. Er glaubte nicht mehr, dort wirklich etwas leisten zu können. Er erzielte viele Erfolge, mehr als jeder andere Lehrer, den ich kenne, aber jener eine Fehlschlag war zuviel für ihn.«

Holly erinnerte sich an die Kühnheit, mit der Ironheart den jungen Billy Jenkins zur Seite gerissen und vor dem heranrasenden Kleinlieferwagen gerettet hatte. *Dabei hat er gewiß nicht versagt*, dachte sie.

»Er gab sich ganz dem Kummer hin«, fügte Viola hinzu, »konnte sich einfach nicht von seiner Niedergeschlagenheit befreien.«

Der Mann, den Holly in Portland gesehen hatte, wirkte keineswegs deprimiert. Geheimnisvoll, ja, und distanziert. Aber er bewies einen Sinn für Humor und zeigte ein freundliches Lächeln.

Viola trank einen Schluck Limonade. »Seltsam, jetzt schmeckt sie zu bitter.« Sie stellte das Glas auf den Beton zu ihren Füßen und wischte sich die feuchte Hand an der Hose ab. Erneut begann sie zu sprechen, zögerte und brachte schließlich hervor: »Dann wurde er ein wenig ... seltsam.«

»Seltsam? Wie meinen Sie das?«

»Er kapselte sich ab. Schwieg fast immer. Er begann mit einer Kampfsport-Ausbildung. Taekwondo. Nun, ich nehme an, daß sich viele Leute dafür interessieren, aber es war so untypisch für Jim.«

Nicht für den Jim Ironheart, den ich kenne, dachte Holly.

»Außerdem steckte mehr dahinter als nur ein Hobby, ein Zeitvertreib«, fuhr Viola fort. »Jeden Tag nach der Schule übte er irgendwo in Newport Beach. Es gewann fast das Ausmaß einer Besessenheit, und ich machte mir Sorgen um ihn. Deshalb freute ich mich sehr, als er im Januar in der Lotterie gewann. Sechs Millionen Dollar! Was für ein enormes Glück! Soviel Geld ... Ich hoffte, daß er dadurch wieder zu sich selbst fände, die Depressionen überwinden würde.«

»War das der Fall?«

»Nein. Jim schien weder überrascht noch glücklich zu sein. Er gab seine Stellung auf, kaufte sich ein Haus, verließ das Apartment ... und zog sich noch weiter von seinen Freunden zurück.« Viola sah Holly an und lächelte zum erstenmal seit einer ganzen Weile. »Aus diesem Grund war ich so aufgeregt, als Sie mir erzählten, daß Sie seine Schwester sind – eine Schwester, von der er überhaupt nichts weiß. Vielleicht können *Sie* bewerkstelligen, was dem Lotteriegewinn nicht gelang.«

Erneut flutete Schuld angesichts der Lüge in Holly empor, und sie spürte, wie ihr das Blut ins Gesicht schoß. Sie hoffte, daß Viola nur ein Zeichen geschmeichelter Verlegenheit darin sah. »Das wäre wunderbar.«

»Sie können bestimmt helfen. Er ist allein. Oder hat zumindest das Gefühl, allein zu sein. Darin besteht ein Teil seines Problems. Nun, eine Schwester würde seine Einsamkeit beenden. Gehen Sie noch heute zu ihm.«

Holly schüttelte den Kopf. »Heute nicht, aber bald. Ich ... muß erst eine Vertrauensbasis schaffen. Sie erzählen Jim doch nicht von mir, oder?«

»Natürlich nicht, meine Liebe. Es ist Ihr gutes Recht, als erste mit ihm zu reden. Bestimmt wird es ein wundervoller Augenblick sein.«

Hollys Lächeln schien von zwei Kunststofflippen zu stammen, die sie sich auf den Mund geklebt hatte, so falsch, als gehörten sie zu einem Halloweenkostüm.

Einige Minuten später, als sich Holly an der Eingangstür verabschiedete, legte ihr Viola die Hand auf die Schulter. »Bitte verstehen Sie mich richtig: Es dürfte alles andere als leicht sein, Jim von seinem Kummer zu befreien, ihn wieder auf den richtigen Weg zu bringen. Seit ich ihn kenne, habe ich das Gefühl, daß tief in ihm Trauer wohnt, wie ein Fleck, den man nicht fortwaschen kann. Eigentlich kein Wunder, wenn man bedenkt, was mit seinen Eltern geschehen ist – daß er schon als zehnjähriger Knabe zur Waise wurde.«

Holly nickte. »Danke. Sie haben mir sehr geholfen.«

Viola umarmte sie impulsiv und hauchte ihr einen Kuß auf die Wange. »Ich würde mich sehr freuen, wenn Sie und Jim so bald wie möglich zum Essen kämen. Ich biete Ihnen die besten Tamales aus grünem Mais, die Sie je gekostet haben. Außerdem bringe ich schwarze Bohnen und so feurigen Jalapenoreis auf den Tisch, daß Ihre Zahnplomben schmelzen!«

Holly war zugleich erfreut und betroffen – erfreut, weil sie diese Frau kennengelernt hatte, die ihr wie eine liebenswerte, seit vielen Jahren vertraute Tante erschien; betroffen, weil sie mit Lügen zu ihr gekommen war.

Auf dem Weg zum Mietwagen verfluchte sich die Journalistin. Und es mangelte ihr nicht an Kraftausdrücken und Schimpfworten. Zwölf Jahre hatte sie in Nachrichtenredaktionen verbracht, in der Gesellschaft von Reportern. Während dieser Zeit war ein Vokabular entstanden, das es ihr problemlos ermöglichte, bei einem Fluch-Wettbewerb alle Rivalen zu schlagen und den ersten Preis zu gewinnen.

In den Gelben Seiten stand nur eine Taekwondo-Schule in Newport Beach. Sie befand sich in einem Einkaufszentrum am Newport Boulevard, zwischen einem Gardinenladen und einer Bäckerei.

Die Schule hieß Dojo – das japanische Wort für die Übungshalle des Kampfsports. Genausogut hätte man ein Restaurant ›Restaurant‹ oder ein Bekleidungsgeschäft ›Bekleidungsgeschäft‹ nennen können. Die allgemeine Bezeichnung überraschte Holly; für gewöhnlich stellten asiatische Geschäftsleute eine fast poetische Sensibilität unter Beweis, wenn es um die Namen für ihre Unternehmen ging.

Drei Personen standen auf dem Bürgersteig vor dem breiten

Dojo-Fenster. Sie aßen Eclairs und nahmen sicher den appetitanregenden Duft wahr, der aus der nahen Bäckerei wehte. Stumm beobachteten sie sechs Schüler, die mit einem koreanischen Unterweiser übten. Der Lehrer trug schwarze, pyjamaartige Kleidung, und trotz seiner stämmigen Statur erwies er sich als bemerkenswert agil. Wenn er einen Schüler auf die Matte warf, zitterten die Tafelglasscheiben im Fenster.

Holly trat ein. Die Aromen von Schokolade, Zimt, Zucker und Hefe blieben hinter ihr zurück, wichen dem Geruch von verbranntem Weihrauch und Schweiß. Die Journalistin hatte einmal über einen Jugendlichen aus Portland geschrieben, der bei einem nationalen Wettbewerb gewonnen hatte, und daher wußte sie, daß Taekwondo eine aggressive koreanische Form des Karate war. Dabei nutzte man kräftige Fausthiebe, blitzschnelle Stöße, Handkantenschläge, Würgegriffe und enorm gefährliche Tritte. Der Lehrer hielt sich zurück, aber dennoch hörte Holly dumpfes Stöhnen, zischendes Schnaufen, unartikuliertes Ächzen und lautes Klatschen, wenn Schüler auf die Matte fielen.

In der gegenüberliegenden rechten Ecke des Saals saß eine Brünette hinter einem Tresen und kümmerte sich um die Schreibarbeiten. Das ganze Erscheinungsbild der Frau stellte einen Hinweis auf ihre Sexualität dar. Das knappe rote T-Shirt betonte die vollen Brüste, und es zeichneten sich deutlich kirschgroße Brustwarzen ab. Holly registrierte außerdem: eine dichte Mähne aus kastanienbraunem Haar, darin einige schimmernde blonde Strähnen; subtilen und exotischen Lidschatten; glänzenden roten Lippenstift; genau die richtige Sonnenbräune, nicht zuviel und nicht zuwenig; genug silbernen Modeschmuck, um ein kleines Schaufenster zu füllen. Die Brünette wäre eine perfekte Werbung gewesen, wenn Frauen als Produkte in jedem Supermarkt zum Verkauf gestanden hätten.

»Dauert das Ächzen und Stöhnen den ganzen Tag über?« fragte Holly.

»Ja, fast.«

»Wie können Sie das nur aushalten?«

»Oh, ich weiß, was Sie meinen«, erwiderte die Brünette und zwinkerte bedeutungsvoll. »Die Männer sind wie Stiere, die sich ständig gegenseitig auf die Hörner nehmen. Meistens bin ich schon nach einer Stunde so scharf, daß ich es kaum mehr ertrage.«

Darum ging es Holly nicht. Sie fand die Geräusche keineswegs erregend und befürchtete vielmehr, bereits nach wenigen Sekunden Kopfschmerzen davon zu bekommen. Aber sie zwinkerte ebenfalls, von Frau zu Frau. »Ist der Boß hier?« fragte sie dann.

»Eddie?« vergewisserte sich die Brünette und fügte geheimnisvoll hinzu: »Er steigt gerade einige hundert Treppen hoch. Was führt Sie hierher?«

Holly stellte sich als Journalistin vor und behauptete, an einer Story zu arbeiten, in der es eine Verbindung zum Dojo gab.

Die Empfangsdame – wenn diese Bezeichnung zutraf – bedachte Holly nicht etwa mit einem finsteren Blick, sondern strahlte übers ganze Gesicht. Eddie, so erklärte sie, nehme jede Gelegenheit wahr, um Publicity für die Schule zu bekommen. Sie stand auf und ging auf eine Tür hinter dem Tresen zu. Dabei gab sie zu erkennen, daß sie Sandalen mit hohen Absätzen und so enge weiße Shorts trug, daß sie wie aufgetragene Farbe wirkten.

Holly fühlte sich allmählich wie ein Junge.

Eddie freute sich tatsächlich darüber, daß sein Dojo in der Zeitung erwähnt werden sollte, wenn auch nur am Rande; er wollte sich auch gern interviewen lassen, während er weiterhin Treppen erklomm. Er war kein Asiate, was vielleicht den einfallslosen Namen der Schule erklärte. Holly sah einen hochgewachsenen blonden Mann mit zotteligen Haaren und blauen Augen vor sich, dessen Kleidung nur aus Muskeln und einer kurzen Spandex-Hose bestand, wie sie von Radsportlern getragen wurde. Er stand auf einer Stairmaster-Übungsmaschine und stieg energisch ins Nichts.

»Es ist großartig«, sagte er, während sich seine ausgezeichnet geformten Beine wie Kolben bewegten. »Noch sechs Treppen, und ich bin ganz oben im Washington-Monument.«

Er keuchte und schnaufte, aber nicht annähernd so laut wie Holly, wenn sie die sechs Treppen zu ihrem Portland-Apartment im dritten Stock hinter sich gebracht hatte.

Sie nahm auf einem nahen Stuhl Platz, saß dadurch genau vor dem Stairmaster und beobachtete den Mann. Schweiß glänzte auf seiner sonnengebräunten Haut und ließ das Haar im Nacken dunkler erscheinen. Die Spandex saß ebenso eng wie die Shorts der Brünetten. Man konnte fast den Eindruck gewinnen, als habe Eddie von Hollys bevorstehendem Besuch gewußt und alles so vorbereitet, um eine möglichst große Wirkung zu erzielen.

Zwar benutzte Holly erneut das Instrument der Täuschung,

aber sie fühlte sich dabei nicht so schlecht wie Viola Moreno gegenüber. Es lag unter anderem daran, daß ihre Geschichte diesmal weniger fantasievoll war: Sie plante, einen langen, ausführlichen Artikel über James Ironheart zu schreiben (wahr), wobei sie feststellen wolle, welche Folgen der Lotteriegewinn auf sein Leben gehabt hatte (gelogen). Sie betonte auch, sein Einverständnis zu haben (gelogen). Ein Wahrheitsgehalt von dreiunddreißig Prozent genügte, um sie vor einem ausgeprägten Schuldbewußtsein zu bewahren – was keine besonders schmeichelhaften Rückschlüsse auf die Qualität ihres Gewissens zuließ.

»Achten Sie darauf, Dojo richtig zu schreiben«, sagte Eddie. Er blickte an seinem rechten Bein hinab und fügte glücklich hinzu: »Sehen Sie sich die Wade an, hart wie Granit.«

Holly betrachtete sie schon seit einer ganzen Weile.

»Die Fettschicht zwischen Haut und Muskel existiert praktisch nicht mehr. Hab' sie völlig weggebrannt.«

Auch aus diesem Grund machte es der Journalistin nichts aus, Eddie zu belügen: Er war ein eitler, selbstgefälliger Blödmann.

»Noch drei Treppen, und ich habe das Ende des Monuments erreicht«, sagte er. Eddie sprach im Rhythmus seines Atmens, hob und senkte die Stimme, wenn er Luft holte und ausatmete.

»Nur drei? Dann warte ich.«

»Nein, nein. Stellen Sie ruhig ihre Fragen. Ich begnüge mich nicht mit dem Washington-Monument, nehme mir anschließend das Empire State Building vor.«

»Ironheart gehörte zu Ihren Schülern?«

»Ja. Hab' ihn selbst unterrichtet.«

»Er kam zu Ihnen, bevor er in der Lotterie gewann?«

»Das stimmt. Ist jetzt ungefähr ein Jahr her.«

»Mai des vergangenen Jahres, glaube ich.«

»Möglich.«

»Hat er Ihnen erklärt, warum er Taekwondo lernen wollte?«

»Nein. Aber er zeigte ziemliches Engagement.« Eddie schrie die nächsten Worte fast, als erreiche er nun das Ende tatsächlich existierender Treppen. »Ende des Monuments!« Er wurde nicht etwa langsamer, sondern trat noch schneller. »Im Empire State, nach oben.«

»War Ironheart gut?«

»Besser als nur gut! Hätte ein echtes As werden können.«

»Hätte?« wiederholte Holly. »Soll das heißen, er hörte auf?«

Eddie atmete jetzt schneller und stieß die Worte in einem raschen Rhythmus hervor. »Sieben oder acht Monate lang kam er zu uns. Jeden Tag. Ein echter Masochist. Gewichtheben, Aerobic *und* Kampfsport. Fraß sich durch den Schmerz. Der Kerl war hart genug, um einen verdammten Felsen zu ficken. Entschuldigung. Aber es stimmt. Dann machte er plötzlich Schluß. Zwei Wochen nach dem Lotteriegewinn.«

»Oh, ich verstehe.«

»Ziehen Sie keine falschen Schlußfolgerungen. Er hörte nicht etwa auf, weil er die Kohle gewann.«

»Aus welchem Grund dann?«

»Er meinte, ich hätte ihm alles gegeben, was er brauchen könne. Das genüge ihm.«

»Was brauchte er?« fragte Holly.

»Genug Taekwondo für seine Zwecke.«

»Sagte er Ihnen, was es mit seinen ›Zwecken‹ auf sich hat?«

»Nein. Vermutlich wollte er jemanden gehörig in den Arsch treten.«

Eddie gab sich nun wirklich Mühe. Er rammte die Füße auf den Stairmaster, pumpte und pumpte, schwitzte so sehr, daß sein Körper mit Öl eingerieben zu sein schien. Wenn er den Kopf schüttelte, stoben Tropfen davon. Die Muskeln in den Armen und breiten Schultern traten fast ebenso deutlich hervor wie die in den Oberschenkeln und Waden.

Holly saß rund zweieinhalb Meter vor dem Mann und glaubte sich dicht vor der Bühne eines miesen Stripclubs, in dem die Rollen vertauscht waren. Sie stand auf.

Eddie starrte direkt an die Wand. Runen der Anstrengung bildeten ein komplexes Muster auf seinem Gesicht, doch die Augen blickten verträumt ins Leere. Vielleicht sah er nicht die Wand, sondern endlose Treppen im Empire State Building.

»Hat Ironheart jemals etwas erzählt, das Ihnen ... interessant und ungewöhnlich erschien?« fragte die Journalistin.

Eddie gab keine Antwort, konzentrierte sich ganz auf seine Übungen. Die Adern im Hals schwollen an und pulsierten.

Als sie die Tür erreichte, brummte Eddie: »Drei Dinge.«

Sie drehte sich noch einmal zu ihm um. »Ja?«

Der Mann sah sie nicht an, starrte noch immer in die Ferne. Seine Beine pumpten weiterhin, und die Stimme erklang aus dem Treppenhaus des Wolkenkratzers im fernen Manhattan. »Ich bin nie einem anderen Mann begegnet, der noch besessener sein kann als ich. Ironheart bildet die einzige Ausnahme.«

Holly runzelte die Stirn und dachte darüber nach. »Was sonst noch?«

»Nur einmal versäumte er mehrere Lektionen. Im September fuhr er für zwei Wochen nach Norden, zu irgendeinem Ort im Marin County. Nahm dort an einem Kurs für aggressives Fahren teil.«

»Wie bitte?«

»Dort bringt man Diplomaten, reichen Geschäftsleuten und Chauffeuren von Politikern bei, einen Wagen wie James Bond zu fahren, um Terroristen und Entführern zu entkommen. Humbug, wenn Sie mich fragen.«

»Hat er Ihnen einen Grund für diese Art von Ausbildung genannt?«

»Er meinte nur, sie mache bestimmt Spaß.«

»Das sind zwei von drei Dingen.«

Eddie schüttelte den Kopf. Schweißtropfen flogen, fielen auf den Teppich und einige nahe Einrichtungsgegenstände. Holly befand sich gerade außerhalb ihrer Reichweite. Der Mann auf dem Stairmaster sah sie noch immer nicht an. »Nummer drei: Nachdem er glaubte, genug Taekwondo-Kenntnisse gesammelt zu haben, wollte er lernen, mit Waffen umzugehen.«

»Mit Waffen?«

»Er fragte mich, ob ich jemanden kenne, der ihm zeigen würde, wie man mit verschiedenen Schießeisen umgeht: mit Revolvern, Pistolen, Gewehren, Schrotflinten ...«

»Zu wem haben Sie ihn geschickt?«

Eddie keuchte immer lauter, aber es gelang ihm trotzdem, einigermaßen verständlich zu sprechen. »Zu niemandem. Waffen sind nicht mein Fachgebiet. Wissen Sie, was ich glaube? Wahrscheinlich gehört er zu den Typen, die *Soldiers of Fortune* lesen. Ließ sich zu sehr davon faszinieren. Wollte ein Söldner werden. Himmel, der Kerl bereitete sich auf einen Krieg vor.«

»Machte es Sie nicht besorgt, einem solchen Mann zu helfen?«

»Er bezahlte die Lektionen, und das genügte mir.«

Holly öffnete die Tür, zögerte und beobachtete Eddie. »Verfügt der Apparat über einen Zähler?«

»Ja.«

»In welchem Stockwerk sind Sie jetzt?«

»Im zehnten«, sagte Eddie, und ein zischendes Schnaufen verzerrte diese beiden Worte. Als er zum nächsten Mal ausatmete, triumphierte er: »Jesus, ich habe Beine aus Stein, aus verdammtem Granit! Wenn ich jemanden in die Schere nehme, könnte ich ihm allein mit den Beinen das Kreuz brechen. Erwähnen Sie das in Ihrem Artikel, einverstanden? Ich bin in der Lage, jemanden einfach zu zerquetschen, nur mit den Beinen.«

Holly verließ das Zimmer und schloß die Tür leise.

Im Hauptraum waren die Schüler der Kampfsportklasse noch aktiver als vorher. Eine Gruppe versuchte, den koreanischen Lehrer anzugreifen, aber er blockierte ihre Hiebe und Tritte, sprang wie ein Derwisch umher und warf seine Gegner nacheinander auf die Matte.

Die Brünette hatte ihren silbernen Modeschmuck abgelegt, sie trug jetzt Reeboks, weitere Shorts, ein anderes T-Shirt und einen Büstenhalter. Sie streckte sich vor dem Tresen und machte einige Kniebeugen.

»Ein Uhr«, erklärte sie Holly. »Mittagspause. Aber ich esse nichts, laufe dafür vier oder fünf Meilen. Tschüs.« Sie trabte zur Tür und sprintete in den warmen Augusttag.

Holly ging ebenfalls nach draußen und blieb eine Zeitlang im Sonnenschein stehen. Erst jetzt fiel ihr die gute körperliche Verfassung vieler Kunden auf, die zwischen dem Parkplatz und den Eingängen des Supermarkts unterwegs waren. Seit etwa anderthalb Jahren wohnte sie in Portland und hatte ganz vergessen, welchen Wert die Südkalifornier auf ihre Gesundheit legten. Im Orange County gab es weitaus weniger Hängebacken, Bäuche, birnenförmige Hinterteile und Rettungsringe an den Hüften als im Nordwesten.

Gut auszusehen und sich gut zu fühlen waren wichtige Bestandteile des südkalifornischen Lebensstils. Gerade das liebte Holly so an dieser Region – und gleichzeitig haßte sie es.

Sie beschloß, ihr Mittagessen in der Bäckerei einzunehmen, stand dort vor der Vitrine und wählte ein Schokoladeneclair, ein cremegefülltes Törtchen mit Kiwi, ein Käsestück mit Nüssen und Sahne, ein Zimtrad und ein Orangenröllchen. »Und eine Diät-Coke«, sagte sie zu der Verkäuferin.

Sie trug ihr Tablett zu einem Fenstertisch, um die Parade sommerlich gekleideter, schlanker, geschmeidiger und sonnengebräunter Körper zu beobachten. Die verschiedenen Kuchenteile schmeckten hervorragend. Holly probierte sie nacheinander, genoß jeden einzelnen Bissen und war fest entschlossen, keinen Krümel übrigzulassen.

Nach einer Weile fühlte sie sich beobachtet. Zwei Tische entfernt saß eine dicke, etwa fünfunddreißig Jahre alte Frau, die Holly mit einer Mischung aus Verblüffung und Neid anstarrte. Auf ihrem Teller lag nur ein kleines Obsttörtchen, das diätetische Äquivalent eines besonders kalorienarmen Kräckers.

Holly spürte sowohl Mitleid als auch die Notwendigkeit, eine Erklärung abzugeben. »Ich kann der Versuchung einfach nicht widerstehen. Wenn ich scharf bin und mich nicht abreagieren kann, haue ich mir immer den Bauch voll.«

Die korpulente Frau nickte. »Mir ergeht es ebenso.«

Holly fuhr zu Ironhearts Heim am Bougainvillea Way. Inzwischen wußte sie genug über ihn, um eine direkte Begegnung zu wagen, und genau darin bestand ihre Absicht. Aber sie hielt nicht etwa auf seiner Zufahrt, sondern ließ den Wagen langsam am Haus vorbeirollen.

Instinktiv begriff sie, daß der richtige Zeitpunkt noch nicht gekommen war. Sie hatte ein umfassendes Bild von Ironheart bekommen, aber es *schien* nur vollständig zu sein. Irgendwo gab es einen fehlenden Faktor. Solange sie ihn nicht fand, mochte es gefährlich sein, einen direkten Kontakt herzustellen.

Sie kehrte zum Motel zurück und verbrachte den Rest des Nachmittags und auch den frühen Abend damit, am Fenster zu sitzen. Erst trank sie Alka-Seltzer, dann eine Diät 7-UP, starrte auf den kobaltblauen Pool im großzügig gestalteten Garten – und überlegte konzentriert.

Na schön, dachte Holly, *bisher sieht die Story folgendermaßen aus. Ironheart ist ein Mann mit Kummer tief in seinem Herzen. Wahrscheinlich liegt es daran, daß er als zehnjähriger Knabe zum Waisen wurde. Nun, vielleicht hat er einen großen Teil seines Lebens damit verbracht, über den Tod nachzugrübeln, insbesondere über die Ungerechtigkeit eines zu frühen Todes. Als engagierter Lehrer versucht er, Kindern zu helfen – weil niemand für ihn da war, als er mit dem Tod seiner Eltern fertig werden mußte.* Dann begeht Larry Kakonis Selbstmord. Ironheart ist zutiefst bestürzt und fühlt sich verantwortlich. Der Tod des Jungen schürt in ihm das Feuer eines verdrängten Zorns: Zorn auf das Schicksal, die biologische Schwäche des Menschen – Zorn auf Gott. In einem Zustand tiefer Verzweiflung, der an eine Neurose grenzt, beschließt er, zu einer Art Rambo zu werden und den Kampf gegen das Schicksal aufzunehmen. Damit offenbart er eine Reaktion, die man zumindest als seltsam bezeichnen muß, vielleicht sogar als vollkommen verrückt. Mit Gewichtheben, aerobischem Ausdauertraining und Taekwondo verwandelt er sich in eine Kampfmaschine. Er lernt, wie ein Stuntman zu fahren und mit allen Arten von Waffen umzugehen. Er ist bereit. Nur eins fehlt noch. Er bringt sich das Hellsehen bei, gewinnt damit in der Lotterie und wird finanziell unabhängig. Das versetzt ihn in die Lage, mit einem ganz persönlichen Kreuzzug zu beginnen. Und seine besonderen Fähigkeiten ermöglichen es ihm, genau zu wissen, wann und wo ein vorzeitiger Tod droht.

Genau an dieser Stelle fiel alles auseinander. Oh, sicher, man konnte eine Kampfsportschule besuchen, um Taekwondo zu lernen, aber die Gelben Seiten listeten keine Lehrinstitute fürs Hellsehen auf. *Zum Teufel auch, woher stammt sein übersinnliches Talent?*

Holly betrachtete diese Frage von allen denkbaren Seiten. Sie suchte nicht nach einer direkten und unmittelbaren Antwort, sondern hätte sich damit zufriedengegeben, einen Weg zu finden, der zu möglichen Erklärungen führte. Aber Magie blieb Magie. Das Unerklärliche ließ sich nicht logisch begründen.

Allmählich begann sie, sich wie die Angestellte eines schäbigen Revolverblatts zu fühlen. Sie kam sich wie jemand vor, der über Außerirdische schreibt, die in Höhlen unter Cleveland leben, über die von einer Tierpflegerin zur Welt gebrachten Babys, die halb Gorilla und halb Mensch waren, über ein sonderbares Unwetter in Tadschikistan, bei dem es Frösche und Hühner regnete. Aber in diesem Fall gab es unleugbare Tatsachen: Mit seinen hellseherischen Fähigkeiten hatte Jim Ironheart dreizehn Personen das Leben gerettet, in allen Ecken der Vereinigten Staaten – und immer im letzten Augenblick.

Gegen acht Uhr abends verspürte Holly den Wunsch, mit dem Kopf an den Tisch zu stoßen, an die Wand, an die Betoneinfassung des Pools – an irgend etwas, das hart genug war, um die Barrieren in ihrem Bewußtsein zu zerschmettern und ihr endlich echtes Verstehen zu bringen. Sie hielt es für besser, nicht mehr zu grübeln und etwas zu essen.

Erneut aß sie im Café des Restaurants. Um für den Kuchen in der Bäckerei zu sühnen, beschränkte sie sich auf ein gebratenes Hähnchen und einen schlichten Salat. Sie versuchte, an den anderen Gästen Interesse zu finden, sie zu beobachten, aber ihre Gedanken kehrten immer wieder zu Ironheart und seinem Zauber zurück.

Er dominierte ihre Überlegungen auch später, als Holly im Bett lag und sich nach der Ruhe des Schlafs sehnte. Sie starrte zur Decke hoch, beobachtete die von den Gartenlampen projizierten Schatten – die Jalousien am Fenster waren nicht ganz geschlossen – und gestand sich ein, daß Ironheart nicht nur ihr journalistisches Ich faszinierte. Er bot ihr die wichtigste Story ihres Leben, ja. Und er war so mysteriös, daß er jeden interessiert hätte, ob Reporter oder nicht. Doch Holly fühlte sich auch zu ihm hingezogen, weil sie schon seit Jahren allein lebte, weil sie eine Leere in sich spürte. Außerdem: Kein anderer Mann hatte sie so sehr beeindruckt wie Jim Ironheart.

Das ist doch verrückt, dachte sie.

Und: *Vielleicht ist er verrückt.*

Sie gehörte nicht zu den Frauen, die einem Mann nachliefen, der überhaupt nicht zu ihnen paßte, die sich unterbewußt danach sehnten, benutzt, verletzt und schließlich verlassen zu werden. Holly war in dieser Hinsicht sehr wählerisch – *und genau deshalb bin ich allein. Nur wenige Männer genügen meinen Ansprüchen.*

Wählerisch, wiederholte sie in Gedanken. *Aus diesem Grund reizt dich ein Typ, der sich für eine Art Superman ohne Kostüm hält. Sei vernünftig, Holly. Himmel, bleib mit beiden Beinen auf der Erde.*

Sich in bezug auf Jim Ironheart irgendwelchen romantischen Vorstellungen hinzugeben ... Das war nicht nur unverantwortlich, kurzsichtig und nutzlos, sondern auch schlicht und einfach dumm.

Aber seine Augen ...

Als Holly einschlief, schwebte ein Abbild von Ironhearts Gesicht vor ihrem inneren Auge. Es wirkte wie ein Porträt auf einer riesigen Fahne, die sanft vor einem tiefblauen Himmel wogte. Seine Augen waren noch blauer als der Hintergrund.

Irgendwann kehrte sie in den Traum zurück, in dem Dunkelheit sie einschloß. Das runde Zimmer. Der Holzboden. Ein Geruch von feuchtem Kalkstein. Das Prasseln von Regen auf dem Dach. Rhythmisches Knarren. *Wusch.* Etwas näherte sich, ein Teil der Dunkelheit, der gespenstisches Leben entwickelte, eine monströse Präsenz, die sie nicht hören und sehen, dafür aber deutlich fühlen konnte. Der Feind. *Wusch.* Erbarmungslos schob er sich heran, böse und grausam, strahlte ebenso Kälte aus wie ein Ofen Hitze.

Wusch. Holly war dankbar für ihre Blindheit, denn sie wußte: Das Erscheinungsbild der Wesenheit war so fremdartig und entsetzlich, daß allein sein Anblick tödlich wirkte. *Wusch.* Etwas berührte sie. Ein feuchter, eiskalter Tentakel. An ihrem Nacken. Ein bleistiftdünner Tentakel. Holly schrie; Kälte kroch ihr über die Haut, bohrte sich in den hinteren Teil des Schädels ...

Wusch.

Sie schrie erneut – und erwachte plötzlich. Es folgte keine Phase der Verwirrung. Sie begriff sofort, wo sie sich befand – im Motel, Laguna Hills.

Wusch.

Die Geräusche des Traums begleiteten sie noch immer. Eine große Klinge schnitt durch die Luft, und sie *existierte wirklich.* Das Zimmer war so kalt wie der pechschwarze Ort in ihrem Alptraum. Vergeblich trachtete sie danach, sich zu bewegen, doch das tonnenschwere Gewicht des Schreckens fesselte sie ans Bett. Sie roch feuchten Kalkstein. Unter ihr – als gebe es riesige Kammern im Kellerbereich des Motels – erklang ein dumpfes Knirschen. Aus irgendeinem Grund wußte sie, daß es von großen Steinen ausging, die übereinanderschabten.

Wusch.

Nach wie vor tastete etwas Gräßliches an Hollys Nacken, kroch ihr in den Kopf und wand sich dort hin und her: ein abscheulicher Parasit, der sie als Wirtskörper gewählt hatte, seine Eier in ihrem Gehirn ablegen wollte. Sie konnte sich noch immer nicht bewegen.

Wusch.

Sie sah nur einige blasse Lichtschäfte an der dunklen Decke – das matte Schimmern der Gartenlampen projizierte die Konturen der Jalousien. Verzweifelt wünschte sie sich, daß es heller würde.

Wusch.

Holly hörte, wie sie entsetzt wimmerte, und verachtete sich gleich darauf so sehr für ihre Schwäche, daß es ihr gelang, die Lähmung abzustreifen. Sie schnappte nach Luft und setzte sich auf.

Hob eine Hand zum Nacken, um das glitschige, kalte und wurmartige Etwas fortzureißen. Doch die Finger griffen ins Leere, berührten nur nackte Haut. Sie schwang die Beine über den Bettrand. Griff nach der Lampe. Stieß sie fast um. Fand den Schalter. Licht.
Wusch.
Holly sprang auf und betastete noch einmal die Rückseite ihres Kopfes. Dann den Hals. Zwischen die Schulterblätter. Nichts. Überhaupt nichts. Aber *sie fühlte* es.
Wusch.
Sie taumelte über die Grenze zur Hysterie und hatte keine Möglichkeit, ins Territorium der Vernunft zurückzukehren. Ihrer Kehle entrangen sich Laute der Angst und des Grauens. Aus den Augenwinkeln sah sie eine Bewegung und drehte sich um. Die Wand hinter dem Bett. Sie schwitzte. Und glänzte. Die ganze Wand wölbte sich ihr entgegen, einer Membran gleich, die dem Druck einer gewaltigen, schrecklichen Masse ausgesetzt war. Sie pulsierte wie das riesige innere Organ in den offenen und dampfenden Gedärmen eines prähistorischen Behemoth.
Wusch.
Holly wich von der feuchten, bösartig-lebendigen Wand fort. Wandte sich um. Lief. Mußte das Zimmer verlassen. Schnell. Der Feind. Er kam. War ihr gefolgt. Aus dem Traum in die Wirklichkeit. Die Tür. Verschlossen. Verriegelt. Den Schlüssel drehen. Mit zitternden Händen. Der Feind. Er kam. Er näherte sich. Sicherheitskette aus Messing. Sie rasselte. Löste sich aus der Schiene. Tür. Aufreißen. Etwas wartete auf der Schwelle, füllte die ganze Tür, breiter und größer als Holly, ein Entsetzen, das plötzlich Substanz gewann, gleichzeitig Insekt, Spinne und Reptil, es zitterte und bebte und vibrierte, eine wirre Masse aus Spinnenbeinen, Fühlern, Schlangenschuppen, käferartigen Greifzangen, Facettenaugen, Klauen und einem weit aufgerissenen Rachen, tausend Alpträume, die in dieser einen Monströsität Ausdruck fanden, aber Holly schlief nicht, sie war *wach*. Das Wesen sprang durch die offene Tür, packte sie, Schmerz explodierte dort, wo die Klauen über ihre Haut kratzten, und sie schrie …
… kühler Wind, eine nächtliche Brise.
Mehr kam nicht durch die Tür. Das leise Flüstern einer nächtlichen Sommerbrise.
Holly stand vor der Schwelle, schauderte und schnappte nach

Luft, blickte erstaunt zur Betonpromenade des Motels. Königspalmen, australischer Baumfarn und andere Pflanzen neigten sich im lauen Wind träge hin und her. Im Pool kräuselte sich die Wasseroberfläche, bildete zahllose, in einem ständigen Wechsel begriffene Muster, die im Licht der Lampen funkelten und glitzerten. Man hätte meinen können, das Schwimmbecken enthielte nicht etwa Wasser, sondern einen großen Piratenschatz aus schillernden Saphiren.

Das entsetzliche Geschöpf war fort, als hätte es nie existiert. Es kroch nicht weg, stakte nicht auf stelzenartigen Beinen davon, zog sich nicht in irgendein Versteck zurück. Es löste sich einfach auf.

Holly spürte weder den zuckenden Tentakel am Nacken noch den Wurm im Kopf.

Einige andere Gäste hatten ebenfalls die Türen ihres Zimmers geöffnet, offenbar von Hollys Schrei geweckt.

Sie trat zurück, wollte jetzt keine Aufmerksamkeit erregen.

Ein furchtsamer Blick über die Schulter – die Wand hinter dem Bett war wieder eine Wand.

Die digitale Uhr auf dem Nachtschränkchen zeigte 5:08 an.

Holly schloß die Tür und lehnte sich dagegen, als ihr die Knie weich wurden.

Sie spürte keine Erleichterung darüber, daß sie die seltsame Tortur überstanden hatte, fühlte statt dessen eine tiefe Bestürzung. Holly schlang die Arme um den Leib und zitterte so heftig, daß ihr die Zähne klapperten. Erneut begann sie leise zu schluchzen, nicht aus Furcht angesichts der jüngsten Erfahrungen, auch nicht aus Sorge um ihre gegenwärtige Sicherheit. Sie hatte vielmehr den Eindruck, körperlich und geistig vergewaltigt worden zu sein. Für kurze Zeit – und doch viel zu lange – war sie ein vollkommen hilfloses Opfer gewesen, in Schrecken gefangen, von einem Etwas kontrolliert, das die Grenzen ihrer Vorstellungskraft sprengte. Die grauenhafte Wesenheit hatte ihr mentale Fesseln angelegt, sie völlig unterworfen, ihr den eigenen Willen geraubt und innere Spuren hinterlassen, die ihre Seele befleckten.

Nur ein Traum, dachte Holly und versuchte, sich selbst Mut zu machen. Aber sie hatte nicht geträumt, als sie sich im Bett aufsetzte und die Lampe einschaltete. Der Alpdruck folgte ihr ins Hier und Jetzt, in die greifbare Realität.

Nur ein Traum, wiederholte Holly. *Sei doch nicht närrisch. Reiß dich zusammen,* fügte sie hinzu, während sie versuchte, sich wieder zu fassen. *Der Traum hat dir zunächst einen finsteren Ort gezeigt, und dann hast du geträumt, dich aufzusetzen und die Lampe einzuschalten. In deinem Traum wölbte sich dir die Wand entgegen, woraufhin du zur Tür gelaufen bist. Du hast noch immer geschlafen, als dein Blick auf das Ungeheuer fiel, und schließlich haben dich deine eigenen Schreie geweckt.*

Sie wollte diesen Erklärungen glauben, aber sie klangen zu glatt. Normalerweise waren Alpträume nicht annähernd so detailliert. Außerdem neigte Holly nicht zum Schlafwandeln.

Etwas Reales hatte sich ihr genähert. Vielleicht nicht die Mischung aus Insekt, Spinne und Reptil vor der Tür ... Vielleicht handelte es sich dabei um ein Bild, in das sich die Wesenheit kleidete, um sie zu erschrecken. Aber eines stand fest: *Etwas* war in diese Welt gekrochen, und es stammte ...

Woher stammte es?

Das spielte keine Rolle. Aus dem Draußen. Aus dem Jenseits. Aus einer anderen Dimension. Und es hätte Holly fast erwischt.

Nein. Das war lächerlich. Stoff für eine Boulevardzeitung, für die Sensationspresse. Sogar der *National Inquirer* brachte keinen derartigen Blödsinn mehr. EIN WESEN AUS EINER ANDEREN DIMENSION HAT MEINE SEELE VERGEWALTIGT. So einen Quatsch fand man drei Stufen unter CHER GIBT ZU, EINE AUSSERIRDISCHE ZU SEIN, zwei Stufen unter JESUS SPRICHT AUS DEM MIKROWELLENHERD ZU EINER NONNE, sogar eine Stufe unter ELTON HAT SICH EINER GEHIRNOPERATION UNTERZOGEN UND LEBT NUN ALS ROSEANNE BARR.

Je dümmer ihr diese Überlegungen erschienen, desto ruhiger wurde sie. Es fiel ihr leichter, mit den jüngsten Erlebnissen fertig zu werden, wenn sie glauben konnte, daß sie nur das Produkt überschäumender Fantasie waren. Als stimulierender Auslöser diente vermutlich der zweifellos fantastische Ironheart-Fall

Schließlich fand Holly genug Kraft, um wieder auf den Beinen zu stehen, ohne sich an der Tür abzustützen. Sie schloß wieder ab und hakte die Sicherheitskette ein.

Als sie sich umdrehte, spürte sie einen heißen, stechenden Schmerz in der linken Seite. Er war nicht besonders schlimm, aber sie schnitt eine Grimasse, als sie merkte, daß auch an ihrer rechten Seite etwas brannte.

Sie griff nach dem T-Shirt, um es sich über den Kopf zu ziehen

– und starrte auf einige lange Risse. Drei links und zwei rechts. Dunkle Flecken hatten sich auf dem Stoff gebildet.

Neuerliches Entsetzen keimte in Holly, als sie das Bad aufsuchte und die Neonröhre einschaltete. Vor dem Spiegel blieb sie stehen, zögerte kurz und streifte das T-Shirt ab.

Blut tropfte aus drei Wunden in ihrer linken Seite. Die erste befand sich dicht unter der Brust, und die beiden anderen folgten in Abständen von vier bis fünf Zentimetern. Rechts gab es zwei weitere Kratzer, nicht ganz so tief wie die anderen.

Holly dachte an die Klauen des Ungeheuers.

Jim erbrach sich in der Toilette, spülte und gurgelte mit Mundwasser, das nach Pfefferminz schmeckte.

Das Gesicht im Spiegel wirkte wie eine Fratze, und er wandte rasch den Blick davon ab.

Erschöpft beugte er sich über das Waschbecken, und mindestens zum tausendsten Mal seit einem Jahr überlegte er, was mit ihm geschah.

Im Schlaf war er wieder in der Windmühle gewesen. Nie zuvor hatte ihn der gleiche Alptraum zwei Nächte hintereinander gequält. Für gewöhnlich vergingen Wochen, bevor er sich wiederholte.

Außerdem kam jetzt ein beunruhigendes neues Element hinzu. Die Szene beschränkte sich nicht auf Regen, schmale Fenster, die flackernde Flamme einer Kerze, tanzende Schatten, das Geräusch der großen Windmühlenflügel, die sich draußen drehten, das dumpfe Knirschen der Mühlsteine weiter unten und die unerklärliche Furcht. Diesmal spürte Jim eine böse Präsenz, die er nicht sehen konnte, aber ständig näher kam – etwas so Fremdartiges und Unheilvolles, daß er nicht imstande war, sich Gestalt und Absichten der Wesenheit vorzustellen. Er rechnete damit, daß sie einfach die Kalksteinwand und den Holzboden durchbrach, vielleicht auch die aus dicken Brettern bestehende Tür am Ende der Treppe zertrümmerte, um ihn anzugreifen. Eine Zeitlang fragte er sich, in welche Richtung er fliehen sollte. Schließlich riß er die Tür auf und erwachte mit einem Schrei. Wenn er irgend etwas gesehen hatte, so erinnerte er sich nicht mehr daran.

Aber ganz abgesehen von der Gestalt des Fremdartigen – Jim wußte, daß es sich um *den Feind* handelte. Allerdings gab es jetzt einen Unterschied: jenes amorphe Wesen, das ihn in den anderen Alpträumen heimsuchte – es hatte jetzt einen Weg in den Windmühlentraum gefunden, obwohl es ihm dort noch nie zuvor erschienen war.

So verrückt es auch sein mochte: Ironheart spürte, daß die Wesenheit nicht von seinem Unterbewußtsein geschaffen wurde, während er schlief. Sie erschien ihm ebenso real wie der Rest der Wirklichkeit. Früher oder später würde sie die Barriere zwischen der Traumwelt und der des wachen Bewußtseins durchdringen, so wie sie bereits von einem Alptraum in einen anderen gelangen konnte.

4

Holly dachte überhaupt nicht daran, sich wieder ins Bett zu legen. Sie wußte, daß sie während der nächsten Stunden keine Ruhe fand – bis sie schließlich so erschöpft war, daß ihr trotz mehrerer Tassen mit pechschwarzem Kaffee die Augen zufielen. Der Schlaf bot kein Refugium mehr – statt dessen drohte er mit Gefahren, stellte eine Straße dar, die zur Hölle oder einem noch schlimmeren Ort führte. Und irgendwo am Wegesrand wartete ein monströser Reisender.

Dieser Gedanke erfüllte sie mit Zorn. Jeder Mensch brauchte und verdiente den Frieden des Schlafs.

Als der Morgen dämmerte, duschte sie lange und reinigte vorsichtig die Kratzwunden an ihren Seiten, obwohl Seife und heißes Wasser neuerlichen Schmerz hervorriefen. Plötzlich befürchtete sie eine Infektion, die ebenso sonderbar und schrecklich war wie jenes Monstrum, das die Wunden verursacht hatte.

Daraufhin nahm das Brodeln der Wut in ihr zu.

Holly hielt es für angebracht, auf alles vorbereitet zu sein. Wenn sie reiste, nahm sie nicht nur ihren Lady-Remington-Rasierer mit, sondern auch einen Erste-Hilfe-Kasten, der folgende Dinge enthielt: Jod, Verbandsmull, Pflaster, Klebestreifen, eine Spraydose mit einem desinfizierenden Mittel und Salbe für leichte Verbrennungen. Sie trat unter der Dusche hervor, trocknete sich ab, setzte sich nackt auf die Bettkante, griff nach der Spraydose und sprühte einen Teil ihres Inhalts auf die Wunden. Dann behandelte sie die Kratzer mit Jod.

Sie war auch deshalb Reporterin geworden, weil sie als junge Frau glaubte, der Journalismus sei in der Lage, die Welt zu erklären, Ordnung in ein oft unüberschaubares Chaos aus Ereignissen zu bringen. Nach zehn Jahren Berufserfahrung mußte sie sich der bitteren Erkenntnis stellen, daß es für die menschlichen Verhaltensweisen nur selten befriedigende Erklärungen gab. Das hinderte sie jedoch nicht daran, den Schreibtisch aufzuräumen, Akten zu ordnen und ihre Notizen in einem Karteikasten zu sammeln. In den Schränken zu Hause war die Kleidung erst nach der Jahreszeit, dann nach Anlaß (förmlich, halboffiziell und leger) und schließlich nach Farbe sortiert. Wenn die Welt darauf bestand, chaotisch zu sein, wenn ihr selbst der Journalismus kein geeignetes Werkzeug lieferte, um Ordnung zu schaffen ... Das hinderte sie nicht daran, sich auf Routine und Angewohnheit zu verlassen, um im Ozean der Verwirrung eine persönliche Insel der Stabilität zu schaffen, auf der sie vor dem tumultartigen Durcheinander des Lebens geschützt blieb.

Das Jod brannte.

Holly wurde noch wütender. Sie kochte regelrecht.

Unter der Dusche hatten sich einige kleine geronnene Klumpen in den tieferen Wunden an der rechten Seite aufgelöst, und darunter quoll frisches Blut hervor. Eine Zeitlang blieb Holly still auf der Bettkante sitzen und hielt ein Papiertaschentuch auf die Kratzer, bis die Blutung nachließ.

Als sie sich angezogen hatte, lohfarbene Jeans und eine smaragdgrüne Bluse trug, war es halb acht.

Sie wußte bereits, wie sie den Tag beginnen wollte. Ihr Beschluß stand fest; nichts konnte sie davon abbringen. Sie verspürte überhaupt keinen Appetit, und deshalb entschied sie, auf das Frühstück zu verzichten. Als sie nach draußen trat, erwarteten sie ein wolkenloser Morgen und eine selbst für das Orange County milde Temperatur. Doch das angenehme Wetter wirkte keineswegs besänftigend auf sie, es führte sie nicht in Versuchung, stehenzubleiben und den Sonnenschein zu genießen. Sie steuerte ihren Mietwagen über den Parkplatz, erreichte die Straße und fuhr in Richtung Laguna Niguel, in der festen Absicht, an Ironhearts Tür zu klingeln und Antworten von ihm zu verlangen.

Sie wollte seine ganze Geschichte, eine Erklärung dafür, wieso er wußte, wann bestimmte Menschen der Tod drohte und warum er sich so großen Gefahren aussetzte, um Fremde zu retten. Damit noch nicht genug. Sie wollte auch herausfinden, warum ihr Alptraum in der vergangenen Nacht schreckliche Wirklichkeit geworden war, wie und warum die Schlafzimmerwand wie feuchtes Fleisch geglänzt und pulsiert hatte, was für ein Wesen sich plötzlich manifestierte und sie mit *echten* Klauen gepackt hatte.

Nicht eine Sekunde lang zweifelte sie daran, daß ihr Ironheart Auskunft geben konnte. In der vergangenen Nacht war sie zum zweitenmal mit dem Unbekannten und Übernatürlichen konfrontiert worden. Die erste Begegnung dieser Art hatte am 12. August stattgefunden, als Jim den Jungen Billy Jenkins davor bewahrte, vor der McAlbury School überfahren zu werden. Erst später begriff Holly, daß Ironheart dabei direkt aus der Twilight-Zone gekommen war. Sie brachte die Bereitschaft mit, sich selbst ihre Schwäche einzugestehen, aber Dummheit gehörte gewiß nicht dazu. Nur ein kompletter Idiot hätte keine Verbindung zwischen den beiden paranormalen Ereignissen gesehen: hier Ironheart und dort ein real werdender Alptraum.

Holly war nicht nur verärgert, sondern stinksauer.

Als sie über den Crown Valley Parkway fuhr, dachte sie daran, daß es auch noch einen anderen Grund für ihren Zorn gab. In der großen Story, von der sie sich einen Durchbruch in ihrer journalistischen Karriere erhoffte, ging es nicht nur um Mut, Hoffnung, Wunder und Triumph über den Tod. Wie bei vielen anderen Artikeln, die seit dem Erfinden der Druckerpresse auf den Titelseiten der Zeitungen erschienen waren, gab es auch in diesem Fall einen dunklen Aspekt.

Jim duschte und zog sich für die Kirche an. Er war kein regelmäßiger Besucher der Sonntagsmesse und nahm auch nicht mehr an den zeremoniellen Ritualen der anderen Religionen teil, die im Laufe der Jahre sein Interesse geweckt hatten. Aber seit dem letzten Mai, als er nach Florida geflogen war, um Sam und Emily Newsome zu retten, wurde er von einer höheren Macht beherrscht – Grund genug, um öfters über Gott nachzudenken. Er erinnerte sich an Pater Geary und die Stigmata, die der Priester an ihm beobachtet hatte, als er vor einer knappen Woche bewußtlos vor dem

Altargeländer der Kirche Jungfrau Maria in der Wüste lag. Die Wundmale Jesu Christi ... Zum erstenmal seit einigen Jahren spürte Jim wieder den Reiz des Katholizismus. Eigentlich glaubte er nicht, daß er in der Kirche eine Möglichkeit fände, die Rätsel der letzten Ereignisse zu lösen, aber er konnte wenigstens hoffen.

Er ging in die Küche, und als er dort die Autoschlüssel vom Haken nahm, hörte er sich sagen: »Rettungsleine.« Sofort änderten sich seine Pläne für diesen Tag. Er erstarrte und wußte nicht genau, was er unternehmen sollte. Nach einigen Sekunden spürte er das vertraute Gefühl, eine Marionette zu sein, und daraufhin hängte er die Schlüssel zurück.

Jim ging ins Schlafzimmer und legte die aus Halbschuhen, grauer Hose, dunkelblauer Sportjacke und weißem Hemd bestehende Kleidung ab. Nach kurzem Zögern wählte er eine weite Hose und ein bequemes Hawaii-Hemd.

Er brauchte Bewegungsfreiheit. Ja, darauf kam es an. Der Grund dafür stand mit dieser neuen Mission in Zusammenhang und blieb ihm zunächst verborgen.

Er setzte sich vor dem Schrank auf den Boden und griff nach einem ausgetretenen und daher besonders bequemen Paar Rockports. Schnell verknotete er die Schnürsenkel – aber nicht zu fest –, stand auf und ging versuchsweise einige Schritte. In Ordnung.

Als sein Blick auf den Koffer im oberen Fach fiel, zögerte er erneut. Er war nicht sicher, ob er Gepäck benötigte. Kurze Zeit später *wußte* er, daß er darauf verzichten konnte. Er schloß den Schrank, ohne den Koffer herauszunehmen.

Kein Gepäck bedeutete folgendes: Er konnte das Ziel mit dem Wagen erreichen, und die Rundreise – einschließlich der Zeit, die er für sein aktives Eingreifen benötigte – nahm nicht mehr als vierundzwanzig Stunden in Anspruch. Aber als er sich vom Schrank abwandte, kam ihm das Wort »Flughafen« von den Lippen. Nun, es gab natürlich viele Orte, die er mit dem Flugzeug erreichen konnte, ohne länger als einen Tag von zu Hause fortzubleiben.

Er holte die Brieftasche hervor und wartete, um festzustellen, ob ihn ein inneres Drängen dazu aufforderte, sie beiseite zu legen. Als er nichts spürte, steckte er sie ein. Offenbar benötigte er sowohl Geld als auch den Ausweis – andernfalls hätte er nicht riskiert, Papiere mitzunehmen, die ihn identifizieren konnten.

Als er wieder in die Küche ging und nach den Autoschlüsseln

griff, fühlte er, wie sich Furcht in ihm regte. Allerdings war sie nicht so intensiv wie zu Beginn der letzten Mission. An jenem Tag war er ›aufgefordert‹ worden, einen Wagen zu stehlen – so daß man seine Spuren nicht zurückverfolgen konnte – und in die Mohavewüste zu fahren. Diesmal bekam er es vielleicht mit Gegnern zu tun, die eine noch größere Gefahr darstellten als die beiden Männer im Roadking, aber er machte sich nicht so große Sorgen. Er wußte, daß auch er eines Tages sterben würde. Das Werkzeug einer höheren Macht hatte nicht die Garantie der Unsterblichkeit. Nach wie vor war er nur ein Mensch: Man konnte sein Fleisch zerreißen, ihm die Knochen brechen, das Herz mit einer gutgezielten Kugel zerfetzen. Die geringere Furcht verdankte er in erster Linie seiner ein wenig mystischen Reise mit der Harley, den beiden Tagen mit Pater Geary, den Wundmalen Jesu Christi, die der Priester an ihm beobachtet hatte – und seiner daraus resultierenden Überzeugung, daß durch ihn etwas Göttliches wirksam wurde.

Holly befand sich auf dem Bougainvillea Way, noch einen Block von Ironhearts Haus entfernt, als ein dunkelgrüner Ford aus seiner Zufahrt rollte. Sie wußte nicht, welchen Wagen er fuhr, aber da er allein lebte, nahm sie an, daß der Ford ihm gehörte.

Sie beschleunigte in der Absicht, den Mann zu überholen und vor ihm zu bremsen, direkt auf der Straße eine Konfrontation mit ihm herbeizuführen. Doch dann nahm sie den Fuß vom Gas und begriff, daß Diskretion und Zurückhaltung nur selten fatale Fehler waren. Vielleicht bekam sie Gelegenheit herauszufinden, was er plante.

Als sie das Haus passierte, kam gerade die automatische Garagentür herab. Bevor sie sich schloß, sah Holly, daß die Garage keinen anderen Wagen enthielt. Also saß Ironheart im Ford.

Sie hatte nie den Auftrag erhalten, in bezug auf paranoide Drogenhändler, bestochene Politiker oder korrupte Geschäftsleute Ermittlungen anzustellen, und aus diesem Grund wußte sie nicht, wie man jemandem durch dichten Verkehr folgte. Solche Kenntnisse waren nicht notwendig, wenn man über Nutzholztrophäen, Torten-Wettessen und Performance-Künstler schrieb, die auf der Treppe des Rathauses mit lebenden Mäusen jonglierten. Holly erinnerte sich auch daran, daß Ironheart im Marin County an einem zweiwöchigen Kurs für aggressives Fahren teilgenommen hatte.

Wenn er gut genug mit einem Wagen umzugehen verstand, um Terroristenfallen zu entgehen – *dann hängt er mich sofort ab, wenn er merkt, daß ich ihm folge.*

Die Journalistin blieb so weit zurück, wie sie es wagte. Glücklicherweise war der Verkehr an diesem Sonntagmorgen dicht genug, um ihr die Möglichkeit zu geben, sich hinter anderen Fahrzeugen zu verbergen. Gleichzeitig bestand nicht die Gefahr, daß es zu einem plötzlichen Stau kam, durch den sie Ironheart aus den Augen verlor.

Er fuhr auf dem Crown Valley Parkway nach Osten, wechselte erst auf die Interstate 5 und dann zur 405 in Richtung Los Angeles.

Als sie die Hochhäuser im Bereich der South Coast Plaza hinter sich zurückließen – es handelte sich um das wichtigste Einkaufs- und Bürozentrum für die zwei Millionen Einwohner im urbanen Komplex des Orange County –, verbesserte sich Hollys Stimmung. Ganz offensichtlich war sie durchaus in der Lage, jemanden im Wagen zu verfolgen: Sie blieb zwei bis sechs Autos hinter Ironheart, nahe genug, um rechtzeitig zu reagieren, wenn er den Ford plötzlich über eine Ausfahrt lenkte. Das Vergnügen angesichts ihres bewiesenen Geschicks kühlte die Hitze des Zorns. Ab und zu bewunderte sie sogar den klaren blauen Himmel und den blühenden rosaroten und weißen Oleander, der den Freeway an einigen Stellen säumte.

Doch nach Long Beach fragte sie sich voller Unbehagen, ob Ironheart den ganzen Tag auf der Straße verbringen wollte. Vielleicht fand Holly schließlich heraus, daß die Fahrt in keinem Zusammenhang mit seinem Geheimnis stand. Auch ein selbsternannter Superheld mit hellseherischen Fähigkeiten besuchte Theatermatineen und ließ sich manchmal auf kein größeres Abenteuer ein, als szetschuanische Spezialitäten mit dem schärfsten Senf des Chefkochs zu essen.

Kurze Zeit später überlegte Holly, ob er mit seiner übersinnlichen Wahrnehmung ihre Präsenz gespürt hatte. Es erschien ihr viel einfacher, eine bestimmte Person zu bemerken, die einige Autos weiter hinten fuhr, als den drohenden Tod eines kleinen Jungen in Boston vorherzusehen. Andererseits: Vielleicht war Ironhearts Hellseherei nicht konstant, keine Gabe, die man nach Belieben ein und ausschalten konnte. Vielleicht funktionierte sie nur bei wichtigen Dingen, zeigte ihm Visionen von Gefahr, Zerstörung und Tod – oder überhaupt nichts. Eine vernünftige Vorstellung, fand die Journalistin. Wahrscheinlich schnappte man früher oder später über, wenn man ständig in die Zukunft blickte und bereits im voraus wußte, ob man an einem Film im Kino Gefallen fand, ob das Essen in einem Restaurant wirklich gut sein würde oder später höchst unangenehme Blähungen verursachte. Trotzdem beschloß Holly, vorsichtig zu sein; sie vergrößerte den Abstand zum Ford.

Als Ironheart den Freeway an der Ausfahrt zum International Airport von Los Angeles verließ, prickelte Aufregung in ihr. Vielleicht beabsichtigte er nur, jemanden abzuholen. Aber sie hielt es für wahrscheinlicher, daß er an Bord einer Maschine gehen wollte, um mit einer neuen Rettungsmission zu beginnen – so wie er am 12. August, vor fast zwei Wochen, nach Portland geflogen war, um Billy Jenkins vor dem Tod zu bewahren. Holly hatte sich nicht auf eine Reise vorbereitet, sie führte nicht einmal Kleidung zum Wechseln bei sich. Aber ihre Handtasche enthielt Bargeld und Kreditkarten, und eine frische Bluse konnte sie sich überall kaufen. Die Aussicht, Ironheart bis zum Schauplatz seines Eingreifens zu folgen, übte einen erheblichen Reiz auf sie aus. Es versetzte sie in die Lage, später mit größerem Sachverstand über ihn zu schreiben, als Augenzeugin von *zwei* Rettungen.

Holly erschrak, als der Mann von der Flughafenstraße abbog und sich einem Parkhaus näherte: jetzt gab es keine anderen Autos mehr, hinter denen sie sich verstecken konnte. Die Alternative bestand darin, weiterzufahren, woanders zu parken und ihn dadurch zu verlieren. Sie preßte die Lippen zusammen, verringerte ihre Geschwindigkeit ein wenig und nahm nur wenige Sekunden nach Ironheart ein Ticket vom Automaten an der Schranke entgegen.

Im dritten Stock fand Jim einen leeren Stellplatz, und Holly parkte etwa zwanzig Meter entfernt. Sie rutschte in ihrem Sitz nach unten und blieb im Wagen, gab ihm einen Vorsprung – um zu vermeiden, daß er sich umdrehte und sie sah.

Sie wartete fast zu lange. Als Holly ausstieg, beobachtete sie, wie sich Ironheart nach rechts wandte und hinter der Wand am Ende der Rampe verschwand.

Sie eilte ihm nach, und das leise Pochen ihrer Schritte hallte dumpf von der niedrigen Betondecke wider. Unten an der Ecke sah sie, daß er ein Treppenhaus betrat. Als sie ihm durch die Tür folgte, hörte sie, wie er die Stufen des letzten Absatzes hinter sich brachte.

Sein buntes Hawaii-Hemd gab ihr einen wichtigen Vorteil: Es viel so sehr auf, daß Holly ein ganzes Stück hinter ihm bleiben und sich unter die anderen Reisenden mischen konnte, als er zum United-Airlines-Terminal ging. Sie hoffte inständig, daß kein Flug nach Hawaii bevorstand – journalistische Recherchen ohne die finanzielle Unterstützung der Zeitung waren schon so teuer genug. Wenn Ironheart an diesem Tag jemanden retten wollte, so hoffentlich in San Diego und nicht in Honolulu.

Im Terminal nutzte Holly einige hochgewachsene Schweden als Deckung, während Jim eine Zeitlang vor den Monitoren stand und die Angaben der nächsten Flüge las. Die gerunzelte Stirn deutete darauf hin, daß er vergeblich nach seinem Ziel Ausschau hielt. Oder wußte er noch nicht, wohin die Reise ging? Vielleicht wiesen seine Vorahnungen Lücken auf; vielleicht offenbarten sie ihm nicht sofort alle notwendigen Informationen. Möglicherweise mußte er sich behutsam durch ein Gewirr aus präkognitiven Bildern tasten und erfuhr erst dann, wann und wo er wen retten sollte, wenn er den betreffenden Ort erreichte.

Nach einigen Minuten wandte er sich von den Monitoren ab und schritt durch den breiten Gang zum Ticketschalter. Holly wahrte weiterhin eine sichere Distanz zu ihm – bis sie begriff, daß sie nur dann sein Ziel in Erfahrung brachte, wenn sie dicht genug hinter ihm stand, um sein Gespräch mit der Angestellten zu hören. Widerstrebend verkürzte sie den Abstand.

Natürlich konnte sie warten, bis er das Ticket bezahlt hatte und zum Flugsteig ging, um anschließend einen Platz an Bord der gleichen Maschine zu buchen. Aber wenn das Flugzeug startete, bevor sie das Terminal erreichte? Sie dachte auch daran, die Angestellte nach Ironhearts Reiseziel zu fragen und ihre Neugier damit zu begründen, daß er eine Kreditkarte verloren hatte. Aber wenn sich die Fluggesellschaft anbot, ihm die Karte zu bringen? *Außerdem – vielleicht wirke ich dabei so verdächtig, daß man die Sicherheitsbeamten verständigt.*

In der Schlange vor dem Ticketschalter wagte es Holly, so dicht zu Ironheart aufzuschließen, daß sie nur noch eine Person von ihm trennte. Der große, untersetzte und dickbäuchige Mann vor ihr wirkte wie ein ehemaliger Footballspieler, der wie Hefe aufgegangen war. Ein unangenehmer Geruch ging von ihm aus, aber seine Masse genügte, um sich dahinter zu verbergen.

Die kurze Schlange schrumpfte rasch. Als Ironheart an den Tresen trat, schob sich Holly ein wenig hinter dem Dicken hervor und reckte den Hals, um zu hören, welches Ziel Jim nannte.

Genau in diesem Augenblick knackte es in einem nahen Lautsprecher. Die sinnliche und gleichzeitig zombieartige Stimme einer Frau gab bekannt, man habe ein verirrtes Kind gefunden. Gleichzeitig kam eine Gruppe geschwätziger New Yorker vorbei; sie verspotteten die kalifornische *Wir wünschen Ihnen einen angenehmen Tag*-Dienstleistungsphilosophie und sehnten sich offenbar nach der allgemeinen Feindseligkeit in ihrer Heimat. Ihre lauten Klagen übertönten Ironhearts Stimme.

Holly wagte sich noch weiter nach vorn.

Der Dicke starrte mit einem finsteren Blick auf sie herab und schien zu argwöhnen, daß sie sich vordrängeln wollte. Sie versicherte ihm mit einem versöhnlichen Lächeln, daß sie keineswegs derartige Absichten hegte und wußte, daß er groß und kräftig genug war, um sie wie ein lästiges Insekt zu zerquetschen.

Wenn Ironheart jetzt den Kopf drehte, sah er ihr direkt ins Gesicht. Sie hielt den Atem an und hörte, wie die Angestellte sagte: »... O'Hare Airport in Chicago. Die Maschine startet in zwanzig Minuten ...« Rasch wich Holly hinter den Dicken zurück, der sie über die Schulter hinweg musterte und weiterhin mißtrauisch blieb.

Sie fragte sich, warum Ironheart Los Angeles aufgesucht hatte, um einen Flug nach Chicago zu buchen. Der John Wayne Airport im Orange County bot zahlreiche Verbindungen zum O'Hare-Flughafen. Nun ... Chicago war weiter entfernt als San Diego, aber immer noch besser – und billiger – als Hawaii.

Ironheart bezahlte sein Ticket und eilte fort, ohne einen Blick in Hollys Richtung zu werfen.

Komischer Hellseher, dachte sie, zufrieden mit sich selbst.

Vor dem Tresen holte sie ihre Kreditkarte hervor und bat um einen Platz an Bord der gleichen Maschine. Zwei oder drei Sekunden lang hatte sie das schreckliche Gefühl, daß ihr die Angestellte antworten würde, das Flugzeug sei voll belegt. Doch das war glücklicherweise nicht der Fall; sie bekam ihr Ticket.

Im Warteraum der Abflughalle hielten sich nur wenige Personen auf. Die meisten Passagiere befanden sich bereits an Bord. Von Ironheart fehlte jede Spur.

Als Holly durch den tunnelartigen Zugang zur Eingangsluke des Flugzeugs schritt, dachte sie besorgt daran, daß Ironheart sie vielleicht sah, wenn sie zu ihrem Platz ging. Sie konnte den Anschein erwecken, ihn nicht zu bemerken oder ihn nicht zu erkennen, wenn er sich ihr näherte, aber sie bezweifelte, ob er ihre Präsenz an Bord für einen Zufall halten würde. Vor anderthalb Stunden war sie fest entschlossen gewesen, eine Konfrontation mit ihm herbeizuführen; jetzt verspürte sie nur noch den Wunsch, eine unmittelbare Begegnung zu vermeiden. Wenn er sie bemerkte, verließ er die Maschine vielleicht und gab seine Absicht auf, nach Chicago zu fliegen. Bestimmt bekam sie dann keine andere Chance, ihn bei einer seiner mysteriösen Rettungsaktionen zu beobachten.

Das Flugzeug war eine breite DC-10 mit zwei Gängen. Jede Reihe aus neun Sitzen wies drei verschiedene Sektionen auf: zwei am linken Fenster, zwei am rechten und fünf in der Mitte. Holly gehörte zur dreiundzwanzigsten Reihe, Sitz H – nur ein Sessel trennte sie vom Fenster. Als sie durch den Gang wanderte, musterte sie die anderen Passagiere und hoffte, daß ihr ein Blickkontakt mit Ironheart erspart blieb. Sie zog es vor, ihn während des Fluges überhaupt nicht zu sehen und erst im O'Hare-Flughafen zu versuchen, ihn ausfindig zu machen. Die DC-10 war ein enorm großes Flugzeug. Zwar blieben viele Plätze unbesetzt, aber es befanden sich mehr als zweihundertfünfzig Personen an Bord. In dieser Maschine konnten Ironheart und sie um die ganze Welt reisen, ohne sich über den Weg zu laufen; die wenigen Stunden bis nach Chicago sollten eigentlich kein Problem sein.

Dann sah sie ihn. Er saß in der Mittelsektion von Reihe sechzehn, am Rand des linken Ganges, auf der anderen Seite des Flugzeugs. Er blätterte gerade in der Zeitschrift der Fluggesellschaft, und Holly betete darum, daß er weiterhin darin las – bis sie an ihm vorbei war. Zwar mußte sie zur Seite treten, um einer Stewardeß Platz zu machen, die einen allein reisenden Knaben begleitete, aber ihr stummes Gebet wurde erhört. Sie erreichte 23-H, setzte sich und seufzte erleichtert. Selbst wenn Ironheart zur Toilette ging oder nur aufstand, um sich die Beine zu vertreten ... Es gab kaum Grund für ihn, den Steuerbordgang zu benutzen. Perfekt.

Holly richtete ihren Blick auf den Mann, der neben ihr am Fenster saß. Er war gut dreißig, schlank, gebräunt und ernst. Er trug einen dunkelblauen Anzug und ein weißes Hemd mit Krawatte. Keine einzige Falte zeigte sich in dem Anzug, ganz im Gegensatz zur Stirn. Seine Finger huschten über die Tasten eines Laptop-Computers. Die Kopfhörer wiesen darauf hin, daß er keine Gespräche mit anderen Reisenden führen wollte, und sein kühles Lächeln vermittelte die gleiche Botschaft.

Das kam Holly nur gelegen. Wie viele Reporter neigte sie nicht zu Schwatzhaftigkeit. Ihre Arbeit erforderte es, gut und aufmerksam zuzuhören, zum richtigen Zeitpunkt die richtige Frage zu stellen. Sie hatte nichts dagegen, den Flug in Gesellschaft einer Zeitschrift und ihrer eigenen Gedanken zu verbringen.

Zwei Stunden vergingen, und Jim wußte noch immer nicht, wen er retten sollte, wenn er die Maschine im O'Hare-Flughafen verließ. Er machte sich deshalb keine Sorgen, hatte er doch längst gelernt, geduldig zu sein und sich darauf zu verlassen, daß er die erforderlichen Informationen früher oder später bekommen würde.

Das Magazin der Fluggesellschaft interessierte ihn nicht, und die Beschreibung des Films im Bordkino klang so, als verspreche er ebensoviel Spaß wie ein Urlaub in einem sowjetischen Gefängnis. Die beiden Sitze rechts von ihm waren leer, was ihm höfliche Konversation mit Fremden ersparte. Er neigte die Rückenlehne ein wenig nach hinten, faltete die Hände auf dem Bauch, schloß die Augen und vertrieb sich die Zeit – zwischen den wiederholten Besuchen der Stewardessen, die sich mit nicht nachlassendem Eifer nach seinen Wünschen erkundigten –, indem er über den Windmühlentraum nachdachte. Die Bedeutung jener Vision, falls es überhaupt eine gab, blieb ihm noch immer rätselhaft.

Nun, er *versuchte*, darüber nachzugrübeln, aber aus irgendeinem unbekannten Grund glitten seine Gedanken immer wieder zu der Journalistin Holly Thorne.

Nein, das stimmte nicht ganz: Er wußte genau, warum er seit ihrer Begegnung so häufig an sie dachte. Sie war eine Augenweide – und auch intelligent. Ein Blick genügte, um festzustellen, daß sich hinter ihrer Stirn eine Million Zahnräder drehten, alle gut geschmiert und bestens aufeinander abgestimmt.

Außerdem mangelte es ihr nicht an Sinn für Humor. Jim wünschte sich sehr, seine Tage und seine langen, von Alpträumen heimgesuchten Nächte mit einer solchen Frau zu teilen. Das Lachen erforderte Gesellschaft: eine Beobachtung, ein Witz, ein besonderer Augenblick. Man lachte nicht viel, wenn man allein war. Und wenn doch ... In dem Fall sollte man sich besser darauf vorbereiten, die nächsten Wochen und Monate in einer Gummizelle zu verbringen.

Beim Umgang mit Frauen hatten sich immer Probleme für Jim ergeben, und deshalb war er häufig allein geblieben. Er mußte zugeben, daß es auch vor der seltsamen Veränderung schwierig gewesen war, mit ihm zu leben. Er neigte nicht etwa zu Depressionen, fühlte jedoch zu deutlich, daß der Tod überall seine dunkle Präsenz zeigte. Oft grübelte er über die bevorstehende Finsternis nach, ließ günstige Augenblicke verstreichen und gab sich nicht dem Vergnügen hin. Wenn ...

Er öffnete die Augen und richtete sich ruckartig auf, als es plötzlich zu der erwarteten Offenbarung kam. Zumindest zu einem Teil davon. Er wußte noch immer nicht, was in Chicago geschehen würde, aber er kannte jetzt die Namen der Personen, die er retten sollte: Christine und Casey Dubrowek.

Zu seiner großen Überraschung stellte er fest, daß sie sich an Bord dieses Flugzeugs befanden – woraufhin er vermutete, daß die Schwierigkeiten im O'Hare-Airport beziehungsweise kurz nach der Landung beginnen würden. Andernfalls hätte er nicht schon jetzt die Nähe der Bedrohten gespürt. Normalerweise begegnete er den betreffenden Menschen erst unmittelbar vor der kritischen Phase.

Jim stand auf, gelenkt von der Kraft, die ihn seit dem Mai des vergangenen Jahres als Werkzeug benutzte. Er schritt zum vorderen Teil der DC-10, wechselte dort zum Steuerbordgang und kehrte nach hinten zurück. Er hatte nicht die geringste Ahnung, was er unternehmen sollte – bis er Reihe zweiundzwanzig erreichte und Mutter und Tochter auf den Sitzen H und J sah. Die Frau mochte Ende Zwanzig sein, und ihre Züge wirkten sanft; keine Schönheit, aber attraktiv. Das Kind war fünf oder sechs Jahre alt.

Die Mutter sah neugierig zu ihm auf, und Jim hörte sich sagen: »Mrs. Dubrowek?«

Sie blinzelte überrascht. »Ja ... Kennen wir uns?«

»Nein, aber Ed hat mir erzählt, daß Sie mit dieser Maschine nach Chicago fliegen, und er bat mich, Ihnen Gesellschaft zu leisten.« Als er jenen Namen aussprach, begriff er, daß Ed ihr Ehemann war; *er wußte* es ganz plötzlich. Er ging neben dem Sitz in die Hocke und zeigte sein bestes Lächeln. »Ich bin Steve Harkman. Ed ist im Verkauf, ich in der Werbeabteilung. Bei einem Dutzend Konferenzen und Besprechungen pro Woche bringen wir uns gegenseitig um den Verstand.«

Christine Dubroweks Madonnengesicht erhellte sich. »O ja, er hat Sie erwähnt. Sie arbeiten erst seit kurzer Zeit für die Gesellschaft, nicht wahr? Seit einem Monat, glaube ich.«

»Inzwischen sind's schon sechs Wochen«, erwiderte Jim. Er ließ sich treiben und vertraute darauf, daß ihm rechtzeitig die richtigen Antworten einfielen. »Ich nehme an, dies ist Casey.«

Das kleine Mädchen saß am Fenster. Es hob den Kopf und sah von einem Märchenbuch auf. »Morgen ist mein Geburtstag. Ich werde sechs, und wir besuchen Oma und Opa. Ziemlich alte Leute, aber recht nett.«

Jim lachte. »Ich wette, sie sind sehr stolz auf eine so süße Enkelin.«

Holly beobachtete, wie sich Ironheart durch den Steuerbordgang näherte – und erschrak so heftig, daß sie fast aus dem Sitz gefallen wäre. Zuerst glaubte sie, daß er käme, um sie zur Rede zu stellen. Alles in ihr drängte danach, ein Geständnis abzulegen, noch bevor er sie erreichte: ›Ja, in Ordnung, ich bin Ihnen gefolgt, habe Nachforschungen über Sie angestellt und überhaupt keine Rücksicht auf Ihre Privatsphäre genommen.‹ Sie kannte kaum andere Journalisten, die sich in diesem Zusammenhang schuldig gefühlt hätten, aber einmal mehr regte sich jener Rest von Anstand in ihr, der auf dem journalistischen Karriereweg so viele Hindernisse für sie geschaffen hatte. Erneut ruinierte er fast alles – bis Holly begriff, daß Ironheart den Blick nicht etwa auf sie richtete, sondern sich an die Brünette in der Reihe vor ihr wandte. Sie schluckte krampfhaft und rutschte einige Zentimeter weit nach unten, anstatt aufzuspringen und sich selbst anzuklagen. Viel zu hastig griff sie nach dem Magazin der Fluggesellschaft, das sie wenige Sekunden vorher zur Seite gelegt hatte. Sie zwang sich zur Ruhe, als sie es betont langsam hob; zu schnelle Bewegungen erweckten vielleicht seine Aufmerksamkeit, bevor es ihr gelang, das Gesicht hinter den glänzenden Blättern zu verbergen.

Die Zeitschrift bot ihr visuellen Schutz, aber sie konnte deutlich hören, was Ironheart sagte, und vernahm auch die Antworten der Frau. Er stellte sich als Steve Harkman vor und behauptete, in der Werbeabteilung eines bestimmten Unternehmens zu arbeiten. Holly fragte sich, was ihn zu solchen Lügen veranlaßte.

Nach einer Weile wagte sie es, den Kopf ein wenig zur Seite zu drehen und an dem Magazin vorbeizuspähen. Ironheart hockte neben dem Sitz der Frau, so nahe, daß ihn Holly hätte anspucken können – obgleich sie im Zielspucken ebenso unerfahren war wie im Beschatten und Verfolgen.

Ihre Hände zitterten so sehr, daß die Blätter leise knisterten. Sie lehnte sich behutsam zurück, starrte auf die Seiten und versuchte, ruhig zu sein.

»Meine Güte, wie haben Sie mich erkannt?« fragte Christine Dubrowek.

»Nun, Ed hat die Wände seines Büros mit Bildern von Ihnen und Casey tapeziert«, entgegnete Ironheart.

»Oh, ich verstehe.«

»Mrs. Dubrowek ...«

»Nennen Sie mich Christine.«

»Danke. Christine ... Ich habe noch einen anderen Grund dafür, hierherzukommen und Sie zu belästigen. Ed meinte, Sie hätten erhebliches Talent als Ehestifterin.«

Das war offenbar genau die richtige Bemerkung. Das sanfte Gesicht der jungen Frau strahlte. »Nun, ich bringe Leute zusammen, wenn ich glaube, daß sie zueinander passen. Und ich muß zugeben, daß ich dabei nicht unerheblichen Erfolg habe.«

»Was stiftest du, Mami?« fragte Casey Dubrowek.

Christine schien genau zu wissen, wie der Verstand ihrer Tochter funktionierte. »Kein Unheil, Schatz.«

»Oh, gut.« Casey konzentrierte sich wieder auf ihr Märchenbuch.

»Wissen Sie«, fuhr Jim fort, »ich wohne erst seit acht Wochen in Los Angeles und fühle mich dort noch immer als Fremder. Ich bin der klassische einsame Typ, der an Bars für Singles keinen Gefallen findet und darauf verzichtet, sich einem Sportverein anzuschließen, nur um die Bekanntschaft von netten Frauen zu machen. Außerdem schrecke ich davor zurück, einen Computerdienst in Anspruch zu nehmen; wer so etwas benutzt, ist vermutlich ebenso verzweifelt und verkorkst wie ich.«

Christine lachte. »Sie erscheinen mir alles andere als verzweifelt und verkorkst.«

»Bitte entschuldigen Sie«, sagte eine Stewardeß mit freundlicher Entschlossenheit und berührte Jim an der Schulter. »Ich kann nicht zulassen, daß Sie den Gang blockieren.«

»Oh, natürlich«, erwiderte Jim und stand auf. »Geben Sie mir nur einige Sekunden.« Und zu Christine: »Es ist mir sehr peinlich, aber ... Ich würde wirklich gern mit Ihnen sprechen und erklären, nach welcher Frau ich suche. Vielleicht kennen Sie jemanden ...«

»Es wäre mir ein Vergnügen, Ihnen zu helfen.« Christine klang so begeistert, daß sie die Reinkarnation einer Landpomeranze sein mußte, die entweder eine geschätzte Kupplerin oder die erfolgreiche Inhaberin eines Heiratsbüros in Brooklyn gewesen war.

»Nun, die beiden Sitze neben meinem sind frei«, sagte Jim. »Wenn Sie dort für den Rest des Fluges Platz nehmen ...«

Er rechnete damit, daß Christine nicht ohne weiteres bereit war, die Sessel am Fenster aufzugeben, und Furcht vibrierte in seiner Magengrube, als er auf eine Antwort wartete.

Doch die Frau zögerte nur ein oder zwei Sekunden lang. »Ja, warum nicht?«

Die nahe Stewardeß gab ihr Einverständnis mit einem Nicken zu erkennen.

Christine wandte sich an Jim. »Ich dachte, Casey würde gern aus dem Fenster sehen, aber das scheint sie nicht besonders zu interessieren. Wie dem auch sei: Wir sitzen hier fast am Ende der Tragfläche, die einen großen Teil der Aussicht blockiert.«

Jim wußte nicht, warum er tiefe Erleichterung verspürte, als die junge Frau auf das Angebot einging. Sein Gefühl war ihm selbst ein Rätsel, das sich vielen anderen hinzugesellte. »Gut, großartig. Danke.«

Als er zurücktrat, damit Christine Dubrowek aufstehen konnte, bemerkte er den Passagier mit Sitz hinter ihr. Allem Anschein nach hatte die Frau enorme Angst vor dem Fliegen. Sie hielt sich eine Ausgabe des *Vis-à-vis* vors Gesicht und versuchte, ihre Furcht zu überwinden, indem sie ein wenig las. Aber ihre Hände zitterten so sehr, daß die Zeitschrift immerzu knisterte und raschelte.

»Wo ist Ihr Platz?« fragte Christine.

»Am anderen Gang, Reihe sechzehn. Kommen Sie, ich zeige es Ihnen.«

Jim nahm einen kleinen Koffer, während Christine und Casey nach einigen anderen Gegenständen griffen, und führte sie dann nach vorn und in den Backbordgang. Casey erreichte Reihe sechzehn vor ihrer Mutter.

Bevor sich Jim setzte, zwang ihn irgend etwas dazu, noch einmal zum rückwärtigen Teil der Maschine zu sehen und die an Flugangst leidende Frau in Reihe dreiundzwanzig zu beobachten. Sie hatte die Zeitschrift sinken lassen und begegnete seinem Blick. Er erkannte sie sofort.

Holly Thorne.

Jim war verblüfft.

»Steve?« fragte Christine Dubrowek.

Die Journalistin begriff, daß Jim sie bemerkt hatte. Sie riß die Augen auf und erstarrte wie ein Reh im hellen Scheinwerferlicht.

»Steve?«

»Äh, wenn Sie mich kurz entschuldigen würden, Christine ...«, antwortete er unsicher. »Nur eine Minute. Bitte warten Sie hier auf mich, in Ordnung? Ich bin gleich wieder da.«

Erneut schritt er durch den Gang auf der Steuerbordseite.

Sein Herz klopfte so heftig, als wolle es ihm die Brust zerreißen. Ein seltsamer, unerklärlicher Anflug von Panik schnürte ihm die Kehle zu. Jim fürchtete sich nicht vor Holly Thorne. Ihm wurde sofort klar, daß ihre Anwesenheit an Bord nicht auf einen Zufall zurückging; sie wußte von seinem Geheimnis und war ihm gefolgt. Doch das spielte derzeit keine Rolle. Seine plötzliche Angst basierte nicht etwa auf dem Umstand, entlarvt worden zu sein. Er hatte keine Ahnung, *was* ihn so sehr besorgte, doch dieses Gefühl gewann eine solche Intensität, daß in seinen Adern mehr Adrenalin als Blut floß.

Als er auf die Journalistin zuging, stand sie langsam auf. Dann fiel ein Schatten von Resignation auf ihr Gesicht, und sie setzte sich wieder. Ihre Attraktivität entsprach Jims Erinnerungsbildern, aber es fielen ihm dunkle Ringe unter den Augen auf. Schlafmangel?

Er erreichte Reihe dreiundzwanzig und griff nach Hollys Hand. »Kommen Sie.«

Sie blieb sitzen.

»Wir müssen miteinander reden«, fügte Jim hinzu.

»Wir können uns hier unterhalten.«

»Nein, unmöglich.«

Die Stewardeß von vorhin näherte sich.

Als Holly die Hand zurückzog, packte Jim sie am Arm und hoffte, daß ihn die Journalistin nicht zwang, sie aus dem Sitz zu zerren. Inzwischen hielt ihn die Stewardeß wahrscheinlich für einen Perversen, der während des Fluges die schönsten Frauen um sich versammelte, um Chicago mit einer Art Harem zu erreichen. Zum Glück leistete Holly keinen Widerstand und erhob sich.

Jim führte sie zur Toilette. In dem kleinen Raum hielt sich niemand auf, und deshalb zögerte er nicht, seine Begleiterin durch die Tür zu schieben. Er warf einen raschen Blick über die Schulter und befürchtete, daß ihn die Stewardeß beobachtete, aber sie kümmerte sich gerade um einen anderen Passagier. Rasch folgte er Holly in den winzigen Raum und schloß die Tür.

Holly drückte sich in eine Ecke und versuchte, eine möglichst große Distanz zu ihm zu wahren. Trotzdem standen sie sich fast Nase an Nase gegenüber.

»Ich fürchte mich nicht vor Ihnen«, sagte sie.

»Gut. Dazu gibt es auch keinen Grund.«

Die polierten Stahlwände der Toilette vibrierten. Das dumpfe Brummen der Triebwerke war hier ein wenig lauter als im großen Passagierabteil.

»Was wollen Sie?« fragte Holly.

»Sie müssen genau das tun, was ich Ihnen sage.«

Holly runzelte die Stirn. »Hören Sie, ich …«

»Und zwar *ganz genau*, ohne Widerrede«, fügte Jim scharf hinzu. »Für eine verbale Auseinandersetzung bleibt uns nicht genug Zeit.« Er rätselte über seine eigenen Worte nach.

»Ich weiß um Ihre …«

»Es ist mir völlig gleich, was Sie wissen oder nicht. Das spielt jetzt keine Rolle.«

Hollys Verwunderung wuchs. »Sie zittern wie Espenlaub.«

Jim zitterte nicht nur; er schwitzte auch. In der Toilette war es recht kühl, aber trotzdem bildeten sich Schweißperlen auf seiner Stirn. Einige von ihnen erreichten die rechte Schläfe und rannen zur Braue.

»Ich möchte, daß Sie Ihren gegenwärtigen Platz verlassen«, stieß Jim hervor. Er sprach hastig und drängend. »Kommen Sie in den vorderen Teil des Flugzeugs; dort gibt es einige freie Sitze.«

»Aber ich …«

»Sie dürfen nicht in der Reihe dreiundzwanzig bleiben.«

Holly war keine leicht zu beeindruckende Frau. Sie hatte ihren eigenen Willen und lehnte es ab, sich einfach so zu fügen. »Auf meinem Ticket steht ›Dreiundzwanzig H‹. Sie können mich nicht zwingen ...«

Jim unterbrach die Journalistin ungeduldig. »Wenn Sie weiterhin dort sitzen, werden Sie sterben.«

Sie wirkte ebenso verblüfft, wie sie sich fühlte. »Sterben? Was soll das heißen?«

»Ich weiß es nicht«, erwiderte Jim. Unmittelbar darauf durchströmte ihn unverlangtes Wissen. »O Jesus. Lieber Himmel! Ein Unglück.«

»Was?«

»Das Flugzeug.« Ironhearts Herz schlug schneller, als sich die Schaufeln der Turbinen drehten, die der Maschine den notwendigen Auftrieb verliehen. »Nach unten. Ganz nach unten.«

Die Verwirrung in Hollys Zügen wich wachsendem Schrecken. »Wir stürzen ab?«

»Ja.«

»Wann?«

»Keine Ahnung. Bald. Hinter Reihe zwanzig überlebt kaum jemand.« Er wußte erst Bescheid, als er diese Antwort gab, und sie erfüllte ihn mit Entsetzen. »Die Passagiere in den ersten neun Reihen haben eine bessere Überlebenschance, aber sie ist nicht gut, nicht gut genug. Sie müssen in meinem Bereich Platz nehmen.«

Die DC-10 erbebte.

Holly erstarrte und sah sich dann furchtsam um – als rechnete sie damit, daß breite Risse in den Wänden der kleinen Kammer entstehen würden.

»Turbulenzen«, sagte Jim. »Nur Turbulenzen. Wir haben noch ... einige Minuten.«

Offenbar hatte die Journalistin genug über ihn in Erfahrung gebracht, um seinen Aussagen zu vertrauen. Sie brachte keinen Zweifel zum Ausdruck. »Ich möchte nicht sterben.«

Jim spürte, wie das Zittern auch sein Inneres erfaßte. Er schloß die Hände fest um Hollys Schultern. »Deshalb müssen Sie nach vorn kommen und einen Sitz in meiner Nähe wählen. Für die Passagiere der Reihen zehn bis zwanzig besteht keine Gefahr. Einige von ihnen werden verletzt, manche schwer, aber in jener Sektion wird niemand sterben. Die meisten überstehen alles ohne einen Kratzer. Kommen Sie jetzt, um Himmels willen!«

Er griff nach dem Türknauf.

»Warten Sie. Sie müssen den Piloten warnen.«

Jim schüttelte den Kopf. »Das hätte keinen Sinn.«

»Vielleicht kann er irgend etwas unternehmen. Vielleicht ist er imstande, das Unglück zu verhindern.«

»Er würde mir nicht glauben. Und selbst wenn er bereit wäre, auf mich zu hören ... ich weiß nicht, was ich ihm sagen soll. Wir stürzen ab, ja, aber der Grund dafür ist mir unbekannt. Vielleicht eine Kollision mit einem anderen Flugzeug. Vielleicht führt Materialermüdung dazu, daß die DC-10 auseinanderbricht. Vielleicht befindet sich eine Bombe an Bord. Es gibt viele mögliche Ursachen.«

»Aber Sie haben übersinnliche Kräfte«, wandte Holly ein. »Bestimmt sind Sie in der Lage, mehr Einzelheiten zu sehen, wenn Sie sich bemühen.«

»Wenn Sie mich für eine Art Medium halten, wissen Sie weniger über mich, als Sie glauben.«

»Versuchen Sie es wenigstens.«

»Himmel, Miß Thorne, ich wäre sofort bereit, mir verdammt große Mühe zu geben, wenn das irgendeinen Sinn hätte. Aber das ist nicht der Fall.«

In Hollys Gesicht rangen Entsetzen und Neugier miteinander. »Wenn Sie kein Medium sind ... was dann?«

»Ein Werkzeug.«

»Ein Werkzeug?«

»Jemand oder etwas benutzt mich.«

Das Flugzeug erzitterte noch einmal. Holly und Jim erstarrten, aber die Maschine neigte sich nicht plötzlich nach unten. Sie flog weiter, und ihre drei Triebwerke brummten gleichmäßig. Nur weitere Turbulenzen.

Die Journalistin griff nach Jims Arm. »Sie dürfen die vielen Menschen an Bord nicht einfach sterben lassen.«

Ein schweres Gewicht senkte sich auf Ironhearts Schultern und schuf eine seltsame Leere in seiner Magengrube. Er konnte die Vorstellung, für den Tod der anderen Passagiere verantwortlich zu sein, kaum ertragen.

»Ich bin hier, um die Frau und das Mädchen zu retten, niemanden sonst«, sagte er.

»Wie schrecklich!«

Jim öffnete die Tür der Toilette. »Es gefällt mir ebensowenig wie Ihnen, aber so ist es nun einmal.«

Holly ließ seinen Arm nicht los und zerrte wütend daran. In ihren grünen Augen flackerte es; vielleicht sah sie grauenhafte Bilder, die ihr zerfetzte Leichen in einem Gewirr aus qualmenden Trümmerstücken zeigten. Ihre Stimme klang noch schärfer, obwohl sie diesmal nur flüsterte: »Sie dürfen die vielen Menschen an Bord nicht einfach sterben lassen!«

»Entweder begleiten Sie mich«, erwiderte Jim ungeduldig, »oder Sie kommen zusammen mit den anderen ums Leben.«

Er trat aus der kleinen Kammer, und Holly folgte ihm. Aber er wußte nicht, ob sie bereit war, in seiner Sektion Platz zu nehmen. Er hoffte es inständig. Ironheart fand es absurd, von ihr für den Tod der übrigen Passagiere verantwortlich gemacht zu werden, denn sie wären auch gestorben, wenn er sich nicht an Bord befunden hätte. Seine Aufgabe bestand keineswegs darin, auch *ihr* Schicksal zu ändern. Er konnte unmöglich die ganze Welt retten, er mußte sich auf die Weisheit der höheren Macht verlassen, die ihn lenkte. Aber eines ließ sich nicht leugnen: Er trug die Verantwortung für den möglichen Tod Hollys, denn ohne seine Präsenz hätte sie nicht an diesem Flug teilgenommen.

Als er durch den Backbordgang schritt, blickte er zu den Fenstern auf der linken Seite und beobachtete einen klaren blauen Himmel. Auf eine sehr intensive Weise wurde ihm die Leere unter den Füßen bewußt, und tief in ihm verkrampfte sich etwas.

Kurz darauf erreichte er seinen Platz in Reihe sechzehn und wagte es, in die Richtung zurückzusehen, aus der er kam. Erleichterung vertrieb seine Besorgnis, als er feststellte, daß ihm Holly tatsächlich folgte.

Er deutete auf zwei leere Sitze unmittelbar hinter seinem eigenen Sessel und dem Christines.

Die Journalistin schüttelte den Kopf. »Nur wenn Sie sich zu mir setzen. Wir müssen miteinander reden.«

Jim sah Christine an und dann Holly; er verglich die erbarmungslos verstreichende Zeit mit Wasser, das durch ein Abflußrohr gluckerte. Der fatale Augenblick rückte näher. Er fühlte sich versucht, Holly zu packen, sie in einen der beiden freien Sitze zu pressen, ihr den Sicherheitsgurt anzulegen und irgendwie zu verhindern, daß sie wieder aufstand.

Er biß die Zähne zusammen und konnte seinen Ärger nicht länger im Zaum halten. »Ich werde bei ihnen gebraucht«, sagte er und meinte damit Christine und Casey Dubrowek.

Jim hatte ebenso leise gesprochen wie Holly, aber einige Passagiere warfen ihnen bereits neugierige Blicke zu.

Christine runzelte die Stirn und reckte den Hals, um Holly anzusehen. »Stimmt was nicht, Steve?«

»Oh, es ist alles in bester Ordnung«, log er.

Erneut richtete er seine Aufmerksamkeit auf die Backbordfenster. Blauer Himmel. Grenzenlos. Leer. Wie viele Meilen war es bis zum Boden tief unter dem Flugzeug?

»Sie sind blaß und schwitzen«, sagte Christine.

Erst jetzt merkte Jim, daß auf der Stirn und an den Schläfen noch immer ein klebriger Feuchtigkeitsfilm haftete. »Mir ist nur ein wenig warm. Äh, ich habe eben eine alte Bekannte getroffen. Geben Sie mir fünf Minuten, um mit ihr zu sprechen?«

Christine lächelte. »Natürlich. Ich bin noch immer damit beschäftigt, eine geistige Liste all der Frauen zu erstellen, die für Sie in Frage kommen.«

Einige Sekunden lang hatte Jim nicht die geringste Ahnung, was sie meinte. Dann fiel ihm ein, daß er sie gebeten hatte, eine Partnerin für ihn zu finden. »Gut«, antwortete er. »Großartig. Ich bin gleich wieder da, und dann unterhalten wir uns darüber.«

Er drängte Holly zur Reihe siebzehn und nahm links neben ihr Platz. Rechts von ihr saß eine korpulente, großmütterliche Frau, die ein weites Kleid mit Blumenmustern trug. Das graue Haar war dunkel getönt und bot sich als eine wirre Lockenmasse dar. Sie schlief fest und schnarchte leise. Eine Brille mit goldenem Rand hing von der Perlenkette an ihrem Hals, ruhte auf dem üppigen Busen und hob und senkte sich im Rhythmus des gleichmäßigen Atmens.

Holly beugte sich zu Ironheart und sprach so leise, daß ihre Stimme nicht auf der anderen Seite des Ganges zu hören war. Trotzdem kam darin die Überzeugungskraft einer leidenschaftlichen politischen Rednerin zum Ausdruck: »Sie dürfen die vielen Menschen an Bord nicht einfach sterben lassen.«

»Diesen Punkt haben wir bereits erörtert«, erwiderte Jim unruhig und flüsterte ebenfalls.

»Es ist Ihre Verantwortung ...«

»Was kann ein einzelner Mann tun?«

»Sie sind ein *besonderer* Mann.«

»Ich bin nicht Gott«, seufzte Jim.

»Sprechen Sie mit dem Piloten.«

»Himmel, Sie haben wirklich kein Erbarmen, oder?«

»Warnen Sie den Piloten«, hauchte Holly.

»Er würde mir nicht glauben.«

»Dann warnen Sie die Passagiere.«

»In dieser Sektion sind nicht genug Sitze frei, um ihnen allen Platz zu bieten.«

Die Journalistin war zornig auf ihn – und gleichzeitig so still und ernst, daß er weder den Blick abwenden noch ihre eindringlichen Worte überhören konnte. Sie legte ihm die Hand auf den Arm und drückte so fest zu, daß es schmerzte. »Zum Donnerwetter, wollen Sie ihnen denn überhaupt keine Chance geben?«

»Ich würde nur eine Panik verursachen.«

»Wenn Sie imstande wären, mehr Menschen zu retten, jedoch darauf verzichten, diese Möglichkeit wahrzunehmen ...«, raunte Holly, und in ihren Augen blitzte es. »Das wäre Mord.«

Dieser Vorwurf traf ihn schwer und hatte die gleiche Wirkung wie ein Fausthieb in den Magen. Für einige Sekunden stockte ihm der Atem. Als er schließlich Antwort gab, klang seine Stimme rauh und heiser. »Ich hasse den Tod. Ich hasse es, daß Menschen sterben. Meine Güte, ich hasse es von ganzem Herzen. Ich möchte sie retten, das Leiden beenden und auf der Seite des Lebens stehen. Aber mir sind die Hände gebunden. Ich bin nicht allmächtig.«

»Mord«, wiederholte Holly.

Damit bürdete sie ihm eine unerträgliche Last auf. Er konnte unmöglich die Verantwortung für alle Passagiere an Bord übernehmen. Wenn er imstande war, die Dubroweks zu retten, so bewirkte er zwei Wunder, bewahrte Mutter und Tochter vor dem frühen Tod, den das Schicksal für sie plante. Aber Holly Thorne wußte nichts von seinen Fähigkeiten und lehnte es ab, sich mit zwei Wundern zu begnügen – sie wollte drei, vier, fünf, zehn, hundert! Jim spürte, wie das imaginäre Gewicht auf seinen Schultern zunahm, wie sich die ganze Masse des Flugzeugs auf ihn herabsenkte, ihn langsam zerquetschte. Er fand es falsch, daß die Journalistin ihm die Schuld gab – es war nicht fair. Wenn sie einen Schuldigen suchte, so sollte sie sich an Gott wenden; nur er wußte, warum seine heiligen Pläne einen Flugzeugabsturz vorsahen.

»Mord.« Hollys Finger übten einen noch stärkeren Druck aus.

Jim spürte ihre Wut wie die Hitze der Sonne, die von glänzendem Metall reflektierte. *Reflektierte*. Er begriff plötzlich, daß dieser Vergleich zutreffend war. Hollys Zorn angesichts seiner Weigerung, alle Menschen im Flugzeug zu retten, entsprach Jims eigenem Ärger darüber, nicht dazu fähig zu sein. Mit anderen Worten: Ihre Wut spiegelte seine eigene wider.

»Mord«, flüsterte die Journalistin noch einmal und wußte offenbar, welche profunde Wirkung sie mit diesem Vorwurf erzielte.

Ironheart sah in ihre wundervollen Augen und wollte ihr eine schallende Ohrfeige versetzen. Und damit noch nicht genug. Er verspürte plötzlich den Wunsch, ihr die Faust mit aller Kraft ins Gesicht zu rammen, sie bewußtlos zu schlagen – damit sie endlich damit aufhörte, seine eigenen Gedanken in Worte zu kleiden. Sie war zu aufmerksam und scharfsinnig. Er haßte sie, weil sie *recht hatte*.

Jim schlug nicht etwa zu, sondern stand auf.

»Wohin gehen Sie?« fragte Holly.

»Ich spreche mit einer Stewardeß.«

»Was wollen Sie ihr sagen?«

»Sie haben gewonnen, in Ordnung? Sie haben gewonnen.«

Auf dem Weg in den hinteren Bereich des Flugzeugs musterte Jim die Personen, an denen er vorbeilief. Es rann ihm eiskalt über den Rücken, als er daran dachte, daß viele von ihnen bald sterben würden. Seine Verzweiflung wuchs und zeigte ihm Schreckensvisionen: die Schädel unter der Haut, geborstene Knochen. *Es sind Zombies*, dachte er. *Lebende Tote*. Die Furcht wurde so intensiv, daß Übelkeit in ihm hochstieg. Aber die Furcht bezog sich nicht etwa auf ihn selbst, sondern galt diesen Menschen.

Die DC-10 erbebte und wackelte so heftig, als sei sie in ein Schlagloch des Himmels geraten. Jim hielt sich an der Rückenlehne eines Sessels fest. *Nein, noch ist es nicht soweit*.

Die Stewardessen hatten sich in ihrem Arbeitsabteil versammelt und trafen gerade Vorbereitungen dafür, die Tabletts mit dem Mittagessen zu verteilen. Jim bemerkte auch einige Stewards. Er versuchte, das Alter der Uniformierten zu schätzen: Zwei von ihnen wären erst Anfang Zwanzig, die übrigen über fünfzig.

Jim wandte sich an die älteste Frau, ›Evelyn‹ stand auf ihrem Namensschild.

»Ich muß mit dem Piloten sprechen«, sagte er leise, obgleich die nächsten Passagiere mehrere Meter entfernt saßen.

Evelyn gab durch nichts zu erkennen, überrascht zu sein. Ihr Gesicht zeigte nur ein professionelles Lächeln. »Tut mir leid, Sir, aber das ist nicht möglich. Ganz gleich, um welche Probleme es geht: Ich kann Ihnen bestimmt helfen ...«

»Ich war eben in der Toilette und habe etwas gehört, ein *falsches* Geräusch«, log Jim. »Es ging von den Triebwerken aus.«

Evelyns Lächeln wurde ein wenig breiter und wirkte weniger ehrlich. Innerlich schaltete sie in den Beruhige-den-nervösen-Passagier-Modus um. »Nun, während des Fluges ist es völlig normal, daß sich das Brummen der Triebwerke verändert, wenn der Pilot die Geschwindigkeit reduziert oder erhöht ...«

»Ich weiß.« Jim versuchte, wie ein vernünftiger Mann zu klingen, dem man zuhören sollte. »Ich habe viele Flugreisen hinter mir. Aber in diesem Fall ist es anders.« Er log erneut: »Ich arbeite für McDonnell Douglas und kenne mich daher mit Düsentriebwerken aus. Wir haben die DC-10 entworfen und gebaut. Ich weiß bestens um diese Maschine Bescheid, und was ich eben gehört habe, war *falsch*.«

Das Lächeln der Stewardeß verblaßte. Vermutlich nahm sie seine Warnung noch immer nicht ernst und hielt ihn nur für einen an Flugangst leidenden Passagier, der besonders einfallsreich war.

Die anderen Stewardessen und Stewards wandten sich von den Tabletts ab, starrten ihn groß an und überlegten wahrscheinlich, ob er Schwierigkeiten machen würde.

»Nun«, erwiderte Evelyn behutsam, »ich darf Ihnen versichern, daß alles in bester Ordnung ist. Abgesehen von den Turbulenzen ...«

»Es geht um das Hecktriebwerk«, sagte Jim. Das war keine Lüge. Er bekam weitere Hinweise, wurde zum Sprachrohr der unbekannten Informationsquelle. »Das Ansaugmodul der Turbine lockert sich. Gelöste Schaufeln sind nicht weiter schlimm, aber wenn das ganze Modul auseinanderbricht ... Das wäre eine Katastrophe.«

Diese genauen Angaben bildeten einen auffallenden Kontrast zu dem typischen ängstlichen Flugreisenden. Die Stewards und Stewardessen musterten Jim, wenn nicht respektvoll, so doch wenigstens nachdenklich.

»Es ist alles in Ordnung«, wiederholte Evelyn automatisch. »Selbst wenn wir ein Triebwerk verlieren – die beiden anderen genügen völlig, um Chicago sicher zu erreichen.«

Ironhearts Aufregung wuchs. Jene höhere Macht, die ihn als Instrument benutzte, hatte offenbar entschieden, ihn überzeugend wirken zu lassen. Vielleicht konnte er *tatsächlich* mehr als nur zwei Personen – die Dubroweks – retten.

Er gab sich alle Mühe, ruhig zu bleiben, als er fortfuhr: »Es handelt sich um eine sehr leistungsstarke Turbine, deren Schub vierzigtausend Pfund beträgt. Wenn sie hochgeht, entfaltet sie die Explosionskraft einer schweren Bombe. Der Kompressorendruck kann sich umkehren, und dann platzen die achtunddreißig Titanschaufeln des Ansaugmoduls auseinander. Stellen Sie sich vor, wie ihre Splitter Löcher in den Rumpf reißen, die Höhen und Seitenruder beschädigen ... meine Güte, der ganze Heckbereich des Flugzeugs würde zerstört werden.«

»Vielleicht sollte jemand Flugkapitän Delbaugh darauf hinweisen«, sagte der Steward.

Evelyn schwieg.

»Ich kenne die Triebwerke«, betonte Jim. »Ich bin in der Lage, ihm alles zu erklären. Sie brauchen mich nicht ins Cockpit zu führen. Es genügt, wenn ich die Gegensprechanlage benutzen darf.«

»McDonnell Douglas?« vergewisserte sich Evelyn.

»Ja«, behauptete Ironheart. »Seit zwölf Jahren arbeite ich als Flugzeugingenieur.«

Die Stewardeß begann ernsthaft daran zu zweifeln, ob mit den Triebwerken wirklich alles in Ordnung war. Jim hatte Unsicherheit in ihr geweckt.

»Der Kapitän muß das Triebwerk Nummer zwei abschalten«, fügte Ironheart hoffnungsvoll hinzu. »Wenn er den Flug nur mit den beiden anderen fortsetzt, droht keine Gefahr.«

Evelyn sah ihre Kollegen an, und einige von ihnen nickten. »Nun, es kann sicher nicht schaden, wenn ...«

»Kommen Sie«, drängte Jim. »Wir haben nicht mehr viel Zeit.«

Er folgte der Stewardeß aus dem Arbeitsabteil und ließ sich von ihr durch den Steuerbordgang zur Sektion der Touristenklasse führen.

Eine Explosion erschütterte die Maschine.

Evelyn wurde zu Boden geschleudert. Jim verlor ebenfalls das Gleichgewicht und griff nach einem Sitz, um nicht auf die Frau zu fallen, drehte sich um die eigene Achse, stieß gegen einen Passagier und stürzte ebenfalls, als sich das Flugzeug ruckartig von einer Seite zur anderen neigte. Hinter ihm klapperten die Tabletts mit dem Mittagessen; erschrockene Stimmen erklangen, und irgendwo schrie jemand. Ironheart stemmte sich in die Höhe und spürte, daß der Boden unter ihm nicht mehr horizontal war. Die DC-10 verlor an Höhe.

Holly verließ Reihe siebzehn, nahm neben Christine Dubrowek Platz und stellte sich als eine Freundin Steve Harkmans vor. Sie stürzte fast aus dem Sessel, als die Hand eines Riesen das Flugzeug zu packen und zu schütteln schien. Einen Sekundenbruchteil später vernahm sie ein dumpfes Pochen, als sei die DC-10 von etwas getroffen worden.

»Mami!« Casey war angeschnallt, obgleich die entsprechenden Anzeigen nicht leuchteten. Der Gurt hielt sie fest, doch das Märchenbuch fiel zu Boden. Christines Tochter riß die Augen auf.

Das Flugzeug verlor an Höhe.

»Mami?«

»Keine Angst«, sagte die Mutter und gab sich alle Mühe, ihre eigene Furcht zu verbergen. »Nur Turbulenzen. Ein Luftloch.«

Sie sanken schnell.

»Macht euch keine Sorgen«, sagte Holly und beugte sich an Christine vorbei, um sicherzustellen, daß auch Casey ihre beruhigenden Worte vernahm. »Euch droht keine Gefahr, wenn ihr hierbleibt. In dieser Sektion seid ihr sicher.«

Es ging weiter nach unten. Fünfhundert Meter ... tausend ...

Holly schnallte sich ebenfalls an.

Tausendfünfhundert ... zweitausend ...

Eine erste Welle aus Entsetzen und Panik spülte über die Passagiere hinweg, doch kurz darauf wich sie atemloser Stille. Männer und Frauen schlossen ihre Hände krampfhaft fest um die Armlehnen der Sessel und warteten: Gelang es dem Piloten rechtzeitig, das beschädigte Flugzeug unter Kontrolle zu bringen, oder stürzte es weiterhin ab?

Zu Hollys Überraschung kam der Bug langsam nach oben, und schließlich flog die DC-10 wieder in einer stabilen Höhe.

Dutzende von Passagieren seufzten erleichtert. Lauter Applaus erklang.

Die Journalistin wandte sich an Christine und Casey. »Es ist alles in Ordnung. Wir schaffen es.«

Die Stimme des Flugkapitäns drang aus den Lautsprechern und teilte mit, daß sie ein Triebwerk verloren hätten. Sie könnten den Flug aber problemlos mit den beiden anderen fortsetzen, versicherte er, schlug jedoch vor, den Kurs zu ändern und auf einem näheren Airport zu landen, um kein Risiko einzugehen. Der Kapitän klang ruhig und zuversichtlich, dankte den Passagieren für ihre Geduld und meinte, schlimmstenfalls stünden ihnen einige Unannehmlichkeiten bevor.

Wenige Sekunden später erschien Jim Ironheart im Gang und ging neben Holly in die Hocke. Sie bemerkte einen Blutfleck in seinem Mundwinkel; offenbar war er gefallen.

Die Journalistin fühlte sich so erleichtert, daß sie ihn am liebsten geküßt hätte. Doch sie sagte nur: »Ich wußte es. Ihr Eingreifen hat alles verändert.«

Jim musterte sie ernst. »Nein.« Er beugte sich ganz nahe zu Holly heran, so daß sie sich flüsternd verständigen konnten. Aber vielleicht hörte Christine Dubrowek trotzdem etwas. »Es ist zu spät.«

Holly versteifte sich unwillkürlich. »Aber wir stürzen nicht mehr ab.«

»Teile des explodierten Triebwerks haben Löcher in den Heckbereich gerissen, die meisten hydraulischen Systeme zerstört und den Rest beschädigt. Bald ist es nicht mehr möglich, die Maschine zu steuern.«

Hollys Furcht war geschmolzen. Jetzt kehrte sie zurück wie Eiskristalle, die auf der grauen Oberfläche eines winterlichen Teichs zu einer dicken Schicht zusammenwuchsen.

Das eigentliche Grauen stand ihnen noch bevor.

»Sie wissen *genau*, was geschehen ist und was geschehen wird«, brachte Holly hervor. »Sie sollten nicht hier sein, sondern beim Piloten.«

»Es ist vorbei. Ich habe zu spät eingegriffen.«

»Nein. Sie ...«
»Ich kann jetzt nichts mehr tun.«
»Aber ...«
Eine Stewardeß kam näher. Sie wirkte erschüttert, doch ihre Stimme klang ruhig. »Bitte kehren Sie zu Ihrem Platz zurück, Sir.«
»Ja, natürlich«, erwiderte Jim. Er drückte Hollys Hand. »Haben Sie keine Angst.« Er sah Christine an, dann auch Casey. »Sie und Ihre Tochter werden überleben.«
Er wählte einen Sitz in der Reihe siebzehn, direkt hinter Holly. Es gefiel ihr ganz und gar nicht, ihn aus den Augen zu verlieren. Allein sein Anblick genügte, um ihr Vertrauen einzuflößen.

Seit sechsundzwanzig Jahren verdiente sich Flugkapitän Sleighton Delbaugh seinen Lebensunterhalt in den Cockpits ziviler Flugzeuge, achtzehn davon als Pilot. Er hatte es mit vielen verschiedenen Problemen zu tun bekommen, manche von ihnen ernst genug, um als echte Krisen bezeichnet zu werden. In diesem Zusammenhang profitierte er von dem kontinuierlichen Ausbildungs- und Instruktionsprogramm der United Airlines, von der Notwendigkeit, ständig seine Fähigkeiten unter Beweis zu stellen. Er fühlte sich auf alles vorbereitet, was in einem modernen Flugzeug passieren konnte, aber es fiel ihm schwer zu glauben, was mit Flug 246 geschehen war.
Nach der Explosion des Hecktriebwerks fiel der große Vogel und ließ sich kaum mehr kontrollieren. Es gelang ihm zwar, den ungeplanten Sturzflug zu beenden, doch es gab ernstere Probleme als einen Höhenverlust von mehr als dreitausend Metern.
»Wir schwenken nach rechts«, sagte Bob Anilow. Er war Delbaughs Erster Offizier, dreiundvierzig Jahre alt und ein ausgezeichneter Pilot. »Rechtsdrift hält an und läßt sich nicht ausgleichen, Slay.«
»Teilweiser Ausfall der hydraulischen Systeme«, meldete der Bordingenieur Chris Lodden. Er war der jüngste von ihnen, und neue Stewardessen verliebten sich fast sofort in ihn. Dafür gab es zwei Gründe. Erstens: Er sah wie ein naiver Bauernjunge aus, der in Frauen mütterliche Instinkte weckte. Und zweitens: Ein Hauch von Schüchternheit unterschied ihn von seinen häufig übertrieben selbstsicheren Kollegen. Chris saß hinter Anilow und kümmerte sich um die mechanischen Bordsysteme.

»Noch stärker nach rechts«, sagte Anilow.

Delbaugh drehte das Ruderjoch weiter nach achtern. »Verdammt!«

»Keine Reaktion«, brummte Anilow.

»Es ist schlimmer als ein teilweiser Ausfall«, sagte Chris Lodden, rejustierte seine Instrumente und starrte ungläubig auf die Anzeigen. »Wie kann so etwas möglich sein?«

Aus Sicherheitsgründen verfügte die DC-10 über drei unabhängige hydraulische Systeme. Es war praktisch unmöglich, daß sie alle gleichzeitig funktionsunfähig wurden, doch genau das schien der Fall zu sein.

Pete Yankowski – er hatte schütteres Haar, einen roten Schnurrbart und arbeitete als Fluglehrer im Ausbildungszentrum der United Airlines – wollte seinen Bruder in Chicago besuchen und nahm als OMC (observing member of crew; beobachtendes Besatzungsmitglied) am Flug teil. Er saß auf dem Notsitz hinter Delbaugh und blickte dem Kapitän praktisch über die Schulter. »Ich gehe in den Heckbereich und sehe mir den Schaden an«, sagte er.

Links von ihm antwortete Lodden: »Wir haben jetzt nur noch den Schub zur Verfügung, um die Maschine zu steuern.«

Delbaugh hatte bereits damit begonnen, diese Möglichkeit zu nutzen. Vorsichtig drosselte er das rechte Triebwerk und erhöhte die Leistung des anderen auf der linken Seite, um die Rechtsdrift auszugleichen. Als sie zu weit nach links schwenkten, veränderte er die Schubkraft der beiden Triebwerke erneut.

Mit Hilfe des Bordingenieurs stellte Delbaugh fest, daß die Höhenruder im Heck nicht mehr auf die Kontrollen reagierten. Das galt auch für die Querruder in den Tragflächen sowie für die Brems- und Landeklappen.

Die DC-10 hatte eine Spannweite von über fünfzig Metern. Der Rumpf war fast sechzig Meter lang. Sie stellte nicht nur ein Flugzeug dar, sondern ein Schiff, das am Himmel segelte – ein wahrer Jumbo-Jet. Und jetzt konnte man sie nur noch mit den beiden General Electric/Pratt & Whitney-Triebwerken steuern. Ebensogut hätte der Fahrer eines außer Kontrolle geratenen Wagens versuchen können, ihn zu lenken, indem er sein Gewicht von einer Seite zur anderen verlagerte.

Seit der Explosion des Hecktriebwerks waren einige Minuten verstrichen, und sie befanden sich noch immer in der Luft.

Holly glaubte an Gott, nicht etwa aufgrund einer beeindruckenden religiösen Erfahrung, sondern weil es ihr zu düster erschien, Seine Existenz zu leugnen und damit alle Hoffnung auf ein Leben nach dem Tod aufzugeben. Sie war als Methodistin aufgewachsen und hatte eine Zeitlang mit dem Gedanken gespielt, zum Katholizismus zu konvertieren. Aber sie wußte noch immer nicht genau, welchen Gott sie bevorzugte – eine der grauen Spielarten des Protestantismus, den leidenschaftlicheren Allmächtigen der Katholiken oder eine ganz andere heilige Wesenheit. In ihrem täglichen Leben wandte sie sich nicht an Gott, um seine Hilfe bei der Lösung ihrer Probleme zu erbitten, und sie sprach nur dann Tischgebete, wenn sie ihre Eltern in Philadelphia besuchte. Sie wäre sich wie eine Heuchlerin vorgekommen, wenn sie jetzt in Gebeten Zuflucht gesucht hätte, aber sie hoffte trotzdem, daß Gott in einer gnädigen Stimmung war und über die DC-10 wachte. *Sein* oder *Ihr* Geschlecht spielte dabei keine Rolle für Holly, ebensowenig wie *Seine* oder *Ihre* Vorliebe für Gläubige.

Christine las zusammen mit Casey im Märchenbuch, kommentierte die Abenteuer der Tierfiguren mit lustigen Bemerkungen und versuchte, ihre Tochter von den Erinnerungen an die Explosion und den anschließenden Sturzflug abzulenken. Sie konzentrierte sich so sehr auf das Kind, daß sie damit ihre wahren Empfindungen verriet: Sie fürchtete sich sehr und wußte, daß ihnen das Schlimmste noch bevorstand.

Mit jeder verstreichenden Minute wuchs Hollys Trotz; sie lehnte es ab, Ironhearts Antworten als unumstößliche Tatsachen zu akzeptieren. Sie zweifelte nicht etwa daran, daß die Dubroweks, Jim und sie selbst überleben würden. Er hatte bereits mehrfach bewiesen, daß er große Erfolge erzielte, wenn er sich auf einen Kampf gegen das Schicksal einließ, und daraus schloß die Journalistin, daß ihnen im vorderen Teil der Touristenklasse wirklich keine unmittelbare Gefahr drohte. Doch sie konnte sich nicht damit abfinden, daß viele andere Passagiere sterben mußten. Sie fand es unerträglich, sich vorzustellen, daß Alte und Junge, Männer und Frauen, Unschuldige und Schuldige, Anständige und Verdorbene, Freundliche und Böse durch das gleiche Unglück umkommen sollten, daß alle der gleiche Friedhof erwartete: eine öde Felslandschaft, oder eine Wiese mit wilden Blumen, die in brennendem Kerosin verkohlten. War das der Lohn für diejenigen, die ein Leben in Würde und Respekt vor ihren Mitmenschen geführt hatten?

Über Iowa verließ Flug 246 Minneapolis Center, die Flugverkehr-Überwachung nach Denver Center, und erreichte den Zuständigkeitsbereich von Chicago Center. Die hydraulischen Systeme reagierten noch immer nicht; Chicago und das Büro von United Airlines gaben Delbaugh die Erlaubnis, den Kurs zu ändern und den nächsten Airport anzufliegen: Dubuque, Iowa. Der Kapitän überließ Anilow die Kontrolle über das Flugzeug und versuchte, zusammen mit Chris Lodden, eine Lösung für das Problem zu finden.

Zunächst einmal setzte er sich mit der System Aircraft Maintenance (SAM) in San Francisco in Verbindung. SAM war die zentrale Wartungsstation der United Airlines, ein hochmoderner Komplex, in dem über zehntausend Techniker und Ingenieure arbeiteten.

»Wir sind in Schwierigkeiten«, sagte Delbaugh ruhig. »Ausfall aller hydraulischen Systeme. Wir können noch eine Weile in der Luft bleiben, aber wir sind nicht mehr manövrierfähig.«

In SAM waren nicht nur die Angestellten der UA tätig – und zwar rund um die Uhr –, sondern auch Spezialisten der Unternehmen, deren Flugzeuge im Linienverkehr der United Airlines eingesetzt wurden. Zu ihnen gehörten auch Personal von General Electric, dem Entwickler der CF-6-Triebwerke, und ein Fachmann vom Hersteller der DC-10, McDonnell Douglas. Den Leuten in SAM standen Handbücher, andere schriftliche Unterlagen und ein elektronisch gespeicherter Datenberg zur Verfügung, hinzu kam eine detaillierte Wartungsgeschichte jeder Maschine in der UA-Flotte. Die Techniker konnten Delbaugh und Lodden über jedes einzelne mechanische Problem Auskunft geben, zu dem es irgendwann an Bord ihres Flugzeugs gekommen war. Sie wußten, was man beim letzten Wartungsintervall unternommen hatte und wann zum letztenmal die Bezüge der Sitze erneuert worden waren. Auf Anfrage nannten sie sogar die exakte Summe des Wechselgeldes, das die Passagiere während der letzten zwölf Monate an Bord verloren hatten.

Delbaugh hoffte, daß sie ihm mitteilen würden, wie er ein riesiges Flugzeug ohne die Hilfe von Rudern, Klappen und anderen notwendigen Manövriervorrichtungen fliegen sollte. Selbst die besten Trainingsprogramme gingen von der Annahme aus, daß bei Katastrophen dank der Ersatzsysteme zumindest eine *gewisse* Kontrolle blieb. Zuerst wollten die SAM-Spezialisten kaum glauben, daß alle hydraulischen Anlagen ausgefallen waren; sie nahmen an, Delbaugh meine einen teilweisen Funktionsverlust. Er mußte sie schließlich anschreien, um ihnen die Situation zu verdeutlichen – was er sofort bedauerte. Es wäre ihm lieber gewesen, sich ein Beispiel an dem kühlen Professionalismus zu nehmen, den andere Piloten vor ihm unter ähnlichen Umständen gezeigt hatten, und der Klang seiner nervösen Stimme erschreckte ihn. Anschließend konnte er sich nicht mehr selbst einreden, wirklich so ruhig zu sein, wie er sich gab.

Der Fluglehrer Pete Yankowski kehrte aus dem Heckbereich zurück und berichtete, durch ein Fenster habe er ein fast vierzig Zentimeter breites Loch im horizontalen Teil des Rumpfendes beobachtet. »Wahrscheinlich sind die Beschädigungen noch weitaus größer. Stellen Sie sich Schrapnellsplitter vor, die hinter dem Heckschott alles zerfetzt haben – Sie wissen ja, daß sich dort die wichtigsten hydraulischen Komponenten befinden. Wir können von Glück sagen, daß es nicht zu einem plötzlichen Druckabfall kam.«

Delbaugh spürte ein flaues Gefühl in der Magengrube und dachte kummervoll daran, daß er die Verantwortung für zweihundertdreiundfünfzig Passagiere und zehn andere Besatzungsmitglieder trug. Er gab Yankowskis Informationen an SAM weiter und fragte noch einmal, wie er die praktisch manövrierunfähige DC-10 fliegen solle. Die Experten in San Francisco berieten sich, und Delbaugh war nicht sonderlich überrascht, als sie ihm keinen Rat anbieten konnten. Er bat sie um etwas Unmögliches. Schubkraft allein genügte nicht, um die riesige Maschine zu beherrschen – doch Gott konfrontierte ihn mit dieser unlösbaren Aufgabe.

Er blieb weiterhin mit dem Aufsichtsbüro der United Airlines in Kontakt – dort überwachte man die gesamte UA-Hardware, die sich in der Luft befand. Darüber hinaus waren noch beide Kanäle – zum Büro und zu SAM – mit dem UA-Hauptquartier in der Nähe des O'Hare-Flughafens von Chicago verbunden. Per Funk sprach Delbaugh mit vielen interessierten und besorgten Personen, aber sie wußten ebensowenig Rat wie die Spezialisten in San Francisco.

Nach einer Weile wandte er sich an Yankowski. »Sagen Sie Evelyn, sie soll den Burschen von McDonnell Douglas holen, von dem sie uns erzählt hat. Ich möchte mit ihm reden.«

Als Pete daraufhin das Cockpit verließ und Anilow die Hände fester um das Steuer schloß – als könne er die hydraulischen Systeme mit einem entschlossenen Griff zum Gehorsam zwingen –, informierte Delbaugh SAM von der Anwesenheit eines McDonnell Douglas-Ingenieurs an Bord. »Kurz vor der Explosion wies er darauf hin, mit dem Hecktriebwerk sei etwas nicht in Ordnung. Angeblich hat er irgendein seltsames Geräusch bemerkt.«

Der von General Electric stammende Fachmann für die CF-6-Turbomotoren antwortete: »Ein seltsames Geräusch? Was soll das heißen? Wieso soll irgendein Geräusch darauf hingedeutet haben, daß mit dem Triebwerk etwas nicht in Ordnung war? Wie klang es?«

»Keine Ahnung«, entgegnete Delbaugh. »Wir haben überhaupt nichts bemerkt, und die Stewards und Stewardessen ebensowenig.«

Es knisterte und knackte in Delbaughs Kopfhörer. »Das ergibt doch keinen Sinn.«

Der von McDonnell Douglas entsandte DC-10-Spezialist in SAM schien nicht minder verblüfft zu sein. »Wie heißt der Typ?«

»Das wird sich gleich herausstellen«, erwiderte Sleighton Delbaugh. »Bisher kennen wir nur seinen Vornamen: Jim.«

Als der Flugkapitän bekanntgab, daß sie aufgrund von mechanischen Problemen in Dubuque landen würden, sah Jim, daß sich Evelyn durch den Backbordgang näherte. Sie schwankte, weil die Maschine nicht mehr so ruhig flog wie vorher. Er ahnte, mit welchem Anliegen die Stewardeß kam.

»... könnten wir ein wenig durchgeschüttelt werden«, beendete Delbaugh die Durchsage.

Der Pilot drosselte ein Triebwerk und erhöhte die Leistung des anderen. Die Tragflächen wackelten, und das Flugzeug schaukelte wie ein Boot auf hohen Wellen. Nach den einzelnen Schubveränderungen dauerte es nicht lange, bis die DC-10 in eine stabile Lage zurückkehrte, aber wenn sie zwischen den Kurswechselphasen in

Turbulenzen geriet ... Die Maschine glitt nicht mehr einfach hindurch, sondern erbebte so heftig, als könne sie jeden Augenblick auseinanderbrechen.

»Flugkapitän Delbaugh bittet Sie darum, das Cockpit aufzusuchen«, sagte Evelyn mit sanfter Stimme und lächelte so, als überbringe sie eine Einladung zum Tee.

Jim wollte ablehnen. Er war nicht sicher, ob Christine und Casey – oder Holly – die Bruchlandung und den Schrecken unmittelbar danach ohne seine direkte Präsenz überleben würden. Er wußte, daß sich beim Aufprall ein zehn Reihen langer Teil des Rumpfes direkt hinter der Ersten Klasse vom Rest des Flugzeugs lösen würde; in den Bug- und Hecksektionen drohten weniger starke Beschädigungen. Vor seinem Eingreifen in das Schicksal des Fluges 246 hatte das Verhängnis für die Passagiere in jenen Bereichen nur leichte Wunden oder überhaupt keine Verletzungen vorgesehen. Er hielt an der Überzeugung fest, daß die nicht für den Tod bestimmten Reisenden mit dem Leben davonkamen, fragte sich jedoch, ob in bezug auf die Dubroweks ein Aufenthalt in der Sicherheitszone genügte, um ihr Überleben zu gewährleisten. Vielleicht mußte er unmittelbar nach der katastrophalen Landung zugegen sein, um sie durch Feuer und Rauch nach draußen zu bringen – und dazu war er nicht imstande, wenn er sich im Cockpit befand.

Außerdem wußte er nicht, welches Schicksal die Besatzung erwartete. Wenn sie starb und wenn er ihr während der kritischen Phase Gesellschaft leistete ...

Trotzdem beschloß Jim, Evelyn zu begleiten. Eigentlich blieb ihm gar keine andere Wahl, seit Holly darauf bestanden hatte, daß er nicht nur eine Frau und ihre Tochter retten, sondern dem Tod eine weitaus größere Niederlage beibringen solle. Zu deutlich erinnerte er sich an den Sterbenden im Kombi, an die drei ermordeten Unschuldigen im Lebensmittelladen von Atlanta – Menschen, die überlebt hätten, wenn es ihm erlaubt gewesen wäre, eher zur Stelle zu sein.

Als er die Reihe sechzehn passierte, sah er kurz zu den Dubroweks hinüber, die in einem Märchenbuch lasen, und begegnete dann Hollys Blick. Ihre Furcht war fast greifbar.

Während er Evelyn folgte, spürte er die nachdenkliche Aufmerksamkeit der anderen Passagiere. Er gehörte zu ihnen, und das

derzeitige Dilemma verlieh ihm offenbar einen besonderen Status
– was darauf hindeutete, daß die Situation problematischer war,
als der Flugkapitän behauptet hatte. Vermutlich überlegten die
Reisenden, welches spezielle Wissen seine Gegenwart im Cockpit
wünschenswert erscheinen ließ. Jim spürte ihre stummen Fragen.

Die DC-10 schwankte erneut.

Ironheart beobachtete Evelyn und ahmte sie nach. Die Stewardeß taumelte nicht einfach, wenn sich der Boden unter ihr neigte. Sie versuchte, sich dem Schlingern anzupassen, beugte sich in die andere Richtung und verlagerte den Schwerpunkt ihres Körpers.

Einige Passagiere erbrachen sich möglichst diskret in dafür vorgesehene Tüten. Den meisten anderen gelang es, ihre Übelkeit im Zaum zu halten. Überall fiel Jims Blick auf bleiche und blasse Gesichter.

Als er das enge, instrumentenglitzernde Cockpit erreichte, fühlte er die Kälte eines eisigen Schreckens. Der Bordingenieur blätterte in einem Handbuch, und seine Züge brachten stille Verzweiflung zum Ausdruck. Die beiden Piloten – Evelyn trat ebenfalls ein und stellte sie als Delbaugh und den Ersten Offizier Anilow vor – rangen mit den Kontrollen und versuchten, den immer wieder nach rechts driftenden Jumbo-Jet auf den richtigen Kurs zurückzubringen. Ein Mann mit schütterem rotem Haar half ihnen dabei, sich auf diese Aufgabe zu konzentrieren. Er kniete zwischen ihnen, und auf die Anweisungen des Kapitäns hin betätigte er die Gashebel und nutzte die Schubkraft der beiden noch funktionierenden Triebwerke, um das Flugzeug zu steuern.

»Wir verlieren erneut an Höhe«, sagte Anilow.

»Ist nicht weiter schlimm«, erwiderte Delbaugh. Er merkte, daß jemand hereingekommen war, drehte kurz den Kopf und musterte Jim. An der Stelle des Kapitäns hätte Ironheart wie ein erschöpftes Rennpferd geschwitzt, aber auf Delbaughs Gesicht glänzte nur ein dünner Schweißfilm, so als habe ihn jemand mit einem Zerstäuber besprüht. Seine Stimme klang ruhig und gefaßt: »Sie sind Jim?«

»Ja«, bestätigte er.

Delbaugh sah nach vorn. »Wir schwenken wieder herum«, sagte er zu Anilow, und der Copilot nickte. Delbaugh ordnete eine neuerliche Schubveränderung an, und der kniende Mann bewegte die Gashebel. Dann wandte sich der Flugkapitän noch einmal an

Jim, ohne den Blick auf ihn zu richten. »Sie wußten, was geschehen würde.«

»Ja.«

»Was können Sie mir sonst sagen?«

Ironheart stützte sich an der Wand ab, als die Maschine einmal mehr erbebte und sich regelrecht schüttelte. »Alle hydraulischen Systeme sind ausgefallen.«

»Himmel, das ist mir klar«, erwiderte Delbaugh und fügte mit kühlem Sarkasmus hinzu: »Ich wäre für Informationen dankbar, die ich noch nicht habe.« Es hätte ein zorniges Brummen sein können, aber der Kapitän beherrschte sich gut. Eine Zeitlang sprach er mit der Flugkontrolle in Dubuque und bekam neue Instruktionen.

Jim hörte stumm zu und begriff, daß der Tower die DC-10 mit einigen 360-Grad-Schleifen herunterholen und zur Landebahn bringen wollte. Da den Piloten eine echte Kontrolle über die Maschine fehlte, kam ein direkter Anflug wie sonst nicht in Frage. Die Neigung des Flugzeugs, ständig nach rechts zu driften, mußte in einem komplizierten Plan berücksichtigt werden; es sollte von ganz allein den Weg zum Stall finden, wie ein widerspenstiger Stier, der nicht dem Hirten gehorchte und entschlossen war, eine eigene Route nach Hause zu wählen. Wenn man sowohl den Radius der Schleifen als auch den Sinkflug genau berechnete, mochte es möglich sein, daß die Maschine genau zur richtigen Zeit den Anfang der Landebahn erreichte und sicher landete.

Aufprall in fünf Minuten.

Jim zuckte schockiert zusammen und sprach diese vier Worte fast laut aus.

Als Delbaugh das Gespräch mit dem Tower beendete, fragte Ironheart: »Funktioniert das Fahrwerk?«

»Ja«, sagte der Flugkapitän. »Es ist ausgefahren und eingerastet.«

»Dann schaffen wir es vielleicht.«

»Wir *werden* es schaffen«, erwiderte Delbaugh. »Es sei denn, uns stehen weitere Überraschungen bevor.«

»Ich fürchte, das ist der Fall«, meinte Jim.

Delbaugh bedachte ihn mit einem durchdringenden Blick. »Ich höre.«

Aufprall in vier Minuten.

»Zunächst einmal: Beim Landeanflug wird es zu plötzlichen

Böen kommen. Sie treffen das Flugzeug von der Seite, pressen es also nicht zu Boden. Aber der dadurch entstehende Aufwind beschert Ihnen einige schwierige Augenblicke. Stellen Sie sich vor, über ein Waschbrett zu fliegen.«

»Wovon reden Sie da?« entfuhr es Anilow.

»Einige hundert Meter vor dem Anfang der Landebahn ist die Maschine noch immer nicht gerade ausgerichtet«, fuhr Jim fort und gestattete es der allwissenden höheren Macht, durch ihn zu sprechen. »Aber Sie müssen den Anflug fortsetzen; Ihnen bleibt keine andere Wahl.«

»Woher wollen Sie das wissen?« fragte der Bordingenieur.

Ironheart ignorierte ihn. Zunge und Lippen bewegten sich von ganz allein, brachten die Worte hastiger hervor. »Die DC-10 neigt sich plötzlich nach rechts, und die Tragfläche berührt den Boden, wodurch sich das ganze Flugzeug um die eigene Achse dreht. Es rutscht über die Landebahn in ein Feld, bricht auseinander und gerät in Brand.«

Der rothaarige und zivil gekleidete Mann, der die Gashebel bediente, sah ungläubig zu Jim auf. »Was ist das für ein verdammter Blödsinn? Für wen halten Sie sich?«

»Er wußte um das Hecktriebwerk Bescheid, bevor es explodierte«, sagte Delbaugh kühl.

Ironheart stellte fest, daß sie mit der zweiten von insgesamt drei vorgesehenen Schleifen begannen. »Von Ihnen im Cockpit stirbt niemand, aber Sie verlieren hundertsiebenundvierzig Passagiere und vier Stewardessen.«

»O Gott«, murmelte Delbaugh.

»Das kann er doch gar nicht *wissen*«, wandte Anilow ein.

Aufprall in drei Minuten.

Der Flugkapitän gab dem Rothaarigen an den Schubreglern weitere Anweisungen. Ein Triebwerk brummte lauter, das andere leiser, und die große Maschine flog durch die zweite Schleife, verlor dabei an Höhe.

»Aber Sie werden gewarnt, kurz bevor die DC-10 nach rechts kippt«, sagte Jim.

»Wodurch?« erkundigte sich Delbaugh. Er sah Ironheart noch immer nicht an, hielt den Blick auf die Instrumente gerichtet.

»Sie wissen nicht, was es bedeutet. Es ist ein seltsames Geräusch, und Sie hören es zum erstenmal in Ihrem Leben, hervorgerufen von Materialermüdung im Tragflächenstutzen, dort, wo er am Rumpf befestigt ist. Ein scharfes *Doing*, wie von der zerreißenden Saite einer riesigen Gitarre. Wenn Sie es hören, sofort die Leistung des Backbordtriebwerks erhöhen und nach links kompensieren, damit verhindern Sie, daß sich das Flugzeug überschlägt.«

Anilow verlor die Geduld. »Was für ein Unsinn! Slay, ich kann nicht *denken*, solange dieser Kerl hier ist.«

Jim wußte, daß der Erste Offizier recht hatte. Sowohl die System Aircraft Maintenance in San Francisco als auch das UA-Aufsichtsbüro schwiegen seit einer ganzen Weile, um nicht die Konzentration der Piloten zu stören. Selbst wenn er blieb, ohne ein weiteres Wort zu sagen: Es bestand die Gefahr, daß er Delbaugh und seine Begleiter im entscheidenden Augenblick ablenkte. Außerdem glaubte er, daß es keine weiteren wichtigen Hinweise gab.

Er verließ das Cockpit und kehrte so rasch wie möglich zur Reihe sechzehn zurück.

Aufprall in zwei Minuten.

Holly hielt ständig nach Jim Ironheart Ausschau und hoffte, daß er sich wieder zu ihnen setzen würde. Sie wollte ihn in der Nähe wissen, wenn es zum Schlimmsten kam. Deutlich erinnerte sie sich an den bizarren Alptraum in der vergangenen Nacht, an das Ungeheuer, das sie in die Wirklichkeit des Motelzimmers zu verfolgen schien; sie entsann sich auch daran, wie viele Menschen Ironheart bei seinem Bemühen getötet hatte, anderen Personen das Leben zu retten – sie dachte in diesem Zusammenhang an Norman Rink in Atlanta. Doch seine lichte Seite überstrahlte das Dunkle an ihm. Zwar war er in eine Aura der Gefahr gehüllt, aber in seiner Begleitung fühlte sich Holly seltsam sicher, wie im Bereich eines Schutzengels.

Eine der Stewardessen benutzte die Lautsprecheranlage, um Notfallmaßnahmen zu erklären. Ihre Kollegen und Kolleginnen standen in anderen Sektionen und vergewisserten sich, daß alle Passagiere verstanden, worum es ging.

Die DC-10 schlingerte und bebte erneut. Zwar gab es in ihrer Struktur kein Holz, aber sie knarrte und knackte wie ein Segelschiff auf einem sturmgepeitschten Meer. Hinter den Fenstern erstreckte sich blauer Himmel, doch die Luft war nicht ruhig. Die Turbulenzen wurden jetzt immer heftiger.

Die Reisenden gaben sich keinen Illusionen mehr hin. Sie wußten, daß eine Landung unter denkbar schlechten Umständen bevorstand. Bestimmt vermuteten einige von ihnen, daß sich eine Katastrophe anbahnte. Überraschenderweise war es in dem großen Flugzeug fast völlig still, so als säßen die Passagiere in einer Kathedrale und nähmen dort an einer feierlich-ernsten Zeremonie teil. Vielleicht stellten sie sich ihre eigenen Totenmessen vor.

Jim erschien im Bereich der Ersten Klasse und schritt durch den Backbordgang. Es erleichterte Holly zutiefst, ihn zu sehen. Er blieb nur kurz stehen, um den Dubroweks ein beruhigendes Lächeln zu schenken, der Journalistin die Hand auf die Schulter zu legen und ihr mit dieser stummen Geste Mut zu machen. Dann nahm er in Reihe siebzehn Platz.

Die Maschine geriet in besonders heftige Turbulenzen. Holly gewann immer mehr den Eindruck, daß sie nicht länger flogen, sondern über Wellblech rutschten.

Christine nahm Hollys Hand und hielt sie kurz, als seien sie alte Freundinnen. In gewisser Weise war das auch der Fall: Der drohende Tod führte sie zusammen.

»Viel Glück, Holly.«

»Das wünsche ich Ihnen auch«, erwiderte die Journalistin.

Die auf der anderen Seite neben ihrer Mutter sitzende Casey wirkte klein und zierlich.

Inzwischen saßen auch die Stewards und Stewardessen in der Haltung, die sie vorher den Passagieren gezeigt hatten. Schließlich folgte Holly ihrem Beispiel und nahm eine Position ein, die bei einem Unglück die besten Überlebenschancen bot: den Gurt angelegt, nach vorn gebeugt, den Kopf zwischen den Knien, die Hände fest um die Waden geschlossen.

Die DC-10 ließ die Zone mit den Turbulenzen hinter sich zurück, und eine Zeitlang flog sie völlig ruhig. Doch Holly bekam keine Gelegenheit, Erleichterung zu empfinden. Von einem Augenblick zum anderen schien der ganze Himmel zu beben, so als stünden Kobolde an den vier Ecken und schüttelten ihn wie eine lose Decke.

Über den Sitzen öffneten sich die Fächer fürs Handgepäck. Es regnete kleine Koffer, Reisetaschen, Jacken und persönliche Gegenstände. Irgend etwas traf Holly am Rücken und prallte ab. Es war kein besonders schweres Objekt und verursachte kaum Schmerzen, aber sie stellte sich plötzlich einen mit Make-up und Gesichtscreme gefüllten Kosmetikkoffer vor, der sie genau im richtigen Winkel traf, um ihr das Rückgrat zu brechen.

Flugkapitän Sleighton Delbaugh wandte sich mit neuen Anweisungen an Yankowski, der weiterhin auf dem Boden des Cockpits kniete und die Gashebel betätigte, während die beiden Piloten versuchten, zumindest eine geringe Kontrolle über das Flugzeug zu gewinnen. Delbaugh trachtete danach, sich innerlich vorzubereiten, aber er wußte zu genau, wie schlimm eine Bruchlandung sein konnte.

Sie beendeten gerade die dritte und letzte 360-Grad-Schleife. Die Landebahn befand sich vor ihnen, doch sie näherten sich ihr nicht in einem völlig geraden Anflug, so wie es Jim – Delbaugh konnte sich nicht an den Nachnamen des Mannes erinnern – vorhergesehen hatte.

Eine weitere Prophezeiung des Fremden bestätigte sich. Die DC-10 sank durch außergewöhnlich starke Turbulenzen, sie zitterte und bebte so heftig, als säßen sie alle in einem alten Bus mit gebrochenen Achsen, der über eine steile und ungepflasterte Bergstraße fuhr. So etwas hatte der Kapitän noch nie zuvor erlebt. Selbst mit einer völlig intakten Maschine wäre er nicht ohne weiteres bereit gewesen, angesichts so starker Seiten- und Aufwinde zu landen.

Aber er konnte den Flug nicht zu einem anderen Airport fortsetzen und auf bessere Wetterbedingungen hoffen. Seit der Explosion des Hecktriebwerks war es ihnen gelungen, den Jumbo-Jet dreiundvierzig Minuten lang in der Luft zu halten – eine Leistung, auf die sie stolz sein durften. Doch Geschick, Entschlossenheit, Intelligenz und Mut genügten nicht, um die Maschine sicher zu steuern. Delbaugh hatte immer mehr das Gefühl, einen gewaltigen Felsen zu fliegen, den nur ein Wunder davor bewahrte, zu Boden zu stürzen.

Zweitausend Meter trennten sie vom Anfang der Landebahn, und sie näherten sich schnell.

Der Kapitän dachte an seine Frau und den siebzehnjährigen Sohn zu Hause in Westlake Village, im Norden von Los Angeles. Er dachte auch an seinen anderen Sohn Tom, der in Willamette studierte. Und er sehnte sich danach, ihre Gesichter zu berühren, sie zu umarmen.

Doch Delbaughs Furcht galt nicht dem eigenen Schicksal. Wenigstens nicht ganz. Die geringe Sorge im Hinblick auf seine Sicherheit war keineswegs das Ergebnis der Voraussage, daß im Cockpit niemand sterben würde – immerhin konnte er kaum sicher sein, daß alle Vorahnungen des Fremden eine konkrete Entsprechung in der Wirklichkeit fanden. Vielleicht lag es daran, daß ihm gar keine Zeit blieb, sich Sorgen zu machen.

Noch eintausendfünfhundert Meter.

Seine Gedanken drehten sich in erster Linie um die Passagiere und Besatzungsmitglieder, die ihm ihr Leben anvertrauten. Wenn er auch nur teilweise Verantwortung für das Unglück trug – aufgrund von mangelnder Entschlossenheit oder falschen Reaktionen –, so konnten seine bisherigen Verdienste keinen Ausgleich für diese eine Katastrophe schaffen. Diese Einstellung bewies vielleicht, daß er zu hart mit sich selbst war, wie einige Freunde behaupteten, aber er wußte, daß viele Piloten ein so stark ausgeprägtes Verantwortungsbewußtsein entwickelten.

Delbaugh erinnerte sich an die Worte des Fremden: »... *Sie verlieren hundertsiebenundvierzig Passagiere ...*«

In seinen Händen brannte dumpfer Schmerz, als er sie fester um das heftig vibrierende Steuer schloß.

»... *und vier Stewardessen ...*«

Noch zwölfhundert Meter.

»Der Vogel will erneut nach rechts schwenken«, sagte Delbaugh. »Halten Sie ihn auf Kurs!« knurrte Anilow. In dieser geringen Höhe hing alles vom Flugkapitän ab.

Einhunderteinundfünfzig Tote. Leidende, trauernde Familien, zahllose andere Leben von einer Tragödie gezeichnet.

Elfhundert Meter.

Aber zum Teufel auch: Woher wollte der Bursche wissen, wie viele Menschen starben? Absurd. Behauptete er vielleicht, Hellseher zu sein? Unfug und Blödsinn – Yankowski hatte recht. Andererseits ... Der Fremde hatte vorher vom explodierten Hecktriebwerk gewußt und auch die Waschbrett-Turbulenzen vorhergesagt. Nur ein Narr würde seine Warnungen einfach ignorieren.

Tausend Meter.

»Es geht los«, murmelte Delbaugh.

Jim Ironheart beugte sich in seinem Sitz vor, neigte den Kopf zwischen die Knie, griff nach den Waden und dachte dabei an die Pointe eines alten Witzes: Gib deinem eigenen Arsch einen Abschiedskuß.

Er hoffte inständig, die Flut des Schicksals durch sein Eingreifen nicht so sehr verändert zu haben, daß sie sowohl ihn selbst als auch die Dubroweks und andere Passagiere fortspülte, die eigentlich überleben sollten. Mit seinen Hinweisen an den Piloten hatte er direkten Einfluß auf die Zukunft genommen, und was sich jetzt anbahnte, war vielleicht *schlimmer* als die ursprünglich vom Verhängnis geplanten Ereignisse.

Die höhere Macht schien seine Versuche, mehr Menschen zu retten als nur Christine und Casey, letztendlich zu billigen. Doch Natur und Identität jener Macht blieben so rätselhaft, daß nur ein Idiot angenommen hätte, ihre Motive und Absichten zu verstehen.

Das Flugzeug zitterte wie ein ängstliches Wesen, und aus dem Brummen der Triebwerke wurde ein fast schrilles Heulen.

Jim starrte auf den Boden zu seinen Füßen und rechnete damit, daß sich plötzlich große Löcher darin bildeten.

Er machte sich vor allen Dingen um Holly Thorne Sorgen. Ihre Präsenz an Bord war im Drehbuch des Schicksals nicht vorgesehen. Vielleicht gelang es Jim tatsächlich, mehr Passagiere zu retten, als seine Mission vorsah, aber er fürchtete sich davor, daß Holly beim Aufprall sterben würde.

Als das Flugzeug einmal mehr erbebte und sich der Landebahn näherte, krümmte sich Holly noch weiter zusammen und schloß die Augen. In ihrer privaten Finsternis sah sie Gesichter: Vater und Mutter, was zu erwarten gewesen war; Lenny Callaway, ihre erste große Teenagerliebe (eine Überraschung – seit ihrem sechzehnten Lebensjahr hatte sie ihn nicht mehr getroffen); Mrs. Rooney, eine Lehrerin an der Oberschule, die sich mit besonderem Engagement um sie gekümmert hatte; Lori Cugar, eine gute Freundin während der Zeit am College, bevor das Leben sie in eine andere Ecke des Landes geführt hatte. Hinzu kamen noch viele andere Personen, denen Holly spezielle Empfindungen entgegenbrachte. Die individuellen Reminiszenzen verharrten jeweils nur für ein oder zwei Sekunden im inneren Zentrum ihrer Aufmerksamkeit, aber der nahe Tod verzerrte die Zeit, und dadurch gewann Holly den Eindruck, daß sie viele Minuten lang über jene Menschen nachdachte. Sie erlebte nicht etwa eine filmartige Rückschau auf ihr Leben, sondern entsann sich an die Protagonisten darin – was kaum einen Unterschied machte.

Die DC-10 knackte und knarrte, heulte und kreischte, zitterte und bebte, und Hollys Blick blieb nach innen gerichtet. Trotzdem hörte sie Christine Dubrowek, die sich kurz vor der Landung an ihre Tochter wandte: »Ich hab' dich lieb, Casey.«

Holly begann zu weinen.

Dreihundert Meter.
Delbaugh zog das Steuer ein wenig nach hinten und richtete den Bug auf.
Alles schien in Ordnung zu sein – wenn man die besonderen Umstände berücksichtigte.
Ihr Anflugvektor bildete einen knappen Winkel zur Landebahn, aber vielleicht konnte Delbaugh die Maschine ausrichten, sobald sie auf dem Boden waren. Wenn nicht ... Nun, dann rollten sie drei oder vier Kilometer weit über den Beton, bevor sie von der Piste abkamen und ein Feld erreichten, das den Eindruck erweckte, als habe man dort vor einigen Tagen Korn geerntet. Es handelte sich nicht gerade um ein wünschenswertes Ziel, aber bis dorthin hatte sich ihr Bewegungsmoment bestimmt stark reduziert. Vielleicht brach das Flugzeug trotzdem auseinander – es hing davon ab, über was für einen Boden die Räder des Fahrwerks rollten –, doch die Wahrscheinlichkeit dafür, daß der ganze Rumpf zerfetzt wurde, war recht gering.

Zweihundert Meter.
Keine Turbulenzen mehr.
Die DC-10 schwebte wie eine Feder.
»Na schön«, brummte Anilow, und Delbaugh sagte gleichzeitig: »Ruhig, ruhig.« Beide Piloten dachten: *Es sieht gut aus; wir schaffen es.*

Hundert Meter.
Der Bug noch immer oben.
Perfekt.
Landung und ...
DOING!
Ein lautes Quietschen der Reifen untermalte dieses seltsame Ge-

räusch. Delbaugh entsann sich an die Warnung des Fremden. »Schub auf Nummer eins!« stieß er hervor und riß das Steuer nach links. Yankowski erinnerte sich ebenfalls und zögerte nicht, den entsprechenden Gashebel zu betätigen – obwohl er die Prophezeiungen für Unsinn gehalten hatte. Die rechte Tragfläche kippte nach unten – ›Jim‹ behielt erneut recht –, aber das rechtzeitige Ausgleichmanöver sorgte dafür, daß sie sich sofort wieder nach oben neigte. Es bestand die Gefahr einer Überkompensation, und deshalb gab Delbaugh einen neuen Schubbefehl, während er noch immer versuchte, die Maschine nach links zu drücken. Sie rollten, rollten über die Runway, das Flugzeug zitterte, und Delbaugh ordnete die Schubumkehr an, weil angesichts ihrer hohen Geschwindigkeit nach wie vor eine Katastrophe drohte, sie rollten und rollten, nicht in einer geraden Linie auf der Landebahn, sondern in einem leichten Winkel, allmählich wurden sie langsamer, aber sie rollten noch immer ... Die rechte Tragfläche kippte erneut, begleitet von einem metallischen Kreischen, als müder Stahl – *Probleme im Tragflächenstutzen, dort, wo er am Rumpf befestigt ist*, hatte der Fremde gesagt – den enormen Belastungen erlag. Sie rollten und rollten, aber Delbaugh konnte nichts gegen die breiter und länger werdenden Risse im Stutzen unternehmen; es war ihm nicht möglich, nach draußen zu klettern und die verdammten Nieten festzuhalten. Sie rollten und rollten, und die Geschwindigkeit verringerte sich, aber die rechte Tragfläche schwang wie in Zeitlupe dem Boden entgegen, reagierte nicht mehr auf die Gegenmaßnahmen, nur noch wenige Zentimeter trennten ihre Spitze vom Boden, o Gott, die Tragfläche ...

Holly spürte, wie sich das Flugzeug noch weiter nach rechts neigte. Sie hielt den Atem an – oder glaubte es zumindest –, und gleichzeitig schnappte sie verzweifelt nach Luft.

Das Knacken und Kreischen überlasteten Metalls dröhnte seit einigen Minuten durch den Rumpf, doch jetzt wurde es plötzlich lauter. Noch weiter nach rechts. Ein kanonenartiges Donnern ertönte, die Maschine erbebte heftiger als jemals zuvor. Das Fahrwerk gab nach.

Sie rollten nicht mehr, sondern *rutschten* über die Landebahn. Die Passagiere wurden in ihren Sitzen hin und her geworfen. Dann drehte sich die DC-10; Hollys Puls raste, und tief in ihrem Innern verkrampfte sich etwas. Sie fühlte sich wie in einem riesigen Karussell, aber es machte überhaupt keinen Spaß. Der Gurt kam einer scharfen Klinge an ihrer Taille gleich, schien zu versuchen, sie langsam in Stücke zu schneiden.

Sie empfand den Lärm als unerträglich. Die entsetzten Stimmen der anderen Passagiere waren nicht einmal das Schlimmste. Das Kreischen des Flugzeugs übertönte sie, als sein stählerner Bauch über den Beton der Piste schabte, als Verbindungsstellen platzten und Metallplatten fortgerissen wurden. Vielleicht hatten Dinosaurier, die in mesozoischen Teergruben versanken, ähnliche Schreie ausgestoßen, doch seit jener Ära gab es nichts auf der Erde, das Schmerz und Pein so ohrenbetäubend deutlich zum Ausdruck bringen konnte. Es handelte sich nicht nur um ein mechanisches Geräusch – es war metallisch und auch lebendig, so gespenstisch und schrecklich, als kreischten alle Bewohner der Hölle, als wimmerten Millionen von gequälten Seelen. Holly rechnete jeden Augenblick damit, daß ihre Trommelfelle rissen.

Sie mißachtete die Anweisungen der Stewards und Stewardessen, sah auf und blickte sich um. Kaskaden aus weißen, gelben und türkisfarbenen Funken stoben an den Fenstern vorbei; es sah aus, als fliege die DC-10 durch ein besonders farbenprächtiges Feuerwerk. Sechs oder sieben Reihen weiter vorn öffnete sich der Rumpf wie die Schale eines Eies, das man an einem Teller aufschlug.

Holly hatte genug gesehen und ließ den Kopf wieder zwischen die Knie sinken.

Zunge und Lippen bewegten sich, aber die Journalistin war in einem solchen Strudel aus Entsetzen gefangen, daß sie die eigenen Worte zunächst nicht verstand. Sie konzentrierte sich auf ihre Stimme und versuchte, den Rest der Kakophonie zu filtern. »Nein, nein, nein, nein, nein, nein ...«

Vielleicht verlor sie für einige Sekunden das Bewußtsein. Vielleicht entstand eine mentale Barriere, die ihre Sinne vor einer Überbelastung schützte. Als sie die Aufmerksamkeit wieder nach außen richtete, herrschte plötzliche Stille. Seltsame Gerüche erfüllten die Luft, und Holly bemühte sich vergeblich, sie zu identifizieren. Ein Ende des Chaos – und doch erinnerte sie sich nicht daran, daß die Maschine zur Ruhe gekommen war.

Sie lebte.

Ekstatische Freude durchflutete sie. Holly hob den Kopf und setzte sich auf, holte tief Luft, um laut zu jubeln. Dann sah sie das Feuer.

Die DC-10 überschlug sich nicht. Es hatte sich ausgezahlt, Flugkapitän Delbaugh zu warnen.

Doch Jim wußte, daß die jetzt beginnende Phase ebenso gefährlich war wie die Bruchlandung selbst.

Auf der Steuerbordseite des Flugzeugs lief Treibstoff aus den geplatzten Tanks, und orangefarbene Flammen leckten über die Fenster. Die Maschine schien sich in ein Unterseeboot zu verwandeln, das auf einer fremden Welt durch ein Meer aus Feuer glitt. Einige Fensterscheiben waren gesplittert, und die Glut prasselte durch jene Öffnungen, auch durch den breiten Riß im Rumpf, zwischen der Touristenklasse und dem vorderen Teil der DC-10.

Jim löste den Sicherheitsgurt, erhob sich und beobachtete, wie einige Sitze auf der Steuerbordseite in Brand gerieten. Die Passagiere dort ließen sich auf Hände und Knie fallen, krochen unter den sich rasch ausbreitenden Flammen umher.

Ironheart trat in den Gang, zog Holly von ihrem Platz hoch und umarmte sie. Über ihre Schulter hinweg sah er zu den Dubroweks hin. Mutter und Tochter waren unverletzt, aber Casey weinte.

Er hielt die Hand der Journalistin und suchte nach einer Möglichkeit, das Flugzeug so schnell wie möglich zu verlassen. Rasch wandte er sich dem rückwärtigen Teil der Maschine zu, und für einige Sekunden begriff er nicht, was sich seinen Blicken darbot. Eine amorphe Masse wogte aus dem gräßlich deformierten und halbzerfetzten Heck heran, wie ein gefräßiges Monstrum aus einem Horrorfilm. Das schwarze, wallende Etwas verschlang alles: Sitze, Wände, den Boden, Menschen – Qualm. Doch der Rauch wirkte so dicht und *massiv*, daß er auf den ersten Blick wie eine Wand aus Öl oder Schlamm aussah.

Im Heckbereich des Flugzeugs drohte der Erstickungstod. Es blieb ihnen nichts anderes übrig, als den vorderen Teil aufzusuchen, trotz des Feuers. Auf der Steuerbordseite knisterten Flammen über den zerrissenen Rumpf und reichten mehrere Meter weit in den Passagierraum. Auf der Backbordseite schien bisher noch keine Gefahr zu bestehen, von der Glut erfaßt zu werden.

»Schnell«, sagte Jim und wandte sich an Christine und Casey, als sie Reihe sechzehn verließen. »Nach vorn. Beeilt euch. Los!«

Andere Reisende aus den ersten sechs Reihen der Touristenklasse versperrten ihnen den Weg. Jeder wollte aus dem Flugzeug fliehen. Eine junge Stewardeß gab sich alle Mühe, den Passagieren zu helfen, aber trotzdem kamen sie nur langsam voran. Dutzende von kleinen Koffern, Handtaschen, Büchern und andere aus den Handgepäckfächern gefallenen Gegenstände lagen im Gang, und Jim mußte sehr darauf achten, nicht zu stolpern.

Der dichte Rauch glitt von hinten heran, erreichte und umhüllte sie, brannte so sehr in den Augen, daß ihnen Tränen über die Wangen rannen. Jim hustete, als die ersten tentakelartigen Ausläufer des Qualms nach ihm tasteten. Einen Sekundenbruchteil später würgte er voller Abscheu und versuchte, nicht daran zu denken, was hinter ihnen brannte – abgesehen von Polstern, Kunststoff, Teppichboden und anderen Innenausstattungsteilen des Flugzeugs.

Der ätzende Rauch wogte weiter, schob sich gnadenlos in die vorderen Bereiche der DC-10, und die Passagiere verschwanden darin. Sie schienen durch einen Vorhang aus schwarzem Samt zu hasten.

Bevor die Sichtweite auf einige wenige Zentimeter schrumpfte, ließ Jim Hollys Hand los und berührte Christine an der Schulter. »Ich nehme das Kind«, sagte er, hob Casey hoch und drückte sie fest an sich.

Vor ihm im Gang lag eine aufgeplatzte Papiertüte. Sie enthielt unter anderem ein weißes T-Shirt mit der Aufschrift I LOVE L. A., und daneben zeigte sich die Darstellung rosaroter, pfirsichfarbener und hellgrüner Palmen.

Jim griff nach dem Shirt und drückte es Casey in die kleinen Hände. Keuchend brachte er hervor: »Halt es vors Gesicht. Benutz es als Atemfilter!«

Dann wurde er praktisch blind. Die Qualmwolke um ihn herum war so dicht, daß er nicht einmal mehr das Kind in seinen Armen sah. Ebensowenig konnte er Luftströmungen innerhalb des Rauchs feststellen; er schien statisch zu sein, die ganze Welt zu umfassen. Die Schwärze war noch dunkler als jene Finsternis, die Jim sah, wenn er die Augen schloß, denn hinter den Lidern formte buntes Glitzern seltsame Muster und erhellte seinen inneren Kosmos.

Etwa sechs Meter trennten sie von dem breiten Riß im Rumpf. Er konnte sich kaum verirren, denn der Gang bot den einzigen möglichen Weg dorthin.

Ironheart versuchte, nicht zu atmen. Normalerweise fiel es ihm leicht, die Luft eine Minute lang anzuhalten, und das sollte eigentlich genügen. Allerdings gab es ein Problem: Ein Teil des beißenden Rauchs war ihm bereits in die Lungen geraten und brannte so sehr, als hätte er Säure verschluckt. Der Würgreiz wurde immer stärker, und jeder Krampf in der Speiseröhre zwang ihn dazu, zumindest flach zu atmen.

Noch etwa vier Meter.

Jim wollte die Passagiere weiter vorn anschreien: *Bewegt euch endlich, verdammt!* Er wußte, daß sie nicht trödelten und ebenfalls versessen darauf waren, die Maschine zu verlassen, aber er spürte trotzdem den Wunsch, sie zu verfluchen. Zorn brodelte in ihm, und er begriff, daß er hysterisch zu werden begann.

Er trat auf einige kleine zylindrische Objekte und schwankte wie jemand, der auf Murmeln stand. Aber es gelang ihm, das Gleichgewicht zu wahren.

Casey erlitt einen Hustenanfall. Jim hörte sie nicht, fühlte jedoch, daß sie heftig zitterte und sich hin und her wand, während sie die schlecht gefilterte Luft durch das weiße T-Shirt saugte.

Kaum eine Minute war verstrichen, seit er seinen Platz verlassen hatte, und Casey hielt er erst seit etwa dreißig Sekunden in den Armen. Trotzdem glaubte er, schon eine Ewigkeit lang durch einen dunklen Tunnel unterwegs zu sein.

Furcht und Zorn schufen ein wirres Durcheinander hinter seiner Stirn, aber er dachte noch immer klar genug, um sich an etwas zu erinnern. Er hatte einmal gelesen, daß Rauch in einem brennenden Zimmer nach oben steigt und sich an der Decke sammelt. Jim beschloß, auf Händen und Knien über den Boden des Gangs zu kriechen, wenn sie sich während der nächsten Sekunden nicht in Sicherheit bringen konnten. Vielleicht fanden sie unten etwas reinere Luft, die es ihnen ermöglichte, lange genug zu überleben, um den Riß im Rumpf zu erreichen.

Plötzliche Hitze schlug ihm entgegen.

Er stellte sich vor, in einen Schmelzofen zu treten, der ihm innerhalb eines Sekundenbruchteils die Haut verbrannte und das Fleisch darunter verkohlte. Sein Herz schien zu einem wilden Tier zu werden, das versuchte, aus dem Käfig zu springen. Es pochte jetzt noch schneller und lauter.

Jim war davon überzeugt, daß sie sich jetzt in unmittelbarer Nähe des Risses befanden, und er öffnete die tränenden Augen. Vollkommen undurchdringliche Schwärze wich dunklem Grau aus dahintreibendem Rauch, in dem rotes Glühen pulsierte. Es ging von Flammen aus, die im Qualm verborgen blieben und deren Licht sich an Millionen von Aschepartikeln widerspiegelte. Das Feuer konnte jederzeit neue Nahrung finden, ihm jäh entgegenwogen und ihn bis auf die Knochen verbrennen.

Er schaffte es nicht.

Keine atembare Luft.

Tödliche Glut auf allen Seiten.

Ja, er würde verbrennen wie eine lebende Talgkerze. In einer Vision, die nicht etwa auf den Einfluß der höheren Macht zurückging, sondern aus Entsetzen und Grauen wuchs, beobachtete Jim, wie er resigniert auf die Knie sank. Das Kind in den Armen. Ein Teil der Flammen ...

Ein Windstoß traf ihn. Irgend etwas saugte den Rauch nach links.

Ironheart sah Tageslicht, kühl und grau, leicht vom schrecklichen Flackern des brennenden Treibstoffs zu unterscheiden.

Die Angst davor, im letzten Augenblick einer Stichflamme zum Opfer zu fallen, verlieh ihm neue Kraft. Er eilte in das Sicherheit verheißende Grau und fiel aus dem Flugzeug. Es wartete keine Treppe auf ihn, auch keine Notrutsche, nur Erde. Glücklicherweise hatte man dort erst vor kurzer Zeit Getreide geerntet und die Stoppeln untergepflügt. Der bestellte Boden war hart genug, um Jim die Luft aus den Lungen zu pressen, aber er brach sich nichts.

Er drückte Casey weiterhin an sich und rang nach Atem. Nach einer Weile rollte er auf die Knie, stand auf und hielt das Kind in den Armen, als er von der DC-10 forttaumelte und die Korona aus Hitze verließ, die von dem Flugzeug ausstrahlte.

Einige Überlebende liefen fort, als gebe es an Bord der Maschine eine große Ladung Dynamit, die jeden Augenblick explodieren und halb Iowa zerstören konnte. Andere wanderten ziellos umher, offensichtlich unter schwerem Schock. Jim sah auch mehrere Passagiere, die auf dem Boden lagen – zu schwach, um aufzustehen verletzt – vielleicht tot.

Dankbar atmete Jim die frische Luft und hustete sich letzte Qualmreste aus den Lungen, während er nach Christine Dubrowek Ausschau hielt. Er drehte den Kopf hin und her, rief ihren Namen, bekam jedoch keine Antwort. Befand sie sich noch immer im Flugzeug? Ironheart dachte plötzlich daran, daß er im Gang vielleicht nicht nur über *Dinge* hinweggestolpert war, sondern auch über gefallene *Menschen*.

Casey schien zu ahnen, was ihm durch den Kopf ging. Sie ließ das weiße T-Shirt mit den Palmen fallen, keuchte einige Male, klammerte sich an Jim fest und rief ebenfalls nach ihrer Mutter. Die ängstliche Stimme des Mädchens schien anzudeuten, daß es das Schlimmste erwartete.

Ironheart hatte einen ersten Hauch von Triumph gespürt, aber jetzt klirrte neue Furcht in ihm, wie Eiswürfel in einem hohen Glas. Der warme Augusttag schien vor ihm zurückzuweichen, und auch die Hitze des brennenden Flugzeugs ließ nach. Arktische Kälte kroch heran.

»Steve?«

Zuerst reagierte er nicht auf diesen Namen.

»Steve?«

Dann fiel ihm ein, daß er sich als Steve Harkman vorgestellt hatte – ein Rätsel, das sowohl die Dubroweks als auch den *echten* Steve Harkman für den Rest ihres Lebens begleiten würde –, und er wandte sich der Stimme zu. Christine taumelte über den bestellten Acker, Rußflecken auf der Kleidung und im Gesicht, ohne Schuhe, die Arme nach Casey ausgestreckt.

Jim überließ ihr das Mädchen.

Mutter und Kind umarmten sich glücklich.

Christine weinte und blickte über Caseys Schulter. »Danke. Danke dafür, daß Sie meine Tochter gerettet haben. Mein Gott, Steve, dafür kann ich Ihnen gar nicht genug danken.«

Er wollte keinen Dank. Er wollte Holly Thorne, lebend und unverletzt.

»Haben Sie Holly gesehen?« fragte er besorgt.

»Ja. Sie hörte ein Kind, das um Hilfe rief, und sie dachte, es sei vielleicht Casey.« Christine bebte am ganzen Leib und sah sich wie gehetzt um. Sie schien zu glauben, daß sie noch nicht alles überstanden hatten, daß sich jeden Augenblick die Erde öffnen, heiße Lava spucken und ein neues Kapitel des Alptraums beginnen konnte. »Wieso wurden wir getrennt? Ich bin Ihnen gefolgt, fand mich plötzlich draußen wieder, und Sie ... waren nicht in der Nähe.«

»Holly«, sagte Jim ungeduldig. »Wohin ging sie?«

»Sie wollte wieder nach hinten, um Casey zu holen, aber dann begriff sie, daß die Stimme des Kindes von weiter vorn kam.« Christine hob eine Handtasche und fuhr fort: »Sie nahm ihre Tasche mit, ohne es zu merken, gab sie mir schließlich und kehrte zurück – sie wußte, daß es nicht Casey sein konnte, aber sie ging trotzdem.«

Christine streckte den Arm aus, und erst jetzt stellte Jim fest, daß sich der vordere Teil des Flugzeugs, bis hin zum Bereich der Ersten Klasse, vollständig von der Sektion mit den Reihen sechzehn und siebzehn gelöst hatte. Er lag sechzig Meter vor dem Rest der Maschine, zwar brannte er nicht ganz so heftig wie der mittlere Abschnitt der auseinandergebrochenen DC-10, aber er war schlimm genug zugerichtet. Das galt insbesondere für die hintere Hälfte.

Jim war entsetzt, daß Holly es gewagt hatte, in *irgendeinen* Teil des Wracks zurückzuklettern. Das Cockpit und die geborstene Rumpfsektion sahen aus wie ein exotischer Monolith auf dem Friedhof eines fernen Planeten. Der deformierte Bug des Flugzeugs schien hier völlig fehl am Platz zu sein, er wirkte sonderbar, unheilvoll und drohend.

Ironheart stürmte darauf zu und rief Hollys Namen.

Holly wußte, daß es sich um die gleiche Maschine handelte, die vor einigen Stunden in Los Angeles gestartet war, aber sie konnte sich kaum vorstellen, daß dieser vordere Bereich der DC-10 irgendwann einmal Teil eines funktionsfähigen Flugzeugs gewesen war. Er schien eher das Werk eines verrückten Bildhauers zu sein, der diverse Metallfragmente zusammengeschweißt hatte: Bratpfannen, Kuchenformen, Mülltonnen, Rohrleitungen, Autokühler, alte Drähte und Kabel, Aluminiumplatten und Bestandteile eines schmiedeeisernen Zauns. Die Journalistin sah gelöste Nieten, gesplittertes Glas, aus den Verankerungen gerissene Sitze, die barrikadenartige Haufen in einer Ecke bildeten; verbogenes Metall, an einigen Stellen fast pulverisiert, wie von einem Hammer zerschmetterte Kristalle. Innere Verkleidungsplatten hatten sich gelöst, und dahinter kamen dicke, nach innen geneigte Stützstreben zum Vorschein. Hier und dort mußte die Journalistin großen Löchern im Boden ausweichen, deren Ränder nach oben gewölbt waren – Explosionen unter der DC-10? Überall wimmelte es von scharfkantigen Metallobjekten; der Anblick erinnerte an einen Schrottplatz für alte Flugzeuge kurz nach einem Orkan.

Holly verharrte, lauschte dem Weinen eines ängstlichen Kindes und versuchte festzustellen, aus welcher Richtung sie diese Geräusche vernahm. Sie konnte nicht überall aufrecht stehen. Manchmal mußte sie sich ducken, durch enge Passagen kriechen und Hindernisse beiseite schieben. Die gleichmäßig angeordneten Sitzreihen und Gänge hatten sich in ein verwirrendes, unüberschaubar komplexes Labyrinth verwandelt.

Die Journalistin erschrak, als sie gelbe und rote Flammen auf der linken Seite und rechts neben dem Schott sah, das den Passagierraum vom Cockpit trennte. Aber es war ein eher zahmes, träges Feuer, nicht so zornig wie die lodernde Glut, die sie vor einigen Minuten erlebt hatte. Natürlich konnte es innerhalb weniger Sekunden zu einer unmittelbaren Gefahr werden, aber derzeit fand es gerade genug brennbares Material und Sauerstoff, um nicht zu erlöschen.

Graue Rauchstreifen tasteten nach ihr, stellten jedoch kaum eine Bedrohung dar. Es gab genug atembare Luft, und Holly hustete nur selten.

Die Konfrontation mit den Leichen belastete sie sehr. Ohne Ironhearts Eingreifen wäre die Bruchlandung sicher schlimmer gewesen, aber nicht alle Reisenden hatten überlebt, und im Bereich der Ersten Klasse fand Holly mehrere Tote. Sie sah einen Mann, der am Sitz festgenagelt war: Ein dreißig Zentimeter langes und zweieinhalb Zentimeter dickes Stahlrohr durchdrang seinen Hals. In den erstarrten Gesichtszügen zeigte sich Überraschung. Auf der anderen Seite bemerkte Holly eine fast geköpfte und noch immer angeschnallte Frau, deren Sessel sich aus dem Boden gelöst hatte. In der Nähe lagen einige andere Sitze, und dort beobachtete die Journalistin vier oder fünf Verletzte und Tote, die übereinander lagen. Die Verwundeten ließen sich nur von den Leichen unterscheiden, wenn man feststellte, wer stöhnte.

Irgendwann wurde das Entsetzen zuviel für Holly, und ihr Unterbewußtsein formte einen Schild, der das Grauen auf Distanz hielt. Sie sah das Blut, ohne es wirklich wahrzunehmen. Sie wandte ihren Blick von den gräßlichsten Wunden ab, verdrängte die alptraumhaften Bilder der getöteten Passagiere aus dem Fokus der Aufmerksamkeit. Die menschlichen Körper gewannen eine abstrakte Qualität, als seien sie überhaupt nicht real, sondern nur vage Formen und Farben, geschaffen von einem Kubisten, der Picasso imitierte. Wenn sie sich erlaubt hätte, über das nachzudenken, was sich ihren Blicken darbot ... dann wäre sie wahrscheinlich übergeschnappt und mit einem hysterischen Kreischen aus dem Wrack geflohen.

Unterwegs begegnete sie mehreren Personen, die man aus den Trümmern hätte befreien müssen und die sofortige medizinische Hilfe benötigten. Aber Holly konnte ihnen nicht helfen: Sie waren entweder zu schwer oder zu sehr eingeklemmt. Außerdem ließ sie sich in erster Linie von dem mitleiderweckenden Weinen leiten, gab einem Instinkt nach, der verlangte, zuerst die Kinder zu retten – eine genetisch programmierte Überlebensversicherung der Natur.

In der Ferne heulten Sirenen, und Holly runzelte die Stirn. Bisher hatte sie überhaupt nicht daran gedacht, daß Rettungsmannschaften unterwegs sein mochten. Nun, es spielte keine Rolle. Sie konnte nicht zurückkehren und darauf warten, daß sich speziell ausgebildete Personen um diese Sache hier kümmerten. Vielleicht bedeuteten zwei oder drei Minuten für das Kind den Unterschied zwischen Leben und Tod.

Holly schob sich weiter. Ab und zu sah sie anämische, aber trotzdem besorgniserregende Flammen im Irrgarten der Verheerung. Nach einer Weile hörte sie Jim Ironheart, der ihren Namen rief; offenbar stand er dort, wo der Bug des Flugzeugs vom Rest der Maschine amputiert worden war. Im Anschluß an das Chaos in der mittleren Sektion der DC-10 war die dichte Rauchwolke an verschiedenen Stellen ausgeströmt, und Holly hatte vergeblich nach Ironheart gesucht. Sie vertraute darauf, daß ihm und Casey keine Gefahr drohte, daß es Jim gelang, dem Schicksal auch in bezug auf sich selbst ein Schnippchen zu schlagen – trotzdem nagte Furcht an ihrer Seele. Deshalb erleichterte es sie, seine Stimme zu hören.

»Hier drin!« rief sie zurück. Die vielen Trümmer hinderten sie daran, einen Blick auf Ironheart zu werfen.

»Was machen Sie da?«

»Ich halte nach einem kleinen Jungen Ausschau«, antwortete sie. »Ich höre seine Stimme und nähere mich ihm langsam, aber ich kann ihn noch nicht sehen.«

»Kommen Sie raus!« brüllte Jim noch lauter, um das Heulen der Sirenen zu übertönen. »Die Rettungsmannschaften treffen gleich ein. Dies fällt in ihren Zuständigkeitsbereich.«

»Hier gibt es Leute, die *sofort* Hilfe brauchen«, erwiderte Holly und setzte ihren Weg fort.

Sie sah jetzt den vorderen Teil der Erste-Klasse-Sektion. Dort waren die stählernen Rippen des Rumpfes ebenfalls nach innen geknickt, wenn auch nicht ganz so stark wie weiter hinten. Vor dem Cockpit hatten sich losgerissene Sitze, Reisetaschen und kleinere Trümmerstücke gesammelt und bildeten einen hohen Haufen, zu dem auch Tote und Verletzte gehörten.

Als Holly einen leeren Sessel beiseite schob und kurz innehielt, um nach Luft zu schnappen, hörte sie, wie Jim hinter ihr ins Wrack kletterte.

Die Journalistin rollte auf die Seite, schob sich durch eine schmale Lücke, hinter der es etwas mehr Platz gab – und starrte in das Gesicht des Jungen, dessen Weinen sie gehört hatte. Er mochte etwa fünf Jahre alt sein, und in seinem Gesicht fielen enorm große dunkle Augen auf. Er blinzelte verwirrt und unterdrückte ein Schluchzen; vielleicht hatte er gar nicht mehr damit gerechnet, daß jemand kam, um ihm zu helfen.

Der Knabe lag unter mehreren umgekippten Sesseln in einem zeltartigen, sich nach oben hin verjüngenden Bereich, dessen ›Wände‹ ebenfalls aus Sitzen bestanden. Er lag auf dem Bauch und erweckte den Eindruck, als sollte es ihm nicht weiter schwerfallen, ins Freie zu kriechen.

»Irgend etwas hält mich am Fuß fest«, sagte er. Der Junge fürchtete sich noch immer, schien sich jedoch nicht von der Angst beherrschen zu lassen. Den größten Teil seines Entsetzens überwand er in dem Augenblick, als er Holly sah. Ganz gleich, ob man den fünften oder fünfzigsten Geburtstag hinter sich hatte – am schlimmsten war es, allein zu sein. »Es hält den Fuß fest, läßt ihn nicht los.«

Die Journalistin hustete kurz. »Ich hole dich da raus. Verlaß dich drauf.«

Sie hob den Kopf und bemerkte weitere Sitze, in die Sessel darunter verkeilt. Einige aus der herabgewölbten Decke ragenden Stahlstreben blockierten die Barriere; Holly fragte sich, ob dieser Teil des Flugzeugs übers Feld gerollt war, bevor er mit der rechten Seite nach oben liegengeblieben war.

Mit den Fingerspitzen strich sie dem Jungen einige Tränen von den Wangen. »Wie heißt du?«

»Norwood. Die anderen Kinder nennen mich Norby. Es tut nicht weh. Der Fuß meine ich.«

Das freute Holly zunächst – doch als sie das Durcheinander um ihn herum beobachtete und sich fragte, wie sie dem Knaben helfen konnte, fügte er hinzu: »Ich spüre ihn nicht.«

»Was spürst du nicht, Norby?«

»Den Fuß. Komisch. Irgend etwas hält ihn fest, denn sonst könnte ich zu dir kriechen. Aber ich fühle den Fuß gar nicht, als sei er ... verschwunden.«

Diese Worte beschworen ein Vorstellungsbild, das Holly schaudern ließ. Vielleicht war es nicht so schlimm. *Vielleicht ist sein Fuß nur eingeklemmt und taub,* dachte sie – und begriff, daß sie schleunigst etwas unternehmen mußte. Wenn der Fuß wirklich fehlte, wenn Norby Blut verlor ...

Sie hatte nicht genug Platz, um sich an dem Jungen vorbeizuschieben, überlegte kurz, rollte sich auf den Rücken, winkelte die Beine an und stemmte ihre Füße gegen die Sitze über dem Jungen.

»In Ordnung, Norby. Ich werde jetzt versuchen, die Sessel ein wenig anzuheben, nur um einige Zentimeter. Kriech darunter hervor, wenn du spürst, daß sie in Bewegung geraten.«

Eine Schlange aus dünnem Rauch glitt aus der Dunkelheit hinter Norwood und tastete ihm übers Gesicht. Er schnaufte leise. »Da drüben l-liegen auch einige T-tote.«

»Denk nicht daran, Norby«, erwiderte Holly und streckte die Beine versuchsweise, um festzustellen, welches Gewicht sie anheben mußte. »Du bleibst dort nicht mehr lange. Gleich bist du frei.«

»Mein Sitz, ein leerer Sessel und dann die Toten«, sagte der Knabe mit zittriger Stimme.

Holly fragte sich, wie lange das Trauma dieser Erlebnisse seine Alpträume prägen würde. Vielleicht litt er noch in Jahren daran.

»Es geht los«, kündigte sie an.

Holly streckte die Beine und drückte fest zu. Der Haufen aus

Sesseln, Trümmerstücken und Leichen war schwer genug, aber hinzu kam die herabgewölbte Decke – sie gab nicht nach. Holly strengte sich noch mehr an, bis der metallene Boden, nur von einem dünnen Teppich bedeckt, stechende Schmerzen im Rücken hervorrief. Ein leises Stöhnen entrang sich ihrer Kehle. Sie biß die Zähne zusammen, stemmte sich mit ganzer Kraft gegen den Haufen, zornig darüber, daß er sich nicht von der Stelle rührte. Sie wurde regelrecht *wütend*, und ...

... die Barriere bewegte sich.

Nur um wenige Millimeter.

Aber das genügte, um sie mit neuer Hoffnung zu erfüllen.

Holly drückte noch fester zu, fand eine Energie, von deren Existenz sie bisher überhaupt nichts gewußt hatte. Sie zwang die Füße nach oben, achtete nicht auf das Stechen, das nun auch die Beine erfaßte. Die Stützstreben und Aluminiumplatten an der Decke knarrten – und neigten sich einen Zentimeter weit zur Seite, dann noch einen. Die Sessel wackelten.

»Ich stecke noch immer fest«, sagte der Junge.

Mehr Rauch quoll aus der Finsternis hinter ihm. Er war nicht mehr grau, sondern dunkler, rußiger, öliger – und er stank. Holly betete zu Gott, daß die Flammen keine neue Nahrung gefunden hatten. Wenn sie den Schaumstoff und die Polsterung der Sitze erreichten, unter denen der hilflose Junge lag ...

Die Muskeln in ihren Beinen zitterten. Der Schmerz im Rücken fraß sich zur Brust. Jeder Herzschlag war ein Pochen der Pein, jeder Atemzug eine Qual.

Holly glaubte nicht, daß sie die Masse noch höher stemmen konnte. Es fiel ihr immer schwerer, dem enormen Gewicht standzuhalten. Doch dann gab es nach, rückte noch einige Zentimeter weiter nach oben.

Norby stieß einen schmerzerfüllten, wilden Schrei aus und kroch nach vorn. »Ich hab's geschafft. Es hat mich losgelassen!« Holly ließ die Sitze langsam nach unten sinken, versetzte sich in die Lage des Jungen und begriff seinen besonderen Schrecken. Vielleicht war er die ganze Zeit über sicher gewesen, daß einer der Toten eiskalte Finger um seinen Fuß geschlossen hatte.

Sie schob sich zur Seite, damit Norby ganz unter den Sesseln hervorkriechen konnte. Er blieb keuchend neben ihr liegen und schmiegte sich an sie.

»Holly!« rief Jim weiter hinten im Flugzeug.
»Ich habe ihn gefunden!«
»Ich kümmere mich um eine verletzte Frau und bringe sie nach draußen«.
»Gut«, erwiderte die Journalistin.
Das Heulen der nahen Sirenen wurde dumpfer und verstummte ganz, als die Rettungsmannschaften eintrafen.
Vorn quoll schwarzer Rauch unter den Sitzen hervor, aber Holly nahm sich trotzdem die Zeit, Norbys Fuß zu untersuchen. Er hing zur Seite und baumelte entsetzlich locker hin und her, wie der Fuß einer alten Puppe. Am Knöchel gebrochen. Sie streifte den entsprechenden Turnschuh ab und stellte eine rasch dicker werdende Schwellung fest. Blut bildete dunkle Flecken auf der weißen Socke, doch als sich Holly die Haut darunter ansah, bemerkte sie nur Abschürfungen und einige harmlose Kratzer. Es bestand nicht die Gefahr, daß der Knabe verblutete, aber sicher würde er bald heftige Schmerzen verspüren.
»Komm, wir gehen nach draußen«, sagte sie.
Holly wollte den Jungen in die Richtung bringen, aus der sie gekommen war, aber als sie den Kopf drehte, bemerkte sie links einen weiteren Riß im Rumpf, direkt neben dem Cockpitschott, nur zwei oder drei Meter entfernt. Er reichte über die ganze Wand, setzte sich jedoch nicht in der Decke fort. Eine Explosion hatte mehrere Verkleidungsplatten, Isoliermaterial und Verstrebungen zum einen Teil nach innen und zum anderen nach draußen geschleudert. Das dadurch entstandene Loch war gerade groß genug, um Holly und Norby Durchlaß zu gewähren.
Als sie am Rand balancierte, erschien ein Angehöriger der Rettungsmannschaften auf dem gepflügten Feld vier Meter weiter unten. Er streckte die Arme nach dem Jungen aus.
Norby sprang. Der Mann fing ihn auf und taumelte zurück.
Holly stieß sich ebenfalls ab und landete auf den Beinen.
»Sind Sie seine Mutter?« fragte der Mann.
»Nein. Ich habe ihn nur weinen gehört und ihm geholfen. Sein Fuß ist gebrochen.«
»Ich war mit Onkel Frank unterwegs«, sagte Norby.
»Nun gut«, erwiderte der Mann und versuchte, fröhlich zu klingen. »Suchen wir deinen Onkel.«
Der Junge ließ die Schultern hängen. »Er ist tot.«

Der Mann sah Holly an, als erwarte er einen Kommentar von ihr.

Die Journalistin schwieg erschüttert, verzweifelt darüber, daß ein fünfjähriger Junge derartigen Schrecken erleben mußte. Sie wollte Norby umarmen, ihn fest an sich drücken, ihm versprechen, daß mit der Welt alles wieder in Ordnung kam.

Aber die Welt ist eben nicht in Ordnung, dachte sie. *Weil der Tod zu ihr gehört. Adam mißachtete den Willen Gottes und ließ sich dazu hinreißen, den Apfel zu essen, die Frucht des Wissens. Woraufhin der Allmächtige beschloß, ihm verschiedene Dinge zu zeigen, das Licht ebenso wie die Finsternis. Adams Kinder lernten, zu jagen, den Boden zu bestellen, sich vor der Kälte des Winters zu schützen, das Essen mit der Hitze des Feuers zuzubereiten, Werkzeuge herzustellen und Hütten zu bauen. Gott wollte ihnen eine vielseitige Bildung gönnen, machte sie mit einer Million Möglichkeiten vertraut, zu leiden und zu sterben. Er ermutigte sie, Sprachen zu lernen, Schreiben und Lesen, Biologie, Chemie, Physik, die Geheimnisse des genetischen Codes. Und er setzte sie dem Entsetzen von Gehirntumoren, Muskeldystrophie, Beulenpest, wucherndem Krebs — und von Flugzeugunglücken aus. Man wollte Erleuchtung und Wissen? Oh, Gott ist gern bereit, alle entsprechenden Wünsche zu erfüllen. Er ist ein hingebungsvoller Lehrer, der seinen Schülern alles beibringt, ihnen das Wissen mit so vielen exotischen Details aufbürdet, daß sie manchmal das Gefühl haben, unter der gewaltigen Last zermalmt zu werden.*

Als sich der Mann umdrehte und Norby über den Acker zu einem weißen Krankenwagen auf der Landebahn trug, verwandelte sich Hollys Verzweiflung in Zorn. Es war ein nutzloser Zorn, denn sie konnte ihn nur auf Gott richten, ohne daß sich etwas änderte. Der Allmächtige würde die Menschheit nicht vom Fluch des Todes befreien, nur weil Holly Thorne das Sterben für eine krasse Ungerechtigkeit hielt.

Sie begriff plötzlich, daß sie jene Art von Wut schmeckte, die Jim Ironheart motivierte. Sie erinnerte sich an seine Worte, als sie in Reihe siebzehn miteinander geflüstert, als sie ihn zu überzeugen versucht hatte, nicht nur die Dubroweks zu retten, sondern auch die anderen Passagiere des Fluges 246: »*Ich hasse den Tod. Ich hasse es, daß Menschen sterben.*« Einige der Personen, die er vor dem Tod bewahrt hatte, berichteten später von ähnlichen Ausrufen. Holly entsann sich in diesem Zusammenhang auch an das Gespräch mit Viola Moreno, die vermutete, der Kummer tief in Ironhearts Herz ginge auf den Umstand zurück, daß er als Zehnjähriger zur Waise geworden war. Er gab die Stellung als Lehrer auf und unterrichtete nicht mehr, weil ihm durch Larry Kakonis' Selbstmord alle seine Bemühungen sinnlos erschienen. Holly hatte diese Reaktion zunächst für extrem und übertrieben gehalten, aber jetzt verstand sie Ironhearts Beweggründe. Sie verspürte ebenfalls das Bedürfnis, das normale, *banale* Leben aufzugeben und etwas Bedeutungsvolles zu tun, die absolute Herrschaft des Schicksals in Frage zu stellen, die von Gott bestimmte Struktur des Universums zu verändern.

Während sie auf dem Iowa-Acker stand und einen Wind spürte, der ihr den Gestank des Todes entgegenwehte, während sie beobachtete, wie der Mann Norby forttrug, der fast gestorben wäre ... da fühlte sie sich für einige Sekunden Jim Ironheart näher als allen anderen Menschen.

Sie machte sich auf die Suche nach ihm.

In der Nähe des auseinandergebrochenen Flugzeugs herrschte jetzt ein noch größeres Chaos als unmittelbar nach der Bruchlandung. Feuerwehrwagen standen auf dem Feld. Dicke Schläuche spritzten dichten weißen Schaum, der weite Bögen über dem Wrack bildete, sich in schlagsahneartigen Klumpen am Rumpf sammelte und die Flammen erstickte. Noch immer drang fetter Rauch aus der mittleren Sektion, aus allen Rissen und gesplitterten Fenstern. Er blieb den Launen des Windes unterworfen, formte einen dunklen Baldachin über dem Acker und projizierte gespenstisch wechselnde Schatten, als er das Licht der Nachmittagssonne filterte. Vor Hollys innerem Auge entstand das Bild eines düsteren Kaleidoskops, in dem alle Glasfacetten entweder grau oder schwarz waren. Angehörige der Rettungsmannschaften, Ärzte und Krankenpfleger suchten in den Resten der DC-10 nach Überlebenden. Die Anzahl der Retter schien in keinem Verhältnis zu der Arbeit zu stehen, die auf sie wartete, und einige der unverletzten Passagiere halfen ihnen. Andere Reisende – einige schmutzig und schockiert, andere so unberührt von den jüngsten Ereignissen, daß sie den Eindruck erweckten, gerade geduscht und frische Kleidung angezogen zu haben – standen allein oder in kleinen Gruppen und warteten auf die Busse, die sie zum Dubuque-Terminal bringen sollten. Sie führten nervöse Gespräche oder schwiegen betroffen. Nur die vom Knattern der Statik untermalten Stimmen, die aus Funkgeräten und Walkie-Talkies drangen, verbanden die einzelnen Aspekte der Szene miteinander und gaben ihr Kohärenz.

Holly suchte nach Jim Ironheart, aber statt dessen fand sie eine junge Frau, die ein gelbes Hemdblusenkleid trug – Anfang Zwanzig, schlank, kastanienbraunes Haar und ein porzellanartiges Gesicht. Sie war unverletzt, aber ganz offensichtlich brauchte sie Hilfe. Die Fremde starrte auf den rückwärtigen Teil des Flugzeugs und rief immer wieder einen Namen: »Kenny! Kenny! Kenny!« Sie hatte ihn so oft gerufen, daß ihre Stimme zu einem heiseren Krächzen geworden war.

Holly legte ihr die Hand auf die Schulter. »Wer ist er?«

Die Augen der Frau waren so blau wie Kornblumen. Es flackerte in ihnen. »Haben Sie Kenny gesehen?«

Holly wiederholte ihre Frage. »Wer ist er?«

»Mein Mann.«

»Wie sieht er aus?«

»Wir haben gerade unsere Flitterwochen begonnen«, brachte die Fremde benommen hervor.

»Ich helfe Ihnen bei der Suche nach ihm.«

»Nein!«

»Kommen Sie. Es wird alles gut.«

»Ich möchte nicht nach ihm suchen«, sagte die Frau und ließ sich von Holly zu einem der Krankenwagen führen. Das Wrack blieb hinter ihnen zurück. »Ich will ihn nicht sehen. Nicht so, wie er jetzt ist. Tot. Zerfetzt und verbrannt und tot.«

Sie gingen zusammen über den weichen, umgepflügten Acker. Im späten Winter würde man hier eine neue Saat ausbringen, die im Frühling grüne Keime trieb. Bis dahin waren sicher alle Spuren des Todes verschwunden und die Illusion des immerwährenden, sich ständig erneuernden Lebens wiederhergestellt.

5

Irgend etwas geschah mit Holly. Eine grundsätzliche Veränderung fand in ihr statt. Noch verstand sie nicht, worum es dabei ging, was der Wandel bedeutete und wie sehr sich die neue Holly von der alten unterschied. Aber sie spürte profunde Bewegungen in den Fundamenten des Herzens und der Seele.

Da in ihrem inneren Kosmos ein solches Durcheinander herrschte, konnte sie kaum Energie für die externe Welt erübrigen. Sie verhielt sich ebenso wie die anderen Passagiere: Sanft wie ein Lamm folgte sie dem Standard-Notfallprogramm.

Die emotionale, psychologische und praktische Hilfe, die man den Überlebenden des Fluges 246 gewährte, beeindruckte sie sehr. Die medizinischen Einsatzzentren sowie der Katastrophenschutz von Dubuque hatten sich offenbar auf einen solchen Fall vorbereitet und reagierten sofort. Darüber hinaus trafen wenige Minuten nach ihrer Ankunft im Terminal Psychologen, Berater, evangelische Pfarrer, katholische Priester und auch ein Rabbiner ein, die mit den unverletzten Passagieren sprachen. Man stellte ihnen einen großen VIP-Aufenthaltsraum mit Mahagonitischen und blauen Polstersesseln zur Verfügung und schaltete zwölf zusätzliche Telefonleitungen. Krankenschwestern hielten nach Anzeichen für verzögerte Schocks Ausschau.

Die Angestellten der United Airlines erwiesen sich als besonders dienstbeflissen, kümmerten sich um die Buchung von Hotelzimmern und Anschlußflügen. Alle versuchten, den Unverletzten so schnell wie möglich Kontakte zu Freunden und Verwandten zu ermöglichen, die in Krankenhäusern untergebracht worden waren. Voller Mitgefühl übermittelte man Nachrichten vom Tode geliebter Menschen. Die Helfer schienen ebenso entsetzt und erschüttert zu sein wie die Passagiere; offenbar bestürzte es sie, daß so etwas mit einer ihrer Maschinen geschehen konnte. Holly beobachtete eine junge Frau, die eine UA-Jacke trug, plötzlich zu schluchzen begann und den Raum hastig verließ. Überall sah sie blasse, hohlwangige Gesichter. Holly fühlte sich versucht, die Angestellten zu trösten, den Arm um ihre Schultern zu legen und ihnen zu sagen, daß es früher oder später selbst an Bord der sichersten und am besten gewarteten Flugzeuge zu Fehlfunktionen kommen mußte, da das Wissen des Menschen unvollständig war und Dunkelheit in der Welt lauerte.

Unter diesen besonderen Umständen waren Mut, Würde und Mitleid so deutlich präsent, daß Holly die regelrechte Invasion der Medien zutiefst verabscheute. Sie wußte, daß die Würde eines der ersten Opfer sein würde. Nun, die Journalisten gingen natürlich nur einer Arbeit nach, deren Probleme und Notwendigkeiten Holly gut kannte. Aber der Prozentsatz von Reportern, die ihre Arbeit richtig erledigten, war nicht größer als der von wirklich kompetenten Klempnern oder von Tischlern. In dieser Hinsicht gab es jedoch einen wichtigen Unterschied: Unfähige oder schlichtweg feindselige Journalisten konnten ihre Gesprächspartner in erhebliche Schwierigkeiten bringen, in manchen Fällen Unschuldige verleumden und dem Ruf einzelner Personen großen Schaden zufügen. Das war weitaus schlimmer als ein falsch angebrachtes Rohr oder Lücken zwischen Holzteilen, die nicht zueinander paßten.

Ein ganzes Heer aus Fernseh-, Radio- und Zeitungsreportern stürmte in den Flughafen und erreichte schon nach kurzer Zeit die mit Zugangsbeschränkungen geschützten Bereiche. Einige von ihnen respektierten den emotionalen und psychischen Zustand der Überlebenden, doch viele andere bedrängten die UA-Angestellten mit Fragen nach ›Verantwortung‹ und ›moralischer Verpflichtung‹. Oder sie versuchten, das Entsetzen der Passagiere bloßzulegen, ihr Grauen einzufangen, damit sensationslüsterne Zuhörer und Zuschauer an ihrem Schrecken teilhaben konnten. Holly kannte diese Routine und verstand sich darauf, gierige Neugier abzuwehren, was sie jedoch nicht davor bewahrte, daß ihr innerhalb von fünfzehn Minuten vier verschiedene Journalisten die gleiche Frage stellten: »Wie fühlen Sie sich?« Wie fühlte man sich, wenn man erfuhr, daß eine Bruchlandung drohte? Wie *fühlte* man sich, wenn man die eisige Kälte des nahen Todes spürte? Wie fühlte man sich, wenn man sah, daß viele andere Menschen gestorben waren?

Ein hartnäckiger und überaus gepflegt wirkender CNN-Reporter namens Anlock trieb Holly schließlich an einem breiten Panoramafenster in die Enge, durch das man die Starts und Landungen beobachten konnte. Es schien ihm ein Rätsel zu sein, daß ihr sein Interesse nicht schmeichelte. »Fragen Sie mich, was ich gesehen habe oder denke«, sagte sie ihm. »Fragen Sie mich wer, was, wo, warum und wie. Aber bei Gott: Fragen Sie nicht, wie ich mich fühle, denn wenn Sie ein Mensch sind, müßten sie *genau* wissen, was ich empfinde. Das sollten Sie sich eigentlich vorstellen können, wenn Sie auch nur einen Hauch von Mitgefühl haben.«

Anlock und sein Kameramann wichen zurück und begannen mit der Suche nach einem anderen Opfer. Holly merkte, daß sich viele Personen im Aufenthaltsraum umgedreht hatten, um festzustellen, was die Aufregung zu bedeuten hatte. Es war ihr völlig gleich. Sie wollte Anlock nicht einfach so gehen lassen, stand auf und folgte ihm.

»Sie wollen keine Fakten, sondern ein Drama. Sie wollen Blut und Schmerzen. Sie wollen, daß Ihnen die Leute ihre Seelen zeigen. Und dann nehmen Sie sich das, was Sie interessiert, verändern und verdrehen es, stellen es so zusammen, wie es Ihnen paßt, was meistens überhaupt nichts mit der Realität zu tun hat. Das kommt einer geistigen Vergewaltigung gleich, verdammt!«

Holly stellte fest, daß der gleiche Zorn in ihr brodelte, den sie auch am Wrack der DC-10 gespürt hatte. Ihre Wut galt nur zu einem geringen Teil Anlock, sie richtete sich hauptsächlich gegen den Allmächtigen, so sinnlos das auch sein mochte. Der Reporter bot nur ein besseres Ziel als Gott, der sich jederzeit in einer schattigen Ecke des Himmels verbergen konnte. Holly hatte geglaubt, den Zorn überwunden zu haben, doch jetzt begriff sie, daß er noch immer in ihr wogte, so dunkel wie die Qualmwolke in der brennenden Maschine.

Sie taumelte über die Grenze der Selbstbeherrschung und begegnete dieser Tatsache mit Gleichgültigkeit – bis sie merkte, daß CNN live sendete. Das zufriedene Blitzen in Anlocks Augen und ein angedeutetes ironisches Lächeln teilten ihr mit, daß er ihren emotionalen Ausbruch sogar zu schätzen wußte. Sie gab ihm genau das, was er sich erhoffte: ein Drama aus erster Hand. Und er benutzte es bereitwillig, obgleich er selbst im Fokus von Hollys Wut stand. Später würde er ihr Verhalten großzügig entschuldigen, sein Verständnis mit einem Hinweis auf ihr Trauma zum Ausdruck bringen und sich dadurch als furchtloser Reporter und mitfühlender Mensch darstellen.

Holly wandte sich von der Kamera ab, verärgert darüber, daß sie Anlocks Erwartungen entsprochen hatte – obwohl sie genau wußte, daß nur der Journalist gewann. Als sie fortging, hörte sie ihn sagen:»... völlig verständlich, wenn man bedenkt, was die arme Frau erlebt hat ...«

Sie wollte zu ihm zurückkehren, ihm eine schallende Ohrfeige versetzen ...

Was ist los mit dir, Thorne? dachte sie. *Normalerweise bleibst du immer du selbst, aber jetzt hast du vollkommen die Fassung verloren. Warum?*

Sie versuchte, die Reporter zu ignorieren, ihr plötzliches Interesse an einer Selbstanalyse zu unterdrücken und begann erneut mit der Suche nach Jim Ironheart. Doch er blieb spurlos verschwunden und gehörte auch nicht zu der letzten Gruppe, die den Aufenthaltsraum erreichte. Es überraschte Holly kaum, daß die UA-Angestellten vergeblich in den Passagierlisten blätterten – dort war sein Name nicht verzeichnet.

Vielleicht hielt er sich noch immer in unmittelbarer Nähe des Flugzeugs auf und half den Rettungsmannschaften. Holly wünschte sich nichts sehnlicher, als mit ihm zu sprechen, aber sie mußte sich in Geduld fassen.

Nach dem verbalen Angriff auf Anlock gingen ihr einige Reporter aus dem Weg, aber Holly kannte die Denk- und Verhaltensweise von Journalisten gut genug, um sie zu manipulieren. Sie trank bitteren schwarzen Kaffee aus einem Becher – obwohl sie überhaupt kein Koffein brauchte, um wach zu bleiben –, wanderte sowohl im Aufenthaltsraum als auch im breiten Flur umher und sprach mit den Reportern, ohne sich als Kollegin zu erkennen zu geben. Auf diese Weise brachte sie einige Dinge in Erfahrung. Bisher hatte man fast zweihundert Überlebende registriert, und wahrscheinlich gab es nicht mehr als fünfzig Tote – eine bemerkenswert geringe Anzahl von Opfern, wenn man bedachte, daß die Maschine auseinandergebrochen und anschließend in Brand geraten war. Jims Eingreifen hatte es dem Flugkapitän ermöglicht, weitaus mehr Menschen zu retten, als es dem Plan des Schicksals entsprach, aber seltsamerweise konnte sich Holly nicht recht darüber freuen. Sie grübelte über jene Personen nach, die trotzdem gestorben waren.

Sie hörte auch, daß die Besatzung – das gesamte Flugpersonal hatte überlebt – nach einem Passagier suchte, der allen eine große Hilfe gewesen war. Sie beschrieben den Mann als ›Jim Soundso, eine Art Kevin Costner mit auffallenden blauen Augen‹. Da die ersten eintreffenden Bundesbeamten ebenfalls mit Jim Soundso sprechen wollten, interessierten sich auch die Medien für ihn.

Allmählich begriff Holly, daß Ironheart nicht im Aufenthaltsraum erscheinen würde. Er plante sicher, einfach zu verschwinden, wie nach seinen anderen Missionen. Bestimmt lag ihm nichts daran, mit den Reportern und Untersuchungsbeamten zu sprechen. Die einzige Spur, die er zurückließ, bestand aus dem Namen ›Jim‹.

Holly war die erste und einzige Person, der er auf einem Rettungsschauplatz seinen vollständigen Namen genannt hatte. Sie runzelte die Stirn und fragte sich, warum er ihr mehr preisgegeben hatte als anderen Menschen.

Vor der nächsten Damentoilette traf sie Christine Dubrowek. Sie gab Holly die Handtasche zurück und erkundigte sich nach Steve Harkman – ohne zu wissen, daß er der mysteriöse Fremde war, nach dem alle suchten.

»Er muß heute abend in Chicago sein und ist bereits mit einem Leihwagen unterwegs«, log Holly.

»Ich wollte ihm danken«, sagte Christine. »Aber damit muß ich wahrscheinlich warten, bis wir wieder in Los Angeles sind. Mein Mann und Steve arbeiten in dem gleichen Unternehmen.«

Casey stand dicht neben ihrer Mutter, hatte sich den Ruß aus dem Gesicht gewaschen und das Haar gekämmt. Sie knabberte an einem Schokoladeriegel, schien jedoch kaum Gefallen daran zu finden.

Holly nahm die erste Gelegenheit wahr, um sich zu entschuldigen und zum Hilfszentrum zurückzukehren, das United Airlines in einer Ecke des VIP-Aufenthaltsraums eingerichtet hatte. Sie wollte einen Flug buchen, der sie – wenn auch auf Umwegen – noch an diesem Abend nach Los Angeles zurückbrachte. Aber man konnte Dubuque nicht gerade als Mittelpunkt des Universums bezeichnen, und alle Plätze nach Südkalifornien waren bereits besetzt. Die einzige Alternative bestand darin, am nächsten Morgen nach Denver zu reisen und dort in eine Maschine umzusteigen, die mittags startete und nach Los Angeles flog.

UA stellte ihr ein Quartier für die Nacht zur Verfügung, und um achtzehn Uhr fand sich Holly in einem sauberen, schlichten Zimmer der Best Western Midway Motor Lodge wieder. Nun, vielleicht war es gar nicht so schlicht, wie sie zunächst glaubte. In ihrem gegenwärtigen Zustand hätte sie nicht einmal eine Suite im Ritz zu schätzen gewußt.

Sie rief ihre Eltern in Philadelphia an, um sie zu beruhigen, falls sie die Nachrichtensendungen der CNN gesehen hatten oder am nächsten Tag in der Zeitung ihren Namen lasen in der Überlebenden-Liste des Fluges 246. Sie wußten überhaupt nichts von der Bruchlandung, bestanden jedoch auf einer Schilderung aller Einzelheiten und gaben sich einer Furcht hin, die jetzt überhaupt keinen Sinn mehr hatte. Holly spendete Trost, anstatt welchen zu empfangen, und das fand sie rührend: Es bewies, wie sehr ihre Eltern sie liebten. »Es ist mir gleich, wie wichtig die Story sein mag, an der du arbeitest«, sagte ihre Mutter. »Fahr mit dem Bus; dann besteht überhaupt keine Gefahr.«

Die Gewißheit, geliebt zu werden, blieb ohne Einfluß auf Hollys Stimmung.

Ihr Haar bildete eine wirre Masse, und sie roch nach Ruß und Rauch. Trotzdem begab sie sich ins nächste Einkaufszentrum, um mit ihrer Visa-Karte frische Kleidung zu kaufen: Socken, Unterwäsche, blaue Jeans, eine weiße Hose und eine leichte Denim-Jacke. Sie wählte auch ein Paar Reeboks, weil sie argwöhnte, daß die dunklen Flecken an ihren Schuhen von Blut stammten.

Wieder im Zimmer, nahm sie die längste Dusche ihres Lebens und schrubbte sich mehrmals ab, bis das Stück Seife auf einen kümmerlichen Rest geschrumpft war. Sie drehte das Wasser ab, obwohl sie sich noch immer nicht sauber fühlte, und begriff schließlich, daß sie inneren Schmutz fortzuwaschen versuchte.

Beim Zimmerservice bestellte sie ein Sandwich, Salat und Obst. Als man ihr das Tablett brachte, verspürte sie keinen Appetit mehr und rührte nichts an.

Eine Zeitlang saß sie stumm da und starrte an die Wand.

Es fehlte ihr der Mut, den Fernseher einzuschalten. Sie wollte nicht riskieren, sich eine Nachrichtensendung über den Flug 246 anzusehen.

Wenn sie in der Lage gewesen wäre, sich mit Jim Ironheart in Verbindung zu setzen, hätte sie ihn ohne zu zögern angerufen, immer wieder, alle zehn Minuten, Stunde um Stunde – bis er zu Hause eintraf und abnahm. Aber sie wußte bereits, daß seine Nummer nicht verzeichnet war.

Schließlich ging sie in die Cocktailbar, nahm an der Theke Platz und bestellte sich ein Bier – eine gefährliche Entscheidung für jemanden, der keinen Alkohol vertrug. Angesichts ihres leeren Magens hatte eine Flasche wahrscheinlich die gleiche Wirkung wie ein starkes Betäubungsmittel.

Ein Handelsvertreter aus Omaha versuchte, ein Gespräch mit ihr zu beginnen. Er war gut vierzig, nicht unattraktiv und recht nett, aber Holly wollte keine falschen Hoffnungen in ihm wecken. Möglichst höflich gab sie ihm zu verstehen, daß sie die Nacht allein verbringen wollte.

»Ich ebenfalls«, erwiderte der Mann und lächelte. »Ich möchte mich nur mit jemandem unterhalten.«
Holly glaubte ihm, und ihre Instinkte täuschten sie nicht. Zwei Stunden lang saßen sie nebeneinander an der Theke, sprachen über Filme und Fernsehshows, über Komiker und Sänger, übers Wetter und gutes Essen. Die Themen Politik, Flugzeugunglücke und allgemeines Weltgeschehen klammerten sie aus. Zu ihrer großen Überraschung trank Holly drei Flaschen Bier und spürte nur eine leichte Benommenheit.

»Ich werde Ihnen für den Rest meines Lebens dankbar sein, Howie«, sagte sie ernsthaft, als sie sich von ihm verabschiedete.

Allein kehrte sie in ihr Zimmer zurück, entkleidete sich, schlüpfte unter die Decke und fühlte, wie der Schlaf herankroch, als ihr Kopf das Kissen berührte. Sie zog die Decke höher, um vor dem kühlen Luftstrom der Klimaanlage geschützt zu sein, und mit einer von Erschöpfung geprägten Stimme murmelte sie: »In meinem Kokon ist es nicht kalt, sei ein Schmetterling bald.« Verwirrt von diesen Worten und ihrer rätselhaften Bedeutung schlief sie ein.

Wusch, wusch, wusch, wusch, wusch ...

Holly befand sich wieder in der runden Kammer, aber diesmal gab es in dem Traum erhebliche Unterschiede. Zunächst einmal: Sie war nicht blind. Eine dicke gelbe Kerze stand auf einem blauen Teller, und ihre zitternde orangefarbene Flamme enthüllte steinerne Wände, Fenster so schmal wie Schießscharten, hölzernen Boden, einen sich drehenden Schaft, der aus der Decke kam und durch ein Loch im Boden verschwand. Hinzu kam eine massive Tür mit eisernen Beschlägen. Aus irgendeinem Grund wußte sie, daß es sich um den oberen Raum einer alten Windmühle handelte und daß das Geräusch – *Wusch, wusch, wusch* – von langen Windmühlenflügeln stammte, die durch windige Nachtluft schnitten. Hinter der Tür erstreckte sich eine Wendeltreppe mit Kalksteinstufen, die in den Mühlraum führte. Sie stand, als der Traum begann, doch nach einer jähen Veränderung saß sie plötzlich. Allerdings nicht auf einem gewöhnlichen Stuhl, sondern angeschnallt im Sessel an Bord eines Flugzeugs. Sie drehte den Kopf und sah Jim Ironheart, der neben ihr Platz genommen hatte. »Diese alte Mühle schafft es nicht bis nach Chicago«, sagte er ernst. Es schien völlig logisch zu sein, daß sie in einem steinernen Gebäude flogen, das von vier langen, propellerartigen Windmühlenflügeln in der Luft gehalten wurde. »Aber wir überleben, nicht wahr?« fragte Holly. Während sie Jim beobachtete, löste er sich auf und wich einem zehnjährigen Jungen. Diese magische Verwandlung erstaunte sie. Als sie das dichte braune Haar des Jungen und seine elektrischblauen, Augen sah, kam sie zu dem Schluß, daß sie Jim als Kind musterte. Träume boten eine ganz spezielle Freiheit, und der Anblick eines Ironheart aus einer anderen Epoche ließ die Metamorphose weniger seltsam, fast sogar logisch erscheinen. Der Junge sagte: »Wir überleben, wenn er nicht kommt.« Woraufhin sie erwiderte: »Wer ist *er?*« Der Knabe antwortete: »Der Feind.« Die Mühle um sie herum reagierte auf seine Worte, dehnte sich, schrumpfte, pulsierte wie lebendiges Fleisch, so wie die Zimmerwand im Motel von Laguna Hills. Holly glaubte, eine monströse Fratze zu erkennen, eine Gestalt, die aus dem Kalkstein wuchs. »Wir sterben hier«, sagte der Junge. »Wir alle.« Er erweckte den Anschein, sich über das Ungeheuer zu freuen, das nun durch die Wand glitt. *WUSCH!*

Holly erwachte plötzlich, so wie auch während der vergangenen drei Nächte. Doch diesmal folgte ihr kein Element des Traums in die reale Welt, und sie fürchtete sich nicht so sehr. Sie war beunruhigt, ja, aber dieses Empfinden kam eher einem vagen Unbehagen gleich und grenzte keineswegs an Hysterie.

Und noch wichtiger: Ihre Gedanken kehrten mit einem Gefühl der Befreiung aus dem Traum zurück. Sie setzte sich auf, lehnte den Rücken ans Kopfteil und verschränkte die Arme unter den nackten Brüsten. Sie zitterte nicht etwa aus Angst oder weil sie fror – der Grund war Aufregung.

Vor einigen Stunden, die Zunge vom Bier gelöst, hatte sie eine wichtige Wahrheit ausgesprochen, bevor sie in den Schlaf sank. *In meinem Kokon ist es nicht kalt, sei ein Schmetterling bald.* Jetzt begriff sie, was diese Worte bedeuteten, verstand auch die Veränderung, die begonnen hatte, als sie Ironhearts Geheimnis auf die Spur gekommen war. Die ersten Konsequenzen des Wandels hatte sie kurz nach der Bruchlandung gespürt, im VIP-Aufenthaltsraum des Flughafens.

Sie würde nicht zum *Portland Kurier* zurückkehren.
Sie lehnte es ab, noch einmal für eine Zeitung zu arbeiten.
Sie wollte keine Journalistin mehr sein.
Aus diesem Grund hatte sie so scharf auf den CNN-Reporter

Anlock reagiert. Sie verachtete ihn, und auf einer unterbewußten Ebene regte sich gleichzeitig ein Gefühl der Schuld: Er sammelte Material für eine wichtige Story, die sie ignorierte, obgleich sie *Teil davon war.* Als Journalistin hätte sie ihre Mitreisenden interviewen und rasch einen Artikel für den *Kurier* schreiben sollen. Doch sie verspürte keinen solchen Wunsch, nicht einmal für einen Sekundenbruchteil, nahm statt dessen den groben Stoff ihrer unbewußten Verachtung und schneiderte daraus ein Gewand des Zorns, mit breiten Schultern und großen Aufschlägen. Sie streifte es über, posierte darin zornig vor der CNN-Kamera und versuchte zu vergessen, daß der Journalismus überhaupt keinen Reiz mehr auf sie ausübte, daß sie ihre bisherige berufliche Laufbahn aufgeben und sich damit von etwas abwenden wollte, von dem sie sich bisher Erfüllung für ihr Leben erhofft hatte.

Holly konnte nicht mehr stillsitzen, stand auf und wanderte unruhig umher.

Sie war keine Reporterin mehr.

Sie wiederholte diese Worte in Gedanken: *Ich bin keine Reporterin mehr.*

Freiheit. Als Kind einfacher Eltern aus der Arbeiterklasse war sie regelrecht davon besessen gewesen, sich wichtig zu fühlen und ein Insider zu werden. Als intelligentes Mädchen, das zu einer noch intelligenteren Frau heranwuchs, fühlte sie sich vom offensichtlichen Chaos des Lebens verwirrt und hielt es für notwendig, es mit den unzureichenden Werkzeugen des Journalismus so gut wie möglich zu erklären. Die gleichzeitige Suche nach Anerkennung und Erklärungen hatte sie dazu veranlagt, siebzig oder achtzig Stunden pro Woche zu studieren und zu arbeiten. Doch die späteren Konsequenzen bestanden darin, daß sie nirgendwo Wurzeln schlug, ohne einen Partner blieb, ohne Kinder und ohne echte Freunde. Darüber hinaus suchte sie vergeblich nach Antworten auf ihre schwierigen Fragen, die sich um den Sinn des Lebens drehten. Jetzt hatte sie endlich die Fesseln ihrer Besessenheit abgestreift. Es spielte keine Rolle mehr, ob sie zu einer elitären Gruppe gehörte oder nicht; es war nicht mehr notwendig, die manchmal recht sonderbaren Verhaltensmuster der Menschen zu erklären.

Zunächst glaubte sie, den Journalismus zu hassen, aber das stimmte nicht. Sie haßte in erster Linie ihr Versagen als Reporterin.

Und ihr Versagen gründete sich auf die Tatsache, daß sich der Journalismus nie für sie geeignet hatte.

Um sich selbst zu verstehen und die Ketten der Angewohnheit zu zerreißen, genügte es, ein schreckliches Flugzeugunglück zu überleben – und einen Mann kennenzulernen, der Wunder bewirkte.

»Was bist du doch für eine *flexible* Frau, Thorne«, sagte sie laut und verspottete sich selbst. »So einsichtig.«

Lieber Himmel! fuhr es ihr durch den Sinn. Wenn es wirklich ausreichte, Jim Ironheart zu begegnen und ein brennendes Flugzeug lebend zu verlassen, um endlich das Licht zu sehen und zu verstehen – vermutlich hätte ich das gleiche Ziel erreicht, wenn ich bereit gewesen wäre, mit einem guten Psychologen zu sprechen. Verdammt, warum ist es manchmal so schwer, sich dem Offensichtlichen zu stellen?

Holly lachte. Sie zog die Decke vom Bett, schlang sie um ihren nackten Leib und nahm in einem der beiden Sessel Platz. Sie streckte die Beine aus und lachte erneut, so laut wie ein fröhlicher, unbeschwerter Teenager.

Halt. Augenblick. Genau dort begann das Problem: Sie war nie ein fröhlicher, unbeschwerter Teenager gewesen. Unerschütterlicher Ernst begleitete die ersten Jahre ihrer Jugend. Sorgen erfüllten sie: über den dritten Weltkrieg, weil es hieß, daß sie mit ziemlicher Sicherheit im atomaren Inferno sterben würde, noch bevor sie die Schule verließ; über das viel zu starke Bevölkerungswachstum, weil es hieß, eine Hungersnot würde bis zum Jahre 1990 anderthalb Milliarden Opfer verlangen, die Hälfte aller Menschen auf der Erde umbringen und selbst in den Vereinigten Staaten schwere Verheerungen anrichten; über die Umweltverschmutzung, die den Planeten stark abkühlte, eine neue Eiszeit verursachte und die Zivilisation damit in *wenigen Jahren* zerstörte – diese Befürchtungen machten in den siebziger Jahren Schlagzeilen, bevor man den Treibhauseffekt entdeckte und feststellte, daß eher eine allgemeine Erwärmungsphase bevorstand. Holly hatte ihre Jugend und ersten Jahre als Erwachsene damit verbracht, sich zu viele Sorgen zu machen und sich zuwenig zu vergnügen. Ohne Freude verlor sie die Perspektive fürs Leben und konzentrierte sich ganz auf sensationelle Nachrichten – ob sie nun auf echten Problemen beruhten oder frei erfunden waren.

Jetzt lachte sie wie ein Kind. Bis sie die Pubertät erreichten und von Hormonen zu einer neuen Existenz programmiert wurden, wußten Kinder, wie schrecklich, düster und seltsam das Leben sein konnte. Aber sie begriffen auch, daß es lustig war und Spaß machte – eine abenteuerliche Reise über eine lange Straße der Zeit, das ferne Ziel unbekannt, geheimnisvoll und wunderbar.

Holly Thorne, die plötzlich Gefallen an ihrem Namen fand, wußte, wohin sie unterwegs war. Und sie kannte auch den Grund dafür.

Sie verband ganz bestimmte Hoffnungen mit Jim Ironheart. Es ging dabei nicht um eine gute Story, journalistischen Ruhm oder gar den Pulitzerpreis. Sie wünschte sich etwas Lohnenderes und Dauerhafteres, und sie konnte es kaum mehr abwarten, ihr Anliegen an ihn zu richten.

Doch bei dieser Sache gab es auch noch einen anderen Aspekt. Wenn Ironheart auf sie einging, wenn er ihren Wunsch erfüllte, so wurden ihr nicht nur Aufregung, Freude und Bedeutung im Leben zuteil. Gefahr gehörte ebenfalls dazu. In einem Jahr konnte sie tot sein, vielleicht schon in einem Monat – oder gar in der nächsten Woche. Aber derzeit galten Hollys Gedanken allein der Aussicht, Erfüllung zu finden; sie ließ sich nicht von Gedanken an den Tod und ewige Dunkelheit ablenken.

ZWEITER TEIL

Die Windmühle

Ein Geheimnis kann bleiben nimmer,
besser geheim und sicher, für immer,
so wie es in der Vergangenheit schlief,
um zu ruhen, vergraben tief.

Behalte es in deinem Herzen, dem dunkeln,
denn sonst beginnt man bald zu munkeln.

Nachdem unter vielen Jahren begraben ist,
das Geheimnis, das so an deiner Seele frißt,
kann kein Vertrauter verraten die Worte,
die du bewahrt hast an sicherem Orte.

Nur du kannst die Geheimnisse holen
aus dem sicheren Grabe, nie gestohlen,
wo die Erinnerung ständig wacht,
und harret deiner Macht.

Das Buch Gezählten Leids

In der richtigen Welt,
so wie im Traum,
sehen wir nicht alles,
was wir beschau'n.

Das Buch Gezählten Leids

27. bis 29. August

1

In Denver wechselte Holly die Maschine, brachte während des Fluges nach Westen zwei Zeitzonen hinter sich und traf um elf Uhr am Montagmorgen in Los Angeles ein. Es behinderte sie kein Gepäck, als sie den Leihwagen aus dem Parkhaus holte, an der Küste entlang nach Süden fuhr in Richtung Laguna Niguel und Jim Ironhearts Haus um halb eins erreichte.

Sie stellte das Auto vor seiner Garage ab, ging über den mit Fliesen ausgelegten Weg zur Eingangstür und klingelte. Er reagierte nicht. Sie klingelte erneut. Wieder blieb alles stumm. Entschlossen betätigte Holly den Knopf, bis er einen roten Abdruck auf ihrem rechten Daumen hinterließ.

Schließlich trat sie zurück, ließ ihren Blick über die Fenster im Erd- und Obergeschoß schweifen und bemerkte die breiten Rippen der Jalousien.

»Ich weiß, daß Sie da drin sind«, sagte Holly ruhig.

Sie kehrte zum Wagen zurück, kurbelte die Seitenfenster herunter, saß am Steuer und wartete. Früher oder später würde Ironheart das Haus verlassen, um Lebensmittel, Seife, Toilettenpapier oder irgend etwas zu kaufen, und dann mußte er sich ihr stellen.

Leider eignete sich das Wetter nicht für eine längere Belagerung. Die vergangenen Tage waren recht mild gewesen, doch jetzt kehrte die Augusthitze wie der böse Drachen eines Märchens zurück, der das Land mit seinem feurigen Odem verbrannte. Palmwedel hingen schlaff herab, und Blumen verwelkten in der Glut. Hinter den Bewässerungsanlagen wartete die Wüste darauf, üppiges Grün zu verschlingen.

Schon nach kurzer Zeit fühlte sich Holly wie eine tiefgefrorene Pizza im Mikrowellenherd. Sie drehte die Seitenfenster wieder hoch, startete den Motor und schaltete die Klimaanlage ein. Der kalte Windzug war herrlich, aber es dauerte nicht lange, bis die Anzeigenadel des Kühlwasser-Temperaturmessers in den roten Bereich geriet.

Um ein Uhr fünfzehn, nur fünfundvierzig Minuten nach ihrer Ankunft, legte Holly den Rückwärtsgang ein, lenkte den Wagen auf die Straße und fuhr wieder zum Laguna Hills Motor Inn. Dort wählte sie neue Kleidung: beigefarbene Shorts und eine bauchfreie kanariengelbe Bluse. Sie zog die neuen Turnschuhe an, diesmal ohne Socken. In einem nahen Drugstore kaufte sie einen mit Vinyl bezogenen Liegestuhl, ein großes Handtuch, eine Tube mit Sonnencreme, eine kleine Kühltasche, Eis, einen Sechserpack kalorienarme Limonade und einen Travis-McGee-Roman von John D. Mac-Donald. Eine Sonnenbrille hatte sie bereits.

Noch vor halb drei war sie wieder bei Jim Ironhearts Haus am Bougainvillea Way. Auch diesmal reagierte er nicht aufs Klingeln.

Irgendwie spürte Holly seine Präsenz. *Vielleicht habe ich übersinnliche Fähigkeiten,* dachte sie in einem Anflug von Sarkasmus.

Sie trug ihre Ausrüstung am Haus vorbei und zum Rasen dahinter. Dort stellte sie den Liegestuhl auf, direkt neben der mit Redwood überdachten Veranda. Innerhalb weniger Minuten hatte sie es bequem.

Der MacDonald-Roman schilderte einen Travis McGee, der in Fort Lauderdale schwitzte – dort herrschte eine solche Hitze, daß sogar die Strandschönheiten in den Schatten zurückwichen. Holly kannte das Buch bereits. Sie las es jetzt noch einmal, weil sie sich daran erinnerte, daß die Handlung vor dem Hintergrund tropischen, schwülen Klimas spielte. MacDonalds anschauliche Prosa beschrieb das dampfende Florida so deutlich, daß die trockene Luft von Laguna Niguel im Vergleich dazu weniger heiß erschien, obwohl die Temperatur über dreißig Grad betrug.

Nach einer halben Stunde blickte sie zum Haus und sah Jim Ironheart am großen Küchenfenster. Er beobachtete sie.

Holly winkte.

Der Mann starrte nur.

Er wandte sich vom Fenster ab, kam jedoch nicht nach draußen.

Holly öffnete eine Limonadendose, konzentrierte sich wieder auf das Buch und genoß den warmen Sonnenschein an ihren nackten Beinen. Angesichts der schon ein wenig gebräunten Haut befürchtete sie keinen Sonnenbrand. Zwar war sie blond, aber offenbar hatte sie ein spezielles Bräunungs-Gen, das sie schützte, solange sie nicht auf einem Sonnenbad-Marathon bestand.

Nach einer Weile, als sie aufstand und den Liegestuhl so zurechtrückte, daß sie auf dem Bauch liegen konnte, sah sie Jim Ironheart auf der Veranda, dicht vor der gläsernen Schiebetür des Wohnzimmers. Er trug eine weite Hose, ein zerknittertes T-Shirt und war unrasiert. Das Haar war zerzaust, er wirkte fast verwahrlost.

Es trennten sie nur knapp fünf Meter voneinander, und deshalb fiel es Holly nicht schwer, ihn zu verstehen. »Was machen Sie hier?«

»Ich liege in der Sonne.«

»Bitte gehen Sie, Miß Thorne.«

»Ich muß mit Ihnen reden.«

»Wir haben nichts zu besprechen.«

»So!«

Ironheart kehrte ins Haus zurück und schloß die Tür. Holly hörte, wie das Schloß zuschnappte.

Fast eine Stunde lang lag sie auf dem Bauch und döste, anstatt zu lesen. Dann beschloß sie, ihr Sonnenbad zu beenden. Um halb vier nachmittags gab es ohnehin keine gute Bräunungsmöglichkeit mehr.

Sie brachte den Liegestuhl, die Kühltasche und den Rest ihrer Habseligkeiten zur schattigen Veranda. Dort öffnete sie eine zweite Limonadendose und griff wieder nach dem MacDonald-Roman.

Um vier Uhr hörte sie, wie sich die Schiebetür wieder öffnete. Ironhearts Schritte kamen näher, und er verharrte hinter ihr. Eine Zeitlang blieb er ruhig stehen, und Holly vermutete, daß er auf sie herabsah. Niemand von ihnen sprach, und sie gab vor, weiterhin zu lesen.

Jims Schweigen erschien ihr immer unheimlicher. Sie dachte an seine dunkle Seite – zum Beispiel an die acht Schüsse, mit denen er Norman Rink in Atlanta erledigt hatte – und wurde immer nervöser, bis sie zu dem Schluß gelangte, daß er sie beunruhigen *wollte*.

Als Holly die Limonade aus der Kühltasche nahm, einen Schluck trank, wohlig seufzte und die Dose zurückstellte, ohne daß ihr dabei die Hand zitterte, ging Ironheart am Liegestuhl vorbei und zeigte sich ihr. Er war nach wie vor unrasiert und schlampig, und unter seinen Augen hatten sich dunkle Ringe gebildet. Außerdem wirkte er unnatürlich blaß.

»Was wollen Sie von mir?« fragte er.

»Es dauert eine Weile, um Ihnen das zu erklären.«

»Ich habe nicht viel Zeit.«
»Wieviel geben Sie mir?«
»Eine Minute«, sagte er.
Holly zögerte und schüttelte den Kopf. »Eine Minute reicht nicht aus. Ich warte, bis Sie mehr Zeit erübrigen können.«
Ironheart bedachte sie mit einem durchdringenden Blick.
Holly blickte wieder auf den Roman.
»Ich könnte die Polizei verständigen und Sie von meinem Grundstück fortbringen lassen«, brummte Jim.
»Nur zu.«
Er blieb noch einige Sekunden lang stehen, verärgert und unschlüssig, ging dann wieder ins Haus, schob die Tür zu und schloß ab.
»Warte nicht zu lange«, murmelte Holly. »In etwa einer Stunde muß ich dein Bad benutzen.«
Ganz in der Nähe saugten zwei Kolibris Nektar aus Blütenkelchen. Die Schatten wuchsen allmählich in die Länge, und die zerplatzenden Kohlensäurebläschen knisterten leise in der Dose.
Unten in Florida gab es ebenfalls Kolibris, kühle Schatten und kalte Dos-Equis-Flaschen anstatt von Limonade. Travis McGee geriet mit jedem Absatz in größere Schwierigkeiten.
Hollys Magen knurrte. Sie hatte im Flughafen von Dubuque gefrühstückt, davon überrascht, daß die gräßlichen Erinnerungsbilder der Bruchlandung ihren Appetit keineswegs beeinträchtigten. Die kurze Belagerung gegen zwölf führte dazu, daß sie aufs Mittagessen verzichtete. Jetzt verschmachtete sie fast – das Leben ging weiter.
Fünfzehn Minuten vor ihrem Toilettentermin kehrte Ironheart auf die Veranda zurück. Er hatte geduscht und sich rasiert, trug nun ein leichtes T-Shirt, eine weiße Baumwollhose und ebenfalls weiße Kanevasschuhe.
Sein Versuch, besser auszusehen, schmeichelte Holly.
»Na schön«, sagte er. »Was wollen Sie?«
»Zunächst muß ich in Ihr Bad.«
Jim verzog wie in Zeitlupe das Gesicht. »In Ordnung, meinetwegen, aber dann sprechen wir miteinander und bringen es hinter uns. Anschließend gehen Sie.«
Sie folgte ihm ins Wohnzimmer, das an einen offenen Frühstücksbereich grenzte. Dahinter befand sich die Küche. Holly be-

merkte einfache, billige Möbel, die Ironheart bei einem Ausverkauf erworben zu haben schien – wohl unmittelbar nach dem College und vor seiner Tätigkeit als Lehrer. Alles wirkte sauber, aber abgenutzt. Frei stehende Regalwände enthielten Hunderte von Büchern. Doch an den Wänden hingen keine Bilder, und es fehlten auch andere Schmuckgegenstände wie Vasen, dekorative Schalen, Skulpturen oder Topfpflanzen, die einem Zimmer Wärme verleihen.

Er führte sie zur Toilette am Flur, unmittelbar neben dem Eingang. Keine Tapeten, nur weiße Farbe. Keine wie Rosenblüten geformte Designer-Seife, nur ein schlichter weißer Riegel. Keine bunten oder bestickten Handtücher, nur eine Rolle Saugpapier.

Bevor Holly die Tür schloß, richtete sie noch einmal den Blick auf Ironheart. »Vielleicht können wir uns bei einem frühen Abendessen unterhalten. Ich bin halb verhungert.«

Als sie im Bad fertig war, sah sie sich neugierig im ›Salon‹ um und fragte sich, ob eine solche Bezeichnung auch nur annähernd gerechtfertigt war. Wenn man der Einrichtung – sie war noch spartanischer als im ersten Wohnzimmer – einen Stil zubilligen konnte, so zeichnete er sich in erster Linie durch einen geringen Preis aus. Für einen Mann, der sechs Millionen Dollar in der Lotterie gewonnen hatte, lebte Ironheart sehr bescheiden. Im Vergleich zu den Möbeln wirkte das ebenfalls schlichte Haus wie eine Rockefeller-Villa.

Holly ging zur Küche und stellte fest, daß Jim am runden Frühstückstisch auf sie wartete.

»Ich dachte, Sie würden irgend etwas zubereiten«, sagte sie, zog sich einen Stuhl heran und nahm auf der anderen Seite Platz.

Ironheart blieb ernst. »Was wollen Sie?«

»Ich möchte Ihnen zuerst sagen, was ich *nicht* will«, erwiderte Holly. »Ich möchte nicht über Sie schreiben; ich habe den Journalismus über Bord geworfen und bin keine Reporterin mehr. Ob Sie's glauben oder nicht: es ist die Wahrheit. Neugierige Typen von den Medien würden Sie bei Ihrem guten Werk nur behindern. Belästigungen dieser Art könnten dazu führen, daß Menschen sterben, die Sie sonst vielleicht gerettet hätten. Das sehe ich nun ein.«

»Gut.«

»Und ich will Sie nicht erpressen. Ganz abgesehen davon: der unerhörte Luxus, mit dem Sie sich hier umgeben haben, deutet darauf hin, daß Sie nahezu pleite sind.«

Ironheart lächelte nicht. Er starrte sie weiterhin aus seinen gasflammenblauen Augen an.

»Es liegt mir auch fern, mich in Ihre Arbeit einzumischen oder Sie dabei zu behindern«, fuhr Holly fort. »Ich möchte Sie nicht als Wiederkunft Christi verehren, Sie heiraten, Ihre Kinder zur Welt bringen oder von Ihnen die Bedeutung des Lebens erfahren. Nun, nur Elvis Presley kennt die Bedeutung des Lebens, und er liegt als Scheintoter in einem marsianischen Hibernationsgewölbe.«

Kein Muskel rührte sich in Ironhearts Gesicht. *Himmel, er ist wirklich zäh*, dachte Holly.

»Mir geht es nur darum, meine Neugier zu befriedigen«, fügte sie hinzu. »Ich möchte wissen, wie und warum Sie Menschen retten.« Sie zögerte, holte tief Luft und ließ die Katze aus dem Sack: »Und ich möchte daran teilnehmen.«

»Was soll das heißen?«

Holly sprach so hastig, daß die einzelnen Sätze ineinander übergingen. Sie fürchtete, daß Ironheart sie unterbrechen, ihr keine zweite Chance geben würde, alles zu erklären. »Ich möchte mit Ihnen arbeiten, Ihnen helfen, Beiträge zu Ihrer Mission leisten, oder wie auch immer Sie es nennen, ich möchte ebenfalls Menschen retten oder *Ihnen* dabei helfen, sie vor dem Tod zu bewahren.«

»Sie sind nicht imstande, mir irgendeine Art von Hilfe anzubieten.«

»Es muß doch irgend etwas geben«, beharrte Holly.

»Sie wären nur im Weg.«

»Hören Sie, ich bin intelligent ...«

»Na und?«

»... Und gebildet ...«

»Ich auch.«

»... hartnäckig, entschlossen ...«

»Ich brauche Sie nicht.«

»... Kompetent, tüchtig ...«

»Tut mir leid.«

»Verdammt!« entfuhr es Holly. Es klang nicht verärgert, eher enttäuscht. »Nehmen Sie mich als Sekretärin, auch wenn Sie keine benötigen. Nehmen Sie mich als Mädchen für alles, als Ihre rechte Hand. Lassen Sie mich wenigstens eine *Freundin* sein.«

Ihre Bitten schienen wirkungslos an Ironheart abzuprallen. Er sah sie auch weiterhin stumm an, und ihre Unsicherheit wuchs, aber sie wich seinem Blick nicht aus. Deutlich spürte sie, daß er das Starren als ein Werkzeug der Kontrolle und Einschüchterung benutzte, und sie lehnte es ab, auf diese Weise manipuliert zu werden. Holly wollte auf keinen Fall zulassen, daß er ihre Begegnung dominierte, noch bevor sie richtig begonnen hatte.

Schließlich sagte Jim: »Sie möchten also meine Lois Lane sein.«

Einige Sekunden lang hatte Holly keine Ahnung, was er damit meinte. Dann erinnerte sie sich: Metropolis, der *Daily Planet*, Jimmy Olson, Perry White, Lois Lane, Clark Kent, Superman.

Holly wußte, daß Ironheart versuchte, sie zu verärgern. Er griff also nur zu einem anderen Mittel, um sie zu manipulieren. Wenn sie aggressiv wurde, bekam er einen Vorwand, um sie fortzuschicken. Woraus folgte: sie mußte ruhig und freundlich bleiben, um die Tür zwischen ihnen offenzuhalten.

Aber sie sah sich außerstande, still zu sitzen und gleichzeitig ihr Temperament im Zaum zu halten. Sie brauchte Gelegenheit, um zumindest einen Teil der zornigen Energie abzuleiten, die ihre inneren Batterien überlud. Holly schob den Stuhl zurück, stand auf und wanderte umher. »Nein, genau das möchte ich *nicht* sein« antwortete sie. »Ich will auf keinen Fall zu Ihrer Chronistin werden, zu Ihrer ganz persönlichen unerschrockenen Reporterin.« Sie fügte sofort eine Erklärung hinzu. »Ich möchte nicht so sehr von Ihnen schwärmen, daß mir ständig die Sinne schwinden, wenn ich Sie sehe. Ich möchte auch nicht das wohlmeinende, aber ungeschickte Mädchen sein, das ständig in Schwierigkeiten gerät und Ihre Hilfe braucht, um nicht dem bösen Lex Luthor in die Hände zu fallen. Hier geschieht etwas Erstaunliches, und ich möchte Teil davon werden. Es ist auch gefährlich, ja, aber ich will trotzdem dazugehören, weil Ihr Werk solche ... Bedeutung hat. Ich möchte irgendeinen Beitrag leisten und mit meinem Leben etwas Besseres anfangen als bisher.«

»Weltverbesserer sind meistens nur auf sich selbst konzentriert und voller unbewußter Arroganz«, kommentierte Ironheart. »Sie richten eher Schaden an.«

»Ich bin kein Weltverbesserer. Nein, so sehe ich mich nicht. Ich habe kein Interesse daran, für meine Großzügigkeit und die Bereitschaft zur Selbstaufopferung gepriesen zu werden. Ich fühle mich nicht moralisch überlegen. Ich will mich nur *nützlich* machen.«

»Die Welt ist voller Humanitätsapostel«, sagte Ironheart erbarmungslos. »Wenn ich einen Assistenten brauche – was nicht der Fall ist –, warum sollte ich mich dann ausgerechnet für Sie entscheiden?«

Der Kerl ist unmöglich, fand Holly. Sie hätte ihn am liebsten geschlagen.

Statt dessen ging sie weiterhin auf und ab. »Als ich gestern ins Flugzeug zurückkehrte, um den kleinen Jungen zu suchen, um Norby zu helfen ... Nun, ich war verblüfft über mich selbst. Ich wußte gar nicht, daß ich zu so etwas in der Lage bin. Von Tapferkeit kann in diesem Zusammenhang keine Rede sein. Die meiste Zeit über hatte ich enorme Angst. Aber ich habe den Jungen trotzdem gerettet, und nachher fühlte ich mich viel besser.«

»Sie mögen es, von den Leuten für eine Heldin gehalten zu werden«, erwiderte Ironheart knapp.

Holly schüttelte den Kopf. »Nein, das stimmt nicht. Abgesehen von einem Angehörigen der Rettungsmannschaften hat niemand gewußt, daß ich Norby aus der Maschine geholt habe. Die Reaktionen anderer Leute spielten überhaupt keine Rolle. *Ich* war mit mir zufrieden, und das genügte.«

»Sie lieben also das Risiko«, brummte Jim. »Sie sehnen sich nach Heldentum und dergleichen. Sie sind süchtig nach Mut und Courage.«

Jetzt fühlte sich Holly versucht, ihn gleich zweimal zu schlagen. Direkt ins Gesicht. *Zack, zack!* Hart genug, daß ihm fast die Augen aus dem Kopf fielen. Sie konnte sich kaum mehr beherrschen.

»In Ordnung. Na schön. Wenn Sie unbedingt wollen: Ich bin also süchtig nach Mut und Courage.«

Ironheart entschuldigte sich nicht. Er schwieg, starrte sie einfach nur an.

»Aber das ist immer noch besser, als jeden Tag ein Pfund Kokain zu konsumieren, oder glauben Sie nicht?«

Jim gab keine Antwort.

Verzweiflung wuchs in Holly, aber sie trachtete danach, sich nichts anmerken zu lassen. »Als gestern alles überstanden war, als der Mann von der Rettungsmannschaft Norby fortbrachte ... Wissen Sie, was ich da empfand? Wissen Sie, welches Gefühl besonders intensiv wurde? Nicht Begeisterung darüber, den Jungen vor dem Tod bewahrt zu haben – das auch, aber nicht hauptsächlich. Auch kein Stolz darauf, daß ich ganz allein die Pläne des Schicksals vereitelt hatte. Nein, in erster Linie spürte ich *Zorn.* Dieses Gefühl überraschte mich, jagte mir sogar Schrecken ein. Zorn darüber, daß ein kleiner Junge fast gestorben wäre, daß sein Onkel neben ihm den Tod gefunden hatte, daß er unter mehreren Sitzen feststeckte, in der Gesellschaft blutiger Leichen. Zorn darüber, daß er seine Unschuld verloren hatte, daß er sich nie wieder so übers Leben freuen kann wie andere Kinder in seinem Alter. Ich wollte jemanden verprügeln, jemanden zwingen, sich für all das Leid bei Norby zu entschuldigen. Aber leider ist es nicht möglich, dem Schicksal die Arme auf den Rücken zu drehen oder es so in die Enge zu treiben, daß es Abbitte leistet, und deshalb bleibt einem nichts anderes übrig, als im Saft der eigenen Wut zu schmoren.«

Holly sprach nicht lauter, aber immer eindringlicher. Sie wanderte schneller und immer nervöser umher, spürte dabei, daß Leidenschaft den Zorn verdrängte – ein noch deutlicherer Hinweis auf ihre Verzweiflung. Aber sie konnte jetzt nicht wieder Platz nehmen und schweigen.

»Im Saft der eigenen Wut schmoren«, wiederholte sie. »Es sei denn, man heißt Jim Ironheart. *Sie* können etwas unternehmen und einen Unterschied schaffen, zu dem niemand sonst in der Lage ist. Ich weiß jetzt über Sie Bescheid, und deshalb bin ich nicht in der Lage, mein Leben so fortzusetzen, als sei überhaupt nichts geschehen. Sie haben mir die Möglichkeit gegeben, eine Kraft zu finden, von deren Existenz ich bis vor kurzer Zeit überhaupt nichts ahnte. Sie gaben mir Hoffnung, als ich nicht einmal wußte, daß ich mich danach sehne. Sie zeigten mir einen Weg, um Bedürfnisse zu befriedigen, die mir bis gestern verborgen blieben. Ich *wünsche mir,* Widerstand zu leisten und zu kämpfen, dem Tod ins Gesicht zu spucken. Verdammt, Sie dürfen jetzt nicht die Tür schließen und mich draußen in der Kälte stehenlassen!«

Ironheart starrte sie an.

Herzlichen Glückwunsch, Thorne, dachte Holly und verspottete sich selbst. *Das war ein ausgezeichnetes Beispiel für Ruhe, Fassung und Selbstbeherrschung.*

Jim starrte sie weiterhin an.

Sie hatte seinem kühlen Gebaren Hitze entgegengesetzt, sein

überaus wirkungsvolles Schweigen mit einem Wortschwall beantwortet. *Meine einzige Chance – und ich habe sie verspielt.*

Holly fühlte sich plötzlich elend, und die brodelnde Energie in ihr wich dunkler Leere. Sie setzte sich wieder, stemmte die Ellenbogen auf den Tisch, stützte das Kinn auf die Hände und überlegte, ob sie schreien oder weinen sollte. Statt dessen seufzte sie nur.

»Möchten Sie ein Bier?« fragte Jim.

»Himmel, ja.«

Die Sonne sank dem westlichen Horizont entgegen, war wie ein feuriger Pinsel, der durch die Lücken zwischen den Jalousienrippen am Fenster des Frühstückszimmers glitt und an der Decke kupferfarben glühende Streifen entstehen ließ. Holly saß erschöpft auf ihrem Stuhl, und Jim beugte sich vor. Sie beobachtete ihn, während er auf seine halbleere Flasche Corona hinabsah.

»Wie ich Ihnen schon an Bord des Flugzeugs sagte«, begann er. »Ich bin kein Medium. Ich kann nicht in die Zukunft sehen, weil ich es möchte. Ich habe keine Visionen. Eine höhere Macht benutzt mich als Werkzeug.«

»Könnten Sie das ein wenig genauer erklären?«

Jim zuckte mit den Schultern. »Gott.«

»Gott spricht zu Ihnen?«

»Nein, er spricht nicht zu mir. Ich höre keine Stimme, weder seine noch irgendeine andere. Ab und zu fühle ich mich dazu gezwungen, bestimmte Orte zu einer bestimmten Zeit aufzusuchen ...«

Er versuchte zu erläutern, wieso er rechtzeitig genug die McAlbury School in Portland und andere Schauplätze seiner Rettungsmissionen erreicht hatte. Er berichtete auch von Pater Geary, der ihn am Altargeländer seiner Kirche fand, mit den Wundmalen Christi an Stirn, Händen und der einen Körperseite.

Es klang ziemlich seltsam, wie ein besonders exotischer Mystizismus, zusammengebraut von einem ketzerischen Katholiken, der dabei die geistliche Unterstützung eines rauschgiftsüchtigen indianischen Medizinmannes und eines draufgängerischen Clint-Eastwood-Typs fand. Holly war fasziniert. Trotzdem sagte sie: »Ich kann mir kaum vorstellen, daß in dieser Sache Gottes große Hände im Spiel sind.«

»Ich schon«, erwiderte Jim ruhig und ließ keinen Zweifel daran,

daß es in erster Linie auf seine Meinung ankam, daß er ihre Billigung nicht brauchte.
»Manchmal mußten Sie erhebliche Gewalt anwenden«, erinnerte sie ihn. »Zum Beispiel bei den Burschen, die Susie und ihre Mutter in der Wüste entführten.«
»Sie bekamen, was sie verdienten«, entgegnete Jim ungerührt. »In manchen Menschen gibt es zuviel Finsternis, eine Verdorbenheit, gegen die nicht einmal eine tausendjährige Rehabilitierung etwas ausrichten könnte. Das Böse existiert wirklich; es wandelt auf der Erde. Manchmal begnügt sich der Teufel damit, in Versuchung zu führen. Und manchmal schickt er Soziopathen, denen das Gen für Mitleid und Erbarmen fehlt.«
»Ich behaupte nicht, daß Sie in *jedem* Fall auf Gewaltanwendung verzichten können. In einigen Situationen blieb Ihnen überhaupt keine Wahl. Ich meine nur ... Ist Gott wirklich fähig, seinen Boten aufzufordern, von einer Schrotflinte Gebrauch zu machen?«
Jim trank einen Schluck Bier. »Haben Sie jemals die Bibel gelesen?«
»Ja.«
»Dort heißt es, daß Gott die bösen Menschen in Sodom und Gomorrha mit Vulkanausbrüchen, Erdbeben und Feuerregen strafte. Einmal hat er sogar die ganze Welt überflutet, nicht wahr? Er ließ das Rote Meer über die Soldaten des Pharaos zurückfluten, auf daß sie alle ertranken. Ich glaube kaum, daß er zimperlich ist, wenn's nur um eine Schrotflinte geht.«
»Ich dachte eher an den Gott des Neuen Testaments. Vielleicht haben Sie von ihm gehört – verständnisvoll, mitfühlend, gnädig.«
Jim sah sie wieder aus seinen blauen Augen an und richtete seinen Blick auf sie, der so hinreißend sein konnte, daß ihr die Knie weich wurden – und der sie bei anderen Gelegenheiten innerlich zu Eis erstarren ließ. Vor wenigen Sekunden hatte sie Wärme von ihm gespürt, doch jetzt kehrte die Kälte zurück. Die frostige Reaktion zeigte ihr deutlich, daß er noch nicht bereit war, sie in seinem Leben zu akzeptieren. »Ich habe Menschen kennengelernt, die so abscheulich sind, daß die Tiere eigentlich beleidigt sein müßten, als Tiere bezeichnet zu werden. Wenn Gott ihnen gegenüber ständige Gnade walten ließe, so würde ich mich von ihm abwenden.«

Holly stand an der Küchenspüle, wusch Pilze und schnitt Tomaten, während Jim das Eiweiß vom Eigelb trennte, um zwei relativ kalorienarme Omeletts zuzubereiten.

»Die ganze Zeit über sterben Menschen in bequemer Nähe, sozusagen direkt in Ihrem Hinterhof. Aber Sie reisen weit durchs Land, um Männer, Frauen und Kinder zu retten.«

»Einmal in Frankreich«, erwiderte Jim und bestätigte damit Hollys Vermutung, daß sich seine Rettungsmissionen nicht nur auf die Vereinigten Staaten beschränkten. »Einmal in Deutschland, zweimal in Japan und einmal in England.«

»Warum gibt Ihnen die höhere Macht nicht nur Aufträge, die Südkalifornien betreffen?«

»Keine Ahnung.«

»Haben Sie sich jemals gefragt, ob die von Ihnen geretteten Menschen etwas Besonderes darstellen? Ich meine: Warum ausgerechnet sie und keine anderen?«

»Ja, darüber habe ich häufig nachgedacht. In den Nachrichtensendungen ist ständig die Rede von unschuldigen Menschen, die hier im Süden Kaliforniens ermordet werden oder bei Unfällen sterben, und ich frage mich, warum er möchte, daß ich statt dessen einen Jungen in Boston rette. Vielleicht wollte ihn der Teufel vorzeitig holen. Vielleicht hat Gott mich benutzt, um das zu verhindern.«

»Sie haben viele junge Personen gerettet.«

»Das ist mir ebenfalls aufgefallen.«

»Aber den Grund dafür kennen Sie nicht?«

»Nein.«

In der Küche roch es nach bratenden Eiern, Zwiebeln, Pilzen und grünem Pfeffer. Jim entschied sich für ein großes Omelett in der Pfanne, das er später in zwei Hälften schneiden wollte.

Holly steckte Vollkornbrotscheiben in den Toaster. »Warum sollte Gott daran gelegen sein, daß Sie in der Wüste Susie und ihre Mutter retten – aber nicht den Vater des Mädchens?«

»Ich weiß es nicht.«

»Der Vater war doch kein böser Mann, oder?«

»Nein, ich glaube nicht.«

»Warum mußte er sterben?«

»Wenn Er möchte, daß ich eine Antwort auf diese Frage bekomme, wird Er sie mir mitteilen.«

Jims Sicherheit, daß Gott durch ihn wirkte, daß Gott einige Menschen sterben lassen wollte und andere nicht, erfüllte Holly mit Unbehagen.

Andererseits: Konnte er auf seine außergewöhnlichen Erfahrungen anders reagieren? Es hatte wohl kaum Sinn, ein Streitgespräch mit Gott zu führen.

Sie erinnerte sich an eine Redensart, an eine alte Kamelle, die während der psychedelischen Bewegung zu einem Klischee wurde: »Gott hat mir den Mut gegeben, die Dinge zu verändern, die ich nicht akzeptiere, und jene Dinge zu akzeptieren, die ich nicht verändern kann; außerdem schenkte Er mir die Weisheit, den Unterschied zu erkennen.« Klischee oder nicht: Es war eine sehr gesunde Einstellung.

Holly nahm die ersten beiden gerösteten Brotscheiben aus dem Toaster und steckte zwei andere hinein. »Wenn Gott nicht wollte, daß Nicolas O'Connor bei lebendigem Leib gebraten wird, so hätte Er doch einfach die Explosion der Starkstromstation verhindern können.«

Jim zuckte mit den Schultern.

»Erscheint es Ihnen nicht seltsam, daß Gott Sie benutzen muß, Sie quer durchs ganze Land schickt, um den O'Connor-Jungen beiseite zu reißen, kurz bevor das 17 000-Volt-Kabel hochgeht? Warum hat Er nicht ... darauf gespuckt, die ersten Flammen mit göttlichem Speichel erstickt? Warum holte Er Sie nach Atlanta, um Norman Rink im Lebensmittelladen zu erschießen? Warum hat Er ihm nicht ins Gehirn gekniffen, ihm einen rechtzeitigen Schlaganfall beschert?«

Jim neigte geschickt die Pfanne und drehte das Omelett um. »Warum hat Er Mäuse geschaffen, um Frauen zu erschrecken, und Katzen, die die Mäuse fressen? Warum schuf Er Blattläuse, die Pflanzen töten, und Marienkäfer, die Blattläuse für Leckerbissen halten? Warum gab Er uns keine Augen im Hinterkopf, obgleich wir sie so dringend benötigen?«

Holly strich Margarine auf die ersten beiden Brotscheiben. »Ich weiß, was Sie meinen. Gottes Wege sind unerforschlich.«

»In der Tat.«

Sie aßen am Frühstückstisch. Abgesehen vom Toast gab es auch noch geschnittene Tomaten und kühles Bier zum Omelett.

Das purpurne Tuch des Zwielichts glitt draußen über die Welt, enthüllte langsam die nackte Gestalt der Nacht.

»Bei Ihren Missionen sind Sie nicht nur eine Marionette«, sagte Holly.

»Doch, das bin ich.«

»Nein. Sie können zumindest einen gewissen Einfluß auf das Ergebnis ausüben.«

»Nein.«

»Nun, Gott hat Sie aufgefordert, am Flug zwei-vier-sechs teilzunehmen, damit Sie die Dubroweks retten.«

»Das stimmt.«

»Aber dann beschlossen Sie, die Sache selbst in die Hand zu nehmen, wodurch Sie nicht nur Christine und Casey vor dem Tod bewahrt haben. Wie viele Personen an Bord sollten sterben?«

»Hunderteinundfünfzig.«

»Na bitte. Sie haben hundertzwei mehr Menschen gerettet, als es Sein Plan vorsah.«

»Hundertdrei, wenn man Sie mitzählt. Aber nur, weil Er es erlaubte, weil Er mir dabei half.«

»Wie bitte? Soll das heißen, daß Er durch Sie zunächst nur die Dubroweks retten wollte und es sich dann anders überlegte?«

»Ich glaube schon.«

»Weiß Gott nicht genau, was Er will?«

»Keine Ahnung.«

»Ist Gott manchmal verwirrt?«

»Keine Ahnung.«

»Ist er ein Quatschkopf?«

»Ich weiß es nicht, Holly.«

»Das Omelett schmeckt gut.«

»Danke.«

»Es fällt mir schwer zu verstehen, warum Gott jemals seine Meinung über irgend etwas ändern sollte. Immerhin ist Er unfehlbar, oder? Also kann Er überhaupt keine falschen Entscheidungen treffen.«

»Ich beschäftige mich nicht mit solchen Fragen. Ich denke einfach nicht darüber nach.«

»Das ist mir bereits aufgefallen«, sagte Holly.

Jim starrte sie an, und sie spürte die volle Wirkung seines auf Eis umgeschalteten Blicks. Einige Sekunden später konzentrierte er sich auf Essen und Bier und ignorierte Hollys Versuche, das Gespräch fortzusetzen.

Sie begriff plötzlich, daß sie noch immer weit davon entfernt war, sein Vertrauen zu gewinnen. Seit ihrem Sonnenbad im Garten hatte sich kaum etwas zwischen ihnen verändert. Er versuchte noch immer, sie einzuschätzen, und Holly befürchtete, daß sie dabei nicht besonders gut abschnitt. Sie brauchte eine Möglichkeit, alle seine Barrieren zu durchbrechen. Sie glaubte, ein entsprechendes Werkzeug zu haben, aber sie wollte es erst im richtigen Augenblick benutzen.

Als Jim seine Mahlzeit beendete, sah er vom leeren Teller auf und sagte: »Na schön. Ich habe mir alles angehört, und inzwischen dürfte keine Gefahr mehr bestehen, daß Sie verhungern. Ich möchte jetzt, daß Sie gehen.«

»Nein, das möchten Sie nicht.«

Er blinzelte. »Miß Thorne ...«

»Sie haben mich schon einmal Holly genannt.«

»Miß Thorne, bitte zwingen Sie mich nicht, Sie *hinauszuwerfen*.«

»Sie wollen gar nicht, daß ich gehe«, erwiderte Holly und versuchte, ihre Stimme überzeugender klingen zu lassen, als sie sich fühlte. »Bei den bisherigen Rettungsmissionen haben Sie immer nur Ihren Vornamen genannt. Niemand hat mehr von Ihnen erfahren. Ich bin die einzige Ausnahme. Sie sagten mir, daß Sie in Südkalifornien leben. Und Sie vertrauten mir auch ihren Nachnamen an: Ironheart.«

»Ich habe nie behauptet, daß Sie eine schlechte Journalistin seien. Sie verstehen sich darauf, Ihren Gesprächspartnern Informationen zu entlocken ...«

»Davon kann bei Ihnen keine Rede sein. Ich brauchte nicht zu bohren, um mehr in Erfahrung zu bringen. Sie gaben bereitwillig Auskunft. Niemand könnte Sie zwingen, irgend etwas zu verraten; dafür haben Sie einfach ein zu dickes Fell. Übrigens: Ich möchte noch ein Bier.«

»Bitte gehen Sie jetzt.«

»Bleiben Sie ruhig sitzen. Ich weiß, wo Sie die Getränke aufbewahren.«

Holly stand auf, ging zum Kühlschrank und entnahm ihm eine Flasche Corona. Sie wagte sich jetzt aufs Glatteis, aber die dritte Flasche Bier gab ihr einen Vorwand – wenn auch keinen sehr guten –, um noch etwas zu bleiben und mit Ironheart zu reden. Am vergangenen Abend, in der Cocktailbar des Hotels in Dubuque, hatte sie ebenfalls drei Bier getrunken, aber zu jenem Zeitpunkt war sie infolge eines hohen Adrenalinspiegels so wachsam und nervös gewesen wie eine von Benzedrin aufgeputschte Siamkatze. Dem Alkohol blieb gar keine Zeit, auf sie zu wirken. Trotzdem sank sie später so müde ins Bett wie ein Holzfäller, der an einem Tag das Pensum einer ganzen Woche erledigt hatte. Wenn sie hier am Tisch einschlief, fand sie sich einige Stunden später bestimmt in ihrem Wagen auf der Straße wieder, ohne jemals in Ironhearts Haus zurückkehren zu können. Holly öffnete die Flasche und setzte sich.

»Sie *wollten*, daß ich Sie finde«, sagte sie.

Er beobachtete sie mit der Wärme eines toten Pinguins, der auf einer Eisscholle festgefroren war. »Ach, tatsächlich?«

»Ja. Deshalb nannten Sie mir Ihren Nachnamen und Wohnort.«

Jim schwieg.

»Erinnern Sie sich an die letzten Worte, die Sie vor dem Flughafen in Portland an mich richteten?«

»Nein.«

»Es war die beste Einladung, die ich jemals von einem Mann gehört habe.«

Jim wartete.

Holly stellte seine Geduld auf die Probe, indem sie sich Zeit ließ und aus der Flasche trank. »Bevor Sie die Wagentür schlossen und ins Terminal gingen, sagten Sie: ›Das gilt auch für Sie, Miß Thorne.‹«

»Klingt nicht gerade nach einer Einladung.«

»Es hätte gar nicht romantischer sein können.«

»›Das gilt auch für Sie, Miß Thorne.‹ Und was haben Sie vorher zu mir gesagt? ›Sie sind ein Arschloch, Mr. Ironheart!‹«

»Ho, ho, ho«, machte Holly. »Es hat keinen Sinn zu versuchen, Ihre Worte ins Lächerliche zu ziehen. Ich meinte, Ihre Bescheidenheit sei erfrischend, und Ihre Antwort lautete: ›Das gilt auch für Sie, Miß Thorne.‹ Lieber Himmel, mein Herz schlug mindestens doppelt so schnell wie sonst. Oh, Sie wußten ganz genau, welche Wirkung Sie damit auf mich erzielten. Sie nannten mir Namen und Wohnort, sahen mich aus Ihren so verdammt beeindruckenden blauen Augen an, gaben sich schüchtern, schleuderten mir dann ein ›Das gilt auch für Sie, Miß Thore‹ entgegen und gingen wie Humphrey Bogart fort.«

»Ich schätze, Sie haben jetzt genug Bier getrunken.«

»Ja? Nun, ich glaube, ich bleibe hier die ganze Nacht sitzen und trinke eine Flasche nach der anderen.«

Jim seufzte. »Wenn das so ist, genehmige ich mir auch noch eine.«

Er stand auf, holte sich ein Bier und nahm wieder Platz.

Holly kam zu dem Schluß, daß sie erste Fortschritte erzielte.

Oder bereitete Ironheart eine Falle für sie vor? War es ein Trick, beim Bier zu plaudern? An seiner Intelligenz konnte kein Zweifel bestehen. Vielleicht wollte er sie unter den Tisch trinken. Nun, in dem Fall stand ihre Niederlage bereits fest, Holly würde lange vor ihm unter dem Tisch enden!

»Sie wollten, daß ich Sie finde«, wiederholte sie.

Er schwieg.

»Und wissen Sie, warum Sie wollten, daß ich Sie finde?«

Er blieb still.

»Sie wollten, daß ich Sie finde, weil Sie mich tatsächlich für erfrischend hielten, weil Sie der einsamste und traurigste Mann diesseits von Hardrock, Missouri, sind.«

Ironheart gab keine Antwort. Er war ein ausgezeichneter Schweiger und hatte die einzigartige Fähigkeit, genau zum richtigen Zeitpunkt nichts zu sagen.

»Sie lassen den Wunsch in mir entstehen, Sie zu schlagen«, bemerkte Holly.

Jim schwieg.

Die vom Alkohol geweckte Zuversicht in Holly verflüchtigte sich, und sie spürte, daß sie erneut zu verlieren begann. Einige Runden lang hatte sie nach Punkten gewonnen, doch jetzt drohte ihr ein Knockout durch Ironhearts Schweigen.

»Warum gehen mir diese Box-Metaphern durch den Kopf?« fragte sie. »Ich hasse Boxen.«

Jim nippte an seinem Bier und deutete dann auf Hollys noch immer zu zwei Dritteln gefüllte Flasche. »Wollen Sie wirklich alles trinken?«

»Und ob.« Sie spürte bereits eine gewisse Benommenheit, war jedoch noch immer nüchtern genug, um zu begreifen, daß sich ihr jetzt die Möglichkeit bot, Ironhearts psychischen Schild zu durchstoßen. »Wenn Sie mir nicht von jenem Ort erzählen, bleibe ich hier sitzen und trinke, bis ich eine fette, verlotterte alte Alkoholikerin werde. Ich sterbe hier im Alter von zweiundachtzig Jahren, mit einer Leber so groß wie Vermont.«

»Ort?« Jim musterte sie verwirrt. »Was für ein Ort?«

Jetzt. Holly senkte die Stimme und flüsterte, um eine noch größere Wirkung zu erzielen. »Die Windmühle.«

Ironheart fiel nicht vom Stuhl, und es wirbelten ihm auch keine Zeichentricksterne um den Kopf, aber Holly sah deutlich, daß er zutiefst erschüttert war.

»Sie sind in der Windmühle gewesen?« fragte er.

»Nein. Existiert sie wirklich?«

»Wenn Sie das fragen ... Wieso wissen Sie dann überhaupt davon?«

»Träume. Ich habe von einer Windmühle geträumt. In jeder der drei letzten Nächte.«

Jim erblaßte. Die Glühbirne über dem Tisch brannte nicht; sie saßen im Schatten. Das einzige Licht stammte aus der Küche und von einer Lampe im Wohnzimmer. Trotzdem bemerkte Holly in aller Deutlichkeit, wie Ironheart erbleichte. Sein Gesicht schwebte in der Düsternis vor ihr wie der ovale Flügel einer schneeweißen Motte.

Der Alptraum war nicht nur außergewöhnlich, sondern hatte auch so erschreckend echt gewirkt – ganz zu schweigen davon, daß ihr ein Teil des Grauens nach dem Erwachen ins Motelzimmer gefolgt war –, daß sie eine Verbindung mit Jim Ironheart zu erkennen geglaubt hatte. Zwei Begegnungen mit dem Paranormalen innerhalb derart kurzer Zeit *mußten* miteinander in Zusammenhang stehen. Trotzdem empfand Holly eine seltsame Erleichterung, als Jims schockierte Reaktion ihre Vermutung bestätigte.

»Kalksteinwände«, sagte sie. »Hölzerner Boden. Eine schwere, eisenbeschlagene Holztür, dahinter eine Wendeltreppe mit Kalksteinstufen. Eine gelbe Kerze auf einem blauen Teller.«

»Schon seit vielen Jahren träume ich davon«, murmelte Jim. »Ein- oder zweimal im Monat. Bis zu den letzten drei Nächten. Aber wie können wir den gleichen Traum haben!«

»Wo befindet sich die Windmühle?«

»Auf der Farm meiner Großeltern. Im Norden von Santa Barbara. Im Santa Ynez Valley.«

»Haben Sie dort etwas Schreckliches erlebt?«
Ironheart schüttelte den Kopf. »Nein, ganz und gar nicht. Ich liebte jenen Ort. Er war wie ein ... Refugium für mich.«
»Warum wurden Sie dann blaß, als ich ihn erwähnte?«
»Bin ich das?«
»Stellen Sie sich eine Albinokatze vor, die eine Maus verfolgt und sich hinter der nächsten Ecke plötzlich einem Dobermann gegenübersieht. So blaß.«
»Nun, wenn ich von der Windmühle träume, so ist damit immer irgend etwas Grauenhaftes verbunden ...«
»Darauf brauchen Sie mich nicht extra hinzuweisen. Aber wenn sich bei Ihnen angenehme Erinnerungen auf die Mühle beziehen – warum erscheint sie dann in Alpträumen?«
»Keine Ahnung.«
»Geht das schon wieder los?«
»Ich weiß es wirklich nicht«, sagte Jim. »Wieso träumen *Sie* davon, obwohl Sie nie dort waren?«
Holly trank einen Schluck Bier, obwohl es ihr kaum dabei half, konzentriert nachzudenken. »Vielleicht projizieren Sie Ihren Traum auf mich. Um eine Verbindung zwischen uns zu schaffen, um mich hierherzubringen.«
»Was sollte mir daran gelegen sein, Sie hierherzubringen?«
»Oh, herzlichen Dank.«
»Nun, wie ich Ihnen schon mehrfach sagte: Ich bin kein Medium, sondern nur ein Werkzeug. Ich habe keine übersinnlichen Fähigkeiten.«
»Dann ist es jene höhere Macht«, sagte Holly. »Sie schickt mir den gleichen Traum, weil sie möchte, daß wir zusammenarbeiten.«
Ironheart rieb sich die Augen. »Derzeit ist das alles zuviel für mich. Ich bin so verdammt müde.«
»Ich auch. Aber es ist erst halb zehn, und es gibt noch viel zu besprechen.«
»Gestern nacht habe ich nur eine Stunde geschlafen«, erwiderte Jim.
Er schien tatsächlich sehr erschöpft zu sein. Nach der Dusche und Rasur wirkte er einigermaßen akzeptabel, doch die Ringe unter seinen Augen wurden immer dunkler, und es kehrte keine Farbe in die Wangen zurück. Er war noch immer leichenblaß.
»Können wir unser Gespräch morgen fortsetzen?« fragte er.

Holly runzelte die Stirn. »Nein. Wenn ich morgen früh zurückkehre, stoße ich bestimmt auf verschlossene Türen.«

»Ich lasse Sie herein.«

»Das behaupten Sie jetzt.«

»Wenn Sie von der Windmühle geträumt haben, so betrifft diese Angelegenheit auch Sie, ob es mir gefällt oder nicht.«

Seine Stimme klang nicht mehr nur kühl, sondern wieder eiskalt. Holly verstand »ob es mir gefällt oder nicht« als freundliche Umschreibung für »obgleich es mir nicht gefällt«.

Ironheart war ein Einzelgänger, schon seit vielen Jahren. Viola Moreno mochte ihn und behauptete, seine Schüler und Kollegen hätten ihn sehr geschätzt. Allerdings wies sie auf einen tief in ihm verborgenen Kummer hin, der ihn von anderen Menschen trennte; seit er nicht mehr als Lehrer arbeitete, unterhielt er kaum Kontakte zu Viola oder seinen anderen Freunden. Zweifellos verblüffte es ihn, daß er und Holly den gleichen Traum teilten; er fand sie ›erfrischend‹ und fühlte sich zumindest in gewisser Weise zu ihr hingezogen, aber trotzdem gefiel es ihm nicht, daß sie in seine Einsamkeit vordrang.

»Nein«, bekräftigte Holly noch einmal. »Wenn ich morgen früh an der Tür klingle, haben Sie sich längst aus dem Staub gemacht. Und vielleicht kehren Sie nie zurück.«

Es fehlte Jim die Kraft, um weitere Einwände zu erheben. »Dann übernachten Sie hier.«

»Haben Sie ein Gästezimmer?«

»Ja. Aber kein zweites Bett. Sie können auf dem Sofa im Wohnzimmer schlafen. Allerdings ist es ziemlich alt und nicht sehr bequem.«

Holly ging mit ihrem Bier ins Nebenzimmer und nahm versuchsweise auf dem durchgesessenen braunen Sofa Platz. »Scheint soweit in Ordnung zu sein.«

»Wie Sie meinen«, brummte Jim. Holly spürte, daß seine Gleichgültigkeit nur gespielt war.

»Könnten Sie mir einen Pyjama leihen?«

»Lieber Himmel!«

»Tut mir leid, aber ich habe keine Sachen mitgebracht.«

»Meine Schlafanzüge sind Ihnen bestimmt zu groß.«

»Um so besser – dann bieten sie wenigstens genug Platz. Ich würde auch gern duschen. Ich bin ganz verschwitzt vom Sonnenbad heute nachmittag.«

Mit der gequälten Leidensmiene eines Mannes, der den nicht angekündigten Besuch seiner unsympathischsten Verwandten hinnimmt, führte Jim Holly nach oben, zeigte ihr das Gästebad und holte dann Handtücher und einen Pyjama.

»Bitte seien Sie leise«, sagte er. »In fünf Minuten möchte ich fest eingeschlafen sein.«

Holly genoß das heiße, auf sie herabprasselnde Wasser und die wallenden Dampfwolken, stellte aber zufrieden fest, daß die Dusche nichts an der vom Alkohol erzeugten Benommenheit änderte. Zwar hatte sie in der vergangenen Nacht besser geschlafen als Ironheart, aber die letzten acht Stunden ungestörter Ruhe lagen schon einige Tage zurück, und sie freute sich auf einen vom Bier erleichterten Schlaf, selbst auf dem alten Sofa.

Gleichzeitig beunruhigte sie der graue Nebel hinter ihrer Stirn. Sie hielt es für wichtig, bei klarem Verstand zu bleiben. Immerhin befand sie sich im Haus eines sehr seltsamen Mannes, der ein ungelöstes Rätsel darstellte, ein wandelndes Mysterium. Holly wußte nicht, wie es in seinem Herzen aussah, durch das mehr Geheimnisse und Schatten gepumpt wurden als Blut. Trotz der Kühle ihr gegenüber schien er sanft und freundlich zu sein und keine schlechten Absichten zu hegen. Im Grunde genommen hielt sie die Vorstellung für absurd, daß er eine Gefahr für sie darstellen konnte. Andererseits: In den Zeitungen und übrigen Nachrichtenmedien wurde häufig von wahnsinnigen Massenmördern berichtet, die Freunde, Familienangehörige und Kollegen niedermetzelten und von erstaunten Nachbarn als ›eigentlich ganz nett‹ beschrieben worden waren. Jim Ironheart behauptete, der Beauftragte Gottes zu sein, und er riskierte sein Leben, um Fremde zu retten – doch vielleicht neigte er des Nachts dazu, kleine Katzen mit sadistischer Freude zu quälen.

Dennoch verzichtete Holly nicht auf den Rest des Biers. Als sie sich mit dem sauber riechenden Frotteehandtuch abgetrocknet hatte, griff sie wieder nach der Flasche Corona und trank einen Schluck. Ein langer, traumloser und erholsamer Schlaf lohnte ihrer Ansicht nach das Risiko, im Bett ermordet zu werden.

Sie zog den Pyjama an und rollte Beine und Ärmel hoch.

Dann nahm sie die Flasche – sie enthielt noch einen oder zwei Schluck Bier –, öffnete leise die Badezimmertür und trat in den Flur des Obergeschosses. Gespenstische Stille herrschte im Haus.

Als sie zur Treppe ging, kam sie an Ironhearts Schlafzimmer vorbei und warf einen Blick hinein. Zu beiden Seiten des Bettes waren aus Messing bestehende Leselampen befestigt, und eine von ihnen warf einen schmalen Keil aus bernsteinfarbenem Licht auf das zerknitterte Laken. Jim lag auf dem Rücken, Hände und Arme unter den beiden Kopfkissen; er schien noch wach zu sein.

Holly zögerte, gab sich einen Ruck und trat durch die offene Tür. »Danke«, sagte sie und sprach leise, für den Fall, daß er doch schon schlief. »Jetzt fühle ich mich viel besser.«

»Freut mich für Sie.«

Holly blieb so dicht vor dem Bett stehen, daß sie beobachten konnte, wie sich das Lampenlicht in Ironhearts blauen Augen widerspiegelte. Die Decke reichte ihm bis zum Nabel, aber er trug keine Schlafanzugjacke. Brust und Arme waren schlank und muskulös.

»Ich dachte, Sie wollten nach fünf Minuten fest eingeschlafen sein.«

»Das war meine Absicht. Aber leider kann ich die Gedanken nicht einfach abschalten.«

Holly sah auf ihn hinab. »Viola Moreno meinte, tiefe Trauer wohnt in Ihnen.«

»Sie sind bei Ihren Ermittlungen ziemlich gründlich vorgegangen, nicht wahr?«

Holly trank einen Schluck Corona – noch einer übrig – und nahm auf der Bettkante Platz. »Haben Ihre Großeltern noch immer die Farm mit der Mühle?«

»Sie sind tot.«

»Tut mir leid.«

»Großmutter starb vor fünf Jahren, Großvater acht Monate später – als sei das Leben ohne sie sinnlos für ihn. Sie hatten viele ausgefüllte Jahre hinter sich. Ich vermisse sie sehr.«

»Haben Sie Verwandte?«

»Zwei Cousins in Akron«, antwortete Jim.

»Stehen Sie miteinander in Verbindung?«

»Schon seit zwanzig Jahren nicht mehr.«

Holly trank den Rest Bier und stellte die leere Flasche aufs Nachtschränkchen.

Einige Minuten lang sprach niemand von ihnen. Die Stille war nicht etwa unbehaglich, sondern angenehm.

Schließlich stand Holly auf, ging ums Bett herum, zog die Decke zurück, streckte sich neben Jim aus und legte den Kopf auf die anderen beiden Kissen.

Ironheart schien ebensowenig überrascht zu sein wie sie selbst. Nach einer Weile faßten sie sich an den Händen, lagen Seite an Seite und starrten zur Decke hoch.

»Es muß dich hart getroffen haben, als Zehnjähriger deine Eltern zu verlieren.« Holly ging zum Du über; unter den gegenwärtigen Umständen erschien ihr das Sie nicht mehr angemessen.

»Ja.«

»Was geschah damals?«

Er zögerte kurz. »Ein Verkehrsunfall.«

»Und anschließend hast du bei deinen Großeltern gelebt?«

»Ja. Das erste Jahr war am schlimmsten. Es ... ging mir nicht besonders gut. Verbrachte viel Zeit in der Mühle. Sie gewann eine ganz besondere Bedeutung für mich. Ich spielte dort, zog mich in sie zurück, wenn ich ... allein sein wollte.«

»Ich wünschte, wir wären als Kinder zusammen gewesen«, sagte Holly.

»Warum?«

Sie dachte an Norby, jenen Jungen, den sie im Flugzeug gerettet hatte. »Dann hätte ich dich kennengelernt, bevor deine Eltern starben. Dann wüßte ich heute, wie du damals gewesen bist, unberührt von der Tragödie.«

Neuerliches Schweigen folgte diesen Worten.

Als Jim sprach, war seine Stimme so leise, daß sich Holly anstrengen mußte, um ihn trotz ihres laut pochenden Herzens zu verstehen. »Tief in ihrem Innern trauert auch Viola. Sie wirkt wie die glücklichste Frau auf der ganzen Welt, aber sie verlor ihren Mann in Vietnam, und darüber kam sie nicht hinweg. Pater Geary – der Geistliche, von dem ich dir erzählt habe – sieht aus wie der fromme Priester eines sentimentalen katholischen Films aus den dreißiger oder vierziger Jahren, aber als ich ihm begegnete, war er müde und zweifelte an seiner Berufung. Und du ... Nun, du bist hübsch und amüsant, scheinst außerordentlich tüchtig zu sein, aber ich hätte nicht geglaubt, daß du so unerbittlich sein kannst. Du erweckst den Eindruck einer Frau, die problemlos durchs Leben schreitet, sich nicht nur für ihre Arbeit interessiert, sondern auch für alles andere, jedoch immer darauf achtet, mit dem Strom zu schwimmen, nie dagegen. Meine Güte, wenn du Blut geleckt hast, bist du wie ein hungriger Wolf.«

Holly betrachtete das fleckenartige Muster aus Licht und Schatten an der Decke, sie hielt Jims starke Hand. Eine Zeitlang dachte sie über seine letzten Bemerkungen nach. »Worauf willst du hinaus?« fragte sie.

»Menschen sind immer viel ... komplexer, als man zunächst glaubt.«

»Ist das eine Beobachtung – oder eine Warnung?«

Diese Frage schien Jim zu verwirren. »Warnung?«

»Vielleicht gibst du mir zu verstehen, daß du nicht das bist, was du zu sein scheinst.«

Nach einer langen Pause erwiderte er: »Ja, vielleicht.«

Holly schwieg ebenfalls. »Ich glaube, es ist mir gleich«, sagte sie dann.

Jim wandte sich ihr zu, mit einer Scheu, die sie schon seit Jahren nicht mehr gespürt hatte. Sein erster Kuß war sanft und berauschender als drei Flaschen oder gar drei Kisten Corona.

Holly begriff erst jetzt, daß sie sich selbst etwas vorgemacht hatte. Sie brauchte das Bier nicht, um ihre Nerven zu beruhigen und einen langen, tiefen Schlaf zu gewährleisten, sondern um genug Mut aufzubringen: Sie wollte Jim verführen oder von ihm verführt werden. Sie fühlte seine tiefe Einsamkeit und hatte ihn auch darauf hingewiesen, doch jetzt merkte sie, daß sie vielleicht noch einsamer war als er; nur ein Teil ihrer Trostlosigkeit ging auf den Umstand zurück, daß der Journalismus überhaupt keinen Reiz mehr aus sie ausübte. *Während meines Lebens als Erwachsene bin ich praktisch immer allein gewesen,* dachte sie. *Daran liegt es.*

Zwei Pyjamahosen und ein Oberteil verschwanden, lösten sich auf wie Kleidung in einem erotischen Traum. Mit wachsender Erregung glitten Hollys Hände über Jims Leib, erstaunt darüber, daß der Tastsinn so intensive Gefühle vermitteln, eine derartige Sehnsucht wecken konnte.

Sie hatte geradezu lächerlich romantische Vorstellungen in Hinsicht auf den ersten Geschlechtsakt mit Jim. Eine verklärte, mädchenhafte Fantasie zeigte ihr einmalige Leidenschaft, sanfte Zärtlichkeit und heißen Sex in perfekter Balance, Muskeln, die einmal in sublimer Harmonie zitterten, dann einen atemberaubenden Kontrapunkt bildeten; die Bewegungen der Lenden kündeten von gegenseitiger Hingabe; zwei Menschen, die eins wurden, die jene äußere Welt aus Vernunft und Ratio verließen, um durch eine innere zu gleiten, die nur aus Empfindungen bestand; kein falsches Wort erklang, und jedes Seufzen ertönte genau zum richtigen Zeitpunkt; die beiden Körper schienen miteinander zu verschmelzen, paßten sich dem mysteriösen Rhythmus jener Gezeitenkräfte an, die Ebbe und Flut des Universums bestimmten; die Vereinigung ging über alles Biologische hinaus, wurde zu einer mystischen Erfahrung.

Hollys Erwartungen fanden natürlich keine Entsprechungen in der Wirklichkeit. Die Realität war zärtlicher, feuriger und weitaus besser als ihre Fantasie.

Sie schliefen wie Löffel in der Schublade: Hollys Bauch an Jims Rücken, ihre Lenden an seinem warmen Po. Stunden später, in den Sphären der Nacht, die für gewöhnlich – aber jetzt nicht mehr – besondere Einsamkeit brachten, erwachten sie gleichzeitig, als sie den Ruf erneuten Verlangens hörten. Jim drehte sich zu ihr um, und sie hieß ihn willkommen. Diesmal bewegten sie sich noch hektischer, als sei ihre Lust nicht geringer geworden, sondern stärker und intensiver. Das erste Mal war wie eine Dosis Heroin gewesen, die im Süchtigen nur den Wunsch nach mehr weckte.

Als Holly in Jims wundervolle Augen sah, hatte sie zunächst den Eindruck, in das Feuer seiner Seele zu blicken. Dann ergriff er sie an den Seiten, hob sie halb von der Matratze und glitt tief in sie hinein. Sie spürte ein heftiges Brennen und dachte an die Klauen des Ungetüms, das ihr aus dem Traum ins Motelzimmer gefolgt war. Für einige Sekunden veränderte der Schmerz die Perspektive ihrer Wahrnehmung, und sie hatte das sonderbare Gefühl, kaltes blaues Feuer zu sehen, das ohne Flammen loderte. Doch dabei handelte es sich nur um eine Reaktion auf die von Grauen begleiteten Erinnerungen an den Alptraum. Als sie Jims Hände behutsam von der Taille löste, die Arme anwinkelte und das Becken hob, ihm entgegen, als sie ihn ganz in sich aufnahm, war er nur noch Wärme. Nicht der geringste Frost ging von ihm aus. Gemeinsam schufen sie genug Hitze, um auch eine Seele aus Eis zu schmelzen.

Das blasse Glühen des Mondes erhellte pechschwarze Wolken, die rasch über den nächtlichen Himmel zogen.

Im Gegensatz zu ihren früheren Träumen stand Holly auf einem Kiespfad, der sich zwischen Teich und Kornfeld erstreckte und zur Tür der alten Windmühle führte. Das Kalksteingebäude ragte steil empor, auf den ersten Blick als Mühle zu erkennen – trotzdem wirkte es fremdartig und unheimlich.

Die Flügel – an manchen Stellen existierte ihre Bespannung nur noch in Form fransiger Fetzen – zeichneten sich als dunkle Silhouette vor dem düsteren Himmel ab und sahen aus wie ein zur Seite gekipptes Kreuz. Zwar wehte ein stürmischer Wind, der die Wasseroberfläche des tintenschwarzen Sees kräuselte und das nahe Korn hin und her wogen ließ, aber die Windmühlenflügel rührten sich nicht von der Stelle. Offenbar hatte man die Mühle schon vor vielen Jahren stillgelegt; vermutlich waren ihre mechanischen Teile längst verrostet.

Ein geisterhaftes, blaßgelbes Licht flackerte an den schmalen Fenstern im oberen Raum. Hinter den Scheiben glitten sonderbare Schatten über die inneren Wände der hohen Kammer.

Holly wollte sich dem Gebäude nicht nähern, hatte noch nie zuvor solche Furcht vor einem Ort empfunden, aber sie konnte nicht stehenbleiben. Gegen ihren Willen ging sie weiter, wie gefangen im magischen Bann eines mächtigen Zauberers.

Der Mondschein erzeugte seltsame Reflexe auf dem Teich links von ihr, und sie drehte neugierig den Kopf. Das Muster aus Licht und Dunkelheit auf dem Wasser wirkte wie ein Negativbild. Der Mühlenschatten bot sich nicht als eine dunkle geometrische Form dar, an den Kanten umschmiegt vom perlmuttenen Glühen des Mondes – statt dessen war er heller als die restliche Wasseroberfläche, so als strahle die Mühle, als sei sie das hellste Objekt in der Nacht, obgleich sie eine pechschwarze, gespenstische Masse bildete. In den hohen Fenstern der echten Mühle tanzte unstetes Licht, doch das Spiegelbild zeigte finstere Rechtecke wie die leeren Augenhöhlen in einem Totenschädel.

Irgend etwas knarrte.

Holly sah auf.

Die langen Flügel gaben dem Druck des Windes nach und begannen sich zu drehen. Sie zwangen verrostete Zahnräder und den vertikalen Schaft der Welle zu widerstrebender Bewegung, und schließlich knirschten auch die Mühlsteine im unteren Raum aneinander.

Holly wollte erwachen, und da ihr das nicht gelang, verspürte sie den Wunsch, über den Kiespfad zu fliehen. Trotzdem ging sie weiter in Richtung Mühle. Die Flügel drehten sich im Uhrzeigersinn, wurden schneller, und das Knarren ließ allmählich nach. Sie erschienen Holly wie die Finger einer monströsen Hand, und in den rissigen Teilen am Ende eines jeden Flügels sah sie Klauen.

Kurz darauf erreichte sie die Tür.

Alles in ihr sträubte sich dagegen, das Gebäude zu betreten. Bestimmt erwartete sie im Innern eine Art Hölle, mindestens so schlimm wie die Foltergruben, von denen jeder Feuer-und Schwefel-Prediger berichtete, der jemals in Salem zu entsetzten Gläubigen gesprochen hatte. Holly wußte: wenn sie die Mühle betrat, drohte ihr der Tod.

Die Flügel rasten herab, strichen nur einen halben Meter über ihrem Kopf hinweg. Gesplittertes Holz streckte sich ihr entgegen. *Wusch, wusch, wusch, wusch.*

Sie öffnete die Tür in einer Trance, die ihr noch festere Fesseln anlegte als der Schrecken. Langsam trat sie ein und blickte sich um. Hinter ihr entwickelte die Tür plötzlich jene Art von boshaftem Eigenleben, das Objekte nur in Träumen entwickeln; mit einem dumpfen Knall fiel sie wieder zu.

Vor ihr erstreckte sich ein dunkler Raum, in dem alte Steinräder mahlten.

Links führte eine Treppe nach oben, deren Konturen sich in der Düsternis verloren. Lautes Kreischen und Heulen erklang von oben wie das nächtliche Konzert in einem Dschungel, doch diese Stimmen stammten nicht von Leoparden, Affen, Vögeln oder Hyänen. Auch elektronische Geräusche ertönten in der Kakophonie – hinzu kam ein insektenartiges Zirpen, das aus den Lautsprechern einer voll aufgedrehten Stereoanlage zu dringen schien. Im Hintergrund vernahm Holly einen monotonen, pochenden Refrain, der aus drei Baß-Tönen bestand und von den steinernen Wänden des Treppenhauses widerhallte. Auf halbem Weg nach oben fühlte ihn Holly bis in die Knochen.

Sie kam an einem schmalen Fenster auf der linken Seite vorbei. Mehrere Blitze zuckten durch das Gewölbe der Nacht, und der Teich neben der Mühle schien sich plötzlich in einen Trickspiegel zu verwandeln, wurde transparent und offenbarte seine Tiefen, so als reiche das Licht der Blitze bis zum Grund. Holly sah ein völlig fremdartiges Etwas. Sie blinzelte mehrmals und versuchte, Einzelheiten des Objekts zu erkennen, doch das letzte Flackern am Himmel verblaßte, wich neuerlicher Finsternis.

Der kurze Anblick genügte, um Holly frösteln zu lassen. Es rann ihr eiskalt über den Rücken.

Sie wartete und hoffte auf weitere Blitze, aber die Nacht blieb so undurchsichtig wie Teer. Nach einer Weile prasselte schwarzer Regen ans Fenster. Sie hatte fast das Obergeschoß erreicht, und deshalb war das blaßgelbe, flackernde Licht etwas heller geworden. Die Fensterscheibe allerdings wirkte dadurch völlig schwarz und zeigte ein Abbild der unmittelbaren Umgebung.

Holly betrachtete sich selbst.

Aber das Gesicht im Traum gehörte nicht ihr, sondern einer anderen Frau, die gut zwanzig sein mochte und keine Ähnlichkeit mit ihr aufwies.

Sie hatte noch nie zuvor geträumt, im Körper einer anderen Person zu sein. Jetzt begriff sie, warum es ihr unmöglich gewesen war, draußen auf dem Kiesweg stehenzubleiben, und warum sie sich jetzt nicht daran hindern konnte, das Obergeschoß aufzusuchen. Ihr Mangel an Kontrolle hatte nichts mit der üblichen Hilflosigkeit zu tun, die Träume zu Alpträumen werden ließ, es ging vielmehr darauf zurück, daß sie im Leib eines fremden Menschen steckte.

Die Frau wandte sich vom Fenster ab und setzte den Weg nach oben fort, während im flackernden Licht weiterhin das schauerliche Kreischen, Heulen und Flüstern erklang. In den Kalksteinwänden um sie herum pochte ein dumpfer, dreifacher Herzschlag – als sei die Mühle lebendig und verfüge über ein Herz mit drei Kammern.

Halt, kehr zurück, dort oben erwartet dich der Tod! rief Holly, aber die Frau hörte sie nicht. Holly war nur eine Beobachterin in ihrem eigenen Traum, keine aktive Teilnehmerin. Sie blieb ohne Einfluß auf das Geschehen.

Schritt für Schritt. Höher.

Die eisenbeschlagene Tür stand offen.

Sie trat über die Schwelle, erreichte den hohen Raum.

Sofort sah sie den Jungen, der erschrocken in der Mitte des Zimmers stand. Er hatte die kleinen Hände an den Seiten zu Fäusten geballt. Vor ihm stand eine dicke Schmuckkerze auf einem blauen

Teller. Daneben lag ein Buch – ein gebundenes Buch –, und Holly las das Wort ›Mühle‹ auf dem bunten Schutzumschlag.

Der Junge drehte sich zu ihr um; Entsetzen glühte in seinen wunderschönen blauen Augen. »Ich habe Angst. Hilf mir. Die Wände, die *Wände!*«

Sie stellte fest, daß das Licht in der Kammer nicht nur von der Kerze stammte. Auch die Wände selbst schimmerten, als bestünden sie nicht aus massivem Kalkstein, sondern aus halbtransparentem Quarz, der bernsteinfarben glitzerte. Sie begriff, daß etwas darin lebte, etwas Funkelndes, das ebenso leicht durch festen Stein glitt wie ein Schwimmer durch Wasser.

Die Wand pulsierte.

»Es kommt«, sagte der Junge. Seine offensichtliche Furcht vermischte sich mit sonderbarer Aufregung. »Und niemand kann es aufhalten!«

Plötzlich schob es sich aus der Wand. Die gewölbte Fläche aus Steinen und Mörtel platzte wie die schwammige Membran eines Insekteneies, gab den Blick auf eine weiche, schlammartige Masse frei, in der etwas Gestalt annahm ...

»*Nein!*«

Holly schrie und erwachte.

Sie setzte sich im Bett auf und wich ruckartig zur Seite, als sie eine Berührung spürte. Das Licht des Morgens erhellte den Raum, und sie sah Jim an ihrer Seite.

Ein Traum. Nur ein Traum.

Aber wie vor zwei Nächten im Laguna Hills Motor Inn versuchte das Geschöpf des Traums, einen Weg in die reale Welt zu finden. Diesmal kam es nicht durch eine Wand. Es wählte die Decke, direkt über dem Bett. Die weiße Trockenmauer war nicht mehr weiß oder trocken, sondern wies braune und bernsteinfarbene Flecken auf; sie schimmerte, wurde so halbtransparent wie der Stein in ihrem Traum. Stinkender Schleim tropfte davon herab, und die Decke wölbte sich nach unten, als eine finstere Wesenheit versuchte, das Schlafzimmer zu erreichen.

Ein donnernder, dreifacher Herzschlag hallte durchs Haus: *Bumm-Bumm-BUMM, Bumm-Bumm-BUMM.*

Jim rollte vom Bett und war mit einem Satz auf den Beinen. Während der Nacht hatte er wieder die Pyjamahose angezogen, so wie Holly das Oberteil, das ihr bis zu den Knien reichte. Sie kroch ebenfalls unter der Decke hervor und blieb neben ihm stehen. Gemeinsam starrten sie zu dem pulsierenden Geburtssack empor, in den sich die Decke verwandelt hatte, beobachteten das dunkle, sich hin und her windende Etwas, das versuchte, die zitternde Membran zu durchdringen.

Holly konnte es kaum fassen, daß diese Erscheinung am hellichten Tag stattfand. Die Jalousien am Fenster waren nicht ganz geschlossen, und Sonnenlicht strömte herein. Mitten in der dunklen, schwarzen Nacht mochte man damit rechnen, daß sich etwas Unheimliches manifestierte, doch vom Tageslicht erwartete man, daß es alle dämonischen Ungeheuer fernhielt.

Jims Hand tastete nach Hollys Rücken und schob sie zur offenen Tür. »Raus hier!«

Sie kam nur zwei Schritte weit, bevor die Tür plötzlich zufiel. Ein außergewöhnlich mächtiger Poltergeist schien am Werk zu sein: Eine hohe Kommode, so alt und abgenutzt wie alles im Haus, löste sich von der Wand neben Holly und stieß sie fast zu Boden. Das Möbelstück flog durchs Zimmer und prallte an die Tür. Ein kleiner Schrank und ein Stuhl folgten ihm, verbarrikadierten den einzigen Ausgang.

Das Fenster in der gegenüberliegenden Wand bot eine Möglichkeit, aus dem Zimmer zu fliehen, aber inzwischen neigte sich der mittlere Deckenteil so weit nach unten, daß sie sich tief ducken mußten, um ihn zu passieren. Holly hatte sich mit der Unlogik dieses wachen Alptraums abgefunden und wollte dem gräßlichen Beutel auf keinen Fall zu nahe kommen. Sie fürchtete, daß er sich direkt über ihr öffnete und ein Schreckenswesen freigab.

Jim zog sie ins nahe Badezimmer und trat die Tür zu.

Holly wirbelte um die eigene Achse. Das einzige Fenster befand sich hoch in der Wand und war viel zu klein, um nach draußen zu klettern.

Im Bad zeigte sich nichts von der organischen Metamorphose, die im Schlafzimmer stattfand, aber die Wände vibrierten im Takt des dumpfen, dreifachen Herzschlags.

»Zum Teufel auch, was ist das?« fragte Jim.

»Der Feind«, sagte Holly sofort, überrascht davon, daß er nicht Bescheid wußte. »Der Feind aus dem Traum.«

Die weiße Decke über der Tür verfärbte sich, als fließe rotes Blut und braune Galle näher. Sie begann zu glänzen, gewann eine biologische Qualität und pulsierte im Rhythmus des dumpfen Pochens.

Jim schob Holly in eine Ecke neben dem Frisiertisch, und sie schmiegte sich hilflos an ihn. Ein Teil der Decke wölbte sich ebenso herab wie im Schlafzimmer, formte einen neuerlichen Beutel, in dem sie abscheuliche Bewegungen wahrnahm, wie von einer Million Maden.

Der dröhnende Herzschlag wurde noch lauter, donnerte um sie herum.

Holly hörte noch ein eigentümliches Geräusch: es klang so, als risse ein feuchtes Gummiband. All dies konnte, *durfte* nicht geschehen, aber es handelte sich keineswegs um Visionen, sondern um die schreckliche Wirklichkeit. Und das Geräusch machte alles noch realer. Es war grauenhaft, so gräßlich nahe, viel zu deutlich, um zu einem Traum zu gehören.

Die Tür sprang auf, und oben platzte die Decke auseinander. Steine fielen herab.

Doch mit dieser Explosion schien sich die Kraft des anhaltenden Alptraums erschöpft zu haben. Die Wirklichkeit setzte sich durch, gewann wieder unerschütterliche Stabilität. Nichts Monströses kam durch die offene Tür; nur Sonnenlicht glänzte im Schlafzimmer dahinter. Die Decke hatte durch und durch organisch gewirkt, als sie explodiert war, doch jetzt erinnerte nichts mehr an diese Verwandlung. Zu den herabregnenden Trümmern gehörten Sperrholzfragmente, pulverisierter Verputz, geborstene Mauersteine und isolierende Glaswolle – nichts Lebendiges.

Doch das Loch war erstaunlich genug, fand Holly.

Vor zwei Nächten im Motel hatte sich die Wand vorgewölbt und wie lebendig pulsiert, aber nachher nahm sie wieder ihre ursprüngliche Form an, wies nicht einmal einen schmalen Riß auf. Das schauderhafte Wesen aus dem Alptraum ließ keine Spuren zurück – abgesehen von den Kratzern an Hollys Seiten. Ein Psychologe wäre vermutlich zu dem Schluß gelangt, daß sie von ihr selbst stammten. Als sich die Staubwolken lichteten, rechnete sie damit, daß sich alles als Halluzination herausstellen würde, als ein besonders detailliertes Trugbild.

Doch das Durcheinander, in dem sie nun standen, war zweifellos real. Das galt auch für den weißen Staub in der Luft.

Jim griff entsetzt nach Hollys Hand und führte sie aus dem Bad.

In der Decke des Schlafzimmers zeigte sich kein Loch. Sie war ebenso beschaffen wie am vergangenen Abend: glatt, weiß. Aber die Möbel ... Sie bildeten nach wie vor eine Barriere an der Tür, schienen von einer Flutwelle dorthin gespült worden zu sein.

Der Wahnsinn liebte die Finsternis, doch das Licht gab Vernunft den Vorzug. Wenn die wache Welt keinen Schutz vor Alpträumen gewährte, wenn Tageslicht nicht den Schrecken fernhielt, dann gab es nirgends Sicherheit, für niemanden.

2

Eine Sechzig-Watt-Birne hing von einem hohen Balken des Dachbodens, und ihr Licht genügte nicht, um alle Ecken der weiten, staubigen Kammer zu erhellen. Jim schaltete seine Taschenlampe ein und leuchtete in die vielen entlegenen Winkel. Er duckte sich unter Heizungsrohren hinweg, blickte hinter die beiden Schornsteine und suchte ... nach dem Etwas, das die Badezimmerdecke zerstört hatte. Abgesehen von der Taschenlampe trug er auch noch einen geladenen und entsicherten Revolver bei sich. Das gräßliche Geschöpf war nicht ins Bad gekrochen – woraus folgte, daß es irgendwo auf dem Dachboden sein mußte. Jims Habe bestand nur aus wenigen Dingen, und deshalb gab es kaum etwas, das er auf dem Dachboden verstaute – was die Anzahl der Versteckmöglichkeiten auf ein Minimum reduzierte. Schon nach kurzer Zeit stellte er fest, daß auf dem Speicher nur Spinnen und Wespen wohnten, die im Gebälk ein wabenartiges Nest gebaut hatten.

Nichts konnte aus dieser Kammer geflohen sein. Abgesehen von der Falltür, durch die er geklettert war, gab es nur zwei denkbare Ausgänge: die Belüftungsöffnungen in den gegenüberliegenden Dachvorsprüngen. Jede von ihnen war sechzig Zentimeter lang und dreißig Zentimeter hoch, und die Gitter davor saßen fest, ließen sich nur mit einem Schraubenzieher entfernen.

Hier und dort bestand der Boden aus Dielen, aber an anderen Stellen lag nur isolierende Glaswolle zwischen den Trägern. Jim balancierte auf den Balken, näherte sich dem Loch in der Badezimmerdecke und starrte nach unten. Deutlich sah er den Schutt, genau dort, wo Holly und er gestanden hatten.

Lieber Himmel, was ist hier geschehen?

Schließlich fand er sich damit ab, daß er auf dem Dachboden keine Antworten finden würde. Er kehrte zur Falltür zurück, ließ sich in den Wandschrank des Obergeschosses hinab, klappte die Leiter zurück und schloß die Schranktür.

Holly wartete im Flur auf ihn. »Nun?«

»Nichts«, sagte Jim.

»Das dachte ich mir.«

»Was ist hier passiert?«

»Es war wie im Traum.«

»Welchen Traum meinst du?« erkundigte sich Jim.

»Du hast doch ebenfalls von der Windmühle geträumt, oder?«

»Ja.«

»Dann kennst du sicher den Herzschlag in den Wänden.«

»Nein.«

»Und auch die seltsame Veränderung der Steine.«

»Nein. Um Himmels willen, davon höre ich jetzt zum erstenmal! In meinem Traum bin ich in der hohen Kammer der Windmühle. Vor mir brennt eine Kerze, und Regen prasselt an die Scheiben.«

Holly erinnerte sich daran, wie überrascht Jim gewesen war, als die Schlafzimmerdecke zu glühen begann und sich nach unten wölbte.

»In meinem Traum habe ich das Gefühl, daß etwas kommt, etwas Schreckliches und Grauenhaftes ...«

»Der Feind«, sagte Holly.

»Ja! Was auch immer das bedeuten mag. Aber er kommt nie, nicht in *meinen* Träumen. Ich wache immer vorher auf.«

Jim schritt durch den Flur und betrat das Schlafzimmer. Holly folgte ihm. Neben den beiseite geschobenen Möbeln blieb er stehen und blickte verwirrt zur Decke hoch.

»Ich habe es deutlich gesehen«, sagte er und schien zu fürchten, daß Holly ihn einen Lügner nannte.

»Ja«, erwiderte sie. »Ich auch.«

Er drehte sich zu ihr um und wirkte noch verzweifelter als an Bord der DC-10. »Erzähl mir von deinen Träumen. Ich möchte alles über sie wissen, selbst die unwichtigsten Einzelheiten.«

»Später. Ich schlage vor, wir duschen zuerst und ziehen uns an. Und dann verlassen wir dieses Haus. Hier fühle ich mich nicht mehr wohl.«

»Mir geht es ebenso.«
»Dir dürfte klar sein, welchen Ort wir aufsuchen müssen.«
Jim zögerte.
Holly beantwortete die Frage für ihn. »Die Windmühle.«
Er nickte.

Sie duschten gemeinsam im Gästebad, nur um Zeit zu sparen – und weil sie beide viel zu nervös waren, um allein zu bleiben. In einer anderen Stimmung hätte Holly diese Erfahrung vermutlich als angenehm erotisch empfunden. Angesichts der feurigen Leidenschaft während der vergangenen Nacht erwies sich das Erlebnis aber als überraschend platonisch.

Jim berührte sie erst, als sie die Duschkabine verließen und sich abtrockneten. Er küßte sie auf den Mundwinkel und sagte: »In was habe ich dich da verwickelt, Holly Thorne?«

Später, als Jim rasch einen Koffer packte, ging Holly durch den Flur und betrat das Arbeitszimmer. Offenbar wurde es nicht oft benutzt: Ein dünner Staubfilm bedeckte den Schreibtisch.

Der Raum war ebenso schlicht eingerichtet wie der Rest des Hauses. Der einfache, billige Schreibtisch stammte vermutlich aus dem Ausverkauf eines Büroausstatters. Hinzu kamen zwei Lampen, ein Drehsessel, zwei freistehende Regale mit alten Büchern und ein leerer Arbeitstisch.

In den mehr als zweihundert Büchern ging es ausschließlich um das Thema Religion: historische Darstellungen des Islam, Judaismus, Buddhismus, Zen-Buddhismus, des Christentums, Hinduismus, Taoismus, Schintoismus – die Liste war endlos. Holly sah die gesammelten Werke von Martin Luther und des heiligen Thomas von Aquin; *Scientists and Their Gods* – Wissenschaftler und ihre Götter; die Bibel in verschiedenen Versionen: Douai, King James, American Standard; der Koran; die Thora mit dem Alten Testament und dem Talmud; die Tipitake des Hinajana-Buddhismus; das Agama des Hinduismus; das Awesta des Zoroaster und der Weda des Brahmanismus.

Dieser Teil von Jims persönlicher Bibliothek erschien Holly bemerkenswert vollständig und weckte ihre Neugier, doch noch interessanter waren die vielen Fotografien an zwei Wänden. Es handelte sich um 8 X 10-cm-Abzüge, die meisten in Schwarzweiß, nur einige wenige in Farbe, und sie alle stellten drei Personen dar:

eine auffallend attraktive Brünette, einen gutaussehenden Mann mit ausdrucksstarkem Gesicht und lichtem Haar, und einen Jungen, der nur Jim Ironheart sein konnte. Jene Augen ... Ein Bild zeigte Jim zusammen mit den beiden Erwachsenen – vermutlich seine Eltern –, als er ein Säugling war, in eine Decke gehüllt. Auf den anderen Fotos schien er nicht viel jünger als vier und nie älter als etwa zehn zu sein.

Natürlich, dachte Holly. *Als Zehnjähriger wurde er zur Waise.*

Jim war nie allein. Entweder leistete ihm sein Vater Gesellschaft, oder die Mutter stand neben ihm; wahrscheinlich hielt das fehlende Elternteil die Kamera. Mehrere Aufnahmen zeigten die Ironhearts zusammen. Im Laufe der Jahre gewann die Schönheit der Mutter eine noch deutlichere Ausprägung. Der Vater verlor noch mehr Haar, schien jedoch immer glücklicher zu werden. Jim nahm sich ein Beispiel an seiner Mutter und sah ständig besser aus.

Häufig bildeten bestimmte Wahrzeichen oder Hinweise darauf den Hintergrund der Fotografien: der sechsjährige Jim und beide Eltern vor der Radio City Music Hall. Jim und sein Vater auf der hölzernen Uferpromenade von Atlantic City, als der Junge etwa vier Jahre alt war. Jim und seine Mutter vor einem Wegweiser zum Nationalpark des Grand Canyon, hinter ihnen ein Panorama der Schlucht. Alle drei Ironhearts vor dem Dornröschenschloß mitten in Disneyland, als Jim sieben oder acht gewesen sein mochte. Beale Street in Memphis. Das im Sonnenschein glitzernde Fontainebleau Hotel in Miami Beach. Eine Beobachtungsplattform, die einen prächtigen Blick auf den Mount Rushmore gewährte. Buckingham Palace in London. Der Eiffelturm. Das Tropicana Hotel in Las Vegas. Die Niagarafälle. Sie schienen überall gewesen zu sein.

Und ganz gleich wer die Kamera hielt oder wo sie sich befanden: sie wirkten immer glücklich. Nie zeigten die Gesichter ein eingefrorenes oder unaufrichtiges Lächeln. Holly hielt vergeblich nach den Mach-das-verdammte-Foto-Mienen Ausschau, die man so häufig in Familienalben sah. Oft lachten die Ironhearts, anstatt nur zu lächeln, und manchmal überraschte sie der Schnappschuß bei irgendwelchen Scherzen. Darüber hinaus gefiel es ihnen anscheinend, sich zu berühren. Sie standen nicht einfach nebeneinander oder posierten steif, sondern umarmten sich, küßten sich auf die Wangen oder brachten mit anderen Gesten Zärtlichkeit zum Ausdruck.

Der Junge auf den Bildern gab durch nichts jene Verdrossenheit zu erkennen, die er später als Erwachsener entwickelte, und Holly begriff, daß ihn der frühe Tod seiner Eltern stark verändert hatte. Der unbekümmerte, fröhliche Knabe existierte nicht mehr.

Eine Schwarzweiß-Aufnahme weckte ihr besonderes Interesse. Sie zeigte Mr. Ironheart auf einem Stuhl mit hoher Rückenlehne. Ein etwa siebenjähriger Jim saß auf dem Schoß seines Vaters. Beide trugen einen Smoking. Mrs. Ironheart stand hinter ihrem Mann und hatte ein reizvolles, mit Pailletten besetztes Cocktailkleid an, das ihre ausgezeichnete Figur betonte. Alle drei sahen direkt in die Kamera. Im Gegensatz zu den anderen Fotos nahmen sie eine sorgfältige Pose ein, und als Hintergrund diente nur ein drapiertes Tuch. Offenbar stammte dieses Bild von einem professionellen Fotografen.

»Sie waren wundervoll«, sagte Jim von der Tür her. Holly hatte ihn überhaupt nicht gehört. »Kein Kind kann sich bessere Eltern wünschen.«

»Ihr seid viel gereist?«

»Ja. Sie waren praktisch ständig unterwegs und liebten es, mir neue Orte zu zeigen, mir Erfahrungen aus erster Hand zu ermöglichen. Eines steht fest: Meine Eltern wären sehr gute Lehrer gewesen.«

»Womit verdienten sie sich ihren Lebensunterhalt?«

»Mein Vater war Buchhalter bei Warner Brothers.«

»Meinst du die Filmstudios?«

»Ja.« Jim lächelte. »Wir wohnten damals in Los Angeles. Meine Mutter wollte Schauspielerin werden, aber sie bekam nur wenige Angebote. Sie gab sich schließlich damit zufrieden, als Kellnerin in einem Restaurant an der Melrose Avenue zu arbeiten, nicht weit von Paramount entfernt.«

»Ihr seid glücklich gewesen, nicht wahr?«

»Immer.«

Holly deutete auf das Bild mit den drei förmlich gekleideten Ironhearts. »Eine besondere Gelegenheit?«

»Bei Anlässen, die eigentlich nur meine Eltern betrafen – zum Beispiel Hochzeitstage –, bestanden sie darauf, daß ich ebenfalls an der Feier teilnahm. Sie gaben mir ständig das Gefühl, etwas Spezielles zu sein und geliebt zu werden. Als jene Aufnahme entstand, war ich sieben; ich erinnere mich daran, daß sie große Pläne hatten. Sie wollten hundert Jahre lang verheiratet bleiben und in jedem Jahr glücklicher sein – sie wollten die ganze Welt sehen, bevor sie zusammen im Schlaf starben. Aber nur drei Jahre später schlug der Tod zu.«

»Es tut mir leid, Jim.«

Er zuckte mit den Schultern. »Es ist lang her. Fünfundzwanzig Jahre sind seitdem vergangen.« Er sah auf die Armbanduhr. »Komm, es wird Zeit. Wir brauchen vier Stunden, um die Farm zu erreichen, und es ist schon neun.«

Im Laguna Hills Motor Inn zog sich Holly rasch um – sie wählte Jeans und eine blaue, karierte Bluse – und packte dann die restlichen Sachen zusammen. Jim nahm ihre Reisetasche entgegen und legte sie in den Kofferraum.

Als sie am Empfangstresen den Zimmerschlüssel zurückgab und die Rechnung bezahlte, saß er am Steuer des Wagens, und Holly spürte seinen Blick auf sich ruhen. Nun, sie wäre enttäuscht gewesen, wenn er sie nicht beobachtet hätte. Aber als sie den Kopf drehte und durch das große Glasfenster sah, wirkte Jim so kühl und unnahbar, daß sie seine intensive Aufmerksamkeit mit Unbehagen erfüllte.

Sie fragte sich, ob es richtig war, ihn zum Santa Ynez Valley zu begleiten. Wenn sie das Motel verließ und auf dem Beifahrersitz seines Wagens Platz nahm, gab es außer ihm niemand, der ihren Aufenthaltsort kannte. Ihre Notizen über ihn befanden sich in der Reisetasche und mochten mit ihr zusammen verschwinden. *Dann bin ich eine von vielen Frauen, die sich während des Urlaubs in Luft auflösten, keine Spuren hinterließen.*

Als der Angestellte das Kreditkartenformular ausfüllte, überlegte Holly, ob sie ihre Eltern in Philadelphia anrufen und ihnen mitteilen sollte, mit wem sie wohin fuhr. *Nein, ich würde sie nur beunruhigen und müßte ihnen während der nächsten halben Stunde immer wieder versichern, daß alles in Ordnung ist.*

Außerdem hatte sie bereits entschieden, daß die Dunkelheit in Jim weniger wichtig war als das Licht. Und sie fühlte sich ihm gegenüber verpflichtet. Wenn er ab und zu eine gewisse Nervosität in ihr weckte ... Nun, das gehörte zu den Aspekten, die ihn so faszinierend erscheinen ließen. Ein Hauch von Gefahr erhöhte nur den Reiz, den er auf sie ausübte. Tief in seinem Herzen war er ein guter Mann.

Holly fand es närrisch, um ihre Sicherheit besorgt zu sein, nachdem sie bereits mit Jim geschlafen hatte. Für eine Frau spielte die erste gemeinsame Nacht eine weitaus größere Rolle als für einen Mann: Die sexuelle Hingabe gehörte zu den Augenblicken größter Verwundbarkeit in einer Beziehung. Vorausgesetzt natürlich, die Hingabe diente nicht nur zur Befriedigung eines körperlichen Bedürfnisses, sondern basierte auch auf Liebe. *Ja,* dachte Holly, *ich liebe ihn.*

»Ich liebe ihn«, sagte sie laut und überrascht, weil sie sich davon überzeugt hatte, daß Jims Anziehungskraft in erster Linie auf außergewöhnlichen männlichen Charme, animalischen Magnetismus und etwas Geheimnisvolles zurückging.

Der Angestellte war zehn Jahre jünger als Holly und neigte daher zu der Annahme, daß es sich bei der Liebe um eine allgegenwärtige Präsenz handelte. Er sah auf und lächelte. »Großartig, nicht wahr?«

Holly unterschrieb das Formular. »Glauben Sie an Liebe auf den ersten Blick?«

»Warum nicht?«

»Nun, vom ersten Blick kann kaum die Rede sein. Ich kenne ihn schon seit dem zwölften August, seit ... sechzehn Tagen.«

»Und Sie sind noch nicht verheiratet?« scherzte der junge Mann.

Holly verabschiedete sich, ging zum Ford und setzte sich neben Jim. »Wenn wir unser Ziel erreichen ... Du hast doch nicht vor, mich mit einer Kettensäge zu zerschneiden und unter der Windmühle zu begraben, oder?«

Allem Anschein nach verstand er ihre Unsicherheit und nahm keinen Anstoß daran. »O nein«, antwortete er mit gespieltem Ernst. »Unter der Mühle ist bereits alles voll. Ich muß die Einzelteile deiner Leiche an verschiedenen Stellen auf der Farm verbuddeln.«

Holly lachte. *Wie dumm von mir, ihn zu fürchten.*

Jim beugte sich zur Seite und küßte sie. Es war ein langer, liebevoller Kuß.

Als sie wieder voneinander zurückwichen, sagte er: »Ich gehe ein ebenso großes Risiko ein wie du.«

»Ich schwöre hoch und heilig, daß ich noch nie jemanden mit einer Axt in Stücke geschlagen habe.«
»Im Ernst – in der Liebe hatte ich bisher kein Glück.«
»Ich auch nicht.«
»Diesmal ist es für uns beide anders.«
Er küßte sie erneut, nicht ganz so lange, dafür aber noch zärtlicher, startete dann den Motor und setzte aus der Parklücke zurück.

Er hat nicht gesagt, daß er mich liebt, dachte Holly in einem entschlossenen Versuch, die sterbende Zynikerin in ihr am Leben zu erhalten. Jim drückte sich vorsichtig aus, beschrieb seine Gefühle mit vagen Formulierungen. Vielleicht war er nicht zuverlässiger als die anderen Männer, denen Holly vertraut hatte?

Aber auch ich habe ihm gegenüber nicht direkt von Liebe gesprochen, ermahnte sie sich. Sie war keine größeren Verpflichtungen eingegangen als er. Nach wie vor hielt sie es für erforderlich, sich zu schützen; vielleicht zog sie es aus diesem Grund vor, dem Hotelangestellten ihr Herz auszuschütten und Jim gegenüber auf entsprechende Bemerkungen zu verzichten.

Unterwegs hielten sie an einem Lebensmittelladen, spülten Blaubeertörtchen mit schwarzem Kaffee hinunter und setzten die Fahrt über den San Diego Freeway nach Norden fort. Die Rush-hour an diesem Dienstagmorgen war vorbei, aber trotzdem kam es manchmal zu Verkehrsstauungen, und dann krochen die Autos wie Schlangen, die man zu einem Gourmet-Restaurant trieb.

Holly lehnte sich auf dem Beifahrersitz zurück und erzählte Jim wie versprochen von ihren vier Alpträumen. Sie begann mit der seltsamen Blindheit, die sie während des Traums in der Freitagnacht erlebt hatte, und beendete ihren Bericht mit den besonders schrecklichen Visionen in der vergangenen Nacht.

Es faszinierte Jim ganz offensichtlich, daß sie von der Windmühle geträumt hatte, ohne zu wissen, daß sie wirklich existierte. Und damit noch nicht genug – Sonntagnacht, nach dem Flugzeugunglück, sah sie ihn *als zehnjährigen Jungen* in der Mühle, obwohl sie zu jenem Zeitpunkt unmöglich wissen konnte, daß jenes Gebäude in seiner Kindheit eine große Rolle gespielt hatte.

Doch seine meisten Fragen galten dem jüngsten Alptraum. »Wer war die Frau, in deren Körper du dich befunden hast?« erkundigte er sich und blickte weiterhin auf die Straße.

»Ich weiß es nicht«, antwortete Holly und verspeiste das letzte Törtchen. »Ihre Identität blieb mir verborgen.«

»Kannst du sie beschreiben?«

»Ich habe nur ihr Spiegelbild im Fenster gesehen, mehr nicht.« Holly trank einen Schluck Kaffee aus dem großen Becher und dachte nach. Es fiel ihr wesentlich leichter, sich an die einzelnen Szenen zu erinnern, als es eigentlich der Fall sein sollte; normalerweise verflüchtigten sich Traumbilder schon nach kurzer Zeit. Doch in diesem Fall entsann sie sich so deutlich an die Details, als sei es ein echtes, reales Erlebnis gewesen. »Sie hatte ein breites, offenes Gesicht, nach weiblichen Maßstäben nicht schön, eher apart. Weite Augen, ein voller Mund. Ein Schönheitsfleck hoch auf der rechten Wange. Ja, ein runder Fleck – ich glaube nicht, daß es eine schmutzige Stelle auf der Fensterscheibe war. Lockiges Haar. Kennst du sie?«

»Nein«, erwiderte Jim. »Ich glaube nicht. Sag mir, was du am Grund des Teichs gesehen hast, als das Licht pulsierte.«

»Ich bin nicht sicher, was es gewesen sein könnte.«

»Beschreib es so gut wie möglich.«

Holly überlegte erneut, schüttelte dann aber den Kopf. »Nein. An das Gesicht der Frau erinnere ich mich gut, denn als ich es im Traum sah, erkannte ich es sofort als menschliches Gesicht. Aber das Objekt am Grund des Teichs ... Es war so seltsam, daß mir keine passenden Vergleiche einfallen. Ich wußte nicht, um was es sich handelte, und ich konnte nur einen kurzen Blick darauf werfen ... Jetzt entsinne ich mich nicht mehr an Einzelheiten. Hat es mit dem Teich irgend etwas Besonderes auf sich?«

»Nicht daß ich wüßte«, sagte Jim. »Vielleicht hast du ein versunkenes Ruderboot oder etwas in der Art gesehen.«

»Nein«, widersprach Holly. »Ich glaube kaum. Das Objekt war wesentlich größer. Ist jemals ein Boot im Teich versunken?«

»Keine Ahnung. Ich habe nie entsprechende Geschichten gehört. Allerdings täuscht der Anblick des Wassers. Normale Mühlteiche sind seicht, aber dieser ist tief, fast fünfzehn Meter in der Mitte. Er trocknet nie aus, schrumpft auch nicht während trockener Jahre. Der Grund: Er verdankt seine Existenz keinem einfachen Grundwasservorkommen, sondern einem artesischen Brunnen.«

»Wo liegt der Unterschied?«

»Gewöhnliches Grundwasser muß man hochpumpen, doch bei

einem artesischen Brunnen steht das Wasser unter solchem Druck, daß es von ganz allein nach oben kommt. Man braucht also keine Pumpe, sondern ein *Ventil,* das es daran hindert, ständig emporzuspritzen.«

Der Verkehr war jetzt nicht mehr so dicht, aber Jim nutzte nur wenig Möglichkeiten, die Fahrbahn zu wechseln und zu überholen. Holly Antworten interessierten ihn mehr als eine höhere Geschwindigkeit.

»Als du – beziehungsweise die Frau – im Traum das Ende der Treppe erreichtest, als dein Blick auf den zehnjährigen Jungen fiel ... Du wußtest sofort, daß ich es war?«

»Ja.«

»Wie hast du mich erkannt? Ich meine, ich sehe heute nicht mehr wie der zehn Jahre alte Jim Ironheart aus, oder?«

»Es lag größtenteils an deinen Augen«, erwiderte Holly. »sie haben sich kaum verändert und sind unverkennbar.«

»Ich bin nicht der einzige Mensch mit blauen Augen.«

»Soll das ein Witz sein? Zwischen *deinen* blauen Augen und denen anderer Personen gibt es ebenso große Unterschiede wie zwischen Sinatras Stimme und der Donald Ducks, Schatz.«

»Du bist voreingenommen. Nun, was hast du in der Wand gesehen?«

Holly beschrieb es erneut.

»Etwas Lebendiges in den Steinen? Meine Güte, diese Sache wird immer seltsamer.«

»Ich habe mich seit Tagen nicht mehr gelangweilt«, bestätigte Holly.

Nach dem Anschluß an die Interstate 10 nahm der Verkehr auf dem San Diego Freeway noch weiter ab, und daraufhin zeigte Jim, wie gut er fahren konnte. Er ging so mit dem Wagen um wie ein erstklassiger Jockey mit einem Vollblutpferd und entlockte ihm jenes Quentchen an zusätzlicher Leistung, das über ein Rennen entscheidet. Der Ford war nur ein Standardmodell ohne irgendwelche Veränderungen, aber er reagierte wie ein Porsche auf Jim.

Nach einer Weile begann Holly damit, eigene Fragen zu stellen. »Wie kommt es, daß ein Millionär wie du so relativ bescheiden lebt?«

»Ich habe meinen Job aufgegeben, die alte Wohnung verlassen und mir ein Haus gekauft.«

»Ja. Aber ein einfaches Haus. Und deine Möbel geben nicht viel her.«

»Ich brauchte die Ruhe und Zurückgezogenheit eines eigenen Heims, um nachzudenken und mich zwischen meinen ... Missionen entspannen zu können. Mit einer ebenso ausgefallenen wie teuren Einrichtung kann ich nichts anfangen.«

Einige Minuten lang schwiegen sie, und schließlich fragte Holly: »Bin ich dir in Portland ebenso aufgefallen wie du mir? Auf den ersten Blick, meine ich?«

Jim lächelte, ohne den Blick von der Straße abzuwenden. »Das gilt auch für Sie, Miß Thorne.«

»Du gibst es also zu«, sagte Holly zufrieden. »Es *war* eine Einladung.«

Den Weg vom westlichen Los Angeles bis nach Ventura legten sie innerhalb recht kurzer Zeit zurück, aber dann nahm Jim immer mehr den Fuß vom Gas. Meile um Meile fuhr er weniger aggressiv.

Zuerst glaubte Holly, daß ihn die Aussicht ablenkte. Nach Ventura führte die Route 10 an wunderschönen Küstenabschnitten vorbei. Sie passierte Pitas Point, dann Rincon Point und die Strände von Carpinteria. Das blaue Meer stieg höher, der blaue Himmel senkte sich herab, und goldenes Land schob sich dazwischen. Die einzige sichtbare Unruhe in dieser friedlichen Sommerszenerie stammte von der Brandung: Schaumgekrönte Wellen rollten ans Ufer, brachen dort und schufen sprühende Gischt.

Doch auch in Jim Ironheart gab es Unruhe. Holly bemerkte seine neuerliche Nervosität erst, als sie feststellte, daß er überhaupt nicht auf die Umgebung achtete. Er fuhr nicht etwa deshalb langsamer, um das Panorama zu genießen, sondern um nicht so schnell die Farm zu erreichen.

Als sie den Superhighway verließen, den Weg landeinwärts in Richtung Santa Barbara fortsetzten und sich den Santa Ynez Montains näherten, wurde Jims Stimmung immer gedrückter. Er gab nur noch knappe Antworten auf Hollys Fragen und wirkte in sich gekehrt.

Nach den Bergen führte die State Route 154 durch eine reizende Landschaft aus niedrigen Hügeln und Feldern, denen trockenes Sommergras eine goldene Tönung verlieh. Hier und dort sah Holly immergrüne Eichen und Pferderanches mit hübschen weißen Holzzäunen. Hier herrschte nicht die intensive Landwirtschaftmuß-sich-lohnen-Atmosphäre wie in San-Joaquin-Tal und in gewissen anderen Tälern. An einigen Stellen gab es zwar Weinberge, die nicht zur Zierde dienten, aber die meisten Farmen schienen nur Landsitze reicher Männer in Los Angeles zu sein, die einen pittoresken Lebensstil kultivierten und nicht etwa Getreide anbauen wollten.

»Wir halten in New Svenborg, um einige Sachen zu kaufen, bevor wir zur Farm weiterfahren«, sagte Jim.

»Was für Sachen?«

»Keine Ahnung. Aber wenn wir im Ort sind ... weiß ich, welche Dinge wir benötigen.«

Sie kamen im Osten am Lake Cachuma vorbei, passierten die Straße nach Solvang im Westen und wichen Santa Ynez aus. Vor Los Olivos fuhren sie über eine andere State Route nach Osten und erreichten schließlich New Svenborg; von dort aus war es nur noch ein Katzensprung zur Ironheart Farm.

Vor rund achtzig Jahren hatten sich einige Gruppen dänischer Einwanderer aus dem Mittelwesten im Santa Ynez Valley niedergelassen, viele von ihnen mit der Absicht, Traditionen, Bräuche und die allgemeine Kultur ihrer Heimat zu erhalten. Die erfolgreichste dieser Siedlungen hieß Solvang – Holly entsann sich daran, einmal eine Story darüber geschrieben zu haben. Aufgrund der malerischen dänischen Architektur und spezieller Läden und Restaurants hatte jener Ort inzwischen die Bedeutung einer Touristenattraktion gewonnen.

New Svenborg mit knapp zweitausend Bewohnern war nicht so betont, so gründlich, so authentisch und so *beharrlich* dänisch wie Solvang. Eher deprimierend wirkende Gebäude im Wüstenstil – weiß verputzte Wände, Dächer aus weißen Steinen, verwitterte Fensterläden, einfache, nicht gestrichene Veranden, die Holly ans ländliche Texas erinnerten, schlichte Bungalows und weiße viktorianische Häuser mit überflüssigen Ornamenten – standen neben Bauten, die mit Fachwerkwänden, Schindeln und Bleiglasfenstern eindeutig dänisch waren. Sechs Windmühlen gehörten zu der Ortschaft, und ihre Wetterhähne zeichneten sich vor dem hellen Augusthimmel ab. Im Grunde genommen handelte es sich um eine der außergewöhnlichen kalifornischen Mischungen, aus denen manchmal ebenso angenehme wie unerwartete Harmonien resultierten. Doch bei New Svenborg stimmte das Mischungsverhältnis nicht, und dadurch entstand eine Atmosphäre der Diskordanz.

»Ich habe hier einen Teil meiner Kindheit und die ganze Jugend verbracht«, sagte Jim, als er langsam über die stille, schattige Hauptstraße fuhr.

Holly vermutete, daß seine schlechte Stimmung nicht nur auf die tragische Familiengeschichte zurückging, sondern auch in einer direkten Beziehung zu New Svenborg stand.

Nein, jetzt bin ich nicht ganz fair, dachte sie. Hohe Bäume säumten die Straße, und die Lampen rechts und links schienen direkt aus Dänemark importiert worden zu sein. Die meisten Bürgersteige waren elegant gewölbt, bildeten lange Bänder aus abgewetzten Backsteinen. Etwa zwanzig Prozent des Ortes stammten direkt aus dem nostalgischen Mittelwesten eines Bradbury-Romans, doch der Rest hätte sich bestens als Kulisse für einen David-Lynch-Film geeignet.

»Ich schlage vor, wir machen eine kleine Besichtigungstour«, sagte Jim.

»Wir sollten zur Farm fahren.«

»Sie befindet sich nördlich von hier und ist nur zwei Meilen entfernt. Wir erreichen sie innerhalb weniger Minuten.«

Für Holly war das ein Grund mehr, die Fahrt fortzusetzen. Sie hatte es satt, im Wagen zu sitzen.

Offenbar wollte ihr Jim aus irgendeinem Grund den Ort zeigen; es ging ihm nicht nur darum, die Ankunft auf der Ironheart-Farm zu verzögern. Holly erhob keine Einwände, sondern hörte ihm sogar interessiert zu. Sie wußte inzwischen, daß es ihm recht schwerfiel, über sich selbst zu sprechen, und manchmal gab er persönliche Dinge indirekt oder in einem anderen Zusammenhang preis.

Er fuhr an Handahls Apotheke am östlichen Ende der Main Street vorbei; dort kaufen die Einheimischen rezeptpflichtige Arzneien, wenn sie nicht zwanzig Meilen bis nach Solvang fahren wollten. Den Handahls gehörte auch eins der beiden Restaurants in New Svenborg, und Jim meinte, dort gebe es ›die beste Eisbar seit 1955‹. Gleichzeitig diente das Gebäude als Postamt und einziger Zeitungsstand. Er wirkte beeindruckend. Holly beobachtete mehrere Firste und Giebel, ein kupfernes Kuppeldach, das Grünspan angesetzt hatte, und Fenster aus geschliffenem Glas.

Jim ließ den Motor laufen, als er vor der Bibliothek an der Copenhagen Lane parkte. Sie befand sich in einem der kleineren viktorianischen Häuser, das weitaus weniger Ornamente aufwies als die anderen. Es war frisch gestrichen, und die Büsche und Sträucher an den Seiten erweckten einen gutgepflegten Eindruck. Am Bürgersteig ragte eine sehr hohe Messingstange auf, und daran hingen sowohl die Fahne der Vereinigten Staaten als auch die Kaliforniens. Trotzdem schien es sich um eine sehr kleine und alles andere als vollständige Bibliothek zu handeln.

»In einem so winzigen Ort erwartet man eigentlich gar keine«, sagte Jim. »Damals war ich sehr dankbar dafür. Als Junge bin ich oft mit dem Fahrrad zur Bibliothek gefahren. Meine Güte, wenn man all die Meilen addiert, bin ich vermutlich um die halbe Erde geradelt. Nach dem Tod meiner Eltern erfüllten Bücher die Funktion von Freunden, Gesprächspartnern und Psychiatern. Bücher bewahrten mich davor, einfach überzuschnappen. Mrs. Glynn, die Bibliothekarin, war eine großartige Frau. Sie wußte ganz genau, wie man mit einem schüchternen, deprimierten Kind reden muß, ohne es von *oben herab* zu behandeln. Sie führte mich in die exotischsten Regionen der Welt, erlaubte mir, Abenteuer in längst vergangenen Epochen zu erleben – ohne dieses Gebäude verlassen zu müssen.«

Holly hörte jetzt zum erstenmal so liebevolle und schwärmerische Wort von Jim. Die Svenborg-Bibliothek und Mrs. Glenn schienen einen guten und entscheidenden Einfluß auf sein Leben ausgeübt zu haben.

»Warum gehen wir nicht rein und sagen ihr guten Tag?« schlug Holly vor.

Jim runzelte die Stirn. »Oh, ich bin sicher, daß sie nicht mehr als Bibliothekarin arbeitet. Vermutlich ist sie längst tot. Vor fünfundzwanzig Jahren begann ich damit, mir hier Bücher auszuleihen, und vor achtzehn Jahren verließ ich den Ort, um das College zu besuchen. Seitdem habe ich sie nie wiedergesehen.«

»Wie alt war sie?«

Er zögerte. »Ziemlich alt«, antwortete er und beendete den nostalgischen Ausflug in die Vergangenheit, indem er den ersten Gang einlegte und losfuhr.

Kurze Zeit später erreichten sie die sogenannten Tivoli-Gärten, einen kleine Part an der Ecke Main und Copenhagen, der seinem hochtrabenden Namen nicht einmal annähernd gerecht wurde –

keine Springbrunnen, keine Musiker, kein Tanz, keine Spiele, nicht einmal Bierstuben. Nur einige Rosen und Sommerblumen, kleine Rasenflächen und zwei Parkbänke; in der fernen Ecke eine guterhaltene Windmühle.

»Warum drehen sich die Flügel nicht?« fragte Holly. »Es weht eine leichte Brise.«

»Die hiesigen Mühlen pumpen weder Wasser noch mahlen sie Korn«, erklärte Jim. »Da sie vor allen Dingen dekorativen Zwecken dienen, hat es keinen Sinn, mit den von ihnen verursachten Geräuschen zu leben. Man hat die Mechanismen schon vor langer Zeit blockiert.« Als sie am Ende des Parks abbogen, fügte er hinzu: »Hier wurde einmal ein Film gedreht.«

»Von wem?«

»Von einem der großen Studios.«

»Hollywood?«

»Ich weiß nicht mehr.«

»Wie hieß der Film?«

»Hab's vergessen.«

»Und die Schauspieler?«

»Keine berühmten Namen.«

Holly machte sich eine gedankliche Notiz über den Film und vermutete, daß er für Jim und den Ort wichtiger gewesen war, als er zugab. Die beiläufige Erwähnung und seine ausweichenden Antworten deuteten darauf hin, daß sich mehr dahinter verbarg.

Am südöstlichen Rand von Svenborg fuhr Jim langsam an Zaccas Garage vorbei, einer großen Nissenhütte aus Wellblech, die auf einem Betonfundament stand. Davor parkten zwei verstaubte Wagen. Zwar war das Gebäude während seiner Existenz mehrmals gestrichen worden, aber inzwischen hatte es schon seit einigen Jahren keinen Pinsel mehr gesehen. Hier und dort blätterten die diversen Lackschichten ab, und große Rostfladen gesellten sich hinzu, wodurch ein seltsamer Tarneffekt entstand. Der rissige Asphalt vor der Hütte wies mehrere mit losem Kies gefüllte Schlaglöcher auf, und am Straßenrand bemerkte Holly vertrocknete Gras und Unkraut.

»Ich bin mit Ned Zacca zur Schule gegangen«, sagte Jim. »Damals kümmerte sich sein Vater Vernon um die Reparaturwerkstatt. Es war nie ein Geschäft, das Reichtum versprach, aber früher sah's hier besser aus.«

Die großen Schiebetüren – sie erinnerten Holly an einen Flugzeughangar – standen offen, und Schatten kauerten unter dem langen Wellblechdach. Die hintere Stoßstange eines alten Chevy glänzte im Halbdunkel. Zwar wirkte die Werkstatt ziemlich schäbig, aber nichts deutete auf Gefahr hin. Dennoch schauderte Holly leicht, als sie in den düsteren Innenraum blickte.

»Ned war ein gemeiner, durchtriebener Hurensohn«, sagte Jim. »Der Schulrüpel. Er konnte den anderen Kindern das Leben zur Hölle machen, wenn er wollte. Ich hatte ständig Angst vor ihm.«

»Schade, daß du erst später Taekwondo gelernt hast. Sonst hättest du ihm eine Lektion erteilen können.«

Jim lächelte nicht, er starrte an Holly vorbei zur Werkstatt. Sein seltsamer Gesichtsausdruck weckte Unbehagen in ihr. »Ja. Wirklich schade.«

Als sie wieder zum Gebäude sah, bemerkte sie einen Mann in Jeans und T-Shirt. Er trat aus der Dunkelheit ins graue Zwielicht, ging langsam am Chevy vorbei und wischte sich die Hände an einem schmutzigen Lappen ab. Das Sonnenlicht erreichte ihn nicht, und deshalb blieben seine Züge schattenhaft. Mit einigen Schritten passierte er den Wagen und hatte dabei kaum mehr Substanz als Phantome auf einem mitternächtlichen Friedhof.

Aus irgendeinem Grund wußte Holly, daß jene geisterhafte Erscheinung in der Nissenhütte Ned Zacca hieß. Sie kannte ihn nicht; nur Jim verbanden schlechte Erinnerungen mit ihm. Trotzdem fröstelte sie innerlich und fühlte, wie ihre Handflächen feucht wurden.

Dann trat Jim aufs Gas, und sein Ford rollte an der Werkstatt vorbei. Sie kehrten in den Ort zurück.

»Was hat Zacca mit dir angestellt?«

»Was ihm gerade so einfiel. Führte sich auf wie ein verdammter Sadist. Seit damals war er mehrmals im Gefängnis. Aber ich wußte, daß er zurück ist.«

»Du wußtest es? Woher?«

Jim zuckte mit den Schultern. »Ich habe es irgendwie gespürt. Außerdem: er gehört zu den Kerlen, die nie bei großen Sachen ertappt werden. Hat unverschämtes Glück. Ab und zu gerät er in Schwierigkeiten, aber dabei geht's immer um etwas Banales. Er ist gleichzeitig dumm und schlau.«

»Warum wolltest du dir die Werkstatt ansehen?« fragte Holly.

»Erinnerungen.«

»Die meisten Leute sind nur an guten Erinnerungen interessiert, wenn sie ein wenig Nostalgie möchten.«

Darauf gab Jim keine Antwort. Noch bevor sie in Svenborg eintrafen, hatte er sich eingekapselt wie eine Schildkröte, die unter ihren Panzer zurückweicht. Jetzt war er fast wieder in jener grüblerischen, unnahbaren Stimmung, an die sich Holly vom vergangenen Tag her erinnerte.

Die kurze Besichtigungstour erfüllte sie nicht mit dem Gefühl kleinstädtischer Geborgenheit. Statt dessen verdichtete sich in ihr das unangenehme Empfinden, mitten im Nichts zu sein, vom Rest der Welt abgeschnitten. Sie befand sich nach wie vor in Kalifornien, dem bevölkerungsreichsten Staat in der Union, und nur sechzig Meilen trennten sie von der Stadt Santa Barbara. Svenborg hatte fast zweitausend Einwohner und war damit größer als viele andere Provinznester an den Interstate-Highways. Der Eindruck, isoliert zu sein, ging auf etwas Psychologisches zurück. Ihm fehlte eine reale Grundlage, aber er schwebte wie eine dunkle Wolke über Holly.

Jim hielt am Central, einem florierenden Betrieb, zu dem eine Tankstelle gehörte, ein kleines Sportartikelgeschäft, dessen Kunden in erster Linie aus Anglern und Campern bestanden, und ein Laden, der Lebensmittel, Bier und Wein anbot. Holly füllte den Tank des Ford und folgte Jim in das Geschäft mit den Sportartikeln.

Der Verkaufsraum war so sehr mit Waren vollgestopft, daß er kaum mehr Platz bot. Hunderte von verschiedenen Gegenständen quollen aus den Regalen, hingen von der Decke und bildeten hohe Stapel auf dem Linoleumboden. Ein Gestell zeigte glitzernde Angelköder. Es roch nach Gummistiefeln.

Jim hatte bereits einige Dinge auf den Tresen gelegt: zwei Sommer-Schlafsäcke mit Luftmatratzen, eine Coleman-Laterne samt Gasflasche, eine große Kühltasche, zwei Taschenlampen, mehrere Batterien und andere Objekte. An der Kasse stand ein bärtiger Mann, der eine Brille mit auffallend dicken Gläsern trug und gerade die einzelnen Preise eintippte; Jim wartete mit offener Brieftasche.

»Ich dachte, wir fahren zur Mühle«, sagte Holly.

»Ja«, bestätigte Jim. »Aber wenn wir nicht auf einen *sehr unbequemen* Holzboden schlafen wollen, brauchen wir diese Dinge.«

»Ich wußte gar nicht, daß wir dort übernachten.«
»Ich auch nicht. Bis ich hereinkam und diese Gegenstände auswählte.«
»Wie wär's, wenn wir in irgendeinem Motel unterzukommen versuchten?«
»Das nächste ist drüben in Santa Ynez.«
»Keine besonders weite Fahrt«, sagte Holly. Die Vorstellung, die ganze Nacht in der Mühle zu verbringen, gefiel ihr nicht sonderlich. »Und sie führt durch eine schöne Landschaft.«

Ihr Widerstreben gründete sich nicht nur auf den Umstand, daß die Mühle wenig Komfort in Aussicht stellte – sie war der Schauplatz ihrer Alpträume. Außerdem fühlte sie sich seit ihrer Ankunft in Svenborg ... bedroht.

»Irgend etwas wird geschehen«, sagte Jim. »Ich weiß nicht, was uns bevorsteht. Etwas ... bahnt sich an. In der Mühle. Ich spüre es. Wir werden ... einige Antworten bekommen. Aber vielleicht dauert es eine Weile. Wir müssen bereit sein, zu warten, Geduld zu haben.«

Der Vorschlag, zur Mühle zu fahren, stammte von Holly, aber plötzlich *wollte* sie gar keine Antworten mehr. Eine eigene Vorahnung warnte sie vor einer Tragödie, vor Blut, Tod und Finsternis.

Doch Jim schien das bleierne Gewicht seiner vorherigen Befürchtungen abzustreifen und neuen Elan zu gewinnen. »Es ist gut, Holly – was wir vorhaben, wohin wir fahren. Ich *spüre* es ganz deutlich. Verstehst du? Ich fühle, daß wir die richtige Entscheidung getroffen haben. Etwas Schreckliches erwartet uns, ja, etwas, das uns einen erheblichen Schock versetzen wird. Vielleicht droht sogar eine sehr reale Gefahr. Aber gleichzeitig gibt es einen Faktor, der uns Mut machen und uns helfen wird.« Aufregung glitzerte in seinen Augen. Holly hatte ihn noch nie auf diese Weise erlebt, nicht einmal im Bett, als sie sich geliebt hatten. Die höhere Macht stand in Kontakt mit ihm, wie auch immer. Sie sah sein stilles Entzücken. »Ich spüre eine Art ... Jubel, eine wundervolle Entdeckung, Offenbarungen ...«

Der bebrillte Verkäufer trat von der Kasse fort und zeigte ihnen die Summe. »Frisch vermählt?« fragte er und lächelte.

Im Lebensmittelladen nebenan kauften sie Eis für die Kühltasche, Orangensaft, Mineralwasser, Toast, Senf, Olivenbrot und abgepackte Käsescheiben.

»Olivenbrot«, sagte Holly erstaunt. »Ich habe es nicht mehr gegessen, seit ich vierzehn war.«

»Und dann das hier«, sagte Jim, griff nach einer Schachtel mit großen Schokoladekeksen und legte sie in den Einkaufskorb. »Belegte Brötchen, Schokoladekekse – und natürlich Kartoffelchips. Kein Picknick ohne Kartoffelchips. Und auch Käsekringel. Gehören einfach dazu.«

Holly sah ihn jetzt zum erstenmal auf diese Weise: fast jungenhaft, ohne irgendeine Bürde auf den Schultern. Er wirkte wie jemand, der mit Freunden einen Campingtrip unternahm, ein kleines, harmloses Abenteuer begann.

Sie fragte sich, ob es einen Grund für ihre Befürchtungen gab. Schließlich war Jim derjenige, dessen Vorahnungen sich später bestätigten. Vielleicht stand ihnen in der Mühle tatsächlich etwas Wundervolles bevor. Vielleicht lüftete sich dort das Geheimnis seiner Rettungsmissionen. Vielleicht begegneten sie sogar der höheren Macht, die er immer wieder erwähnte. Vielleicht war *der Feind* trotz der Fähigkeit, seinen Einfluß in Träumen auf die reale Welt zu erweitern, nicht ganz so gefährlich, wie es zunächst den Anschein haben mochte.

Der Verkäufer packte die Sachen in eine Tüte, und als er das Wechselgeld abzählte, sagte Jim: »Halt, einen Augenblick, das ist noch nicht alles.« Er eilte in den rückwärtigen Teil des Ladens und kehrte kurz darauf mit zwei Schreibblöcken und einem schwarzen Filzstift zurück. »Das benötigen wir heute nacht«, wandte er sich an Holly.

Als sie alles im Wagen verstaut hatten, den Central-Parkplatz verließen und zur Ironheart-Farm fuhren, deutete Holly auf die beiden Schreibblöcke und den Stift in einer separaten Tüte. »Wozu brauchen wir diese Dinge?«

»Ich habe nicht die geringste Ahnung. Ganz plötzlich wußte ich, daß wir sie mitnehmen müssen.«

»Typisch Gott«, kommentierte Holly. »Immer geheimnisvoll und rätselhaft.«

Nach kurzem Schweigen erwiderte Jim: »Ich bin mir nicht mehr sicher, ob Gott zu mir spricht.«

»Ach? Was hat deine Meinung geändert?«

»Nun, zum Beispiel deine Argumente gestern abend. Wenn Gott den Tod des kleinen Nick O'Connor in Boston verhindern wollte – warum hat Er dann nicht einfach dafür gesorgt, daß in der Starkstromstation eine Explosion ausblieb? Du hast völlig recht: Warum hat Er mich durchs ganze Land geschickt, um den Jungen im letzten Augenblick zur Seite zu reißen? Und warum sollte Er Seine Meinung im Hinblick auf die Passagiere der DC-10 ändern? Warum ließ Er mehr überleben, weil ich mich zum Eingreifen entschloß? Das sind Fragen, die ich mir ebenfalls stellte. Es gab nur einen Unterschied: Im Gegensatz zu mir hast du dich nicht mit einfachen Antworten zufriedengegeben.« Als sie den Rand des Ortes erreichten, wandte Jim kurz den Blick von der Straße ab, sah Holly an und lächelte. Dann wiederholte er eine der Fragen, mit denen sie ihn am vergangenen Abend bedrängt hatte: »Ist Gott ein Quatschkopf?«

»Ich hätte eigentlich erwartet ...«

»Ja?«

»Nun, du warst so sicher, daß bei dieser Angelegenheit etwas Göttliches im Spiel ist ... Es muß doch enttäuschend für dich sein, weniger erhabene Möglichkeiten in Betracht zu ziehen. Bist du jetzt nicht niedergeschlagen?«

Jim schüttelte den Kopf. »Nein. Weißt du, die Vorstellung, daß Gott durch mich wirkt, fiel mir immer schwer. Es schien eine verrückte Idee zu sein, aber ich hielt daran fest, weil ich keine andere Erklärung fand. Nun, es fehlt noch immer eine, aber es gibt eine Alternative, die so seltsam und wundervoll ist, daß es mich kaum belastet, Gott als Teampartner zu verlieren.«

»Welche Alternative meinst du?«

»Darüber möchte ich jetzt noch nicht sprechen«, erwiderte Jim, als Sonnenschein und Schatten von Bäumen ein Fleckenmuster auf der Windschutzscheibe und auf seinem Gesicht bildeten. »Ich muß erst noch gründlicher darüber nachdenken, um ganz sicher zu sein, daß es einen Sinn ergibt, bevor ich dir davon erzähle. Ich weiß inzwischen, wie schwer du zu überzeugen bist.«

Er schien glücklich zu sein. Wirklich glücklich. Holly mochte ihn sehr, seit sie ihn zum erstenmal gesehen hatte, trotz seiner Launenhaftigkeit. Sie spürte Hoffnung hinter seiner Verdrossenheit, sanfte Zärtlichkeit unter der Patina des manchmal recht schroffen Gebarens. Doch seine gegenwärtige Freude machte es ihr noch leichter, ihn zu lieben.

Sie kniff ihn in die Wange.

»Womit habe ich das verdient?« fragte er.
»Du bist süß.«
Als sie Svenborg verließen, bemerkte Holly das besondere Verteilungsmuster der Häuser und anderen Gebäude. Der Ort wirkte eigentlich nicht wie eine moderne Kleinstadt, sondern eher wie eine Pioniersiedlung. In den meisten Ortschaften wurden die Abstände zwischen den einzelnen Bauwerken zum Zentrum hin geringer, während sie an der Peripherie wuchsen und einen langsamen Übergang zu den ländlichen Bereichen bildeten. Doch am Rand von Svenborg schien die Grenze zwischen Stadt und Land mit dem Lineal gezogen zu sein: auf der einen Seite die Häuser, auf der anderen Büsche und Sträucher, dazwischen eine Feuerschneise. Holly erinnerte sich an die Pioniere im Wilden Westen, die beim Bau ihrer Vorposten an jene Gefahren dachten, die ihnen aus den gesetzlosen Badlands von allen Seiten drohen mochten.

Im Innern wirkte der Ort ominös und voller dunkler Geheimnisse. Von außen betrachtet – Holly drehte sich um und blickte zurück, als sich die Straße sanft zur Kuppe eines Hügels hob – sah er nicht etwa bedrohlich aus, sondern bedroht, als wüßten die Bewohner, daß in der goldenen Landschaft um sie herum etwas Schreckliches auf sie wartet.

Vielleicht fürchteten sie nur Feuer. Dieser Region erging es ebenso wie dem größten Teil von Kalifornien. Ausgedörrtes Land erstreckte sich dort, wo der Mensch es nicht künstlich bewässerte.

Das Tal lag zwischen den Santa Ynez Mountains im Westen und den San Rafael Mountains im Osten eingebettet; es war so breit und tief, daß es von einer größeren geographischen Vielfalt gekennzeichnet schien als ganze Staaten im Osten. Doch in dieser Jahreszeit – es hatte zum letztenmal im Frühling geregnet – zeigten sich überwiegend braune Töne. Jim und Holly fuhren über anmutig gewölbte goldene Hügel und an lohfarbenen Wiesen vorbei. Die günstigsten Aussichtspunkte während der zwei Meilen langen Fahrt boten einen weiten Blick über höhere, mit Chaparral bewachsene Hügel, über Täler innerhalb des Tals, wo immergrüne Eichen wuchsen; hinzu kamen kleine Weinberge, umgeben von vertrocknetem Gras.

»Es ist wundervoll«, sagte Holly und beobachtete blasse Hügel, goldfarben glänzende Wiesen und öliges Chaparral. Selbst die Eichen – ihre Ansammlungen deuteten auf einen relativ hohen

Grundwasserspiegel hin – offenbarten kein saftiges Grün, sondern ein halbausgetrocknetes mattes Silber. »Wundervoll, ja. Aber ein Pulverfaß. Wie werden die Menschen hier mit dem Feuer fertig?«

Als sie diese Frage stellte, rollte der Ford durch eine Kurve, und dahinter bemerkte sie schwarzes Land neben der zweispurigen Straße. Büsche, Sträucher und Gras bildeten nur noch Spuren aus grauweißer Asche auf dem rußigen Boden. Hier hatten erst vor wenigen Tagen Flammen gezüngelt; der Brandgeruch war noch immer sehr deutlich wahrzunehmen.

»Dieses Feuer kam nicht besonders weit«, erwiderte Jim. »Es scheinen höchstens zehn Morgen verbrannt zu sein. Die Leute hier reagieren schnell, wenn sie irgendwo Rauch sehen. Eine Freiwilligengruppe in Svenborg ist ständig einsatzbereit, und außerdem gibt es im Tal eine Station der Forstverwaltung. Wenn man hier lebt, vergißt man die Gefahr nie – und begreift nach einer Weile, daß man sie in Grenzen halten kann.«

Jim klang recht zuversichtlich. Er hatte hier sieben oder acht Jahre verbracht, Grund genug für Holly, ihre Pyrophobie zu unterdrücken. Aber als sie den verkohlten Landstrich passiert hatten und der durchdringende Brandgeruch hinter ihnen zurückblieb, entstand ein gräßliches Bild vor Hollys innerem Auge: Sie sah ein nächtliches Tal, das vom einen Ende bis zum anderen loderte. Gewaltige orangefarbene Flammen wirbelten wie Tornados und verschlangen alles, was zwischen den Wällen der beiden Bergketten lag.

»Ironheart-Farm«, sagte Jim plötzlich, und die Schreckensbilder verflüchtigten sich.

Als er Gas wegnahm, blickte Holly nach links.

Ein Farmhaus stand etwa dreißig Meter von der Straße entfernt hinter einem verdorrten Rasen. Es zeichnete sich nicht durch einen besonderen architektonischen Stil aus, sondern war nur ein normales, aber gemütlich wirkendes zweistöckiges Gebäude mit roten Dachschindeln und einer geräumigen Veranda. Es erweckte den Eindruck, als stamme es direkt aus dem Mittelwesten, denn in den Staaten des Getreidegürtels gab es Tausende von solchen Häusern.

Etwa hundert Meter weiter links erhob sich ein roter Schuppen, dessen spitzes Dach in einer aus angelaufenem Metall bestehenden Wetterfahne endete, die ein Pferd samt Wagen darstellte. Es handelte sich nicht um einen riesigen Schuppen; er war nur etwa anderthalbmal so groß wie das Haus.

Dahinter, sichtbar durch die Lücke zwischen den beiden Gebäuden, funkelte das Wasser des Teichs, und auf der gegenüberliegenden Seite stand das faszinierendste Bauwerk der Farm: die Windmühle.

3

Jim hielt auf der Wendestelle zwischen Haus und Schuppen und stieg aus. Er *mußte* aussteigen, denn der Anblick dieses Ortes wirkte nachhaltiger auf ihn, als er erwartet hatte. Er spürte, wie sein Gesicht zu glühen begann, und gleichzeitig lief es ihm kalt über den Rücken. Trotz der Kühle, die aus den Schlitzen der Klimaanlage wehte, schien die Luft im Innern des Wagens warm und verbraucht zu sein, enthielt zuwenig Sauerstoff. Jim ging einige Schritte, verharrte, atmete in tiefen Zügen und versuchte, nicht die Fassung zu verlieren.

Die schmucklosen Fenster des Hauses blieben ohne Wirkung auf ihn. Als er sie beobachtete, fühlte er nur eine süße Melancholie, die sich im Laufe der Zeit in bedrückendere Trauer oder gar Verzweiflung verwandeln mochte. Aber er konnte sie betrachten, normal atmen und schließlich den Blick davon abwenden, ohne den Zwang zu verspüren, noch einmal hinzusehen.

Vom Schuppen ging überhaupt keine emotionale Anziehungskraft aus, ganz im Gegensatz zur Windmühle. Als er seine Aufmerksamkeit auf den Kegel aus Kalkstein hinter dem großen Teich richtete, entstand das Gefühl in ihm, sich selbst in Stein zu verwandeln, wie die hilflosen Opfer der mythologischen Medusa, die in ihr von Schlangen gesäumtes Gesicht starrten.

Er hatte vor vielen Jahren von der Medusa gelesen, in einem von Mrs. Glynns Büchern. Damals hatte er sich von ganzem Herzen gewünscht, ebenfalls die schlangenhaarige Frau zu sehen und zu empfindungslosem Stein zu werden ...

»Jim?« Hollys Stimme erklang auf der anderen Seite des Wagens. »Ist alles in Ordnung mit dir?«

In der Mühle gab es besonders hohe Räume – der höchste befand sich im Erdgeschoß –, und dadurch war das Gebäude nicht zwei, sondern eigentlich vier Stockwerke hoch. Aber für Jim wirkte es mindestens so beeindruckend wie ein zwanzigstöckiger Turm. Hundertjähriger Schmutz hatte den einst blassen Steinen eine dunklere Tönung gegeben. Efeu kroch über die Mauern, wuchs aus dem Ufer des Teichs neben der Mühle, fand Halt in den tiefen Ritzen zwischen einzelnen Steinblöcken. Da sich niemand um die Pflege des Gebäudes kümmerte, bedeckten die Blätter einen großen Teil der Außenwand und bildeten grüne Gardinen vor einem schmalen Fenster im Erdgeschoß. Die hölzernen Windmühlenflügel wirkten halb vermodert. Sie waren neun Meter lang, woraus sich eine Spannweite von insgesamt achtzehn Metern ergab; jeder bestand aus drei Streben und maß in der Breite etwa einen Meter. Seit Jims letztem Besuch auf der Farm hatten sich weitere Bespannungsfetzen gelöst. Die in der Zeit eingefrorenen Flügel bildeten kein Kreuz mehr, sondern ein X: zwei zeigten zum Teich, die beiden anderen nach oben. Selbst im hellen Tageslicht empfand Jim den Anblick der Mühle als bedrohlich; sie erschien ihm wie eine Vogelscheuche, die mit Knochenhänden nach dem Himmel tastete.

»Jim?« fragte Holly und berührte ihn am Arm.

Er zuckte so heftig zusammen, als sei sie eine Fremde für ihn. Einige Sekunden lang blickte er auf sie herab und sah dabei nicht Holly, sondern ein längst totes Gesicht, das jemand anderem gehörte ...

Die kurze Phase der Verwirrung fand ein rasches Ende, und aus der Frau wurde wieder Holly. Ihre Identität war nicht mehr mit der jener anderen Frau verbunden, so wie Hollys Traum während der vergangenen Nacht.

»Stimmt was nicht?« erkundigte sie sich.

Er schüttelte den Kopf. »Es sind nur ... Erinnerungen.«

Jim seufzte lautlos und dankbar, als Holly das Farmhaus in den Fokus seiner Aufmerksamkeit rückte, indem sie fragte: »Warst du glücklich bei deinen Großeltern?«

»Lena und Henry Ironheart ... Prächtige Menschen. Sie nahmen mich auf. Und sie litten sehr für mich.«

»Litten?« wiederholte Holly.

Jim begriff, daß er einen zu starken Ausdruck gewählt hatte. »Ich meine, sie brachten große Opfer. Meistens kleine Dinge – aber ihre Summe schuf eine schwere Bürde.«

»Es ist alles andere als leicht, die Verantwortung für einen zehnjährigen Jungen zu übernehmen«, sagte Holly. »Aber wenn du nicht gerade Kaviar und Champagner verlangt hast, sollte es für deine Großeltern nicht allzu schwer gewesen sein.«

»Nach dem Tod meiner Eltern war ich ... in mich zurückgezogen, verschlossen und wortkarg. Oma und Opa gaben sich große Mühe, schenkten mir viel Liebe und versuchten, mich vom ... Kummer zu befreien.«

»Wer wohnt hier heute?«

»Niemand.«

»Du hast doch gesagt, daß Deine Großeltern vor fünf Jahren starben.«

»Die Farm wurde nicht verkauft. Es fanden sich keine Interessenten.«

»Wem gehört sie jetzt?«

»Mir. Ich habe sie geerbt.«

Holly ließ einen verwunderten Blick über das Anwesen schweifen. »Es ist schön hier. Wenn man den Rasen bewässert und dafür sorgt, daß er grün bleibt, wenn man das Unkraut jätet ... Dann wäre dieser Ort wirklich wunderbar. Warum sollte die Farm so schwer zu verkaufen sein?«

»Nun, zunächst einmal – das Leben hier draußen ist verdammt ruhig. Selbst viele der Zurück-zur-Natur-Typen, die davon träumen, auf dem Land zu leben, meinen damit eine Farm, die sich in der Nähe von Kinos, Büchereien, guten Restaurants und Reparaturwerkstätten für europäische Wagen befindet.«

Holly lachte. »He, ich glaube, in dir verbirgt sich ein amüsanter kleiner Zyniker.«

»Außerdem kann es ziemlich schwer sein, sich hier den Lebensunterhalt zu verdienen. Die Farm umfaßt nur etwa hundert Morgen, und das genügt nicht für Milchkühe, Schlachtvieh oder einen Getreideanbau im großen Maßstab. Lena und Henry hielten sich Hühner und verkauften die Eier. Und dank des milden Wetters hatten sie zwei Ernten. Erdbeeren trugen von Februar bis Mai Früchte; sie brachten einen großen Teil des Geldes ein. Dann kamen Korn und Tomaten – *echte* Tomaten, nicht die gummiartigen Dinger in Supermärkten.«

Jim stellte fest, daß Holly noch immer von dem Anwesen entzückt war. Sie stand mit den Händen an den Hüften und sah sich so um, als spiele sie mit dem Gedanken, die Farm selbst zu kaufen.

»Aber es gibt doch bestimmt Leute, die einer anderen Arbeit nachgehen und sich nach einem solchen Ort sehnen, um Ruhe und Frieden zu haben«, sagte sie.

»Dies ist keine wohlhabende Region wie Newport Beach oder Beverly Hills. Hier haben die Einheimischen kein Geld übrig, das sie in einen besonderen Lebensstil investieren. Die beste Möglichkeit, eine derartige Farm zu verkaufen, besteht darin, einen reichen Filmproduzenten in Los Angeles zu finden, der sie in erster Linie aufgrund des Landes erwirbt, die Gebäude abreißen und sich dann eine Villa bauen läßt – um mit einem Landsitz im Santa Ynez Valley zu prahlen. So etwas gilt heute als in.«

Während sie miteinander sprachen, spürte Jim, wie er immer unruhiger wurde. Es war drei Uhr. Noch viel Zeit bis zum Sonnenuntergang. Trotzdem fürchtete er den Einbruch der Nacht.

Holly trat nach einigen Unkrautbüscheln, die aus dem rissigen Asphalt der Zufahrt wuchsen. »Nun, wenn man hier Ordnung geschaffen hat ... Eigentlich sieht alles ganz gut aus. Deine Großeltern sind vor fünf Jahren gestorben? Aber das Haus und der Schuppen sind in einem guten Zustand, als seien sie erst vor ein oder zwei Jahren gestrichen worden.«

»Das ist auch der Fall.«

»Du sorgst dafür, daß die Farm marktfähig bleibt, wie?«

»Ja. Warum nicht?«

Die hohen Berge im Westen würden die Sonne früher verschlingen als der Ozean in Laguna Niguel. Das Zwielicht der Abenddämmerung begann hier eher, dauerte dafür länger. Jim beobachtete die purpurnen Schatten so besorgt wie ein Mann, der in einem Vampirfilm versuchte, sich irgendwo zu verstecken – bevor der Sargdeckel hochklappt.

Was ist nur mit mir los? überlegte er

»Hast du nie mit dem Gedanken gespielt, hier zu wohnen?« fragte Holly.

»Nein, nie!« entfuhr es ihm so abrupt und scharf, daß er nicht nur Holly überraschte, sondern auch sich selbst. Die Mühle schien eine düstere, magnetische Wirkung zu entfalten, zog seinen Blick an. Er schauderte, als er sie beobachtete.

Holly starrte ihn an.

»Jim«, sagte sie sanft, »was hast du hier erlebt? Bei Gott, was ist vor fünfundzwanzig Jahren in der Mühle geschehen?«

»Ich weiß es nicht«, erwiderte er mit vibrierender Stimme und strich sich mit der einen Hand über die Wange. Die Hand war warm, das Gesicht kalt. »Ich erinnere mich an keine besonderen oder seltsamen Zwischenfälle. Ich habe in der Mühle gespielt. Sie war kühl und still, ein ... angenehmer Ort. Nichts geschah dort. Nichts.«

»Irgend etwas ist dort passiert«, beharrte Holly.

Holly kannte Jim noch nicht lange genug, um zu wissen, ob seine Stimmungen häufig auf einer emotionalen Achterbahn fuhren, wie es seit der Reise vom Orange County zur Ironheart-Farm der Fall gewesen war, oder ob die Launenhaftigkeit einen integralen Bestandteil seines Wesens bildete. Als er im Central Lebensmittel für ein Picknick gekauft hatte, streifte er mühelos die düstere Niedergeschlagenheit ab, die ihn bei der Überquerung der Santa Ynez Mountains erfaßt hatte, und daraufhin erschien er fast überglücklich. Doch die unmittelbare Konfrontation mit der Farm kam für ihn einem Sprung ins kalte Wasser gleich – und die Windmühle wirkte auf ihn wie Gletschereis auf einen nackten Schwimmer.

Er schien erschüttert und bestürzt zu sein, und Holly wünschte sich eine Möglichkeit, seinen geistigen Frieden wiederherzustellen. Sie fragte sich jetzt, ob es klug gewesen war, mit ihm die Farm aufzusuchen. Ihre – fehlgeschlagene – journalistische Karriere hatte sie gelehrt, plötzlichen Ereignissen und sich anbahnenden Entwicklungen nicht etwa auszuweichen, sondern daran teilzunehmen, günstige Augenblicke zu nutzen und sich im Strom des Geschehens treiben zu lassen. Doch vielleicht verlangte diese Situation größere Vorsicht, Zurückhaltung und sorgfältige Überlegungen.

Sie nahmen wieder im Ford Platz und fuhren zwischen das Haus und den Schuppen, am großen Teich vorbei. Der Kiespfad, den Holly im Traum während der vergangenen Nacht gesehen hatte, war breit genug für Pferde und Karren und bot dem Auto ausreichend Platz. Jim parkte direkt vor der Windmühle.

Als Holly zum zweitenmal ausstieg, stand sie neben einem Kornfeld, doch nur wenige Halme ragten aus dem unbestellten Boden auf der anderen Seite des Zauns. Holly ging um den Wagen herum, hörte, wie der Kies unter ihr knirschte, und gesellte sich Jim am Ufer des Teichs hinzu.

Das Wasser ähnelte einer blau, grün und grau gefleckten Schieferplatte mit einem Durchmesser von sechzig Metern. Die Oberfläche erweckte den Eindruck einer festen Masse, die sich überhaupt nicht bewegte. Nur Libellen und andere Insekten, die gelegentlich auf ihr landeten, schufen kleine Kräuselungen. Träge Strömungen – viel zu langsam, um Wellen zu verursachen – ließen das Wasser im Uferbereich auf eine subtile Weise schimmern. Hollys Blick fiel auf Algenstränge und kleine Ansammlungen aus Pampasgras.

»Kannst du dich noch immer nicht daran erinnern, was du im Traum gesehen hast?« fragte Jim.

»Nein. Vermutlich spielt es überhaupt keine Rolle. Nicht alles in einem Traum ist wichtig.«

»In diesem Fall gibt es eine ganz bestimmte Bedeutung«, murmelte Jim, als spreche er mit sich selbst.

Zwar wurden Sedimente und Ablagerungen nicht nach oben gespült, aber trotzdem war das Wasser trüb. Holly schätzte, daß ihr Blick nur ein oder zwei Meter weit unter die Oberfläche reichte. Wenn die Tiefe in der Mitte tatsächlich fast fünfzehn Meter betrug, wie Jim behauptet hatte, so konnten sich viele Dinge im Teich verbergen.

»Sehen wir uns die Mühle an«, schlug Holly vor.

Jim holte eine der Taschenlampen aus dem Wagen und schob Batterien hinein. »Selbst am Tag ist es dort drin ziemlich dunkel.«

Die Tür befand sich in einer kleinen Vorkammer an dem konischen Gebäude, vergleichbar mit dem Eingang eines Eskimo-Iglus. Sie war unverschlossen, jedoch verzogen, und an den Angeln hatten sich dicke Rostfladen gebildet. Einige Sekunden lang leistete sie Jim hartnäckigen Widerstand, und dann schwang sie mit einem lauten Quietschen auf, das wie ein gequälter Schrei klang.

Durch die kleine, gewölbte Vorkammer erreichten sie den etwa zwölf Meter durchmessenden Hauptraum der Mühle. Vier Fenster in regelmäßigen Abständen filterten Sonnenlicht durch schmutzige Scheiben, saugten die sommerliche Heiterkeit heraus und verliehen dem Raum winterliches Grau, das ein bedrückendes Halbdunkel entstehen ließ. Jims Taschenlampe riß staubige und von Spinnweben umhüllte mechanische Teile aus dem Zwielicht, die auf Holly ebenso exotisch wirkten wie die Turbinen eines Unterseebootes mit Atomantrieb. Es handelte sich um die massive Technologie eines anderen Jahrhunderts – große Zahnräder und Wellen aus Holz, Schleifsteine, Flaschenzüge, vermoderte Seile –, so riesig und kompliziert, daß sie nicht das Werk von Menschen zu sein schienen, sondern das einer ganz anderen und weniger hochentwickelten Spezies.

Jim war in der Nähe von Mühlen aufgewachsen, und deshalb kannte er die speziellen Bezeichnungen. Er richtete den Lichtkegel der Taschenlampe auf verschiedene Dinge und erklärte Holly alles, sprach vom Stirnrad, Mühleisen, dem Grundstein und anderen Komponenten der komplexen Vorrichtung. »Normalerweise kann man nicht so wie jetzt durch den Mechanismus nach oben sehen. Aber in der Stirnradkammer ist ein großer Teil des Bodens verrottet, und der Rest gab nach, als sich die schweren Steine lösten und nach unten fielen.«

Draußen hatte ihn der Anblick der Mühle mit Furcht erfüllt, doch jetzt schlug seine Stimmung einmal mehr um. Als Jim die Funktionsweise erläuterte, stellte Holly erstaunt fest, daß er die gleiche jungenhafte Begeisterung zeigte wie beim Einkauf im Svenborg. Sein Wissen erfüllte ihn mit Zufriedenheit, und er wollte Holly damit beeindrucken – so wie ein in Bücher vernarrter Knabe mit seinen neuen Kenntnissen prahlt, die er in der Bibliothek gewonnen hat, während die anderen Kinder draußen Baseball spielten.

Er wandte sich der Kalksteintreppe auf der linken Seite zu und stieg ohne zu zögern nach oben, strich dabei mit den Fingerkuppen über die gewölbte Wand. Ein verträumtes Lächeln umspielte seine Lippen, als hinge er nun angenehmen Erinnerungen nach.

Jims wechselnde Launen verwirrten Holly, und sie versuchte sich vorzustellen, wie die Mühle gleichzeitig Freude und Angst in ihm wecken konnte. Widerstrebend folgte sie ihm in einen Raum, den er ›hohe Kammer‹ nannte. Holly selbst verband keine guten Reminiszenzen mit der Mühle, sie entsann sich viel zu deutlich an die entsetzlichen Alptraumbilder, die nun zurückkehrten. Die Wendeltreppe erschien ihr seltsam vertraut, obwohl sie die Stufen jetzt zum erstenmal hinter sich brachte. Es war ein unheimliches Gefühl, weitaus gespenstischer als ein normales Déjà-vu-Erlebnis.

Auf halbem Wege nach oben blieb sie an dem Fenster stehen, durch das man den Teich sehen konnte. Staub bildete eine dicke

Schicht auf dem Glas. Sie wischte einen Teil davon fort und beobachtete das Wasser weiter unten. Für einen Sekundenbruchteil glaubte sie, etwas Sonderbares unter der unbewegten Oberfläche zu erkennen – dann begriff sie, daß sie nur das Spiegelbild einer Wolke sah.

»Was ist los?« fragte Jim mit jungenhaftem Eifer. Er wartete einige Stufen über ihr.

»Nichts. Nur ein Schatten.«

Sie setzten den Weg fort und erreichten kurze Zeit später die obere Kammer, die sich als schlichter, knapp fünf Meter durchmessender Raum erwies. An der höchsten Stelle trennten vier Meter die Decke vom Boden. Die gewölbten Wände bestanden ebenfalls aus Kalkstein und neigten sich in einem sanften Winkel nach oben – die Form des Zimmers entsprach der einer Raketenkapsel. Der Stein war nicht halb durchsichtig wie in Hollys Traum – es ging auch kein bernsteinfarbenes Glühen davon aus. Ein merkwürdiges Etwas zeigte sich an der Decke, ein Mechanismus, der die Drehungen der Windmühlenflügel in horizontal wirkende Kraft umsetzte, die schließlich eine vertikale Antriebswelle bewegte. Sie verschwand durch ein Loch in der Mitte des Bodens.

Holly erinnerte sich daran, wie sie unten gestanden und durch die teilweise eingestürzten Decken in verschiedene Ebenen der komplizierten Vorrichtung geblickt hatten. Vorsichtig belastete sie den hölzernen Boden mit ihrem Gewicht. Die Dielen schienen nicht vermodert zu sein, sie wirkten fest und stabil.

»Viel Staub«, sagte Jim. Mit jedem Schritt wirbelte er kleine Wolken auf.

»Und Spinnen«, fügte Holly hinzu.

Sie rümpfte voller Ekel die Nase und beobachtete die Reste ausgesaugter Insekten, die oben in breiten Netzen hingen. Sie hatte keine Angst vor Spinnen, aber sie mochte sie auch nicht besonders.

»Ich schlage vor, wir machen hier sauber, bevor wir unser Nachtlager aufschlagen«, meinte Jim.

»Wir hätten in Svenborg einen Besen und andere Dinge kaufen sollen.«

»Im Haus gibt es genug Reinigungsutensilien. Ich kümmere mich darum, während du die Sachen aus dem Wagen holst.«

»Das Haus!« Holly strahlte plötzlich übers ganze Gesicht. »Als wir hierher fuhren, hatte ich keine Ahnung, daß die Farm dir gehört, daß hier niemand wohnt. Wir bringen die Schlafsäcke einfach ins Haus, übernachten dort und kommen so oft hierher, wie wir wollen.«

»Eine gute Idee«, erwiderte Jim. »Aber so einfach ist das nicht. Irgend etwas wird hier geschehen, Holly, etwas, das uns Antworten gibt – oder eine Möglichkeit, sie zu finden. Ich fühle es. Ich bin ganz sicher. Warum? Es ist so wie mit ... den Rettungsmissionen. Ich weiß es einfach. Aber wir haben nicht die Möglichkeit, den Zeitpunkt der Offenbarung selbst zu bestimmen. Wir müssen geduldig sein – und ständig bereit. Wir können Gott – beziehungsweise die höhere Macht – nicht darum bitten, unsere Fragen nur während der normalen Geschäftszeit zu beantworten. Es bleibt uns nichts anderes übrig, als hierzubleiben und zu warten.«

Holly seufzte. »Na schön. Wenn du ...«

Glocken unterbrachen sie.

Es war kein lautes Getöse, sondern ein sanftes, melodisches Klirren, das nur zwei oder drei Sekunden lang dauerte. Es hörte sich so verspielt an, daß es überhaupt nicht zu dem düsteren Steingebäude zu passen schien. Trotzdem bildete es keinen disharmonischen Kontrast dazu und weckte überaus ernste Assoziationen in Holly; sie dachte an Sünde, Reue und Erlösung.

Das Klimpern verklang, als Holly festzustellen versuchte, wo es seinen Ursprung hatte. Bevor sie Jim danach fragen konnte, ertönte es erneut.

Diesmal verstand Holly, warum sie dieses Geräusch mit etwas Religiösem verband. Es hörte sich ganz nach den Glocken an, die ein Ministrant während der Messe läutete. Das leise Klingen erinnerte sie an Lavendelöl und Myrrhe aus ihrer Collegezeit, als sie in Erwägung gezogen hatte, zum Katholizismus zu konvertieren.

Die Stille kehrte zurück.

Holly wandte sich an Jim und sah sein Lächeln.

»Was war das?« fragte sie.

»Daran habe ich überhaupt nicht mehr gedacht«, erwiderte er leise und geistesabwesend. »Meine Güte, wie konnte ich das vergessen?«

Einmal mehr klirrten die Glocken, silbrig und rein.

»Was vergessen?« drängte Holly. »Was hat es mit den Glocken auf sich?«

»Es sind keine Glocken«, sagte Jim, als es wieder still wurde. Er zögerte, und als das Geräusch zum viertenmal erklang, fügte er hinzu: »Das Klimpern ertönt im Stein.«

»Klimpernde Steine?« kam es verblüfft von Hollys Lippen.

Als die Glocken erneut läuteten, ging sie in der Kammer umher und neigte den Kopf nach rechts und links, bis sie den Eindruck gewann, daß die Geräusche tatsächlich aus den Wänden stammten – nicht etwa von einem einzelnen Stein, sondern aus der gesamten gewölbten Fläche. Sie waren homogen, an keiner Stelle leiser oder lauter als an anderen.

Steine können nicht klimpern, dachte sie verwundert. *Und erst recht nicht so melodisch.* Nun, Windmühlen stellten ganz besondere Gebäude dar, und vielleicht kam es in ihnen zu ungewöhnlichen akustischen Effekten. Holly erinnerte sich in diesem Zusammenhang an einen Schulausflug nach Washington. Der Reiseführer zeigte ihnen eine Stelle in der Rotunde des Capitols, von der aus geflüsterte Gespräche durch eine Laune der Architektur durch die große Kuppel zur anderen Seite getragen wurden, wo aufmerksame Lauscher jedes einzelne Wort verstehen konnten. Möglicherweise gab es hier ein ähnliches Phänomen. Wenn an der gegenüberliegenden Wand Glocken läuteten oder andere Geräusche erklangen, so mochte eine spezielle Akustik dafür sorgen, daß sie überall im Raum in der gleichen Lautstärke ertönten. Diese Erklärung war weitaus logischer als Vorstellungen von magischen Steinen, die bezaubernde Melodien schufen. Doch dann überlegte Holly, wer insgeheim kleine Glocken schwang – und warum.

Behutsam berührte sie die Wand.

Kühler Kalkstein. Und leichte Vibrationen.

Das Läuten wich neuerlicher Stille.

Und das kaum merkliche Zittern in der Wand ließ nach.

Jim und seine Begleiterin warteten.

Als sich das Klingen nicht wiederholte, fragte Holly: »Wann hast du es schon einmal gehört?«

»Als zehnjähriger Junge.«

»Und was geschah danach? Welche Bedeutung hatte es?«

»Keine Ahnung.«

»Eben hast du gesagt, daß du dich daran erinnerst.«

Aufregung glitzerte in Jims Augen. »Ja. Ich entsinne mich daran. Aber ich weiß nicht, was es verursachte oder was danach passierte. Ich halte es jedoch für ... ein gutes Zeichen.« Seine Stimme brachte einen Hauch von Verzückung zum Ausdruck. »Es bedeutet, daß alles in Ordnung ist, daß uns etwas ... Wundervolles bevorsteht.«

Holly reagierte mit einer Mischung aus Ärger und Enttäuschung. Trotz des mystischen Aspekts in Jims Rettungsmissionen – und trotz ihrer eigenen paranormalen Erfahrungen mit Träumen und den Geschöpfen darin – hatte sie gehofft, die Farm hielte logische Antworten für alle ihre Fragen bereit. Sie wußte nicht, was für Antworten sie erwartete, vertraute jedoch der wissenschaftlichen Methode. Wenn man gründliche Ermittlungen mit deduktiver und induktiver Rationalität kombinierte, mußten sich früher oder später konkrete Resultate ergeben. Aber jetzt befürchtete Holly, daß sie mit Logik allein nicht weiterkamen. Jims ausgeprägter Mystizismus bereitete ihr Unbehagen; von Anfang an hatte er mit seinem Gerede von Gott den Pfad der Unlogik gewählt, ohne einen Hehl daraus zu machen.

»Wie kannst du etwas so Seltsames vergessen haben? Klimpernde Steine und die darauffolgenden Ereignisse ...«

»Ich glaube nicht, daß ich es einfach vergessen habe. Irgend etwas wollte nicht, daß ich mich daran erinnere.«

»Was?«

»Wer oder was auch immer – irgend etwas sorgte dafür, daß die Steine gerade wie Glocken läuteten«, erwiderte Jim. »Ich meine die *Ursache* der jüngsten Ereignisse.« Er trat zur offenen Tor. »Komm, laß uns hier aufräumen und die Sachen holen. Ganz gleich, was auch passieren wird – wir müssen vorbereitet sein.«

Holly folgte ihm zum oberen Ende der Treppe, doch dort blieb sie stehen und sah Jim nach. Er nahm zwei Stufen auf einmal und wirkte wie ein Kind, das sich auf ein Abenteuer freute. Die unheilvollen Ahnungen im Hinblick auf die Mühle und seine Angst vor *dem Feind* schienen verdunstet zu sein wie Wassertropfen auf einem heißen Bratblech. Jims Wagen auf der emotionalen Achterbahn hatte den bisher höchsten Punkt erreicht.

Nach einer Weile spürte Holly etwas und hob den Kopf. Über der Tür bemerkte sie ein großes Netz, an der Wölbung, wo die Wand zur Decke wurde. Eine dicke Spinne hockte dort, der Körper fingernagelgroß, die Beine so lang wie Hollys kleiner Finger, haarig und häßlich, so dunkel wie ein Tropfen aus geronnenem Blut; gierig saugte sie an dem hellen, zitternden Leib einer gefangenen Motte.

4

Mit Besen, Kehrschaufel, einigen Eimern Wasser, Mop und mehreren Lappen gelang es ihnen innerhalb kurzer Zeit, die hohe Kammer in ein bewohnbares Zimmer zu verwandeln. Jim holte einige Papiertücher aus dem Haus, und damit wischten sie den Schmutz von den Fenstern, die jetzt mehr Licht hereinließen. Holly tötete nicht nur die Spinne über der Tür, sondern sieben weitere. Mit der Taschenlampe leuchtete sie in dunkle Ecken, um ganz sicher zu sein, daß sie alle gefunden hatte.

Nun, in dem großen Raum weiter unten wimmelte es sicher von Spinnen. Holly versuchte, nicht daran zu denken.

Gegen sechs Uhr verblaßte der Tag, doch die Coleman-Laterne erfüllte die Kammer mit angenehmer Helligkeit. Im Schneidersitz saßen sie auf ihren Schlafsäcken, und die große Kühltasche fungierte als Tisch zwischen ihnen. Dort lagen belegte Brötchen sowie Tüten mit Kartoffelchips und Käsekringeln. Hinzu kamen zwei Dosen mit Limonade. Holly hatte auf das Mittagessen verzichtet, aber ihr leerer Magen meldete sich erst, als sie mit der Mahlzeit begannen. Daraufhin wurde sie plötzlich hungriger, als sie es unter diesen Umständen erwartet hätte. Alles schmeckte köstlich, obwohl die Speisen nicht aus einem Gourmet-Laden stammten. Olivenbrot und Käse mit Senf erinnerten sie an den Appetit ihrer Kindheit, an die intensiven Aromen und eine längst vergessene unschuldige Sinnlichkeit der Jugend.

Sie sprachen kaum, während sie aßen. Das Schweigen belastete sie nicht; sie fanden so großen Gefallen an dem Essen, daß ihnen selbst eine besonders geistreiche Konversation keinen zusätzlichen Genuß bereitet hätte. Doch das war nur ein Grund für ihre Stille. Was Holly betraf – sie hätte gar nicht gewußt, was sie in dieser bizarren Situation sagen sollte, während sie in der hohen Kammer einer alten Mühle saß und auf die Begegnung mit einer übernatürlichen Wesenheit wartete. Normale Plaudereien schienen unangemessen, eine ernste Diskussion grotesk.

»Ich komme mir irgendwie närrisch vor«, murmelte sie schließlich.

»Ich auch«, gestand Jim ein. »Ein wenig.«

Um sieben Uhr, als sie die Schachtel mit den großen Schokoladekeksen öffneten, fiel Holly plötzlich ein, daß es in der Mühle keine Toilette gab. »Beim Bau der Mühle hätte man auch an ein Badezimmer denken sollen.«

Jim griff nach dem Schlüsselbund und reichte ihn ihr. »Geh ins Haus. Die sanitären Anlagen funktionieren. Du findest das Bad rechts neben der Küche.«

Holly stellte fest, daß Schatten ins Zimmer glitten; das Zwielicht der Abenddämmerung kroch durchs Fenster. Sie legte die Schachtel mit den Keksen beiseite. »Ich sollte besser sofort ins Haus gehen, um zurück zu sein, bevor es ganz dunkel ist.«

»Nur zu.« Jim hob eine Hand wie zum Fahneneid. »Bei allem, was mir heilig ist: Ich schwöre, daß ich dir wenigstens einen Keks übriglasse.«

»Wenn ich zurückkehre und nicht mindestens die halbe Schachtel übrig ist, trete ich dir so sehr in den Hintern, daß du bis nach Svenborg fliegst, um Nachschub zu besorgen.«

»Du nimmst Schokoladekekse sehr ernst.«

»Da hast du verdammt recht.«

Jim lächelte. »Das gefällt mir bei Frauen.«

Holly nahm eine Taschenlampe, stand auf und näherte sich der Tür. »Bring die Laterne in Schwung.«

»Klar. Ich verspreche dir kompromißlose Gemütlichkeit, wenn du zurück bist.«

Als sie die Treppe hinunterging, fürchtete Holly plötzlich, von Jim getrennt zu werden, und ihre Besorgnis wuchs mit jedem Schritt. Sie hatte keine Angst davor, allein zu sein – aber es behagte ihr nicht, Jim sich selbst zu überlassen. *Lächerlich*, fuhr es ihr durch den Kopf. *Er ist ein erwachsener Mann und kann sich weitaus besser verteidigen als viele andere Leute.*

Unten in der Mühle war es viel dunkler als vorher. Die spinnwebenverhangenen und schmutzigen Fenster hielten das letzte Licht des sterbenden Tages aus dem großen Raum fern.

Als Holly durch den gewölbten Zugang der Vorkammer trat, hatte sie plötzlich das seltsame Gefühl, beobachtet zu werden. Sie wußte, daß sie allein in der Mühle waren, und verspottete sich für ihre Nervosität. Doch als sie die Tür erreichte, konnte sie nicht mehr der Versuchung widerstehen, sich umzudrehen und die Taschenlampe in den Hauptraum zu richten. Schatten umhüllten den alten Mechanismus wie der schwarze Krepp in einer Geisterbahn. Sie glitten beiseite, als sie vom Lichtkegel berührt wurden – und schoben sich anschließend lautlos zurück. In den Ecken lauerten keine Mörder. Aber jemand konnte sich irgendwo hinter den hölzernen Zahnrädern verbergen, und Holly überlegte, ob sie im Durcheinander der großen Vorrichtung nach einem Fremden suchen sollte.

Sie schüttelte den Kopf und kam sich einmal mehr wie eine Närrin vor, der es viel zu leicht gruselte. *Was ist aus der unerschrockenen Reporterin geworden, die ich einmal gewesen bin?* fragte sie sich und verließ die Mühle.

Die Sonne befand sich hinter den Bergen. Der Himmel war purpurn, er zeigte jenes dunkelblaue Schimmern, das man in alten Maxfield-Parrish-Gemälden sehen konnte. Einige Frösche quakten am Ufer des Teichs.

Holly ging an der Wasserfläche vorbei, passiert den Schuppen, näherte sich der Hintertür des Hauses und fühlte sich dabei erneut beobachtet. Nun, vielleicht verbarg sich tatsächlich jemand in der Mühle – diese Möglichkeit konnte sie nicht *ganz* ausschließen –, aber es erschien ihr extrem unwahrscheinlich, daß ein regelrechtes Heer aus Spionen überall auf der Farm Stellung bezogen hatte, um sie ständig im Auge zu behalten.

»Idiot«, flüsterte sie und schloß die Hintertür auf.

Zwar führte sie eine Taschenlampe bei sich, aber aus einem Reflex heraus betätigte sie den Lichtschalter – und stellte überrascht fest, daß die Stromversorgung funktionierte.

Noch verblüffter war sie von dem Anblick, der sich ihr jetzt darbot: eine vollständig eingerichtete Küche. Am Fenster stand ein Frühstückstisch mit vier Stühlen. Kupferne Töpfe und Pfannen hingen von der Decke herab, und neben dem Herd gab es zwei Gestelle mit Messern und anderen Gegenständen. Auf der Arbeitsplatte standen ein Toaster, ein kleiner Backofen und ein Mixgerät. Am Kühlschrank hing eine Einkaufsliste, die fünfzehn Punkte umfaßte.

Hatte Jim die Sachen seiner Großeltern nicht fortgebracht, als sie vor fünf Jahren starben?

Holly strich mit der Fingerkuppe über die Arbeitsplatte und hinterließ eine schmale Spur in der dünnen Staubschicht. Es war nicht der Staub von fünf Jahren, höchstens von drei Monaten.

Nachdem sie die Toilette neben der Küche benutzt hatte, ging sie durch den Flur und das Eßzimmer und blieb im Wohnzimmer stehen, indem ebenfalls keine Möbel fehlten. Einige Bilder an den Wänden hingen schief. Mit gehäkelten Mustern geschmückte Schutzbezüge bedeckten Sessel und Sofas. Die große Standuhr tickte längst nicht mehr. Der Korb neben dem Lehnstuhl enthielt Dutzende von Zeitschriften, und in der Mahagonivitrine daneben ruhten kleine Porzellanfiguren unter einer eigenen Staubschicht.

Zuerst vermutete Holly, daß Jim die Einrichtung im Haus gelassen hatte, um es zu vermieten, während er nach einem Käufer suchte. Doch an einer Wand im Wohnzimmer hingen Fotografien, die er sicher nicht der Gnade eines Mieters hätte überlassen wollen: Jims Vater als junger Mann von etwa zwanzig Jahren; Jims Eltern in Hochzeitskleidung; Jim im Alter von fünf oder sechs, zusammen mit Vater und Mutter.

Das vierte und letzte Bild zeigte Kopf und Schultern eines sympathisch wirkenden und gut fünfzig Jahre alten Paares. Der Mann war kräftig gebaut und hatte ein kantiges Gesicht; Holly erkannte ihn auf den ersten Blick als einen Ironheart. Die Frau wirkte zierlich und attraktiv, nicht im eigentlichen Sinne hübsch. Einige ihrer Züge fanden sich auch in Jims Gesicht und in dem seines Vaters wieder. *Lena und Henry Ironheart,* dachte Holly. *Jims Großeltern.*

Und sofort gesellte sich eine zweite Erkenntnis hinzu: Im Traum der vergangenen Nacht hatte sich Holly in Lena Ironhearts Körper befunden. Ein breites, offenes Gesicht. Große, weit auseinanderstehende Augen. Voller Mund. Lockiges Haar. Ein natürlicher Schönheitsfleck – eine dunklere Stelle der Haut – hoch auf der rechten Wange.

Trotz der genauen Beschreibung Hollys hatte Jim behauptet, die Frau nicht zu kennen. Vielleicht verband er mit ihr keine Vorstellung von weit auseinanderstehenden Augen oder einem vollen Mund. Vielleicht war ihr Haar nur für kurze Zeit lockig gewesen, nach einem Besuch beim Friseur. Doch die Erwähnung des Schönheitsflecks hätte eigentlich etwas in ihm berühren müssen, selbst fünf Jahre nach dem Tod seiner Großmutter.

Auch im Haus blieb ein Rest des Gefühls, beobachtet zu werden. Als Holly jetzt Lena Ironhearts Gesicht betrachtete, spürte sie so deutlich einen Blick auf sich ruhen, daß sie abrupt herumwirbelte und durchs Wohnzimmer starrte.

Nichts. Sie war allein.

Rasch verließ sie den Raum und sah sich im Flur um.

Leer.
Eine dunkle Mahagonitreppe führte ins Obergeschoß. Die geschlossene Staubschicht auf den Pfosten wies keine Spuren von Fingern oder Händen auf.
Holly spähte nach oben. »Hallo?« rief sie, und ihre Stimme hallte sonderbar dumpf durchs Haus.
Niemand gab Antwort.
Zögernd erklomm sie die ersten beiden Stufen.
»Ist dort jemand?« fragte sie.
Stille.
Holly runzelte die Stirn, und auf der dritten Stufe blieb sie stehen, blickte in den Flur zurück, sah dann wieder nach oben.
Die Stille war unnatürlich, zu absolut. Selbst ein leerstehendes Haus verursachte gewisse Geräusche: das gelegentliche Knarren und Knacken alter Dielen, das leise, kurze Klappern einer lockeren Fensterscheibe, vom Finger des Windes berührt. Doch dieses Gebäude schwieg. Holly hört sich atmen – andernfalls hätte sie vielleicht geglaubt, taub geworden zu sein.
Noch zwei Stufen. Und wieder verharrte sie.
Sie glaubte *noch immer*, beobachtet zu werden. Das alte Haus selbst schien einen unheilvollen Blick auf sie zu richten, als sei es lebendig und sich seiner eigenen Existenz bewußt, als besäße es tausend Augen, verborgen im Holz und in den Mustern der Tapeten.
Staubflocken schwebten über dem Treppenabsatz.
Das Zwielicht preßte sein purpurnes Gesicht an die Fensterscheiben.
Vier weitere Stufen trennten Holly von dem Absatz, und von ihrer derzeitigen Position aus konnte sie nur einen Teil des Obergeschosses sehen. Aus irgendeinem Grund war sie sicher, daß dort oben etwas auf sie wartete. Es mußte nicht unbedingt *der Feind* sein, nicht einmal etwas Lebendiges und Feindseliges – aber zweifellos handelte es sich um etwas Schreckliches, und die Konfrontation damit würde sie zutiefst erschüttern.
Ihr Puls raste. Als sie schluckte, bildete sich ein Kloß in ihrer Kehle. Keuchend schnappte Holly nach Luft.
Das Gefühl, beobachtet zu werden und dicht vor einer ungeheuerlichen Offenbarung zu stehen, wurde so stark und überwältigend, daß sie sich umdrehte und hastig ins Erdgeschoß zurück-

kehrte. Holly floh nicht Hals über Kopf aus dem Haus – zunächst schaltete sie überall das Licht aus –, aber sie verlor auch keine Zeit.

Draußen war der Himmel schwarz, wo er sich zu den Bergen im Osten herabsenkte, purpurn und rot dort, wo er die Bergkette im Westen berührte. Dazwischen erstreckte er sich in saphirblauen Tönen. Die goldenen Felder und Hügel nahmen ein blasses Grau an, wie Asche – als seien sie verbrannt, während sich Holly im Haus aufhielt.

Als sie den Hof überquerte und am Schuppen vorbeieilte, gewann sie erneut den Eindruck, von Blicken geradezu durchbohrt zu werden. Furchtsam sah Holly zu dem dunklen Rechteck des Heubodens hinauf, betrachtete kurz die Fenster auf beiden Seiten der roten Doppeltür. Das Gefühl war so unglaublich intensiv, daß es über reinen Instinkt hinausging. Sie glaubte sich in die Rolle eines Versuchstiers gedrängt, aus dessen Kopf Drähte ragten; Wissenschaftler leiteten elektrische Impulse in jene Hirnzentren, die Furchtreflexe steuerten und paranoide Wahnvorstellungen entstehen ließen. Noch nie zuvor hatte sie auf diese Art und Weise empfunden. Sie wußte, daß sie am Abgrund der Panik schwankte, und bemühte sich mit wachsender Verzweiflung, das innere Gleichgewicht zu wahren und nicht in die bodenlose Schlucht nackter Angst zu stürzen.

Holly lief, als sie den Kiesweg am Teich erreichte. Sie hielt die Taschenlampe wie eine Keule, bereit dazu, mit aller Kraft zuzuschlagen, falls ihr irgend etwas entgegensprang.

Die Glocken läuteten. Sie atmete mit lautem Zischen, aber trotzdem hörte sie, wie kleine Klöppel an die Innenwände bestens abgestimmter Glocken schlugen.

Einige Sekunden lang verblüffte es sie, daß diese Phänomen auch außerhalb der Mühle und aus relativ großer Entfernung zu hören war – immerhin stand das Gebäude praktisch auf der anderen Seite des Teichs. Dann bemerkte sie etwas aus den Augenwinkeln, noch bevor das Klimpern verklang; Holly wandte die Aufmerksamkeit von der Mühle ab und sah statt dessen zum Teich hin.

Blutrotes Licht pulsierte in der Mitte und dehnte sich in konzentrischen Kreisen zu den Ufern hin aus, wie von einem geworfenen Stein verursachte Wellenmuster. Holly blieb ruckartig stehen und wäre fast gefallen, da der Kies unter ihr nachgab.

Als wieder Stille herrschte, verblaßte das Glühen im Teich. Das Wasser war jetzt viel dunkler als am Nachmittag. Ihm fehlten nun die sanften Tönungen von Schiefer; statt dessen sah es aus wie geschliffener Obsidian.

Wieder ertönten die Glocken; das scharlachrote Licht pulsierte einmal mehr aus dem Herzen des Teichs und strahlte nach außen. Die einzelnen Blüten aus Licht entfalteten sich nicht etwa auf der Oberfläche, sondern in der schwarzen Tiefe. Zuerst waren sie trüb, als sie aufstiegen, zerplatzten dann wie heiße Luftblasen und schickten Wellen aus schimmerndem Glanz zu den Ufern.

Das Klimpern verklang.

Das Wasser wurde dunkel.

Die Frösche am Teich quakten nicht mehr. Das allgegenwärtige Murmeln der Natur verstummte, und es herrschte eine ebenso undurchdringliche Stille wie im Farmhaus der Ironhearts. Es heulten keine Kojoten; es zirpten keine Insekten; es schrien keine Eulen. Nirgends knisterten die ledrigen Flügel von Fledermäusen. Nicht einmal das Gras raschelte.

Erneut läuteten die Glocken, und das Licht kehrte zurück. Diesmal war es nicht mehr rot wie Blut, sondern orangefarben und heller. Die fedrig-weißen Rispen des Pampasgrases an der Wassergrenze fingen den sonderbaren Glanz ein und schillerten daraufhin wie Wolken aus lumineszierendem Gas.

Etwas stieg vom Grund des Teichs herauf.

Als sich das Schimmern mit dem nächsten Verklingen der Glocken trübte, stand Holly in einem Kokon aus Ehrfurcht und Angst. Sie wußte, daß sie laufen und fliehen sollte, aber sie konnte keinen Fuß vor den anderen setzen.

Das Klimpern wiederholte sich.

Licht. Diesmal eine Mischung aus gelben und orangefarbenen Tönen. Überhaupt kein Rot mehr. Und noch heller als vorher.

Holly sprengte die Ketten der Furcht und stürmte in Richtung Windmühle.

Auf allen Seiten pulsierte strahlendes Licht in der sich verdichtenden Dunkelheit. Schatten sprangen rhythmisch hin und her wie Apachen, die an einem Lagerfeuer tanzten. Die Kornhalme hinter dem Zaun sahen aus wie die Beine lauernder Gottesanbeterinnen. Eine eigenartige Metamorphose schien die Mühle zu erfassen: Sie verwandelte sich aus Stein in Kupfer, dann in Gold.

Stille kroch heran, und das Funkeln erlosch, als Holly die Tür der Mühle erreichte.

Sie eilte über die Schwelle und blieb in der finsteren unteren Kammer stehen. Jetzt filterte überhaupt kein Licht mehr durch die Fenster, und die Schwärze war klebrig wie weicher Teer. Holly tastete nach dem Einschaltknopf der Taschenlampe, und das Atmen fiel ihr immer schwerer, als dringe die Dunkelheit in ihre Lungen, um sie zu ersticken.

Ein leises Klicken, und die Taschenlampe erleuchtete den großen Raum. Gleichzeitig erklangen wieder die Glocken. Holly wandte sich der Treppe auf der linken Seite zu und eilte nach oben.

Als sie auf halbem Wege das Fenster erreichte, blickte sie durch die Scheibe, die sie vor einer Weile abgeputzt hatte. Das pochende, pulsierende Licht im Teich weiter unten wurde noch heller und nahm nun eine bernsteinfarbene Tönung an.

Holly rief nach Jim und lief die letzten Stufen hoch.

Unterwegs fielen ihr einige von Edgar Allan Poe geschriebene Zeilen ein, die sie während der Schulzeit gelesen hatte. Sie hallten durch die entlegenen Gewölbe ihres Gedächtnisses, fanden einen Pfad in den Fokus des Bewußtseins:

> *Zu zählen die Zeit, Zeit, Zeit,*
> *in einem Rhythmus geheimnisvoller Munterkeit,*
> *zum Tönen, das so wundervoll geboren,*
> *aus dem Klang der Glocken erkoren,*
> *aus den Glocken, Glocken, Glocken ...*

Holly erreichte die hohe Kammer und sah Jim, der im winterweißen Glanz der Coleman-Laterne stand. Er lächelte, drehte sich im Kreis und starrte erwartungsvoll auf die Wände.

Als das Läuten neuerlicher Stille wich, sagte Holly: »Jim, komm schnell! Da ist etwas im Teich.«

Sie hastete zum nächsten Fenster, doch es befand sich zu weit auf der anderen Seite, und von dort aus konnte man den Teich nicht sehen. Von den übrigen wußte sie bereits, daß sie keinen Blick auf die Wasserfläche boten.

»Das Klimpern in den Steinen«, flüsterte Jim verträumt.

Holly kehrte zur Treppe zurück, als die Glocken ertönten. Sie zögerte kurz und vergewisserte sich, daß Jim ihr folgte. Er wirkte benommen, wie in Trance.

Dann eilte sie die Stufen hinunter, und dabei fielen ihr weitere Reime ein, die von Poe stammten:

Hör den lauten Alarm der Glocken,
die schlagen so kühn und unerschrocken!
Mit was für einer Geschichte des Schreckens
sie locken!

Sie fragte sich, warum sie ausgerechnet jetzt an diese Verse dachte. Seit der Zeit am College hatte sie weder aus Gedichten zitiert noch welche gelesen – sah man einmal von Louise Tarvohls zuckersüßem Unsinn ab.

Am Fenster wischte sie rasch die zweite Scheibe ab, um ihnen beiden einen besseren Ausblick zu gewahren. Das Licht war jetzt wieder blutrot und nicht mehr ganz so hell. Was auch immer sich vom Grund gelöst hatte, um nach oben zu steigen: jetzt sank es nach unten.

Oh, die Glocken, Glocken, Glocken!
Mit purem Schrecken sie locken ...

Es erschien ihr verrückt, mitten in einer so sonderbaren und rätselhaften Situation an Poesie zu denken, aber sie hatte noch nie zuvor unter derartigem Streß gestanden. Vielleicht reagierte der menschliche Geist auf diese Weise – indem er längst vergessenes Wissen reaktivierte –, wenn die Begegnung mit einer höheren Macht bevorstand. *Und genau das geschieht jetzt,* dachte Holly. *Die Konfrontation mit einer höheren Macht.* Vielleicht mit Gott – aber wahrscheinlich nicht. Sie konnte sich kaum vorstellen, daß Gott in einem Teich wohnte, obwohl Pfarrer und Priester sicher darauf hingewiesen hätten, daß Gott überall präsent war. *Er ist wie ein achthundert Pfund schwerer Gorilla, der sich überall dort niederlassen kann, wo es ihm gefällt.*

Als Jim an sie herantrat, verstummte das Klimpern, und das karmesinrote Licht im Teich verblaßte sofort. Er beugte sich neben ihr vor und blickte aus dem Fenster.

Sie warteten.

Zwei Sekunden verstrichen. Dann noch einmal zwei oder drei.
»Nichts«, sagte Holly. »Verdammt, ich hätte es dir so gern gezeigt.«
Diesmal wiederholte sich das Klimpern nicht, und der Teich blieb dunkel, umhüllt von der Dämmerung. Nur noch wenige Minuten bis zum Beginn der Nacht.
»Wie sah es aus?« fragte Jim und wandte sich vom Fenster ab.
»Wie etwas in einem Spielberg-Film«, erwiderte Holly aufgeregt. »Es stieg vom Grund auf. Licht, das im Rhythmus des Läutens pulsierte. Ich glaube, von dort stammt das Klimpern, von dem Ding im Teich. Irgendwie wird das Geräusch in die Wände der Mühle übertragen.«
»Spielberg-Film?« wiederholte Jim verwirrt.
Holly versuchte, es zu erklären. »Wundervoll und schrecklich, ehrfurchtgebietend und sonderbar, entsetzlich und gleichzeitig faszinierend.«
»Wie in *Unheimliche Begegnung der dritten Art?* Meinst du eine Art Raumschiff?«
»Ja. Nein. Ich bin nicht sicher. Keine Ahnung. Vielleicht noch etwas Seltsameres.«
»Seltsamer als ein Raumschiff?«
Furcht und Staunen wichen Ärger. Holly war nicht daran gewöhnt, daß ihr Worte fehlten, um etwas zu beschreiben, das sie gesehen oder empfunden hatte. Aber bei diesem Mann und den unvergleichlichen Erfahrungen, die sie irgendwie verarbeiten mußte, stellte ihr umfassendes Vokabular keine geeigneten Instrumente mehr zur Verfügung. Ihre Fähigkeit, unter allen Umständen treffende Formulierungen zu finden, ließ sie plötzlich im Stich.
»Verdammt, ja!« brachte sie schließlich hervor. »Seltsamer als ein Raumschiff. Zumindest seltsamer als die Raumschiffe aus Filmen.«
»Komm«, sagte Jim und stieg wieder die Treppe hoch. »Laß uns in die Kammer zurückkehren.« Als Holly am Fenster zögerte, trat er noch einmal auf sie zu und griff nach ihrer Hand. »Es ist noch nicht vorbei. Ich glaube, es beginnt erst. Wir müssen dort oben warten. Ich *weiß*, daß die Kammer zum Schauplatz der nächsten Ereignisse wird. Komm, Holly.«

5

Sie nahmen auf den Schlafsäcken und Luftmatratzen Platz.

Ein perlmuttener Schein ging von der Gaslampe aus, verlieh dem gelben und beigefarbenen Kalkstein einen weißen Glanz. Die Flamme im Glaskolben brannte mit einem leisen Zischen, und es klang so, als flüsterten Stimmen durch den Boden der hohen Kammer.

Jim befand sich noch immer an der höchsten Stelle seiner emotionalen Achterbahn, war voller kindlicher Freude und froher Erwartung. Jetzt leistete ihm Holly in dieser Stimmung Gesellschaft. Das Licht im Teich hatte sie nicht nur erschreckt, sondern auch noch etwas anderes in ihr bewirkt: Es stimulierte profunde psychologische Reaktionen auf einem unterbewußten Niveau, hielt ein Streichholz an Zündschnüre aus Staunen und Hoffnung. Sie brannten und flackerten nun, kündigten eine lang herbeigesehnte Explosion des Glaubens an, eine Katharsis der Gefühle.

Sie begriff inzwischen, daß nicht nur Jim mit inneren Problemen zu kämpfen hatte. Sein Herz mochte ein größeres Durcheinander beherbergen als das Hollys, aber auf ihre eigene Art und Weise herrschte in ihr die gleiche Leere wie in ihm. Als sie sich zum erstenmal in Portland begegneten, war sie eine ausgebrannte Zynikerin gewesen, die nur noch ein mechanisches Leben geführt hatte, ohne zu versuchen, zu sich selbst zu finden oder das Vakuum in ihrem Herzen zu füllen. Sie hatte keine annähernd so tragischen Erlebnisse hinter sich wie Jim, aber sie wußte nun: Wenn man ein Leben führte, in dem sowohl Tragödien als auch Glück fehlten, so klopfte irgendwann Verzweiflung an die Tür der Seele. Über Monate und Jahre hinweg hatte sie Ziele angestrebt, die eigentlich gar keine Rolle für sie spielten, und dabei eine Entschlossenheit empfunden, die einer Selbsttäuschung gleichkam – doch war sie nie eine feste Bindung eingegangen. Dadurch entstand eine mentale Verarmung, die sie langsam zerfraß. Holly und Jim waren die beiden Teile eines Yin-Yang-Puzzles, so geformt, um die Leere im anderen zu füllen, um sich allein durch den Kontakt miteinander heilen zu können. Sie paßten bemerkenswert gut zueinander – wie zwei Magneten, die sich gegenseitig anzogen. Doch das Puzzle ergäbe kein einheitliches Bild, wenn die beiden Hälften nicht zur richtigen Zeit und am richtigen Ort zusammengeführt worden wären.

Jetzt wartete Holly ebenso ungeduldig wie Jim darauf, daß sich ihnen die höhere Macht offenbarte. Sie war bereit für eine Begegnung mit Gott oder einer anderen wohlmeinenden Wesenheit. Aus irgendeinem Grund glaubte sie nicht, daß sie *den Feind* im Teich gesehen hatte. Jenes Wesen stand zwar mit dieser Angelegenheit in Verbindung, aber derzeit ging keine Gefahr von ihm aus. Selbst ohne Jims Hinweis darauf, daß etwas Wundervolles bevorstand ... Sie spürte nun selbst, daß die Lichterscheinungen im Wasser und das Läuten der Glocken nicht etwa Blut und Tod ankündigten, sondern Freude und Entzücken.

Zuerst wechselten sie nur einige wenige Worte, aus Furcht, ein längeres Gespräch könne die höhere Macht davon abhalten, sich in der Mühle zu manifestieren.

»Wie lange gibt es den Teich schon?« fragte Holly.
»Seit einer ganzen Weile.«
»Existierte er schon vor den Ironhearts?«
»Ja.«
»Vor der Farm?«
»Ich glaube schon.«
»Ist er eine Ewigkeit alt?«
»Vielleicht.«
»Wird er in den hiesigen Legenden erwähnt?«
»Was meinst du damit?«
»Geistergeschichten, Loch Ness und so weiter.«
»Nein. Nicht daß ich wüßte.«

Sie schwiegen und warteten.

Schließlich fragte Holly: »Was ist mit deiner Theorie?«
»Hm?«
»Heute nachmittag hast du eine Theorie erwähnt, etwas Sonderbares und Wundervolles. Aber du wolltest erst gründlich darüber nachdenken, bevor du mich einweihst.«
»O ja. Vielleicht ist es jetzt mehr als nur eine Theorie. Als du erzähltest, in deinem Traum hättest du etwas im Teich gesehen ... Nun, ich weiß nicht warum, aber ich dachte plötzlich an eine Begegnung ...«
»Eine Begegnung?«
»Ja. Wie du selbst gesagt hast. Eine Begegnung mit etwas ... Fremden.«
»Das nicht von dieser Welt stammt«, murmelte Holly und erinnerte sich an das Klimpern der Glocken, an das Licht im Teich.

»Sie sind irgendwo dort draußen im Universum«, fuhr Jim mit ruhigem Enthusiasmus fort. »Es ist viel zu groß, als daß es sie *nicht* geben könnte. Und eines Tages kommen sie. Jemand wird ihnen begegnen. Warum nicht wir beide?«

»Aber das Fremde muß bereits im Teich gewesen sein, als du zehn Jahre alt warst.«

»Vielleicht.«

»Warum sollte *es* dort soviel Zeit verbringen?«

»Keine Ahnung. Vielleicht ist es schon viel länger dort. Jahrhunderte. Oder gar Jahrtausende.«

»Warum ein Raumschiff am Grund eines Teichs?«

»Vielleicht handelt es sich um eine Beobachtungsstation, von der aus Außerirdische die Entwicklung der menschlichen Zivilisation im Auge behalten – wie einer unserer Außenposten in der Antarktis.«

Holly merkte, daß sie wie Kinder redeten, die in einer Sommernacht zu den Sternen aufsahen und das Unbekannte nutzten, um sich exotische Abenteuer auszumalen. Einerseits fand sie diese Überlegungen lächerlich absurd und konnte einfach nicht glauben, daß so fantasievolle Erklärungen die Wirklichkeit widerspiegelten. Doch andererseits: Das Kind in ihr klammerte sich an der Hoffnung fest, daß es für die märchenhaften Vorstellungen eine reale Grundlage gab.

Zwanzig Minuten verstrichen, ohne daß irgend etwas geschah. Allmählich kehrte Holly von den erhabenen Höhen der Aufregung und freudigen Erwartung zurück, zu denen sie das Licht im Teich emporgetragen hatte. Noch immer fühlte sie ein tiefes Staunen, aber es betäubte jetzt nicht mehr ihren Intellekt. Sie erinnerte sich daran, was sie unmittelbar vor dem Strahlen im Wasser gespürt hatte: an das intensive, überwältigende und fast panikweckende Empfinden, beobachtet zu werden. Sie wollte Jim darauf ansprechen, als ihr die seltsamen Entdeckungen im Farmhaus einfielen.

»Es ist komplett eingerichtet«, sagte sie. »Nach dem Tod deines Großvaters hast du seine Sachen nicht fortgebracht?«

»Ich habe die Möbel im Haus gelassen, um es vermieten zu können, während ich nach einem Käufer suchte.«

Genau das hatte Holly gedacht, als sie im Haus stand und nach einer Erklärung suchte. »Aber es fehlen nicht einmal die persönlichen Dinge.«

Jim mied ihren Blick, starrte statt dessen an die Wände und hielt nach Anzeichen für eine übernatürliche Präsenz Ausschau.
»Ich hätte sie entfernt, wenn ich in der Lage gewesen wäre, einen Mieter zu finden.«
»Du hast alles fast fünf Jahre lang im Haus gelassen?«
Jim zuckte mit den Schultern.
»Dort ist in regelmäßigen Abständen saubergemacht worden, nicht nur kürzlich«, sagte Holly.
»Es könnte jederzeit ein Interessent kommen.«
»Ich finde es gruselig im Haus, Jim.«
Daraufhin sah er sie an. »Warum?«
»Es ist wie ein Mausoleum.«
Der Glanz in seinen blauen Augen ließ sich nicht deuten, aber Holly glaubte dennoch zu erkennen, daß sie ihn verärgert hatte. Weil ihn das viel zu weltliche Gespräch über Mieter, Hausputz und Immobilien von den weitaus faszinierenderen Aspekten einer Begegnung mit Außerirdischen ablenkte?
Er seufzte. »Ja, vielleicht hast du recht.«
»Dann frage ich mich, warum ...« Holly sprach nicht weiter.
Jim drehte das Einstellrad der Coleman-Laterne, und das Zischen des Gases wurde leiser. Das fast grelle weiße Licht gewann eine blassere Tönung, und die Schatten krochen etwas näher. »Um ganz offen zu sein: Ich konnte es einfach nicht über mich bringen, die Sachen meines Großvaters fortzubringen. Acht Monate lang waren wir vorher gemeinsam die Besitztümer meiner Großmutter durchgegangen. Als er so kurz nach ihr starb, wurde es zuviel für mich. Lange Zeit waren Lena und Henry praktisch alles, was ich hatte, und dann gab es sie plötzlich nicht mehr.«
Ein Schatten aus Schmerz fiel auf sein Gesicht, trübte den Glanz der blauen Augen.
Plötzliches Mitleid regte sich in Holly. Sie streckte den Arm über die Kühltasche und griff nach Jims Hand.
»Ich zögerte und zauderte immer wieder«, fuhr er fort. »Und je länger ich wartete, desto schwerer wurde es für mich, die Sachen meines Großvaters aus dem Haus zu entfernen. Wenn ich einen Mieter oder Käufer gefunden hätte ..., dann wäre ich gezwungen gewesen, Ordnung zu schaffen, ungeachtet meines inneren Widerstands. Aber diese alte Farm ist ebenso marktfähig wie eine Wagenladung Sand in der Mohavewüste.«

Das Haus nach dem Tod des Großvaters zu schließen, vier Jahre und vier Monate lang nichts darin zu berühren, abgesehen davon, dann und wann Staub zu wischen – das war exzentrisch. Holly konnte es nicht aus einer anderen Perspektive sehen. Gleichzeitig ging es dabei um eine Exzentrizität, die sie rührte. Sie hatte es von Anfang an gespürt: Unter Jims Zorn, hinter der Maske des stahlharten Superhelden, verbarg sich ein sanfter, sentimentaler Mann, und sie liebte auch diesen weichherzigen Teil von ihm.

»Dieser Aufgabe stellen wir uns gemeinsam«, schlug Holly vor. »Wenn wir herausgefunden haben, was mit uns beiden geschieht, wenn unsere Fragen beantwortet sind ..., dann bringen wir die Sachen deines Großvaters fort. Es wird dir bestimmt nicht so schwerfallen, wenn ich dir dabei helfe.«

Jim lächelte und drückte ihre Hand.

Etwas anderes fiel Holly ein. »Erinnerst du dich an die Beschreibung der Frau in meinem Traum während der vergangenen Nacht? Ich meine die Frau, deren Körper ich teilte.«

»Ja, ich glaube schon.«

»Du hast gesagt, du würdest sie nicht erkennen.«

»Und?«

»Aber im Haus gibt es ein Foto von ihr.«

»Tatsächlich?«

»Im Wohnzimmer. Es zeigt ein gut fünfzig Jahre altes Paar – deine Großeltern Lena und Henry, nehme ich an.«

»Ja, das stimmt.«

»Lena war die Frau in meinem Traum.«

Jim runzelte die Stirn. »Wenn das nicht seltsam ist ...«

»Mag sein. Aber es erscheint mir noch seltsamer, daß du sie nicht erkannt hast.«

»Vermutlich war deine Beschreibung nicht besonders gut.«

»Ich habe einen Schönheitsfleck erwähnt ...«

Jim kniff die Augen zusammen, und seine Finger schlossen sich fester um Hollys Hand. »Rasch, die Schreibblöcke.«

»Was?« fragte sie verwirrt.

»Etwas bahnt sich an, ich spüre es. Und wir brauchen die Blöcke, die wir in Svenborg gekauft haben.«

Jim ließ Hollys Hand los, und sie holte sowohl die beiden Blöcke als auch den Filzstift aus der nahen Plastiktüte. Er nahm die

Dinge entgegen, zögerte, blickte an die Wände und sah dann zu den Schatten an der Decke hoch, so als warte er auf eine Eingebung.
Die Glocken läuteten.

Jim fröstelte, als er das melodische Klimpern vernahm. Er wußte, daß ihm nun wichtige Entdeckungen bevorstanden; sie betrafen nicht nur die Ereignisse des vergangenen Jahres, sondern einen Zeitabschnitt, der die letzten zweieinhalb Jahrzehnte umfaßte. Und damit noch nicht genug – es erwartete ihn mehr. Viel mehr. Das Läuten kündigte die Offenbarung eines größeren Verstehens an, transzendentale Wahrheiten, Erklärungen in Hinsicht auf die fundamentale Bedeutung seines ganzen Lebens, seiner Vergangenheit und Zukunft, Ursprung und Bestimmung, sogar die Bedeutung der Existenz an sich. Solche Vorstellungen mochten grandios sein, aber Jim fühlte, daß man ihn in die Geheimnisse der Schöpfung einweihen würde, bevor er die Windmühle verließ. Ihn erwartete nun jene Art von Erleuchtung, die er vergeblich in verschiedenen Religionen gesucht hatte.

Als sich das Klingeln wiederholte, stand Holly auf.

Jim vermutete, daß sie zum Fenster an der Treppe gehen und den Teich beobachten wollte. »Nein, warte«, sagte er. »Diesmal wird es *hier* geschehen.«

Sie zögerte und nahm wieder Platz.

Als das Klimpern verklang, spürte Jim den Zwang, die Kühltasche beiseite zu schieben und einen der beiden Schreibblöcke zu nehmen, die zwischen ihm und Holly lagen. Er wußte nicht, wozu er den anderen verwenden sollte, und nach einigen Sekunden der Unentschlossenheit ließ er ihn liegen.

Als das melodische Läuten zum drittenmal ertönte, wurde es von sonderbar pulsierendem Licht im Kalkstein begleitet. Das rote Glühen schien seinen Ursprung in der Wand direkt vor ihnen zu haben, dehnte sich dann im ganzen Zimmer aus und schuf ein zitterndes Band aus strahlender Lumineszenz.

Während das seltsame Schimmern über die Wände glitt, gab Holly einen leisen Laut der Furcht von sich, und Jim erinnerte sich an die Schilderungen ihres Traums in der vergangenen Nacht. Die Frau – ob sie nun Lena Ironheart hieß oder nicht – war die Treppe hochgestiegen, und in der hohen Kammer hatte sie bernsteinfarbenes Licht in Wänden gesehen, die plötzlich aus buntem Glas zu bestehen schienen. Sie gewann dabei den Eindruck, als manifestiere sich etwas Böses und Schreckliches in den massiven Steinblöcken.

»Keine Sorge«, sagte Jim, um Holly zu beruhigen. »Es kommt nicht *der Feind*, sondern *Etwas*. Es droht keine Gefahr. Das Licht ist anders.«

Damit sprach er eine Gewißheit aus, die er von der höheren Macht empfing. Er hoffte bei Gott, daß er sich nicht irrte, daß sie wirklich nicht in Gefahr gerieten. Zu deutlich entsann er sich an die schreckliche biologische Verwandlung der Schlafzimmerdecke in Laguna Niguel vor gut zwölf Stunden, an das pulsierende Licht in einem öligen Geburtssack, der aus einer gewöhnlichen Trockenmauer wuchs, an die schattenhafte Gestalt darin, an das sich hin und her windende gestaltgewordene Entsetzen.

Das Klimpern erklang noch zwei weitere Male, und dabei gewann das Licht eine bernsteinfarbene Tönung. Ansonsten wies es überhaupt keine Ähnlichkeit mit dem gräßlichen Glühen in der Schlafzimmerdecke auf. Jim erinnerte sich an eine ganz andere Farbe: Sie hatte Assoziationen von Fäulnis und dunklem Eiter geweckt, und ein unheilvoller dreifacher Herzschlag hatte das Pulsieren untermalt. Jetzt war nichts dergleichen zu hören.

Trotzdem zitterte Holly vor Furcht.

Jim wünschte sich, sie zu umarmen, aber er mußte seine volle Aufmerksamkeit auf die höhere Macht richten, die nun einen Kontakt zu ihnen herstellen wollte.

Das Läuten verstummte, doch das Licht blieb. Es vibrierte und schimmerte, wurde dunkler, dann wieder heller. Es durchdrang die Wände, bildete zahllose, voneinander getrennte amöbenhafte Erscheinungen, die sich ständig veränderten. Jim dachte in diesem Zusammenhang an die eindimensionale Darstellung der Kaleidoskopmuster einer alten Lampe. Die wechselhaften Formen entstanden überall um sie herum, sie erfaßten nicht nur die Wände, sondern reichten auch über die Decke.

»Man könnte meinen, wir säßen in einer Tauchkugel ganz aus Glas, die durch einen tiefen Ozean gleitet«, sagte Holly. »Große Schwärme lumineszierender Fische schwimmen auf allen Seiten durch das dunkle Wasser.«

Jim bewunderte ihre Fähigkeit, das Erlebnis in ausdrucksstarke Worte zu kleiden, die dafür sorgten, daß er die beobachteten Bilder nie vergessen würde, selbst wenn er Gelegenheit bekam, seinen hundertsten Geburtstag zu feiern.

Das geisterhafte Leuchten kam zweifellos aus dem Innern der Steine und nicht von ihrer Oberfläche. Jim konnte jetzt in den durchsichtig gewordenen Kalkstein sehen, als sei er durch Magie in einen dunklen, aber recht klaren Quarz verwandelt worden. Das bernsteinfarbene Licht glühte heller als die Lampe, die er heruntergedreht hatte. Seine bebenden Hände glänzten in einem goldfarbenen Ton, ebenso wie Hollys Gesicht.

Doch in den Ecken der Kammer hafteten Schatten fest, und das pulsierende Licht verlieh auch ihnen ein eigentümliches Leben.

»Was jetzt?« fragte Holly leise.

Jims Blick fiel auf den Schreibblock zwischen ihnen. »Sieh nur.«

Worte zeigten sich im oberen Drittel der ersten Seite. Sie schienen von einem in Tinte getauchten Finger zu stammen:

ICH BIN BEI EUCH.

6

Das glitzernde Licht hatte Holly abgelenkt – und zutiefst beeindruckt –, aber sie glaubte nicht, daß Jim in der Lage gewesen wäre, jene vier Worte mit dem Filzstift oder einem anderen Instrument aufs Papier zu schreiben, ohne ihre Aufmerksamkeit zu wecken. Dennoch konnte sie kaum glauben, daß es sich um die Botschaft einer körperlosen Präsenz handelte.

»Ich glaube, die Wesenheit erwartet Fragen von uns«, sagte Jim.

»Dann frag sie, was sie ist«, erwiderte Holly sofort.

Jim schrieb etwas auf den zweiten Schreibblock und zeigte ihn anschließend Holly.

Wer bist du?

Die Antwort erschien auf dem ersten Block, der so zwischen ihnen lag, daß sie beide die Worte darauf lesen konnten. Sie brannten sich nicht ins Papier und wurden auch nicht von Tinte geformt, die aus der leeren Luft herabtropfte. Die unregelmäßig geformten, irgendwie krakeligen Buchstaben formten zunächst graue Andeutungen und wurden dann dunkler, schienen aus dem Papier zu fließen, als sei das Blatt nicht papierdünn, sondern eine mehrere

Meter tiefe Lache aus schwarzer Flüssigkeit. Holly fühlte sich an den Effekt erinnert, den sie vorher gesehen hatte, als Lichtkugeln in der Teichmitte aufstiegen, zerplatzten und konzentrische Ringe aus hellem Glanz bildeten, die langsam zum Ufer rollten. Außerdem war auf diese Weise das Glühen in den Wänden entstanden, bevor der Kalkstein kristallartig transparent wurde.

DER FREUND.

Wer bist du? – Der Freund.

Holly hielt diese Vorstellung für seltsam. Nicht ›dein‹ oder ›ein‹ Freund, sondern *der* Freund.

Für eine außerirdische Intelligenz – wenn sie es wirklich damit zu tun hatten – enthielt diese Bezeichnung eigentümliche religiöse Andeutungen; sein Begriffsinhalt legte etwas Göttliches nahe. Der Mensch hatte Gott viele Namen – Jehovah, Allah, Brahma, Zeus, Aesir – und noch mehr Titel gegeben: Gott der Allmächtige, der Ewige, der Unendliche, Vater, Erlöser, Schöpfer, das Licht. *Der Freund* schien eine Erweiterung dieser Liste zu sein.

Jim schrieb rasch eine zweite Frage und zeigte sie Holly: *Woher kommst du?*

VON EINER ANDEREN WELT.

Das konnte alles bedeuten, vom Himmel bis zum Mars.

Meinst du einen anderen Planeten?

JA.

»Mein Gott!« entfuhr es Holly. Sie hatte eine ruhige Beobachterin bleiben wollen, aber trotzdem regte sich Ehrfurcht in ihr.

Reiß dich zusammen, dachte sie.

Sie sah vom Block auf und begegnete Jims Blick. Seine Augen glänzten heller als jemals zuvor, und das chromgelbe Licht verlieh ihnen einen außergewöhnlichen grünen Ton.

Zunehmende Aufregung ließ eine Unruhe in ihr entstehen, die Bewegung verlangte. Sie erhob sich, sank dann aber auf die Fersen. Die Auskünfte der Wesenheit beanspruchten das ganze erste Blatt des Schreibblocks. Holly zögerte nur kurz, riß es ab und legte es beiseite, so daß sie die zweite Seite sehen konnten. Rasch las sie Jims Fragen, dann die Antworten.

Kommst du aus einem anderen Sonnensystem?

JA.

Aus einer anderen Galaxis?

JA.

Befindet sich dein Raumschiff im Teich?
JA.
Seit wann bist du hier?
SEIT 10 000 JAHREN.

Holly starrte auf die letzte Zeile und hatte plötzlich das Gefühl, daß diese Situation traumartiger war als tatsächliche Träume. Nach so vielen Rätseln und Geheimnissen erhielten sie endlich Antworten – aber sie kamen irgendwie zu leicht. Sie wußte nicht genau, *was* sie erwartet hatte, aber es erschien ihr seltsam, daß plötzlich alles klar wurde – als sei nur eine kleine Prise des richtigen magischen Waschmittels notwendig gewesen, um in der trüben Brühe der Unwissenheit endlich bis auf den Grund zu sehen.

»Frag sie, warum sie hier ist«, sagte Holly, riß das zweite Blatt ab und legte es zum ersten.

Jim musterte sie überrascht. »Sie?«

»Warum nicht?«

Er strahlte. »Ja, warum nicht?«

Dann wählte er eine neue Seite seines eigenen Blocks und schrieb: *Warum bist du hier?*

Wieder erschienen die Buchstaben wie aus dem Nichts. UM ZU BEOBACHTEN, ZU LERNEN UND DER MENSCHHEIT ZU HELFEN.

Holly räusperte sich. »Weißt du, woran mich das erinnert?«

»Woran?«

»An eine Folge von *Outer Limits*.«

»Die alte Fernsehserie?«

»Ja.«

»Lief sie nicht vor deiner Zeit?«

»Sie wird in einem Kabelkanal wiederholt.«

»Warum denkst du dabei an eine Folge von *Outer Limits*?«

Holly starrte auf die Worte UM ZU BEOBACHTEN, ZU LERNEN UND DER MENSCHHEIT ZU HELFEN, runzelte die Stirn und erwiderte: »Hältst du das nicht für ein wenig ... banal?«

»Banal?« wiederholte Jim verärgert. »Nein. Ich habe keine Ahnung, wie der Kontakt mit einer außerirdischen Wesenheit erfolgen *sollte*. In dieser Hinsicht mangelt es mir leider an Erfahrung, und deshalb begegne ich derartigen Erlebnissen weder mit einer ausgeprägten Erwartungshaltung noch mit Abgestumpftheit.«

»Entschuldige. Ich weiß nicht ... Es ist nur ... Wie dem auch sei: Mal sehen, was sich sonst noch ergibt.«

Holly mußte zugeben, daß ihre Ehrfurcht keineswegs nachgelassen hatte. Ihr Herz klopfte noch immer laut und heftig, und es fiel ihr nach wie vor schwer, tief Luft zu holen. Sie fühlte eine übermenschliche Präsenz, vielleicht sogar die einer höheren Macht, und sie reagierte mit Demut darauf. Holly dachte an das Etwas im Teich, an den Glanz, der noch immer in den Wänden pulsierte, an die auf dem Schreibblock erscheinenden Worte – angesichts dieser Realität wären nur hoffnungslos Dumme *nicht* beeindruckt gewesen.

Doch ihr Staunen wurde von dem Gefühl gemildert, daß die Wesenheit diese Begegnung wie in einem alten Fernsehfilm gestaltete. Jim hatte mit unüberhörbarem Sarkasmus darauf hingewiesen, daß er aufgrund mangelnder Erfahrung mit Außerirdischen keine zu enttäuschenden Erwartungen entwickeln konnte. Aber das stimmte nicht. Er war in den sechziger und siebziger Jahren aufgewachsen, in einer von verschiedenen Medien bestimmten Epoche. Fernsehen, Kino, Zeitschriften und Bücher *mußten* einen nicht unbeträchtlichen Einfluß auf ihn ausgeübt haben. Das galt insbesondere für die Science-fiction, die damals gerade bei der Jugend sehr beliebt gewesen war. Jene Literatur hatte in Jim zweifellos detaillierte Vorstellungen im Hinblick auf den Kontakt mit Extraterrestriern geweckt – und die Wesenheit in der Wand entsprach ihnen allen. Hollys einzige bewußte Annahme lautete: Eine *echte* unheimliche Begegnung der dritten Art würde nicht einmal den fantasievollsten Darstellungen in Filmen und Büchern ähneln. Immerhin ging es dabei um Leben von einer anderen Welt, und fremd *bedeutete* fremd, völlig anders, etwas, für das es keine Vergleiche gab, das man nicht ohne weiteres verstehen konnte.

»Na schön«, sagte Holly. »Vielleicht benutzt die Wesenheit vertraute Begriffe. Ich meine: Möglicherweise greift sie auf unsere modernen Mythen zurück, um sich uns in einem verständlichen Kontext zu präsentieren. Wahrscheinlich unterscheidet sie sich so kraß von uns, daß wir ihre wahre Natur nie verstehen könnten.«

»Genau«, bestätigte Jim. Er schrieb eine weitere Frage: *Was hat es mit dem Licht auf sich, das wir in den Wänden sehen?*

DAS LICHT BIN ICH.

Holly wartete nicht auf Jims nächste Frage und wandte sich direkt an die Wesenheit: »Wie kannst du eine feste Wand durchdringen?«

Die Präsenz schien eine gewisse Förmlichkeit für notwendig zu halten, und deshalb überraschte es Holly, als sie nicht auf einer geschriebenen Frage bestand. Sie antwortete sofort: ICH KANN TEIL VON ALLEM WERDEN, MICH DARIN BEWEGEN UND JEDE BELIEBIGE GESTALT ANNEHMEN.

»Klingt ein wenig angeberisch«, kommentierte Holly.

»Wie bist du nur fähig, unter diesen Umständen sarkastisch zu sein?« tadelte Jim.

»Ich bin nicht sarkastisch«, widersprach sie. »Ich versuche nur zu verstehen.«

Jim bedachte sie mit einem skeptischen Blick.

Holly sprach erneut zu der Wesenheit: »Ist dir klar, welche Probleme ich dabei habe?«

Und auf dem Block: JA.

Holly riß das Blatt ab, und darunter kam eine leere Seite zum Vorschein. Sie wurde immer ruheloser und nervöser, ohne die Ursache dafür zu kennen, stand auf, drehte sich um und betrachtete das wogende Licht in den Wänden, bevor sie die nächste Frage stellte: »Warum wird dein Erscheinen von läutenden Glocken angekündigt?«

Keine Antwort erschien auf dem Papier.

Holly wiederholte die Frage.

Das Blatt blieb leer.

»Vermutlich ein Betriebsgeheimnis«, murmelte Holly.

Kalter Schweiß rann unter der Bluse aus ihrer rechten Achselhöhle. Noch immer erfüllte sie ein kindliches Staunen, doch nun regte sich auch wieder Furcht. Irgend etwas stimmte nicht, etwas, das über die klischeehaften Auskünfte dieser Wesenheit hinausging. Vergeblich versuchte sie, den Faktor zu finden, der ihr solches Unbehagen bescherte.

Jim schrieb eine neue Frage, und Holly beugte sich vor, um sie zu lesen: *Bist du mir in dieser Kammer erschienen, als ich ein zehnjähriger Junge war?*

JA. OFT.

Hast du meine Erinnerungen daran blockiert?

JA.

»Du brauchst die Fragen nicht zu schreiben«, sagte Holly. »Sprich sie einfach laut aus, so wie ich.«

Dieser Vorschlag verblüffte Jim. Außerdem überraschte es ihn, daß er weiterhin Filzstift und Block benutzte, obwohl er festgestellt hatte, daß Hollys Fragen beantwortet wurden. Ein wenig widerstrebend legte er die Schreibutensilien beiseite. »Warum hast du verhindert, daß ich mich erinnere?«

Holly stand zwar, aber sie konnte die auf dem zweiten Block erscheinenden Worte problemlos lesen.

WEIL DU NOCH NICHT BEREIT WARST.

»Unnötig geheimnisvoll«, murmelte Holly. »Du hast recht. Es muß ein männliches Wesen sein.«

Jim riß die volle Seite ab, legte sie zu den anderen, zögerte und kaute auf der Lippe. Offenbar wußte er nicht recht, was er jetzt fragen sollte. »Bist du männlich oder weiblich?« erkundigte er sich schließlich.

ICH BIN MÄNNLICH.

»Wahrscheinlich ist es keins von beiden«, warf Holly ein. »Wir haben es mit einem *außerirdischen* Wesen zu tun. Bestimmt pflanzt es sich durch Parthenogenese fort.«

ICH BIN MÄNNLICH, wiederholte das Geschöpf.

Jim blieb mit überkreuzten Beinen sitzen, war noch immer ganz Staunen und wirkte dadurch jungenhafter als jemals zuvor.

Holly begriff nicht, warum ihre Furcht zunahm, während Jim im wahrsten Sinne des Wortes vor Begeisterung und Entzücken zitterte.

»Wie siehst du aus?« fragte er.

WIE ICH AUSSEHEN MÖCHTE.

»Könntest du uns als Mann oder Frau erscheinen?«

JA.

»Als Hund?«

JA.

»Als Katze?«

JA.

»Als Käfer?«

JA.

Ohne Schreibblock und Stift schien Jim nicht in der Lage zu sein, wenigstens einigermaßen intelligente Fragen zu stellen. Holly rechnete halb damit, daß er die Wesenheit nach ihrer Lieblingsfarbe fragte, ob sie Coca-Cola oder Pepsie vorzog und Barry-Manilow-Musik mochte.

Statt dessen formulierte er folgende Worte: »Wie alt bist du?«
ICH BIN EIN KIND.
»Ein Kind?« Jim wirkte verwirrt. »Aber du hast uns doch gesagt, daß du schon seit zehntausend Jahren hier bist.«
TROTZDEM BIN ICH EIN KIND.
»Ist deine Spezies besonders langlebig?«
WIR SIND UNSTERBLICH.
»Donnerwetter!«
»Eine Lüge«, sagte Holly.
Dieser Vorwurf schockierte Jim. »Holly! Ich bitte dich!«
»Ich meine es ernst.«
Und *darin* bestand der Grund für ihre neuerliche Furcht: Das Wesen war nicht ehrlich; es versuchte, sie zu täuschen, gab ganz bewußt falsche Antworten. Holly glaubte zu spüren, daß es ihnen Verachtung entgegenbrachte. In dem Fall wäre es sicher besser gewesen zu schweigen, stumm seine Macht zu respektieren und darauf zu achten, es nicht zu verärgern.

Aber sie sagte: »Ein unsterbliches Geschöpf würde von sich nicht als Kind reden. So etwas ist völlig unsinnig. Kindheit, Jugend, die Zeit als Erwachsener – das sind Alterskategorien einer Spezies mit begrenzter Lebensspanne. Wenn man unsterblich ist, so wird man vielleicht unschuldig, unwissend und ohne Bildung geboren, aber nicht jung; schließlich altert man nicht.«

»Haarspalterei«, erwiderte Jim fast trotzig.
»Wohl kaum. Ich glaube nach wie vor, daß die Wesenheit lügt.«
»Bestimmt hat sie das Wort ›Kind‹ benutzt, damit wir seine fremde Natur besser verstehen können.«
JA.
»Von wegen.«
»Verdammt, Holly!«

Während Jim ein weiteres Blatt vom Block riß, es vorsichtig am Rand löste, ging Holly zur Wand und richtete ihren Blick auf die wechselnden Lichtmuster. Aus der Nähe betrachtet waren sie seltsam und schön. Es sah nicht nach einer langsam fließenden phosphoreszierenden Flüssigkeit oder feurigen Lavaströmen aus – Holly verglich das Schimmern eher mit einem großen Schwarm funkelnder Glühwürmchen. Sie nahm Millionen von paillettenartigen Punkten wahr und dachte dabei erneut an eine Tauchkugel und glitzernde Fische.

Sie fürchtete plötzlich, daß sich die Wand vorwölbte, aufplatzte und ein monströses Etwas gebar.

Ängstlich wollte sie zurückweichen, aber statt dessen trat sie noch etwas näher, bis ihre Nase fast den verwandelten Stein berührte. Das träge Wogen der vielen glühenden Zellen ließ eine sonderbare Benommenheit in ihr entstehen. Es ging keine Wärme davon aus; dennoch spürte sie Licht und Schatten auf ihrem Gesicht.

»Warum wird dein Erscheinen von läutenden Glocken angekündigt?« fragte sie.

Nach einigen Sekunden sagte Jim hinter ihr: »Keine Antwort.«

Es schien eine völlig harmlose Frage zu sein, leicht zu beantworten. Doch das Wesen gab keine Auskunft – was nach Hollys Ansicht darauf hindeutete, daß die Glocken eine große Rolle für es spielten. *Wenn wir den Grund für das Klimpern verstehen, erfahren wir etwas Wichtiges über dieses Geschöpf.*

»Warum wird dein Erscheinen von läutenden Glocken angekündigt?«

»Keine Antwort«, sagte Jim. »Du solltest diese Frage nicht noch einmal wiederholen, Holly. Ganz offensichtlich hat die Wesenheit nicht die Absicht, darauf zu antworten, und ich halte es für sinnlos, sie zu verärgern. Dies ist nicht *der Feind*, sondern ...«

»Ja, ich weiß. Der Freund.«

Holly blieb an der Wand stehen und fühlte sich dem Geschöpf von Angesicht zu Angesicht gegenüber – obgleich sich nirgends etwas zeigte, das man als Gesicht bezeichnen konnte. *Ich bin nun im Zentrum seiner Aufmerksamkeit*, dachte Holly. *Es ist hier, direkt vor mir.*

»Warum wird dein Erscheinen von läutenden Glocken angekündigt?«

Sie begriff instinktiv, daß sie sich durch ihre unschuldige Frage und die nicht ganz so unschuldige Wiederholung in große Gefahr begeben hatte. Ihr Herz klopfte so laut, daß selbst Jim das rasende Pochen hören mußte. Und sicher vernahm es auch *der Freund*; vermutlich sah er sogar, wie es einem entsetzten Kaninchen gleich im Käfig von Hollys Brustkasten hin und her hüpfte. *Die Wesenheit weiß, daß ich mich fürchte. Verdammt, vielleicht kann sie sogar meine Gedanken lesen. Ich muß zeigen, daß ich mich nicht von der Angst besiegen lasse.*

Holly preßte eine Hand auf den von Licht erfüllten Stein. Wenn die glühenden Wolken nicht nur eine Projektion des fremden Bewußtseins waren, nicht nur ein Trugbild, das allein demonstrativen Zwecken diente, wenn das Etwas wirklich in der Wand existierte, so repräsentierte der Stein nun seinen Körper. Mit anderen Worten: Holly berührte die Haut des Wesens.

Sie fühlte leichte, strudelartige Vibrationen. Mehr nicht. Keine Hitze. Das Feuer im Kalkstein brannte kalt.

»Warum wird dein Erscheinen von läutenden Glocken angekündigt?«

»Hör auf damit, Holly«, sagte Jim. Zum erstenmal klang Besorgnis in seiner Stimme. Vielleicht begann auch er zu ahnen, daß *der Freund* nicht nur ein Freund war.

Holly argwöhnte, daß es bei dieser Konfrontation in erster Linie auf Willenskraft ankam. Wenn sie feste Entschlossenheit bewies, ergab sich daraus vielleicht eine neue Beziehung zum *Freund*. Sie konnte ihre Gewißheit nicht erklären. Weibliche Intuition? Nein, eher der Instinkt eines Reporters.

»Warum wird dein Erscheinen von läutenden Glocken angekündigt?«

Sie glaubte, eine subtile Veränderung in den Vibrationen festzustellen, aber vielleicht bildete sie sich das nur ein – sie waren ohnehin kaum spürbar. Vor ihrem inneren Augen entstanden gräßliche Bilder: In der Wand bildete sich ein jähes Licht, wurde zu einem Rachen mit langen Zähnen, die sich ihr in die Hand bohrten; Blut spritzte; weiße Knochensplitter ragten aus dem Armstumpf ...

Holly bebte am ganzen Leib, aber sie trat nicht zurück, preßte die Hand weiterhin an den kalten, leuchtenden Kalkstein.

Sie fragte sich, ob die entsetzlichen Visionen vom *Freund* stammten.

»Warum wird dein Erscheinen von läutenden Glocken angekündigt?«

»Um Himmels willen, Holly ...« Jim brach ab, fügte dann hinzu: »He, das Wesen antwortet.«

Mit Willenskraft *konnte* man also etwas ausrichten. Aber warum? *Warum sollte sich ein mächtiges Geschöpf aus einer anderen Galaxis von meiner Entschlossenheit beeinflussen lassen?* dachte Holly.

Jim las laut vor: »Hier steht ... ›Um zu beeindrucken?‹«

»Wie bitte?« entfuhr es Holly.

»U-M Z-U B-E-E-I-N-D-R-U-C-K-E-N, gefolgt von einem Fragezeichen.«

Holly wandte sich an das Etwas in der Wand. »Soll das heißen, das Klimpern erfüllt nur den Zweck, Eindruck zu schinden, deinem Erscheinen eine dramatische Note zu geben?«

Nach einigen Sekunden sagte Jim: »Keine Antwort.«

»Und warum das Fragezeichen?« Hollys Worte galten noch immer *dem Freund*. »Weißt du nicht, was die Glocken bedeuten, woher das Läuten stammt und was die Ursache dafür ist? Äußerst du mit ›um zu beeindrucken‹ nur eine Vermutung? Wie kann dir ein Geräusch rätselhaft sein, das dich immer begleitet?«

»Nichts«, meinte Jim.

Holly starrte an die Wand. Das hellte Wirbeln und Wogen verwirrte sie immer mehr, aber sie verzichtete darauf, die Augen zu schließen.

»Eine neue Botschaft«, sagte Jim. »›Ich gehe.‹«

»Feigling«, flüsterte Holly dem amorphen Etwas im Kalkstein zu. Kalter Schweiß klebte an ihrem Leib.

Das bernsteinfarbene Glühen wurde dunkler, gewann eine orangefarbene Tönung.

Holly trat von der Wand fort, taumelte und wäre fast gefallen. Sie kehrte zu den Schlafsäcken zurück und sank auf die Knie.

Neue Worte bildeten sich auf dem Block. ICH KEHRE ZURÜCK.

»Wann?« fragte Jim.

WENN DIE GEZEITEN MIR GEHÖREN.

»Welche Gezeiten?«

ES GIBT GEZEITEN IM RAUMSCHIFF, EBBE UND FLUT, DUNKELHEIT UND LICHT. ICH STEIGE MIT DEM LICHT AUF, DOCH ER KOMMT MIT DER DUNKELHEIT.

»Er?« wiederholte Holly.

DER FEIND.

Das Licht in den Wänden war jetzt eine Mischung aus roten und orangefarbenen Tönen. Es trübte sich weiter und formte dabei neue Muster.

»Du hast einen Begleiter im Schiff?«

JA. ZWEI KRÄFTE. ZWEI WESENHEITEN.

Das Wesen lügt wieder, dachte Holly. *Es ist wie mit dem Rest der Geschichte und den Glocken – reines Theater.*

WARTET AUF MEINE RÜCKKEHR.
»Wir warten«, versprach Jim.
SCHLAFT NICHT.
»Warum sollen wir nicht schlafen?« fragte Holly und ging damit auf das Etwas ein.
VIELLEICHT TRÄUMT IHR.
Die Seite war voll. Jim riß das Blatt ab und legte es zu den anderen.
Blutrotes Licht in den Wänden. Und es verblaßte rasch.
TRÄUME SIND TORE.
»Was soll das heißen?«
Die gleichen drei Worte: TRÄUME SIND TORE.
»Eine Warnung«, hauchte Jim.
TRÄUME SIND TORE.
Nein, dachte Holly. *Es ist keine Warnung, sondern eine Drohung.*

7

Die Windmühle war wieder nur eine Windmühle. Steine und Dielen. Mörtel und Nägel. Dichter Staub, vermoderndes Holz, rostendes Eisen, Spinnen, die in dunklen Ecken lauerten.

Holly saß im Schneidersitz vor Jim, und ihre Knie stießen aneinander. Sie hielt seine Hände; einerseits gab ihr die Berührung dringend benötigte Kraft, und andererseits wollte sie mit dieser Geste verhindern, daß er sich durch ihre nächsten Worte beleidigt fühlte.

»Hör mir gut zu, Jim. Du bist der interessanteste, faszinierendste und, tief in deinem Herzen, auch der sanfteste Mann, den ich jemals kennengelernt habe. Aber als Interviewer gibst du nicht viel her. Deine Fragen sind zum größten Teil nicht gut überlegt. Du kommst nicht auf den Kern der Sache, sondern kratzt nur an der Oberfläche und hältst dich mit Nebensächlichkeiten auf. Dadurch bekommst du keine wichtigen Antworten. Außerdem bist du als Reporter naiv genug, um zu glauben, daß deine Gesprächspartner immer ehrlich sind, obwohl sie meistens jede Möglichkeit nutzen, Fragen auszuweichen. Du mußt beharrlich sein, *bohren*, der Sache auf den Grund gehen.«

Jim wirkte nicht beleidigt. Er lächelte und erwiderte: »Ich sehe mich nicht als Reporter, der ein Interview führt.«

»Aber mit einer solchen Situation hatten wir es zu tun, mein Lieber. *Der Freund*, wie er sich selbst nennt, verfügt über Informationen, die wir brauchen, um zu wissen, woran wir sind, um unseren Job zu erledigen.«

»Ich habe es mir eher ... als eine Art ... göttliche Offenbarung vorgestellt. Als Gott Moses die Zehn Gebote gab ... Nun, ich glaube, er sagte ihm einfach, um was es sich handelte. Und selbst wenn Moses weitere Fragen gehabt hätte: es wäre ihm wohl kaum eingefallen, den Allmächtigen einem Verhör zu unterziehen.«

»Die Erscheinung in den Wänden war nicht Gott.«

»Ja, ich weiß. Daran glaube ich selbst nicht mehr. Aber wir haben mit einer außerirdischen Intelligenz gesprochen, die uns so überlegen ist, daß sie genausogut Gott sein *könnte*.«

»Das steht keineswegs fest«, sagte Holly geduldig.

»Da irrst du dich. Es sind hohe Intelligenz und Jahrtausende der Entwicklung notwendig, um eine Zivilisation entstehen zu lassen, die zur intergalaktischen Raumfahrt in der Lage ist. Lieber Himmel, im Vergleich dazu sind wir kaum mehr als Affen!«

»Siehst du, genau das meine ich. Woher willst du wissen, daß die Wesenheit aus einer anderen Galaxis kommt? Weil sie das behauptet hat. Woher willst du wissen, daß sich ein Raumschiff im Teich befindet? Weil du den Antworten des Wesens glaubst.«

»Warum sollte es uns belügen?« fragte Jim verärgert. »Welche Vorteile hätte es dadurch?«

»Keine Ahnung. Aber wir sollten die Möglichkeit berücksichtigen, daß es uns zu manipulieren versucht. Wenn es sein Versprechen einlöst und zurückkehrt, möchte ich bereit sein. Ich schlage vor, wir verbringen die nächsten zwei oder drei Stunden – wenn uns soviel Zeit bleibt – damit, eine Liste aus Fragen zusammenzustellen, so daß wir ein sorgfältig geplantes Gespräch führen können. Wir brauchen eine Strategie, um *echte* Informationen zu bekommen, Fakten und keine Fantastereien, und unsere Fragen müssen jene Strategie unterstützen.« Jim runzelte die Stirn, und Holly fuhr rasch fort, bevor er sie unterbrach. »Na schön, in Ordnung, vielleicht kann die Wesenheit gar nicht lügen. Vielleicht ist sie erhaben und rein. Vielleicht hat sie uns tatsächlich die Wahrheit gesagt. Aber eins steht fest, Jim: es handelt sich nicht um eine göttliche Offenbarung. *Der Freund* hat die Regeln festgelegt, indem er dich veranlaßte, die Schreibblöcke und den Filzstift zu kaufen. Er bestimmte die Methode aus Frage und Antwort. Wenn er nicht will, daß wir den besten Nutzen daraus ziehen ..., dann hätte er dich aufgefordert, die Klappe zu halten – und aus einem brennenden Busch zu dir gesprochen!«

Jim starrte sie groß an und kaute nachdenklich auf der Unterlippe.

Nach einer Weile blickte er zu den Wänden, in denen sich das Wesen manifestiert hatte.

»Du hast es nicht einmal gefragt, warum es will, daß du gewisse Menschen vor dem Tod bewahrst und warum andere nicht gerettet werden sollen«, fügte Holly hinzu, um ihren Standpunkt zu verdeutlichen.

Jim sah sie an, offenbar überrascht darüber, daß er nicht nach einer Antwort auf seine wichtigste Frage gesucht hatte. Im milchigen Glanz der leise zischenden Gaslampe waren seine Augen wieder blau; das grüne Schimmern in ihnen hatte sich verflüchtigt. Die Sorge verschwand nun ebenfalls aus ihnen.

»Na gut«, sagte er. »Du hast recht. Ich schätze, ich habe mich einfach überwältigen lassen. Ich meine ... Was immer es auch sein mag, Holly – es ist erstaunlich.«

»In der Tat«, bestätigte sie.

»Ich bin einverstanden. Wir stellen eine Liste aus gründlich überlegten Fragen zusammen. Und wenn die Wesenheit zurückkehrt, sprichst du mit ihr. Du verstehst dich besser darauf, neue Fragen zu improvisieren, wenn man irgendwo nachhaken muß.«

»Ja«, sagte Holly schlicht, erleichtert darüber, daß sie keinen zusätzlichen Druck auf Jim ausüben mußte.

Im Gegensatz zu ihm wußte sie, worauf es bei Interviews ankam, und darüber hinaus war sie in dieser Situation objektiver, als er es jemals sein konnte. *Der Freund* unterhielt seit vielen Jahren eine Beziehung zu ihm und hatte zugegeben, sein Gedächtnis blockiert zu haben – um zu verhindern, daß sich Jim an die Begegnungen vor fünfundzwanzig Jahren erinnerte. Holly mußte davon ausgehen, daß Jim nach wie vor unter dem Einfluß des Wesens stand, ob er davon wußte oder nicht. *Der Freund* war während der entscheidenden Jahre von Kindheit und Jugend *in seinem Bewußtsein* präsent gewesen, vielleicht bei Dutzenden oder gar Hunderten von Gelegenheiten. Hinzu kam: damals hatte Jim gerade seine Eltern verloren und stand unter der Wirkung eines starken Schocks, was ihn um so empfänglicher für Einflüsterungen verschiedener Art machte. Möglicherweise war Jim Ironhearts Unterbewußtsein darauf programmiert, die Geheimnisse *des Freundes* zu schützen, anstatt zu helfen, sie zu entschleiern.

Holly wußte, daß sie auf einem schmalen Steg zwischen kluger Vorsicht und Paranoia stand; vielleicht neigte sie bereits zu letzterem. Nun, unter den gegebenen Umständen konnte eine Prise Paranoia sicher nicht schaden; sie war ein gutes Überlebensrezept.

Als Jim sagte, er wolle nach draußen gehen, um sich zu erleichtern, zog es Holly vor, ihn zu begleiten. Sie wollte auf keinen Fall allein in der hohen Kammer bleiben, ging hinter ihm die Treppe hinunter, stand am Ford und kehrte Jim den Rücken zu, während er am Zaun des Kornfelds seine Blase entleerte.

Holly starrte zum dunklen Teich.

Sie lauschte den Fröschen, die nun wieder quakten, dem Zirpen der Zikaden. Die jüngsten Ereignisse hatten die Grundfesten ihres Ichs erschüttert; jetzt schienen sogar die normalen Geräusche der Natur Unheil zu verkünden.

Sie fragte sich, ob sie es mit etwas zu tun hatte, das für eine gescheiterte Journalistin und einen ehemaligen Schullehrer zu seltsam und mächtig war. Sie fragte sich, ob sie die Farm sofort verlassen sollten. Sie fragte sich, ob ihnen das Fremde erlauben würde, in den Wagen zu steigen und fortzufahren.

Nachdem *der Freund* die Mühle verlassen hatte, verringerte sich Hollys Furcht nicht, sie nahm sogar noch weiter zu. Sie glaubte sich direkt unter einer tausend Tonnen schweren Masse, die durch Magie an einem einzelnen menschlichen Haar hing. Doch der Zauber ließ allmählich nach, und das Haar dehnte sich wie ein Glasfaden und drohte zu reißen ...

Bis um Mitternacht aßen sie sechs große Schokoladekekse und füllten sieben Seiten mit Fragen an *den Freund*. Zucker gab Energie, auch Trost in schwierigen Zeiten, aber gegen angespannte Nerven konnte er nichts ausrichten. Irgend etwas schmirgelte Hollys Messer aus Furcht, bis es so scharf wurde wie eine Rasierklinge.

Sie ging mit dem Block in der Hand auf und ab. »Außerdem geben wir uns nicht mehr mit geschriebenen Antworten zufrieden.

Das führt nur zu Verzögerungen und läßt der Wesenheit mehr Zeit, sich ihre Reaktionen zu überlegen. Wir bestehen darauf, daß sie zu uns spricht.«

Jim lag auf dem Rücken und hatte die Hände unterm Kopf gefaltet. »Sie kann nicht sprechen.«

»Woher weißt du das?«

»Nun, ich *vermute*, daß sie nicht reden kann. Andernfalls hätte sie sich uns gleich auf diese Weise mitgeteilt.«

»Geh von keinen voreiligen Annahmen aus«, erwiderte Holly. »Wenn das Wesen in der Lage ist, seine Moleküle mit den Wänden zu vermischen und durch Stein zu gleiten – durch *alles*, falls seine Behauptungen stimmen –, wenn es darüber hinaus die Fähigkeit hat, jede beliebige Gestalt anzunehmen ..., dann sollte es auch einen Mund und Stimmbänder bilden können wie alle höheren Mächte, die etwas auf sich halten.«

»Da hast du wahrscheinlich recht«, entgegnete Jim unsicher.

»Es hat uns bereits darauf hingewiesen, daß es imstande ist, uns als Mann oder Frau zu erscheinen, oder?«

»Ja.«

»Ich verlange gar keine leibliche Manifestation, nur eine Stimme. Eine körperlose Stimme, ein wenig Akustik für das visuelle Spektakel.«

Holly lauschte dem Klang ihrer eigenen Worte und gelangte zu dem Schluß, daß sie ihre Nervosität nutzte, um sich aufzustacheln und eine aggressive Einstellung zu gewinnen, die sie gut gebrauchen konnte, wenn *der Freund* zurückkehrte. Diesen alten Trick hatte sie gelernt, als sie Personen interviewte, die sie beeindruckend fand oder von denen sie sich eingeschüchtert fühlte.

Jim setzte sich auf. »In Ordnung. Die Wesenheit mag durchaus in der Lage sein, zu uns zu sprechen. Aber vielleicht möchte sie es nicht.«

»Wir dürfen nicht zulassen, daß sie alle Regeln bestimmt. Diesen Punkt haben wir doch schon geklärt.«

»Es ist mir nur ein Rätsel, warum wir das Wesen herausfordern müssen.«

»Von irgendwelchen Herausforderungen kann keine Rede sein.«

»Ich meine, wir sollten ihm wenigstens mit etwas Respekt begegnen.«

»Oh, ich respektiere es sogar sehr.«
»Bist du sicher?«
»Ich bin davon überzeugt, daß es uns wie lästige Insekten zerquetschen könnte, und schon deswegen habe ich eine Menge Respekt.«
»Das meine ich nicht.«
»Ich weiß. Aber was mich betrifft: Eine andere Art von Respekt muß es sich erst noch verdienen.« Holly ging nun nicht mehr auf und ab, sondern wanderte umher. »Wenn es die Versuche einstellt, mich zu manipulieren, wenn es aufhört, mich zu erschrecken, wenn es mir Antworten gibt, die wahr klingen ..., dann respektiere ich es vielleicht auch aus anderen Gründen.«
»Du wirst langsam seltsam«, sagte Jim.
»Ich?«
»Du bist so feindselig.«
»Bin ich nicht.«
Jim musterte sie und runzelte die Stirn. »Für mich sieht es ganz nach blinder Feindseligkeit aus.«
»Aggressiver Journalismus. Das Prinzip eines jeden modernen Reporters. Man befragt den Interviewpartner nicht, um ihn später den Lesern zu präsentieren – *man greift ihn an.* Derartige Journalisten haben bereits eine eigene Version der Wahrheit, die sie ungeachtet der *vollen* Wahrheit berichten wollen, und sie suchen nach Informationen, die ihre Perspektive bestätigen. Ich halte nichts davon und bin nie bereit gewesen, solche Methoden zu benutzen, und aus diesem Grund habe ich gute Stories und Beförderungen immer an Kollegen verloren. Aber heute nacht bin ich fest entschlossen, zum Angriff überzugehen. Es gibt allerdings einen großen Unterschied: *Mir* liegt etwas an der Wahrheit; ich will sie nicht verdrehen und meinen eigenen Bedürfnissen anpassen. Es geht mir darum, einige hieb- und stichfeste Fakten von deinem Außerirdischen zu bekommen.«
»Vielleicht kehrt er nicht zurück.«
»Er hat es versprochen.«
Jim schüttelte den Kopf. »Warum sollte er sein Versprechen halten, solange ihn hier journalistischer Zorn erwartet?«
»Hältst du es etwa für möglich, daß er mich *fürchtet*? Was für eine Art von höherer Macht wäre das?«
Die Glocken läuteten, und Holly zuckte heftig zusammen.

Jim erhob sich. »Sei ganz ruhig.«

Das Klimpern verstummte, ertönte erneut, verklang wieder. Beim dritten Läuten erschien ein dunkelrotes Glühen an einer Stelle der Wand. Er wurde heller, gewann einen orangefarbenen Ton und wuchs schlagartig, wie ein plötzliches Feuerwerk, über die ganze gewölbte Fläche. Das Klingeln wich neuerlicher Stille, und die Myriaden Funken verschmolzen zu den pulsierenden, amöbenhaften Formen, die Holly bereits kannte.

»Sehr effektvoll«, sagte sie. Das Licht verfärbte sich, und als es zu einem bernsteinfarbenen Glühen wurde, ergriff Holly die Initiative. »Wir möchten dich bitten, nicht mehr umständliche schriftliche Antworten zu geben, sondern direkt zu uns zu sprechen.«

Der Freund schwieg.

»Bist du bereit, zu uns zu sprechen?«

Keine Reaktion.

Holly sah auf den Block und las die erste Frage. »Bist du die höhere Macht, die Jim mit Rettungsmissionen beauftragt hat?«

Sie wartete.

Stille.

Sie versuchte es erneut.

Stille.

Hartnäckig wiederholte sie die Frage.

Der Freund blieb weiterhin stumm. Dafür meldete sich Jim. »Holly, sieh dir das an.«

Sie drehte sich um und beobachtete, wie er verdutzt auf seinen Schreibblock starrte. Er zeigte ihn ihr und blätterte durch die ersten zehn oder zwölf Seiten. Das gespenstische, wechselhafte Licht von den Wänden war hell genug, um die Schrift *des Freundes* zu erkennen. Holly nahm den Block entgegen und las die erste Zeile: JA. ICH BIN DIE MACHT.

»Er hat bereits alle von uns vorbereiteten Fragen beantwortet«, sagte Jim.

Holly warf den Block durchs Zimmer. Er prallte ans Fenster auf der anderen Seite, ohne die Scheibe zu zerbrechen, und fiel dann zu Boden.

»Holly, jetzt gehst du zu ...«

Sie unterbrach Jim mit einem scharfen Blick.

Das Licht tanzte etwas schneller durch den verwandelten Stein.

Holly wandte sich an *den Freund.* »Gott gab Moses die Zehn Gebote auf Steintafeln, ja, aber er hatte auch den Mumm, direkt zu ihm zu sprechen. Wenn sich Gott dazu herablassen kann, mit Menschen zur reden, so solltest du ebenfalls dazu in der Lage sein.«

Als *der Freund* schwieg, wiederholte sie die erste Frage auf der Liste. »Bist du die höhere Macht, die Jim mit Rettungsmissionen beauftragt hat?«

»*Ja. Ich bin die Macht.*« Die Stimme war ein weicher, wohltönender Bariton, und sie schien von allen Seiten zu erklingen, so wie das Läuten der Glocken. *Der Freund* schob sich nicht in menschlicher Gestalt aus der Wand, bildete auch kein Gesicht im Kalkstein; seine Stimme kam aus leerer Luft.

Holly stellte die zweite Frage auf der Liste. »Woher weißt du, daß den entsprechenden Personen der Tod droht?«

»*Ich bin eine Wesenheit, die in allen Aspekten der Zeit lebt.*«

»Was meinst du damit?«

»*Vergangenheit, Gegenwart und Zukunft.*«

»Kannst du in die Zukunft sehen?«

»*Ich lebe in der Zukunft, ebenso wie in Vergangenheit und Gegenwart.*«

Das Licht in den Wänden funkelte sanfter, als hätte das Wesen die neuen Bedingungen akzeptiert und sich wieder beruhigt.

Jim trat an Hollys Seite, legte ihr die Hand auf den Arm und drückte kurz zu. Seine stumme Botschaft lautete: »Gute Arbeit.«

Sie beschloß, im Hinblick auf die Fähigkeit, zukünftige Ereignisse vorherzusehen, keine Klarstellung zu verlangen. Holly befürchtete, daß sie dadurch vom Thema abkamen und erst zu den Fragen zurückkehren konnten, wenn das Wesen erneut die Mühle verlassen wollte. Sie blickte wieder auf die Liste. »Warum wolltest du, daß ausgerechnet jene Menschen gerettet wurden?«

»*Um der Menschheit zu helfen*«, erwiderte die Wesenheit sonor. Holly glaubte, einen Hauch Aufgeblasenheit zu hören, war sich jedoch nicht ganz sicher. Die Stimme klang zu monoton, fast maschinenhaft.

»Jeden Tag sterben viele Männer, Frauen und Kinder, und die meisten von ihnen sind unschuldig. Warum hast du beschlossen, ganz bestimmte Personen vor dem Tod zu bewahren?

»Sie stellen etwas Besonderes dar.«
»Was unterscheidet sie von anderen?«
»Wenn sie leben, leistet jede von ihnen einen wichtigen Beitrag zur positiven Weiterentwicklung der Menschheit.«
»Da soll mich doch der Schlag treffen!« platzte es aus Jim heraus.

Diese Antwort kam unerwartet. Sie schien ehrlich zu sein, aber trotzdem blieb ein Rest von Zweifel in Holly. Etwas war ihr aufgefallen: die Stimme *des Freundes* hörte sich irgendwie vertraut an. In ihr wuchs die Überzeugung, sie schon einmal gehört zu haben, in einem ganz anderen Zusammenhang, der nun die Glaubwürdigkeit der Wesenheit unterminierte – obwohl sie respekteinflößend klang. »Soll das heißen, du siehst die Zukunft nicht nur so, wie sie sein *wird*, sondern auch, wie sie sein *könnte*?«
»Ja.«
»Spielst du da nicht ein wenig Gott?«
»*Nein. Ich kann nicht so klar sehen wie Gott. Aber ich sehe.*«

Jim wirkte wieder wie ein glücklicher Junge, er beobachtete lächelnd die kaleidoskopartigen Lichtmuster und freute sich ganz offensichtlich über das, was er hörte.

Holly wandte sich von der Wand ab, durchquerte die Kammer, ging neben ihrer Tasche in die Hocke und öffnete sie.

Jim blickte ihr über die Schulter. »Was hast du vor?«

»Ich brauche das hier«, erwiderte sie und griff nach einem Notizbuch, in dem sie die Ergebnisse ihrer Ermittlungen festgehalten hatte. Sie stand auf, öffnete das kleine Buch und blätterte zu der Liste von Personen, die Jim vor dem Flug 246 gerettet hatte. Zu der im Kalkstein pulsierenden Wesenheit sagte sie: »Fünfzehnter Mai. Atlanta, Georgia. Sam Newsome und seine fünfjährige Tochter Emily. Weshalb sind sie wichtiger als alle anderen Personen, die an jenem Tag starben? Welchen Beitrag leisten sie zur Entwicklung der Menschheit?«

Keine Antwort.

»Nun?« drängte Holly.

»*Emily wird eine berühmte Wissenschaftlerin und entdeckt ein Heilmittel für eine tödliche Krankheit.*« Diesmal war eine gewisse Schwülstigkeit unüberhörbar.

»Was für eine Krankheit meinst du?«

»*Warum glaubst du mir nicht, Holly Thorne?*« Die förmliche Ausdrucksweise des Wesens erinnerte Holly an einen englischen Butler, aber unter der würdevollen Reserviertheit spürte sie den subtilen Trotz eines Kindes.

»Sag mir, welche Krankheit du meinst. Dann glaube ich dir vielleicht.«

»*Krebs.*«

»Welchen Krebs? *Es gibt viele Arten.*«

»*Alle Tumore.*«

Holly sah wieder auf ihr Notizbuch. »Siebter Juni. Corona, Kalifornien. Louis Andretti.«

»*Er zeugt ein Kind, das zu einem großen Diplomaten wird.*«

Was zweifellos besser ist, als an Schlangenbissen zu sterben, dachte Holly.

»Einundzwanzigster Juni«, fuhr sie fort. »New York City. Thadeus ...«

»*Er wird ein großer Künstler, dessen Werke Millionen Menschen Hoffnung geben.*«

»Er schien ein netter Junge zu sein«, kommentierte Jim fröhlich. »Ich mochte ihn.«

Holly ignorierte diese Bemerkung. »Dreißigster Juni. San Francisco ...«

»*Rachael Steinberg bringt ein Kind zur Welt, das erheblichen religiösen Einfluß auf die Menschen haben wird.*«

Die Stimme ... Holly war sicher, sie schon einmal gehört zu haben. Aber wo?

»Fünfter Juli ...«

»*Miami, Florida. Carmen Diaz. Sie bringt ein Kind zur Welt, das zum Präsidenten der Vereinigten Staaten wird.*«

»Warum nicht gleich zum Präsidenten der ganzen Welt?« murmelte Holly und las im Notizbuch.

»*Vierzehnter Juli. Houston, Texas. Amanda Cutter. Sie bringt ein Kind zur Welt, das der Menschheit Frieden schenkt.*«

»Die Wiederkunft Christi wäre vermutlich zuviel verlangt, oder?« fragte Holly.

Jim war von ihr zurückgewichen. Er lehnte nun an der Wand zwischen zwei Fenstern; Lichtkaskaden strömten um ihn herum. »Holly, ich verstehe nicht ...«, begann er.

»Es ist einfach zuviel.«

»Was denn?«

»Na schön, das Wesen hat uns erklärt, es möchte nur besondere Personen retten.«

»*Um der Menschheit zu helfen.*«

»Ja, natürlich«, sagte Holly und sah zur Wand.

Und an Jim gerichtet: »Aber diese Menschen sind zu speziell, findest du nicht? Vielleicht bin ich zu kritisch, aber ... es wirkt übertrieben; die ganze Sache wird wieder banal. Niemand wird gerettet, um ein guter Arzt oder Geschäftsmann zu werden, der neue Industrien und zehntausend Arbeitsplätze schafft. Ehrliche und mutige Polizisten finden ebensowenig Erwähnung wie engagierte Krankenschwestern. Nein, die Geretteten – oder ihre Kinder – haben immer einen *globalen* Einfluß. Sie drücken der ganzen Welt ihren Stempel auf!«

»Ist das wieder aggressiver Journalismus?«

»Da hast du verdammt recht.«

Jim stieß sich von der Wand ab, strich das Haar mit beiden Händen aus der Stirn und musterte Holly. »Ich verstehe, was du meinst. Mir ist jetzt klar, warum du dabei an eine Folge von *Outer Limits* denkst. Aber laß uns doch einmal genau überlegen: Wir haben es mit einer einzigartigen und sehr außergewöhnlichen Situation zu tun. Eine extraterrestrische Wesenheit mit einer Macht, die uns fast göttlich erscheint, benutzt mich, um die Chancen der Menschheit zu verbessern. Findest du es nicht logisch, daß sie mich ausschickt, um wirklich *besondere* Personen zu retten anstatt irgendwelche Geschäftsleute oder Industrielle?«

»Oh, es ist logisch, ja«, bestätigte Holly. »Aber es klingt nicht wahr; für Lügen und Täuschungen habe ich einen ziemlich guten Riecher.«

»*Hattest du aus diesem Grund so großen Erfolg als Reporterin?*«

Unter anderen Umständen hätte Holly vielleicht über einen Außerirdischen gelacht, der den Menschen weit überlegen war und sich zu trivialem Gezänk herabließ. Aber einmal mehr nahm sie trotzigen Ärger in der Stimme des Wesens wahr, und sie hielt die Vorstellung eines überempfindlichen, rachsüchtigen Wesens mit gottartiger Macht für so beunruhigend, daß ihr Sinn für Humor zunehmender Nervosität wich.

»Wie paßt das zu einer höheren Macht?« fragte sie Jim. »Gleich verflucht mich das Wesen.«

Der Freund schwieg.

Holly konzentrierte sich wieder auf ihr Notizbuch. »Zwanzigster Juli. Steven Aimes. Birmingham, Alabama.«

Myriaden glühende Funken schwammen durch die Wände, und ihre Muster wirkten jetzt nicht mehr so anmutig und sinnlich. Wenn sie vorher das visuelle Äquivalent der ruhigsten Symphonie von Brahms gewesen waren, so versinnbildlichten sie jetzt das disharmonische Jaulen von schlechtem progressivem Jazz.

»Was ist mit Steven Aimes?« fragte Holly. Furcht vibrierte in ihr – und gleichzeitig erinnerte sie sich daran, daß sie sich schon einmal mit Willenskraft durchgesetzt hatte.

Ich ziehe mich jetzt zurück.

»Offenbar sind deine Gezeiten recht kurz«, bemerkte Holly.

Das bernsteinfarbene Licht verblaßte.

Die Gezeiten im Raumschiff sind unregelmäßig und nicht immer gleich lang. Aber ich kehre zurück.

»Was ist mit Steven Aimes? Er war siebenundfünfzig, nicht mehr der Jüngste – aber vielleicht noch immer in der Lage, irgendeinen berühmten Soundso zu zeugen. Warum hast du Steve gerettet?«

Die Stimme wurde tiefer, verwandelte sich aus einem Bariton in einen Baß. Und sie klang schärfer als vorher. *Es wäre nicht klug von euch, die Mühle zu verlassen.*

Darauf hatte Holly gewartet. Als sie diese Worte vernahm, kannte sie den Grund für ihre innere Anspannung.

Doch Jim schien verblüfft zu sein. Er drehte sich um, ließ den Blick über die Wände schweifen, beobachtete das nun dunkle Wogen und Wallen im Kalkstein. Vielleicht versuchte er, einen Eindruck von der biologischen Geographie des Wesens zu gewinnen, um ihm in die Augen sehen zu können. »Was soll das heißen? Wir verlassen die Windmühle, wann es uns gefällt.«

Ihr müßt auf meine Rückkehr warten. Der Tod droht euch, wenn ihr geht.

»Willst du der Menschheit nicht mehr helfen?« fragte Holly.

Schlaft nicht.

Jim trat an Hollys Seite. Durch ihre aggressive Haltung gegenüber *dem Freund* hatte sie eine Entfremdung zwischen sich und Jim geschaffen, aber diese Distanz schrumpfte nun wieder. Ironheart legte ihr wie schützend den Arm um die Schultern.

Ihr dürft nicht schlafen.

Dunkelrote Flecken glühten in den Kalksteinwänden.
»*Träume sind Tore.*«
Das blutige Schimmern erlosch.
Daraufhin stammte das einzige Licht von der Coleman-Laterne. Dunkelheit folgte der schwindenden Präsenz *des Freundes*, und in der herankriechenden Finsternis war nur noch das leise Zischen der Gaslampe zu hören.

8

Holly stand am oberen Ende der Treppe und leuchtete mit der Taschenlampe in die Schwärze weiter unten. Vermutlich überlegte sie, ob man sie tatsächlich daran hindern würde, die Mühle zu verlassen – vielleicht mit Gewalt?

Jim saß auf seinem Schlafsack, beobachtete Holly und fragte sich, warum Glück und Erleuchtung neuerlicher Düsternis wichen.

Er hatte die Windmühle aufgesucht, weil es nach den bizarren und entsetzlichen Ereignissen im Schlafzimmer – sie lagen erst achtzehn Stunden zurück – unmöglich gewesen war, den dunklen Aspekt seines Mysteriums zu ignorieren. Vorher hatte er sich einfach treiben lassen, fügte sich dem inneren Zwang, der ihn mit Rettungsmissionen beauftragte, bewahrte bestimmte Menschen im letzten Augenblick vor dem Tod – ein verwirrter und dennoch mutiger Superheld, der Flugzeuge brauchte, um zu fliegen, der sich selbst um seine Wäsche kümmern mußte. Doch die zunehmenden Aktivitäten *des Feindes* – was auch immer er sein mochte –, die sich durch eine unheilvolle und energische Feindseligkeit auszeichneten, gestatteten Jim nicht mehr den Luxus der Unwissenheit. *Der Feind* versuchte, von einem anderen Ort – vielleicht aus einer anderen Dimension – die reale Welt zu erreichen, und er kam immer näher. Auf der Liste von Jims Prioritäten stand nicht etwa die Wahrheit über jene höhere Macht, die sein Handeln maßgeblich bestimmte; er glaubte, daß sie zur gegebenen Zeit alle Fragen beantworten würde. Nein, es ging ihm vielmehr darum, mehr über *den Feind* herauszufinden – um nicht nur Hollys Überleben zu gewährleisten, sondern auch sein eigenes.

Als er zur Farm gefahren war, hatte er erwartet, dem Guten

ebenso zu begegnen wie dem Bösen, Freude und Furcht zu erfahren. Ganz gleich, welche Hinweise er bekam, indem er sich ins Unbekannte stürzte: er rechnete zumindest damit, seine Rettungseinsätze und die sich dahinter verbergende übernatürliche Kraft besser zu verstehen. Aber jetzt herrschte in ihm ein noch größeres Chaos. Einige Dinge erfüllten ihn tatsächlich mit der erhofften staunenden Freude: das Klimpern im Stein, das wundervolle, fast göttliche Licht, mit dem sich *der Freund* manifestierte. Hinzu kam reine Verzückung angesichts der Offenbarung, daß er nicht nur gewöhnliche Menschen rettete, sondern besondere Personen, die bedeutungsvolle Beiträge zur besseren Entwicklung der Menschheit leisten sollten. Doch das Glück darüber wurde schon kurz darauf von Enttäuschung verdrängt, als er sich der Erkenntnis stellen mußte, daß *der Freund* entweder nicht die ganze Wahrheit sagte oder gar ständig log. Der kindliche Trotz des Wesens war in einem hohen Maße beunruhigend, und Jim wußte plötzlich nicht mehr, ob seine Missionen seit der Rettung der Newsomes im Mai wirklich dem Guten dienten.

Doch die Hoffnung war noch immer stärker als Furcht und Besorgnis. Zwar hatte sich ihm ein Splitter der Verzweiflung ins Herz gebohrt und führte dort zu ersten Eiterungen, aber diese geistige Infektion wurde von einem fragilen Optimismus in Grenzen gehalten, der nach wie vor im Zentrum seines Ichs verweilte.

Holly schaltete die Taschenlampe aus, kehrte von der offenen Tür zurück und nahm auf ihrer Luftmatratze Platz. »Ich weiß nicht. Vielleicht war es nur eine leere Drohung – aber das können wir erst feststellen, wenn wir versuchen, die Mühle zu verlassen.«

»Möchtest du?«

Sie schüttelte den Kopf. »Das hätte wohl kaum einen Sinn, oder? Alles deutet darauf hin, daß uns die Wesenheit überall erreichen kann – stimmt's? Ich meine, sie hat in Laguna Niguel Kontakt mit dir aufgenommen und dich mit Rettungsmissionen beauftragt. Sie sprach in Nevada zu dir und schickte dich nach Boston, um Nicholas O'Connor vor dem Tod zu bewahren.«

»Ich fühle sie gelegentlich in mir, ganz gleich, wo ich mich aufhalte. In Houston, Florida, Frankreich und England – sie begleitete mich, lenkte meine Schritte, ließ mich wissen, was geschehen würde, so daß ich den Aufgaben gerecht werden konnte.«

Holly wirkte erschöpft. Ihr hohlwangiges Gesicht war so blaß, daß der milchige Schein der Gaslampe nicht als Erklärung genügte, und dunkle Ringe zeigten sich unter ihren Augen. Sie senkte die Lider für einige Sekunden, rieb sich mit Daumen und Zeigefinger den Nasenrücken und schnitt eine Grimasse, als litte sie an Kopfschmerzen.

Jim bedauerte zutiefst, daß er sie in diese Angelegenheit verwickelt hatte. Doch seiner Reue erging es ebenso wie Furcht und Verzweiflung – etwas anderes gesellte sich hinzu, nahm ihr die Schärfe. In diesem Fall handelte es sich um eine tiefe Zufriedenheit, die er mit Hollys Präsenz verband. Eine egoistische Einstellung, ja, aber es freute ihn trotzdem, daß sie bei ihm war, ganz gleich, was ihnen diese Nacht noch bescherte. *Ich bin nicht mehr allein,* dachte Jim.

Falten gruben sich tief in Hollys Stirn. »Das Wesen ist nicht auf die Bereiche in unmittelbarer Nähe des Teichs beschränkt, auch nicht auf mentale Kontakte über große Entfernungen hinweg«, sagte sie. »Die Kratzspuren in meiner Seite und die Manifestation an der Decke deines Schlafzimmers heute morgen deuten darauf hin, daß es überall erscheinen kann.«

»He, einen Augenblick«, warf Jim ein. »Wir wissen, daß *der Feind* imstande ist, über beträchtliche Distanzen hinweg zu materialisieren, aber es steht keineswegs fest, daß *der Freund* diese Fähigkeit teilt. *Der Feind* kam aus deinem Traum. *Der Feind* versuchte, die Schlafzimmerdecke zu durchdringen.«

Holly hob den Kopf und ließ die Hand sinken. Ihr Gesicht ähnelte einer Maske. »Ich glaube, sie sind miteinander identisch.«

»Wer?«

»*Freund* und *Feind*. Ich bezweifle, ob zwei Wesen in dem Raumschiff auf dem Grund des Teichs leben – wenn es dort tatsächlich ein Raumschiff gibt, was ich zumindest für möglich halte. Vermutlich haben wir es nur mit einem Wesen zu tun. *Freund* oder *Feind* sind zwei verschiedene Aspekte seiner Natur.«

Diese Bemerkungen legten Schlußfolgerungen nahe, die Jim so sehr erschreckten, daß er sie nicht akzeptieren konnte. »Das kann wohl kaum dein Ernst sein«, entgegnete er. »Warum behauptest du nicht gleich, die Wesenheit sei ... verrückt?«

»Genau *das* meine ich. Sie leidet an ihrem Äquivalent einer gespaltenen Persönlichkeit, verhält sich einmal als *Freund,* dann als *Feind* – ohne sich des Wechsels bewußt zu werden.«

Allem Anschein nach fand Jims fast verzweifeltes Bedürfnis, sich *den Freund* als unabhängiges, durch und durch gutes Wesen vorzustellen, einen mimischen Ausdruck, denn Holly griff nach seiner rechten Hand, drückte sie kurz und fuhr rasch fort: »Der kindliche Trotz, die prahlerische Behauptung, Einfluß auf das Schicksal der ganzen Menschheit zu nehmen, das effektvolle Erscheinen, die Schwankungen zwischen zuckersüßem Wohlwollen und verdrießlichem Ärger, der Umstand, daß die Wesenheit ganz offensichtlich lügt und sich gleichzeitig für clever hält, außerdem bei manchen Gelegenheiten eine Geheimnistuerei ohne ersichtlichen Grund dafür – all das ergibt nur dann einen Sinn, wenn wir hier mit einem gestörten Bewußtsein konfrontiert sind.«

Jim hielt nach Fehlern in Hollys Argumentation Ausschau und fand keine. »Ich kann mir kaum vorstellen, daß ein Außerirdischer sein unvorstellbar komplexes Raumschiff viele Lichtjahre weit durch zahllose Gefahren fliegt, während er komplett übergeschnappt ist.«

»Vielleicht war das gar nicht der Fall. Vielleicht begann der Irrsinn erst *hier*. Vielleicht brauchte das Wesen sein Raumschiff gar nicht selbst zu steuern; vielleicht ist es vollkommen automatisiert. Vielleicht befanden sich Artgenossen an Bord, die es steuerten und inzwischen tot sind. Jim, es hat nie eine Mannschaft erwähnt, nur *den Feind*. Angenommen, du glaubst an seinen extraterrestrischen Ursprung: Hältst du es für glaubwürdig, daß nur zwei Individuen zu einer intergalaktischen Expedition aufbrachen? Vielleicht hat es die übrigen Angehörigen der Besatzung getötet.«

Hollys Spekulationen konnten durchaus der Wahrheit entsprechen – wie praktisch alles, das ihr in diesem Zusammenhang einfiel. Sie standen dem *Unbekannten* gegenüber, und in einem unendlichen Universum gab es unendliche Möglichkeiten. Jim erinnerte sich daran, einmal einen diesbezüglichen Artikel gelesen zu haben. Selbst viele Wissenschaftler glaubten, daß auch die fantasievollsten Dinge, die sich der menschliche Geist ausmalen konnte, irgendwo im Universum existierten, weil die Schöpfung durch ihre unendliche Natur nicht weniger flexibel und fruchtbar war als die Vorstellungskraft eines beliebigen Menschen.

Jim kleidete diese Überlegungen in Worte und fügte hinzu: »Mir fällt auf, daß du jetzt zu der Methode greifst, die du vorher strikt abgelehnt hast. Du gibst dir alle Mühe, die Wesenheit mit menschlichen Begriffen zu erklären, obgleich sie vielleicht so fremdartig ist, daß wir sie überhaupt nicht verstehen. Was veranlaßt dich zu der Annahme, daß eine fremde Spezies an ähnlichen geistigen Störungen leiden könnte wie wir, daß sie sogar das Phänomen der gespaltenen Persönlichkeit kennt? Das sind rein menschliche Konzepte.«

Holly nickte. »Ja, da hast du natürlich recht. Aber im Augenblick fallen mir keine besseren Erklärungen ein. Solange gegenteilige Beweise fehlen, muß ich von der Vermutung ausgehen, daß wir es mit einem irrationalen Wesen zu tun haben.«

Jim hob die freie Hand und erhöhte die Gaszufuhr in der Coleman-Laterne. Es wurde heller. »Himmel, mir läuft's dauernd kalt über den Rücken.«

»Ich werde die Gänsehaut überhaupt nicht mehr los.«

»Wenn die Wesenheit schizophren ist, wenn sie in ihrer Identität als *der Feind* zurückkehrt – was geschieht dann mit uns?«

»Darüber möchte ich lieber nicht nachdenken«, erwiderte Holly. »Falls sie uns intellektuell wirklich weit überlegen ist, falls sie aus einer langlebigen Spezies mit so großem Wissen stammt, daß die menschliche Geschichte daneben kaum mehr ist als eine *kurze* Kurzgeschichte im Vergleich mit einer tausendbändigen Enzyklopädie ..., dann kennt sie bestimmt Foltermethoden, die Hitler, Stalin und Pol Pot wie Lehrer einer Sonntagsschule wirken lassen.«

Jim dachte darüber nach, obgleich er versuchte, Hollys Worte zu ignorieren. Die Schokoladekekse der vergangenen Stunden lagen ihm plötzlich schwer im Magen.

»Wenn das Wesen zurückkehrt ...«, begann Holly.

»Um Himmels willen!« entfuhr es Jim. »Verzichte auf deinen aggressiven Journalismus.«

»Ein Fehler«, gestand Holly ein. »Obwohl eine gewisse Aggressivität sicher nicht schaden kann. Ich hab's nur ein wenig übertrieben. Wenn das Wesen zurückkehrt, verändere ich meine Vorgehensweise.«

Jim stellte überrascht fest, daß er die Theorie des Irrsinns bereits akzeptiert hatte. Kalter Schweiß brach ihm aus, als er daran dachte, wie sich *der Freund* verhalten mochte, wenn sie ihn in seine andere, dunkle Identität stießen. »Warum geben wir die Konfrontation nicht ganz auf?« schlug er vor. »Wir sollten uns ihm fügen, seinem Ego schmeicheln und vermeiden, Ärger in ihm zu wecken ...«

»Das hat keinen Zweck. Man kontrolliert den Wahnsinn nicht, indem man ihm nachgibt. Das verstärkt ihn nur. Eine Krankenschwester aus einem Institut für Geisteskranke würde uns bestimmt darauf hinweisen, daß man mit gefährlichen Patienten am besten zurechtkommt, indem man freundlich, respektvoll und *fest entschlossen* ist.«

Jim zog die rechte Hand zurück – sie war schweißfeucht. Er wischte sie an der Hose ab.

Eine unnatürliche Stille herrschte in der Mühle, als sei sie von einem Vakuum umhüllt, das keine Geräusche übertrug, versiegelt in einer gewaltigen Glasglocke, ausgestellt in einem von Riesen errichteten Museum. Unter anderen Umständen hätte die Lautlosigkeit vielleicht Unbehagen in Jim geweckt, aber jetzt begrüßte er sie. Das allgemeine Schweigen bedeutete, daß *der Freund* schlief oder mit anderen Dingen beschäftigt war.

»Die Wesenheit *möchte* gut sein«, sagte er nach einer Weile. »Möglicherweise ist sie verrückt, in ihrer zweiten Identität gewalttätig und böse, wie Dr. Jekyll und Mr. Hyde. Aber als Dr. Jekyll möchte sie gut sein. Wenigstens diesen Pluspunkt haben wir.«

Holly dachte kurz darüber nach. »Na schön, das mag stimmen. Nun ..., wenn sie zurückkehrt, werde ich versuchen, wahre Antworten von ihr zu bekommen.«

»Ein Punkt macht mir erhebliche Sorgen. Können wir von dem Wesen tatsächlich etwas erfahren, das uns hilft? Selbst wenn es uns die volle Wahrheit sagt ..., wenn es verrückt ist, neigt es früher oder später zu irrationaler Gewalt.«

Holly nickte. »Wir müssen es trotzdem versuchen.«

Neuerliche Stille schloß sich an.

Jim warf einen Blick auf seine Armbanduhr: zehn Minuten nach eins. Mehr als eine Stunde nach Mitternacht. Er war nicht müde. Es bestand kaum die Gefahr, daß er einschlief, träumte und dadurch ein Tor öffnete, aber er fühlte sich physisch ausgelaugt. Zwar hatte er nur den Wagen gefahren und dann in der hohen Kammer gesessen oder gestanden, in Erwartung von Offenbarungen, aber seine Muskeln schmerzten so sehr, als habe er zehn Stunden lang harte körperliche Arbeit geleistet. Das Gesicht schien taub zu sein, und die Augen brannten. Extremer Streß konnte ebenso schwächen wie anstrengende physische Aktivität.

Er wünschte sich, daß *der Freund* nie zurückkehren würde. Es war kein müßiges, halbherziges Empfinden, sondern der intensive Wunsch eines Jungen, der hoffte, daß ein bevorstehender Besuch beim Zahnarzt ausblieb. Jim konzentrierte sein ganzes Selbst auf dieses Gefühl, als sei er wie ein Kind davon überzeugt, daß sich Wünsche tatsächlich erfüllen konnten.

Er entsann sich an ein Chazal-Zitat, das er häufig benutzt hatte, wenn es beim Literaturunterricht um die unheimliche Prosa von Poe und Hawthorne ging: *Äußerster Schrecken gibt uns die Gesten der Kindheit zurück.* Wenn er jemals wieder ein Klassenzimmer betrat, so gestatteten ihm die Erlebnisse in der alten Windmühle, beim Unterricht eine noch nachhaltigere Wirkung auf die Schüler zu erzielen.

Um ein Uhr fünfundzwanzig mißbilligte *der Freund* die Tugend des Wünschens, indem er plötzlich erschien. Diesmal kündigte er sich nicht mit leise läutenden Glocken an. Abruptes rotes Licht glühte in den Wänden, breitete sich schlagartig aus.

Holly stand auf.

Jim folgte ihrem Beispiel. In der Gegenwart dieses mysteriösen Wesens konnte er nicht mehr ruhig und entspannt sitzen. Er fürchtete viel zu sehr, daß es von einem Augenblick zum anderen mit gnadenloser Brutalität zuschlug.

Das Licht bildete einzelne Ströme, flutete durch die Wände und gewann einen bernsteinfarbenen Ton.

Der Freund sprach, ohne auf eine Frage zu warten: »*Erster August. Seattle, Washington. Laura Lenaskian, vor dem Ertrinken gerettet. Sie bringt ein Kind zur Welt, das ein großer Komponist wird und dessen Musik vielen von Problemen geplagten Menschen Trost spendet. Achter August. Peoria, Illinois. Doogie Burkette. Er wächst zu einem Krankenpfleger in Chicago heran, wo er vielen Patienten das Leben retten wird. Zwölfter August. Portland, Oregon. Billy Jenkins. Er wächst zu einem hervorragenden medizinischen Technologen heran, dessen Erfindungen die Behandlung von Kranken revolutionieren wird* ...«

Jim begegnete Hollys Blick und begriff sofort, was sie dachte – die gleichen Gedanken gingen ihm durch den Kopf. *Der Freund* war in einer gereizten Ich-zeig's-euch-Stimmung und nannte Einzelheiten, um seine extravaganten Behauptungen, das Schicksal der Menschheit zu beeinflussen, glaubwürdiger zu machen. Offenbar legte er großen Wert darauf, sie zu überzeugen. *Die Entität ist uns intellektuell so weit überlegen wie wir einer Feldmaus, aber trotzdem spielt unsere Meinung eine große Rolle für sie,* überlegte Jim. *Nun, daraus ergibt sich ein Vorteil für uns.*

Unterdessen fuhr das Wesen fort: »Zwanzigster August. Mohavewüste, Nevada. Lisa und Susan Jawolski. *Lisa wird ihrer Tochter Liebe und Zuneigung schenken und sie damit in die Lage versetzen, das ernste psychologische Trauma angesichts der Ermordung ihres Vaters zu überwinden und zur größten Politikerin in der ganzen Weltgeschichte heranzuwachsen. Susans Wirken wird zu einer Quelle der Erleuchtung und Vernunft für die Regierungspolitik. Dreiundzwanzigster August. Boston, Massachusetts. Nicholas O'Connor, vor der Explosion einer Starkstromstation gerettet. Er wächst zu einem Priester heran, der sein Leben den Armen in den Slums von Indien widmet* ...«

Der Versuch *des Freundes,* Hollys Kritik mit weniger grandiosen Versionen seines Eingreifens zu beantworten, war auf den ersten Blick als kindlich zu erkennen. Den Burkette-Jungen erwartete nicht die schwierige Aufgabe, die ganze Welt zu retten; er sollte nur zu einem guten Krankenpfleger werden. Nicholas O'Connor würde irgendwann den Beschluß fassen, den Notdürftigen zu helfen. Aber die anderen waren noch immer großartig und wiesen irgendwelche einzigartigen Fähigkeiten auf. Das Wesen sah nun die Notwendigkeit ein, die erhabene Geschichte glaubwürdiger zu präsentieren, doch es konnte sich nicht dazu durchringen, die Bedeutung seiner angeblichen Leistungen nennenswert zu schmälern.

Es gab noch etwas anderes, das Jim beunruhigte: die Stimme. Je länger er ihr lauschte, desto deutlicher wurde der Eindruck, daß er sie schon einmal gehört hatte, nicht in diesem Zimmer vor fünfundzwanzig Jahren, auch nicht in einem vergleichbaren Zusammenhang. Natürlich handelte es sich um eine angenommene Stimme, denn in seinem natürlichen Zustand besaß das Geschöpf sicher keine organischen Komponenten, die den menschlichen Stimmbändern ähnelten – seine biologische Struktur mußte völlig anders beschaffen sein. Der Bariton, den die Wesenheit wie ein Imitator in einer kosmischen Cocktailbar nachahmte, erinnerte Jim an jemanden, aber so sehr er auch nachdachte – der Name fiel ihm nicht ein.

»Sechsundzwanzigster August. Dubuque, Iowa. Christine und Dasey Dubrowek. *Christine bringt ein zweites Kind zur Welt, den größten Ge-*

netiker des nächsten Jahrhunderts. *Casey wird eine außergewöhnlich gute Lehrerin, die das Leben ihrer Schüler nachhaltig beeinflußt und niemals in dem Ausmaß versagt, daß jemand Selbstmord begeht.*«

Jim hatte das Gefühl, als sei ihm gerade ein Hammer an die Brust geprallt. Dieser verletzende Vorwurf, der ihm galt und sich auf Larry Kakonis bezog, erschütterte seinen Glauben an die grundsätzlich guten Absichten *des Freundes.*

»Verdammt, das war ein Schlag unter die Gürtellinie«, sagte Holly.

Die Boshaftigkeit der Wesenheit bestürzte Jim, weil er so sehr an ihr positives Werk glauben wollte.

Das funkelnde, bernsteinfarbene Licht wogte schneller durch die Wände, als freue sich *der Freund* über die Wirkung seiner letzten Bemerkung.

Tiefe Verzweiflung zitterte in Jim, und einige Sekunden lang zog er sogar die Möglichkeit in Betracht, daß die Wesenheit im Teich überhaupt nicht gut war, sondern das Böse an sich darstellte. Vielleicht sollten die Personen, die er seit dem fünfzehnten Mai gerettet hatte, der Menschheit nicht etwa helfen, sondern ihr schaden. Vielleicht wuchs Nicholas O'Connor zu einem Massenmörder heran. Vielleicht wurde Billy Jenkins ein Bomberpilot, der überschnappte und einen Weg fand, alle Sicherheitsschranken des Systems zu neutralisieren, um einige Atombomben über einer Großstadt abzuwerfen. Vielleicht stand Susie Jawolski keine steile politische Karriere bevor; vielleicht wurde sie zu einer radikalen Aktivistin, die Bomben in den Konferenzzimmern von Aufsichtsräten versteckte und alle Andersdenkenden über den Haufen schoß.

Doch während Jim am Rand dieser schwarzen Schlucht taumelte, zeigte ihm sein Gedächtnis das Bild der jungen Susie Jawolski, ein Gesicht, das reine Unschuld symbolisierte. Es erschien ihm absurd, daß sie einen negativen Einfluß auf das Leben ihrer Familie und Nachbarn haben würde. Er *hatte* Gutes bewirkt, und das galt auch für *den Freund,* ob er verrückt war oder nicht – und selbst wenn er grausam sein konnte.

Holly wandte sich an das Wesen in der Wand. »Wir haben weitere Fragen.«

»*Stellt sie mir. Ich höre.*«

Holly blickte auf den Block, und Jim hoffte inständig, daß sie weniger aggressiv vorging. Er spürte, daß *der Freund* labiler war als bei den ersten Kontakten.

»Holly holte tief Luft. »Warum hast du Jim als dein Instrument gewählt?«

»*Er eignete sich.*«

»Weil er auf der Farm lebte?«

»*Ja.*«

»Hast du jemals durch einen anderen Menschen gewirkt, um bestimmte Personen zu retten?«

»*Nein.*«

»Nicht ein einziges Mal in zehntausend Jahren?«

»*Ist das eine Fangfrage? Willst du mich irgendwie hereinlegen? Glaubst du mir noch immer nicht, obwohl ich die Wahrheit sage?*«

Holly sah Jim an, und er schüttelte den Kopf. Er hielt dies nicht für den geeigneten Zeitpunkt, um sich auf eine verbale Auseinandersetzung mit dem Wesen einzulassen. Vorsicht war nicht nur die Mutter der Porzellankiste, sondern auch ihre beste Hoffnung aufs Überleben.

Dann fragte er sich, ob das Wesen auch seine Gedanken lesen konnte. Vielleicht beschränkten sich die Fähigkeiten *des Freundes* nicht nur darauf, seinem Bewußtsein Botschaften zu übermitteln, die zukünftige Ereignisse betrafen. *Nein, unmöglich*, fuhr es ihm durch den Sinn. *Wenn es wirklich imstande wäre, unsere Gedanken zu erfassen, wüßte es jetzt, daß wir es für verrückt halten und versuchen, es nicht zu verärgern.*

»Entschuldige«, sagte Holly. »Es war keine Fangfrage. Wir möchten nur mehr über dich erfahren. Du faszinierst uns. Wenn wir Fragen stellen, die dich beleidigen ... Versuch bitte zu verstehen, daß keine Absicht dahintersteckt, nur Unwissenheit.«

Der Freund antwortete nicht.

Das Licht pulsierte langsamer im Kalkstein. Jim begriff, daß er zu falschen Schlüssen gelangen konnte, wenn er das Verhalten der Wesenheit auf der Grundlage von menschlichen Konzepten interpretierte, aber die veränderten Muster und das etwas trübere Leuchten schienen darauf hinzudeuten, daß *der Freund* grübelte. Er dachte über die letzten Worte Hollys nach und versuchte zu entscheiden, ob sie ehrlich gemeint waren oder nicht.

Schließlich erklang der Bariton erneut, diesmal deutlicher sanfter. »*Stellt eure Fragen.*«

Holly sah auf den Block. »Wirst du jemals darauf verzichten, Jim weitere Aufträge zu geben?«

»Will er nicht mehr mit Rettungsmissionen beauftragt werden?«

Holly richtete ihren Blick auf Jim.

Während der vergangenen Monate hatte er viel durchgemacht, und deshalb überraschte es ihn, als er antwortete: »Wenn ich wirklich etwas Gutes bewirkte, möchte ich weiterhin dein Werkzeug sein.«

»*Das ist tatsächlich der Fall. Wie kannst du daran zweifeln? Aber ganz gleich, ob du meine Absichten für gut oder böse hältst – ich würde dich nicht freigeben.*«

Der düstere Klang dieses Hinweises verdrängte Jims Erleichterung darüber, daß er nicht das Leben zukünftiger Mörder und Diebe gerettet hatte.

»Warum ...«, begann Holly.

Der Freund unterbrach sie. »*Es gibt auch noch einen anderen Grund, warum ich Jim Ironheart gewählt habe.*«

»Und der wäre?« fragte Jim.

»*Du hast eine Aufgabe gebraucht.*«

»Ach?«

»*Damit dein Leben einen Sinn bekommt.*«

Jim verstand plötzlich. Er fürchtete sich noch immer vor der Wesenheit, aber gleichzeitig rührte es ihn, daß sie ihm helfen wollte. Indem sie seiner zerstörten und leeren Existenz Bedeutung verlieh, rettete sie ihn ebenso wie Billy Jenkins, Susie Jawolski und all die anderen. *Ihnen drohte ein unmittelbarer Tod, mir ein langsames, qualvolles Sterben der Seele*, dachte Jim. Diese Auskunft des Wesens legte die Fähigkeit nahe, Mitleid zu empfinden. Und Jim wußte, daß er nach Larry Kakonis' Selbstmord Mitleid verdient hatte, als er irrationalen Depressionen zum Opfer fiel, immer tiefer in Verzagtheit versank. Das Mitgefühl beeindruckte Jim weitaus stärker, als er erwartet hätte. Tränen stiegen ihm in die Augen.

»Warum hast du zehntausend Jahre lang gewartet, um jemanden wie Jim zu wählen und durch ihn Einfluß auf menschliche Schicksale zu nehmen?« fragte Holly.

»*Zuerst mußte ich mich gründlich mit der hiesigen Situation beschäftigen, Daten sammeln und analysieren. Erst dann konnte ich entscheiden, ob mein Eingreifen klug ist oder nicht.*«

»Und diese Entscheidung nahm zehn Jahrtausende in An-

spruch? Warum? Das ist mehr Zeit, als die bekannte und belegte Geschichte der Menschheit umfaßt.«
»Keine Antwort.
Holly wiederholte die Frage.
Schließlich erklang erneut die Stimme des Wesens. »*Ich gehe jetzt.*« Vielleicht wollte es nicht, daß man sein Mitleid für ein Zeichen von Schwäche hielt, denn es fügte hinzu: »*Wenn ihr versucht, die Mühle zu verlassen, droht euch der Tod.*«
»Wann kehrst du zurück?« erkundigte sich Holly.
»*Schlaft nicht.*«
»Es ist zwei Uhr mitten in der Nacht.«
»*Träume sind Tore.*«
Ärger blitzte in Hollys Augen.
»Wir können nicht für immer wach bleiben, verdammt!«
Das Licht im Kalkstein erlosch.
Der Freund war fort.

Irgendwo lachten Menschen. Irgendwo erklang Musik, zu der Männer und Frauen tanzten. Irgendwo näherten sich Liebende mit rhythmischen Bewegungen der Ekstase.

Doch in der hohen Kammer, in der einst Korn gelagert hatte, verdichteten sich die Schatten des Unheils, und es herrschte eine ernste, bedrückte Stimmung.

Holly haßte es, hilflos zu sein. Während ihres ganzen Lebens als Erwachsene war sie eine Frau der Tat gewesen, obgleich viele ihrer Handlungen eine eher destruktive Wirkung gehabt hatten. Wenn sie keinen Gefallen mehr an einem bestimmten Job fand, kündigte sie einfach und sah sich nach einer neuen Tätigkeit um. Wenn eine Beziehung Probleme schuf oder auch nur uninteressant wurde, zerriß sie das Band der Partnerschaft. Sie wich häufig Schwierigkeiten aus – zum Beispiel ihrer Verantwortung als gewissenhafter Reporterin, als sie sich der Erkenntnis stellen mußte, daß der Journalismus ebenso dubios war wie alles andere; sie ging keimender Liebe, Verpflichtungen jeder Art aus dem Weg –, aber selbst das Ausweichen kam einem Handeln gleich. Jetzt stand ihr nicht einmal mehr die Möglichkeit offen.

Zumindest einen guten Effekt hatte *der Freund* auf sie: Er zwang sie dazu, sich diesem Problem zu stellen.

Eine Zeitlang erörterten Jim und sie die jüngste Erscheinung der Wesenheit und nahmen sich dann die übrigen Fragen auf der Liste vor, änderten und erweiterten sie. Durch das letzte Gespräch mit *dem Freund* hatten sie einige interessante und vielleicht auch nützliche Informationen bekommen. Für das einschränkende *vielleicht* gab es einen guten Grund: sie wußten noch immer nicht, ob ihnen *der Freund* die Wahrheit sagte.

Um Viertel nach drei waren sie zu müde, um zu stehen, hatten aber auch bereits so lange gesessen, daß ihre Allerwertesten mit dumpfem Schmerz protestierten. Holly und Jim krochen in die Schlafsäcke, streckten sich nebeneinander aus und starrten an die gewölbte Decke.

Um nicht einzuschlafen, stellten sie die Gaslampe auf höchste Leuchtstärke. Sie sprachen leise miteinander, während sie auf die Rückkehr *des Freundes* warteten. Bei ihren Unterhaltungen ging es nicht um wichtige Dinge; sie brauchten nur etwas, um gedanklich beschäftigt zu bleiben. Es war schwierig, mitten in einem Gespräch einzuschlafen, und wenn das doch geschah ... Der andere würde es merken, weil eine Antwort ausblieb. Sie hielten sich an den Händen – Hollys rechte Hand ruhte in Jims linker. Falls jemand während einer kurzen Pause der Konversation dem Schlaf anheimfiel, so spürte es der Partner durch eine Lockerung des Griffs.

Holly rechnete nicht damit, daß es ihr übermäßig schwer fiele, auch weiterhin wach zu bleiben. In ihrer Collegezeit hatte sie die ganze Nacht über in Fachbüchern gelesen, wenn ihr am nächsten Tag eine wichtige Prüfung bevorstand; manchmal war sie ohne große Mühe sechsunddreißig Stunden lang auf den Beinen gewesen. Während der ersten Jahre als Reporterin, als sie noch geglaubt hatte, daß der Journalismus eine wichtige Rolle für sie spiele, arbeitete sie auch mitten in der Nacht an einer Story, grübelte über den Ergebnissen ihrer Recherchen, lauschte noch einmal aufgezeichneten Interviews oder feilte an Formulierungen.

Auch später schlug sie sich dann und wann eine Nacht um die Ohren, manchmal nur deshalb, weil sie gelegentlich an Schlaflosigkeit litt. Sie war von Natur aus eine Nachteule. Hier in der Windmühle darauf zu verzichten, die Augen zu schließen und zu schlafen – ein Klacks.

Erst vor knapp vierundzwanzig Stunden war sie in Laguna Niguel aus einem Alptraum erwacht – aber trotzdem spürte sie nun, wie sich ihr der Sandmann näherte. Sie hatte außerordentlich aktive Tage hinter sich, und hinzu kamen erhebliche persönliche Veränderungen, die ebenfalls an den Kräften zehrten. Und dann die Träume, die ihr des Nachts keine Ruhe schenkten.

Träume sind Tore.

Das Schlafen war gefährlich. Sie mußte unbedingt wach bleiben. Verdammt, sie sollte nicht so schrecklich müde sein, trotz der jüngsten Ereignisse und den mit ihnen einhergehenden Anspannungen. Holly versuchte, das Gespräch mit Jim fortzusetzen, obgleich sie immer wieder den Faden verlor und Mühe hatte, ihre eigenen Worte zu verstehen. *Träume sind Tore.* Sie fühlte sich wie von Drogen betäubt. Oder verdankte sie ihre Benommenheit *dem Freund?* Betätigte er nach der Warnung vor dem Schlaf einen narkoleptischen Schalter in ihrem Gehirn? *Träume sind Tore.* Sie kämpfte gegen die heranflutende Schwärze an, schaffte es jedoch nicht, sich aufzusetzen – oder die Augen zu öffnen. Ihre Lider waren geschlossen; das merkte sie erst jetzt. *Träume sind Tore.* Es regte sich keine Panik in ihr. Der Zauber des Sandmanns sorgte dafür, daß ihre Gedanken weiter zerfaserten, und gleichzeitig spürte sie, wie das Herz heftiger schlug. Ihre Finger lösten sich von Jims Hand. Bestimmt reagierte er gleich darauf und weckte sie, hinderte sie daran, tiefer in das warme Dunkel zu sinken, das sie mit wohltuendem Vergessen empfing. Aber sein Griff lockerte sich ebenfalls; auch er gab dem Bann des Sandmanns nach.

Holly trieb in Finsternis.

Sie glaubte sich beobachtet.

Ein Gefühl, das sowohl beruhigte als auch erschreckte.

Irgend etwas bahnte sich an. Holly war sich dessen ganz sicher.

Doch eine Zeitlang geschah nichts. Die Dunkelheit blieb form- und gestaltlos.

Dann begriff Holly, daß eine Mission auf sie wartete.

Nein, das konnte nicht stimmen. *Der Freund* beauftragte Jim, sonst niemanden.

Eine Mission. *Ihre* Mission. Eine eigene Mission stand ihr bevor. Und sie war sehr wichtig. Ihr Leben hing davon ab, ob sie der Aufgabe gerecht wurde. Auch Jims Leben. Die Existenz der ganzen Welt stand auf dem Spiel.

Doch die Dunkelheit zeigte keine Veränderungen.

Holly trieb. Es fühlte sich gut an.

Sie schlief und schlief.

Irgendwann in der Nacht begann sie zu träumen. Es handelte sich um einen besonders eindrucksvollen Traum – alle Bremsen des Schreckens waren gelöst –, aber er stand in keinem ersichtlichen Zusammenhang mit der Mühle oder *dem Feind*. Er erwies sich als weitaus schlimmer, entsetzte mit erbarmungslosen Details. Während der Visionen empfand Holly ein Grauen, auf das sie nichts vorbereitet hatte, nicht einmal die Schrecken an Bord der auseinandergebrochenen DC-10.

Kühle Fliesen. Sie liegt unter einem Tisch. Auf der Seite. Starrt über den Boden. Direkt vor ihr ein Stuhl aus Metallröhren und orangefarbenem Kunststoff. Unter dem Stuhl eine Mischung aus Pommes frites und einem Cheeseburger. Das Fleisch ist halb zwischen den beiden Hälften des Brötchens hervorgerutscht, liegt auf einem mit Ketchup beschmierten Salatblatt. Dann eine ältere Frau, die ebenfalls auf dem Boden liegt, den Kopf halb zu Holly gedreht. Sie sieht an den Stuhlbeinen vorbei, über die Pommes frites und den Cheeseburger hinweg, Überraschung zeigt sich in ihrem Gesicht, sie starrt und starrt, ohne zu blinzeln, und Holly stellt fest, daß ein Auge der alten Frau gar kein Auge mehr ist, sondern ein leeres Loch, aus dem Blut tropft. Oh, oh, es tut mir leid, so leid. Holly vernimmt ein gräßliches Geräusch, *Ra-ta-ta-ta-ta-ta-ta*, sie erkennt es nicht, hört Menschen schreien, viele Menschen, *Ra-ta-ta-ta-ta-ta-ta*, noch immer Schreie, aber nicht mehr so viele wie vorher, Glas zerbricht, Holz splittert, ein Mann, der wie ein Bär brüllt, wütend und zornig brüllt, *Ra-ta-ta-ta-ta-ta-ta*. Holly weiß nun: Es sind Schüsse, und sie stammen aus einer automatischen Waffe. Sie möchte diesen Ort verlassen, dreht sich um, weil sie nicht an der alten Frau mit dem zerschossenen Auge vorbeikriechen will, doch, o Gott – hinter ihr liegt ein kleines Mädchen auf dem Boden, etwa acht Jahre alt, es trägt ein rosarotes Kleid, Lackschuhe und weiße Socken, ein kleines Mädchen mit weißblondem Haar, ein kleines Mädchen mit, ein kleines Mädchen mit, ein kleines Mädchen mit Lackschuhen, ein kleines Mädchen mit, ein kleines Mädchen mit, ein kleines Mädchen mit weißen Socken, ein kleines Mädchen mit, ein kleines Mädchen mit mit mit mit *mit nur einem halben Gesicht*. Der Rest ist eine blutige, zerfetzte Masse. Ein rotes Lächeln. Ein schiefes, erstarrtes Lächeln mit weißen Zahnstummeln. Schluchzen, Weinen, Schreie und *Ra-ta-ta-ta-ta-ta-ta,* es hört nicht auf, es geht immer weiter, was für ein schreckliches Geräusch: *Ra-ta-ta-ta-ta-ta-ta.* Holly setzt sich wieder in Bewegung, kriecht auf Händen und Knien, fort von der alten Frau und dem kleinen Mädchen mit dem zerschossenen Gesicht. Ihre Finger berühren warme Pommes frites, ein Brötchen mit heißem Fisch, öligem Senf, aber sie rutscht weiter, immer weiter, bleibt unter den Tischen, zwischen den Stühlen, und dann fühlt sie die kalte Feuchtigkeit einer vergossenen Coke, und als sie das Dixie-Duck-Bild auf dem nahen Pappbecher sieht, weiß sie plötzlich, wo sie sich befindet – sie ist in einem Dixie Duck Burger Palace, an einem Ort, den sie sehr gern besucht. Jetzt schreit niemand mehr, vielleicht haben sich die Leute daran erinnert, daß man in einem Dixie Duck nicht schreit, aber jemand schluchzt und stöhnt, und jemand anderes sagt immer wieder Bitte-bitte-bitte-bitte. Holly kriecht unter einem anderen Tisch hervor und sieht einen kostümierten Mann, der zwei oder drei Meter entfernt steht und ihr halb den Rücken zukehrt, und sie glaubt, das alles sei vielleicht nur ein Scherz, eine Art Halloween-Show. Aber bis Halloween dauert es noch eine Weile. Trotzdem trägt der Mann ein *Kostüm* aus Kampfstiefeln, wie man sie bei einem G.I. erwartet, eine Hose mit Tarnflecken, ein schwarzes Hemd und eine Mütze wie die Green Berets, aber diese ist schwarz, es muß ein Kostüm sein, denn er ist kein richtiger Soldat, kann kein richtiger Soldat sein, denn der dicke Bauch hängt ihm über den Gürtel, und er hat sich seit einer Woche nicht rasiert, Soldaten rasieren sich regelmäßig, er trägt nur die Sachen eines Soldaten. Ein Mädchen kniet vor ihm auf dem Boden, einer der Teenager, die im Dixie Duck arbeiten, das hübsche Mädchen mit dem roten Haar – es zwinkerte Holly zu, als es die Bestellung aufnahm, und jetzt kniet es vor dem Mann in der Soldatenkleidung, mit gesenktem Kopf, wie im Gebet, aber es sagt nur immer Bitte-bitte-bitte-bitte. Der Mann schreit etwas von der CIA und Bewußtseinskontrolle und geheimen Spionagegruppen, die vom Dixie Duck aus geleitet werden. Dann schreit er plötzlich nicht mehr und starrt eine Zeitlang auf das rothaarige Mädchen hinab, er mustert es stumm, und schließlich sagt er Sieh-mich-an, und das Mädchen antwortet nur Bitte-bitte-bitte-nicht, und er knurrt noch einmal Sieh-mich-an, und daraufhin hebt das Mädchen den Kopf und sieht ihn an, und er sagt Hältst-du-mich-etwa-für-blöd? Das Mädchen hat Angst, schreckliche Angst, und es sagt Nein-bitte-ich-weiß-überhaupt-nichts-davon, und der

Mann sagt Du-weißt-ganz-genau-wovon-ich-rede, und er läßt die große Waffe sinken, zielt direkt auf das Gesicht des Mädchens, die Mündung ist nur ein oder zwei Zentimeter davon entfernt. Es sagt O-mein-Gott-o-mein-Gott, und er sagt Du-gehörst-zu-den-verdammten-Spionen, und Holly ist sicher, daß der Mann nun die Waffe beiseite legt und lacht, daß sich die anderen Leute nur tot gestellt haben und jetzt wieder aufstehen, daß der Geschäftsführer kommt und den Applaus für die Halloween-Show entgegennimmt, aber es ist gar nicht Halloween. Dann krümmt sich der Finger des Mannes um den Abzug, und das Mädchen verschwindet. Holly dreht sich um und kriecht in die Richtung zurück, aus der sie kommt, sie bewegt sich schnell und versucht zu fliehen, bevor der Mann sie bemerkt, denn er ist verrückt, ja, er ist wahnsinnig. Hollys Hände und Knie glitschen durch Pommes frites und vergossene Coke, als sie sich an dem kleinen Mädchen mit dem rosaroten Kleid vorbeischiebt, durch sein Blut, und sie betet zu Gott, daß der Verrückte sie nicht hört. *Ra-ta-ta-ta-ta-ta-ta!* Aber offenbar schießt er in eine andere Richtung, denn die Kugeln schlagen nicht in ihrer Nähe ein, sie setzt den Weg fort, kriecht über einen Toten, Eingeweide quellen aus seinem aufgerissenen Bauch, sie hört jetzt Sirenen, die draußen heulen, Polizisten kommen, um dem Verrückten das Handwerk zu legen. Dann kracht etwas hinter Holly, ein Tisch stürzt um, und das Geräusch ist so nahe, daß sie sich umdreht und den Mann sieht, der Verrückte kommt direkt auf sie zu und weiß ganz genau, wo sie sich befindet. Sie klettert über eine erschossene Frau weg, und dann ist sie in einer Ecke, auf dem Schoß eines toten Mannes, in den Armen eines toten Mannes, und es gibt keinen Ausweg mehr, denn der Wahnsinnige nähert sich. Er wirkt so entsetzlich, so böse und grauenhaft, daß sie nicht beobachten kann, wie er sich nähert, sie will nicht sehen, wie er die Waffe auf sie richtet, so wie auf das rothaarige Mädchen, und deshalb dreht sie den Kopf zur Seite, blickt in das Gesicht des Toten ...

Holly erwachte aus diesem Traum, wie sie noch nie zuvor aus einem anderen erwacht war. Sie schrie nicht, und es steckte auch kein Schrei in ihrer Kehle fest. Statt dessen schnappte sie nach Luft, rollte sich zusammen, schlang die Arme um die Knie, bebte am ganzen Leib und keuchte aus reinem Abscheu.

Jim lag auf der Seite, mit dem Rücken zu ihr. Er hatte ebenfalls die Beine angezogen, nahm eine Art Fötusposition ein und schlief.

Als Holly wieder zu Atem kam, setzte sie sich langsam auf. Sie zitterte noch immer so heftig, daß sie glaubte, das Klappern ihrer Knochen zu hören.

Sie war froh, nach den längst verdauten Schokoladekeksen am letzten Abend nichts mehr gegessen zu haben. Andernfalls hätte sie sich jetzt übergeben.

Holly beugte sich vor und schlug die Hände vors Gesicht. Eine Zeitlang blieb sie stumm sitzen, bis aus dem Zittern ein Schaudern wurde, bis auch das Schaudern nachließ und sie nur noch fröstelte.

Als sie die Hände sinken ließ, sah sie Tageslicht hinter den schmalen Fenstern der hohen Kammer. Es handelte sich um ein trübes, graurotes Glimmen, nicht den grellen Glanz einer bereits hoch am Himmel stehenden Sonne, aber es kündigte einen neuen Tag an. Erleichterung durchströmte Holly, und sie begriff plötzlich, daß sie gar nicht damit gerechnet hatte, die Nacht zu überleben.

Sie warf einen Blick auf ihre Armbanduhr. Zehn Minuten nach sechs. Die Morgendämmerung hatte erst vor kurzer Zeit begonnen. Sie konnte höchstens zwei oder zweieinhalb Stunden geschlafen haben. Es war schlimmer als eine völlig schlaflose Nacht – Holly fühlte sich überhaupt nicht ausgeruht.

Der Traum. Vielleicht hatte *der Freund* seine telepathischen Fähigkeiten benutzt, um sie gegen ihren Willen einschlafen zu lassen. Und die ungewöhnliche Intensität des Alptraums deutete darauf hin, daß dieser gräßliche Gedankenfilm ebenfalls von *ihm* stammte.

Warum?

Jim murmelte leise und bewegte sich, blieb dann wieder still liegen, atmete ruhig und gleichmäßig. Wahrscheinlich träumte er etwas anderes, denn sonst hätte er gewimmert und geschrien, wie jemand auf der Folterbank.

Holly überlegte und fragte sich, ob ihr Traum einer prophetischen Vision gleichkam. Wies *der Freund* darauf hin, daß sie irgendwann einen Dixie Duck Burger Palace aufsuchen und dort durch verstreute Pommes frites und Blut kriechen würde, auf der Flucht vor einem Wahnsinnigen, der mit einer automatischen Waffe schoß?

Sie lebte in einer Gesellschaft, auf deren Straßen die Opfer der Drogenkriege lagen, in der es von vollkommen ausgerasteten Verrückten wimmelte, die jederzeit nach einem Revolver greifen und wild um sich schießen konnten. Vielleicht kam tatsächlich jemand von ihnen auf die absurde Idee, es gebe ein geheimes Spionagenetz, das von Burger-Restaurants aus geleitet wurde. Holly hatte viele Jahre lang in Zeitungsredaktionen gearbeitet und Stories gelesen, die nicht weniger tragisch und kaum seltsamer waren.

Nach etwa fünfzehn Minuten ertrug sie es nicht mehr, noch länger über den Alptraum nachzudenken. Die Analyse erleichterte es ihr keineswegs, die Schreckensvisionen hinzunehmen oder sie zu vergessen. Statt dessen nahm ihre Verwirrung immer mehr zu. Die Erinnerungsbilder des Massakers verblaßten nicht, wie es normalerweise bei einem Traum der Fall war; sie schienen sogar noch deutlicher zu werden. Holly versuchte nicht mehr, ihren Sinn zu verstehen.

Jim schlief, und sie spielte mit dem Gedanken, ihn zu wecken. Aber er brauchte die Ruhe ebenso dringend wie sie. Es fehlten Anzeichen dafür, daß *der Feind* seinen Traum als ein Tor benutzte – in den Kalksteinwänden und den Bodendielen veränderte sich nichts –, und deshalb beschloß Holly, ihn schlafen zu lassen.

Als sie sich im Zimmer umsah und die Wände betrachtete, fiel ihr Blick auch auf den Schreibblock, der vor einem Fenster auf dem Boden lag. Sie hatte ihn am vergangenen Abend fortgeworfen, als es *der Freund* zunächst ablehnte, zu ihnen zu sprechen, und darauf bestand, schriftlich Auskunft zu geben. Holly dachte plötzlich an die niedergeschriebenen Fragen auf dem Block und fragte sich, ob sie alle beantwortet waren.

So leise wie möglich stand sie auf und durchquerte den Raum. Ganz vorsichtig belastete sie die Dielen mit ihrem Gewicht, um zu verhindern, daß sie unter ihr knarrten.

Als sie sich bückte, um den Block aufzuheben, hörte sie etwas, daß sie erstarren ließ. Ein dumpfer Herzschlag erklang, mit einem zusätzlichen Pochen.

Erneut starrte sie zu den Wänden, dann zur gewölbten Decke hoch. Das Licht von den Fenstern und der Gaslampe genügte, um zu erkennen, daß der Kalkstein auch weiterhin Kalkstein blieb, daß sich das Holz nicht in eine transparente Substanz verwandelte.

Bumm-Bumm-BUMM, Bumm-Bumm-BUMM ...

Ein leises Geräusch, das in der Ferne zu erklingen schien, als schlüge irgendwo in den braunen Hügeln jemand auf eine Trommel.

Aber Holly begriff sofort. Keine Trommel. Es war der dreifache Herzschlag, der die Manifestation *des Feindes* begleitete, so wie die Glocken, die – abgesehen vom letzten Mal – den Besuch *des Freundes* angekündigt hatten.

Sie lauschte, und das dumpfe Pochen verhallte.

Holly spitzte die Ohren.

Stille.

Erleichtert griff sie nach dem Block und stellte fest, daß ihre Hände noch immer leicht zitterten. Das Papier war zerknittert, und es knisterte, als Holly über die Blätter strich.

Jims gleichmäßiger Atem – ein leises, stetiges Zischen, dessen Rhythmus unverändert blieb.

Holly las die Zeilen auf der ersten Seite und nahm sich dann die zweite vor. Es handelte sich um die gleichen Auskünfte, die *der Freund* später auch verbal gegeben hatte – obwohl es natürlich keine Antworten auf die improvisierten Fragen gab. Sie überflog die Seiten drei und vier, auf denen die Namen der Personen standen, die Jim vor dem Tod bewahrt hatte: Carmen Diaz, Amanda Cutter, Steven Aimes, Laura Lenaskian und so weiter. Blockbuchstaben beschrieben die zukünftigen großartigen Leistungen der Geretteten beziehungsweise ihrer Kinder.

Bumm-Bumm-BUMM ... *Bumm-Bumm-BUMM* ... *Bumm-Bumm -BUMM* ...

Holly hob ruckartig den Kopf.

Das Geräusch kam noch immer aus der Ferne, war nicht lauter als vorher.

Jim stöhnte leise im Schlaf.

Holly wollte ihn wecken und wich einen Schritt vom Fenster zurück, aber das unheilverkündende Pochen verklang wieder. *Der Feind* schien irgendwo in der Nähe zu sein, aber er hatte noch kein Tor im Traum des Schlafenden gefunden. Jim brauchte Ruhe und eine Gelegenheit, seine Kräfte zu erneuern – sonst klappte er irgendwann zusammen. Holly entschied erneut, ihn nicht zu stören.

Sie kehrte zum Fenster zurück, hielt den Antwort-Block ins Licht, sah auf die fünfte Seite – und spürte, wie sich ihre Nackenhaare aufrichteten. Ein kalter Schauer rann ihr über den Rücken.

Behutsam blätterte sie zu den nächsten Seiten, damit das Papier nicht lauter raschelte als unbedingt notwendig, ließ ihren Blick über die sechste, siebte und achte Seite schweifen. Dort zeigten sich die gleichen Zeilen. Deutlich erkannte Holly die krakelige Schrift *des Freundes*, mit der er seine Botschaften schrieb, als er seinen Worte-steigen-wie-durch-Wasser-auf-Trick benutzte. Aber diesmal waren es keine Antworten auf die vorbereiteten Fragen. Zwei verschiedene Bemerkungen wiederholten sich, ohne Satzzeichen, jeweils dreimal auf jeder Seite.

>   ER LIEBT DICH HOLLY
>   ER WIRD DICH TÖTEN HOLLY
>   ER LIEBT DICH HOLLY
>   ER WIRD DICH TÖTEN HOLLY
>   ER LIEBT DICH HOLLY
>   ER WIRD DICH TÖTEN HOLLY

Sie starrte auf diese wie zwanghaft wiederholte Mitteilung hinab und wußte, daß mit ›er‹ nur Jim gemeint sein konnte. Sie konzentrierte sich allein auf die fünf haßerfüllten Worte und versuchte, sie zu verstehen.

Und plötzlich glaubte sie, einen Sinn darin zu erkennen. *Der Freund* wies darauf hin, daß er sich in seinem Wahnsinn gegen sie wenden konnte. Vielleicht haßte er sie, weil sie Jim zur Mühle gebracht hatte, weil sie ihn veranlaßte, nach Antworten zu suchen, weil sie ihn von seinen Missionen ablenkte. *Der Freund* stellte die gesunde Hälfte der fremden Wesenheit dar. Wenn er Kontakt mit Jims Bewußtsein aufnehmen und ihn dazu bringen konnte, bestimmten Menschen das Leben zu retten – war dann die dunkle Seite, *der Feind,* in der Lage, solchen Einfluß auf ihn zu nehmen, daß er tötete? Vielleicht verzichtete der irrsinnige Persönlichkeitsaspekt darauf, noch einmal zu materialisieren, so wie Freitagnacht im Motel und gestern morgen im Schlafzimmer. Vielleicht wählte er Jim als Werkzeug gegen Holly. Vielleicht unterwarf er ihn völlig seinem Willen, um ihn in einen erbarmungslosen Killer zu verwandeln. Das hätte den kindlich-verrückten Faktor im Selbst der Wesenheit sicher mit Genugtuung erfüllt.

Holly schüttelte sich heftig, als wehre sie eine lästige Wespe ab. Nein. Unmöglich. In Ordnung, Jim konnte töten, um unschuldige Menschen zu schützen. Aber er war bestimmt nicht imstande, jemanden umzubringen, den er liebte. Kein fremder Geist – ganz gleich, wie mächtig – hatte die Möglichkeit, seine wahre Natur zu unterjochen. Der Kern seines Ichs bestand aus Sanftmut, Güte und Herzlichkeit. *Er liebt mich*, dachte Holly. *Und diese Kraft ist stärker als alles andere, stärker auch als der Wahnsinn des fremden Wesens.*

Aber woher wollte sie das wissen? Sie verfiel in Wunschdenken. Sie mußte von einer gewaltigen mentalen Macht der Wesenheit ausgehen. *Wenn sie mich jetzt dazu auffordern würde, in den Teich zu springen, um dort zu ertrinken – vermutlich bliebe mir gar nichts anderes übrig, als dem Befehl zu gehorchen.*

Sie erinnerte sich an Norman Rink, an den Lebensmittelladen in Atlanta. Jim hatte mit seiner Schrotflinte achtmal auf den Mörder geschossen, selbst als er bereits tot war.

Bumm-Bumm-BUMM, Bumm-Bumm-BUMM ...

Nach wie vor weit entfernt.

Jim stöhnte erneut.

Holly wandte sich wieder vom Fenster ab, fest entschlossen, ihn zu wecken. Sie wollte gerade seinen Namen rufen, als ihr einfiel, daß *der Feind* vielleicht schon sein Denken und Fühlen bestimmte. Träume sind Tore. Es gab keinen Hinweis darauf, was *der Freund* damit meinte – oder ob diese Warnung nur Eindruck schinden sollte, so wie das Läuten der Glocken. Aber vielleicht bedeuteten diese drei Worte, daß *der Feind* in den Traum des Schlafenden und damit auch in sein Bewußtsein eindringen konnte. Vielleicht beabsichtigte *der Feind* diesmal nicht, aus der Wand zu materialisieren. Vielleicht ging es ihm darum, Jim völlig zu beherrschen, ihn als Mordinstrument zu verwenden.

Bumm-Bumm-BUMM, Bumm-Bumm-BUMM ...

Etwas lauter. Ein wenig näher?

Holly befürchtete, allmählich den Verstand zu verlieren. Sie wurde paranoid, schizoid, schnappte über – und dann war sie nicht besser dran als *der Freund* und seine andere Hälfte. Mit wachsender Verzweiflung versuchte sie, einen völlig fremden Geist zu verstehen, und je mehr sie über die verschiedenen Möglichkeiten nachdachte, desto seltsamer und verwirrender erschienen sie ihr. In einem unendlichen Universum ist alles möglich, kann jeder Alptraum greifbare Substanz gewinnen. In einem unendlichen Universum kam daher das Leben im wesentlichen einem Traum gleich.

Wenn man in einer Situation, die mit unmittelbarem Tod drohte, über so etwas nachzudenken begann, versetzte man seiner psychischen Stabilität einen harten Schlag.

Bumm-Bumm-BUMM, Bumm-Bumm-BUMM ...
Holly konnte sich nicht von der Stelle rühren.
Sie wartete.
Das dreifache Pochen verklang wieder.
Holly ließ den angehaltenen Atem entweichen und preßte sich neben dem Fenster an die Wand. Ihre Furcht galt jetzt nicht mehr dem Kalkstein, sondern in erster Linie Jim Ironheart. Sollte sie ihn wecken, wenn der sonderbare Herzschlag nicht zu hören war? Vielleicht weilte *der Feind* nur in seinem Traum – und damit in ihm –, wenn das Pochen erklang?

Innerlich hin und her gerissen, starrte sie auf den Block in ihren Händen. Einige Blätter waren zurückgerutscht und verdeckten den Blick auf die ER LIEBT DICH HOLLY / ER WIRD DICH TÖTEN HOLLY-Litanei. Statt dessen sah sie die Liste der Geretteten, daneben die prahlerischen Erklärungen *des Freundes*, mit denen er ihre Bedeutung beschrieb.

Sie las ›Steven Aimes‹ und dachte daran, daß *der Freund* während ihrer Gespräche nicht auf die Frage geantwortet hatte, warum dieser Mann vor dem Tod bewahrt worden war. Holly erinnerte sich deshalb an ihn, weil sein Alter – siebenundfünfzig – weit über das der anderen Personen hinausging. Die Worte unter dem Namen richteten ihr nicht nur die Nackenhaare auf, sondern formten eine Lanze aus Eis, die sie durchbohrte.

Jim – beziehungsweise die Wesenheit – hatte Steven Aimes nicht gerettet, weil ihm eine Zukunft als großer Diplomat, großer Künstler oder großer Arzt bevorstand. Er war nicht gerettet worden, weil er wichtige Beiträge für das Wohlergehen der Menschheit leisten würde. Die Erklärung bestand aus elf Worten, aus den schrecklichsten elf Worten, die Holly jemals gelesen hatte: WEIL ER WIE MEIN VATER AUSSIEHT, DEN ICH NICHT GERETTET HABE. NICHT ›wie *Jims* Vater‹ oder ›den *er* nicht gerettet hat‹, wie es die Wesenheit ausgedrückt hätte. MEIN VATER. DEN ICH NICHT GERETTET HABE.

Das unendliche Universum dehnte sich weiter aus, und nun entstand eine ganz neue Möglichkeit, offenbarte sich in den bedeutungsvollen Worten, die Steven Aimes Rettung kommentierten. Es ruhte kein Raumschiff auf dem Grund des Teichs. Es verbarg sich kein Außerirdischer auf der Farm, weder seit zehntausend Jahren noch seit zehn Tagen. *Der Freund* und *der Feind* existierten wirklich, aber sie waren nicht die Hälften, sondern jeweils das Drittel einer gespaltenen Persönlichkeit. Drei Teile, die eine Wesenheit bildeten, eine Wesenheit mit enormer, wundervoller und erschreckender Macht, eine Wesenheit, die einerseits göttlich anmutete und andererseits ebenso menschlich war wie Holly. Jim Ironheart. Jim, der als Zehnjähriger eine entsetzliche Tragödie erlebte. Jim, der das Trauma überwand, indem er Fantasievorstellungen von raumfahrenden Göttern entwickelte. Ein verrückter und gefährlicher Jim – der gleichzeitig gesund und liebevoll sein konnte.

Holly wußte nicht, woher die Macht stammte, die er zweifellos besaß, oder warum er sich gegen die Erkenntnis sträubte, daß sie in ihm wohnte und nicht etwa von einer extraterrestrischen Präsenz kam. Sie begriff nun, daß alles von ihm ausging, daß sich das Mysterium in ihm verbarg und nicht etwa im Teich, aber dadurch ergaben sich mehr Fragen als Antworten. Die Gründe dafür blieben ein Rätsel, aber wenigstens kannte Holly jetzt die Wahrheit. Später – wenn sie überlebte – bekam sie vielleicht Gelegenheit, die letzten Schleier von dem Geheimnis zu ziehen.

Bumm-Bumm-BUMM, Bumm-Bumm-BUMM ...

Näher. Aber nicht nahe.

Holly versteifte sich unwillkürlich und wartete darauf, daß sich das Pochen wiederholte und lauter wurde.

Jim bewegte sich im Schlaf. Er schnaufte und schmatzte leise, wie ein ganz gewöhnlicher Schläfer. Aber sein Bewußtsein bildete drei Persönlichkeiten. Mindestens zwei von ihnen verfügten über immense Fähigkeiten, und eine war in höchstem Maße gefährlich. Sie kam nun.

Bumm-Bumm-BUMM ...

Holly stand noch immer vor der Wand, den Rücken an kühlen Kalkstein gepreßt. Das Herz klopfte ihr bis zum Hals empor, und irgend etwas schnürte ihr die Kehle zu. Sie konnte kaum mehr schlucken.

Das dreifache Pochen verklang.

Stille.

Vorsichtig schob sich Holly an der gewölbten Mauer entlang. Kleine Schritte. Zur Seite. In Richtung der eisenbeschlagenen Tür.

Sie wich nur weit genug von der Wand fort, um nach dem Trageriemen ihrer Handtasche zu greifen.

Je mehr sie sich der Treppe näherte, desto sicherer wurde sie, daß die Tür jeden Augenblick zufallen konnte, mit einem donnernden Krachen, das Jim weckte. Sie dachte daran, wie er sich aufsetzte und sie aus seinen blauen Augen ansah, aus Pupillen, die jede Wärme verloren hatten und frostig waren. Schon zweimal hatte sie seinen eisigen Blick gespürt. Augen, in denen kaltes Feuer brannte.

Sie erreichte die Tür und trat rückwärts auf die oberste Stufe, beobachtete weiterhin den schlafenden Jim. Wenn sie auf diese Weise die Treppe hinunterging, ohne ein Geländer ... Irgendwann würde sie stolpern, fallen, sich ein Bein oder einen Arm brechen. Holly wandte sich von der hohen Kammer ab und eilte nach unten, achtete aber darauf, möglichst leise zu sein.

Das trübe Grau des Morgens kroch über die Fenster, aber im Erdgeschoß herrschte trügerische Dunkelheit. Holly führte keine Taschenlampe bei sich, und das Adrenalin in ihren Adern änderte nichts an der Finsternis. Vergeblich versuchte sie, sich daran zu erinnern, ob irgendwelche Dinge an der Wand standen. Wenn sie gegen etwas stieß und Geräusche verursachte, die Jim weckten ... Behutsam setzte sie den Weg fort, spürte dabei, wie ihr Rücken über die gewölbte Mauer strich. Der Zugang zur Vorkammer befand sich irgendwo auf der rechten Seite. Als sie nach links blickte, fiel es ihr schwer, die nach oben führende Treppe zu erkennen.

Sie tastete mit der rechten Hand über den Kalkstein, fühlte die Ecke und erreichte den kleinen, nischenartigen Raum. In der vergangenen Nacht war es hier völlig dunkel gewesen, aber jetzt drang das blasse Licht des Morgens durch die offene Tür.

Bedeckter Himmel. Ein angenehm kühler Augusttag.

Grau und unbewegt erstreckte sich der Teich neben der Mühle.

Insekten summten leise, es klang wie das statische Rauschen eines Radios, dessen Lautstärke man fast ganz heruntergedreht hatte.

Holly lief zum Ford und riß die Tür auf.

Ein Anflug von Panik erfaßte sie, als ihr die Autoschlüssel einfielen. Dann fühlte sie den Schlüsselbund in der Tasche ihrer Jeans; dort befanden sie sich, seit sie gestern das Bad im Farmhaus benutzt hatte. Ein Schlüssel für das Gebäude neben dem Schuppen, ein anderer für das Haus in Laguna Niguel, zwei für den Wagen – alle an einer schlichten Messingkette.

Holly legte Handtasche und Schreibblock auf den Rücksitz, nahm am Steuer Platz und ließ die Fahrertür offen – vielleicht hörte Jim das Klacken. Sie war noch nicht in Sicherheit. Er konnte jeden Augenblick aus der Mühle stürmen, als willenloses Werkzeug *des Feindes* über den Kiespfad laufen und sie angreifen.

Ihre Hände zitterten, als sie den Schlüssel ins Zündschloß steckte. Sie zögerte kurz, drehte ihn, gab Gas und schluchzte fast vor Erleichterung, als der Motor aufheulte.

Mit einem jähen Ruck schloß sie die Tür, legte den Rückwärtsgang ein und steuerte den Ford am Teich vorbei. Die durchdrehenden Räder schleuderten Kies empor: kleine Steine schlugen mit lautem Hämmern ans Bodenblech.

Als Holly den breiten Bereich zwischen Farmhaus und Schuppen erreichte, wendete sie nicht etwa, sondern trat auf die Bremse. Sie starrte zur Windmühle, die sich nun auf der anderen Seite des Teichs befand.

Es gab kein Ziel für sie, das Geborgenheit versprach. Wohin sie auch floh – Jim würde sie finden. Er konnte in die Zukunft sehen, zumindest bis in einem gewissen Maß – und vielleicht zeigten ihm die Visionen so viele Einzelheiten, wie *der Freund* angedeutet hatte. Er konnte eine Trockenmauer in ein gräßliches, lebendes Monstrum verwandeln, Kalkstein zu einer transparenten Substanz metamorphieren und mit wogendem Licht füllen. Er konnte ein Ungeheuer in ihre Träume projizieren, in die Tür des Motelzimmers. Er konnte ihre Spuren verfolgen, sie finden, ihr eine Falle stellen. Er hatte ihr einen Platz in seiner von Wahn bestimmten Fantasiewelt gegeben, und wahrscheinlich wollte er nach wie vor, daß sie die ihr zugewiesene Rolle spielte. *Der Freund* in Jim – und Jim selbst – mochte bereit sein, sie gehen zu lassen. Aber die dritte Persönlichkeit – der mörderische Aspekt seines Ichs, *der Feind* – gierte nach ihrem Blut. Vielleicht hatte sie Glück. Vielleicht hinderten die zwei guten Aspekte in ihm den dritten daran, dominant zu werden, die Kontrolle zu übernehmen und mit der Jagd zu beginnen. Doch Holly bezweifelte das. Außerdem entsetzte sie die Vorstellung, während der nächsten Monate und Jahre darauf zu warten, daß sich eine Wand vorwölbte, einen Rachen bildete und ihr die Hand abbiß.

Ein weiteres Problem kam hinzu ...

Sie durfte Jim nicht im Stich lassen. Er brauchte sie.

DRITTER TEIL
Der Feind

Von Kindesbeinen an
bin ich nicht gewesen,
wie andere waren.
Ich habe nicht gesehen,
wie andere sahen.

Allein, Edgar Allan Poe

Vibrationen in einem Draht,
Eiskristalle
in einem Herz, so hart.
Kaltes Feuer.

Die Kühle einer Seele:
Stahl, in Frost erstarrt,
finsterer Zorn, in Schwärze verharrt.
Kaltes Feuer.

Schutz vor
einem Leben in Not
vor Zwietracht und Tod:
Kaltes Feuer.

Das Buch Gezählten Leids

Der Rest des 29. August

1

Holly saß im Ford, starrte zur alten Windmühle und spürte eine Mischung aus Furcht und Freude. Die Freude verblüffte sie. Vielleicht ging die frohe Erregung auf den Umstand zurück, daß sie zum erstenmal in ihrem Leben etwas gefunden hatte, das einen Einsatz lohnte. Diesmal fehlte etwas Beiläufiges. Es handelte sich nicht um eine Bis-ich-mich-langweile-Verpflichtung. Hier und jetzt war sie bereit, ihr Leben zu riskieren, für Jim und jenen Mann, zu dem er als Gesunder werden konnte, für ihre gemeinsame Zukunft.

Selbst wenn er sie aus freiem Willen aufgefordert hätte, sich von ihm zu trennen, ihn nie wiederzusehen – sie wäre nicht bereit gewesen, ihn jetzt einfach seinem Schicksal zu überlassen. *Er ist meine Rettung,* dachte Holly. *Und ich bin seine.*

Die Mühle erhob sich wie ein Wächter unter dem aschgrauen Himmel. Jim erschien nicht in der Tür; vielleicht schlief er nach wie vor.

Es gab noch immer viele Geheimnisse im Geheimnis, aber einige Wahrheiten waren inzwischen schmerzhaft klar. Manchmal kam er zu spät, um jemanden zu retten – das galt zum Beispiel für Susie Jawolskis Vater. Der Grund: Er handelte nicht im Auftrag einer unfehlbaren göttlichen Macht oder eines allwissenden Außerirdischen; er war nur ein Mensch, wenn auch ein Mensch mit besonderen Fähigkeiten, und daher gab es Grenzen für ihn. Offenbar glaubte er, in Hinsicht auf seine Eltern versagt zu haben. Ihr Tod lastete als schwere Bürde auf seinem Gewissen, und er versuchte, Erlösung zu finden, indem er andere Personen rettete: WEIL ER WIE MEIN VATER AUSSIEHT, DEN ICH NICHT GERETTET HABE.

Holly verstand jetzt auch, warum *der Feind* sich nur bemerkbar machte, wenn Jim schlief. Er fürchtete sich vor dem dunklen Aspekt seines Selbst, vor der Verkörperung des Zorns, und deshalb unterdrückte er ihn, solange er wach war. In Laguna Niguel materialisierte *der Feind* in der Schlafzimmerdecke, während Jim schlief, und er existierte auch für einige Zeit nach seinem Erwachen. Aber als er durch die Decke im Bad brach, löste er sich wie das Traumbild auf, das er darstellte. Träume sind Tore, behauptete *der Freund*, und diese Warnung stammte direkt von Jim. Träume waren Tore, ja, aber nicht für finstere, den Geist kontrollierende Ungeheuer, sondern für das Unterbewußtsein; was sich in ihnen manifestierte, war nur allzu menschlich.

Holly verfügte über weitere Teile des Puzzles, aber sie wußte nicht, wo und wie sie ins Bild paßten.

Sie warf sich vor, am Montag nicht die richtigen Fragen gestellt zu haben, als Jim schließlich die Verandatür öffnete und sie in sein Leben einließ. Er hatte darauf bestanden, nur ein Instrument zu sein, ohne eigene Macht. Holly gab sich zu schnell damit zufrieden und verzichtete darauf, tiefer zu bohren, genauere Auskünfte zu verlangen. Ihre Interviewmethode war ebenso naiv gewesen wie die Jims, als sich ihnen *der Freund* zum erstenmal zeigte.

Sie erinnerte sich an ihren Ärger darüber, daß Jim die Antworten *des Freundes* sofort als wahr akzeptierte. Jetzt begriff sie, daß er *den Freund* aus den gleichen Gründen geschaffen hatte, die auch alle übrigen Opfer des Syndroms der multiplen Persönlichkeit veranlaßten, andere Identitäten zu entwickeln: um in einer Welt zurechtzukommen, die ihn verwirrte und erschreckte. Als hilfloser und furchterfüllter Zehnjähriger flüchtete er in Fantasien. Er erfand *den Freund* als magisches Wesen, als eine Quelle für Trost und Hoffnung. Als Holly *den Freund* aufforderte, sich logisch zu erklären, leistete Jim Widerstand, denn ihre Beharrlichkeit bedrohte ein Konzept, das ihm inneren Halt verlieh.

Aus ähnlichen Gründen hatte sie ihm am Montagmorgen nicht alle wichtigen Fragen gestellt: Jim war *ihr* Traum, den sie für die Stabilität ihres eigenen Ichs brauchte. Als traumhafter Held trat er in ihr Leben, rettete Billy Jenkins mit traumhafter Sicherheit und traumhaftem Elan. Erst zu jenem Zeitpunkt wurde ihr klar, daß sie dringend jemanden wie ihn benötigte. Anstatt ihn gründlich zu befragen, wie es die Pflicht eines guten Reporters gewesen wäre, begnügte sie sich mit dem Jim Ironheart, den er ihr beschrieb – aus unterbewußter Furcht davor, ihn zu verlieren.

Jetzt bestand ihre einzige Hoffnung darin, die ganze Wahrheit aus ihm herauszuholen. Wenn er gesund werden sollte, mußten sie verstehen, warum er diese besondere und bizarre Fantasiewelt geschaffen und im Namen Gottes übermenschliche Kräfte entwickelt hatte, um sie zu erhalten.

Holly saß am Steuer, die Hände um das Lenkrad geschlossen, zum Handeln bereit – ohne zu wissen, worauf es jetzt ankam. Es gab niemanden, den sie um Hilfe bitten konnte. Sie brauchte Antworten, die sich in der Vergangenheit oder in Jims Unterbewußtsein verbargen, zwei Bereiche, die ihr derzeit verschlossen blieben.

Dann begriff sie plötzlich, daß Jim ihr bereits einige Schlüssel gegeben hatte, um die Tür zu seinen Geheimnissen aufzuschließen. Als sie New Svenborg erreicht hatten, begann er mit einer Besichtigungstour, die ihr zunächst wie ein Versuch erschien, die Weiterfahrt zur Farm hinauszuschieben. Doch jetzt stellte sie sich der Erkenntnis, daß er dabei die bisher wichtigsten Hinweise gegeben hatte. Jedes nostalgische Wahrzeichen bot Einblick in seine Vergangenheit und in die Rätsel der Gegenwart. Wenn sie in diesem Zusammenhang zusätzliche Informationen gewann, konnte sie ihm vielleicht helfen.

Jim sehnte sich nach Hilfe. Ein Teil von ihm wußte, daß er krank war, gefangen in schizophrenen Imaginationen, und er wollte in die Realität zurückkehren. Holly hoffte nur, daß er *den Feind* unterdrückte, bis sie Gelegenheit fand, auch die restlichen Fragen zu beantworten. Dem dunkelsten Aspekt seines Selbst lag nichts daran, daß sie einen Erfolg erzielte. So etwas mußte notwendigerweise seinen Tod zur Folge haben, und deshalb würde er Holly töten, sobald er eine Chance dazu bekam.

Wenn Jim und sie ein gemeinsames Leben führen, wenn sie *über*leben wollten, so lag ihre Zukunft in seiner Vergangenheit, und die Vergangenheit wartete in New Svenborg.

Holly drehte das Steuer nach rechts, fuhr über die Zufahrt zur Landstraße – und hielt erneut. Einmal mehr blickte sie zur Windmühle.

Jim mußte an seiner eigenen Heilung mitwirken. Sie konnte nicht einfach die Wahrheit herausfinden und anschließend versuchen, ihn davon zu überzeugen. Er mußte sie selbst entdecken.

Holly liebte ihn.

Und sie fürchtete ihn.

Die Liebe hatte inzwischen feste Wurzeln in ihr geschlagen, gehörte zu ihrer physischen Existenz wie Blut, Knochen und Sehnen.

Aber fast jede Furcht ließ sich überwinden – indem man eine Konfrontation mit ihrer Ursache herbeiführte.

Ihr Mut erstaunte sie, als Holly über den Kiespfad zur Mühle fuhr. Dort betätigte sie dreimal die Hupe, wartete einige Sekunden und drückte erneut auf die Mitte des Lenkrads.

Jim erschien im Zugang der Mühle. Er trat in den grauen Morgen und blinzelte.

Holly öffnete die Tür und stieg aus. »Bist du wach?«

»Sehe ich wie ein Schlafwandler aus?« erwiderte er und näherte sich dem Wagen. »Was ist los?«

»Ich möchte nur ganz sicher sein, daß du wach bist, *vollkommen* wach.«

Jim blieb zwei oder drei Meter vor Holly stehen. »Ich schlage vor, wir öffnen die Kühlerhaube. Dann halte ich den Kopf darunter, und du hupst zwei Minuten lang, um mich von den letzten Resten der Benommenheit zu befreien. Meine Güte, Holly, was ist los?«

»Wir müssen miteinander reden. Steig ein.«

Jim runzelte die Stirn, ging um den Wagen herum und nahm auf der Beifahrerseite Platz. »Steht ein unangenehmes Gespräch bevor?«

»Ich glaube schon.«

Vor ihnen knarrten die Windmühlenflügel. Sie begannen damit, sich langsam und mit lautem Knirschen zu drehen; vermoderte Holzteile fielen herab.

»Hör auf«, wandte sich Holly an Jim. Sie fürchtete, daß die Bewegungen der Flügel *den Feind* ankündigten. »Ich weiß, daß dir nicht gefallen wird, was ich zu sagen habe, aber es hat keinen Sinn zu versuchen, mich abzulenken.«

Er gab keine Antwort, starrte fasziniert zur Mühle und schien Holly überhaupt nicht zu hören.

Die Flügel drehten sich schneller.

»Jim, verdammt!«

Schließlich drehte er den Kopf, ganz offensichtlich von der Mischung aus Furcht und Ärger in ihrer Stimme verwirrt. »Was?«

Die Windmühlenflügel schwangen herum, schneller und immer schneller, sie wirkten wie ein gespenstisches Riesenrad bei einem Volksfest der Verdammten.

»Zum Teufel auch!« stieß Holly hervor. Die drehenden Flügel

weckten prickelndes Entsetzen in ihr. Sie schaltete in den Rückwärtsgang, blickte über die Schulter und steuerte den Wagen mit hoher Geschwindigkeit am Teich vorbei.

»Wohin fahren wir?« fragte Jim.

»Nicht weit.«

Die Windmühle nahm einen zentralen Platz in Jims Wahnvorstellungen ein, und deshalb hielt es Holly für angebracht, daß er sie nicht sehen konnte, während sie miteinander sprachen. Sie wendete, erreichte das Ende der Zufahrt und parkte so, daß sich die Landstraße vor ihnen erstreckte.

Dann kurbelte sie das Seitenfenster herunter, und Jim folgte ihrem Beispiel.

Als sie den Zündschlüssel drehte, erstarb das Brummen des Motors. Holly wandte sich Jim zu. Sie wußte nun, wie es um ihn stand; vielleicht verspürte sie gerade deshalb den Wunsch, seine Wangen zu berühren, ihm übers Haar zu streichen, ihn zu umarmen. Er weckte einen Mutterinstinkt in ihr, von dem sie bisher überhaupt nichts gewußt, dessen sie sich gar nicht für fähig gehalten hatte. Gleichzeitig spürte sie eine starke erotische Ausstrahlungskraft, die ebenfalls über ihre bisherigen Erfahrungen hinausging.

Und nicht nur das, dachte die Zynikerin in ihr. *Er stimuliert auch Selbstmordneigungen in dir. Lieber Himmel, Thorne, er hat praktisch damit gedroht, dich umzubringen!*

Aber er hatte ihr auch mitgeteilt, daß er sie liebte.

Warum mußte alles so kompliziert sein?

»Bevor ich beginne ...«, sagte sie. »Du sollst wissen, daß ich dich liebe.« Das war eine besonders dumme und naive Einleitung. Sie klang so falsch. Worte genügten nicht mehr, um ihr Empfinden zu beschreiben, denn das Gefühl ging tiefer, als sie es für möglich gehalten hätte. Außerdem betraf es nicht nur einen emotionalen Aspekt, sondern auch andere, wie zum Beispiel Furcht und Hoffnung. Trotzdem betonte Holly noch einmal: »Ich liebe dich wirklich.«

Jim griff nach ihrer Hand und lächelte mit aufrichtiger Freude. »Du bist wundervoll, Holly.«

Die Antwort bestand nicht aus einem *Ich liebe dich auch, Holly,* aber das belastete sie kaum. Sie hegte keine besonders ausgeprägten romantischen Erwartungen. *So einfach ist es nicht.* Wenn man

Jim Ironheart liebte, so verlor man sein Herz an den gequälten Max de Winter aus *Rebecca*, an Superman und Jack Nicholsen in einer beliebigen Rolle. Nein, es war nicht einfach – aber auch nicht langweilig.

»Weißt du, als ich gestern die Motelrechnung bezahlte und du mich vom Wagen aus beobachtet hast, dachte ich plötzlich daran, daß ich noch kein Ich-liebe-dich von dir gehört hatte. Ich wollte mit dir losfahren, mich dir ausliefern, obwohl du noch nicht die magischen Worte ausgesprochen hattest. Doch dann fiel mir ein, daß es mir ebenso erging. Ich versuchte wie du, eine gewisse Distanz zu wahren, mich mit Zurückhaltung zu schützen. Nun, diese Einstellung gebe ich jetzt auf. Ich wage mich auf das hohe Drahtseil, obwohl kein Netz darunter gespannt ist – weil du mir gestern nacht gesagt hast, daß du mich liebst. Ich hoffe nur, daß es ehrlich gemeint ist.«

Jim runzelte die Stirn.

»Du erinnerst dich nicht daran«, fuhr Holly fort, »aber du *hast* es mir gesagt. Das L-Wort bereitet dir einige Schwierigkeiten, vielleicht deshalb, weil deine Eltern starben, als du noch so jung warst. Vielleicht zögerst du, dich an jemanden zu binden, weil du fürchtest, die betreffende Person ebenfalls zu verlieren. Sofortige Psychoanalyse. Holly Freud. Wie dem auch sei: Du hast darauf hingewiesen, daß du mich liebst, und das werde ich dir gleich beweisen. Doch bevor ich richtig loslege, möchte ich dir folgendes mitteilen: Ich hätte nie geglaubt, jemandem so intensive Gefühle entgegenbringen zu können wie dir. Was ich gleich sagen werde, klingt hart und ist sicher schwer zu verdauen, aber du weißt jetzt, daß ich dich liebe.«

Jim starrte sie groß an. »Ja, in Ordnung, aber …«

»Du kommst später an die Reihe.« Holly hauchte ihm einen Kuß auf die Lippen und lehnte sich wieder zurück. »Hör mir erst einmal zu.«

Sie berichtete ihm von ihren Überlegungen, erklärte ihm, warum sie sich aus der Mühle geschlichen hatte, während er schlief – und warum sie zurückgekehrt war. Jim hörte mit wachsendem Zweifel zu, und sie kam seinen immer häufigeren Einwänden zuvor, indem sie ihm kurz die Hand drückte, einen Finger zu seinen Lippen hob oder ihn erneut küßte. Sie nahm den Schreibblock vom Rücksitz, und die Antworten der Wesenheit verblüfften ihn so sehr, daß er mehrere Minuten lang überhaupt keinen Ton von sich gab. WEIL ER WIE MEIN VATER AUSSIEHT, DEN ICH NICHT GERETTET HABE. Ihm zitterten die Hände, als er den Block hielt und auf diese unglaublichen Worte starrte. Er las auch die anderen überraschenden Botschaften, die sich auf mehreren Seiten wiederholten – ER LIEBT DICH HOLLY / ER WIRD DICH TÖTEN HOLLY –, und seine Hände bebten heftiger.

»Ich würde dir nie etwas antun«, sagte er mit brüchiger Stimme und blickte auf den Block. »Nie.«

»Ich weiß«, erwiderte Holly.

Auch Dr. Jekyll wollte sich nicht in den mörderischen Mr. Hyde verwandeln, dachte sie.

»Trotzdem glaubst du, daß dies hier von mir stammt, nicht vom *Freund*.«

»Ich bin ganz sicher, Jim.«

»Wenn *der Freund* diese Worte an dich gerichtet hat, und wenn *der Freund* mit mir identisch beziehungsweise ein Teil von mir ist, wie du glaubst, so müßte es eigentlich heißen: ›Ich liebe dich Holly.‹«

»Ja«, sagte sie sanft.

Jim sah vom Block auf und begegnete ihrem Blick. »Wenn du an die Ich-liebe-dich-Botschaft glaubst ... Hältst du dann auch die andere für echt, die Ich-werde-dich-töten-Warnung?«

»Nun ... Ich bin tatsächlich davon überzeugt, daß mich ein dunkler Aspekt in dir töten will.«

Jim zuckte so heftig zusammen, als hätte ihm Holly einen Schlag versetzt.

»*Der Feind* will meinen Tod. Er ist ganz versessen darauf, mich umzubringen, weil ich dir zeige, was hinter den jüngsten Ereignissen steckt, weil ich dich hierhergebracht habe, dich mit der Ursache deiner Fantasiewelt konfrontiere.«

Jim schüttelte langsam den Kopf.

»Genau diese Hilfe hast du dir erhofft«, fügte Holly hinzu. »Deshalb hast du mein Interesse geweckt, mich zu dir gelockt.«

»Nein, das stimmt nicht. Ich habe nie ...«

»Es ist die Wahrheit.« Es war außerordentlich gefährlich, Jim zu zwingen, sich der Realität zu stellen. Aber es gab keine andere Möglichkeit, ihm zu helfen. »Wenn du verstehen kannst, was geschehen ist, wenn du die Existenz von zwei anderen Persönlichkeiten akzeptierst, oder auch nur die Möglichkeit ihrer Existenz ... Dann leitest du vielleicht das Ende *des Freundes* und *des Feindes* ein.«

Jim schüttelte noch immer den Kopf, als er erwiderte: »*Der Feind* wird sich nicht friedlich zurückziehen.« Sofort blinzelte er, überrascht von diesen Worten und ihrer Bedeutung.

»Verdammt«, murmelte Holly und fröstelte. Jim hatte gerade ihre Theorie bestätigt – ob er es zugab oder nicht –, und außerdem wiesen die sieben Worte darauf hin, daß er seine absonderliche Fantasiewelt verlassen wollte.

Er war so blaß wie jemand, der gerade erfahren hatte, daß ein Krebsgeschwür in ihm wucherte. Es gab *tatsächlich* etwas Bösartiges in ihm, doch es betraf den Geist, nicht den Körper.

Eine leichte Brise wehte durch die offenen Seitenfenster des Wagens und erfüllte Holly mit neuer Hoffnung.

Das optimistische Gefühl dauerte jedoch nicht lange. Es verflüchtigte sich, als auf dem Block in Jims Händen folgende Botschaft erschien: DU STIRBST.

»Ich bin es nicht«, sagte Jim ernst, obgleich er vor wenigen Sekunden ein subtiles Geständnis abgelegt hatte. »Ich *kann* es nicht sein.«

Weitere Worte bildeten sich auf dem Papier. ICH KOMME. DU STIRBST.

Holly gewann den Eindruck, daß sich die ganze Welt in eine Kirmes-Geisterbahn voller Gespenster und Phantome verwandelte. Ständig mußte man damit rechnen, daß irgend etwas aus dem Schatten sprang – sogar aus hellem Sonnenschein. Aber in diesem besonderen Fall bestanden die Ungeheuer nicht aus Pappmaché, sondern fügten echte Schmerzen zu, zerfetzten lebendes Fleisch und töteten, wenn sie Gelegenheit dazu fanden.

Holly ging von der Annahme aus, daß *der Feind* – ebenso wie *der Freund* – mit Unsicherheit auf festen Willen reagierte. Sie griff nach dem Block und warf ihn aus dem Fenster. »Zur Hölle damit. Ich lese den Blödsinn nicht mehr. Hör mir zu, Jim. Wenn ich recht habe, ist *der Feind* die Verkörperung deines Zorns über den Tod der Eltern. Deine Wut war so groß, daß sie den zehnjährigen Jim erschreckte, und deshalb verdrängte er sie aus seinem Innern, schob sie nach draußen und gab ihr eine andere Identität. Aber du bist ein einzigartiges Opfer des Syndroms der multiplen Persönlichkeit: Du hast die Macht, deinen anderen Identitäten eine echte physische Existenz zu geben.«

Jim begann zu ahnen, daß Holly recht haben konnte, aber trotzdem weigerte er sich strikt, sich mit der Wahrheit abzufinden. »Was soll das heißen? Daß ich eine Art sozial tolerierbarer Verrückter bin?«

»Du bist nicht verrückt«, versicherte ihm Holly rasch. »Geistig krank, ja, aber nicht in dem Sinne verrückt. Du sitzt in einem psychologischen Käfig, den du für dich selbst gebaut hast. Jetzt willst du heraus, aber dir fehlt der Schlüssel.«

Jim schüttelte den Kopf. Kleine Schweißperlen glänzten an seinem Haaransatz, und er war noch blasser als vorher. »Nein, das ist nur eine schöne Umschreibung. Wenn du wirklich recht hast, bin ich total übergeschnappt und sollte in einer Gummizelle sitzen, mit Beruhigungsmitteln vollgepumpt.«

Holly griff nach den beiden Händen des Mannes an ihrer Seite und hielt sie fest. »Nein. Hör auf damit. Du kannst einen Ausweg finden, ich bin völlig sicher. Du bist in der Lage, dich aus der Fantasiewelt zu lösen und wieder ganz du selbst zu werden.«

»Woher willst du das wissen? Bei Gott, ich ...«

»Weil du kein gewöhnlicher Mensch bist«, fuhr Holly fort. »Du hast eine gewaltige Macht, tief in dir, und damit bist du in der Lage, viel Gutes zu bewirken. Sie stellt etwas dar, das anderen Menschen nicht zur Verfügung steht. Sie kann zu einer *heilenden* Kraft werden. Verstehst du? Du bist imstande, Glocken läuten, dreifache Herzschläge und Stimmen aus leerer Luft erklingen zu lassen. Du bist imstande, Wände in lebendes Fleisch zu verwandeln, Bilder in meine Träume zu projizieren und in die Zukunft zu sehen, um Männer, Frauen und Kinder zu retten. Mit solchen Fähigkeiten sollte es dir nicht sehr schwerfallen, dich selbst zu heilen.«

Entschlossene Ungläubigkeit zeigte sich auf Jims Gesicht. »Wie kann irgendein Mensch über eine solche Macht verfügen?«

»Keine Ahnung. Aber du hast sie.«

»Sie muß von einem höheren Wesen stammen. Um Himmels willen, ich bin doch nicht Superman!«

Holly hieb mit der Faust aufs Lenkrad. »Du bist Telepath, Telekinet, und Tele-Wasweißich, verdammt! Na schön, du kannst nicht fliegen und hast keinen Röntgenblick. Du kannst keinen Stahl mit bloßen Händen verbiegen, bist auch nicht schneller als Gewehrkugeln. Trotzdem kommst du Superman näher als jeder andere Mensch. Du hast sogar noch bessere Fähigkeiten – zum Beispiel deine Gabe, in die Zukunft zu sehen. Vielleicht siehst du nicht alles, nur einzelne Fragmente zukünftiger Ereignisse, aber sie genügen dir, um zu handeln, um dem Schicksal ein Schnippchen zu schlagen.«

Hollys feste Überzeugung erschütterte Jim. »Woher habe ich diese Magie?«

»Ich weiß es nicht.«

»Womit dein Gebäude aus Spekulationen das Fundament verliert.«

»Da irrst du dich«, widersprach Holly verärgert. »Gelb hört nicht auf, gelb zu sein, nur weil ich keine Erklärung dafür weiß, warum das Auge verschiedene Farben wahrnimmt. Du *hast* die Macht. Du *bist* die Macht, nicht Gott oder irgendein Außerirdischer auf dem Grund des Mühlteichs.«

Jim zog die Hände zurück, blickte durch die Windschutzscheibe, beobachtete die Straße und das staubige, trockene Land dahinter. Offenbar fürchtete er sich davor, die enorme Kraft in seinem Innern zu akzeptieren – vielleicht deshalb, weil sie mit einer Verantwortung einherging, die er für zu groß hielt.

Holly spürte, daß er ihrem Blick auswich, weil ihn die Vorstellung einer geistigen Krankheit beschämte. Er war so stoisch, so stark und stolz auf seine Stärke, daß er die Vorstellung dieser Schwäche zurückwies. Sein Leben gründete sich auf die Prinzipien Selbstbeherrschung und Selbständigkeit, und in diesem Zusammenhang wurde die selbstauferlegte Einsamkeit zu einer Tugend, wie bei einem Mönch, der nur sich und Gott brauchte. Aber jetzt sagte ihm Holly, daß seine Entscheidung, zu einem eisernen Mann und Einzelgänger zu werden, keineswegs gut überlegt war, sondern auf dem verzweifelten Versuch basierte, mit einem emotionalen Chaos fertig zu werden, das ihn zu zerstören drohte. Mehr noch: sein Bedürfnis nach Selbstkontrolle hatte ihn über die Grenze des rationalen Verhaltens getragen.

Holly dachte an die Worte auf dem Block: ICH KOMME. DU STIRBST.

Sie startete den Motor.

»Wohin fahren wir?« erkundigte sich Jim.

Sie antwortete ihm nicht. Als sie den Ford zur Landstraße steuerte und nach rechts bog, in Richtung New Svenborg, fragte sie statt dessen: »Warst du als Junge etwas Besonderes?«

»Nein«, erwiderte Jim sofort und ein wenig zu scharf.

»Gab es überhaupt keine Hinweise auf spezielle Talente oder ...«

»Nein, verdammt, nichts dergleichen.«

Seine plötzliche Nervosität, verraten durch Ruhelosigkeit und zitternde Hände, überzeugte Holly davon, daß sie eine Wahrheit berührt hatte. Er *war* etwas Besonderes gewesen, ein begabtes Kind. Als sie ihn darauf ansprach, begann er in jener Gabe den Keim der Macht zu sehen, die jetzt in ihm wohnte. Aber er wollte es nicht zugeben und schützte sich, indem er alles leugnete.

»An was hast du gerade gedacht?«

»An nichts.«

»Komm schon, Jim.«

»Wirklich an nichts.«

Es fielen Holly keine weiteren Fragen ein. Sie sagte nur: »Es stimmt. Du bist begabt. Die Macht stammt nicht von Göttern oder Außerirdischen, sondern von dir selbst.«

Jim gab einen Teil seines Widerstandes auf – vielleicht aufgrund der Gedanken, die ihm gerade durch den Kopf gegangen waren und die er nicht mit Holly teilen wollte. »Ich weiß nicht ...«

»Es stimmt.«

»Vielleicht.«

»Es stimmt. Erinnerst du dich daran, daß *der Freund* behauptete, nach den Maßstäben seiner Spezies sei er nur ein Kind? Nun er *ist* ein Kind, ein ewiges Kind, für immer in jenem Alter gefangen, in dem du ihn geschaffen hast – als zehnjähriger Knabe. Das erklärt sein unreifes Gebaren, das Prahlen, den Trotz. *Der Freund* verhielt sich nicht wie ein zehntausend Jahre altes Kind, sondern wie ein zehnjähriger Junge.«

Jim schloß die Augen und lehnte sich zurück. Es schien ihn zu erschöpfen, über Hollys Ausführungen nachzudenken. Doch seine innere Anspannung war noch immer sehr stark; sie kam in den Händen zum Ausdruck, die er im Schoß zu Fäusten ballte.

»Wohin fahren wir, Holly?«

»Wir machen einen kleinen Ausflug.« Sie ließ nicht locker; während der Wagen an goldenen Feldern und Hügeln vorbeirollte, setzte sie Jim sanft unter Druck. »Aus diesem Grund manifestiert sich *der Feind* als eine Kombination aller Filmmonster, die jemals einen zehnjährigen Knaben erschreckt haben. Das Etwas, das ich in meinem Motelzimmer sah, war kein *reales* Wesen – das begreife ich jetzt. Es hatte keine biologische Struktur, die einen Sinn ergibt, wirkte nicht einmal wie eine extraterrestrische Lebensform. Es stellte vielmehr das entsetzlichste Ungeheuer dar, das sich ein Zehnjähriger vorstellen kann.«

Der Mann auf dem Beifahrersitz antwortete nicht.

Holly sah kurz zur Seite. »Jim?«

Seine Augen waren noch immer geschlossen.

Hollys Herz klopfte schneller. »Jim?«

Er richtete sich auf und hob die Lider, als er die Besorgnis in ihrer Stimme hörte. »Ja?«

»Um Himmels willen, schließ nicht so lange die Augen. Vielleicht wärst du eingeschlafen, und ich hätte es erst bemerkt, wenn ...«

»Glaubst du etwa, ich kann mit *solchen* Gedanken schlafen?«

»Ich weiß nicht. Eines steht fest: Ich möchte kein Risiko eingehen. Halt die Augen offen, in Ordnung? Wenn du wach bist, gelingt es dir, *den Feind* zu unterdrücken. Er kommt nur ins Hier, wenn du schläfst.«

In der Windschutzscheibe formten sich Worte, von links nach rechts – wie die Computeranzeige im Cockpit eines Kampfflugzeugs. Die Buchstaben mochten etwa einen Zoll groß sein: TOT TOT TOT TOT TOT TOT.

Holly versuchte, sich ihre Furcht nicht anmerken zu lassen. »Zum Teufel damit«, sagte sie und schaltete die Scheibenwischer ein, als sei die Drohung nur lästiger Schmutz, der leicht entfernt werden konnte. Doch die Worte blieben, und Jim las sie mit offensichtlichem Grauen.

Sie kamen an einer kleinen Farm vorbei, und Holly nahm den Duft von frisch gemähtem Gras wahr.

»Wohin fahren wir?« fragte Jim erneut.

»Wir haben gerade mit einer Forschungsreise begonnen.«

»Und was erforschen wir?«

»Die Vergangenheit.«

»Ich halte das von dir beschriebene Szenario noch immer für absurd«, sagte Jim wie gequält. »Himmel, ich *kann* es dir nicht abnehmen. Auf welche Weise sollten wir beweisen, ob es stimmt oder nicht?«

»Wir fahren in den Ort«, erklärte Holly. »Und dort machen wir die gleiche Besichtigungstour wie gestern. Svenborg: Geheimnisse, Rätsel und Romantik. Was für ein Kaff! Aber *irgend etwas* verbirgt sich dort. Du hast mir verschiedene Dinge gezeigt; dein Unterbewußtsein wies mich darauf hin, daß wir dort Antworten finden können. Wir suchen sie gemeinsam.«

Neue Worte erschienen unter den ersten sechs: TOT TOT TOT TOT TOT TOT.

Holly wußte, daß die Zeit knapp wurde. *Der Feind* wollte ins Diesseits wechseln, sie zerfleischen, sie verstümmeln, sie gnadenlos zerfetzen, bevor sie Gelegenheit bekam, Jim von ihrer Theorie zu überzeugen – und er weigerte sich zu warten, bis Jim schlief. Sie war nicht sicher, ob er den dunklen Aspekt seines Selbst weiterhin unterdrückten konnte, während sie ihn zu einer Konfrontation mit der Wahrheit zwang. Vielleicht entstanden Risse im Kokon seiner Selbstbeherrschung; vielleicht wurden die beiden wohlmeinenden Identitäten von der Flutwelle aus Finsternis fortgespült.

»Wenn ich wirklich diese bizarre multiple Persönlichkeit hätte, Holly ... Müßten deine Schilderungen dann nicht genügen, um mich sofort zu heilen, um die drei Teile meines Bewußtseins zu einem hundertprozentigen Jim Ironheart zu verschmelzen?«

»Nein. Es ist erforderlich, daß du daran *glaubst*, bevor der Heilungsprozeß beginnen kann. Wenn du deinen anomalen geistigen Zustand akzeptierst, so hast du die Möglichkeit, die Gründe dafür zu verstehen – und dieses Verstehen ist der erste schmerzvolle Schritt zur Heilung.«

»Sprich nicht wie ein Psychiater mit mir. Oder hast du etwa Psychiatrie studiert?«

Er suchte nun in Ärger Zuflucht, trachtete danach, Holly mit einem eisigen Blick einzuschüchtern, so wie vor zwei Tagen, als er sich bemüht hatte, sie auf Distanz zu halten. *Es hat in seinem Haus ebensowenig geklappt wie hier,* dachte sie. *Meine Güte, manchmal sind Männer wirklich beschränkt.*

»Ich habe einmal einen Psychiater interviewt«, antwortete sie.

»Oh, großartig. Dadurch wirst du natürlich zu einer qualifizierten Therapeutin.«

»Vielleicht. Der Psychiater, mit dem ich damals sprach, war

mindestens ebenso verrückt wie seine Patienten, und deshalb frage ich mich: Braucht man wirklich einen akademischen Grad?«

Jim holte tief Luft und ließ den Atem schaudernd entweichen. »Na schön. Angenommen, du hast recht und wir finden einen hieb- und stichfesten Beweis dafür, daß ich total übergeschnappt bin ...«

»Du bist nicht übergeschnappt, sondern ...«

»Ja, natürlich. Ich bin nur geistig krank und nicht in dem Sinne verrückt. Ich sitze in einem psychologischen Käfig. Nenn es, wie du willst. Wenn wir einen Beweis finden – was ich bezweifele –, was geschieht dann mit mir? Vielleicht lächle ich nur und sage: ›Oh, endlich geht mir ein Licht auf. Ich habe mir alles eingebildet, lebe in einer Fantasiewelt. Meine Güte, jetzt fühle ich mich viel besser. Laß uns zu Mittag essen.‹ Aber vielleicht passiert ganz etwas anderes. Vielleicht ... platze ich auseinander. Vielleicht explodiert eine Bombe in mir, die mich in eine Million Stücke zerreißt.«

»Ich kann nicht versprechen, daß dir die Wahrheit – wenn wir sie finden – Erlösung bietet, denn bisher hast du dein Heil darin gesucht, sie zu leugnen. Aber wir können nicht so tun, als sei alles in bester Ordnung. *Der Feind* haßt mich, und früher oder später wird er versuchen, mich zu töten. Du hast selbst davor gewarnt.«

Jim starrte auf die Worte in der Windschutzscheibe und schwieg. Ihm gingen die Argumente aus; möglicherweise ließ auch sein Widerstandswille nach.

Die Blockbuchstaben verblaßten und verschwanden.

Das mochte ein gutes Zeichen sein, ein Hinweis darauf, daß sein Unterbewußtsein Hollys Theorie für glaubwürdig zu halten begann. Oder *der Feind* begriff, daß er sie nicht mit Drohungen einschüchtern konnte – und versuchte nun, sich einen Weg in die Realität zu bahnen, um über sie herzufallen.

»Wenn er mich umbringt, wirst du einsehen, daß er *tatsächlich* ein Teil von dir ist«, fuhr Holly fort. »Und wenn du mich liebst, wie du mir in der vergangenen Nacht durch *den Freund* mitgeteilt hast, was steht dir dann bevor? Wird dann der Jim zerstört, den ich liebe? Bleibt dir dann nur noch eine Persönlichkeit – die *des Feindes*? Ich glaube, darauf läuft es hinaus. Mit anderen Worten: Es geht hier nicht nur um mein Überleben, sondern auch um deins. Wenn du eine Zukunft haben möchtest, müssen wir dieser Sache auf den Grund gehen.«

»Vielleicht graben und graben wir, ohne etwas zu finden. Was dann?«

»Nun, dann graben wir eben noch etwas tiefer.«

Als sie den Ort erreichten und den abrupten Übergang von ausgedörrtem braunem Land zu den dicht an dicht stehenden Häusern einer Pioniersiedlung erlebten, sagte Holly plötzlich: »Robert Vaughn.«

Jim hob überrascht den Kopf, aber der Grund dafür war nicht etwa Verwirrung angesichts dieser Bemerkung seiner Begleiterin. Er wußte sofort, was der Name bedeutete.

»Mein Gott!« stieß er hervor. »Die Stimme.«

»Die Stimme *des Freundes*«, fügte Holly hinzu und sah ihn kurz an. »Sie hat also auch für dich vertraut geklungen.«

Der Schauspieler Robert Vaughn hatte die Hauptrolle in der Fernsehserie *Solo für O.N.K.E.L.* gespielt und in vielen Filmen aalglatte Schurken dargestellt. Seine außerordentlich ausdrucksstarke Stimme konnte sowohl drohend als auch väterlich und beruhigend klingen.

»Robert Vaughn«, wiederholte Holly. »Aber warum? Weshalb nicht Orson Welles, Paul Newman, Sean Connery oder Fred Feuerstein? Es ist eine zu eigenartige Wahl, um keine Bedeutung zu haben.«

»Ich weiß nicht«, erwiderte Jim nachdenklich und hatte dabei das unangenehme Gefühl, daß er es wissen *sollte*. Er glaubte, nur die geistigen Hände ausstrecken zu müssen, um eine Erklärung zu finden.

»Glaubst du noch immer, daß *der Freund* ein Außerirdischer ist?« fragte Holly. »Eine extraterrestrische Wesenheit würde eine unscheinbare Stimme wählen, oder? Warum sollte sie die eines bestimmten Schauspielers nachahmen?«

»Ich habe Robert Vaughn einmal gesehen«, sagte Jim, verblüfft von einer vagen Erinnerung, die sich in ihm regte. »Nicht im Fernsehen oder Kino, sondern als wahrhaftige Person. Vor langer Zeit.«

»Wo? Wann?«

»Ich ... ich ... weiß es nicht.«

Jim gewann den Eindruck, auf einem schmalen Landstreifen zwischen zwei tiefen Schluchten zu stehen. Nirgends gab es Sicherheit. Auf der einen Seite befand sich sein bisheriges Leben, gefüllt mit inneren Qualen und Verzweiflung – die Gefühle, die er zu verdrängen versuchte, die ihn manchmal überwältigt hatten, so wie während seiner spirituellen Reise mit der Harley durch die Mohavewüste, als er nach einem Ausweg gesucht hatte, und sei es der Tod. Auf der anderen Seite lag eine ungewisse Zukunft, die Holly zu beschreiben versuchte, eine Zukunft, in der ihn angeblich Hoffnung erwartete, obgleich er fürchtete, daß sie nur Chaos und Wahnsinn für ihn bereithielt. Und der schmale Boden unter ihm gab allmählich nach.

Er erinnerte sich an einen kurzen Wortwechsel zwischen Holly und ihm, als sie vor zwei Nächten Seite an Seite im Bett lagen, nachdem sie sich zum erstenmal geliebt hatten. »*Menschen sind immer viel ... komplexer, als man zunächst glaubt.*«

»Ist das eine Beobachtung – oder eine Warnung?« fragte Holly.

»*Warnung?*«

»Vielleicht gibst du mir zu verstehen, daß du nicht das bist, was du zu sein scheinst.«

Nach einer langen Pause erwiderte er: »*Ja, vielleicht.*«

Und nach einer langen Pause erwiderte Holly: »*Ich glaube, es ist mir gleich.*«

Jim zweifelte nun nicht mehr daran, daß es eine Warnung gewesen war. Eine leise Stimme in ihm flüsterte, daß sie mit ihrer Analyse recht hatte, daß die Wesenheit in der Mühle tatsächlich verschiedene Aspekte seines Selbst darstellte. Aber wenn er am Syndrom der multiplen Persönlichkeit litt, so glaubte er nicht, daß man seinen Zustand nur als geistige Störung bezeichnen konnte, wie Holly behauptete. Das Wort *Wahnsinn* erschien ihm weitaus angemessener.

Sie bogen auf die Main Street. New Svenborg wirkte seltsam dunkel und bedrohlich – vielleicht deshalb, weil es hier eine Wahrheit gab, die Jim zwingen würde, von seinem schmalen mentalen Sims ins Chaos zu treten.

Er hatte einmal gelesen, daß nur Verrückte felsenfest von ihrer Rationalität überzeugt waren. Nun, in ihm gab es überhaupt keine unerschütterliche Sicherheit mehr, die ihm Trost gewährte. Der Wahnsinn, so vermutete er, bildete die Essenz der Ungewißheit, führte zu einer ebenso verzweifelten wie vergeblichen Suche nach Antworten, nach sicherem Terrain. Über dem wirbelnden Chaos gab es nur einen Platz, der mit Gewißheit lockte – er hieß Vernunft.

Holly parkte vor Handahls Apotheke am östlichen Ende der Main Street. »Ich schlage vor, wir beginnen hier.«

»Warum?«

»Hier haben wir zuerst gehalten, als du mir gestern Orte gezeigt hast, die für dich als Kind eine wichtige Rolle spielten.«

Holly stieg im Schatten einer der Magnolien aus, die auf beiden Straßenseiten wuchsen. Das Grün der Bäume wirkte angenehm, aber gleichzeitig verstärkte es die seltsame Disharmonie, die man überall spürte.

Als Holly die Eingangstür des im dänischen Stil errichteten Gebäudes öffnete, funkelten die Fensterscheiben an den schrägen Kanten, und eine Glocke läutete. Gemeinsam traten sie ein.

Jims Puls raste. Er glaubte nicht, daß in der Apotheke wichtige Ereignisse seiner Kindheit stattgefunden hatten, aber er spürte nun, daß sie den ersten Schritt zur Wahrheit darstellte.

Das Café und die Eisbar erreichte man durch einen Torbogen, und dort sah Jim einige Leute beim Frühstück. Direkt hinter der Tür befand sich der Zeitungsstand; Morgenzeitungen – größtenteils aus Santa Barbara – bildeten hohe Stapel. Hinzu kamen Zeitschriften und ein mit Taschenbüchern gefüllter Drehständer.

»Früher habe ich hier Taschenbücher gekauft«, sagte Jim. »Schon damals liebte ich Bücher, konnte gar nicht genug davon bekommen.«

Ein zweiter Torbogen führte in die Apotheke. Sie ähnelte den modernen amerikanischen Geschäften dieser Art, da sie mehr Kosmetika, diverse Schönheitsmittel und Produkte für die Haarpflege anbot als rezeptpflichtige Arzneien. Abgesehen davon wirkte sie fast idyllisch: Regale aus Holz anstatt aus Metall oder Kunststoff; der Tresen geschliffener Granit; ein angenehmer Duft, geschaffen von Kerzen aus Myrtenwachs, Kandiszucker, den Ausdünstungen von Zigarrentabak in der befeuchteten Vitrine hinter der Kasse; ein Hauch Äthylalkohol und die speziellen Aromen verschiedener Pharmazeutika.

Zwar war es noch früh, aber der Apotheker stand selbst im Laden und war in die Rolle des Verkäufers geschlüpft. Corbett Handahl war ein stämmiger Mann mit breiten Schultern, weißem Schnurrbart und weißem Haar. Unter dem gestärkten weißen Kittel trug er ein hellblaues Hemd.

Er sah auf. »Jim Ironheart, bei allen Heiligen!« entfuhr es ihm. »Wie lange ist es her? Mindestens drei oder vier Jahre, nicht wahr?«

Sie schüttelten sich die Hände.
»Vier Jahre und vier Monate«, erwiderte Jim. *Seit dem Tod meines Großvaters,* fügte er fast hinzu und verschluckte diese Bemerkung rasch. Der Grund dafür blieb ihm ein Rätsel.

Corbett spritzte Reinigungsflüssigkeit auf den Granittresen, wischte ihn mit einem Putzlappen ab, musterte Holly und lächelte.
»Wer auch immer *Sie* sind: Ich bin Ihnen zu ewigem Dank verpflichtet, weil Sie Schönheit in diesen grauen Morgen bringen.«

Corbett präsentierte sich als der perfekte Kleinstadt-Apotheker. Er war jovial genug, um wie ein ganz gewöhnlicher Mann zu wirken, obwohl er durch seine Tätigkeit zur Oberklasse in New Svenborg gehörte. Durch den Hang zum Scherzen wirkte er sofort sympathisch, und gleichzeitig strahlte er Kompetenz und Redlichkeit aus – man hatte das Gefühl, daß die von ihm hergestellten Arzneien in jedem Fall halfen. Die Einheimischen kamen nicht nur herein, wenn sie etwas brauchten; häufig besuchten sie ihn nur, um guten Tag zu sagen. Corbetts aufrichtiges Interesse an den Leuten im Ort förderte auch das Geschäft. Seit dreiunddreißig Jahren arbeitete er in der Apotheke, die er vor siebenundzwanzig Jahren von seinem verstorbenen Vater geerbt hatte.

Von Handahl ging gewiß keine Gefahr aus, aber trotzdem fühlte sich Jim plötzlich bedroht. Er wollte die Apotheke verlassen, bevor ...

Bevor was?

Bevor Handahl die falschen Worte aussprach. Bevor er zuviel enthüllte.

Aber *was* konnte er enthüllen?

»Ich bin seine Verlobte«, sagte Holly zu Jims Überraschung.

»Herzlichen Glückwunsch, Jim.« Handahl strahlte. »Du bist wirklich gut dran. Junge Dame, hoffentlich wissen Sie, daß seine Familie früher Ironhead – Eisenkopf – hieß, was ich für einen angemesseneren Namen halte. Ein ziemlich sturer Haufen.« Er zwinkerte und lachte.

»Jim führt mich durch den Ort und zeigt mir alles«, meinte Holly. »Eine Art sentimentale Reise, könnte man sagen.«

Handahl sah Ironheart an und runzelte die Stirn. »Ich hätte nicht gedacht, daß du New Svenborg so sehr magst, um sentimental zu werden.«

Jim zuckte mit den Schultern. »Einstellungen ändern sich.«

»Freut mich, das zu hören.« Handahl wandte sich wieder an Holly. »Als er bei seinen Großeltern wohnte, kam er häufig hierher, immer am Dienstag und Freitag, wenn neue Bücher und Zeitschriften von Santa Barbara eintrafen.« Er legte den Putzlappen beiseite und rückte Schachteln mit Kaugummi, Pfefferminz, Einwegfeuerzeugen und kleinen Kämmen zurecht. »Damals war Jim eine echte Leseratte. Liest du noch immer soviel?«

»Ja«, bestätigte Jim mit wachsendem Unbehagen und fürchtete sich vor den nächsten Worten des Apothekers. Aber er wußte noch immer nicht, warum irgendwelche Auskünfte Handahls eine so nachhaltige Wirkung auf ihn haben konnten.

»Deine Interessen waren ziemlich einseitig, wenn ich mich recht entsinne.« Und an Holly gerichtet: »Er gab sein Taschengeld für alle Science-fiction- und Gruselgeschichten aus, die ich ihm besorgen konnte. Nun, damals kamen zwei Dollar in der Woche einem kleinen Vermögen gleich. Immerhin kosteten normale Taschenbücher nur fünfundvierzig oder fünfzig Cents.«

Klaustrophobie senkte sich auf Jim herab, so dicht wie ein schweres Leichentuch. Die Apotheke erschien ihm schrecklich klein, bot kaum mehr genug Platz, und er verspürte nur noch den Wunsch, sie so schnell wie möglich zu verlassen.

Er kommt, dachte er in einem Anflug von Panik. *Er kommt.*

»Vielleicht lag es an seinen Eltern, daß ihn in erster Linie solche Sachen faszinierten«, sagte Handahl.

»Wie meinen Sie das?« Dünne Falten bildeten sich in Hollys Stirn.

»Ich kannte Jamie – Jims Vater – nicht besonders gut, aber an der Oberschule war ich nur eine Klasse unter ihm. Nichts für ungut, Jim, aber dein Vater hatte einige exotische Interessen. Nun, inzwischen hat sich die Welt geändert, und wahrscheinlich wirkten sie heute nicht mehr so ausgefallen wie damals in den fünfziger Jahren.«

»Exotische Interessen?« wiederholte Holly neugierig.

Jim sah sich in der Apotheke um und überlegte, aus welcher Richtung *der Feind* kommen, welcher Fluchtweg offen bleiben würde. Innerlich schwankte er zwischen einer akzeptierenden Haltung gegenüber Hollys Theorie und strikter Ablehnung. Derzeit war er völlig sicher, daß sie sich irrte. Es handelte sich nicht um eine Kraft, die aus seinem Innern stammte. *Der Feind* stellte ein separates, unabhängiges Wesen dar, ebenso wie *der Freund.* Er brachte

Unheil und Verderben, während *der Freund* Gutes bewirkte. Und schlimmer noch: Er konnte jeden beliebigen Ort aufsuchen, sich jederzeit manifestieren. Er *kam* nun. Jim wußte, daß er kam – um sie alle zu töten.

»Nun«, sagte Handahl, »als Kind kam Jamie hierher – damals kümmerte sich mein Vater um den Laden – und kaufte die Pulp-Magazine, deren Titelseiten Roboter, Ungeheuer und halbnackte Frauen zeigten. Häufig sprach er davon, daß wir eines Tages Menschen zum Mond schicken würden, und deshalb hielten ihn viele Leute für ein wenig sonderbar. Aber er hat recht behalten. Es wunderte mich nicht, als ich hörte, daß er seinen Job als Buchhalter aufgab, eine Frau aus dem Showbusineß heiratete und sich seinen Lebensunterhalt mit einer Psycho-Nummer verdiente.«

»Psycho-Nummer?« Holly sah Jim an. »Ich dachte, dein Vater hätte bei Warner Brothers gearbeitet und deine Mutter sei Schauspielerin gewesen.«

»Ja«, erwiderte er halblaut. »Das stimmt auch – bis sie ihre Nummer entwickelten.«

Er hatte sie fast vergessen, und das verwirrte ihn. Wie konnte man so eine Nummer vergessen? Er besaß alle Fotos von den Gastspielreisen; viele davon hingen an den Wänden in seinem Haus. Er sah sie jeden Tag, ohne sich daran zu erinnern, daß sie zwischen den einzelnen Vorstellungen entstanden waren.

Er kam. Es dauerte jetzt nicht mehr lange.

Der Feind befand sich in unmittelbarer Nähe.

Jim wollte Holly warnen, brachte jedoch keinen Ton hervor. Irgend etwas schien Lippen und Zunge gelähmt zu haben.

Das finstere Wesen kam.

Und es verhinderte, daß er Holly warnte. Es wollte sie überraschen.

Handahl rückte die letzten Schachteln zurecht. »Was mit ihnen geschah ... Eine Tragödie, eine echte Tragödie. Jim, als du damals hierhergekommen bist, um bei deinen Großeltern zu wohnen, warst du verschlossen und in dich gekehrt. Niemand bekam ein Wort aus dir heraus.«

Hollys Aufmerksamkeit galt vor allen Dingen Jim. Offenbar ahnte sie seine Verzweiflung.

»Im zweiten Jahr, nach Lenas Tod, stand es noch schlechter um ihn«, fuhr Handahl fort. »Er hatte ganz und gar die Sprache verloren, schien für den Rest seines Lebens stumm bleiben zu wollen. Erinnerst du dich, Jim?«

Holly hob erstaunt die Brauen. »Deine Großmutter starb im zweiten Jahr, als du elf warst?«

Ich habe ihr gesagt, daß sie seit fünf Jahren tot ist, dachte Jim. *Warum fünf Jahre, wenn die Wahrheit vierundzwanzig lautet?*

Das Wesen kam.

Er spürte es.

Es näherte sich.

Der Feind.

»Entschuldigt bitte«, sagte er. »Ich muß nach draußen, um frische Luft zu schnappen.« Hastig verließ er die Apotheke, blieb am Wagen stehen und keuchte.

Als er zurückblickte, stellte er fest, daß Holly ihm nicht gefolgt war. Durch das Schaufenster beobachtete er, wie sie sich weiterhin mit Handahl unterhielt.

Es kam.

Hör auf, Holly, fuhr es Jim durch den Sinn. *Sprich nicht mehr mit ihm. Flieh aus dem Laden.*

Es kam.

Jim lehnte sich an den Ford und dachte: *Ich fürchte Corbett Handahl, weil er mehr über mein Leben in New Svenborg weiß als ich.*

Bumm-Bumm-BUMM.

Es war da.

Handahl sah Jim verwundert nach.

»Ich glaube, er ist nie darüber hinweggekommen, was mit seinen Eltern geschah – und mit Lena«, sagte Holly.

Der Apotheker nickte. »Kein Wunder bei einer so schrecklichen Sache. Er war ein netter Junge; es brach ihm das Herz.« Bevor Holly Gelegenheit bekam, sich nach Lena zu erkundigen, fügte Handahl hinzu: »Wollen Sie mit ihm im Farmhaus wohnen?«

»Nein. Wir bleiben nur einige Tage hier.«

»Es geht mich eigentlich nichts an, aber ich finde es schade, daß soviel Land brachliegt.«

»Nun, Jim ist kein Farmer«, entgegnete Holly. »Und da sich niemand für das Anwesen interessiert ...«

»Wie bitte? Junge Dame, die Leute stünden Schlange, wenn Jim bereit wäre, die Farm zu verkaufen.«

Holly blinzelte.

»Auf dem Gelände gibt es einen guten artesischen Brunnen«, erklärte Handahl. »Man hat also immer Wasser, in einem County, in dem es häufig daran mangelt.« Der Apotheker lehnte sich an den granitenen Tresen und verschränkte die Arme. »Und damit noch nicht genug. Wenn der alte Mühlteich voll ist, übt die Wassermasse einen solchen Druck auf die Quelle aus, daß sich der Zustrom verringert. Aber wenn man zu pumpen beginnt, um Getreide zu bewässern, verstärkt sich der Zustrom wieder. Auf diese Weise bleibt der Teich praktisch immer gefüllt, wie der magische Krug im Märchen.« Er neigte den Kopf zur Seite und musterte Holly. »Hat Jim Ihnen gesagt, er fände keinen Käufer für die Farm?«

»Nun, ich nahm an ...«

»Tja, vielleicht *ist* er sentimental geworden«, brummte Handahl. »Vielleicht will er die Farm nicht verkaufen, weil er zu viele Erinnerungen damit verbindet.«

»Möglich«, entgegnete Holly. »Aber sicher sind es nicht nur gute.«

»Das stimmt wahrscheinlich.«

»Zum Beispiel der Tod seiner Großmutter«, sagte Holly und versuchte, wieder auf das eigentliche Thema zurückzukommen. »Sie starb ...«

Ein rasselndes Geräusch unterbrach sie. Mehrere Flaschen mit Shampoo, Haarspray, Vitaminen und bunten Tabletten wackelten in den Regalen.

»Ein Erdbeben«, sagte Handahl und blickte besorgt zur Decke hoch, als fürchte er, sie könne jeden Augenblick einstürzen.

Die Behälter in den Regalen erzitterten noch stärker, und Holly wußte, daß sie nicht von einem Erdbeben bewegt wurden. Das Rasseln vermittelte ihr eine Warnung: Sie sollte Handahl keine weiteren Fragen stellen.

Bumm-Bumm-BUMM, Bumm-Bumm-BUMM.

Die gemütliche Welt der Apotheke brach auseinander. Einige Flaschen fielen, jagten wie Geschosse heran. Holly duckte sich, hob die Arme über den Kopf. Mehrere kleine Behälter sausten dicht über sie hinweg und trafen Handahl. Die Vitrine mit dem Luftbefeuchter hinter der Kasse vibrierte, und Holly ließ sich instinktiv zu Boden fallen. Es krachte laut, und einen Sekundenbruchteil später regnete es Glassplitter; sie schnitten dort durch die Luft, wo Holly eben noch gestanden hatte. Rasch stand sie wieder auf und eilte zum Ausgang. Hinter ihr stürzte die schwere Kasse vom Tresen, verfehlte sie nur um wenige Zentimeter und ersparte ihr dadurch ein gebrochenes Rückgrat. Bevor sich die Wände verwandelten, bevor sie zu pulsieren begannen und ein entsetzliches Monstrum gebaren, erreichte Holly die Tür, floh am Zeitungsstand vorbei auf die Straße und ließ Handahl in einem Chaos zurück, das er noch immer für die Folgen eines Erdbebens hielt.

Der dreifache Herzschlag pochte nun aus dem Bürgersteig unter ihren Füßen.

Jim lehnte am Wagen und zitterte am ganzen Leib. Sein aschfahles Gesicht zeigte den Ausdruck eines Mannes, der dicht vor einem Abgrund stand, in die dunkle Tiefe starrte und versuchte, den Mut zum Sprung zu finden. Er reagierte nicht, als Holly seinen Namen nannte, schien fast bereit zu sein, vor der finsteren Macht zu kapitulieren, die er seit vielen Jahren unterdrückt – und gleichzeitig genährt hatte. Jetzt brach sie hervor.

Holly riß ihn vom Wagen fort, schlang die Arme um ihn, schmiegte sich an ihn, wiederholte immer wieder seinen Namen, rechnete damit, daß der Gehsteig neben ihr explodierte und ein gräßliches Etwas nach oben sprang, daß ein alptraumhaftes und *reales* Monstrum Greifklauen, Tentakel und Krallen nach ihr ausstreckte ... Aber der dreifache Herzschlag verklang. Nach einer Weile hob Jim ebenfalls die Arme und drückte sie an sich.

Der Feind hatte sich zurückgezogen.

Aber er war nicht ganz fort, er gab ihr nur eine Gnadenfrist.

Der Gedenkpark von New Svenborg erstreckte sich neben den Tivoli-Gärten. Ein schmiedeeiserner Speerspitzenzaun trennte den Friedhof vom Park, und mehrere Zedern und Pfeffersträucher erweiterten die Barriere.

Jim ließ den Ford langsam über die Zufahrt rollen. »Hier«, sagte er schließlich und hielt.

Als er ausstieg, fühlte er fast die gleiche Platzangst wie in der Apotheke, obgleich er jetzt im Freien stand. Der schiefergraue Himmel schien sich den Grabsteinen entgegenzusenken, während die rechteckigen und quadratischen Tafeln wie uralte Knochen aussahen, die aus dem Boden ragten. Das trübe Licht verlieh dem

Gras eine graugrüne Tönung. Das galt auch für die Bäume, die den Eindruck erweckten, als könnten sie jederzeit umstürzen und Jim unter sich zermalmen.

Er ging um den Wagen herum, verharrte neben Holly und deutete nach Norden. »Dort.«

Sie nahm seine Hand, und er war ihr dankbar dafür.

Seite an Seite wanderten sie zum Grab seiner Großeltern. Es befand sich auf einer kleinen Anhöhe des ansonsten flachen Friedhofs. Ein einzelner breiter Gedenkstein aus Granit erhob sich hinter den beiden Grabstellen.

Jims Herz pochte heftiger, und das Schlucken fiel ihm schwer.

Er las den rechts eingemeißelten Namen: LENA LOUISE IRONHEART.

Widerstrebend sah er auf Geburts- und Todesdatum. Sie war als Dreiundfünfzigjährige gestorben. Vor vierundzwanzig Jahren.

So mußte man sich nach einer Gehirnwäsche fühlen, nach einer umfassenden Manipulation des Gedächtnisses, wenn man feststellte, daß bestimmte Erinnerungen nicht den Tatsachen entsprachen. Die eigene Vergangenheit erschien Jim wie eine nebelumhüllte Landschaft, nur erhellt vom gespenstischen und wechselhaften Licht eines Mondes, der immer wieder hinter dichten Wolken verschwand. Plötzlich konnte er nicht mehr so deutlich wie noch vor einer Stunde über die Kluft der Jahre blicken – und er zweifelte an jener Realität, die sich ihm mit klar erkennbaren Einzelheiten darbot. Vielleicht stellten sich die deutlichen Reminiszenzen als von Dunst und Schatten geformte Trugbilder heraus, wenn er gezwungen wurde, sie aus der Nähe zu betrachten.

Desorientiert und voller Furcht hielt er Hollys Hand.

»Warum hast du mich belogen?« fragte sie sanft. »Warum hast du behauptet, deine Großmutter sei erst vor fünf Jahren gestorben?«

»Ich habe nicht gelogen. Zumindest nicht ... bewußt.« Jim starrte so auf den Granit, als sei seine geschliffene Oberfläche ein Fenster in die Vergangenheit. Er versuchte, sich zu erinnern. »Ich entsinne mich daran, daß ich eines Morgens erwachte und von Lenas Tod wußte. Vor fünf Jahren. Ich wohnte damals in einem Apartment, unten in Irvine.« Er lauschte seiner eigenen Stimme, als gehöre sie einem anderen Menschen, und der hohle, dumpfe Klang ließ ihn schaudern. »Ich zog mich an ... fuhr nach Norden ... kaufte Blumen im Ort ... kam hierher ...«

Nach einer Weile, als Jim weiterhin schwieg, fragte Holly: »Fand an jenem Tag ein Begräbnis statt?«
»Nein.«
»Waren Trauergäste zugegen?«
»Nein.«
»Lagen frische Blumen auf dem Grab?«
»Nein. Ich erinnere mich nur daran, daß ich ... vor dem Grabstein niederkniete, mit den gekauften Blumen ..., daß ich weinte ... Ich habe ziemlich lange geweint, konnte die Tränen nicht zurückhalten.«

Bilder entstanden vor Jims innerem Auge: Personen, die zu anderen Gräbern gingen und ihn beobachteten, erst mit Anteilnahme, dann voller Verlegenheit, als ihnen das Ausmaß seines Kummers klar wurde, dann voller Unbehagen, als sie ein so intensives Leid an ihm sahen, daß man ihn für geistesgestört halten konnte. Er entsann sich an den emotionalen Orkan in seinem Innern, daran, daß er die mitfühlenden Blicke voller Zorn erwidert hatte. Er sehnte sich danach, den Boden aufzureißen und hineinzukriechen, ihn über sich wie eine Decke zuzuziehen, in dem gleichen Grab zu ruhen wie seine Großmutter. Aber er wußte nicht, *warum* er auf diese Weise empfunden hatte, weshalb nun ähnliche Gefühle in ihm entstanden.

Noch einmal sah er auf das Todesdatum – 25. September –, und jähe Angst schnürte ihm die Kehle zu.

»Was ist los?« Holly musterte ihn besorgt. »Sag es mir.«

»An jenem Tag kam ich mit den Blumen hierher, als ich morgens erwachte und wußte, daß meine Großmutter tot war. Am fünfundzwanzigsten September. Aber vor fünf Jahren, nicht vor vierundzwanzig. Der neunzehnte Jahrestag ihres Todes ... Und ich dachte, sie sei gerade erst gestorben.«

Sie schwiegen beide.

Zwei große Krähen segelten unter dem grauen, düsteren Himmel, krächzten und verschwanden hinter den Baumwipfeln.

»Ist es möglich, daß du Lenas Tod verdrängt hast und nicht bereit warst zu akzeptieren, daß sie vor vierundzwanzig Jahren starb?« fragte Holly schließlich. »Vielleicht konntest du dich erst neunzehn Jahre später damit abfinden – an dem Tag, als du mit den Blumen hierher kamst. Aus diesem Grund glaubst du dich daran zu erinnern, daß sie seit nicht ganz so langer Zeit tot ist. Du hältst den Tag für ihr Todesdatum, an dem du dich voll und ganz der Erkenntnis gestellt hast, daß sie nicht mehr lebt.«

Jim wußte sofort, daß Holly die Wahrheit zum Ausdruck brachte, aber ihre Erklärungen tilgten nicht das Unbehagen in ihm. »Mein Gott, Holly, ich *bin* verrückt.«

»Nein«, widersprach sie. »Du versuchst nur, dich zu schützen. Aus dem gleichen Grund hast du vieles von dem verdrängt, was der zehnjährige Jim Ironheart erlebte.« Sie legte eine kurze Pause ein und holte tief Luft. »Wie starb deine Großmutter?«

»Sie ...« Es verblüffte Jim, daß er sich nicht an die Ursache von Lena Ironhearts Tod erinnern konnte. Erneut wallten mentale Nebelschwaden heran. »Keine Ahnung.«

»Ich glaube, sie starb in der Mühle.«

Jim wandte den Blick vom Grabstein ab und sah Holly an, er spürte dabei eine alarmierte Anspannung, für die er keine Erklärung hatte. »In der Windmühle? Warum? Was geschah dort? Woher willst du das wissen?«

»Der Traum, von dem ich dir erzählt habe. Ich stieg die Treppe in der Mühle hoch, blickte durch das Fenster zum Teich und sah das Spiegelbild einer anderen Frau im Glas, das Gesicht deiner Großmutter.«

»Es war nur ein Traum.«

Holly schüttelte den Kopf. »Nein. Ich bin sicher, es handelte sich um eine Erinnerung, um eine deiner Erinnerungen, die du in mein Bewußtsein projiziert hast.«

Panik beschleunigte Jims Puls, aus Gründen, die ihm verborgen blieben. »Wie soll es eine meiner Erinnerungen gewesen sein, obwohl ich überhaupt nichts davon weiß?«

»Oh, du *weißt* Bescheid.«

Jim runzelte die Stirn. »Nein. Das stimmt nicht.«

»Das Wissen befindet sich in deinem Unterbewußtsein, und dort wird es dir nur zugänglich, wenn du träumst. Aber es existiert.«

Wenn Holly ihm gesagt hätte, daß der ganze Friedhof auf einem Karussell ruhte und daß sie sich langsam unter dem schießpulvergrauen Himmel drehten – er wäre ohne weiteres bereit gewesen, diese Behauptung als Wahrheit hinzunehmen. Aber er konnte sich nicht dazu durchringen, diese Erinnerung und ihren Bedeutungsinhalt zu akzeptieren. Er glaubte, durch einen Strudel aus Licht und Dunkelheit zu stürzen, Licht und Dunkelheit, Furcht und Zorn ...

»Aber in deinem Traum ...«, brachte er mühsam hervor. »Ich war in der hohen Kammer, als meine Großmutter die Treppe hochstieg?«

»Ja.«

»Und wenn sie dort starb ...«

»Bist du Zeuge ihres Todes geworden.«

Jim schüttelte heftig den Kopf. »Mein Gott, daran würde ich mich doch erinnern, oder?«

»Nein. Vermutlich hast du deshalb neunzehn Jahre gebraucht, um dich damit abzufinden, daß Lena nicht mehr lebt. Ich bin davon überzeugt, daß du zugegen warst, als sie starb. Es muß ein enormer Schock für dich gewesen sein, der eine langfristige Amnesie zur Folge hatte. Und die vermeintlichen Lücken in deinem Gedächtnis hast du mit immer neuen Fantasievorstellungen gefüllt.«

Eine leichte Brise kam auf, und irgend etwas knackte vor Jims Füßen. Er war plötzlich sicher, daß sich die knochige Hand seiner Großmutter aus dem Grab schob, um ihn zu packen. Aber als er zu Boden sah, fiel sein Blick nur auf einige welke Blätter, die leise raschelten, als der Wind sie übers Gras wehte.

Mit jedem Herzschlag, der wie das dumpfe Pochen eines Fausthiebs klang, wandte sich Jim weiter vom Grab ab, versessen darauf, zum Wagen zurückzukehren.

Holly legte ihm die Hand auf den Arm. »Warte.«

Er riß sich los, stieß sie fast beiseite. Einige Sekunden lang starrte er sie finster an. »Ich möchte fort von hier.«

Holly ignorierte seine Worte und hielt ihn erneut fest. »Wo ist dein Großvater? Wo liegt er begraben?«

Jim deutete auf die zweite Grabstelle. »Dort. Neben Lena.«

Dann sah er die andere Hälfte des Gedenksteins. Er war nur auf die rechte Seite konzentriert gewesen, auf das verblüffende Todesdatum seiner Großmutter, und erst jetzt merkte er, daß auf der linken eine entsprechende Angabe fehlte. Er las Henrys Namen, zur gleichen Zeit eingemeißelt wie der Lenas: HENRY JAMES IRONHEART. Hinzu kam das Geburtsdatum. Aber nirgends stand, wann er gestorben war.

Der stahlgraue Himmel senkte sich weiter herab.

Die Bäume neigten sich näher, ragten jetzt schräg in die Höhe.

»Hast du nicht gesagt, daß er acht Monate nach Lena starb?« erklang Hollys Stimme.

Jims Gaumen war völlig trocken. Er konnte kaum genug Speichel sammeln, um zu sprechen, und die Worte lösten sich als heiseres Flüstern von seinen Lippen. Er hörte sich an wie Sand, der über Wüstensteine strich. »Was willst du von mir, zum Teufel? Es stimmt. Er starb … acht Monate später … am vierundzwanzigsten Mai des nächsten Jahres …«

»Und die Todesursache?«

»Ich … erinnere … mich … nicht.«

»Eine Krankheit?«

Hör endlich auf! Sei still!

»Keine Ahnung.«

»Ein Unfall?«

»Ich … ich glaube … er erlag einem Schlaganfall.«

Große Teile seiner Vergangenheit waren Dunstschwaden innerhalb eines dichten Nebels. Jim begriff nun, daß er kaum etwas darüber wußte. Er lebte einzig und allein in der Gegenwart. Ihm fielen die großen Löcher in seiner Erinnerung erst jetzt auf, weil er bisher nie *versucht* hatte, sich an bestimmte Dinge zu erinnern.

»Warst du der nächste Verwandte deines Großvaters?« fragte Holly.

»Ja.«

»Ich nehme an, dann hast du dich um sein Begräbnis gekümmert, oder?«

Jim zögerte und runzelte die Stirn. »Ich glaube … ja.«

»Aber wieso fehlt das Todesdatum am Grabstein? Hast du vergessen, es hineinmeißeln zu lassen?«

Er starrte auf die leere Stelle im Granit, tastete verzweifelt in eine ebenso leere Stelle seines Gedächtnisses. Ihm fiel keine Antwort ein, und er fühlte sich elend. Er wollte sich irgendwo zusammenrollen, die Augen schließen und schlafen, für immer. Sollte etwas anderes an seiner Stelle erwachen …

»Oder liegt Henry hier gar nicht begraben?« fügte Holly hinzu.

Die Krähen flogen wieder vor der Asche des ausgebrannten Himmels, krächzten, kamen herab, schlugen kalligraphische Botschaften mit den Flügeln, ebensowenig deutbar wie die flüchtigen Erinnerungen, die durchs dunklere Grau von Jims Bewußtsein tanzten.

Holly steuerte den Wagen um die Ecke und in Richtung der Tivoli-Gärten.

Nach dem Besuch in der Apotheke hatte Jim zum Friedhof fahren wollen. Einerseits fürchtete er sich vor dem, was er dort finden mochte, und andererseits war er fest entschlossen, sich dem Rätsel seiner eigenen Vergangenheit zu stellen und die betreffenden Erinnerungen der Wahrheit anzupassen. Die Erfahrungen versetzten ihm einen harten emotionalen Schlag, und jetzt hatte er es nicht mehr so eilig damit herauszufinden, ob ihn weitere Überraschungen erwarteten. Er überließ das Steuer Holly, und sie glaubte, daß er weitaus glücklicher sein würde, wenn sie aus dem Ort gefahren wäre, nach Süden, wenn sie nie wieder New Svenborg erwähnen würde.

Zu den Tivoli-Gärten gab es keine Zufahrt. Sie ließen den Wagen am Straßenrand stehen und gingen den Rest des Weges zu Fuß.

Schon nach wenigen Metern stellte Holly fest, daß der hochtrabende Name tatsächlich einer Parodie gleichkam. Die angeblichen Gärten wirkten noch weniger einladend als am vergangenen Tag. Der düstere Eindruck, den sie nun gewann, konnte nicht nur auf den bedeckten Himmel zurückgeführt werden. Das Gras war in langen Sommerwochen halb verdorrt – in jedem mittelkalifornischen Tal konnte es ziemlich heiß werden. Kletterpflanzen wickelten ihre dünnen Ranken ungehindert um die Rosen, deren Blütenblätter traurig herabhingen. Andere Blumen wirkten verwelkt, und die beiden Parkbänke mußten dringend gestrichen werden.

Nur die Windmühle befand sich in einem guten Zustand. Sie war größer und beeindruckender als die Mühle auf der Ironheart-Farm, mindestens sechs Meter höher; darüber hinaus verfügte sie über einen Rundbalkon.

»Warum sind wir hier?« erkundigte sich Holly.

»Diese Frage solltest du an dich selbst richten«, erwiderte Jim. »*Du* wolltest unbedingt nach New Svenborg.«

»Stell dich nicht dumm, Schatz.«

Holly wußte, wie gefährlich es war, Jim weiterhin unter Druck zu setzen – sie verhielt sich wie jemand, der immer wieder mit dem Fuß gegen einen Karton mit Dynamit stieß. Aber früher oder später würde er ohnehin explodieren. Wenn sie überleben wollte, mußte sie Jim zu dem Eingeständnis zwingen, daß *der Feind* aus ihm selbst kam – bevor jene finstere Identität vollständig die Kontrolle über ihn an sich riß. Einmal mehr hatte sie das außerordentlich unangenehme Gefühl, daß die Zeit knapp wurde.

»Gestern hast du die Route bestimmt und mir diesen Ort gezeigt«, sagte Holly nach einer Weile. »Angeblich wurde hier einmal ein Film gedreht.« Sie lauschte dem Echo der letzten Worte und hob ruckartig den Kopf. »He, einen Augenblick ... Hast du Robert Vaughn bei *dieser* Gelegenheit gesehen? Spielte er eine Rolle in dem Film?«

Jims Gesicht zeigte Verwirrung, und Falten fraßen sich ihm in die Stirn, als er seinen Blick durch den kleinen Park schweifen ließ. Schließlich ging er zur Windmühle, und Holly folgte ihm.

Zwei wetterfeste Gedenktafeln säumten den mit Fliesen ausgelegten Pfad vor dem Zugang der Mühle. Das bedruckte Papier ruhte in schräg angebrachten, wasserdichten und von Plexiglas bedeckten Schaukästen. Die Tafel auf der linken Seite, vor der sie zuerst stehenblieben, gab allgemeine Hintergrundinformationen über Windmühlen und schilderte, daß sie im Santa Ynez Valley von Anfang 1800 bis weit ins zwanzigste Jahrhundert Korn gemahlen, Wasser gepumpt und elektrischen Strom produziert hatten. Es folgte ein historischer Überblick in Hinsicht auf die erhaltene Mühle weiter vorn, die man treffend New-Svenborg-Mühle nannte.

Die Hinweise waren ausgesprochen langweilig, und Holly wandte sich nur deshalb der zweiten Tafel zu, weil sie noch immer dazu neigte, Fakten zu sammeln – eine Eigenschaft, die sie zu einer leidlichen Journalistin gemacht hatte. Ihr Interesse erwachte sofort, als sie die Überschrift sah. DIE SCHWARZE WINDMÜHLE: BUCH UND FILM.

»Sieh dir das an, Jim.«

Er trat zu ihr.

Ein Foto zeigte den Schutzumschlag eines Romans: *Die schwarze Windmühle* von Arthur J. Willot. Die Illustration basierte offenbar auf der New-Svenborg-Mühle. Holly las den Text mit wachsendem Erstaunen. Willot hatte im Santa Ynez Valley gewohnt – in Solvang, nicht in New Svenborg – und viele Romane für junge Erwachsene verfaßt. Bis er 1982 im Alter von achtzig Jahren starb, publizierte er insgesamt zweiundfünfzig Bücher. In seinem besten und erfolgreichsten Werk ging es um eine alte Windmühle, in der es spukte. Ein Junge fand heraus, daß die Geister in Wirklichkeit

Außerirdische waren, deren Raumschiff seit zehntausend Jahren auf dem Grund des Mühlteichs lag.

»Nein.« Jim sprach leise, aber trotzdem erklang Zorn in seiner Stimme. »Nein, das ergibt keinen Sinn. Das kann einfach nicht sein.«

Holly erinnerte sich an eine ganz bestimmte Szene des Traums, in dem sie mit Lena Ironheart in einem Körper gewesen war. Als sie darin das Ende der Treppe erreichte, sah sie einen zehnjährigen Jim, der die Fäuste ballte, sich zu ihr umdrehte und sagte: »Ich habe Angst. Hilf mir. Die Wände, die *Wände!*« Vor ihm stand eine gelbe Kerze auf einem blauen Teller. Erst jetzt fiel ihr wieder ein, daß sie daneben ein Hardcover-Buch mit buntem Schutzumschlag bemerkt hatte. Der gleiche Umschlag war auf dem Foto abgebildet: *Die schwarze Windmühle.*

»Nein«, wiederholte Jim und wandte sich von der Tafel ab. Besorgt beobachtete er einige vom Wind gestreichelte Bäume.

Holly las weiter und stellte fest: Vor fünfundzwanzig Jahren, als der zehnjährige Jim Ironheart in den Ort gekommen war, wurde *Die schwarze Windmühle* verfilmt. Die New-Svenborg-Mühle stellte dabei einen der wichtigsten Drehorte dar. Trickspezialisten schufen einen seichten, aber recht überzeugend wirkenden Mühlteich, und die spätere Umgestaltung in einen kleinen Park wurde von der Produktionsgesellschaft bezahlt.

Jim drehte sich langsam um die eigene Achse, runzelte die Stirn, sah zu Bäumen und Büschen, blickte in eine Düsternis, die der bedeckte Himmel nicht vertreiben konnte. »Etwas kommt.«

Holly bemerkte nichts und glaubte, daß Jim sie nur von der Gedenktafel ablenken wollte. Er sträubte sich gegen die Bedeutung der Informationen, und deshalb versuchte er, ihre Aufmerksamkeit auf etwas anderes zu richten.

Der Film mußte ein Flop gewesen sein, denn Holly hatte nie etwas davon gehört. Vielleicht handelte es sich um eine B-Produktion, die nirgends Schlagzeilen machte, abgesehen von New Svenborg. Und dort erregte sie nur Aufsehen, weil das Buch von einem Bewohner des Tals stammte. Der letzte Textabschnitt nannte unter anderem die Namen der fünf wichtigsten Schauspieler und verzichtete auf Angaben über den Erfolg – beziehungsweise Mißerfolg – im Kino. Von den ersten vier Namen kannte Holly nur M. Emmet Walsh, einen ihrer Lieblingsschauspieler. Der fünfte Darsteller war ein zu jenem Zeitpunkt junger und unbekannter Robert Vaughn.

Sie sah zu der großen Mühle auf.

»Was geschieht hier?« fragte sie laut, beobachtete den schieferfarbenen Himmel und betrachtete dann wieder das Schutzumschlagfoto des Willot-Buchs. »Zum Teufel auch, was geschieht hier?«

»*Der Feind*«, brachte Jim mit vor Furcht zitternder Stimme hervor, in der gleichzeitig eine gespenstische Sehnsucht Ausdruck fand. »Er kommt.«

Holly folgte Jims Blick und bemerkte eine Bewegung am anderen Ende des Parks. Etwas schien sich durch den Boden zu graben und kam näher, hinterließ dabei eine breite Spur aus aufgeworfener Erde und hielt direkt auf sie zu.

Die junge Frau wirbelte zu Jim herum und griff nach seinem Arm. »Hör auf!«

»Er kommt«, flüsterte er und riß die Augen auf.

»Jim, *du* bist es, niemand sonst.«

»Nein ... nicht ich ... *der Feind*.« Es klang so, als sei er halb in Trance.

Holly sah, wie das Etwas den Pfad erreichte; dicker Beton knirschte und barst.

»Jim, verdammt!«

Er starrte entsetzt auf den sich nähernden Killer, doch Holly glaubte, in seinen Zügen auch einen Hauch Genugtuung zu erkennen.

Eine der beiden Parkbänke stürzte um, als sich der Boden darunter emporwölbte.

Der Feind war nur noch zwölf Meter entfernt. Nichts schien ihn aufhalten zu können.

Holly packte Jim am Hemd und schüttelte ihn, um seinen Blick einzufangen. »Ich habe den Film als Kind im Kino gesehen. Wie hieß er noch? *Invasion vom Mars* oder so ähnlich. Die Außerirdischen öffneten im Sand verborgene Türen und saugten ihre Opfer hinab.«

Nur noch neun Meter trennten sie vom *Feind*.

»Sollen wir auf diese Weise sterben, Jim? Soll uns etwas umbringen, das eine Tür im Sand öffnet und uns nach unten saugt? Irgendein Filmungeheuer, das einen zehnjährigen Jungen entsetzte?«

Noch sechs Meter.
Jim schwitzte und schauderte. Er schien Holly überhaupt nicht zu hören.
Sie schrie ihn jetzt an. »Willst du mich *und* auch dich umbringen? Willst du Selbstmord begehen wie Larry Kakonis, einen Schlußstrich ziehen, einfach aufhören, stark zu sein? Willst du dich von deinem eigenen Alptraum überwältigen lassen?«
Noch vier Meter.
Drei.
»Jim!«
Zwei.
Nur noch ein Meter.
Holly hörte ein lautes, gieriges Grollen im Boden, hob den einen Fuß und trat Jim so fest sie konnte ans Schienbein, um seine Trance zu durchbrechen. Er gab einen schmerzerfüllten Schrei von sich, als sich der Rasen unter ihnen hob, und Holly beobachtete entsetzt die aufplatzende Erde. Doch die Bewegungen hörten abrupt auf, als Jims Stimme verklang. Es entstand kein großes Loch im Boden. Nichts schob sich nach oben, um sie zu verschlingen.
Holly bebte am ganzen Leib und wich von dem kleinen Hügel zurück, der sich unter ihnen gebildet hatte.
Jim starrte sie entgeistert an. »Ich war es nicht. Ich kann es nicht gewesen sein.«

Jim saß auf dem Beifahrersitz des Wagens und ließ Kopf und Schultern hängen.
Holly umfaßte das Lenkrad mit beiden Händen und stützte die Stirn dagegen.
Der Mann neben ihr blickte aus dem Seitenfenster und beobachtete den Park. Die breite Maulwurfspur existierte noch immer, führte unter einem rissigen, geplatzten Betonpfad hinweg. Die Bank lag auf der Seite.
Jim konnte einfach nicht glauben, daß jenes Etwas im Boden nur ein Produkt seiner Einbildung gewesen war, ein Hirngespinst, das allein durch Vorstellungskraft eine reale Existenz gewann. Er hatte sich immer streng unter Kontrolle gehalten, ein spartanisches Leben geführt, in dem es nur Platz für Bücher und Arbeit gab, nicht für irgendwelche Laster und Ausschweifungen – *sieht man einmal von einer erschreckend gegenwärtigen Vergeßlichkeit ab,* fügte er

in Gedanken hinzu. Es fiel ihm deshalb so schwer, Hollys Theorie zu akzeptieren, weil sie einen wilden und gewalttätigen Teil seines Selbst postulierte, den er nicht zu kontrollieren vermochte und der die einzige echte Gefahr darstellte.

Er war über gewöhnliche Furcht hinaus. Er schwitzte und schauderte nicht mehr. Primordiales Entsetzen hielt ihn in einem festen, eisigen Griff.

»Ich bin es nicht gewesen«, wiederholte er.

»Doch, du warst es.« Holly glaubte, daß Jim sie fast umgebracht hatte, aber sie erwies sich als erstaunlich sanft. Ihre Stimme klang nicht etwa scharf, sondern deutete Zärtlichkeit an.

»Du bist noch immer auf dem Trip der gespaltenen Persönlichkeit«, erwiderte Jim.

»Ja.«

»Es war also meine dunkle Seite?«

»Ja.«

»In Gestalt eines riesigen Wurms oder so«, sagte Jim und versuchte vergeblich, ätzenden Sarkasmus zum Ausdruck zu bringen. »Aber du hast doch gesagt, daß sich *der Feind* nur dann manifestiert, wenn ich schlafe, und diesmal habe ich nicht geschlafen. Woraus folgt: Selbst wenn ich *der Feind* bin – wie kann ich dann das Ding im Park gewesen sein?«

»Neue Regeln. In deinem Unterbewußtsein wächst die Verzweiflung. Du kannst jene Persönlichkeit nicht mehr so einfach unterdrücken wie vorher. Je mehr du dich der Wahrheit näherst, desto aggressiver wird *der Feind*, um sich zu schützen.«

»Wenn ich es gewesen bin – wieso erklang dann nicht der dreifache Herzschlag?«

»Er diente nur dazu, um Eindruck zu schinden, so wie die Glocken, mit denen sich *der Freund* ankündigte.« Holly hob den Kopf und sah Jim an. »Du hast darauf verzichtet, weil keine Zeit dafür blieb. Ich habe den Text der Tafel gelesen, und du wolltest mich so schnell wie möglich daran hindern. Du brauchtest ein Ablenkungsmanöver – und eines sage ich dir, Schatz: Du gibst dich nicht mit kleinen Dingen ab.«

Jim sah wieder aus dem Fenster, blickte zur Mühle und der Hinweistafel mit den Informationen über *Die schwarze Windmühle*.

Holly legte ihm die Hand auf die Schulter. »Der Tod deiner Eltern bereitete dir einen tiefen Schock. Du hast nach einer Möglichkeit gesucht, aus der Realität zu fliehen. Ein Schriftsteller namens Arthur Willot bot dir eine Fantasiewelt an, die deinen Bedürfnissen gerecht wurde. Und seitdem lebt du darin, manchmal mehr, manchmal weniger.«

Jim konnte es ihr gegenüber nicht zugeben, daß er sich *tatsächlich* nach Verstehen sehnte, daß er kurz davor stand, seine Vergangenheit aus einer Perspektive zu sehen, die alle Geheimnisse und Rätsel entschleierte und ihnen einen klaren Sinn gab. Wenn selektive Amnesie, sorgfältig konstruierte falsche Erinnerungen und selbst multiple Persönlichkeit keine Anzeichen von Wahnsinn darstellten, sondern dazu dienten, ihm inneren Halt zu geben, wie Holly behauptete – was geschah dann, wenn er diesen Halt verlor? Wenn er die Wahrheit über seine Vergangenheit entdeckte, sich jenem Etwas stellte, vor dem er als Kind geflohen war – bestand dann die Gefahr, daß ihm die Wahrheit *diesmal* den Verstand raubte? Wovor hatte er damals die Flucht ergriffen?

»Weißt du«, sagte Holly leise, »wichtig ist nur, daß du dich beherrscht hast, bevor uns *der Feind* erreichte, bevor es uns angreifen konnte.«

»Die Schmerzen in meinem Schienbein sind kaum zu ertragen«, entgegnete Jim und schnitt eine Grimasse.

»Gut.« Holly lächelte und startete den Motor.

»Wohin fahren wir jetzt?« fragte Jim.

»Wohin wohl? Zur Bibliothek.«

Holly parkte am Rand der Copenhagen Lane, vor dem kleinen viktorianischen Gebäude, in dem die Bibliothek von New Svenborg untergebracht war.

Sie spürte eine gewisse Zufriedenheit darüber, daß ihre Hände nicht zitterten, daß ihre Stimme ruhig klang, daß sie den Wagen mühelos auf der richtigen Fahrbahnseite hielt. Nach dem Zwischenfall im Park wunderte sie sich darüber, daß sie nicht der Hysterie anheimfiel. Sie war purem Entsetzen ausgesetzt gewesen – einem intensiven Schrecken, der von keinem anderen Gefühl gelindert wurde. Das Grauen lauerte noch immer in ihr, hatte sich nur in eine dunkle Ecke zurückgezogen, bereit dazu, jederzeit hervorzuspringen und sie erneut zu packen. Aber sie hielt an der Entschlossenheit fest, ihre Angst vor Jim zu verbergen; er war noch weitaus schlimmer dran als sie. *Sein* Leben offenbarte sich immer mehr als ein Durcheinander aus Lügen. Er brauchte jemanden, auf den er sich stützen, der ihm helfen konnte.

Als sie über den Pfad zum Eingang des Gebäudes gingen, bemerkte Holly, daß Jim hinkte und den Rasen beobachtete, als rechne er damit, daß sich erneut etwas zu ihnen grub.

Du solltest besser darauf verzichten, noch einmal den Feind *erscheinen zu lassen,* dachte sie. *Sonst hast du zwei schmerzende Schienbeine.*

Doch als sie die Tür passierte, fragte sie sich, ob noch einmal ein fester Tritt genügen würde, um die dunkle Seite seines Ichs zurückzudrängen.

Im holzvertäfelten Foyer wies ein Schild darauf hin, daß sich die Sachbücher im Obergeschoß befanden. Ein Pfeil deutete zur Treppe auf der rechten Seite.

An die kleine Eingangshalle schloß sich ein Flur an, der zu zwei großen Zimmern mit langen Regalen führte. In der linken Kammer standen Lesetische mit Stühlen und ein langer Schreibtisch aus Eichenholz.

Dort saß eine Frau, die einer Werbung für das Leben auf dem Land gleichkam: makellose Haut, glänzendes kastanienfarbenes Haar, nußbraune Augen. Sie sah wie fünfunddreißig aus, aber wahrscheinlich war sie zwölf Jahre älter.

Auf dem Namensschild stand: ELOISE GLYNN.

Am vergangenen Tag, als Holly die Bibliothek betreten wollte, um die so bewunderte Mrs. Glynn kennenzulernen, hatte Jim behauptet, vielleicht lebe sie gar nicht mehr und sei schon vor fünfundzwanzig Jahren ›ziemlich alt‹ gewesen – obwohl sie gerade erst vom College gekommen war, um ihre erste Stelle anzutreten.

Im Vergleich mit anderen Entdeckungen empfand Holly diesen Umstand kaum als Überraschung. Jim hatte einfach gelogen, weil er nicht wollte, daß sie der Bibliothek einen Besuch abstattete. Seine derzeitige Miene deutete darauf hin, daß ihn Eloise Glynns Jugend ebenfalls nicht verblüffte. Ihm mußte gestern klar gewesen sein, daß er log – obwohl ihm der *Grund* für die Lüge sicher unverständlich blieb.

Die Bibliothekarin erkannte Jim nicht. Entweder war er eines der Kinder gewesen, die keinen bleibenden Eindruck hinterließen, oder er hatte die Wahrheit gesagt, als er meinte, er habe diesen Ort zum letztenmal vor achtzehn Jahren aufgesucht.

Eloise Glynns Munterkeit erinnerte Holly an die Sportlehrerin aus ihrer Zeit an der Oberschule.»Willot?« wiederholte sie. »O ja, wir haben hier eine ganze Wagenladung von Willot-Büchern.« Sie stand ruckartig auf. »Ich zeige sie Ihnen.« Sie kam um den Schreibtisch herum, ging mit langen Schritten und führte die beiden Besucher durch den Flur in ein anderes großes Zimmer. »Sie wissen sicher, daß er hier im Tal wohnte. Starb vor etwa zehn Jahren. Aber zwei Drittel seiner Werke werden noch immer gedruckt.« Eloise blieb vor der Sektion für junge Erwachsene stehen, breitete die Arme aus und deutete auf zwei jeweils einen Meter lange Regale mit Willot-Titeln. »Artie Willot war ein sehr produktiver Schriftsteller, so fleißig, daß Biber beschämt den Kopf senkten, wenn er vorbeikam.«

Sie sah Holly an, und ihr Lächeln wirkte ansteckend. Holly schmunzelte ebenfalls. »Wir interessieren uns für *Die schwarze Windmühle.*«

»Das ist einer seiner beliebtesten Romane. Ich kenne keinen Jungen, der nicht davon begeistert war.« Eloise streckte einfach die Hand aus und sah kaum hin, als sie ein Buch aus dem Regal nahm und es Holly reichte. »Für Ihren Sohn?«

»Nein, für mich. Die Gedenktafel in den Tivoli-Gärten hat mich darauf aufmerksam gemacht.«

»Ich habe es gelesen«, warf Jim ein. »Holly ist neugierig darauf.«

Sie kehrten in den Hauptraum zurück, nahmen dort an einem Ecktisch Platz, schlugen das Buch auf und lasen die ersten beiden Kapitel.

Holly berührte Jim immer wieder – an der Hand, an der Schulter, am Knie – und versuchte, ihm Trost zu spenden, ihn zu besänftigen. Irgendwie mußte sie sein geteiltes Ich lange genug stabilisieren, um ihm die Wahrheit zu zeigen und dadurch den Selbstheilungsprozeß einzuleiten. Dafür gab es nur ein geeignetes Instrument: Liebe. Holly glaubte fest daran, daß jedes Zeichen der Zuneigung – Berührung, ein Lächeln, ein liebevoller Blick – wie Klebstoff wirkte, der seine Persönlichkeitssplitter zusammenhielt.

Der Roman war gut und überzeugend geschrieben. Und er enthielt so erstaunliche Enthüllungen über Jim Ironhearts Leben, daß Holly immer schneller las, die Absätze überflog, bestimmte Stellen flüsterte und mit wachsender Ungeduld nach weiteren Offenbarungen suchte.

Der Protagonist hieß Jim, nicht Ironheart, sondern Jamison. Jim

Jamison lebte auf einer Farm, und dort gab es einen Teich und eine alte Windmühle. Angeblich spukte es in der Mühle, aber nach einigen gespenstischen Erlebnissen fand Jim heraus, daß sich keine Geister manifestierten, sondern eine außerirdische Wesenheit, deren Raumschiff auf dem Grund des Teichs ruhte. Sie zeigte sich Jim als sanftes Licht, das in den Wänden der Mühle glühte. Die Kommunikation zwischen Jim und dem Extraterrestrier fand mit Hilfe von zwei Schreibblöcken statt: einer für Jims Fragen, der andere für die Antworten des fremden Wesens. Es stellte sich ihm als Geschöpf aus reiner Energie vor, und es weilte auf der Erde, ›UM ZU BEOBACHTEN, ZU LERNEN UND DER MENSCHHEIT ZU HELFEN‹. Es bezeichnete sich als DER FREUND.

Holly hielt den Finger auf die entsprechende Stelle und blätterte durch den Rest des Buches. Sie wollte herausfinden, ob *der Freund* die Schreibblöcke bis ganz zum Schluß verwendete, um sich dem Jungen mitzuteilen. Das war tatsächlich der Fall. In der Geschichte, auf die sich Jim Ironhearts Fantasiewelt gründete, erklang nie die Stimme des Außerirdischen.

»Deshalb hast du es zunächst für unmöglich gehalten, daß *dein* Außerirdischer sprechen kann. Aus diesem Grund warst du skeptisch, als ich vorschlug, auf die Blöcke zu verzichten.«

Jim fand nicht mehr die Kraft, Einwände zu erheben. Mit wortlosem Staunen starrte er auf das Buch.

Seine Reaktion weckte Hoffnung in Holly. Auf dem Friedhof war er so entsetzt gewesen – sie erinnerte sich an Jims leeren, eiskalten Blick –, daß sie zu zweifeln begonnen hatte, ob er seine phänomenale Kraft nach innen richten und sich damit heilen konnte. Im Park hatte sie einige schreckliche Sekunden lang geglaubt, daß seine dünne Hülle der Rationalität zerbrach und geballten Wahnsinn freisetzte. Aber er blieb er selbst, und jetzt schien Neugier die Furcht zu besiegen.

Eloise Glynn hatte ein anderes Zimmer aufgesucht, um Bücher zu sortieren. Niemand sonst war in der Bibliothek.

Holly konzentrierte sich wieder auf das Buch und las noch schneller. Mitten in der Geschichte, bei der zweiten Begegnung zwischen Jim Jamison und dem Außerirdischen, erklärte das fremde Wesen, es sei eine Entität, die ›IN ALLEN ASPEKTEN DER ZEIT‹ lebte, in die Zukunft sehen konnte und das Leben von Menschen retten wollte, denen der Tod drohte.

»Da soll mich doch der Schlag treffen«, murmelte Jim.

Von einem Augenblick zum anderen formte sich vor Hollys innerem Auge eine so detaillierte Vision, daß sie die Realität der Bibliothek vollkommen verdrängte. Sie sah sich selbst, nackt an eine Wand genagelt, in einer gräßlichen Parodie auf die Kreuzigung. Blut tropfte von Händen und Füßen (eine Stimme flüsterte: *stirb, stirb, stirb*), und sie öffnete den Mund, um zu schreien, aber ihrer Kehle entrang sich kein Laut, statt dessen krochen Dutzende von Kakerlaken zwischen den Lippen hervor, und sie begriff, daß sie bereits tot war *(stirb, stirb, stirb)*, in ihrem halbverwesten Leichnam wimmelte es von Würmern und Käfern ...

Das entsetzliche Bild verschwand ebenso plötzlich, wie es entstanden war, und sie kehrte jäh in die Bibliothek zurück.

»Holly?« Jim musterte sie besorgt.

Ein Teil von ihm hatte ihr diese schauderhafte Vision geschickt – daran konnte überhaupt kein Zweifel bestehen. Doch der Jim, den sie nun ansah, war nicht dafür verantwortlich. Das finstere Kind in ihm, der haßerfüllte, mörderische *Feind*, setzte nun eine neue Waffe ein.

»Alles in Ordnung«, erwiderte Holly möglichst ruhig. »Es ist alles in Ordnung.«

Aber in ihrem Innern herrschte Aufruhr. Die grauenhafte Szene desorientierte sie und ließ immer mehr Übelkeit in ihr entstehen.

Es kostete sie erhebliche Mühe, ihre Aufmerksamkeit wieder auf *Die schwarze Windmühle* zu richten.

Der Mann, den Jim Jamison retten sollte, so erklärte *der Freund*, war Kandidat für die Wahl des nächsten amerikanischen Präsidenten. Er würde bald Jims Heimatstadt besuchen und dort einen Mordanschlag zum Opfer fallen. Das fremde Wesen wollte ihn retten, weil ›ER ZU EINEM GROSSEN STAATSMANN UND FRIEDENSSTIFTER WIRD, DER DIE WELT VOR EINEM VERHEERENDEN KRIEG BEWAHRT‹. *Der Freund* mußte seine Präsenz auf der Erde geheimhalten, und deshalb sollte Jim Jamison die Pläne des Attentäters vereiteln. ›DU WIRST IHM EINE RETTUNGSLEINE ZUWERFEN, JIM.‹

Der Roman erwähnte keine böse extraterrestrische Präsenz. *Der Feind* ging allein auf Jim Ironhearts Fantasie zurück, symbolisierte seinen eigenen Zorn und Selbsthaß, und er trennte diese Empfindungen vom bewußten Ich, um sie zu kontrollieren.

Innere Statik knisterte, als eine zweite Vision durch Hollys Gedanken flutete, so intensiv, daß sie die reale Welt fortschob. Sie lag in einem Sarg, tot und sich gleichzeitig ihres Zustands bewußt. Würmer fraßen in ihr *(stirb, stirb, stirb)*, sie nahm den abscheulichen Gestank ihres verwesenden Körpers wahr, sah ihr halbverfaultes Gesicht als Spiegelbild am Sargdeckel. Sie hob knochige Fäuste, trommelte an dickes Holz und hörte deutlich, wie das Pochen durch die Erde darüber hallte ...

Wieder die Bibliothek.

»Um Himmels willen, Holly, was ist los?«

»Nichts.«

»Holly?«

»Nichts«, wiederholte sie. Es wäre ein Fehler gewesen, zuzugeben, daß sie sich von der neuen Taktik *des Feindes* erschüttert fühlte.

Sie überflog den Rest des Buches.

Zum Schluß des Romans, nach der Rettung des zukünftigen Präsidenten der Vereinigten Staaten, wich *der Freund* in die Stille des Teichs zurück und wies Jim an, die Begegnung mit ihm zu vergessen, sich nur daran zu erinnern, daß er den Politiker aus eigener Initiative vor dem Tod bewahrt hatte. Wenn jemals eine verdrängte Erinnerung an das fremde Wesen zurückkehrte, ›SO SOLLST DU MICH FÜR EINEN TRAUM HALTEN, FÜR EINE WESENHEIT, DIE DIR IM TRAUM ERSCHIEN‹. Als die Präsenz des Wesens zum letztenmal aus der Wand verschwand, verflüchtigten sich auch die Botschaften auf dem Schreibblock und hinterließen keine Spuren des Kontakts mehr.

Holly schloß das Buch.

Eine Zeitlang schwiegen sie beide und starrten stumm auf den Schutzumschlag.

Um sie herum gab es Tausende von Epochen, Orten, Menschen und Welten – vom Mars über Ägypten bis zum Irgendwo. Sie verbargen sich zwischen den Buchdeckeln wie heller Glanz unter dem angelaufenen Metall einer Messinglampe. Holly fühlte fast, daß sie nur darauf warteten, durch den Blick eines Lesers zum Leben zu erwachen, zu einer neuen Existenz zu finden, die aus schimmernden Farben, scharfen Gerüchen und köstlichen Aromen bestand, aus Lachen, Schluchzen und Schreien. Bücher waren verpackte Träume.

»Träume sind Tore«, wandte sie sich an Jim. »Und jeder Roman kommt einer Art Traum gleich. Arthur Willots Traum von Abenteuer und dem Kontakt mit einer außerirdischen Wesenheit hat dir ein Tor geöffnet, durch das du aus deiner Verzweiflung fliehen konntest. Du fühltest dich für den Tod deiner Eltern verantwortlich, und jener Traum gab dir Gelegenheit, dich von dem niederschmetternden Gefühl des Versagens zu befreien.«

Jim war unnatürlich blaß gewesen, seit ihm Holly den Block mit den Antworten *des Freundes* gezeigt hatte: ER LIEBT DICH HOLLY / ER WIRD DICH TÖTEN HOLLY. Jetzt kehrte ein wenig Farbe in sein Gesicht zurück. Er starrte noch immer ins Leere, und Sorge haftete an ihm fest wie Schatten an der Nacht, aber offenbar gewöhnte er sich langsam an die Vorstellung, daß Lügen den größten Teil seines Lebens bestimmten.

Was *den Feind* in ihm verunsicherte, was seinen Widerstandswillen verstärkte.

Eloise Glynn war in den Hauptraum zurückgekehrt und saß nun wieder an ihrem Schreibtisch.

Holly sprach noch etwas leiser, als sie fortfuhr: »Aber *warum* solltest du dir in Hinsicht auf den Verkehrsunfall, dem deine Eltern zum Opfer fielen, irgendwelche Vorwürfe machen? Und wie kannst du als zehnjähriger Junge ein so starkes Verantwortungsgefühl entwickelt haben?«

Jim schüttelte den Kopf. »Ich weiß es nicht.«

Holly erinnerte sich an die Auskünfte von Corbett Handahl und legte die Hand auf Jims Knie. »Denk nach, Schatz. Kam es zu dem Unfall, als deine Eltern mit ihrer Psycho-Nummer unterwegs waren?«

Jim zögerte und runzelte die Stirn. »Ja ... unterwegs.«

»Du hast an der Reise teilgenommen, nicht wahr?«

Er nickte.

Holly entsann sich an das Foto, das Jims Mutter in einem glitzernden Kleid zeigte, seinen Vater und ihn selbst im Smoking. »Du warst an der Nummer beteiligt?«

Einige seiner Erinnerungen stiegen auf wie Lichtringe im Teich. Die wechselhaften Emotionen in Jims Gesicht konnten nicht gespielt sein. Es erstaunte ihn tatsächlich, aus der Dunkelheit seiner Vergangenheit in erstes Licht zu treten.

Holly spürte, wie ihre Aufregung zunahm. »Welche Rolle hast du dabei gespielt?« fragte sie.

»Es war eine Art ... Bühnenmagie. Meine Mutter nahm Objekte von den Zuschauern. Mein Vater arbeitete mit mir zusammen, und wir ... Ich hielt die Gegenstände, erweckte den Anschein, mentale Eindrücke zu empfangen, und erzählte den Leuten Dinge über sie, die ich gar nicht wissen konnte.«

»Du hast nur den Anschein erweckt?« wiederholte Holly.

Jim blinzelte. »Vielleicht auch nicht. Seltsam, an wie wenig ich mich selbst dann erinnere, wenn ich mir Mühe gebe.«

»Es war kein Trick. Du hattest wirklich die Fähigkeit. Deshalb begannen deine Eltern mit der Psycho-Nummer. Du *warst* ein begabtes Kind.«

Jim strich mit den Fingerkuppen über den Schutzumschlag des Buchs. »Aber ...«

»Aber?«

»Es gibt noch immer soviel, das ich nicht verstehe ...«

»Oh, mir geht es ebenso, Schatz. Aber wir kommen der Wahrheit näher, und das ist sicher ein gutes Zeichen.«

Ein innerer Schatten fiel auf Jims Züge.

Holly wollte verhindern, daß sich seine Stimmung wieder verdüsterte. »Komm.« Sie griff nach dem Buch und trug es zum Schreibtisch der Bibliothekarin. Jim folgte ihr.

Die lebhafte Eloise Glynn zeichnete gerade ein Poster und benutzte dabei Dutzende von Buntstiften. Die eindrucksvollen Darstellungen zeigten Jungen und Mädchen, gekleidet als Raumfahrer, Höhlenforscher, Seeleute, Akrobaten und Entdeckungsreisende. Die Buchstaben der Überschrift waren bereits mit Bleistift gezeichnet worden und warteten darauf, mit bunter Farbe gefüllt zu werden: DIES IST EINE BIBLIOTHEK. KINDER UND ABENTEURER SIND WILLKOMMEN. FÜR ALLE ANDEREN BLEIBT DER ZUTRITT VERBOTEN!

»Hübsch«, sagte Holly und deutete auf das Poster. »Sie geben sich wirklich Mühe bei Ihrem Job.«

»Es hält mich davon ab, meine Zeit in Kneipen zu vertrödeln«, erwiderte Eloise Glynn, und ihr offenes Lächeln gab einen deutlichen Hinweis darauf, warum sie die Sympathie aller Kinder genoß.

»Mein Verlobter hat häufig lobend über Sie gesprochen«, fügte Holly hinzu. »Nach fünfundzwanzig Jahren erinnern Sie sich vielleicht nicht mehr an ihn.«

Eloise musterte Jim nachdenklich.

»Ich bin Jim Ironheart, Mrs. Glynn.«

»Oh, natürlich erinnere ich mich! Sie waren ein ganz besonderer Junge.« Die Bibliothekarin stand auf, beugte sich über den Schreibtisch und umarmte Jim kurz. Als sie ihn wieder losließ, wandte sie sich an Holly. »Sie heiraten also meinen Jimmy? Das ist wundervoll! Seit ich hier tätig bin, habe ich viele Kinder kennengelernt, und ich kann nicht behaupten, mich an alle zu erinnern – obwohl wir hier in einem kleinen Ort leben. Aber Jimmy stellte wirklich etwas Besonderes dar. Er war einzigartig.«

Holly hörte erneut, daß Jim alle Science-fiction- und Gruselgeschichten verschlungen hatte, die er damals bekommen konnte. Während des ersten Jahres in New Svenborg war er verschlossen und in sich gekehrt gewesen, und im zweiten Jahr, nach dem plötzlichen Tod seiner Großmutter, brachte er überhaupt kein Wort mehr über die Lippen.

Holly nutzte diese günstige Gelegenheit, um auf den Kern der Sache zu kommen. »Wissen Sie, Mrs. Glynn, wir sind unter anderem hier, um festzustellen, ob wir uns auf der Farm niederlassen sollen, zumindest für eine Weile …«

»Das Leben in diesem Ort ist angenehmer, als man zunächst glauben mag«, erwiderte Eloise. »Sie würden sich hier sehr wohl fühlen, das garantiere ich Ihnen. Da wir gerade dabei sind: Ich möchte Ihnen gleich zwei Leserausweise ausstellen!« Sie setzte sich und zog eine Schublade auf.

Als sie zwei Vordrucke nahm und nach einem Kugelschreiber grifft, sagte Holly: »Allerdings gibt es da ein Problem. Für Jim warten hier ebenso viele schlechte wie gute Erinnerungen, und Lenas Tod ist die schlimmste.«

»Nun, ich war erst zehn – knapp elf – als sie starb«, warf Jim ein. »Und vielleicht habe ich einige der damaligen Ereignisse absichtlich vergessen. Ich weiß nicht mehr genau, unter welchen Umständen meine Großmutter den Tod fand. Möglicherweise erinnern Sie sich daran …«

Holly kam zu dem Schluß, daß er doch etwas als Interviewer taugte.

»An die Einzelheiten entsinne ich mich nicht mehr«, antwortete Eloise. »Ich schätze, niemand weiß, warum sie damals mitten in der Nacht die alte Mühle aufsuchte. Ihr Großvater Henry meinte, seine Frau sei manchmal dorthin gegangen, um Abstand zu gewinnen. Die Mühle war ein ruhiger und friedlicher Ort, wo sie ein wenig strickte und nachdachte. Natürlich befand sich das Gebäude damals in einem besseren Zustand. Trotzdem ... Es erschien seltsam, daß sie dort um zwei Uhr nachts stricken wollte.«

Während die Bibliothekarin von Lenas Tod erzählte – ihre Schilderungen bestätigten, daß Hollys Traum aus Jims Erinnerungen stammte –, spürte Holly eine Mischung aus kalter Furcht und Übelkeit. Eloise Glynn hatte keine Ahnung, daß Lena damals nicht allein in der Mühle gewesen war; vielleicht wußte niemand davon.

Jim ist ebenfalls dort gewesen, fuhr es Holly durch den Sinn.

Und nur Jim überlebte.

Sie sah ihn an und stellte fest, daß ihm wieder die Farbe aus dem Gesicht wich. Seine Wangen waren jetzt nicht einfach nur blaß, sondern so grau wie der Himmel draußen.

Eloise wollte die Einträge auf dem Vordruck vervollständigen und bat Holly um ihren Führerschein. Der ehemaligen Journalistin lag gar nichts an dem Leserausweis, aber sie kam der Aufforderung trotzdem nach.

»Ich glaube, damals überstanden Sie den Schmerz und das Gefühl des Verlustes in erster Linie mit Hilfe von Büchern, Jim«, sagte die Bibliothekarin. »Sie haben sich von der Außenwelt abgekapselt und *ständig* gelesen. Vermutlich verwendeten Sie Ihre Fantasie wie ein Beruhigungsmittel.« Sie reichte Holly Führerschein und Leserausweis und fügte an ihre Adresse gerichtet hinzu: »Jim war ein außergewöhnlich intelligenter Junge. Er konnte so sehr in einer Geschichte aufgehen, daß sie real für ihn wurde.«

Ja, dachte Holly. *Ich weiß.*

»Als er in den Ort kam und ich hörte, daß er nie eine richtige Schule besucht hatte und von seinen Eltern unterrichtet worden war ... Das ist schrecklich, dachte ich. Nun, ihre Nachtklub-Vorstellungen zwangen sie natürlich dazu, ständig auf Achse zu sein ...«

Holly erinnerte sich an die vielen Fotos in Jims Arbeitszimmer: Miami, Atlantic City, New York, London, Chicago, Las Vegas ...

»... aber es war nicht annähernd so schlimm, wie ich zuerst annahm. Wenigstens hatten sie in ihrem Sohn großes Interesse für Bücher geweckt, und das kam ihm später zugute.« Eloise sah Jim an. »Vermutlich haben Sie Ihren Großvater nicht nach den Hintergründen von Lenas Tod gefragt, weil Sie ihm Kummer ersparen wollten. Aber er ist bestimmt nicht so empfindlich, wie Sie glauben. Und natürlich weiß er mehr als alle anderen.« Eloise richtete den Blick wieder auf Holly. »Stimmt etwas nicht?«

Holly begriff, daß sie völlig erstarrt stand, den blauen Leserausweis in der einen Hand, reglos und statuenhaft – wie eine der Personen, die in den Bücherwelten darauf warteten, zu neuem Leben erweckt zu werden. Einige Sekunden lang fand sie nicht die Kraft, Antworten zu geben.

Auch Jim war so verblüfft, daß es ihm die Sprache verschlug. Sein Großvater lebte noch? Wo befand er sich jetzt?

»Nein«, erwiderte Holly schließlich. »Es ist alles in Ordnung. Ich mußte nur gerade daran denken, wie spät es schon geworden ist...«

Das Knistern und Rauschen mentaler Statik, und dann eine Vision: Hollys abgehackter Kopf schrie; die abgeschnittenen Hände krochen wie große Spinnen über den Boden; der enthauptete Leib zuckte in Agonie, wand sich hin und her; sie war tot und doch lebendig, und das Entsetzen gewann ein schier unerträgliches Ausmaß...

Holly räusperte sich und zwinkerte verwirrt. Eloise Glynn musterte sie neugierig. »Äh ja, spät, ziemlich spät. Henry erwartet uns vor dem Mittagessen, und es ist schon zehn. Ich habe ihn noch nicht kennengelernt.« Ihre Zunge schien sich von ganz allein zu bewegen; sie hatte keine Kontrolle mehr. »Ich freue mich auf die Begegnung.«

Es sei denn, er *war* vor vier Jahren gestorben, wie Jim gesagt hatte – in dem Fall lag ihr nichts daran, ihm gegenüberzutreten. Doch Mrs. Glynn schien keine Spiritistin zu sein, die munter vorschlug, Tote zu beschwören, um ein wenig mit ihnen zu plaudern.

»Er ist ein netter Mann«, sagte Eloise. »Wahrscheinlich gefiel es ihm nicht, die Farm nach dem Schlaganfall zu verlassen, aber zum Glück ist er nicht so schlimm dran wie andere. Meine Mutter – Gott segne sie – konnte nach ihrem Schlaganfall weder gehen noch sprechen, war auf einem Auge blind und so durcheinander, daß sie nicht einmal ihre eigenen Kinder erkannte. Der arme Henry ist wenigstens noch im Vollbesitz seiner geistigen Kräfte, soweit ich weiß. Er kann sprechen und ist drüben in Fair Haven Anführer der Rollstuhlbande, wie ich hörte.«

»Ja«, sagte Jim mit hohler, hölzerner Stimme. »Das habe ich ebenfalls gehört.«
Eloise lächelte. »In Fair Haven fehlt es ihm an nichts. Ich finde es wirklich gut, daß Sie ihn dort untergebracht haben, Jim. Es ist keine Schlangengrube wie so viele andere Pflegeheime heutzutage.«

In einer öffentlichen Telefonzelle blätterte Holly durch die Gelben Seiten und fand die Adresse des Instituts Fair Haven am Rand von Solvang. Sie fuhren Richtung Südwesten durchs Tal.
»Ich erinnere mich daran, daß er einen Schlaganfall bekam«, sagte Jim. »Er lag im Krankenhaus, in der Intensivstation, und ich besuchte ihn dort. Zu jenem Zeitpunkt hatte ich ihn schon seit ... dreizehn oder mehr Jahren nicht mehr gesehen.«
Das überraschte Holly, und ihr Blick schuf eine Hitzewelle aus Scham, in der Jim zu verdorren schien. »Dreizehn Jahre lang bist du deinem Großvater ferngeblieben?«
»Es gab einen Grund dafür ...«
»Welchen?«
Eine Zeitlang starrte Jim auf die Straße, brummte dann aus Verärgerung und Abscheu. »Keine Ahnung. Es gab einen Grund, aber ich entsinne mich nicht mehr daran. Wie dem auch sei: Ich kehrte nach Henrys Schlaganfall zurück, als er im Krankenhaus mit dem Tod rang. Verdammt, ich erinnere mich daran, daß er starb!«
»Ganz deutlich?«
»Ja.«
»Du erinnerst dich daran, daß er tot im Bett lag, daß alle Kontrollmonitore gerade Linien zeigten?« fragte Holly.
Jim runzelte die Stirn. »Nein.«
»Erinnerst du dich daran, daß ein Arzt den Tod deines Großvaters feststellte?«
»Nein.«
»Erinnerst du dich daran, Vorbereitungen für das Begräbnis getroffen zu haben?«
»Nein.«
»Wieso erinnerst du dich dann so deutlich daran, daß Henry starb?«
Jim grübelte darüber nach, während Holly den Ford durch Kurven lenkte, vorbei an kleinen Hügeln, auf denen vereinzelte Häu-

ser standen, vorbei an Pferdeweiden, von weißen Zäunen umgeben und so grün wie Bilder von Kentucky. In diesem Teil des Tals war die Vegetation üppiger als in der Nähe von New Svenborg. Doch der Himmel gewann ein noch dunkleres Grau, und in den Wolken zeigten sich blauschwarze Tönungen – sie sahen aus wie Blutergüsse.

»Wenn ich mich jetzt darauf besinne, ist alles verschwommen«, erwiderte Jim schließlich. »Ich sehe nur vage Bilder ... keine echten Erinnerungen.«

»Bezahlst du Henrys Aufenthalt in Fair Haven?«

»Nein.«

»Hast du seinen Besitz geerbt?«

»Wie kann ich ihn geerbt haben, wenn er noch lebt?«

»Bist du vielleicht eine Art Vermögensverwalter?«

Jim wollte widersprechen, als er sich plötzlich an eine Anhörung erinnerte, an einen Richter ... Die Aussage eines Arztes. Ein Rechtsanwalt, der den alten Mann vertrat und bestätigte, daß Henry zurechnungsfähig war und den Enkel Jim Ironheart beauftragte, sich um sein Eigentum zu kümmern.

»Um Himmels willen, ja«, sagte Jim. Es schockierte ihn, daß er nicht nur lange zurückliegende Ereignisse vergessen hatte, sondern auch eine erst vier Jahre alte Vergangenheit. Als Holly auf einer geraden Strecke einen langsamen Lastwagen überholte, schilderte er ihr seine allmählich erwachenden Erinnerungen an die realen Geschehnisse. »Wie ist das möglich? Wie kann ich auf diese Weise leben? Wieso zeigt mir mein Gedächtnis eine Pseudo-Wirklichkeit, die nie existierte?«

»Um dich zu schützen«, kommentierte Holly und kehrte auf die rechte Fahrbahn zurück. »Ich wette, du erinnerst dich an alle Einzelheiten deiner Tätigkeit als Lehrer, an die Schüler, die du im Laufe der Jahre kennengelernt hast, an deine Kollegen ...«

Sie hatte recht. Während sie sprach, kehrte Jim ins Klassenzimmer zurück. Es bereitete ihm überhaupt keine Schwierigkeiten, Details in den Archiven seines Gedächtnisses zu finden; nur wenige Tage schienen ihn von seiner Zeit als Lehrer zu trennen.

»... weil jenes Leben keine Drohung für dich bereithielt. Es war sinnvoll und friedlich. Du verdrängst nur die Dinge in die fernsten Winkel deiner Erinnerung, die mit dem Tod deiner Eltern, Lena Ironhearts und den Jahren in New Svenborg in Zusammenhang stehen. Henry Ironheart gehört dazu, und deshalb verbannst du ihn aus deinem Gedächtnis.«

Der Himmel wirkte wie ein blau-rot angeschwollener Bluterguß.

Jim sah Krähen, die unter den Wolken segelten – mehr Vögel, als er vom Friedhof aus gesehen hatte. Vier, sechs, acht. Sie folgten dem Wagen, flogen nach Solvang.

Sonderbarerweise entsann er sich an den Traum, der ihn nach der Rettung von Billy Jenkins in Portland – nach der ersten Begegnung mit Holly – heimgesucht hatte. In jenem Traum glaubte er sich von einem Schwarm großer schwarzer Vögel über ein Feld gejagt. Sie kreischten um ihn herum, schlugen mit den Flügeln, trafen ihn mit krummen, skalpellscharfen Schnäbeln.

»Das Schlimmste steht uns noch bevor«, sagte er.

»Was soll das heißen?«

»Ich weiß es nicht.«

»Meinst du das, was wir in Fair Haven erfahren werden?«

Weit oben glitten die Krähen in hohen, kalten Luftströmungen.

Jim wußte nicht, welche Bedeutung seine Worte hatten, als er erwiderte: »Etwas Finsteres kommt.«

2

Das Pflegeheim Fair Haven präsentierte sich als großes, U-förmiges und einstöckiges Gebäude am Rande von Solvang. In der Architektur fehlte jeder dänische Einfluß. Das Haus wirkte wie ein Bauwerk von der Stange, war funktionell und nicht hübscher, als es sein mußte: cremefarbener Putz, einfache Dachpfannen, kastenförmig, Wände ohne irgendwelche Verzierungen. Aber es schien sich in einem guten Zustand zu befinden, und man hatte die Mauern frisch gestrichen. Die Hecken waren beschnitten, der Rasen gemäht, die Gehsteige gefegt.

Der Ort gefiel Holly. Sie wünschte sich fast, dort zu leben, vielleicht als Achtzigjährige, jeden Tag vor dem Fernseher zu sitzen oder Schach zu spielen, ohne größere Sorgen als die Frage, wohin sie am vergangenen Abend das Gebiß gelegt hatte.

Die Flure im Innern – ihr Boden bestand aus Vinylfliesen – erwiesen sich als breit und gut gelüftet. Im Gegensatz zu vielen anderen Pflegeheimen roch es nicht nach Patienten, die weder Harn noch Stuhl zurückhalten konnten und von gleichgültigem Personal sich selbst überlassen wurden. Holly nahm auch kein starkes Deodorant wahr, das über einen solchen Geruch hinwegtäuschen sollte. Die Zimmer, an denen sie und Jim vorbeikamen, sahen einladend aus: Breite Fenster gewährten einen weiten Blick über den Garten. Einige alte Männer und Frauen lagen in ihren Betten oder saßen zusammengesunken in Rollstühlen, und manche Gesichter zeigten stummen Kummer. Es handelte sich um die unglücklichen Opfer von Schlaganfällen oder der Alzheimer-Krankheit* im letzten Stadium. Sie waren in Erinnerungen und innerer Qual gefangen, unterhielten kaum mehr Beziehungen zur Außenwelt. Alle anderen schienen fröhlich zu sein. Holly hörte das Lachen von Patienten – eine Seltenheit in solchen Instituten.

Die leitende Krankenschwester erklärte, Henry Ironheart wohne schon seit über vier Jahren in Fair Haven.

Sie führte Holly und Jim ins Büro der Verwalterin Mrs. Danforth, die ihren Dienst erst nach Henry Ironhearts Einlieferung angetreten hatte. Sie war mollig, gepflegt und auf eine zurückhaltende Art und Weise zufrieden – Holly verglich sie mit der Frau eines Pfarrers, der sich um eine fromme Gemeinde kümmerte. Zwar wußte sie nicht, warum sie etwas überprüfen sollte, das Jim bereits bekannt sein mußte, aber sie sah trotzdem in den Unterlagen nach und stellte fest, daß Henry Ironhearts Monatsrechnung regelmäßig per Scheck von einem gewissen James Ironheart in Laguna Niguel bezahlt wurde.

»Es freut mich, daß Sie endlich gekommen sind, um ihn zu besuchen, und ich wünsche Ihnen einen angenehmen Aufenthalt«, sagte Mrs. Danforth mit vorsichtiger Kritik daran, daß der Enkel seinen Großvater in den vergangenen Jahren nie besucht hatte. Gleichzeitig verzichtete sie auf direkte Vorwürfe, an denen Jim Anstoß nehmen konnte.

---

*Alzheimer-Krankheit: Demenz vom Alzheimer-Typ; progrediente diffuse Hirnatropie, die mit einem Maximum zwischen dem 50. und 60. Lebensjahr bevorzugt bei Frauen auftritt. – Anmerkung des Übersetzers

Sie verließen das Büro und blieben in einer Ecke des Hauptflurs stehen, abseits der Krankenschwestern und Patienten in Rollstühlen.

»Ich kann ihm nicht einfach so gegenübertreten«, preßte Jim hervor. »Nicht nach so langer Zeit. Ich fühle mich ... innerlich verkrampft. Meine Güte, Holly, ich habe Angst.«

»Warum?«

»Keine Ahnung.« Seine Verzweiflung grenzte an Panik, und Jims Blick war so beunruhigend, daß Holly ihm auswich.

»Hat dich Henry jemals schlecht behandelt, als du klein warst?«

»Nein, das kann ich mir kaum vorstellen.« Er versuchte, durch die dichten Wolken der Erinnerung zu sehen, und schüttelte dann den Kopf. »Ich weiß es nicht.«

Es widerstrebte Holly, Jim allein zurückzulassen, und deshalb bat sie ihn darum, sie zu begleiten.

Aber Jim beharrte darauf, daß sie zuerst gehen solle. »Frag ihn nach den Dingen, auf die es ankommt. Damit wir diesen Ort verlassen können, wenn wir nicht mehr hierbleiben wollen – falls es unangenehm oder schlimm wird. Bereite ihn auf die Begegnung mit mir vor. Bitte, Holly.«

Holly erklärte sich schließlich einverstanden – um zu verhindern, daß Jim von einer Sekunde zur anderen floh. Doch als sie beobachtete, wie er auf den Hof trat, um dort zu warten, bedauerte sie es, ihn aus den Augen zu verlieren. Wenn er der dunklen Seite seines Ichs erlag, wenn es *dem Feind* gelang, ins Hier und Jetzt zu wechseln ... dann konnte ihm niemand helfen, dem gestaltgewordenen Zorn zu widerstehen.

Henry Ironheart befand sich nicht in seinem Zimmer, und eine freundliche Krankenschwester führte Holly zu ihm. Sie deutete auf einen Tisch im gemütlich eingerichteten Aufenthaltsraum. An der gegenüberliegenden Wand stand ein Fernseher; fünf oder sechs alte Leute verfolgten das Programm.

Henry spielte Poker mit seinen Freunden. Insgesamt vier Personen saßen an dem Tisch, der so beschaffen war, daß er Rollstühlen genügend Platz bot, und keiner von ihnen trug die sonst üblichen Pyjamas oder Trainingsanzüge. Holly sah zwei gebrechlich anmutende ältere Männer neben Henry – einer trug eine weite Hose und ein rotes Polohemd, und bei dem anderen fiel ihr ein weißes Hemd samt Fliege auf – und eine verschmitzt wirkende Frau mit schneeweißem Haar und in einem rosaroten Kostüm. Die gegenwärtige Runde neigte sich gerade ihrem Ende entgegen, und auf der Tischmitte hatten sich hohe Stapel aus blauen Kunststoffchips gebildet. Holly wollte die Spieler nicht unterbrechen und wartete. Mit dramatischen Gesten zeigten sie ihre Karten, und die Frau – sie hieß Thelma – jubelte laut, strich den Gewinn ein und lächelte hämisch, als die Männer gutmütig ihre Ehrlichkeit in Frage stellten.

Schließlich trat Holly näher und stellte sich Henry Ironheart vor, ohne sich als Jims Verlobte zu bezeichnen. »Wenn Sie einige Minuten Zeit für mich haben – ich würde gern mit Ihnen sprechen.«

»Lieber Himmel, Henry!« entfuhr es dem Mann im Polohemd. »Sie könnte deine Enkelin sein!«

»Er war schon immer ein alter Perverser«, kommentierte der Mann mit der Fliege.

»Ich bitte dich, Stewart«, sagte Thelma und wandte sich an Mr. Fliege. »Henry ist durch und durch Gentleman und war nie etwas anderes.«

»Meine Güte, Henry, bis heute abend bist du bestimmt wieder verheiratet!«

»Was bei dir gewiß nicht der Fall sein wird, George«, kommentierte Thelma. »Was mich betrifft ...« Sie zwinkerte bedeutungsvoll. »Eine Heirat muß nicht unbedingt dazugehören.«

Sie lachten, und Holly sagte: »Offenbar habe ich nicht die geringsten Chancen.«

»Thelma bekommt praktisch immer, was sie will«, erwiderte George.

Holly beobachtete, wie Stewart nach den Karten griff und sie mischte. »Ich möchte Sie nicht stören.«

»Oh, keine Sorge«, entgegnete Henry. Nach dem Schlaganfall lallte er ein wenig, aber Holly konnte ihn ohne Schwierigkeiten verstehen. »Wir legen einfach eine Toilettenpause ein.«

George hob den Kopf. »Wenn wir in unserem Alter die Toilettenpausen nicht aufeinander abstimmen, säßen nie mehr als zwei von uns am Tisch.«

Die anderen lenkten ihre Rollstühle durchs Zimmer. Holly zog sich einen Stuhl heran und nahm neben Henry Ironheart Platz.

Er war nicht mehr der so vital wirkende und kräftige Mann, den sie letzten Abend auf dem Foto im Wohnzimmer des Farmhauses gesehen hatte, und unter anderen Umständen wäre es vielleicht sehr schwer gefallen, ihn als Jims Großvater zu erkennen. Durch den Schlaganfall war die rechte Körperhälfte geschwächt, wenn auch nicht gelähmt, und die meiste Zeit über preßte er den entsprechenden Arm an die Brust – wie ein Tier, das die verletzte Pfote zu schonen versuchte. Er hatte stark abgenommen, und sein Gesicht wirkte fast ausgezehrt, obgleich die Haut eine gesunde Farbe zeigte. Die Muskeln in der rechten Wange waren auffallend schlaff, und dadurch sahen die Gesichtszüge irgendwie schief aus.

Henrys Erscheinungsbild und seine Artikulationsprobleme hätten in Holly sicher Niedergeschlagenheit darüber geweckt, was den Menschen an seinem Lebensende erwartete – wenn nicht die Augen dieses alten Mannes gewesen wären. Darin kam eine starke, ungebeugte Seele zum Ausdruck. Außerdem – trotz seiner Behinderung sprach er wie ein sehr intelligenter und humorvoller Mann, der dem Schicksal auf keinen Fall die Genugtuung geben wollte zu verzweifeln. Wenn überhaupt, so verfluchte er seinen unzulänglichen Körper nur, wenn ihn niemand hörte und sah.

»Ich bin mit Jim befreundet«, sagte Holly.

Henrys Lippen deuteten ein schiefes ›Oh‹ an, das auf Überraschung hinwies. Zunächst schien er nicht zu wissen, was er darauf antworten sollte, doch dann fragte er: »Wie geht es ihm?«

Holly entschied sich für die Wahrheit. »Nicht besonders gut. Er hat große Probleme.«

Henry wandte den Blick von ihr ab und betrachtete die Pokerchips auf dem Tisch. »Ja«, sagte er leise.

Holly hatte sich ihn fast als ein menschliches Ungeheuer vorgestellt, das Kinder mißhandelte und zumindest teilweise für Jims Flucht vor der Realität verantwortlich war. Doch diese Beschreibung traf auf Henry nicht zu.

»Ich wollte Sie kennenlernen und mit Ihnen reden, weil Jim und ich mehr sind als nur Freunde. Ich liebe ihn, und er erwidert meine Gefühle. Ich hoffe, daß uns ein langes gemeinsames Leben bevorsteht.«

Überrascht beobachtete sie Tränen, die aus Henrys Augen rannen und in den Falten des alten Gesichts winzige Perlen bildeten.

»Es tut mir leid. Ich wollte Sie nicht aus der Fassung bringen.«

»Nein, schon gut.« Henry wischte die Tränen mit der linken

Hand fort. »Ich muß mich entschuldigen ... Dafür, ein alter Narr zu sein.«
»Das sind Sie ganz bestimmt nicht.«
»Ich dachte nur ... Wissen Sie, ich war ziemlich sicher, daß Jim für immer allein bleiben würde.«
»Warum?«
»Nun ...«
Es schien ihm Kummer zu bereiten, etwas Negatives über seinen Enkel zu sagen, und damit tilgte er alle Bilder aus Holly, die ihr irgendeine Art von Tyrannen zeigten.

Sie ahnte, worauf er hinauswollte. »Er neigt dazu, andere Menschen von sich fernzuhalten. Meinen Sie das?«

Henry nickte. »Selbst mich. Die ganzen Jahre über habe ich ihn mit der ganzen Kraft meines Herzens geliebt, und ich weiß, daß er mich ebenfalls liebt, auf seine eigene Art und Weise – obwohl es ihm immer Mühe bereitete, seine Gefühle zu zeigen, obwohl er es *nie* sagte.« Als Holly ihm eine Frage stellen wollte, schüttelte Henry plötzlich den Kopf, und in seinem Gesicht zeigte sich so intensives Leid, daß die junge Frau einen zweiten Schlaganfall befürchtete. »Weiß Gott, es ist nicht allein seine Schuld, nein, bestimmt nicht.« Emotionaler Aufruhr verstärkte das Lallen in seiner Stimme. »Ich muß es zugeben – ein Teil der Distanz zwischen uns geht auf mich zurück. Ich hätte nie solche Vorwürfe gegen ihn erheben dürfen.«

»Vorwürfe?«
»Wegen Lena.«

Ein Schatten aus Furcht strich über Hollys Herz und verursachte Schmerzen, wie man sie bei Angina pectoris bekommt.

Sie blickte zum Fenster, durch das man auf den Hof sehen konnte. Jim wartete offenbar auf der anderen Seite. Holly fragte sich, was er jetzt dachte, was er empfand ...

»Wegen Lena?« wiederholte sie. »Das verstehe ich nicht.« Eine Lüge.

»Heute erscheint mir unverzeihlich, was ich damals dachte, wie ich mich verhielt.« Henry zögerte, sah in die Ferne, in die Vergangenheit. »Damals war er so seltsam, überhaupt nicht mehr das Kind, das wir kannten. Bevor Sie auch nur hoffen können, mich zu verstehen, müssen Sie folgendes wissen: Nach Atlanta wurde er immer sonderbarer und kapselte sich vollständig von der Umwelt ab.«

Bei diesen Worten dachte Holly sofort an Sam und Emily Newsonne, die Jim in Atlanta gerettet hatte – und an Norman Rink, auf den er die Schrotflinte achtmal abfeuerte, in blinder Wut. Aber Henry meinte wahrscheinlich einen anderen Vorfall, der wesentlich länger zurücklag.

»Sie wissen nicht über Atlanta Bescheid?« fragte er und reagierte damit auf Hollys unübersehbare Verwirrung.

Ein seltsames Geräusch erklang und alarmierte sie. Einige Sekunden lang konnte sie es nicht identifizieren, und dann begriff sie, daß es von Vögeln stammte: Sie krächzten und zirpten so laut, als glaubten sie ihre Nester bedroht. Es befanden sich keine Vögel im Zimmer; vermutlich tönte das Kreischen vom Dach durch den Kaminschornstein. Nach einer Weile verklang es allmählich.

Holly konzentrierte sich wieder auf Henry Ironheart. »Atlanta? Nein, davon weiß ich nichts.«

»Das dachte ich mir. Ich wäre sehr überrascht gewesen, wenn Jim Ihnen davon erzählt hätte – selbst wenn er Sie liebt. Er spricht nie darüber.«

»Was geschah in Atlanta?«

»Es passierte in einem Restaurant namens Dixie Duck ...«

»O mein Gott«, hauchte Holly und erinnerte sich sofort an den schrecklichen Traum.

»Allem Anschein nach wissen Sie wenigstens etwas davon«, sagte Henry. Dumpfe Pein glänzte in seinen Augen.

Sie spürte, wie ihr Gesicht zu einer Grimasse des Grams wurde. Ihr Mitgefühl bezog sich nicht etwa auf Jims Eltern, auch nicht auf Henry, der die beiden sicher sehr geliebt hatte – es galt dem Mann, der draußen wartete. »O mein Gott.« Und dann brachte sie keinen Ton mehr hervor. Sie fühlte einen dicken Kloß im Hals, und auch aus ihren Augen lösten sich Tränen.

Henry streckte eine fleckige Hand aus, und Holly griff danach, sammelte Kraft und versuchte, den Schock zu überwinden.

Das Läuten von Glocken drang aus dem Lautsprecher des Fernsehers, der an der gegenüberliegenden Wand stand. Signalhörner erklangen in der TV-Show.

Jims Eltern waren keineswegs durch einen Verkehrsunfall ums Leben gekommen. Er hatte diese Geschichte erfunden, um nicht die schreckliche Wahrheit erzählen zu müssen.

Hollys letzter Traum stellte keine prophetische Vision dar. Es handelte sich vielmehr um eine weitere Erinnerung Jims, in ihr Bewußtsein projiziert, als sie beide schliefen. Sie hielt sich dabei erneut in einem fremden Körper auf, doch diesmal teilte sie nicht mit Lena den Körper, so wie vor zwei Nächten, sondern mit Jim: Ein Spiegel hätte ihr bestimmt das Gesicht eines zehnjährigen Jungen gezeigt. Das Grauen des Restaurants kehrte nun mit überaus deutlichen Bildern zurück, die Holly nicht aus ihrem Gedächtnis verdrängen konnte, und sie schauderte heftig.

Einmal mehr blickte sie zum Fenster, sah nach draußen und hielt vergeblich nach Jim Ausschau. Sie machte sich große Sorgen um ihn.

»Seine Eltern traten mehrere Tage lang in einem Klub von Atlanta auf«, sagte Henry. »Sie wollten in Jimmys Lieblingsrestaurant zu Mittag essen, das er bereits von einem anderen Besuch in Atlanta kannte.«

Hollys Stimme vibrierte, als sie fragte: »Wer war der Mörder?«

»Ein Wahnsinniger. Das ist es ja gerade. Es steckte überhaupt keine Bedeutung dahinter. Nur ein Amokläufer, der wild um sich schoß.«

»Wie viele Menschen starben?«

»Eine Menge.«

»Wie viele, Henry?«

»Vierundzwanzig.«

Holly dachte an den jungen Jim Ironheart in jenem Inferno, stellte sich vor, wie er über Leichen hinwegkroch, schmerzerfüllte und entsetzte Schreie hörte, wie er Blut und Erbrochenes roch, Galle und Urin, wie er von Kugeln zerfetztes Fleisch sah. Erneut hörte sie die automatische Waffe – *Ra-ta-ta-ta-ta-ta-ta-ta* –, das Bitte-bitte-bitte-bitte der jungen Kellnerin. Nur ein Traum, ja. Aber das Grauen gewann darin ein schier unerträgliches Ausmaß. Der vom Zufall bestimmte Schrecken und die Grausamkeit des Menschen, in einem einzigen Erlebnis komprimiert – eine unvorstellbare Qual. Selbst ein Erwachsener hätte viele Jahre und vielleicht sogar ein ganzes Leben gebraucht, um sich davon zu erholen. Ein zehnjähriger Knabe konnte mit so etwas unmöglich fertig werden. Für ein Kind war es vielleicht notwendig, aus der Realität dieser Erfahrung zu fliehen und in einer Fantasiewelt Zuflucht zu suchen, um nicht ganz und gar den Verstand zu verlieren.

»Nur Jimmy überlebte«, sagte Henry. »Wenn die Polizei einige

Sekunden später eingetroffen wäre, hätte es ihn ebenfalls erwischt. Die Beamten erschossen den Mann.« Er schloß die Finger etwas fester um Hollys Hand. »Sie fanden Jim in einer Ecke, auf Jamies Schoß, auf dem Schoß seines Vaters, in den Armen seines Daddys, von ... von seinem Blut besudelt.«

Holly entsann sich an das Ende des Traums ...

... und es gibt keinen Ausweg mehr, denn der Wahnsinnige nähert sich. Er wirkt so entsetzlich, so böse und grauenhaft, daß sie nicht beobachten kann, wie er sich nähert, sie will nicht sehen, wie er die Waffe auf sie richtet, so wie auf das rothaarige Mädchen, und deshalb dreht sie den Kopf zur Seite, blickt in das Gesicht des Toten ...

... und sie erinnerte sich daran, daß sie plötzlich erwachte und voller Abscheu nach Luft schnappte.

Wenn ihr Zeit genug geblieben wäre, einen Blick in das Gesicht zu werfen, so hätte sie bestimmt Jims Vater erkannt.

Erneut klang das Kreischen durch den Aufenthaltsraum, noch lauter diesmal. Zwei alte Leute gingen zum Kamin, um festzustellen, ob Vögel hinter der Luftklappe des Schornsteins festsaßen.

»Vom Blut seines Vaters bedeckt«, wiederholte Henry leise. Inzwischen waren viele Jahre vergangen, aber es konnte kein Zweifel daran bestehen, daß ihm die Gedanken an jenes Ereignis noch immer heftigen seelischen Schmerz bereiteten.

Der Junge hockte damals nicht nur auf dem Schoß seines toten Vaters, sondern mußte auch gewußt haben, daß irgendwo die Leiche seiner Mutter lag, daß er zur Waise geworden war.

Jim saß auf einer Redwood-Bank im Garten des Pflegeheims Fair Haven. Niemand befand sich in der Nähe.

An diesem Tag im späten August erreichte die jahreszeitlich bedingte Dürre ihren Höhepunkt, und deshalb wirkten die dunklen Regenwolken ungewöhnlich. Doch Jim hatte das Gefühl, daß sie keine Nässe brachten, sondern die Asche eines kalten Feuers. Späte Sommerblumen wuchsen in Beeten und neigten sich halb über die Pfade, aber ohne hellen Sonnenschein trübten sich ihre bunten Farben. Die Bäume erzitterten, als fröstelten sie in der leichten Brise. Etwas kam. Etwas Dunkles schlich heran.

Jim klammerte sich an Hollys Theorie fest. Er dachte immer wieder daran, daß sich nur dann etwas manifestieren konnte,

wenn er es wollte. Er brauchte nur die Kontrolle über sich zu wahren, um jede Gefahr zu bannen.
Trotzdem fühlte er, daß etwas kam.
Etwas.
Er hörte das Krächzen der Vögel.

Das Kreischen verklang.
Nach einer Weile ließ Holly Henry Ironhearts Hand los, holte ein Papiertaschentuch hervor, betupfte die Augen und putzte sich die Nase. Als sie ihrer Stimme wieder vertrauen konnte, sagte sie: »Jim gibt sich die Schuld am Tod seiner Eltern.«
»Ich weiß. Das war von Anfang an der Fall. Er sprach nie darüber, aber sein Verhalten machte deutlich, daß er sich verantwortlich fühlte, daß er sich für einen Versager hielt – weil er seine Eltern nicht gerettet hatte.«
»Aber warum? Er war doch erst zehn Jahre alt, ein kleiner Junge. Er hätte überhaupt nichts gegen einen Mann mit einer automatischen Waffe unternehmen können. *Weshalb* fühlt er sich schuldig?«
Für einige Sekunden wich der Glanz aus Henrys Augen. Die bereits schiefen Gesichtszüge verzerrten sich noch mehr und vermittelten tiefe Trauer.
»Ich habe oft versucht, mit ihm darüber zu reden«, erwiderte er schließlich. »Ich nahm ihn auf den Schoß, umarmte ihn und sprach leise auf ihn ein, so wie auch Lena. Aber er war zu verschlossen, blieb weiterhin eingekapselt, wies nie darauf hin, warum er so heftige Vorwürfe gegen sich selbst erhob, warum er sich ... haßte.«
Holly sah auf ihre Armbanduhr.
Jim war schon zu lange allein.
Aber sie konnte Henry Ironheart nicht ausgerechnet jetzt unterbrechen. Sie spürte deutlich, daß nun die wichtigste Offenbarung bevorstand.
»All die Jahre lang habe ich darüber nachgedacht«, fuhr der alte Mann fort. »Und vielleicht weiß ich nun, warum Jim damals auf diese Weise empfand. Aber als ich zu verstehen begann, war er bereits erwachsen, und schon vor langer Zeit hörten wir auf, über Atlanta zu sprechen. Um ganz ehrlich zu sein: Es herrschte praktisch nur noch Schweigen zwischen uns.«
»Was begannen Sie zu verstehen?«

Henry legte die schwache rechte Hand in die starke linke und starrte auf knotige, von den Fingerknöcheln gebildete Höcker. Er wirkte unsicher und schien sich zu fragen, ob er ihr das anvertrauen sollte, was er jemandem anvertrauen mußte.

»Ich liebe ihn, Henry.«

Er sah auf und begegnet ihrem Blick.

»Vorhin haben Sie vermutet, daß ich hierhergekommen bin, um zu erfahren, was sich in Atlanta abgespielt hat – weil Jim nicht darüber sprechen will«, sagte Holly. »Das stimmt in gewisser Weise. Aber es gibt auch noch andere Gründe, die mich zu Ihnen führen. Jim verweigert mir den Zugang zu einigen Bereichen seines Lebens. Er liebt mich wirklich, Henry, daran zweifle ich nicht, doch er errichtet auch Barrieren, die mich fernhalten sollen. Wenn ich ihn heirate, wenn es wirklich dazu kommt, möchte ich alles über ihn wissen – andernfalls haben wir nie die Chance, glücklich zu werden. Geheimnisse sind kein geeignetes Fundament für ein gemeinsames Leben.«

»Da haben Sie natürlich recht.«

»Erklären Sie mir, warum sich Jim für schuldig hält. Dieses Gefühl bringt ihn allmählich um, Henry. Wenn es für mich irgendeine Hoffnung geben soll, ihm zu helfen, so brauche ich Ihr Wissen.«

Der alte Mann seufzte und rang sich zu einer Entscheidung durch. »Was ich Ihnen jetzt sagen werde, klingt vielleicht wie abergläubischer Unsinn, aber es ist die reine Wahrheit. Ich schildere Ihnen nur die wichtigsten Dinge, denn wenn ich Einzelheiten hinzufüge, erscheint alles noch seltsamer. Meine Frau Lena hatte eine besondere Gabe. Ich nehme an, man könnte sie als Vorahnung bezeichnen. Sie war nicht imstande, in die Zukunft zu sehen und festzustellen, welches Pferd ein Rennen gewinnt oder was im nächsten Jahr geschieht. Nein, nichts in dieser Art. Aber manchmal ... Nun, wenn man sie zu einem Picknick einlud, das am nächsten Sonntag stattfinden sollte, erwiderte sie plötzlich, daß es in einer Woche wie bei der Sintflut regnen würde. Und das war dann tatsächlich der Fall. Oder wenn eine Nachbarin ein Kind erwartete ... Lena sprach dann von dem Ungeborenen als ›er‹ oder ›sie‹, obgleich sie überhaupt nicht wissen konnte, ob es sich um einen Jungen oder ein Mädchen handelte – und sie behielt immer recht.«

Holly spürte, wie die letzten Stücke des Puzzles an den richtigen Platz rutschten. Als Henry ihr einen Sicher-halten-Sie-mich-jetzt-für-einen-alten-Narren-Blick zuwarf, nahm sie seine rechte Hand und drückte sie beruhigend.

Er musterte sie einige Sekunden lang. »Haben Sie bei Jim etwas Sonderbares erlebt, etwas, das Ihnen wie Magie erschien?«

»Ja.«

»Dann wissen Sie vielleicht, worauf ich hinauswill.«

»Ja, vielleicht.«

Erneut ertönte das Krächzen. Die alten Leute vor dem Fernseher reduzierten die Lautstärke des Apparats, sahen sich um und versuchten herauszufinden, woher die Geräusche kamen.

Holly blickte wieder zum Fenster. Nirgends zeigten sich Vögel. Aber sie ahnte, warum sich ihr plötzlich die Nackenhaare aufrichteten: Das Kreischen stand in einem direkten Zusammenhang mit Jim. Sie erinnerte sich daran, daß er auf dem Friedhof einige Krähen beobachtet und während der Fahrt nach Solvang immer wieder zum Himmel aufgesehen hatte.

»Unser Sohn Jamie ähnelte seiner Mutter«, fuhr Henry fort, als hörte er die Vögel überhaupt nicht. »Manchmal *wußte* er bestimmte Dinge. Nun, er war noch begabter als Lena. Nachdem Jamie Cara geheiratet hatte, als sie nach einiger Zeit schwanger wurde, sagte Lena eines Tages: ›Das Kind ist etwas Besonderes. Der Junge wird ein echter Magus.‹«

»Magus?«

»Jemand, der spezielle Fähigkeiten hat, so wie sie auch Lena und Jamie besaßen. Ein Magier. Ein wahrer Zauberer. Schließlich kam Jim zur Welt, und als er vier war, begann er damit, uns zu ... erstaunen. Einmal berührte er meinen Kamm, den ich beim Frisör gekauft hatte, und er beschrieb mir den Laden, obwohl er ihn überhaupt nicht kannte; damals lebte er zusammen mit Jamie und Cara in Los Angeles.«

Henry legte eine kurze Pause ein und atmete mehrmals tief durch. Das Lallen wurde immer stärker, und sein rechts Lid sank herab – das Sprechen schien ihn ebenso anzustrengen wie körperliche Arbeit.

Ein Krankenpfleger trat auf den Kamin zu, leuchtete mit einer Taschenlampe in den Schornstein, beobachtete den Rauchfang und die Luftklappe, suchte nach irgendwelchen Vögeln.

Holly hörte jetzt nicht nur das Kreischen, sondern auch das Schlagen von Flügeln.

»Wenn Jimmy Gegenstände zur Hand nahm, *wußte* er, woher sie stammten, berichtete sogar von ihren Besitzern«, sagte Henry. »Natürlich wußte er nicht alles, nur dies und das. Er konnte irgendein persönliches Objekt berühren, den Namen des Besitzers nennen und hinzufügen, womit er sich den Lebensunterhalt verdiente. Und wenn er dann einen anderen Gegenstand nahm ... Vielleicht wäre er nur in der Lage gewesen, die Namen der Kinder jener Personen zu nennen und festzustellen, wo sie zur Schule gingen. Aber *irgend etwas* erfuhr er immer, wenn er sich Mühe gab.«

Der Krankenpfleger – gefolgt von drei Patienten, die ihm ihre Hilfe anboten – wandte sich vom Kamin ab, runzelte die Stirn und sah zu den Belüftungsschlitzen der Klimaanlage hoch. Das zänkische Kreischen hallte noch immer durchs Zimmer.

»Lassen Sie uns auf den Hof gehen«, schlug Holly vor und stand auf.

»Warten Sie«, brachte Henry mühsam hervor. »Erst möchte ich Ihnen auch noch den Rest erzählen.«

Um Himmels willen, Jim, dachte Holly. *Halt noch ein oder zwei Minuten lang aus.*

Widerstrebend setzte sie sich wieder.

»Jims besondere Begabung war ein Geheimnis der Familie, ebenso wie Lenas und Jamies Talent«, fuhr Henry fort. »Wir wollten nicht, daß alle Welt davon erfuhr. Wir wollten nicht, daß neugierige Leute kamen, uns als Monstern oder was weiß ich bezeichneten. Aber Cara ... Sie wünschte sich so sehr, im Showbuiseß tätig zu sein. Jamie arbeitete damals bei Warner Brothers – dort lernten sie sich kennen –, und er versuchte, den Wunsch seiner Frau zu erfüllen. Sie beschlossen, mit Jimmy auf Tournee zu gehen, ihn als Wunderkind vorzustellen, das über magische Kräfte verfügte. Bestimmt würde niemand vermuten, daß er tatsächlich übernatürliche Fähigkeiten hatte. Bei ihren Vorstellungen erweckten sie den Anschein, als steckten geschickte Tricks dahinter. Sie zwinkerten, forderten das Publikum heraus, sie zu entlarven – obwohl alles *real* war. Nun, sie verdienten ziemlich viel Geld damit, und es kam auch der Familie zugute, weil sie jeden Tag zusammensein konnten. Schon vor den Reisen standen sie sich sehr nahe, und später wurden sie praktisch unzertrennlich. Keine Eltern haben ihr Kind mehr geliebt als Jamie und Cara ihren Sohn Jim – und er erwiderte diese Liebe. Sie bildeten eine Einheit, und es erschien uns unvorstellbar, daß sie jemals voneinander getrennt werden könnten.«

Krähen segelten am grauen Himmel.

Jim saß noch immer auf der Redwood-Bank und beobachtete sie.

Einige Wolken im Osten verschlangen die Vögel, doch dann kehrten sie plötzlich zurück.

Eine Zeitlang kreisten sie weit oben.

Die dunklen, gezackten Konturen am wie verbrannt wirkenden Himmel formten ein Bild, das aus einem Gedicht von Edgar Allan Poe zu stammen schien. Als Junge hatte er Poe sehr verehrt und sich die makabersten Reime eingeprägt. Morbidität konnte faszinierend sein.

Das Kreischen verstummte plötzlich. Die anschließende Stille kam einem Segen gleich, aber seltsamerweise erschreckte sie Holly noch mehr als das laute Krächzen.

»Jimmys Macht wuchs«, fuhr Henry Ironheart mit belegter Stimme fort. Er rutschte im Rollstuhl auf die andere Seite, wobei ihn die geschwächte rechte Körperhälfte behinderte. Zum erstenmal zeigte er Ärger darüber. »Als Sechsjähriger konnte Jim eine auf dem Tisch liegende Münze allein mit der Kraft seiner Gedanken bewegen, sie hin und her schieben, sie auf die Kante stellen. Als Achtjähriger war er imstande, sie in der Luft schweben zu lassen. Als Zehnjähriger vollbrachte er das gleiche Kunststück mit Schallplatten oder Büchsen. Ich habe nie etwas Erstaunlicheres gesehen.«

Wenn Sie wüßten, wozu Jim als Fünfunddreißigjähriger fähig ist ..., dachte Holly.

»Bei den Vorstellungen zeigten sie so etwas nie«, sagte Henry. »Sie setzten die übliche Nummer fort und nahmen persönliche Gegenstände von Zuschauern entgegen. Jim berichtete dann Dinge, die von den Betreffenden als außerordentlich verblüffend empfunden wurden. Schließlich wollten Jamie und Cara ihr Repertoire mit Levitationen erweitern, aber sie wußten noch nicht, wie sie das fertigbringen sollten, ohne die Wahrheit zu enthüllen. Sie besuchten das Dixie Duck in Atlanta – und damit endete alles.«

Nein, nicht alles, fuhr Holly durch den Sinn. *Damit endete das Licht. Damit begann die Dunkelheit.*

Sie begriff nun, warum ihr die Stille mehr zusetzte als das Kreischen der Vögel. Das Krächzen kam dem Zischen einer brennenden Lunte gleich, die langsam zur Bombe hin brannte. Solange dieses Geräusch erklang, ließ sich die Explosion verhüten.

»Deshalb glaubte Jim vermutlich, daß es ihm möglich gewesen sein sollte, seine Eltern zu retten«, fügte Henry hinzu. »Allein mit der Kraft des Willens konnte er Einfluß auf feste Gegenstände nehmen, sie bewegen. Er gab sich die Schuld, weil er die Kugeln nicht im Lauf der automatischen Waffe festgehalten, weil er den Abzug nicht irgendwie blockiert und den Wahnsinnigen daran gehindert hatte, Jamie und Cara und all die anderen zu erschießen ...«

»Hätte er das geschafft?«

»Ja, vielleicht. Aber er war nur ein entsetzter kleiner Junge. Um die Münzen, Schallplatten und Dosen aufsteigen zu lassen, mußte er sich konzentrieren. Und dazu blieb ihm keine Zeit, als der Verrückte schoß.«

Holly entsann sich an das gräßliche Geräusch: *Ra-ta-ta-ta-ta-ta-ta-ta* ...

»Als wir ihn von Atlanta hierherholten, sprach er kaum, nur ab und zu ein Wort. Er mied unseren Blick. Etwas starb in ihm, als seine Eltern ums Leben kamen, und wir konnten die Leere in ihm nicht einmal mit Liebe füllen. Er verlor auch seine besonderen Fähigkeiten. So schien es jedenfalls. Nie wieder erstaunte er uns damit, Objekte zu bewegen, und nach einigen Jahren fiel es manchmal schwer sich vorzustellen, daß er als kleiner Junge so seltsame Dinge hatte bewerkstelligen können.«

Trotz seiner Fröhlichkeit hatte Henry Ironheart zu Beginn des Gesprächs wie der achtzig Jahre alte Mann ausgesehen, der er war. Jetzt wirkte er noch weitaus älter.

»Jim verhielt sich so seltsam nach der Tragödie in Atlanta«, sagte Henry. »Er wurde unnahbar, und Zorn brodelte in ihm ... Manchmal fürchtete ich mich, obwohl ich ihn liebte. Und später ... Gott möge mir verzeihen. Ich dachte, er ...«

»Ich weiß«, warf Holly ein.

Es zuckte in Henrys schlaffem Gesicht, und er bedachte Holly mit einem scharfen Blick.

»Ihre Frau«, sagte sie. »Lena. Die Umstände ihres Todes.«

»Sie wissen viel«, erwiderte der alte Mann, und seine Stimme klang noch etwas undeutlicher.

»Zuviel«, bestätigte Holly. »Eigentlich komisch. Mein ganzes Leben lang habe ich zuwenig gewußt.«

Henry sah wieder auf seine fleckigen Hände hinab. »Wie konnte ich glauben, daß ein zehnjähriger – wenn auch verhaltensgestörter – Knabe in der Lage sein sollte, Lena die Treppe in der Mühle hinunterzustoßen? Immerhin liebte er sie, von ganzem Herzen. Erst viele Jahre später wurde mir klar, wie grausam ich zu ihm gewesen bin, wie gefühllos und dumm. Zu jener Zeit gab er mir nicht mehr die Chance, mich zu entschuldigen für das, was ich getan und ... gedacht hatte. Er verließ die Farm, um das College zu besuchen – und kehrte nie zurück. Dreizehn Jahre lang blieb er fern, bis ich den Schlaganfall bekam.«

Das stimmt nicht ganz, überlegte Holly stumm. *Jim kam noch einmal hierher, neunzehn Jahre nach Lenas Tod, um Blumen auf ihr Grab zu legen.*

»Wenn ich eine Möglichkeit fände, ihm alles zu erklären, wenn er mir doch noch eine Chance dazu gäbe ...«

»Er ist hier«, sagte Holly und erhob sich erneut.

Ein schweres Gewicht aus Furcht zerrte an Henrys Gesicht, ließ es noch ausgemergelter erscheinen. »Hier?«

»Ja. Um Ihnen die Chance zu geben, die Sie sich erhoffen.« Holly atmete tief durch. »Möchten Sie, daß ich Sie zu ihm bringe?«

Weitere Krähen flogen herbei, und jetzt kreisten acht von ihnen am Himmel.

Einmal mitten in der Nacht, so trübe,
während ich dachte, schwach und müde,
an seltsame Dinge, in des Vergessens Grabe ...
Während ich döste und fast schlief,
ein Klopfen an der Tür mich rief,
ein leises Pochen, dumpf und tief.

»Nimmermehr, sprach der Rabe«, flüsterte Jim den wahrhaftigen Vögeln zu, nicht denen in Poes Gedicht.

Er hörte ein leises, rhythmisches Knarren, wie von einem sich drehenden Rad, und er vernahm auch Schritte. Als er aufsah, bemerkte er Holly, die den Rollstuhl seines Großvaters über den Weg zur Bank schob.

Vor achtzehn Jahren war er aufgebrochen, um das College zu besuchen, und während dieser Zeit hatte er Henry nur einmal gesehen. Zunächst hatte Jim ihn ab und zu angerufen, aber schließlich verzichtete er auch darauf und fand sich damit ab, daß kein Kontakt mehr existierte. Wenn Briefe kamen, warf er sie ungeöffnet fort. Er erinnerte sich nun daran – und auch an das Warum.

Jim wollte aufstehen, aber die Beine gaben unter ihm nach, und daraufhin blieb er sitzen.

Holly ließ den Rollstuhl vor der Bank stehen und nahm dann neben Jim Platz. »Alles in Ordnung?«

Er antwortete nicht und vermied es, seinen Großvater anzusehen. Statt dessen beobachtete er die Krähen, die unter den aschgrauen Wolken segelten.

Der alte Mann brachte es ebenfalls nicht fertig, den Blick auf Jim zu richten. Er betrachtete die Blumenbeete und erweckte den Eindruck, als sei er nur nach draußen gekommen, weil ihn die Blüten interessierten.

Holly wußte, daß es nicht einfach sein würde. Ihr Mitgefühl galt beiden Männern, und sie wollte alles versuchen, sie einander näherzubringen.

Zuerst mußte sie das dichte Unkraut der letzten Lüge jäten, die Jim ihr – vielleicht sogar bewußt – erzählt hatte. »Es gab keinen Verkehrsunfall, Schatz«, sagte sie und legte ihm die Hand aufs Knie. »Deine Eltern kamen nicht ums Leben, während sie auf der Straße unterwegs waren.«

Jim wandte sich von den Vögeln ab und musterte Holly mit nervöser Erwartung. Sie sah deutlich, daß er sich nach der Wahrheit sehnte und sie gleichzeitig fürchtete.

»Es geschah in einem Restaurant ...«

Jim schüttelte langsam den Kopf.

»... in Atlanta, Georgia ...«

Er wiederholte die Geste des stummen Leugnens, doch seine Pupillen weiteten sich.

»... im Dixie Duck«, sagte Holly.

Die Erinnerung explodierte mit der Wucht einer Granate in ihm, und Jim beugte sich ruckartig vor, als müsse er sich erbrechen. Doch er würgte nicht. Statt dessen ballte er die Fäuste, schnitt eine Grimasse des Schmerzes und gab leise, unartikulierte Laute des Kummers und Entsetzens von sich.

Holly schlang ihm den Arm um die gebeugten Schultern.

Henry Ironheart sah sie an. »O mein Gott!« stieß er hervor, als er plötzlich begriff, in welchem Ausmaß sein Enkel die damaligen Ereignisse verdrängt hatte. »O mein Gott.« Als aus Jims gequältem Stöhnen ein Schluchzen wurde, starrte Henry Ironheart wieder auf die Blumen, auf seine fleckigen Hände, auf die Füße, auf die Räder des Rollstuhls, irgendwohin, um nicht Hollys Blick zu begegnen. Doch schließlich sah er auf. »Er bekam eine Therapie«, sagte er und versuchte, für seine Schuld zu sühnen. »Wir wußten, daß er eine Therapie brauchte. Wir brachten ihn mehrmals zu einem Psychiater in Santa Barbara, gaben uns alle Mühe. Aber der Spezialist – er hieß Hemphill – meinte, mit Jim sei alles in Ordnung. Nach sechs Sitzungen behauptete er, Jim sei völlig gesund. Er hielt es nicht für nötig, die Behandlung fortzusetzen.«

»Was wissen solche Leute schon?« erwiderte Holly. »Wie hätte Hemphill helfen können, obwohl er den Jungen überhaupt nicht kannte, ihn nicht liebte?«

Henry Ironheart zuckte so heftig zusammen, als habe sie ihn geschlagen. Aber Hollys Bemerkung war gar nicht als eine Verurteilung seiner damaligen Entscheidung gemeint.

»Nein«, fügte sie rasch hinzu und hoffte, daß er ihr glaubte. »Es geht mir um folgendes. Es wundert mich nicht, daß ich weiter kam, als es Hemphill jemals möglich war. Weil ich Jim liebe. Nur Liebe ermöglicht ihm die Heilung.« Sie strich Jim übers Haar. »Du hättest sie nicht retten können, Schatz. Damals war deine Macht nicht annähernd so groß wie heute. Du hast nur durch Glück überlebt. Glaub mir, Jim. Hör auf mich und glaub mir.«

Einige Sekunden lang schwiegen sie, jeder von ihnen in Schmerz gefangen.

Holly stellte fest, daß noch mehr Krähen unter den grauen Wolken kreisten, etwa ein Dutzend. Sie wußte, daß Jim die Vögel hierher lockte – das Wie blieb ihr rätselhaft –, und ihre Präsenz erfüllte sie mit wachsendem Unbehagen.

Sie griff nach Jims Hand, um ihm Trost zu spenden. Nach einer Weile schluchzte er nicht mehr, doch die Fäuste waren weiterhin fest geballt und so hart wie Stein.

»Dies ist Ihre Chance«, sagte sie zu Henry. »Erklären Sie ihm, warum Sie sich von ihm abwandten, warum Sie ... was auch immer getan haben.«

Der alte Mann räusperte sich und tastete mit der rechten Hand nervös zum Mund. Ohne Jim oder Holly anzusehen, begann er: »Nun, zunächst einmal müssen Sie ... die damalige Situation verstehen. Einige Monate nach Jimmys Rückkehr aus Atlanta wurde im Ort ein Film gedreht ...«

»*Die schwarze Windmühle*«, warf Holly ein.

»Ja. Er las die ganze Zeit über ...« Henry unterbrach sich und schloß die Augen, als wolle er auf diese Weise Kraft schöpfen. Als er die Lider wieder hob, richtete er den Blick auf Jims geneigten Kopf und schien bereit zu sein, ihm in die Augen zu sehen. »Du hast die ganze Zeit über gelesen, dich in der Bibliothek durch ein Regal nach dem anderen gearbeitet. Der Film veranlaßte dich dazu, dir auch das Willot-Buch vorzunehmen. Eine Zeitlang wurde es ... Himmel, ich weiß nicht. Du warst regelrecht besessen davon, Jim. Du hast über jenen Roman gesprochen und dabei zumindest einen Teil deiner Verschlossenheit aufgegeben, und deshalb ermutigten wir dich, bei den Dreharbeiten zuzusehen. Weißt du noch? Kurze Zeit später erzähltest du uns von einer außerirdischen Präsenz im Teich und in der Windmühle, so wie sie das Buch und der Film schilderten. Zuerst dachten wir, es sei nur ein Spiel.«

Henry schwieg.

Die Stille dauerte an.

Die Anzahl der Vögel war auf etwa zwanzig gewachsen.

Sie krächzten nicht, segelten völlig lautlos am Himmel.

Holly richtete ihre Aufmerksamkeit wieder auf Henry. »Doch dann begannen Sie, sich Sorgen zu machen.«

Der alte Mann hob eine zittrige Hand zum faltigen und zerfurchten Gesicht. Er wollte nicht etwa die Müdigkeit fortwischen, sondern Jahre abstreifen, um die Vergangenheit deutlicher zu erkennen. »Du hast immer mehr Zeit in der Mühle verbracht, Jim, manchmal den ganzen Tag. Und auch den Abend. Ab und zu, wenn wir mitten in der Nacht aufstanden, um ins Bad zu gehen, sahen wir Licht in der Mühle, um zwei oder drei Uhr morgens. Und dann lagst du nicht in deinem Bett.«

Henry legte jetzt häufigere Pausen ein. Er war nicht müde. Es widerstrebte ihm nur, jene längst begrabenen Erinnerungen in Worte zu kleiden.

»Bei solchen Gelegenheiten gingen Lena oder ich nach draußen zur Mühle und holten dich zurück. Oft hast du uns dann von *dem Freund* erzählt. Du warst so sonderbar, daß wir nicht wußten, wie wir uns verhalten sollten, und deshalb ... unternahmen wir nichts. Nun, in jener Nacht, als Lena starb ... Ein Gewitter zog heran ...«

Holly erinnerte sich an den Traum.

... böiger Wind weht, als sie über den Kiespfad eilt ...

»... Und Lena weckte mich nicht. Sie ging allein nach draußen, in die hohe Kammer ...«

... sie steigt die Kalksteintreppe hoch ...

»... Ein ziemlich starkes Gewitter, aber für gewöhnlich erwachte ich nicht einmal, wenn es laut donnerte ...«

... Blitze flackern, als sie an dem Fenster vorbeikommt, und durch die Scheibe sieht sie etwas im Teich ...

»... Ich schätze, du hast dort wie üblich gelesen, im Licht einer Kerze ...«

... weiter oben ertönen seltsame Geräusche, und ihr Herz klopft schneller, als sie Stufe um Stufe hinter sich bringt, neugierig und gleichzeitig besorgt ...

»... Schließlich weckte mich ein Krachen ...«

... sie erreicht das obere Ende der Treppe und sieht den Jungen. Er hat die Hände an den Seiten zu Fäusten geballt, steht neben einem blauen Teller mit einer gelben Kerze. Auf dem Boden liegt ein Buch ...

»... Ich bemerkte, daß Lena nach draußen gegangen war, und als ich aus dem Schlafzimmerfenster blickte, sah ich mattes Licht in der Mühle ...«

... der Junge dreht sich zu ihr um und ruft: Hilf mir. Ich habe Angst. Die Wände, die Wände!

»... Und ich glaubte, meinen Augen nicht trauen zu können, denn die Windmühlenflügel drehten sich, selbst damals hatten sie sich schon seit zehn oder fünfzehn Jahren nicht mehr gedreht, der Mechanismus war blockiert ...«

... Bernsteinfarbenes Licht glüht aus den Wänden, in den Tönungen

von Eiter und Galle; der Kalkstein wölbt sich vor, und sie begreift plötzlich, daß sich etwas Lebendiges *und Monströses daraus hervorschieben will* ...

»... Aber sie drehten sich wie die Propeller eines Flugzeugs, ich streifte rasch die Hose über und eilte nach unten ...«

... *Furcht und eine unheilvolle Aufregung erklingen in der Stimme des Jungen, als er sagt:* Es kommt, und niemand kann es aufhalten!

»... Ich griff nach der Taschenlampe und lief nach draußen in den Regen ...«

... *die gewölbte Fläche aus Steinblöcken und Mörtel platzt wie die schwammige Membran eines Insekteneis. Eine Gestalt bildet sich in der schleimigen Masse, die Verkörperung von Jims Zorn auf die Welt und ihre Ungerechtigkeit, fleischgewordener Haß, seine eigene Todessehnsucht, so intensiv und finster, daß sie zu einer separaten, von ihm unabhängigen Wesenheit wird* ...

»... Ich erreichte die Mühle und konnte einfach nicht glauben, daß sich die alten Flügel drehten, wusch, wusch, wusch!«

An dieser Stelle endete Hollys Traum, aber ihre Vorstellung fügte eine wahrscheinliche Schlußsequenz hinzu. Die Manifestation *des Feindes* entsetzte Lena, und sie gelangte zu dem verblüffenden Schluß, daß sich der Junge die fremde Präsenz in der Mühle nicht nur eingebildet hatte. Sie war so überrascht und erschrocken, daß sie nach hinten taumelte, die lange Wendeltreppe hinunterfiel und sich dabei nirgends festhalten konnte, weil es kein Geländer gab. Irgendeine Stufe brach ihr das Genick.

»... Ich betrat die Mühle ... fand sie am unteren Ende der Treppe, reglos, den Kopf unnatürlich weit zur Seite gedreht ... tot.«

Henry unterbrach sich und schluckte krampfhaft. Während seiner Schilderungen sah er Holly nicht an, sondern hielt den Blick auf Jims gesenkten Kopf gerichtet. Das Lallen in seiner Stimme ließ nach, als sei es sehr wichtig für ihn, den Rest so deutlich wie möglich zu erzählen.

»Ich ging die Treppe hoch und fand dich in der hohen Kammer, Jimmy«, fuhr er fort. »Weißt du noch? Du hast neben der Kerze gesessen, das Buch so fest umklammert, daß ich es erst einige Stunden später aus deinen Händen lösen konnte. Und du gabst keinen Ton von dir.« Die Stimme des alten Mannes zitterte nun. »Gott verzeih mir ... Ich dachte nur an Lena, an meine tote Lena. Und du warst so seltsam, sogar noch sonderbarer mit dem Buch und deinem Schweigen. Ich glaube, ich ... drehte durch. Ich hielt dich für verantwortlich. Ich dachte, du hättest einen ... Anfall bekommen und Lena die Treppe hinuntergestoßen.«

Es schien zuviel für ihn zu sein, weiterhin zu seinem Enkel zu sprechen. Henry wandte sich an Holly. »Im Jahr nach Atlanta war er eigenartig, gar nicht mehr der Junge, den wir kannten. Er schwieg die meiste Zeit über, wie ich schon sagte, doch tief in ihm wohnte ein Zorn, den kein Kind in diesem Ausmaß empfinden sollte. Manchmal fürchteten wir uns davor. Er zeigte ihn nur im Schlaf, wenn er träumte ... Des Nachts hörten wir ihn schreien, und wenn wir durch den Flur in sein Zimmer gingen ... Er trat um sich, schlug auf die Matratze und das Kissen ein, zerrte an den Laken ... Ja, wenn er schlief, fand seine Wut ein Ventil, und dann mußten wir ihn wecken.«

Henry seufzte und sah auf seine krumme rechte Hand, die schlaff im Schoß ruhte.

Holly spürte, daß sich Jim nicht entspannte. Seine Fäuste blieben geballt und hart.

»Du hast nie versucht, Lena oder mich zu schlagen, Jimmy, nein, du warst ein guter Junge – solche Probleme gab es nicht mit dir. Aber damals in der Mühle ... Ich habe dich gepackt und geschüttelt, Jimmy. Ich wollte dein Eingeständnis, daß du Lena die Treppe hinuntergestoßen hattest. Es gibt keine Entschuldigung dafür, daß ich mich auf diese Weise verhielt – abgesehen vielleicht von meinem Kummer über Jamie und Cara, und nun auch Lena. Alle starben um mich herum, und nur du bliebst übrig, ein seltsamer Junge, so verschlossen und eingekapselt, daß ich es mit der Angst zu tun bekam. Und so gab ich dir die Schuld, obwohl es weitaus besser gewesen wäre, dich in die Arme zu nehmen. In jener Nacht wandte ich mich gegen dich – und begriff meinen Fehler erst viele Jahre später, als es zu spät war.«

Die Vögel bildeten nun einen dichten Schwarm und flogen direkt über ihnen.

»Nein«, sagte Holly leise zu Jim. »Bitte nicht.«

Bis er reagierte, konnte sie nicht wissen, ob ihm diese Enthüllungen halfen oder seinen Zustand noch verschlimmerten. Wenn er nur deshalb Vorwürfe gegen sich erhob, weil Henry damals ein ausgeprägtes Schuldbewußtsein in ihm geweckt hatte, so sollte es ihm eigentlich nicht sehr schwer fallen, damit fertig zu werden.

Wenn er sich verantwortlich fühlte, weil *der Feind* aus der Wand gekommen war und Lena so sehr erschreckt hatte, daß sie das Gleichgewicht verlor und die Treppe hinunterstürzte – auch darüber müßte er eigentlich hinwegkommen. *Aber wenn sich der Feind ganz aus der Wand gelöst und Lena gestoßen hat* ..., dachte Holly.

»Während der nächsten sechs Jahre habe ich dich wie einen Mörder behandelt, bis du zum College gegangen bist«, sagte Henry. »Als du nicht mehr auf der Farm gewohnt hast ... Nun, im Laufe der Zeit wurde mir klar, daß ich mich dir gegenüber völlig falsch verhalten habe. Du hattest niemanden, an den du dich wenden konntest, um Trost zu finden. Deine Eltern lebten nicht mehr, ebensowenig deine Großmutter. Häufig suchtest du den Ort auf, um dir Bücher zu besorgen, aber der Mistkerl namens Ned Zacca hinderte dich daran, mit den anderen Jungen zu spielen. Er war ein ganzes Stück größer als du und ließ dich nie in Ruhe. Nur in Büchern fandest du Frieden. Ich habe dich mehrmals angerufen, aber du nahmst nie ab. Ich habe dir Briefe geschrieben, die du wahrscheinlich nie gelesen hast.«

Jim saß wie erstarrt, rührte sich nicht.

Henry Ironheart richtete seine Aufmerksamkeit wieder auf Holly. »Schließlich kehrte er zurück, kurz nach dem Schlaganfall. Er saß neben mir, als ich in der Intensivstation lag. Ich konnte nicht richtig sprechen, konnte ihm nicht das erklären, was ich ihm erklären *wollte*. Die falschen Worte kamen mir über die Lippen, ergaben überhaupt keinen Sinn ...«

»Aphasie«, warf Holly ein. »Eine Folge des Schlaganfalls.«

Henry nickte. »Nun, während meines Aufenthalts im Krankenhaus versuchte ich einmal, ihm das zu sagen, was ich seit dreizehn Jahren wußte: daß er kein Mörder war, daß ich ihm gegenüber sehr grausam gewesen bin.« Neue Tränen quollen ihm aus den Augen. »Aber als ich darüber sprach, hörte es sich völlig falsch an. Für Jimmy klang es so, als nannte ich ihn einen Mörder, als fürchtete ich mich vor ihm. Er ging, und jetzt sehe ich ihn zum erstenmal wieder, nach mehr als vier Jahren.«

Jim hielt den Kopf noch immer gesenkt.

Die Hände zu Fäusten geballt.

An was erinnerte er sich nun? Nur er wußte, was damals in der Mühle geschehen war.

Holly erhob sich, viel zu nervös, um weiterhin auf Jims Reaktion zu warten. Eine Zeitlang stand sie vor der Bank und wußte nicht, wohin sie gehen sollte. Schließlich nahm sie wieder Platz und legte wie vorher die Hand auf Jims Faust.

Sie blickte gen Himmel.

Noch mehr Vögel. Jetzt etwa dreißig.

»Ich habe Angst«, sagte Jim leise, und dann herrschte wieder Stille.

»Nach jener Nacht hielt er sich von der Mühle fern und sprach nie wieder vom *Freund* oder dem Willot-Buch«, sagte Henry. »Zuerst sah ich ein gutes Zeichen darin und glaubte, daß er die Besessenheit überwunden habe – er wirkte weniger seltsam. Doch später ... Ich fragte mich, ob er vielleicht seinen einzigen Trost verloren hatte.«

»Ich habe Angst davor, mich zu erinnern«, murmelte Jim.

Holly wußte, was er meinte: Eine letzte, seit langer Zeit versteckte Erinnerung wartete darauf, aus einem dunklen Winkel des Gedächtnisses geholt und akzeptiert zu werden. Sie betraf den Tod seiner Großmutter. War sie durch einen Unfall gestorben, oder hatte sie *der Feind* – und damit er selbst – umgebracht?

Sie konnte den Anblick des geneigten Kopfes und der geballten Fäuste nicht mehr ertragen, wich auch der Mischung aus Schuld, Kummer und Schmerz in Henrys Gesicht aus, sah noch einmal nach oben – und stellte fest, daß die Vögel kamen. Es waren mehr als dreißig, wie schwarze Messer, die durch den grauen Himmel schnitten. Sie flogen noch immer in großer Höhe, hielten jedoch direkt auf den Hof zu.

»Jim, nein!«

Henry starrte zu den Wolken hoch.

Jim hob ebenfalls den Kopf, aber es ging ihm nicht darum festzustellen, was nun geschah. Er *wußte,* was sich anbahnte. Er sah auf, um sein Gesicht scharfen Schnäbeln und langen Krallen darzubieten.

Holly verließ ihren Platz auf der Bank, um ein besseres Ziel zu bieten. »Jim, um Himmels willen: Erinnere dich endlich! Finde dich mit der Wahrheit ab.«

Sie hörte das Kreischen der sich rasch nähernden Vögel.

»Selbst wenn *der Feind* deine Großmutter tötete ...« Holly schob die Hände hinter Jims Kopf, drückte ihn an ihre Brust und schirmte ihn ab. »Irgendwie kommst du darüber hinweg. Du kannst wieder ganz du selbst werden.«

Henry Ironheart stieß einen überraschten Schrei aus, und eine halbe Sekunde später jagten die Vögel heran, schlugen mit den Flügeln, sausten davon, kehrten zurück und versuchten, an Holly vorbeizugelangen, Jim zu erreichen, ihm die Augen auszuhacken.

Holly spürte weder Schnäbel noch Krallen, aber sie wußte nicht, wie lange sie noch damit rechnen konnte, verschont zu werden. Die gefiederten Geschöpfe waren *der Feind*, der sich nun auf eine ganz neue Art und Weise manifestierte – und *der Feind* haßte sie ebensosehr wie Jim.

Die Vögel segelten über den Hof, stiegen wieder zum Himmel hoch wie Blätter im Aufwind.

Henry Ironheart war zutiefst erschrocken, jedoch unverletzt. »Gehen Sie ins Haus zurück!« schrie Holly.

»Nein«, erwiderte er und streckte hilflos die Hand nach Jim aus. Sein Enkel ignorierte ihn.

Als Holly den Mut fand, wieder nach oben zu blicken, begriff sie sofort, daß die Vögel nicht aufgegeben hatten. Sie segelten nun durch die faserigen Ränder der grauen Wolken, und ein zweiter Schwarm gesellte sich ihnen hinzu. Es waren jetzt insgesamt fünfzig oder sechzig, dunkel und zornig, hungrig und schnell.

Holly bemerkte mehrere Personen an den Fenstern des Pflegeheims, an den gläsernen Schiebetüren. Zwei Krankenschwestern traten nach draußen, sie benutzten dabei jene Tür, durch die Holly zuvor den Rollstuhl geschoben hatte.

»Bleiben Sie im Haus!« rief sie ihnen zu und wußte nicht genau, ob den beiden Unbeteiligten ebenfalls Gefahr drohte.

Jims Zorn richtete sich gegen ihn selbst – und vielleicht auch gegen Gott, weil er den Tod zuließ –, aber vielleicht war die Wut in ihm stark genug, um auch Unschuldige in Mitleidenschaft zu ziehen. Hollys Warnung klang offenbar alarmierend, denn die beiden Krankenschwestern kehrten tatsächlich ins Gebäude zurück.

Erneut sah Holly auf. Der große Schwarm näherte sich.

»Jim«, sagte sie drängend, hielt seinen Kopf in beiden Händen, blickte ihm tief in die wunderschönen blauen Augen, in denen nun das kalte Feuer des Selbsthasses brannte. »Nur noch ein Schritt, nur noch eine Erinnerung.« Nur wenige Zentimeter trennten sie von seinem Gesicht, aber Holly bezweifelte, ob er sie sah. Er starrte *durch* sie hindurch wie in den Tivoli-Gärten, als sich das Ungeheuer im Boden zu ihnen grub.

Die heranfliegenden Vögel kreischten dämonisch.

»Jim, verdammt! Was in jener Nacht mit Lena geschah, ist vielleicht keinen Selbstmord *wert!*«

Das Flattern und Krächzen wurde fast ohrenbetäubend laut. Einmal mehr drückte Holly Jims Gesicht an die Brust, und wieder leistete er keinen Widerstand, als sie ihn schützte. Das gab ihr neue Hoffnung. Sie neigte den Kopf und schloß die Augen so fest wie möglich.

Die Vögel kamen: seidene Federn; glatte, kalte Schnäbel, die vorsichtig pickten und suchten; Krallen, die sanft kratzten, dann nicht mehr ganz so behutsam, ohne jedoch blutende Wunden zu verursachen; die Geschöpfe flatterten gierig umher, zirpten und krächzten, tasteten, sprangen, hüpften, glitten über Holly Rücken, ihre Beine, schoben sich zwischen die Schenkel und über den Oberkörper, versuchen immer wieder, das Gesicht zu erreichen, das zwischen ihren Brüsten ruhte – und dort Haut zu zerfetzen, um Krallen tief in lebendes Fleisch zu bohren, um zu *töten*. Die Angreifer waren überall, und die ganze Zeit über vernahm Holly das Kreischen, so schrill wie die Schreie wahnsinniger Frauen in psychopathischem Zorn. Es ertönte direkt in ihren Ohren, ein wortloses Verlangen nach Blut, Blut, Blut, und dann spürte sie plötzlichen Schmerz, als ihr ein Vogel den Ärmel und auch die Haut darunter aufriß.

»Nein!«

Die Vögel stiegen auf und zogen sich wieder zurück. Holly merkte zuerst gar nicht, daß sie fort waren, denn ihr pochendes Herz und ihr zischender Atem klangen genauso wie das donnernde Schlagen der Flügel. Schließlich hob sie den Kopf, öffnete die Augen und sah, daß die Vögel in einer weiten Spirale zum bleifarbenen Himmel aufstiegen, wo ein weiterer dunkler Schwarm wartete – zweihundert, vielleicht noch mehr.

Sie richtete den Blick auf Henry Ironheart. Blut tropfte aus mehreren tiefen Kratzern in den Händen des alten Mannes. Während des Angriffs hatte er sich im Rollstuhl zusammengekauert, und nun beugte er sich wieder vor, streckte die gesunde linke Hand aus und rief den Namen seines Enkels.

Holly sah in Jims Augen. Er saß nach wie vor auf der Bank vor ihr, aber gleichzeitig weilte er an einem anderen, fernen Ort. Höchstwahrscheinlich befand er sich in der Mühle, war in jene stürmische Nacht zurückgekehrt und beobachtete seine Großmutter unmittelbar vor ihrem fatalen Sturz, eingefroren in der Zeit, unfähig dazu, den Erinnerungsfilm um ein Bild weiterzudrehen.

Die Vögel kamen zum drittenmal.

Sie waren noch weit entfernt, dicht unter den Wolken, aber der Schwarm hatte inzwischen eine solche Größe erreicht, daß die rhythmisch schlagenden Flügel wie das Grollen eines Gewitters klangen. Das Kreischen kam den Stimmen der Verdammten gleich.

»Jim, du hast die Möglichkeit, den gleichen Pfad zu beschreiten, für den sich Larry Kakonis entschied. Wenn du Selbstmord begehen willst, kann ich dich nicht daran hindern. Aber wenn *der Feind* es nicht mehr auf mich abgesehen hat, wenn es ihm nur noch darum geht, dich zu töten – glaub nur nicht, daß ich dadurch mit dem Leben davonkomme. Wenn du stirbst, so bedeutet das auch meinen Tod. Dann werde ich Larry Kakonis' Beispiel folgen und mich umbringen. Wenn es im Diesseits keine Zukunft für uns gibt, werde ich zusammen mit dir in der Hölle schmoren!«

Der Feind fiel in Form zahlloser Vögel über Holly her, und erneut drückte sie Jims Gesicht an die Brust. Doch diesmal verzichtete sie darauf, den Kopf zu senken und die Augen zu schließen. Ungeschützt blieb sie im Mahlstrom aus Flügeln, Schnäbeln und Krallen stehen, blickte in kleine, glänzende, pechschwarze Augen, die nie zwinkerten, die so feucht und tief wirkten wie das Spiegelbild der Nacht auf dem Meer, jedes einzelne so gnadenlos und grausam wie das Universum, wie die elementare Erbarmungslosigkeit im menschlichen Herzen. Als Holly in diese Augen starrte, wußte sie, daß sie in den geheimsten und dunkelsten Teil von Jims Ich sah, den sie auf eine andere Art und Weise nicht erreichen konnte. Sie sprach seinen Namen, rief und schrie nicht, richtete keine flehentlichen Bitten an ihn, brachte weder Furcht noch eigenen Zorn zum Ausdruck. Ganz sanft nannte sie seinen Namen, immer wieder, mit all der Zärtlichkeit und Liebe, die sie für ihn empfand. Die Vögel prallten so heftig gegen sie, daß Flügel brachen; Schnäbel öffneten sich und kreischten ihr direkt ins Gesicht; Krallen zupften drohend an Kleidung und Haar, ohne zu zerreißen, ohne sich in ihre Haut zu bohren – eine letzte Chance zur Flucht. Die Geschöpfe versuchen, sie mit den Augen einzuschüchtern, mit den kalten, gleichgültigen Augen hungriger Raubtiere. Aber Holly ließ sich davon nicht beeindrucken, wiederholte Jims Namen, offenbarte ihm ihre Liebe, sprach pausenlos auf ihn ein, bis ...

... bis die Vögel verschwanden.

Sie kehrten nicht zum Himmel zurück wie vorher. Sie lösten sich einfach auf. Im einen Augenblick umhüllten sie Holly mit flatternden Schwingen und lautem Krächzen, und im nächsten existierten sie nicht mehr.

Holly hielt Jim einige weitere Sekunden lang umarmt, dann ließ sie ihn los. Er wirkte noch immer wie in Trance, und sein Blick reichte ins Leere.

»Jim«, sagte Henry Ironheart beschwörend und streckte einmal mehr die Hand nach seinem Enkel aus.

Jim zögerte kurz, glitt dann von der Bank und sank vor dem alten Mann auf die Knie. Er nahm die fleckige Hand und küßte sie.

Jim blickte nicht zu Holly oder Henry auf, als er sagte: »Großmutter sah, wie *der Feind* aus der Wand kam. Das war noch nie zuvor geschehen; er manifestierte sich zum erstenmal.« Seine Stimme kam wie aus weiter Ferne. Ein Teil von ihm schien nach wie vor in der Vergangenheit zu weilen und das entsetzliche Ereignis noch einmal zu erleben, dankbar dafür, daß es für ihn nicht ganz so schrecklich war, wie er befürchtet hatte. »Sie sah ihn und erschrak so sehr, daß sie zurücktaumelte, fiel und die Treppe hinunterstürzte ...« Er preßte sich die Hand seines Großvaters an die Wange und fügte hinzu: »Ich habe sie nicht umgebracht.«

»Ich wußte, daß dich keine Schuld trifft, Jim«, erwiderte Henry Ironheart. »Mein Gott, ich wußte es.«

Der alte Mann musterte Holly, und in seinen Augen glänzten tausend Fragen nach Vögeln, Feinden und Dingen in Wänden. Aber er mußte sich gedulden und noch eine Zeitlang auf die Antworten warten – so wie Holly gewartet hatte. Und auch Jim.

3

Während der Fahrt durch die Berge und dann nach Santa Barbara saß Jim zurückgelehnt auf der Beifahrerseite und hielt die Augen geschlossen. Er schien tief und fest zu schlafen. Holly zweifelte nicht daran, daß er den Schlaf dringend brauchte – seit fünfundzwanzig Jahren hatte er keine echte Ruhe gefunden.

Sie fürchtete sich nicht mehr vor seinen Träumen. *Der Feind* war fort, ebenso wie *der Freund;* in Jims Körper gab es nur noch eine Person. Es existierten keine Tore mehr, durch die etwas Fremdes und Bedrohliches ins Hier und Heute gelangen konnte.

Eigentlich lag ihr nichts daran, zur Mühle zurückzukehren, obwohl dort noch einige Sachen von ihnen lagen. Sie hatte auch genug von New Svenborg und der Bedeutung jenes Ortes in Jims Leben. Sie sehnte sich nach einer Stadt, die keiner von ihnen kannte – wo ein neuer Anfang stattfinden konnte, unbeeinflußt von der Vergangenheit.

Als sie unter dem aschgrauen Himmel durch eine verdorrte Landschaft fuhr, setzte sie alle Mosaiksteine zusammen und betrachtete das komplette Bild ...

Ein enorm begabter Junge – noch weitaus begabter, als er selbst ahnt – überlebt das Massaker im Dixie Duck, entrinnt dem Tod jedoch mit geborstener Seele. In dem verzweifelten Bemühen, sich wieder normal zu fühlen, benutzt er Arthur Willots Roman, um sich in eine Fantasiewelt zu flüchten. Mit seinen besonderen Fähigkeiten erschafft er *den Freund* als Verkörperung seiner besten Absichten, und *der Freund* beauftragt ihn mit einer Mission.

Aber der Junge ist so voller Zorn, daß *der Freund* allein nicht genügt, um ihn zu heilen. Er braucht eine dritte Persönlichkeit, in die er alle negativen Empfindungen projizieren kann, seine Finsternis, vor der er sich so sehr fürchtet. Daraufhin entsteht *der Feind*, als Ausschmückung der von Willot erfundenen Geschichte. Allein in der Windmühle, führt er aufregende Gespräche mit *dem Freund* und verarbeitet die Wut, indem er *den Feind* erscheinen läßt.

Doch eines Tages kommt Lena Ironheart zum falschen Zeitpunkt in die hohe Kammer. Sie ist entsetzt, taumelt zurück, stürzt die Treppe hinunter und bricht sich das Genick.

Jim ist derart schockiert darüber, was *der Feind* allein durch seine Präsenz anrichtet, daß er die Fantasiewelt – und damit auch *Freund* und *Feind* – vergißt, so wie Jim Jamison die Begegnung mit der außerirdischen Präsenz vergaß, nachdem er das Leben des zukünftigen Präsidenten der Vereinigten Staaten gerettet hatte. Fünfundzwanzig Jahre lang unterdrückt er die beiden anderen Identitäten, verdrängt damit sowohl seine besten als auch schlimmsten Eigenschaften und führt ein relativ ruhiges, normales Leben, weil er nicht wagt, die stärkeren Gefühle zu wecken.

Er unterrichtet, findet in seiner Tätigkeit als Lehrer zumindest eine gewisse Erfüllung – bis Larry Kakonis Selbstmord begeht. Daraufhin hat er wieder den Eindruck, daß seiner Existenz jeder Sinn fehlt. Mehr noch: er glaubt, Kakonis gegenüber ebenso versagt zu haben wie in bezug auf seine Eltern und auch Lena. Unterbewußt wünscht er sich in das mutige und erlösende Abenteuer Jim Jamisons zurück, doch dazu muß er *den Freund* befreien.

Doch als er *den Freund* freigibt, erwacht auch wieder *der Feind.* Nach den vielen Jahren der Unterdrückung ist sein Zorn noch stärker geworden, noch schwärzer und bitterer, geht mit seiner enormen Intensität über alles Menschliche hinaus. Von *dem Feind* droht noch mehr Unheil als vor fünfundzwanzig Jahren. Er ist ein durch und durch mörderisches Wesen, das nur töten und zerstören will.

Jim war also ein typisches Opfer des Syndroms der multiplen Persönlichkeit. Mit einer wichtigen Ausnahme: er schuf keine anderen menschlichen Identitäten, sondern fremde Wesenheiten, um Aspekte seines Selbst zu verkörpern – und er hatte die Macht, ihnen substantielle Gestalt zu geben. Er ließ sich nicht mit Sally Field vergleichen, die Sibylle spielte und sechzehn verschiedene Personen in sich vereinte. Jims Ich bestand aus drei Teilen, und einer davon war ein Mörder.

Holly schaltete die Heizung ein. Die Temperatur betrug gut zwanzig Grad, aber sie fröstelte trotzdem. Die Wärme aus den Belüftungsschlitzen blieb ohne Einfluß auf die Kühle in ihr.

Holly betrat ein Motel in Santa Barbara, und die Digitaluhr hinter dem Empfangstresen zeigte 1:11 nachmittags. Während sie das Formular ausfüllte und dem Angestellten ihre Kreditkarte reichte, schlief Jim weiterhin im Ford.

Kurze Zeit später kehrte sie mit dem Schlüssel nach draußen zurück, weckte ihn und führte ihn ins Zimmer. Er war so benommen, daß er sich kaum seiner Umgebung bewußt wurde, wankte zum Bett, streckte sich aus und schlief sofort wieder ein.

Holly ging zu den Automaten am Pool, kaufte Limonade, Eis und Schokolade.

Anschließend zog sie im Raum die Vorhänge zu, knipste eine Nachttischlampe an und legte ein Handtuch darüber, damit sie nicht so hell strahlte.

Sie zog einen Stuhl heran, nahm neben dem Bett Platz, trank Limonade und knabberte an einem Schokoladenriegel, während sie Jim beobachtete.

Das Schlimmste war vorbei. Die Fantasiewelt hatte sich vollständig aufgelöst; Jim befand sich nun wieder in der kalten Realität.

Holly überlegte, welche Nachwirkungen sich ergeben mochten. Sie kannte Jim nur mit seinen Wahnvorstellungen und wußte nicht, wie er ohne sie sein würde. War er dann ein optimistischerer Mann – oder jemand, der sich Depressionen hingab? Besaß er jetzt noch immer übermenschliche Kräfte? Er hatte diese Macht nur genutzt, um an seiner falschen Version der Wirklichkeit festzuhalten und das innere Gleichgewicht zwischen Licht und Finsternis zu wahren. Vielleicht war er jetzt nur noch so begabt wie vor dem Tod seiner Eltern ... Vielleicht beschränkten sich die speziellen Talente darauf, eine Büchse schweben zu lassen und Münzen mit Gedankenkraft zu bewegen, mehr nicht. Doch die bedrückendste Frage lautete: *Liebt er mich jetzt noch?*

Jim schlief nach wie vor, als es Zeit zum Abendessen wurde.

Holly besorgte sich mehr Schokolade. Ein weiterer Kalorienschub. *Himmel, ich werde so dick wie meine Mutter, wenn ich mich nicht am Riemen reiße!*

Jim schlief. Es wurde zehn, dann elf. Mitternacht.

Holly spielte mit dem Gedanken, ihn zu wecken, entschied sich dann aber dagegen. Er ruhte wie in einem Kokon und wartete darauf, aus dem alten Leben in ein neues geboren zu werden. Eine Raupe brauchte Zeit, um sich in einen Schmetterling zu verwandeln. Darin bestand Hollys Hoffnung.

Irgendwann zwischen Mitternacht und ein Uhr schlief sie auf dem Stuhl ein. Diesmal träumte sie nicht.

Jim weckte sie.

Sie sah auf, blickte ihm in die wundervollen Augen, die im trüben Licht der zugedeckten Lampe nicht kalt wirkten, aber immer noch geheimnisvoll.

Er beugte sich über den Stuhl und schüttelte sie sanft. »Wach auf, Holly. Wir müssen los.«

Sofort streifte sie die Reste der Müdigkeit ab und richtete sich auf. »Wohin?«

»Scranton, Pennsylvania.«

»Warum?«

Jim griff nach einem Stück Schokolade, strich das Papier beiseite und biß hinein. »Morgen nachmittag um fünfzehn Uhr dreißig wird ein rücksichtsloser Schulbusfahrer versuchen, einen Bahnübergang kurz vor einem Zug zu überqueren. Sechsundzwanzig Kinder werden sterben, wenn wir nicht rechtzeitig zur Stelle sind.«

Holly erhob sich. »Du weißt alles, die ganze Sache, nicht nur einige wenige Einzelheiten?«

»Natürlich«, erwiderte Jim mit vollem Mund und lächelte. »Ein Kinderspiel für mich. Immerhin habe ich übernatürliche Kräfte.«

Sie lächelte.

»Eine wichtige Aufgabe erwartet uns, Holly«, fuhr Jim fröhlich fort. »Superman? Zum Teufel auch, warum vergeudete er seine Zeit mit einem Job als Reporter, obwohl er soviel Gutes hätte bewirken können?«

»Das habe ich mich oft gefragt«, erwiderte Holly. Erleichterung und Liebe vibrierten in ihrer Stimme.

Jim gab ihr einen Schokoladenkuß. »Ein Paar wie uns hat die Welt noch nicht gesehen, Schatz. Natürlich mußt du noch einiges lernen: Kampfsport, den Umgang mit Waffen und andere Dinge. Aber bestimmt wirst du zu einer guten Partnerin. Ich bin ganz sicher.«

Sie schlang die Arme um Jim, drückte sich fest und mit ungetrübter Freude an ihn.

Das Leben hatte einen Sinn.

Dean Koontz,
ein Meister des Schreckens

Innerhalb von 20 Jahren schrieb Koontz 51 Bücher. Schaffenskrisen kennt er nicht. »Es ist beinahe, als ob ich mit Ideen bombadiert würde. Ich kann mich 15 Minuten lang hinsetzen und ein Dutzend Einfälle haben. Viele Schriftsteller stehen mit diesem Die-Muse-hat-mich-verlassen-Gefühl vom Schreibtisch auf. Mich verläßt die Muse nie. Ich muß sie rausschmeißen.«

Der 1945 in Pennsylvania geborene Horror-Spezialist begann schon als Kind, Geschichten zu schreiben. Lesen und Schreiben bedeuteten für ihn die Flucht aus der Realität: Seine Familie lebte in Armut, der Vater, ein Alkoholiker ohne festen Job, schlug seinen Sohn.

Noch während seiner Studentenzeit begann Koontz, seine Werke – damals Science-fiction-Romane – zu verkaufen. Er verdiente sehr wenig damit und war deshalb gezwungen, große Mengen zu produzieren. 1966 schloß er sein Studium ab. Bis 1969 arbeitete Koontz als Englischlehrer. Danach schlug er sich als freier Schriftsteller durch – zunächst mit finanzieller Unterstützung seiner Frau, die er 1966 geheiratet hatte. Seine Romane erschienen zum Teil unter verschiedenen Pseudonymen.

Der Erfolg kam 1972 mit dem Thriller »Chase«, den endgültigen Durchbruch schaffte Koontz 1980 mit »Whispers« (»Flüstern in der Nacht«).

Inzwischen wird der Autor längst in einem Atemzug mit Stephen King und anderen Horror-Größen genannt. Seine Bücher sind in knapp 20 Sprachen erhältlich. Weltweit wurden über 70 Millionen Exemplare verkauft. Kritiker loben neben der atemberaubenden Spannung immer wieder auch die ausgezeichnete literarische Qualität seiner Werke.

Dean Koontz lebt heute zusammen mit seiner Frau in Orange, Kalifornien. Sein Haus enthält eine zirka 25000 Bände umfassende Bibliothek, die ihm das Recherchieren erleichtert. Der produktive »Meister des Schreckens« ist ein Workaholic: Er arbeitet täglich 10 bis 15 Stunden.

Dean Koontz
Verzeichnis lieferbarer Titel
(Stand August '98)

Die Augen der Dunkelheit (01/7707)
Brandzeichen (01/8063)
Chase (01/9926)
Drachentränen (01/10263)
Dunkle Flüsse des Herzens
Eiszeit
Flüstern in der Nacht (01/10534)
Geisterbahn
Das Haus der Angst (01/6913)
Highway ins Dunkel (01/10039)
Intensity
Die Kälte des Feuers (01/9080)
Die Maske (01/6951)
Mitternacht (01/8444)
Nacht der Zaubertiere
Nachtstimmen (01/9354)
Nackte Angst (01/9820)
Ort des Grauens (01/8627)
Schattenfeuer (01/7810)
Schlüssel der Dunkelheit (01/9554)
Schutzengel (01/8340)
Schwarzer Mond (01/7903)
Die Spuren (01/9353)
Todesdämmerung (01/8041)
Tür ins Dunkel (01/7992)
Unheil über der Stadt (01/6667)
Das Versteck (01/9422)

Das Versteckspiel (01/9632)
Vision (01/8736)
Wenn die Dunkelheit kommt (01/6833)
Wintermond
Die zweite Haut (01/9680)
Zwielicht (01/8853)

2 bzw. 3 Romane in einem Band:
Brandzeichen/In der Kälte der Nacht (23/112)
Flüstern in der Nacht/Nach dem letzten Rennen (23/123)
Der Maya-Fries/Schlüssel zum Jenseits/Auf Tauchstation (23/119)
Die Maske/Die Augen der Dunkelheit/Die Hellseherin (23/76)
Schattenfeuer/Tür ins Dunkel (23/85)
Schutzengel/Nachtstimmen (23/143)
Unheil über der Stadt/Todesdämmerung (23/101)

Die Bandnummern der Heyne-Taschenbücher sind jeweils in Klammern angegeben.

Richard Bachman = Stephen King

»King ist gleich Horror.«

»Eine unwiderstehliche Spezialmischung«
SÜDDEUTSCHE ZEITUNG

Eine Auswahl:

Der Fluch
01/6601

Menschenjagd
01/6687

Sprengstoff
01/6762

Todesmarsch
01/6848

Amok
01/7695

Regulator
01/10454

Stephen King: Desperation
01/10446

01/10454

HEYNE-TASCHENBÜCHER

Peter Straub

Geheimnisvolles Grauen beherrscht seine spektakulären Horror-Romane. Ein Großmeister des Unheimlichen!

Der Schlund
01/9441

Geisterstunde
01/9603

Der Hauch des Drachen
01/9751

Das geheimnisvolle Mädchen
01/9877

Die fremde Frau
01/10071

Julia
01/10305

01/10305

Heyne-Taschenbücher

Eine Auswahl:

Der Deal
01/9538

Die Rache
01/9682

Das Urteil
01/10077

Das Indiz
01/10298

Die Farben der Gerechtigkeit
01/10488

Der Vertraute
01/10685

John T. Lescroart

Der Senkrechtstarter aus den USA. Furiose und actiongeladene Gerichtsthriller!

John T. Lescroart »hat eine neue Dimension des Thrillers erfunden.«
NDR BÜCHERJOURNAL

01/9538

HEYNE-TASCHENBÜCHER

Stephen King

»Horror vom Feinsten«
DER STERN

»Der Leser ist dem Autor gnadenlos ausgeliefert.«
FRANKFURTER ALLGEMEINE ZEITUNG

Eine Auswahl:
Friedhof der Kuscheltiere
01/7627

Christine
01/8325

Die Augen des Drachen
01/6824

Sie - Misery
01/13108

Dolores
01/9047

Das Spiel
01/9518

»es«
01/9903

Das Bild - Rose Madder
01/10020
Im Heyne Hörbuch als CD und MC lieferbar

In einer kleinen Stadt »Needful Things«
01/8653

schlaflos - Insomnia
01/10280

Dead Zone - Das Attentat
01/6953

Sara
01/13013

Nachts
01/9697

01/10020

HEYNE-TASCHENBÜCHER

Dean Koontz

»Visionen aus einer
jenseitigen Welt –
Meisterwerke der modernen
Horrorliteratur.«
HAMBURGER ABENDPOST

Eine Auswahl:

Mitternacht
01/8444

Schattenfeuer
01/7810

Die Augen der Dunkelheit
01/7707

Das Haus der Angst
01/6913

Das Versteck
01/9422

Flüstern in der Nacht
01/10534

Phantom
01/10688

Schwarzer Mond
01/7903

Tür ins Dunkel
01/7992

Brandzeichen
01/8063

Todesdämmerung
01/7810

Wenn die Dunkelheit kommt
01/6833

01/6913

HEYNE-TASCHENBÜCHER